文徵明集

增訂本

上

〔明〕文徵明 著
周道振 輯校

上海古籍出版社

圖書在版編目(CIP)數據

文徵明集(增訂本)/(明)文徵明著；周道振輯校．—上海：上海古籍出版社，2014.12（2023.6重印）
（中國古典文學叢書）
ISBN 978-7-5325-7315-8

Ⅰ.①文… Ⅱ.①文… ②周… Ⅲ.①文徵明(1470～1559)—文集 Ⅳ.①I214.82

中國版本圖書館CIP數據核字(2014)第147096號

中國古典文學叢書
文徵明集
增訂本
(全三册)
[明] 文徵明 著
周道振 輯校
上海古籍出版社出版發行
(上海市閔行區號景路159弄1-5號A座5F 郵政編碼201101)
(1) 網址：www.guji.com.cn
(2) E-mail：gujil@guji.com.cn
(3) 易文網網址：www.ewen.co
上海展强印刷有限公司印刷
開本 850×1168 1/32 印張 59.25 插頁 17 字數 1,210,000
2014 年 12 月第 1 版 2023 年 6 月第 4 次印刷
印數：3,201-3,800
ISBN 978-7-5325-7315-8

I·2836 平裝定價：210.00 元

如發生質量問題，請與承印公司聯系
電話：021-66366565

文徵明像

〔明〕周天球繪 蘇州拙政園拜文揖沈齋石刻

文徵明繪《好雨聽泉圖》

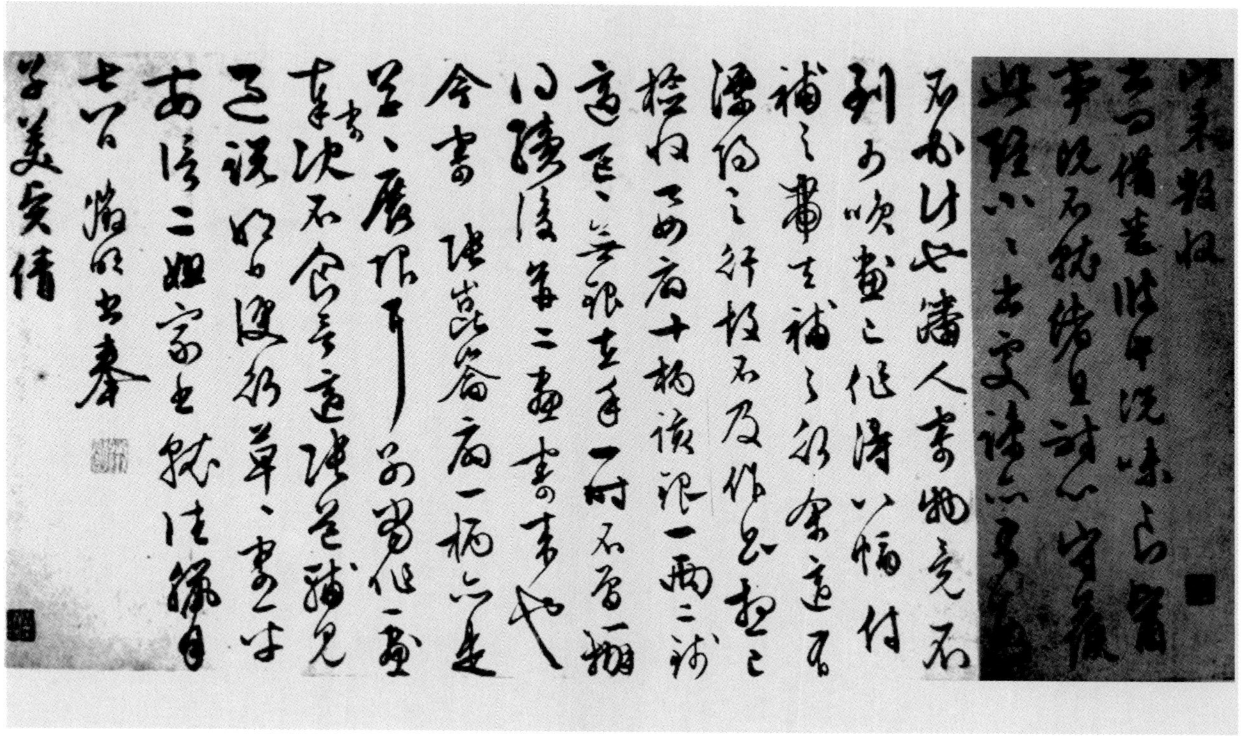

文徵明墨蹟

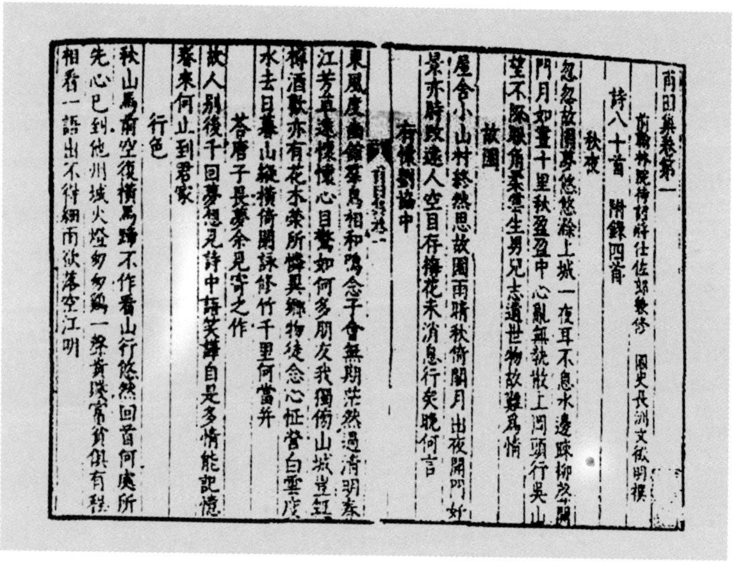

《甫田集》三十五卷本書影

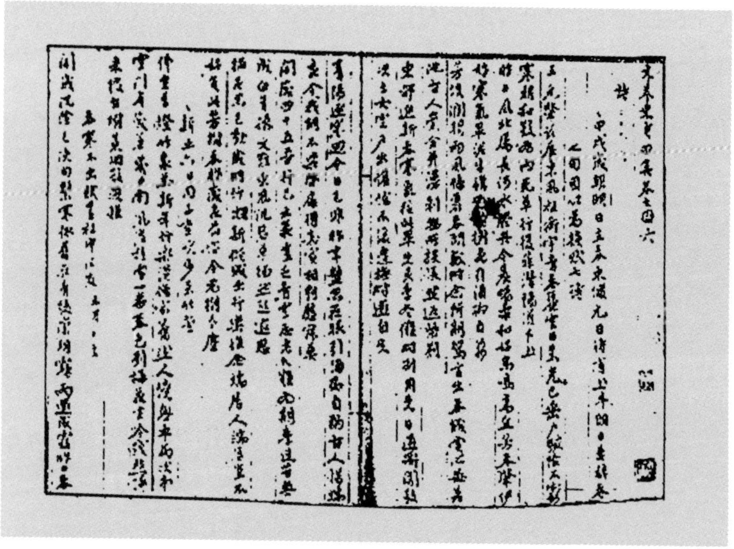

《甫田集》文嘉鈔本書影

前言

文徵明，初名壁，字徵明，後以字行，更字徵仲。號衡山。長洲（今江蘇蘇州市）人。生於明憲宗成化六年（公元一四七〇）。鄉試屢失解，薦授翰林院待詔，三年，謝病歸。世宗嘉靖三十八年（公元一五五九）卒，年九十歲。仕宦不達，優遊藝文，書畫並負盛名。老壽而筆墨不倦，傳世遺作特多。詩則早歲與徐禎卿齊名，且與祝允明、唐寅稱「吳中四才子」。雅飭之中，時饒逸韻，吐屬沖和，不以才氣自高，不標榜門户，而意境自能拔俗。文亦典則。師友若沈周、李應禎、吳寬、史鑑、林俊、王鏊、祝允明、唐寅、蔡羽、徐禎卿、顧璘、陳沂、王韋、薛蕙等，門人弟子若陳淳、彭年、周天球、朱朗、陸師道、錢穀、陸治、居節等，皆一時賢達。而徵明博雅多能，清名令德，冠絶羣彦。吳中人文淵藪，徵明繼吳寬、王鏊後爲之領袖，主持風雅三十餘年。子孫繩武，若彭、嘉、元肇、元發、元善、震孟、震亨、從簡、秉、枏、點等，蜚聲藝苑，風流宏長，奕奕海内垂十世。

徵明詩文集，有明、清刻本多種，篇目固多出入，字句或有同異。本書合而爲一，彙編校訂。據所及見的已刻詩文集，計有：

（一）甫田集四卷本（簡稱「四卷本」）寫刻本。共收詩六百七十一首，附録九首。按年編次。所注紀年，起弘治三年庚戌，迄正德九年甲戌。上海圖書館有藏本。今以詩中事實參校甫田集三十五卷本，實止于正德七年壬申，徵明二十一歲至四十三歲，二十三年中所作詩也。世傳此本據徵明手書寫刻，以字蹟頗似，然所題紀年偶有失誤〔二〕，酬答主名間與傳世墨蹟不合〔三〕，詩目編次，亦有參差〔三〕，自署名又有訛「壁」爲「璧」者〔四〕，或爲剞劂時手民之誤。要之其爲徵明成集之最早者，彌足珍重。

（二）文翰林甫田詩選（簡稱「翰林選」）　上下兩卷，分體編，共收詩一百九十一首。初刻本在嘉靖二十二年癸卯徵明年七十四歲時。今上海圖書館藏一種，爲萬曆二十二年徵明曾孫從龍重刻本。前有王廷、江盈科、文徵明及文元發序題，末有「萬曆甲午仲夏重校鋟於承天寺重雲精舍，曾孫從龍謹識」三行。

（三）文翰詔集（簡稱「翰詔」）　在嘉靖四十四年春無錫俞憲刻盛明百家詩中。收詩九十七首，詞九首；詩詞間刊。題注偶有紀年，然前後往往失次〔五〕。

（四）續文翰詔集（簡稱「續翰詔」）　亦在盛明百家詩中。據俞憲題記，蓋文翰詔集付梓後，得甫田集四卷本，補選九十三首爲續集。

（五）文太史詩　四卷，在萬曆十一年徵明孫元肇所刻文氏家藏集中。詩及紀年編次，悉據甫田集四卷本所刻，改題今名。前有王廷一跋，即見於文翰林甫田詩選者，字句稍有不同。

（六）甫田集三十五卷本（簡稱「三十五卷本」）　詩十五卷，文二十卷，附録文嘉先君行略一卷。詩文皆按年編次，但未明注干支。前四卷收詩二百五十四首，皆選自四卷本。餘十一卷自正德八年癸酉起，至嘉靖三十八年己未止，收詩五百零二首（目録誤爲四百八十七首）。此爲流傳最廣之本，曾多次印行，所見各本第十五卷第四頁後皆缺一頁。上海圖書館藏有最初印本，有隸書「文翰林甫田集」書籤，目録前有寫刻王廷文太史詩敍及文徵明自敍，第三十一卷末有尚寶司丞顧君安人梁氏合葬銘一文，但目録失載〔六〕。後此印本隸書書籤尚存，但王、文兩敍均缺。又後印本加文震孟書王世貞文先生傳，而顧梁合葬銘亦缺。更後印本於文震孟書傳末款後加「六世孫然重梓」題記一行。最後印本則第二十七卷企齋先生傳亦缺。文然生明思宗崇禎元年（一六二八），卒清聖祖康熙四十四年（一七〇五），故有康熙間文氏重刊之説。然所見僅是修補，且補板草率，錯字特多，亦有缺句殘字未補者。近代坊本如清宣統三年掃葉山房本文徵明甫田集及一九三六年廣益書局本文徵明全集皆據最後印本翻印，故顧梁合葬銘及企齋先生傳兩文皆闕。又集中題跋三卷四十九篇收入學海類編，改題文待詔題跋。一九三七年刻入叢書集成初編。

（七）太史詩集（簡稱「五家」）　在四庫全書所收文氏五家集中。商務印書館有刊印本。四卷，分體編。收詩三百五十六首，有諸集所未見者。

今蒐輯各刊本所收詩文，去其重複，共得詩一千二百七十二首，詞九首，分體彙編爲十五卷，各體仍按作年先後次第之，編年不詳者併列於後。文二十卷，一百六十三篇，悉依三十五卷本編次。

道光本蘇州府志載徵明與常熟桑介合撰賡吟集，未見傳本。光緒本蘇州府志載徵明及徐禎卿合撰太湖新録，所見刊本，收徵明及徐禎卿詩各十五首。徵明詩已具見甫田集。

詩文篇什之外，徵明撰述尚有圖畫見聞志及温州府君遺事二種，爲蘇州府志藝文所載；又有日記，見清人鄭珍巢經巢文集所載，俱未見傳本。至中國文學家大辭典所述青溪寇軌疑爲宋人方勺所撰，未取。

未刊刻之集外詩文，彙録爲補輯。所見傳世之文稿，有上海圖書館藏文稿七册；詩稿有上海圖書館藏詩稿殘册一册，上海藝苑真賞社印詩稿一册，北京圖書館藏文嘉鈔本甫田集殘本十卷（簡稱「鈔本」）〔七〕，益以單篇之墨蹟、印本以及前人著録所載，合爲三十二卷。其中詩十六卷，共收各體詩一千四百一十九首，聯句二首。詞一卷，四十三首。曲一卷，六套。小簡一卷，二百零五通。文十三卷，二百五十三篇。其中書畫題跋，除前人著録外，大率出于目見，亦有爲舍姪邦任所見各地博物館藏品，代爲抄録。耳目所囿，搜羅必多未備。且原件真僞參雜，遽難别白，或所録實爲他人舊作，尚俟考訂，聊供參閲。

本書之校勘，以（一）項之甫田集四卷寫刻本爲底本，以（二）、（三）、（四）、（六）、（七）項各書及文嘉鈔本爲校本（（五）項之文太史集，實爲四卷本之翻雕，故不取），而以所見之書畫著録、傳世墨蹟數十種參校。底本未收者，按校本順次遞補之，并于篇尾注明出處，以首列者爲準，以下者爲校。補輯之詩以文嘉鈔本中未刊詩爲主，鈔本未收者，則徑取一家爲率，而以他種參校。凡底本、校本，概用簡稱；參校各種，列全稱於篇尾，篇中則用簡稱，以醒眉目。凡一題數首者，出處注於末首篇尾，若某本僅收其中某首，則於有關篇尾加注。各詩作年仍連附於題下，其加方括號者，爲輯校者考訂之作年。

書後選輯徵明生平事蹟等有關資料，別爲附録五種：

（一）序跋題記　見于徵明詩文集諸種刊本及文嘉手鈔本者。

（二）傳記誌文　擇傳狀、墓志、祭文之較有關係者若干種〔八〕，以見徵明平生大行。其餘稗乘所載，或諸傳略重複者，及像贊、祠記等，不再採録。

（三）年表　徵明家世名人，文獻足徵，雖仕履稍簡，而身享大年。遺聞舊德，不少概見；師友往還，亦多故事。即流傳墨蹟，題識數語，往往可資考求。往年嘗爲朵雲撰年表，積年所得，又編集年譜數卷，然以事行、翰墨並重，篇帙浩繁。今別爲簡削，但表識其行蹤而已，詩文繫年，集中自見。

（四）交遊酬贈　選録諸家篇什，取其可見往還事蹟、行誼及品題者。尋常唱酬、書畫題詠均不取。限於篇幅，同一作者皆僅選一種。每種後載作者字號、里貫、宦歷，聊充小注。

（五）評論、詩詞話　間有出於評論詩文範圍以外者，以其可補傳志之不足，未予删芟。

余少年學書，初摹趙孟頫，既而先君小農公謂：「吾師張先生聿青書法流美，正從松雪入手。文衡山書圓勁清潤，自有遠致；且人品高潔，世所推重。」余於是改學文徵明書。雖久而弗替，終無成就；然詩文書畫，墨蹟印本，前人紀録，經眼漸多。所見詩文，又多集所未載。其生平行迹，參伍傳記，亦差可排比；向來疑誤，略有考正。積年蒐討，粗具篇幅。一九五二年武進張學曾君介以年譜初稿就正於吴縣顧起潛先生，獲承教益實多。十年動亂後，續於上海圖書館得讀明人諸集，文稿墨蹟，古籍組諸君備予協助。同邑張觀教先生及余兄逢儒等再三爲之商榷點定，皆所銘感，附此致謝。回首五十餘載，雖積歲致力，恨學識寡陋，剪裁未愜，尚祈大雅君子匡其不逮。

一九八三年冬，無錫周道振識于申江寄寓

【附注】

〔一〕甫田集四卷本第四卷首四十四首，原注壬申年作，甫田集三十五卷本選録十七首入卷二作爲正德戊辰年作。其次七十一首原注癸酉年作，又次十六首原注甲戌年作，三十五卷本共選四十二首俱作爲壬申年作。以詩中事實考之，三十五卷本爲是。

〔二〕卷三庚午年所作重葺西齋諸詩中，以徵明手書詩帖考之：次韻答陳道通見贈實爲答伍君求；答伍君求實爲答盧師陳之誤，原答伍君求詩題下注「君求是日期而不至」亦應更移。且次韻答陳道通見贈、答錢孔周、答陳道復、答湯子重、答盧師陳等五詩反在歲暮重葺西齋承諸友過飲之前，前後紊亂。又詩目中陳以年實爲陳以嚴之誤。

〔三〕詩目中十月九日辱次明九逵道復及履約兄弟過飲時淮北小警吴中城禁稍嚴客有居郭外者索歸甚遽故卒章云，於「時」後斷缺「淮北小警……」等廿四字。冬日楊儀部宅讌集會者朱性甫朱堯民祝希哲邢麗文陳道復及余六人分韻得酒字，於「希」後斷缺「哲邢麗文……」等十六字。卷四冬夜有懷王履約履吉追念疇昔阻宿溪樓倏忽一年矣作詩寄情，於「宿」後斷缺「溪樓……」等十一字，類此者尚多，不盡舉。又詩目如卷一雪後、宿崑山吴氏有懷王世賓友壻，卷二病中次韻答石田先生、病中數承孔周顧訪且辱佳篇次韻奉答等詩，詩目缺漏。而卷二詩目中端陽有感爲次韻沈翊南寄示諸詩七首之一，不應列諸詩目。

〔四〕卷四「石田先生留詩東禪命壁牽和……」之「壁」從「土」；先友詩小敍中「璧生晚且賤……」之「璧」字又從「玉」。壁、璧意義不同，而混淆間雜。

〔五〕入京諸詩反在出京諸詩後；己酉、庚戌晚歲之作在早朝詩前；西苑詩十首分置兩處。

〔六〕乾隆本蘇州府志藝文載：「甫田集，王充序。甫田二集三十五卷。一本三十六卷。」道光本蘇州府志載：「甫田集初二集三十五卷，王充序。一本三十六卷。」光緒本蘇州府志載：「甫田集初二集三十五卷，附録一卷，王寵序。一本三十六卷。」所云甫田集初二集三十五卷，殆即指此本；蓋前四卷皆選自甫田集四卷本者。集原序王廷作，王寵早世，故蘇州府志所云「王充」「王寵」，當是王廷之遞誤。

〔七〕文嘉鈔本甫田集殘本十卷，爲第六卷至第十五卷。文嘉鈔此時，已有缺失。自隆慶己巳付文彭次子元發收藏，至乾隆間又爲文嘉六世孫文含所藏。其後輾轉他姓，抄本又有缺頁。今殘存十卷中其第七册（甫田集卷十二）乃嘉靖六年致仕歸家後至十年辛卯秋五年中所作詩。其中：嘉靖六年廿三首，七年廿三首，八年十一首，九年十八首，十年五十三首。其第八卷（甫田集卷十三）爲嘉靖十年秋冬至嘉靖廿八年，十八年中所作詩。其中十年十一首，廿四年廿五首，廿五年十四首，廿六年廿一首，廿八年殘存四首，缺十一年至廿三年、嘉靖廿七年全年及廿八年大部份詩。又以甫田集三十五卷本對校，知三十五卷中第六卷至十五卷詩，皆選自此鈔本。

〔八〕蘇州府志載，徵明墓有吴子孝表。表石久缺，吴子孝玉涵堂集未見，墓表一文，尚俟續訪。又汪琬跋文氏葬録云：「文先生之殁也，一時名公鉅卿，弔祭贈賻者相繼。二承所輯手書祭文，至於如此之多，夫亦盛矣。……」文氏葬録未見，僅見俞、王集中兩文。

文徵明集目録

卷第四 七古一……五二

卷第八 七律二

卷第九　七律三……一八四

卷第十三 七律七 五絶

卷第十五 七絶二 合體詩 詞

補輯卷第十 七律五

補輯卷第十二 七絶一

補輯卷第十三 七絶二

補輯卷第二十六 書……一三七二

補輯卷第二十七 小簡……一三八〇

補輯卷第二十八 傳 壽藏銘 合葬銘

補輯卷第二十九 墓志銘一……一四五二

補輯卷第三十 墓志銘二……一四七一

附録三　年表

附録四　交遊酬贈

文徵明集卷第一

五古一　四十七首

冬日瑯琊山燕集〔弘治庚戌，下同〕

瑯琊古絶境，四月花木春。探玩有深趣，行遊及良辰。蕭蕭晉帝宅，渺渺江湖身。古人不可見，文章環翠珉。傷哉多亭榭，空復委荆榛。惟應千年氣，不改空嶙峋。亂流度回坂，薄照經疏筠。僧窗萬松頂，清風斷埃塵。自余吴山來，此山便爲鄰。水石無異姓，相逢如故人。間多濟勝具，盛有山水賓。一載十回至，不受山靈嗔。　四卷本卷一

秋夜

忽忽故園夢，悠悠滁上城。一夜耳不息，水邊疏柳聲。開門月如晝，十里秋盈盈。中心亂無執，散上岡頭行。吴山望不際，眼角柔雲生。男兒志遺世，物故難爲情。四卷本卷一 三十五卷本卷一

次韻道卿獨夜見懷

羣山夜無語，月明辨纖微。行歌一樽酒，顧影憐栖依。有家不能歸，青山適成悲。美人不可即，奚用良辰爲？凄然淚如雨，意極不自持。越禽巢北枝，終有南向思。巴蛇苦跂首，東西定何之？四卷本卷一

有懷劉協中

東風度幽館，羣鳥相和鳴。念子會無期，茫然過清明。春江芳草遠，懷懷四卷本朱筆改「人」心目驚。如何多朋友，我獨傍山城？豈無樽酒歡，亦有花木榮。所憐異鄉物，徒令心怔營。白雲度水去，日暮山縱横。倚闌詠修竹，千里何當并？ 四卷本卷一 三十五卷本卷一

不寐〔癸丑〕

孤坐忽不樂，挑燈當我前。素書横几案，欲讀已茫然。當年念有負，誓志軼前賢。富貴亦何物？未老已自憐。嗟哉昔惡聞，零落今同焉。 三十五卷本卷一

幽人清不寐，撫枕中夜起。緬懷百年上，終作何事已？昔賢重垂名，老大吾已矣！雖亦知所馳，竟累貧賤恥。讀書殊故念，盜竊謀禄仕。拙哉末歲期，電露焉足恃？嘆息良不禁，還坐慚素几。昏燈黯欲滅，細雨方瀰瀰。安得百年人，相對慰悲喜。 四卷本卷一

五星硯（甲寅）

余得古端硯，鋭首豐下，形如覆盆。面鏤五星聚奎及蓬萊三島，左右蟠雙螭。刳其背令虚，鐫東坡製銘。一黿横出作贔屭狀。文鏤精緻，不知何時物也。因命爲五星硯。

買市得古硯，雅與時製别。鋭首下微豐，刳中面多纈。盤盤覆雕盆，斬斬截古鐵。背銘黿巧負，周飾螭雙揭。層閣擬蓬居，羣星象奎列。驟五家作「聚」觀驚特奇，細玩有餘拙。製豈由常徒？材仍出下穴。挹毫真有助，受水復不竭。何爲城五家作「塵」市中，簿算幾没滅！爰登文字場，永厲清重節。礱磨應不辭，汙辱庶幾雪。吾儕二三子，無日不相接。管城與玄楮，固自有優劣。得君稠人中，應是諸子傑。幽窗搨五家作「榻」無時，小圃吟不輟。從今難復離，坐置行復挈。良充几格玩，何但揮灑設？便須襲錦囊，勿與儔類褻。四卷本卷一　五家卷三

飲子畏小樓〔乙卯〕

今日解馳逐，（翰林選作「驅」）投閒傍高廬。君家在皋橋，諠闐井市區。何以掩市聲？充樓古今書。左陳四五册，右傾三兩壺。我飲良有限，伴子聊相娱。與子故深密，奔忙坐闊疏。旬月一會面，意勤情有餘。蒼烟薄城首，振袖復躊躇。（四卷本卷一　翰林選上　三十五卷本卷一　五家卷三）

寂夜一首　效子建〔丁巳〕

中宵聞零雨，撫枕起躊躕。昏缸棲素壁，流焰照重幃。感此寂無語，戚然興我思。我思何鬱伊？欲舉棼如絲。少壯不待老，功名須及時。男兒不仗劍，亦須建雲旗。三十尚隨人，奚以操筆爲？文章可腴道，曾不療寒饑。仰屋愧塵浮，俯睞影依依。人生良有命，何獨令心悲！心悲髮爲白，失脚令身危。欲爲絶世行，道遠恐不支。世情忌檢飭，斂目俟其疲。誰能七尺身，受此千變機。役役亦徒爾，多憂得無癡？惟應慎厥躬，古人

以爲期。　四卷本卷一　三十五卷本卷一　翰林選上　五家卷三

秋夜懷昌國二首〔壬戌〕

初秋雨時霽，夕景斂炎痾。躡屐遵廣除，矯首睇明河。白露浣衣帶，商飆振庭柯。縞月升雲闕，照我東牆阿。故人不得將，良夜空婆娑。非無一樽酒，顧影當奈何！　翰林選上

陰蟲抱莎啼，秋風在庭户。微涼逗短葛，月出照團露。驚禽飛漠漠，顧見庭中樹。柔枝日以疏，安能共遲暮？人生豈獨堅，坐閱衡杓度。憂來搔短髮，衰薄已堪數。　四卷本卷一　三十五卷本卷一　草書詩卷

感興一首〔癸亥〕

婉婉歲年謝，霜雪淒以繁。崇寒集枯條，朝寒詩卷作「華」不復存。幽人眷遲暮，静息藏晏温。春風日夕至，吹緑牆下根。氣機無代謝，焉知松檜尊？　四卷本卷一　五家卷三　草書詩卷

爲陳子復畫扇戲題〔甲子，下同〕

長松蔭高原，虚亭寫清泚。重重夕陽山，忽墮清談裹。吾生溪壑心，苦受塵氛累。時從筆墨間，塗抹聊爾耳。亦知不療饑，性癖殊事此。有如魚吹沫，不自知所以。世人不相諒，調笑呼畫史。紛然各有須，縑素盈案几。襪材真足厭，研吮良自恥。經旬一執筆，累歲不盈紙。交遊怪逋慢，往往遭怒訾。豈知書生爲，未可俗工擬。五日畫一石，十日畫一水。雖無王宰能，此例自可倚。陳君乃何人？亦自向五家作「顧」庸鄙。一扇五更年，此負真緩矣。吾方懼獲怒，君顧得之喜。一笑題謝君，賢於二三子。四卷本卷一 五家卷三

詠慧山泉五家作「秋日將至金陵泊舟慧山同諸友汲泉煮茗喜而有作」

少時閲茶經，水品謂能記。如何百里間，慧泉曾未試。空餘裹茗興，十載勞夢寐。秋風吹扁舟，曉及山前寺。始尋琴筑聲，旋見珠顆泌。龍唇雪濆薄，月沼玉渟泗。乳腹信坡

言，圓方亦隨地。不論味如何，清徹已云異。俯窺鑑鬚眉，下掬走童稚。高情殊未已，紛然各攜器。昔聞李衛公，千里曾驛致。好奇雖自篤，那可辨真僞？吾來良已晚，手致不煩使。袖中有先春，活火還手熾。吾生不飲酒，亦自得茗醉。雖非古易牙，其理可尋譬。向來所曾嘗，虎阜出其次。行當酌中泠，一驗逋翁智。四卷本卷二　五家卷三

九月二十八夜翰林選作「日」夢中作

碧桐已蕭蕭，冰谷流泱泱。獨行蒼莽間，犬吠人跡絶。旭日穿樹林，青烟忽消滅。時看殿巖風，吹落松上雪。四卷本卷二　翰林選上　五家卷三

題畫

層崖削蒼鐵，飛泉落寒雨。西日漾回波，清風洒簷樹。釋氛澄道心，燕坐溪亭午。未究平生懷，默默自千古。四卷本卷二

題陳原會葵南卷

種花必種葵，葵葉能傾陽。有生勿遺忠，遺忠負剛常。陳君五畝園，種葵繞高岡。饑以葵爲羹，醉與葵相忘。種葵三十年，葵深已成行。杲杲三伏日，燁燁流暉光。所心向朱明，勿待秋風涼。秋風凋百卉，不殺惡草長。草長損我葵，身遠熱中腸。結髮奉明主，老大心未降。有如東逝水，百折終不妨。衡杓任流轉，萬曜鬱相望。相望在何許？紫雲天一方。燦燦園中葵，一一雲錦章。願持雲章去，去補舜衣裳。歸來視山園，吾葵鎮常芳。 四卷本卷二

除夕有感

妮妮五家作「姁姁」小兒語，耿耿燈燭明。空齋薄羞設，言餞歲將行。人行有歸期，歲行無復程。誰云無復程？行與來歲迎。不嫌去日遠，端愁來歲併。歲亦何去來？送迎自人情。人生良有限，七十云已盈。後此未可知，今已半踐更。詩書苦無驗，冉冉白髮生。

富貴非不樂，功業亦所榮。少壯不相待，老大徒心驚。安得柔脆軀，與此浮世爭！聖賢豈常在，古人崇令名。感歎寧有益？濁酒還自傾。四卷本卷二　五家卷三

新正三日西齋對酒示陳淳 詩卷作「春日西齋對酒示陳淳」（乙丑，下同）

西齋掩晴晝，有客過我遊。攬衣起逮五家作「肅」客，一笑散清愁。新聲麗屋角，碧草被高丘。涉春始三辰，已覺氣變柔。行看換朱白，清陰覆牆頭。青春來何易？白日去何遒？願言惜白日，努力繼前脩。芳樽浮濁醪，短案登嘉羞，客情方眷眷，我意亦綢繆。綢繆何所爲？薄言氣相投。顧兹一日長，屈置門生儔。淺薄晚無聞，奚以應子求？三年守殘經，一舉不能謀。豈曰屬時命，要是業未優。業至名自成，德淵心日休。勳猷貴乘時，少壯靡遲留。德荒學不講，吾與子共五家作「同」憂。四卷本卷二　五家卷三　草書詩卷

題畫贈許國用 詩卷作「題畫贈吴次明」，并識「效東坡」

窮巷十日雨，泥深斷來客。西齋午夢破，跫然識高屐。啟户延故人，一笑慰乖隔。閒窗

設香茗，短榻散書册。涉筆寫滄洲，居然見泉石。春山正沉沉，春雨猶霢霢。密竹曉低迷，弱雲晚狼籍。挾蓋緣高岡，貌子獨行迹。子迹良已奇，吾意無乃劇？吾生雅事此，亦頗自珍惜。頗爲識者盡，（五家作「畫」）不受俗子迫。惟君鑒賞家，心嗜口不索。吾終不君靳，不索翻自獲。君能用君法，吾自適吾適。當得吾意時，知否初未擇！偶落好事手，謬謂能入格。餘人惟和聲，遂使虚名赫。雖得知己憐，頗爲（詩卷作「遭」）遺者責。誰云興致高，正坐能事戹。幾欲謝膠鉛，就中有深癖。我癖君更甚，收此顧何益？君言有妙理，意自不能釋。我畫惜如金，君藏慎於璧。好畫與好藏，同是爲物役。　四卷本卷二　五家卷三　草書詩卷

聽竹（珊瑚、郁氏作「聽玉圖爲貳郡程丈畫并詩」）

虚齋坐（吴越作「生」）深寂，涼聲送清美。雜佩摇（郁氏作「遥」）天風，孤琴瀉（郁氏、吴越作「寫」）流水。尋聲自何來？蒼竿在庭圯。泠然如有應，（珊瑚、郁氏作「聲」，吴越作「求」）聲（珊瑚、郁氏作「應」）耳相諾唯。竹聲良已佳，吾耳亦清矣。誰云聽（珊瑚、郁氏、吴越作「聲」）在竹？要識聽由己。人清比修竹，竹瘦比君子。聲入心自通，一物聊彼此。傍人漫求聲，已在無聲裏。不然吾自

吾，郁氏作「我」竹亦自竹爾。珊瑚、郁氏作「耳」雖日與竹居，終然邈千里。請看太始音，豈入箏琶耳。四卷本卷二　五家卷三　珊瑚網畫録卷十五　郁氏書畫題跋記卷十吴越所見書畫録卷三

陳氏池亭納涼 詩卷作「陳氏西池納涼」（正德丙寅，下同）

朱雲釁天漢，金烏朗炎曦。方夏苦埃鬱，言遵芳圃五家作「園」嬉。息鞅偎南榭，褰裳蔭北池。微涼度鮮飇，淺碧漾寒漪。短藻翻鱗鬣，閒渚集鳧鷖。流目落翔泳，遊心詩卷作「情」寓篇詞。願言領幽意，況復酬心知。坐撫景光寂，還憐車馬稀。消摇極瞻諷，旦晝不知疲。疇能均涼燠，無爲居所移。四卷本卷二　三十五卷本卷二　五家卷三　草書詩卷

夏夜

煩熇厭修晷，延緣遲清宵。落景不歛暑，餘火夕自驕。陳牀弗能寐，起坐蔭繁條。珍簟無涼思，瑶紈有温飇。安得淩風翮，萬里隨飄摇？銀蟾麗皎皎，雲幕捲寥寥。仰睇河漢流，無能挽天瓢。似聞隴畝歎，夏暵敷良苗。既洽三農利，奚平遠作「寧」辭一身焦！所念

肌骨柔，不任寒暑銷。功業未有會，已復朱顏凋。四卷本卷二　三十五卷本卷二　平遠山房法帖

陳葵南酒間示余秋園八有之作即席奉和

竹

簷前錦綳兒，南風吹作竿。妙入陶翁詠，亭亭照明玕。繁陰蔽白日，長晝生清寒。素節自深秀，何云錦繡端？

菊

籬根粲黃菊，剪剪媚霜姿。寒香厲晚節，不恨秋風遲。貞堅有至性，抵死抱枯枝。豈如桃李花，飄零成錦堆。

芙蓉

水際爛芙蓉，幽人爲移席。仙掌竟如何？露華涼自滴。涉江情不定，出水詩莫敵。豈

復怨春遲？自媚秋江色。

紫薇

牆角明孤卉，淺緑間深紅。花無百日麗，而獨專化工。仙人紫霞佩，嫋嫋凌秋風。謾説絲綸閣，郎官何可同？

玉簪

幽花附寒砌，素萼楕而長。有如霓裳仙，醉舞白玉牀。天風墮瓊釵，尚帶瑶池香。終然異凡植，一種自靈芳。

鷄冠

庭中鷄冠花，色相鷄與齊。居然見生意，所欠向曉啼。霜清秋籜簇，烟冷夜凄迷。最憐明月下，涼影逐高低。

黄葵

朱葵如附炎，敷豔向流金。黄葵淩秋發，澹然明素心。檀心耀朝華，鶱裳含夕陰。西風吹翠被，頳玉亦森森。

巖桂

離離金粟花，深翠糝輕黄。無人賦招隱，自倚巖穴芳。要是月中種，人間無此香。仙槎不得至，誰爲問吴剛？ 四卷本卷二

題忙閒圖

驅車遵長坂，廻馬絶飛梁。塵頭高十丈，有客行趨蹌。白雲帶松嶠，仰睇鬱以蒼。中有遺世人，下笑流塵黄。黄塵與白雲，曾不隔流水。心情一以殊，翰林選作「疎」相去各萬里。

四卷本卷二　翰林選上　三十五卷本卷二

寄陸安甫

吾友陸士龍，瓌姿照瑶璧。誰令厄世網？老大媚泉石。海濱鬱相望，無由慰乖隔。蕭然點筆餘，千里盈一尺。飛泉落寒空，細路緣絶壁。如聞犬吠聲，不見人行迹。白雲縹緲際，應有神仙宅。閶風吹瑶華，知君有遐適。顧君廟廊器，豈久在山澤？四卷本卷二

三十五卷本卷二

顧母輓詞

女蘿附喬松，夤緣百歲期。風吹忽中萎，豈曰無高枝。有美閨中媛，嫁壻得彦先。羅襦雙結帶，辛苦不得年。教兒學明理，理家佐夫子。家成兒欲達，傷哉不相竢！離離衣上線，黯黯機中絲。非無手澤存，覩之適成悲！悲思在何所？孤墳暗白日。黄土不埋恨，悠悠無終極。四卷本卷二

小齋盆蘭一幹數花山谷所謂蕙也初秋忽抽數幹芬馥可愛因與次明道復賞而賦之〔丁卯〕

時雨袪殘暑，涼颸集華軒。春徂衆芳歇，晚蕙抽瓊根。重兹蘭之屬，不與凡卉羣。離離水蒼珮，肅肅紫霞紳。耿耿孤榻畔，燕對如高人。啟扉得良友，列案羅清罇。於焉撫靈植，一笑滌塵煩。微風南牖來，濃馥散氤氳。有時參鼻觀，即之已無存。譬彼孤潔士，可望不可親。如何庭階近，有此幽谷芬？相忘餘冽中，漸久不復聞。魯哲日已遠，楚纍亦沉淪。無能被雅操，且復酹芳魂。　四卷本卷二　三十五卷本卷二　五家卷三

二月〔戊辰，下同〕

二月春尚早，青泥没蘭芽。東風日夜急，吹雨作瑶華。玉龍壓層簷，素月流寒沙。香紅逐飛輊，令人憶東華。　四卷本卷四　五家卷三

題畫 式古作「正德戊辰六月朔與震方山齋對語頗興秋山行樂之興因寫此寄意」

瑶溪涵素秋，夜雨洗郊陌。漁梁不通市，悠然屏塵迹。道式古作「高」人燕坐中，平坡净於席。疏樹不遮山，斜陽亂寒碧。四卷本卷二　五家卷三　式古堂書畫彙考畫録卷四

題畫 翰林選作「山行」

高澗落寒泉，窮巖帶疏樹。山深無車馬，獨有幽人度。幽人何所從？白雲最深處。出山不知遥，顧見雲間路。四卷本卷四　翰林選上　五家卷三

齋前小山穢翳久矣家兄召工治之剪薙一新殊覺秀爽晚晴獨坐誦王臨川掃石出古色洗松納空光之句因以爲韻賦小詩十首

急澍滌囂塵，方壖净於掃。寒烟忽依樹，窗中見蒼島。日暮無來人，長歌薙芳草。道人

淡無營，坐撫松下石。埋盆作小池，便有江湖適。微風一以摇，波光亂寒碧。小山羃蒼蘿，經時失嶜崒。秋風忽披屏，姿態還秀出。層峯上崇垣，徘徊見西日。清風自何來？離離灑芳樹。齋居不知晏，但見秋滿户。欲詠已忘言，悠然付千古。疊石不及尋，空凌翰詔作「凌空」勢無極。客至兩忘言，相對飡秀色。簷鳥窺人閒，翰詔作「静窺人」人起鳥下食。

翰詔

寒日滿空庭，端房户初啟。怪石吁可拜，修梧浄於洗。幽賞孰知音？擬唤南宫米。百卉凌秋瘁，堅盟憐穉松。誰令失真性？屈曲蕤鬖鬆。終然夭矯在，寒月走蒼龍。幽人如有得，獨坐倚朱閣。巖岫窅以閒，松風互相答。此樂須自知，叩門應不納。堦前一弓地，疏翠蔭蘘蘘。有時微風發，一洗塵慮空。會心非在遠，悠然水竹中。西日在屋角，落影摇窗光。撫時懷美人，還陟牆下岡。風吹白雲去，萬里遥相望。　四卷本卷四　三十

五卷本卷二

文徵明集卷第二

五古二　四十三首

春興二首〔正德己巳〕

青五家作「春」陽轉芳序，淑景麗清嘉。晨風扇微和，百鳥平遠作「喙」鳴周遮。繁陰平遠作「條」泫清露，朱英耀朝華。端居愧物化，起擷崇蘭葩。貞芬媚幽獨，常恐委泥沙。青青陌上草，日夕遍天涯。

妍英弄芳意，柳色含春姿。物華浩無涘，駘蕩東風吹。東風日以熙，草色日以滋。青春萬里道，遊子有所思。浮雲漏白日，宿露朝已晞。攀條惜婉麗，忽得瑛瓊枝。芳悰平遠作「心」未有托，暮景已西馳。菁華難復恃，結藹五家作「皓」聊自怡。四卷本卷三　翰林選上　三十五卷本卷三　五家卷三　平遠山房法帖

題畫贈皇甫太守〔辛未，下同〕

斜陽帶迴堰，秋影落寒潭。微風薄高樹，巖花落毿毿。何以消宴坐？溪聲答高談。虛閴寫空碧，五家作「馥」疏簾摇夕嵐。君今有公事，萬里策征驂。還應燕寢地，展卷憶江南。

四卷本卷三　五家卷三

送崔靜伯應召之京

春陽播明麗，崇文敷光榮。之子謝故園，祇召趨神京。逸羽慕高漢，潛鱗念東溟。豈無丘樊樂？宿志在恢宏。伊昔困讒搆，戢翼暫收聲。涸轍詎終淹？日月邁休貞。東帛賁巖穴，拔茅彙斯征。川途阻以修，悵别難爲情。願言保榮業，佇矣遺令名。四卷本卷三

柱國王先生真適園十六詠

莫釐𪩘

莫釐在何許?乃在太湖心。晴霏滴空翠,斜光含夕陰。嶔岑渺千里,攬之不盈襟。悠悠山中人,歲晚投華簪。

太湖石

幽人家太湖,湖潯富奇石。疊石作層巖,開門見蒼碧。逍遥無所營,居然有真適。却笑牛奇章,千里爲物役。

蒼玉亭

種竹遶虚亭,寒光鎖濃緑。新涼自何來?微風四簷玉。睠兹貞素人,天寒在空谷。日夕飽清虚,何云食無肉?

香雪林

東閣興已遠，西湖跡應荒。如何五湖曲，有此玉雪香？微風時披拂，缺月正昏黄。相看有真味，何必鼎中嘗。

湖光閣

平生曠遠懷，幽居出蓁木。日出五湖明，波光上層屋。白雪度遥空，萬頃在一掬。何能往從之？臨闌弄清渌。

款月臺

幽人何所適？日暮臨高臺。清風吹泬寥，啣杯遲月來。庾公興不淺，況此謫仙才。山空露華白，顧影重徘徊。

寒翠亭

卓哉申屠生，曾因樹爲屋。何如謝簷楹，結檜聊自覆。疇云託歲寒？庸以違炎燠。微風一以摇，翠陰寒簌簌。

鳴玉澗

循牆有寒泉，縈紆自澄瑩。空山疏雨歇，泠然滿清聽。初無洗耳情，聊寄臨流興。何處送滄浪，山人酒初醒。

玉帶橋

幽居環玉澗，歷澗小橋横。不聞車馬過，時有幽人行。幽人今在澗，昔侍白玉京。至今澗上橋，猶傳玉帶名。

舞鶴衢

石衢介芳圃，修衍静亦夷。幽人坐調鶴，愛此石纍纍。支公惜高韻，明遠費珍詞。非如吴市橋，千載令人悲。

來禽圃

南風自何來？吹春著芳樹。嘉果日夕成，青陰遽如許。右軍日以遠，古帖非復故。悠悠千載中，誰會幽人趣！

芙蓉岸

芙蓉照秋水，爛然雲錦披。西風吹玉露，不恨芳華遲。駕言懷美人，零落人一涯。欲往不得將，日暮江瀰瀰。

滌硯池

當窗疏玉池，池深湛而湜。上有臨池人，時從滌殘墨。滌墨硯生光，滌多池水黑。眷言懷昔人，清風藐無即。

疏畦

少年奮功烈，老去親犂鋤。居傍一畝園，歲嘗足嘉蔬。願言從老圃，日夕課童奴。豈茲懷鄙人，生意良足娱。

菊徑

陶翁賦歸來，三徑殊未荒。清霜集枯樊，愛此秋菊黄。誰言衢路側，采采自成行。南山忽在目，日暮歌柴桑。

稻塍

生平隴畝心，歲晚欣有托。舍南春水生，農人競東作。涼風撫嘉苗，秋日看新穫。歲勤還有終，兹事良不惡。四卷本卷三

古風贈鄭先生

紫蘭生谷中，英英茁瓊芽。芳根抱幽獨，不如五家作「知」桃李花。桃李當春時，明麗烘朝霞。物化歸有盡，穠豔無常華。風雨日夕至，零落空泥沙。回看幽谷叢，奕葉含芬葩。旁滋百畝蕙，留夷均揭車。申椒雜蘅芷，百馥紛交加。終資扈紉收，豈久在天涯？胡猶

困贅菉，日暮令人嗟！被服平生懷，欲往道匪遐。願言從明潔，卒歲保貞嘉。四卷本卷三　五家卷三

冬日楊儀部宅讌集會者朱性甫朱堯民祝希哲邢麗文陳道復及余六人分韻得酒字

徂冬肅玄陰，涼飈集虚牖。瓊霙邁時晴，朝旭射簷溜。欣言對羣英，況我平生友。結交廿年更，復此同樽酒。羽觴激清絲，蘭羞粲朱豆。豈無高讌會？重此文史舊。兹焉申故好，歲晏期勿負。四卷本卷三　三十五卷本卷三

歲暮雪晴山齋肆日偶閱謝皐羽詩窮冬疑有雨一雪却成晴喜其精妙因衍爲韻賦小詩十章

歲晏羣芳息，枯條鳴北風。層陰結黯靄，朔雪飛長空。玄冥肅景象，物化歸終窮。妍華肇依始，冉冉收春功。

積雪縞晴晝，離離見高松。睠兹歲寒枝，不復知春冬。旭光時明滅，奄忽浮雲蹤。塵心不能戢，歲晏徒忡忡。

朝光射晴綺，飛翼（故宮作「霙」）炫瑶姿。微風吹竹叢，文玉粉差差。霜草行已繁，冰谷流寒澌。玄機抱終始，逝矣夫何疑！

夜寒拂衾裯，曉色明窗牖。有客從叩門，稚子方擁帚。玉梅已敷英，寒香在纖手。一樽疇與同？自入無何有。

空庭集饑烏，景色入寒沍。濃陰釀朔（故宮作「朝」）雪，松石積縞素。玉顔不堅好，日出四簷雨。薄晚北風微，幽人啟朱户。

朔吹（故宮作「風」）號枯藤，日暮殊未息。居人事塞向，鷙鳥厲高翼。不知夜來雪，庭户皓已積。來粦（五家作「麥」）端可期，三白已兆一。

陽卉不復腓，研沼冰初結。雲日弄寒姿，晶光互明滅。雙扉風自揜，陋巷人迹絶。庭鳥忽自飛，蒼松落殘雪。

初旭射（故宮作「映」）茅簷，枯叢戀寒雀。睡起無餘聲，風簷時自約。展册娱道言，樽酒獨斟酌。無人不妨閒，客至亦不卻。（翰林選上題作「山齋」）

擁寒不出户，焚香娱燕清。朝日照盂（故宮作「盆」）盎，浮光上虚楹。修竹不受風，時時蒼玉鳴。閒情溢眉宇，酒醒詩亦成。

殘雪不蔽瓦，斷溜收寒聲。晨威淒以嚴，雲日麗新晴。淩風振叢薄，枯卉不復榮。年光屬歸斂，慘淡有餘清。 故宮作「情」 四卷本卷三 三十五卷本卷三 五家卷三 故宮歷代法書全集

三月既望同吳次明蔡九逵陳道復湯子重王履約履仁汎舟石湖遂登治平以天朗氣清惠風和暢爲韻分得朗字（壬申，下同）

良期每多違，佳節悵虛往。薄言城西游，餘春遲幽賞。日色漾漣漪，天光發融朗。清吹飄文裾，瑶湍激蘭槳。寄懷涉清川，平目眺遐壤。晴霏動遥岑，清烟散修莽。亞竹孤卉明，隔水五家作「木」春禽響。及此單裌成，聊寄臨流想。 四卷本卷四 三十五卷本卷四 五家卷三

按：四卷本題下注「癸酉」，實壬申年作。

處竹爲清夫賦

愛此王猷宅，蕭蕭竹數竿。虛心聊自托，名人作「得」高節許誰干？擇里得君子，堅藤花作

「尋」盟有歲寒。端能謝塵俗，常得共平安。静裏酬孤悄，風前覓淡歡。横窗鐵鈎鎖，護砌碧琅玕。酒醒聞珂響，詩成洗玉刊。相親恐藤花作「近」相失，長日繞虚欄。四卷本卷四　藤花亭書畫跋卷四　名人書畫第一集

先友詩　有序

壁原作「璧」誤生晚且賤，弗獲承事海内先達，然以先君之故，竊嘗接識一二。比來相次淪謝，追思興慨，各賦一詩。命曰先友，不敢自托於諸公也。

太僕李公　應禎

太僕在三舍，抗言拒刑臣。公在太學，中官牛玉欲延教子，公正言拒之。平生彊執志，已究未達身。十年更外制，耿挺標清真。矯矯孤飛鴻，翹翹一角麟。卿監晚迴翔，白髮已盈巾。故國有佳山，長岐多風塵。終然絶俗姿，逸去疇能馴？

參政陸公 容

陸公婁東鳳，少小已翱翔。公少與張滄洲泰、陸靜逸釴齊名，時稱「婁東三鳳」。耿耿文莊公，識公在班行。職方振風采，抗疏扼羣璫。章程在司馬，至今猶五家作「有」耿光。名隆毀斯來，讒搆伺其傍。參藩亦晚達，竟爲讎者傷。清風不終泯，遺書滿緹緗。

定山莊公 昶

定山古通儒，學道希聖賢。古義與時違，斂息賁園田。黄花媚幽徑，白鳥泳清川。悠悠青山適，一往三十年。高羅弗爲求，欲致無由緣。非無濟世心，亦有清廟篇。惜哉用違材，零落成棄捐。

文定吴公 寬

有偉延陵公，居然古明德。道義周一身，文章可華國。悠悠明堂思，允矣清廟瑟。惜哉晚登庸，位用殊五家作「時」未極。還能敦薄夫，坐亦消讒慝。德淵物爲遷，曾誰覯聲色？聖賢不復生，斯人重吾憶。

禮侍謝公 鐸

巖巖天台山，下有幽貞士；咀英擷芳鮮，燁五家作「燦」然散霞綺。早歲登延閣，回翔石渠裏。璧雍育羣材，金匱抽青史。雖復恩眷殊，不爲纓組累。方巖有書堂，歸來還兼耒。屢召不終淹，誰應會深旨？

處士沈公 周

東南有一士，蘭帶芙蓉裳。瓊珠雜瑶玦，皎然明月光。不隨鳴鳳詩冊作「鳳鳥」下，甘與黄鵠翔。秋風自寥廓，羅網漫高張。采芳涉秋苑，看雲撫層岡。不爲平世五家作「生」得，白首聊徜徉。悠悠天隨子，千載永相望。

參議王公 徽

王公夫何如？侃侃古遺直。一命青瑣闈，慷慨思效職。此身朝闕廷，暮已在絶域。所期言職詩冊作「責」伸，寧計一身抑！丘樊樂優游，天子思舊德。陜郊甫旬宣，遄歸一何亟。松菊媚幽人，鍾山有佳色。

太常呂公 愿

太常名家子，英英蒼玉玕。文章足華焕，秉志亦堅完。禮曹肅供奉，弱冠已騫摶。不愛蔭補郎，自致青雲端。滁山詠列錦，銀臺達糾彈。所至必宣秉，云胡不終安？只應千首詩，終古無能刊。四卷本卷四　三十五卷本卷四　五家卷三　詩册墨蹟

端午日陳氏西園小集分得葉字

仲夏氣彌新，清陰弄榆筴。朱葵勒炎英，翠艾敷冰太虛作「佳」葉。喜看波躍鱗，醉逐風翻蝶。莫言佳期愆，良會心自愜。四卷本卷四　太虛齋珍藏法帖

按：四卷本題下注「癸酉」，實壬申年作。

文徵明集卷第三

五古三　五十四首

同履仁濯足劍池〔正德癸酉，下同〕

舍舟即嶔崎，探策入窈窕。窮崖擘蒼鐵，直下千尋表。絶磴懸飛梁，仰首心欲悼。陰壑多長風，六月更幽悄。秋聲落井幹，翠雨滴深篠。與君富閒懷，竟日恣幽討。都將雙足塵，濯向千年沼。三十五卷本卷五

早起露坐

炎宵不能寐，起坐褰絺幃。繁星麗中天，明河連曙暉。涼風不滿鬢，落月猶在衣。中庭

草木稠，宿露朝未晞。人生亦旦暮，急景無停機。撫時懷美人，欲往情依依。暑寒互推遷，安得願無違！　三十五卷本卷五

九日閒居用淵明韻

端居念物化，草屋秋風生。白雲從東來，因之感浮名。素髮已充領，世慾移聰明。窮無致用資，安事蜚英聲？塵埃失故步，老大懷弱齡。菁華不復妍，白日已西傾。撫時不能忘，徙倚當前榮。寒花媚幽獨，悵然傷我情。愴兹霜露早，寧知歲功成？　三十五卷本卷五

秋日同杜允勝湯子重游東禪次子重韻

人事無停機，曦暉正流耀。及兹東城游，駕言謝紛要。杪秋霽景澄，寒原入高眺。静躁本無媒，憂欣自人召。蘼蘼霜藹明，歷歷幽禽調。獨行心已怡，況也偕二妙。投社慚淵明，能詩得清照。燕談折玄旨，悲吟發孤竅。一語何足稽？後期真未料。微風西北來，泠然雜清嘯。　三十五卷本卷五

次韻答子重東城見懷之作

愁雲薄層漢，北雁鳴羈棲。天寒霜雪繁，零葉被長隄。遠洲宿修莽，曲路紛留荑。南窗夢佳人，覺來隔山谿。幽期不得將，日暮聞莎鷄。秋風日已至，蘭舟一何稽。憂思無能解，起行涉荒畦。獨言疇與晤，樽酒爲誰攜？終然無所適，歸來對青藜。素書自何來？展讀情更悽。人生貴協志，何用悲秦齊！結交不從中，對面分雲泥。三十五卷本卷五

甲戌歲朝明日立春東坡元日詩有土牛明日莫辭春之句因以爲韻賦七詩〔甲戌〕

三元肇兹辰，東風被衡宇。青春麗雲日，朱光已垂户。駮陰不窮寒，朝和散爲雨。死草行復菲，潛陽滋下土。

昨日風北厲，長河水膠舟。今日暢柔和，好鳥鳴高丘。芳春肇伊始，寒氣畢泥牛。誰爲頌椒花？引酒聊自酬。

芳埃潤朝雨，風幡麗春明。感時念所期，駕言出春城。賞心每差池，古人崇合并。漫刺無所投，悵然返柴荆。

東郊迎新春，寒氣從此畢。先民季冬儺，時制用先日。通衢闐鼓吹，士女空户出。懽悰不復遭，撫時還自失。

青陽逐寒迴，今日已非昨。辛盤忽在眼，引酒聊自酌。古人惜端良，今我胡不樂？啟扉得嘉賓，相對慰寂寞。

開歲四十五，吾行云已衰。豈乏青雲志？老大難爲期。學道苦無成，白首操文辭。東風汎碧草，緬然起遐思。

梅花忽已動，歲時行亦新。傾城出行樂，誰念端居人？端居豈不好，負此芳樹春。昨歲花前客，今爲樹下塵。　三十五卷本卷六

新晴〔乙亥，下同〕

積雨浮宿潤，新晴人意適。消摇竹窗中，啼禽破幽寂。初陽動簷瓦，殘溜吴越作「漏」時自滴。曲巷行跡稀，苔花繡深壁。　翰林選上　三十五卷本卷六　五家卷三　吴越所見書畫録卷三

簡王履仁　平遠作「初夏齋居有懷」，貯香作「初夏齋居簡王履吉」

端居苦長夏，思我平生友。獨坐平遠、貯香作「覺」聞車音，開軒竟何有？空庭飛鳥雀，閒門蔭榆柳。白雲團午陰，悠然落虛牖。對此情更怡，無能共樽酒。西郭隱層樓，下臨清江口。積雨江流深，南風藕花秀。相望不可即，長吟一搔首。翰林選上　三十五卷本卷六

平遠山房法帖　貯香館小楷帖

月夜葛氏墓飲酒與子重履仁同賦

明月照行路，青松起悲風。涼秋饒霜露，草木行已空。顧影不自得，起行荒寂中。道逢雙石闕，知爲古幽宮。古人不可見，豐碑自穹窿。上題生前爵，下表没世功。率勤名世圖，歲久已塵蒙。剔蘚三過讀，漫滅不可終。人生本柔脆，所恃身後公。金石且復爾，浮雲安足崇？遺骸步出城西門，言登葛君墓。葛君生世時，聲光盛流布。那知百年内，倏忽草頭露。遺骸委空山，風雨誰一顧？寒月照玄堂，荒蒿斷行路。誰應識君來？惟有青松樹。見樹不

見人，青松乃堅固，乃知人易彫，獨以嬰情故。鑒此念前人，云胡復悲慕？驚風西北來，肅然動情愫。揚杯謝諸公，願言保遲暮。　三十五卷本卷六

履仁獨留治平寒夜有懷　珊瑚作「履仁久留治平歲暮有懷題此奉寄」

遥遥治平寺，乃在楞伽麓。之子神情秀，空山裹雲宿。月冷石牀清，孤眠豈能熟？還持一束書，起傍梅花讀。燈昏貯香作「昏燈」夜參半，饑鼠鳴古屋。淒風西北來，吹墮簷間木。感此霜露繁，坐覺芳華促。少壯曾幾時？歲月鈔本、珊瑚、貯香作「晏」在空谷。念子珊瑚作「此」隔重城，何能慰幽獨？　貯香館小楷帖

玄陰失昏旦，朔吹號枯株。懷君別未珊瑚作「來」久，奄忽歲云徂。空庭飄微霰，慘淡集饑烏。城郭黯以淒，況復空村居。空村白日短，寒雲暗珊瑚作「晴」郊墟。青山不爲容，黃葉繞精廬。遥知松窗下，時披古人書。古人不可見，願言掇其腴。誰令事干禄？雕鏤失其初。嗟余亦喪志，與子同厥趨。豈不懷遠業？均受貧賤驅！朱門富華屋，長途有高車。寧知饑寒士，一飽不願餘。棲棲斥鷃翔，豈與鴻鵠俱？何當長風發，共奪青雲衢。

三十五卷本卷六　鈔本卷六　珊瑚網畫録卷十五

立春日遲道復不至〔丙子〕

東風吹綵燕，曉色動簾旌。遲子不時至，南樓春自生。裁詩供帖子，閣酒聽啼鶯。白日流雲暖，梅花初雪晴。閒窗落香燼，殘光宿茶鐺。敗葉鳴堦圮，分明識履聲。〔五家無末四句〕三十五卷本卷六　五家卷五

東禪寺與蔡九逵同賦〔丁丑，下同〕

何處晚涼多？溪堂夜來雨。喬然兩青衫，〔鈔本作「杉」〕繁陰遽如許！山僧候巖扉，喜聽松間履。〔鈔本作「屨」〕爲破明月團，自汲寒泉煮。三十五卷本卷七　鈔本卷七

雪夜宿楞伽寺

朝泛石湖雪，暮宿楞伽雲。山空夜寒重，對酒不能醺。三更山月高，起視皓無垠。水天

相映射，氣色凌氤氳。增輝巖壑姿，滅没鷗鷺羣。亦知光景殊，照灼難爲分。有如開玉府，珪璧羅繽紛。時於萬木末，瞥見飄珮鈔本作「瓊」雰。山僧事茗設，掃積供殷勤。歸來支石鼎，自束松枝焚。龕燈落殘燼，寶爐斷餘熏。還憐江梅色，玉瘦冰肌皺。

天寒萬木僵，月出四山静。積雪縞清夜，幽崖自輝映。上方衣裘單，俯視寒芒正。長風掃纖雲，平湖竟天净。倒影落僧窗，横飛濕銀鏡。微瀾玉塔摇，秀色千巖競。俄然萬象沉，坐覺羣翳屏。一鳥不復飛，聽颿作「鳴」光華久逾盛。吟懷共朗徹，禪心寄枯勁。祇覺塵界卑，忘身在高夐。半空擊瑶簪，聽颿作「閣」泠然發孤詠。萬里吾聽颿作「居」目中，悠悠一魚艇。　三十五卷本卷七　鈔本卷七　聽颿樓書畫記卷四

十一月六日初度與客飲散獨坐誦太白紫極宮詩有感次韻〔戊寅〕

西風自何來？吹我簷下竹。更闌客已散，夜色悽可掬。起行照疏燈，履影不愧獨。百年已强半，大夢才信宿。老作負轅駒，無疑我何卜？圓景有盈虚，逝水無終復。天道良不私，吾人自傾覆。豈無徑路趨？思之亦云熟。　三十五卷本卷七

題畫〔庚辰，下同〕

稍稍涼思五家作「颸」集，依依炎景流。西風吹木葉，秋色滿蘋洲。伊人何所懷？掇棹自夷猶。青山在篷底，白雲宿船頭。滄波渺然去，仰見天漢浮。飛塵暗岐路，回首正悠悠。五家卷三

寒流嚙山足，嵌空似淩跨。蒼藤蔽深竇，細路通隙罅。幽人已神馳，意行自閒雅。徘徊出木末，復在絕壁下。大江渺無津，萬頃自天瀉。中有娥眉青，白雲共容冶。何當淩絕頂？涵景有虛榭。

輕浪激迴渚，光風泛榮條。青天渺何許？中流見仙橈。修眉落明鏡，蘭帶裔雲飄。含情採芙蓉，無那美人遥。翰林選下，題作「江行」五家卷三　三十五卷本卷八

送蔣員外浙東采木還朝

祇命臨南服，奏功旋上京。歡聲載後車，玉節光前旌。維皇崇出治，肅肅建清廟。鬱攸

昨肆渗，潭潭付延燎。皇心轸隆业，起废属司空。掄材匪云易，使君简宸衷。维兹浙东南，民穷岁仍厄。山空川泽竭，畴堪重兹役？使君独垂情，勿缓亦勿期。上足俾国用，下恤斯民疲。民疲不知劳，功成使君去。青山罣离思，白日照行路。夙驾不容淹，遗惠何能忘？愿君钞本作「言」茂远猷，万里永相望。

三十五卷本卷八　钞本卷八

不寐〔嘉靖壬午〕

欹枕数寒更，漫漫不能旦。天寒鸡再号，灯昏鼠窥案。药炉火已微，孥儿睡方鼾。清风自何来？泠然动虚幔。病眼苦不眠，循牀发遐叹。人世百年短，吾生已强半。况此贫贱躯，时为小儿玩。一卧五经旬，形消髮垂灿。神情日以摧，志业交凌乱。岂不怀明时？流光榻中换！平生二三友，雅志在霄汉。下寿曾不满，半逐浮云散。感此念微名，悠悠何足羡！明月度孤音，霜华满庭院。

三十五卷本卷九

道出淮泗舟中閲高常侍集有自淇涉黄河十二首因次其韻〔癸未，下同〕

揚舲入淮泗，春雲去閑閑。彭門在何許？仰見雲龍山。逝矣黄樓人，清風邈難攀。坐令千載經，宇宙俛仰間。

燕燕語檣頭，鳧鷖遵枉渚。凡物囿化機，飛鳴各求侣。羈人獨何如？托身無處所。皦皦青天雲，悠然自遐舉。

徐淮多往躅，行行入周訪。始瞻芒碭雲，忽出清泗上。千秋賞雄圖，白髮不相放。歌風與戲馬，高臺屹相向。

失身落名網，汗漫江湖間。揚舟涉清濟，回首送淮山。青山豈不佳？白日不得閑。斜光散烟莽，暝禽時獨還。

渚蒲十里青，隄柳千絲直。行路尚裹裘，忽忽徂春色。暑寒有恒期，人事無能測。魚鳥獨會心，忻然似相識。

伊昔東山賢，悠然眷遲暮。常恐兒輩覺，悽其損歡趣。富貴草露晞，勳猷春電騖。云胡不暫息？馳身傍荒戍。潮水絶彭門，揚帆淩北固，何必非故鄉？區中本形寓。況此遊目餘，平生賞心處。清川渺無窮，青山不知數。客夢落遥天，浮雲更盤互。

辭家一千里，圓景更弦望。朝烟航濟陰，落日宿汶上。百川自東逝，千帆皆北向。結髮事明主，事左神益王。睠兹行役艱，那能不惻愴？未遂羽儀心，且逐江湖放。

朝出亂帆前，暮落千山後。十日泝春流，未離清濟口。憶初辭里門，不謂行當久。方舟得舊知，春風共尊酒。

東風吹扁舟，日暮率西滸。平生學操舟，未識修途苦。齊魯冬春交，鈔本作「亢」河源方仰雨。千里飛塵沙，經旬飲斥鹵。白鷗落遥湍，憂來時自數。何當狎禽魚，去作湖山主！

明月照古堰，夜泊洪河濱。河流委以輸，月亦如環循。物理有榮悴，發育春風仁。如何慕古士，卒歲常苦辛。事情從倒置，何但如積薪。風塵淹歲月，行路傷心神。龜蒙不可即，東望空嶙峋。

冉冉春雲度，依依楊柳津。渺渺長風沙，惻惻遠遊人。黄金銷欲盡，白髮日夜新。昨日夢故鄉，覺來濟水濱。濟水千里馳，去去隨漂淪。寧免顔色改？長歧吹暗塵。原倡重用二韻，故改用新、濱二字。

憶我出門時，春風初著柳。行行阻川途，已落飛絮後。白日感西飛，黄流正東走。河流幾百折，時時回鷁首。南風自何來？吹渡古汴口。須臾走塵沙，奄忽迷九有。收帆斜

日明，青山落吾手。倚杖看春山，不覺立已久。前臨濟水清，那堪照衰朽？三十五卷本卷九　鈔本卷九

泊魯橋次九逵韻

落帆魯橋口，意行還自阻。嘗聞魯獲麟，西狩此其所。去魯今千年，秋風幾離黍？扁舟春已深，遊子歌白苧。垂蔭滿芳洲，清湍激迴渚。落日下西皋，蒼然見平楚。歸鳥飛已稀，野寺鐘初杵。不知水堰開，夜聽舟人語。嗟余老無成，白髮事行旅。明發不得休，晨飧帶沙煮。三十五卷本卷九

宿任城

三十五卷本作「再次宿任城韻」，五家作「宿任城次九逵韻」

北風吹古堰，長河捲沙白。昔聞謫仙人，曾作任城客。任城非故樓，勝事今尚籍。想見天人姿，春風岸烏幘。落月伴長庚，何處尋醉魄？我行後千年，空見徂徠碧。長笛起鄰舟，夜靜聲裂石。不見賀知章，悲歌向中夕。翰林選上　三十五卷本卷九　五家卷三

鉅野次九逵韻

黄河互迴折，青山時隱見。行行次鉅野，古服猶漢縣。空聞澤既豬，非復禹初甸。野色浩無垠，忽復春風變。春風不可稽，客子行亦倦。黄金日以銷，轉覺青衫賤。雨濁或膠舟，時行䠷迴堰。驚吹捲平沙，河流激飛箭。何處望神京？天涯雲一片。誰云千里遥？去去南風便。　五家卷三　三十五卷本卷九

次韻九逵阻雨

飄風終夕號，客子念明發。愁聞雨蕭蕭，況聽泥滑滑！流潦失牛馬，春雲暗城闕。昨日青楓根，已逐沙痕没。不堪行路憂，中夜生華髮。四月尚重裘，怪事吁可咄。慌忽夢吴江，香羹薦春鱖。非關重土思，遠道心迫卒。　三十五卷本卷九

送盧師陳奉使紫荆關〔癸未至丙戌間〕

季冬繁霜雪，塞草寒不菲。之子遵朔方，駕言即長岐。揚旍灞水北，促轡漁陽西。豈不念修阻？王程有嚴期。丈夫既策名，委身事驅馳。諮諏重將指，辛苦焉得辭？況君志遠遊，夙昔攻文詞。上谷古雄鎮，幽并勢威夷。於焉寄慷慨，亦足宣遐思。豈若抱槧人，終年守金閨！嗚珂紫雲闕，端簡白玉墀。通籍豈不佳，旅進曾何裨。古賢榮有事，去子行無稽。念惟羈愁中，復此相仳離。長風西北來，吹我雙鬢絲。高歌激清商，顧倒風前巵。三十五卷本卷十一

無錫道中遇雪夜泊望亭〔乙巳〕

北風吹朔雪，飛霙雜零雨。孤舟暮不前，收帆得沙渚。天垂野陰合，日暝江雲冱。五家作「吐」川原入蕭條，林木積縞素。寒尨原作「龐」，從鈔本改噤不鳴，饑烏吴越作「鳥」驚還聚。舉酒不成懽，挑燈時自語。飄泊豈在遠？出門即羈旅。

長林風怒號，天低浦雲黑。空村烟火微，近渚漁舟集。路暗行迹稀，蒼然見寒色。野泊不成眠，羈魂還鈔本、吴越作「恒」惻惻。昏燈黯欲絶，歸夢迷咫尺。戍遠更漏沉，川寒聲影息。不知積雪深，夜久孤篷仄。吴越作「側」　三十五卷本卷十三　五家卷三　鈔本卷十三　吴越所見書畫録卷四

九日遊雙塔院次淵明己酉九日韻〔癸丑，下同〕

時敍不容淹，忽忽寒暑交。矧余蒲柳姿，望秋已先凋。山林樂閒曠，勢途利崇高。人性各有適，奚但壤與霄？奚以一日歡，酬此卒歲勞！古來明哲士，取材不遺焦。御觴輒忘世，何似栗里陶？得酒且復樂，安能待來朝。五家卷三

十日遊治平寺再疊前韻

季秋氣未肅，鳴禽尚交交。澄空霜華薄，木葉不盡凋。撫輿陟前岡，不覺身已高。回視平湖東，逸峯聳晴霄。但欣雙目明，寧辭一身勞？物理會有窮，何以心煩焦？世情共擾

擾，吾樂方陶陶。達人悟遷化，千載猶一朝。　三十五卷本卷十四　五家卷三

人日王氏東園小集〔甲寅〕

晴飔汎叢條，浮陽散修莽。良時及初正，涉七氣已爽。厥日肇惟人，探占喜融朗。駕言求友生，名園欣獨往。折蔬充朱豆，扶藜企高壤。陟彼牆下岡，寄此天際想。被草晨風和，隔竹春禽響。　鈔本此下有「緩歌發新聲唧觴劇酣暢頽景忽西馳涼蟾漸東上偃仰滯還期悒悒懷心賞」六句　三十五卷本卷十五　五家卷三　鈔本卷十五

閒居四首〔編年未詳，下同〕

青苔滿蘿徑，白雲護雙扉。非關習情懶，地偏人迹稀。春風捲簾卧，惟有燕來歸。

牀頭酒新篘，軒前花灼灼。開軒對新花，有酒自斟酌。無人不妨閒，客至亦不却。

歲晏空山寂，端居寡過逢。衆卉紛已息，悠然撫孤松。澆世不可羣，聊復托高蹤。　翰詔

按：第四首見卷二「齋前小山穢翳久矣家兄召工治之……賦小詩十首」中第五首，兹略。

新秋夜坐

斜光暗層樓，庭陰乍分暝。閒門夕未掩，月出虛廡静。明滅腐草暉，參差碧梧影。秋至涼風生，蜩鳴夜初永。撫景慨多違，驚時每深省。白髮不待年，況此百憂并！沈沈市喧息，稍稍栖禽定。不知更漏深，坐覺衣裳冷。仰睇北斗横，繁星麗光炯。牛女寂不言，銀河空耿耿。五家卷三

卷第三　五古

文徵明集卷第四

七古一　二十九首附録一首

雪中游瑯琊諸山還飲醉翁亭上〔弘治庚戌〕

山中吹雨作雪飛，雪深一尺山無路。背郭珊瑚作「却」西南十里强，珊瑚作「陰」僵馬珊瑚作「小蹇」緣岡不成步。却聞鷄犬無人家，行指青青轉來誤。一杯還坐山間亭，動摇彷彿寒江渡。珊瑚作「江寒渡」玉龍當簷垂欲墮，銀浪翻窗驚指顧。便欲船頭捉釣竿，酒醒却在山中駐。亂流不改山下泉，扶疏最好簷珊瑚作「巖」前樹。分明瀟湘真畫圖，平生灞陵好詩句。有情安得古人才？應接紛忙罔知措。歸來拂帽山堂高，悠然夢與飛仙遇。

珊瑚網畫録卷二十二　　四卷本卷一

行色〔辛亥〕

秋山馬前空復横，馬蹄不作看山行。悠然回首何處所？先心已到他州城。火燈匆匆鷄一聲，貴賤富貧俱有程。相看一語出不得，細雨欲落空江明。　四卷本卷一　翰林選上　三十五卷本卷一

盧育之過館中夜話〔癸丑〕

客鄉度夜如度年，故人一笑當萬錢。風風雨雨今何夕？得與盧君相對眠。盧君滁産才而賢，我昔東遊特異焉。高堂論文共筆硯，西麓載酒聯鞍韉。君誠落落出塵表，我亦飄飄忘客邊。江山無情復作客，塵土錯莫秋蕭然。軒窗已辨今夕悶，燈火偶結斯人緣。高懷不負千里遠，往事漫詑三年前。别時青衫同未相，顧相舊物寧無憐？嘗聞奇才必用世，我不足道君何愆？豈君聲名太相逼，造物有忌天無權。賤貧繫命無惓惓，惟有古人當勉旃。　四卷本卷一

題友壻王世寶鈎勒竹〔甲寅〕

湘竿淚歇斑不留，縞衣玉立清而虬。蕭蕭寒月照空影，冉冉白雲生素秋。誰家美人誇雪面？中庭瑤佩清霜愁。飛來白鳳何所有？玉羽五家作「宇」瑟瑟風颼颼。古來畫竹誰最優？先宋彭城元薊丘。誰翻新格作鈎勒？王君一派真其儔。稍從筆底超變相，遂能意外資窮搜。應以虛心本性在，不使粉節緇塵浮。清陰雖改風骨是，意足肯五家作「宜」於形色求。奇蹤豈出漢飛白？古意尚有唐雙鈎。昔人論書謂心畫，看君畫筆知清脩。我方有愧文與可，君已真如王子猷。高堂對此心悠悠，聊書數語遥相投。殷勤報我無多謀，雙竹不讓雙瓊球。四卷本卷一　五家卷四

余畫金焦落照圖吴水部德徵先生寄示二詩三十五卷本作「寄詩二首」題謝長句〔乙卯〕

憶昨浮船下揚子，平翻渺渺波千里。何來雙島挾飛樓？璀璨彤煌截濤起。夕峯倒墮滿

江陰，吴越作「倒浸滿江紅」霜樹高浮半空紫。舟人指點落日處，凌亂烟光射金綺。平生快覩無此奇，却恨歸帆北吴越作「如」風駛。至今偉蹟在胸中，回首登臨心不吴越作「未」已。偶然興落尺紙間，便欲平吞大江水。固知心手不相能，塗抹聊當卧遊爾！晴窗舒卷吴越作「卷舒」日數回，不敢示人聊自喜。由來題品係名聲，何況先生是詩史。君不見當年畫馬曹將軍，附名甫集猶不死。又不見閻公自謂起文儒，池上俄蒙畫師恥。人生固有幸不幸，拙劣何堪古人擬？江山千載等陳迹，一笑寧須論非是。四卷本卷一　三十五卷本卷一　五家卷四　吴越所見書畫録卷一

附水部二詩

戲拈禿筆寫金焦，萬里青天見玉標。未用按圖神已往，耳邊似接海門潮。

閒寫金焦鎮海門，夕陽孤鶩淡江痕。一枝畫筆承傳久，須信先生老可孫。三十五卷本卷一

追和倪元鎮先生江南春〔戊午〕

象牀凝寒照籃筍，碧幌蘭温瑶鴨静。東風吹夢曉無蹤，起來自覓驚鴻影。彤簾霏霏宿

餘冷，日出鶯花春萬井。莫怪啼痕棲素巾，明朝紅嫣鏖作塵。郁氏作「玉容暗作梁間塵」春日遲，春波急，曉紅郁氏作「鳥」啼春香霧濕。青華一失郁氏作「去」不再及，飛絲縈空眼花碧。樓前柳色迷城邑，柳外東風馬嘶立。水中荇帶牽柔萍，人生多情亦多營。　四卷本卷一　翰林選上　三十五卷本卷一　郁氏書畫題跋記卷十一

題三城王畫桃花過牆枝〔己未〕

彤宮雨晴春婉婉，妍華不隔深庭院。試拈丹粉弄春韶，淡痕已破東風面。醉肌暈碧曉生光，脈脈閒情眉斂黃。不從畫史爭新格，自有湛然宮樣粧。　世謂滕王元嬰善畫蛺蝶花鳥，而董逌獨以爲滕王湛然，未知孰是。　四卷本卷一　五家卷四

題石田先生畫〔辛酉〕

細泉汩汩好古作「涓涓」落澗平，蒼烟不動沙洲好古作「不斷江洲」橫。湖亭欲上山滿目，新水浮空春雨晴。江南此景誰貌得？白石先生最神逸。輕風淡日總詩情，疏樹平皋俱畫

筆。好古作「皆畫格」由來畫品屬詩人，何況王維發興新。胸中爛熳富丘壑，信手塗抹皆天真。墨痕慘淡發好古作「法」古意，筆力簡遠無纖塵。古人論畫貴氣骨，先生老筆開嶙峋。近來俗手工摹擬，一圖朝出暮百紙。先生不辯亦不嗔，自謂適情聊復爾。豈知中有三昧在，可以意傳非色取。庸工惡札競投集，鳳凰一出山鷄靡。高堂拂曉好古作「山窗展卷」見滄洲，恍然置我重巖裏。好古作「坐我澄湖裏」定應奪却造化工，不然剪取吴淞水。神完意到輕千年，題作古人誰不然？末二句好古作「只今此畫不可得潦倒門生頭已白相城溪上暮烟空落木秋風堪歎息」四句　四卷本卷一　續翰詔　五家卷四　好古堂家藏書畫記卷上

新荔篇〔壬戌，下同〕

常熟顧氏，自閩中移荔枝數本，經歲遂活。石田使折枝驗之，翠葉芃芃然，不敢信也。以示閩人，良是。因作新荔篇，命壁同賦。

錦苞紫膜白雪膚，海南生荔天下無。鹽蒸蜜漬失真性，平生所見唯萎枯。相傳尤物不離土，畏冷那得來三吴？顧家傳來三數枝，桂身翠幄森森殊。遠人無憑未敢信，持問閩士咸驚呼。還聞纍然生數子，絳綃裏玉分明是。未論香色果如何，只説形模已珍美。

千載空流北客涎，一朝忽落饞夫齒。白圖蔡譜漫誇張，文飾寧如親目視？飽啗只於鄉里足，鮮嘗漸去京師邇。不須更作嶺南人，只恐又爲天下痏。朝來自訝還自疑，事出原缺「出」字非常有如此！雖云遠附商船達，不謂滋培遂生活。始知生物無近遠，故應好事能回斡。卉物聊占地氣遷，造化竟爲人事奪。仙人本是海山姿，從此江鄉亦萌蘖。由來沃衍説吾鄉，異品珍嘗曾不乏。不緣此物便增重，無乃人心貴希闊？福山楊梅洞庭柑，佳名久已擅東南。風情氣味不相下，稱絶今兼茘子三。四卷本卷一　五家卷四

次韻題子畏所畫黄茆小景　六硯於詩末識云「謹次唐君原韻君尾句重押指字輒爲易之」

斜日翻波山倒浸，晚晴幻五家作「鈎」出西南勝。絶島雙螺樹色浮，遥天一線鷗飛剩。誰剪吴淞尺紙間？唐君胸有洞庭山。古藤危磴黄茆渚，細草荒宫消夏灣。我生無緣空夢墮，三十年來六硯、大觀作「餘年」蟻旋磨。睡起窗前展畫看，慌然垂手磯頭坐。湖山宜雨亦宜晴，春色蘢葱秋月明。知君作畫不是畫，分明詩境但無聲。古稱詩畫無彼此，以口傳心還應指。從君欲下一轉語，何人會汲江西六硯、大觀作「西江」水！　四卷本卷一　三十五卷本

卷一　五家卷四　六硯齋筆記卷四　大觀録卷二十

再游惠山〔五家作「遊惠山」〕〔甲子〕

憶得新秋慧山路，小艦歸來及秋暮。東行不負酌泉盟，一笑再理登山屨。山中草木漸衰歇，依舊靈泉雪流乳。腸胃聊湔肉食腥，鬚眉浄洗京塵污。雅致仍攜小筧茶，舊遊愧讀南牆句。墨痕凌亂猶昨日，老衲依稀説前度。三旬才到一何稽，一月兩番無乃屢？人情嗜好信有偏，至理自知非可諭。我生堅固〔五家作「自謂」〕萬緣輕，泉石娱人却成痼。那能過此但空歸？縱不可留須一舁。小奚解事走相從，缾罍預潔提泉具。斜陽一抹滯奔程，好奇正得舟人怒。回視舟人笑不言，就中有理無相苦。

四卷本卷二　續翰詔　五家卷四

寄題瑞州清風亭亭爲夏太常仲昭守郡時作黄應龍追記其事乞詩〔乙丑，下同〕

瑞州山色照江青，瑞州太守風泠泠。時移事換太守去，清風自蔭山間亭。山亭無塵石齒齒，百歲風流人仰止。同鄉博士悵來遲，撫景懷賢託文字。寫心狀物記當時，我不識亭心已至。清規寺左萬松長，彷彿與客登崇岡。松聲激耳溪流駃，月色灑面梧桐涼。清風濯人固自爽，景物快意還相當。須知物盡風有歇，惟有德在人難忘。瑞人緣德護斯亭，我復因亭見典型。亭前千挺琅玕清，亭中之人能寫生。此君本無食肉相，老守況負清饞名。衹今墨君滿天下，清風何獨瑞州城？　四卷本卷二　五家卷四

明日見家兄乃知誤送其家且笑云若非誤送安得此詩因用此意再賦長句

續文翰詔集作「以可餉蟹書至而蟹不達曾戲謝以詩明日見家兄乃知誤送其家且笑曰若非誤送安得此詩因用此意再賦長句」

元龍緘蟹餉詩人，蟹竟不來情則厚。却憐公子本無腸，也解先生賦烏有。一笑題詩報主人，此物還當落誰口？吾家長公真善謔，徑取霜螯點新酒。自云此物有佳處，但喫何須問誰某。豈知隔屋有饞夫，竟負持螯夜來手。明朝相見各大笑，口腹有緣真不偶。安知造物非有意，故向吾儂發詩醜？寄謝元龍好自慰，誤送誤留無足咎。若教送到只尋常，還有新篇贈君否？　四卷本卷二　續翰詔

次韻吴德徵先生江南弄〔正德丙寅，下同〕

烟霏曉色彤樓開，美人倚醉臨妝臺。韶華孰駐顔如玉，鏡裏年光轉朱轂。春風江岸蘼蕪緑，落盡閒花綺塵馥。翠屏自度春寒曲，簾箔重重燕雙宿。四卷本卷二　翰林選上　三十五卷本卷二

處州劉學諭歆乃劉龍洲遠孫便道拜龍洲墓於崑山作詩送之

玉峯之陽荒古原，秋草數尺封寒雲。詩魂醉魄渺何許？山人尚識龍洲墳。龍洲先生天下士，曾以危言犯天子。肯緣禄豢倚時人，竟把殘骸托知己。龑肩斗酒意翩然，不見風流三百年。諸孫沿牒下吴船，到此忍不相流連？當日聲華元不改，風雨荒祠儼猶在。祭田修復勤故老，仆碑重立煩賢宰。旁人懷古尚勤惓，况也博士諸孫賢？源流不隔千里遠，椒漿天假今朝緣。精神恍惚如相授，父老追隨爲搔首。誰云聲迹不相聞，要識忠賢須有後。宦途南北不終留，片帆又逐浙江流。白雲天際渺無極，夢魂常在玉峯頭。

四卷本卷二　續翰詔　三十五卷本卷二

蕉池積雪次張伯雨韻（戊辰，下同）

空山白石漢皛洗，不與時世俱凋零。天星墮地更皎皎，土花蝕雨何青青。千年物色本同幻，前輩畫格能遺形。懷賢弔古意無極，一笑醉倒雙玉五家作「銀」瓶。四卷本卷四　五家卷四

題廬山圖

余爲林師寫丘壑高閒，用謝幼輿事也。而石田丈以廬山高賦之，輒亦賦此。

壯哉廬山天下奇，瀑流千丈江瀰瀰。何人巨筆寫奇秀？歐公昔贈劉君詞。蒐玄抉怪轢萬象，萬古直與山争馳。莆田先生山澤姿，壯節五老同崔嵬。名通仕版偶服吏，癖在泉石終難醫。高堂東絹風披披，令我掃筆爲嶔崎。飛橋細路緣翠壁，偃松絶壑臨蒼坻。已擬先生謝幼輿，故著逸士泉之湄。就中有理未可説，却被石翁加品題。惟翁自有王

維筆，謂我解畫歐公詩。由來絶倡不可和，況此粉墨那容追？祇應披霧見突兀，庶此峻拔如吾師。吾師真是劉凝之，我視六一無能爲。凝之不作六一遠，此詩此畫誰當知？

四卷本卷二　三十五卷本卷二　五家卷四

松雪花鳥圖

疎篁顫葉風回枯，老枝點玉梅花初。韶華暗度人未識，幽鳥得氣鳴相呼。鳥呼花舞春舒舒，髣髴生意當庭除。青紅歷亂粉墨渝，坐久始覺開珍圖。印文依稀「大雅」字，知是王孫吮筆餘。王孫玉雪天人如，寫生不數江南徐。高齋日暮松雪暗，野亭何處鷗波虚。百年手蹟誰與辯，一笑且看竹間書。

四卷本卷二　三十五卷本卷二

友山草堂爲四明李敏行賦

吴越作「題友山草堂圖」

幽人住山今幾年？結廬正在山之前。青山於人互賓主，人與青山相後先。一段幽情輸獨占，玉削芙蓉正當面。百疊浮巒鎖闤遥，半簷疏雨朱簾捲。霧暗林深山欲滴，一笑舉頭青可摘。坐餐秀色神魂清，有時拄笏臨前榮。知君友山似山静，不遣紅塵妨逸興。窗中遠岫列翠屏，天外修眉落明鏡。四卷本卷二　吴越所見書畫録卷三

劉阮天台圖

天風吹春落瑶華，飛湍激澗流胡麻。沿流百步慌有得，瓊桃萬樹蒸紅霞。珠宫貝闕中天起，綽約冰姿見仙子。一笑相逢如有期，宿緣未盡非今時。霓旌翠葆青鸞墜，雲鬟霧鬢芙蓉肌。多生豈識天上樂？塵心忽動人間思。歸來人世已非昔，始信山中歲爲日。癡愚剛爲至人憐，回首千山暮雲碧。四卷本卷四

題畫寄道復戲需潤筆

高齋無事秋日晡，點霜木葉丹扶疏。南園摇落日在念，思君不見端愁予。竹樹深深覆屋廬，小橋宛轉通清渠。主人水石自陶寫，三月不雨今何如？幽窗弄筆入蒼茫，爲寫雲烟寄遐想。硯燥毫枯興索然，潤之非酒仍非錢。老饕有嗜嗜所偏，有約不到空垂涎。

新鵝破掌豚蹄白，打破慳囊莫羞澀。　四卷本卷四

謝錢孔周送蟹

窮陰欲雪天瀰瀰，塞向五家作「户」僵眠對書几。故人知我有高懷，緘書爲致佳公子。淞江水涸稻畦空，掃簾竭澤那求此？吾生於此頗關情，況對一尊清更旨。老妻怪五家作「大」笑異尋常，我自適情君勿止。輪囷犖确類高人，對此若醒真俗矣。霜螯歷落久垂涎，紫髓淋漓先染指。誅求既已極脂膏，搜剔還應窮爪跪。莫言支解本無罪，正坐尊前風味美。淮陰慷慨以功烹，傅奕風流緣酒死。一笑題詩謝故人，坐上江山已千里。

四卷本卷四　五家卷四

春曉曲〔己巳，下同〕

翠塵沃日烟霏霏，彤光飛上千罘罳。誰家高樓鎖春色？金鋪約户蟠雙螭。東風掠幌鸞綃動，瑶鴨蘭温睡初重。起來臨鏡悄無言，含情自理雙鴛夢。夢回生怕守宫殘，捲袖移

韝獨自看。燕子啣春欲飛去，海棠猶自勒輕寒。簾幕垂寒朝不捲，綺疏結香春較淺。欲裁羅段作春衫，自爇薰鑪熨金剪。四卷本卷三　翰林選上　三十五卷本卷三　五家卷四

春夜曲

矞雲貫月溶金波，碧烟冪樹春婆娑。海珠泣紅花露重，蜃脂流絳蘭逶迤。越羅複幙交流蘇，繡襦結帶明青蛾。金壺轉刻彤五家作「銅」龍濕，漏水濺濺轆轤澀。轆轤沉沉軋銀井，畫轂難淹夜愁永。起看青漢不成眠，不見雙星見河影。河明月淡斗横斜，通宵春思匝天涯。眉端心事説不得，自調新譜按琵琶。四卷本卷三　翰林選上　三十五卷本卷三　五家卷四

題畫二首

東風吹春著幽谷，宿雨浮烟樹新沐。斜橋曲徑帶流水，珊瑚作「泉」白日疏籬蔭濃緑。晴江隔世不隔山，百疊蒼螺墮珊瑚作「環」茆屋。輪却長吟抱膝水，鎮日臨磯弄晴淥。珊瑚

千巖拔地排青蒼，古松稷稷連重岡。岡迴嶺複得奇絶，瀑流千丈垂銀潢。盤盤細路入雲長，兩崖對起懸飛梁。雲重路僻不知處，應有仙家在深塢。夕陽變滅晚山寒，無限風烟屬倚闌。　四卷本卷三　三十五卷本卷三　五家卷四

醉仙圖

長松拔地生晝寒，玉泉汩汩鳴高灘。世間萬事日不足，山中百年才轉轂。試看騎馬傍朱門，何似滄芝友麛鹿？有時高嘯度長風，白雲扶醉蓬萊宿。蓬萊之宫渺何許？中有儒仙自霞舉。寧知城市有閒人，只與仙家隔一塵。　四卷本卷三　翰林選上　續翰詔　五家卷四

爲吴心遠補石田未完小畫并次遺韻

石翁已賦白玉樓，畫圖猶記荆溪遊。殘縑未了人事改，百年生世真如浮。補亡到我愧

貂尾，絶筆從前推虎頭。坐中見畫誰最愁？吳翁昨日共經丘。故人何處山在眼？歲月不待江空流。東來無限西州感，畫船五家作「不妨」十日爲遲留。四卷本卷三 續翰詔 五家卷四

題黄應龍所藏巨然廬山圖（正德庚午）

筠陽文學倦官職，十年歸來四壁立。探囊大笑得片紙，不啻瓊珠加什襲。攜來示我俾品評，謂是名僧巨然筆。涣跡漓蹤那辨真？白閒三十五卷本作「行間」雙印還堪識。古篆依稀贛州字，先宋流傳非一日。要知源委出珍藏，未論誰何定名跡。墨渝紙敝神自存，老筆嶙皴疑當作「皴」況超逸。岡巒迤邐蒙密樹，浦溆縈紆帶郵室。盤盤細路繞山椒，斜引魚梁更東出。途窮山盡得幽居，穹宫傑構臨清渠。仙邪佛邪定何處？髣髴勝境如匡廬。還從文學問何如？大笑謂我言非虚。自言遠游真不俗，曾見廬山真面目。五老之峯披白袍，五家作「花」玉虹五家作「晴巘」萬丈時飛瀑。某丘某壑皆舊遊，展卷晴窗眼猶熟。衹今老倦到無由，對此時時作卧遊。慚余裹足不出户，聞君此語心悠悠。高懷只尺已千里，眼中殊覺欠扁舟。四卷本卷三 續翰詔 三十五卷本卷三 五家卷四

文徵明集卷第五

七古二　二十八首

題虢國夫人夜游圖（正德壬申，下同）

紫塵指轡春融融，參差飛鞚驕如龍。錦韉繡帶簇妖麗，絳紗玳燭圍香風。春風交花光彙稿作「加花」矚路，後騎雍容前却顧。中間一騎來逡巡，秀眉玉頰真天人。翠微垂鬢衱稱身，彷佛當年虢與秦。佳人絶代真難得，安得君王不爲惑？豈知尤物禍之階，不獨傾城竟傾國！一時喪亂已足憐，後世方誇好顏色。晴窗展卷漫多情，百年青史自分明。莫言畫史都無意，尺素還太虛作「猶」堪鑒興廢。太虛作「作世箴」　四卷本卷四　續翰詔　三十五卷本卷四　五家卷四　文徵明彙稿　太虛齋珍藏法帖

次韻題王山農墨梅

西湖老樹凌風霜，敷英奕奕先羣芳。貞姿不作兒女態，炯然冰玉生寒芒。窮寒襲人膚欲裂，幽人自詠孤山雪。至今秀句落人間，暗香浮動黄昏月。却恨無人續高韻，墨痕聊寄江南信。不關素質暗緇塵，剛愛鉛煤點新鬢。慌疑寒影照昏釭，刻畫無鹽誰濫觴？逃禪已遠嗣者寡，彷彿尚記山農王。山農何處骨已冷，展卷令人雙目醒。何因爲唤玉妃魂，極目晴波湖萬頃。　四卷本卷四　三十五卷本卷四　五家卷四

按：四卷本題下注「癸酉」，實壬申年作。

山海圖壽王嘉定祖父重慶

四明之山鬱以蒼，東漸巨海連扶桑。山明水秀開淳龐，往往風氣鍾才良。王家衍澤山海傍，百年積植還相當。有翁八十垂高堂，平生樂善貧自將。有田自耕山自藏，只今老大身逾康。膝前有子六十强，鬢眉映坐交雪霜。當年筮仕從藩王，染指薄禄歸徜徉。

誰言指使杖一鄉？尚能兒啼着斑裳。上堂拜慶稱瑶觴，下堂含笑撫諸郎。一家二老歡未央，諸生奕奕還成行。由來重慶家國祥，況此四世遥相望。有孫有孫金玉相，出宰百里方踐歇。高才行履登巖廊，萬里雲漢看翺翔。百年心事真有托，會看積壽如陵岡，海不竭兮山無疆。　四卷本卷四

題西川歸棹圖奉寄見素林公

莆陽中丞千人英，懷忠事君老彌貞。向來聲華四海傾，一言忤志還歸耕。歸來憂世殊未已，況也黑頭方壯齒。天子俄懸西顧憂，尺一到門投袂起。卷甲宵馳萬里輕，竟翦窮兇報明主。捷書朝入劍門關，高情暮在壺公山。豺狼滿道不可往，錦城雖樂何如還？功成身退古所難，角巾東第疇能攀？蜀江溶溶日千里，歸心更比江流駛。玉壘浮雲千萬重，不如先生歸興濃。瞿塘灔澦聲撼空，落日滲淡摇長風。鳥道衡絶悲蠶叢，峨眉宛轉開芙蓉。青天一髮付回首，江山與我俱無窮。嗚呼！江山與我俱無窮，先生一櫂岷峨東。　四卷本卷四　三十五卷本卷四

臘月十八日冒雨過湯子重草堂適王履吉亦在燕談竟日因賦長句奉贈二君

按：此時王寵尚字履仁

窮陰約雨風凄凄，短靴犖确沾豐泥。草堂舊路行不迷，依然碧鳳坊之西。荒庭無聊夜烟合，暮雲欲壓寒簷低。平生故人忽在眼，升階一笑欣相攜。湯君秀潤擬文犀，王郎釘坐哀家五家作「清才飣坐」梨。二君真是後來秀，風儀濯濯情依依。文章奕煜焕星斗，意度坦迆五家作「蕩」和天倪。祥麟一角世所稀，乃肯下友同山麛。顧余骯髒何所有？當年豪氣騰虹霓。世間萬事不比數，欲起古人相與齊。區區薄劣不自知，力小負重成顛擠。空然虛譽動州里，漸久亦盡行如澌。邇來推與愧諸彦，大似野鶴容山鷄。我真老大曳尾龜，公等駭躍凌雲騠。已窺正的寧有失，坐躡高峻何煩梯？百年文運端有屬，萬里修程方發蹄。還聞問學貴忠信，非德有受終無稽。彌文曼采祇自困，如屋不棟車無輗。深言贈君君勿疑，由來丹鳳無卑棲。前賢風躅去未遠，我不足道君當躋。

五家卷四 四卷本卷四

蘭房曲戲贈王履吉效李賀〔癸酉〕

彤雲旖旎霏祥光，蘭椒沃壁含瓊芳。流蘇嫋嫋開洞房，晚波繡燭摇鴛鴦。鴛鴦雙飛情宛轉，紫帶垂螭覺螭緩。緑膏照粉玉缸斜，瑶鴨融春翠雲暖。海綃落枕夜何如？美人笑擲雙明珠。巫雲朝歛金釵溜，不恨巫雲恨花漏。　四卷本卷四　翰林選上　三十五卷本卷四　五家卷四

次韻履仁春江即事〔甲戌，下同〕

二月江南黄鳥鳴，春江千里緑波平。朱甍碧瓦參差去，水荇蘭苕次第生。風外鞦韆何處笑？日斜鐘鼓隔花晴。洞庭烟靄孤舟遠，茂苑芳菲萬井明。唱斷竹枝空復恨，流連芳草不勝情。何時載酒横塘去？共聽吴娃打槳聲。　三十五卷本卷六

題沈氏所藏石田臨小米大姚江圖

長洲沈氏，舊藏小米真蹟。成化間，有鈔本有「爲守者」三字假中官之勢取之；石田爲追摹此圖。

春雲沉空山有無，眼明見此姚江圖。圖窮爛熳得題字，照人百顆驪龍珠。平生雅識敷文書，紹興歲月仍不誣。豈知尤物能媒禍，繭紙蘭亭已非故！石翁信是五家作「事」學行人，能使邯鄲還故步。憶昔憸人賄爲囿，黷財更假狂閹手。千里珍奇歸檢括，故家舊六硯、大觀作「世」物那容守？沈氏藏茲彙稿作「之」二百年，一朝掣去心茫然。誰言物聚必有散？手澤相關常累歎。未能一笑付亡弓，且喜百年還舊觀。豈余鈍眼錯顏標，抵掌真成孫叔敖。區區不獨形模似，六硯、大觀作「在」更存六硯作「收」風骨驪黄外。一時點筆迴通神，得非六硯、大觀作「故應」小米是前身？從來藝事關人品，敢謂今人非古人。三十五卷本卷六　五家卷四　六硯齋筆記卷三　大觀録卷二十　文徵明彙稿

五月十三夜與湯子重王履約履吉三十五卷本、五家、鈔本作「履仁」石湖行春橋看月

夕光沉山蒼靄横，行春橋東江月生。長風吹波天鏡闊，白沙渺渺菰蒲聲。微瀾壓玉搖空明，扁舟忽動江湖情。罾頭魚蝦夜可買，得酒試與諸君傾。山空夜久人竟醉，高歌互答漁舟驚。漁舟天上來，棹入滄溟去。似聞漁歌縹緲鈔本無「縹緲」不斷出烟蘿，水遠天長不知處。一髮青山落鏡中，萬里横河碧空曙。人生行樂不易得，賞心況有樽前客！江山如畫酒如澠，相看不飲空頭白。不見橋東千尺臺，吴王曾此夜啣杯。懽燕不堪芳漏促，西施舞罷越兵來。越兵已成功，越王安在哉？鴟夷竟去不復回，吴宫越壘空復生蒼苔。千古興亡總湮滅，只有湖山未消歇。吴王去來今幾時，幾人能醉湖中月！翰林選

上　三十五卷本卷六　五家卷四　鈔本卷六

追和楊鐵崖石湖花游曲

石湖雨歇山空濛，美人却扇歌迴風。歌聲宛轉菱花裏，鴛鴦飛來天拍水。當時仙伯醉雲門，酒痕翻污石榴裙。遺蹤無復芳塵步，湖上空餘昔人墓。昔人既去今復三十五卷本、五家、鈔本作「人」來，千載風流付一杯。雪藕縈六硯作「銀」絲薦冰碗，蛺蝶穿花三十五卷本、鈔本作「飛來」逐歌板。夕陽剛去三十五卷本、鈔本作「在」畫橋西，一片三十五卷本、五家、鈔本作「段」春光屬品題。傷心不見催花使，只有黄鸝啼再四。無限春愁誰與箋？玉奴六硯作「仙人」會唱紫霞篇。翰林選上　三十五卷本卷六　五家卷四　鈔本卷六　六硯齋筆記卷四

題高房山横軸大觀有識「爲子儋題」

春雲離離浮紙膚，翠攢百疊山糢糊。山空雲斷得流水，只尺萬里開江湖。依然灌莽帶茅屋，亦復斷渚迷菰蒲。岡巒出没互隱見，明晦陰晴日千變。平生未省識匡廬，玉削芙蓉正當面。宛轉香爐霏清河作「森」，大觀作「生」紫烟，依稀夢澤分秋練。未遂扁舟夢裏遊，

酒醒獨展燈前卷。問誰能事奪天工？前元畫史大觀作「法」推高公。已應氣槩吞北苑，未合胸次饒南宫。南宫已矣北苑死，百年惟有房山耳！清河、大觀作「爾」祇今遺墨已無多，窗前把卷重摩挲。世間吮筆争么麽，掃滅畦徑奈爾高公何！三十五卷本卷六　五家卷四　清河書畫舫卷十一　大觀録卷十八

采蓮圖〔丙子，下同〕

横塘西頭春水生，荷花落日照人明。花深葉暗不辨人，有時葉底聞歌聲。歌聲宛轉誰家女？自把雙橈擊蘭渚。不愁擊渚濺紅裳，水中驚起雙鴛鴦。翰林選上　三十五卷本卷六　五家卷四

采桑圖

茜裙青袂誰家女？結伴牆東採桑去。採桑日暮怕歸遲，室中箔寒蠶苦饑。只愁牆下桑葉稀，不知牆頭花亂飛。一春辛苦只自知，百年能着幾羅衣？翰林選上　三十五卷本卷六

五家卷四

明妃曲〔丁丑〕

漢廷議和親，佳人使絶域。明妃隨例行，祗謂掖廷職。一朝臨遣動天子，始信深宫未曾識。當日丹青亦等閒，今知不得黄金力。正緣平日懷貞素，非敢從前恃顔色。由來顔色不自知，愛惜自是君王私。君王顧妾恩何厚，竟按臣工戮延壽。佳人自有命，畫工何能爲？長信宫中長别離，當時豈亦有人欺？悠悠青塚胡沙五家作「沙塵」裏，千載終爲漢家死。紅顔命薄古云然，不恨臣工況天子！翰林選上　三十五卷本卷七　五家卷四

追和王叔明溪南醉歸詩〔辛巳〕

荆南山前花滿溪，山空獨有春風知。春風幾度吹花落，溪上花飛春亦歸。溪女歌殘桃葉渡，相思幾緑江南樹。思君欲濟川無梁，千片桃花溪路長。春風桃李秋空月，人生易得頭如雪。萬里才看北雁來，一樽又與東風别。對酒當歌秋月明，摘花釀酒春杯冽。

溪翁不見草堂閒，無限春光付啼鴂。　三十五卷本卷八

盛斯顯南京司封〔嘉靖癸未至丙戌，下同〕

薊門秋風天早寒，潞河生波楊柳殘。沙塵吹衣日色薄，仙郎九月辭長安。長安東下浮官舸，去去心馳大江左。人情往往計南北，委順知君無不可。憶我前年入國門，連珂接珮多鄉人。豈無同朝歡，不及同鄉美。蕭條逆旅中，吴音更堪喜。宦轍覊人不得齊，一朝散去各東西。向來坐客日以減，子行更使吾悽惋！何如重爲交游惜？此句鈔本作「悽惋將何如重爲交游惜」二句再世通家非一日，況也葭莩添姻戚。人生得意無南北，我漫惜君君自適！建業江山天下奇，聖皇昔此開鴻基。穹宫傑構比豐鎬，列職分曹同保釐。百年形勝真雄壯，奕葉名家更清暢。晝省雍容如列仙，簿書蕭散清而閒。坐曹讀書百不關，有時騎馬看鍾山。　三十五卷本卷十一　鈔本卷十一

送于器之廉憲還滁

東風吹盡燕臺雪，潞水垂楊已堪折。自笑人生得幾時？三年兩度都門別。都門日日有行人，我獨與君情最親。向來宦轍苦南北，此去尚是江湖身。君向江湖我塵土，從此雲山亦修阻。豈惟去住隔雲泥，本自疆封限吳楚。憶得滁陽始相見，紺髮垂雲俱弱冠。四十年來轉首空，升沉異勢容顏變。不獨容顏改舊時，世情翻覆浮雲移。江湖風月鈔本作「多」足濤浪，道路天險藏嶔巇。君能不易平生志，豈識人間有機事？不將嫵媚獵時名，更樹風聲招物忌。踐歷中外垂廿年，空囊羸馬意蕭然。昂藏不受世人識，骯髒徒爲知己憐。知己憐君君不恨，浙水東西有公論。但須俯仰面無慚，未怕伶俜身獨困。平生頗厭乞墦徒，昏夜哀憐正堪憫。若教游宦損初心，相去中間不能寸。此志悠悠我獨知，青山不負當年期。幽谷雲深每獨往，瑯琊月出詠歸遲。醉翁亭下泉堪釀，君去歸兮我惆悵。四時朝暮古人情，同負幽懷不同賞。三十五卷本卷十一　鈔本卷十一

夜坐〔己丑〕

幽人被酒夜不眠，攬衣起坐垂堂前。參差花影忽滿地，仰見明月流青天。微風吹空星漠漠，時有羈鴻度寥廓。美人不來更漏沉，天南縹緲銀河落。翰林選上　三十五卷本卷十三　五家卷四

庭前蜀葵

庭下戎葵高十尺，紫蕤入簾明的皪。誰令豔質不逢春，却有丹心解傾日。輕塵不飛朱夏清，翠翹鏤日陰亭亭。南風吹幃殘酒醒，寂寞闌干晝方永。翰林選上　三十五卷本卷十三

題畫〔丁未〕

溪雲冥冥溪雨急，長空倒垂溪水立。凌亂春潮萬壑摇，低迷暮靄千林濕。余生雅有滄

洲適，曾擁孤篷聽蕭瑟。夢斷紅塵二十年，江湖獨往興依然。偶拈禿筆掃東絹，便覺吳淞落并剪。金君家住鈔本作「在」水雲鄉，朝烟暮雨對林堂。若爲老去厭真蹟，翻愛狂夫灑鈔本作「染」狂墨。就中妙解誰應識？萬里雲烟開素壁。紫瓊翠琰開蒼壁，下有蒼松幾千尺。濃陰冪歷森晝寒，虬枝拂空根束石。石連灌莽榛欲絶，路繞松根更斜出。仙源近遠不可窮，却有幽人在山澤。山澤幽人坐倚松，仰看出没山雲空。眼中溶溶霏暮靄，耳畔稷稷鳴天風。崩崖一線削積鐵，玉泉百丈飛晴虹。吳中山水清且遠，老我平生素遊衍。偶然點筆寫秋巒，恍惚遊蹤出東絹。金君有癖與我同，每每神遊翰墨中。贈君此幅應有以，咫尺相看論萬里。三十五卷本卷十三　鈔本卷十三

壽東畬錢先生〔己酉〕

東畬先生古貞臣，平生耿挺標清真。廿年中外肆敭歷，所至秉節宣皇仁。浮雲漠漠有變幻，長歧往往多風塵。孤征方出霄漢上，一笑已脱風波身。莫言有才用未極，天地深機自消息。憑將强健博高官，留取有餘還造物。衹今優遊經幾年，八旬行及顔蒼然。霜松雪柏澗壑邊，紫芝玉樹階庭前。人世長生能有幾？如公豈獨神仙比！向來富貴等

浮雲，未盡勳名付兒子。二兒駟馬日邊歸，捧檄升堂試舞衣，靈椿丹桂初光暉。嗚呼！靈椿丹桂初光輝，千秋萬歲願無違。　三十五卷本卷十三

題漁隱圖〔辛亥〕

江南雨收春柳緑，碧烟斂盡春江曲。十里蒲芽斷渚香，千尺桃花春水足。溪翁鎮日臨清渠，坐弄長竿不爲魚。太平物色不到此，安知不是嚴光徒？翰林選上題作「漁隱」，翰詔題作「題畫贈隱者」　右春

江頭夏雨十尺强，晚波摇日空江涼。遊魚瀺灂樂深藪，不謂人間有漁笱。笱得江魚不税官，自食自漁終歲歡。輸租轉賦世途惡，漁家自得江湖樂。　右夏

漁翁老去頭如雪，短笠輕篢舟一葉。百頃魚蝦足歲租，十隻鸕鷀是家業。横笛朝衝柳外風，浩歌夜弄波心月。不嫌湖上有風波，世路風波今更多。翰林選上題作「漁隱」　右秋

烟沉風緊鳴蕭蓼，江湖歲晚玄冥肅。寒塘日出曉光浮，村甕茅柴酒初熟。網得冰鱗不入城，自漉瓦盆招近局。欸乃一聲烟水長，葦深江静燃湘竹。　右冬　三十五卷本卷十四

題吴雪洲磨崖神異卷〔壬子〕

齊雲西來巖壁立，天削芙蓉千仞碧。誰能題字碧雲端？吴生袖有如椽筆。蟠金屈鐵紛琳瑯，天門慌忽蛟龍翔。夢中神授若有得，覺來信手筆已忘。二句坡詩也。坡翁此語信奇絶，千年似爲吴生設。老夫拈出贈吴生，一笑千峯秋月明。三十五卷本卷十四

新燕篇〔編年未詳〕

杏花飛飛春石渠、墨蹟册作「新」燕來，主人花下新堂開。花間相見驚石渠、墨蹟册、軸作「如」相識，緑樹東風捲簾入。漠漠疏烟碧草齊，斑斑小雨春泥濕。城中甲第連雲起，畫棟朱甍春旖旎。故壘能石渠、壯陶作「寧」無繡幕思？多情却向茅簷底。茅簷日暖繡幕寒，去來只作尋常看。乃墨蹟軸作「已」知物性無新故，世人石渠作「人情」，壯陶作「世情」自爾分貧富。我家舊宅經幾遷，僅有此屋三年前。一朝差池忽在眼，便覺華焕生榱椽。不嫌香土污書帙，時有飛花落舞筵。人言禽鳥得氣先，主人墨蹟册、軸作「我知」貧病何當壯陶作「貧賤何時」

痓?人生未怕常貧賤,但願年年見新燕。　翰林選上　五家卷四　石渠寶笈卷三十五　壯陶閣書畫録卷十　墨蹟册　墨蹟軸

五言排律　五首

贈邢麗文〔弘治壬子〕

邢子玉爲質,天生粹美人。襟期看落落,意思入誾誾。不爲窮傷性,還資學養身。躋攀深識要,制作力排陳。久久前無古,駸駸穎出塵。妙書規褚瘦,苦句逼郊真。前輩争推服,同時未擬倫。清明好氣宇,悠遠擅風神。顧我交朋寡,因君出郭頻。燕游多引召,文字互評論。久益知私厚,愚方引炙親。常聞先從祖,應是太初民。蓄德傳家隱,爲儒再世貧。知君能後者,投贈故諄諄。　四卷本卷一

大雪不出偶成八韻自齋中所見外皆禁不犯〔癸丑〕

静坐朝慵出，不知風雪臨。凝暉上窗積，紙冷到衣衿。小片投牆隙，餘威結硯心。聆音琤可喜，想像浩難禁。童子傳來看，家人報説深。卷書空自照，杯酒不辭斟。意賞何煩對？傳聞不害吟。未應關三十五卷本作「閉」户卧，不及放舟尋。四卷本卷一 三十五卷本卷一

期陳淳不至〔乙丑〕

美人期不至，寂寞繞階行。短架閒書帙，幽窗聽屐聲。空令開竹徑，深負洗茶鐺。春草暮雲合，梅花初月明。蹉跎殘諾在，次第小詩成。未敢輕知己，終然愧後生。新年池上夢，舊雨洒邊情。眼底非無客，相看意獨傾。四卷本卷二 三十五卷本卷二

贈史黄門〔正德戊辰〕

世冑推炎漢，衣冠重溧陽。風波新夢斷，巖壑欲情長。後業存青鬢，明時束皁囊。黄花初闢徑，緑野舊開堂。逸興秋山遠，沖襟暮雨涼。江天垂短景，澤國滯行艎。有勝供遊屐，無人識瑣郎。鴻泥尋往迹，蘭芷浥餘芳。窮巷寡輪鞅，高賢辱幣將。追隨慰傾渴，淺薄愧游揚。素月當空滿，歸雲逐鳥翔。不須深悵别，百里本同鄉。　四卷本卷四

次韻答九逵見寄〔丙子〕

季子徒存舌，相如已倦遊。人方誇北阮，吾自愛東丘。病卧吴門雨，遥憐震澤秋。渚雲淹暮景，江草識離憂。樸學難爲用，微名費屢求。千金懷敝帚，半夜失藏舟。伏櫪餘初志，投繻愧本謀。網羅空自密，零落不堪收。　三十五卷本卷六

七言排律　一首

秋日遊陳以可姚城别業〔正德庚午〕

卜築姚城獨遠囂，幽居宛轉帶長濠。白浮斷葦兼天雪，緑衍横疇萬頃膏。斜引陂塘成曲沼，亂垂榆柳蔭平皋。循牆細徑穿修竹，護砌疏籬束敗蒿。小隔烟霞如别境，近通墟落有輕舠。采山釣水盤中愿，尋壑經丘栗里陶。勝事千年追往哲，清遊一笑屬吾曹。西風寂歷黄花節，短髪刁騷白苧袍。玉糝肥濃羹土芋，茆柴香滑薦村醪。野田初下披緜雀，鄰斷能供啄雪鰲。晴日滿場秋穫稻，重湖繞宅夜聞濤。去城便有江鄉樂，涉世方知畎畝高。坐戀閒情渾欲老，偶分餘席亦云叨。留詩漫作頻來券，寄謝元龍莫憚勞。

四卷本卷三

文徵明集卷第六

五律　一百零六首

晉元帝遊息廢址在瑯琊山〔弘治庚戌，下同〕

斜日瑯琊寺，元皇憶晉朝。傳牛先有讖，度馬竟符謡。故事流爲梵，離宮問得樵。蕭然回馬嶺，黄葉引山鑣。　四卷本卷一

故園

屋舍小山村，終然思故園。雨晴秋倚閣，月出夜開門。好景亦時翰林選、五家作「無」改，遠人空目存。梅花未消息，行矣晚何言？　四卷本卷一　翰林選上　三十五卷本卷一　五家卷五

東葛城夜發〔癸丑〕

蕭蕭東葛路，馬上聽嚴更。月出高山黑，天空遠水明。年光秋漸索，客子夜猶行。村落知何處？時聞犬吠聲。

四卷本卷一　三十五卷本卷一　五家卷五

夜雨〔丙辰〕

中夜清如許，沉沉聽雨眠。無愁還觸起，有憶正茫然。敗絮和衣擁，昏缸背壁懸。俄聞喧屋漏，自起縛殘編。

四卷本卷一

過冶長涇有懷錢元抑〔丁巳，下同〕

十里鵝津路，蒼涼日照原。霜高溪見底，秋盡稻餘根。斷靄知何處？荒鷄自一村。懷人隔西浦，去去暗消魂。

四卷本卷一

北郭夜歸

北郭鐘初絶，還家人倚舟。縱横燈映市，突兀霧沉樓。月落羣星出，天垂一水浮。不知寒色重，霜在木綿裘。　四卷本卷一　五家卷五

九月晦夜風雨

九月今宵晦，無眠對短缸。撼窗風在樹，圍屋雨翻江。秋事行且盡，我懷殊未降。新寒動吟色，苦調不成腔。　四卷本卷一

十月

十月蹉跎盡，嚴風忽滿城。積寒裘失重，綿雨榻生情。人事莽無際，歲功垂又成。凋零餘短菊，瓀眼得時明。　四卷本卷一　五家卷五

暮春齋居即事二首〔壬戌〕

經旬寡人事，蹤跡小窗前。暝色連殘雨，春寒宿野烟。茗杯眠起味，書卷静中緣。零落梅枝瘦，風吹更可憐。翰林選上題作「歲暮閒居」，應誤　三十五卷本卷一

閒庭青翰林作「芳」草積，春半思蒼茫。小雨作寒食，微風汎海棠。芳情經病減，白日廢書長。何物供欹枕，縈簾一炷香。翰林選上題作「歲暮閒居」，應誤　三十五卷本卷一

翠箔晝重重，寒深雨更濃。碧鮮浮草色，閒淡斂雲容。未遣愁欺病，還資静養慵。蹉跎裘褐在，强半負春穠。四卷本卷一　五家卷五

王婆墩次楊儀部韻〔甲子，下同〕

遥看塢一聚，到只屋三間。嫗姓隨墩在，僧廊得蘚殷。秋濃山照閣，雨足水侵關。依舊刺船去，回瞻樹杪欄。四卷本卷二　三十五卷本卷二　五家卷五

江船對月效樂天何處難忘酒

何處難忘酒？江船對月時。風聲傳語笑，波影散鬚眉。遠火山浮動，明河天倒垂。此時無一觴，水月負佳期。

四卷本卷二　三十五卷本卷二　五家卷五

病中數承孔周顧訪且辱佳篇次韻奉答

疏桐寒寂歷，西日晚蒼涼。宿痼無靈藥，心齋習妙香。履憂身漸熟，却事計差長。窮巷頻迂駕，高情詎敢當？

四卷本卷二

春日閒詠〔乙丑〕

時節燒燈近，羈窮獨卧家。餘寒春挾纊，殘困晚煎茶。土潤先滋草，梅晴薄試花。新年眠食好，隨分足天涯。

四卷本卷二　三十五卷本卷二　五家卷五

遊治平寺（正德丙寅）

落日淹遊艇，循山小徑迂。避喧欣得寺，擇五律卷作「選」勝旋開廚。偃樹斜侵磴，横岡遠帶翰林作「帶遠」湖。過春纔翰林作「遂」十日，碧蔭已扶疏。四卷本卷二　翰林選上　五家卷五　五律十六首卷

次韻陳以可觀蒔秧（丁卯，下同）

妻孥空舍出，秧稻及晴明。匝岸清歌動，分畦翠浪生。田家自村樂，歲事卜蛙聲。慚愧城中客，長腰飯玉秔！四卷本卷二　五家卷五

次韻喜雨

睡起風吹面，高樓急雨來。新涼花竹喜，殘病鬱蒸開。隔水荒烟合，長空獨鳥回。佳人

應按曲，白苧是初裁。

四卷本卷二　五家卷五

陳以可近歲築室陳湖專理農業時以詩見寄誇其所得比來秋成當益樂輒賦秋晚田家樂事十首寄之

築室姚江上，陳湖東復東。舊諳風俗厚，近喜歲年豐。晚醉茅柴酒，朝羹踏地菘。村居今已習，那復念城中？

甲第城中好，何如小隱家？翦茅苫屋角，引蔓束籬笆。社動喧村鼓，場乾響稻枷。誰言田舍苦？隨分有年華。

艇子新浮水，移來傍釣磯。趁晴觀穫去，薄暮汎湖歸。斜日牛眠隴，秋風犬護扉。行邊銜鴨陣，時掠野田飛。

秋雨初晴後，秋風滿稻畦。笑歌村遠近，烟火舍東西。紫擘輪芒蟹，黃烹啄黍鷄。相過有田父，日日醉如泥。

秋事相將盡，農勤亦告終。風高陂水涸，霜落稻畦空。説尹遭田父，穰年賽社公。不妨多釀秫，今歲頗豐融。

散步蒲爲屩，端居衲御風。觀儺逐鄰里，築圃課兒童。誰識佳公子？真成田舍翁。只應吟興在，時復走詩筒。

早畢婚嫁累，便爲田舍謀。水租魚十頃，園户竹千頭。省事官無擾，勤身歲有秋。有時攜短策，尋壑更經丘。續翰詔

日落山園屋，霜清水映門。魚蝦時作市，鷄犬自成村。新味香秔飯，常情老瓦盆。渾家得醉飽，時事更休論！續翰詔

廩充官税足，歲晏樂何如！自和田園詠，閒修種樹書。清溪照茆屋，寒雨暗村墟。時有東鄰叟，攜壺慰索居。續翰詔

湖田半栽秫，秋至釀已成。早辦兼旬醉，聊償一歲耕。淵明無俗韻，子幼善秦聲。莫怪疏狂甚，相歡答太平。續翰詔　四卷本卷二

對雨（戊辰，下同）

獨吟圖目、五律卷作「經旬」池上雨，拍拍水平堤。暝色千峯合，涼聲萬葉齊。翠承五律卷作「沉」深竹重，寒壓晚簷低。怪得經過斷，街頭一尺泥。　四卷本卷四　翰林選上　三十五卷本

卷二　五家卷五　中國古代書畫圖目二　五律十六首卷

題秋江圖

湖平失洲渚，日落見帆檣。雁影天隨遠，漁歌水自長。孤雲開浩蕩，高興落滄浪。欲采芙蓉去，烟波正渺茫。　四卷本卷四　五家卷五

題畫

幽人娱寂境，燕坐詠歌長。日落亂山紫，雨餘疎樹涼。閒情消世事，野色送秋光。仙家知不遠，細路繞崇岡。　四卷本卷四

獨坐〔己巳，下同〕

獨坐茆簷静，澄懷道味長。年光付書卷，幽事續鑪香。日出烏烏樂，雨收花竹涼。蕭閒

習成懶，不是寡迎將。　四卷本卷三　翰林選上　續翰詔　三十五卷本卷三　五家卷五

閔川八詠　五家作「關川八詠」

閔川五家作「關川」幽居

有美神明後，閔川五家作「關川」古世家。人情隨里善，第宅帶山斜。高木雨添蔭，清流月映沙。莫憐城市好，車馬正紛華。

唐關清隱

空巖帶流水，回合自成關。有客居盤谷，何人五家作「時」賦小山？編籬護修竹，引釣俯蒼灣。見説遺塵累，春來事事閒。

墓山牧笛

何處聞悲調？隴頭孤笛鳴。月明人跨犢，風細谷傳聲。鬱鬱佳城思，漫漫長夜情。孤兒正愁絶，原樹答淒清。

梘山漁歌

短棹白蘋渚，清歌黄帽郎。隔雲傳欸乃，背雨入滄浪。日落暮山碧，天空烟水長。西風吹不散，秋色滿江鄉。翰林選上

隔峯嵐氣

隔峯當户牖，嵐氣掃晴空。短笏迎蕭爽，疏簾捲鬱葱。晚烟明滅外，秋色有無中。莫道渾如畫，還應畫未工。

屏阜書聲

吾伊聲不惡，宛轉出崇岡。茆屋四簷静，短檠中夜涼。能來問字客，雅稱育賢鄉。清韻松篁外，悠然道味長。

雙溪明月

見説雙溪好，秋來更渺然。漫流寒漾月，夜色遠浮天。斗酒黄泥坂，宫袍采石船。謫仙

今寂寞，勝事屬誰傳？

萬貫晴川〔翰林作「江上」〕

江上春潮落，晴洲帶渺茫。中流分樹色，斜日送蘋香。斷雁迷千里，荒鷄自一鄉。晚雲歸別浦，依約見帆檣。翰林選上　四卷本卷三　五家卷五

夜坐〔辛未，下同〕

溽暑夜不寐，涼風初解圍。起看星漢動，坐久語音稀。殘月耿猶在，流螢忽自飛。一聲何處鶴？露下欲沾衣。四卷本卷三　翰林選上　續翰詔　三十五卷本卷三　五家卷五

不寐

展枕不得寐，沉沉玉漏淹。一燈寒照壁，半夜雨鳴簷。有味留貧在，多愁與病兼。鬢邊新白髮，應爲小詩添。四卷本卷三　翰林選上　三十五卷本卷三　五家卷五　平遠山房法帖

新寒

木落見清真，端居物自春。窗虚蠅擊紙，院静鳥窺人。白日經簷短，青衫卒歲貧。新寒滿城郭，欲出畏風塵。

四卷本卷三　續翰詔　三十五卷本卷三　五家卷五　平遠山房法帖

次韻孫太初秋夜汎月之作

烟斂依依樹，鷗飛漠漠田。短簫吹夜月，高興落江天。遠火摇輕浪，跳魚驚過船。良辰不易得，吾敢卜明年。

四卷本卷三　三十五卷本卷三　五家卷五

孫山人遷居承天寺喜余相近作詩見寄次韻奉答

卜居荒寺裏，相見喜津津。君以仁爲美，吾慚德有鄰。溪橋分夜月，花柳共新春。更有圖書在，相看莫厭貧。

四卷本卷三

虎丘萬松庵〔壬申，下同〕

名山入游眺，東下有精藍。盤折疑無路，幽棲自一庵。秋風滿籬落，斜日照松杉。未用談禪寂，清深我自眈。四卷本卷四　續翰詔

過孫文貴不在對庭中新竹

一室才容膝，居然不受埃。慌如城郭外，時有野人來。簷緑摇新竹，階紋蝕古苔。未妨酬對寡，撫景自徘徊。四卷本卷四　三十五卷本卷四　五家卷五

東禪寺〔癸酉，下同〕

古寺謝車馬，清臨緑玉灣。雙禽啼竹徑，獨犬護松關。落葉秋滿地，夕陽僧自閒。偶來還自去，回首碧雲五家作「天」間。翰林選上　三十五卷本卷五　五家卷五　癸酉詩卷

石湖 三十五卷本、五家作「石湖作」

落墨蹟作「白」日淡烟消，平湖碧玉摇。秋生茶磨嶼，人在越城橋。樹色晴洲斷，鐘聲古寺遥。西風吹短鬢，還上木蘭橈。 翰林選上 三十五卷本卷五 五家卷五 書軸墨蹟 癸酉詩卷

追和錢舜舉山居韻

翠深山帶屋，緑浄水通門。泉石情還重，丘園道自尊。種莎添野色，留竹護籬根。樂事惟心會，休逢俗子論。 翰林選上 三十五卷本卷五 五家卷五

病中辱履仁過訪

西風零詩卷作「寒」雨歇，幽徑故人來。落葉已西泠作「秋」滿地，草堂寒未開。清心香續篆，引筆硯封埃。無計留君得，依然日暮回！

秋聲繞茅屋，落日井梧寒。疾病淹愁在，風烟逼歲殘。閉門車轍斷，圍腹帶痕寬。勞謝王玄度，時來覓故歡。三十五卷本卷五　西泠印社本竹林高士圖　癸酉詩卷

寒夜

茅屋寒初重，無眠對燭光。疏砧何處月？殘葉滿庭霜。攬物驚時改，供愁有夜長。空餘强學志，撫卷視茫茫。三十五卷本卷五　五家卷五　癸酉詩卷

歲暮

三十五卷本、五家、鈔本作「張明遠索畫久而未成歲暮陰寒雪霰將集齋居無聊爲寫溪山欲雪圖并賦短句」〔甲戌，下同〕

歲暮天欲雪，郊原風色饒。山寒增突兀，樹暝入蕭條。野水照茅屋，歸人争斷橋。窗前有新句，欲覓已寥寥。翰林選上　三十五卷本卷六　五家卷五　鈔本卷六

承天寺中隱堂（平遠作「承天中隱院」）

古徑無車馬，閒門帶蔦蘿。秋風吹宿雨，日暮（平遠作「落日」）眄庭柯。世味逢僧盡，新涼入寺多。居山未有計，此地數來過。（翰林選上　三十五卷本卷六　五家卷五　平遠山房法帖）

夏日簡履約（乙亥，下同）

王子清虚甚，蕭閒味道腴。焚香供燕寢，閉閣讀殘書。適俗無塵韻，還山有竹居。遥應苦喧雜，伏日興何如？（五家卷五）

重葺先廬履仁有詩奉答一首

基構百年謀，依然四壁秋。庭陰分柳色，簷影帶雲流。客到從題鳳，余生本類鳩。稍令供燕祭，此外復何求？（翰林選上　五家卷五）

再答一首 鈔本作「再答子重一首」

未遂入山居，聊營背郭廬。編茅蔭衡宇，垂柳帶清渠。陋襲先人志，慚淹長者車。北窗有涼吹，卧展架頭書。

五家卷五 鈔本卷六

西虹橋晚眺同九逵賦（丁丑，下同）

從來佳麗地，闤闠更雄華。大舶浮江印本作「空」下，飛樓帶郭斜。春旗摇落日，暮堞倚晴霞。天外疏烟合，印本作「滅」蘭橋入望賒。

五家卷五 五律詩帖印本

雨中雜述

春歸楊柳暗，四月雨垂垂。紅洗花無迹，青沾草有私。倚樓迷曉望，出郭滯幽期。客去茶甌歇，閒愁總上眉。

凝情不自得，看雨獨登樓。緑樹千門晚，涼雲五月秋。暗梁栖濕燕，高壁上枯牛。有待新波長，南湖弄小舟。

雨從四月晦，數日尚愆晴。潤與黄梅併，寒侵白苧生。斷烟迷竹色，懸溜雜鷄鳴。莫自嫌行潦，東郊久待耕。

十日江城雨，霖淫勢已滔。簷端宿雲霧，屋脚捲波濤。已掃蘇端迹，仍深仲蔚蒿。無錢供晚醉，行擬質春袍。　三十五卷本卷七　五家卷五

歲暮閒居　詩卷作「歲暮」

陋巷還車馬，高齋漫簡編。塵埃銷短日，雨雪入殘年。攬照空雙鬢，探囊有一錢。西風灑修竹，吾意已壯陶、印本、詩卷作「亦」蕭然。　三十五卷本卷七　壯陶閣帖　五律詩帖印本　詩卷墨蹟

南樓

南樓冰雪盡，江郭歲年窮。暮嶺延西日，枯條振北風。孤雲天一握，萬事鬢雙蓬。徙倚

青烟滅，蕭條在眼中。西山開晚霽，返照落窗中。歲事收殘雪，生涯入斷鴻。寒多裘失重，愁劇酒無功。零落雙桐樹，蕭蕭不受風。翰林選上　三十五卷本卷七　五家卷五

新年〔戊寅，下同〕

擾擾復闐闐，鷄聲妨晏眠。江城收宿雨，衰髮受新年。寒盡梅花後，春生草閣前。郊原芳事三十五卷本、鈔本作「草」近，早問石湖船。四卷本卷四　三十五卷本卷七　五家卷五　鈔本卷七

千頃雲閣三十五卷本、五家作「虎丘千頃雲閣」，詩卷作「虎丘閣上」

閣外雲千頃，風前首重搔。倚闌雙鳥下，落日亂山高。積水連横浦，疏松帶遠皋。泠然發清嘯，吾意欲詩卷作「亦」凌囂。翰林選上　三十五卷本卷七　五家卷五　詩卷墨蹟

登上方　詩卷作「吴山絶頂」，平遠作「上方望湖亭」

春風吹白髮，醉上碧岧嶢。帆落天邊雨，人行樹裏橋。舞臺青草合，霸氣白烟消。吴越横分地，登臨不自聊。　翰林選上　三十五卷本卷七　五家卷五　詩卷墨蹟　辛丑銷夏録卷五　平遠山房法帖

賦缾梅〔己卯，下同〕

斷枝黏碧蘚，殘蕊疊冰紈。未乏溪山韻，尤宜几格看。移燈傳壁影，垂箔護春寒。應斷西湖夢，東風在席端。　三十五卷本卷八　五家卷五

賦盆蘭

清真寒谷秀，幽獨野人心。結意清霞珮，傳情緑綺琴。德馨堪自近，道味許誰深？一笑

歌瓊樹，春風雪滿襟。　三十五卷本卷八　五家卷五

病中〔嘉靖壬午〕

久病生蟣虱，搔頭有雪霜。自憐身蹇劣，漸與老相將。擁榻衾裯薄，挑燈刻漏長。意衰神亦倦，心事轉茫茫。

敗褐擁殘軀，寒檠照屋廬。轉憐兒女好，漸覺友朋疏。藥餌恒侵食，胸懷久廢書。明朝休覽鏡，不是舊頭顱。

明經三十載，潦倒雪盈簪。疾病乘虛入，摧頹覺老侵。安心方外藥，適趣個中琴。淡泊窮生計，高人獨賞音。

一病連三月，侵尋歲又更。人皆傳已死，吾亦厭餘生。髮脱相將盡，耳虚時自鳴。安心是良藥，此外復何營？　三十五卷本卷九

雨宿武城追和先温州夜宿武城二首〔癸未〕

長河風雨送，盡日傍滄洲。白浪灘都没，青楓葉亂流。百憂雙短鬢，千里一孤舟。日暮墟烟合，荒寒滿舵樓。

經過言偃邑，非復昔時城。里俗無從問，弦歌空有名。江湖孤雁五家作「燕」斷，風雨亂鷄鳴。酒醒青燈暗，春寒一夜生。三十五卷本卷九　五家卷五

紫氣〔癸未至丙戌，下同〕

紫氣龍顔穆，彤墀虎衛森。萬年占帝運，一念格天心。日月何虧食？華夷仰照臨。誰應知有喜？白首忝詞林。三十五卷本卷十　五家卷五

頒曆

鳳曆從天下，千官列陛前。青陽壼史奏，黄帕侍中傳。周禮存頒朔，堯書重紀年。白頭供奉裏，慚愧得春先。三十五卷本卷十　五家卷五

旅懷

陰凝冰點石作「河」未泮，雪盡歲還窮。世事浮榮外，幽懷翰詔以下五種作「生涯」久病中。心旌搖落日，天影度冥鴻。短髮垂垂白，那堪犯朔風？翰林選上　文翰詔集　三十五卷本卷十一　五家卷五　鈔本卷十一　點石齋本懷歸出京詩

野行因過廢寺點石作「同才伯野行過廢寺」

久客念摇落，意五家作「行」行還寂寥。餘寒棲短褐，斜日帶荒寮。歲事行將盡，羈魂黯欲

銷。雲房才咫尺，便覺遠塵囂。　翰林選上　三十五卷本卷十一　五家卷五　點石齋本懷歸出京詩

才伯過訪

落日生愁地，窮（點石作「重」）陰欲雪天。歸心聞斷雁，衰鬢逼殘年。光景陳編裏，情懷薄酒邊。平生黄叔度，相見即欣然。　三十五卷本卷十一　五家卷五　點石齋本懷歸出京詩

對酒（庚寅，下同）

晚得酒中趣，三杯時暢然。難忘是花下，何物勝樽前。世事有千變，人生無百年。還應騎馬客，輸我北窗眠。　三十五卷本卷十二　五家卷五

觀書

老眼視茫然，時時手一編。未能忘習氣，聊復遣餘年。倚枕山窗下，篝燈細雨邊。誰應

知此味？自結静中緣。　三十五卷本卷十二　五家卷五

煮茶

絹陶風作「印」封陽羡月，瓦缶惠山泉。至味心難忘，閒情手自煎。地爐殘雪後，禪榻晚風前。爲問貧陶穀，何如病玉川？　三十五卷本卷十二　五家卷五　陶風樓藏書畫目

晏起

林下將迎寡，頽然萬事捐。老知閒有益，病與嬾相便。殘夢荒鷄外，輕寒繐帳前。從教貧到骨，不負日高眠。　三十五卷本卷十二　五家卷五

石湖泛月〔甲辰〕

甲辰八月既望，延房具酒載余夜泛石湖。是夜風平水静，醉飲忘歸，意甚樂也。　畫軸墨蹟

愛此陂塘静，畫軸作「千頃」扁舟夜不畫軸作「未」歸。水兼天一色，秋與月争輝。浦近畫軸作「斷」青山隱，沙明白鷺飛。坐來風滿鬢，不覺露沾衣。翰林選上　五家卷五　畫軸墨蹟

梁溪道中夜行（辛亥）

雨餘新水漫，風外一帆輕。山繞湖南去，人從畫裏行。天空雲樹渺，月出暮潮平。烟靄知何處？漁歌時一聲。翰林選上　三十五卷本卷十四　五家卷五

四月（丁巳，下同）

風雨將春去，清和四月天。桐陰摇白日，草色散青烟。興寄琴樽外，筋骸杖履前。若爲消永晝？窗下有殘編。

春雨緑陰肥，雨晴春亦歸。花殘鶯獨囀，草長燕交飛。香篆青繒扇，筠窗白葛衣。拋書尋午枕，新暖夢依微。三十五卷本卷十五　五家卷五

五月

徑草侵衫色，庭梧生晝陰。時光臨角黍，穡事望梅霖。習静鑪薰細，醒煩茗椀深。草堂賓客散，倚枕聽幽禽。翰林選上　三十五卷本卷十五　五家卷五

夜坐

涼聲傳漏點，夜色轉樓陰。遥漢三星度，空庭萬籟沉。草輝螢箇箇，樹影月林林。稍覺塵氛遠，閒愁不上心。三十五卷本卷十五　五家卷五

石湖春游

平遠作「湖上」〔編年未詳，下同〕

湖光披素練，野色漲青烟。一雨樹如沐，千林花欲然。疏鐘辛丑作「僧歸」白蓮社，新水辛丑作「人載」木蘭船。行樂須春早，山頭有杜鵑。翰林選上　五家卷五　辛丑銷夏録卷五　平遠山

待月

夜色動虛楹，南樓遲月生。碧烟消欲盡，銀漢寂無聲。瀲灎金波湧，參差玉樹明。隔溪人未卧，把酒坐吹笙。　翰林選上　五家卷五

和陳魯南二色菊

秋色一籬雨，寒英百翦霜。宫粧嬌映額，后服淡生香。燦爛裹蹄重，褷褷鶴羽長。西風不相負，歲歲有重陽。　翰林選上，題作「和陳魯南黄菊」　右黄菊

閒淡歲寒姿，金行自及時。月明霜翦翦，秋静玉差差。短翅蝶迷粉，修翎鶴有儀。瑶華誰與賦？寂寞自東籬。　右白菊　五家卷五

射瀆早行二首

夜色載扁舟，滄江帶月流。櫓聲撩吠犬，燈影觸眠鷗。星漢疑摇動，烟林遠欲浮。不知霜併下，寒重木棉裘。

長林風策策，孤棹夜暝暝。天闊水烟白，月寒漁火青。素衣沾墜露，短髮戴疏星。彼美誰家子？吹簫下遠汀。翰林選上　五家卷五

夏日　翰詔作「病起試筆」四首中第二首，珊瑚作「夏日停雲館作」

境寂晝偏永，心清暑氣微。老兼疏筆硯，性復懶裳衣。隱几雙桐轉，褰簾獨鳥飛。茗薰聊自適，不怪客來稀。翰林選上　翰詔　五家卷五　珊瑚網書録卷十五

病起試筆

南風一夕至，吹散麥秋寒。花落春愁盡，鶯啼午夢殘。碧梧吴派作「桐」山館静，白葛道衣寬。飯罷催新汲，雲鐺試月團。吴派畫九十年展 疏林淺水書畫卷

岸幘南樓上，斜陽送晚晴。碧雲千里目，黄葉四簷聲。短鬢西風急，浮生過鳥輕。有懷吟不就，山繞闔閭城。坐久市喧息，庭虚夜氣清。浮空星有爛，沁葉露無聲。棲鳥驚還定，流螢遠更明。美人不可即，天末片雲生。翰詔

按：原共四首，第二首見前夏日。

秋晚

白日銷殘篆，西風薄繐幃。文園無奈病，衣帶不勝圍。墮葉兼零雨，斜光暗夕扉。天涯鴻雁疾，誰念稻粱微？五家卷五

九日不出

早衰憐暮景，時序每侵尋。秋色籬花瘦，柴門落葉深。索居成病懶，勝日負登臨。樽酒正愁絶，南樓急暮砧。

五家卷五

迎春日風雨齋居漫述二首

迎春春欲至，風雨暮交加。未説迷牛馬，真成濕歲華。林無霜後葉，梅有臘前花。客散虛齋寂，風簷自煮茶。

風雨餞殘臘，梅花迎早春。病淹愁緒在，鬢與物華新。短褐栖餘冷，重簾細暗塵。不嫌門寂寞，時有問奇人。

五家卷五

文徵明集卷第七

七律一　九十八首附録一首

聞雁〔弘治庚戌〕

杳杳衡陽萬里城，滿天蕭瑟度悲鳴。江湖遠道投無食，風雨深更去有程。微物可憐能應候，遠人偏是不忘情。空山燈火無聊賴，秋水新寒一夜生。四卷本卷四

上少卿范庵先生〔辛亥〕

一官臨老向滁濱，三十餘年侍從臣。天下共傳争坐帖，山中又見作亭人。公能折行忘前輩，我幸通家講世親。吏退焚香常閉閣，每叨杖屨侍清真。四卷本卷一

病後梳頭見白髮〔壬子〕

方誇弱冠鬢青青，俄見疏星上短簪。事業勞生空感慨，變衰乘疾早浸淫。不妨鑷去遮頭面，正恐根深自腹心。到了也知誰免得，獨憐少年未能禁！四卷本卷一

早起次都玄敬韻〔癸丑，下同〕

攬衣推枕逐鷄鳴，利喜無緣尚爲名。未遂爲僧空作念，粗知愧古漫勞生。疏疏短髮和星握，擾擾忙心觸曙驚。不及隣翁無一事，滿簷紅日夢初成。四卷本卷一

謁江浦莊先生留宿定山草堂

十畝青松四面山，草堂宛轉亂流間。若非清福安能（壯陶作「然」）主？爲訪高人得暫閒。竹圃眠雲秋濯濯，水舂供（壯陶作「孤」）枕夜潺潺。就中何事尤（壯陶作「猶」）堪羨，國是人非了不

關。　四卷本卷一　五家卷六　壯陶閣書畫録卷十

重至滁州同諸友遊瑯琊

兼旬行李滯滁州，不到瑯琊亦枉留。飲伴况來多舊好，山靈應不厭重遊。四時風景初無恙，千里登臨易起愁。安得移家終此住，讀書朝暮對溪流。　四卷本卷一　五家卷六

再三十五卷本無「再」字至定山辱莊先生贈詩次韻奉答

穉齒窮身豈有知？偶陪高論得移時。感公不以愚頑棄，顧我何堪遠大期？草閣便須終歲住，僕人休訝出山遲。歸來乞得堯夫句，暮雨秋燈不斷思。　四卷本卷一　三十五卷本卷一　五家卷六

附定山先生贈詩

一燈何處寫相知，對坐寒窗暮雨時。詩本平生非杜甫，琴才臨老遇鍾期。儘堪出手名家

早，但覺忘年得友遲。儻許無言真妙意，欲將千載慰深思。〔四卷本卷一 三十五卷本卷一 五家〕

卷六

懷玄敬 時客授梁溪〔甲寅，下同〕

都君詩律細還真，解鍊人情句自新。吴下誰宜論此道？眼中久已服斯人。才名世上公難泯，貧病年來伎不神。翹首鵝湖剛百里，遥憐歲晚客間身。

之子平生丘壑名，不禁兒女累高情。一身行役才糊口，十載移家未出城。薄酒有期秋忽暮，客燈相憶夜方清。題詩欲寫深知意，感極悲多思亂生。〔四卷本卷一〕

歲暮書懷

高簷日下紙窗明，坐撿殘書暗暗驚。多事病餘隨分棄，孤懷歲晚逐頭生。易干非笑休論志，不救寒饑底用名？欲辨此身心已亂，野田畔叟未宜輕。〔四卷本卷一〕

簡子畏

落魄迂疏不事家，郎君性氣屬豪華。高樓大叫秋觴月，深幄微酣夜擁花。坐令端人疑阮籍，未宜文士目劉叉。只應郡郭聲名在，門外時停長者車。四卷本卷一　翰林選下　三十五卷本卷一

贈宜興李宗淵〔乙卯，下同〕

偶逢李白金陵市，爲出新詩數十篇。祇覺所聞爲未逮，不圖相見便忘年。君看古道誰能復？我與文人獨有緣。早晚荆溪尋遠約，還憑收取小吴箋。四卷本卷一

乙卯除夕

糕果登盤酒薦椒，笑歌聊用永今宵。老親自喜還家健，幼女仍誇學語嬌。終歲悲歡言

莫盡，一燈團聚福難消。桃符日曆年年好，不謂青春却暗凋。四卷本卷一　三十五卷本卷一

病中〔丙辰，下同〕

寂寞花枝明几上，逡巡燕子語牆隈。春風三月欣逢閏，細雨崇朝已立梅。時節傍人忙自失，軒窗緣病懶能開。日長困憊聊支枕，便有詩情入夢來。四卷本卷一

惜花

東舍牡丹空委玉，西家芍藥已塗泥。春風過却人猶病，夜雨聽來意轉迷。粉蝶黄蜂經日亂，緑陰芳草一番齊。憑君莫話繁華事，都屬門前五尺溪。四卷本卷一

暮春

高榆風定翠相圍，天氣悠揚思轉微。畫閣凝香新扇〔集作「初」〕試扇，春肌生汗欲更衣。乍

聞幽鳥渾無見，時墮游絲忽漫飛。惆悵東闌尋曉夢，落花芳草已都非。　四卷本卷一　翰林選下　三十五卷本卷一　五家卷六　文明書局本名人書畫扇集

製紬襖

出篋吴紬百剪霜，軟匀着體燦生光。雅情未害寬裁領，時様重教細疊裳。飽暖深恩期未負，肥輕餘習愧難忘。樂天漫有憂民志，那得吾裘萬丈長。　四卷本卷一

病目經旬家人勸不讀書人事亦廢蕭然孤坐無以自排默坐成詠

雙眸如抉意蕭然，減却過從謝簡編。默對小窗常令閉，静依孤榻倦還眠。著書自笑初無癖，面壁新來又學禪。見説重陽明日是，庭前深負菊娟娟。

乍眠仍坐晝何長？數倩旁人候日光。自笑眼中那得障，無端淚下却成行。憒煩不受安心藥，慵懶寧須損讀方？五色向來渾未享，欲詢老耳意先傷。　四卷本卷一

奉次吴匏庵先生續潘邠老詩韻

滿城風雨近重陽，暝色寒聲漫繞堂。向去陰晴難逆料，邇來牢落已粗嘗。直饒詩思如秋淡，未害臞顔映菊黄。好事例乖何用歎？但令有蟹薦桑郎。四卷本卷一　五家卷六

丙辰歲除

二十七年成底原作「抵」，殆誤用？半供忙走半閒過。挑燈又守今番歲，對酒愁聽去日歌。平世極知更事少，窮身惟恐受恩多。盡情試檢牀頭曆，奈爾匆匆此夜何！四卷本卷一

靈巖山絶頂望太湖〔丁巳，下同〕

靈巖山正當胥口，落日西南望太湖。雙島如螺浮欲吐，片帆和鳥去俱無。閒論往事何能説？不見高人試一呼。慎勿近前波浪恐，大都奇絶在糢糊。四卷本卷一　三十五卷本卷一

新晴

夕陽樓上看新晴，凌亂歸雲冉冉明。萬里快瞻飛鳥没，一番又是緑陰成。帶城碧瓦參差去，珊瑚作「合」隔水蒼烟繚繞生。懷袖欣然風拂面，醉聽乾鵲語前楹。四卷本卷一　珊瑚網書録卷十五

讀于肅愍旌功録有感

南遷議起共倉皇，一疏支傾萬弩强。既以安危繫天下，曾無羽翼悟君王。莫嫌久假非真有，祇覺中興未耿光。淺薄晚生何敢異？百年公論自難忘。

老臣自處危疑地，天下遑遑尚握兵。千載計功真足掩，一時起事豈無名？當時欲赦于、王，或謂：「不殺二人，則今日之事爲無名。」然則復辟之事，豈無名哉？未論時宰能生殺，須信天皇自聖明。地下有知應不恨，萬人争看墓門旌。四卷本卷一　三十五卷本卷一

因讀旌功録有感徐武功事再賦二首 三十五卷本無「再賦二首」

固鎖高垣事可吁，更憑何罪易皇儲？諸公方有同謀懼，識者能無意外虞！機會如斯何可失？功名之際本難居。冤哉一掬江湖血，信史他年未必書。三十五卷本卷一

書生本欠封侯福，揮手旋乾事偶成。自古窮高招物忌，況公慷慨負才名。比肩絳灌知深耻，切齒高恭恨太明。白璧微瑕尤惜者，當時無用議遷京。四卷本卷一

雨夜

青燈閃雨夜窗涼，病眼無眠獨撫牀。事與歲年俱冉冉，身攖憂患轉茫茫。多驚饑鼠羣窺案，不惡鳴鷄兩過牆。傳得坡仙養生訣，安心是藥更無方。四卷本卷一

黄應龍先生贈詩有仙史若修堪補闕蕭閒合住水晶宫之句愧感之餘題此奉謝

吮毫研粉事殊卑，藻翰摛詞伎亦微。顧未能爲前輩役，夫何敢與列仙歸？品題漫托知章重，骨相終慚若水非。莫笑佳人太容冶，眼中悦己似君稀。　四卷本卷一

田舍

秋風田舍有閒情，野老迎賓喜不勝。小徑穿松敷細石，短籬緣水束枯藤。堆盤蝦蟹輸村樂，匝屋鷄豚騐歲登。却戀城居留未得，晚山回首白烟凝。　四卷本卷一　五家卷六

冬夜讀書

故書不厭百回讀，病後惟應此味長。千古精神如對越，一燈風雨正相忘。卷中求道深

知謬，意外圖名抑又荒。束髪心事誰會得，中宵撫几自茫茫。四卷本卷一　三十五卷本卷一

獅子庵〔戊午，下同〕

古寺陰陰小徑迴，狻猊非復舊崔嵬。一時文雅看遺墨，滿眼悲涼上廢臺。佳境曾無百年好，喬柯知閲幾人來？壁間莫更題名字，多少篇章蝕古苔。四卷本卷一

重午

時序逡巡又重午，朱葵浥浥負庭隅。吴越作「除」病夫吴越作「幽人」自蓄三年艾，家議初浮九節蒲。故事不傳空縛糉，土風難解漫簪符。怪來彩索頻拈弄，得似當年少小無？四卷本卷一　吴越所見書畫録卷四

秋夜不寐有懷錢二孔周 翰林作「秋夜懷錢二孔周」

客散西吴越作「虚」堂夜悄然，修篘涼吹供清眠。疏螢紈扇秋無頼，淺水紅渠月可憐。侍女銀杯摇雪乳，誰家玉笛唱嬋娟？意中憶得城東闕，孤鶴翩翩骨有仙。 四卷本卷一 翰林選下 三十五卷本卷一 吴越所見書畫録卷三

客夜

旅館沉沉睡思遲，新寒自擁木棉衣。功名無據頻占夢，風土難便苦憶歸。弄月誰家雙笛細？伴人遥夜一燈微。男兒莫恃方年少，觸事攖愁念已非。 四卷本卷一

咏芙蓉

九月霜清卉草荒，拒霜池上獨宜霜。誰憐憔悴春無主？賴是遲回晚自芳。太液風烟情

黯黯，仙人城闕事茫茫。幽貞自有金莖菊，相對疏籬各淡妝。五家卷六

照水酣霜媚野姿，深秋恰見兩三枝。自非紅杏何能怨？聊避芳塵未是遲。明月露華金掌泣，彩雲春帳玉環悲。朝來爲報東欄客，九朵仙山莫漫疑。四卷本卷一

目眚

兼旬雙眼病矇矇，秋雨深齋坐熱中。瘘弱正緣虚得火，逡巡還似老憐風。一年黄菊空看霧，此日菖蒲却有功。謝遣賓朋廢書卷，曉窗應怪涕無從。四卷本卷一

詠文信國事四首

吴越以此前二首及厓山大忠祠後二首合爲「咏文信公事四首」

地轉天旋事不同，老臣臨市自從容。誓將西嶺填東海，忍着南冠向北風。千里勤王空赴義，百年養士獨收功。人間別六硯、吴越作「亦」有成仁樂，未用區區悼此公。六硯齋二筆卷一　吴越所見書畫録卷三

倉卒勤王萬里身，風塵顛倒作纍臣。三綱已去嗟吴越作「笑」何補，一死臨期認自真。直

以安危繫天下，未宜成敗論斯人。遺文尚可誅姦賊，何但悲辛泣鬼神！六硯齋二筆卷一

國勢已離天命去，孤臣狼狽阻殘兵。分當如此餘非計，事訖無成死有名。平日公卿咸肉食，千年忠義屬書生。狂胡盜竊曾無幾，惜不令公見肅清。吴越所見書畫録卷三

南北間關百戰餘，此身宗社許馳驅。可憐功業惟詩在，自決存亡與國俱。夷狄至愚猶歎服，皇天無意竟何如！平生心事堪誰訴？漫托他年半紙書。四卷本卷一　三十五卷本卷一

厓山大忠祠四首

鼎湖龍遠野雲陰，慷慨中流誓國心。臣力不支香氣竭，忠魂有恨海波深。百年仁義空澌盡，此日神州遂陸沉。峻節奇功磨不得，厓山突兀自千尋。

皇天不祐宰臣謀，萬里樓船一浪休。飄蕩已知吾事去，覆亡安用此身浮？祇今潮自如期至，終古江應不盡流。折戟併銷塵海换，行人猶自説磠州。

頻年航海欲何爲？天厭中原遂不支。滿地江湖無死所，際天風浪有平時。倉皇一念聊

臣分，寂寞中流賴史知。回首又看强六硯作「狂」虜滅，寒潮自繞大忠祠。六硯齋二筆卷一　吴越所見書畫録卷三

千載吴越作「古」英雄餘恨在，怒濤驚六硯、吴越作「擎」浪日搖撞。有天肯與元同戴？無面能看宋再降。烈士深悲甘蹈海，中原不吴越作「未」復竟如江。君王莫罪風波惡，應是憸人解覆邦。六硯齋二筆卷一　吴越所見書畫録卷三　四卷本卷一　三十五卷本卷一

水仙

幽姿冉冉弄晴烟，風骨清姝絶可憐。翠帶偎寒秋袂薄，玉蕤暈碧曉肌鮮。未論摇月堪爲佩，若使凌波直欲仙。香夢攪人眠不得，爲君親賦返魂篇。四卷本卷一

待孔周不至

紙窗寒淺未梅花，有約不來空自嗟。掃地静聞牆外屐，煮冰空試篋中茶。碧雲情緒迷天末，小塢闌干負日斜。贏得短書頻展看，不知騎馬入誰家？四卷本卷一

雪後

寒日晶晶曉溜聲，中庭快雪一宵晴。牆西老樹太骨立，窗裏幽人殊眼明。想見漁簑無限好，怪來詩思不勝清。江南殘臘相將盡，會看門前春水生。四卷本卷一　三十五卷本卷一

雪後同蔡九逵徐昌國登西成橋看月

川容浮動石梁明，領略閒情共欵行。殘雪不藏新月色，疏烟自度遠鐘聲。寒燈歷歷初收市，野柝荒荒欲閉城。醉面不知霜併下，却驚歸路敝裘輕。四卷本卷一

戊午歲除

莫怪逢除意不佳，悠悠二十九年華。自憐辛苦行盤蟻，無奈逶迤赴壑蛇。聊換舊符循

故事，盡分新曆與鄰家。無端春候纔先到，已試寒梅一樹花。四卷本卷一

停雲館燕坐有懷昌國（己未，下同）

山館無人午篆殘，便閒經日不簪冠。時憑茗椀驅沈困，聊名蹟作「賸」有書編適燕歡。漠漠黄梅生濕潤，纖纖白苧試輕翰林作「衣」單。梧桐翰林作「碧梧」小砌陰如許，不得君來共倚欄。四卷本卷一　翰林選下　五家卷六　中國書法名蹟集

與邢麗文登葑門城樓

天風異制木蛇空，雉堞差差夕照中。百里山川形勝舊，萬家烟火歲年豐。迤南茂苑迷陳迹，直北荒原識故宫。會取千年興廢理，與君極目送飛鴻。四卷本卷一　三十五卷本卷一　五家卷六

次韻答原心見懷

桂枝零落菊生香，紈扇無聊鬢影涼。隱几雨晴蝸上壁，捲簾秋去燕辭梁。新詩在眼其人玉，舊事傷心我馬蒼。常病繞身殊不惡，藥罏書卷竹間床。　四卷本卷一

夜坐聞雨有懷子畏次韻奉簡（庚申，下同）

皋橋南畔唐居士，一榻秋風擁病眠。用世已銷橫槊氣，謀身未辦買山錢。鏡中顧影鸞空舞，櫪下長鳴驥自憐。正是憶君無奈冷，蕭然寒雨落窗前。　四卷本卷一　翰林選下　續翰詔　三十五卷本卷一

歲暮齋居即事二首

簷樹扶疏帶亂鴉，蕭齋只似詩卷作「是」野人家。紙窗獵獵風生竹，土盎浮浮火宿茶。日

色射雲時弄彩，雨絲吹雪不成花。庭中卉物凋零盡，獨有蒼松領歲華。〔五家卷六　詩卷墨蹟〕

陋巷蕭條少過從，燕閒真味泊然空。荒鷄寂晝深庭院，寒雀西風小樹叢。撫事蹉跎歲云暮，懷人牢落雨其濛。鑪香欲歇茶杯覆，詠得梅花苦未工。〔四卷本卷一　三十五卷本卷一〕

元日〔辛酉，下同〕

東坊南陌喜融融，春在愔愔小雨中。守歲尚餘經宿火，占年先問五更風。漫云穀賤非民福，誰識時平是帝功？獨有憶親情抱惡，淒然淚落影堂空。〔四卷本卷一〕

人日昌國西齋小集

景色融融日有晶，太平人日喜晴明。正須行樂酬新歲，難得文談對友生。宛轉上眉春酒健，逡巡戀褐曉寒輕。草堂詩句千年在，怪得清吟苦不成。〔四卷本卷一〕

庭中海棠一枝連雨謝去作詩悼之

觸手紛紛絳雪殘，蜀魂零悴欲招難。一庭暮雨臙脂瘦，連日春寒翠袖單。無復清酣供美睡，忍燒高燭照空闌。向來不得梅花聘，盡斂東風屬牡丹。四卷本卷一

贈閻秀卿

君過小橋無百步，清言端不厭頻來。坐添佳客山齋重，手展清篇病眼開。自古相知真有數，吾曹所乏正非才。圖書繞案香縈壁，消盡桐陰茗一杯。四卷本卷一 續翰詔

乞貓

珍重從君乞小貍，女郎先已辦氍毹。自緣夜榻思高枕，端要山齋護舊書。遣聘自將鹽裹箬，策勳莫道食無魚。花陰滿地春堪戲，正是蠶眠二月餘。四卷本卷一

初秋夜坐

浴罷虚堂卧脱巾，晚庭收雨静無塵。流螢自映青燈滅，薄吹微含白苧新。月下羈飛驚露鵲，水邊相語納涼人。未能呼酒酬良夜，且得微吟一欠伸。四卷本卷一

懷錢孔周徐昌國 時應試南京

停雲寂寞病中身，旅夢秦淮夜夜新。見説踏槐隨舉子，終期鳴鹿薦嘉賓。人言漫漶真無據，吾道逶迤合有伸。想見馬蹄輕疾處，薄羅微染帝京塵。四卷本卷一　五家卷六

中秋

空庭坐久眼雙清，爛爛銀盤轉夜分。未論晴明同四海，不妨點綴有微雲。花間顧影狂能踏，水上吹簫静獨聞。萬里秋風鴻鵠舉，可應回首惜離羣。四卷本卷一

辛酉歲除

繞堂兒女共婆娑，斷送殘冬有笑歌。賽竈禳慭還近媚，燎庭驅疫漫隨儺。一杯已作明年計，雙燭其如此夜何？掃壁未嫌生事薄，平安自較别人多。

四卷本卷一

西齋種梅〔壬戌，下同〕

玉雪坡頭帶雨分，旋除荒穢種牆根。紙窗故面離離月，春水新魂淺淺痕。更遠溪山終有韻，試加籬落便成村。向人未用論顔色，滿取清風占小園。

四卷本卷一

紅梅

冉冉霞流璧月光，韶華併占雪中芳。山姿疏瘦還饒笑，醉態横斜故改妝。春釀孤寒成富貴，天教絶色輔真香。西湖别有西施面，不用臨風羡海棠。

四卷本卷一　續翰詔

海雲庵連理山茶

奇花表瑞附枝生，續續連環綴赤瑛。織錦共憐羅帶結，合歡還訝鶴頭并。天工最巧無咏花作「那」容力，卉物何知亦有情。却恨不逢蘇太史，開元常品漫知名。四卷本卷一 咏花詩册

初夏次韻答石田先生

猩紅簇簇試榴花，四月江南恰破瓜。山鳥初聞脱布袴，美人能唱浣溪沙。方牀睡起茶烟細，矮紙詩成小草斜。爲是緑陰將結夏，兩旬風雨洗鉛華。四卷本卷一

停雲館與昌國閒坐

山齋雨歇晝沉沉，得與幽人一散襟。矮榻薰罏消茗碗，小窗棋局轉桐陰。笑談未覺風流減，違闊翻憐契分深。莫自匆匆騎馬去，遶簷斜日亂蟬吟。四卷本卷一

宿崑山吴氏有懷王世寶友壻

蕭蕭風竹撼空枝，分緑齋中獨到時。細雨昏燈親戚話，寒窗短榻死生期。寂寥子敬孤琴跡，感慨安仁寡婦辭。宿草未成雙淚盡，屋梁殘月不勝思。四卷本卷一

中秋夜西齋看月

好風吹上玉嬋娟，清影撩人夜不眠。便擬開尊酬令節，難將無雨卜明年。小山桂子團團露，虚井梧桐漠漠烟。唤起隣翁吹玉笛，十分秋色草堂前。四卷本卷一

病中

山館新寒送寂寥，一簾深坐擁綈袍。眉稜向曉鬆鬆重，骨節經秋疊疊高。零落旋教人事減，淹留獨與病魔遭。髮如庭樹相將脱，鏡滿秋風怕見搔。四卷本卷一

十月

江南十月乍風埃，簾箔垂寒晝不開。身計蕭蕭存斷簡，人情黯黯付深杯。雨中秋事芙蓉盡，霜後時新橘柚來。抱病經旬賓客減，卧看香鼎篆縈迴。四卷本卷一 五家卷六

次韻答李宗淵

金陵一笑偶相同，山館時來覓舊蹤。歲月幾何堪屢别，棲遲如此愧初逢。蘇公踏雪翻憐雁，東野鳴秋却類蛩。離墨桐棺空有約，未隨君去意重重。四卷本卷一

顧孔昭侍御起告北上〔癸亥，下同〕

心逐江流百折東，青山不似聖恩隆。著書偶作周南滯，簪筆還收柱下功。行李自囊新草疏，都人争識舊乘驄。老成摧抑時情異，猶持臺端論獨公。四卷本卷一

王宗陽送菌

戢戢丁頭紫暈黄，野人珍重遠持將。空山負笈和沙拾，小盎羹虀帶露嘗。何處風雷三日雨，自家藜藿百年腸。不應能盡人間味，久飫羣腥自覺長。四卷本卷一

病後理小齋題贈陳淳

半月高眠懶下牀，偶然扶病理山堂。凝塵繞壁圖書暗，細雨開門草樹荒。對客三餐病廢酒，清心一味静焚香。等閒書卷逋成積，藥裹才離便得忙。四卷本卷一

遊洞庭東山詩七首

太湖

沙渚依依雲不動，風烟漠漠鳥飛回。横空翰林作「塘」暝色翻波去，絶島秋聲繞樹來。今

古奔騰疑地盡，東南偉麗自天開。眼中浩蕩扁舟在，欲喚鴟夷酹一杯。翰林選下

百街嶺 寶翰作「莫釐峯」

遥街石磴轉嵚崎，落日扶輿下嶺遲。與樹蔽虧湖冉冉，因山高下屋纍纍。儉勤成俗從知富，靈秀鍾人信有奇。十載一行殊寶翰作「差」恨晚，分金不見橘黄時。

宿静觀樓 守谿先生作記 寶翰作「宿静觀樓上有守谿先生記」

抱被何緣三宿戀，燒燈一笑兩人俱。秋山破夢風生樹，夜水明樓月在湖。盡占寶翰作「據」物華知地勝，時聞人語覺村孤。不煩詩句追清賞，太史楣間記是圖。

游能仁彌勒 寶翰作「遊彌勒能仁二寺」

鬱然臺殿鎖芙蓉，見客山僧自打鐘。小檻浮寶翰作「倚」空秋水閣，虚庭隨寶翰作「墮」影夕陽松。泗州名在池無塔，寺有泗州池，能照僧伽塔，今廢。飯石師歸寺有峯。飯石禪師嘗住此寺，有飯石峯。寶翰注作「寺有泗州池能照僧伽塔影又有飯石峯相傳爲飯石師所居」欲掃南牆留半寶翰作「片」偈，白雲回首愧塵蹤。

宿靈源寺

夜隨寶翰作「投」鐘梵入寶翰作「託」靈源，一笑虚堂解帶眠。旋接僧談多舊識，偶依禪榻豈前緣？離離松檜摇山月，兀兀樓臺宿暝煙。塵句何年傳到此，壁間有余詩。（寶翰有「故云」兩字）篝燈試讀已茫然。

翠峯寺 雪竇禪師道場，中有降龍井、悟道泉。

空翠夾輿松十里，斷碑横路寺千年。遺蹤見寶翰作「漫」説降龍井，裹茗來嘗悟道泉。伏臘滿山收橘柚，蒲團倚户泊雲烟。書生分願無過此，悔不曾參雪竇禪。

游洞庭將歸再賦 寶翰作「留别諸僧」

城中遥指一螺蒼，到此依然自一鄉。曉鼓隔溪漁作市，魚舟至則鳴鼓聚人。秋風吹枳橘連牆。名山更寶翰作「自」倚湖增勝，清賞剛臨月有光。正爾會心空又去，不如僧住竹間房。

四卷本卷一　三十五卷本卷一　寶翰齋帖

再和昌國遊洞庭西山詩八首

自胥口入太湖 寶翰作「太湖」

蒹葭繚繞帶胥塘，百里沿洄笠澤長。新水浮天舟浩蕩，遠山沉日樹蒼涼。風烟西去堪乘興，鷄犬中流别有鄉。詠得鱸肥人膾玉，自敲漁榜答滄浪。

登縹緲峯 寶翰作「縹緲峯」

薙草遥遵鹿兔蹤，飛嵐拂袖映疏松。平湖萬頃玻璃色，落日千尋縹緲峯。烟樹吴都寶翰作「洲」晴上掌，秋風雲夢晚填胸。無煩咋指傷韓愈，儘有閒情在短筇。

下縹緲峯小憩西湖寺 寶翰作「西湖寺」

歷嶺懸藤稍倦攀，税鞍中路得禪關。百年清浄山中債，半日浮生竹院閒。小雨磬聲延午夢，方池雲影淡秋顔。此行别有堪誇事，得與高僧共往還。

經桃花塢 塢名雖存，已廢。

夕陽下馬桃花塢，不見桃花塢亦蓁。溪壑春風空舊夢，柴扉流水或秦人。圖經可按桑田異，詩客多情燕麥新。不用苦辛仍買種，梁園金谷總成塵。

左神洞

裹糧三十五卷本作「粱」懷寶翰作「腰」炬探幽玄，稍即呤呀復曠然。蕩潏微聞頭上浪，光晶別有地中天。千年何物扃丹刻，相傳有神禹丹書在洞。一勺憐君負紫泉。内有紫泉，飲之長生。莫嘆寶翰作「怪」虛酬十年願，祇應凡骨未能仙。

左神道中

玉虛靈府千年秘，恣討寶翰作「清賞」知君眼境新。平日登高推短賦，西來濟勝有輕身。湖山四面天開寺，橘柚千家土著民。他日菟裘如有意，寶翰作「果約」願攜書册作比隣。

謁毛公壇雨不果行 寳翰作「遊毛公壇阻雨」

擬攀棲迹拜靈仙，辛苦佳期一雨愆。短策空多探古興，方壇剛欠訪真緣。興懷丹篆愁雲外，敗意簷聲客枕前。賴是勝情初未減，寳翰作「猶幸吟情忘未得」錦囊添得卧遊篇。

遊資慶寺

老衲深居湖上山，寳翰作「湖上深居老衲閒」松扉斜掩磬聲寒。袈裟對客妨秋定，蔬筍開廚破晚餐。未愧逡巡留偈子，自緣疏野戀蒲團。歸來烟月寳翰作「獨有」篇章富，乞與幽人得細看。四卷本卷一　三十五卷本卷一　寳翰齋帖

冬至不出

風結雲容黯不舒，一杯冬至擁鑪居。竢陽潛復因辭客，驗日初長試課書。鄉俗漫隨寒數九，歲功原以臘爲餘。尋常節序占豐儉，忍復蕭條看里閭。四卷本卷一

吴嗣昭延香室

水澄風定萬緣澄，簾箔無塵鼻觀清。小几博山春日永，短屏靈壁暮烟輕。平生蘇子安心法，老去韋郎燕寢情。約坐芝蘭人自馥，棗膏甲馢底須評？四卷本卷一

病中承諸友過訪

小病牽愁未破除，藥鑪香鼎愧端居。晚寒圍榻霜華薄，午翠摇窗竹色虚。滋味不甘新減食，業緣難斷尚操書。慰懷多謝諸君在，日日清言款敝廬。四卷本卷一

癸亥除夕抱病停雲館悵然有作

婆娑樽酒地鑪温，已與窮安不用文。燈火殘冬餘舊病，風烟息女有新墳。愁中春帖驚才減，醉後霜鐘惜歲分。却是春風能次第，旋吹花木照停雲。四卷本卷一

文徵明集卷第八

七律二　八十七首

病中次韻答石田先生〔弘治甲子，下同〕

春來百日滯風痰，引步庭階力漸堪。未老已償多病債，薄緣深負對花談。人生行樂夢中夢，歲事轉頭三月三。業在筆端難解脱，敗毫先爲故人含。四卷本卷二

初夏遣興

雨浥浮埃緑滿庭，晚花初試水冬青。小窗團扇春寒盡，竹榻茶杯午困醒。慚愧饑年還飽食，蹉跎貧業尚殘經。燕閒自覺難消受，賴得經時病未寧。四卷本卷二

久雨次閻采蘭韻

零雨迴風苦後時，翠沾驚見竹松攲。黄梅過候寧期倒？緑水分秧却恨遲。積潦門庭人寂寞，餘寒簾幙燕差池。近來玩易知无妄，順理無爲類不菑。　四卷本卷二

奉陪吕太常沈石田遊虎丘次韻

高賢尋壑共經丘，偶得追從續舊游。陸羽泉甘春試茗，王珣祠古暮維舟。風簷落落鈴相語，雨徑登登屐似油。怪是酣吟留不去，水雲千頃正當樓。　四卷本卷二　五家卷六

次韻答石田梅雨後言懷之作

江南五月春如掃，寂晝清陰占物華。梅子雨晴鳩逐婦，楝花風急燕成家。旋除還滿愁隨草，已散難摶友似沙。羡殺忘憂沈東老，詩書白髮自生涯。　四卷本卷二

和答石田先生落花十首

撲面飛簾漫有情，細香歌扇障盈盈。紅吹乾雪風千點，綵散朝雲雨滿城。春水渡江桃葉暗，茶烟圍榻鬢絲輕。從前不恨飄零事，青子梢頭取次成。

零落佳人意暗傷，爲誰憔悴減容光？將飛更舞迎風面，已褪猶嫣洗雨妝。芳草一年空路陌，緑陰明日自池塘。名園酒散春吉雲、壯陶作「知」何處？惟有歸來屐齒香。翰林選下　三十五卷本卷二

蜂撩褪粉偶黏衣，春減都消一片飛。蒂撓過雲作「繞」園風無那過雲作「奈」弱，影摇庭日已全稀。樽前漫有盈盈淚，陌上空歌緩緩歸。未便小齋渾寂寞，緑陰幽草勝芳菲。翰林選下　三十五卷本卷二

悵人無奈曉風何，逐水紛紛不戀柯。春雨捲簾紅粉瘦，夜凉踏影月明多。章臺舊事愁邊路，金縷新聲夢裏歌。過眼莫言皆物幻，别收功實在蜂窠。翰林選下　三十五卷本卷二

戰紅酣紫一春忙，回首春吉雲作「思」歸屬渺茫。竟爲雨殘緣太冶，未隨風盡有餘香。美人睡起空攀樹，蛺蝶飛來却過牆。脈脈芳情天萬里，夕陽應斷水邊腸。翰林選下　三十

五家本卷二

桃蹊李徑緑成叢，春事飄零付落紅。不恨佳人難再得，緣知色相本來空。舞筵意態飛飛燕，禪榻情懷裊裊風。蝶使蜂媒都懶慢，一番無味夕陽中。　翰林選下　三十五卷本卷二

開喜穠纖落更幽，樹頭何用勝溪頭？有時細數坐來久，盡日貪看忘却愁。惹草縈沙風冉冉，傷春恨墨緣、清歗、過雲、吴越、壯陶作「悵」別水悠悠。不堪舊病仍中酒，疏雨濃煙鎖畫樓。　翰林選下　三十五卷本卷二

風裊殘枝已不任，那堪萬點更墨緣作「正」愁人。清溪浣恨難成錦，紅雨鏖香併作塵。明月黄昏何處怨？游絲白日静中春。急須辦取東欄醉，倒地猶翰林作「那」堪藉綺茵。　翰林選下　三十五卷本卷二

飛如有戀墮無聲，曲砌平墨緣、過雲、壯陶作「斜」臺看得續翰詔作「漸」盈。細草棲香朱點染，晴絲撩片玉輕明。江風吉雲作「紅顔」飄泊明妃淚，緑葉差池杜牧情。賴是主人能愛惜，不曾緣客掃柴荆。　翰林選下　續翰詔　三十五卷本卷二

情續翰詔作「亦」知芳事去還來，眼底飄飄自可哀。春漲平添棄脂水，曉寒思築避風臺。沾衣成陣看非雨，點徑能匀襯有苔。穠緑已無藏豔處，笑他蜂蝶尚徘徊。　翰林選下　續翰詔　三十五卷本卷二　四卷本卷二　墨緣堂藏真卷十一　清歗閣藏帖　過雲樓帖　吴越所見書畫録卷三

吉雲居書畫録 壯陶閣帖

點徑沾籬已燦然，飛簾撲面更翩聯。紅吹晴雪風千片，錦蹙春雲浪一川。老惜鬢飄禪榻畔，醉看燕蹴舞筵前。無情剛恨通宵雨，斷送芳華又一年。

按：此爲翰林選下、三十五卷本卷二落花詩十首中第一首，與四卷本不同。

丹陽泥淖不能出陸遂從江行

陸行童僕並興嗟，我道江行亦自佳。疲馬丹陽泥載道，平橈揚子月涵沙。片時身計惟憂雨，百里羇窮便巽家。何似無心任留止？白鷗明滅在天涯。四卷本卷二

金山寺待月

浮玉山前玉露涼，晚潮微上月洋洋。魚龍深夜浮光怪，雲樹遥圖目作「摇」空帶渺茫。水國題詩酬一宿，中泠裏茗薦初嘗。江風吹酒不能睡，圖目作「寐」起踏松陰自繞廊。四卷本卷二 三十五卷本卷二 中國古代書畫圖目九

金陵客樓與陳淳夜話

卷書零亂筆縱橫，對坐寒窗夜二更。奕世通家叨父行，十年知己愧門生。高樓酒醒燈前雨，旅榻秋深病裏情。最是世心忘不得，滿頭塵土説功名。四卷本卷一　三十五卷本卷二　五家卷六

潤州道中夜發

行李匆匆楊子橋，依依殘漏出荒譙。秋風征帽栖寒露，明月歸帆溯落潮。却聽吴音鄉里近，不禁柔櫓夢魂摇。百年行役男兒事，未敢輕憐季子貂。四卷本卷一

孔周池亭小集

病身憔悴困青袍，適意名園得屢遨。池上秋容霜點葉，樽前風味蟹流膏。物華迤邐侵

年少，文采翩躚屬我曹。記取城南溪一曲，興闌乘月夜回橈。四卷本卷二

次韻孔周無題一首

怕愁掀恨起嘗遲，偷畫金釵數會期。深閣含情教鸚鵡，曉窗占喜護蛛絲。微頳揜扇人前意，新瘦移韝別後思。最是少年容易去，千金休惜買春貲。四卷本卷二

病起書事

惻惻心寒病起時，茗杯詩卷自支離。草痕欲共殘冬盡，簾影閒看短晷移。五畝蕭條憂食計，百年忙併得清羸。從前懶慢今還甚，十日山齋不賦詩。四卷本卷二

哭匏庵先生四首

聞道連章欲引年，傷心一夕竟難砭！空令海内尊韓子，不見朝庭相仲淹。沉厚坐消流

輩巧，邅迴足印此心恬。哀榮終始公無恨，獨是斯民失具瞻。

心情老去轉蕭閒，精力平生筆硯間。一代風流已陳跡，百年詞翰照名山。坐令功業爲文掩，還見安危與世關。何必西州方感慟，居閒常自涕潸潸。

近收書帖墨猶濃，豈謂秋來遽哭公？殄瘁共興邦國歎，典型併覺老成空。靜思語笑常如在，晚及門牆愧不終。塵滿西堂賓客散，淒涼叢桂月明中。

薄業何緣荷點評？更勞延譽到公卿。悔無少效酬知己，空憶微言隔此生。北闕風塵聞病倦，東莊樂事喜亭成。只緣難負君恩重，悮却香山歲晚情。　四卷本卷二

立春日病起　十二月廿三日

青絲裹餅薦春盤，喜見鞭春在臘前。便與一冬除舊病，尚餘七日是殘年。梅花消息嚴寒後，綵勝情懷薄酒邊。旋取物華供帖子，暖痕浮緑草生烟。　四卷本卷二　三十五卷本卷二　五家卷六

廿四夜再疊前韻

臘臨廿四歲將闌，小作除窮六日前。賽灶不妨循舊俗，祓塵端爲待新年。春生爆竹傳聲裏，愁在家人細語邊。欲識小齋貧活計，騰騰榾柮地爐烟。四卷本卷二

殘歲書事

臘月相將三十日，流光興味各闌殘。病親筆硯償閒債，貧有茶香適淡歡。一雪送窮翻作雨，兩春夾歲不多寒。懷人盡日無聊賴，折得梅枝獨自看。四卷本卷二

次韻孔周歲除之作

離魂黯黯又逢除，燈影寥寥活計疏。貧病有緣難却祟，文章無效欲焚書。迎新老大輸兒女，餽歲尋常共里閭。花竹漸看生意動，安排詩句慶吾廬。四卷本卷二

再次寅之韻

坐閲流光是又非，攸攸世路苦多歧。歲行不共閒愁盡，身外緣知萬事畸。未信虛文窮可送，空陳遺像遠難追。欲將春草供春帖，無復才情更好奇。 四卷本卷二

次韻陳以可元日射瀆莊家集 〔乙丑，下同〕

春色融融曉日紅，諸郎照坐織青葱。綵衣時屬稱觴始，華屋春生笑語中。舊事已消殘歲雪，豐年先兆五更風。憐余入眼皆成感，羨殺元龍興不空。 四卷本卷二

初六日與客自葑門汎舟至東禪小集

淺痕霏緑淡烟光，遠樹依依春水長。落日五人浮野艇，東城三里到溪堂。寺有清溪堂。餘寒人日梅枝瘦，半醉僧寮菜飯香。轉信投閒閒不得，題詩還博靜中忙。 四卷本卷二 五

家卷六

人日停雲館小集

書畫作「乙丑人日友人朱君性甫吳君次明錢君孔周門生陳淳淳弟津集余停雲館談讌甚歡輒賦小詩樂客是日期不至者邢君麗文朱君守中塾賓閻采蘭」

新年便覺景光遲，猶有餘寒宿敝五家作「敞」帷。寂寞一杯人日雨，風流千載草堂詩。花枝未動臨佳節，菜飯相淹亦勝期。春草到今深幾許？小山南畔草痕知。　四卷本卷二　續翰詔　三十五卷本卷二　五家卷六　人日書畫卷

答彭寅之見贈

寅之與余嘗同筆硯，交游最舊。辱詩有相如之目，推與過矣。

弱冠追隨漸老成，中間多故各深更。扁舟憔悴横江夢，短榻淹留共硯情。論學平生愧知己，定盟當日是同庚。贈詩珍重知君意，貧病年來類長卿。　四卷本卷二　三十五卷本卷二

上元夜雪寒不出獨坐有作

前夕參星漫有徵，陰寒坐覺晚來增。心情索莫春留病，樂事差池雪打燈。撚粉佳人供節物，結松街里罷山棚。無因入事成篇詠，空憶當年范至能。　四卷本卷二

春寒

十日春寒擁毳袍，簾幃漠漠與風鏖。疏籬雪伴如相待，落月梅魂大費招。寂寞燈宵猶病在，蹉跎花信轉陰驕。芳情兀兀惟憑醉，却是愁多酒易銷。　四卷本卷二　三十五卷本卷二

病目愁坐有懷陳淳

兼旬眵目轉昏加，畏影差明似著紗。山館垂簾消白日，雪簷和霧看梅花。廢書併覺塵緣盡，弄筆偏宜小草斜。聞道元龍春亦好，病來相對説南華。　四卷本卷二

雪後庭中梅花盛開病目不能出看默誦成詠

山齋不出動經旬，想見梅花太瘦生。和月上窗寒影薄，吹香入夢曉魂清。細愁脈脈憐春淺，病眼離離負雪晴。最是朝來風信惡，隔簾惆悵不勝情。四卷本卷二

簡黄應龍先生

留滯松房只尺間，梅花如此不來看。閉門愧我身常病，入郭憐君會更難。想見池塘春咏雨，不禁簾幙晚生寒。茗杯相對評文字，何日山齋一笑歡？四卷本卷二

次韻施膚庵先生夏日讀佛書

香鼎蒲團老自宜，寶函相對習真如。擬消長日塵中想，聊寄閒心物外書。解脱煩勞初見性，悟空諸妄欲逃虚。知公定力非關此，宦海因緣早破除。四卷本卷二　續翰詔

詠次明

風神凝遠玉無瑕，十載論交似飲茶。深靜不教窺喜愠，寬閒能自應紛華。寄情時有樗蒱樂，博物咸推鑒賞家。猶自一經淹舉子，年年隨伴踏槐花。　四卷本卷二　三十五卷本卷二

詠孔周

圍坐清談麈尾長，墨痕狼藉練裙香。水亭紈扇歌楊柳，春院琵琶醉海棠。王謝風流才子弟，齊梁烟月錦篇章。豪華豈是泥沙物？好在揮毫白玉堂。　四卷本卷二　翰林選上　三十五卷本卷二　五家卷六

詠寅之

十年昂首抗風塵，未信儒冠解誤身。行比曾參還負謗，文師韓子力排陳。鷄羣落落孤

棲鶴，瑞世翹翹一角麟。莫怪操竽經歲困，賞音須屬當家人。四卷本卷二 三十五卷本卷二

詠麗文

蕭散平生一布裘，紙窗竹榻自夷猶。常貧總坐能詩累，績學曾非三十五卷本作「爲」應舉謀。方外老僧邀結夏，山中啼鳥伴吟秋。病妻稚子從侵迫，眉上元來不着愁。四卷本卷二 三十五卷本卷二

詠叔英

白襴憔悴走埃塵，曾有聲名動縉紳。零落田園多故後，淹留場屋過時人。羣居學道能違俗，半世收書不諱貧。怪是偏多巖壑意，自家生長太湖濱。四卷本卷二 三十五卷本卷二

詠嗣業

楚楚瓊枝出謝庭，紫芝眉宇玉生稜。茶經陸羽曾傳訣，書品陽冰已入能。閒洗碧桐留野客，醉圍紅袖狎山僧。相思不到西軒下，想見清香對客三十五卷本作「榻」凝。　四卷本卷二　三十五卷本卷二

清明日陳淳過訪

愁病春來次第加，清明寂寞類僧家。留人野飯新挑菜，乞火隣牆旋煮茶。晴日簷楹楊柳色，微風簾幙海棠花。故人念我能相過，不遣良辰負物華。　四卷本卷二　續翰詔

春日舟行書所見 詩卷作「春日舟行書事」，聽颿作「舟行即事」

日出吳山斂霧蒼，平橈十里下橫塘。弄春草色偏宜遠，繞竹溪流聽颿作「深」不覺長。一

塢人烟自花柳，千畦麥菜間青黄。不因出郭供人事，負却風光二月强。四卷本卷二　五家卷六　戊午詩卷墨跡　聽颿樓書畫録卷二

上巳前一日與陳以可汎舟遊伏龍山 聽颿作「遊伏龍山」

新波得雨夜來添，淑景撩人意思恬。三月光陰須解惜，一村花柳漫相淹。踏青湖岸春衫薄，燒筍僧廚聽颿作「寮」野飯甜。莫怪清游還薄暮，人生四事苦難兼。四卷本卷二　聽颿樓書畫録卷二

與次明宿崑山舟中次明誦其近作因次韻

寒山突兀背孤城，野寺荒譙亂殺更。别港潮生舟暗動，遠汀烟定火微明。鷄聲風雨還家夢，春水江湖對榻情。邂逅他鄉是知己，此心端合向誰傾？四卷本卷二

次韻石田題匏翁臨終手書

百年韓孟氣相投，四海平生幾舊遊？豈謂書來隔今古，空餘迹在想風流。蹉跎鄉社成長負，珍重交情到死休。莫怪獨持雙鯉泣，江東菰米爲誰收？四卷本卷二　續翰詔

候官歸有感而賦

十日追忙一日閒，小庭春事已斕斑。花飛委地空能惜，草長齊腰嬾自删。儘有塵緣供病骨，却看流水愧蒼顔。西窗雨過無人到，想見溪南萬疊山。四卷本卷二

夏日雨後書事

瓦溜初停旭日高，苔花暈碧草齊腰。一番濃緑催朱夏，昨夜新波失斷橋。積雨情懷渾欲病，乍暄衣着最難調。西齋睡起都無事，時鑑影作「只」有幽禽破寂寥。四卷本卷二　三

十五卷本卷二　書畫鑑影卷二十一

夏日飲以可池亭　吴派作「夏日園居」

筆牀書卷繞壺觴，到此欣然百事忘。自笑頻來非俗客，只愁難却是清忙。池塘聽雨煩心浄，軒檻迎風醉面涼。緑樹繚垣啼鳥寂，更從何處覓江鄉？　四卷本卷二　續翰詔　吴派畫九十年展

重陽前一日飲孔周有斐堂

塵土欺人兩月忙，深秋才上故人堂。却憐違闊翻情厚，不覺淹留入話長。翠箔香風吹桂子，布袍寒信作重陽。百年辛苦還防死，好對良辰盡此觴。　四卷本卷二　續翰詔　五家卷六

奉和守谿先生秋晚白蓮之作

風漪露蓋碧參池，驚見庭前玉樹枝。涼襪素波凌冉冉，曉簷殘月墮遲遲。詩篇新麗非

雕飾，佛相端嚴妙有爲。明潔不從凡卉競，深秋記取獨開時。四卷本卷二

顧氏香影堂堂有大母手植梅

百年佳樹未凋零，手澤聊存阿母靈。小檻春風新結構，疏籬殘雪舊儀型。芳情脈脈寒輸鼻，夜色離離月印庭。珍重諸郎好培植，自拈逋語作詩銘。四卷本卷二

以可餉蟹書至而蟹不達戲謝此詩

遠勞郭索到茆堂，只把緘空字亦香。湖上人家新起簖，霜高時節正輸芒。勸飡慚愧雙螯雪，對酒垂涎塞殼黃。應是吾儂近來俗，故教風味屬鄰牆。四卷本卷二

謝宜興吳大本寄茶

小印輕囊遠寄遺，故人珍重手親題。暖含烟雨開封潤，翠展槍旗出焙齊。片月分明逢

諫議，春風彷彿在荆溪。松根自汲山泉煮，一洗詩腸萬斛泥。四卷本卷二　續翰詔

雪夜鄭太吉送慧山泉

有客遥分第二泉，分明身在慧山前。兩年不挹松風面，百里初回雪夜船。青箬小壺冰共裹，寒燈新茗月同煎。洛陽空説曾馳傳，未必緘來味尚全。四卷本卷二　續翰詔

是夜酌泉試宜興吴大本所寄茶　五家作「鄭太吉送慧泉試吴大本寄茶」

醉思雪乳不能眠，活火砂缾夜自煎。白絹旋開陽羨月，竹符新調五家作「汲」慧山泉。地罏殘雪貧陶穀，破屋清風病玉川。莫道年來塵滿腹，小窗寒夢已醒然。四卷本卷二　續翰詔　五家卷六

次夜會茶於家兄處

慧泉珍重著茶經，出品旗槍自義興。寒夜清談思雪乳，小鑪活火煮溪冰。生涯且復同兄弟，口腹深慚累友朋。詩興攪人眠不得，更呼童子起燒燈。　四卷本卷二　續翰詔

寒夜以可餉蟹燈下小酌有感

户外新霜入敝裘，燈前小酌破牢愁。莫言貧士無高致，只對山妻勝俗流。草榻地爐寒有味，卷書樽酒醉還休。元龍欲發題詩興，故遣尖團到案頭。　四卷本卷二

春分日陳中丞相期竹堂看梅既而風寒不出獨遊有作〔正德丙寅，下同〕

古堞差差一逕斜，乘閒來叩老僧家。遺踪漫説名園竹，清供難消野竈茶。時節春分生戀惜，郊原雨過積光華。風寒爭得堯夫出，空繞梅花候小車。　四卷本卷二

飲孔周有斐堂

十日追忙一日閒，祓除殘病覓君歡。荒鷄淡靄高齋暮，細雨緑陰清夏寒。時事多艱慚酒觴，功名無效悔儒冠。不辭秉燭遲歸去，惜取人生會面難。四卷本卷二　續輸詔

懷吴文定公

叢桂堂前春草生，歐公不見歲重更。山川明麗悲陳迹，鄉里凋零憶老成。一代文章端有繫，百年恩義獨關情。眼中未忘西州路，幾度臨風洒淚行。四卷本卷二

夏日過以可不在其子淳出文定公獨遊半舫之作因次其韻

入門便索卧溪堂，愛此消閒水竹莊。溽暑薰蒸人欲病，晚風吹拂意差强。繁蟬隱樹飄弦管，新卉過牆見女郎。日暮不妨題壁去，主人應識醉毫狂。四卷本卷二

林府公平寇詩　世遠

海島愚民偶震驚，使君堅重自長城。魚遊鼎釜終成困，禽在原田利有征。誰以繭絲煩尹鐸，却緣烽火識真卿。老農更不憂天旱，昨日天河洗甲兵。時久旱得雨。　四卷本卷二

余與宜興吴大本别於金陵十年矣忽承惠訪信宿别去不能爲懷

淮水西風别十年，桐棺離墨夢魂間。空收書札何如面？無奈相逢便索還。石井裏茶虚夜月，洞庭落日見秋山。明年倘得尋翁去，傳語溪堂莫撿關。　四卷本卷二

秋日會于城南祝希哲有詩次韻二首

勝遊何幸託諸君？野鶴山雞漫着羣。涼逐暑光隨雨退，笑將樂事與忙分。劇談不可無車胤，識字還應愧子雲。忽見新篇傳坐上，墨痕狼藉散清氛。　四卷本卷二

間品清真託竹君，縱談書法到鵝羣。眼中文物輕千載，坐上觥船放百分。寒砌點霜餘短菊，秋空閣雨有微雲。莫言邂逅匆匆事，一段風流久更芬。四卷本卷二

次韻答希哲見懷兼乞草書

牆外車音寂不聞，閒緣誰解病中紛？涼風著意五家作「急」吹芳樹，落日含情詠碧雲。高誼乍違黄叔度，清篇先枉沈休文。秋來定有臨池興，搨原作「榻」得鵝羣儻見分。四卷本卷四　翰林選下　三十五卷本卷二　五家卷六

相城會宜興王德昭爲烹陽羨茶

地罏相對語離離，旋洗砂缾煮凋澌。邂逅高人自陽羨，淹留殘夜品槍旗。枯腸最是搜詩苦，醉眼翻憐得卧遲。不及山僧有真識，燈前一啜愧相知。四卷本卷二

余每至陳氏輒終日淹留廳事高明頗妨偃息以可爲治小室於西偏問名於余爲題曰假息庵其成也以詩落之 墨緣作「陳氏假息庵」

剪棘依垣小築居，短簷横啟紙窗虚。造門已慣非緣竹，據案相忘況有書。徐孺每勞懸木榻，陶潛何必愛吾廬。從今更不論賓主，一半幽閒已屬余。 四卷本卷二 續翰詔 墨緣堂藏真

靖海元功 都憲艾公

誰云赤子不煩征？須信王家有應兵。明主已隆裴相命，邊人先識范公名。饒渠固壘攻皆克，凡此奇功斷乃成。要使愚民知改轍，不妨京觀築長鯨。 四卷本卷二

平海偉績 侍御曾公

大帥揚兵靖海東，使君仁武不謀同。登車素有澄清志，秉鉞今收略定功。京觀共看鯨

已戮，鐃歌争唱獸之窮。勒勳底用淮西筆？儘有人言道路中。四卷本卷二

三月十一日雨中與以可飲錢孔周家暮歸有作

墨緣作「仲春十日飲錢氏暮歸」〔丁卯，下同〕

江南二月雨愔愔，次第花枝入眼新。簾影弄芳寒較淺，砌痕浮潤緑初匀。一春好處非烟柳，半日閒情屬故人。莫怪淹留還薄暮，古來難得是良辰。四卷本卷二　墨緣堂藏真

三月廿二日家兄解事還家夜話有感

虚堂漠漠夜將分，黯黯深愁細語真。零落尚憐門户在，艱難誰似弟兄親？掃牀重聽燈前雨，把酒驚看夢裏人。從此水邊松下去，但求無事不妨貧。四卷本卷二　三十五卷本卷二

謝永嘉趙君澤寄蘭珊瑚作「近承友人寄贈澤蘭秋來著花甚盛因作此詩謝之適張辨之以蘭卷相示既爲補空就録此詩其上」

草堂安得有琳瑯？傍案石渠作「閒」猗蘭奕葉石渠作「奕」光。千里故人勞珊瑚作「來」解佩，一窗幽意自生香。夢回涼月甌江遠，思入秋風珊瑚作「風雨」楚畹長。漸久不聞餘冽珊瑚、石渠作「馥」在，始知身境兩相忘。　四卷本卷二　三十五卷本卷二　五家卷六　珊瑚網畫録卷十五　石渠寶笈卷四十三　草書詩卷

秋蘭爲陳淳借去不還

誤遣幽光別主翁，歸蹤寂寞小庭空。美人自被鉛華累，君子應憐臭味同。結珮誰家搖夜月？返魂無路託秋風。也知尤物非吾有，却詠詩卷作「誦」離騷似夢中。　四卷本卷二　續翰詔　草書詩卷

丹陽道中次王直夫韻

句曲東來草樹秋，車音隔隴思悠悠。西風黄土污人面，落日青山觸馬頭。息影道傍分茂陰，濯纓橋下得清流。平生笑殺朱翁子，辛苦剛酬妾婦羞。四卷本卷二　三十五卷本卷二

金陵詠懷

鍾山日上紫烟收，金闕參差萬瓦流。帝業千年浮王氣，都城百雉隱高秋。聲華誰覓烏衣巷？形勝空吟白鷺洲。回首壯游心未已，西風策馬看吴鈎。四卷本卷二　三十五卷本卷二　五家卷六　草書詩卷

八月十三之夜與君求希問希濟看月於飛卿所寓水閣閣正面女牆水月浮動俄有小舟載琵琶過其下頗發清興賦詩紀之

小閣虚明入夜幽，露華初重木綿裘。女牆浮動秦淮月，桃葉淒涼建業秋。旅況偏憐鄉

語軟，良辰聊爲故人留。自慚不是江州客，閒聽琵琶水上舟。　四卷本卷二

九月十日過孔周

紫蟹經霜酒出篘，高堂落日小淹留。故人有約過重九，新夢無聊話石頭。桂子團圞何處月？芙蓉閒淡自家秋。已將沉醉拚千日，更莫樽前浪説愁。　四卷本卷二

秋日過竹堂　墨緣作「秋日偶過竹堂」，詩卷作「秋日竹堂寺作」

愛此蕭條遠市聲，山門端不厭頻登。破除塵夢來看竹，妝點閒情坐有僧。雨後秋光分短菊，樽前風味擘新橙。興懷先哲經游地，欲繼高蹤愧未能。　四卷本卷二　三十五卷本卷二　墨緣堂藏真　草書詩卷（末注「李范庵吴文定皆嘗憇此」）

文徵明集卷第九

七律三一百十六首

元日飲王漢章小樓〔正德戊辰，下同〕

元日高樓小合并，物華無語歲年更。一尊對面貧親戚，四袞臨頭老弟兄。戀臘餘寒風漠漠，入春生意雨盈盈。向來日月尋常過，誰有涓埃答太平？四卷本卷二 三十五卷本卷二

諸友期竹堂看梅余與次明後至而客已散

尋盟得得問禪關，認取精廬在竹間。樂事蹉跎空諸在，清言寂寞愧僧閒。春來未負梅花笑，興盡聊趁夜月還。一到不妨終落後，白雲遥詠郭南山。四卷本卷二

二月十日與諸友送林師至寶帶橋作

望斷吴江是越津，送公無語泣沾巾。受知自愧才能薄，難别都緣道誼親。雲暗長河寒欲雨，風疏弱柳淡生春。還憑寶帶橋頭月，千里悠悠伴玉人。四卷本卷二

是夜歸聞雨有懷再賦

手掩殘書坐憶公，計程此際泊吴淞。月團應試虹橋水，夜雨初聞塔寺鐘。百里風波懸短夢，一篷燈火悵孤踪。祇應未忘分攜處，漠漠愁雲慘病容。四卷本卷二

二月望與次明道復汎舟出江郵橋抵上沙遵陸邂逅錢孔周朱堯民登天平飲白雲亭次第得詩四首

不教塵負踏青遊，出郭聊爲一笑謀。新水已堪浮艇子，好山無賴上眉頭。風撩鬢

影春衫薄，樹罨溪陰翠幄稠。一塢桃花偏入意，江邨橋畔小淹名蹟作「連」留。　中國書法名蹟集

煖舟行欲盡有人家，記得橫橋是名蹟作「自」上沙。南望風烟隨鳥没，西來墟落帶山斜。

催新緑初歸柳，水映酣紅忽見花。殘酒未醒春困劇，汲溪聊試雨前茶。　中國書法名蹟集

十里扶輿渡野塘，旋穿松嶠入蒼蒼。風吹麥葉平疇亂，日炙草花村路香。　春色釀晴供樂事，巖光摇翠落飛觴。清忙剛被山靈笑，却笑擔夫爲底忙？

松根小徑入天平，共捨籃輿歷名畫作「轉」翠屏。陟巘試窮千里目，勺泉聊甜半山亭。　石崚蒼靄相離立，樹匝晴烟不斷青。落日英賢呼不得，荒祠喬名畫作「古」木有儀型。　四卷本卷二　有正書局本中國名畫第十八集

咏玉蘭花

孤根疑自木蘭堂，怪得人呼作女郎。繞砌春風憐謝傅，一天明月夢唐昌。冷魂未放清香淺，深院誰窺縞袂長？漫説辛夷有瓜葛，後開應是愧穠妝。　此花以辛夷接本。　四卷本卷二　續翰詔　五家卷六　草書詩卷

垂絲海棠

紫帶柔條别種傳，淺妝輕暈亦嫣然。巧能避日開還俯，力不禁風弱更妍。醉色和春空粉黛，細腰團雪舞嬋娟。若將態度論高下，應在成都衆品前。續翰詔 四卷本卷二

小庭海棠盛開適家人不在不能設客客有許載酒者亦竟失約意思索然爲賦小句

海棠開遍小堂前，釜冷樽空意索然。聊捲疏簾吟白日，却看殘片惜華年。托根非處空多態，與俗無緣只自憐。莫道呼茶殺風景，舉甌還勝背花眠。四卷本卷二

陳氏會客賞牡丹余獨不與作詩戲之

翠雨堂中客滿筵，山人牢落自高眠。非關多病疏朋友，自合看花讓少年。何處繁華空

曉夢，一樽談笑負春緣。東風只隔城南北，獨擁空齋思悄然。四卷本卷二

送皇甫員外服闋北上

仙郎制闋理朝衫，去去南宮續舊班。好學自便曹務簡，任心休説宦途艱。江收積雨初浮舫，日斂輕雲會見山。惆悵美人從此遠，緑陰清寂小庭閒。四卷本卷二　續翰詔

夏日彭寅之過訪

五月齋居意緒昏，喜聞嘉客欵柴門。只憑談笑淹車馬，還有圖書佐酒樽。別院緑陰添夏意，小溪宿雨長新痕。不妨揮汗酬閒僨，聊得消磨赤日煩。四卷本卷二

叔父侍御致仕詩四首

桑梓棲遲已有年，虚煩優詔賜歸田。時人總道才堪惜，賢者聊因退自全。白日試傾無

事酒，畫橈新製泛湖船。銜名留得成何用？只辨山中管石泉。自號一泉。
聖恩剛遂我公私，乞與閒身未老時。行樂擬裁居士服，入山誰送草堂貲？浮雲多態何當散？高鳥無求不可羈。明月青山一杯酒，閒情未許俗人知。五家卷六

詔許先生解舊官，依然豸繡賁丘園。孤危肯五家作「宜」負平生志？歸宿還叨曠蕩恩。誰謂今人無古道？欣看盛事出家門。從今只辦溪山樂，世事如棋不足論。五家卷六

未用逢人問是非，先生原自宦情微。雖存軒冕終成隱，已在丘園底用歸？三徑蕭條黃菊在，五湖浩蕩白鷗飛。遥知騎馬趨朝客，羡殺張翰獨見機。四卷本卷二

何司馬五山書院

五山奇麗翠屏虚，老去懷歸預結廬。白鹿何妨同學制？鄴侯還自富圖書。一方形勝人增重，千載規模慶有餘。司馬高情端有在，不知爽氣近何如？四卷本卷二

得林長教書

幸及門牆備掃除，經時違闊重愁予。祇從片月瞻顔色，忽剖雙魚得素書。海内風波殊未定，越南舟楫近何如？吴門恩澤今如許，桃李陰陰覆屋廬。　四卷本卷二

寄王永嘉　珊瑚作「贈槐雨先生」

曾攜書策到珊瑚作「册住」東甌，此際珊瑚作「日」因君憶舊游。落日亂山斜帶郭，碧天新水浄涵洲。從知地勝人偏樂，珊瑚作「身如隱」近説官清歲有秋。西北浮雲應在念，乘閒一上謝公樓。　四卷本卷二　續翰詔　珊瑚綱書録卷十五

石湖

横塘西下水如油，拂岸垂楊翠欲流。落日誰歌桃葉渡？涼風徐度藕花洲。蕭然白雨醒

三絶作「清」煩暑，無賴壯陶作「數」青山破晚愁。滿目烟波情不極，遊壯陶作「行」人還上木蘭舟。　四卷本卷四　三十五卷本卷六　五家卷六　壯陶閣帖　商務印書館本三絶卷

按：三十五卷本題作「陪蒲澗諸公游石湖」，繫于丙子。

席上題扇景壽外舅大參吴公

解組歸來歲五更，天教閒散養修齡。東華風浪今無夢，南極休徵已見星。閲世儘容醒眼白，倚樓自愛晚山青。扁舟或獻南飛曲，憑仗東坡醉裏聽。　四卷本卷四　續翰詔　五家卷六

崑山題贈諸友

西風閒跡滯江城，三日扁舟未許行。筆硯難酬隨處債，笑談深愧故人情。尊前世事浮雲過，閣外秋山落照明。回首動成經歲别，殷勤自記壁間名。　四卷本卷二

以可病起歸自湖上偶往見之

喜子近歸湖上舟，還聞病間走相投。衰遲且博尊前笑，貧賤空懸意外憂。落日池塘初歇雨，西風草樹已驚秋。須知良晤非容易，燈火高齋小淹留。四卷本卷四

懷林長教先生

夢落閩南路幾千，吴江楓冷又殘年。蹉跎德業荒於舊，漫浪時情不似前。倚閣誰吟烏石雨？裹茶空試虎丘泉。尺書早晚隨征雁，坐對秋風意惘然。四卷本卷四

知山堂爲黄門史公賦

會心非遠只樽前，十里蒼寒興渺然。爽氣高秋歸拄笏，清風雅調託鳴弦。平生仁壽存真性，千載烟霞有宿緣。笑殺當年謀隱者，苦從人乞買山錢。四卷本卷四

十月

塵凝四壁漠然空，十月江南見朔風。細雨挾寒催木葉，弱雲將暝暗房櫳。壯心迂拙懷時事，病骨蕭條感歲功。忍死不妨留筆硯，儘堪相慰寂寥中。四卷本卷四　續翰詔　三十五卷本卷二

孔周相期山行阻雨不果

北風吹雨暗川原，欲賦清遊已索然。一笑空留故人諾，片時剛欠碧山緣。泥封曲徑閒高屐，水滿平湖夢釣船。樂事差池每如此，小窗無語看雲眠。四卷本卷四　續翰詔

簡陳以可

元龍稍已厭時名，却住江鄉不入城。歲晚粗聞農事足，東來獨喜縣官清。郊園漠漠鷩

搖落，世事悠悠感太平。惟有故人歡會少，西齋樽酒漫關情。四卷本卷四

寄王欽佩

時情漫羨屬賢勞，千里懷君首重搔。仕不違親真樂事，病難忘學稱閒曹。燈前舊約青谿雨，夢裏扁舟白下濤。珍重尺書收未得，吴門風冷雁行高。四卷本卷四

鷄鳴山金陵勝處往歲蓋屢遊之未有作也偶閲九逵遊憑虚閣記追賦

金陵佳麗石頭城，傑閣登臨正雨晴。帝業稱雄維虎踞，游人選勝得鷄鳴。長江天際孤帆滅，落日烟中萬瓦明。滿目廢興題不得，獨看名畫繞廊行。四卷本卷四　三十五卷本卷二

横金舟中題贈陳淳

石湖西去路横分，落日人家静掩門。閒汎樓船渾似屋，却看城市不如村。山開晚霽風

添信，霜入寒塘水減痕。管鮑遺踪何處覓，獨擕知己過荒原。其地相傳有管鮑分金臺。四卷本卷四

歸舟泛石湖再疊前韻

千頃玻璃一鏡分，天開佳麗奠吴門。風烟映帶兼茶磨，鷄犬微茫識范村。遠碧浮空摇落景，迴波送槳没輕痕。繁華消歇高人逝，秋色離離暗古原。四卷本卷四

題錢元抑小像

奕奕才名二十年，畫中人物眼中賢。文優關鍵争爲式，義滿交游不見愆。再歲稱兄慚我長，一經發解合君先。猶嫌繪筆難能盡，爲賦空粱落月篇。四卷本卷四

夜宿婁江舟中

新霜欺酒易爲醒，歸夢緣村未得成。風約婁城寒漏永，月明奣浦夜潮生。百年憂樂孤舟味，一榻江湖萬里情。正自苦吟無奈冷，隔江原樹起秋聲。四卷本卷四

送何提舉 何自松江通判轉任，嘗爲溫州推官，與先人同官

曾同先子澤東嘉，旋向雲間駕副車。九里沾恩叨近境，十年托好重通家。監鹺共惜材能枉，去郡空留道路嗟。料得公心常自赤，滇池何必是天涯。四卷本卷四

海鹽陳生同僧秀攜詩過訪

雙竹亭亭照雨清，似聞藜杖款柴荆。有僧便覺詩篇勝，絶俗能令病眼明。雲水相逢如舊好，江湖推與愧虛名。莫輕一面匆匆事，才入分攜便有情。四卷本卷四

與外甥陸之箕夜話 安甫子

一笑燈前覩陸雲，後生殊是逼吾頻。文章有待成先志，眉目分明見故人。潘岳任咸千載恨，何充王導一家親。虛齋短榻寒相對，禮數雖疏意却真。四卷本卷四 五家卷六

除夕

一杯分歲入瞢騰，閒寫桃符硯欲冰。坐擁妻孥貧有味，年侵肌骨壯難憑。茅簷送臘離離雪，夜色淹愁黯黯燈。浄掃寒齋燒柏子，不妨生活淡於僧。四卷本卷四

元日試筆〔己巳，下同〕

晨光藹藹散祥烟，寶曆初開第四年。井里蕭條占歲儉，人情薄劣與時遷。雪殘梅圃難藏瘦，日轉冰池欲破堅。老大未忘惟筆硯，小窗和醉寫新篇。四卷本卷三 三十五卷本卷三

人日立春

東風剪韭薦時羞，細雨江梅破晚愁。眼底日辰剛數七，夢中春色又從頭。誰修故事裁金勝？恰有殘寒送土牛。珍重道衡今不作，花前詩思總悠悠。四卷本卷三 三十五卷本卷三

懷次明

高居寂歷雁村前，中有幽人抱枕眠。見説常貧妨道味，從教小病養閒緣。三旬閉户桃花雨，一味安心柏子烟。安得祓除將艇子，橫塘新水緑娟娟。四卷本卷三 三十五卷本卷三

梨花

剪水凝霜妬蝶裙，曲闌風味玉清温。粉痕浥露春含淚，夜色籠烟月斷魂。十里香雲迷短夢，誰家細雨鎖重門？洗妝見説清明近，旋典春衣置酒樽。詩卷、咏花末二句作「一樽不負

清明約洗却殘妝緑滿村」 四卷本卷三 翰林選下 續翰詔 三十五卷本卷三 乙卯書詩卷 咏花詩

錢氏西齋粉紅桃花

温情膩質可憐生，浥浥輕韶入粉勻。新暖透肌紅沁玉，晚風吹酒淡生春。窺牆有態如含笑，對面無言故惱人。莫作尋常輕薄看，楊家咏花作「花」姊妹是前身。 四卷本卷三 翰林選下 三十五卷本卷三 咏花册

家兄比歲罹無妄之災嘗作詩慰之今歲復得奇疾垂殆而生因再次韻

一疾垂垂與死分，餘生到手訝非真。形容盡改惟心在，憂患深更轉意親。何物小兒娱造化？百年遺體賴先人。從知富貴皆春夢，不博平安一味貧。 四卷本卷三

三月

三月江南柳色勻，海棠風暖駐游塵。山齋病起詩逋積，曲巷春晴轍跡新。習氣未忘聊應世，虚名何益漫勞人？閒來自理幽居事，莫道花時不稱貧。李咸用詩：衰世難行道，花時不稱貧。四卷本卷三　續翰詔　五家卷六

遊吴氏東莊題贈嗣業

渺然城郭見江鄉，十里清陰護草堂。知樂漫追池上跡，振衣還上竹邊岡。中有知樂亭、振衣岡。東郊春色初啼鳥，前輩風流幾夕陽？有約明朝汎新水，菱濠堪着野人航。四卷本卷三　五家卷六

東禪寺

古寺幽深帶碧川，坐來清晝永於年。虚堂市遠人聲斷，小砌風微樹影圓。筆硯更償閒

裏債，茗薰聊結静中緣。落花啼鳥春如許，却誦新詩憶遇賢。遇賢，宋神僧，嘗住東禪，有詩云：門前緑樹無啼鳥，庭下蒼苔有落花。聊與東風論個事，十分春色屬誰家？ 四卷本卷三 續翰詔 三十五卷本卷三

詩人孫太初過訪

把劍南來賦遠游，又看東上浙江舟。山齋動是經時別，菜飯聊堪五家作「看」半日留。醉裏江湖真有味，春來花鳥正關愁。天台雁宕平生夢，憑仗詩囊次第收。 四卷本卷三 三十五卷本卷三 五家卷六

暮春雨後陳以鈞邀遊石湖遂登治平

貪看粼粼水拍堤，扁舟忽在跨塘西。千山雨過雜詩、壯陶作「過雨」青猶滴，四月尋春緑已齊。湖上未忘經聽颿作「前」歲約，竹間覓得舊時題。晚烟十里歸城路，不是桃源也自迷。

四卷本卷三 三十五卷本卷三 五家卷六 聽颿樓書畫記卷三 石湖雜詩墨蹟 壯陶閣帖

簡陳道復 遺墨作「西齋獨坐有懷道復茂才輒寄短句」

不見元龍費我思，十年相長愧遺墨作「敢」稱師。摧頹遺墨作「疎慵」自笑邊韶嬾，貧薄常慚鮑叔知。白日崇蘭生道味，綠陰山館負幽期。牙籤插架書千卷，遺墨作「軸」想見臨窗獨勘時。

四卷本卷三　續翰詔　商務印書館本明賢遺墨

湯子重小隱堂觀種菊

七月閒庭過雨涼，繞庭新翠菊苗長。誰從根橃知高節？漫設籓籬護草堂。逸事未應輸老圃，佳期次第到重陽。幽貞自是凌寒物，不怕遲開夜有霜。

四卷本卷三

次韻王秉之新莊書事 吳派作「莊居即事」

背郭通村小築居，任心還往樂何如？山中舊業千頭橘，水面新租十畝魚。未遂隱謀聊

避俗，不忘壯志有藏書。抱衾曾借西齋榻，回首題詩十載餘。　四卷本卷三　五家卷六　吳派畫九十年展

題吟嘯仙卷

行吟坐嘯自逍遥，野鶴孤雲在泬寥。委蜕未能聊寄傲，浮遊得意欲凌歊。春來逸思愁花鳥，天外長風送海濤。千載閒情誰領略？碧山回首月輪高。　四卷本卷三　續翰詔

中秋夜坐

掃庭空待月華生，露下高梧静有聞。一夕晴明通萬里，九秋光景屬平分。徘徊自戀隨身影，點綴終嫌刺眼雲。安得佳人共樽酒？小山桂子正含芬。　四卷本卷三　墨緣堂藏真

哭石田先生二首

苦雨淒風玉樹零，吴山還秀水潛神。此公要自關千載，一代緣知不數人。摩詰丹青聊玩世，龜蒙隱約遂終身。及門曾是通家客，目慘愁雲涕滿巾。續翰詔

不堪惆悵失瞻依，手把圖書夢已非。文物盛衰知數在，老成凋謝到公稀。石田秋色迷寒雨，竹墅風流自夕暉。未遂感恩酬死志，此生知己竟長違。先生所居號有竹居。四卷本卷三

芝秀堂爲盧師陳賦

當年行孝紫芝生，習習華堂尚典型。和氣格天人自力，春風表瑞草偏靈。未須隱德追商嶺，還見佳兒出謝庭。誰爲薰蒸都化却，曲闌相對有餘馨。四卷本卷三

與宜興吴祖貽夜話有作就簡李宗淵杭道卿吴克學

味水作「己巳八月廿又一日宜興吴祖貽過訪適風雨大作留宿家兄雅歌堂飲次爲作小畫並賦此以道契闊之懷兼柬李健齋杭道卿吴克學諸故人聊發百里一笑」

有客扁舟自陽羨，夜堂風雨對高眠。不辭談笑成佳會，衹覺淹留有宿緣。别後交游如夢裏，意中山水落樽前。青燈酒醒還生戀，明日烟波味水作「相思」更渺然。

四卷本卷三　三十五卷本卷三　五家卷六　味水軒日記卷一

冬日道復東齋圍爐煮菜題贈宜興李宗淵

翠雨堂中續舊盟，梅花的歷紙窗明。焚香對展青緗帙，煮菜親調玉糝羹。樽酒故人强健在，北風殘雪歲功成。等閒聚散都難約，日暮相看生遠情。

四卷本卷三

寄陳以可乞米

秋風百里夢姚城，無限閒愁集短檠。零落交游懷鮑叔，逡巡書帖愧真卿。謀身肯信貧難忍，食指其如累不輕！見説湖南風物好，何時去買薄田耕？四卷本卷三　五家卷六

宿相城有懷石田先生

何處重占處士星？草堂突兀夜燈明。風流已與人都盡，手澤空憐物有情。依舊短牆圍野色，不禁高樹起五家作「送」秋聲。傷心未了生前約，漁子沙頭一棹横。四卷本卷三　五家卷六

寄南京黄撝之先生 先君壬辰榜同年，罷官業醫

解組歸來息世塵，妙傳家學久通神。此身不試因多藝，雅志難忘更活人。千里高風懷建業，平生先友記壬辰。還憑好夢隨詩去，白下梅花已試春。四卷本卷三

過宜興宿李宗淵家〔庚午，下同〕

珍重高情已盡觴，更延清話對匡牀。承家已見兒曹大，感事空驚歲月長。永漏疏風秋夢薄，碧桐摇月夜堂涼。相逢不似相違易，爲寫新詩向短牆。四卷本卷三

金陵秋夜與彭寅之湯子重步月

雙闕深沉夜向闌，碧天露下葛衣單。風吹急柝嚴城閉，月照行人古道寒。往事悠悠歌鳳去，青山靡靡識龍蟠。壯懷萬里同游在，滿目風烟引劍看。四卷本卷三　翰林選下　續翰詔　三十五卷本卷三　五家卷六

冬夜聞雨懷陳淳

黯黯蕭齋玉漏沉，重裘自擁病中身。寒聲破夢孤燈雨，夜色侵愁四壁塵。壯業蹉跎驚

歲晏，舊遊零落念門人。香銷酒醒都無賴，一卷殘書意獨親。四卷本卷三

同次明過伍君求雁村草堂邂逅陳以嚴高希賢及以嚴子津同集

紙屏髹几竹方牀，一笑淹君舊草堂。寒挾北風摧木葉，晚延西日弄窗光。茗薰結靜聊隨性，筆硯酬閒更得忙。邂逅七人成勝集，共題名字向南牆。四卷本卷三

道復西齋古石

玲瓏蒼璧太湖姿，浪蝕沙淘面面奇。百穴晴窗通玉女，一拳小石夢仇池。乍逢合下南宫拜，欲詠還輸白傅詞。便擬高齋題列岫，朝來秀色滿櫓五家作「襜」帷。四卷本卷三　三十五卷本卷三　五家卷六

歲暮重葺西齋承諸友過飲

宏望卷作「重葺西齋承諸友過飲」，伏廬作「歲暮重葺停雲館」

偶葺南榮佚此身，也堪展席對嘉賓。窗光落几盈盈水，簷隙封泥盎盎春。如復伏廬作「許」高明離故處，依然儉陋本先人。堆牀更有圖書在，歲晚相看不當貧。四卷本卷三　伏廬書畫録　贈宏望詩卷

次韻答陳道通見贈

伏廬作「四答伍君求」，宏望卷作「君求期而不至見和前詩輒亦奉答」

書生拙用自康身，折簡安能致貴賓？舊雨漫留他日諾，野梅空試小園春。止尼有在誰非命？檢點伏廬作「點檢」無寧我負人。窮巷由來多轍迹，憑君莫厭席門貧。伏廬有注云「是日君求期而不至故云」　四卷本卷三　伏廬書畫録　贈宏望詩卷

答錢孔周伏廬作「五答錢孔周」，宏望卷作「西齋之葺孔周道復咸有所助用前韻各謝一首」

圖書漫繞病宏望卷作「静」中身，風月聊充坐上賓。元亮平生難適俗，堯夫一室自藏春。蒼苔依舊無塵迹，白板分明類野人。爲謝平原伏廬作「年來」王録事，草堂肯念少陵貧？西齋之葺，孔周、道復咸有所助，故云。四卷本卷三　續翰詔　伏廬書畫録　贈宏望詩卷

答陳道復伏廬作「六答陳道復」

塵土勞勞未隱身，經營深愧郗嘉賓。紙窗竹榻相將老，雜樹幽花次第春。未恨凝塵空四壁，更能邀月作三人。憑君莫笑規模儉，政恐光華不稱貧。郗超聞有隱志者，輒爲起宅。四卷本卷三　伏廬書畫録

答湯子重 伏廬作「七答湯子重」

窮冬誰伴寂寞身，啟户欣看不速賓。茗椀清談渾欲醉，草簷紅日暖於春。眼明何可居無竹？心遠從教住近人。何必向平知損益，自來愚富不如貧。宏望卷末二句作「學道不成空老大要知原憲病非貧」 四卷本卷三 伏廬書畫録 贈宏望詩卷

答盧師陳

造物悠悠每忌全，虚名悔出衆人先。聰明漸覺非前日，英發難追讓少年。滿眼梅花懷往度，一函白雪枉新篇。蠟言梔貌真何益？珍重愚溪記驚鞭。 四卷本卷三

陳道通見和再答一首 宏望卷作「答陳希問見和」

匡牀竹几僅容身，静對何曾有雜賓？最愛短牆伏廬作「簷」堪映雪，自裁新帖寫宜春。閉

門敢遂稱高士，得酒還能作主人。珍重梅枝偏宏望卷作「能」會意，夜深和月照清貧。四卷本卷三　伏廬書畫録　贈宏望詩卷

答陳道濟伏廬作「三答陳道濟」，宏望卷作「再答陳希濟」

嗒然孤伏廬作「枯」坐欲忘身，一笑何妨倒主賓。茗椀清風深破睡，松窗落日淡搖春。平生容膝無餘念，老大懷居愧故人。辦得清樽留客醉，書生猶幸未全貧。四卷本卷三　伏廬書畫録　贈宏望詩卷

答伍君求君求是日期而不至　伏廬作「八答盧師陳」，宏望卷作「再答盧師陳」

百年頹墮愧閒身，猶幸論文坐有賓。寂寞窮居聊塞向，蹉跎殘臘欲争春。旋移高竹聽疏雨，却對梅花似故人。見説繁華易銷歇，茅簷木榻轉甘貧。四卷本卷三　伏廬書畫録　贈宏望詩卷

答鄭常伯 伏廬作「九答鄭尚伯」

宛轉軒窗足芘身，縱横棋槊可娱賓。情懸伏廬作「緣」親友停雲暮，夢覺池塘細草春。洗竹空階風入坐，捲簾清夜月窺人。平生受用誰能試？伏廬作「識」掃地焚香一味貧。四卷本卷三 伏廬書畫録

答吴次明 伏廬作「十答吴次明」

小室如蝸取覆身，空梁還有燕來賓。百年托足誰非寄？一榻隨緣物自春。旋葺疏籬添野意，别開新徑待幽人。席門環堵心如水，莫笑淵明不諱貧。四卷本卷三 伏廬書畫録

次韻答湯子重病中見懷

經時不見欵山扉，忽寄新篇感舊伏廬作「病」違。後進逼人真可畏，衰慵如我欲安歸？雲

延暮色侵書牖，風獵窮寒襲絮衣。正是憶君情不極，繞階殘葉雨飛飛。四卷本卷三 伏廬書畫録

子重再和再答二首

伏廬第一首題「子重再和再答一首」，第二首題「四答子重」

風吹白版野人扉，燕坐蕭然與世違。寒雀羈栖天欲雪，流光奄忽歲云歸。童心已盡餘枯硯，壯志難酬愧故衣。木落烟空秋萬里，自梯高閣看鴻飛。續翰詔

十年清夢落巖扉，塵土欺人念念違。往事已成那可説，虚名久假得無歸？出門最是慵修謁，對客何曾諱典衣。燈火虚齋又除夕，愁中日月感梭飛。四卷本卷三 伏廬書畫録

新正四日雪後方崑山思道過訪值余不在留詩而去奉答一首

（辛未，下同）

偶扶藜杖出柴荆，虚却王猷過訪情。高興自緣修竹住，通家還許小兒迎。百年契分叨君厚，一笑閒緣愧我輕。留得新詩珠滿案，紙窗殘雪共光榮。四卷本卷三 續翰詔 五家卷六

吾尹邀遊虎丘奉次席間聯句 墨緣作「遊虎丘席間次韻」

使君置酒贊公房，飛蓋追隨草木光。選勝不辭蕭寺遠，爲閒翻遣老僧忙。千村霽雪人憑閣，一塢碧雲山墮牆。斜日離離賓客亂，好修故事續歐陽。四卷本卷三　三十五卷本卷三　墨緣堂藏真

同子重晚步過竹堂

濠股東來得斷坦，一龕清梵托旃檀。蒼苔繞徑無塵到，落日敲門借竹看。風急簾光先送暝，春陰梅韻獨禁寒。爐香深寂蒲團浄，欲就山僧結淡歡。四卷本卷三　三十五卷本卷三

楊儀部君謙纂述之餘頗修浄業瞻對無由悵然成詠

不見高人動經月，似聞觀道獨澄懷。一函自課維摩品，百日方持白傅齋。春到梅花開

小閣，夢回涼月印空階。從知不受風塵累，二十年前已乞骸。五家卷六

春風二月尚淒然，忽見梅花憶大年。歲晚著書酬雅志，日長閉户養閒緣。鬢絲寂寞茶烟外，齋粥精勤繡佛前。未得相從聞至理，夢中時到古濠邊。四卷本卷三 續翰詔

子重賦詩徵余逋畫未即踐言先以小幅展限就和來押

穰梨作「嘉靖改元歲在壬午三月望日偶過麗文書屋出叔明小幅纖細高遠展玩可愛遂借歸月餘而摹臨一過殊愧不能及其妙也」

飛嵐疊巘眼福作「嶂」翠撑空，畫得幽居似鄴中。滿地清陰山木穰梨作「山水」，壯陶作「木葉」合，隔溪野色小橋通。倚闌詩思蕭蕭雨，繞榻五家作「竹」茶烟細細風。想得高人方閉户，那知市上軟塵紅？四卷本卷三 五家卷六 穰梨館雲烟過眼録卷十七 壯陶閣書畫録 眼福編二集

子重次韻見謝再答一首

年來零落萬緣空，猶寄餘情筆硯中。贏得虛名慚立本，何曾清夢到江通。讀君秀句真滄雪，老我無成類捉風。惆悵昔人呼不起，臨闌一笑夕陽紅。四卷本卷三

子重過訪兼示近作　詩卷作「春日友人過訪作」

尋幽有客到貧家，相對無言落照斜。山館閒緣時弄筆，野人清供自呼茶。別來日課詩添草，病起春風樹着花。一笑不辭還往數，欲從文社托生涯。　四卷本卷三　續翰詔　草書詩卷

宜興吴心遠操舟過吴留數日而返余與飲北寺水亭賦此爲贈

思君不見動經年，忽漫相逢野寺前。白髮未妨行樂趣，青春剛及豔陽天。新涼汲澗供茶竈，落日看山泊酒船。明發高蹤何處覓？桐棺一髮太湖邊。　四卷本卷三

夏意

五月江南櫻筍殘，疏花吹盡緑漫漫。雨來恰及梅黄候，春去猶餘麥秀寒。白日幽深茆屋静，野情蕭散苧袍寛。美人何處經時别？滿耳新蟬獨倚闌。　四卷本卷三　三十五卷本

卷三　五家卷六

悼莆田陳給事

射策明廷衆所賢，朝聯省掖暮荒阡。身膺一命難酬德，世有長存不在年。諫草漫留青瑣闥，風流未負玉堂仙。曾爲庶吉士。平生不盡閔山恨，細草淒淒宿暝烟。四卷本卷三

夏日飲湯子重園亭

吴派題末有「賦」字

城居何處息炎蒸？與客來投小隱亭。五月葵榴晴折絳，四簷梧竹晝圍青。從知心遠柴門静，不覺風微宿酒醒。怪是淹留便終日，主人蕭散舊忘形。四卷本卷三　吴派畫九十年展

五月十三日種竹

古芬作「種竹有感」

分得亭亭緑玉枝，雨餘生意滿階除。淩梢已展疏疏葉，護粉聊營短短籬。肯信移來真

是醉？不愁俗在未能醫。人間此夜頻前席，涼月虚窗更自宜。 四卷本卷三　三十五卷本卷三　古芬閣書畫記卷十四

早起

殘更斷續天蒼蒼，開門汲井夜欲央。鷄聲人語杳無際，落月曙色相爲光。臨風短髮不受握，泫露碧葉微生涼。屋頭日出萬事集，惜取静境聊徜徉。 四卷本卷三　續翰詔　三十五卷本卷三

九日汎石湖 翰香作「九日與履約汎湖」

烟斂吴山翠擁翰香作「擁翠」螺，重陽晴暖似春和。情閒已付清油舫，斜日輕摇緑玉波。橋外連錢游騎屬，水邊紈扇麗人過。黄花何處酬佳節？白鳥滄洲引興多。 四卷本卷三　三十五卷本卷三　翰香館帖

玄妙觀習儀候曉　九月廿二日

仙壇雨過白烟生，躡影何人見獨行？斜月映雲侵夜色，涼風入樹作秋聲。塵心欲覺疏鐘動，病骨無聊短葛輕。金闕寥陽成寂寞，一龕燈燭鎖神清。　觀舊有宋孝宗御書「金闕寥陽」四字。　四卷本卷三

余爲黄應龍先生作小畫久而未詩黄既自題其端復徵拙作漫賦數語畫作於弘治丙辰距今正德辛未十有六年矣

尺楮回看十六年，殘丹剥粉故依然。得君品裁知增重，顧我聰明不及前。小艇沿流吟落日，碧山浮玉漲晴烟。詩中真境何容贅？聊續當年未了緣。　四卷本卷三　三十五卷本卷三

十五日出城暮歸門闔留宿南濠王氏溪樓與履約昆仲夜話有作

永濟橋南水閣斜，夜深投宿静無譁。淹留短榻行邊約，只尺孤城夢裏家。碧樹報風吟細葉，青燈閃雨落寒花。玄言寂寞都無寐，消得清腴一味茶。四卷本卷三　三十五卷本卷六

履約出示蔡九逵山中寄詩次韻題贈

底事中郎念子勞？凌風高翼待飄飖。名家舊種三槐樹，壯志終題駟馬橋。秋水絶憐新句好，月明無那美人遥。百年師友論心地，已見登場立漢標。四卷本卷三

履吉陪余夜話達旦别贈一首

百里驊騮不動塵，風前玉樹照青春。蹇衰安得年如子？英發行看妙逼人。静裏幽香初

續篆，談邊高燭坐消銀。等閒會合關千載，莫忘溪樓聽雨辰。四卷本卷三

十月九日辱次明九逵道復及履約兄弟過飲時淮北小警吳中城禁稍嚴客有居郭外者索歸甚遽故卒章云

高賢次第款柴關，旋爇清香設菜盤。浮世自知閒有味，貧家聊以淡爲歡。行窗竹影離離日，過雨茅簷漠漠寒。天際輕陰會當散，未須愁暮促歸鞍。四卷本卷三

同次明九逵及王氏兄弟汎舟游横山

湖海作「山行一首」，墨緣作「横塘汎舟」

蘭橈十里下横塘，漠漠味水作「漫漫」風撩味水作「摇」鬢影涼。野水秋來寒玉浄，碧山西去暮雲長。行邊黄偃禾棲畝，眼底紅酣樹飽湖海作「點」霜。飛盡落霞新月上，空江渺渺白蘋香。湖海末二句作「憑仗諸君賒此醉百年佳景自難忘」　四卷本卷三　三十五卷本卷三　味水軒日記　湖海閣藏帖　墨緣堂藏真

題畫

隔浦羣山百疊秋，青烟漠漠望中收。松摇落日黄金碎，江浸長空碧玉流。水閣虚明占勝槩，野情蕭散在滄洲。人間佳境非難覓，自是塵吴派、眼福作「虚」緣不易投。四卷本卷三　三十五卷本卷三　吴派畫九十年展　眼福編二集

次韻答顧開封華玉見寄

青春三十早專城，故舊江南重别情。總道文章堪飾吏，不妨貧乏是佳聲。風吹伊洛驚塵暗，雲斂長安夕照明。見説汴民方戀德，未應君有不平鳴。四卷本卷三

次韻答謝吾中舍見寄 吾尹兄

十載微名困白襴，塵中知己古來難。過慚郭泰稱黄憲，喜就中郎識謝安。樂事未并芳

歲晚，佳人在望碧雲寒。朝來渴疾都消却，爲有新詩沃肺肝。四卷本卷三 續翰詔

題許國用汗漫游卷

江湖踪跡自年年，去住隨緣興浩然。三月鶯花燕市酒，一牀書畫米家船。留連勝事登山屐，狼藉春風買笑錢。回首馬遷今不作，爲君重賦遠游篇。四卷本卷三 續翰詔 三十五卷本卷三

次韻寄蔡九逵

懷人何處楚天長？第一峯前月滿堂。妙思紅蕖初濯水，短書甘橘未題霜。心如木葉秋蕭索，目斷烟波夜渺茫。何日能來脩白社？試傾春酒倒詩囊。四卷本卷三

再用人字韻簡王履吉時游學洞庭

溪樓回首別經旬，又是江南試小春。夢裏扁舟湖上雨，燈前詩卷意中人。晚山四面窗

蟠翠，秋鱠千絲筯繞銀。見説壯遊多樂事，未須來往嘆參辰。四卷本卷三

登樓

萬里新寒襲敝裘，故人何在獨登樓！江山摇落愁無際，鴻鵠哀鳴去有求。北首長安雲日暮，西風淮海書法作「邊徼」戍塵秋。誰懷杞國千年慮？書法作「事」目繞書法作「斷」碧天空自流。四卷本卷三　三十五卷本卷六　書法第廿五期

臘月十三日飲伍君求雁村草堂閲舊歲留題適亦臘月十三爲之感歎因再次前韻

去年殘臘醉君牀，題字依然在草堂。竹下尋盟猶昨日，風前撫卷惜流光。情如秋水從教淡，坐戀梅花失却忙。煮茗焚香聊足樂，何須濁酒過鄰牆。四卷本卷三

次韻九逵山中步月

黄葉蕭蕭没斷蹤，風將牢落入窮冬。三更酒醒人何處？千里月明山自重。遠水浮村微見火，碧烟藏寺但聞鐘。知君逸思難分付，都屬尋詩七尺笻。四卷本卷三　五家卷六

虎丘劍池相傳深不可測舊志載秦皇發闔閭墓鑿山求劍其鑿處遂成深澗王禹偁作劍池銘嘗辨其非正德辛未冬水涸池空得石闕中空不知其際余往觀之賦詩貽同游者和而傳焉

五家作「虎丘劍池」

吴王埋玉幾千年，水落池空得墓磚。地下誰曾求寶劍？眼中吾已見桑田。金鳧寂寞隨塵劫，石闕分明有洞天。安得元之論往事，滿山寒日散蒼烟。四卷本卷三　續翰詔　三十五卷本卷三　五家卷六

除夕

歡悰入病垂垂減，素髮侵愁冉冉加。誰有聲名垂宇宙？自憐零落負年華。東風綵帖裁春草，殘雪青燈剪夜花。惜取一樽酬見在，中原戎馬暗驚沙。

四卷本卷三　三十五卷本卷三

文徵明集卷第十

七律四　一百一十九首附録五首

人日孔周有斐堂小集（正德壬申，下同）

華堂漠漠悄寒輕，聊應芳辰設菜羹。竹外風烟開秀色，樽前榮太虛作「雲」日麗新晴。占微誰問東方朔？思發空懷薛道衡。短髮寂寥花勝在，相看無復少年情。四卷本卷四　續翰詔　三十五卷本卷四　太虛齋珍藏法帖

按：四卷本注「癸酉」，實壬申年作。

九逵期人日會城中既而不至太虛作「不果」作詩見懷奉答

人日故人偏入望，洞庭烟水隔蒼蒼。不教縷菜傳纖手，空復題詩寄草堂。老鬢金花誰

鬬勝？古梅殘雪自吹香。尋常佳節多惆悵，何況差池負酒觴。四卷本卷四　三十五卷本卷四　太虛齋珍藏法帖

送善書奎上人還杭

古寺秋風一笑同，藏真書法衆推工。已超色相江山外，聊結因緣筆硯中。雲水閒情隨去住，雪泥踪跡漫西東。明朝杖錫西湖去，滿地梅花月印空。四卷本卷四　續翰詔

次韻毛大參辭召有感之作二首

十載中朝仕有聲，青雲末路更收名。久知元亮多高韻，聊托嵇康事養生。尊酒風流青鬢在，草堂歸計緑陰成。君恩不與塵心斷，回首江湖萬里情。

桑梓棲遲已有年，可能騎馬負春田？九天雨露雙龍詔，滿地江湖一釣船。曉起青山供短笏，雨餘修竹長新鞭。投閒不落幽居事，一任浮雲過眼前。四卷本卷四　三十五卷本卷四

雪中訪子重

夜聽淅淅蟹行沙，曉看投簾萬玉斜。忽憶梅花動詩興，故衝深雪到山家。凝寒入坐潛消酒，掃積添瓶旋煮茶。當日王猷竟歸去，只應寂寞負光華。四卷本卷四

子重見和再答一首

二里行行踏白沙，短簑偏稱點横斜。安知敝履非高士？儘有閒情屬隱家。寒色簷楹迷野雀，斷妝籬落見山茶。蹉跎二月春猶淺，却付玄冥領物華。四卷本卷四

上巳日獨行溪上有懷九逵

珊瑚作「經年不見九逵一日獨行谿上忽爾懷思輒賦短韻并系小圖奉寄時正德庚辰上巳」

郭外青烟柳帶柔，洞庭西去水悠悠。故人不見沙棠楫，燕子齊飛杜若洲。日落晚風吹

宿酒，天寒江草喚新愁。佳期寂寞春如許，辜負山花插滿頭。四卷本卷四　三十五卷本卷四　五家卷六　珊瑚網畫録卷十五

飲陳子復嘉樹堂

不到君家歲屢更，湖光山色夢常縈。扁舟夜渡橫金月，樽酒春尋嘉樹盟。半日閒情寄絲竹，百年佳節近清明。還憐後會非容易，故向南牆記姓名。四卷本卷四　續翰詔

宿陳氏再賦

記得相投是夜深，六年踪跡重追尋。閒情婉孌渾太虛作「還」依舊，宿約差池直到今。燈火高齋還太虛作「初」掃榻，月明嘉樹正垂陰。清言莫怪遲歸去，明日入城塵滿襟。四卷本卷四　太虛齋珍藏法帖

寒食自横金歸汎石湖 名蹟作「寒食石湖舟中作」

澤國春深霧雨收，越城橋畔水争流。斷烟西去浮蒼嶼，斜日中川起白鷗。村店寂寞寒食節，行人迢遞木蘭舟。芳情滿目東風急，欲採汀花不自由。四卷本卷四　三十五卷本卷四　五家卷六　中國書法名蹟集

山陰王君琥自越州過訪

平生高誼仰王猷，忽枉清風剡曲舟。老去自慚名未副，遠來真以氣相求。一春花鳥淹愁思，千里江山入壯遊。把袂不須深悵别，與君吴越本同州。四卷本卷四　續翰詔

首夏湯子重敍園亭小集

湘簾疏翠捲筤簹，斷雨斜雲漏日光。滿地緑陰生晝寂，一番白苧詠新涼。却疑嘉

景非城市，暫解忙緣近酒觴。莫道南風春似掃，晚花狼藉點山堂。　四卷本卷四

侍守溪五家作「侍柱國王」先生西園遊集　園在夏駕湖上

名園詰曲帶城闉，積水居然見遠津。夏駕千年空往迹，午橋今日屬閒人。江南白苧迎新暑，雨後孤花殿晚春。自古會心非在遠，等閒魚鳥便相親。　四卷本卷四　五家卷六

附守溪先生次韻

吴王消夏有殘闉，特起幽亭謝要津。曲徑轉時迷到客，短牆缺處見行人。緑楊動影魚吹日，紅藥留香蝶送春。爲問午橋閒相國，自非劉白更誰親？　四卷本卷四

小山前對月有懷九逵兼簡徐士瞻王履約履仁

緑樹沉烟夜色新，小山迎望獨逡巡。涼風縹緲吹羅帶，初月分明靚玉人。經宿笑談還續夢，百年遊好最關身。青燈想見聯牀地，愁殺高樓隔綺闉。　四卷本卷四

晚雨飲子重園亭

名蹟作「湯氏園亭對雨小酌」

高齋落日偶追從，樽酒淹留一笑中。芳草滿庭飛燕子，晚涼和雨在梧桐。江魚繞筯肥烹玉，野樹藏春淺映紅。潦倒莫言歸更緩，習家池館愛山公。四卷本卷四　三十五卷本卷四　中國書法名蹟集

游幻住庵

行行西郭兩牛鳴，路轉橋横得化城。深巷鳥啼山木暗，清溪日暖白烟生。興懷往哲悲陳迹，每到空門損世情。坐戀蒲團留不得，碧雲回首暮鐘聲。四卷本卷四　三十五卷本卷四

西齋對雨有懷道通道濟

茀簷寂寞篆烟殘，病起苔花上碧欄。燕子梨花春已老，緑陰疏雨暮生寒。未能開徑延

三益，空望高齋憶一難。見説對牀勤苦甚，何因乞取近文看？　四卷本卷四　續翰詔

過子重出示見懷之作即席和答

西日經簷倦鳥忙，不忘殘諾上君堂。雲容黯淡簾櫳暮，雨氣薰蒸草樹香。偶即燕閒消世事，從教物色變年光。門前塵土三千丈，不到薰爐茗碗傍。　四卷本卷四

附湯珍待衡山先生過園居

朝來簷雀送聲忙，見説高人過草堂。風動似聞門外屨，晝長頻續案頭香。暖烘韶麗花含笑，雨閣輕陰日弄光。多少野橋東望意，碧雲閒詠小山旁。　四卷本卷四

百花庵

北郭名藍舊有名，歲長無復百花深。柴門日落空流水，古木春來長緑陰。滿眼風流文字業，一龕荒寂道人心。野橋詰曲通幽徑，短策何時許重尋？　四卷本卷四　五家卷六

次韻答彭寅仲見寄

尺書繾綣見高懷，天遠孤雲自一涯。別後春風添白髮，夢回涼月滿空齋。游鯤擊水三千里，躍馬看花十二街。見説京華塵似海，可應回首憶蒼崖？四卷本卷四　續翰詔

虛窗爲陳秋官賦

疏櫺斜啟帶簷牙，雅稱空明照碧紗。静裏隙光行野馬，夜深月色弄梅花。此心寂久還生白，萬籟聽來自不譁。却是讀書聲未散，隔松遥認野人家。四卷本卷四　續翰詔

病起秋懷

卧病經旬一榻空，起來高閣見秋風。蒼茫野色浮天外，狼藉霜痕落鏡中。滿地江湖愁託足，何時淮蔡却收功？浮雲奄忽行銷滅，雙目依然送斷鴻。

蕭蕭木葉下平皋，衰髮鬅鬙怕自搔。烽火東南滄海暗，夕陽西北暮雲高。閒懷已負青團扇，野興初生白苧袍。蕭散只應輸宋玉，能將九辯續離騷。四卷本卷四　三十五卷本卷四

蕭氏園石壁

削黛排螺縹渺間，秋來氣勢更巉然。天開步障芙蓉冷，雲擁巖牆薜荔鮮。翠紫一庭翻夕照，蒼寒千尺捲晴烟。相看不用誇圖畫，十幅生綃在眼前。四卷本卷四

中秋日同諸友月洲亭看雨有作

爲愛芳洲緑玉灣，共來沾醉野亭間。一年索莫中秋雨，百匝空濛負郭山。水竹會心非在遠，天時多故不妨閒。獨憐日暮移舟去，不得高歌載月還。三十五卷本卷四

王履約履吉屢負余詩叩之九逵云已得兩句矣憶東坡督歐陽叔弼兄弟倡和有昨夜條侯壁已驚之句與此頗類因次韻奉挑

底事清吟苦不成？應將不戰屈人兵。安知堅壁非勍敵，自覺衰遲畏後生。風雨夜牀魂欲斷，池塘春草夢初驚。一雙白璧新收到，何日奚囊向我傾？ 四卷本卷四

履約兄弟得詩竟不見答因再疊前韻

二子堅城似長卿，從教百戰擾罷兵。碧山漫説雙流淚，飯顆真成太瘦生。自笑木桃何足報？試遺巾幗了無驚。尋常八節灘頭水，安得春來峽倒傾？ 四卷本卷四

漕湖一名蠡湖相傳范蠡所開或謂通漕運而設癸酉秋八月十又七日同錢元抑陳道復顧朝鎮朝楚夜汎有作

渺渺中流泝小舠，露華初冷碧天高。一痕落鏡秋宜月，萬籟無風夜自濤。消盡霸圖猶説蠡，傳流餉道不通漕。浮樽自適東南興，何必淋漓汗錦袍。四卷本卷四　三十五卷本卷四

按：癸酉年乃鄉試之歲，八月十七日三場始畢，似不能飛舟夜汎。故題中「癸酉」實「壬申」之誤。

麻姑一尊餉以可

年來踪跡滯江鄉，會合差池意渺茫。故遣麻姑供一笑，不教元亮負重陽。新杭已薦長腰白，落蟹還聞塞㲄黄。欲賦秋光題不得，夢魂先到故人傍。四卷本卷四

九日期九逵不至獨與子重游東禪作詩寄懷兼簡社中諸友

詩册作「九日獨遊東禪簡社中諸友」，域外作「壬申九日同子重遊東禪賦此記興是日與道復諸君期而不至坐中有懷故頸聯及之」

東郭名藍帶曲隈，三年行樂兩回來。依然舊境牆遮樹，久斷塵蹤砌有苔。落日懷人流水遠，秋風撫掌菊花開。良辰在眼休教負，相對山僧把一杯。四卷本卷四　三十五卷本卷四　詩册墨蹟　域外所藏中國名畫集

石田先生留詩東禪命壁牽和久而未能寺僧天璣出以相視詩册作「相示」於是先生下世三年矣感今懷昔詩册作「感愴今昔」撫卷淒然因次詩册作「輒用」韻題其後

杖履空然記昔年，高情無復看雲眠。溪堂白髮留遺照，堂中有先生遺像。竹榻清香事略作「風」感斷緣。奄忽流光驚夢裏，蹉跎殘諾負生前。只應舊事僧知得，灑淚同看獨夜篇。

四卷本卷四　詩册墨蹟　沈石田先生詩文集附事略

附原倡

清溪作别過三年，家裏藤牀久病眠。今次又逢櫻笋日，舊遊追憶牡丹緣。再期踪跡何知後，太覺筋骸不及前。愛是芭蕉滿新緑，燒燈連夜寫新篇。正德己巳四月廿一日，過清溪精舍，算不到三年矣。蹇衰步履，良艱出遠，非清溪厭客也。天機欲志數語，因留此篇。老人思致不能副其雅情，惟徵明和而連賁則可。沈周　四卷本卷四

秋夜不寐有懷子重時留婁門別業

雉瀆東來十里强，故人迢遞宿溪莊。茆簷殘夢孤村月，布被新寒五夜霜。秋滿田園農事足，身違城郭野情長。誰知燈火關心地？病眼無眠獨撫牀。　四卷本卷四

詠庭前叢菊

寒英翦翦弄輕黄，百卉凋零見此芳。天意也應憐晚節，秋光端不負重陽。郊原慘淡風

吹日，籬落蕭條夜有霜。輪輿陶翁能領略，南山在眼酒盈觴。四卷本卷四　三十五卷本卷四　五家卷六

秋夜　詩册作「新寒」

新寒高閣夜何其？野笛荒砧不斷思。澤國變衰菰菜老，長安迢遞帛書遲。江空露下芙蓉葉，月出風吹桂樹枝。何必潘郎能自省，年來青鬢已絲絲。四卷本卷四　三十五卷本卷四　五家卷六　詩册墨蹟

重陽後十日伍君求家觀菊子重有詩用韻繼賦

重陽已過菊花時，更與高人把一枝。零落離騷山澤味，蕭條栗里歲寒姿。滿庭夕露沾衣袖，一笑西風倒接䍦。志士從來看晚節，相逢不用嘆衰遲。四卷本卷四　續翰詔

病中遣懷 詩册有注「壬申歲」

經時卧疾夷白作「病」斷經過，自撥閒愁對酒歌。意外紛紜知詩册作「如」命在，古來賢達患名多。千金逸驥空求骨，萬里冥鴻肯受羅？心事悠悠那復識，白頭辛苦服儒科。 續翰詔

潦倒儒冠夷白作「宮」二十年，業緣仍詩册作「猶」在利名間。敢言冀北無良馬？深愧淮南賦小山。病起秋風吹白髮，雨深黃葉暗松關。不妨夷白作「嫌」窮巷頻回轍，消受鑪香一味閒。 四卷本卷四　三十五卷本卷四　詩册墨蹟　夷白齋詩話

賦得野亭秋興 翰林作「野亭秋興」

斷雲狼藉近簾櫳，天地蕭條四壁空。盡日倚闌黃葉雨，一番吹鬢白蘋風。年光搔首孤鴻外，山色供愁落照中。欲寄閒情無那遠，烟波江上採芙蓉。 四卷本卷四　翰林選下　三十五卷本卷四　五家卷六

至日不出

今晨謝客掩茆茨，坐撥寒灰有所思。節物攙春梅柳動，歲功差閏雪霜遲。陰陽消息誰從問？晷刻短長吾自知。人事天時苦相促，憂來聊詠少陵詩。

四卷本卷四

病中久不至子重草堂兼負琳宫看月之約作詩寄懷

抱病經旬不裹頭，更禁塵土出門愁。有時朗月思玄度，終古扁舟愧子猷。獨鶴烟消琳館暮，雙梧雨歇草堂秋。依然碧鳳坊西路，早晚攜酒覓舊遊。

四卷本卷四

病起辱次明孔周君求履約履吉攜樽過訪

欣然笑語集嘉賓，土盎浮烟草屋春。小被殘痾聊對酒，久逃空谷喜逢人。蹉跎歲事驚初雪，零落庭柯見短�。還有圖書消燕坐，柴門相過不妨頻。

四卷本卷四

餘姚錢德孚館於余六年兒子彭嘉蒙其開益爲多癸酉冬告歸作詩送之

吴下傳經歲屢終，兒曹久在範模中。如君何止童蒙吉，老我方懷麗澤功。永日書聲茅屋雨，新寒燈火竹窗風。囊琴明日還東下，從此西齋木榻空。四卷本卷四

對雪

短榻無聊擁敗綈，開門深雪壓簷低。蒼松白石寒相照，曲巷斜橋去欲迷。舞態不禁風脈脈，羈懷都似鳥淒淒。小山詩思清如許，不見高人出剡溪。四卷本卷四　三十五卷本卷四

雪後出横塘舟中作

原野蕭條水腹堅，西塘風景入窮年。山腰落日明殘雪，木末荒寒鎖斷烟。散策穿雲欣

得寺，傍岩看竹更移船。塵心不斷還歸去，慚愧沙禽對渚眠。四卷本卷四

冬夜有懷王履約履吉追念疇昔阻宿溪樓倐忽一年矣作詩寄情

西樓曾憶夜深登，尊酒相歡不自勝。照眼春風雙玉樹，對牀寒雨一青燈。依稀舊夢存詩卷，珍重高情愧友朋。歲月遷移談笑在，重城回首白烟生。四卷本卷四

冬夜

烟鎖凝塵四壁空，青燈欲燼夜溶溶。涼聲度竹風如雨，碎影摇窗月在松。病枕蕭條聞永漏，草堂摇落已深冬。不堪酒醒淒然地，撫景懷人意萬里。四卷本卷四　三十五卷本卷四

冬日虎丘寺

行行三里得崔嵬，珍重生公舊講臺。適意底須求遠境？名山端不厭重來。秋空樓閣參

差見，日出風烟慘淡開。怪我紀遊無一字，古人佳句蝕蒼苔。四卷本卷四

月夜登閶門西虹橋與子重同賦

白霧浮空去渺然，西虹橋上月初圓。帶城燈火千家市，極目帆檣萬里船。人語不分塵似海，夜寒初重水生烟。平生無限登臨興，都落風欄露楯前。四卷本卷四　三十五卷本卷四

附子重

重門人散市初收，步躡飛虹俯急流。城上烏聲霜映月，水中簾影火明樓。天風吹袂寒相襲，野霧迷空淡自浮。十載金閶亭畔路，勝懷誰辨夜深遊。四卷本卷四

贈王履約履吉兄弟

春風觸目總琳瑯，素月流雲縹緲光。未用寡辭推子敬，故應相敵有元方。百年有待麟

呈瑞，千里欣看雁逐行。手結幽蘭成雜佩，思君欲贈不能將。四卷本卷四　五家卷六

立春相城舟中

城裏鞭牛歲事闌，城東客思浩漫漫。風光欲動先零雨，水氣相蒸尚薄寒。繞竹探梅移畫舫，行廚傳菜有春盤。未裁帖子吟芳草，且覆茶杯覓淡歡。四卷本卷四

按：四卷本題下原注「甲戌」。然參以三十五卷本，所收詩實止于壬申，而五古有「甲戌歲朝明日立春……」詩題，可作佐證。故是詩以下，仍繫壬申。

次韻九逵山中見寄

湖上高人三畝宅，青山縹緲水縈回。遥知樂事初分橘，欲寄相思未有梅。百里看雲心共遠，一緘如面手親開。城西舊社蕭條甚，安得從君把一杯？四卷本卷四

附九逵原倡

聽雨中秋如昨日，春風又逐柳條回。西山落月千門雪，東郭籠烟幾寺梅。舊社當驚詩草富，新年頻夢筆花開。滄江未老周南客，且盡看雲濁酒杯。四卷本卷四

歲暮過獨墅湖舟中遇雪

歲暮長風吹朔雪，平湖南去即天涯。横迷斷岸才分影，亂閃寒濤併作花。一笑披簑傳畫本，千年移棹屬詩家。不愁興盡空歸去，獨墅東頭有酒賒。四卷本卷四

雪中至陳湖訪以可夜坐有作

相思百里夢勞勞，相見燈前首重搔。坐撫流光悲往事，不堪衰病到吾曹。扁舟獨墅寒衝雪，尊酒陳湖夜聽濤。明日又從城郭去，野田回首暮雲高。四卷本卷四

除夜

擁寒枯坐夜無聊，杯茗鑪薰次第消。獨有戀人燈黯黯，可堪卒歲雨蕭蕭。醉供春帖閒吟草，病撫辛盤嬾頌椒。少日馮陵都遣却，只將雙鬢待明朝。四卷本卷四

次韻陳道濟讀甫田新集見寄

草草新編漫入評，十年憔悴苦吟聲。要知有玩皆爲喪，莫道能鳴是不平。茆屋雨聲燈照夢，芙蓉秋冷月關情。平生未得文章力，漫向詞場著姓名。四卷本卷四

同王履約過道復東堂時雨後牡丹狼藉存葉底一花感而賦詩邀道復履約同作〔癸酉，下同〕

推脱塵緣意緒佳，衝泥先到故人家。春來未負樽前笑，雨後猶餘葉底花。矮紙凝霜供

小草，淺甌吹雪試新茶。憑君莫話蹉跎事，緑樹黄鸝有歲華。三十五卷本卷五

偶過甫里乘月至白蓮寺訪陸天隨故祠

一龕香火白蓮宫，古社猶題甫里翁。坐挹高風千載上，依然舊宅五湖東。雨荒杞菊流螢度，月滿陂塘鬬鴨空。故草已隨塵土化，空瞻遺像寂寥中。祠有唐時遺像，爲狂人所仆，滿腹中皆翁手稿。後像雖設，而稿不可得矣。三十五卷本卷五

王履吉示余春日即事之作久而未復三月望後汎舟出西郭借韻贈答

穰梨作「春日即事」

郭西楊柳緑煙多，續續春舟載綺羅。落日千山眉斂黛，清穰梨作「春」江一曲眼横波。偶追勝踐抛塵慮，坐惜芳華對酒歌。欲賦江南游子意，古原春草恨如何？三十五卷本卷五

滄浪池上　詩帖作「滄浪池」

楊柳陰陰十畝塘，昔人曾此詠滄浪。春風依舊吹詩帖作「生」芳杜，陳迹無多半夕陽。積雨經時荒渚斷，跳魚一聚晚波凉。渺然詩思江湖近，便欲相携上野航。三十五卷本卷五

濟陽蔡氏本癸酉詩帖　明詩別裁

過吴文定公東莊

相君不見歲頻更，落日平泉自愴情。徑草都迷新轍迹，園翁能識老門生。空餘列榭依流水，獨上寒原眺古城。匝地緑陰三十畝，游人歸去亂禽鳴。三十五卷本卷五

陪蒲澗諸公游石湖　詩帖作「石湖」

杜若洲西宿雨過，詩帖作「餘」行春橋下長靡蕪。青松四面山圍寺，白鳥雙飛水滿湖。故

壘春歸空有迹，扁舟人遠不堪呼。相看不盡興亡恨，落日長歌倒玉壺。三十五卷本卷五

濟陽蔡氏本癸酉詩帖

與王欽佩顧華玉夜話

燭跋熒熒照酒明，故人相對説平生。差池何止三年別？老大難忘一舉名。殘夜池塘分月色，遶門楊柳度秋聲。不辭筆硯酬嘉會，去住江湖各有程。三十五卷本卷五

渡江

曉溯龍江三百里，蒹葭漠漠首重回。天連舊禁青雲繞，日出中流白霧開。滿目秋光聊北渡，隨舟山色更東來。分明記得盤游地，一抹蒼烟是鳳臺。三十五卷本卷五

烏衣鎮望滁州諸山

東葛城頭曉月殘，烏衣鎮上水潺潺。偶來下馬三家市，先見環州百里山。道路重經渾不記，人情未遠尚相關。舊游最是西南勝，擬辦青鞋一醉攀。三十五卷本卷五

柏子潭

絶壑溟沉古隧長，飛樓散盡柏蒼蒼。空山雨露曾沾溉，春水魚龍已奮揚。地脈何由關至治，野人猶解説先皇。只應壞碣奎文在，秋草難埋永夜光。三十五卷本卷五

滁州官舍侍少卿家叔夜話 詩帖作「滁州官舍留别少卿家叔」

宦轍滁陽弟踵兄，我緣諸父得重經。只應故榻曾聽雨，詩帖注云「先君宦滁時少卿嘗留止其處」敢擬詩帖作「謂」虚堂是聚星。兩世相看親叔姪，百年好在舊門庭。夜闌無限分違意，月

滿空階酒正醒。三十五卷本卷五 濟陽蔡氏本癸酉詩帖

游醉翁亭不果寄滁州故人

當時蹤跡兩峯間，疋馬重來不及攀。曾有題名留壞壁，羞將塵面見青山。未應啼鳥知人樂，空望清泉裹茗還。寄謝故人休見誚，百年雙足會須閒。三十五卷本卷五

宿江浦有懷定山先生

驚風木葉夜毵毵，獨宿江城酒半酣。千載名山無謝傅，一生知己愧羊曇。青燈暮雨殘詩帖，明月蒼松舊草庵。二十年來頭欲白，當時心事向誰談？三十五卷本卷五

舟中望金山

一笑推篷見碧岑，可堪行役負登臨。舊游誰覓三年夢，回首空餘萬里心。初日樓臺相

映照，凌波草樹自浮沉。無由去汲中泠水，卧聽寒潮雜梵音。三十五卷本卷五

失解無聊用履仁韻寫懷兼簡蔡九逵

夜半休驚負壑舟，已應吾道屬滄洲。夢中桂樹青天月，江上芙蓉玉露秋。疲馬尚憐銜橛在，冥鴻翻困稻粱謀。倦游更憶相如遠，落日蒼茫立渡頭。三十五卷本卷五

贈王直夫

憶昨追隨試有司，少年先聽鹿鳴詩。老無時命吾何恨？君負才名衆所推。盛世豈容駒在谷，雲逵行見羽爲儀。馬蹄輕疾香塵起，萬里天風拂桂枝。三十五卷本卷五

錢氏池上芙蓉

九月江南花事休，芙蓉宛轉在中洲。美人笑隔盈盈水，落日還生渺渺愁。露洗玉盤金

殿冷，風吹羅帶錦城秋。相看未用傷遲暮，別有池塘一種幽。圖目末二句作「相思欲駕蘭橈去滿目烟波不自由」 三十五卷本卷五 中國古代書畫圖目十三

邢麗文顧訪小齋話舊

十年踪跡一追歡，已覺蕭蕭兩鬢殘。里社與君游最久，頭顱如此見何難！不忘習氣評新業，相顧塵埃只舊冠。爲説流光堪戀惜，故盟從此莫教寒。 三十五卷本卷五

陳魯南將赴南宫過吴中訪別賦詩送之

不盡金陵晤語情，扁舟重見闔閭城。江湖動是經時別，雨雪仍看歲晚行。涉世與君俱老大，勞生何苦事聲名。祇應獻賦心猶壯，西北青雲是玉京。 三十五卷本卷五

送錢元抑會試 畫幅作「元抑赴試北上過停雲館言別賦此奉贈并系小圖」

澤國寒深木葉凋，征人欲發意蕭蕭。公車儗奏長楊賦，祖道先題駟馬橋。三月東風春爛熳，五雲西去鬱岧嶢。一杯明日三千里，看取清霜拂舊貂。三十五卷本卷五　畫幅

鄰溪爲朱雙橋迺翁賦

卜得高鄰隔世譁，清苕十里碧雲斜。去家不遠堪臨釣，傍户流來有落花。細雨聽歌青篛笠，夕陽分占白鷗沙。祇今人遠遺蹤在，滿目烟波漾月華。三十五卷本卷五

寄金陵許彦明兼簡王欽佩

宫樹飛霜謝玉柯，秋懷應屬許渾多。寒城自映秦淮月，游女新傳子夜歌。别後風烟勞悵望，歲殘消息定如何？官忙爲問王司徒，能放晨衙幾度過？三十五卷本卷五

登鼓角樓

荒譙漠漠帶郊坰，晚色浮空鼓角晴。西望青山明落日，北風吹雪滿江城。繁華欲問都無跡，興廢相尋每繫情。秋草不菲愁萬里，古原南畔看雲生。三十五卷本卷五

題太白像

宮袍錯落灑春風，玉雪淋漓滯酒容。殘夜屋梁棲落月，碧天秋水洗芙蓉。麒麟豈是人間物？眉宇今從畫裏逢。一語不酬千載諾，匡廬山下有雲松。翰林選下　三十五卷本卷五

新正六日同子重晚步至竹堂

石渠作「春初偶同子重過竹堂賦此」（甲戌，下同）

佛坐香燈竹裏茶，新年行樂得僧家。蕭然人境無車馬，次第空門有歲華。幾日南風消

積雪，一番春色到石渠作「近」梅花。坐吟殘照歸來緩，古樹石渠作「木」荒烟散晚鴉。三十五卷本卷六　石渠寶笈卷二十六

次韻答子重新春見懷

樽酒離懷强自開，長歌宛轉勝悲哀。梅花不與春光在，茅屋相將燕子來。十日殘寒風約雨，一痕新綠水生苔。相思忽唱江南曲，白苧含香取次裁。三十五卷本卷六

三月晦日登上方

上方啼鳥綠陰成，落日登臨宿雨晴。春事蹉跎三月盡，碧天浮動五湖明。山連越壘人何在？水繞長洲草自生。未遂商務作「安得」扁舟從此去，眼中無限白鷗情。三十五卷本卷六　商務印書館本三絶卷

虎丘

雲巖四月野棠開，無數清陰覆緑苔。意到不嫌山近郭，春歸聊與客登臺。芳墳誰識真娘墓？水品曾遭陸羽來。滿路碧烟風自散，月中徐棹酒船回。三十五卷本卷六

同次明諸君采蓮涇閒泛

采蓮涇上雨初收，秋色催人爛熳遊。日暮白蘋風乍起，陂南黄葉水交流。美人齊唱滄浪曲，綵鷁斜穿窈窕洲。落盡晚花無那冷，一樽相屬更夷猶。三十五卷本卷六

石湖

石湖烟水望中迷，湖上花深鳥亂啼。芳草自生茶磨嶺，畫鈔本作「壞」橋横五家以下各本作「東」注越來溪。涼風嫋嫋青蘋末，往事悠悠白日西。依舊江波秋月墮，傷心莫唱夜烏

棲。　三十五卷本卷六　五家卷六　鈔本卷六　吳越所見書畫録卷三　壯陶閣書畫録卷十　商務印書館本三絶卷　石湖雜詩册墨蹟

劍守南寧李君璧與余雅不相識比以仁和教諭校文南畿頗有意於淺薄格於異經不果薦甲戌自杭赴蜀道出吳門邂逅及此因賦贈二詩

木落柴門轍迹荒，使君五馬自錢塘。虚名羞問吳楓冷，往事空憐古戰場。邂逅扁舟江郭晚，蒼茫離思蜀山長。慇勤相贈勞相憶，手結青蘭雜佩香。

使君策士南畿日，曾把文章謁後塵。今古成名真有命，江湖知己負斯人。一經已浹錢塘化，五馬還行劍閣春。回首吳山應入夢，野雲楓葉渺通津。　三十五卷本卷六

寄宜興杭道卿〔乙亥，下同〕

古洞花深謝豹啼，春來頻夢到荆溪。坐消歲月渾無迹，老惜交游苦不齊。多難共添新白髮，繙書時得舊封題。亦知造物能相忌，從此聲名莫厭低。　三十五卷本卷六

送春

野桃開盡麥初秋，十日南風柘葉稠。水暖池塘飛乳鴨，雨深籬落長牽牛。似聞弄玉催團扇，誰見凝妝上翠樓？便儗開樽歌此曲，只應春酒解消愁。

三十五卷本卷六

新秋

江城秋色浄堪憐，翠柳鳴蜩鎖斷烟。南國新凉歌白苧，西湖夜雨落紅蓮。美人寂寞空愁暮，華髮凋零不待年。莫去倚闌添悵望，夕陽多在小樓前。

翰林選下　三十五卷本卷六

明詩綜

憶城西夜游寄履約兄弟

官街車馬去如流，正是濠南宿雨收。燈火蘭橋穿夜市，月明歌吹滿江樓。别來西郭添

新夢，坐對秋風感舊遊。黄菊淒涼重九近，思君欲上五湖舟。三十五卷本卷六

春日游支硎天平諸山〔丙子，下同〕

麥隴風微燕子斜，雨晴雲日麗真蹟作「漾」江沙。遥尋支遁烟中寺，初穰梨作「忽」見天平道上花。過眼溪山勞應接，方春草樹發光華。夕陽半嶺歸輿急真蹟作「遊人去」，慚愧城中自有家。三十五卷本卷六　穰梨館過眼續録卷六　詩書真蹟

煎茶詩贈履約　五家作「煎茶贈履約」

嫩湯自候五家作「發」，珊瑚、吴越作「愛」，圖録作「最愛」魚生眼，新茗還誇翠吴越、圖録作「碧葉還誇緑」展旂。穀雨江南五家作「頭」佳節近，惠泉山吴越、圖録作「惠山泉」下小船圖録作「舠」歸。山人紗帽籠頭處，圖録作「幽人繞室吟肩立」禪榻吴越作「室」風花遶鬢圖録作「吹花玉屑」飛。酒客不吴越作「未」通塵夢醒，圖録作「塵客未逢喉正渴」卧看春日下松扉。吴越作「坐看斜日照松扉」，圖録作「静看斜日照松扉」　三十五卷本卷六　五家卷六　珊瑚網畫録卷十五　吴越所見書畫録卷三　中國繪畫總合圖録

客贈閩蘭秋來忽發兩叢清香可愛

靈根珍重自甌東，紺碧吹香玉兩（味水作「兩玉」）叢。和露紉爲湘水佩，凌風如到蕊珠宫。誰言别有幽貞在？我已相忘臭味中。老去相如才思（味水作「力」）減，臨窗欲賦不能工。三十五卷本卷六　味水軒日記卷二

七月六日喜雨

一雨蕭然萬瓦鳴，好風和水坐來生。江（扇面作「涼」）聲入夜驚圍屋，秋色明朝定滿城。郊外共知農事足，里中争説長官清。野人何以酬佳興，自汲新泉破茗烹。三十五卷本卷六

扇面墨蹟

邵二泉司徒以惠山泉餉白巖先生適吳宗伯寧庵寄陽羨茶亦至白巖烹以飲客命余賦詩

諫議印封陽羨茗，衛公驛送惠山泉。百年佳話人兼勝，一笑風簷手自煎。閒興未誇禪榻畔，月明還到酒樽前。品嘗只合王公貴，慚愧清風被玉川。三十五卷本卷六

初歸檢理停雲館有感

京塵兩月暗征衫，此日停雲一解顏。道路何如故鄉好，琴書能待主人還。已過壯歲悲華髮，敢負明時問碧山。百事不營惟美睡，黄花時節雨班班。三十五卷本卷六

九日子畏北莊鈔本作「園」小集

野蔓藤稍竹束籬，城闉曲處有茅茨。主人蕭散同元亮，勝日登臨繼牧之。踏雨不嫌莎

徑滑，撫時終恨菊花遲。欲酬良會須沉醉，況有霜螯送酒巵。　三十五卷本卷六　鈔本卷六

過履約

浪跡歸來意渺茫，思君今日上君堂。厭看流俗求同志，喜對時羞是故鄉。白髮持螯能幾醉？黄花在眼即重陽。馬蹄不到闌干曲，日暮江樓數雁行。　三十五卷本卷六

有懷觀音庵舊遊

曲巷不容車馬到，山人曾是一春留。别來空鎖眠雲榻，歲晚常懷聽雨樓。窗外梨花應自好，壁間詩草屬誰收？似開鈔本作「聞」黄葉秋逾静，憔悴無心覓舊遊。　三十五卷本卷六　鈔本卷六

冬日謝克和送蟹

勞遺鈔本作「謝」霜臍到酒邊，眼看郭索已垂涎。翠螯啄雪正堪把，赤甲含膏更可憐。湖

上人家收籪後，江南風物看燈前。吴中有看燈蟹。居然動我江山興，不忘詩人後惠連。鈔本作「謝惠連」并有注「山谷詩云寒蒲束縛十二輩已覺酒興生江山」　五家卷六　鈔本卷六

楞伽寺湖山樓

石湖春盡水交鈔本、紅豆作「平」流，來上支公百尺樓。尊酒吟分茶磨雨，疏簾横捲越城秋。一窗粉墨開圖畫，萬里風烟入卧游。正是倚闌愁絶處，不禁紅豆作「一聲」長笛起滄洲。翰林選下　三十五卷本卷六　鈔本卷六　紅豆樹館書畫記卷六

喜雨〔丁丑，下同〕

弱雲將暝暗柴五家作「松」關，急雨蕭然落坐間。山鳥近人呼滑滑，春泉隔屋送潺潺。小窗破睡茶甌淺，别院生涼羽扇閒。滿目新詩題不得，登樓自看郭西山。三十五卷本卷七　五家卷六

雨中檢篋得石田先生丁卯歲贈詩云多時契闊費相思就見江城喜可知時事但憑心口語老人難作歲年期林花及地風吹糝簷溜收聲雨散絲明日孤踪又南北教雲封記壁間詩後題五月十一日適是日亦五月十一及今丁丑恰十年而先生下世八年矣因追和其韻以致感嘆

碧雲何處寄遐思？往事惟應歲月知！奕奕風流今昔夢，離離殘墨死生期。憶公感慨身難贖，顧我飄零鬢亦絲。欲詠江城當日句，淚花愁雨不成詩。

花落江城有所思，雙娥寺裏寫相知。高人不見王摩詰，長笛空悲向子期。細草含烟情脈脈，涼風吹雨淚絲絲。十年不踏西州路，忍啟緗奩讀舊詩。三十五卷本卷七

夏日同次明履仁治平寺納涼

竹根雨過吳越作「疏淨」石苔班，鍾梵蕭然晝掩關。坐愛微涼生碧殿，忽看飛雨失青山。雲分暝色來天外，風捲湖聲落樹吳越作「坐」間。最是晚晴堪眺詠，夕陽橫抹蓼花灣。

山中六月可真蹟作「爲」逃禪，相與清齋佛座前。風細石壇松落子，雨深沙竇竹垂鞭。別來光景渾依舊，壁上題名不記年。底用忘吴越作「不」歸歸自好，晚霞新月載溪船。詩書真蹟

寂寂雲堂車馬稀，陰陰灌木暑光微。竹根雨過蛙争吠，松下日斜僧未歸。每見青山羞世網，吴越作「羞對青山談世事」欲臨流水置柴扉。紫薇勝槩吾能領，只恐時情與願違。三十五卷本卷七　吴越所見書畫録卷三

秋興

浮雲奄忽互相踰，北首長安萬里餘。灞上將軍真戲爾，回中消息近何如？祥麟誰見遊郊藪？塞雁空聞有帛書。澤國西風秋正急，有人東望憶鱸魚。

清秋早晚自江東，摇落河山日夜風。白馬去從天竺國，銅駝誰問洛陽宫？九朝文物于今盛，萬里車書自古同。憔悴嵇生無復事，只留雙目送飛鴻。

江上芙蓉玉露零，秋風乍起闔閭城。白龍終見沙蟲困，黄鵠何時羽翼成？四海衹今懷德化，諸公須用答昇平。蒼梧萬里雲千疊，日暮空懷帝子情。三十五卷本卷七

郊臺寓目

徙倚郊臺酒半醺，千年陳跡草紛紛。風烟又與行春別，秀色平將寶積分。水落平湖洲亂吐，天垂四野日初曛。春山何似秋山好？紅葉青松鎖白雲。　三十五卷本卷七

朔風

朔風吹慘渡江城，北雁時傳塞上聲。此日文章寧有益？中朝爵禄久還輕。徒聞漢室誅曹節，不見長沙召賈生！千里蒼蒼雲日暮，更梯高閣望神京。　三十五卷本卷七

驚寒

驚寒木葉已紛紛，老大悲秋不自欣。旅雁南來違朔雪，夕陽西去隱浮雲。支離歲月都無益，粉飾承平漫有文。愧殺仲連天下士，只將談笑却秦軍。　三十五卷本卷七　鈔本卷七

汎舟〔戊寅，下同〕

江上疏疏梅子雨，烟中嫋嫋竹枝歌。暖風初汎青蓮舫，斜日輕摇珊瑚、辛丑作「新水平添」緑玉波。南浦珊瑚作「去」春光啼鳥寂，西來山色過橋多。美人只在横塘曲，手把芙蓉奈遠何？翰林選下　三十五卷本卷七　珊瑚網書録卷十五　辛丑銷夏録卷五

王氏溪樓

晴雲拂棟思悠悠，來上元龍百尺樓。落日正臨官渡晚，春江自抱古城流。夾堤烟火千家市，下水帆檣萬斛舟。舊事淒涼芳草滿，不知何處是長洲？三十五卷本卷七

新秋夜坐

空塵鈔本作「庭」月落夜蒼蒼，還見枯桐下井牀。病裏秋風驚已至，坐來寒漏不禁長。疏

螢時映青燈滅，短髮初沾白露涼。鴻雁不知年歲惡，滿天蕭瑟自南翔。　三十五卷本卷七

鈔本卷七

聞砧

明滅疏翰詔作「秋」，雍睦作「青」燈鑒薄帷，誰家擣練夜遲遲？驚回短夢千門月，不斷秋翰詔、雍睦作「西」風萬里思。歲晚江城還翰詔、雍睦作「偏」自急，天寒閨閣最先知。高樓人静星河爛，正是霜華欲下時。　翰林選下　翰詔　三十五卷本卷七　五家卷六　雍睦堂法書

文徵明集卷第十一

七律五　一百十首

人日鈔本作「人日飲」杜氏南樓題贈允勝〔正德己卯，下同〕

城上殘雲爛熳垂，樓頭人日喜晴時。聊從節物占人事，未放春風負酒巵。病後光陰新白髮，江南消息早梅枝。草堂故事詩篇在，應許多情杜甫知。五家卷六　鈔本卷八

新年至湖上飲茶磨山絕頂

楞伽春水玉圖目作「欲」浮天，茶磨晴嵐翠掃烟。坐喜湖山收宿雨，眼看梅柳入新年。等閒陳迹還成古，老大懽悰不似前。日暮剛風吹酒醒，始知身在碧雲巔。三十五卷本卷八

遊靈巖登琴臺

參差蓮宇逐飛埃，斷礎荒基夕照開。青草欲埋山下路，白頭曾及劫前來。五湖對酒真如掌，千載鳴琴尚有臺。喬木蔽空回首盡，老松猶自護松栽。 三十五卷本卷八

驟雨

殷雷破柱蟄龍驚，萬點飛濤木葉鳴。何處長風吹海立？一時行潦看渠成。不愁涇渚迷牛馬，願瀉天河洗甲兵。秋到江南今幾日，玉蘭堂下待涼生。 三十五卷本卷八

金陵客懷

當户寒蛩泣露莎，盆池疏雨戰衰荷。飄零魂夢驚初定，羈旅秋光得最多。江上時情傳

警報，樽前壯志説登科。帝京爛熳江山在，滿目西風撫劍歌。青衫潦倒髮垂肩，一舉明經二十年。老大未忘餘業在，追隨剛爲後生憐。槐花十日金陵雨，桂子三秋玉露天。壯志鄉心兩無着，夜呼兒子話燈前。三十五卷本卷八

登觀音閣

紺殿彤樓凌紫烟，危欄飛磴撫蒼淵。陰崖直下千尋鐵，秋水平吞萬里天。身世波濤舟楫外，乾坤勝概酒樽前。解衾恨不中宵住，白鷺洲南月正圓。三十五卷本卷八

與許彦明夜話有懷王欽佩賦寄

詩帖作「雨夜有懷王欽佩題贈許彦明」

八月驅車入舊京，戍塵千里暗江雲。承平日久方多事，交舊星稀苦憶君。洛下秋風應已至，江東暮雨不堪聞。一時幽意何人會？燈火微吟對許渾。三十五卷本卷八　甫里殷氏刻本金陵詩帖

天界寺

城南寶刹舊稱雄，晉代妝嚴在眼中。絶壁星辰連閣道，上方龍象湧珠宮。翠圍嵐詩帖作「巒」岫層層雨，涼入松杉院院風。身世茫茫塵土滿，欲依蓮社住江東。三十五卷本卷八　甫里殷氏刻本金陵詩帖

與林志道兵部宿碧峯寺

帝京何處少氛墨蹟、詩帖作「風」埃？古寺幽深背郭開。有約敲門看修竹，還憐繫馬破蒼苔。清齋我自便僧供，雲卧君能襆鈔本、墨蹟、詩帖作「袱」被來。最是多情雙白鶴，夜涼飛下勘經臺。三十五卷本卷八　鈔本卷八　早年詩册墨蹟　甫里殷氏刻本金陵詩帖

八月六日書事

萬甲倉皇起一呼，如聞黠虜僨洪都。本憂江左非勍敵，豈謂淮南是浪圖。翠輦南巡方授鉞，捷書西上已成俘。可憐劉濞區區業，贏得功名屬亞夫。十載招懷自作姦，區區名號鈔本作「區區號召」，詩帖作「一時號召」等童孱。冥鴻已在虞羅外，殘鮪方遊鼎釜間。三計果看從下蔡，一丸那辨詩帖作「辦」守函關？笑他李白成何事，便儗金陵作小山。三十五卷本卷八　鈔本卷八　甫里殷氏刻本金陵詩帖

阻風江上同蔡九逵諸君登靜海寺閣

塵土蕭條行路難，秋風高閣一憑闌。雲移白鷺烟波遠，水繞盧龍木葉寒。老閱江山猶自壯，行歌天地本來寬。平生零落餘長劍，得與同遊倚醉看。翰林選下　三十五卷本卷八

盧龍觀

盧龍高觀壓江城，登望遥闗絶塞情。愁外鍾山雙眼碧，胸中揚子一帆輕。秋雲在野看逾静，晚日當軒落更明。安得仙人攜緑綺？石壇來寫萬松聲。

三十五卷本卷八

三宿巖 在静海寺，一名達磨巖

積石誰名達磨巖？花間古洞鎖蒼煙。何能桑下淹三宿？却探仇池自一天。古樹騰蛟根束鐵，春苔蝕雨翠連錢。只應曾見臺城事，回首梁王又幾年！

三十五卷本卷八

渡江

天上仙人七寶幢，玉堂雲霧隔晴窗。小山桂樹空招隱，秋水芙蓉又渡江。李廣不逢真有數，黄香何用號無雙？石頭城下西風急，笑對青萍倒玉缸。

三十五卷本卷八

遺懷

末習墨蹟作「老大」丹鉛未掃除，等閒宣索到公車。百年玩物能無喪？萬事隨緣自有餘。敢諱畫師呼立本，直墨蹟作「終」慚狗監薦相如。白雲萬里山千疊，豈不懷歸畏簡書。三十五卷本卷八　早年詩册墨蹟

重過大雲庵次明九逵履約兄弟同遊〔庚辰，下同〕

滄浪池水碧於苔，依舊松關映水開。城郭近藏行樂地，烟霞常護讀書臺。行追春事花無跡，閒覓題名壁有埃。古栝蒼然三百尺，秖應曾見寶曇來。三十五卷本卷八

夏日閒居

門巷幽深白日長，清風時灑玉蘭堂。粉牆樹色交深夏，羽扇茶甌共晚涼。病起經時疏

筆硯，晏扇頁作「燕」居終日懶衣裳。偶然無事成偷惰，不是栖遲與世忘。　三十五卷本卷八

故宮扇頁

新秋　書扇作「新秋即事」

江南七月火西流，殘暑蕭然一雨收。手把芙蓉驚欲暮，身如蒲柳不禁秋。涼風作意侵團扇，斜日多情近小樓。有約南湖將艇子，晚香吹滿白蘋洲。　三十五卷本卷八　書扇

秋懷

零大風作「雲」露瀼瀼隕玉柯，西風吹起洞庭波。江東菰米空愁絶，汾水樓船奈樂大風作「爾」何？萬里邊聲鴻雁急，四簷大風作「窗」金氣候蟲多。傷心最是邯鄲道，忍聽佳人倚瑟歌！　大風堂書畫録

江城縹渺度飛鴻，露下高天月正中。宮調誰家歌白苧？商飈昨日詩卷作「已」到青詩卷作「梧」桐。雲迷八駿應回轡，涼詩卷作「寒」入三邊合奏功。桂楫蘭橈期不至，芙蓉開滿

五湖東。　翰林選下　三十五卷本卷八　草書詩卷

八月十六夜對月

平泉作「中秋後一日對月」

不嫌既望月華偏，自是浮生見月憐。來歲不知何處看，百年能得幾回圓！倚闌涼思芙蓉露，滿院秋風桂樹烟。正是平泉作「自」懷人情不極，一聲歸雁落尊前。　三十五卷本卷八

平泉書屋本文徵明墨寶

九日城西小集

村墟靄靄暮烟浮，木葉蕭蕭水亂流。細雨百年還九日，浮雲四海幾同遊？樽前病色黄於菊，鏡裏霜華不待秋。何必茱萸重把看？衰遲都不似前頭。　三十五卷本卷八

庚辰除夕西齋獨坐閲壁間王孟端畫竹自題洪武丁丑歲除夜作抵今一百二十四除夕矣感而有作

醉墨淋漓玉兩株，淡痕依約兩行書。不知丁丑人何在？忽把屠蘇歲又除。涼影拂牆燒燭短，清聲入夜聽窗虚。不辭霜鬢蕭疏甚，已有春風繞敝廬。三十五卷本卷八

金山詩追賦〔辛巳，下同〕

白髮金山續舊遊，依然紺宇壓中流。沙痕滅没潮侵磴，帆影參差日映樓。江漢東西千古逝，乾坤高下一身浮。謫仙故自多愁緒，更上留雲望帝州。三十五卷本卷八

懷九逵

春來相見一何稽？病裏相思意欲迷。雨洗碧桃三月盡，風吹落日五湖西。眼中人物如

公少，鄉里聲名愧我齊。老大未忘乘駟馬，仙橋待與長卿題。三十五卷本卷八

五月雨晴書事

甘雨如膏遍草萊，清風庭院少塵埃。一番春事飛花盡，萬里青天宿霧開。狂卓豈知鄜塢散，孝文方自代藩來。不辭零落江湖遠，潦倒元非賈誼才。

繞院春風野鵲鳴，如傳吉語到江城。虎賁倉卒收梁冀，宣室從容召賈生。一代明良開景運，萬方父老望昇平。野人更識農情喜，盡日西堂聽雨聲。三十五卷本卷八

感懷

歷服明堂次第成，漢廷行致魯諸生。周南留滯寧非命？江左優游漫策名。四海秋風雙鬢短，百年飛鳥一身輕。樓高不礙登臨目，直北青雲是玉京。三十五卷本卷八

五月〔嘉靖壬午，下同〕

五月雨晴梅子肥，杏花吹盡燕飛飛。時〔五家作「晴」〕光已到青團扇，士女新裁白苧衣。黄鳥故能供寂寞，緑陰何必減芳菲？子雲自得幽居樂，不恨門前轍跡稀。三十五卷本卷八 五家卷六

金陵中秋

雨晴秋色滿長安，月貫黄雲百寶團。見説清光天下共，不圖今夜客中看！天垂紫禁星河淡，江繞金城風露寒。吹斷碧簫丹桂發，玉人何處倚闌干？三十五卷本卷九

揚州〔癸未至丙戌，下同〕

竹西〔石渠作「水西」〕簫管玉參差，柳外樓臺舞〔石渠作「翠」〕陸離。落日蕪城非故國，春風后土有

荒祠。錦帆烟月千年夢，禪榻情懷兩鬢絲。二十四橋何處是？石渠作「虛夜月」扁舟西去石渠作「片帆清淮」不勝思。　三十五卷本卷九　石渠隨筆

徐州清明

新烟一抹起茆茨，翠柳千門映酒旗。此日斷魂當客路，誰家濺淚有花枝？等閒行役輕墳墓，忽漫逢春感歲時。日暮滿帆風獵獵，蕭然雙鬢不禁吹。　三十五卷本卷九

泊舟泗上看月

停舟清泗興無涯，夜起篷窗看月華。灝氣一函開玉府，鏡光千道走金蛇。碧空顛倒山流翠，白石巉巖浪蹙花。酒醒分明天上坐，更從何處覓星石渠作「仙」槎？　三十五卷本卷九　石渠隨筆

留城道中有張良祠

古隄楊柳緑絲柔，盡日南風送客舟。百里青徐平入望，千年汴泗正交流。草荒霸業春過沛，月滿叢祠夜泊留。老去馬遷心尚在，不妨書劍事遨遊。三十五卷本卷九

先大父常有宿汶上之作今日次開河蓋汶上地也舟中閱先集敬次其韻

五家作「先大父有宿汶上之作舟中閱先集敬次嚴韻」

日暮風霾欲漲天，獨臨古渡意凄然。春光三月行當暇，客子長途未息肩。白漫河流還岸岸，緑垂楊柳自芊芊。當年汶上城何處？一抹斜陽萬樹烟。三十五卷本卷九　五家卷六

過張秋追懷武功先生遺蹟

石渠作「張秋」

投薪沉鐵事悠悠，巨埽千尋壓上流。五家作「游」，石渠作「頭」河濟從來天下盡，石渠作「患」江

淮今入地中流。當時物論輕文士，武功治張秋，猝未有功。于肅愍笑曰：「徐元玉五墨匠也，顧今脱土墼。」然卒以成功。千載行人仰壯猷。人事幾回桑海異，石渠作「變」依然高碣鎮東州。　三十五卷本卷九　五家卷六　石渠隨筆

魏家灣有感　博平縣地也

博平縣裏侍親時，四十年來兩鬢絲。竹馬都非前日夢，枯魚空負此生悲。已無父老談遺事，獨有聲名繫去思。憔悴平生塵土跡，魏灣流五家作「魏家灣」水會能知。　三十五卷本卷九　五家卷六

柳色　石渠作「齊河柳色」

漫説鵝兒色似油，何如楊柳緑幽幽？初收宿雨濃於染，遠映新波翠欲流。十里蟬聲溪石渠作「堤」上路，一痕斜照驛邊樓。莫言濯濯無人愛，别有春光在鈔本、扇集作「上」御溝。

三十五卷本卷九　五家卷六　鈔本卷九　石渠隨筆　文明書局本名人書畫扇集

懷石湖寄吴中諸友

江梅千樹繞楞伽，記得臨行盡着花。青子熟時應憶我，緑陰成處正思家。聽鶯此際堪攜酒，燒竹何人共煮茶？幾度扁舟夢中去，不知塵土在天涯。三十五卷本卷九　五家卷六

郁裕州忠節詩

倉皇戰守强撐支，力盡孤城竟死之！不謂真卿能備寇，終然南八是男兒。塵昏何處歸遼鶴？月黑空山叫子規。不負平生忠孝志，故人親勒墓前碑。三十五卷本卷九

午門朝見

翰詔作「癸未四月午門朝見」

祥光浮動紫烟收，禁漏初傳午夜籌。乍見扶桑明曉仗，却瞻閶闔覲宸旒。丙戌二句作「仗外扶桑開曉色，扆前閶闔轉宸旒」一痕斜月雙龍闕，百疊春雲五鳳樓。潦倒江湖今白髮，可能供

奉殿東頭？ 翰林選下 翰詔 三十五卷本卷十 丙戌六月詩卷

奉天殿早朝二首

天外鳴鞭肅禁宸，朝廷獻納有司存。罘罳拂曙樓臺迥，象魏連雲觀闕尊。夾陛書思端萬笏，上方求諫闢千門。宮牆樹色深於染，總受天家雨露恩。

月轉蒼龍闕角西，建章雲斂玉繩低。碧簫雙引鸞聲細，綵扇平分雉尾齊。老幸綴行班石陛，謬慚通籍預金閨。日高歸院詞頭下，滿袖天香拆紫泥。 翰林選下 翰詔 三十五卷本卷十 五家卷六

雨中放朝出左掖 翰詔作「雨中放朝」

霏微芳潤浥霓旌，歷落彤墀散履聲。暝色浮煙迷左掖，碧雲將雨近西清。柳垂青瑣壯陶作「鎖」千絲重，水落銀橋萬玉鳴。沾灑不辭袍袖濕，天街塵浄馬蹄輕。 翰林選下 翰詔 三十五卷本卷十 五家卷六 壯陶閣書畫録

雪後早朝 翰詔作「雪後長安門候朝」

月滿長安雪未消，分明銀海瀉秋濤。光迷萬馬瓊珂亂，勢壓雙龍玉闕高。曙色漸分鳷鵲觀，凝寒猶在鷫鸘袍。負薪亦有號饑者，願得君王發漢廒。翰林選下　翰詔　三十五卷本卷十　五家卷六

元日朝賀

仙音縹緲協和鸞，天上春回白玉闌。日出鷄人齊百爵作「徐」唱卯，雪消風伯爲驅寒。萬方玉帛看王會，一歲儀文重履端。滿目昇平題不得，白頭慚愧直金鑾。翰林選下　翰詔　三十五卷本卷十　五家卷六　百爵齋藏歷代法書

進春朝賀

百爵作「立春進賀」

玉殿千官拜冕旒，紫衣京兆在前頭。四時盛德初臨木，先日嚴寒已送牛。氣轉蒼龍當法駕，風回明庶動宸游。聖王和令思行慶，次第頒恩下九州。三十五卷本卷十　五家卷六　百爵齋藏歷代法書

恭候大駕還自南郊

聖主回鑾肅百靈，紫雲團蓋翼蒼精。屬車劍履星辰麗，先駕旂常日月明。十里春風傳警蹕，萬方和氣協韶韺。白頭欣覩朝元盛，願續思文頌太平。翰林選下　翰詔　三十五卷本卷十　五家卷六

觀駕幸文華聽講

翰詔作「駕幸文華日講」，壯陶作「駕幸文華殿日講」

朝下鑾輿有正作「還聞」幸穰梨、壯陶、有正作「御」講堂，徐看天仗轉東廂。翠旗拂柳宫牆繞，清蹕穿雲閣道長。千載明良真際會，墨蹟作「遭逢新政業」九朝文物舊彝章。小臣漫厠夔龍後，墨蹟作「未敢窺堯舜」彷佛還墨蹟作「引領微」瞻日月光。

翰林選下　翰詔　三十五卷本卷十　五家卷六　壯陶閣書畫録卷十　穰梨館雲煙過眼録卷十七　有正書局本律詩真蹟　詩卷墨蹟

慶成宴

花映有正作「覆」珍盤出上供，風吹韶護落遥空。坐聯日馭紅雲暖，恩湛宫壺瑞露融。一代禮成郊社後，百年身際太平中。晚酣不記歸來處，彷佛春光玉殿翰詔作「陛」東。

翰林選下　翰詔　三十五卷本卷十　五家卷六　有正書局本律詩真蹟

再與慶成

日射宫花淑景柔，春風重醉殿東頭。嫚姗不厭倡優拙，宣勸親承禮數稠。天上露華恩湛湛，庭中和氣鹿呦呦。一聲響節驚禽散，錦服中官進御羞。（翰林選下　三十五卷本卷十　五家卷六）

實録成賜燕禮部

北府書成奏尚方，南宫拜詔許傳觴。青春照坐宫花麗，瑞露浮樽法酒香。邂逅鸞臺修故事，遂令牛走被餘光。濃恩恰似朝來雨，散作槐廳六月涼。（翰林選下　翰詔　三十五卷本卷十）

臘日賜讌（翰詔作「臘日午門賜筵」）

綺筵錯落映朱旗，百辟承恩燕赤墀。薦蜡尚存周典禮，賜酺聊舉漢官儀。中廚次第催

傳炙，列坐雍容各覆巵。潦倒不慚書獵字，殷勤還賦伐檀詩。　翰林選下　翰詔　三十五卷本卷十　五家卷六

端午賜扇

剡藤湘竹巧裁將，珍重瑤華出尚方。四海清涼初拜賜，一時懷袖總生光。最憐明月難捐棄，即有仁風可奉揚。真覺自天題處濕，墨痕狼藉露華香。　翰林選下　三十五卷本卷十　五家卷六

賜長命　三十五卷本、五家作「壽」綵縷　詩卷作「賜長壽綵絲縷」

紫宸朝下錫靈絲，金水橋邊拜命時。文繡自天騰五色，光華約臂結雙螭。重慚潦倒隨恩澤，還忝班行覩盛儀。願得君王千萬壽，日華常照衮衣垂。　翰林選下　翰詔　三十五卷本卷十　五家卷六　丁亥草書詩卷

實録成蒙恩賜襲衣銀幣 詩卷作「書成賜銀幣」

雙銀爛爛詩卷作「上方鉟錠」出朱提，稠疊詩卷作「爛爛」文繒五色絲。天子不遺牛馬走，侍臣還忝鳳凰池。青霄寵渥兼金重，白首遭逢補袞遲。狼藉天香攜詩卷作「還」滿袖，春風湛露寫新詩。 翰林選下　三十五卷本卷十　五家卷六　丁亥草書詩卷

再賜銀幣

流銀嘉幣上方琛，晝賜駢蕃雨露深。朽質何堪施綺縠？虚名元自愧南金。敢忘珍重酬千載，圖補絲毫有寸心。白髮茂恩何所自？三年供奉忝詞林。 翰林選下　三十五卷本卷十　五家卷六

翰林齋宿

春星爛熳壯陶作「爛爛」燭微垣，獨擁青綾向夜闌。宫漏隔水詩卷作「花」銀箭永，蓮燈垂燼玉

堂寒。坐聆宵柝霜圍屋，想見郊禋月滿壇。鈴索無風塵土遠，（壯陶、有正、詩卷作「不到」）始知仙（壯陶作「冰」）署逼金鑾。　翰林選下　翰詔　三十五卷本卷十　五家卷六　壯陶閣書畫録卷十　有正書局本律詩真蹟　丁亥草書詩卷

興隆寺致齋

漠漠香燈佛座前，寢衣相對不成眠。明禋夙奉廷中戒，清浄來修物外緣。竹樹湘簾新月色，鬢絲禪榻舊風烟。無端忽憶朝元事，笑隔春風又一年。　三十五卷本卷十　五家卷六

内直有感

天上樓臺白玉堂，白頭來作秘書郎。退朝每傍花枝入，儤直遥聞刻漏長。鈴索蕭閒青瑣静，詞頭爛熳紫泥香。野人不識瀛洲樂，清夢依然在故鄉。　翰林選下　翰詔　三十五卷本卷十　五家卷六

禁中芍藥

仙姿綽約絳羅紳，何日移根傍紫宸？月露冷團金帶重，天風香泛玉堂春。千年想見翻階詠，一笑羞稱近侍臣。鈔本作「人」不似人間易零落，上方元自隔凡塵。翰林選下　三十

五卷本卷十　五家卷六　鈔本卷十

遊西苑

宛轉瀛洲帶幔坡，蜿蜷玉棟壓銀河。廣寒遥見空中樹，太液微生雨後波。雲捲紅妝千步障，風五家作「鳳」吹瓊蓋萬年柯。太平見説宸游簡，馳道青青長薜蘿。翰林選下　三十

五卷本卷十　五家卷六

秋日再經西苑

内苑秋清宿露晞，盈盈日彩動金扉。松間翠殿團華蓋，天外銀橋入紫微。錦纜稀遊青

雀暗，瓊波無際白鷗飛。彤牆高柳無人折，時見中官一騎歸。翰林選下　三十五卷本卷十五家卷六

西苑詩十首

萬歲山

三十五卷本作「萬歲山在子城東北玄武門外蓋大内之鎮山也其上林木陰翳尤多珍果一名百果園」，藝苑作「百果園」

日出靈山花霧消，分明員嶠戴金鼇。東來複道浮雲迴，北極觚稜王氣高。仙仗乘春觀物化，寢園常歲薦櫻桃。青林翠葆深於沐，停雲、澹慮、圖目作「染」總是天家雨露膏。

太液池

三十五卷本作「太液池在子城西乾明門外周凡數里環以林木亭榭東西跨以石梁璚華島在其中」

泱漭滄池混太清，芙蓉十里錦雲平。曾聞樂府歌黃鵠，還見秋風動石鯨。玉蝀蝭蝃垂碧落，銀山縹緲自寰瀛。從知鳳輦經遊地，鳧雁徊翔總不驚。翰詔

瓊華島 三十五卷本作「璚華島在太液池中上有廣寒殿相傳遼太后遊息之所」

海上三山擁翠鬟，天宫遥在碧雲端。古來漫説瑶臺迥，人世寧知玉宇寒？落日芙蓉烟裊裊，秋風桂樹露溥溥。三十五卷本、鈔本作「團團」勝遊寂寞圖目作「零落」前朝事，誰見吹簫駕綵鸞？翰詔

承光殿 三十五卷本作「承光殿在太液池上圍以甃城殿構環轉如蓋一名圓殿中有古栝數百年物也」

小苑平臨太液池，金鋪約户鎖蟠壯陶作「雙」螭。雲中帝座飛停雲、澹廬作「團」華蓋，城上鈎陳繞翠旗。紫氣曾迴雙鳳輦，青松猶有萬年枝。從來清蹕深嚴地，開盡碧桃人未知。翰詔

龍舟浦 三十五卷本作「龍舟浦在璚華島東北有水殿二藏龍舟鳳舸」

列翰詔、壯陶、藝苑作「别」殿陰陰水竇連，漢家帝子有樓船。蘭橈桂楫曾千里，錦纜牙檣憶

往年。汾水秋風空落日，隋堤楊柳漫青圖目作「生」烟。今皇别有同民樂，不遺青龍漾碧川。翰詔

芭蕉園

三十五卷本作「芭蕉園在太液池東崇臺複殿古木珍石參錯其中又有小山曲水實録成於此焚稿」

小山盤折翠岭岈，松檜陰陰輦道翰詔、停雲、澹慮作「路」斜。草長蘭亭迷曲水，雨深桃洞自飄花。紫雲依舊園黄屋，青鳥還應識翠華。知是史臣焚草地，文光隱隱結紅霞。翰詔

樂成殿

三十五卷本作「樂成殿在芭蕉園之南引水爲池中建三亭架朱梁以通梁左右浮以小山名曰九島其東别鑿澗激水以轉碓磨南田穀成於此舂治故云樂成」

太液東來錦浪平，芙蓉小殿瞰虚明。碧停雲、澹慮、壯陶作「赤」，藝苑作「曲」欄醮影雙龍卧，緑水浮渠九島輕。漾日金鱗堪引釣，拂天翠柳亂聞鶯。激流静看停雲、澹慮作「坐看」飛輪轉，天子無爲樂歲成。翰詔

南臺 三十五卷本作「南臺在太液池之南上有殿曰昭和下有水田村舍先朝嘗於此閲稼」

青林迤邐轉迴塘，南去高臺對苑牆。暖日旌旗春欲圖目作「不」動，薰風殿閣晝生涼。別開水榭親魚鳥，下見平田熟稻粱。聖主一遊還一豫，居然清禁有江鄉。翰詔

兔園 三十五卷本作「兔園在太液池之西崇山複殿林木蔽虧山下小池石龍昂首而蟠激水自地中轉出龍吻」

漢王圖目作「皇」遊息有離宮，瑣闥朱扉迤邐通。別殿春風巢紫鳳，小山飛澗架晴虹。團雲芝蓋翔林表，噴壑龍停雲、澹慮作「飛」泉轉地中。簡樸由來堯舜事，故應梁苑不相同。翰詔

平臺 三十五卷本作「平臺在兔園之北東臨太液西面苑牆臺下爲馳道可以走馬武皇嘗於此閲武」，翰詔作「經西苑平臺有作」

日上藝苑作「射」宮牆飛停雲、澹慮、壯陶、藝苑作「霏」紫埃，先皇閲武有層臺。下方馳道依城盡，東面飛軒映水開。雲傍綺疏常不散，鳥窺仙仗去還來。金華圖目作「鑾」待詔頭都白，欲

賦長楊愧不才。　翰詔　翰林選下　三十五卷本卷十　五家卷六　鈔本卷十　停雲館帖　澹慮堂墨刻　壯陶閣帖　藝苑真賞社本西苑詩　中國古代書畫圖目十二安徽博物館藏本

嘉靖乙酉春，同官陳侍講魯南，馬修撰仲房，王編修繩武，偕余爲西苑之遊。先是，魯南教內書堂，識守苑官王滿；是日實導余三人行，因得盡歷諸勝。既歸，隨所記憶，爲詩十篇。竊念神宮秘府，迥出天上，非人間所得窺視。而吾徒際會清時，列官禁近，遂得以其暇日遊衍其中，獨非幸與？然而勝踐難逢，佳期不再；而余行且歸老江南，追思舊遊，可復得耶？因盡録諸詩藏之。他時邂逅林翁溪叟，展卷理詠，殆猶置身於廣寒太液之間也。是歲四月既望識。　三十五卷本卷十

遊西山詩十二首

早出阜城馬上作

有約城西散冶情，春風輟直下承明。清時自得閒官味，勝日難能樂事并。馬首年光新柳色，烟中蘭若遠鐘聲。悠悠古芬作「迢迢」歧路何須問？且向白雲勝處行。　是日迷道，數數問程故云。

登香山

指點風烟欲上迷，却聞鐘梵得招提。青松四面雲吴越作「山」藏屋，翠吴越作「峭」壁千尋石作梯。滿地落花啼鳥寂，倚闌斜日亂吴越作「小」山低。去來不用留詩句，吴越作「題字」多少蒼苔没舊題。吴越所見書畫録卷三

來青軒

寂寂雲堂車馬稀，千墨作「壓翠微」高明不受短牆圍。好山宛轉雙排闥，勝日登臨一振衣。望裏風烟晴更遠，坐來塵土暮還稀。松間白鶴如嫌客，顧影翩然忽自飛。千墨庵帖

香山歷九折坂至弘光寺

偃月池邊寶刹鮮，不知賜額自千墨作「是」何年？行從九折雲中坂，來結三生物外緣。歲久松杉巢白鶴，春晴樓閣湧青蓮。誰言好景僧能占？總落遊人眼界前。千墨庵帖

碧雲寺 三十五卷本、鈔本注云「中官于經所建極其雄麗」

翠殿古芬作「牖」朱扉翔紫清，璇題金榜日晶晶。青蓮宛轉開仙界，玉闕分明入化城。雙澗循除鳴珮玦，三花拂檻映幡千墨作「幢」旌。貴人一去無消息，野老依稀識姓名。千墨庵帖

宿弘濟院

一龕燈火宿山寮，人静方知上界高。閣外千峯寒吐月，空中羣木夜鳴濤。不愁雲霧衣裳冷，祇覺烟霞應接勞。辛苦忙緣難解脱，五更清夢破雲璈。

遊普福寺觀道傍石澗尋源至五花閣

道傍飛澗玉淙淙，下馬尋源到上方。怒沫灑空經雨急，湫流何處出雲長。有時激石聞琴筑，便欲沿洄汎羽觴。還約夜涼明月上，五花閣下古芬作「上」聽滄浪。

歇馬望湖亭

寺前楊柳緑陰濃，檻外晴湖白映空。客子長途嘶倦馬，夕陽高閣送飛鴻。即看野古芬作「暝」色浮天際，古芬作「外」已覺扁舟落掌中。三月燕南花滿地，春光都書道作「却」在五雲東。書道全集

吕公洞　三十五卷本、鈔本注云「内有耶律楚材題字」

何時神斧擘幽崖？古竇春雲福地開。翠壁未磨邪律字，石床曾臥吕公來。陰寒四面凝蒼雪，秀色千年蝕紫苔。凡骨未仙留不得，剛古芬作「罡」風吹下夕陽臺。

功德寺

西來禪觀兩牛鳴，曾是宣王玉輦行。寶地到今遺路寢，山僧猶及見鸞旌。琅函萬品黄金字，飛閣千尋白玉楹。頭白中官無復事，夕陽相對説承平。

玉泉亭

愛此寒泉玉一泓，解鞍來上玉泉亭。潛通北極流虹白，俯視西山落鏡青。最喜鬚眉搖綠淨，忍將纓足濯清泠。馬頭無限紅塵夢，總到闌干曲畔醒。

西湖

春湖落日水拖藍，天影樓臺上下涵。十里青山行畫裏，雙飛白鳥似江南。思家忽動扁舟興，顧影古芬作「景」深懷短綬慚。不盡平生古芬作「西來」淹戀意，綠陰深處更停驂。翰林選下　三十五卷本卷十　鈔本卷十　古芬閣書畫記

病中懷吳中諸寺 點石作「病中有懷吳中諸寺各賦一詩總七首」，有正作「病中有懷吳中諸寺」

治平寺寄聽松 翰林作「懷治平寺聽松」，有正作「楞伽寺曉聽松」

七尺藤牀一畝宮，青山何處不相容？太官底用三升酒，長樂愁聞五墨蹟、有正作「午」夜鐘。

笠澤風烟荒橘柚，橫塘秋色老芙蓉。幾時歸去楞伽寺？常伴林（點石作「山」）僧看古松。（翰林選下）

竹堂寺寄無盡（翰林作「懷竹堂寺無盡」，翰詔作「病中有懷竹堂寺道明上人」，點石作「竹堂寺道明」，有正作「竹堂寺明無盡」）

東城（墨蹟作「城東」）古寺萬枝梅，一歲看花得幾迴？竹徑三年無我迹，松門此日爲誰開？還（墨蹟、點石、有正作「只」）應壞壁餘詩草，只恐（墨蹟、點石、有正作「生怕」）荒碑蝕雨苔。憑仗山僧懸木榻，長安倦客且歸來。（翰林選下　翰詔）

東禪寺寄天機（有正作「東禪寺璇天機」）

從別林僧（墨蹟、點石、有正作「仙」）酒道場，幾回飛夢到溪堂。夕陽松徑無塵鞅，春水籬根有釣航。坐憶同盟（墨蹟、點石、有正作「遙憶故人」）多隔世，如聞老衲去遊方。不知聽雨南軒下，誰與幽人（墨蹟、點石、有正作「緇經」）續斷香？

馬禪寺寄明祥 翰林作「懷馬禪寺明祥」，有正作「馬禪寺祥虛白」

閒情鈔本、墨蹟、點石、有正作「居」每結道人緣，不到東禪即馬禪。花發來禽凡幾樹，夢回啼鳥已三年。朔風左掖籠貂帽，殘雪長安綰玉鞭。不及祥真蹟作「禪」師蕭寺裏，茶烟一榻擁書眠。翰林選下　詩書真蹟

天王寺寄南洲 有正作「天王寺洽南洲」

天王寺裏竹千頭，曲榭迴廊舊日遊。别後梅花應自發，壁間詩草屬誰收？憶看遠岫開飛閣，曾弔荒宫上小丘。白首思歸形夢想，封墨蹟、點石、有正作「緘」書惆悵問南洲。

寶幢寺寄石窩 有正作「承天寺璿石窩」

久客懷歸問舊遊，雙娥精舍屋東頭。絶憐近市無塵到，曾是尋僧竟日留。滿地緑陰誰墨蹟作「堪」結夏？擁籬墨蹟作「階」黄葉更宜秋。玉泉清洌應無恙，憑仗山厨墨蹟作「僧」設茗甌。

昭慶寺寄守山

翰林作「懷昭慶寺守山」，有正作「昭慶寺祖守山」

搔首長安望闔閭，風烟漠漠九秋餘。正思黄葉南朝寺，忽把飛雲慧遠書。東壁磨碑知翰林作「應」有待，北窗懸榻竟何如？自憐白首無裨補，虚棄閒緣卧直廬。翰林選下　翰詔三十五卷本卷十　鈔本卷十　懷歸詩墨蹟册　點石齋本懷歸出京詩　有正書局本懷歸詩

秋日早朝待漏有感

鐘鼓殷殷曙色分，紫雲樓閣尚氤氲。常年待漏承明署，何日掛冠神武門？林壑秋清猿鶴怨，田園歲晚菊松存。若爲久索長安米，白髮青衫忝聖恩。翰林選下　翰詔三十五卷本卷十

懷石湖

茶磨山前宿雨晴，行春橋下緑波平。吴兒越女齊聲唱，菱葉荷花無數生。落日夷猶青

雀舫，孤烟縹緲望湖亭。平生走馬聽鷄處，殘夢依依是越城。　三十五卷本卷十

感懷

五三十五卷本、墨蹟、百爵作「三」十年來麋鹿蹤，若爲老去入樊籠！五湖春夢扁舟雨，萬里秋風兩鬢蓬。遠志出山成小草，神魚失水困沙蟲。白頭漫赴三十五卷本、墨蹟、百爵作「博得」，有正作「漫説」公車召，不滿東方一笑中。　翰詔　三十五卷本卷十　懷歸詩墨蹟册　百爵齋藏歷代名人法書　有正書局本懷歸詩

思歸

終日思歸不得歸，原作「眠」，據墨蹟以下各本改强驅羸馬着朝衣。歲寒空負梅花約，客舍頻看社燕飛。兒子遥憐更事少，故人久訝得書稀。何當便買扁舟去，笠澤東頭有釣磯。　翰詔　懷歸詩墨蹟册　百爵齋藏歷代名人法書　點石齋本懷歸出京詩　有正書局本懷歸詩

次韻師陳懷歸二首 有正作「次韻盧師陳二首」

塵沙荏苒變穰梨作「更」鬚眉，疾病侵尋與老期。杜甫未陳三禮賦，張衡空有四愁詩。興飛笠澤羹菰米，夢落横塘聽竹枝。日暮葛衣涼欲穰梨作「意」透，木犀風急雨絲絲。

南望吴門是故鄉，興懷山澤意偏傷。一行作吏違心事，千載移文愧草堂。桂樹已浮滄海月，橘苞初熟洞庭霜。尺書不至風烟暮，安得翩然下大荒？ 翰詔 穰梨館雲烟過眼録卷十七 有正書局本懷歸詩

秋夜不寐枕上口占

中夜思歸轉繆悠，夢成剛在百花洲。一痕翠靄山圍郭，十里紅欄水映樓。雨過鄰僧邀看竹，月明仙侣伴吟秋。誰令拋却鄉關樂？博得黄塵撲馬頭。 翰詔 穰梨館雲烟過眼録卷十七

春日郊行 百爵作「郊行」

城南流水浄涵沙，柳外東風皂帽斜。山色會心飛木末，草痕隨意繞天涯。地偏白日無留鞅，春盡青百爵作「蒼」苔有落花。三載東華墨蹟、百爵、有正作「京華」塵土裏，只應此際不思家。 翰詔 懷歸詩墨蹟册 百爵齋藏歷代名人法書 有正書局本懷歸詩

與師陳夜話因懷鄉士師陳有詩次韻 有正作「與師陳燕坐師陳有詩次韻」

此身無翼不能飛，相對鄉人漫説歸。薄有宦情經病減，强驅人事與心違。清樽細雨黄花瘦，短髮西風敗葉稀。茶磨山前秋水闊，年來深負芰荷衣。 翰詔 有正書局本懷歸詩

次韻陸子端祠部懷歸二首 點石作四首，此爲第一及第三首

關朔沙塵日夜飛，壯心摧落宦情微。鏡中白髮難藏老，夢裏青山不是歸。旅食蹉跎年

欲盡，尺書迢遞雁來稀。丘園耕讀平生計，一念差池萬事非。浮世光陰幾晏眠？聽鷄走馬已三年。悔將病骨供塵鞅，獵得虛名愧汗編。阮籍從來工白眼，馮唐何用惜華顛！秋來南國多歸夢，不在山邊即水邊。

翰詔　點石齋本懷歸出京詩

九日迎恩寺 穰梨、點石、有正作「九日迎恩寺懷歸」

家在江南胡不歸？薊門三見塞鴻飛。滿頭白髮羞吹帽，四野清砧憶授墨蹟、有正作「受」衣。愁裏漫逢佳節至，樽前殊覺故人稀。夕陽萬里烟波闊，穰梨、墨蹟作「在」，有正作「渺」莫自攜壺上翠微。

翰詔　穰梨館雲烟過眼録卷十七　懷歸詩墨蹟册　點石齋本懷歸出京詩　有正書局本懷歸詩

秋夜不寐枕上口占 點石作五首，此爲第五首

中夜思歸歸路賒，夢魂穰梨、墨蹟、點石、有正作「成」如在故人家。緑毫覓句春燒燭，雪乳分甌午鬬茶。畫舫四時浮緑水，曲欄隨處有名花。誰令抛却交游樂，博得星星穰梨、墨蹟、有

正作「贏得青青」兩鬢華。　翰林選下　穰梨館雲烟過眼録卷十七　懷歸詩墨蹟册　點石齋本懷歸出京詩　有正書局本懷歸詩

聞雁　五家、墨蹟、點石作「聞雁有懷」

尺書不至意茫茫，酒醒俄驚雁北雍睦作「北雁」翔。迢遞秋聲雍睦作「音書」連朔漠，蹉跎歸思滿衡湘。五更風雨青燈暗，萬里江湖白髮長。四海穰梨、墨蹟、有正、雍睦作「海内」平生幾兄弟，年來凌亂吴越作「零落」，有正、雍睦作「零亂」不成行。　翰詔　五家卷六　穰梨館雲煙過眼録卷十七　吴越所見書畫録卷三　懷歸詩墨蹟册　點石齋本懷歸出京詩　有正書局本懷歸詩　雍睦堂法書

冬日下直左掖閒眺　壯陶作「晚出左掖門眺望」

初寒風動掖垣扉，誰見委蛇下壯陶作「退」直時？天外雲疑當作「雪」殘鳷鵲觀，日斜人下鳳凰池。嚴城肅肅周廬静，高閣沉沉禁漏遲。回首觚稜烟霧斂，暝鴉飛上萬年枝。　翰詔　壯陶閣書畫録卷十

偶成

穰梨以下各本作「愧故知」

故國梅花雪滿枝，誰教旅食在京師？烟縣衰草縈愁緒，塵染秋風入鬢絲。之武無能今更老，穰侯見事本來遲。欲歸無計留無益，回首青山愧故知。

翰詔　穰梨館雲烟過眼録卷十七　懷歸詩墨蹟册　點石齋本懷歸出京詩　有正書局本懷歸詩

文徵明集卷第十二

七律六　一百三十三首

送石齋太傅致仕還蜀〔嘉靖丙戌，下同〕

春風歸鈔本作「車」馬擁都城，争羨賢哉太傅行。吾道正從占出處，斯人端不負平生。雲移玉壘堪支笏，水落瞿塘便濯纓。露日啼猿夔府道，定依南斗望神京。

朝辭黄閣謝君王，暮向成都問草堂。璇轂親扶堯日月，雲章曾補舜衣裳。由來道大難爲用，此日功成且退藏。滿地落花春夢醒，濯清亭上聽滄浪。三十五卷本卷十　鈔本卷十

送戴時重僉憲之蜀

劍南旌旆拂重闗，新繫臺銜舊法官。此去籌邊知有略，于今治蜀却須寬。高懷雅稱江山壯，聖代休歌道路難。萬里橋東明月上，定應回首憶長安。三十五卷本卷十

姚太僕思永致仕進秩光禄少卿

聖君應惜侍臣還，特與卿階寵退閒。餘澤猶堪賁桑梓，散銜聊復領溪山。向來馬署寧須問？此去鴻飛不可攀。莫道先生總忘世，鳳毛今在紫宸班。三十五卷本卷十

秦茂功出按江右 就送母還越

春風四牡正騤騤，一道咨諏屬使君。肯惜輶車馳坂道，還應玉節動星文。持輿見説能將母，舍爵何妨自策勳。聖代優賢兼禄養，不煩回首惜孤雲。

大江西下號繁雄，宣察遥煩繡斧公。斥壤須憐新喋血，遠人應識舊乘驄。一時風節埋輪上，千里江山攬轡中。珍重咨詢臣子事，願將民隱達宸聰。三十五卷本卷十

追送石潭宗伯次歸舟喜雨韻

宦情牢落淡於秋，歸興蕭然一釣舟。雨露難忘天地德，江湖還繫廟廊憂。古來興廢非人力，君子行藏與道謀。滿目青山天萬里，煙波浩蕩没輕鷗。三十五卷本卷十

送何少宰左遷南京工侍二首

拜章伏闇舉倫彝，耿耿忠言動赤墀。名義千年元自重，禮文一代敢誰私？直躬自古難忘蹇，了事知公不是癡。去去保釐非遠謫，未須惆悵續騷詞。

何人發難干倫紀？有客輸忠翼聖明。禮重乾坤那可易，事干名教得無争！百年富貴浮雲淡，萬里江湖白髮生。李白從來多感慨，鳳凰臺上望神京。三十五卷本卷十

送唐御史應詔應天府丞

曾持繡斧事澄清，暫輟班行佐尹京。總爲希仁能鎮物，況來唐介有先聲。萬年宮闕瞻豐鎬，六代江山入宰衡。去去望之非久外，安排台鼎望鈔本作「待」功成。三十五卷本卷十　鈔本卷十

送胡承之少卿左遷潞州倅

一行詔下便遐征，太息天王本聖明。此際亦知言可諱，使君自以去爲榮。浮雲落日天涯恨，白鳥滄洲物外情。去去江湖塵滿目，不知何處望神京？三十五卷本卷十

送陳良會御史左遷合浦丞

誰與濮議紊彝章？國是紛然失故常。慷慨一言思悟主，艱難萬里遂投荒。君於職業真

無負，我忝鄉人與有光。去去還珠亭下路，蘇公千載有遺芳。　三十五卷本卷十

送喬家宰致仕還太原二首

四十餘年仕闕廷，歸來雙鬢未全星。一身用舍關天下，千載風流尚典刑。啟事從來誇水鑑，移文曾不愧山靈。等閒頌德知何益，自有勳名照汗青。

四朝文物仰前修，一日功成遂乞休。君子致身惟道在，野人思治願公留。狄門桃李叨知己，白下江山憶舊遊。莫謂白巖多樂事，希文常負廟廊憂。　三十五卷本卷十

送柯奇純主事歸莆陽

新命才看下玉除，歸心早寄入閭車。不須駟馬誇題柱，且着班衣慰倚閭。因病得閒情好在，移忠爲孝樂何如！春風佇看重來日，黑髮光陰正有餘。　三十五卷本卷十　鈔本卷十

送陳尚書南京工部

老成聞望壓羣僚，南去台階八座高。江左舊都供覽勝，國家留務重分曹。經營列省工惟敍，出入三朝我獨勞。最是闕庭忘未得，鳳臺高處首頻搔。三十五卷本卷十

送冢宰朱玉峯之南京

留司晚望重衡鈞，三十年來侍從臣。遠去獨安恬退節，衆中欣見老成人。兩京規制遥相望，六代江山蹟未陳。盛世宦遊應自樂，有人東望惜音塵。

晚通仕籍喜同朝，此去江東屬望勞。留務從來須長者，雅懷自喜得閒曹。百年家世睢陽重，一代文章甲榜高。去去壯遊知未已，秋霜才入鬢邊毛。三十五卷本卷十一

送孫從一編修僉憲浙江

羡君瀟灑玉堂仙，顧我飄零亦備員。海内論交兼兩世，班行聯署恰三年。别腸忍折燕臺柳，宦況遥飛越水船。誰謂江南身漸遠？憂心常在五雲邊。 三十五卷本卷十一

送洪玉方

才接鴛行喜有餘，又驅王事駕軺車。君頻有役難爲别，我老思家欲附書。道路風波方浩蕩，歲寒冰雪定何如？此行國計從知重，四海民勞亦可虞。 三十五卷本卷十一

送王承恩侍講參政四川

鳥道巇嶇萬里賒，從臣分省向三巴。中朝聲望雲鈔本作「雪」山重，内史文章錦水華。爛熳新恩蒼玉節，依然舊署紫薇花。只應未忘論思地，翹首金鑾北斗斜。 三十五卷本卷十一 鈔本卷十一

送蔡巨源參政

廿年湖海漫相知，再見都城總別離。旅客倦遊常卧病，使君王事有程期。清風萬里閩山節，明月孤舟潞水思。塵土欺人雙鬢短，不知何處更論詩？三十五卷本卷十一

送陸舉之

三載追隨供奉班，方舟千里又同還。君行問寢辭青瑣，我已焚魚住碧山。塵土自憐羸馬倦，江湖莫羨白鷗閒。怱怱手袂何須戀，剡曲吴淞一水間。三十五卷本卷十一

丙戌十月致仕出京二首

三十五卷本作「致仕出京言懷」，詩卷、點石作「致仕出京馬上言懷二首」

獨騎五家、詩卷、含暉、點石作「驅」羸馬出楓宸，回首長安萬斛塵。白髮豈含暉作「誰」堪供世

事？青山自古有閒人。荒餘三徑猶存菊，含暉作「缾無儲粟何論菊」興落扁舟含暉作「逐秋風」不爲蒪。老得一官常含暉作「長」臥病，可能勳業上麒麟？

白髮蕭疏老秘書，倦游零落病相如。三年漫五家、詩卷、含暉、點石作「虚」索長安米，一日歸乘下澤車。坐對西山朝氣爽，夢回東壁夜窗虚。玉蘭堂下秋風早，幽竹黄花不負余。翰詔題作「致仕出京馬上言」　翰林選下　三十五卷本卷十一　五家卷六　詩卷墨蹟　含暉堂帖　點石齋本懷歸出京詩

阻冰潞河簡同行黄才伯

長河十月朔風悲，零落貂裘不受吹。冰雪峥嶸驚歲晚，江湖寂寞滯歸期。誰憐阮籍窮途泣？含暉作「戚」自笑穰侯見事遲。忽憶同行黄太史，篝燈何處擁書帷？　翰林選下　翰詔　三十五卷本卷十一　五家卷六　含暉堂帖

移寓喜與才伯相近

歲暮相看冰雪餘，天涯搔首一蘧廬。不辭旅食頻遷次，且喜連牆慰索居。雅誼難忘黄

叔度，倦遊堪笑馬相如。小窗落日過從處，勘得奚囊幾卷書。　翰詔

奉和才伯登樓

寒入郊原夜有霜，高樓日出曉蒼涼。仲宣久客黃金盡，杜甫多愁白髮長。悲思低迷天外雪，離情繚繞陌頭楊。希文豈是憂讒者？漫向江湖說廟廊。　翰詔

次韻答徐子容點石作「崦西」學士見懷三首

含暉作「阻冰潞河承學士崦西相公貺以高篇雅意不敢虛辱輒依來韻共得三首録往一笑」

解却從前供奉衣，朝行除籍簡書稀。非關疏拙明時棄，自惜驅馳雅志違。飄泊又驚年欲暮，蹉跎再見月流輝。玉堂學士青雲上，也念天涯人含暉作「客」未歸。

霜華慘淡襲征衣，關朔蕭條雁影稀。遊子天涯苦行役，故人歲晚惜分違。還家短夢秋無賴，含暉作「跡」伴客殘釭夜有輝。猶勝前時羸馬上，滿頭風雪趁朝歸。

南來拂拭芰荷衣，旋覺沙塵出郭稀。我已去來無復戀，天於人事每多違。流澌十月關

河冷，積雪千山草木輝。想見幽居無限好，春風應待主人歸。三十五卷本卷十一 含暉堂帖 點石齋本懷歸出京詩

次韻答唐雲卿禮部二首 含暉作「次韻唐雲卿投贈二首」

關河歲晏客衣單，滿鬢秋風裹鶡冠。塵土自憐疲馬倦，江湖誰念白鷗寒？去來信有天機在，閱歷方知道路難。憔悴不忘飄泊處，方舟冰雪潞河干。翰詔

漂泊東吴萬里船，漫勞詩帖慰窮年。君知世有東方朔，我愧身非魯仲連。夢斷五湖天渺渺，愁懸雙杵月娟娟。相逢總是羈棲者，目送飛鴻共黯然。三十五卷本卷十一 含暉堂帖

次韻答張西峯少參

司空揣分自宜休，元亮無心任去留。四海何人憐白髮？百年吾道有滄洲。破除塵夢惺惺在，點檢山林事事幽。即去已輸君一着，十年前與白雲遊。翰詔 三十五卷本卷十一

臘日與才伯小酌追懷去臘午門賜燕

去歲嘉平燕紫宫，長筵錯落午門東。一時隨例沾恩澤，此日追思嘆轉蓬。節敍不禁雙鬢改，江湖猶幸一樽同。柳條萱草何須問？且共天涯目斷鴻。三十五卷本卷十一

次韻答陳石亭　鈔本作「答陳石亭見寄」

平生鄭重漫交懽，老去羞彈貢禹冠。多病未能忘栗里，倦遊翻自戀桑乾。夢回風雪鷄聲遠，身落江湖雁影寒。遥想玉堂人不寐，賦成紅藥共誰看？翰詔　鈔本卷十一

除夕二首　詩卷作「丙戌潞河除夕二首」，點石作「潞河除夕」

撥盡罏灰夜欲晨，不知飄泊潞河濱。燈花自照還家夢，道路誰憐去國人？浩蕩江湖容白髮，蹉跎舟楫待青春。只應免逐鷄聲起，無復鳴珂候紫宸。

黯黯離愁酒半醺，不眠閒讀送窮文。旅窗燈火寒猶在，村巷鷄聲歲又分。千里家山歸有漸，百年心事老無聞。未妨去國還飄泊，已把閒身等白雲。翰詔 三十五卷本卷十一 詩卷墨蹟 點石齋本懷歸出京詩

丁亥元日次才伯韻二首〔丁亥，下同〕

東風早晚到天涯，客子逢春正憶家。柏葉漫傳元旦酒，江梅應發故園花。不愁逆旅無親戚，依舊江湖有歲華。深負鄭莊騰薦剡，遊巖痼疾久烟霞。鄭謂啟範也。

朝日曈曨照水涯，春風次第到貧家。輕烟漠漠初含柳，殘雪飛飛不作花。芳草開筵酬上日，紫雲鈔本、點石作「塵」飛輊憶東華。即須作伴還鄉去，滄海東頭看落霞。翰詔 三十五卷本卷十一 鈔本卷十一 點石齋本懷歸出京詩

次韻答師陳鈔本作「次韻盧祠部」除夕見懷

背人日月去冥冥，戀歲殘缸夜尚熒。棄置已同殘曆日，豪華銷盡舊青萍。五更歸夢千

峯月，點石作「五湖春夢扁舟雨」四海虛名兩鬢星。兩句鈔本作「微茫歸夢三更雨零落虛名兩鬢星」遥想握蘭人不寐，詩成畫省有餘馨。翰詔　鈔本卷十一　點石齋本懷歸出京詩

次韻答才伯見贈

鬢雪春來苦不消，歸心如絮已先飄。去依江海瞻紅日，曾會風雲遡紫霄。潄帚多情還自惜，枯桐無用敢辭焦？寄言弋者何須慕？萬里冥鴻在泬寥。翰林選下　鈔本卷十一

冰泮次才伯韻

三十五卷本、點石作「冰泮志喜次黄才伯韻」

吹面東風不作寒，斷冰千片下晴灘。已看五家、點石作「知」積雪經冬盡，正好垂楊隔岸三十五卷本、五家、點石作「映水」看。滿目江山勞應接，到家櫻筍未闌殘。只應今夜扁舟夢，先繞吴門鬭鴨欄。翰林選下　三十五卷本卷十一　五家卷六　點石齋本懷歸出京詩

過揚州登平山堂二首

鶯啼縣志作「花」三月過維揚，來上平山郭外堂。江左繁華隋柳盡，淮南形勝蜀岡長。百年往事悲陳跡，縣志作「空回首」千里歸人喜近鄉。滿地落花春醉醒，縣志作「滿目廢興題不得」晚風吹雨過雷塘。

平山堂上草芊綿，學士風流縣志作「文章」五百年。往事難追嘉祐蹟，閒情聊試大明泉。隔江秀色千峯雨，落日平林萬井烟。最是登臨易生感，歸心遥落片帆前。三十五卷本卷十一 江都縣志

還家志喜

緑樹成陰徑有苔，園廬平遠作「先廬」，壯陶作「園亭」無恙客歸來。清朝平遠作「時」自是容疏懶，明主何嘗詩卷、平遠、珊瑚、壯陶作「曾」棄不才？林珊瑚作「丘」壑豈無投老地？烟霞常壯陶作「爲」護讀書臺。石湖東畔横塘路，多少山花待我開。翰林選下 三十五卷本卷十一 五家卷

六　詩卷墨蹟　平遠山房法帖　珊瑚網畫録卷十五　壯陶閣書畫録卷二十

玉磬山房 精選作「新闢小齋燕坐有作」

横窗偃曲精選作「閣」帶修垣，一室都來斗様寬。誰信曲肱能自樂？我知容膝易爲安。春風薙草通幽徑，夜雨編籬護藥欄。笑殺杜陵常寄泊，却思廣廈庇人寒。翰林選下　五家卷六　墨蹟精選

李少宰杭中丞劉柴二光禄置酒

冠蓋雍容總卧龍，清時吏隱大江東。黄花初過重陽節，白髮來邀栗里翁。豈有聲名驚四海，解忘形跡荷諸公。浮塵不到清樽畔，舉扇無勞障北風。三十五卷本卷十二

趙麗卿侍御邀遊冶城

落木蕭蕭帶遠（五家作「雨」）空，冶城高處見秋風。重將白髮遊江左，依舊青山似洛中。有客樽前談夢鹿，何人天際慕飛鴻？荒墩寂寞埋秋草，猶自風流憶謝公。　三十五卷本卷十二　五家卷六

徒步至寶光寺

布襪青鞋短褐衣，酒樽詩卷一僮隨。白頭自笑曾供奉，徒步誰憐老拾遺。五畝喜聞秔稻熟，重陽還恨菊花遲。松寮竹谷逍遥地，時有山僧乞小詩。　三十五卷本卷十二　五家卷六

九日與彦明登雨花臺

雨花臺上雨初乾，野色江光落坐間。豈謂旅遊逢九日？共來把酒看（五家作「對」）三山。老

年節物偏生感，到處雲林不負閒。落木滿空秋萬里，暝禽遥帶夕陽還。三十五卷本卷十二　五家卷六

憶昔四首次陳魯南詩卷作「陳侍講」韻〔戊子，下同〕

三年端笏侍明光，潦倒争看白髮郎。只尺常依天北極，分番五家作「香」曾直殿東廊。紫泥浥露封題濕，寶墨含風賜扇香。記得退朝歸院静，微吟行過藥闌傍。

紫殿東頭敞北扉，史臣都著上詩卷作「尚」方衣。每懸玉珮聽鷄入，曾戴五家作「帶」宫花走馬歸。此日香罏違伏枕，空吟高閣靄餘輝。三年歸卧滄江上，詩卷、故宫作「五湖回首滄江遠」，精選作「五雲回首滄江遠」猶記雙龍傍輦飛。

扇開青雉兩相宜，玉斧分行虎旅隨。紫氣氤氲浮象魏，彤光縹緲上罘罳。幸依日月瞻龍衮，偶際風雲集鳳池。零落江湖儔侣散，白頭心事許誰知？

一命金華忝制臣，山姿偃蹇漫垂紳。愧無忠孝酬千載，曾履憂危事一人。陛擁春雲嚴虎衛，殿開初日照龍鱗。白頭萬事隨烟滅，惟有觚稜入夢頻。三十五卷本卷十二　五家卷六　詩卷墨蹟　故宫旬刊　墨蹟精選

千葉梅與方山人同賦〔己丑，下同〕

緗梅突葉照瓊枝，不是横斜舊日姿。繁雪吹香春翦翦，冷雲團樹詠花作「影」玉差差。羅浮夢斷情稠詠花作「千」疊，瑶圃風生珮陸離。一任階前明月碎，清真不負歲寒期。三十五卷本卷十二　詠花詩

静隱

掃地焚香習燕清，蕭然一室謝將迎。坐移白日花間影，睡起春禽竹外聲。心遠自應人境寂，道深殊覺世緣輕。問奇尚有門前客，却恨青山不掩名。三十五卷本卷十二　五家卷六

顧華玉以書邀予爲西湖之遊病不能赴詩以謝之

舊約錢塘二十年，春風擬放越溪船。却憐白髮牽衰病，應是青山欠此緣。漫説西湖天

下勝，負他北道主人賢。只餘好夢隨潮去，月落空江萬樹烟。三十五卷本卷十二　五家卷六

春雨　三十五卷本、五家作「春雨漫興」，詩卷、平遠作「閒居漫興」

春雨蕭蕭草滿除，春風吾自五家作「亦」愛吾廬。高情時吴越、詩卷、平遠作「喜」誦閒居賦，老眼能抄種樹書。金馬昔年貧曼倩，文園今日病相如。焚香燕坐心如水，一任門多長者車。翰詔　三十五卷本卷十三　五家卷六　吴越所見書畫録卷三　詩卷墨蹟　平遠山房法帖

雨後　詩卷作「春日漫興」

積雨初收風乍顛，城南花事已茫然。黄鸝繞樹空千囀，白髮傷春又一年。竹几蒲團供坐睡，茗杯香鼎詩卷作「書卷」有閒緣。客來莫話詩卷作「説」長安事，自理南華物外篇。三十五卷本卷十三　五家卷六　草書詩卷

壽方矯亭

季鷹久已卧江東，再入修門簡帝衷。白首豈知東觀樂？青山終戀北窗風。一時出處如公少，六袠庚年愧我同。願把綸竿相逐去，江湖滿地兩漁翁。 三十五卷本卷十三

上巳日石湖小集

楞伽湖上晚字屏作「曉」風和，茶磨巖前宿雨過。士女競浮青雀舫，野人自占白鷗波。春來花鳥閒情在，老去山林樂事多。辦取一樽酬令節，扣舷聊和竹枝歌。 三十五卷本卷十三 五家卷六 中華書局本行書字屏

結草庵僧相邀阻雨不過

城南有約訪招提，風雨滄浪只尺迷。惆悵一春能幾醉？蹉跎四事苦難齊。花間細溜沾

衣袖，道上豐泥没馬蹄。孤負山僧清淨供，一窗離思共誰題？ 三十五卷本卷十三

賦得廬山送盧師陳

誰見匡廬百疊蒼，軺車八月下潯陽。天開畫障芙蓉出，風約銀河瀑布長。秀色從來堪攬結，壯遊還待發文章。因君忽動江湖興，便擬東林問草堂。 三十五卷本卷十三

睡起

睡起西齋片雨過，緑陰庭院晚涼多。烏衣春盡渾無語，白苧秋來漫有歌。世態風精選作「浮」雲從變幻，山林日月未蹉跎。却憐逸少猶多事，時寫黄庭换白鵝。 三十五卷本卷十三 墨蹟精選

中秋日晚雨忽霽與諸友看月 藝苑作「八月望晚霽子重過訪遂同小樓玩月」〔庚寅〕

晚雨藝苑作「良夜」新晴客款扉，天時樂事不相藝苑作「兩無」違。眼前藝苑作「中」愁緒浮雲散，坐上佳人碧月輝。誰見入河蟾不没？空憐繞樹鵲驚飛。多情惟藝苑作「只」有清光舊，照我年來白髮稀。三十五卷本卷十二 藝苑真賞社本詩稿真蹟

按：此詩從文嘉鈔本考定爲庚寅年作。

夏日 集景作「夏日閒居寫此紀興并賦短篇己亥歲」〔己亥〕

永夏茅堂風日嘉，涼陰寂歷樹交加。客來解帶圍新竹，燕起銜簷集景作「簾」落晚花。領略清言蒼玉麈，破除沉困紫團茶。六街車馬塵如海，不到柴桑處士家。翰林選下 五家卷六 延光室本元明人山水集景

按：此詩文嘉鈔本失載，翰林選及五家集皆無紀年。兹從山水集景畫幅考知爲己亥作。

二月廿六日游天池諸山〔乙巳，下同〕

西北羣山列翠屏，天池宛轉帶支硎。行穿壑谷身忘倦，忽聽松風酒又醒。歲閏故應春緩緩，民饑欣見麥青青。老年行樂知無幾，莫負樽前雙玉瓶。三十五卷本卷十三

九日婁門勝感寺〔扇集作「九日城東勝感寺作」〕

晚禾垂穗野田平，九日登臨宿雨晴。出郭由來少塵事，逢僧聊得〔扇集作「復」〕話浮生。秋〔扇集作「新」〕霜落木黃花節，破帽西風白髮情。却喜〔扇集作「愛是」〕東林能破戒，提缾沽酒醉淵明。三十五卷本卷十三　文明書局印本名人書畫扇集

北江憲副自越州訪余吴門飲於杜氏明遠樓

相逢相别思悠悠，越水吴山爛熳遊。時事難言聊對酒，長安在望漫登樓。百年春夢蕉

中鹿，萬里秋風海上鷗。不盡平生相許意，白頭頻把舊吴鈎。三十五卷本卷十三

乙巳除夕

樽酒淋漓半醉餘，疏燈寂歷夜何如？一行剛了牀頭曆，四壁聊齊架上書。衰齒可堪時數换？窮愁應與歲俱除。東風喜得春來準，早有梅花慰索居。〔翰詔〕三十五卷本卷十一

元日書事〔丙午，下同〕

奕奕祥光報令辰，融融淑氣轉洪鈞。開門聊自占風色，展刺先欣見故人。晴真蹟作「昨」日笑談驚真蹟作「經」隔歲，暮年光景喜真蹟作「又」逢春。桃符曆日年年真蹟作「日曆尋常」事，一度相看一度新。三十五卷本卷十三　詩書真蹟

五月望日登望湖亭 是日微雨作寒

木末虛亭瞰碧瀾，倒飛天影入憑闌。嵐光浮動千峯濕，雨氣薰蒸五月寒。石磴躡雲芒履鈔本作「屩」短，松風吹雨苧袍寬。狂吟莫怪遲歸去，白髮還能幾度看？ 三十五卷本卷十三　五家卷六　鈔本卷十三

汎湖 鈔本注云「錢孔周王履約子美同遊」

春盡南湖碧玉流，故人湖上共夷猶。平橈野渡沿青草，疊鼓中川起白鷗。雲日霏霏梅子雨，風蒲獵獵藕花洲。行春橋外山千疊，盡逐波光上綵舟。 三十五卷本卷十三　五家卷六　鈔本卷十三

除夕 鈔本有注「丙午」

酒闌燈燼夜茫然，撫事追思十載前。坐上漸看同輩少，眼中殊覺後生賢。江城寒薄梅

花早，原野霜清落木堅。皮骨已空心力盡，還將衰鬢待新年。　三十五卷本卷十三

丁未九日與履約諸君同泛石湖就登上方〔丁未，下同〕

宿雨初晴水拍天，碧雲微斂日華鮮。時當黄菊茱萸候，秋在滄洲白鳥邊。柳外畫橋人似蟻，湖心墨蹟作「中」蘭棹酒如泉。攜壺更醉湖山上，白髮重逢又一年。　三十五卷本卷十三　五家卷六　石湖雜詩墨蹟

是歲閏九月再汎　鈔本共二首，此第一首

剛喜重陽臨閏月，不辭老病復登臺。多情秋色依前墨蹟作「然」在，有待籬花故晚開。佳節從知難再值，青山端不厭重來。畫船記取横塘路，十里笙歌載月回。　三十五卷本卷十三　五家卷六　鈔本卷十三　石湖雜詩墨蹟

賀東畬錢先生構別墅〔己酉，下同〕

共説于公治獄仁，還聞韋氏薄籯金。生兒已副高門望，作室能忘肯構心。一脈承傳書種在，百年培養慶源深。庭前手植三槐樹，會見森森長碧陰。三十五卷本卷十一

己酉除夕

八十衰翁仍送歲，罏薰燈影空三十五卷本、天香作「共」婆娑。青春三十五卷本作「雲」志業消都盡，白髮光陰占獨多。三十五卷本作「得最多」天地勞生空蠹簡，江湖得意有漁簑。持杯不覺屠蘇後，奈爾孫曾繞膝何？三十五卷本、鈔本、天香作「孫曾繞膝情堪戀後飲屠蘇且笑歌」翰詔三十五卷本卷十三　鈔本卷十三　天香樓藏帖

庚戌元旦〔庚戌，下同〕

融融曉色上簷牙，風日清嘉意亦嘉。展曆又看新建月，問梅已是隔年花。須知寒盡春常在，不爲愁多鬢自華。一笑履端忘我老，呼兒拂拭舊烏紗。翰詔　天香樓藏帖

立春

雪消紅日麗中天，喜見鞭春在臘前。次第三陽開景運，尚餘八日是殘年。梅花消息嚴寒後，綵勝情懷薄酒邊。辦取物華供帖子，暖痕浮緑草生烟。三十五卷本卷十四

按：三十五卷本此詩在嘉靖辛亥年中，但按詩意立春尚在年前。又本詩與弘治甲子立春日病起詩（見本集卷八）大同小異，當是更易而成。

人日直夫東園小集〔辛亥，下同〕

雪後江梅燦玉英，蕭然人日半陰晴。雜占誰問東方朔，妙思空懷薛道衡。綵勝千年傳故事，菜盤七種薦春羹。白頭不落山林事，真蹟作「負丘園樂」又向名園真蹟作「東郊」聽早鶯。

三十五卷本卷十四　詩書真蹟

玉蘭花　鈔本共二首，此爲第一首

綽約新妝玉有輝，素娥千隊雪成圍。我珊瑚以下四本作「要」知姑射真仙子，天遣珊瑚以下四本作「欣見」霓裳試羽衣。影落空階初月冷，香生別院晚風微。玉環飛燕元相敵，笑比江湘管作「紅」梅不恨肥。

翰林選下　三十五卷本卷十四　鈔本卷十四　珊瑚網畫録卷十五　湘管齋寓賞編卷六　石渠寶笈卷八　穰梨館雲烟過眼録卷十七

暮春過楞伽寺訪張伯起 鈔本作「三月十六日楞伽寺」

清陰夾道樹交加，三月江邨處處花。野飯初燒燕來筍，山僧能薦雨前茶。烟霏草色滄波遠，暖送鶯聲翠柳斜。白首不教孤勝賞，新年三度到楞伽。 翰林選下 鈔本卷十四

夏日虎丘山悟石軒燕集分韻得清字 鈔本作「初夏吴純叔邀遊虎丘」

碧山收雨緑陰成，白苧翻歌夏意清。春事不嫌三月盡，勝遊剛喜四難并。品泉有意追鴻漸，悟石無由問道生。斜日滿原松影亂，可中亭上按簫聲。 翰詔 鈔本卷十四

春歸

三月春光積漸微，不須風雨也應歸。與人又作經年别，回首空驚昨夢非。江燕引鶵芳草滿，林鶯出谷杏花稀。沈郎别有傷情真蹟作「懷」地，不爲題詩減帶圍。 三十五卷本卷十

四五家卷六 詩書真蹟

阻風宿九里湖

雲沍長空斷雁呼，水聲摧岸雜風蒲。扁舟卧聽三更雨，一葦難航九里湖。繞榻波濤歸夢短，隔林烟火遠村孤。人生何必江山險？咫尺離家即畏途。三十五卷本卷十四

辛亥除夕守歲

坐戀殘年漫有情，夜堂燒燭待天明。不愁老大無同輩，祇覺聰明愧後生。得歲笑看新舊曆，無眠厭聽短長更。香消酒冷人初静，忽報晨鷄第一聲。三十五卷本卷十四

壬子元日飲毛石屋家觀郡邑迎春蓋明日立春也次東坡韻〔壬子，下同〕

昨夕今朝迹已陳，頭顱種種歲華新。土牛郭外才驅厲，綵燕筵前已得春。對酒不應談

世事，賞心剛喜及良辰。坐中潦倒誰應甚？老我頽然第一人。　三十五卷本卷十四

不寐

病魔縈繞晝迷暝，入夜清虚鈔本作「無眠」意未寧。背壁一燈寒耿耿，披幃雙眼只惺惺。去來鈔本、張刻作「倥傯」春夢渾無迹，斷續鈔本、張刻作「長短」山更苦厭聽。安得塵緣都解脱，滿窗明月誦黄庭。　翰詔　鈔本卷十四　張幼于裒刻帖

新夏

暖風庭院草生香，晴日簾櫳燕子忙。白髮不嫌春事去，緑陰自喜夏堂涼。閒心對酒從時换，張刻作「改」老倦抛書覺晝長。客有相過同一笑，竹罏吹火試旗鎗。　三十五卷本卷十四　五家卷六　張幼于裒刻帖

袁魯仲邀余登列岫樓余自胥臺没數年不登矣 五家作「袁魯仲邀登列岫樓」

故人湖上有高樓，十載清罇續舊遊。飛翠窗中仍列岫，片帆天際見歸舟。依然緑樹啼黄鳥，無賴青山笑白頭。不盡阿戎淹戀意，渚雲江草兩悠悠。三十五卷本卷十四 五家卷六

是晚過行春橋玩月再賦

行春橋上月娟娟，杜若洲西宿畫船。萬鏡不波天在水，四山沉影夜如年。已知世事皆身外，肯着閑愁到酒邊？宛轉清歌出林表，晚烟依約正蒼然。三十五卷本卷十四 五家卷六

虎丘觀雨

海湧春嵐濕翠鬟，生公臺下雨漫漫。風迴陰壑奔泉黑，雲鎖蒼池劍氣寒。浄洗塵氛開絶境，不妨烟靄是奇觀。詩人自得空濛趣，悟石軒前獨倚欄。三十五卷本卷十四

送族弟彦端還衡山

彦字諸孫端甫良，秋風訪族自衡陽。百年文物家聲在，累葉松楸世澤長。君視前人應不忝，我於同姓自難忘。不堪相見還相別，楚水吴山意渺茫。三十五卷本卷十四

舊送彦仁一首追録於此

南望衡陽舊德門，虎符元帥有諸孫。山川我正懷桑梓，水木君能念本原。兩地衣冠曾不乏，百年忠孝至今存。相違不盡相留意，狼藉秋風酒滿樽。三十五卷本卷十四

寄顧横涇

我别横涇三十年，同遊都盡獨巍然。淵明誰送東籬酒？季子原無負郭田。貧病豈知翻益壽，聰明莫道不如前。相思相見知何地？夢破秦淮月滿川。三十五卷本卷十四

寄許仲貽

問訊幽人白下蹤，若爲清世不相容。幾回對月思玄度，安得披雲見士龍？落日横塘折楊柳，秋風南浦夢芙蓉。相思滿目烟波遠，吟得新詩手自封。三十五卷本卷十四

九日雨中虎丘悟石軒燕集

何處登高寫壯懷，生公說法有層鈔本、岷山作「遺」臺。漫修故事攜壺上，不負良辰冒雨來。應節紫萸聊共把，待霜黄菊故遲開。白頭八十三重九，竹院浮生又一回。三十五卷本卷十四　鈔本卷十四　岷山刻登高詩

素髪

素髮絲絲不滿梳，衰容覽鏡已非吾。蕭條暮景看籬菊，次第秋風到井梧。物外機心聊

弈旨，老來多事坐詩逋。祇應雙足能强健，着屐登山未要扶。三十五卷本卷十四

壬子歲除

殘扇集作「疏」燈明滅照頭顱，八十三齡過隙虛。一歲又從今夕盡，餘生消得幾番除？老知無地酬君寵，貧喜傳家有父書。最是三十五卷本作「獨有」梅花堪慰藉，春風消息定何如？

翰詔　三十五卷本卷十四　西泠印社本金石家書畫扇集

癸丑元旦〔癸丑，下同〕

咿喔鄰鷄過短垣，起看曙色拂塵冠。昇平滿目新頒朔，日月無窮又履端。短髮蕭疏霜葉脱，壯心零落曉燈殘。從前卉木三十五卷本以下三種作「物」冰霜盡，一樹梅花獨耐寒。

翰詔　三十五卷本卷十四　鈔本卷十四　清歡閣藏帖

夜泊南潯

春寒漠漠擁重裘，燈火南潯夜泊舟。風勢北來疑雨至，波光南望接天流。百年雲水原無定，一笑江湖本浪遊。賴是故人同旅宿，清樽相對散牢愁。

三十五卷本卷十四

晚泊楊莊

碧雲微斂四山蒼，晚泊孤舟對夕陽。店舍寂寥斜帶水，人家籬落盡栽桑。風烟入望知何處？鷄犬相聞自一鄉。正自旅懷眠不得，數聲漁唱起滄浪。

三十五卷本卷十四

寄胡柏泉

當日籌邊事最更，曾看疏草識高名。旋收書札渾如面，未及交歡已有情。塞上底須論馬失？周南空復著書成。遥知西澗春潮急，野渡孤舟盡日横。

三十五卷本卷十四

南樓

狂搔白髮倚南樓，落日邊聲入暮愁。萬里長風誰破浪？一時滄海遂横流。敢言多壘非吾恥，空復崩天負杞憂。安得甘霖洗兵馬？浮雲明滅思悠悠。三十五卷本卷十四

送袁裕春僉憲之建寧

拾遺省闥歲才更，忽領行臺撫建寧。喜見勝之持使節，却教汲黯去朝廷。民情有待隨車雨，天漢先瞻執法星。雅志高懷何處寫？武夷山有晦翁亭。三十五卷本卷十四

秋夜

四壁鳴蛩五家作「蟲」露下餘，片雲收雨酒醒初。風撩墜葉秋聲早，月印空庭夜色虚。衰病不禁時敍改，蕭閒自與世情疏。若爲白首安眠地，時有驚塵報羽書。三十五卷本卷十

四　五家卷六

自華亭還吴夜泊磧礇

放棹華亭指故園，九峯晴色接吴門。秋風沽酒唐行市，斜日維舟磧礇村。墟落風烟沙漵口，人家燈火竹籬根。機雲蹤跡今何處？一望岑山一斷魂。五家卷六　三十五卷本卷十四

送何元朗南京孔目　何集作「小詩奉送柘湖翰林赴南館」

一命周行列鎬京，閒官剛喜玉堂清。紫薇蘭省聊通藉，緑水紅蓮亦宦情。爽氣鍾山秋拄笏，春風鰲禁曉聞鶯。白頭老友難爲别，飛夢先馳建業城。三十五卷本卷十四　何翰林集

寄何叔毗禮部

爲愛君家好弟兄，列官同在鳳凰城。遲遲宫漏薇垣静，浥浥鑪香晝省清。風雨夜堂聯

榻處，池塘春草看詩成。相逢相別還相憶，白髮江湖無限情。三十五卷本卷十四

維亭夜泊

孤篷燈火宿維亭，宿酒微消夢不成。人語烟中江月墮，舟横渡口夜潮生。閒情歲月都無迹，舊歷村墟尚有情。四野孤鈔本作「新」霜菰葉冷，時聞沙上水禽聲。三十五卷本卷十四　鈔本卷十四

甲寅除夕

三十五卷本作「除夕」

白髮婆娑夜不眠，孫曾繞膝更蹁躚。已知明旦非今日，不覺殘齡又一年。舊事悲歌燈影裏，春風消息酒杯前。更闌人静鷄聲起，却對梅花一粲然。翰詔三十五卷本卷十四

按：癸丑除夕所作。

元日試筆（甲寅，下同）

雲霞駘蕩曉光和，手折梅花對酒歌。暮齒不嫌來日短，霜髭較似去年多。東風漸屬青陽候，流水微生緑玉波。鳥弄新音晴晝永，相看不飲奈春何！三十五卷本卷十五

湛甘泉兵書以詩招遊衡山奉答

家世衡陽有釣臺，江湖流浪未能回。政懷桑梓千年計，忽枉封題萬里來。月滿羅浮勞我夢，雲埋嶽麓待公開。追攀見説襟懷壯，儻許春風杖履陪。三十五卷本卷十五

寄黄泰泉學士

經時不得嶺南書，白首無由慰索居。北闕聲華應籍甚，西山爽氣定何如？殘編空復淹司馬，當路何人薦子虚？三十年前潞河夢，一回想念一踟蹰。三十五卷本卷十五

除夕〔張刻作「甲寅除夕」〕

坐戀殘〔張刻作「衰」〕燈思黯然，回看殘曆已無緣。萬千舊事空雙鬢，八十明朝又六年。笑飲屠蘇甘落後，老嗟筋力不如前。烽烟不隔春風信，次第梅花到酒邊。三十五卷本卷十五　張幼于哀刻帖

乙卯元日〔乙卯，下同〕

滄溟日日羽書傳，華髮蕭蕭節敍遷。時不可追空逝水，老今如此況烽烟！漫抛舊曆開新曆，却到衰年憶少年。潦倒不妨詩筆在，曉窗和墨寫新篇。三十五卷本卷十五　翰詔

病中承次河〔鈔本作「友人」〕攜樽過訪

病暑經時閉草堂，故人挈榼漫相將。高軒恰似清風至，雅誼還同夏日長。把酒臨軒疏

雨潤，捲簾深院碧桐涼。晚來客散詩成處，一樹蟬聲對夕陽。三十五卷本卷十五　鈔本卷十五

乙卯除夕

燈前歲酒笑相酬，鏡裏流光又一周。人世百年原有限，吾生萬事總無憂。餘窮不用焚車送，殘病都從爆竹休。去日已除來日在，春風檢曆又從頭。三十五卷本卷十五

丙辰除夕〔丙辰〕

百歲匆匆過隙駒，等閒八十七回除。蹉跎日月前無幾，張刻、吴越作「前行日月知無幾」俯仰乾坤樂有餘。白首詩書重結課，青春草木舊吾廬。由來多病還多壽，一笑殘痾未負余。

三十五卷本卷十五　張幼于裒刻帖　吴越所見書畫録卷三

丁巳元旦〔丁巳，下同〕

昔隨元宰賀正元，鹵簿分陳舜樂懸。萬炬列星仙仗外，千官鳴珮玉階前。履端同慶承天語，是日，羣臣致詞畢，上宣旨云：「履端之慶，與卿等同之。」山壽齊呼祝聖年。潦倒今無朝省夢，絪縕空憶御爐烟。　翰詔　三十五卷本卷十五

穀日早起

空庭草色映簾明，短鬢春風細細生。簷溜收聲殘雪盡，窗光落几曉寒輕。非賢寧畏蛇年至，多難欣占穀日晴。詩思攬鈔本作「攪」人眠不得，山禽屋角有新聲。　三十五卷本卷十五　鈔本卷十五

送彭赴嘉興訓導

清時一命忝師儒，百里鄰州接里閭。志養于今欣有禄，官貧莫嘆食無魚。微名聊足酬初志，多暇何妨讀舊書。九十老人須在念，頻頻書札問興居。

東望嘉禾近百程，漫隨儒牒去親庭。蟬聯宦業承三世，辛苦傳家有一經。我老自憐衰鬢白，汝行不失舊氊青。還應别後鍾情處，飛夢時時秀水亭。三十五卷本卷十五

丁巳除夕

昜却桃符拂却塵，窮愁殘病總更新。三彭漫守庚申夜，萬事重迎戊午春。狼藉杯盤聊復醉，盡情燈火笑相親。孫曾次第前稱壽，慚愧承平白髮人。翰詔 三十五卷本卷十五

戊午元旦〔戊午，下同〕

黄鳥風聲湘管作「簷」遞好音，白頭窗下整冠巾。喜聞海上烽烟息，又見人間日月新。霽景騰輝金勝曉，暖痕霏雪玉梅春。何當載酒尋芳去，緑滿郊原草似原作「如」，從鈔本、湘管改茵。　翰詔　鈔本卷十五　湘管齋帖

初春書事三首

疏詩軸作「珠」簾掩映物華鮮，睡起西窗忽詩軸作「思」黯然。落日斷雲收宿雨，光風纖湘管作「細」草漲新烟。寂寞樂事燒詩軸作「收」燈後，懶漫情懷拄杖前。幽興不緣愁病減，時時覓紙寫新篇。　詩軸

流雲冉冉度湘簾，緑映輕衫草色鮮。淑氣侵人淹宿酒，花香入夢惱春眠。影摇瑣闥霏霏日，篆裊薰鑪細細烟。門掩紅塵無過客，自臨南牖了殘編。

晴雀飛飛戀草簷，午風漠漠汎茶烟。雪殘東圃梅花後，春在南牆細草邊。窗下蠹編消

永日，鏡中華髮感流年。書逋畫債難推脱，應負三生筆硯緣。鈔本卷十五　湘管齋帖

南樓 湘管作「初春書事」第四首

南樓日上曉光澄，北郭烟消萬井明。膏雨一番甦弱柳，春風幾處囀新鶯。祇應舊病隨寒盡，無奈閒愁共草生。起繞江梅覓新句，惜花自是老年情。鈔本卷十五　湘管齋帖

肇孫北行

阿翁九十苦鍾情，倚杖那堪送汝行？璧水去游天子學，春風須聽上林鶯。壯途初發千山軔，雅志無忘萬里程。三百年來忠孝在，慎言無隤舊家聲。翰林選下　五家卷六　鈔本卷十五

己未元旦 〔己未〕

勞生九十漫隨緣，老病支離幸自全。百歲幾人登耄耋？一身五世見曾玄。祇將去日占來日，誰謂增年是減年。次第梅花春滿目，可容愁到酒樽前。三十五卷本卷十五

文徵明集卷第十三

七律七　三十六首

白燕

五家作「詠白燕」，吴越作「擬賦白燕」，平遠作「賦白燕效袁景文」（編年未詳，下同）

高下翩翻雪羽齊，江南社後絮飛時。夢回續作「舊時」王謝烏衣盡，舞罷昭陽續作「霓裳」縞袖垂。簾外風輕銀剪剪，釵頭春冷玉差差。畫樓續作「樓前」，吴越作「高樓」，江邨作「樓頭」霜平遠作「明」月傷心處，只許張家盼盼知。翰林選下　五家卷六　吴越所見書畫録卷四　江邨銷夏録卷三　平遠山房法帖　續書畫題跋記卷十一

齋居

五家作「齋居漫興」

香消古鼎晝五家作「静」沉沉，寂寞城居似遠林。日上樓臺朝氣爽，燕飛簾幕夏堂深。疏

花净掃風前迹，碧樹新添雨後陰。老覓知音殊意懶，任教塵暗壁間琴。翰林選下　五家卷六

聞鷄

乍鳴滄海日東真蹟作「初」昇，再唱長安萬户醒。風雨何曾迷曉漏？霜天還解散疏星。誰憐半夜燈前舞？常自銜寒馬上聽。此日山窗呼不起，壯心回首總凋零。翰林選下　翰詔　五家卷六　詩書真蹟

聞蛙平遠作「蛙聲」

青翰詔作「春」燈背翰詔、平遠、雍睦作「照」壁夜翰詔、吴越、平遠、雍睦作「睡」微茫，閣閣羣蛙正繞堂。細雨黄昏貧鼓吹，誰家青草舊池塘？年來水旱真真蹟作「應」難卜，我已公私付兩忘。寄語翰詔、平遠、雍睦作「爲謝」，揮麈作「寄謝」繁聲休强聒，吴城明日是端翰詔作「重」陽。翰林選上　翰詔　五家卷六　揮麈詩話　吴越所見書畫録卷三　平遠山房法帖　雍睦堂法書　詩書真蹟

春日雨中

彤閣烟輕翠陸離，曉簾風急雨絲絲。情淹宿酒春愁重，坐弄殘棋晝景遲。野色送青山半出，暖痕回緑草先知。老來自覺才情减，開盡梅花未有詩。翰林選下　五家卷六

虎丘 五家作「再遊虎丘」，吴派作「登虎丘」〔庚子〕

短簿祠前樹鬱蟠，生公臺下石孱顔。千年精氣池中珊瑚作「上」劍，一珊瑚作「二」壑風烟寺裏山。井洌羽泉壯陶作「井外明泉」茶可試，草荒支澗鶴空還。不知清遠詩何處？翠蝕珊瑚、壯陶、鶴壽、吴派作「壁」苔花細雨斑。翰林選下　五家卷六　珊瑚網書録卷十五　壯陶閣書畫録卷八　鶴壽山堂法帖　吴派畫九十年展疏林淺水卷

送承天寺立庵住持虎跑寺

大慈南下古栴檀，去去看師啟法筵。綺閣遥吟天竺雨，裹茶親試虎跑泉。亦知雲水無

停跡，聊與江山結勝緣。見説咸通遺躅在，不妨重振性空禪。翰林選下

閶門夜泊

閶閶城西暮雨收，西虹橋下水争流。蒼茫野色千山隱，突兀寒烟萬堞浮。燈火旗亭喧夜市，月明歌吹滿江樓。烏啼不復當時境，依稀鐘聲到客舟。翰詔

春日閒居

五家作「閒居漫興」，列朝作「春日齋居漫興」，平遠作「暮春」

深巷無人晝掩扉，新晴庭院緑陰肥。柳風吹絮河魚五家、列朝、平遠作「豚」上，花雨沾泥海燕飛。殘睡未能消卯酒，乍暄聊復試春衣。列朝作「聊得試羅衣」春光五家作「東風」緑遍江南草，多少王孫怨未五家、平遠作「不」歸。翰詔　五家卷六　列朝詩集　平遠山房法帖

贈陳鳴野遊金陵

金陵東去大江迴，高士雲帆向日開。一代風流鸚鵡賦，千金佳麗鳳凰臺。遠遊自謂盧敖漫，多難誰憐庾信哀。見説冶城春未老，幾留花鳥待君來。翰詔

夏日睡起 詩卷作「夏日閒居」

緑陰如水夏堂涼，翠簟含風午夢長。老去自於閒有得，困來時列朝作「每」與客相忘。松窗試筆端溪滑，石鼎烹雲顧渚香。一詩卷作「林」鳥不鳴心境寂，此身真不愧羲皇。五家卷六 列朝詩集 草書詩卷 詩書真蹟

荆溪道中

荆溪西下小船通，離墨桐棺在眼中。坐詠風烟懷杜牧，曾穿巖竇識張公。遠山如畫雲

開嶂，落日供詩翠滿篷。賸欲躋攀老無力，空餘雙目送飛鴻。五家卷六

人日喜晴有懷故友王履吉

良辰樂事不相違，一笑褰簾喜上眉。浮弄新晴初日色，破除殘臘早梅枝。山林爛熳青樽在，老病侵尋白髮知。不見故人春滿眼，臨風空賦草堂詩。五家卷六

江陰道中賦贈王禄之

春水浮烟柳映空，蘭舟西下兩人同。等閒機事楸枰外，咫尺江山畫笥中。一笑頭顱忘我老，百年家世與君通。不眠共理平生語，落盡燈花月滿篷。五家卷六

湯子重赴南雍

望望金陵路不遥，故人西上木蘭橈。春風貰酒丹陽郭，明月題詩白下橋。壯志君方事

行役，暮年吾每戀親交。江城雪後梅花盡，無限殷勤在柳條。五家卷六

顧榮夫園池

臨頓東來十畝莊，門無車馬有垂楊。風流吾愛陶元亮，水竹人推顧辟疆。早歲論交常接席，暮年投社忝同鄉。寄言莫把山扉掩，時擬看花到草堂。五家卷六

榮夫見和再疊一首

爲愛高人水竹莊，幾回繫馬屋邊楊。每開蔣徑延求仲，常伴山公有葛彊。陋巷誰云無轍跡？城居曾不異江鄉。春來見説多幽致，開偏梅花月滿堂。五家卷六

人日期與孔周子重小集以事愆期獨坐有懷

精選作「人日期與友人會集不至有懷」〔庚子〕

草痕簾影碧參差，此日逢人有所思。樊圃又看挑菜始，江梅剛是試花時。喜無冰雪春

寒淺，況值清明淑景遲。有約不來成寂寞，臨風再詠草堂詩。五家卷六　榮寶齋珍藏墨蹟精選

精選作「晴」

穀日孔周子重禄之南樓小集

精選作「穀日南樓小集」〔庚子〕

靈荚初開第八蓂，玉梅新試兩三英。要知春早花期近，喜卜年豐穀日晴。緑醑不教虛節敍，白頭聊復話平生。相攜莫便匆匆去，新月南樓正自明。五家卷六　榮寶齋珍藏墨蹟精選

伍嶹中太守惠酒將過訪

玉川有約到吾廬，先遣長鬚致鯉魚。老我草玄方寂寞，故人乘興定何如？山園夜雨剪春韮，花徑春風候小車。青眼交遊無幾在，白頭光景莫教虛。五家卷六

春寒病起〔庚子〕

十日春陰一日晴，春衫猶怯曉寒輕。蕭條病骨梅花瘦，宛轉真蹟作「次第」閒愁蔓草生。閉户新波平野岸，倚樓山色繞江城。東風早晚持樽酒，去聽横塘滿樹鶯。五家卷六　詩書真蹟

夏雨

六月飛塵撲藝苑作「拂」面黄，蕭然一雨破驕陽。長風鼓浪飜茅屋，宿霧藝苑作「靄」排雲壓短牆。秋事已占南畝喜，午眠仍藝苑作「先」飽北窗涼。登樓别啟西窗藝苑作「山」觀，横捲湘簾一片蒼。五家卷六　藝苑真賞社本詩稿真蹟

袁與之送新茶薦以榮夫新筍賦謝二君

揀芽駢筍薦新泉，石鼎沙鐺手自煎。一笑月團欣見面，百年玉版更參禪。錦舒風籜春雷後，翠展雲旗穀雨前。珍重故人披拂意，盡驅塵俗破昏眠。五家卷六

秋夜

宿酒微消睡思濃，孤懷兀兀夜溶溶。半窗涼影雙桐月，一榻秋聲四壁蟲。坐閱歲時成老大，天教貧病養疏慵。曾參際會無裨補，羞更從人説卧龍。五家卷六

九日招孔周諸君

芙蓉波冷桂風涼，晤語蕭疏白髮長。青眼平生幾親舊？黄花荏苒又重陽。越樽久湛金華露，吴蟹初肥笠澤霜。擬合羣賢酬一醉，呼兒爲掃玉蘭堂。五家卷六

宗伯招湯子重游虎丘 吴派作「登虎丘」（庚子）

入門連嶺翠吴越作「陟」崚嶒，別徑穿雲鶴壽作「石磴崎岈」次第登。碧瓦參差蓬宇靜，鶴壽作「蓮宇動」，詩卷、吴越作「蓮宇静」古藤依約詩卷、吴派作「古藤陰翳」，鶴壽作「蒼藤陰翳」，吴越作「翠藤陰翳」紫厓崩。眼中歷歷悲前劫，鶴壽、吴越作「陳迹」方外悠悠愧老僧。十載同遊半零落，長吴越作「常」明惟有佛前燈。五家卷六 詩卷墨蹟 鶴壽山堂法帖 吴越所見書畫録卷三 吴派畫九十年展疏林淺水卷

湯右卿寄十月菊

奕奕秋光照眼新，扁舟來自楚江濱。多君珍重黄金贈，老我衰遲白髮新。應是晚香同臭味，故教寒豔發清真。誰言已落重陽後？十月江南正小春。五家卷六

三月晦徐少宰同遊虎丘

海湧峯頭宿霧開，王珣祠畔少風埃。林花落盡春猶在，巖壑無窮客又來。水嚙滄池消劍氣，雲封白日護經臺。一樽不負探幽興，更試三泉覆茗杯。五家卷六

同南充王子正登崑山卧雲閣 時爲尹

春雨初晴白玉峯，春風冠蓋一尊同。使君不負青山約，高會還參白髮翁。烟領夕陽飛鳥背，天圍平野曲欄東。怪來日暮衣裳冷，身在卧雲高閣中。五家卷六

玄墓道中

輕陰駮日水含沙，二月江南好物華。早辦行吴越作「竹」輿衝細雨，不教山屐負梅花。烟林滴翠千峯濕，石磴穿雲一徑斜。風泊晚烟寒不散，磬聲遥識梵王家。五家卷六 吴越

雨後虎山橋眺望

虎山橋下水交穰梨、文明作「争」流，正是橋南宿雨收。光福穰梨、文明作「震澤」烟開孤刹穰梨作「殿」迥，洞庭波動兩峯浮。已穰梨、文明作「也」應浩蕩開胸臆，誰識空濛是穰梨、文明作「自」勝游？渺渺長風天穰梨、文明作「吹」萬里，眼中殊覺欠穰梨、文明作「見」扁舟。五家卷六　穰梨館雲烟過眼録卷十七　文明書局本姑蘇寫景山水册

新秋

秋風昨已到山塘，坐愛閒庭過雨涼。月樹誰家悲玉笛？露桐虚井滴銀牀。病侵肌骨驚寒早，年入衰遲覺夜長。氣候無憑味水作「不齊」殘倦舫、扇面作「潛」暑在，手中味水、倦舫、扇面作「等閒」紈扇未能忘。五家卷六　味水軒日記卷二　倦舫法帖　美周社印本扇面雙絶神品

對月有懷〔庚子〕

八月十四夜 吴派作「八月十四夜對月嘉靖庚子作」

月近中秋夜有輝，幽人戀月卧遲遲。及時光景寧須滿？明日陰晴不可期。清影一簾金瑣碎，凉聲何處玉參差？酒闌無限懷人意，都在庭前桂樹枝。吴派畫九十年展疏林淺水卷

十五夜 吴派作「十五夜再賦」

銀漢無聲夜正中，十分秋色小樓東。空瞻朗月思玄度，誰有高懷似吴派作「繼」庾公？把酒金波浮桂樹，捲簾清露滴梧桐。碧雲何處人如玉？吴派作「千里人何處」惆悵東闌一笛風。吴派畫九十年展疏林淺水卷

十六夜

入眼冰輪積漸摧，白頭顧影重徘徊。極知物理盈當缺，自惜流年去不來。蟋蟀早將寒氣至，芙蓉都受露華開。殷勤不虚静作「未」負花前醉，蘭言作「意」依舊清光在酒杯。五家

小至夜

雲物熙微度曉光，閉關聊復謝迎將。陰陽自與時消息，身世都歸日短長。潦倒已無朝省夢，氤氳空憶殿罏香。向來心事葭灰冷，贏得蕭蕭兩鬢霜。　五家卷六

五絶　十三首

長安邸中作

三十五卷本、鈔本作「五言絶句四首」〔嘉靖癸未至丙戌間〕

卯酒意醺然，焚香閉閤眠。長安塵十丈，不到竹窗前。

露下葛衣單，參差林影寒。依然殘夜月，不在石湖看。

上書無復志，把酒自多情。籌國諸公在，吾何恥聖明？

青衫跨羸驂，白首供朝謁。自笑老忘還，不嫌官太拙。　翰林選上　三十五卷本卷十　鈔本

瀟湘八景〔戊子〕

瀟雲載秋聲，萬籟集篁竹。江湖白髮長，獨擁孤篷宿。三十五卷本、吴越題「瀟湘夜雨」

月出天在水，平湖浄於席。安得謫仙人，來聽君山笛！三十五卷本、吴越題「洞庭秋月」

孤墨蹟作「江」帆落日明，青山相吴越作「自」映帶。遥遥萬里情，更落青山外。三十五卷本、吴越題「遠浦歸帆」

征吴越作「驚」鴻戀迴渚，墨蹟作「塘」欲下還驚吴越作「自」飛。葦深繒繳繁，歲晚稻粱微。文明、墨蹟作「肥」三十五卷本、吴越題「平沙落雁」

鷄聲茆屋午，靄靄墟烟白。市散人亦文明、墨蹟作「迹」稀，山空翠猶滴。三十五卷本、吴越題「山市晴巒」

曬網白鷗沙，衝烟青箬笠。欸乃一聲長，江空楚天碧。三十五卷本、吴越題「漁郎夕照」

日没浮圖昏，遥鐘出吴越、文明、墨蹟作「隔」烟嶺。應有未眠人，泠然發深省。三十五卷本、吴越題「烟寺晚鐘」

密雪灑空江，雲冥天浩浩。寧知風浪高？但道漁簑好。三十五卷本、吴越題「江天暮雪」 翰林選上 三十五卷本卷十二 吴越所見書畫録卷三 文明書局本寫景山水册 瀟湘八景册墨蹟

題枯木竹石〔編年未詳〕

喬木倚蒼石，衆卉不可干。不有蕭蕭者，誰應伴歲寒？翰詔

文徵明集卷第十四

七絶一　一百三十四首附録一首

友人夜話〔弘治庚戌，下同〕

滿山風雨折松枝，春色深山自有期。爲是雪中顔色好，東風誰識歲寒姿？　四卷本卷一

東家四時詞

行出珠簾蛺蝶飛，雙聲何許又黄鸝？恍然情緒防人覺，回立花闌唤侍兒。
風院石榴吹暖酣，新巢燕子繞喃喃。欲眠又起臙脂褪，寂寞欄干解汗衫。
秋盡閨中病不知，登樓今日曉風悲。吹來梧葉還吹去，就手拈將自寫詩。

指寒良夜閣琵琶，侍女能燒雪水茶。的的春梅未消息，圍爐自拈蠟爲花。　四卷本卷一

滁燕〔辛亥，下同〕

去年社後一南還，花發東來又社前。燕子若知人是客，春風重見亦淒然。　四卷本卷一

幽谷廢址

種花人去住人悲，圖畫曾傳太守詩。四百年來零落盡，草深無處認殘碑。　四卷本卷一

答唐子畏夢余見寄之作

故人别後千回夢，想見詩中語笑譁。自是多情能記憶，春來何止到君家？　四卷本卷一

三十五卷本卷一

太僕寺廳事題

清閒官府面山開，左右松杉四十栽。滿地緑陰衙吏散，遊人無禁去還來。

四卷本卷一

飯蔬

飯蔬對客多豪氣，燒葉讀書無苦聲。窮鬢甘心莫相笑，有人風雪抱饑行。

四卷本卷一

金陵馬上簡周上元邦慎

空街雨過白烟生，穩蹋塵沙獨馬行。恍惚眼前愁萬里，夕陽高柳建康城。

四卷本卷一

南樓〔壬子〕

烟色葱蘢萬瓦流，夕陽如錦下城頭。滿城飢困人皆死，高處那知地上愁？

曉風吹袂倚闌干，滿耳人聲不見山。何日却離城市去，不須高據亦清閒。

四卷本卷一

崇義院〔癸丑〕

六月禪堂隨處好，緑陰深寂水瀠洄。就中別有清涼界，莫怪敲門日日來。

四卷本卷一

月夜登南樓有懷唐子畏〔甲寅，下同〕

曲欄風露夜醒然，彩月西流萬樹烟。人語漸微孤笛起，玉郎何處擁嬋娟？

四卷本卷一

甲寅除夜雜書

千門萬户易桃符，東舍西鄰送曆書。二十五年如水去，人生消得幾番除！

多事關心偶不眠，隨人也當守殘年。不須更説新春事，來歲今宵在目前。

人家除夕正忙時，我自挑燈揀舊詩。莫笑書生太迂闊，一年功課是文詞。

小童篝火潔門閭，爲説新年忌掃除。却有窮愁與多病，無因歲晚一般驅。

遥夜遲遲燭有花，家人歡笑説年華。人生勿苦求身外，常得團圞三十五卷本作「圓」有幾家？　四卷本卷一　三十五卷本卷一

崇義院雜題〔乙卯，下同〕

小院風清橘吐花，牆陰微轉日斜斜。午眠新覺書故宫作「詩」無味，閒倚闌干嗽苦茶。故宫旬刊第十六期

縹緲游絲墮不收，悠然庭砌緑陰稠。院涼僧少音聲絶，故宫作「斷」時聽敲門亦自幽。故

宮旬刊第十六期

六月門前暑似炊，殿堂深處未曾知。晚涼浴罷思歸去，更爲松風佇少時。

殿閣涼風吹葛衣，檻前梅子雨霏霏。清淡時有閒僧對，手擘椶櫚當麈揮。

白日悠悠抵歲遥，困來書卷暫相抛。馬蹄不到松陰下，故宮作「清陰寂」手弄殘棋獨自敲。

故宮旬刊第十六期

茗椀鑪薰意有餘，日長人散閉精廬。俄然屋角涼風順，吹起新蟬亂讀書。

繞寺松杉近百栽，孤花明透緑叢開。晚涼却扇池邊立，嫋嫋餘芬度水來。

髹几新揩滑欲流，時時弄筆小窗幽。自憐多好還成累，揮汗爲人寫扇頭。

修廊如洗斷塵囂，白粉牆圍碧瓦寮。擁鼻徐行成獨詠，曉風吹亂石芭蕉。

三十五卷本卷一　四卷本卷一

溧水道中

茅蓋簷頭竹束籬，人家分住路東西。馬蹄忽蹋塵沙起，聽得車聲看已迷。

四卷本卷一

雨中卧病憶王漢章西欄牡丹〔丙辰〕

惆悵王家頳玉叢，春風只在小橋東。自憐剛及花時病，半月高眠細雨中。　四卷本卷一

弔僞周故址〔戊午，下同〕

廢鼓樓前蔓草多，夕陽騎馬下坡陀。欲談天祐誰堪問？自唱西風菜葉歌。
十年烽火東南警，御酒龍袍事可嗟。江左書生空老去，至今人説相公衙。
烽烟在望尚論詩，倉卒賓賢事可悲。解使宫門成草莽，當年合議米蟲兒。　四卷本卷一

春閨

緑陰生寂晝何遲？薄汗沾裳氣力微。起傍曲闌垂手立，清風細細落薔薇。　四卷本卷一
翰林選下　三十五卷本卷一

兒子晬日口占二絶句

堂前笑展晬盤時，漫説終身視一持。我已蹉跎無復望，試陳書卷卜吾兒。四卷本卷一

吾家積德亦云稠，不易生兒到歲周。印綬干戈非敢冀，百年聊欲紹箕裘。三十五卷本卷一

前年

前年伴嫁南鄰妹，今歲仍陪北舍姨。老大三十五卷本作「我」無媒心獨苦，閉門好畫入時眉。四卷本卷一　三十五卷本卷一

詠堯民案上盆蘭

崇外紀作「叢」蘭移外紀作「攜」自荆溪上，小盎春深自着花。賓客清閒塵土遠，曉窗親沃外紀

作「試」案頭茶。

渺渺微風約珮環，楚江晴落研屏間。美人不見瑶琴歇，一卷離騷對掩關。四卷本卷一

三十五卷本卷一　荆溪外紀

枕上聞雨有懷宜興杭道卿 時道卿客唐子畏西樓

三更風雨鬧虚簷，燈焰寥寥抱枕眠。應有旅遊人不寐，淒涼莫到小樓前。四卷本卷一

三十五卷本卷一

題鄭所南先生畫蘭〔庚申〕

江南落日草離離，卉物寧知故國國光作「國事」移？却有幽人在空谷，居然不受北風吹。

四卷本卷一　續翰詔　國光藝刊

立春前一日昌國過訪停雲館同賦〔辛酉，下同〕

繞階寒色淡晴輝，一榻寥寥對掩扉。日午隔簾聞笑語，東家兒女看春歸。
自是與君還往熟，新年三辱過茅堂。貧家無物淹留得，兩壁圖書一炷香。

四卷本卷一

過吉祥寺追和故友劉協中遺詩

殿堂深寂竹林閒，坐戀樱陰忘却還。水竹悠然有遐想，會心何必在空山？
塵蹤俗面强追閒，慚愧空門數往還。不見故人空約在，黄梅雨暗郭西山。

四卷本卷一

三十五卷本卷一

附協中詩

城裏幽棲古寺閒，相依半日便思還。汗衣未了奔馳債，便是逢僧怕問山。

四卷本卷一

景德寺〔壬戌，下同〕

古屋無人犬護籬，偶拋塵土得幽棲。不知何福能消受？滿地松陰一鳥啼。　四卷本卷一

翰林選下　續翰詔　三十五卷本卷一

畫兔

是誰貌取中山族？鷹隼無驚意思閒。簡策勳名真不惡，何妨拔穎利人間。　四卷本卷一

吳隱之畫像

貪廉自我非泉致，刺史詩篇萬古新。展卷蕭然袍笏在，世間多少負慚人？

千年遺像識真難，重是高風不可刊。一樣廣州俱刺史，幾人傳入畫圖看？　四卷本卷一

三十五卷本卷一

畫鵲

日光浮喜動簷楹，鳥鵲於人亦有情。小雨初收風潑潑，亂飛叢竹送歡聲。四卷本卷一

三十五卷本卷一

畫烏

城頭霜落月離離，匝樹羣烏欲定時。會有人占丈人屋，微風莫自裊空枝。四卷本卷一

三十五卷本卷一

與遠甫燕坐小齋爲寫竹石

對坐焚香習燕清，好風如水汎簾旌。夕陽忽見疏疏影，落木空江生遠情。四卷本卷一

三十五卷本卷一

登治平寺澄碧樓 八月十五日

水展晴空秋色遠，樹沉平野日光寒。生綃萬幅天開畫，澄碧樓中暮倚闌。

小閣登臨眼境奇，水雲沙樹渺差珊瑚作「參」差。獨珊瑚作「猶」憐興淺匆匆去，不見湖中月上時。

四卷本卷一 珊瑚網書録卷十五

除夕

梅花欲動意婆娑，雪霰侵陵奈歲何？呵凍笑供春帖子，殘年清債已無多。

辟瘟細細爇靈丹，坐倚寒檠向夜闌。臘意亦知人戀歲，爲留殘雪隔年看。

四卷本卷一

三十五卷本卷一

夜坐懷陳淳〔癸亥，下同〕

清宵憶汝意難忘，木榻能甘野寺荒。却是秋來有佳思，卷書斜映佛燈涼。　四卷本卷一

書王侍御敬止扇

江湖去去扁舟遠，莫道丞哉不負君。戀闕懷親無限意，南來空得見浮雲。　四卷本卷一

續翰詔

又題敬止所藏仲穆馬圖　三十五卷本作「題王侍御敬止所藏仲穆馬圖」，辛丑作「題仇實父飼馬圖」

犖犖才情辛丑作「名」與世疏，等閒零落傍江湖。不應辛丑作「祇緣」泛駕終難用，閒看王孫駿辛丑作「飼」馬圖。　四卷本卷一　三十五卷本卷一　辛丑銷夏録卷五

雪畫

小蹇衝風引步遲，忍寒偏稱覓新詩。箇中別有難言妙，珊瑚作「處」只許當年鄭五知。 四

卷本卷一 珊瑚網畫録卷十五

次韻陳溪詠懷四首

陳妃塚

誰見金凫水底墳？空懷香玉閉佳人。君王情愛隨流盡，只有寒溪尚姓陳。

何簑衣故跡

塵世神仙事渺茫，緑簑誰識老佯狂？華夷日月尋常語，掉首當年動帝王。 三十五卷本

卷一

福壽院殘碑

秋風塵劫草離離，曾是前元福壽基。願力未隨文字滅，有人下馬讀殘碑。 三十五卷本卷一

白蓮池

滿眼溪山迹未陳，珊瑚作「塵」百年臺殿已沉淪。只應寂寞蓮池水，曾照當時入社人。 四卷本卷一 珊瑚網書録卷十五

春日懷陳淳〔甲子，下同〕

幾度相淹坐日斜，最憐詳雅出名家。山齋十日無行迹，開却海棠無限花。

桃花三月已終旬，愁病相仍過却春。空復紛紛賓客在，相看誰是意中人？ 四卷本卷二

石田先生寫山梔配余畫菊題詩云徵明小筆弄秋黄老欲追踪脚板忙聊寫山梔共一笑不同顔色但同香愧悚之餘輒次其韻

平生兒口漫雌黄，見此令人自失忙。大似身行天竺國，只聞薝蔔更無香。

四卷本卷二

方方壺畫

烟沉密樹蒼山暝，波捲長空白鳥迴。細雨斜風簑笠具，釣船何事却歸來？

新波獵獵弄風蒲，雨後雲山半有無。一段勝情誰領略？欲從畫裏唤方壺。

四卷本卷二

三十五卷本卷二

書昌國憶母詩後

音容杳渺夢中塵，游子空吟寸草春。莫怪掩篇雙淚落，就中吾是有心人。

〔續翰詔〕

春草冥冥雨暗阡，轉頭二十七更年。平生自謂堅如鐵，腸斷徐卿泣母篇。四卷本卷二

三十五卷本卷二

遊慧山

幾度扁舟過慧山，空瞻紫翠負躋攀。今來坐探龍頭水，身在前番紫翠間。續翰詔

慧山清夢特相牽，裹茗來嘗第二泉。慚愧客途難盡味，瓦瓶汲取趁航船。四卷本卷二

次韻答沈翊南寄示諸詩

客中憶姪維時

不見阿咸經幾年，客窗相憶夜潸然。音容別後惟憑夢，酒薄愁深竟不眠。

枕上有感

童子吹簫月滿階，瓦盆新壓杜茅柴。貧家自有山中樂，憑仗閒愁莫惱懷。

送別

自笑人生易別離，不如春燕有歸期。相看無語江山暮，消盡殘魂是此時。

詠梅

梅花公案屬逋仙，著影緣香恐未然。一種幽閒吾識得，不同凡卉鬬春妍。續翰詔

春游

映柳春衫試淺黄，東風游冶柳堤長。綺疏小隊車中女，蹀躞高歌馬上郎。

端陽有感

春衣減盡不多寒，老去葵榴尚耐看。感事傷時情抱惡，平生賴是酒腸寬。

聞笛

當年賓客此淹留，滿目江山酒瀉油。斜日重來隣笛起，山陽還是舊時不？四卷本卷二

筆屏送陳淳

筆牀曾愛古人奇，短著屏風製更宜。遺向元龍充架閣，高齋長日自臨池。

續翰詔　　四卷本卷二

題養逸圖

書卷茶罏百慮融，夢回午枕竹窗風。忙身見畫剛生愧，安得清閒似畫中？

榮貴怱怱僅目前，静中光景日如年。荆州運甓成何事？不博柴桑一醉眠。

續翰詔　三十五卷本卷二　　四卷本卷二

元日書事效劉後村〔乙丑，下同〕

愁早無端到小齋，問愁誰送與誰媒？殘年原未將愁去，不是新年别帶來。

不求見面惟通謁，名刺朝來滿敝廬。原作「盧」我亦隨人投數紙，世情嫌簡不嫌虛。三十五卷本卷二

次韻閻采蘭春日苦雨二首

疏雲漏日映簷明，啟晝須知不是情。莫怪看花還冒雨，明朝雨過緑陰成。四卷本卷二

坐看閒雲樹杪行，苦緣花事較陰晴。誰知野老東郭外，一尺春泥帶雨耕。四卷本卷二

續翰詔

寫閒舟圖寄葛汝敬

小舟依渡不施橈，正似閒人遠世囂。滿徑緑陰初睡起，坐臨流水看春潮。四卷本卷二

續翰詔 三十五卷本卷二

簡陳以可〔正德丙寅，下同〕

侍樂堂前新雨足，曲池想見碧於苔。不知落盡繁花後，曾有何人看竹來？　續翰詔

細雨清陰五月寒，懷君夢到曲池端。南風吹筍應成竹，何日題詩節下刊？　四卷本卷二

題修竹士女　三十五卷本作「題沈侗齋修竹士女」

開盡閒花草漫坡，青春零落奈愁何？詩人自惜鉛華冷，翻出天寒翠袖歌。　四卷本卷二

三十五卷本卷二

題張主敬所藏石田畫扇

當年文酒會西莊，點染寒花醉墨香。片紙依然人髮白，秋風籬落幾重陽？

殘墨離離歲月長，流傳還到保遺堂。莫言卉物無常主，依舊西風晚節香。　四卷本卷二

題畫

拔地蒼松生暮寒，離離芳草帶晴灘。扶藜不是途窮客，最好青山隔水看。

金華曾到想依然，千尺晴巒翠插天。烏石灘頭新雨過，有人移艇看飛泉。

四卷本卷二

石田燈下作富春大嶺圖見贈賦詩有隔霧看花之語題此謝之

白頭强健八旬翁，勞謝燈前寫浙東。老眼莫言渾如霧，最宜山色有無中。

四卷本卷二

桃源圖〔丁卯〕

桑麻鷄犬自成村，天遣漁郎得問津。世上神仙知不遠，桃花只待有緣人。

四卷本卷二

翰林選下　續翰詔　三十五卷本卷二

爲竹堂僧畫雲山

名畫作「戊辰三月十日偶與堯民伯虎嗣業同集竹堂伯虎與古石師參問不已余愧無所知漫記此以識余愧」（戊辰，下同）

偶結空門此日因，名畫作「偶向空門結勝因」談無説有我何能？只應未滅元來性，雲水悠悠愧老僧。

是日子畏談禪不已。　四卷本卷二　有正書局本中國名畫第二十集

子畏爲僧作墨牡丹

居士高情點筆中，依然水墨見春風。前身應是無塵染，一笑吴越作「味」能令色想空。　四卷本卷二　續翰詔　吴越所見書畫録卷一

題畫菊

石菊菊譜有五月白，注云：今寫生家多用之

透紙離離見墨花，細香團玉沁霜華。江南五月炎無奈，别有涼風屬畫家。　四卷本卷二

墨牡丹 好古作「春雨未晴花事尚遲拈筆戲寫牡丹併賦小詩」

墨痕別種洛陽花，彷彿春風是好古作「似」魏家。應爲好古作「是」主人忘富貴，故將閒淡洗鉛華。 四卷本卷二 好古堂家藏書畫記

題畫

景色沉沉綠暗山，蒼烟圍壑夏生寒。晚來急雨添飛瀑，付與幽人倚樹看。

遠山漠漠翠眉低，疏樹離離帶淺溪。滿目秋光無着處，夕陽剛在小橋西。 續翰詔

新霜點筆意蕭蕭，不盡秋光雁影遥。雙島欲浮天拍水，夕陽人在虎山橋。 三十五卷本卷二

丹楓策策點新霜，短棹夷猶興味長。江水不波山月静，一宵孤夢落滄浪。 三十五卷本卷二

百丈蒼山倚暮寒，仙源無路欲通難。晚來過雨添飛瀑，只好幽人隔岸看。 三十五卷本卷二

天外青山半有無，江流萬里月明孤。夜深偶感曹瞞迹，却被傍人畫作圖。三十五卷本卷二　四卷本卷四

題畫送錢德夫南還

匆匆歲暮束書還，樽酒淋漓悵别間。明日西齋檢行迹，暮雲空見越南山。四卷本卷四

續翰詔　三十五卷本卷二

庭中海棠爲風雨所敗〔己巳〕

病起傷春試倚欄，名花經雨已摧殘。等閒一片愁飛却，滿地猩紅更忍看？

崇朝妬雨損花枝，更着狂風徹夜吹。莫自怨他風雨惡，靚妝能有幾多時？四卷本卷三

三十五卷本卷三

春日〔庚午，下同〕

茅屋泥香燕子飛，東風日暖谷鶯啼。游人漫自穿花柳，别有春光在竹西。四卷本卷三

續翰詔 三十五卷本卷三

書吾尹扇

溪頭古樹静垂陰，溪水盈盈不受塵。五月江南新雨歇，晚風多少納涼人。續翰詔

雨洗鉛華一夕空，枝頭青子却收功。傍人不識天工巧，猶戀飛花怨晚風。四卷本卷三

三十五卷本卷三

陶穀郵亭圖〔辛未，下同〕

一夕姻緣千古笑，南朝機事信難降。空然賺得風流士，不救曹彬夜渡江。四卷本卷三

暮春遊石湖

郭外南湖一境開，吴宫烟草暗荒臺。道人不與興亡事，只記溪名是越來。過眼諸峯應接忙，新晴草樹繞湖香。不知參政移家後，若箇重來問海棠？　范石湖每歲攜家汎湖賞海棠。

三十五卷本卷三

茶磨椤伽次第經，淡烟消處五湖明。一樽斜日湖亭上，閒看西山弄晚晴。　四卷本卷三

三十五卷本卷三

孔周經時不見日想高勝居然在懷因寫碧梧高士圖并小詩寄意

漠漠疏桐灑面涼，濺濺寒玉漱迴塘。馬蹄不到清陰寂，始覺空山白日長。　四卷本卷三

翰林選下　三十五卷本卷三

雪景

雪珊瑚作「雲」樹埋踪鳥絶飛，空江簑笠弄寒絲。良工妙得吟珊瑚作「竹」中趣，故寫愚溪獨釣詩。　四卷本卷三　珊瑚網畫録卷十五

雨景

風激飛泉萬壑摇，晚雲罨畫雨瀟瀟。山翁擁褐不出户，坐看野人争渡橋。　四卷本卷三

元日承天寺訪孫山人〔壬申，下同〕

六街斜日馬蹄忙，自覓幽人叩竹房。殘雪未消塵迹少，一函内景對焚香。

當年結習住僧家，對客分泉自品茶。欲識道人高潔處，紙窗殘雪照梅花。　四卷本卷四

按：四卷本題下注「癸酉」，實壬申年作。

題畫寄陸梓

語言修簡意蕭閒，十載交君父子間。感没懷生情不極，夕陽遥見洞庭山。

四卷本卷四

題畫送履仁赴洞庭

春風初泛洞庭舟，鼓篋囊琴是壯遊。明日烟波情滿目，思君獨上夕陽樓。

四卷本卷四

題畫送吾尹之應天倅

德在吴民民不知，看移春雨向京師。虎丘山下棠千樹，都屬君侯去後思。

四卷本卷四

續翰詔

驟雨飲湯子衡新居

偶拋塵土對良朋，一笑虛堂倒玉瓶。車馬不驚清夢穩，晚風吹雨破煩蒸。

四卷本卷四

秋日西齋

紈扇無聊鬢怯風，芙蓉波冷月溶溶。不知秋色來多少，飄盡西齋一樹桐。

四卷本卷四

寄魯南陳子

江入秦淮八月寒，長干只在斷雲間。閉門自覓驚人句，細雨秋風憶後山。

滿地干戈卒未休，吴江楓冷又驚秋。美人何處烟波渺，手把芙蓉特地愁。

四卷本卷四

續翰詔 三十五卷本卷四

送周伯明侍御起告北上

昨歲徵書起老成，青山淹戀故遲行。才名似子能終棄？廷議于今況已明。天上金鷄新雨露，都門驄馬舊風聲。也知吾道關行止，未敢臨岐重别情。

四卷本卷四

道復西齋偶成

風生迴渚玉漣漪，秋晚茅簷白日遲。一事不經心境寂，離離松影坐來移。

四卷本卷四

三十五卷本卷四

雨夜

茶杯欲冷硯生凌，撫事懷人睡未能。木葉蕭蕭寒雨急，一窗愁緒屬青燈。

四卷本卷四

文徵明集卷第十五

七絶二 一百零三首

梨花山鷓〔正德癸酉，下同〕

物華無賴酒初醒，奕奕梨花照晚晴。怪底山禽啼不歇，十分春色近清明。

三十五卷本卷五

晚晴

茅簷漠漠晚風微，曲院無人雨霽時。忽見碧窗疏影亂，一痕新月在花枝。

三十五卷本卷五

題竹寄履仁

西齋半日雨浪浪，雨過新稍出短牆。塵土不飛人跡斷，碧陰添得晚窗涼。

竹間佳興屬王猷，竹外風烟寫素秋。市散人閒詩欲就，一簾疏雨入西樓。三十五卷本卷五

題畫

密葉畫幅作「蔭」參差漏夕陽，濺濺寒玉畫幅作「潺潺流水」漱迴塘。玄言消盡人間事，一壑松風滿鬢涼。畫幅墨蹟

寂寞平吴越作「寒」皋帶淺灘，幽人時共夕陽還。水禽飛去疏吴越作「青」烟滅，目吴越作「閒」送秋光入斷山。吴越所見書畫録卷三

澤國霜清雁影高，空庭木葉已蕭蕭。夕陽忽送西窗影，一片江南落素綃。

雙幹亭亭碧玉明，翠陰涼沁石牀清。南風吹斷窗間酒，卧聽蕭蕭暮雨聲。

碧山渺渺隔晴川，古樹垂籐鎖翠烟。野鹿啣花時隱見，石橋無路訪神仙。

秋清山木夜蒼蒼，月出波平斷岸長。千古高情蘇子賦，東風誰更説周郎？藝苑真賞社本

詩稿墨蹟題作「赤壁圖」

矗矗青山帶白雲，石梁鷄犬數家村。江空不遣漁郎到，落盡桃花自掩門。

樓前高柳翠烟迷，樓外香塵逐馬蹄。風掩歌聲春不散，斷腸人在畫橋西。翰林選下

千山罨畫擁飛樓，山木蒼蒼水漫流。青鳥亂啼花細落，石梁南畔是瀛洲。翰林選下

蒼山曲曲紅豆作「疊疊」水斜斜，茅屋高低帶淺沙。車馬城中塵似海，多應不到野人家。

紅豆樹館書畫記

萬木緣山過雨青，山迴路斷水泠泠。分明記得環滁勝，只欠臨溪着小亭。

曲塘風急水横流，百丈勞牽鬬石尤。自古江湖分逆順，不應回首羨歸舟。

緑樹敷陰翠荇香，方舟十里下迴塘。白鷗飛去青山暮，落日唱歌烟水長。三十五卷本卷五

春日懷子重履約履仁〔乙亥，下同〕

梅花繞樹玉叢叢，憶共花前醉晚風。别後輸君能領略，春光曾不到城中。

二月東風已物華，誰教寂寞向僧家。關心夜雨應無寐，侵曉開門看杏花。

湖上花枝暖欲然，寺前楊柳緑生烟。憑君莫信春光早，寶積山頭有杜鵑。三十五卷本卷六

晚意

風吹白苧晚涼生，乍試蘭湯尚不勝。阿閣東頭新月上，玉盃纖手自調冰。翰林選下　三

十五卷本卷六

戲簡履吉

三十五卷本、鈔本作「戲簡履約一首」

青天缺月映江流，不見嫦娥抱影愁。玉宇參差孤笛起，夜深獨上水西樓。翰林選下　三

十五卷本卷六　鈔本卷六

失解東歸口占

〔丙子，下同〕

七試無成只自憐，東歸還逐下江船。向來罪業無人識，虚占時名二十年。三十五卷本卷六

雪景

愁雲滅没無飛鳥，新水微茫有斷津。誰識溪南千疊玉，輸他高閣倚闌人。三十五卷本卷六

賦王氏瓶中水仙〔丁丑，下同〕

羅帶無風翠自流，晚寒微䪥玉搔頭。九疑不見蒼梧遠，憐墨蹟作「惜」取湘江一片愁。翰林選下　書畫對題册墨蹟

新黄點額淡生春，日暮含顰故惱人。老去陳王才力減，相看無那洛波神。三十五卷本卷七　鈔本卷七

已而復取古梅一枝映帶瓶中轉益妍美

漢皋委珮碧琳琅，更着瓊枝玉雪香。大似孤山貧處士，寒泉配食水仙王。

婕娟綽約並含羞，冰骨霜姿本一流。今夜游仙千里夢，知他是洛是羅浮？三十五卷本卷七

題畫〔庚辰〕

細路盤盤轉石根，蒼藤古木帶斜曛。短笻不覺行來遠，回首青山半是雲。翰林選上題作「雜題」

丹楓絶壁照空江，萬里青天在野航。卧展南華秋水讀，不知嵐翠濕衣裳。翰林選上題作「雜題」

石壁巖巖翠倚空，疏松稷稷灑清風。夕陽滿徑看山立，何福修來似畫中。

天風寂歷雨初收，木葉蕭疏滿徑秋。詩在古松巖石畔，支笻欲去每回頭。

江頭春水緑灣灣，江上春山擁翠鬟。老我輸他茅屋底，無愁終日對江山。

山下春江一鏡開，江迴山轉隔蓬萊。舟行彷彿聞鷄犬，時有桃花出峽來。

何處風吹欸乃歌？烟消日出吉雲作「落」水曾波。江南無限瀟湘意，獨是漁舟占得多。吉雲居書畫續録

木葉驚風寓意作「落紅霜」丹策策，溪流過雨玉淙淙。晚來添得斜陽好，一片秋光落紙寓意

作「短」窗。　三十五卷本卷八　寓意録卷四

揚州道中次九逵韻〔嘉靖癸未，下同〕

一痕春草緑含滋，滿目風波聽竹枝。多少兩京賢相業，江都獨有仲舒祠。

維揚烟水帶江湖，仙客帆開十幅蒲。不是白雲遮望眼，平山山色本模糊。　三十五卷本卷九

濟上聞笛

關山不隔梅花夢，吹破鄉愁笛裏春。夜水不波殘月上，江湖多少未眠人。　翰林選下　三十五卷本卷九

送錢元抑南歸口號十首〔癸未至丙戌，下同〕

一官貧薄僅三年，不計歸囊肯計還？笑殺當時高隱者，區區猶待買山錢。

吴田百畝歲常荒，家計蕭然只草堂。却有春眠濃似酒，不將朝市博江鄉。
黄塵車轂不曾停，白髮懷恩戀闕廷。誰是東吴錢若水？歸來雙鬢只青青。
風塵西北三邊警，災沴東南萬姓艱。世事去今無限在，只應張翰不相關。
高人元不愛高官，帝與官銜寵退閒。添得空名將底用？批風抹月管青山。
羨君五十賦歸歟，我亦頭顱五十餘。把袂不須傷遠別，病夫行已厭塵裾。
少時同學晚同朝，一着輸君去獨高。落日黄塵回馬處，滿頭衰髮不堪搔。
老去懷鄉不自欣，況堪客裏送歸人？只應曉夢隨君去，茶磨山前看早春。
三月吴門柳絮飛，到家應及子魚肥。殷勤相送還相祝，管領湖山待我歸。
舊遊何處石湖西，故友相思意欲迷。爲語近來憔悴盡，日騎羸馬聽朝鷄。

三十五卷本卷十

送趙麗卿

青驄款款旆悠悠，遥指孤雲向石頭。到日長安應在望，夕陽江上更登樓。
旅居鄰近最多情，幾度趨朝並馬行。今日吾留君却去，共誰長樂聽鐘聲？
西風吹散馬頭塵，忍見南來白水津？不獨別離傷遠道，衰遲亦是要歸人。

清秋北雁盡南征，我獨東歸計未成。爲語金陵文酒伴，年來白髮滿頭生。三十五卷本卷十一

馬上口占謝諸送客十首

翰詔作「丙戌十月十日出京題謝諸送客八首」

三忠祠下夕陽明，幾度含情送客行。今日諸君還送我，多應不異昔時情。

昔時送客每懷歸，千里鄉心日夜飛。回首三年幾離别？只應今度不沾衣。翰詔

小試閒官便乞身，素衣曾不染緇塵。諸君亦自多情致，不送官人送散人。翰詔

散人廿載盜虚聲，敢謂從前少宦情。補袞銘鐘羣彦在，功名原不到書生。翰詔

解却朝衫别帝州，一竿烟水五湖舟。故人莫作登仙看，老病無能自合休。翰詔

諸君送我帝城東，立馬傳杯犯朔風。莫嘆柳枯難折贈，春光都在酒波中。翰詔

别酒淋漓滿路岐，酒闌無奈客東西。多情獨有斜陽色，一路殷勤送馬蹄。翰詔

浮雲世事兩悠悠，一出都門百念休。獨有懷人情不極，雙溝南畔數回頭。翰詔

立馬雙橋日欲斜，沙塵吹霧暗征車。從今絶跡江南去，只見青山不見沙。

三載愁聞長樂鐘，夢魂常繞五湖東。此身忽在扁舟上，開眼猶疑是夢中。翰詔　三十五

卷本卷十一

徵明比以筆劄逋緩應酬爲勞且聞有露章薦留者才伯貽詩見戲輒亦用韻解嘲

不用浮文薦子虚，底須滄海問遺珠？若爲尚作嵇康累，懶慢難酬滿案書。翰林選下

絶澗深林付窅冥，三年慚負草堂靈。青山應笑東方朔，何用俳優辱漢廷！翰林選下　翰詔

千年處士説林逋，漫有聲名達帝都。只辨梅花新句好，莫論封禪有書無。翰詔

春風次第水增波，千里清淮一棹過。更恐南行勞應接，隋堤新柳似新鵝。

平生藝苑説荆關，點筆雖忙意却閒。何用更騎黄犢去？右丞胸次有江山。三十五卷本卷十一　鈔本卷十一　點石齋本懷歸出京詩

題蘭（戊子，下同）

炎夏悠悠印本作「永巷幽深」白晝長，空印本作「西」齋睡起拂匡牀。不須甲煎添金鴨，風泛崇蘭滿几香。三十五卷本卷十二　詩軸印本

畫牡丹

粉香雲暖露華新，曉日濃薰富貴春。好似沉香亭上看，東風依約可憐人。三十五卷本卷十二

竹雀

落木吉雲作「葉」蕭蕭苦竹深，茅簷斜日喚吉雲作「噪」雙禽。棘叢豈吉雲作「定」是藏吉雲作「棲」身地？三月春風滿上林。三十五卷本卷十二　吉雲居書畫續録

八月初九日見月〔己丑〕

暮空雲斂月初弦，露氣星光共渺然。回首棘幃供試事，秋風夢斷十三年。三十五卷本卷十三

閏正月十一日遊玄妙觀歷諸道院晚登露臺乘月而歸次第得詩七首

翰詔作「正月七日遊玄妙觀歷諸道院晚登露臺乘月歸次第得詩六首」〔乙巳〕

探春行文明作「來」覓羽人家，洞裏仙桃未着花。一段閒情杯酒外，山童能供竹間茶。　翰詔

行披犖确履蒼虬，曲徑寄雲古洞幽。只尺風烟千里外，居然人境見丹丘。

仙侶登真幾百年，清風遺影尚依然。琳琅翰墨文明作「文章字畫」精神在，我欲臨文喚恕先。　翰詔

道人相見古梅邊，爲寫幽情拂響泉。窗外南枝春尚淺，雪英千片落冰弦。　翰詔

春風吹鬢思悠悠，來上彌羅百尺樓。城郭萬家塵似海，祇應高處不知愁。　翰詔

古殿悠悠翰詔作「悠玄」，文明作「幽幽」徑有苔，松扉端爲野人開。匆匆不盡登臨興，有待他時文明作「他日還須」看竹來。　翰詔

神清殿曲倚欄干，市散人空萬井閒。莫負仙臺今夜月，明朝日出是塵寰。　翰詔　三十五

卷本卷十三　文明書局本自書詩稿

題畫〔丁未〕

十月山城霧雨收，江南春淺類清秋。窗前覓得新成句，木葉蕭蕭雜水流。

看山何必待春晴？雨裏看山分外明。持蓋衝烟覓詩去，不知身在畫中行。

長松摇日影亭亭，無限江頭倚杖情。鴻雁欲來天拍水，白雲收盡暮山横。〔翰林選下題作「雜題」〕

雙禽棲息一枝安，映雪離離更好看。一種羈情誰識得？暮林風急羽毛單。〔三十五卷本卷十三〕

張夏山輓詞〔辛亥〕

憶隨仙侣仕瑶京，幾度朝回並馬行。回首舊遊成大夢，燕山吴水不勝情。

出守毗陵歲再更，我時吴苑亦歸耕。相逢相别多惆悵，何況泉臺隔死生。

春風陽羨百花明，携手張公洞裏行。二十年來誰在者？白頭揮淚讀題名。

三年常守念孤窮，教養雍容有古風。爲理無名百年賦，至今赤子頌張公。

驄馬使君前建守，仁恩十載兩回施。武夷山下棠千樹，盡是張公去後思。
參藩江右寄旬宣，一道清風萬口傳。底事讒言能亂國？又將書劍下西川。
西川戡難策勳名，信是胸中有甲兵。才大恨無施用地，西風吹淚錦官城。
扁舟北上鈔本作「候」又新除，别我吴門意有餘。豈謂間關魂獨返，傷心空讀寄來書。
記得相逢十載前，我時白髮子青年。却憐後死翻多恨，寒月淒風倍黯然。
夏王山下月離離，宰樹驚風不盡思。惆悵高人埋玉地，何人爲寫墓前碑？ 三十五卷本卷十四　鈔本卷十四

竹堂〔甲寅〕

乘閒上日到僧家，慚愧空門有歲華。滿地碧烟新草色，一痕春意早梅花。 三十五卷本卷十五

閒興〔乙卯〕

緑陰深覆草堂涼，老倦抛書覺晝長。塵土不飛髹几浄，寶罏親注水沉香。

蒼苔緑樹野人家，手卷爐薰意自嘉。莫道客來無供設，一杯陽羨雨前茶。
繞庭芳草燕差池，滿院清陰樹緑離。簾捲不知西日下，自持閒客了殘棋。
酒闌客散小堂空，旋捲疏簾受晚風。坐久忽驚涼影動，一痕新月在梧桐。　翰林選下
閒門謝客日常扃，好鳥隔林時一聲。暖氣薰人渾欲醉，碧梧窗下拂桃笙。
端溪古硯紫瓊瑶，班管新裝赤兔毫。長日南窗無客至，烏絲小繭寫離騷。　三十五卷本卷十五

中秋 〔編年未詳，下同〕

横笛何人夜倚樓？小庭月色正吴越、壯陶、詩軸作「近」中秋。涼風吹墮雙桐壯陶作「梧」影，滿地碧陰詩軸作「雲」如水流。　翰林選下　吴越所見書畫録卷三　壯陶閣書畫録卷十　詩軸墨蹟

書扇寄俞是堂楚幕

蓋偃枝虬葉半催，歲寒曾受雪霜來。傍人莫作支離看，終是明堂有用才。　翰詔

題所畫是堂圖贈俞汝成

茅簷灌莽落清影，童子遥將七尺琴。流水高山堪自寄，（日曆作「寄興」）底（日曆作「何」）須城市覓知音？（翰詔　民國廿六年故宫日曆）

合體詩　九首

三月十九日同陳以嚴鄭尚伯伍君求及二子津汸游城西諸山自閶門泛舟抵支硎登陸歷賀九嶺一雲庵北峯寺天池天平次第得詩九首（正德己巳）

郭西閒泛

雨足新蒲長碧芽，野塘十里抱村斜。青春語燕窺游舫，白日流雲漾淺沙。湖上修眉遠山色，風前薄面小桃花。老翁負汲歸何處，深樹鷄鳴有隱家。（吴派畫九十年展）

盤盤一扇集作「細」徑轉支硎，正見西南百疊青。春色平原圍淺草，水痕高岸宿枯萍。壯懷得酒依稀在，塵穰梨作「舊」夢逢山次第醒。莫怪臨流還洗耳，松間鼓吹不堪聽。穰梨館雲烟過眼録卷十七　故宫名扇集第一期

支硎山

平巒疊蒼翠，云是支硎山。支公今何許？五家作「在」白日空孱顔。灌莽翳深壑，有泉伏五家作「覆」其間。委流界中道，足底聞潺湲。悠悠遺世人，曾此寄高閒。芳踪藐難屬，古字蝕苔斑。五家卷三

賀九嶺　相傳爲吴王賀重九處

截然飛嶺帶晴嵐，路出餘杭更繞南。往跡漫傳人賀九，勝遊剛愛月當三。巖前鹿繞雲爲路，木末僧依石作庵。一笑停輿風拂面，松花閒看落毵毵。五家卷六

一雲庵

清梵悠悠出翠微，亂山深處得伽維。野垣詰曲緣飛磴，偃閣虚明匝小池。竹下浮生酬

半日，眼中夢境憶前時。蒼松白石僧能占，一段幽懷未必知。

北峯寺

解帶禪房春日斜，曲闌供佛有名花。高情更在罇罍外，坐對清香薦一茶。

松葉滿山行徑微，幽居更在竹叢西。綠陰深寂詩成處，愛惜新筍不忍題。

天池

碧雲十里山重重，舉首忽見蓮花峯。晴嵐霏空展蒼壁，午陰匝地搖長松。遊人著脚萬松頂，蜿蜒細路凌飛筇。不知去地幾千丈，乃有寒瀨流琤琮。微波吹魚動石脚，倒影落鏡浮雲容。臨流弄玉摇明空，水中照見青芙蓉。穹崖擘鐵迸雪乳，定出天造非人庸！下方春來萬井渴，安得此澤常溶溶？我疑高源隱天漢，或是陰壑蟠虬龍。又疑造物喜變幻，顛倒景象潛其踪。不然水濕本就下，一泓上出夫何從？嘗聞此山可度難，靈區信是千年鍾。枕中秘記誰復悉？異人有在何當逢！　翰林選上　五家卷四

天平山謁范祠

後樂誦名言，深懷慶曆年。勳猷關世運，人物動山川。古廟依先墓，諸生食義田。風流今未遠，閒詠白雲篇。四卷本卷三

詞 九首

遊石湖追和徐天全滿庭芳 嘉靖甲寅作

岸柳霏烟，溪桃炫晝，時光最喜春晴。風暄日煦，況是吴越作「自」近清明。漫有清歌送酒，酒醒處一笑詩成。春爛熳，啼鶯未歇，語燕又相迎。向茶磨山前，行春橋畔，放杖徐行。喜沙鷗見慣，容與無驚。不覺青山漸晚，夕陽天遠白烟生。非是我，與山留戀，山見吴越作「與」我自多情。鈔本末作「山亦自多情」 翰詔 鈔本卷十五 吴越所見書畫録卷三 文徵明彙稿

夏日漫興調風入松

近來無奈詞卷作「那」病淹愁，十日廢梳頭。避風簾幙何曾捲？悠然處、古穰梨作「玉」鼎香浮。興至閒書棐几，困來時覆茶甌。　新涼如洗珊瑚、詞卷作「水」簟紋流，六月類穰梨作「頓」清秋。手抛團詞卷作「紈」扇拈書册，無情緒、欲展還休。最吳越、詞卷作「剛」是詩成酒醒，月明徐度南樓。　翰詔　珊瑚網畫録卷二十二　吳越所見書畫録卷三　穰梨館雲烟過眼録卷十八　夏日漫興詞卷

夜坐調風入松

空庭人散語音稀，獨坐漏遲遲。風吹吳越作「撩」團扇珊瑚作「風撩翠幕」無聊賴，桐陰亂、露下沾衣。斗轉銀河東瀉，月斜烏鵲南飛。　無端心珊瑚作「一」事集雙眉，睡思轉迷離。牆西突兀高樓静，流螢度、疑是星移。何處一聲長笛？等閒唤起相思。　翰詔　珊瑚網畫録卷二十二　吳越所見書畫録卷三

石湖閒泛調風入松 珊瑚作「泛湖作」

輕風驟雨捲鑑影、詞卷作「展」新荷，湖上晚涼多。行春橋外山如畫，緣山去、十里松蘿。滿眼綠陰芳草，無邊白鳥滄波。　夕陽還味水、附録、鑑影作「遥」聽竹枝歌，天遠奈愁何？漁舟隱映垂楊渡，都無繫、來往如梭。爲問鑑影作「笑道」玉堂金馬，何如短棹輕簑？　翰詔　珊瑚網書録卷十五　味水軒日記　甫田集四卷本副頁附録　書畫鑑影卷六　夏日漫興詞卷

行春橋看月調風入松

晚詞綜作「夜」涼斜倚赤欄橋，天遠白詞綜作「碧」烟銷。酒醒顧詞綜作「忽」見花間影，浮詞綜作「輕」雲散、月在林梢。野火青山隱隱，漁歌綠水迢迢。　當書苑、詞卷作「昔」年曾此醉清宵，共艤書苑作「倚」木蘭橈。白頭重踏味水作「十年曾踏」行春路，同遊伴、珊瑚作「客」半已難招。夜静山高月小詞綜作「單衫露冷」，玉人何處吹簫？　翰詔　珊瑚網畫録卷十五　味水軒日記卷四　書苑文氏父子集　明詞綜　漫興詞卷

咏燈花調風入松

了知無喜到貧家，底事燭生花？纍纍銀柳垂金粟，紅雲暖、火齊騰霞。風焰漸消清淚，春心細吐靈葩。　短屏雲母護緋紗，人影共交加。沉沉清夜掩春酌，虚簷外、雨脚斜斜。別院誰敲棋子？等閒零落鉛華。　翰詔

簡湯子重調風入松

詞綜有注「湯居碧鳳坊」

西齋睡起雨濛濛，雙燕語簾櫳。平生行樂都成夢，難忘處、碧鳳坊中。酒散風生棋局，詩成月在梧桐。　近來多病不相逢，高興若爲同。清樽白苧交新夏，應辜負、緑樹陰濃。憑仗柴門莫掩，興來擬扣牆東。　翰詔　明詞綜

簡錢孔周調風入松

日長無事掩精廬，繞屋樹扶疏。南窗雨過湘簾捲，烟綃帳、冰簟平鋪。午困全消茗椀，宿酲自倒冰壺。　虛堂風定一塵無，香裊博山鑪。何時去覓山公笑？花間醉、樹底摴蒱。見説香生丹桂，莫教秋近庭梧。翰詔

寄吴越作「寄南京」徐子仁調風入松

春風晴日裊花枝，何處滯幽期？金閶吴越作「房」寶館香雲暖，人如玉、高髻蛾眉。纖指競傳冰碗，清歌緩送瑶巵。　醉圍紅袖寫烏絲，宮錦墨淋漓。十年一覺揚州夢，還應費、多少相思。見説而今老矣，風流不減當時。翰詔　吴越所見書畫録卷三

文徵明集卷第十六

敍一　十三首

送周君還吉水敍

故工部尚書周文襄公撫循江南，大有功德於民。去之五十年，爲弘治己未，有詔以公與故户部尚書夏忠靖公並祠於吴，從有司之請，以慰答吴民之願思也。明年，廟成。廟有像設；而公去吴久，蔑所儗似。於是公之孫廷器自吉水以公畫像來，訖事乃去。吴之老長先生，以吴人幸於奉公顔色，而喜廷器君之來也，謂其歸不可無言，猥以屬某。某之生，在公去吴二十年之後。然習聞遺德，宛猶瞻承，有不容已於言者。

方宣德之初，當朝家多事之後，公私弊極，公以斡運之材，操富民之術，以拓賦財之源。博收衆議，首勤民隱，劭農振業，歲亦比登。民樂於所入，而不知苦其出，上享其用，下茹其澤者，二十有二年。徵公之績，法得祀久矣。顧方相安於無事，而事之成，固亦有竢於論之定也。是故公在而樂，既去而思，思久而不能忘。越五十年，而卒用食其報於吴。此固無傷於緩，而益有以見公之德澤深長，非苟焉圖塞目前之爲也。

竊惟東南賦財之會，百需出焉。不培其根，而日竭其出，出倍而末亦益瘁矣。方公未至之先，有司誅求不少弛，而積逋至八百萬。公既損民常出，而官復羨贏，此雖公之才局去人遠甚，而其理亦豈不有可推者哉？今聖天子不違民思，以昭厥勳，誠不能無所望於後之人也。惟公恩澤繫民心，功業在史官，而血食之詳，當有記廟之成者。余特敍其概，以榮君之行，亦聊以寄吴人之思云爾。

僉憲伊先生感事詩敍

僉憲伊先生侍其家君承德公之居吴門也，某以里中契家子獲從容侍杖履。先生爲言先朝拔擢之恩與先夫人子育之德，輒慷慨流涕，如不能已。他日，示某三詩，則感事之作也。先生成化末，自蜀臬入賀萬壽節，屬龍馭升遐，弗獲成禮，爲二韻詩二章。先是，以刑曹郎推恩褒録其親，而母氏遺榮久，龍章賁於藏丘，爲四韻詩一章。還吴來十有四年，而遺弓之痛，罔極之情不少置。至是出其詩，屬交遊諸公和之，而命序於某。某小子，何用知此？受簡累年，未有所復。顧其意不可虚辱也，則爲之序曰：

忠孝，天下之大閑也，然非有出於尋常日用之外，顧其事有本末，而人道之所爲盡與否存焉。是故厄窮顛頓，不能自見於世者，常患不獲申其志；而一豢於富貴，狎於恩私，則或犯名廢義，而併其所學焉負之，至於事變恩移，不能無悲摧感蹙之情，其事足慨也。而君子乃有取於先生，以爲得忠孝之理焉，夫豈以其悲摧感蹙以爲難哉！先生以進士高科，踐歇中外，爲明執法，爲良監司；道究當時，譽聞敷於上下，而寵被於君私，又得以顯光其親。雖其所學所養，有以迓承之；而遭罹昌會，獨非君親之賜乎？顧吾所以復之者，方永而遽絶，欲用其情，而無所於施：其悲摧感蹙，當有甚於不幸而不得志者，其何能已於言邪！此先生之詩之所爲作也。讀其詩，知其不忘於遠；而極其情，爲能不負於所事。夫仕而不負於所事，而又不忘於遠，雖古聖賢之事，無出此者。而余顧謂無難焉，何哉？夫其始也不出於厄窮顛頓，而卒又能不辱其身以及其親，是其見於行事者既已卓然名世，使無是詩，固不得少其忠孝之名也。而是詩之發，寔又至誠惻怛，而出於不能自已之中：然則何難哉！夫惟其不難也，而後知其本於尋常日用，爲能得忠孝之實焉。悲摧感蹙，果足以盡先生哉！

先生名乘，字德載。其先有尚寶卿恒、工科給事中侃，皆名臣，先生其世濟忠賢者歟！

送侍御王君左遷上杭丞敍

國朝以仁厚立業，更累朝列聖綱維綜核之餘，誕章丕緒，深密完固，殆無可施力。而士之用世，亦惟持重博大爲宜。或稍出廉隅，有所建畫，往往得喜事狗名之謗。及今百餘年，所以消沮浮薄，崇長忠厚，誠不爲無益也；而其間固亦有幸於無事，以自蓋其瘝曠之愆者矣。蓋選耎蓄朒，謂惟因循自恕，足取持重博大之名。嗚呼！古之所謂持重博大，固如是哉？

往歲先君以書問士於檢討南屏潘公，公報曰：「有王君敬止者，奇士也；是故吴人。」他日還吴，某以潘公之故，獲締好焉。及君以行人遷監察御史，先君謂某曰：「王君有志用世，其不能免乎？」乃弘治庚申，君以事下詔獄，鐫兩階，左除福建上杭丞。始君按遼陽，明法守軌，多所緒正。用事者不便，爲飛語中君；而其徒有氣力者，又從中醖釀之，而君遂得罪去。議者謂君「不自省約，以斂怨時人，迄抵禍敗」。或又謂君「感慨激昂，不能俯仰，其得罪固宜，而亦其所樂受」。凡此皆非所以論君也。君以聖天子耳目之臣，奉使邊徼，其任不爲不重。而遼陽國家要害，不得不慎。苟爲避喜事之名，因循自恕，以僥倖塞責，則循習之弊將久而益滋。而一旦事出非料，則其禍之所遺，豈獨一身一家而已哉！故操切屏捍，惟法之循。至於得罪以去，固非所樂，而實亦所不暇計。其心誠不欲以一身之故，而遺天下之憂。若君者，今之所謂喜事狗名，而古之所謂持重博大者歟？此潘公之所謂奇士，而先君之所爲嘆其不免也。

君將赴上杭，取道還吴。吴逢掖之士，聚詩爲贈，而推敘於某。因敘君之所以得罪之故，而復推本其所存如此。雖然，天下之事，尚有大於此者，君當無以是自懲。

靖海頌言敘

正德改元之禩，侍御曾公以簡命按蘇。蘇屬邑崇明治東海中，其民素獷健梗治。先是，豪民施天泰争魚葦之利，嘯於海濱，有詔徙其家遠州。其黨鈕東山者，潰歸逸於海，復嘯其徒爲亂。出没鹵掠，民不勝擾，於是瀕海諸邑復大震。有司以聞，詔發諸路兵討之，而公與今中丞艾公寔領其事。夏四月首事，徂秋八月，竟扼賊而殲之，降其脅從，俘其老弱，而四民用寧。方賊之猖獗也，郡郭亦警；及是解嚴，士民懽曰：「凡所以惠安我民，以保生聚，得不及於難者，皆侍御公之力。侍御公寔生我民，其曷以報？」乃相率爲詩，詠歌其事，而屬序於余。

竊惟天下之事不可常，而人之才貴乎養之有其素。今夫銜一命，寄一方，孰不幸其無事也，而事變之來，或出於意料之外。彼齷齪選耎，往往避事而害成；而好爲不靖者，又或挾之以僥倖於一擲，以爲功名之會。此其人皆以身爲計者，卒之亦不能辦其身，而民用受其辜焉。

侍御公之來，當夫承平百年之餘，而蘇又在畿輔之內，豈常有意於變哉？而卒然遇之，有不易於爲計者，而公處之無難焉。方師之興，餉給浩穰，文檄旁午，凡審勢相方，部分調發，莫不於公之出。人皆訝其不素而克，而不知其所已試於爲邑者，既嘗驗矣。蓋公初以進士宰定遠，適妖賊搆亂，勢張甚。公設奇禦之，用全其城。今悉數郡之衆，以當區區竊發之徒，固已優爲之矣，是豈僥倖於一擲者哉？

公之出按也，以志計銷頑梗，以德惠撫疲癃。仁威並著，吏畏民懷。庶政之舉，不可殫述，兹特著其平寇之一事云爾。

送劉君元瑞守西安敍

正德戊辰，金陵劉君元瑞以刑部屬出守紹興，尋以先事忤權倖罷。自被命至去郡，爲日僅五十有六。然而紹興之人，惜其去，如失慈母。父老子弟，奔走追餞，争致餽遺，君悉麾去無所取。乃相率飾祠廟，肖君像事之。於是劉君之名，一日聞天下。庚午更化，悉起前時被斥之人，首擢君知西安府。君初罷官，貧不能歸，迤邐至吴興，吾友吴君汝琇客之。至是，汝琇與郡逢掖士聚詩爲君贈，不遠百里走吴中，乞余敍其事。余惟劉君奇才儁望，遭罹盛會，當有名公碩儒，道譽揚摧，而何以余言爲哉？汝琇曰：「此劉君之意也。」「雖然，古之人贈人以言，得其善則稱，知其過則規。余於劉君何居？」曰：「劉君不走求王公貴人，而必子焉是徵，其意非直以譽而已。」嗚呼！此劉君之所爲異於人，而一郡有不足言也。

夫君以兩月之政，而能歸乎數十萬户之人，以聳動乎天下，雖天下之人，莫不以劉君爲不可幾及也；而君顧不以自足，若有望焉。誠以事變之來，靡有窮既；而隆譽之下，讒毁攸基。方其去紹興也，天下之人，想聞其風采，莫不欲以爲郡，以爲猶紹興也。

然而風土有遐邇，事緒有順逆，而人心有從違；君自視於此，果能皆副其意乎？一有不獲，則舉向之所有而盡廢之加疵焉。是故以黄次公之良，天下習其名，人主欽其節，而卒之不能周旋于末路。夫豈其後之所爲，真有忝乎哉？良以望之者厚也。望之也厚，則其責之也深。顧兹藐焉，而人之望之若此，其責之若彼，則亦豈易爲酬哉？君不以人所不可及者自多，而以所不易爲者自力，則其所至，獨可以收譽於一郡而止邪？始君之罷也，間關羈逆，人將不堪其憂，而君蕭然自得，方益進於學，圖史筆硯，若將終其身。一旦起自閒廢，寵以壯郡，莫不爲君喜也，而君方有懼焉。此其中豈無所見哉！往余嘗從人聞君紹興之政，而吾友陳君魯南、王君欽佩、顧君華玉，君鄉人也，又爲余道君文學制行之詳，竊慕之。其居吴興，距吴門數舍而近。雖不及接語言，而相聞爲稔。故於君之行也，不嫌於規。

送提學副使莆田陳公敍

正德壬申之秋，詔嘉興守莆陽陳公爲山東按察副使領提學事。先是弘治中，公以監察御史視學南畿，振德警愚，軒輊惟允。數年之中，士修名行，而文以丕顯。朝野翕然稱之，謂公之道化流行，得古人表帥之義。未幾，逆豎恣權，謀亂庶政，天子惑之。公上疏極諫，遂以得罪鐫兩階，左遷潮之揭陽丞，朝野又翕然稱之，謂公之風采磊落，有古人正諫之風。及朝廷更化，同事者往往内補，而公稍起，倅嘉興，尋以爲守。於是朝野之人，莫不惜之，以爲公之賢明宏達，宜在師資之地，守振肅之職，而顧浮沉常調，不亦負乎？此固天下之公言，而某則以爲世俗之見耳，非所以論公也。

比公雖官御史，而奉使於外，非在得言之地，可以不言而言之，冀有以行之耳。得罪去國，豈其志乎？夫既已得罪，則投竄摧辱，有所不辭，又奚班資之計耶？苟計於是，則患失之心，惟日不足。充位固恩，齪齪自守，又甚而敗名棄節，以獵華要，高爵厚禄，垂手可得；舍是不圖，而區區於外内升沉之間，雖愚人不爲也，而公豈爲是哉？惟其無心於是，是能效忠輸誠，慨慷激發，得以行其志而成其名。視彼僥倖恩私以徼榮一時者，涕唾之不若也，又足以辱公乎哉！而天定理還，事不終敝。所謂高爵厚禄，卒以畀之。此雖理所必至，而事有不盡然者，則幸不幸存焉。幸而得之，於公爲無負。不幸失之，則其所爲高一世而望天下者固在也，公又何愧乎。夫公不圖世之無負於我，而求有以無愧於世，充是心也，蓋有無入而不自得者，雖宰天下可也。一方視學之寄，果足爲公重輕哉！

雖然，自公爲丞，而倅，而守，天下之人想聞其風采，蓋莫不願爲之奔走也；而魯獨得之。經天下者，殆有意乎？何者？魯爲聖人首化之地，比者盜賊殘毁，瘡痍特甚，非仁明愷悌，以斯道爲任者，固不能撫摩而振起之也。公行矣，濟溺起衰，將爲天下先也。某以諸生，辱公國士之知，十年於此；潦倒無成，方懼爲門牆之羞，而公眷存不已。今兹由浙而魯，得再見於吴門，因獻是言。而必以天下望之者，固天下之論也。

送開封守顧君左遷全州敍

余友顧君華玉，少負才雋，以文學聞於時。筮仕宰廣平，又以吏能聞。升朝爲郎，以清强聞。及守開封，綏懷得情，剸裁靡窒，而其聲聞益閎以達。余交其人久，竊嘗考其所爲而得其所存，蓋天下士也。或從毁之，數其隱過，不遺餘力，余始駭嘆；考其所爲與察其所存，無或異也。

正德癸酉，君得罪中官，逮赴詔獄。一時人莫不危君，而余竊爲君喜。已而君竟被罪，鐫三階，左除廣西之全州，余乃益信余之所見不妄，而君之事誠有人所不可及者。蓋人之所爲，誘於外者，不能堅其中；而順於道者，未始計其外。使君而能周於外，以獵譽於時人，則譽日益至，毁亦從之，身躋膴仕，而道斯詘矣。君子求信於道，而不必崇其身；寧失時名，而不受識者之毁言。考君之所爲，得罪果以其道歟？抑不以其道歟？必有識之真而辨之得其實者；毁若譽，於是乎在。而向之毁之者，安知其不愧而爲譽乎？夫始之毁之不遺餘力，將以敗其行也；卒之無益於敗，而反以譽焉。至其得罪而去，人方危之，而余竊以爲喜。若是則譽毁榮辱，皆不足以論君；而所謂文學吏治，足以盡君乎哉？然余卒以天下士題之，亦求其所存而已。

君故吴人，而家金陵。及是便道過家，上冢以行。余得合諸友，賦古律詩八首爲餞，敍其首。

送崇明尹吴君赴召敍

崇明爲蘇屬邑，治大海中，僅若一島。故雖稱内服，而不得與列邑比。其官府制度，賦出章程，視列邑率損十九。然其民獷健易動，又其地有魚鹽之利，易争以擾，而與戍兵雜處，一失撫寧，輒梟獍以逆。故其令長，必循良重厚爲宜。而仕者往往不願得之。或得焉，憂畏忿懟，同於投竄。一日代去，輒喜，如釋所負。蓋其心鄙夷其民，不屑與理，而恒傳舍視之。噫！亦過矣！

臨川吴君之爲是邑也，值邑豪施氏俶擾之後，痏痍潰竭，公私頽敝，而遺孽方潛禍未已。君爬疏剔抉，隨事經理，而誠心撫循之，邑用大治。逋蕩消弭，無釁以發，久而民益附以信。未幾，有游寇之警，君益料簡民兵，繕治干櫓。甫集而寇至，以有備，得弗擾。及是被徵且行，爲余道邑中事歷歷。謂苟嗣得其人，可以永理無患；不然，更兩年敝矣。蓋苛條煩獄，與夫鋭事徼名之爲，皆足以尸之；而其憂方深也。若是，豈獨崇明之人不能釋君，而君之心，殆不欲遽遺其民而去之也。

君爲崇明四年，而厭難折衝，恒居六七。此人情所不屑，所謂憂畏忿懟，同於投竄者，而君安焉。既釋而去，孰不幸喜；顧獨置憂不已。此其心豈以崇庳近遠爲念？而區區官爵，烏足以易其愛民之心哉！以愛民爲心，則政必出於實。而不以崇庳爲念，則所職爲易修。操履實之政，而供易修之職，焉往而不得治哉！易外而内，去州縣而即省臺，固不足爲君喜，而亦不足爲君慮也。

送嘉定尹王君赴召敍

國家之制，特重臺臣。而其任也，往往選於有司之良。惟其職與民親，而所理錢穀獄訟，與夫簿書期會，皆官常所急，既久而習，可以推衍宏致，故其授不得不重。而於其中，尤重進士之科。然其位下且遠，視京朝官尊重，不啻什伯。進士入官，或厭棄不屑；而得之者庸庸循守，以基歲月，甫三期而已束裝竢徵矣。視其民，曾傳舍之不若；而民之視之，亦若過客去來，漠然無所與者。嗚呼！國家之所爲重臺臣之選，而必有待於有司者，其意固如是哉？

四明王君，以戊辰進士出知蘇之嘉定，歷歲甲戌，始以御史徵。而嘉定之民，重惜其去，顧其勢不可留，則謀所以繫君之思；而耆民劉璹氏從余乞言。余於君有雅故，固嘗重其爲人，而於其去嘉定而就徵也，加重焉。

蓋君自戊辰入官，抵今六七閱歲，苟能規隨趨辨，以釣聲名，以承上官之意，則君内徙久矣。萬一前此徙而去也，不知嘉定之民，所爲戀惜君者，視今日何如也？古之仕者，重久任而下聲名。蓋任不久，則澤不流；而聲名盛，則誠或不至，而民受其敝。故余不惜其徙官之獨後，而獨幸其得民之久且深也。於此有以知君之所存，能以民事爲急，以久遠爲計，而非苟焉圖塞目前之爲也。若夫錢穀獄訟，簿書期會，與夫官常所急，乃所深習而練焉。而朝廷所爲重臺臣之選，必有待於良有司者，君庶幾其無負哉！

送提學黄公敍

國家取士之制，學校特重。自學校升之有司，苟諧其試，則謂之舉人。自有司升之禮部，苟諧其試，則謂之進士。凡世之大官膴仕，悉階進士以升。進士之升，有司、禮部實操之樞焉，然而士習之隆汙、儒風之顯晦不與也，惟督學憲臣爲能軒而輊之。憲臣之所趨，士亦趨之，憲臣之所格，士亦格之，有不待文法教令，而自無不及者。蓋其職專，而其地又近，故其於士也親，而爲之化之也易。學校之所養，有司、禮部之所舉，皆是人也。是故有司、禮部能舉之，督學憲臣能化之。憲臣之所任，不既重哉！

比歲督學南畿者，操其所謂主意以律士，而峻法臨之，謂必合於是而後可。學者至於摘抉經書，牽率詞義，以習其説，而士習爲之一變，有識者嗤之。於是莆田陳公至，特矯其弊而變焉。陳公去而黄公嗣之。黄公蓋嘗出陳公之門者，凡其所爲，悉出陳公；

而輔以高朗之識，優以雍容之度，破厓岸，略章程，而一出於正。其所取士，往往向時摘抉穿鑿者之所不齒；而向所稱合格之士，率廢不録。於是士皆崇碩大而黜異説，上博綜而下訓詁。數年以來，士習爲之一變而善焉。士習而善，則有司之所選，禮部之所舉，與夫朝廷之所登用，有不善焉者，不可得也。嗚呼！若公者，豈非所謂能充其任者耶？

正德九年，公以年勞擢拜按察司副使，視學廣西。屬學諸生，咸惜其去；而某特敍次其所爲變士習者如此。某在諸生中最爲凡下，然不能摘裂牽綴，在曩時爲甚，而其見廢也視諸生亦甚。故今之惜公之去也，視諸生爲獨深。

送侍御吴公還朝詩敍

正德八年，監察御史吴公持節按太平諸郡。軌道緒正，無所規隨，抉微興壞，所部振肅。屬傍省盜起，流劫新安，公疏捕追比，境以寧敉，一時稱才焉。然公重遲自將，不事搏擊，而能達一方之急，以宣明天子之恩，其展采錯事，有出於尋常按職之上者。列郡譽之，而新安之民懷其保釐之庸，加譽焉。及是代去，相率歌其功能，不遠千里，以序屬余。余不及識公，而獨喜公得下人之譽，有不易易者。

夫國家建置百司，各有專職。惟御史隨事任授，不恒厥居，而其任特重。是故在内，御史能言之，而羣僚九列聽之；在外，御史能行之，而藩鎮諸司承之。昔之論者謂其居中得與宰相相可否以爲重，而不知今之在外者之重也。而其中尤重巡按之任。蓋今之制，凡倉儲、學校、軍政、茶馬、鹽鐵之屬，並御史關決，然皆不相侵越；而巡按御史獨得綜理。而所部百官，聽其軒輊；事竣，例以數語標刺其名，上諸天官卿，天官卿按以黜陟，恒十九焉。蓋天下之大，天官卿不盡見聞，而天子之耳目，惟御史是寄，御史寔代天子行事。故所至藩鎮大臣，郊迎惟謹；郡刺史而下，謁見拜俯，惴懼惕息，若不勝任，而御史坐而詔之。一有號令，自藩鎮以下，莫不奔走趨赴。而是非得失，往往竊議於下，不以白；間有以誼争執者，然亦鮮矣。夫御史以一身臨百司之上，以隆重之勢下視俯首趨事之人，以當其傍睨竊笑而不之知，若是，得不敗以完足矣。而或譽焉，非其才足以濟物，明足以燭理，而重遲周慎有以任其事，固不可得也。余於新安之人頌公之言，而有以知公之不易也。

公名鉞，字宿威，撫之崇仁人。

壽大中丞見素林公敘

成化、弘治間，中外之臣，以氣節行能高天下者，三數人而已。一時朝廷之所倚注，臺諫之所掄擬，與夫大夫士之瞻屬依歸，必在三數人者。今大中丞見素先生莆田林公，寔一人焉。孝考當宁，三數人者以次奬擢，亦既効用於時。至於今三十年，或老或死，淪落殆盡，而公巋然猶系天下之望。嗚呼，偉哉！公於是年六十餘，聰明强健，不減壯時。而居閒既久，無復當世之念。會蜀寇告急，中外恇擾，乃復有意事功。朝召夕起，束甲西馳，敷融妙略，卒用戡夷大難，保蜀餘命。功甫告成，而公之身，已在閩山之南矣。

夫聞難而出，功成而去之，豈獨今之人所少哉？而公履之已素，有不待今日而見者。公初以司寇屬上書言天下事，指斥佞倖，幾蹈不測。既而收自放棄，起歷要途，若可懲矣；而軌法糾檢，又多忤物。旋起旋廢，曾不能三年留也。而天下之人，方共高之，公之心固不可誣哉。推公之心，求公之事，其有無益於當世，必有能辨之者。今四方多事，用材如渴，朝廷每申求舊之典，而公方堅保晚之節，或者謂公用不盡材，於海內有遺望焉。嗚呼！此又奚足病公哉？太史公有言：「人有所貴，亦有所不如。天不尚全，故世作室，不成三瓦而陳之。」使公都位食禄，而享上壽，造物者且將忌之矣。於此或有損焉，豈朝廷天下之利哉？吾是以謂究公之用，固不若完公之福之爲美也。公文章道誼，蓋於一時，聲名出處，重於朝著。婆娑故里，順登期頤，爲天下大老，以潤飾斯世，顧豈不多於彼哉？此公所爲有樂於是，而無用彼爲也。

公於先温州最故；而外舅參政吴公惟謙在郎署時，寔又聯官相好。某以通家之故，凡一再接公。別去十餘年，光儀教範，奕奕在目。公之弟壽州守，曩教長洲，某以諸生獲出門下；及是解郡南歸，道出吴門，爲余道公動定甚悉。因徵言爲壽，用敢論次如此。而不以公用世爲願者，斯特徵明厚公之私言也。若夫君相之情，朝野之論，與夫小人望治之心，固將挽公而出之莫釋也。嗚呼！三朝舊臣，所餘無幾，天下之事，將有屬焉：公其自愛。

贈長洲尹高侯敍

長洲爲蘇輔縣，隸於郡下。郡當東南要劇，賦發章程，率倍他郡。而餼館勞來，靡有休閒。郡既壯大，而郡官尊安，往往委勞於縣；而長洲率先任之，其繁視他支邑不特相百而已。又其地介於東南，卑瘠多澇，民衆而貧，稍急則斂怨，緩則僇辱隨之。繁詞叢獄，又每困塞。故爲之者鈎摭審畫，矻矻簿書間，救過不暇，矧能潤飾以儒，優游文翰，而稱治辦乎？若夫才優劇割，而譽以文敷；雍容燕笑，而課奏罔後：數十年來，吾得高侯焉。

侯以進士高科，試邑於此。始至而吏讋其嚴，既而民安其業，上官與其能。期年之間，邑以大治，譽聞隆赫，旌褒加焉。然求其所以爲理，每出於簿書期會之外。而讀書爲文，無廢業焉。間引邑中賢士，與相倡酬。所歷山谿，輒形紀述。風流篇翰，照映一時。論者往往以文學譽侯，而不知侯之心未嘗不以民也。

昔宋王禹偁以大理評事知長洲，日事賦詠，竟以文學知名，徵入館閣，在當時未嘗以吏最稱也。然其言曰：「一邑之政，田有暴賦，丁有常傭，春役而夏不休，朝令而夕必具。小則懲之以殿最，大則懼之以刑法。」蓋極敍爲縣之勞，而不以宓子彈琴爲是。是豈專事賦詠，以文章自好者哉？蓋以政事行其所學，而以文章蓋其所長，其志固有在也。豈若區區健吏，收譽於一邑，徼榮於當世哉？去今五百年，爲邑而課最者，不知幾何人，今皆不能舉其姓字。而禹偁風流，奕然可想。然則侯之志，固有在此而不在彼者。侯今以政事被旌，固侯乃心斯民之效，而非侯之所榮也；以爲文學而譽之，又豈足以盡侯哉？

按：本卷各敍皆見三十五卷本卷十六。

文徵明集卷第十七

敍二　十一首

玄墓山探梅倡和詩敍

吴玄墓山在郡西南，臨太湖之上。西崦、銅坑，映帶左右。玉梅萬枝，與竹松雜植，冬春之交，花香樹色，鬱然秀茂。而斷厓殘雪，下上輝焕，波光渺瀰，一目萬頃，洞庭諸山，宛在几格：真人區絶境也。但其地僻遠，居民鮮少，車馬所不通。雖有古刹名藍，歲久頽落，高僧韻士，日遠日無。苟其人非有幽情真識，不能得其趣；非具高懷獨往之興，不能即其境而遊；矧能發爲歌詩，品目詠讚，以深領其勝耶！此余於方、伍兩君探梅之作，而有取焉。

古之名山，往往以人勝；所貴於人，豈獨盤遊歷覽而已？有名德以重之，高情雅致有以領之，然非文章雄傑，發其奇秘，亦終泯泯爾。是故山無淺深近遠，苟遭名人，皆足稱勝天下。吾吴號山水郡，然知名當世，則虎丘、靈巖耳。蓋顧野王之文，清遠道士、李太白、韋、白諸人之詩歌，有足重也。若玄墓之勝，誠有不在一山之下者，而一時之人，能道其名者鮮矣，豈非未遇其人，文章之不立歟？或謂永、柳諸山，以柳子諸文傳；而柳子之文之奇，非永、柳諸山，不足以發。二君他詩，固多清麗，而評者謂玄墓諸篇尤勝，殆山水之奇，有以發之耶？而其幽情真識，與夫高懷獨往之興，寔足領之。又其人皆清修有立，仕以政顯，隱以操稱，不肯碌碌後人。充其所至，必將名世。他時當有讀其詩而想見其人，以歆兹山之勝者，余故敍而傳之。

送太常周君奉使興國告祭詩敍

今天子入繼大統之初，首議推尊所生。而輔導大臣以宗法不可紊正，而繼統不得顧私，據禮執論，至於再三。天子用其議，卒考孝宗，以端萬年之統，帝所生以隆一時之孝。事出權宜，尊有所屬，天下翕然是之。而建説者獨謂追崇所生，疑若未盡。天子亦以爲未盡也，顧禮有經常，不欲自用，特付大廷議之；而大臣守前議不變。天子孝思純篤，必欲申其至情，微示所向，諫官往往獲罪，而二三大臣遂相繼引去。於是巷議紛然，謂且悉從説者之言，而遂廢所後之禮。人心危疑，中外洶洶然，而天子實不用其議也。乃嘉靖三年四月有詔尊所生爲皇帝，而所以考孝宗，敦所後，於前議無改焉。詔若曰：「朕於正統不敢有違，而所生至情，亦當兼盡。」王言一出，中外釋然，知聖天子之意，特欲申其至孝焉耳。

於戲！孝者，天之經，地之義也。聖人制孝，所以盡人之情，以行夫禮。禮者，天理之文，人事之則。聖人制禮，所以節人之欲，以正其情。是故天下不可一日無禮，無禮則亂；亦不可一日無孝，無孝則賊。夫禮與孝也，凡民不可無也，而況天子乎？而況大臣有經天下之責者乎？二三大臣所爲不忘引去者，欲以行夫禮也。聖天子惓惓於所生者，欲以行其孝也。然孝不可無禮，而禮寔有以通於孝。愚於此有以仰見聖天子之明，能用其孝，以祔於禮；而尤重夫二三大臣之去，得申其禮，以全夫孝。孝之至，禮之盡，天下其庶乎？

名號既成，儀文斯舉。於是天子有事於園寢，以從臣將命，而太常丞周君德瑞與焉。在朝諸君，咸賦詩贈行。以余有同鄉之雅，俾敍首簡。始禮之舉也，時多異議，而君子或不能無疑於其間。故余於此，深論其事，以備他時折衷云。

送陸君世明教諭青田敍

吾友陸君世明，以鄉貢士試禮部，得乙榜，授青田教諭。或謂君高才雋望，當收制科，躋膴仕，以大有爲於時。冷員散地，非君所宜得，而君不恤也。

國朝之制，雅重進士之科，而乙榜即進士之副。然今之高官要職，非進士不畀；而乙榜例得學職，一墮其中，輒不復省録。浮沉常調，或終其身。其間以譽望自拔而顯仕者，間亦有之，然而鮮矣。故進取之士，往往匿年規免，以覬他日；而或時命不偶，迤邐歲年，乃有畢志儒官，不沾一命者。嗚呼！豈不重可惜哉！

君少與余同遊學宫，而君天才敻出，矢口迅筆，藻麗燁然。每就試，據案疾書，視他人章追句琢，方事思惟，而君數百言已就，莫不暢達雋永而傅於理。故御史按試，莫不賢異之，謂其取進士不難也。然每試應天，輒斥不售。自弘治乙卯至正德己卯，凡九試始得舉於鄉。及試禮部，又斥不售。自正德庚辰至嘉靖丙戌，凡三試始得乙榜。夫以君之才之敏如此，而其進之難如彼，豈不有命哉？苟不自省而勉焉，以求其畢志儒官，不沾一命，吾不敢謂無也。萬一有焉，豈不重負其所有哉！而況其所就，或有出於進士之上者。此君所爲俯首以求就其所志，而冷員散地，有不暇恤也。

我國家學校之設，甚緩也，而實要也；甚輕也，而實重也。何者？世之盛衰，系人才之賢否。而天下之賢，胥學校焉出。今夫修一職，治一事，其效易見，而所及有限，豈若賢者之興，隱然爲一世之重，而其澤之所被，有不可量者。然則何有於進士哉！吾知君必以此自貴，而無用彼爲也。

雖然，學校誠要也，而或緩焉；誠重也，而或輕焉：則系其人何如耳。故得其人則重且要，不得其人則緩且輕，君尚進於是哉！

送周君振之宰高安敘

國家入仕之制雖多途，而惟學校爲正。學校之升，有進士，有鄉貢，有歲貢。歲貢云者，有司歲舉一人焉。鄉貢率三歲一舉。合一省數郡之士，羣數千人而試之，拔其三十之一，升其得雋者曰舉人。又合數省所舉之士，羣數千人而試之，拔其十之一，升其得雋者曰進士。凡今之名臣碩輔，與夫建功植德，顯名當世者，皆進士也。故凡今之高官要職，非進士不畀：進士尚矣。其次則鄉貢。鄉貢率起自冗散，其得邑往往鄙小，其畀授率下進士一等。其能建功植德，自拔而埒於進士者，蓋有之矣，然非銖積寸累，矻矻自守，鮮不敗者。非聲名隆赫突過進士，不得顯官，而浮沉常調，終於下位者比比也。故有志當時，思自樹立者，往往厭薄不屑，必需進士以升，此其所志良是矣。而君子所恃以自見，乃有出於進士顯官之外者。

余少隸學官，同遊之人，無慮百數十人。而與余同志者才三數人。三數人者，其氣同，其業同，其發爲文章，著於行義，與夫羣試於有司無不同者，蓋莫不憪然思以自見於世也。故一時之人所望而覬其有立，未嘗不在三數人者，周君振之其一也。既而三數人者以次升用，而振之數試不利，竟以鄉貢從選調，得知瑞州之高安。振之在三數人中，其名獨盛，而滯於學官爲獨久；又不得進士，而從選調以去。故知振之者，莫不惜之，謂且不屑也。而余獨不謂然。何者？其所恃以自見於世者，在志、在氣業、在文章行義，而非以進士也。

且國家所謂隆進士之科者，豈不以其所業哉？其業，則經史也，言行也；修治之具，聖人之道也：是皆學校之所講習，固鄉貢之士之所同也。嗚呼！振之之所志，猶夫進士也。而其所業與其所求而至者，猶夫進士也。其自拔而埒於進士也何有哉？若夫銖積寸累，屹屹自守，固其所素負以自立者。而聲名隆赫突過進士，以獵顯官，則有命焉，而非振之所能容心其間，余固不暇爲振之道也。今授振之，經國者固以進士望高安，瑞之輔邑，在江右爲劇地，前此皆進士領之。吾振之也。振之行矣，其無以鄉貢自畫。

送周君天保知來安敍

山陰周君天保，以辛巳進士知兗之東阿，期年而縣大治。當道者才之，謂縣小不足爲也，移知應天之溧陽。未上，以憂去。服闋，改授滁之來安。於是人咸嘆之，謂周君之才，常小東阿不足爲也，移而去之，宜得壯縣以騁，而來安猶東阿也，周君爲之，得微枉其用乎？而余獨謂非然也。

我國家用人惟其才，其畀授視其所堪。惟進士入官，則惟以名第，其用爲縣，亦惟以名第。然縣有遠近，地有厚薄，事有簡劇，而人之才有能有不能，或盭焉，鮮不敗者。近制稍事消息，期年而察之，視其治狀與地之宜而易置之，俾得隨力展錯，無廢材焉。此誠經國者曲成夫人材，類古器使之道；而寔非也。凡今之仕有中外，而仕外爲難，仕州縣爲尤難。縣有小大，其相去不啻倍蓰，而其爲之難易亦倍蓰。然而君子視之，均之爲不易也。誠以縣令之職，導揚風化，撫字黎氓，其事有祠祀，有學校，有傳置廥積，有河堤道路，有科差，有籍帳，勾稽省署，悉總於令。而盜賊、蟲霜、旱潦，又其異者，初不以小邑廢也。苟處失其道，其敗也視大邑爲甚。何者？地狹鮮産，民貧而寡業，賦出無幾，而役力章程不可但已。非若大邑，地大以饒，儲偫有素，而人力物産，足以供之，處得其道，誠無難者。是故邑無小大，無難易，惟在處之得其道與不得其道耳。來安在大江之北，寔惟畿輔望縣，其地當淮、徐、河、洛之衝。旱暵蝨賊，歲比不登，民饑而虛，而盜時竊發。周君之行，科差籍帳，紛錯叢挫，勾稽省畫，悉萃其身。其憂方大也，而何枉之云哉！

或以君才敏而志高，工爲文章，力追古作，喜得僻左地，而以其暇逸究于其業。又其地屬滁，有瑯琊、醉翁之勝，而君寄興高遠，將以自適。今若是，不已負乎？雖然，不足病也。昔者子貢問於子賤曰：「何爲瘦也？」曰：「憂官政也。」世謂子賤宰單父，彈琴而治。則爲縣而暇逸，無若子賤者；而其言如是，則亦何嘗不憂哉？憂得其道，樂在其中矣。周君亦求其道而已。得其道，雖日事吟諷，肆情林壑，不害其爲憂官政也。不得其道，則矻矻簿書，徒見其勞耳，何補於治哉？

余嘗識周君之兄若弟，雅聞其人。及是邂逅傾吐，遂得其心事，蓋能以道自勝，而非可以地而易其志者。會其鄉之大夫士徵文爲贈，遂深言之，而不嫌於規也。

陳氏家乘序

陳氏家乘者，長洲陳公希正所修陳氏宗譜也。不曰宗譜而曰家乘者，凡陳氏所受三朝辭命，與凡累世文獻皆在焉。陳之先，徙自鳳陽，由建炎南渡抵今四百年，可考而知者，元翰林學士同知太醫院事良炳而下，僅僅七傳。傳其所可知；其不可知者，不敢强附以重誣其先也。

按陳嬀姓，系出於虞。周武王求虞後，得胡公滿而封於陳，因以爲姓。其後楚滅陳，敬仲奔齊，故齊、楚皆有陳氏。秦末，勝起陽城，死於汝陰。平起陽武，而封於曲逆。子孫散處，莫詳所終。漢、魏之間，蕃、寔最著，而莫究所始；要皆胡滿、齊完之裔也。鳳陽在宋爲濠州，故屬楚之淮南。漢御史大夫萬年，魏尚書令矯，矯子侍中騫，皆故濠人。公之先，必有所祖，而文獻無存，莫之有考焉。且學士仕元，官三品，既顯融矣，在當時豈無辭命之頒，交游文翰之贈？而一蹟不傳。及今子孫，欲追其始，藐不可得，蓋不能無遺憾焉。公之爲是，夫亦無使後之子孫有憾於今，猶今之於昔也。

余讀其書，詳而核，析而不分，聯屬而不紊，上不誣其所出，而下焉得以引其世。而所爲不忘本始之意，蓋惓惓焉。厚矣哉，公之志也！夫昧於源本，不知所祖者，失之薄；援引攀附，而妄祖名人者，失之誣。與其誣也，無寧略於所始，而傳其疑焉。乃或因仍苟簡，併其所知，廢而弗録；時移世易，子孫至不相通，如蘇洵氏所謂「相視如途人然」，失亦甚矣。其又甚者，歐陽子曰：「不知姓之所自，而昧昭穆之敍，則禽獸不若。」嗚呼！可不懼哉？若公者，庶乎免夫其得道於歐陽子之責也已。

公名寵，以儒醫擢用。歷官太醫院使致仕，進通政使司右通政云。

宜興善權寺古今文録敍

宜興古荆溪之地，帶江襟湖，在東南爲山水之邑。谷巖幽窅，流瀨清激，昔人有樂死之願，其勝有可想者。又壤僻而迂，更兵燹爲少，故又多古刹名蹟，善權寺其一也。寺據離墨山之南麓，有三洞之勝。榱甍桓桓，猶唐故外紀作「舊」物。豐碑巨刻，亦往往而在。然其事具郡乘甚略，而寺未有特志也。寺僧方策，取金石之存者，合近時名賢篇詠，輯爲古今文録。於是山之文獻始備，而其勝乃外紀無「乃」字益獻。

夫山水之在天下，大率以文勝。彼固有奇瑰麗絶外紀作「奇麗瑰絶」無待於品題者，而文章之士，又每每假是以發其中之所有，卒亦莫能廢焉。柳子厚記永、柳諸山，本外紀作「蓋」以攄其抑鬱不平之氣，而千載之下，知有黄溪、鈷鉧者，徒以柳子諸記耳。然則山水之勝，果不有待於文哉？若夫佛氏之學，務以悉空諸有；而言語文字，又其所幻而惡焉外紀無「焉」字者。然而古之名僧勝士，又不皆離乎言語文字之間，而其名迄以是傳。豈無上之業，未易登援，而言語文字，即其次耶？此策之所以惓惓於文録之輯也。策又發山水之奇，釐爲二十四詠，而吾鄉沈啟南外紀作「沈周」先生悉爲賦之，是又不特能輯其成而已。余嘗約策遊山中，而外紀無「而」字未能遽往，姑敘其書以先之。荆溪外紀

晦庵詩話序

子朱子之學，以明理爲事，詩非其所好也。而其所爲論詩，則固詩人之言也。嗚呼！理固無不該也，而況詩乎哉？世蓋有工於吟諷，而不得其故者；或終日論議，而諧諸音聲，輒不合作：要之，其於理於詩，皆未爲有得也。練川沈文韶氏，以明經遊學官，而特好爲詩。取凡朱子平日論詩之語，萃而爲書曰晦庵詩話，豈將會理與詩而一

之耶？

夫自朱氏之學行世，學者動以根本之論，劫持士習。謂六經之外，非復有益，一涉詞章，便爲道病。言之者自以爲是，而聽之者不敢以爲非。雖當時名世之士，亦自疑其所學非出於正，而有「悔却從前業小詩」之語。沿譌踵敝，至於今，漸不可革。嗚呼！其亦甚矣！説者往往歸咎朱氏，而不知朱氏未始不言詩也。觀於文翰之書，可概見已。若其所論，當自有識者取之，小子何述哉！

重刊舊唐書敍 文稿作「重刊唐書敍」

嘉靖己亥，吴郡重刊唐書成。書凡二百卷：本紀二十卷，志三十，傳百有五十，石晉宰相涿人劉昫撰。初，御史紹興聞人公詮視學南畿，以是書世無梓本，他日按吴，遂命郡學訓導沈桐刊置學宫。工未竟，而公以憂去。及是書成，以書來屬徵明爲敍。

按：唐令狐德棻等撰武德、貞觀兩朝國史，文稿有「八十卷」三字至吴兢始合前後爲書百卷。而柳芳、韋述嗣緝之，起義寧，訖開元，僅僅百餘年。而于休烈、令狐峘以次增輯之，文稿無「之」字迄文稿作「迄于」建中而止。於文稿作「而」大曆、元和以後，則成於崔龜從。

厥後韋澳諸人，又增輯之。凡爲書百四十有六卷。而芳等又有唐曆四十卷，續曆二十二篇，皆當時紀載之言，非成書也。晉革唐命，昫等始因舊史續文稿作「緒」成此書。然五代史昫傳不載此事，豈其書出一時史舘，而昫特以宰相領其事耶？然不可考也。文稿作「已」

或謂五代搶攘，文氣卑弱，而是書紀次無法，詳略失中，不足傳遠。宋慶曆中，詔翰林儒臣刊修之。自慶曆甲申至庚子，文稿作「嘉祐庚子」歷十有七年，成新書二百二十五卷。視舊史削六十一傳，而增傳三百三十有一。别撰宰相、方鎮及宗室世系、宰相世系四表。續撰儀衞及選舉及兵及藝文四志。所謂「其事則增於前，其文則省於舊」，寔當時表奏之語。而第賞制詞，亦謂「閎博精覈，度越諸子」。良以宋景文、歐陽文忠，皆當時大手筆，而是書寔更二公之手，故朝野尊信，而舊書遂廢不行。然議者則以用字奇澀爲失體，刊削詔令爲太略，固不若舊書之爲愈也。司馬氏修通鑑，悉據舊史，而於新書無取焉。惟周益公稱其「删繁爲簡，變今以古，有合於所謂文省於舊之論」。而劉元城顧謂「事增文省，正新書之失」。唐庚氏尤深斥之，乃極言舊書之佳。其所引「泱海救焚，引鴆止渴」之語，豈直工儷而已，自是一代名言也。然則是書也，其可以無傳乎？

雖然，不能無可議者。段秀實請辭郭晞，有「吾戴吾頭」之語，新書省一「吾」字，議者以爲失實，是矣。而舊史秀實傳乃都不書。夫秀實大節，固不以此，而此事亦卓偉可喜。柳宗元敍事尤號奇警，且鄭重致詞，上於史館。若是不得登載，則其所遺亦多矣。甚者詆韓愈文章爲紕繆，謂順宗實録繁簡不當，拙於取舍。異哉！豈晁氏所謂「多所遺文稿作「闕」漏，是非失實」者耶？甚矣，作史之難也！心術有邪正，詞理有工拙，識見有淺深，而史隨以異。要在傳信傳著，不失其實而已。今二書具在，其工拙繁簡，是非得失，莫之有掩焉。彼斥新書爲亂道，誠爲過論；而或緣此遂廢舊史，又豈可哉？此聞人公所爲梓行之意也。

是書舊嘗刻於越州，卷後有教授朱倬名。倬忤秦檜，出爲越州教授，當是紹興初年，抵今四百年矣。其書復行，而公又出於越，其事豈偶然哉？先是，書久不行，世無善本。沈君僅得舊刻數十册，較全書才十之六七。於是遍訪藏書之家，雖殘編斷簡，悉取以從事，材文稿作「校」閲惟審，一字或數易，歷三寒暑乃克就緒。其勤誠有可嘉者，因附著之。詩文稿

何氏語林敍

何氏語林三十卷，吾友何元朗氏之所編類，倣劉氏世説而作也。初劉義慶氏採擷

漢、晉以來理言遺事，論次爲書，標表揚搉，奕奕玄勝。自兹以還，稗官小説，無慮百數。而此書特爲雋永，精深奇麗，語林作「逸」莫或繼之。元朗雅好其書。研尋讀語林作「演」繹，積有歲年，搜覽篇籍，思企芳躅。昉自兩漢迄於胡元，上下千餘年，正史所列，傳記所存，奇蹤勝跡，漁獵靡遺。凡二千七百餘事，總十餘萬言。類列義例，一惟劉氏之舊。凡劉所已見，則不復出。品目臚分，維語林作「雖」三十有八，而原情執要，寔維語言爲宗。單詞隻句，往往令人意消。思致簡遠，語林作「淵永」足深唱嘆。誠亦至理攸寓，文學行義之淵也。而或者以爲摭裂委瑣，無所取裁，骫骳偏駮，獨能發藻飾詞，於道德性命，無所發明。嗚呼！事理無窮，學奚底極？理或不明，固不足以窮語林作「探」性命之蘊；而辭有不達，道何從見？是故博學詳説，聖訓攸先，修辭立誠，畜德之源也。

宋之末季，學者習語林作「牽」於性命之説，深中厚貌語林作「默」，端居無爲，謂足以涵養性真，變化氣質，而究厥語林作「考厥」所存，多可議者。是雖師授淵源，惑於所見；亦惟簡便日趨，偷薄自畫，假美言以護所不足，甘於面牆，而不自知其墮於庸劣焉爾。嗚呼！翫物喪志之一言，遂爲後學語林有「之」深痼，君子蓋嘗惜之。元朗於此，真能不爲所惑哉！

元朗貫綜深博，文詞粹精，見諸論撰，偉麗淵宏，足自名世，此書特其緒餘耳。輔談

式藝，要亦不可以無傳也。是爲序。語林末三字無　何氏語林

備遺録敍

備遺録者，録建文死事諸臣，而備國史之遺也。録昉於宋公端儀，而成於張公芹，郴陽何公孟春實嗣葺之。今太倉守馮君意有未盡，又爲補益而并刻之。刻成，使門人太學生王夢祥視余，畀敍首簡。

夫忠孝節義，天下之大閑；死義之人，國家元氣之所系。昔之論者，謂夷、齊存殷以排周，周以有道興，而夷、齊不害爲仁。聖人亟稱之，所以礪生民而窒不軌也。自古國家，未嘗無骨肉之變。而唐之太宗，出不得已，然不免後世之論者，春秋之義也。

我國家壬午之際，事出非常，視臨湖之事，尤爲有名。而一時死事之臣，獨視王、魏諸臣爲有光。夫王、魏身事建成，親覩臨湖之事，卒之反面以事太宗，曾不聞有所狥。其豐功偉蹟，爲一代宗臣，而天下之人，莫有異議，徒以高祖在上，而王、魏固高祖之臣也。然則齊、黄諸臣，獨非我高皇之臣乎？即使睢盱避禍，以全身立功，獨不得引王、魏以自蓋乎？乃皆駢首就戮，之死不悔者，則大閑之不可踰耳。而我國家元氣之正，與再

世作養之功，不可誣也。惟是統紀不立，史事廢闕，寔非細故。文皇晚歲，稍稍悔悟，蓋嘗形諸言矣，而當時無有將順之者。遂使一時之事，泯没不傳，則靖難諸臣，不能無責焉。自睿皇以還，國禁漸弛，乃今遂不復諱；實維累朝列聖之盛，所謂礪生民而窒不軌者，固古聖人之意也。

按：本卷各敍皆見三十五卷本卷十七。

文徵明集卷第十八

記一　八首

相城沈氏保堂記

沈氏自蘭庵徵君以儒碩肇厥家，二子起而繼之，曰陶庵，曰同齋，媲聲麗迹，鬱爲時英。至于今，而石田先生遂以布衣之傑，隆望當代，薄海外内，莫不知誦之。於戲，盛矣！而君子於此有憂焉。蓋其侈滿成習，易爲驕誕，勢之所至，有不終之漸，此維時所爲作保堂也。維時之言曰：「鴻藐一身，上統百年之緒，屬當仍世隆奕。至於鴻小子而有弗克，寔辱前人。」余於是知維時爲能保有其家也。

夫士之於世，莫不欲有所藉焉，以爲之地。何者？詩書之澤，衣冠之望，非積之不可；而師資源委，實以興之。不幸而門第單弱，循習陋劣，庸庸惟其常。其或庶幾自拔而亢焉，則深培痛湔，銖銖寸寸，咸自吾一身出，厥亦艱哉！人惟其艱也，而又能是也，於是相與譽之；有弗良，亦置弗責，其素微無異也。使其有一綫之承，則人得以比而疵之，以爲而門户若是，而父兄若是，聞見麗澤若是，而弗能是，是不肖者。從而曰：「是某氏之子也。」可不懼哉！夫門第之盛，可懼如此，乃不若彼無所恃者之易於爲賢，豈此之所負固重哉！維時恂恭不暴，雅篤倫理。菑畬所入，可以裕慾。而顧維圖史之癖，尋核讐校，不廢而益勤。使其素微無異，其誰弗譽之？乃今硜硜然保之，若猶不足，殆二三前烈，有以掩之歟？雖然，微是二三前烈，其孰抵維時之成若是？所謂師資源委，積而興之者深矣！今能不以得之深自多，而以負之重自懼，斯其至，不但保而止也，而何盛大不終之足憂邪？

他日，維時徵余言記堂，余因就其意以發之。若夫保其田廬，以拓其植業，則一耕暨勤朴者裕爲之，非余所以望於維時也。

沈府君石表陰記

太史延陵公之表沈府君之墓也，稱其良於醫，而書其治療之實，嘗驗於人尤彰灼者若干事。事核而詳，文繁而不殺。其法蓋昉於太史遷。遷所論次多簡質，而於太倉公之事加詳。凡所爲治病死生，驗者幾何人，主名爲誰，及所投療何藥，並條列之不厭。噫！遷殆有意哉！而延陵公所爲歷歷於是者，亦豈苟焉以狥其子孫之志哉？而爲之子孫者，則不可不謂之幸也。

府君之子鍔，既伐石登公之文，乃來乞余言刻諸石陰。維古懸而窆，而墓道樹碑，於是有文字以表功德政事。其文或周匝書之。漢以降，别爲文書石之陰者，則記碑之闕逸，或疏族屬支庶而已。至柳河東乃悉記其先友名氏於先君石表之背，用以著其父之交遊之良也。而後世誦之，謂柳子善能顯其親焉。府君所交遊，余不得而知也；而其事，則有不待先友而必顯者。夫以倉公之藝之良，固有不可没者；而所以不没，則不爲無恃於遷。何者？遷職太史，而又有良史才，故其書古今不廢，而倉公之事，得以附見。今延陵操海内文柄，而職亦在太史。其表府君之藝之良，雖不敢便謂比隆倉公，而所爲麗以不没者，視倉公無負也。嗚呼！是豈徒鍔之幸哉？固府君之所恃歟？

府君之葬，一時文學名卿，爲志銘，爲誄，爲挽悼之詞，所以發府君之潛者略備；是固府君交游之良也。他日豈獨可以考見先友名氏而已邪！

侍御陳公石峯記

莆多名山，而烏石在郡城，奇麗崒嵂，實用鍾莆之秀：侍御陳公之居在焉。公自號石峯，蓋取諸此。公之言曰：「吾名琳，琳美玉也。然不有治焉，斯亦璞而已矣，烏所取器哉！詩不云乎：他山之石，可以攻玉。吾之有取於是，非徒以山爲也。」夫公以明執法，奉天子明命，視學南畿，士之仰公而治者衆矣。而公顧爲此，若有不足焉者。嗚呼！此公所爲不可及，而足以厲多士，率一方也。

蓋人之情，喜護其所不及，而恬於自恕。操辭履事，往往賢智自列。或謬爲退托，而其心固不欲人之加之也；然而卒亦無能加人。始以其有是心，是以不能自固，而卒之出人之下也亦宜矣。苟爲自下，則非有越人之才者不能，夫又誰得而尚之？公不忘取助於石，亦惟其玉哉！而況烏石爲公之所麗哉。

或謂一山一石，惟人之嗜，而公顧欲專之？且烏石在莆，非可得私也。而不知其有所謂獨得者，不皆以境也。是故嶙峋巀嶭，蒼然萬仞，其秀若焉，其壁立若焉，仰睇有肅，爰以樹節。瞻斯巖巖，而端委以之；利其廉隅，植其靡敗。雖若有得於山，而實公所素負以立身而率人者；而茲山固將假公而重於世也。然則雖謂之公之所有，亦何不可哉？公以粹美之質，履明潔之操，而優之以精深宏博之學，夫亦至矣。而其心每抑下，雖以某之無似，且在諸生之列，而必以記命之。是其好學下問，優於天下，而人將追而莫之及也。

夫公方以卑抑下人，而人至於不可及，人亦何爲而不思所以置其身哉？今江南士習，以器業相高，譽聞相取下，而切劘之功蓋寡。公所爲拳拳於是者，某有以知公非直自爲而已也。

鐵柯記

少司馬吾蘇劉公，自號鐵柯。故太保吳文定公及今少傅守谿公皆爲之說。他日以示某曰：「吾初官内臺，念古御史冠鐵柱，示不撓也。於是思有以自勵。及嘗觀於松柏，喬喬千尺，貫四時不改柯易葉，與鐵參勁，竊又慕之。俄得漢銅章，故有鐵柯字，此殆造物者成吾志也，遂以自況。而人亦諒之，不以爲過。二公之文，雖所取義不同，寔皆吾之意，子尚繹而記之。」某晚學猥劣，安敢自列於二公。顧公之意，不可無復也，則爲之言曰：

公起家進士，爲良有司，入爲名法從，進躋列卿，歷事三朝，踐敭中外餘三十年。持防軌法，所至必信，用是幾蹈不測。然甫躓即奮，更涉險夷，而其志愈厲不懾。天下士以爲至剛，而不知其所操以用世者，有法焉，而非徒以氣爲也。公居常若易與，而廉稜整整弗少弛。立朝不修鷹隼搏擊之峻，而人憚其嚴。有所揆畫，必審顧所重，而所執惟典憲之仍。猝遽之途，履之若素；阻險糾棼，持之惟中。蓋其才志圓融，足以酬變需急，而視其法不少軒輊。夫法之立也，凡以濟天下之事云爾。脂韋婞婩，苟事狥情，無足論者。若夫矯抗直前，靡所顧藉，而慷慨激烈，以階禍首，難以求必勝。夫剛此足以收其名而已，天下之事何賴哉？

古之大臣，在重厚堅定。重厚能以法平，堅定則能法守。法平而守，天下之剛孰踰焉！公以風聲樹之，而取況乎是，凡以爲法也。志乎天下者，顧法何如耳。奚必矯矯孑立，求勝於氣，然後爲能盡其剛哉？昔劉器之不爲枉矯過激之行，而耿挺特達，卓有建明，至於顛頓困踣，曾不少變，而蘇軾氏以鐵漢目之。公殆有慕於是者？然器之迄用斥廢，而公受知天子，向顯於時，此則有遇不遇存焉。公不以其所幸遇自足，而顧有取於彼之不獲，以用自振，則雖日益昌達，而不害其爲錚錚也。

太倉周氏義莊家塾記

宗法之立學，惟其基也；而教從興焉。周禮大司徒：五家爲比，五比爲閭，四閭爲族，五族爲黨。黨有正，族有師，閭胥、比長，咸以教也。然其爲教，不過曰敬敏任恤，曰孝友睦婣。其所務而力者，莫非親親之事。幼而習之，既壯行之，久而安焉。雖有間隙乖刺，不能出其間矣。宗法之易行，夫豈獨其勢然哉？此周氏家塾之所爲作也。初，周之塾之制，合凡族之子弟而教之，其義蓋出於比閭族黨，而以宗法通之也。初，周之良曰元學君，念其族屬衍大，或貧不能自拔也，思闢義田贍之。而力不輔志，則篤意教其子，曰：「庶幾他日有能成吾志者。」蓋元學没而義莊成，其事寔舉於諸子之賢而協，而其尤彥而達者曰王府審理世、鄉貢進士在。凡事之舉違，莊之規約，咸從審畫。又請於朝，下有司摭實，加章程焉。夫要束之詳，所以重後人之守；而文法之立，固將爲僨事之防。然防有所未至，詳有所不及，固不若謹其性，漸其心，而使之濡染於耳目尋常之中之爲至也。此古之聖賢所爲囿天下於至理，而教莫先焉。教立而理明，善復而義篤，斯何患乎道之不行，事之不集哉？以元學君一念之微，而能使其子舉其事於既没數十年之後，雖其志有所在，而亦諸子服儒明理之所致也。此足以白其教之效矣！矧於此而加詳焉。其事效所至，豈獨一家一族而止，而寔一家一族所恃而重焉者。其或本之不務，而末是資；或義之不篤，而利是圖；甚或讒就鬭鬩，以隳成業；棄禮犯分，貽辱前人：此豈立塾之意哉？此正今日周氏諸君所宜置憂也。

余於周有婣，而重其舉有合於宗法，且得善後之道，故樂記其成。而必及其可憂者，固諸君之意也。若其教詔之詳，有審理君所條塾規，茲得略云。

正始堂記

錫故多鉅族，往往數百年不輒衰。其彌文質行，有以垂緒，而禮閑義訓，寔又引之。非獨菑播之勤，共偫程省，如昔所謂高貲富人而已。

鄒君時用者，宋元祐名臣忠公之裔。自其先君承事，植義厚生，用能克其業。至于今若干年，而時用君益用衍拓，膏腴連延，布泉流溢。然而人繁物阜，浸入靡薄，懼不可以訓，乃作正始之堂，所以示肅中閨，而式于百度也。於此有節焉：曰内行不踰閾，外言不入於閫，而弗敢忘也。有事焉：曰主饋紝箴，親蠶潔菜，而弗能越也。夫亦微矣，而君子從以觀人。故有威加宇内，而或不能刑於寡妻；望隆朝著，而不得收譽於鄉曲：此豈不足於外焉？是故先王之治，必本於關睢、麟趾；而葛覃、采蘋，國風所爲詠嘆也。夫以霍子孟忠勤慎飭，勳名塞天，一不制於霍顯，遂以塗敗。而晏子之御，徒以婦人一言，自拔爲大夫。閨門之效，固不可誣也哉！易曰：父父子子，兄兄弟弟，夫夫婦婦，而家道正；正家而天下定矣。聖賢之業，至於定天下，極矣，而其本始，乃在於閨門之間。然則斯堂也，非鄒氏所由以盛者歟？

夫鄒氏有忠公爲之基，而紹以承事之茂碩，又重之以時用之好修，所爲引其世而綿其澤，無不足者。而時用之意，若皆不可恃，而必有待於是，其爲慮深矣。誠以盛大者，慾之所滋；而恩之勝也，義有所不能克。持不能克之恩，而濟以方滋之慾，其卒也，豈惟不能正其家而已邪！此時用之所懼，而余所爲深言也。

記中丞俞公孝感

大中丞桐江俞公，文章政業，卓然名臣，而有至行。

公之父鄖陽公，仕成化間爲名御史，以直言謫判澧州。浮沉下寮，數年再起，守鄖陽。致仕，治任且歸，俄遘疾，宿留數月。鄖、睦相去數千里，聞問不相及。而公方以諸生隸學官，法又不得輒去，昕夕憂懸。一日，以事宿所親家。夜聞鳴金，起坐呼從者曰：「大人得無有異乎？何爲惕息不能眠也。」比至，果然。蓋鄉人在太學者，傳鄖陽死矣。公投地大慟，絶而復蘇。即夕馳歸，謀走鄖候之。家人以公身弱，不習道路，百方譬止，不從，曰：「吾居此以日爲歲，其能安乎？」詰朝遂行，是歲甲辰五月十有三日也。及渡鄱湖，瀰望皆水，公私舟艤泊，莫可致詰。迤邐至九江。九江舟楫往來之衝，官於此榷舟焉。公遵陸問訊，冀萬一邂逅也。時公憂惶困瘁，蓬垢無人色，兩童掖之，踉蹌行道上。人問得其故，莫不憐之。或言官舟不受榷，非有故不泊。公仰天竊嘆，方不知所出，一人前拜曰：「郎君何以至此？」視之，則其家老蒼頭也。問其來，乃鄖陽夫人道中思鱠，泊舟求魚，方次湖口耳。公聞言，驚絶；掖至舟，見鄖陽方無恙也，相持大慟，又絶。蓋自上道至此，驚潰百出，顛仆欲絶者屢矣。既定，敍所歷，則公離家之辰，正鄖陽解任之日，而艤舟之頃，即公倉遑問道之時也。長江渺瀰，飄檣下上，日以萬數；風駛水疾，一逝千里。使其時非以鱠故，則不泊；或泊焉，後先差池，欲邂逅一見，得乎？公父子相去數千里，非有期集；徒以一念之誠，而求諸去來瞬息之頃，如投券取物，不爽晷刻，殆有神出於其間。非公孝誠純至，何以臻此？既而鄖陽道卒，嘗藥視殮，公得盡心焉。不然，公且抱無涯之悲；而向者鄉人妄傳，豈亦天有以啟之耶？

嘗讀宋史，丹稜唐伯虎者，其父游瀘南。伯虎夢收父書，有亟來字。夜蹴其弟庚曰：「父得無他乎？吾心動矣。」即夕裹糧趨瀘南。黎明走洪川，將僦舟，而江水盛怒，聲搖數十里，客舟布岸不敢動。伯虎徬徨堤上，得漁艇，跳入，叱僕夫解維。抵瀘，而其父果病。遂迎侍以歸，居數日而卒。伯虎仕不顯，無他政業可書，獨以茲一事，得列史官，作史者殆有意也。公之事與伯虎類，而公投足於渺茫無據之地，以取必於去來瞬息之間，其事視伯虎又有不偶然者。顧公方向顯於時，奇功雋烈將彪炳簡策，此特其一節耳。雖然，君子論人必於其微。觀公爲是，其卓絶之行，已概見於平居未仕之時。而況孝爲百行之源，可以一節少之乎？敢私列之，以俟操史筆者。

公名諫，字良佐。其父名藎宇。

王氏敕命碑陰記

封監察御史王公瑾，受命之十年，正德庚午卒於吴門里第。又三年，葬陽山大石塢。於是其子高州府通判獻臣奉公所受制詞，勒石墓道，其言若曰：

「臣獻臣鄙謬弗率，荷蒙先皇帝拔擢，參聯諫列。三載考績，不以獻臣無似，俾得推恩其親，而先臣瑾寔與賜焉。同時雖多被命，而親存者無幾，又在遠外。内廷恭謝，先臣瑾一人而已。鴻恩休命，所爲寵賁臣父子者，至深厚也。臣獻臣日夕兢懼，思效萬一，以圖無負先皇帝之知。用有糾繩，靡復顧忌；旋被中傷，幾臨不測。或教先臣瑾求援當路，毅然不從，曰：『吾子之仕，吾固教之忠矣。苟不率職，則國有明憲。明天子在上，吾敢貳於吾君，以行吾私哉？』臣獻臣卒賴先皇帝之仁，獲保首領。比歲中外多事，一時寵命，或被追奪，而先臣祇修慎履，迄保榮名以没：凡以荷先皇帝之明也。獻臣不有表章，是忘先皇帝之明，棄前人之烈也。獻臣爲是懼。今兹歸守先臣墳墓，顧瞻鼎湖，薄天萬里。圖惟日光雲章，垂耀琬琰，而未死餘生，庶幾猶在昭回之下爾！」

於戲！盛哉！狐突有言：「子之能仕，父教之忠，古之制也。策名委質，貳乃辟也。父教子貳，何以事君？」觀於王公之事，其猶狐突矣乎？突遇晉懷，不免刑戮。而公遭罹昌會，既已賁及其身，而褒揚德義，又特被之綸綍，垂示無窮。是豈獨王氏一家之幸而已哉！

某與公通家，目覩其盛。敢遂論次其語，列諸石陰。

按：本卷各記皆見三十五卷本卷十八。

文徵明集卷第十九

記二　五首

沈氏復姓記

長洲朱天民既復姓沈氏，來言於余曰：「吾沈氏世居吴中，相傳數百年矣。我先君壻於朱，先外祖廷禮無子，養外孫爲孫。故吾兄弟皆氏朱而嗣於朱，於是四十年餘矣。某自知事，便思復之。顧氏名録於學官，不可私易也。會御史按學吴中，得以情告。下其事有司，如所請。乃以正德戊寅正月之朔，告於先祠，復今姓。易名曰民望，歸嗣於沈。求於朱之族，得再從姪輪，告於廷禮之祠，使嗣於朱。於呼！自吾失姓來，恒懼不得追復其始，以斬先世之澤，貽辱先人。今幸而獲志，不可無言以示我後人，子其爲我記之。」

竊惟古者天子建德，因生以賜姓，而子孫别而爲氏。故有以字氏者，有以謚氏者，以官以爵若事者。今之姓，即古之氏也。古氏雖多所從，然莫不各本其所始。百世而下，雖參錯紛糾，可以一考而得。其説雜出於傳記，而左氏特書之，不可廢也。

自秦有贅子，子孫乃有以外氏爲氏者。吾吴中故多秦贅，緣是而易姓者，十室而四五，至有名世大臣不能免者。馴而習之，往往不知其姓之所自出。不知姓之所自出，而昧昭穆之敍，歐陽子以爲雖禽獸不若也。夫人而至於禽獸不若，亦已甚矣！而其所失，乃在於區區姓氏之間，然則人可以不知所謹哉？閭井小民，因陋習敝，無足異者。而名世大臣，足以有爲，乃不知出此，在當時豈有甚不得已者乎？及今歲月既遷，族屬衍大，雖有賢子孫，無能爲矣！豈非當時之罪哉？天民爲此，其亦無使後之人有慨於今日也。若其緣情據禮，續廷禮之嗣，寔惟仁道所在，而不忘所始，有孝存焉。天民庶幾知仁孝之理哉！

襃節堂記

正德八年癸酉，御史按河南上言：「汝寧民劉漢死，妻余年十九，矢死弗貳。漢且葬，喪行而水至，余阻不得渡，便哭踴溺水自殞，父母救出之。尋就雉經，亦以覺免。既求死不得，乃撫二歲孤林以居。閱三十有五年，養舅姑以壽終，子亦成立。今余年五十有三，法應旌表。」事下所司，核實以聞。詔旌其門曰「貞節」，有司奉詔，書事惟謹。乃十年乙亥，樹表復其家如制。於是其子亦登名薦書，爲鄉進士矣。乃作褒節之堂，用侈上命。他日以縣文學來教長洲，進其門生文某使爲記。曰：「吾微母夫人，無以有今日；微明天子至恩，無以昭母夫人之德如今日：此吾所爲名堂也。」

余惟我國家以彝倫正天下，而節孝莫先焉。誕章敷治，每申飭之。有司課績，用爲殿最，若是重矣。然而以天下之大，民物之庶，而歲之所上，不能幾人；推核之餘，能終與明詔者加鮮焉。其事誠有不易至者，而非徒以其節也，於此有限列焉：年未三十而寡，及五十而後旌；未及五十與三十而寡者不與也。夫豈以其非節耶？惟是天下之大，民物之庶，非有限列焉，則事力有所不及，巧僞有所不能防，其勢不得不然。而人之所遭，有幸不幸。是故自其始遭，比於五十，踐更涉歷，非獨一時，而艱難變故，非只一事，幸而得全者，蓋亦有數。不幸不及年而死，又不幸無子，或有子而非賢，皆所不得也。此又出於法制之外，有非吾人所得而强焉者。而曠蕩之恩，固所不能周也。若余夫人之事與年，足登法式，而合於褒表矣。然非有吾師文學君之賢，以爲之子，其旌與否，不可知也。

吾聞夫人之於文學也，慈不忘教，期於必成，其始非直爲今日也。而今日之事，卒用賴之，夫豈幸而致哉？文學君不忘母訓，推衍國恩，以爲是堂，其亦有意乎哉？其教吾邑也，軌法緒正，必舉其職。嘗曰：「吾惟無負吾君，以求無遺吾母之憂耳。」是固名堂之意也。而吾於此得忠孝之理焉。是爲記。

長洲縣重修儒學記

嘉靖十有五年，歲在丙申，秋八月，長洲縣重修儒學成。乃是月四日丁亥，知縣事渭南賀侯，躬率博士弟子釋菜於先師孔子。新宮桓桓，豆籩維飭；陟降旋辟，儼肅有儀。父老賓屬，爰觀爰慶，謂數十年來所未有。既明日，諸博士弟子相率言於某拓本作「徵明」曰：「維兹長洲，寔蘇之輔邑。邑有廟學，而制統於郡。故事，月朔廟謁，春秋有事，縣官師生旅拜於郡學，以爲故常。拓本作「常故」有祭田，瘠薄不足更費。歲時惟學官行事，而有司不與也。頃歲，有司之賢者，間一行之。牢醴狼籍，取具臨時，而其事亦不恒舉。夫有司之賢有才者，固足集事；而或不然，則委諸故事：是故或舉或不舉惟其人，而學之廢興以之。茲學之建，昉自宋季，即浮屠氏藏殿爲之，陿隘弗稱。歷元及國朝，數有建置，而踵拓本作「終」其庳陋，無所展拓。正德丁丑，提學御史安福張公鰲山，盡斥僧廬益之，而未暇改爲也。侯始至，以學校首政，顧月朔不得專謁，則以次日將事。視學弗葺且敝，慨然以起廢爲任。節用制財，乘時僦工，爰相厥攸，亟請於監司、於郡守。既議克協，悉撤其故而新之。首禮殿，次兩廡，次講堂齋廬，從而戟門繚垣，以若廩庾廬拓本作「庖」湢之屬，亦以次告成。甃以密石，華以丹堊；原作「亜」，據拓本改翬奐嚴翼，實完實堅。乃斥隙地，俾居民占業，而税其間架，牟其所入，以給歲祀。於是廟學之制始備，而禮文始益弗僭。」謂某拓本作「徵明」故學諸生也，俾有述焉。

維古士見於師，以菜爲贄，故始入學者，必釋菜以祀其先師。是故有學則有廟，廟而弗祀，猶無廟也。長洲爲東南望邑，學視上庠，官有常員，士遊於學有常額，而庠拓本作「養」有廩餼，事皆應於法。而有廟弗祀，豈其制則然？殆有司之失也。侯之爲是，豈獨行禮哉，拓本無「哉」字亦所以復國家立學之制焉爾！夫學校之設，所以育英才，以爲致禮拓本作「理」之具。其法自三代而下，惟我國家爲詳，而其任爲特重。蓋仕者必選自有司，舉於禮部，然後登用於朝。然非學校，無自而升也。故進雖多途，惟學校之出爲正，而拓本有「出」字他途者不與。宋慶曆間，嘗詔天下立學矣，然惟州郡有之，縣不滿二百人者不得立。至於學制，雖見於程子之議，而實未嘗用。今內自畿甸，外而荒服，偏州鄙邑，莫不有學。學必具官，士必板列，必選於民秀而考其行能，閑衛升黜，必有法程，而所授受肄習，必孔氏之教：莫不切於治理，周於實用，粹然一出於正。嗚呼！學校之習一出於正，則凡有司之所選，禮部之所舉，與夫朝廷之所登用，有不正焉者，不可得也。故百餘年來，名卿鉅人，所以出而爲國家之用，其立言立事，與夫致身效命者，莫非學校之出；而出他途者，蓋鮮也。

夫正學之效，章明較著如此。近時學者或厭其卑近，而遊心高遠。於凡語言文字，禮樂刑政之屬，一切以爲支離靡爛，爲拓本作「而」不足爲；而惟坐談名理，標示玄邈，以爲道在是矣。而推究厥用，不知其所以立言立事，與夫致身效用，於昔人何如也。吾侯所爲惓惓興學之意，其亦有所擇哉？或謂：「習久不滋，拓本作「澵滋」事日就弛。今之所謂學校，特文具耳，而何以興爲？」是覩其迹而不知所以探其原也。孔子曰君子之道，譬猶防焉，「以舊防爲無用而壞之者，必有水敗。以舊禮爲無所用而去之者，必有亂患」。侯其知所防哉！

侯名府，字應璧，己丑進士。仁明愷弟，而敏於政。是役特其一事爾。相是役者，縣學教諭建昌拓本作「廣昌」李泓、訓導安仁熊魁、烏程潘佐。董役者，義官張鑄。拓本

玉女潭山居記

宜興諸山，桐棺、離墨最巨。其次穿石山，峻巀不如二山，而巖竇虛嶷，湍瀨聯絡，窴窔瑰譎，最爲奇勝，而張公洞最有聞。玉女潭在張公洞西南，相去不三里而近，相傳玉女嘗修煉於此。唐以前名賢勝士，多此遊覽；而李幼卿、陸希聲蓋嘗居之。一時倡酬篇詠，流傳至今，有以想見其盛也。自後湮塞不通，人鮮知者。溧陽史恭甫葬母山中，土人有以其地售者，恭甫喜而得之。乃疏土出石，決澮導流，刳闢蠲刈，盡發一山之勝。幽巖絶壑，靈湫邃谷，悉爲標（湘管作「剽」）表；而兹潭寔首發之。

潭在山半深谷，中渟膏碧，瑩潔如玉；三面石壁，下插深淵，石梁亙其上，如楣而偃。草樹蒙冪，中深黑不可測。上有微竅，日正中，流影穿漏，下射潭心，光景澄澈。俯挹之，心凝神釋，寂然忘去。潭之湄有坻，即坻爲臺，構重屋其上，曰玉光閣。閣成，而潭之勝益靚以顯。潭石之巔有靈應亭，山中嘗旱，禱於潭而雨，因爲亭以識。潭四周無隙，水伏流而南，出巖石之下，匯爲小池，玉潔不流，爲亭其上，曰凝玉。凝玉之西，淵泓洄洑，其流漸駛；別疏一渠，激其流北出行亂石間。緣石旋轉可以流觴，曰流觴嶼。凝玉之南，古櫸一株，根柯鬱蟠，礧磈如石。獨孤及詩湘管無「詩」字所謂「日日思瓊樹」者即此。其下湍瀨瀠洄，與樹映帶，曰瓊樹湍，潄玉軒在焉。湍流西下，折旋而南屬於灣；碕石累屬，如龍馬下飲，如砥柱中矗，水奔注激射如鬬。再折而東，水益駛，石亦益奇，夭矯如虬蟠，如鼉奮；飛流噴薄，濺沫成輪，聲震盪如行峽中，曰虬鼉峽。峽左石梁，曰沸玉橋。踰沸玉橋而北，地多美箭，間以江梅，曰梅竹隩，琅玕所、聽玉寮在焉。又北偃沼如初月，曰生明池。絶沼爲梁，曰隔凡橋。隔凡而上，則玉陽山房也。中爲玉虛堂，周堂爲八室，室三楹，依易卦爲面勢，隨方署名，曰純陽，曰中陽，曰初陽，曰循陽，曰明陽，曰通陽，曰來陽，曰升陽。自升陽北出，地漸高且廣，蓋山之麓也。因山爲臺，塏爽層出，陟級而上，延閣若干楹，前軒施檻，可以肆目，曰大觀廊。廊之後爲丹室，又後爲雲蓍臺。臺方三十尺有奇，始築臺而蓍生也。又其後爲環玉岡。由環玉岡東下，出雲蓍臺之左，曰澄觀樓。其前爲上元祠。又前爲東岡别館，爲護雲莊，爲仙寓。仙寓之南，爲來仙橋。由環玉岡而西，轉出玉潭之後，蘽祠奠焉，曰玉清祠，祀玉女也。祠右隙地，白礫纍纍，散卧松竹間如羊，曰初平林。出初平林西行二百步，巨石盤踞，環匝如墉，曰盤玉隈。自盤玉隈西上，繞出山椒，有亭直太湖之縹緲峯，曰縹緲亭。亭下怪石林立，鯨騫獸伏，競爲奇狀；嘉木出石罅，一本七幹，挺特修聳，與石争秀，曰琪樹峽。

琪樹峽之西爲集靈谷，又西爲飛雲洞。自此下上登頓，緣石徑而行。徑盡出於山脊，平壤空曠，甃以文石，曰瑶臺。負臺爲室，曰超然宇。宇後羣石掀舞，如華葉駢植，聯延如睥睨，曰芙蓉城。石之有湘管無「有」字奇者曰天成碑，曰雨霤，曰小蒼弁，曰青騾巖，曰三珠洞，曰二姑，曰雙仙，皆以狀類名。而二姑、雙仙之間，有期仙臺。由期仙臺東下二百步，爲文殊峯，又東爲普賢峯，觀音巖在焉。山自環玉岡而下，左右盤亙，蜿蜒不經，總若干畝。其中臺榭樓閣祠宇杠梁，凡三十有一。林壑巖竇，可名者二十有三，他細瑣不暇紀者，不在也。以其地在玉女潭之陽，因名玉陽山，而標其前曰玉陽洞天。玉陽洞天之東，境之可紀者四，金晶巖最勝。巖去玉陽五百步，軒揭如垂石下燾，巉顔如斷齶，深廣十尋。其中石壁奇峭，水出壁下，平流兩涯，交絡如織。瀕水石坻，可羅坐十客，水環之如玦。巖石晶瑩，日射之炯爍如金，故云金晶。金晶巖之東稍南，曰佛窟。窅陿邃深，中空洞可居。别竇尤深，秉炬而入，詰屈不可窮。其北爲回陽洞，玉潭之水至是回流而南，故曰回陽，青鳥磯在焉。其上有留仙橋。踰橋而東爲鐘竇，水激其中，聲洪如鏞也。玉陽洞天之西，境之可紀者六，龍湫最勝。湫去玉陽數百步，在積石之下，而淵潛澄湛，微類玉潭。懸艇而入，中空如室，石皆下垂，峆岈岝粤，不可名狀。其後石壁插水，壁盡處有穴，劣可容舟。欹仄以入，中空如外室，而通明虚敞，石尤奇麗。緣石而上，得穴甚隘，僂而入，轉出石室之下，中空如上室，石柱合抱，色正白如玉，曰玉陽洞，此龍湫尤異處。龍湫之西曰水犀洞，水足勝舟，而石壁幽峭，石上有穴通天，故曰水犀。其水潛行而南，出於南洞磐石之下，石平衍可坐，水縈之如浮，曰浮磐。浮磐之南，爲君陽洞。洞凡三穴，最後一穴稍深，曰白龍藏。三洞相屬，石皆穿漏如蹄股交峙。水瀉其間，湍激若瀧揭。湘管作「龍揭」跣行，可環遊出入，彼此嘯呼，與水聲相雜，亦一奇也。水自凝玉而來，東南互流，至此凡百折；乍盛乍微，或浮或伏，而其源皆出於玉潭。石自玉潭而來，或隱或見，亦皆湘管有「聯」字綿相屬。其間松檜梗楠，幽蘭靈卉，叢生蔓被，與水石相蔽虧。周遊其中，若去塵寰，歷異境，既違復合，若窮而通。綺錯繡縮，不出里道，而衆景畢集。殆造物者効奇呈異，獨媚於兹，以成一方之勝如此。

夫自清濁肇判，流峙攸分，而是境已具。其前未暇論，考之唐賢篇詠，玉潭之外，他固未有聞也。由唐至今八百餘年，始自恭甫發之。豈天秘絶景，必待其人之賢而勝者而授之耶？恭甫以粹美之質，具有用之才，不究於時，而肆情丘壑。搜奇抉異，發幽而通塞，俾伏者以顯，鬱者以申，而無有所蔽。夫其志，豈直山水之間而已哉！昔謝康樂伐山開徑，以極遊放，柳子厚發永、柳諸山，而著爲文章，皆以高才棄斥，用攄其抑鬱不平之氣耳。或謂恭甫類是，而實非也。恭甫恬静寡欲，與物無忤，而雅事養神。邂逅得此，用以自適，而經營位置，因見其才，初非若一二公有意於其間也。雖然，一二公在當時，或有異論，而風流文雅，千載之下，可能少其名乎？嗚呼！地以人重，人亦以地而重；他時好奇之士遊於斯，庶幾有知恭甫者。湘管齋寓賞編卷三

重修蘭亭記

紹興郡西南二十五里蘭渚之上，蘭亭在焉。郡守吴江沈侯省方出郊，得其故址於荒墟榛莽中。顧而嘆曰：「是晉王右軍修褉之地也。今褉帖傳天下，人知重之。而勝蹟蕪廢，守土者不當致意耶？」既三年，道融物敷，郡事攸理，乃訪求故實，稽遺起廢。時其□詘，以次修舉；而蘭亭嗣葺焉。亭所在已非故處，壞且不存。而所謂清流激湍，亦已湮塞。乃翦茀決澮，尋其源而通之，導其流行於故址左右。紆回暎帶，彷像其舊，而甃以文石，視舊加飭。闢其中爲亭，榱棟輝奐，欄楯堅完。墨池、鵝沼，悉還舊觀。經始於戊申之□月，成於己酉之□月，不亟其工也。侯於是集僚友賓客而落之。以書抵余，俾記其成。

余惟右軍去護軍而爲會稽也，其歲月不可考，而開倉賑饑，上疏争吴會賦役，與執

政書極陳郡中敝事：其於爲郡，盡心焉爾矣。蘭亭之會，殆其政成之暇歟？昔人謂信乎則人和，人和故政多暇，余於右軍蘭亭之遊，有以知當時郡人之和也。至其兩諫殷浩北伐，而策其必敗；若會稽王須根立勢舉，而後可以有謀，不然社稷之憂，可立而待。當時君臣，謾不知省，而卒皆蹈之。晉之爲國，迄以不競。迹其所爲，豈空言無實者？使其得志，行其所學，而功烈施置，當不在茂弘、安石之下。時不能用，而斂其所爲，優游於山林泉石之間，至於誓墓自絶。嗚呼，豈其本心哉！若其所謂虚談廢務，浮文妨要，斯言也，實切當時之敝；而以一死生、齊彭殤爲妄誕，於斯文特致慨焉：其意可見已。

自永和抵今，千數百年，國有廢興，人有代謝，而蘭亭之名迄配斯文以傳，其事又有出於泉石遊觀之外者，君子於此，蓋有所識矣。夫遊觀雖非爲郡之急，而考古尚賢，亦有政者所不可廢。矧蘭亭諸賢，皆天下選，文雅雍容，極一時之盛。委蛇張弛，古訓攸存；文章翰墨，又所未論也。然而文翰之美，自兹以還，亦未見的然有以過之者。則夫所以掩其心志，而失其實者，有以哉。史稱其清真任率，釣弋自娱，亦言其迹云耳。故余於沈侯之請，特著其心之所存，出於晉諸賢之上如此。然則沈侯斯亭之復也，豈獨遊觀爲哉？

是役也，侯首捐俸入以倡，而一時僚寀若通守蕭君奇士，推郡王君愼徵，咸有所爲；貳守俞君汝成最後主，復相厥功，於法皆得書，因附著之。侯名嵩，字子由。

按：本卷各記皆見三十五卷本卷十九。

文徵明集卷第二十

贊 七首

元馬國珍像贊

元賜號靖逸處士，省劄云：「皇帝聖旨裏集賢院：竊見儒人馬國珍，稟性剛明，持身雅正。讀書學道，志操軼於古人；樂善安閒，簡靜宜爲君子。不爲禄仕，安分山林，可號靖逸處士。」

噫！是惟有元靖逸處士馬公之像。貌質而揚，道幽而光，義高天下，名動帝王。錫之命書，隆以名號，考德無慚，於身有耀。然而九重之意，雖云能極其褒；而一時議者，猶恨未抵於用。是徒見道行之可尊，夫孰知隱者之所重？蓋雖真宗之賢，不能奪魏野之志；而和靖之稱，適用爲孤山之寵也。是以節義顒如，光於里閭，聲名煒如，久而弗渝。余生百數十年之後，亦得起敬於丹青之餘。

方質夫像贊

是爲吾友方君質夫之像也。蒼顏槁如，其貌之臞；或視以爲愚。大裙襜如，其服之儒；或誚以爲迂。夫孰知其行之拘而心舒，外之枯而中腴？枕詩籍書，居居于于。夫誰與徒？嚴灘、鑑湖。然句秀而姝，燦乎璣珠，曾不療其貧痡。譽藉而孚，煒其載途，適爲造物者之所娛。蓋嘗稽其家世，出玄英處士之後；原其鄉里，在金華文獻之區。噫嘻質夫，我知其人，下求一世而不足，上師千載而有餘。

廷尉湯公贊

大廷尉沂欒湯公既罷之六年，爲嘉靖十一年甲午，以疾卒于江陰里第，於是公年七十有四矣。

公起家進士，歷仕中外，垂四十年。爲良有司，爲明執法。累更藩臬，聲實並流。

晉撫貴竹，繼鎮三川，戡難敉邦，所至振肅。遂自御史大夫，入爲大廷尉，且向用矣。會朝廷有疑獄，議久不決。天子嚇怒，從中下其事。事既反正，而在廷與議之臣，咸得罪罷譴。所罷諸臣，多累朝老臣，一旦以詿誤去，天下咸共惜之。而公清忠練達，尤爲時望所屬，故言官數有論薦。久之，聖意稍釋，一時被罪諸臣，或湔濯登用，而公竟疾不起。嗚呼！豈其命耶？抑天道有不可知耶？

惟公博碩修正，有德有言。進退本末，皦無瑕纇。居常不立崖異，而遇事激昂，不少觚骫。方獄之興也，聖怒叵測。或道公自疏引却，公不可，曰：「吾位九列，實與聞國政。有不率職，則國有明憲。豈可首鼠其間，苟爲避就？」及詔旨臨責，羣臣震讋；而公抗言自理，觀者傍懼脅息，而公弗恤也。嗚呼！若公者，其古之所謂抱道守貞，不爲威詘，不可利誘者哉？贊曰：

有偉湯公，國之楨碩，既燁有章，亦恒其德。發身以儒，守之有道，更陟險夷，不易其操。奕奕星朗，憲憲六察，入直文螭，出奠藩臬。風聲所被，無有邇遐，有庸弗釋，天子曰嘉。進陟大廷，爲廷尉平；以仁以明，以莫不經。經之維何？弗枉而直；相古有賢，孰如定國？法不可逾，民用不冤；有偉湯公，德罔有遷。維堯有宥，皋陶執之；維帝之仁，豈仁則私？維天有仁，維國有法，謇謇脛脛，匪躬維烈。臣罪不赦，帝德如天，弗隕以捐，迺歸而全。古亦有言，天王聖明，位則不究，道斯用亨。維道之亨，維志之得，退不失身，進不失職。有偉湯公，德懿孔醇，古之遺直，今之令臣。

張可齋少參像贊

嗚呼！是爲可齋先生少參張公之像。氣和而平，言辨而貞，惟其秉德之明。既騫用揚，亦敏有章，惟其賦才之良。奕奕文聲，顯顯政譽。亶收效於甲科，遂宣猷于朝著。方武皇在位之時，正國家危疑之際，逆豎盜權，四郊多壘。公以郎署之英，適當本兵之寄。發蹤厭難，左右折衝，迄靖羣寇，日籌有庸。曾是弗酬，顧用爲異。豈皦皦之易污，乃隆隆而來毁。嶺南之擢，寔嬰時忌。既逐于朝，尋奪之位。蓋舉朝皆不謂然，而公曾不以自懟。優游林泉，考終盛世，雖用不盡才，而志行靡虧。況公論在人，而此心無愧。嗚呼先生，於此亦足以自慰也。

桑廷瑞畫像贊

余家於海虞桑氏有世締。至先大父洓水府君，於淪齋、□齋通守，復講筆硯之好；而柳州於先溫州尤親狎。故某獲接諸父緒餘，有以知其淵源之學，出廷瑞公。而生也後，不識其人。他日淪齋示某葬文畫像，始得其詳。像出淪齋意想，其惓惓不忘，可重也。昔人謂一鬚髮不類，即是他人者，豈論其情哉？敬瞻之餘，輒贊數語：

有腴其容，惟德之充，曾謂是人，弗永而終？有襘者裾，惟行之儒，曾謂是人，甫命而殂？雖藉不爲禁近之儲，而章服猶太學之具。豈造物者好厄於全，而可見者僅永其譽？顯融之志，經術之用，弗究於身，發諸羣從。蓋不特登仕之有人，方此文聲之靡窮；曾歲月之幾何？已藐然其音容。遺像之存，意想而已；顧惟手足之情，又奚鬚髮之議？儼然長軀，蕭然圖書。余蓋得於世好，漸於風聲，而有以知其然者，非獨起敬於丹青之餘也。

朱秋厓像贊

是爲御史中丞秋厓朱公之像。清真閒靖，儼乎其儀；修正剛方，卓乎其性。早策名於彤廷，旋敷宣乎民政。出入中外，歛歷臺省，操靡效勤，秉貞執勁，雖齊政或過乎嚴，而處心一出於正。迨乎出鎮閩越，聿樹風聲，遠臨海嶠，志清梟獍。夫何譽者在前，而議者在後？事緒甫寧，而此身已病。間關跋涉，惟在事行。偃蹇崎嶇，竟以身殉。惟重國以輕身，亦守義而正命。迺見之明，迺志之定。在公自以爲德之無慚，而君子猶以爲用之不盡也。

張曲江遺像贊

是爲唐相曲江張公之像。憲副洛南陳君紹儒，其鄉人也。歆其名德，常挾以自隨。比奉使吴門，出以相示，俾余爲之贊：

於戲張公！丰儀醞籍，意氣峥嶸。文章爾雅，志節公清。郊祀之疏，早已占其卓識；金鏡之録，益以見其忠貞。羞仙客爲比，惟其正。識禄山之逆，惟其明。此所謂有唐之賢相，此所謂南海之精英。昔嘗閲其事業於編簡，今獲瞻其風度於丹青。是誠無愧爲千古之名德，宜其爲鄉後學之所儀刑也。

字辭　三首

王氏二子字辭

王君清夫，居金閶南濠之上。地中闤會，人習華詡，利賄惟其常。王君恬性文雅，雖塵壒鞅掌，而能收蓄古器物書畫以自適。喜親賢人士夫，與相過從爲樂；視他市人獨異也。余間嘗過君，見其二子伯守仲寵，秀穎好修，器業並可觀。竊嘆君之所爲，非獨可以潤身，而所爲沾溉其子者，亦既可徵矣。已而有司選士，二子並以里儁補校官弟子員。於是以其父命詣余，再拜請字。惟古之冠者，賓字之，尊者祝之。又或見於先生長者，從而誨之。若晉趙文子之於欒武子諸人是已。今三加之禮，已廢不行，而命字之義固在。或從而衍其字義，爲文而致之，是猶祝辭之遺也。然惟鄉長者與冠者之執友爲宜，顧余非其人，則辭之。踰年不得命。其師沈明之，余友也，又從爲之請，乃即其名義訓之。

守之文，從宀從寸。寸，法度也，所以執乎物也。天下之事，浩穰無極，而理亦無極。然有要焉，得其要則治，不得其要則廢。寵之義，爲尊爲居，爲愛爲恩。其訓則榮也。上之所以榮我無間，而吾所以迓承之者，有勝有不勝，而榮辱繫焉。然有所謂不假寵以爲榮者，則人所自貴也。是故守之要在約；而人所自貴者，孰愈於仁？孟子曰：「守約而施博者，善道也。」又曰：「仁則榮，不仁則辱。」字守曰履約，字寵曰履仁，而申之以辭。辭曰：

惟萬斯物，厥理孔殷；何以酬斯？維茲一身。身則匪勞，事罔弗克，乃操之權，乃履之實。維天有樞，維海有濤；苟得其持，靡遠弗操。守約施博，聖訓則明，君子修身，天下攸平。維人之身，莫不有貴，匪金而玉，匪禄而位。豈不榮斯？寵之在人，匪人則專，繫命之存。人之所榮，人亦能辱，惟仁自我，履之而足。君子履仁，勿替允延；以允以延，有錫自天。凡厥斯訓，匪我伊詞，軻書昭昭，夫豈我欺？式斯庸斯，是在二子。有攸維中，尚慎所履。

王錫麟字辭

侍御王君敬止，嘗被麟服之賜，名其子爲錫麟，昭君恩也。錫麟既冠，余字之公振，而申之以詞：

有姣維麟，維獸之祥，山川孕精，靈圖煌煌。化洽周南，爰有麟趾。孰其尸之？振振公子。振振公子，瑞世如麟，何以瑞斯？信厚而仁。麟之仁矣，有趾弗履；麟之厚矣，有定弗抵。維子有父，維邦之瑞，靡賢弗酬，天恩斯賁。賁恩如何？煌煌麟服；允昭厥德，亦仁其族。匪族則仁，賞延于世；允言復始，敬在小子。吁嗟小子，服此嘉名，字之公振，公族是徵。公族振振，如麟在囿，如麟之仁，如麟之厚。厚則匪刻，仁則匪虐；可以人斯，而麟弗若耶？

石氏三子字辭

吴城石君宗大，以高貲推於里黨。而朴茂愿謹，有古孝弟力田之風。晚始生子，而連得三子。長岭，仲岳，季巖。韶秀朗徹，並循飭向成。而君愛之，慈不忘訓。乃岭之冠也，因其師錢德孚謁字於余，且致其父之意，乞言自勗。余於是有以知君之能愛之也。

古者生子，父名之，賓字之，又請於其父之執友而訓之，其意皆有所重。而余非其人也。顧其意不可辭，則爲析其義而命之。命岭曰民立，遂亦命岳曰民望，巖曰民瞻。蓋岭之訓獨，有特立之義。岳之訓宗，有羣望之情。巖之訓峻，有瞻聳之勢。因又廣三加之意，祝之以辭。辭曰：

有巃者岭，維山之奇，既拔有貞，弗附而麗。屹焉峙之，矗焉植之，君子攸行，企其庶之。企之維何？有允斯立，弗倚弗傾，在心之執。孑孑其持，嶤嶤其嶷，維立之奇，維岭之師。崧高維岳，維山之宗。曰恒與岱，泰室維中。彼岳則崇，曰維羣望，何以企之？有德斯仰。德何崇斯？弗以利卑，弗以智私，岳高同歸。德之崇矣！望之隆矣！孰其庸矣？維岳之宗矣。巖巖者石，赫其有瞻，顒顒其人，肅肅其嚴。豈嚴則持，曰身之示，一或靡虔，百凡斯墜。德之墜矣，事斯斁焉，儀之忒矣，民何則焉？噫岳之顒，惟德之峻，民之瞻之，亦罔弗敬。維立之持，維望之嵬，既瞻有威，維衆山之儀。維山有儀，維人有德。峨峨蓋高，修罔弗克。我作訓詞，式徵厥父。小子服斯，以永有祜。

頌 一首

王武寧去思頌 有敍

余讀顧君志仁所爲王武寧去思碑，爲之嘆曰：「王君其古之循吏耶？何其得民之深耶？」或以碑所書，皆爲縣常事，無他赫赫異政。嗚呼！此王君之所爲不可及也。古循吏莫盛於西京之世。然考之正史，皆無劇蹟可傳。至書何武之事，謂其所至，無赫赫之名，豈武爲治，皆苟簡因循，無所建明；而彼所謂循吏者，豈皆無所事事耶？惟夫濬德淵微，潛濡默被，出於至誠，而泯於無迹。受之者不能知，而知之者，亦不能爲之辭也。然則王君其真古之循吏哉！君仕在弘治六年癸丑，而碑建于嘉靖二年癸未。相去三十有一年，而民思之不忘，則豈特既去思之而已哉？此又以見君之德澤深長，而非苟焉圖塞目前之爲也。爲之頌曰：

巖巖武寧，維洪壯邑。帶江襟湖，民嚚以譎。有賢令君，修正維祇，展采錯事，式貞以綏。民役孔艱，時予之毒；我度我均，如垢思沐。或羅于辟，維我有眚。載讁用懲，納于仁軌。緊軌之修，範於四民，迺教迺申，迺興於文。文教攸興，亦有廥積，豈富則儲，于凶之備。有賢令君，重食敬教，凡斯有作，去惡從好。越祺三十，民思靡忘；何以永斯？匪異伊常。考古循政，平易斯理，赫赫何爲？君子攸恥。有賢令君，益遠維新，尚千百年，視此貞珉。

按：本卷各贊、字辭、頌，皆見三十五卷本卷二十。

文徵明集卷第二十一

題跋一　二十五首

跋夏孟暘畫

右雲山圖，崐山夏孟暘作。孟暘名昺，太常卿仲昭兄，能書，作畫師高房山。初未知名。洪武季年，爲永寧縣丞，謫戍雲南。永樂乙未，仲昭以進士簡入中書科習字。一日，上臨試，親閱仲昭書，稱善。仲昭頓首謝，因言臣兄昺亦能書。召試稱旨，與仲昭同拜中書舍人，時稱大小中書。既而謝事，終於家。其書畫平生不多作，故世惟知太常墨竹，而不知孟暘。

予往年見所書西銘，頗有楷法。此軸爲王世寶所藏，亦不易得也。

題黄庭不全本

宋諸珊瑚、郁氏有「名」字賢論黄庭衆矣。然但辯其非换鵝物，卒未嘗定爲何人書。雖米南宫，亦第云「並無唐人氣格」而已。至黄長睿秘書始以逸少卒於升平五年，後三年爲興寧二年，黄庭始出，不應逸少先已書之。意宋、齊人書，然不可考矣。

予按陶隱君珊瑚、郁氏作「陶隱居」與梁武珊瑚、郁氏有「帝」字啟已有「逸少名蹟，黄庭、勸進」等語。隱居去晉爲近，當時已誤有此目，珊瑚作「此書」則珊瑚、郁氏有「此」字書雖非逸少筆，其爲晉、宋間名人書無疑。而趙魏公獨珊瑚、郁氏無「獨」字以爲楊許舊蹟，豈别有所見乎？

唐石刻數種並佳，傳流近代，轉益失真，無足觀者。此本紙墨刻搨皆近古，中「玄」字並缺末筆，固是宋本。自「還坐陰陽門」下，皆無之，校他刻才得其半。字勢長而瘦勁，自「中玄字」起五句，珊瑚、郁氏作「有宣和紹興印章想曾入秘府且陶學士跋語甚詳字比諸刻瘦勁」涪翁所謂徐浩摹本爲是。都玄敬不知何緣得之，以遺從父慶雲令，轉以付某。珊瑚作「余」，郁氏作「予」雖非完物，此句珊瑚、郁氏作「亦楷法中第一等帖」自可寶也。珊瑚網書録卷二十　郁氏書畫題跋

記卷十一

按：珊瑚網、郁氏題跋末有「癸卯上巳日徵明記」，蓋後以此文另跋全本，故字句略有更改。

跋楊凝式草書

右楊少師神仙起居法八行，南宮書史、東觀餘論、宣和書譜皆不載。余驗有「紹興」小璽及「内殿秘書」諸印，蓋思陵故物。後有米友仁審定跋尾及停雲、書畫、大觀有「御書」二字釋文四停雲、書畫、大觀作「五」行。

按紹興内府書畫，並令曹勛、龍大淵等鑒定。其上等真蹟，降付米友仁跋。而曹、龍諸人，目力苦短，往往剪去前人題識。此帖縫印十餘皆不全，是曾經剪拆者；其源委受授，莫可得而考也。標綾上有曲脚「封」并「閲生」葫蘆印，是嘗入賈氏。蓋似道枋國，御府珍秘，多歸私家。最後有商左山參政，留中齋丞相跋。留稱「野齋」者，元翰林學士承旨李謙受益號野齋居士，博雅好古，虞文靖詩所謂「五朝文物至于今」者。又有廣東宣慰使郭昂彦高，亦號野齋，而其出差後。李在世祖時爲應奉文字，正與商、留同時。商又同郡人，此帖必李氏物也。　停雲館帖卷四　歷代書畫舫卷五　大觀録卷二

跋李少卿帖

家君寺丞在太僕時，公爲少卿。某以同寮子弟，得朝夕給事左右，所承緒論爲多。一日，書魏府君碑，顧謂某曰：「吾學書四十年，今始有得，然老無益矣。子其及目力壯時爲之。」因極論書之要訣，纍數百言。凡運指、凝思，吮毫、濡墨，與字之起、落、轉、换，大、小、向、背，長、短、疏、密，高、下、疾、徐，莫不有法。蓋公雖潛心古法，而所自得爲多，當爲國朝第一。其尤妙能三指尖搦筦，虚腕疾書，今人莫能爲也。予雖知之，而心手不逮，蓋數年來未始有得。今公已矣。嘗欲粹其言爲李公論書録，而未暇也。今日偶閲此帖，不覺感愴疇昔，用記如此。

又

自書學不講，流習成弊，聰達者病於新巧，篤古者泥於規模。公既多閲古帖，又深詣三昧，遂自成家，而古法不亡。嘗一日閲某書有涉玉局筆意，因大咤曰：「破却工夫，何至隨人脚踵？就令學成王羲之，只是他人書耳。」按張融自謂「不恨己無二王法，但恨二王無己法」，則古人固以規規爲恥矣。

此帖爲郎中時書，其轉摺處鋒芒削利，蓋蚤年嘗學虞恭公碑如此。後五日又題。

跋東坡楚頌帖真跡

世傳蘇文忠喜墨書，至有「墨豬」之誚。而此實用淡墨，蓋一時草草弄筆，而後世遂寶以爲奇玩。宋、元題識凡九人，而周益公加詳。予往時嘗蓄石本。比在滁，始得觀於太僕少卿李公所。其先藏金陵張氏，李以十四千得之。嘗欲歸閣老宜興公，未果而卒。卒後，宜興託家君寺丞致之，凡留予家半歲。蓋宜興公以其鄉故事，致意特勤。石本即公所刻，無毫髮失真。但去曾從龍、莊夏、仇遠三跋，而益以買田、奏狀二帖。題其後云：「文忠嘗愛吾鄉山水之勝，而欲居之。今所存惟斬蛟橋八字而已。」按橋題經崇寧禁錮，沉石水中。今十二字乃天台謝采伯家真跡，紹定間，其子奕修宰義興，攜以入石者，非當時之物也。

題石本汝南帖後

虞永興汝南公主墓志起草真跡，先宋時，藏洛陽好事家，後歸張直清，米元章嘗見之。元初在郭佑之處，後不知所在，亦不知何年入石。按元章云：「予臨汝南帖，浙中好事者以爲真，刻石。」今觀此刻，字勢長而肥，頗類米筆。又張氏本「十六日」下有闕文，校之良是；然無旁注小字「赫赫高門」等語及玄幾題字。雲烟過眼録記郭本有米跋，今亦不存。蓋米喜臨晉、唐書，往往逼真，而一時題記，多略不録。況此帖世無別本，必米蹟也。

予以孔子廟碑易於朱君性甫，都玄敬見而稱愛，遂題以歸之。

書東觀餘論後

右東觀餘論，宋秘書郎黄伯思長睿撰。長睿元符庚辰進士，年四十而卒。好古博雅，喜神仙家。所著文集一百卷，然世未見；所見惟法帖刊誤及此耳。別有博古圖説十一卷，王楚宣和博古圖實基于此。然楚書頗涉牽合，容齋隨筆嘗論之。而陳振孫書録解題謂圖説有牽合處，亦因宣和時有所删改云爾，非盡出於長睿也。

今觀此書，亦有瞿父之説，豈亦曾經删改邪？中多書帖跋語，考論頗精。鄭杓著衍極，謂其自有劉盛注，而衍極多出於元章；而實不然。按文獻通考，書凡三卷，今惟上下兩卷，前有刊誤、標目，而文不載，蓋亦一卷也。

歲旃蒙單閼十二月廿日，從唐子畏借觀因題。

跋家藏趙魏公二體千文

右趙魏公二體千文，後有跋語，而無名字。驗印章，爲方公孝孺；永樂初禁藏其書，故當時人刮去名氏，以避禍耳。最後則高公遜志，二公皆題爲葉夷仲所藏。夷仲臨海人，名見泰，博學善草書，仕國朝爲刑部主事。此書或疑其筆弱，予始亦以爲然；而出規入矩，有非餘人所能。舒卷數日，見其波發轉摺，皆倣智永。因取永石本比觀，了無差別，遂定爲臨永書。按柳文肅稱公蚤年喜臨智永千文，與之俱化。入朝後，乃自成家。不區區泥古，而無一毫窘束之意。此帖，正少時書也。宋中書謂中年筆，恐未必然。

跋家藏坐位帖

右坐位不全帖，元袁文清伯長所藏，自題其後，定爲米海岳臨本。文清好古博識，所見必真。而跋語考訂精當，無容復議。竊猶有未然者。按書史謂「少時曾臨，不知所在。後謝景温尹京，見於大豪郭氏，縫有元章戲筆印」云云，則當時所臨寔全本。今此本乃是半幅，且無縫印。跋意若臨於安氏分析之後者。然師文元符間尚存，不應子孫先已分析。且謂「以石刻較之，正居其半」。今比石刻，才得三之一耳。此皆不可曉者，豈文清别有所據邪？抑米老所臨，不止此邪？

題七姬權厝志後

張羽文、宋克書、盧熊篆

僞周據吴日，開賓賢館，以致天下豪傑。故海内文章技能之士，悉粹於吴。其陪臣潘元紹以國戚元勳，位重宰相。雖酗酒嗜殺，而特能禮下文士。故此石出於倉卒之際，而一時文章書字，皆極天下之選。羽字來儀，一字輔鳳，潯陽人。元末避地來吴，入國朝爲太常司丞。其文清雄峭拔，足以配古。克字仲温，長洲人。國朝爲鳳翔府同知，博學任俠。其書稱逼鍾、王。熊字公武，崐山人，國朝爲兗州知州。篆籀之精，獨步一時。方賓賢盛時，三公與楊廉夫、高季迪輩俱號高邁，不爲所屈者，今不免亦爲之俛首執筆，其禮羅之勤，有可知者。昔人謂時衰代替，武人所好，涉於衣冠，觀此有深感焉。

跋送梨思言二帖石本

昔人謂晉、唐真蹟不易得，得見墨本佳者可矣。今雖墨本，亦豈易得哉？此帖米氏所刻，蓋真蹟舊藏其家，即書史所載送梨帖也。經宣和收購，遂屬禁中。此本猶是未入時刻。前十字大令書，後十二字實右軍書。柳誠懸自太宗書中辨出前帖，而又悮連後帖。元章已曾勘出，不知何故仍刻作一石？豈當時雖已辨正，而前人題字印記，惜不忍便拆邪？至宣和書譜直以前帖置右軍書中，而王秋澗玉堂嘉話又目爲太宗帖，皆不可曉也。東坡詩跋，正爲米氏作者，後人誤裝入蘇氏雜帖中；今聯於此，紙墨刻搨，誠出一手。

跋山谷書陰長生詩

右山谷書陰真人詩三章。自題云:「書以與王瀘州之季子。」而不著其名。末云:「紹聖四年四月丙午,禪月樓中書。」

按公紹聖元年謫涪州,時王獻可帥瀘,遇之甚厚。獻可字補之,嘗遣其少子至黔省公。公集中有與其少子王秀才書云「車馬遠來,將父命以厚逐客」者是已,蓋王嘗遣其季子至黔,此書相見時書,故不及於簡札耳。觀其稱與而不云寄可見矣。黄罃作公年譜,嘗援以爲據,而不得詳,予因略疏之。

此書初作方寸字,後皆拳許大書,蓋用敗筆草草寫成。瓌偉跌宕,一出顔東方朔贊。但字字剪轃成卷,必是大軸,經庸人裝截耳。

題沈石田臨王叔明小景

石田先生風神玄朗,識趣甚高。自其少時作畫,已脱去家習,上師古人。有所模臨，輒亂真跡。然所爲率盈尺小景。至四十外，始拓爲大幅。粗株大葉，草草而成。雖天真爛發，而規度點染，不復向時精工矣。

湯文瑞氏所藏此幅，亦少時筆。完庵諸公題在辛卯歲，距今廿又七年矣。用筆全法王叔明，尤其初年擅場者，秀潤可愛。而一時題識，亦皆名人，今皆不可得矣。

題陸宗瀛所藏柯敬仲墨竹

文湖州畫竹，以濃墨爲面，淡墨爲背。東坡謂此法始於湖州。柯奎章此幅頗奇，人多不知其本，蓋全法湖州也。虞文靖云：「丹丘雖師湖州，而坡石過之。」但時世所傳湖州竹絶少，余兩見又皆小幅，無坡石可驗；用書伯生之論，以答宗瀛，聊當評語。

敬仲名九思，號丹丘生，天台人。仕元，文宗時爲奎章閣鑒書博士，頗見寵禮。畫有「訓忠之家」印，蓋文宗題其父墓有「訓忠之碑」，故云。

題趙魏公二帖

右趙魏公與丈人節幹、月囱判簿二帖。節幹即公舅氏管公直夫。月囱不知何人，意六硯作「想」亦是管之姻家。當時六硯、故宮無「當時」二字跋者十有三人。陸友仁謂兵部時書。六硯、故宮有「按」字帖意以除授未定，欲遣二姐歸侍。二姐，管夫人仲姬也。公以至元丙戌入京，降兵部郎中。後二年戊子六硯、故宮無「戊子」三字始以夫人北上，不應先有是語。或是元貞元年，自濟南赴史館時。而公是歲竟歸吴興，此是六硯、故宮作「意者」未歸時所遣，不可知也。

二帖行筆秀潤，與他書殊不類，是蚤年學思陵書如此。其署名猶襲故宮作「循」宋人六硯、故宮作「宋習」，或謂出聖教序者，非也。管公無子，公奉之甚至。及殁，建孝思道院以主其祀，亦厚矣哉！六硯、故宮有「沈潤卿氏藏魏公書甚富疑此帖有異特以相示余爲考訂歲月定爲史館時書甲子衡山文壁」六硯齋二筆卷一　民國廿五年本故宮日曆

題沈潤卿所藏閻次平畫

元季崑山顧仲瑛氏，好文重士。家有玉山草堂，多客四方名流。所蓄書畫，悉經品題。此畫仲瑛物也，自題其後，目爲閻次平筆。詩之者四人：于立彦成、錢惟善思復、袁華子英、釋良琦元璞。彦成，仲瑛特厚之，爲設行窩於家，彦成至如歸焉。思復，錢唐人，號心白道人。嘗領鄉解，以所賦羅刹江有名，稱錢曲江。子英，崐山人，雋敏長於歌詩，楊鐵崖稱爲才子。洪武中，被累卒於京。元璞，吴僧，住浙之龍門寺，有禪學，詩筆尤俊。仲瑛後亦以事徙臨濠卒，書畫散落人間甚衆。此爲吾友沈潤卿所藏。真贋余不能辨；然而諸公題品具在，可愛也。暇日從潤卿借觀，因疏其後而歸之。

題趙松雪千文

永禪師書千文八百本，趙魏公（珊瑚無「趙」字）所書，當（大觀作「亦」）不減此。此卷大德五年爲韓定叟書。定叟，會稽人，與公厚善，集中（珊瑚、大觀有「有」字）贈定叟及留别詩可考。公以大德三年爲江浙儒學提舉，此當是爲提舉過會稽時書。是歲，公四十有七，正中年書也。跋者四人：韓性字明善，定叟諸珊瑚作「之」姪，道德文學，爲珊瑚無「爲」字元中世名珊瑚、大觀作「鉅」儒。宇文公諒，字子貞，元統進士，爲史官。張伯雨，茅山隱珊瑚、大觀無「隱」字道士，所謂珊瑚無「所謂」二字句曲外史也。三公並有盛名。而祖銘亦禪宗大老，所著有珊瑚、大觀無「有」字四會語録。其字石鼎，杭州徑山僧，其珊瑚、大觀無「其」字云四明者，本奉化人也。珊瑚網書録卷八　大觀録卷八

跋沈仲説小簡

仲説名右，號寓齋，故吴中富家。嘗取妾得范復初女，即具資裝嫁之。其文學行誼，皆有足重。而出處之跡，不少概見，而嫁范女之事，亦僅見於浯溪集中。相傳與沈仲榮同族，然不可考也。其詩篇書跡，流落吴中甚多。此紙與安素高士者，蓋金天瑞伯祥也。仲説書法最精，見者咸争寶愛，況金氏子孫哉？

跋林藻深慰帖

右唐林藻深慰帖，元人跋者五：李倜士弘，河東人，官侍讀學士，謚章肅；張仲壽希静，本内臣，帶學士承旨；邵亨貞復孺，睦人，寓華亭；袁華子英，崐山人，國初郡學訓導；張適子宜，長洲人，終宣課大使。按諸跋謂此帖即宣和書譜所載。今驗無祐陵印記，惟有紹興二小璽，似爲思陵所藏。蓋南渡後，購收先朝書畫。民間藏者，或有内府印記，即拆裂以獻。又當時多屬曹勳、龍大淵鑒定，二人目力苦短，往往剪去前人題語。此帖或民間所獻，或經曹、龍之手，皆未可知也。

又有柯九思、陳彦廉名印。柯字敬仲，天台人，官奎章鑒書博士。此帖印記特多，且有「秘笈」字，蓋其所藏也。而仲壽所題，亦云嘗藏之。彦廉名實生，泉州富商。元末居太倉，家有春草堂，所蓄書畫極富。袁、張二人嘗主其家。此跋又爲陳氏題者，則此帖經三氏收藏無疑。後歸吴江史明古，而吾師匏庵先生得之，故某數獲觀焉。今疏本末如此，其詳則俟博雅君子。

龍茶録考

蔡端明書，評者謂其行草第一，正書第二。然宣和書譜載御府所藏，獨有正書三種：豈不足於行草耶？歐公云：「前人於小楷難工，故傳於世者少而難得。君謨小字新而傳者二。」謂集古録序及龍茶録也。端明亦云：「古之善書者，必先楷法，漸至行草。某近年粗知其意，而力已不及。」觀此，則其行草雖工，而小楷尤爲難得。當時御府所收，僅有三種，而茶録在焉。蓋此書尤當時所貴，嘗刻石傳世。數百年來，石本已不易得，況真蹟乎？侍御王君敬止，不知何緣得此？間以示余，蓋希代之珍也。

按公以慶曆四年爲福建轉運，進小龍茶，時年三十有四。後三年爲皇祐三年，入修起居注，還進此録。後知福州，失去藏稿。懷安令樊紀購得刊行，當是至和二年再知福州時。至治平元年，始定正重書，相距皇祐又十餘年。公年五十有三，遂卒。晦庵評蔡書，謂「歲有蚤暮，力有深淺」，公書至是，蓋無遺法矣。元人盧貴純跋云：「歐公最愛公書，而此書晚出，惜不及見。」余按歐公云：「集古録序横逸飄發，而茶録勁實端嚴。結體雖殊，各極其妙。」則此書必嘗入其品題矣。且後題治平甲辰，即元年重書之歲也。

又按劉後村云：「茶録凡見數本。」則當時所書，宜不止此。此帖南渡後，嘗爲蔡修齋所藏。修齋，永嘉人，名範，字遵甫，幼學尚書之子，仕終吏部侍郎。嘗官閩中，與端明家通譜，因得此帖。不知即御府藏本，或後村所見諸本，今不可考矣。元人題語二十餘，皆記修齋之孫宗文授受收藏之故，而不及書之本末。余因疏其大略如右，其詳則俟博雅君子。

跋趙魏公馬圖

右趙魏公畫馬，元人自張紳而下，詩之者四人。紳字士行，青州人，號雲門山樵。洪武初，仕終浙江布政使。鄭元祐字明德，遂昌人。以脱骱任左臂，號尚左生。任元季浙江儒學提舉。錢惟善字思復，號心白道人。以賦羅刹江得名，又稱錢曲江。仕終儒學副提舉。王畦字季畊，福清人。仕江浙行省宣使。士行所稱季野都司，即季畊之兄，名畛。畛與畦俱參政王都中之子，與張、鄭諸公，皆嘗流寓吴中。此圖蓋王氏物也。轉而爲吴人沈孟嘉氏所有，尋又失去。其孫世應購復之，目爲玩德圖，而使余題其後。魏公嘗云：「郭祐之贈余詩：世人漫説李龍眠，那知已出曹、韓上。曹、韓固不敢望，使伯時尚在，當與之抗衡也。」夫魏公自許如此，後人尚敢置喙其間哉？顧世應之所貴，有不專在於馬者，而祝君希哲已詳之。余無可言，姑疏四人本末，俾觀者可考焉。

跋東坡五帖叔黨一帖

右蘇文忠公五帖。首帖與郭君廷評者，無歲月可考。次二帖皆與忠玉提刑。按公同時還往，有王瑜、馬瑊，並字忠玉。集中不載此帖，莫知爲誰。然王嘗爲浙憲。公元祐六年三月罷守杭州，四月到闕。內一帖以四月四日發，而有「來日渡江，愈遠左右」之語，當是自杭赴召途中與王忠玉者。又次歙硯帖，亦元祐四年在杭時書。公嘗云（味水作「謂」）「高麗墨如研土炭」，此又自矜其墨用高麗煤，何耶？最後食蠔帖，己卯冬至前二日書。是歲元符二年，公自惠移儋之三年，於是公年六（原作「五」，據味水、大觀改）十有四矣。明年移廉，尋復官北歸，以迄於没，距是才兩年耳。風流笑傲，蓋未嘗減也。先是公在惠，與中原故人書，謂（大觀作「云」）「頗習其風土食物」。而議者亦謂公「飲鹹食腥，凌暴颶霧，恬然自樂」。觀於此帖，豈直寄其謔浪笑傲而已！

友人朱子儋藏此五帖，裝爲一册，而（味水、大觀無「而」字）附以叔黨三詩，自由里寄至，俾爲評記。公書尚敢評哉？然涪翁謂「公晚年書大觀無「書」字挾海上風濤之氣，非餘人所能到」。味水、大觀有「然」字則食蠔固優矣。斜川詩語字畫，妙有家法，昔人謂「能亂真乃翁」，此帖非題名固莫能辯也。正德庚午正月二十八日。味水作「春二月朔」，大觀作「春三月朔」味水軒日記卷七　大觀録卷五

跋倪元鎮二帖

倪先生人品高軼，風神玄朗。故其翰札，語言奕奕，有晉、宋人風氣。雅慎交遊，有所投贈，莫非名流勝士。

有二帖，一與慎獨有道，一與寓齋先生。慎獨爲陳植叔方，寓齋爲袁泰仲長，皆吴人。陳之父曰寧極先生，名深，字子微。袁之父曰静春先生，名易，字通甫。二父皆先宋遺老，抱淵宏之才，高不仕之節。故二公淵源之學，皆巋然爲吴中師表。特與倪公相善。倪遊吴中，多於二陳氏及周正道家。二陳，其一爲陳惟寅汝秩，其一即慎獨也。慎獨之孫紹先，嘗仕爲王府教授。袁之孫某，嘗仕爲都察院檢校，三十年前猶存。余雅不及識，然聞其人，皆有前輩典刑。今其子孫零廢，理言遺事，往往散落，人皆得而寶之。

此則吾友黄郡博應龍所藏。間徵予題，爲疏其略如此。

跋趙松雪四帖

右魏公四帖。中一帖，與鮮于太常，有「南來會晤」之語，蓋至元丁亥，爲兵部郎中，奉使還家時所發。是歲公年三十有三。常聞故老云：「公早年學思陵書，及入仕後，與鮮于公往還，始專法二王。」此帖殆初學晉人時邪？若與進之三帖，皆率易而作，莫不精妙。雖無歲月，要爲晚年書無疑。且其中有「鄧善之簽浙」之語。鄧公簽浙在延祐間，公時年六十餘矣。觀者或疑此書如出兩手，故爲詳疏其事。

按：本卷各題跋，皆見三十五卷本卷二十一，及學海類編本文待詔題跋卷上。

文徵明集

增訂本

下

〔明〕文徵明 著
周道振 輯校

上海古籍出版社

文徵明集補輯卷第十六

合體詩　九十二首附録七首

和陳道濟金陵雜詩（嘉靖壬午）

毘陵驛

落日雙櫓急，西風一劍長。旗亭秋草碧，槐市晚花黄。屢客諳歧路，壯遊懷帝鄉。却憐沙上雁，一一去隨陽。

揚帆

晚風衰柳弄輕柔，獨揚雲帆遡碧流。回首禁城星斗近，滿身涼露一天秋。

早發高橋門

隱隱疏鐘出上陽，依依殘月墮林長。九秋霽色仙臺迥，十里輕塵輦路香。見説禮羅卑漢晉，豈無文字弔齊梁？書生未用悲零落，已有星辰燭劍芒。

兔橋月

羈旅看明月，還憐身世浮。孤光耿殘夜，爽氣近中秋。河漢樽前影，關山笛裏愁。微風撩鬢影，時詠大刀頭。

入京

秋風吹玉京，候雁皆南征。亦有青雲士，乘車入帝城。帝城迢遥馳道開，紫塵拂面香風來。十里笙簫度天漢，半空樓閣浮蓬萊。六朝事業殘陽裏，千載英雄總羞比。鳳鳥不鳴江水流，神龍别會風雲起。野草依然朱雀橋，風流今屬元龍豪。丹桂離離動秋色，碧桃爛熳争春韶。誰是當年庾開府？賦就江南世争覩。慶雲發處自經天，一笑還歌五雜組。

宴顧黄門宅

勝日開嘉宴，虚堂集故歡。從知良會少，不遣故盟寒。坐上杯行促，花邊禮數寬。佳期須卜夜，酒散月隨鞍。

登鷄鳴寺塔

天外浮屠迥，天花雨法筵。横窗送飛鳥，曲檻俯晴川。城闕千年氣，人家萬樹烟。怪來衣袂冷，曾裹白雲眠。

燕蘇氏館

林堂開勝賞，爛熳習家池。地僻紅塵遠，花深白日遲。清談圍玉麈，急管送瑶巵。賓主情懽浹，月斜殊未疲。

魏國園亭

朱門日出萬花明，翠幄風微燕雀輕。小倚池亭天上坐，别開雲徑竹間行。未應觴詠輪弦管，信有山林在市城。一段春光翔泳裏，禽魚偏識主人誠。

過貫城

貫城三里繞清川，日出波澄霽景鮮。天外青山遥送影，馬前白鳥自生憐。經秋木葉蕭蕭雨，薄午人家漠漠烟。曾是垂髫遊衍地，忽吟新句憶當年。

瞻敬亭 道濟先中丞所居

故府何人住？官槐夾户斜。壞牆空蘚字，古屋自蜂衙。祖德思陳寔，傳經得賈嘉。公侯應復始，何用感年華！

報恩寺

青蓮宛轉化城開，千尺浮屠寶氣迴。見説天花時自雨，長干南下有高臺。
千步巖廊入紫微，彤題藻井鬬翬飛。星涵萬象慈雲暖，日映諸天寶樹暉。

秋思

月出照冶城，下屬長干道。美人感窮秋，淒其損幽抱。蟋蟀牀下鳴，芙蓉浦中老。短髮不受風，那能不華皓？殷勤恃君恩，棄置不如草。所以金閨彥，長歌事幽討。安得生羽翰，凌風入瑶島。

望五鳳樓

紫雲樓閣鎖蓬萊，聖祖隆基自此開。象魏秖今雙闕在，楓槐曾見六龍來。周家故事還留守，漢典時巡備往迴。日上觚棱連萬雉，鬱葱王氣信佳哉。

登鐘鼓樓

百尺高樓倚鳳臺，樓前鬱鬱氣佳哉。江山四繞千年麗，車馬交馳萬斛埃。老去行藏欄獨倚，天涯情緒雁初來。長安白日無塵蔽，想見登臨醉眼開。

過冶城

江光隱樹出，山色繞城來。六代豪華盡，千年福地開。風烟聊隱几，興廢共啣杯。勝境當時夢，因君首重回。

舟泊下關遇雨

憶昨蟬始鳴，清陰送行旅。歸來火已流，秋風動禾黍。木葉散平皋，蘋花滿江渚。鄉思付扁舟，輕帆衝暮雨。出處良有時，棄置勿復語。 鈔本卷九

五友圖〔戊子〕

嘉靖戊子春二月，子重邀余同遊玄墓，留憩僧寮凡五日。湖光山色，窮極其勝。歸舟寂寞，子重出此紙索畫，漫爲塗抹。昔子固嘗圖松、竹、梅，謂之「歲寒三友」。余又加以幽蘭古柏，足成長卷。惜一時漫興，觀者當於驪黃之外求之可也。

片石與孤松，曾經物外逢。月臨棲鶴影，雲抱老人峯。蜀客君當問，秦官我舊封。積膏

當琥珀，新劫長芙蓉。待補蒼蒼在，樛柯早變龍。 松石

紫莖拆新粉，別葉轉光風。小閣茶甌歇，相看細雨中。 蘭石

約戶秋聲夜未降，一天清郁氏作「古」樂夢湘江。酒醒何處覓環珮？斜月離離印紙窗。 竹 郁氏書畫題跋記，題「竹篠」

一枝竹外夢春酣，雲落綃裳舞翠鸞。天淡水平山月小，一人吹笛過江南。 梅 吳越所見書畫録卷三

按：古柏，題「黛色參天二千尺，霜皮溜雨四十圍」兩句。

題畫 水墨寫意十二段（辛卯，下同）

嘉靖辛卯三月，偕子重、履吉過竹堂僧舍。時新雨初霽，清風襲人。性空上人聯此紙索余墨戲，漫圖一二種，遂攜而歸，更旬始就。老年遲頓，聊用遣興。若以爲不工，則非老人計也。

北風入空山，古木翠蛟舞。何處天球鳴，珊瑚、式古作「鳴天球」寒泉洒飛雨。 古松流泉 珊瑚網畫録卷十五 式古堂書畫彙考畫録卷廿八，題「落木寒泉」

空庭竹樹翠交加，春雨垂垂溼更斜。睡起雲收朝日上，蕭然涼影印空沙。 倣梅道人墨竹

古檜折風霜，蒼虬落寒翠。何必用明堂，自得空山趣。　題古檜

鳩一聲來鵲一聲，鳩能呼雨鵲呼晴。天公見此難分辨，晴不成時落不成。　題木竹石上集鳩鵲

窗外宜男花，本是忘憂草。釵頭誰倒簪？錢唐蘇小小。　題萱草

翠竹淡搖金，芳蘭破紫玉。兩兩結同心，因之愛幽獨。　題蘭竹

莫信陳王愛洛神，凌波那得更生塵。水香露影空青處，留得當年解佩人。　題水仙　郁氏

書畫題跋記卷十一

按：題蘆粟兔爲「罝羅不擾澤原寬」七絕，見補輯卷第十二。題竹篠爲「約户秋聲夜未降」七絕，見前。

題陸叔平畫蔬果

已抱錦繃兒，仍參玉版師。吴門啖已足，正是燕來時。　筍

元是奚方種，根移净土栽。外嚴金色相，内蘊玉胚胎。甘露從心潤，曇花應指開。一拳齊合掌，引出妙香來。　佛手柑

纍纍滿筐盛，上帶葑門土。咀嚼味還佳，地栗何足數？　荸薺

花信風寒已早來，隔簷俄見赤雲堆。并頭兩樹常相倚，屈指三春始得開。曲水少年誰復探，公門今日要兼栽。莫言結實供人啖，破核還堪作藥材。　杏　石渠隨筆

拙政園詩三十一首　鈔本題作「拙政園三十詠」（辛卯、癸巳）

若墅堂在拙政園之中，園爲唐陸魯望故宅，雖在城市，而有山林深寂之趣。昔皮襲美嘗稱「魯望所居，不出郛郭，曠若郊墅」，故以爲名。　鈔本題作「若墅堂」

會心何必在郊坰？近圃分明見遠情。流水斷橋春草色，槿籬茅屋午鷄聲。絶憐人境無車馬，信有山林在市城。不負昔賢高隱地，手攜書卷課童畊。　鈔本作「春耕」

夢隱樓在滄浪池之上。南直若墅堂，其高可望郭外諸山。君嘗乞靈於九鯉湖，夢隱隱字。及得此地，爲戴顒、陸魯望故宅，因築樓以識。　鈔本題作「夢隱樓」

林泉入夢意茫茫，旋起高樓擬書畫作「儗」退藏。魯望五湖原有宅，淵明三徑未全荒。枕中已悟功名幻，壺裏誰知日月長？回首帝京何處是？倚欄惟見暮山蒼。

繁香塢在若墅堂之前。雜植牡丹、芍藥、丹桂、海棠、紫瑶書畫作「瓊」諸花。孟宗獻詩云：「從君小築繁香塢。」　鈔本題作「繁香塢」

雜植名花傍草堂，紫蕤丹豔漫成行。春光爛熳千機錦，淑氣薰蒸百和香。自愛芳菲滿懷袖，不教風露濕衣裳。高情已在繁華外，靜看游蜂上下狂。

倚玉軒在若野堂後。傍多美竹，面有崐山石。鈔本題作「倚玉軒」

倚欄鈔本、書畫作「楹」碧玉萬竿長，更割崐山片玉蒼。如到王家堂上看，春風觸目總琳瑯。

小飛虹在夢隱樓之前，若野堂北。橫絶滄浪池中。鈔本題作「小飛虹」

雌鈔本、書畫作「蚍」蜺蝩蜷飲洪河，落日倒影飜鈔本作「搖」晴波。江山沉沉時未雩，何事青龍忽騰翥？知君鈔本作「何人」小試濟川才，橫絶寒流引飛渡。朱欄光炯搖碧落，傑閣參差隱層霧。我來彷彿踏金鼇，願擇鈔本、書畫作「揮」塵世從琴高。月明悠悠天萬里，手把芙蕖照秋水。

芙蓉隈在坤隅，臨水。鈔本題作「芙蓉隈」

林塘秋晚思寥寥，雨浥紅蕖又作「仙姿」淡玉標。出水最憐新句好，涉江無奈又作「那」美人遥。

又見鈔本卷十二，題作「芙蓉」

園有積水，橫亘數畝，類蘇子美滄浪池。因築亭其中，曰小滄浪。昔子美自汴都徙吴，君亦還自北都，蹤蹟相似，故襲其名。鈔本題作「小滄浪亭」

偶傍滄浪構小亭，依然綠鈔本作「流」水遶虛楹。豈無風月供垂釣？亦有兒童唱濯纓。滿地江湖聊寄興，百年魚鳥已忘情。舜欽已矣杜陵遠，一段幽蹤誰與争。

志清處在滄浪亭之南，稍西，背脩竹石磴，書畫此句作「背負修竹有石磴」下瞰平池，淵深泫渟，儼如湖瀠，義訓云：「臨深使人志清。」鈔本題作「志清處」

愛此曲池清，時來弄寒玉。俯鑑窺鈔本、書畫作「窺鑑」鬚眉，脱屨濯雙足。落日下迴鈔本作「横」塘，倒影寫脩竹。微風一以摇，青天散瀲渌。鈔本作「緑」

柳隩在水花池南。鈔本題作「柳隩」

春深高柳翠烟迷，風約柔條拂水齊。不向長安管離别，緑陰都付曉鶯啼。

意遠臺在滄浪池北。高可尋丈。義訓云：「登高使人意遠。」鈔本題作「意遠臺」

閒登萬里臺，曠然心目清。木落秋更遠，長江天際明。白雲度水去，日暮山縱横。

釣砮在意遠臺下。鈔本題作「釣砮」

白石净無塵，平臨野水津。坐看絲裊裊，静愛玉粼粼。得意江湖遠，忘機鷗鷺馴。須知繽綸者，不是羡魚人。

水華池在西北隅，中有紅白蓮。鈔本題作「水花池」

方池涵碧落，菡萏在中洲。誰唱田田葉？還生渺渺愁。仙姿净如拭，野色淡於秋。一片横塘意，何當棹小舟。

深凈亭面水華池。脩竹環匝，境極幽深，取杜詩云。書畫作「云云」　鈔本題作「深静亭」

綠雲荷萬柄，翠雨竹千頭。清景堪消夏，涼聲獨占秋。不聞車馬過，鈔本作「塵事擾」時有野人留。睡起龍團熟，青煙一縷浮。

待霜亭在坤隅，傍植柑橘數十書畫無「十」字本。韋應物書畫有「詩」字云：「洞庭須待滿林霜。」而右軍黄柑帖亦云：「霜未降，未可多得。」　鈔本題作「待霜亭」

倚亭嘉樹玉離離，照眼黄金子滿枝。千里勤王苞貢後，一年好景雨霜時。向來屈傅曾留頌，老去韋郎更有詩。珍重主人偏賞識，風情原許右軍知。鈔本有注「韋詩書後欲題三百顆洞庭須待滿林霜遂取右軍帖云霜未降未可多得云」

聽松風處在夢隱樓北。地多長松。　鈔本題作「聽松風處」

疏林鈔本、書畫作「松」漱寒泉，山風滿清聽。空谷度涼雲，悠然落虚影。紅塵不到眼，白日相與永。彼美松間人，何似鈔本作「疑是」陶弘景。

怡顔處，取陶詞「眄庭柯以怡顔」云。　鈔本題作「怡顔處」

斜光下喬木，睠此白日遲。孅人不可即，暮鈔本以下脱景聊自怡。青春在玄鬢，莫待秋風吹。

來禽囿，在書畫無「在」滄浪池南北，雜植林檎數百本。　鈔本題作「來禽囿」

清陰十畝夏扶疏，正是長林果熟初。珍重筠籠分贈處，小窗親搨右軍書。

玫瑰柴匝得真亭，植玫瑰花。鈔本題作「玫瑰柴」

名花萬里來，植我牆東曲。曉雨散春林，濃香浸紅玉。

珍李坂在得真亭後，其地高，書畫有「阜」字自燕移好李植其上。鈔本題作「珍李坂」

珍李出上都，辛勤遠移植。却笑王安豐，當年苦鑽核。

得真亭在園之艮隅，植四檜，結亭。取左太沖招隱詩「竹柏得其真」之語爲名。鈔本題作「得真亭」

手植蒼官結小茨，得真聊詠左沖詩。支離雖枉明堂用，常得青青保四時。

薔薇徑在得真亭前。鈔本題作「薔薇徑」

窈窕通幽一徑長，野人緣徑擷羣芳。不嫌朝露衣裳濕，自喜春風屐齒香。

桃花沜在小滄浪東，折南。夾岸植桃，花時望若紅霞。鈔本題作「桃花沜」

種桃臨野水，春暖樹交花。時見流殘片，常疑有隱家。微波吹錦浪，曉色漲紅霞。何必玄都觀，山中有鈔本、書畫作「自」歲華。

湘筠塢在桃花沜之南，槐雨亭北。脩竹連亘，境特幽迴。鈔本題作「湘筠塢」

種竹繞鈔本、書畫作「連」平岡，岡迴竹成塢。盛夏已驚秋，林深不知午。中有遺世人，琴樽鈔本作「清樽」自容與。風來酒亦醒，坐聽瀟湘雨。

槐幄在槐雨亭西岸。古槐一株，蟠屈如翠蛟，陰覆數弓。鈔本題作「槐幄」

舊種宮槐已十圍，密陰徑畝翠成帷。夢回玄蟻争穿穴，春盡青蟲對吐絲。

槐雨亭在桃花沜之南，西臨竹澗。榆槐書畫作「櫰」竹柏，所植非一。云槐雨者，著君所自號也。鈔本題作「槐雨亭」

亭下高槐欲覆牆，薰蒸寒氣鈔本作「氣蒸寒翠」濕衣裳。疏花靡靡流芳遠，清蔭垂垂世澤長。八月文場懷往事，三公勳業付諸郎。老來不作南柯夢，獨自移牀卧晚涼。

爾耳軒在槐雨亭後。吴俗喜疊石爲山，君特於盆盎置水石，上植菖蒲、水冬青以適興，語書畫作「古語」云：「未能免俗，聊復爾耳。」鈔本題作「爾耳軒」

有拳者石，弗崇以巖。上列灌莽，下引寒泉。有泉涓涓，白石齒齒。豈曰高深？不遠伊邇。言敞東軒，睨彼蘗棘。君子于何？惟晏以適。青青者蒲，被于崇丘。歲云暮矣，式晏以游。君子來鈔本、書畫作「于」遊，匪物伊理。古亦有言，聊復爾耳。豈不有營？我心則勞。載欣載遨，以永逍遥。

芭蕉檻在槐雨亭之左。鈔本題作「芭蕉檻」

新蕉十尺强，得雨净如沐。不嫌粉堵高，雅稱朱欄曲。秋聲入枕涼，曉色分窗緑。莫教輕剪取，留待陰連屋。

竹澗在瑶圃東，夾澗美竹千挺。　鈔本題作「竹澗」

夾水鈔本作「泉上」竹千頭，雲深水鈔本作「竹深泉」自流。迴波漱寒玉，清吹雜鳴球。短棹三湘雨，孤琴萬壑秋。最憐明月夜，涼影共悠悠。

瑶圃在園之巽隅，中植江梅百本，花時燦若瑶華，因取楚詞書畫有「語」爲名。　鈔本題作「瑶圃」

春風壓樹森琳璆，海月冷掛珊瑚鈎。寒芒墮地失姑射，幽夢落枕移羅浮。羅浮不奈東風惡，酒醒參横山月落。千年秀句落西湖，一笑閒情付東閣。只今勝事屬君家，鈔本作「王家」開田種玉生琪華。瑶環瑜珥紛觸目，琅玕玉樹相交加。我來如升白銀闕，綽約仙姬鈔本、書畫作「肌」若冰雪。彷彿蓬萊萬玉妃，夜深下踏瑶臺月。瑶臺玄圃隔壺天，遥鈔本、書畫作「遠」在滄瀛縹緲邊。若爲移得鈔本作「却」在塵世？主人身是瓊林仙。當年揮手謝京國，手握寒英香沁骨。萬里歸來抱雪霜，歲寒心事存貞白。嗚呼！歲寒心事存貞白，憑仗高樓莫吹笛。

嘉實亭在瑶圃中，取山谷古風「江梅有嘉實」之句。因次山谷韻。　鈔本題作「嘉實亭用山谷韻」

高人風鈔本、書畫作「夙」尚志，脱鈔本作「裂」冠謝名場。中心秉明潔，皎然秋月光。有如江梅華，枝槁心獨香。人生貴適志，何必身巖廊。不見山水鈔本、書畫作「木」災，犧罇漫青黄。所以鼎中實，不愛鈔本、書畫作「受」時世嘗。曾不如苦李，全生衢路旁。惻惻不忍置，悠悠心自傷。

京師香山有玉泉，君嘗勺而甘之，因號玉泉山人。及是得泉於園之巽隅，甘洌宜茗，不減玉泉，遂以爲名，示不忘也。

曾勺香山水，泠然玉一泓。寧知瑶漢隔，別有玉泉清。脩綆和雲汲，沙缾帶月烹。何須陸鴻漸，一啜自分明。珊瑚網書録卷十五　中華書局本文衡山拙政園書畫册　鈔本卷十二

按：此詩在文嘉鈔本中，考其歲月，約在嘉靖十年辛卯，蓋係初稿，故僅三十首。至嘉靖十二年癸巳，增玉泉爲三十一景，共三十一詩。因珊瑚網序題完整，故取爲底本焉。

茶具十咏〔甲午〕

嘉靖十三年歲在甲午穀雨前三日，天池、虎丘、茶事最盛，余方抱疾，偃息一室。弗能往與好事者同爲品試之。會佳友念我，走惠二三種，乃汲泉吹火烹啜之。輒自第其高下，以適其幽閒之趣。偶憶唐賢皮、陸輩茶具十咏，因追次焉。非敢竊附於二賢，聊以寄一時之興耳。漫爲小圖，遂録其上。

茶塢

巖隈藝靈樹，高下鬱成隖。雷散一山臨本作「聲」寒，春生昨夜雨。棧石分瀑泉，梯雲探烟縷。人語隔林聞，行行入深迂。

茶人

自家青山裏，不出青山中。生涯草木靈，歲事烟雨功。荷鋤入蒼藹，倚樹占春風。相逢相調笑，歸路還相同。

茶笋

東風吹臨本作「臨」紫苔，一夜一寸長。烟華綻肥玉，雲蕤凝嫩香。朝來臨本作「采」不盈掬，暮歸難傾筐。重之黄金如，輸貢堪頭綱。

茶籯

山匠運巧心，縷筠裁雅器。絲含故粉香，篛帶新雲臨本作「筠」翠。攜攀蘿雨深，歸染松風臨本作「嵐」膩。冉冉血花斑，自是湘娥淚。

茶舍

結屋因巖阿，春風連水竹。一徑野花深，四鄰茶荈熟。夜聞林豹啼，朝看山麋逐。粗足辦公私，逍遥老空谷。

茶竈

處處鬻春雨，青臨本作「春」烟映遠峯。紅泥臨本作「侵」壘白石，朱火然蒼松。紫英凝面薄，香氣襲人濃。静候不知疲，夕陽山影重。臨本末四句作「静候不知疲夕陽山影重紫英凝面落香氣襲人濃」

茶焙

昔聞鑿山骨，今見編楚竹。微籠火意温，密護雲牙馥。體既静而貞，用亦和而燠。朝夕春風中，清香浮紙屋。

茶鼎

斵石肖古製，中容外堅白。煮月松風間，幽香破蒼壁。龍頭縮蠢勢，蟹眼浮雲液。不使彌明嘲，自隨王濛厄。

茶甌

噃能鍊精珉，範月奪素魄。清宜鬻雪人，雅愜吟風客。穀雨鬪時珍，乳花凝處白。林下晚未收，吾方遲來屐。

煮茶

花落春院幽，風輕禪榻静。活火煮新泉，涼蟾墮臨本作「流蟾浮」圓影。破睡策功多，因人寄情永。仙遊恍在兹，悠然入靈境。韞輝齋藏唐宋以來名畫集　上海美術專科學校本中國歷代名畫大觀　美術生活三十八期　故宫週刊第二十八期居節臨本

嘉靖乙未二月十日見六如兄所作羣卉二十四種喜題小詩十一首聊寄興耳〔乙未〕

禎祥爲蓋瑞爲根，□玉團團襞積痕。采啖直須三百本，一年一本作椝飡。

色映三湘翠，花開九畹春。銀毫濡曉露，寫綵倍精神。

山榴藏百寶，笑口一時開。吉兆應留子，公侯袞袞來。

仙萼銀宮發，天香玉殿披。早香雲露上，折取最高枝。

我老愛種菊，自然宜野心。秋風吹破屋，貧亦有黄金。

海棠初綻露華濃，碧玉堦前錦萬重。自愧無香甘冷淡，斷腸應不惹遊蜂。

天上梅姬淺澹妝，露華肌骨雪衣裳。若非有鳥通消息，誰識春風一面香？

犀甲凌寒碧葉重，玉杯擎處露華濃。何當借壽長生酒，只恐茶仙不肯容。

得水能仙天與奇，寒香寂寂動冰肌。山風透骨今誰有？淡掃娥眉參一枝。 嶽雪樓書畫録卷四

按：另七絶二首，一首「三月曲江微雨乾」見卷十二杏花，一首「窈窕通幽一徑長」見本卷拙政園詩薔薇徑，當咏薔薇。

天王寺詩七首〔戊戌〕

徵明屢遊天王寺，未嘗作詩。戊戌，南洲師出示諸賢留題詩卷，因悉用韻和之，共得七首。所謂「雖多亦奚以爲」也。

日出池光欲上樓，雨餘脩竹似鳴秋。湘簾捲處龍團熟，坐汲清風翠滿甌。右和范庵先生韻

附：

六月望日過寒翠軒避暑　水滿清池竹滿樓，長疑六月是深秋。山僧愛客頻頻到，受盡熏爐與茗甌。應禎

陰敷鴨脚樹，翠翦虎鬚蒲。境寂心同遠，僧閒興不孤。覆棋松下石，破茗竹間罏。欲舉無生話，相忘話亦無。

雨苔春寂寂，風鐸晝泠泠。有客來看竹，山僧自課經。經殘客亦去，林鳥下空庭。右

和匏庵先生韻

附：

雨中同李范庵過天王寺看竹二首　步來禪榻畔，涼氣逼團蒲。花雨檐前亂，茶烟竹下孤。老禪趺坐處，疏竹翠泠泠。秀乘閒攜畫卷，習静對香罏。到此忽終日，浮生一事無。色分鄰舍，清陰覆佛經。蕭蕭日暮雨，曳履繞方庭。　吴寬

愛此森森竹萬頭，涼陰覆榻草堂幽。香銷瓦鼎春眠覺，何處一聲黄栗留。　右和南濠少卿韻

附：

宿天王禪院僧西洲講主　檻外山光落經卷，土岡高竹晚增幽。煮茶燒筍能延客，欲去因君復少留。　南濠居士

覽勝平生雙不借，穿林老去一扶留。白雲每借高僧榻，黄葉時尋野寺秋。　右和盧師召韻

附：

辛巳八月朔過碧筠精舍偶題次韻　　疏篁今歲似添稠，不雨簾前翠欲流。莫怪秋來涼思早，暑中相過也如秋。盧雍

附：

竹影參差漏日光，市聲不到定僧旁。楞嚴轉罷殘陽在，始覺空門白晝長。　右和孫太初韻

坐碧筠精舍　　高幘短袍雲霞光，扁舟繫纜野籬旁。焚香潔坐了無語，山寺閉門春竹長。太白山人孫一元

上相遊行地，羣賢賦詠才。殘碑侵蘚臥，遺蹟自花開。風遞清齋磬，鴉鳴施食臺。故宫愁入望，落日滿蒿萊。　右和王履吉韻

附：

陪林屋師雪晏碧筠精舍　遠公能愛客，高會兔園才。畫室香貂滿，天華寶樹開。林端迷塹谷，象外徹樓臺。對此復能醉，長歌甘草萊。雅宜山人王寵　珊瑚網書録卷十四

三友圖　壬寅九月（壬寅）

風（適園作「雲」）裾月珮紫霞紳，秀質亭亭似玉人。要使春風長在目，自和殘墨與傳神。右詠蘭　適園藏真集刻

手種琅玕十尺强，春來舊節長新篁。瑣窗映日鬟眉緑，翠簟含風笑語涼。坐令塵居無六月，醉聞秋雨夢三湘。不須解帶圍新粉，看取南枝過短牆。右詠竹　石渠寶笈卷三十三

按：第二首「寒英蓊蓊弄輕黄」七律一首，題「右詠菊」，已見卷第十。

聯句　一首

聯句并合〔弘治辛酉〕

閏七月一日，餘暑驕未退。章憲一時羣彥并，平生故人在。瀛開樽得主賢，折簡亦吾逮。致祥佳辰良以懽，往事深足慨。濂可語孰二三？深叨倪今再。洵偶來如有期，一笑聊隨隊。存理廣席雜羞珍，清言共流輩。穆掃齋納高賢，濯耳聆多誨。奎豈惟慰契闊，兼得傾肝肺。壁操觚屢經始，授簡乃賡載。章憲投瓊慚報非，倚玉覺形穢。瀛囊錐穎期脱，匣劍鋒始淬。致祥鈍語漫追隨，塵襟亦沾溉。存理清挹晚風涼，媚憐日西態。穆帶屋樹沉沉，投巢鴉對對。奎晝窮還秉燭，餚竭仍羹菜。壁呼盧續餘懽，洗盞見真愛。章憲狂歌醉都忘，酣戰罷敢潰。瀛因縱談得醒，更煮茶滌饑。致祥情本貴洽浹，禮應遺細碎。存理安閒度六用，遊戲劇三昧。穆雖無曲水盛，敢援西園配。奎浣手製珠璣，他年話風裁。壁　鴻泥堂小稿卷五

按：聯句者爲薛章憲、李瀛、杭濂、杭洵、朱存理、都穆、文奎（徵静）、文壁（徵明），致祥姓氏待考。

十四夜對月聯句〔嘉靖癸未至丙戌間〕

移席臨廣除，陳沂待景窺遥漢。雲色漸離披，馬汝驥天光忽淩亂。哉生倏幾望，文徵明流火復秋半。冰紈裁未齊，沂奩鏡懸如判。蓂吐露承華，汝驥桂開星掩燦。湧波金欲滿，徵明淩風玉時散。仰貪首倦回，沂俯逼神應憚。蚌水下銅盤，汝驥蛟涎盪瓊觀。川容窈窕接，徵明河影依稀斷。空明析微毫，沂縹渺挾飛翰。嗚砧城闕寒，汝驥吹笛關山旦。感此良夜娱，徵明惜彼西園歎。沂　西玄集卷一

文徵明集補輯卷第十七

詞　四十三首

漁父詞　嘉靖壬午

白鷺羣飛水映空，河豚吹絮日融融。溪柳緑，野桃紅，閒弄扁舟錦浪中。

笠澤魚肥水氣腥，飛花千片下寒汀。歌虛齋作「朝」欸乃，叩笭箵，虛齋作「笭箸」醉卧春風晚圖卷、虛齋作「酒」自醒。

湖上楊花捲雪濤，湖魚出水擲銀刀。春浪急，晚風高，前山欲雨且迴橈。

五月新波拂鏡平，圖卷、虛齋作「四月新波錦浪平」青天白日映波明。風不動，雨初晴，水底閒雲自在行。

江魚欲上雨蕭蕭，楝子風生水漸高。停短棹，住圖卷、虚齋作「駐」輕橈，楊柳灣頭避晚潮。

白藕花開占碧波，榆塘柳隩緑陰多。抛釣餌，枕漁簑，臥吹蘆管調吴歌。

霜落吴淞江水平，荻花洲上晚風生。新壓酒，旋炊粳，網得鱸魚不入城。

月照蒹葭露圖卷、虚齋作「夜」有光，木蘭輕檝篾頭航。烟漠漠，水蒼蒼，一片蘋花十里香。

黄葉磯頭雨一簑，平頭舴艋去如梭。桑落酒，竹枝歌，横塘西下少風波。

敗葦蕭蕭斷渚長，烟消水面日蒼涼。魚尾赤，蟹膏黄，自釀邨醪備雪霜。虚齋作「白釀村醪倍雪霜」

雪晴溪岸水流澌，罥罩冰鱗掠岸歸。收晚釣，傍寒磯，滿篷斜日曬簑衣。

陂塘夜静白烟凝，十里河流瀉斷冰。風颭笠，月涵燈，水冷魚沉不下罾。鈔本卷九　商務印書館本吴仲圭漁父圖卷　虚齋名畫續録卷一

卜算子 行書有「夏夜納涼即事」

酒醒夜堂涼，雨過湘簾捲。時見流螢度短牆，乍近依然遠。欲睡更遲徊，徙倚闌干徧。不覺西樓缺月斜，寂寞戊午作「歷」桐陰轉。吴越所見書畫録卷三　明詞綜　歷代白話詞選

大字詞卷墨蹟　行書詞卷墨蹟　戊午春行草書自作詞卷

柳梢青　和揚無咎補之題畫梅原詞

特地尋芳，含情匿意，春猶乖隔。脈脈佳人，酷令相愛，難通相識。後時定有逢時，何恁地先多憐惜？還煞歸休，把儂來興，半途生勸。右未開　休較休量，且澆新酒，爲爾催妝。曉袂巡邊，風襟立處，略有微香。北枝不及南枝，一樣樹春分別腸。勒轉芒鞋，探遊近隱，或在僧房。右欲開　東枝西搭，鬭開如約，不遺餘霙。一夜西湖，六橋無路，百重千匝。右盛開　逋山破屋尤多，好則好疏茆怕壓。不敢臨流，弄珠搔玉，打鴛鶩鴨。昨日繁蘤，今朝欲落，意尚遲遲。弱質消香，餘鬟抱粉，雨掠風披。這場敗興誰期，春轉眼如秋可悲。更極相思，斷魂殘夢，月墮之時。右將殘　郁氏書畫題跋記卷一

柳梢青

補之梅花，固無容贊。其詞亦清逸，此四段尤余所珍愛。舊藏吴中，屢得見之，今不知流落何

處。閒窗無事，遂彷彿寫其遺意。每種并録俚語於左，以誌欣仰之私，非敢云步後塵也。

寒盡尋春，幾回衝雪，小橋猶隔。惆悵溪邊，瞥然相見，渾如曾識。莫教寒鵲争枝，恐踏碎瓊瑶可惜。分付東風，且遲開放，峭寒輕勒。右未開　正擬論量，如何開折，已露新妝。欲斂難收，將舒未可，半吐幽香。真心一點難藏，疏籬外有人斷腸。月色朦朧，攪人魂夢，吟繞迴廊。右半開　竹撩松搭，暖風吹動，不容時霎。萬樹香雲，滿林晴雪，幾重開匝。偶從花底徐行，早已覺帽簷低壓。恨不折來，幽齋相對，勝添金鴨。右盛開　竹外斜枝，香飄點點，懊恨來遲。雪圃瑶林，風吹狼籍，雨打離披。枝頭青子催期，底須怨笛聲太悲。乍蕊將開，欲飄未墮，俱是佳時。右將殘　梅花卷墨蹟

按：郁氏書畫題跋記作文嘉作。但第三首「偶從花底徐行」作「朝來花底閒行」。

鵲橋仙　寄祝夢窗封君老先生

鬢雪髯霜，碧瞳丹臉，剛道啟期年及。經書口自授諸孫，不愧濟南人物。德慶無涯，壽星方照，只假十年成百。地行若是比神仙，更有兒孫繞膝。詞幅墨蹟

鷓鴣天四首

秋風

拂草揚波復振條，白雲千里雁行高。時飄墜葉驚秋戊午作「寒」雨，還戊午作「更」入長松捲夜濤。　情漠漠，意蕭蕭，繐幃紈扇總無聊。潘郎愁鬢添新恨戊午作「霜雪」，滿鏡西風戊午作「蕭疏」怕見搔。戊午春行草書自作詞卷

秋月

灧灧溶溶缺又盈，秋清寒重轉分明。玉關羈雁年年度，桂殿寒潮夜夜生。　橫玉氣，溢金精，照人離別更多情。長風不斷吹秋色，何處江戊午作「高」樓有笛聲？式古堂書畫彙考畫録卷七　戊午春行草書自作詞卷

秋菊

捲翠鎔金別樣妝，寒英剪剪弄輕黃。郊原慘淡風吹日，籬落蕭條夜有霜。　霜下傑，

戊午作「冰雪操」雨餘芳，戊午作「歲寒香」已應佳節近重陽。年年輸與陶元亮，戊午作「彭澤」獨戊午作「吟」對南山把一觴。　戊午春行草書自作詞卷

芙蓉

抹雨凝烟洗玉翹，幽芳偏占曲池坳。錦城月落春常在，仙掌金莖露未消。　揚桂楫，倚蘭橈，涉江無那美人遥。自家閒淡堪戊午作「安」遲暮，不逐東風一樣飄。　壯陶閣書畫録卷十　藝苑真賞社本詩稿真蹟　戊午春行草書自作詞卷

南鄉子

雨過緑陰稠，燕子飛來特地愁。日晏重重簾幕閉，悠悠。殘夢闌心懶下樓。　芳草弄春柔，欲下晴絲不自由。青粉牆西人獨自，休休。花自紛紛水自流。　吴越所見書畫録卷三　甫田集四卷本副頁附録

南鄉子

輕詞綜作「香」暖逗吳越、詞綜作「透」春肌，滿眼新嬌睡起遲。燕子不來三月盡，依依。手拈殘花玉一枝。　風裊鬢雲垂，無限閒愁隱翠眉。好夢不成春自去，相思。只有青團扇子知。　鈔本卷七　吳越所見書畫録卷三　明詞綜

青玉案

庭下石榴花亂吐，滿地緑陰停午。午睡覺來時自語。悠揚魂夢，黯然情緒，蝴蝶過牆去。　鬖鬖嬌眼開仍殢，悄無人欲出還凝竚。團扇不摇風自舉。盈盈翠竹，纖纖白苧，不受些兒暑。　吳越所見書畫録卷三　詞軸墨蹟　甫田集四卷本副頁附録

風入松（甲午）

病中有懷王君禄之，填此奉寄，時戊子歲六月八日也。越今七年，君歸自選曹，檢篋得之。持來相示，而予忘之矣。且以舊作小圖，俾録其上。而余日益衰老，無復當時情致，書罷爲之慨然。嘉靖甲午四月十四日。

近來無奈病淹愁，十日廢梳頭。避風簾幙何曾捲，悠然處、古鼎香浮。興至閒書棐几，困來時覆茶甌。新涼如水簟紋流，六月類清秋。盍簪坊裏人如玉，空相憶、相見無由。最是詩成酒醒，月明徐度南樓。味水軒日記卷五　明詞綜

風入松

城居煩暑避無方，野寺覓清涼。通湖閣外摇新竹，南薰度、如在瀟湘。醉依何須雪檻，倦眠自有雲牀。晚來天氣減炎光，歸意已渾忘。山風不及湖風冷，移舟傍、柳緑荷香。沙渚幾羣飛鷺，烟波無斷歸航。日本書苑四卷九號文氏父子集

祝英臺近

山茶開，梅又放，促我閒遊戲。蹴踘身輕，影墜清池裏。去來情意相牽，翻衣飄縷，金蓮蹴起鴛鴦睡。　多情味。惹起一片春心，滾滾花憔悴。殘雪初消，幾處相思淚。可憐蘊却愁懷，强尋笑語，斷腸處一枝斜倚。　仇十洲仕女影本

紅林檎近

新圖目作「明」月掛梧桐，良宵清又永。丹桂滿庭芳，秋色盈園壠。正好度曲吹簫，檀板相和相詠。　嬌倚箜篌，承寵無限情如湧。　夫壻覓封侯，拔劍揮星炯。圖目作「愁聽四壁蛩好把金樽奉」今夜相思，兩地圖目作「此景佳辰處處」月華同拱。萬里浄雲霞，寂寂圖目作「皎皎」清光，莫惜更闌神悚。　仇十洲仕女影本　古緣萃録卷六　中國古代書畫圖目三仇英吹簫圖

滿江紅　題宋思陵與岳武穆手敕墨本

拂拭殘碑，敕説庫作「飭」飛字依稀堪讀。慨當初倚飛何重，後來何酷？豈是功成身合死？可憐事去言難贖。最無端説庫、拓本作「辜」，書苑作「孤」堪恨又拓本、書苑作「更」堪悲，説庫等作「憐」風波獄。豈不念，封疆拓本、書苑作「中原」蹙？豈不惜，徽、欽辱？念説庫等作「但」徽、欽既返，此身何屬？千古説庫、書苑作「載」休談南渡錯，當時自怕中原復。笑區區一檜亦何能，逢其欲。詞苑叢談　説庫本閒處光陰　滿江紅詞拓本　書苑彙芳

滿江紅

漠漠輕陰，正梅子弄黄時節。最惱是欲晴還雨，乍寒又熱。燕子梨花都過也，小樓無那傷春别。傍欄干欲語更沉吟，終難説。　一點點，楊花雪。一片片，榆錢筴。漸日隱西垣，詞綜作「西垣日隱」晚涼清絶。池面盈盈清淺水，柳梢淡淡黄昏月。是何人耕霞作「誰家」吟耕霞、詞軸、書苑作「吹」徹玉參差？情凄切。吴越所見書畫録卷三　明詞綜　葉氏耕霞館帖　詞

軸墨蹟　嶽雪樓法帖　日本書苑四卷九號文氏父子集

漠漠輕陰，正梅子弄黄時節。最惱是欲晴還雨，乍寒又熱。燕子梨花都過也，小樓無那奈春别。傍欄干欲語更沉吟，終難説。　看碧沼，田田葉。懷繡幔，翩翩蝶。更緑陰庭院，晚涼清絶。誰言難得黄昏到？黄昏正自添淒切。唤花奴莫便捲珠簾，愁看月。

甫田集四卷本副頁附録

小院風輕，正午夜炎歊都淨。最好是寶月徐升，碧天如鏡。玉露無聲河□□，翠横洒面梧桐冷。是誰家長笛起高樓？人初醒。　千古事，何須問。明日□，何能定。真樂事天真，良辰美景。一笑且抛忙裏醉，三人聊共樽前影。最思量日出事還生，渾忘寢。

甫田集四卷本副頁附録

慶清朝

天朗氣清，惠風和暢，勝遊何似山陰。春光自來，堪戀一刻千金。蘭舟初泛畫橋，春水一篙深。烟霏處，離離淺草，冉冉遥岑。　且此傍花隨柳，柳陰繫馬，花外囀幽禽。擾擾蜂黏柳絮，蝶遶花心。爲問着朱走馬，何如我白髮山林？新月上，竹枝風動，一派

吴音。吴越所見書畫録卷三

滿庭芳　初夏賞牡丹

紅雨鑿花，緑陰鏤日，名園景色撩人。游衫初試，汗搟彙稿作「濕」薄羅新。節候今年差晚，增歲閏四月猶春。應無那，暖烘朝麗，微翠惹遊塵。　向尊前花下，聽歌□□，彙稿作「荏冉」接笑逡巡。古來四事，難得是良辰。起坐何曾問主，斜陽亂主亦忘賓。拚沈醉，太湖石畔，翠軟草敷茵。　珊瑚網書録卷十五　文徵明彙稿

滿庭芳

風舞垂楊，雲籠長日，墨蹟作「蟬噪緑楊魚翻碧藻」池中菡萏齊墨蹟作「争」芳。玉人消魄，露體摘蓮房。春筍含羞輕掩，遮不住膩質温香。先折去，一枝並蒂，恨殺薄情郎。　相看當此際，梧桐樹下，墨蹟作「芭蕉弄影」好取墨蹟作「暗遞」新涼。輕紗籠粉臂，扇撲胸堂。怕見冰山雪巘，墨蹟作「檻」切不斷牽藕絲長。莫墨蹟作「偏」想着，南窗將暮，薰風披象牀。　仇

十洲仕女影本　畫幅墨蹟

水龍吟　秋閨

依依落日平西，正池上晚涼初足。看太湖石畔，疏雨過，按當二四字句，疑有誤芭蕉簇簇。院落深沈，簾櫳静悄，畫欄環曲。猛然間何處，玉簫聲起，滿地月明人獨。　風約輕紗透肉。掩凝酥、西清、故宫作「流蘇」盈盈新浴。一段風情，滿身嬌怯，恍然寒玉。青團扇子，欲舉還垂，幾番虚撲。夜闌獨笑，西清、故宫作「嘯」還又凄涼，自打滅銀屏燭。吴越所見書畫録卷三　西清劄記卷三　詞卷墨蹟　耕霞館帖　故宫旬刊第三期　嶽雪樓鑑真法帖

齊天樂

飛飛春燕穿文杏，園林氣和風静。蛺蜨侵花，蕙蘭棲石，春意縈縈無定。閒行芳徑。不覺蕩漾心精，比肩相并。架上鞦韆，清風習習添幽興。　軟腰肢擎玉筍。空中飛又舞，怡情適性。體似蜂翻，容如花媚，渾是陽臺雲雨。羅裳倒曳。輕散出馥馥，薔薇香

露。遠映池頭，姮娥臨水鏡。仇十洲仕女影本

按：「雨」、「曳」、「露」三處失叶，原文如此。

沁園春

彙稿有首句「七里灘頭」四字富春山下，畫舫新來。正雨過青林，波生碧渚，千峯日照，兩岸花開。北郭池塘，東門楊柳，二十年前幾往迴。重登眺，愛風烟如畫，臨水樓臺。追思少日情懷，猶憶先人舊郡齋。向范老祠前，春風走馬；客星亭上，雪夜觀梅。往事分明，故交零落，歎惜光陰一瞬哉！佇立久，念白雲芳草，頻去徘徊。珊瑚網書録卷十五

文徵明彙稿

文徵明集補輯卷第十八

曲　六套

四時閨思

二犯桂枝香　用尤侯韻

【桂枝香】韶光似酒，醉花酣柳。無端幾許閒愁，博得芳容消瘦。【四時花】休休，雲情雨意無盡頭，三春有約君記否？倚闌干，凝翠眸。【皂羅袍】鶯兒有偶，燕兒有儔。青鸞孤影，教人可羞。【桂枝香】薄倖今何在？空餘燕子樓。

前腔　用東鐘韻

池塘晝永，薰風南送。春纖倦撥冰弦，懶把霜紈搖動。眉峯，堆堆積積愁萬重，想思往事如夢中。好姻緣，難再逢。竹搖翡翠，榴噴火紅。荷香飄馥，吴騷集作「浮動」槐吴騷集作「緑」陰正濃。自別東君後，金罇幾度空。

前腔　用庚青韻

月圓冰鏡，疏星耿耿。良宵院落沉沉，立盡梧桐清影。吴騷集作「青影」傷情，西風敗葉和雁聲，銀屏冷落秋漸零。吴騷集作「深」數歸期，心暗驚。紅蓮落盡，黄花滿庭。登高望遠，雲山幾層。吴騷集二句作「海棠開後望伊到今」恨煞音書斷，空將別淚傾。吴騷集作「秦樓怕有人」

前腔　用東鐘韻

鴛甃吴騷集作「鴦」霜重，翠衾寒擁。香腮半貼珊瑚，一線紅香將凍。萍蹤，飄揚柳絮心性同，無些準繩西復東。海山盟，都是空。窗兒外月，壁兒裏風。相思滋味，這

回轉濃。正好朦朧睡，寒山寺已鐘。吴騷合編卷一　吴騷集卷一

題情

山坡羊　用尤侯韻

春染郊原如繡，草緑江南時候。和烟襯馬滿地重茵厚。堪醉遊，殘花一徑幽。烏衣巷口還依舊，燕子歸來人在否？添愁，桃花逐水流。還愁，青春有盡頭。

前腔

花褪殘紅香瘦，院静緑陰清晝。荷香扇暖撲面薰風透。吴騷集作「佳人鏡裏半捲羅衣袖」景物幽，臨池送酒籌。齊紈吴騷集作「桃花」扇底聞歌奏，也勝蘭橈杜若洲。忘憂，亭亭映碧流。還憂，情多似拙鳩。吴騷集作「瀟瀟不耐秋」

前腔

一種情根吴騷集作「點芳心」迤逗，兩簇眉峯吴騷集作「柳葉眉兒」頻皺。前番吴騷集作「春」病了兀

自今番吴騷集作「春」又。心暗羞，區區一楚囚。吴騷集作「朱簾懶上鈎」黄吴騷集作「菱」花也笑我因誰瘦，只爲冤家教我出盡醜。休休，春風燕子樓。吴騷集二句作「風流凝妝上翠樓」颼颼，秋風鬢欲秋。吴騷集二句作「休休黄花蝶也愁」

前腔

野寺晨鐘聲驟，吴騷集作「送」驚夢魂飛巫岫。吴騷集作「驚起羅幃香夢」雲收雨歇獨自空僝僽。吴騷集作「打散鸞和鳳」被裹頭，無端淚暗流。吴騷集二句作「緑鬢鬆閒憑畫欄東」雙眸强合不能勾，吴騷集作「雙眸强合再欲成前夢」這未了的想思甚日鈎？吴騷集作「倘知我思君君還入夢中」悠悠，料恩情逐浪鷗。吴騷集二句作「風情風情千萬種」無繇，知音書收未收？吴騷集二句作「雲情雲情十二峯」　吴騷合編卷三　吴騷集卷三

秋閨 詞林、奏雅作「閨怨」

黄鶯兒 用齊微韻

孤鏡畫愁眉，未凝眸，淚已垂。悔當初拆散鸞凰配，詞林、奏雅作「侶」如今詞林、奏雅作「而今」

未歸，芳心付誰？總詩題紅葉空自隨流水。隔天涯，願君如旅雁，萬里向南飛。

香羅帶 南呂

相思倚繡幃，離愁怎持？金罇未傾心已醉，冰絃欲理指難移也。此際無窮意，有天知。天應念妾妾念伊，惟有薄倖無情也，吴騷集無「也」字不念當初炊扊扅。

醉扶歸 仙吕

對銀燈終夜長吁氣，整鴛衾空憶合歡時，怪蛩聲偏惱獨醒人，恨嬋娟不照孤眠處。怎能勾重合鳳臺簫，多應是躭誤巫山雨。

好姐姐 仙吕入雙調

追思那日别離，兩下裏指天設誓。銘心刻腑，教他休負虧。成何濟。君心一似風中絮，飄蕩春江猶未歸。

玉山供 同上

【玉抱肚】殘秋天氣，憶蕭關尚未授衣。自臨機欲織迴文，未穿梭寸心先碎。【五供養】柔絲萬縷，千里車輪難繫。路遠書空寄，卜歸期，教人終日倚門閭。

香柳娘 南吕

看芙蓉滿地，看芙蓉滿地，兀自笑人憔悴，對花無語含羞愧。貯金蓮懶移，貯金蓮懶移，獨立望長空，銀河隔牛女。嘆朱顔漸頹，奏雅作「衰」嘆朱顔漸頹，奏雅作「衰」半向夢中消，半向愁中去。

尾聲

天涯草色心千里，盼望王孫何日歸，此恨綿綿無盡詞林、奏雅作「絶」期。吴騷合編卷三 吴騷集卷三 詞林逸響 古今奏雅卷六

閨思

步步嬌 用蕭豪韻

簾控金鈎深閨悄，風動爐烟裊，淒涼恨怎消。望斷衡陽，底事鱗鴻杳？獨坐悶無聊，把金釵劃損雕闌巧。

香羅帶 南呂

幽窗倍寂寥，冰絃懶調。春纖未舉先倦倒，斷絃何日續鸞膠也。總有相思調，對誰拋？思君幾遍奏雅、詞林作「番」成鬱陶。便是暗擲金錢也，有甚心情辨六爻。

醉扶歸 仙呂

悶懨懨羞把菱花照，睡昏昏慵整翠雲翹。覺離愁應比舊時多，看花容不似前春好。可憐辜負好良宵，多應是別惹閒花草。

皂羅袍

可惱鬱人懷抱，響叮噹鐵馬鬬風聲敲。瀟瀟疏雨洒芭蕉，啾啾四壁寒蛩鬧。尋章摘句，臨風懶嘲。蛾眉消黛，金針懶挑。虧心自有天知道。

好姐姐

看他量如斗筲，没來繇教人談笑。翻雲覆雨，都是奴命招。無消耗。滔滔水渰藍橋倒，烈火騰騰將祆廟燒。

香柳娘 南吕

見紅輪墜西，見紅輪墜西，晚鐘聲報，孤燈慘淡和愁照。聽譙樓畫角，聽譙樓畫角，嗚咽怨聲高，令人越焦燥。剪秋風敗葉，剪秋風敗葉，把紗窗亂敲，攪得奴詞林作「我」夢魂顛倒。

尾聲

薄情做事多奸狡，撇得人來没下稍，短嘆長吁捱到曉。

吴騷合編卷四　吴騷集卷四　古今奏

缺題

啄木兒

秋歸後，月正明，露冷芙蓉蛩亂鳴。向閒庭悶理瑶琴，嘆離情怎效文君。粧臺懶臨塵蒙鏡，黄昏幾度愁欹枕，淚伴殘燈漏徹聲。

前腔

停針綉，倚畫屏，淚染羅衫恨只禁。雁嘹嚦怨過南樓，奈衾寒夢也難成。孤燈明滅添愁悶，金猊懶爇沉烟冷，可惜嬋娟萬里清。

三段子

叮嚀志誠，頓忘却臨行傅粉。盟香也焚，枕邊言説假道真。料應他别戀歡娱景。將奴拋閃成孤另，枉自迴腸九轉君。

滴溜子

黄昏後，黄昏後，慘然怎禁。湖山外，湖山外，望空禱神。怕有隔牆人聽，低聲告老天，早賜團圓歡慶。休似襄王，夢斷雨雲。

尾聲

庭梧敗葉飄金井，露滴鴛鴦瓦冷。何處砧敲斷續聲？吴騷集卷四

題花

八聲甘州

雕闌玉井，見千紅萬紫，各逞輕盈。春光佳麗，織就許多奇錦。嬌姿帶笑情千種，弱質含羞意十分。合看來這風流，描畫難成。

前腔

桑枝倚翠屏，見芳葩嫩蕊，徐露春心。韶華荏苒，零落鈿蟬誰整？風前嬝娜腰枝輭，雨後斜倚體態輕。合看來這風流，描畫難成。

不是路

開遍園林，濃淡扶疏自有情。尋芳徑，人生莫負好良辰。謾評論，閒看臺榭詩腸潤，醉倚闌干酒力輕。消塵胸，把名兒一一編成韻，四時佳勝。

解三酲

想洛陽繁華美景，豔陽時處處爭榮。天街賞遍迷芳徑，趁玉勒度香塵。絳紗淺映胭脂濕，翠幙深籠粉黛勻。頻相問，不知是酒家何處？遥指前村。右杏花

油葫蘆

畫闌前奇葩偏勝，似仙娥欲語含情。姚黄魏紫名相並，怎如他一捻粧成。右牡丹

解三酲

綠雲衣水邊幽影，步淩波不惹芳塵。若耶溪上聲堪聽，傍人語最關情。雲歸巫女妝猶濕，浴罷楊妃醉未醒。香成陣，最愛他銀盤露滴，翠蓋亭亭。　右荷花

油葫蘆

看新妝渾如簇錦，繡叢中照眼分明。折來試插佳人鬢，似晚霞紅映孤雲。　右榴花

解三酲

金粟開把秋光占盡，這天香未許平分。枝頭萬斛誰堪領？休辜負月中人。瑶臺寒浸金風肅，珠箔涼生夜氣清。參差影，分明是紫陽仙種，移向閒庭。　右桂花

油葫蘆

遍東籬香浮三徑，露華濃妝點金英。滿頭須插烏紗稱，切休辭滿泛金尊。　右菊花

解三酲

喜南枝早傳春信，洗鉛華別樣精神。窗前月影相暉映，遍誰却隴頭雲。冰肌玉骨渾無語，凍蕊寒葩態不禁。增吟興，最愛他陽春白雪，欲賦難成。右梅花

油葫蘆

歲寒時孤芳滿庭，月中仙洛水佳人。雖然不比瓊林勝，一般與冰玉争清。右水仙

解三酲

憶桃源人遊武陵，五侯家富貴遺春。隋宫只説江都勝，空餘下錦帆涇。河陽自得栽花趣，彭澤休辜釃酒巾。仙家近，怎如得劉晨、阮肇，誤入蓬瀛。

尾聲

歲華飛，春光近。看滿目品題無盡，但願東君作主盟。古今奏雅卷五

文徵明集補輯卷第十九

序　十二首

南濠居士詩話序

詩話必具史筆，宋人之過論也。玄辭冷語，用以博見聞，資談笑而已，奚史哉？所貴是書，正在識見耳。若拾録闕異，商訂古義，不爲無裨正史；而雅非作者之意矣。

余十六七時，喜爲詩，余友都君玄敬實授之法。於時君有心戒，不事吟諷，而談評不廢。余每一篇成，輒就君是正，而君未嘗不爲余盡也。君於詩別具一識。世之談者，或元人爲宗，而君雅意於宋；謂必音韻清勝，而君惟性情之真。倚馬萬言，莫不韙嘆，而碧山雙淚，獨有取焉。凡其所採，率與他爲詩者異，而自信特堅。故久而人亦信之。

觀其所著南濠詩話，玄辭冷語，居然有見，而向之三言具在。是知君所爲教余者，皆的然有見，而非漫言酬對也。是故拈而出之。他日當有作法於是者，非徒取其有裨史氏也。南濠詩話

遊洞庭東山詩序 弘治癸亥冬十月

洞庭兩山，爲吴中勝絶處。有具區映帶，而無城闉之接，足以遥矚高寄。而靈棲桀構，又多古仙逸民奇蹟，信人區别境也。

余友徐子昌國近登西山，示余紀遊八詩，余讀而和之。於是西山之勝，無俟手披足躡，固已隱然目睫間；而東麓方切傾企。屬以事過湖，遂獲升而遊焉。留僅五日，歷有名之蹟四。雖不能周覽羣勝，而一山之勝，固在是矣。一時觸目攄懷，往往托之吟諷。歸而理詠，得詩七首。輒亦誇示徐子，俾之繼響。

昔皮襲美遊洞庭，作古詩二十篇，而陸魯望和之。其風流文雅至于今，千載猶使人讀而興豔。然考之鹿門所題，多西山之跡；而東山之勝，固未聞天隨有倡也。得微陸公猶有負乎？予于陸公不能爲役，而庶幾東山之行，無負于徐子。太湖新録

金山志後序 正德庚辰

世言山川靈境，必藉文章以傳；永柳諸山，非有子厚諸記，人固不得而知也。或又謂文章必得江山之助，杜子美夔州諸詩，所爲尤不可及。金山在大江中，號爲勝絶。由唐以來，題詠多矣，世獨稱張祜、孫魴二詩，以爲絶唱。自今觀之，二詩誠未易及，然在唐人中未爲極致。徒以金山故，獨得不廢。詩以山傳耶？山以詩傳耶？要之，人境相須，不可偏廢；而傳不傳，固有幸不幸存焉。

今味泉宜公裒録古今諸詩，雖妍媸工拙，不能皆同；然莫不各有意義。使選得其當，尚無益於傳否；況酸鹹異嗜，可以一人之見私之耶？顧其意不可辭，爲銓次先後，正其僞誤而還之。金山志卷七

焦桐集序

焦桐集者，吾友徐昌穀别録其近體詩也。昌穀束髮摻染，爲漢、魏五言，莫不合作。

非其所甚好，而爲之輒工，蓋其才性特高，年甚少而所見最的。于唐諸名家，獨喜劉賓客、白太傅，高哦雋諷，惓焉如懷。于是會掇其腴，以成一家言；而湔濯蔓蘼，劓芟陳爛，誦之泠然意消，其亦至矣。

而或者猶病其多悲憂感激之語。於戲！昌穀操其所長，宜被當世賞識；而尚羈束於校官，悽悽褐素，退就諸生之列，使不得一伸吐所有：雖欲强顔排解，作爲閒適之辭，得乎？披是詩者，尚知其命編之意云。徐昌穀全集

按：此文末原有「皇明嘉靖甲午秋九月既望，吴郡文徵明衡山撰」十九字。時徐禎卿卒已二十三年。文意似禎卿尚未舉進士。故此十九字恐是後加者。

大川遺稿序

弘治初，余爲諸生，與都君玄敬、祝君希哲、唐君子畏倡爲古文辭。争懸金購書，探奇摘異，窮日力不休。僩然皆自以爲有得，而衆咸笑之。杭君道卿來自宜興，顧獨喜余所爲，遂舍其所業而從余四人者遊。既而數人者，唯玄敬起進士，官郎曹；祝君雖仕不顯；唐君繼起高科，尋即敗去；余與道卿竟潦倒不售。於是人益非笑之，以爲是皆學

古之罪也。然余二人不以爲諱，而自信益堅。及是四十年，諸君相繼物故，余與道卿亦既老矣。方擬扁舟從君於荆溪之上，相與道舊故，憫窮悼困，以述宿好；而君又不禄。嗚呼！尚忍言哉！尚忍言哉！

君卒之明年，其季弟允卿哀録其遺文若干卷，不遠數百里走吴門，屬余爲序。余受而閲之曰：「此余與君所爲獲重困者，正昔人非笑之具，所謂不祥之金也，尚奚爲哉？雖然，就當時言之，誠若迂緩，足取非笑。萬一他日有知君者，讀其書而稱之，使百世之下，知有道卿之名，則不能不有恃於此也。且以一時舉子言之，莫不明經業文，以爲取科第無難也。卒之獵高科，登膴仕，曾不幾人；而泯没無聞者皆是。以道卿今日視之，果孰多少哉？此余所以有取於是，而無用彼爲也。允卿所以惓惓不忘者，豈無意哉！」

君博綜而雅馴，修辭命意，力追古作者。視一時諸人，若不屑意，而獨若有取於余，余實讓能焉。今集中所存，自足名家，後有識者，必能信而傳之，尚奚有於余言？

君諱濂，字道卿，大川其别號也。荆谿外紀卷十五

耕漁軒倡酬名蹟序

徐氏，其先汴河人也。自太學生揆死青城之節，厥父綦隨宋南渡，遂定居于吾蘇之光福里，族漸以大。其行誼好古，托志文墨者，代不乏人。而鄉先達諸君與之往來賡倡者，前後不可勝數。若竹軒、耕漁、樂餘公輩，其尤著者也。以是徐之名日顯於世，雖片紙隻字，人皆寶諸。惜傳誦輒爲有識者所得，而其家反不能得一二。

今二十世孫邦鼎，恐其日就於散亡也，因拾其餘稿，彙而成帙，將使後人世守之；乃乞余序。余諦觀之，其卷有數大字及竹軒圖，皆宋人筆也。其次有古詩，有近體，有歌行，有絶句，有詩餘，則是元及我朝名公所作也。倡之者爲雲林倪隱君、季迪高太史、吏部王汝器、翰林王汝玉、方外印密、觀通、智及、姚少師道衍；繼之爲員外王畦、憲司王眖、陳刑部亢宗、王學士達善、徐武功有貞、曹巡御時中；而其他名士不可攷者，蓋又不知其幾何也。嗚呼！亦盛矣！

夫自宋迄今，五百餘年，其兵火之所遭，風雨之所蝕，道路之所遷徙；雖金石之堅，不能保其必存，而况寸楮尺素，與蠹鼠争日月哉！間有所存，其不爲驕兒騃女取以爲覆甌之資者幾何矣！安望其散而復聚，聚而不失，而具奏之若是乎！然則此卷之獲存，亦幸矣哉！夫盛則必衰，乃理之常。所賴以保其盛，使不至於衰，則在賢子孫耳；若邦鼎者非其人與？而繼之者，安能必世世之皆若人也？噫！爲徐氏之後者，固可以爲幸，抑亦可以爲懼也已！

雖然，吾聞竹軒公生長於宋，作教宗闢，頗多著述。而耕漁公未仕時，有義塾以訓子弟，有祭田以祀先祖，有家訓祭義以傳於家；及其訓建寧也，有孝經衍義、四子書、金蘭等集。若樂餘公世守紹武，繼改興化，而有内庭敕賜；其平生詞翰，一時莫出其右。今其書尚無恙乎？是書之存亡，又不特一卷之重輕已也。邦鼎既知重是卷矣，則於是書也，寧忍視其散亡，而不知守乎？他日余將造其室而求覽焉，不識其有以應吾否乎？邦鼎字玄之，太學生堯年之季子，博學善詩，能世其家業云。光福志

楊麟山奏稾序

嗚乎！嘉靖丙丁之際，國是未定，而建事之人，有進用之漸。一時臺諫以若侍從之臣，多所論引。其言之深者，或失於支；而其直者，或傷於訐。紛進錯出，莫不各有所

見。忠讜之聲，聞於近遠，爭傳以爲奇；而有識之士，每深致慨其間。華亭楊君士宜時爲吏科給事中，獨不爲高論。見諸章奏，不激不隨；而言之所指，隱然用事之人。天子不以爲忤，而權臣固已側目其間，其言未及施行，而其身已去國矣。吁！可畏哉！君歸，絶口不及國事，而忠言竑議，亦多削稾，雖親知莫有見者。士宜卒，其弟十□檢於故篋，得手稾二十餘紙，蓋刊削散失之餘，僅僅如此。然其心蹟行事，可考而見也。

夫論諫之道，有正諫，有諷諫，有因事納忠爲幾諫。諫有不一，而君子惟切於行事、有禆化理爲忠。司馬公所謂「專利國家而不爲身謀，斯諫官之任」。彼汲汲於名，猶急急於利也。士宜雖官諫列，而忠厚不苛，有謇謇之實，而不求赫赫之聲。當正德之末，中外多事，君隨事救正，而無所避就；正言侃侃，而不爲過激。視引裾折檻，馳譽一時者，誠所不及；而立朝未幾，卒見排退，君子於此，固有以占其所守矣。君才諝敏贍，而慮事精詳，博碩而有爲，所言如決壅蔽。利民事宜，與邊防糧餉，諸所論列，皆思深慮遠，周審平實，皆可見之行事；非徒掇拾細故，苟焉圖塞目前而已。是故其言足以達志，其智足以應物；而持重博大，足以負荷。跡其所止，獨一諫官而已耶？故雖退處田里，而人恒以公輔望之。夫何薦剡甫騰，而君以盛年即世矣！嗚呼，可勝惜哉！　詩文稿

記震澤鍾靈壽崦西徐公

吾吴爲東南望郡，而山川之秀，亦惟東南之望。其渾淪磅礴之氣，鍾而爲人，形而爲文章，爲事業，而發之爲物産，蓋舉天下莫之與京。故天下之言人倫、物産、文章、政業者，必首吾吴；而言山川之秀，亦必以吴爲勝。而吴又以太湖洞庭爲尤勝。太湖者，禹貢所謂震澤，周禮所謂具區者也。洞庭在太湖之中，延袤百三十餘里，望若一島；而重岡複嶺，畦畻連延，閭區井列，不殊市邑。而峯巒奇麗，巖谷窅深，五湖際天，與相映帶，殆猶人區別境。其瓌瑋傑特，豈獨一方一郡之勝而已，而寔天下之觀也。是宜所鍾所發，有以傑出一時，而爲天下之望；然而數百年未之前聞焉，豈亦有待於時耶？

天官侍郎崦西徐公，寔生其中。公少起甲科，積學中秘。既而列官禁近，擄縯綸綍，進講金華。周旋於石渠金匱之間。出領選事，題品人才，左右天子，以潤飾鴻業。所爲系天下之望者，於是三十年矣。進列朝著，則文章政業，蔚爲邦家之光；弭節桑梓，則明德愷弟，顒然鄉國之重。是豈一時一郡之足言哉？固天下之士也！是殆山川磅礴之氣，百數十年之所鍾也；洞庭之秀，於是乎不可誣已！夫洞庭有山以來，亦既久若矣；前此豈無魁磊奇傑之士，出於其間？然既不可考見，則非名世之士，亦可知已。自我國朝以來，百五十餘年，登進士寔自公始；而爲顯官，以文章政業知名於時，亦自公始。何一時之秀，鍾於公獨如是厚哉？此余所謂有待於時者也。公生成化己亥之歲，寔我明開國百年之後，更列聖繼承，重熙累洽之餘；兵甲不興，民物豐阜，蓋至盛極治之時。然則公之生也，豈偶然哉！

或以公盛年强力，道行而志得，方向顯於時；而一旦罷去，若於公有不足焉者。是烏足以少公乎哉！方己丑、壬辰之際，柄臣用事，中外之臣，攀附驟貴者比比。而公顧獨以不合去，其所爲有可知者。孔子曰：「道不同，不相爲謀。」又曰：「人有所不爲也，而後可以有爲。」是故以陸宣公之才，而見擯於德宗之朝；以范文正之賢，而不容於慶曆之世：良以裴延齡、吕夷簡之所爲，不可得而同也。使二公者，當其時稍詘其志，脂韋以取容，豈不可以全身固位，以卒行其志乎？然而君子不爲也。卒之宣公不失爲一朝名臣，而言文正者，至以爲百代人物。夫二公既見取於當時，則公豈應見少於今日哉？

嘉靖戊戌，公家居數年，年且六十，九月十又一日，是公始生之辰，其二子請言爲壽，故爲道山川之秀所爲鍾於公如此。而必以陸、范二公言者，二公寔皆吾東南之望，

固山川之靈之所鍾也；公庶幾其企之。手稿

郡伯鶴城劉君六十壽序 有頌

鶴城先生劉君文韜，自嘉靖甲午解臨汀之政，歸老吴門；於是五年，年六十矣。是歲己亥，九月之朔，寔君始生之辰，吴之大夫士相率走君稱壽。豆籩既陳，歌鼓斯集。徵明執爵而言曰：「劉君可謂五福具備者矣。」

吾吴聲名文物甲於東南，而以衣冠相禪，歷數百年不絶者，獨推劉氏。蓋自宋、元以來，代多顯人。入國朝則有禮侍文恭公父子及大中丞茶坡先生，名德懋勳，後先相望。君則文恭裔孫，中丞公之子也。蚤承世德，繼起高第，踐敭中外，未老就閒。有子五人，咸穎秀績學，或踵世科，或列庠校，彬彬奕奕，聲實並流。而君優游林泉，起居惟適，享有諸子之奉，居無涉世之憂。歷甲既周，而齒髮無敗，體力充盛，聰明不衰。循是以往，耄耋期頤，有不足言者。夫以家世之盛，身名之完，子孫之衆且賢如此，而享世之長又如此，此豈獨一時一郡之所難，殆亦斯世之所僅見也。

或謂七十致仕，乃禮之常；君高才碩望，時世所需，而以盛年自佚，若有不能盡其用者。是固然矣。然天地之道，有消與息，而功名壽考，恒不兼畀，得之此者必失之於彼。世之都高位，享厚禄者，豈無其人？而或壽年之不永；富貴壽考，功名始終，而或嗣胤之不立。由君觀之，固不以彼而易此也。然此豈無所以致之者哉？惟君孝友之行，周於門庭；仁恕之心，達於政事。首官法比，繼典名邦。植志循良，不爲苛暴；軌蹟夷易，無事聲名。處心開亮，而鈎鉅不施；忠厚老成，而與物無忤。凡此皆盛德之事，而皆君之所身踐而力行者，其所以迓承福澤，以流慶於無窮，豈諓諓哉！洪範敍五福曰富、壽、康寧，而必以攸好德爲言者，良有以也。敢以是爲劉君壽，而系之頌曰：

維天皎皎，曰有消息；維人用凝，順言其值。卓彼劉君，植德嶷嶷，文恭之孫，中丞之子。爰世其德，弗失其身，匪曰世科，亦踐厥仁。孝行於家，施之有政；既恕以明，式公而靖。其靖維何？弗苛事刑，弗矯用名，維慎而貞。千里維邦，有衍斯澤；舍旃來歸，于宴以息。何以息斯？在吳之東，丘園其從，子孫雍雍。雍雍子孫，奕奕德門。舍旃來歸，松菊攸存。君則歸矣，道斯晦矣，匪德之晦，式燕以喜。豈不在位？事靡有極；月盈斯虧，日中則昃。五福云駢，勿有攸全；與其秩崇，孰如永年？耄耋優游，保兹令德。匪天則私，迺退而克。有卓劉君，守盈用謙，視履之祥，百福斯繇。豈福斯繇？德言綏之。天實畀之，誰則速之？翼翼高堂，維君居只。翩翩綵衣，子孫燕喜。高堂翼翼，維君攸居，綵衣翩翩，子孫燕胥。瞻彼崇城，白鶴于栖，羽衣蹁躚，君子有儀。蹁躚羽衣，載翔載集；維千斯齡，有允無極。手稿

東潭集敍

嘉靖初，余官京師，識侍御南昌涂君，論議宏深，風采奕奕，雅以氣誼相知，不知其能詩也。久之，君出按嶺南，而余亦抱病歸吴，不相聞者數年。歲癸巳，君謫官桐川，旋起通判揚州，入爲職方員外郎，分司南京。往來吴門，稍以詩篇相問遺。既而再持憲節，出僉嶺南，便道過余，始得盡讀其前後所爲詩，鑄詞命意，居然作者之林。於是嘆其中之所存，有不可得而盡識者。

惟我國家以經學取士，士苟有志用世，方追章琢句，規然圖合有司之尺度，而一不敢言詩。既仕有官，則米鹽法比，各有攸司，簿領章程，日以困塞。非在道山清峻之地，鮮復言詩；而實亦有不暇言者。近時學者日益高明，方以明道爲事，以體用知行爲要，切謂摛詞發藻，足爲道病，苟事乎此，凡持身出政，悉皆錯冗猥俚，而吾道日以不競。此豈獨不暇言，蓋有不足言者。嗚呼！先王之教，所爲一道德，同風俗，果如是哉？

君起進士，筮仕新昌，履貞而勤物，扶微興壞，民格而化。及官中臺，能持國是，肅紀綱，隨事建明，不懾强禦；緣是不得久居朝庭，浮沉常調者餘十年。君不卑冗散，所至職辦，而不廢吟諷。既多懋樹，又不失令名，若是則詩之爲用，適足以爲吏政之飾，而繁詞害道，支言離德，有不足言矣。今之爲是言者，良由其衛道之深，而不知語言文字固道之所在，有不可偏廢者。是故文章之華，足以潤身；政事之良，可以及物。古之文人學士，以吏最稱者不少；而名世大儒，亦未嘗不留意於聲音風雅之間也。惟人之才，有能有不能，而力之所及有限。苟不能兼，則一官所守，救過不暇，而暇他及哉？涂公徇道博文，仕不忘學，而文章吏治，卓然名家，豈非一時之才傑哉？

九江守錢君仝，吴江訓導許君士德，皆君廣南所薦士也。因請君諸詩，刻梓以傳，而徵敍於余，爲論次如此。君名相，字夢卜，别號東潭云。　詩文稿

宦成徵獻録序

汝君養和既解鄢陵之政，歸老松陵。一日扁舟過余，言曰：「頤不佞，遭罹昌會，列職清朝。始守牢盆，繼宰百里，銅章墨綬，叨有民社之寄。日夕兢惕，惟瘝官厲民是懼。

乃今獲保始終，老退林下，爲幸多矣。愧惟馳驅數年，一再忝命，曾無一績可書；所可見者，朝廷綸綍，與交游贈言耳。」因手一編示余，曰宦成徵獻録，首玉音，次公移，次詩文。蓋君三載攷最，恭受封命；及每三歲入覲，所被敕旨；及致仕文憑；而一時名賢碩儒，贊頌之詞咸在焉。

君起太學生，筮仕河東都轉運司經歷，晉擢鄢陵令，廉勁精敏，所至職辦。而鄢陵之政，惠威並著，尤爲吏民畏懷。上官方倚以爲治，而君不可留矣，托疾解官，飄然長往。是其出處之明，亦有人所未易及者。矧循良之政，布在賢人文士之口；而政成之效，又已宣諸王言，昭回雲漢，有不容掩焉者。而以爲無績可書，特君之謙言耳。古之循吏，莫盛於西京之世。然考諸正史，往往無劇績可傳。至書何武之事，謂「武所至者，無赫赫之名」。豈武所爲，皆因循苟簡，無所建明？而彼所謂循吏，豈皆無所事事耶？惟夫濬德淵仁，潛濡默被，出於至誠，泯於無迹，故受之者莫能知，而知之者亦莫能爲之詞也。然而千載之下不能少其名者，徒以恩德在人，而公論所在，有不容泯没如此。所謂公論，亦豈能出於朝庭褒表，賢人聲頌之外哉？在當時必有所徵，而今不可攷矣。然則是編也，其可以無傳乎！

君松陵世家，世父南安守行敏，文章吏治，爲時名牧；而諸兄趙州知州舟，慶符知

縣礪，並以治行著稱。昔南齊傅氏，再世爲令，皆有奇績，時稱「諸傅有治縣譜」。君豈亦有所自耶？ 黎里志

送武進萬侯育吾先生考績之京序

嘉靖壬子，上谷萬君子才以進士出知常之武進。三年政成，將奏其績于朝。故事，績最則入爲京朝官。於時民方安其政而樂其化，懼其遂遷以去也，相與騰議攀戀，以尼其行；而業已解任，不可留。乃圖所以系民之思者，將爲文以著君之茂迹，以榮君之行。邑學諸生王世用以邑民之意，乞言於余。余雖未及識君，而蘇常比壤，聲迹相聞，循蹤良躅，奕奕在耳，不可謂不知君者。

夫常爲舊京輔郡，維要而劇，當北南孔道，交車結轍，事緒紛穰。武進爲郡輔縣，其繁視支縣倍蓰；而地雄且要，賦發章程，率又倍之，餼館勞徠，靡有休間，細大百需，胥此焉集。屬時多故，盜災相仍。君首勤民隱，大更敝政；劭農振業，科輸以時，受計施糜，民免流殍；疏濬河流，饟楫罔滯；飭甲練兵，寇不侵境；而養士鋭學，被之聲教，風流文雅，照映一時。甫三朞，邑用大治。民懷士譽，聲實並流，郡守監司以若御史大夫，

若行部使臣，並騰檄刺舉。迹其所爲，豈一縣令可以淹君哉！

維古縣令之職，道揚風化，撫字黎民。其事有祠祀，有學校，有傳置廥積、河堤道路，有科差，籍帳勾稽，省署咸於令責成焉。我國家尤重其任，凡臺省缺員，必簡於縣令之賢有才者，拔而授之以爲常。惟其職與民親，出入踐更，多所諳練；而所理錢穀獄訟，與凡簿書期會，皆官常所急，既久而習，可以推衍宏致，故其任不得不重。而尤重進士之選。然進士入官，往往厭棄不屑；或得之，庸庸循守，以幾内徙，視其民傳舍不若，而民之視之亦猶過客去來，漠無所與。嗚呼！國家所爲重臺臣之選，而必有待於縣令者，果如是耶？有如萬君之勤勵愛民，而民之思之不忘，豈易得哉？君行矣，自外而内，由臺省而方岳而列卿，其基於此矣。

文徵明集補輯卷第二十

記　八首

瑞光寺興脩記

吾蘇自孫吴以來，多佛氏之廬，瑞光禪寺其一也。按寺建于吴赤烏間，僧性康開山，本名普濟院。宋宣和間，朱勔就院復建浮圖七級。既成，五色光現，奉詔改賜今額，并賜塔名天寧萬壽云。寺燬於宋靖康，再燬於元至正。始葺於洪武辛未僧曇芳，再脩於永樂元年普震。至永樂丁酉，僧法湧極力興廢，於是祝釐之殿，棲禪之廬，以次興復；而天寧之塔，四瑞之堂，悉還舊觀矣。

今住山懷古鼎公，尤重燈鉢之傳。顧寺之緣起，人未之知，而宏道所爲四瑞堂記，及

大祐所記興脩本末多不存。詣余再拜請述其事，予爲考諸傳記，書其大略如此。道光七年本蘇州府志卷三十九

王氏拙政園記

槐雨先生王君敬止所居，在郡城東北，界珊瑚作「分」婁、齊門之間。居多隙地，有積水亘其中。稍加濬治，環以林木，爲重屋其陽，曰夢隱樓。爲堂其陰，曰若墅堂。堂之前爲繁香塢，其後爲倚玉軒，軒北直夢隱。絶水爲梁，曰小飛虹。踰小飛虹而北，循水西行，岸多木芙蓉，曰芙蓉隈。又西中流爲榭，曰小滄浪亭。亭之南，翳以脩竹。經竹珊瑚無二字而西，出於水澨，有石可坐，可俯而濯，曰志清處。至是水折而北，滉漾渺瀰，望若湖泊，夾岸皆佳木。其西多柳，曰柳隩。東岸積土爲臺，曰意遠臺。臺之下，植石爲磯，可坐而漁，曰釣䂬。遵钓䂬珊瑚無「釣」字而北，地益迥，林木益深，水益清駛。水盡，別疏小沼，植蓮其中，曰水花池。池上美竹千挺，可以追珊瑚作「追」涼，中爲亭曰净深。循净深而東，柑橘數十本，亭曰待霜。又東出夢隱樓之後，長松數植，風至泠然有聲，曰聽松風處。自此繞出夢隱之前，古木疏篁，可以憩息，曰怡顏處。又前循水而東，果林

彌望，曰來禽囿。囿縛盡珊瑚作「盡縛」四檜爲幄，珊瑚作「亭」曰得真亭。亭之後爲珍李坂；其前爲玫瑰柴；又前爲薔薇徑。至是水折而南，夾岸植桃，曰桃花沜。沜之南爲湘筠塢。又南古槐一株，敷蔭數弓，曰槐幄。其下跨水爲杠。踰杠而東，珊瑚作「西」篁竹陰翳，榆櫰蔽虧，珊瑚作「空」有亭翼然，西珊瑚作「而」臨水上者，槐雨亭也。亭之後爲爾耳軒，左爲芭蕉檻。凡諸亭檻臺榭，皆因水爲面勢。自桃花沜而南，珊瑚作「來」水流漸細；此句珊瑚作「水益微」至是伏流而南，踰百武，出於別圃叢竹之間，是爲竹澗。竹澗之東，江梅百株，珊瑚作「數百植」花時香雪爛然，望如珊瑚作「若」瑶林玉樹，曰瑶圃。圃中有亭，曰嘉實亭；珊瑚無「亭」字泉珊瑚作「有泉」曰玉泉。凡爲堂一、樓一，爲亭六，軒檻池臺塢澗之屬二十有三，總三十有一，名曰拙政園。

王君之言曰：「昔潘岳氏珊瑚無「氏」字仕宦不達，珊瑚有「作閒居賦自廣」故珊瑚作「以」築室種樹，灌園鬻蔬，曰此亦拙者之爲政也。珊瑚此句作「爲拙者之政」余自筮仕抵今，餘珊瑚作「踰」四十年。同時之人，珊瑚無二字或起家至八坐，登三事，而吾僅以一郡倅老退林下。其爲政殆有拙於岳者，園所以識也。」雖然，君於岳則有間矣。君以進士高科仕，爲名法從，直躬殉道，非久被斥。其後旋起旋廢，迄擯不復，其爲人豈齪珊瑚作「齷」齪自守，視時浮沉者哉？岳雖漫爲閒居之言，而謟事時人，至於望塵雅拜，乾没勢權，終罹咎禍。考其平生，蓋終其身未嘗蹔去官守，以即其閒居之樂也。豈惟岳哉，古之名賢勝士，固有有志於是，而際會功名，不能解脱，又或升沉遷徙，不獲珊瑚作「得」遂志如岳者，何限哉？而君甫及强仕，即解官家處，所謂築室種樹，灌園鬻蔬，逍遥自得，珊瑚無此四字享珊瑚有「有」字閒居之樂者，二十年於此矣。究其所得，雖古之高珊瑚作「名」賢勝士，亦或珊瑚無此二字有所不逮也；而何岳之足云？所爲珊瑚作「謂」區區以岳自況，亦珊瑚作「則」聊以宣其不達之志焉耳。而其志之所樂，固有在彼而不在此者。是故高官膴仕，人所慕樂，而禍患攸伏，造物者每消息其中。使君得志一時，而或横罹災變，其視末殺斯世而優游餘年，果孰多少哉？君子於此必有所擇矣。

徵明漫仕而歸，雖蹤跡不同於君，而潦倒末殺，略相曹耦。珊瑚作「亦略相似」顧不得珊瑚作「顧無」一畝之宫，以寄其栖逸之志，而獨有羨於君。既取其園中景物，悉爲賦之；而復爲之記。嘉靖十二年歲在珊瑚無二字癸巳五珊瑚作「九」月既望。康肇簠齋刻文待詔帖　珊瑚網書録卷十五　中華書局本文衡山拙政園書畫册

顧氏慧麓新阡記

錫之諸山，慧爲特秀。其源自天目而來，蜿蜒磅礴，若斷若續，載仆而起者九，故亦名九龍峯。其尤魁碩而紆鬱者，爲第一峯。峯之陽，膠山顧氏世墓在焉。承事府君諱可賢別葬其次，去世墓若干武，是爲慧麓新阡。錫隆璨列，左右控引，崥㟮青灣，環遶其外，土膏泉衍，風氣藏集，信錫之靈壤也。

府君嗣子起綸，始卜葬府君，發策遇易之坤曰「安貞吉」，象曰：「安貞之吉，應地無疆。」於是拓地爲域，穿域爲穴，積稿以環其後，引上流之水而注於前。益樹松檟，植神道。去域若干武，爲堂曰「永思」，示不忘也。又若干武爲門，曰「華陽特秀」，紀勝也。從而栖神之地，享祀之所，以若守冢之舍，莫不咸具。垣護扃鐍，式嚴以固，而墓之制略備。乃具事狀詣余請記其成，且曰：「古之葬者，土周於椁，椁周於棺，棺周於衣，衣足以飾身。爲是薄者，懼爲盜謀也。綸誠不敢厚藏以貽親累，然而五患之防，封洫之事，不敢不謹。所謂卜其宅兆而安厝之，固聖人之言也」。

余惟周禮：「墓大夫，掌凡邦墓之地域，爲之圖，令國民族葬，而掌其禁令，正其位，掌其度數。」正位，正其昭穆之位也；度數，以爵等爲丘封之度，與其樹數也，所謂丘高則樹多，封下則樹少，所以别其尊卑也。其重如此。自周官之法不行，而墳墓滋輕；至有墮廢不治，樵牧不禁，委爲狐兔之區，而不復知其處者。嗚呼！甚矣！孟子曰：「君子不以天下儉其親。」而有子亦謂葬欲速朽非孔子之言也。是故珠襦玉匣，固明者所嗤；而烏鳶螻蟻，亦孝子仁人之所不忍。吾固知王孫之儉，不如巨先之厚之爲得也。是爲記。詩文稿

遊華山寺記

嘉靖癸卯二月八日，徵明同諸客遊華山寺。汎平湖，沿支港而入。長松夾道，萬杏吹香，恍然如涉異境。時寺雖劫廢，勝概具存。相與讀故碑，漱三泉，不覺日暮，遂留宿寺中。

客自城中來者：湯珍、張瓚、王曰都、陸師道、王延昭。山中客：蔡範、陸桐、陸鵠、勞珊、蔣球玉。拓本

興福寺重建慧雲堂記　嘉靖己酉

佛之教，以清浄寂滅爲道，以無爲爲有，以空洞爲實。室廬服食，一切有形，悉爲幻妄，是宜其無所事事也。而祇陀太子舍園以立精舍，須達多長者布金成之，所謂給孤祇園者，固佛之始事也。故其徒所至，必據名山，占勝境，開基造寺，精嚴像設，以隆其教。彤宫紺宇，極其壯麗，不以爲侈。此非獨爲鐘梵經禪之地，而高人勝士，遊觀習静，亦往往憩迹焉。

吴之莫釐山，即所謂東洞庭山者，在太湖之心。延袤百里，居民聚落，棊布方列，中多佛刹精廬。湖山映帶，林木蔽虧，最爲勝絶。然與城市限隔，游者必淩波涉險，非好奇之士，不輒至也。弘治壬戌，余與友人浦有徵、王秉之，汎舟出渡水橋，絶太湖而西，躡屩以登。由百街嶺而上，始自翠峯，歷能仁、彌勒、靈源諸寺，延緣登頓，轉入俞塢，至興福而次止焉。興福視諸刹爲劣，而松筠陰翳，流瀨琤琮，九峯迴合，室宇靚深，余憩戀久之不能去。是夕，宿寺之慧雲堂。主僧勤公，老而喜客，焚香薦茗，意特勤誠。余與二客飲酣賦詩，蕭然忘寐。夜久僧定，寂無人聲，山月入户，林影參差，慌然靈區異境。

去是四十年，幽棲勝賞，至今在懷。比余歸自京師，問訊舊遊，則當時僧宿，俱已化去，堂亦就圮。僧嘗一葺之，旋葺旋壞，至嘉靖癸卯，壞且不存。嗣僧永賢，積其田園之入，衣資之餘，極力起廢，艱難勞勩，踰年而成。榱棟堅隆，基構宏敞，悉還舊觀。及是，賢以余有山門事契，因余故人子李衍謁文以記。且曰：「寺昉於梁之天監，廢興之詳，具吳文定、王文恪二公記文可考。而此堂建自宣德庚戌，抵今嘉靖戊申，百有二十年矣。中間一再廢興，而莫有記之者；恐益遠而遂失之，願一言以書其事，以示後人。」

余維吳俗歸信佛果，僧廬佛刹，在昔最盛，考之郡乘，不下千數。存者無幾，至於今，摧毁益甚。蓁林巨刹，往往掬爲茂草。而其徒視之，亦不甚惜。豈其人能以寂滅空幻爲性，以無爲爲道耶？夫惟有爲，而後可以無爲；積實而後可以空洞天下。蓋未有無所事事，而能有成者。佛之道，雖不可以吾儒比倫；而業之廢興，則皆有所循習而致，所謂精於勤而荒於嬉者，佛與儒同也。彼視宫室爲幻妄，棄成業而不葺，謂吾佛之道如是，則夫祇陀舍園，須達布金，非佛教耶？爲是説者，漫爲大言，以自蓋其慵惰無能之愆耳。賢師不以空無自恕，而以有爲自力，賢於其徒遠矣。而所爲惓惓斯堂之葺者，豈獨鐘梵經禪之計，亦所以行其教也。余於釋典内文，多所未諳，而獨不欲以有爲爲吾賢師病。若夫遊觀習静，雖非師之本志，而山門勝踐，固有所不可廢者。於是乎書。

行書拓本

新安蘇氏畫像記

蘇自周司寇忿生、漢平陵侯建以來，遠有系緒。至唐許公父子始大顯，爲蘇鉅族。宋有閩、蜀、眉三族，皆祖許公。新安之有蘇，則自參知政事易簡始。易簡子壽知歙州，子孫留居於歙。傳若干世曰瑜。瑜生文玘。文玘一再傳而徙居杭之錢唐。今錢唐文學弟子員若川，則參政公之二十幾世孫，文玘公之曾孫也。念其先，神明之裔，已列於世譜；又傳其像，以示子孫。自其父小石公而上，曰鶴山，曰文玘，並列爲圖。又遡而上，圖參政公爲新安始遷之祖。圖歙州公爲文玘所自出之祖。他日奉以視余，請疏其大略，將附像以傳。於戲！孝哉！參政父子，正史有傳，不敢刻畫。若文玘而下，固不可無紀也。

文玘名昌，參政之幾世孫，悃愊無華，而能激卬任事。嘗被推擇爲里耆宿，得攝理民訟。徇公執法，不畏彊禦。屢督興造，服勤即功，不私羨贏，脩正彊直，每爲縣令所委重。令被誣失官，文玘抗言白其枉，雖被榜笞，而終不易詞，卒白令而復之。令德其義，頗委重文玘，圖所以報之，而文玘無所受。直聲懿行，聞於鄉閈，而達於近遠。時篁墩程公文章望天下，里諺比德於公，曰：「篁墩文章，文玘陰德。」時人不以爲過云。

鶴山諱昂，字克紹，文玘仲子，始自歙來杭。雄俊明敏，長於經畫。早歲食貧，而雅有大志。力本振業，用起其家。不數年，田園邸第，甲於里中。又能緩急濟人，推食解衣，恒若不及。居常喜接納，所與遊多名儒碩士。文酒讌遊，雍容祥雅，風流文物，照映一時，而推誠履信，尤爲士林所重：高朗宏達之士也。

小石諱英賢，字國用，鶴山長子。生而若淑，不事夸詡，不爲饕詖；雖居廛井，不肯乾没籠利如市人所爲。人或負之，亦不之懟，冲怡閒澹，從無所營，靖共質行之流也。於戲！文玘以貞亮植其基，鶴山以高雅濬其源，而小石靖共質行，又有以著其後。深仁厚澤，不替有衍，一德承傳，百餘年於此矣。誦其德，瞻其像，子孫其有興乎！

夫畫像之設，雖不見於禮經；而風儀肖貌，能使人瞻挹起敬，於子孫不爲無助。而先儒程子乃不以爲是，謂「一鬚髮不似，則爲他人」，此充類究極之論也。自此論之出，而畫像若不足恃。然自兹以還將千年，而此事卒不能廢而加詳。則是孝子慈孫，不能自已之情也。夫孝子之於親也，不忘於羹牆，不忘於手澤，不忘於桮棬，以若音容謦欬，莫不系於心而動於思；而況畫像所在，儼乎若臨，宛然如在，孝子於此，宜如何其爲情耶！夫鬚髮差殊，雖若可議，比於羹牆栝棬，不猶愈乎！

若川字君楫，彊學博文，爲時造士。參政之業，寂寂久矣。承先復始，其在斯乎！

思雲記

長洲顧君可求，自號思雲。一日言於余曰：「福甫乳而母氏見背，成童而先君繼亡，煢煢孑立，僅以有成。而罔極之恩，莫克云報；『思雲』之稱，庸以寄吾之悲云耳。先生其爲我記之。」

余惟狄梁公奉使過太行，顧瞻白雲，懸情親舍，慨然興思。惟其至情迫切，足以感人，千載之下，誦其言若新。而所爲致人之感之者，亦惟其人也。人品有不同，事緒有不一，以顧君而附於梁公，殆非其擬；而君裹足里門，周旋於一室之間，無數百里之役，亦豈太行之比？然於中有不大相遠者。父子之親，慈愛之懿，梁公之所有，顧君未嘗無也。是故山則出雲，人則有親，夫人皆得而儗之，豈梁公所得私哉。然而梁公馳情于暫違，而君寄懷於永棄，君視梁公，殆有甚焉。且君之父惟善號友雲，君視雲如親，所爲思之深而感之切，殆猶羹牆之在望，又奚梁公之擬爲哉？古人謂五十知慕爲大孝，君年垂七十而孺慕不已，其孝爲何如！君讀書善醫，而執德厲行，忠信弗違，蓋能充其孝者也。系之詩曰：

悠悠白雲，緜緜我思；何以系之？我親在兹。白雲悠悠，我思緜緜；何以系之？我親在瞻。瞻之不得，惟我心惻；人孰靡生，我終罔極。古亦有言，無父何怙？豈曰無父，亦恃失母。彼岵有屺，我陟再思；遐弗及只，我心憂悲。心之憂矣，時靡有告，悠悠劬勞，莫適云報！再言思之，涕泗如雨；豈不有身？顧復無所。悠悠白雲，昊昊蒼天；我思不窮，維千萬年。嘉靖三十三年甲寅三月二日。思雲圖卷墨蹟

方竹杖記

余年八十有七矣，而背未鮐，髮未黄，燈下猶能爲蠅頭書，作畫猶能爲徑丈勢，殊不自覺其爲老也。有譃余者曰：「子多太公之五年，少伏生之三歲矣。」余始覺其爲老。然矍鑠是翁，崛强猶昔，必不以老自衰。忽有友人自蜀中來，貽我方竹一杖。因思解組

已久，非杖朝之時。而杖鄉、杖國之年，又遠過焉。欲贈同儕，而香山社中，殊無九老，則不如姑存之，以俟諸旦夕可用之時，且以誌良友之嘉惠云爾。嘉靖戊午秋八月。

居易録

説　一首

墨説

昔人雅重文房之選，余學書五十年，頗留意兹事。近時陶穎之外，惟楮墨最爲敝濫。古紙不復可見矣。墨出歙州者，差强人意，蓋其地去李氏雖遠，而製法猶存。其取烟、入膠、和材、擣鍊、收貯之類，極爲煩瑣。故其成甚難，而其直亦甚昂。數十年來，不勝售者之衆；其直之下，曾不及所費百分之一。若是而求其不濫，何可得哉！

余往歲喜用水晶宫墨，蓋歙人汪廷器所製。廷器自號水晶宫客，家富而好文，雅與中朝士大夫遊，歲製善墨遺之。然所製僅僅數十挺，特供士大夫之能書者，而不以售人，故其製特精。嘗爲余言製法之妙，謂：「所燃燈心，必染茜用之。嘗一歲失染，墨成，精光頓減，其不可忽如此。」近有吴山泉者，廷器之甥，實得其法。居吴中，製墨亦精，余亦喜用之。恐其欲易售而忽其法也，故爲説廷器之用心不苟如此。

按古法：用好純松烟，乾擣細篩；每煙一斤，用膠五兩，浸梣皮汁中。梣皮，即江南石檀木皮也，其皮入水緑色，又解膠，并益墨色。鷄子白五枚，真珠麝香各一兩，皆別治合調鐵臼中，擣三萬杵，可過不可少。一法：松烟二兩，丁麝香乾漆各少許，入紫草色紫，入梣皮色碧，皆助墨光。

大凡墨以堅爲上。古墨以上黨松心爲烟，以代郡鹿角膠煎爲膏而和之，其堅如石。惟易水人祖氏得其法，祖蓋唐之墨官也。其後有奚超者，亦易水人，唐末與其子廷珪來歙。而唐時賜姓李氏，父子皆善製墨；而超尤精。論者言超墨，其堅如玉，其紋如犀。徐常侍鉉嘗得李超墨，長不過尺，細如箸，用十年乃盡。其磨處，邊際似刀，可以截紙。又言其墨書版牘，歲久牘朽，而字不動，皆言其堅也。當時但知廷珪善墨，而不知超之尤精如此。陶雅爲歙州刺史，謂超曰：「爾近製墨，甚不及吾初至郡時。」超曰：「公初臨郡，歲取墨不過十挺。今數百挺未已，何能精好？」夫超之能，猶以多不得精爲患；今之製者，動以數千，嗚呼！是尚得爲墨乎？嘉靖乙未仲冬。戒庵老人漫筆卷七

玩古圖説

骨董之義何昉乎？骨之爲言，萬物莫不有骨也。董之爲言，知也。知者爲董，不知即爲不董也。又董之爲言，藉也。凡事莫不有藉，如物之盛於器，器之登于几，几之憑於地是也。古鐘鼎彝之青緑，玉之血斑，皆有所藉於銅於玉焉。則知無骨不能成，無藉不能立。即如繪之有素，未可憑虚，胥此意也。然既言骨矣，而以董字連之者何也？物之有真僞，猶理之有陰陽虚實也，惟其法鑒者始能藏真，且知其品第高下而甲乙之。若者宜玉軸，若者宜牙籤，若者宜囊，若者宜函，未可矯强也明矣。兹覩仇實父所製玩古圖，因爲之説如右云。嘉靖丙辰三月既望。

穰梨館雲烟過眼録卷十八

文徵明集補輯卷第二十一

贊　二首

内翰徐公像贊〔正德己巳〕

内翰江陰徐公，歿三十年矣。壁生晚，不及瞻承。然先大父寺丞嘗館於公，而先君温州，辱交尤厚，用是得其爲人之詳。今其子尚德寄示畫像，遂爲之贊：

蔚乎其豐，肅其有恭，其德之發於容也。既積而充，亦恢以宏，其允蹈乎躬也。夫孰知其存諸心者，必本諸道；而徵諸表者，悉協於中？致身侍從，不自以爲崇，而執之維沖；起家素封，不自以爲隆，而履儉以終。龢而不可以同，惠而弗有其功。大江之南，莫不歸其仁，而百年以來，亦僅乎其有逢。蓋其燭事之明、操身之慎，足以永其譽；

而所以詔後者，又能端其所從。是以諸子若孫，并以行學稱著；而文獻之緒，淵虖其靡窮也！晚學小子，瞻承無幸；而先祖若父，蓋嘗托交於公。家庭之間，既已稔聞公行；而丹青之次，又得以挹公之風。靖山堂帖

陸隱翁贊 有序 〔正德辛未〕

比歲余從郡士夫纂修郡乘，讀成化間洞庭陸伯良甫所上當道馬役狀，辭理切實，處置精審，竊偉其人。厥後獲交其孫郡學生鷹，乃知翁死已久，而其所爲惓惓之情，人至今能言之。間觀今太原公所爲壽文，則盡記其爲人之詳，與當時陳書之事；於是亦欽其心之公而勤也。慨斯人之不作，念科輸之日繁，爰作贊曰：

有隱陸翁，既膴既碩；作德好嘉，亦悃斯愊。惟悃斯愊，庸真其躬，爰篤於義，惻民之窮。維吴奥區，民繁科謫；矧兹傳馬，匪責伊實。及此輸將，瘠民則深，彼瘠彼窮，實隱余心。析理疏情，有纍其牘，長跪陳詞，願言有復。役不可復，心則靡忘；奔走求通，悵焉若狂。方寐而興，當食而吐，十五斯年，有加弗惰。如切吾身，實則不然：歸視其家，不有寸田。有碩隱翁，抑又何求？匪病而號，不位而憂！我則知翁，至公無己。豈

無有位？曾不及此！太湖瀰瀰，包山崔崔；我瞻伊人，千載同風。〔穰梨館過眼續録卷八〕

頌　四首

撫桐葉君五十壽頌　有敍〔嘉靖戊戌〕

嘉靖戊戌，長洲葉君文貞届年五十，六月廿日，寔其始生之辰。其所交遊，與其姻戚子弟，相率走君稱賀。其子縣文學鶴年，詣余乞一言以相其頌禱之詞。余以人子所爲祝願其親，有行孝之義焉，故樂爲道之。

而或者謂：「人壽以百爲期。上壽百歲，中壽八十，下壽六十，蓋六十而後可以言壽也。今文貞僅僅五十爾，曾未及壽之下者；而奚以壽爲？」余曰：「道則然矣，然禮『五十不享』，又『五十杖於家』，是固一家之尊也。傳曰：『五十知命。』又曰：『行年五十，而知四十九之非。』皆言其有立也。且百年曰期，五十者百年之半。昔人有以四時言之者：五十之前，春、夏也；五十之後，秋、冬也。耕於春而獲於秋，發於夏而歛於冬，蓋積之於前，而享之於後也。維人亦然。〔禮稱『五十曰艾』，艾，歷也，郭璞所謂多取更歷也。人生至於五十，氣骨既定，習業已成，閲歷滋深，而積植云至。自兹以還，特享其成而已。以余觀於文貞，童而有知，冠而涉世，既壯而閲歷與所積植至是。且四十年所更非一事，所值非一時，其作勞於前，亦已至矣。余雅不識文貞，而其友陸君子行嘗爲余道其爲人，賈服而士行，履道而守貞，推誠鄉義，不僭於儀，孝友周於家庭，仁義浹於里黨，古所謂悃愊愿謹之士，詳雅而好脩者。然則君之所爲，不啻農勤告終，而享用伊始矣。且鶴年文學秀茂，稱於邑中，名德允升，日以向顯；是固葉君所爲享之之具也。若是，又不可以稱壽乎哉？」爰作頌曰：

維天皎皎，厥積斯徵，曰靡有經，維德之凝。何以凝斯？有篤斯厚，有悠斯久，亦履之祐。有賢葉君，樸茂維碩，匪言則華，維義之克。義克維何？憫窮恤匱，迺貞用恒，弗失其履。仁于而族，孝于而家，爰周于德，浹於邇遐。維德之遐，維祉之集；壽考維祺，自天有錫。何以錫之？維百斯齡；亦以永寧，子孫其承。子賢用章，於君有耀，爰德之揚，孰匪其教？有賢葉君，樂靡有央；匪天則錫，維德之將。尚百斯齡，子孫孫子；孰其錫之，亦視其履。維履之貞，維德之恒，迺言用徵，而壽斯凝。有德者桐，既貞亦式，我撫用揚，爰徵厥德。德之至矣，心之制矣，壽斯衍矣，式燕有喜。維燕有喜，子孫鏘鏘；既壽且康，以永無疆。

賢母頌 有叙

余少遊學官，與陸君廷玉爲友。君高朗磊落，方骯髒場屋，年日以老，而家日益貧。然而志不少讐，初未嘗以家爲念，知君有孝婦焉：滫瀡之奉，温凊之節，所以事其舅者甚至也。及君困頓以没，其子某，稍事廢舉，以植其家。歲客湖江，家居之日蓋鮮。而門户靖謐，業作以時，而家日用裕，知其有令妻焉：拮据勤誠，絍饋惟習，所爲相其夫者弗匱也。既而某客死維揚，内侵而外侮，孤嫠煢煢，日以不競。於時，人皆憂其躓且僨也；然其家弗墜以隆，二子日以有立，且皆以文章行業，侈聲吴中。長子師道，起家進士，仕爲司空，屬貤恩封其母爲太安人，於是太安人年且六十矣。師道奉使江南，得以便道省太安人於家。命書煌煌，褘翟有耀。里黨姻戚，爰觀爰羡，莫不歆而豔之，稱賢母焉。母陳氏，家世令善，蟬聯中外，以禮法相承。母居家爲淑女，歸陸爲孝婦，克相厥夫爲令妻，而教成諸子，光於前人，於母道爲尤烈。故余爲賢母頌，以著其盛云。頌曰：

有賢者母，維陳之淑，既貞亦穀，亦允有肅。亦既孔勤，燦其纂紉；爰德以親，弗貳維仁。維家有嚴，孰事匪孝，之子于歸，言協于道。其道維何？有相斯克；豈相則克？孝言亦式。侃侃陸公，骯髒於時，言食于貧，弗懟以怡。豈嗣則良？亦有孝婦：恩斯勤斯，爰即于舅。舅之適矣，子道攸全；孰其屍之？有婦維賢。其賢維何？爰肅以順，既式有家，亦昌厥胤。諸胤蹌蹌，式明用章，豈先則承，亦孔有光。秩秩起曹，英英邦彥，奕奕異恩，天錫有衍。維天有衍，維德斯揚，雲章昭回，褘翟煌煌。使旌載馳，言集於里，拜慶升堂，藻恩伊始。孰不有母？迺昭斯明，迺錫斯榮，維子之成。孰其成之？母則賢只；既貞罔僭，亦綏厥履。何以綏之？百福在兹；天貺方申，錫年維耆。奕奕高堂，母氏居只；綵衣翩翩，子孫燕喜。高堂翼翼，母氏攸居；翩翩綵衣，子孫燕胥。瞻彼靈萱，其蕚韡韡；春雨弗零，維母之祉。亭亭柏松，鬱鬱方茂；如石如金，維母之壽。

詩文稿

古愚王翁夫婦偕壽頌

姚江王正意仲實甫，陽明先生之族子，學於陽明者也。資穎强學，循飭而有文。翼然秀義，有故家遺風。比歲遊學吴門，往來於余甚稔。一日，謁余言曰：「正意家君生成化庚子，及今己亥，適甲子一周。九月廿又一日，寔維始生之辰，敢丐一言，歸爲捧觴之侑。」因出其友鄒近朋氏所爲古愚翁事行閱之。

翁名守言，字伯信，别號古愚，陽明之弟，尚書龍山公之姪。世家槐里，蟬聯貴盛，而翁抱德家處，服耕自資。悃愊無華，木質而理，悠然於舜山、姚水之間，居居于于，不自知其年之艾而耆也。厥配周，實與齊年。媲德儷行，閨門雍如。四子侁侁，咸已成立。而翁之父，垂年九十，康强在養。翁升堂拜垂白之親，下堦受綵衣之慶，入室而有偕老之懽，天下之樂，萃於一門，盛哉！有足賀者。余既爲寫松柏同春圖以壽，而復系之以頌。其詞曰：

有碩王翁，維懿而德，悃愊無華，爰愚用直。維直維愚，弗諼以夸，弗秩於仕，庸洽於家。維家雍雍，咸式而敍，迺貞用恒，弗失其履。維天旼旼，厥積斯徵，曰靡有經，維德之凝。何以凝之？有篤斯厚，有悠斯久，亦履之祐。其祐維何？百福斯集，壽考維祺，自天有錫。孰不有親？我父百齡；亦允以貞，子孫其承。子賢用章，於君有耀，爰德之揚，孰匪其教！孰不有偕？厥儷則賢。豈曰媲德，亦高其年。升堂拜慶，白髮皤皤；綵衣翩翩，起舞傞傞。下堂受觴，芝蘭秩秩；綵衣翩翩，起舞翼翼。言入于室，瑟琴孔偕；匪情則適，維德之懷。有碩王翁，樂靡有央，匪天則錫，維德之將。尚百斯齡，

子孫孫子；何以徵斯？柏松靡靡。維柏亭亭，維松鬱鬱；歲寒弗彫，以永無極。　手稿

人瑞頌 有序

我國家承平日久，累朝列聖，仁融澤流，所爲休養生息吾人者，百有八十年於兹。是宜有黄髮耇老之瑞，出於其間，以徵聖洽隆昌之會。若海陵顧瑫氏之祖母徐夫人，其庶幾乎！夫人生正統十一年丙寅，抵今嘉靖二十四年乙巳，身歷七朝，目擊五世，而壽百齡矣。此豈一家一鄉一郡邑之慶而已！

夫人海陵名族，歸顧氏，爲旌表義民諱能之配。生子磐，績學明經，領薦爲鄉魁。孫瑫繼遊上庠，進升國學，再世以文學行義著稱於時。於戲盛矣！其得於天者厚矣！夫豈幸而致哉？必有所以迓承之者。禮，婦人教令不出閨門，余固莫得而知之也。然其壽之所徵，有可以溯而得之者。婦德以静爲本，静則貞，貞則不揺於情，不分於晏私。其寢將不夢，其覺將無憂，其神常守而定。寒暑疾疢，哀樂富貧，不足以爲動其中，然後可以言壽。壽系於天，而凝之者人也。夫人相其夫，義周於里，而旌於朝；教其子，文薦於鄉，而魁多士，可謂榮矣樂矣。一旦夫亡而子繼喪，其悲哀憂戚，視榮樂何如？而

夫人不以得喪失其守，不以憂樂喪其真。均榮辱，齊險夷，而一於静；静其凝壽之具也歟！

雖然，王充氏有言：人命以百爲期，不得百者謂之非命。非天有短長之命，而人各有稟受也。儒者之説曰：太平之時，人民侗長百歲左右，和氣之所生也。又曰：太平之世多長壽。故堯百有餘歲，舜、文、武、周公皆百歲，壽固系之盛衰也。方正統、天順之間，我國家建邦百年之際，正休明極盛之時。而夫人生當其時，居得其地，又能自養，以充其所受，固不可謂非國家之瑞也。作人瑞頌。頌曰：

維皇建極，錫福維時；孰其尸之？緊德之綏。温温夫人，既貞亦淑，亦允之穀，迺庸有福。其福伊何？既壽而康，百吉斯昌，子孫其良。古亦有言，維德斯永，維凝斯静，乃終有慶。温温夫人，明順有儀，維匹之良，用綏厥釐。煌煌義問，維夫之德，孰則綏之？迺相有克。既相有克，亦教斯成，奕奕薦書，孰非母榮？母則榮矣，德之至矣！維壽之祉，式燕有喜。温温夫人，既壽既康；豈家則鍾？維國之祥。瞻彼浪山，其崇岌岌；弗隕有隆，夫人之德。海門湯湯，其流淵淵；夫人之貞，亦以永年。穰梨館過眼續録卷七

輓詞 一首

太學錢子中輓詞 有敍

余往歲嘗識錢君子中於友人陸世明坐上。世明亟稱君好學質行，有用世之器。既而與君同試應天，知君爲人，實儁朗明慧，特達士也。君世家常之無錫，相傳武肅王之裔。宋、元以來，代有顯人。而君之伯父工部君世恩，尤以文學政事，著稱一時，與余有斯文之好。故君於余雅篤世契，非獨場屋之舊而已。君去余百里而近，雖蹤跡胥疎，而清才令譽，日益有聞。謂且繼取高科，上踵諸父；而數試不利，竟以太學生終於家。嗚呼！豈不有命哉！於是其子如圭，以余夙昔游從之故，手具事狀，請余一言以識。誼不得辭，則次第其事，爲詩以悼之。君名仁衡，字子中，别號南岡云。

維錢世獻，肇自武肅，乃忠有聞，亦義斯篤。忠孝靡忘，文德攸顯，于千斯年，弗替有衍。有展南岡，味梅之子，既承有家，曰賢而藝。其藝維何？刺經綴文，發藻攄詞，奕其有聞。豈文則華，亦昚其德，履誠蹈仁，維正之植。何以植之？孝于而家，達于邇遐，以莫不嘉。有展南岡，既周于德，亦才之克，迺文有奕。迺文之工，而命則窮，再試再蹶，而卒困以終。嗚呼！豈用則終，曰名斯靳。義洽仁馳，厥有令聞。維聞之揚，維德之光，豈無公卿，孰永以長？嗚呼哀哉！ 手稿三册

銘 八首

毅庵銘 并序

秉忠朱先生，僕三十年前筆研友也。自少以馴行稱，而性特精敏。嘗作堂於所居之後，名曰毅庵，而因以自號。特請子畏作圖，復命余銘之。銘曰：

擾而能毅，是爲不偏。皋陶陳謨，前聞斯言。矯矯先生，垂情簡編，取毅名庵，比之韋弦。美矣庵居，圖書秩然。於時探索，於時盤旋。豈徒采譽，要以心傳。義當勇爲，疾如奔川。苟不順適，百璧可捐。終始有常，吉哉無愆。 石渠寶笈卷十五

真賞齋銘 有敘

真賞齋者，吾友華中父氏藏圖書之室也。中父端靖喜學，尤喜古法書圖畫，古金郁氏、大觀作「今」石刻及鼎彝器物。家本温厚，菑畬所入，可郁氏作「足」以裕欲；而郁氏、大觀有「君」字於聲色服用，一不留意，而惟圖史之癖。精鑒博識，得之心而寓於目。每併金懸購，故所蓄咸不下乙品。自弱歲抵今，垂四十年，志不少怠，家坐是稍落，弗恤而彌勤。余郁氏作「徵明」雅同所好，歲輒過之。室廬靚深，庋閣精好。讌談之餘，焚香設茗，手發所藏，玉軸錦幖，爛然溢目。郁氏、大觀有「捲舒品隲喜見眉睫」八字法書之珍，大觀作「真」有鍾太傅薦季直表、王右軍袁生帖、虞永興汝南公主墓銘起草、王方慶通天進帖、顏魯公劉中使帖、徐季海絹書道經，大觀作「道德經」皆魏、晉、唐賢劇蹟，宋、元以下不論也。金石有周穆王壇山古刻、蔡中郎石經殘本、淳化帖初刻、定武蘭亭，下至黄庭、樂毅、洛神郁氏有「東方畫贊」四字諸帖，大觀作「刻」則其次也。圖畫器物，抑又次焉，然皆不下百數。於戲！富哉！郁氏作「矣」

今江南收藏之家，豈無富於君者，然郁氏、大觀無「然」字而真贋雜出，精駁間存，不過夸視郁氏、大觀作「示」文物，取悦俗目耳。此米海岳所謂「資力有餘，假耳目於人意作摽表」者。嗚呼，郁氏無二字是焉郁氏、大觀作「烏」知所好哉？若夫郁氏作「若其」緹緗拾襲，護惜如頭目，大觀有「似」字知所好矣，而賞則未也。陳列撫摩，揚搉探竟，知所賞矣，而或不出於性真。必如歐陽子之於金石，米老之於圖書，斯無間然。歐公云：「吾性顓而嗜古，於世人之所貪者，皆無欲於其間；故得一其郁氏、大觀有「所」字好翫而老焉。」米云：「吾願爲蠹書魚，遊金題玉躞而不爲害。」此其好尚之篤，賞識之真，孰得而間哉！中父殆是類也。銘曰：

有精齋廬，翼翼渠渠，爰宬用儲，左圖右書。牙籤斯縣，錦幖斯飾，迺緹斯襲，于燕以適。適如之何？維衎以遊；金題玉躞，瑄璧琳璆。品斯隲斯，允言博雅；誰其尸之？中父氏華。維中父君，篤古嗜文，雋味道腴，志專靡分。斷縑故楮，山鐫野刻，探賾討論，手之弗釋。亶識之真，亦臻厥奥；豈無物珍？不易其好。維昔歐公，潛志金石；亦有米顛，圖書是癖。豈曰滯物？寓意施郁氏、大觀作「于」斯，迺中有得，弗以物移。植志弗移，寄情高郁氏作「則」朗，弗滯弗移，是曰真賞。有賢中父，奇文是欣，少也師古，老而彌勤。新齋翼翼，郁氏作「翌翌」圖籍郁氏、大觀作「史」祈祈；後有考德，視我銘詩。顧苓本真

賞齋銘拓本　清歗閣帖　郁氏書畫題跋記卷五　大觀録卷二十

古甎硯銘

正德辛未冬，劍池涸，余往觀，得古甎歸。外剥而中堅，蓋闔閭幽宫物。爰斵爲硯，銘之曰：

金精相守，歷二千霜；升諸棐几，寶勝香姜。金精甎硯

緑玉硯銘

端溪之英石之精。壽斯文房寶堅貞。西清硯譜

漢銅雀瓦硯銘

凌風欲翔，涵月無漬。片瓦留傳，琢成如砥。緬遺制於黄初，潤苔花而暈紫。映墨池以相鮮，比鳳咮之爲美。西清硯譜

硯銘

寒山片石神所剖，輪囷離奇可用摩□手。榴皮苔□自縱横，墨池浪起雲空走。硯兮硯兮！吾當與爾常相守。歸雲樓硯譜

鳳兮硯銘 嘉靖甲寅二月，玉磬山房製

紫霞發彩，潤涵玉暉。鳳兮鳳兮！將望寥廓而高飛。巢經巢詩集卷三

硯銘 嘉靖丁巳

琢水之肪，惟君子器；節堅後彫，石友之義。端硯

格言　一首

格言　嘉靖壬寅夏五月十日

樂易以使人之親我。虚己以聽人之教我。恭己以取人之信我。自檢以杜人之議我。自反以息人之罪我。容忍以受人之欺我。警悟以脱人之陷我。奮發以破人之量我。遜言以免人之詈我。静定以處人之擾我。從容以待人之迫我。游藝以備人之棄我。直道以伸人之屈我。洞徹以解人之疑我。量力以濟人之求我。弊端切須勿始於我。凡事無但知私於我。聖賢每存心於無我。吴越所見書畫録卷三

疏　一首

虎丘雲巖寺重修募緣疏

伏以虎丘天下名山，雲巖吴中勝刹，歲久摧毁，兹欲興脩者。蓋聞靈山飛鷲，肇開

不二之法門；浄土施金，崇飾無生之境界。故雙林八水，味道餐風；鹿苑鷄園，標奇挺異。緬維雲巖上刹，創兹海湧名峯。自二王捨建以來，沐清涼於火宅；由六朝經始之後，昭正覺於迷塗。寶塔天中，第接暉於户牖；斗牛紀次，亦表觀於巖崖。鼎甲林泉，煇煌劍壑。生公講座，宏規悟石之軒；和靖書臺，勝闢凌虚之檻。偉登高而作賦，堪遊目以騁懷。物换星移，輪迴歲遊。紹遺教於再隆，暢玄宗於復振。風調雨順，仗四大天王鎮壓乾坤；海宴河清，願三世尊佛阜安民庶。謹疏。嘉靖甲辰立春日。停雲館真蹟

文徵明集補輯卷第二十二

題跋一　二十九首附録一首

琅琊漫抄跋

先公官太僕時，政事之餘，楮筆在前，即信手草一二紙。或當時見聞，或攷訂經史。間命壁録置册中，而一時逸亡多矣。且皆漫言，未嘗脩改。壁每以請，則嘆曰：「此豈著書時也？他日閉門十年，當畢吾志。」嗚呼！豈謂竟不竢也。自公少時，即有志著述，有日程故録甚富，在滁失之，此編蓋百分之一耳。姑存之，以著公志。在温一二事，散録詩文稿中，不忍棄去，併抄入之，總四十八則。弘治庚申十月。琅琊漫抄

跋康里子山書李太白詩

右康里子山書李太白詩古風五十九首中第十九首也。按本集，亦落二句。嘗聞前輩書古人文字，或有脱誤，不復改注，曰：「取其筆畫而已；若全文，書坊自有本。」豈果然耶？此書出規入矩，筆筆章草。張句曲謂與皇象而下相比肩，信哉。一時人但知其縱邁超脱，不規橅前人；而不知其實未嘗無所師法，觀於此帖可考見已。此帖與前帖有「魯國世家」「東平世家」印，蓋文貞世封云。日本印本書苑康里子山號

跋康里子山自書詩

右子山書其自作詩。子山至正初猶與經筵，進比干圖；未久，即出爲浙省平章，蓋在壬午、癸未之間。此云「至正甲申，河南王西樓書」，則在省之次年也。自是召入京，得疾以歿，是爲乙酉五月，距是僅數月耳。河南王，本省丞相卜憐吉歹也。詩爲乙亥歲作，辭旨極悲慨，而紀録歲月甚詳。蓋是月唐其執謀逆，伯顔弒后，子山之言，豈有所感

耶？是歲實後至元元年云。元統三年者，十一月始改元也。子山嘗自語人：日書數萬字不倦，宜其書多傳於世；而世獨少。此三帖爲相城藏。借觀數月，各附數語於後。維時好古博雅，必能諒其寡昧也。弘治庚申六月十日。日本印本書苑康里子山號

題張夢晉畫

友生陳公度，端重寡言，尚德好義。負笈遠來，從余授易。方期公度得雋，爲鄉里耀。不意余有滁州之行，公度東歸，徵余詩畫，一時不及，以夢晉此畫贈之。着是數語，聊以志别云。弘治辛酉秋九月。吴越所見書畫録卷四 一角編甲册

跋詹孟舉書敍字

右詹中書孟舉書吾鄉王光庵先生敍字一首，敍爲沈學庵及其子貴成作。學庵名宗學，字起宗。隱於鍊墨，又自號墨翁。高太史爲作傳，稱其能書徑尺大字。貴成字志道，隱於櫛髮。皆博學善書，抱奇崛之行。學庵尤精于醫，故與光庵善。所著書有本草

發揮精華、十二經絡治療溯源、外科新録、墨法集要、增補廣韻七音字母，今皆不傳；傳者新録耳，然獨王氏有之。孟舉婺源人，仕元爲供奉監照磨，歷善用庫副使。洪武初，授吏部奏差鑄印局副使，後爲中書舍人卒。其書，評者謂兼歐、虞、顔、柳之法，而有冠冕佩玉之風，爲國朝書家第一。此紙沈氏物，光庵從玄孫雲偶購得之，裝池成卷，俾予疏其事。詹書近時絶少，此文既有關王氏，而又家集所不載。雲之寶此，尚可以尋常翰墨論哉！光庵名賓，字仲光，其行蹤之詳，自具家傳，茲不復著云。停雲館帖卷十　詹孟舉書敍字拓本

跋李少卿書大石聯句

予少以家庭子給事李公筆硯頗久。公書不苟作，或時得意，輒窮日揮灑；不然，經月不一執筆。每每怒詈拒人，故人亦艱得之。今人家所存，往往片紙數字，又多古人詩。若其自作及大書累幅者蓋少。右大石聯句，五百餘言，而一時東南名勝咸在，可謂盛矣。且此詩自壁間大書外，僅僅見此耳。有好事者捐一石，樵而刻之，豈非吾吴中勝事哉。自成化戊戌抵今，二十有五年，而公之去世，亦已數年。緬想風範，儼然筆畫間。

吴中前輩如公者，漸不復得。予所爲至慨於此者，豈獨翰墨而已邪！弘治壬戌十一月七日。寶翰齋帖

題趙松雪書洛神賦

趙文敏公書洛神賦，無下數百本。雖妍媸不同，要皆有大令筆意。此卷爲清夫書。清夫張氏，名淵，蘇之吴江人，仕元爲東省提舉，有文學，虞文靖公爲敍心遠堂集者也。卷尾練伯尚疏其事而不詳，爲補記如此。正德改元二月。大觀録卷八

跋王孟端湖山書屋圖

友石先生畫品，在能之上，評者謂作家士珊瑚作「四」氣皆備。然其人品特高，能不爲藝事所役，雖片楮尺縑，苟非其人，不可得也。此湖山書舍圖，聯六紙而成，脩三十尺。耕漁出没，村舍近遠，烟雲變滅，種種臻妙，非累月構思不可成，豈獨今之所少哉？子和藏此，真希代之珍也。正德丙子三月既望。郁氏書畫題跋記卷七　珊瑚網畫録卷十二　大觀録

卷十九　石渠寶笈卷十五

跋華氏淳化祖石刻法帖六卷

世傳淳化帖爲法帖之祖。然傳刻蔓衍，在宋已有三十二本。其間刻搨工拙，楮墨精麤，雖互有失得，珊瑚作「得失」而失真多矣。然淳化祖刻，在當時已不易得。劉潛夫嘗得李瑋家賜本，謂直數百千，其重如此，況後世乎？前輩辨此帖凡數條，皆有證據。今非但不可見，雖見亦無據以爲辨矣。無錫華中甫偶得舊刻六卷，相傳爲閣本，而銀錠摺痕，隱然可驗。楮墨既異，字復豐腴。至于行數多寡，與今世傳本皆不同。第六卷内宋人朱字辨證五條，筆跡精好類蘇書。但其間有黄辨等字，疑爲黄長睿。長睿宣政間人，出坡公之後，不宜引以爲據也。然余攷長睿所著法帖辨，與此又似不同，豈別一人也？寡淺無識，不敢自信，漫記如此。然此帖要非尋常傳刻本也。第七卷朱書辨證十一條。第八卷無朱書。第九卷無朱書。正德己卯五月望。郁氏書畫題跋記卷一　珊瑚網書録卷二十一

按：珊瑚網所載文末無歲月款識。

跋黄公望洞庭奇峯圖

黄一峯爲梅中翰所作山水，用筆高古，紙墨若新，真希世之珍也。余雖僻野，所見者不下數幅，皆莊重有餘，而逸韻或減，此幅可謂兼得之矣。正德庚午五月既望。石渠寶笈卷二十六

跋王摩詰捕魚圖

王摩詰捕魚圖，爲畫中神品，膾炙人口。曾屬匏翁識語，知其向已至吴中者。不二十年，復爲默庵所得，豈非物之聚散有時，而得失之靡定也。余閲之，不勝歎賞，輒書漁父十二詞於後。但珠玉在前，覺我形穢多矣，書此識愧。

余題此卷，憶自癸酉歲，及今丁丑，恰四年矣。而復從澹之先生齋頭，得見江干秋霽圖。鬥奇争勝，不可名狀。是何神物聚合於一時也！今日再過默庵請觀，細玩其精微變幻處，又以見默庵好古不倦，而得其道。因并識之。二月五日。虚齋名畫續録卷一

跋周文矩重屏會棋圖卷

右周文矩所作會棋圖。乍展徽廟金題，殊不解「重屏」爲何義。及細閲之，二人據胡床對弈，二人端坐觀局，各極其神情凝注之態。傍設一榻，陳列衣笥巾篋，一童子拱侍而聽指揮。上設屏障，障中畫人物器皿几榻，設色高古，後作一小屏，山水層次掩映，體認方得了了，始悟「重屏」之名有以也。且筆法纖麗，豈後世庸史所能結想耶？是卷當有北宋名賢題詠，一經進呈，便爾剪割，惜哉。圖後有「緼真齋」諸印，是曾經柯博士所賞。近爲吾友朱君子儋寶藏，借觀累月，愛玩不能已已，謹題贉尾而歸之。正德戊寅九月既望。西清劄記卷四　中國歷代繪畫故宫博物院藏畫集

唐閻右相秋嶺歸雲圖卷

余聞上古之畫，全尚設色，墨法次之，故多用青緑。中古始變爲淺絳，水墨雜出。以故上古之畫盡于神，中古之畫入于逸。均之，各有至理，未有以優劣論也。立本此

卷，墨法既妙，而設色更神，鉛朱丹碧，互爲間沓，千巖萬壑，恠恠奇奇。莫得知其所以始，而亦莫得知其所以終。吾故謂立本當從十洲三島來，胸臆手腕，不着纖毫烟火，方能臻此神妙。近日士人所稱西嶺春雲圖，固爲至極，猶當讓此一籌。是卷舊藏松陵史氏，一夕爲奴子竊去，不知所之。少傅王公嚮慕久矣，無從快覩，今年春，孫文貴持來求售，少傅公不惜五百金購之，可謂嶽雪、三秋作「可稱」得所。一日出示索題，余何敢辭？敬書其後。正德十四年三月三日。聽颿樓續刻書畫記卷上　嶽雪樓書畫録卷一　三秋閣書畫録

題張長史四詩帖

張長史書，在宋已不多見，況今時耶？余生平所閲兩卷，其一濯烟帖，在吴江史明古家，有沈石田跋尾。其一春草帖，舊爲太倉陳彦廉所藏。彦廉有春草堂，以此得名。後歸鎮江劉氏，今不知所在矣。宋、元人題識尤多，然皆不及此四詩，恠偉傑特，脱去筆墨畦徑，非後人所能僞爲也。此帖舊藏長洲金氏，予數年前嘗與沈石田先生借觀，竟不肯出。今歸王舍人子貞，因借留予家數月。惜不能起石田與之共論其妙也。正德十四年己卯七月既望。式古堂書畫彙考書録卷七

題米元章雲山圖卷

右雲山横軸，楊會稽以爲米敷文筆；而陳伯敷又定爲南宫，未知孰是？然柯丹丘有「浄名主人」之説。蓋元章有顧愷之浄名天女，作室貯之，因稱浄名庵主。觀其意，似指南宫也。三公皆一時名流，而柯尤號鑒賞家，其言如此，余又何容置喙於其間哉。正德十四年秋。　大觀録卷十三

題蘇長公御書頌

長公書，余所見凡十餘卷，而滿意者寡。養生論粉澤紙書，大草千文乃黄蠟牋所寫，乞居常州奏狀雖小楷淳古，而剥蝕處多。如赤壁賦則前缺數行，宜春帖子又中失一紙。其寒食篇、芙蓉城詩與九辯帖，皆削去題名，都非長公完璧。惟伯時三馬圖贊、宸奎閣記、烟江疊嶂歌與此御書頌，可謂拔乎萃者矣。時正德庚辰脩禊日，漫識於玉磬山房。　石渠寶笈卷二十九

題劉松年便橋見虜圖

此劉松年便橋見虜圖。丹青煥發，式古、續記作「炳煥」布置閒雅。輦中旌旗，氈裘戎屋，塵沙雲樹，具見當時景象，良工苦心哉。前有松雪道人題墨，而鈐縫印章，似又曾入裕陵内府者，是可寶也。正德庚辰十月既望。珊瑚網畫録卷六　式古堂書畫彙考畫録卷十

四　續書畫題跋記卷三

跋李龍眠蕃王禮佛圖

龍眠李公麟，熙寧中名進士，王安石深敬其人。仕三十餘年，未嘗忘山林之樂。當時論者謂其文章則追建安，書法則宗晉唐，人物之畫則效顧陸，創意如吴道子，瀟灑如王維。右畫番王禮佛圖，人物古雅，用筆纖勁，觀者非注目决眥，不能盡其妙。真五百年來無此扛鼎之筆也，藏者寶諸。時正德辛巳暮春。盛京故宫書畫録卷二

跋趙鷗波書唐人授筆要説

昔趙鷗波嘗言：「學書之法，先由執筆，點畫形似，鈎環戈磔之間，心摹手追，然後筋骨風神，可得而見。不則，是不知而作者也。」今觀所書唐人授筆要説，則益信然。至於筆法次第，非深知者未易言也。把玩之餘，爲之三歎。正德辛巳端陽前二日書於玉磬山房。松雪齋法書墨刻

跋李西涯詩帖

西涯先生書，早歲出入趙文敏、鄧文肅，既而自成一家，遂爲海内所宗。晚年縱筆任意，優入顛素之域，真一代之傑作也。此卷所書，又似王黄華，殆以翰墨游戲耶？正德辛巳。故宫歷代法書全集

跋沈石田臨宋人筆意

石田先生風神瀟灑，識趣甚高。自其少時作畫，已脱去家習，上師古人。有所模臨，輒亂真蹟。然所爲率盈尺小景，至四十外始拓爲大幅。粗株大葉，草草而成。雖天真爛發，而規度點染，不復向時精工矣。右三種，亦中歲筆，全法宋人，尤其擅長者；古勁可愛，今亦不易得矣。嘉靖壬午春，書於玉磬山房。石渠寶笈卷三十三

跋沈石田畫棧道卷

石田先生筆底化工，妙絶今古。而棧道一卷，尤屬神功。其崪險處令人有臨淵履冰之想，展玩不忍釋手。後學者無論拙筆如余，再有作者，亦拱手縮舌而已。客有命余録蜀道難附於卷尾，不足存耳。當寶其畫而同之云。嘉靖改元秋九月十日。蜀道難書畫卷墨蹟

跋夏禹玉晴江歸棹圖

右晴江歸棹圖，爲夏珪所作。禹玉其字，錢塘人也。爲宋寧宗朝畫院補遺有「中」字待詔，有賜金帶之寵。善畫人物山水，醞釀墨色，麗補遺無「麗」字如傅染。筆法蒼古，氣韻淋漓，足稱奇作。又嘗學范寬。此卷或爲王洽，補遺此句無或爲董、巨、米顛，而雜體兼備，變幻間出。吾恐穠妝麗手，視此何以措置於其間哉。今補庵補遺作「某公」所藏禹玉畫卷，不止三四，補遺作「四五」而未若此全以趣勝者也。嘉靖元年冬十月二日。書畫鑑影卷三

南宋院畫録補遺

按：此跋亦見明張泰階寶繪録，世傳張氏所收，僞蹟爲多。故所録文氏諸跋，未經後人再鑒核收録者，皆予割愛。然此文與後二十六年所跋馬遠晴江歸棹圖詞句相類。兹將該文録附於後，以供對照研討。

右晴江歸棹圖爲馬遠所作，宋光寧朝畫院待詔，有賜金帶之寵。善畫人物山水，筆法蒼古，氣韻淋漓，足稱奇作。嘗學范寬。此卷或爲王洽，或爲董、巨、米顛，而雜體兼備，變幻兼出，吾恐穠妝麗手，視此何以措置於間哉。今補庵所藏馬遠畫卷不止三四，而未若此全以趣勝者也。嘉靖二十七年冬十月五日。三秋閣書畫録

跋蔣伯宣藏十七帖

右十七帖一卷，乃舊刻也。此帖自唐、宋以來，不下數種，而肥瘦不同，多失右軍矩度。惟此本神骨清勁，繩墨中自有逸趣，允稱書家之祖。晉人筆法盡備是矣。惜世更兵燹，傳者甚艱鮮。獨此爲蔣侍御伯宣所藏。云傳自上世，且紙墨完好，纖悉具備，誠不世之琛也，爲宋本無疑。兹問以示余，命爲音釋，余迺書之如右。畫蛇添足，寧免識者之誚耶。嘉靖乙酉八月十八日。有正書局本衡山硃釋宋拓十七帖

跋顔魯公祭姪季明文稿

米元章以顔太師争坐位帖爲顔書第一，謂：「其字相連屬，詭異飛動，得於意外，最爲傑思。」而黄聶本無「黄」字山谷謂：「祭姪季明文文章字法，皆能動人，正類坐位帖。」大觀無「帖」字二帖宋時並藏安師文家。安氏之後，不知聶本作「聞」流傳何處。坐位帖世有石本，而米氏臨本尚在人間，余嘗見之，與此帖聶本無「帖」字正相類。然元章獨稱坐位者，蓋

嘗屢見，而祭姪則聞而未覩：今寶章録可考。宜其亟稱坐位，而不及此也。世論顔書，惟取其楷法遒勁。而米氏獨稱其行草爲劇致，山谷亦云：「奇偉秀拔，奄有魏、晉、隋、唐以來風流氣骨。回視歐、虞、褚、薛輩，皆爲法度所窘，豈如魯公蕭然出於繩墨之外，而卒與之合哉！」蓋亦大觀作「有」取其行書之妙也。聶本作「蓋亦取其行草也」況此二帖，皆一時藁草，未嘗用意，故天真爛熳，出於尋常畦徑之外，米氏所謂「忠義憤發，頓挫鬱屈，意不在字」者也。聶本有「侍御永豐」四字聶君文蔚出以相示，俾爲鑒定。後有陳深、陳繹曾二跋。深字子微，號寧極翁，宋季吳人。繹曾字伯敷，元聶本作「勝國」吳興人。二人並聶本作「皆」以字學知名。而跋語考訂精審，大觀作「詳審」余復何言。姑取黄、米之論，以備二帖折衷，亦補二陳之遺云。嘉靖四年聶本有「歲在」乙酉十一月朔。停雲館帖卷四　聶雙江本祭姪文稿　大觀録卷二

跋馬遠虚亭漁笛圖

宋馬遠爲光寧朝畫院中人，作畫不尚纖濃嫵媚，惟以高古蒼勁爲宗，誠一代能品也。此卷虚亭漁笛圖，風致幽絶，景色蕭然，對之覺涼颸颯颯，從澗谷中來也。士人咸

稱周文矩避暑卷，視此又不足言矣。嘉靖丁亥六月二十一日。嘉靖壬子正月二十四日，過某公讀書房，出此相示，益歎馬遠畫法之妙。因識于後，以記余再閲之幸。

南宋院畫録補遺

跋鄭所南國香圖卷

徵明往與徐迪功昌國閲此卷於潤卿家，各賦小詩其上，是歲弘治十三年庚申也。及今嘉靖己丑，恰三十年矣。追憶卷中諸君，若都太僕玄敬，祝京兆希哲，黄郡博應龍，朱處士堯民，張文學夢晉，蔡太學九逵及昌國，時皆布衣，皆喜譚郡中故實。每有所得，必互相品評以爲樂。及是諸君皆已物故，惟余與九逵僅存，亦皆頽然老翁。非惟朋從淪散，無從請質；而亦頽懶荒落，無復當時討論之興矣。潤卿去仕中州，將攜此卷以往，因得重閲一過，念交遊之凋喪，感聰明之不逮，不能不爲之慨然也。是歲仲夏五月六日。

國光藝刊第四期

跋沈潤卿藏宋徽宗畫王濟觀馬圖

徵明往與徐迪功昌國閲此卷於沈君潤卿家，是歲爲弘治十三年庚申也。及今嘉靖己丑，恰三十年矣。追憶卷中諸君，若都太僕玄敬，祝京兆希哲，黄郡博應龍，朱處士堯民，張文學夢晉，蔡太學九逵及昌國，時皆布衣，皆喜鑒别法書名畫。每有所得，必互相品評以爲樂。及是諸君皆已仙去，惟余與九逵僅存，亦頽老翁，無復當時討論之興矣。潤卿去仕中州，將攜此卷以往。拭几重閲一過，不能不爲之慨然也。是歲仲夏五月既望。湘管齋寓賞編卷五

題元人書賢己編長卷

出於蛛絲煤尾之餘，使不遇知者，鮮不置爲篋中故紙也。今經二氏襲藏，遂爲文府清翫。非獨此紙之幸，抑亦可以占其人之好尚已。嘉靖己丑九月六日，雨窗漫題。壯陶閣書畫録卷八

文徵明集補輯卷第二十三

題跋二　五十八首

題唐子畏右軍換鵝圖卷

畫人物者，不難於工緻，而難於古雅。蓋畫至人物，輒欲窮似，則筆法不暇計也。初閱此卷，以爲元人筆。比及見右軍羽客晤語之狀，則人各一度，變化無端。不知右軍羽客晤語之奇，抑子畏用筆之奇？蓋兩相脗合耳。嘉靖庚寅春日。穰梨館雲烟過眼録卷十六

跋定武五字損本蘭亭

嘉靖九年庚寅八月二日

世傳蘭亭刻石，惟定武本爲妙。然古今議者不一，故有聚訟之說。桑世昌蘭亭考十卷，最其珊瑚作「爲」詳博。然不若姜白石所著，簡明可誦。珊瑚有「大意」二字謂「真蹟隱，臨本行世。臨本少，石本行世。石本雜，定武本行世」。然但珊瑚作「當」言其所珊瑚作「自」出耳，未嘗及其真贋也。惟齊東野語載白石所書偏傍者，珊瑚有「考」字謂持此可以觀天下之蘭亭矣。珊瑚有「其」字所論凡十有五處。余生平珊瑚作「平生」閱蘭亭不下百本，珊瑚有「求」字其合於此者蓋少。今珊瑚作「近」從華中甫觀此，乃五字鑱損珊瑚作「鑱損五字」本。非但刻搨之工，而紙墨亦異。以白石珊瑚有「所論」偏傍校之，往往相合，誠近時所少也。其後跋者七人，而鄧文肅善之，柯奎章敬仲皆極口稱之。二公書家者流，而柯尤號博雅。其言如此，余又何容贅一辭哉。

郁氏書畫題跋記卷十　珊瑚網書録卷十九

跋華氏續收淳化祖石刻法帖三卷

余生六十年，閲淳化帖不知其幾，然莫有過華君中甫所藏六卷者。嘗爲攷訂，定爲古本無疑。而中甫顧以不全爲恨。余謂淳化抵今五百餘年，屢更兵燹，一行數字，皆足藏玩，況六卷乎？嘉靖庚寅，兒子嘉偶於鬻書人處獲見三卷，亟報中甫以厚值購得之。非獨卷數珊瑚作「數卷」適合，而紙墨刻搨，與行間朱書辨證，亦無不同。蓋原是一帖，不知何緣分拆。相去幾時，卒復合而爲一，豈有神物周旋於其間哉！昔趙文敏公求古閣帖，凡三易而後完。自跋其後，謂：「雖墨有燥濕輕重，造有工拙，皆爲淳化舊刻。」然則公所得，固非一類也。豈若此本，散而復合，殆猶豐城之劍有不偶然者，誠希世之珍也。嘉靖九年秋七月既望。郁氏書畫題跋記卷一　珊瑚網書録卷二十一

跋顔魯公劉中使帖 辛卯八月朔

右顔魯公劉中使帖，徵明少時嘗從太僕李公應禎觀於吴江史氏。李公謂：「魯公

真蹟存世者，此帖爲最。」徵明時未有識，不知其言爲的。及今四十年，年逾六十，所閱顏書屢矣，卒郁氏無「卒」字未攝影作「莫」有勝之者。因華君中甫持以相示，展閱數四，神氣爽然。米氏所謂「忠義憤發，頓挫鬱屈」者，此帖誠有之；乃知前輩之不妄也。帖後跋尾六通：首王英孫，次鮮于太常，又次張彦清、白湛淵、田師孟，最後亦彦清書。蓋此帖曾藏彦清所，後易于英孫耳，觀跋語可見。考英孫所跋歲月，宜在後，不知何緣出諸公之前？初疑裝池之誤，欲令改易，而張公鈐印宛然，不可拆裂，姑記于此，以俟博識。清河書畫舫卷五　郁氏書畫題跋記卷一　劉中使帖攝影本

跋袁生帖

右江邨、大觀有「王右軍」三字袁生帖，曾入宣和御府，即書譜所載者。江邨、大觀無「者」字淳化閣帖大觀、江邨無「閣帖」二字第六卷亦載此帖，是又曾江邨、大觀作「嘗」入太宗御郁氏作「秘」府，而黄長睿閣帖考嘗致疑大觀作「詳」於此。然閣本江邨、大觀作「閣帖本」較此，微有不同。不知當時臨摹失真，或淳化所收别是一江邨、大觀作「摹」本，皆不可知。而此帖八郁氏作「五」璽爛然，其後賻紙及内府圖書之印，皆宣和裝池故物。江邨、大觀有「也」字而金書標籤，

又出祐陵親書，郁氏作「御筆」，江邨、大觀作「親劄」當是真跡無疑。此帖舊藏吳興嚴江邨、大觀有「氏」字震直家。震直，洪武中仕爲工部尚書，家多法書，郁氏有「名畫」二字後皆散失。吾友沈維時購得之，嘗以示余。今復觀江邨作「見」於華中甫氏，中甫嘗以入江邨、大觀作「勒」石矣。顧此江邨、大觀無「此」字真蹟，無前人題識，俾余疏其本末如此。大觀「如此」作「云」字。

真賞齋帖　郁氏書畫題跋記卷十一　江邨銷夏録卷一　大觀録卷一

跋蘇文忠公興龍節侍燕詩

蘇文忠公興龍節侍燕詩，作于熙寧己酉間，正雍熙之日，君臣相慶之時。故所書飛舞，神采射人。卷中兼有「宣和」等印，誠天府之物，不知何年流落人間。徵明在子真中舍書齋得以展閱，是亦一遇也。敬題此以識之。時嘉靖辛卯重九日。聽雨樓帖

黃文節公書伏波祠詩

右黃文節公書劉賓客伏波鑑影、藝苑有「神」字祠詩，雄偉絶倫，真得折釵屋漏之妙。公

嘗自言：「紹聖甲戌，黃龍山中忽得草書三昧。」又云：「自喜中年鑑影、藝苑有「以來」二字字書稍進。」此詩建中靖國元年五月乙亥荆南沙尾書，以上五字鑑影、藝苑作「荆州書」三字於時公年五十有七，正晚年得意書。鑑影、藝苑「書」作「之筆」二字且題其後云：「持到淮南，示鑑影、藝苑作「見」余故舊鑑影、藝苑有「可示之」三字何如？」元祐中黃魯直書也。」鑑影、藝苑無「也」字按公鑑影、藝苑有「嘗」字自評元祐中書云：「往時王定國嘗道余書不工，余未嘗心服。由今日觀之，定國之言誠爲不謬。蓋用筆不知擒縱，故字中無筆耳。字中有筆，如禪家句中有眼。非深解宗趣，豈易言哉！」此書豈所謂字中有筆者耶？公元符三年自貶所放還，建中靖國元年四月抵荆南，崇寧元年始赴太平；凡留荆南十閱月。嘗有辭免恩命狀鑑影、藝苑作「奏狀」云：「到荆州即苦癰疽，發於背脇，毒痛二十餘日，今方稍潰。」而此帖云：「新病瘍，不可多作勞。」正發奏時也。珊瑚等至此止，下識「嘉靖十年辛卯臘月三日徵明識」三十年前，徵明嘗於石田先生家觀此帖，今歸無錫華中甫。中甫持來求題，漫識如此。嘉靖辛卯九月晦。以上從藝苑本補入　珊瑚網書録卷五　郁氏書畫題跋記卷十　書畫鑑影卷二一　藝苑真賞社本

宋黃山谷伏波祠書　上海古籍書店本黃山谷書經伏波神祠詩

跋薦季直表

右鍾元常薦山陽太守關内矦季直表，宣龢書譜及米史黄論與他名家品目，皆不見紀載。惟近時張士行法書纂要嘗一及之，且與戎路、力命、尚書宣示諸帖郁氏無二字并稱。但戎路諸帖，咸有石刻傳世，而此帖亦無郁氏作「不傳」刻本，殆不可曉。而陸行直、鄭明德、郁氏作「鄭元祐」袁仲長在元世皆博學，名能書家，其題語珍重如此，必有所據。先友李公應禎又嘗親爲余言其妙，謂「雖積筆成塚，不能得郁氏作「不能彷彿」其一波拂也」。公書法妙一世，其言如此，余又安能郁氏作「事」置喙其間哉。但諸公題語，皆稱「焦季直」。余驗「焦」字乃郁氏作「實」「矦」字之誤，蓋「矦」字上有「關内」字，實關内矦也。其郁氏作「至」後但稱「直」而不言「季」，蓋季姓直名，「關内侯」其爵也。若以爲焦姓，則上「關内」字似無所屬。以爲地名，不應薦人而直舉其郡望，且當時亦無所謂「關内郡」者。故余定爲「矦」字無疑；而華氏入石，直標爲薦季直表云。嘉靖十年歲在辛卯十月朔。　壯陶閣帖　真賞齋帖　郁氏書畫題跋記卷十一　壯陶閣書畫録卷一

按：壯陶閣帖、真賞齋帖所刻兩文同，但真賞齋帖後一跋乃文彭所録。

題趙子昂祖孫三世畫馬圖 嘉靖壬辰二月既望

郭佑之題趙文敏畫馬云：「世人但説李龍眠，那知已出曹韓上。」文敏見之，謂：「曹、韓固不敢當。使龍眠在，固當與抗衡也。」其自許如此。錫山安君，嘗得其子集賢與珊瑚無「與」字諸孫彦徵畫馬聯軸。王叔明題其後，并論其父子筆法所出；而尤盛稱文敏得曹、韓之妙。顧卷中無文敏之筆，非闕典歟？安君乃别購文敏一馬，標諸□簡，珊瑚作「卷首」遂成合璧。持來示余，俾題其後。於戲！曹、韓、龍眠盛矣，其後皆無所聞，豈若趙氏祖、子、孫三世，具於一軸之中，珊瑚有「而」字并臻其妙，殆古今一見耳，豈曹、韓諸人所得而擬耶？若安君者，其亦知所尚哉。安君名國，字民泰，號桂坡，錫山人。郁氏書畫題跋記卷一 珊瑚網畫録卷八

跋懷素自敍

藏真書如散僧入聖，雖狂怪怒張，而求其點畫波發，大觀作「波拂」有不合於軌範者蓋

鮮。東坡謂：「如没人操舟，初無意於濟否，是以覆却萬變，而舉止自若，其近於有道者邪？」若此自敘帖，蓋無毫髮遺恨矣。曾空青跋語謂：「世有三本。而此本爲蘇子美所藏。」余按米氏寶章待訪録云：「懷素自敘在蘇泌家，前一（大觀作「有」）紙破碎不存，其父舜欽補之。」又嘗見石刻，有舜欽自題云：「素師自敘，前紙糜潰，不可綴緝，書以補之。」此帖前六行紙墨微異，隱然有補處；而乃無此跋，不知何也？空青又云：「馮當世本後歸上方。」而石刻爲内閣本，豈即馮氏所藏耶？又此帖有「建業文房」印及昇元重裝歲月，是曾入南唐李氏。而黄長睿東觀餘論有題唐通叟所藏自敘，亦云：「南唐集賢所畜。」則此帖又嘗屬唐氏，而長睿題字，乃亦不存。以是知轉徙淪失，不特米、薛、劉三人而已。成化間，此帖藏荊門守江陰徐泰家，後歸徐文靖公。文靖殁，歸吴文肅，最後爲陸冢宰所得。陸被禍，遂失所傳。往歲先師吴文定公嘗從荊門借臨一本，間示徵明曰：「此獨得其形似耳。若見真蹟，不啻遠矣。」蓋先師殁二十年，始見真蹟，回視臨本，已得十九，特非郭填，故不無小異耳。昔黄長睿謂：「古人搨書，如水月鏡像，必郭填乃佳。」郭填，謂雙鉤墨填耳。余既獲觀真蹟，遂用古法雙鉤入石，累數月始就。視吴本雖風神氣韻不逮遠甚，而點畫形似，無纖毫不備，庶幾不失其真也。　故宫週刊第一三〇期至一三一期　文物出版社本懷素自敘真蹟　大觀録卷二按：此跋未識歲月，後有文彭自敘釋文，末識「嘉靖壬辰五月」，則此文當亦壬辰年所譔。

跋仇實父臨顧閎中韓熙載夜宴圖

韓熙載夜宴圖，昔李主遣國手顧閎中於熙載第偷寫者，曲盡其縱逸跌宕之態。閎中別寫本行人間，故鑒賞家有之。今仇實父此卷，雖本之閎中，而筆法精潤，人物飛動，布置經營，各擅其美。即以真蹟並視，亦未易優劣也。壬辰夏四月望後二日。味水軒日記卷六

跋趙子固四香圖卷

宋名人花卉，大都以設色爲精工。獨趙孟堅不施脂粉，爲能於象外摹神。此卷四薌，種種鈎勒，種種脱化，秀雅清超，絶無畫家濃豔氣，真奇珍也。卷尾題詠，皆出元季名流，尤足愛玩。展覽之餘，不忍釋手，漫識數語於後。嘉靖壬辰十月二日。書畫鑑影卷三

跋李龍眠畫揭鉢圖

吾友王林屋近得李龍眠揭鉢圖，誠希世珍也。其用筆設色，與余往昔所見無異。余聞龍眠早年登進士第，即工人物山水，無不入妙。至中歲始留意於釋教，所作羅漢、山莊獻書、白蓮社、九歌等圖，正其時也。而此圖更覺秀麗精妍，變幻百出，當爲早歲所作無疑。余庚辰歲曾見白蓮社圖，爲之臨摹一過。然今年齒日長，精神日衰，而欲求向時之卧寐學問，不可復得。因見此卷，惟有擊節歎賞而已。時嘉靖壬辰冬十一月九日。

秘殿珠林卷九

題通天進帖

右唐人雙鈎晉王右軍而下十帖，岳倦翁謂即武后通天時所摹留内府者。通天抵今八百四十年，郁氏記有「矣」字而紙墨完好如此。唐人雙鈎，世不多見，況此又其精妙者，豈易得哉！在今世當爲唐法書第一也。此帖承傳之詳，已具倦翁跋中。但宋諸家評品郁氏無「品」字略無論及者，蓋自建隆以來，世藏天府，至建中靖國入石，始流傳人間，宜乎不爲米、黄諸公所賞也。此書世藏岳氏，元世在其郁氏有「從」字，家書有「幾世」二字孫仲遠處，不知何時歸無錫華氏。華有栖碧翁彦清者，讀書能詩，喜藏郁氏作「好蓄」，家書作「多蓄」古法書名畫。帖尾有「春草軒審是記」，即其印章也。家書無「也」字今其裔孫夏字中甫者襲藏甚郁氏、家書作「維」謹，又家書無「又」字恐一旦失墜，遂勒石以傳。其摹刻之妙，家書作「其摹刻之工極其精妙」視秘閣續帖不啻過之，夏其知所重哉。真賞齋帖　郁氏書畫題跋記卷五　文物出版社本唐摹王氏家書集

按：真賞齋帖一跋，係文彭書。末有「嘉靖壬辰六月既望，長洲文徵明題」款識。郁氏書畫題跋記無款識。唐摹王右軍家書集一跋係徵明所書，末款「嘉靖丁巳七月既望，長洲文徵明題，時年八十有八」。

跋李晞古闗山行旅圖

余早歲即寄興繪事，吾友唐子畏同志，互相推讓商榷，謂李晞古爲南宋畫院之冠。其丘壑佈置，雖唐人亦未有過之者。若余輩初學，不可不專力於斯。何也？蓋佈置爲畫體之大規矩，苟無佈置，何以成章？而益知晞古爲後進之準。惜子畏已矣，無從商

榷。吾友某君持示此卷，不勝嘆賞，奚啻飢渴之於飲食。欣然援筆，漫書其後。嘉靖癸巳二月五日。南宋院畫録

跋王晉卿漁邨小雪圖

右漁邨小雪圖，宋駙馬都尉王晉卿真蹟。晉卿爲神宗愛壻，博洽能詩文。少見知於翰林學士鄭獬。及尚秦國長公主，益折節禮賢，故眉山、襄陽、山谷、龍眠□公皆與之交。及黨籍興，晉卿亦被謫而無悔。蓋士林之諍諍者，非僅戚畹中稱翹楚也。晉卿善書法而耽于畫，嘗作寶繪堂於其第，壁張古人名畫，效宗少文澄懷于其中。故縱筆揮洒，烟雲林壑，動與古會。此卷上有徽宗標題及宣和諸璽，蓋亦内府物。至元而散落人間，故魏公題咏及仲温題識，皆亦絶代名流。余觀其畫法蒼秀，絶類右丞，而設色又擬李雲麾父子。至于佈置得宜，種種合度，非尋常畦徑可及也，誠爲希世之寶。時嘉靖十有二年春三月既望。盛京故宫書畫録卷二

祝希哲草書赤壁賦

昔人評張長史書：「回眸而壁無全粉，揮筆而氣有餘興。」蓋極其狂怪怒張之態也。然郎官壁記則楷正方嚴，略無縱誕。今世觀希哲書，往往賞其草聖之妙；而余尤愛其行楷精絶。蓋楷法既工，則藁草自然合作。若不工楷法，而徒以草聖名世，所謂無本之學也。余往與希哲論書頗合，每相推讓，而余實不及其萬一也。自希哲亡，吴人乃以余爲能書，過矣。昔趙文敏題鮮于太常臨鵝羣帖，所謂「無佛處稱尊」者，蓋謙言也。若余則何敢望吾希哲哉！因閲汪君所藏赤壁賦，漫書如此。嘉靖甲午閏二月既望。上海古籍書店本明祝允明草書前後赤壁賦

米元暉湘山烟靄圖卷

國朝□金華宋學士，每見二米真蹟，輒嘆□□中之精品，世□□見。余所見者惟陳□父海嶽庵圖，元和洪氏海岱樓卷，皆老米最得意之筆。客歲偶過梁溪華氏，獲睹元暉

大姚江圖，上自書云：「紹興己未除守瑯琊，待次平江，寓大姚村妹家戲作。」按米氏，襄陽人，而宋史爲吴人。觀海岳撰樂圃墓表云：「余昔居吴郡，與先達遊。」則米老父子嘗居吴，故其女嫁大姚，實非吴産也。今觀叔貞所藏元暉湘山烟靄圖，多斷烟殘渚，波光晦暝，乍出乍没，可謂奔放横逸，真得畫家三昧，實後人所難繼者。展閲再三，不能釋手，漫題數語歸之。時嘉靖十三年春三月既望。壯陶閣書畫録卷五

黄筌蜀江秋净圖卷

自古寫生家無逾黄筌，爲能畫其神、悉其情也。此非景與神會，象與心融，鮮有得其門者。至于山水，初年雖祖李昇法；厥後自成。得心應手，出入變化，丹青鉛粉，與腕相忘，隨其所施，無不合道。故後人稱爲神品，列于張、吴，殆非過歟！此蜀江秋净圖，向爲宣和御府秘藏物也。往歲吾友徐默庵在京邸時，得之中官奴隸之手。默庵三秋無二字詢其羨餘所自，奴隸不欲言，亦以避禁也。余謂默庵曰：「君得此卷，而復他求，何異三秋作「無乃」得隴望蜀？」三秋有「乎」字默庵笑而不答。并爲書之。三秋作「予因題識而并及之」嘉靖甲午十月。聽颿樓續刻書畫記卷上　嶽雪樓書畫録卷一　三秋閣書畫録

跋宋高宗書度人經

宋思陵翰墨志云：「余自晉、魏以來，至六朝筆法，無不臨摹。或蕭散，或枯瘦，或遒勁而不回，或秀異而特立。衆體備于筆下，意簡猶存於取舍。初若食蜜，喉間少甘；已則如食橄欖，真味久愈有在，故尤不忘于心手。頃自束髮，即喜攬筆作字，屢易形模，而心所嗜者固有在矣。凡五十年間，非大利害相妨，未始一日捨筆墨也。故鋭意學書，多歷年所，無不臻妙。」今觀所書度人經，深得唐人餘習，而豪邁過之。雖無年月可考，而前後有「紹興」二璽及「乾坤」等印可據。圖則文樞院學士白宗奂三乾、畫史李嵩應制之作，款識稱臣云。筆墨蒼勁，典雅有法，敬閲之，令人頓生歡喜。曾爲賈平章所藏，而有「悦生」「秋壑」圖記。徵明又見度人經有褚河南書，閻博陵繪其像。此書亦有唐人風韻，乃師其意耶？當爲宸翰中第一希世奇寶也。時嘉靖乙未八月。秘殿珠林卷十五

跋宋張即之書報本庵記

右宋張即之書報本庵記。即之字温夫，别號樗寮，參政孝伯之子，仕終太子太傅直秘閣，歷陽縣開國男。其書當時所重。完顔有國時，每重購其蹟。史稱即之「博學有義行」。而袁文清師友淵源録亦言即之「脩潔喜校書，經史皆手定善本，語乾道淳熙事，先後不異史官，書蔽其名」。按皇宋書録：即之，安國之後，甚能傳其家學。安國名孝祥，仕終顯謨閣學士，所謂于湖先生，孝伯之兄，即之之伯父也。其書師顔魯公，嘗爲高宗所稱。即之稍變而刻急，遂自名家。然安國僅年三十有八，而即之八十餘歲，咸淳間猶存。故世知有樗寮，而于湖書鮮稱之者。余每見即之好用秃筆，今觀此書，骨力健勁，精采焕發，大類安國所書盧坦河南尉碑，豈所謂傳其家學者耶？誠不易得也。吾友湯君子重出示，遂疏其大略如此。嘉靖乙未八月。

文物出版社本宋張即之報本庵記

跋張芸窗詩卷

江陰張溝南父子，以詩名於元季。溝南名端，字希尹，原作「溝南名瑞字希五」，從拓本更正。其子名宣，字藻仲，號芸窗，尤以能書稱。溝南詩嘗爲高季迪所推，謂其「格律深穩，不尚篆刻」。然其集不傳。聞王守谿先生嘗得其所謂芸窗文殘集，拓本作「芸窗父師集」父子之作具在，余亦未之見。此芸窗所書吴越兩山亭及聽琴二詩。詩與書皆合作，真無媿其名也。嘉靖丙申九月六日。大觀録卷九 張芸窗詩帖拓本

跋王晉卿萬壑秋雲圖卷

北宋工畫者亦多矣。若王晉卿以貴戚挺出，而擅丹青之技。早歲師大李，至中歲脱去其習，三秋二句作「早歲脱去其習」而爲秀潤閒澹之法，嫵媚清雅之姿，無論貴戚中不一二見，即董、巨、李、范諸名勝，以渾古瑰奇跨凌百代者，誠未有以過之。此萬壑秋雲圖，足爲晉卿生平妙筆。在勝國爲徐元度所藏，至我明幾二百年，而爲吾友徐默庵得之。

余謂此豈君家先世故物，今復爲君家所有耶？至于勝國諸君題識，精密如珠輝玉暎，尤足取重。默庵三秋無二字其慎秘之。嘉靖丙申秋分日。聽颿樓續刻書畫記卷上　嶽雪樓書畫録卷一　三秋閣書畫録

跋張僧繇畫霜林雲岫圖

余聞六朝畫家，多作釋道像，趨時尚也。至于寄興寫情，則山水木石，烟雲亭榭益夥矣。思致灑落，筆意高妙，豈後人所能措手？梁張僧繇生於中古交會之際，法製始備，所作種種入神。但流傳甚尠，雖宣和御府收藏，不過數事，再後益不可得矣。此卷向藏于古中静處，王文恪公屢遣人物色之，竟不可得。今中静已矣，而其子持至吴中求售，默庵不惜三百金購之。出以示余，畫端有宣和御書，後有勝國諸名士題識，爲姚子章所珍祕，與翠嶂瑶林，原一時物，今悉歸于吴中，誠爲奇事。點綴設色，真有天孫雲錦之巧。豈僧繇自蓬壺弱水來，無纖毫塵土氣，乃能臻此神化邪？余謂默庵云：「使文恪未往，此卷未易爲君家有也。」默庵甚善余言。遂并書之。時嘉靖十九年孟秋之廿二日。三萬六千頃湖中畫船録

跋唐閻立本畫蕭翼賺蘭亭圖

楊君夢羽得唐閻立本所畫蕭翼賺蘭亭圖，雖已渝敝，而精神猶存。其筆畫秀潤，有非近時名家所能者，顧無題識可證。他日閱會稽志，見吴傅朋跋語，其所記印章及古玉軸，悉與此合。因爲録於卷尾，定爲閻筆無疑。嘉靖十九年歲在庚子十一月朔。六硯齋筆記卷二　石渠寶笈卷十四

跋趙文敏書汲黯傳

右趙文敏公所書史記汲黯傳，楷法精絶。或疑其軌方峻勁，不類公書。余惟公於古人之書，無所不學。嘗書歐陽氏八法，以教其子。又嘗自題其所作千文云：「數年前學褚河南孟法師碑，故結體如此。」此傳實有歐、褚筆意，後題「延祐七年手抄於松雪齋」。且云：「此刻有唐人遺風。」觀此，當是有石本傳世，豈歐、褚遺蹟邪？考歐、趙兩家金石録，無所謂汲黯傳，竟不知何人書也。公以延祐六年謁告還吴興，至是一年，年

六十有七矣。又明年至治二年卒，年六十有九，距此才兩年耳。公嘗得米元章壯懷賦，中缺數行，因取刻本摹搨以補。凡書數過，終不如意，嘆曰：「今不逮古多矣。」遂以刻本完之。公於元章豈真不逮者，其不自滿假如此。此傳自「反不重邪」以下，凡闕一百九十七字，余因不得刻本，漫以己意足之。夫以徵明視公，與公之視元章，其相去高下，殆有間矣。而余誕謾如此，豈獨藝能之不逮古哉？因書以識吾愧。辛丑六月既望。

壯陶閣書畫録卷五　平遠山房帖　松雪齋法書墨刻　文明書局本趙文敏書汲黯傳真蹟

跋陳簡齋詩帖

右宋陳簡齋詩帖，計二十三首。辭旨高曠，筆法清麗。且後有晦翁題識，而籤題又南軒所書，誠爲可寶。元危太樸記之甚詳。太樸，臨川人，博學敏贍，其言當有所據。展玩之際，不忍釋手。朱子在當時尚欲刻之以傳，其寶重可知矣。惜老眼昏花，不能摹刻以繼朱子之志，爲可恨耳。辛丑九月既望。

安素軒帖

涪翁雜録册

右雜録一册，相傳黄文節公魯直書。舊有簽，題曰山谷志林。昔蘇文忠公有東坡志林，蓋雜志其平時所聞見，與凡對客談笑之語。此册則雜鈔説苑、世説中語，初無倫敍，豈有會於心而書也？抑自記以備忘邪？嘗見東坡亦有雜書古人格言，亦無倫次。此題其後者，謂將以爲詩文之用，豈非其類耶？然不可考矣。文節公晚歲，沈著高古。此其少年之筆，故微有不同耳。殷君良貴持以相示，輒題其後。嘉靖辛丑十月六日。

珊瑚網書録卷五

題宋帝書鑑湖歌

陸放翁早以「春雨杏花」之詩，受知思陵。阨於秦檜，至紹興三十二年，始得召見，賜進士出身。思陵時已勌勤，當是阜陵之初矣。此詩用太上印記，蓋德壽時書。其始終寵眷之意，於此可見矣。但阜陵亦爲太上皇，此詩無歲月可考，不知竟出何帝也。惟公受二帝寵顧如此，雖出入侍從，而迄不得大用，豈其命耶？抑其聲名太盛，而造物者消息其間耶？嘉靖二十年辛丑十一月十又四日。大觀録卷十四

跋仇實父虢國夫人夜遊圖

余早歲見元人畫虢國夫人夜遊圖，精細古雅，可謂古今鮮匹。余曾僭題長句于上，迄今三十餘年矣。吾吳仇子實父亦作此圖。布景設色，全不相類，而侍從儀仗，更覺冗繁。豈此圖别有所出，而實父别有所受歟？尚俟具眼者鑒之。時嘉靖壬寅春三月五日。墨蹟

跋懷素草書千字文

余家所收懷素千文二本。其一爲嘉興姚氏物，絹上小草書，此本是也。其一爲吳中顧氏所藏，楮紙上大書，内缺數行，嘗爲補之。楮本是少年書，紛披光怪，氣焰懾人。鑑影作「怖人」絹本晚年所作，應規入矩，一筆不苟，正元章所謂「平澹天成」者。要之，皆名

帖也。壬寅七月四日。經訓堂法帖　書畫鑑影卷一　徐小圃印本唐釋懷素小草千字文

題宋高宗勅岳忠武書

此宋高宗敕岳忠武公書也。後僅署日月，而不紀年。按此當在忠武討兀朮獲勝時所降下者，故文内猶寓嘉勵之意。嗟乎！倘高宗始終不爲檜賊所惑，三字之獄不成，將見妖氛盪掃，何難奏凱於旦夕哉！余觀此，深爲忠武惜。而御書煌煌，迄今猶照耀人間。數百年餘，而爲勉之所寶，不可謂非厚幸也。嘉靖癸卯冬十月既望。壯陶閣書畫録卷五

跋文與可盤谷圖并書敍卷

右文與可畫盤谷敍圖，人物山水，高古秀潤，絶類李伯時。伯時以山水人物，與可以畫竹，同出一時，各以所長著稱。東坡謂：「與可畫竹，前無古人。」而不言其他畫，故世無有知其能畫山水人物者。惟宣和畫譜言：「與可或喜作古槎老枿，濇墨一掃，雖丹

青家極毫楮之妙，形容不能及。」而近時孫大雅記吳仲圭墨竹云：「仲圭以畫掩竹，與可以竹掩畫。」其言必有所自。然與可畫竹之外，他畫絕不傳聞。宜興吳氏有所藏（大觀作）「畫」晚靄横看甚妙。先友沈周先生嘗見之，爲余言其行筆，絕似許道寧。按道寧，宋初人，張士遜詩所謂「李成謝世范寬死，惟有長安許道寧」者是也。然評者謂道寧之筆，頗涉畦徑，所謂作家畫也。而與可簡易率略，高出塵表，獨優於士氣。此卷作家士氣咸備，要非此老不能作也。嘉靖甲辰秋八月二日。清河書畫舫　式古堂書畫彙考畫録卷十一

大觀録卷十三

跋重建震澤書院記

震澤書院建自宋之寶祐，歷元抵今，垂三百年。再仆再植，而卒淪於毁者，歲遠名湮，而植義好□之人尠也。世殊事異，所在遺基名蹟，往往掬爲茂草，莫有過而問者。其不奪於勢家，規爲第宅苑囿，則既幸矣，矧能起廢於荒烟瓦礫之餘哉？此沈君惟良之義有足偉者，而前後邑宰所爲稱述讚詠而不能已也。王公程門高弟，學術端良，習於從政，思陵稱爲通儒，故其家有通儒堂。胡安國亦謂：「其學有師承，識通世務。」朱子編

入伊洛淵源録。維吾吴洛學之祖，蓋出魏文靖公之前。今文靖郡有專祠，載在祀典，而王公不聞有舉之者，書院之復，豈其權輿邪？若建置本末，與王公出處事行，具張、喻二宰及憲副陸君之文已詳，予不復列。嘉靖乙巳正月既望。帖拓本

跋朱晦庵中庸或問誠意章手稿

右晦庵先生中庸或問誠意章手稿。較今刊本，一字不異，蓋定本也。吾友孫君性甫自滁陽寄示，俾題其後。夫朱公著述，如日星在天，何容刻畫。而此書授受本末，有朱公還以下題語可考。公還字克升，號明所，饒之鄱陽人。元至正中以省試授婺州學正，改處州。其學得饒雙峯真傳，所著有四書通旨約説、詩義疏，其文有餘力稿。趙汸字子長，號東山，休寧人，師黄楚望、虞伯生，爲時碩儒。元末集鄉兵保障鄉井，省授承務郎江南行省樞密院都事，入國朝預脩元史，不受官歸卒。其學深於春秋，所著有春秋集傳、春秋屬辭、左傳補注諸書行世。韓濂字仲廉，號樵墅，婺源人。好學能詩，兼工翰墨，人稱三絶。三公皆元季國初名流，其題此卷，皆鄭重不苟。至於東山，留且踰年，竟不着語而還之。徵明何人，乃敢妄意如此？然東山亦以托名先賢文翰之後爲幸；然則

區區之幸，又何如哉！嘉靖二十四年正月望日。文物出版社本宋朱熹書翰文稿

跋祝希哲良惠堂敍

右祝京兆所作沈氏良惠堂銘。古奥艱棘，讀不能句，蓋楊子雲、樊紹述之流，非昌黎子莫能賞識，真奇作也。「良惠」，乃宋思陵書以錫沈氏者。傳數世，而失其被賜者之名，子孫每以爲恨。故京兆爲敍其事，而諸生演必欲勒之石，殆又懲前事之失耶？嘉靖乙巳正月既望。寓意録卷三

跋鄧善之書急就章卷

余弱冠時，獲觀此卷於京口劉希載氏，距今四十餘年，往來於懷。今復得縱覽，蓋鄧文肅公爲理仲雍所臨者。袁子英謂：「仲雍乃于闐人，名熙，嘗判吴郡，建言助役法，民甚便之。」必多惠政，不載圖經，乃知古今遺逸幾何人哉？尚賴是卷表而出之，因併識余衰年重展玩之嘅云。嘉靖丙午歲秋九月朔旦題。大觀録卷九

跋趙文敏楷書大學

公書流傳於世者，雖片紙尺幅，人争購得之。此册用意，尤爲超越，曷勝愛玩。子貞裝池索題，爲識數語歸之。嘉靖丁未九月十九日。滋蕙堂墨寶

趙伯駒春山樓臺圖卷

余有生嗜古人書畫，嘗忘寢食。每聞一名繪，即不遠幾百里，扁舟造之，得一展閱爲幸。此卷宜興吴大本舊藏之物，大本當獲之時，欲索吾郡吴匏庵、沈啟南二公詳識，未果。大本遂他遊，而沈、吴二公亦前後未晤，於此卷誠一缺陷事。戊申三月，同友人遊善權。因過吴氏之廬，訊其嗣君，因索觀之。見其一段瀟灑出塵氣象，煜然可掬，猶若臨風把隋珠和璧，爲之擊節。即欲效顰一二，恐未易窺其堂奥矣。是日，同觀者湯子重，錢子孔周及外甥陸之箕，因并記之。嘉靖二十七年三月下澣。西清劄記卷四

題朱德潤渾淪圖卷

右渾淪圖，元鎮東提學朱德潤先生作。德潤文學名家，而雅好書畫，墨蹟作「圖畫」爲趙、虞諸公所重。或謂其以藝掩文，其果然耶？此「渾淪圖」，不知所謂，味其贊語，似是養生家言，然不可知也。而畫法秀潤，自有一種士氣。因其孫墨蹟作「五世孫」希曾出示，漫識如此。第恐將瓜作瓠，貽博雅者之誚耳。嘉靖戊申六月廿一日。穰梨館雲烟過眼録卷八　墨蹟

跋沈石田竹莊草亭圖卷

石田先生得畫家三昧，於唐諸名家筆法，無所不窺。余晚進，每見其遺翰，便把玩不能捨，真海内宗匠也。此卷疏爽秀潤，而布置皴染，多出於古人，蓋得意作也。偶過禄之吏部齋中，出此索題，漫書卷尾，觀者勿以續貂見誚也。嘉靖戊申秋九月既望。夢園書畫録卷九

跋仇實父橅張擇端清明上河圖

右有宋張擇端所畫，西涯先生序之詳。余嘗於崑城顧桴齋處得鑒賞之。此卷實吾郡仇實父所橅，逼真，其委曲轃敍，無有不到，誠珍品也。東洲繆先生得之，命余復録前序，併爲識之。他日東洲傳于後世，必與擇端正本并馳矣。嘉靖己酉三月二十又九日。

穰梨館雲烟過眼録卷十九

跋蘇文忠公乞居常州奏狀

昔歐陽公嘗云：「學書勿浪書，事有可記者，他日便爲故事。」且謂：「古之人皆能書，惟其人之賢者傳，使顔公書不佳，見之者必寶也。」今蘇文忠公所書乞常州狀，僅二百六十餘字，而傳之數百年，不與紙墨俱泯。其見寶于人，固有出乎故事之上者耶？梁溪華氏得此帖，幾及百年。一日，過余請題，漫書歐公語于後。此帖當爲華氏世守之珍可也。嘉靖二十八年己酉秋八月晦日。

式古堂書畫彙考書録卷十　六藝之一録卷三百四十二

題謝思忠山水册

謝君思忠示余所作畫册，總十有二幅，雜倣諸名家，種種精到，真合作也。思忠往歲嘗客杭州，又嘗東遊天台、雁蕩，南歷湖湘，皆天下極勝之處。此畫雖其學力所至，要亦得於江山之助也。若余裹足里門，名山勝地，未有一迹；雖亦强勉塗抹，不過效昔人陳迹，愧於思忠多矣。嘉靖庚戌三月上巳書。

聽颿樓續刻書畫記卷下

跋宋高宗書女誡馬遠補圖卷

宋人嘗取古女誡、女訓，圖其事傳於世，惟龍眠之筆，爲世所珍重。曾聞京師樊駙馬所藏一卷，吾蘇沈石田先生亦收一卷，皆稱佳品，相傳以爲馬遠所畫，高宗所書。凡九段。曲畫女婦閒雅端莊之態，而宫闈田野，體製自别，筆意超絶，信可以爲世寶也。辛亥歲，偶得展閲，因題。

穰梨館雲烟過眼録卷二

仇實父畫羅漢圖

五百尊羅漢，見佛書。惟宋人有石刻，最妙。今實父白描，種種生態，色色飛動，無減宋人筆也。暇日獲一展卷，不覺歎伏，援筆題此。嘉靖壬子菊月初二日。秘殿珠林卷九

二趙合璧圖

董巨復墨妙當代，後少繼之者，唯魯中趙善長髣髴，余恨不多見。初夏避暑梁溪，過華補庵齋頭，偶覩合璧圖，復有趙鑑淵青溪草亭。鑑淵雖精各法，喜擅梅竹。今此圖不在松雪下，亦世稀觀，故以合璧名之。是記之。時嘉靖壬子五月望日。寓意録卷二

仇實父職貢圖卷

昔顔師古於貞觀四年奏請作王會圖，以見蠻夷率服之盛。自是以後，繼作不絶，亦謂之職貢圖，宣和畫譜所載是已。及觀張彦遠名畫記，載有梁元帝善畫外國來獻之事，又嘗作職貢圖而序之。貞觀公私畫録載有陳江僧寶所畫職貢圖三，則知其來非一日矣。近見武克温所作諸彝職貢，乃是白畫；而此卷爲仇實父所作，蓋本於克温而設色者也。觀其奇形異大觀作「怪」狀，深得胡瓌、李贊華之妙，克温不足言矣。壬子九月既望，題於玉磬山房。清河書畫舫　大觀録卷二十

孝女曹娥碑

右小字曹娥碑，越州石氏所刻。古雅純質，不失右軍筆意。余平生所閲，不下數十本，俱不及此。張雲門、倪元鎮皆好古博雅之士，其題語珍重如此，可寶也。元鎮題爲辛亥歲，蓋洪武四年。在當時已不易得，況今嘉靖壬子，相去百八十一年，又可多得

耶？太倉顧君出以相示，漫識如此。是歲冬十一月十日。珊瑚網書録卷二十

趙文敏天冠山詩

天冠山在丹陽郡，昔固富於題詠。寺之主院有名浄心者，嘗與中峯老師往來，故亦與文敏相識。今觀此二十四詩，想即付浄心者也。詞既雅麗，得開元、天寶體；而字復圓勁，出入羲、獻，誠爲二絶。而天冠之名，由是可與蘭亭、赤壁并著矣。曩藏于玉陽史吏部處，嘗命徵明爲之補圖，余以拙劣未敢下筆，留期月而歸之。兹廼爲華從龍户部重購所得，間以示余。余欲髣髴圖數筆，以如前請，而恐貽添足之誚，終不敢也。因識數語謝之。癸丑秋八月一十又五日。趙松雪天冠山詩拓本

按：翁方綱以丹陽郡無此山、書法平弱及跋中「不敢補圖」等語以爲非文氏所撰。然文徵明此時年八十四，小楷腕力不如往昔，且經摹刻，未免失真；即地名失考等，皆不足爲此文僞作之證據。兹仍録存，以供研究。

跋陳居中松泉高士圖

宋陳居中松泉高士圖，布景清曠，人物高古，命意與黄宗道並馳。細觀之，迥非後人所可比擬。補庵郎中攜示索題，漫識此以歸之。時嘉靖甲寅秋七月望日。穰梨館過眼續録卷二

馬和之豳風圖

古人圖畫，必有所勸戒而作。此馬和之寫豳風七月詩八幅，凡稼穡、田獵、蠶績之事，莫不纖悉備具。雖不設色，而意態自足，信非和之不能作也。昔之序詩者云：「周公陳王業以告成王，謂民之至苦者莫甚於農，有國有家者宜思憫之安之，故作是篇，備述其艱難。」今觀和之是圖，若生於周而處於豳，古風宛然也。較之假丹青以爲耳目玩者，豈可同日語哉？嘉靖乙卯春。三願堂遺墨

跋米臨禊帖

元黄文獻公云：「凡臨禊帖，得其貌者似優孟之倣孫叔敖；得其意者，似魯男子之學柳下惠。米元章所作，貌不必同，意無少異，此其妙也。」右米公真蹟，諦玩之，真有合於文獻之論。蓋昔人論書，有脱墼之誚，米公得此意，故所作如此。觀者當求之驪黄牝牡之外也。此卷崔君淵父所藏。淵父殁，而其長子正卿亦蚤世，故其圖書散落不存。其孫冏得此於蛛絲煤尾之餘，裝池藏襲，俾余識之。然則冏之意，殆又出於區區翰墨之外也。嘉靖丙辰二月四日。米海岳禊帖拓本

張長史蘭馨帖

右草書帖云：「蘭雖可焚，馨不可奪。今日天氣佳，足下撥正人同行。」以上五句，郁氏作「右草書帖云蘭雖可焚廿一字」相傳爲嵇叔夜書。余驗其筆，郁氏作「余驗筆意疑」爲張長史書。山谷云：「顛工於肥，素工於瘦，而奔逸郁氏作「軼」絶塵則同。」此書肥勁古雅，非長史不

能。又予嘗見公所書濯烟、宛陵、春草等帖，結體雖不甚同，而其妙處，則與此實出一關紐也。但其文義不可解。蓋唐文皇好二王書，故屏幛郁氏作「屏幃」間多書郁氏無「書」字晉人帖語，一時化之。或長史書叔夜帖語，亦未可知，然今不可考矣。嘉靖丙辰三月。六硯齋二筆卷一　郁氏書畫題跋記卷三

趙文敏書文賦

趙文敏公嘗云：「結字因時相傳，用筆千古不易，書法雖以用筆爲上，而結字亦須用工。」右公所書文賦。結字用筆，無不精到，蓋得意書也。公書初學孟法師碑，晚學李北海，而皆過之。此賦雖無歲月，要爲中年書無疑。昔胡汲仲謂：「子昂書，上下三百年，縱橫一萬里，舉無此書。」非過論也。嘉靖丙辰七月七日。味水軒日記卷六　石渠寶笈卷五　趙松雪書文賦拓本　澹憲堂墨刻

王右軍思想帖

郭氏珊瑚、大觀、續題跋無二字右軍真蹟，世所罕見。此思想帖，與余舊藏平安帖行筆墨色略同，皆奇蹟也。平安帖有米海嶽籤題。此帖無籤題，而有趙魏公跋語，稱許鄭重。珊瑚、續題跋無以上五字同觀者自霍清臣而下，凡十有三人，皆鑒賞名家，咸咨嗟歎賞，神物之難遇如此。余何幸，得附名其後哉。嘉靖丁巳冬十一月十又三日。清河書畫舫珊瑚網書録卷一　式古堂書畫彙考書録卷六　大觀録卷一　續書畫題跋記卷一

跋祝支山手書古文四篇

支山先生文章名世，尤工書法。此四文，成化丁未歲作，于時專法晉、唐，無一俗筆；非若晚年大草爛漫，人可學也。嗚呼！先生已矣！吴中乃以予爲善書，正所謂無佛處稱尊也。嘉靖丁巳六月望日。按：此文録自何書，失記。

跋蘇文忠公赤壁賦

右東坡先生親書赤壁賦，前缺三行，謹按蘇滄浪補自敍之例，輒亦完之。夫滄浪之書，不下素師，而有極媿糠粃之謙。徵明於東坡無能爲役，而亦點汙其前，媿罪又當何如哉？嘉靖戊午至日。石渠寶笈卷二十九　上海古籍書店本蘇東坡墨蹟選

文徵明集補輯卷第二十四

題跋三　二十九首

跋通天進帖

右唐人雙鈎晉王右軍而下十帖，岳倦翁謂即武后通天時所摹以留内府者。通天抵今八百四十年矣，而紙墨完好如此。唐人雙鈎，世不多見，況此又其精者，固當爲唐法書第一。但宋諸評書家略無論及者，緣自建隆以來，世藏天府，至建中靖國入石，始流傳人間，宜乎不爲米、黄諸賢所賞也。此書承傳之詳，具倦翁跋語。元世在其從孫仲遠處，不知何時歸無錫華氏。吾鄉沈周先生從華假歸，俾徵明重摹一過。自顧拙劣，安能得其彷彿，然視建中石本，差爲近似爾。停雲館帖卷二按：此係跋自刻停雲館帖，與爲華夏真賞齋帖所跋字句略不同，因重録。

跋宋陳亞之自書詩帖

陳公名洎，字亞之，彭城人，其詳具李季永跋。但當時復有陳亞字亞之者，咸平進士，官司封郎中，以藥名詩知名。雖與同時同字，而實别一人也。師仲字傳道，亞之之孫，滎州資官縣尉之子，於後山爲羣從兄弟，與東坡友善，集中倡和詩及簡牘可考。温公集亦有與陳法曹二書。顔復字長道，顔子四十八世孫，以有道應薦，賜進士，知永康縣，元祐中官國子祭酒，與其父太初皆居彭城，故與陳通家。太初字醇之，有文學，東坡爲敍鳧繹先生集者也，嘗官閩中主簿，故跋中云云。鄭穆字閎中，侯官人，官寶文閣待制，國子祭酒，德學爲時所稱，神宗尤重其人。張徽字伯常，陳留人，寶元元年進士，有詩名，雖無傳而藝文志載詩集三卷。瀛奎律髓謂張徵，誤矣。孫覺字莘老，高郵人，神宗時名臣，官吏部侍郎，龍圖閣直學士。林希字子中，吏部尚書，翰林院學士，同知樞密院事。希實吴人，而史稱長樂，從所始也。蘇文定公轍，字子由，即潁濱先生。徐積字仲車，山陽人，治平四年進士，以耳聵不仕，終楚州教授，有至行，政和中賜謚節孝先生。

東坡稱：「其文怪放類玉川子。」而此跋殊草草也。錢世雄，不詳其履歷，史亦無傳，惟元祐中鄭雍攻宰相劉摯，目世雄爲摯黨，且與劉安世諸公并列；而帖中自敍與後山友，必佳士也。李臯字季永，眉山人，文簡公燾第四子，以文行世其家，由館職爲浙江制置副使，入爲禮部尚書，資政殿學士，卒謚文肅。任希夷字伯起，元祐名臣，伯雨曾孫，官端明殿學士，簽書樞密院事，權參知政事，卒謚宣獻；少從朱子得正學之傳，周、程諸公贈謚，皆其所請。希夷稱眉山，蓋先世所居，其實邵武人也。石渠寶笈卷二十七

蘇長公手書唐方干詩卷

右蘇長公真、行小字方干詩，有趙文敏、李學士鑒定，真蹟無疑。然小字筆畫，艱於疏爽。此卷全類九歌、楚頌筆法。余昔年見小字前後赤壁賦於錫山華氏，與此卷相似。而内多模黏字，想在當時有所避諱也。珊瑚網書録卷四

跋黄文節公墨竹賦

嘗讀黄太史豫章文集，見墨竹賦，喜其豪宕不羈，思致幽遠，類皮日休。既而見石刻是賦，則下筆沈著，波發隋厲，類顔魯公。今復得觀真蹟，何其幸也！惜此僅得其半。然洛神賦止十三行耳，至今人以爲寶，何必以全爲哉？石渠寶笈卷三

李龍眠列女圖

黄伯思夢園有「題」字列女圖云：「自密康公母至趙夢園有「將」字括母凡十五圖。考于劉向傳所謂仁智一卷也。」此三圖亦止于趙括母，當是逸其前十二圖耳。珮夢園作「粲」服古則，行筆遒潤，不施鉛丹，而光彩動人，信藝苑之雄也。相傳爲伯時所摹，可謂能與閻相傳神。夢園有「矣」字　清河書畫舫　夢園書畫録卷三

跋李龍眠十六應真圖

龍眠此圖，筆筆精勁，如銀鉤鐵畫；又復縱逸飄洒，有飛仙舞劍之態，直入長康、道子堂奥，真可愛玩，寶之寶之。

三秋閣書畫録

題劉松年畫獨樂園圖卷

宋翰苑待詔劉松年，畫名重今古。此卷乃其繪獨樂園圖，設色精工，用彩秀麗。正其高情逸韻，託寄於斯，諒非後人所能髣髴萬一，當與結藜懸緑，共爲絶世之珍也。

壯陶閣書畫録卷五

李嵩堯民擊壤圖

右堯民擊壤圖，相傳韓滉本，爲南宋李嵩所摹。嵩在畫院，最善界畫者，人謂其折

算無遺。今觀其人物，各各盡態度，儼然太平氣象。信乎，非滉不能作，非嵩不能摹也。珊瑚網畫録卷五

跋李確四時圖

畫四幀，幀際有李確字。確，宋南渡紹興時人，所作類馬、夏筆意，豈當時習尚使然耶？而石勢磅礴，樹陰繁密，又似取法李唐。要其經營規度，遠在高麟樓觀上也。味水軒日記卷七

跋趙松雪臨裹鮓二帖

米元章書史載：「薛道祖收唐摹右軍四帖，皆暮年更妙書也。中有裹鮓、服食二帖。」余家有松雪臨服食帖，精妙得古人筆意。此裹鮓凡三本，雖楮墨不同，然各有意態。前一本與吾家正同，豈出於一時耶？西清劄記卷一

題錢舜舉河梁泣別圖卷

蘇武在匈奴十九年，已無生還之理。既而歸漢，能不動李陵之悲耶？陵謂武曰：「子之歸漢，雖古竹帛所載，丹青所畫，何以加之！」好事者遂因而爲泣別圖以傳於世。余嘗見龍眠所畫，與此相類。豈舜舉得龍眠之本而摹之耶？觀其行筆秀潤，設色明麗，誠非舜舉不能。而一展卷之間，而李陵之罪遂不可逭。嗚呼，豈不悲夫！　辛丑銷夏録卷四

跋姜太僕書法

右書法者，乃太僕寺卿姜立綱先生之筆也。觀其點畫形體，端莊嚴肅，士大夫品其有正人君子立朝之象。噫！豈虛譽哉！後之君子，即此是學。因其筆而得其心法。其心正，則筆正；如正人君子，則其爲益不小矣，豈特爲六藝之一而已哉。　六藝之一録卷三百六

題沈石田倣宋元名家山水十六幀

右圖計十六紙，爲翁倩史君德徵作也。爲李營丘、爲劉松年、爲李唐、爲范寬、爲董源、爲趙千里、爲米元章、爲馬和之、爲巨然、爲趙松雪、爲黄大癡、爲高房山、爲倪雲林、爲陳仲美、爲吴仲圭、爲王叔明，種各一家，家各優孟。自非集大成者，疇能至此？若予小子，雖欲學步一家，效顰一種，烏能得其彷彿哉？展玩再三，不覺歎服。好古堂續收書畫奇物記

題沈石田牧牛圖卷

右牧牛圖，憶是昔年侍其門時而作，及今四十餘秋矣；不意得見于麗文家藏，不勝感慨。先生去世，余亦老朽，信乎年不可待，而寄意者猶存；然會偶豈非前定歟！先生筆法，雖一牧一犢，無不師古。就中之妙，枝山先生甚詳，余何多贅？虚齋名畫續録卷二

跋吴文定公撰華孝子祠歲祀祝文

國家之制：凡先賢秩於祀典者，必欽降祝文，有司奉以行事。若未經奏請，有司自行崇祀，或鄉人私祀，則皆臨時撰著，初無定詞也。華孝子祠雖經奏請，亦惟子孫崇報之私，於有司無與。然比於鄉人私祀，又有不同者，故先師吴文定公特爲撰祝文。時公以禮部尚書，掌詹事府事，兼翰林院學士，專掌帝制。此文雖不出欽定，其視臨時自制，亦有間矣。祠之建，昉於文遠昆季，實推原其父聽竹府君之意而作。聽竹嘗脩世譜，至是煇復嗣葺之，遂以祝文冠於首簡，俾子孫時奉以行事。以徵明嘗出公門下，使疏其本末如此。重刊華氏祠墓始末記

題祝枝山草書月賦

吾鄉前輩書家稱武功伯徐公，次爲太僕少卿李公。李楷法師歐、顔，而徐公六藝無「公」字草書出於顛素。枝山先生，武功外孫，太僕之壻也。早歲楷筆精謹，實師婦翁。

而草法奔放，出於外大六藝無「大」字父。蓋兼二父之美，而自成一家者也。李公嘗爲余言：「祝壻書筆嚴整，而少姿態。」蓋不及見晚年之作耳。而今人多收枝翁草聖，乃不復知其早歲楷法之工。珊瑚、六藝無以上二句昔人評張長史書「驚蛇入草，飛鳥出林」，而郎官壁記乃極嚴整。世固無有能草書而不能正書者。因觀九疇所藏枝山月賦，爲拈出之。

郁氏書畫題跋記卷十　珊瑚網書録卷十六　六藝之一録卷三百六十七

題祝希哲真草千字文

余嘗謂書法不同，有如人面。希哲獨不然，晉、唐則晉、唐矣，宋、元則宋、元矣，彼其資力俱深，故能得心應手。此卷摹臨智永禪師法帖，而雄姿勁氣更軼而上之。吾不知其爲逸少，爲智公，爲希哲也。南沙護藏如珠胎鼂采，誠得其寶者。出以相賞，聊識其實，非跋語也。

古緣萃録卷五

跋祝京兆洛神賦

祝京兆書法，出自鍾、王，遒媚宕逸，翩翩有鳳翥之態。近代書家，罕見其儔。若此書洛神賦，力追鍾法，波畫森然，結構縝密，所謂幽深無際，古雅有餘，超出尋常之外矣。枝山曩時以小楷和陶飲酒二十首贈余，比歲失之，每以爲恨。今觀此書，不勝人琴之感。顧介臣雅稱好事，藏之，出示，屬余爲題以記之。平遠山房帖

祝京兆臨宣示表

元常宣示表帖，乃鍾書最上一乘，非等閒可擬。自逸少臨後，嗣響者寥寥。今京兆所臨，直逼晉、魏，移神手也。余昔有興臨之，緣病懶而止。既得斯筆，如操龍獲珠，人人自廢，當爲閣筆矣。學川寶惜此卷，不啻拱璧，偶出示余，因爲書其後。壯陶閣帖

唐子畏溪亭山色册

右唐子畏溪亭山色二十景，蓋摹宋、元人筆。子畏意高筆奇，每有所作，自創一家；余曾未見其摹本。此册獨不出己意，全法古人；而又非繩趨尺步，如彼效顰者摹古而不化也。勝國諸君，信無能出其右矣。

湘管齋寓賞編卷十

跋唐子畏八駿圖卷

昔傳穆王八駿，皆屬龍種，逐電追風，一日可周天下，歷代摹寫者固多，亦各有妙處。惟此卷乃伯虎平生得意筆，騰驤超逸，形神具在，若親入穆王天閑而克肖其像者。當前無古人，後準來學，固奇世之珍也。宜寶之。

湘管齋寓賞編卷八

唐子畏韋庵圖卷

此余故友唐伯虎解元爲天都吴高士所作韋庵圖。蒼勁絶倫，秀色可餐。如游玉洞見諸真羽流，丰骨俱仙，洵乎近世不可多得。高士之孫，應試入都，攜以見示，并爲索書。漫題其後而歸之。古緣萃録卷四

題唐子畏江南烟景卷

子畏畫本筆墨兼到，理趣無窮，當爲本朝丹青第一。白石翁遺蹟，雖蒼勁過之，而細潤終不及也。此卷淺絳色，全學宋名家，精緻中饒風韻，實子畏用意之作，尤足嘉賞。壯陶閣書畫録卷十

題仇實父畫

實父雖師東邨，而青緑界畫乃從趙伯駒胎骨中蜕出。近年來復能兼蒐二李將軍之長，故所畫精工靈活，極盡瀟灑絢麗能事。此畫運筆轉趨沉着，蓋又得沈師所誨焉。

墨蹟

按：此跋友人抄示。仇英生卒無文字紀載，而自太倉遷蘇，亦不詳在何年。觀此跋，似正德四年前已遷居，故能得沈周教誨。録入供參考。

跋仇實父倣冷啟敬蓬萊仙弈圖卷

蓬萊仙弈圖，乃湖湘冷君所作。君武陵人，號龍陽子，名謙，字啟敬。中統初，因刑臺劉秉忠仲晦，少從沙門海雲，書無不讀，尤邃於易及邵氏經世書。天文、地理、律曆，以至衆技多通之。至元間，秉忠入拜太保，參預中書省事，君乃棄釋業儒，從遊於霅川，與故宋司户參軍孟頫趙子昂於四明史衛王彌遠府覩唐李思訓將軍之畫，頓發之胸臆，而遂效之。不月餘，其山水人物泉石等，無異將軍之筆法。傅粉縩與將軍更加纖細，神品幻出，由此丹青鳴于當時。至淮陽，遇異人授中黄大丹書，示叔平悟真之旨，穎然而悟，如已作者。至正間，則數百歲矣，其緑髪童顔，如方壯不惑之年。時值黄巾之亂，君避于金陵，日以濟人利物，方藥如神。天朝維新，君有畫鶴之謌，隱壁仙遊。則君之墨本絶迹，未嘗見矣。此卷乃仇實父所臨，纖毫無辨。余閲之，若訪泠君于十洲三島，則神清氣爽，飄然意在蓬瀛之中也。恐後人不識其妙，故書此語於後，幸珍藏之，且以爲後會云。式古堂書畫彙考畫録卷二十七

跋仇實父西旅獻獒圖

右西旅獻獒圖，乃仇英實父作。昔周武王克商，遂通道於九夷八蠻。西旅乃貢厥獒，太保作旅獒訓，用訓武王。此圖蓋出於是。按獒，犬類，能知人意。爾雅謂四尺爲獒。今圖中所謂黑色者是也。侍從合有數人，其前跪而俯者特偉麗。不知實父何所本作。按古云：「閻立本有貢獒圖，神妙莫比。」豈其源流者歟？明書彙石

題陳東渚蘭竹卷

歸君體之示余□大司□陳東渚公所作蘭竹，行筆秀潤，意匠閒雅，真合作也。公在本兵，機務蘩挫，而能遊心翰墨如此，豈真所謂遊刃有餘地者哉？ 穰梨館過眼續録卷六

跋陳道復墨筆花卉卷

陳道復作畫，不好模楷，而綽有逸趣。故生平所製，無一點塵俗氣，此卷尤其合作者。吴中少年，不勝家鷄之賤。余得其片楮，未嘗不磅礴竟日也。 墨蹟卷

跋薛子熙草書千字文

四明薛子熙，風流文雅，才華盛著。嘗過吴，與余論書法頗合。其作楷專黄庭，行草出入二王，用正鋒，圓轉遒勁。此刻字字合作，觀者爽心忘倦，亦可謂浙中一名手矣。 拓本

文徵明集補輯卷第二十五

題跋四　六十四首　自跋所作書畫

高士圖傳

尼父云：「不得中行，必也狂狷。」此七人所以各掇其一節也。夫使中行果□□得，而又謂過高之行，非君子所樂道，則將□取焉。高士傳一編，逸亡已久，然亦時時散見於文章□志及稗官之家。倘海内有同志者，各就所見聞，采而輯之，俾其爲成書乎。取而讀焉，寧非天壤間暢然愉快事！璧故忘其譾劣，漫寫此以爲前茅。文璧識。商務印書館本文衡山高士圖傳

小楷落花詩

弘治甲子之春，石田先生賦落花之（鑑影無「之」字）詩十篇，首以示壁，壁與友人徐昌穀甫相與歎豔，（二玄無以上四字）屬而和之。先生喜，從而反和之。是歲，壁計隨南京，謁太常卿嘉禾（二玄無以上二字）呂公，相與歎豔，（二玄無以上四字）又屬而和之。先生益喜，又從而反和之。自是和者日盛，（二玄無以上六字）其篇皆十，總其篇若干；（二玄無以上五字）而先生之篇，累三十而未已。（二玄無以上三字）其始成於信宿，及其再反而再和也，（二玄無以上二句）皆不更宿而成。成益易，而語益工；其爲篇益富，而不窮益奇。竊惟（二玄作「思」）昔人以是詩稱者，惟（吴越無「惟」字）宋兄弟，然皆一篇而止，而妙麗膾炙，亦僅僅數語耳。若夫積詠而纍十盈百，實自先生始。至於妙麗奇偉，多而不窮，（二玄無以上六句）固亦未有如先生今日之盛者。或謂古人於詩，半聯數語，足以傳世；而先生爲是，不已（鑑影作「不亦」）煩乎？豈尚不能忘情於勝人乎？（二玄無以上十字）抑有所託而取以自況也？是皆有心爲之，而先生不然。興之所至，觸物而成，蓋莫知其所以始，而亦莫得究其所以終。其積累而成，至於十於百，固非先生之初意也。（二玄無以上三句）而傳不傳，又庸何（吴越、鑑影作「何庸」）心哉？惟其無所庸心，是以不覺其言之出而工也。而其傳也，又奚厭其多耶！二玄無以上二句至於區區陋劣之語，既屬附麗，其傳吴越、鑑影有「與否」實視先生。壁固知非先生之儗，然亦安得以陋劣自外也！是歲十月之吉。過雲樓帖　吴越所見書畫録卷三　書畫鑑影卷六　日本二玄社印文徵明集

行書落花詩十首

右落花詩十首，乃和石田先生韻也。先生復有看花吟并圖贈余伯兄，書尾有「與徵明十詩同觀」之句，奬譽太過矣。因不自揣，附録於後。正德丁卯春日。壯陶閣帖

行書兩山詩

正德戊辰四月廿二日，訪烏程王天雨於閶門客樓。出素册俾録舊作，因書洞庭諸詩請教。天雨家去太湖不遠，扁舟往遊，此册或可據也。倘能一一和之，不惜寄示。寶翰齋帖

贈顧東橋詩卷

諸公賦詩爲東橋贈行，東橋亦有留别之作，而難於自書；王履仁爲代録於後。昔薛校書爲杜樊川書西川行卷，杜作詩謝之。東橋能不援此例有賦乎？癸酉八月十三日。

藤花亭書畫跋卷二

楷書聖主得賢臣頌

按王襄既爲益州刺史，王褒作中和樂職宣布詩。襄因奏言：「褒有軼才。」上乃徵褒。既至，詔爲此頌。體格駢麗，西京文合作。比子虚、上林而多雅言，較兩京、三都而有崇議。主臣一德，千古明良，功名運會，殊非偶然。讀是文，可想見禹、皋、伊、旦，黻紱王猷之盛也。德成孝廉購得宋賢樓攻媿所書頌文小卷，朱絲織成爛界。字跡古茂，瘦勁如歐體，精妙可愛。惜絹素損裂，頗多遺缺，因請予臨摹一通。自揣手拙，不能追配古人耳。正德乙亥四月六日，書於停雲館中。

平遠山房帖

湘君圖

余少時閲趙魏公所畫湘君、湘夫人，行墨設色，皆極高古。沈青霞、叢書無「沈」字石田先生命余臨之，余謝不敢，大觀作「敏」今二十年矣。偶見畫娥皇、女英者，顧作唐粧，雖極精工，而古意略盡。因彷彿趙爲此，而設色則師錢舜舉。惜石翁不存，無從請益也。

江邨銷夏録卷二　青霞館論畫絶句　大觀録卷二十　中國畫家叢書文徵明

補深翠軒圖

孫生詠之視余深翠詩文一卷，國初諸名公爲吾郡謝孔昭作。卷首題額，朵雲作「題顔」篆楷各二字，篆出滕待詔用衡，楷出詹中書孟舉。記文三首：首爲俞都昌有立，次解學士大紳，又次王文靖汝玉，皆出親書。卷中諸詩，亦多名人，字畫皆精謹可愛。蓋一時諸人，皆勝國遺材，故形諸篇翰，猶有前輩典刑。朵雲有「自」字洪武乙巳，至今百又三十年矣。首尾朵雲作「尾首」完好，獨逸其畫，詠之徵余補爲此圖。竊念孔昭以繪事得名，卷中之畫，亦必朵雲作「必亦」名筆；顧余陋劣，烏足以承其之哉？雖然，曾子固記醒心亭，自以得附名歐公之次爲幸；然則安知區區之名，朵雲有「他日」兩字不附諸公以傳耶？正德十又三年歲在己卯二月既望之夕，張燈記。

六硯齋筆記卷一　朵雲五集

吉祥庵圖

徵明舍西有吉祥庵，往歲嘗與亡友劉協中訪僧權鶴峯過之。協中賦詩云：「城裏幽棲古寺閒，相依半日便思還。汗藝苑作「汙」衣未了奔馳債，便是逢僧怕問山。」徵明和云：「殿堂深寂竹牀閒，坐戀疎珊瑚、藝苑、美周作「樓」陰忘却還。水竹悠然有遐想，會心何必在深珊瑚、藝苑、美周作「空」山？」越數年過之，則協中已亡，因讀舊題，追思藝苑作「追次」其韻：「塵蹤俗狀强追閒，慚愧空門數往還。不見故人遺跡珊瑚作「遺約」，藝苑、美周作「空約」在，黄梅雨暗郭西山。」時弘治十四年辛酉也。抵今正德庚辰，又二十年矣。庵既毁於火，而權師化去珊瑚、藝苑、美周有「亦」字復數年。追感昔遊，不覺愴失。珊瑚作「然」因再疊前韻：「當日空門對藝苑、美周作「共」燕閒，傷心今送夕陽還。劫餘誰悟邢和璞？老去徒珊瑚、藝苑、美周作「空」悲庾子山。」他日偶與協中之子穉孫談及，因寫此詩，并追珊瑚無「追」字圖

其事，付穉孫藏爲里中故實云。時十六年辛巳二月八日也。郁氏書畫題跋記卷十一　珊瑚網書録卷十五　藝苑真賞集　美周彙刊

倣鍾元常書千文册

正德辛巳夏五月，客有持宋搨鍾元常書季直、力命二表見視。高古絶倫，與世本不同。借摹半載，遂書千文成册。自謂頗有肖似，然觀者未免有效顰之誚也。藤花亭書畫跋卷三

虎丘圖

夏日登虎丘，愛白蓮池幽勝，濯足盤石上，悠然有遺世絶俗之想。歸而不能忘，偶得佳紙，彷佛爲小景，留爲異時山中故實云。正德十又五年歲在庚辰。壯陶閣書畫録卷十　上海藝苑本詩稿真蹟

勸農圖

正德五年庚午，吴中大水，胥口潘半巖課僮奴極力車戽，不厭勞劇。是歲，瀕湖之田盡没，而潘氏獨豐。余嘗爲作大雨勸農圖，久而失之。及是其子和甫來京師，爲余談舊事，不覺十有六年矣。半巖且老，而余聰明已不逮前。漫補是圖，亦聊用存一時故事耳；其是與否，不暇計也。嘉靖四年乙酉。　畫卷墨蹟　中國古代書畫圖目二十

京邸懷歸詩

徵明自癸未春入京，即有歸志。既而忝列朝行，不得輒解。迤邐三年，故鄉之思，往往托之吟諷。丙戌罷歸，適歲暮冰膠，留滯潞河，撿故稿，得懷歸之作三十又二篇，别録一册，以識余志。昔歐公有思潁詩，亦自爲集。徵明於公雖非儗倫，而其志則同也。

點石齋本懷歸出京詩　有正本懷歸詩

臨趙吴興桃花賦

黄生世藏趙吴興小隸桃花賦，予從借臨焉。模之數四，竟不能得其妙處，重以大小不倫，殊可愧也。將眼力手力，漸不及前；湖山之致，亦不相助耶？抑名筆在前，自爾神怯耶？記之，以志予愧。戊子春花朝。湘管齋寓賞編卷六

蕉石鳴琴圖

楊君季静能琴，吴中士友甚雅愛之，故多賦詩歌爲贈。余向留京邸未遑，惟若翁有一詩卷，往歲曾跋其尾，幾二十年矣。今閒中季静復以此爲言，併請書琴賦；余不能辭，輒此似焉。若傳之再世，此幅可爲季静左券矣。時嘉靖戊子三月廿又六日。書畫鑑影卷二十一

按：前書嵇康琴賦。

洛神圖

此幅予往歲爲德夫所作，抵今二十年矣。德夫復倩希哲書之，媿予技拙劣，烏足與希哲匹也。今又爲補庵所得，覽之不勝愴然。歲月于邁，精力日衰，不知去後更能作此否？時嘉靖九年庚寅三月八日。寓意録卷四

按：圖有祝允明小楷洛神賦。

小楷道德經

溧陽史恭甫過吴，以長素索書道德經。黄山谷云：「六十老人，揮汗作字，殊未易辦。」余政不畏此。連日俗事纏手，時作時輟，更月始克告成，勿謂老翁亦復遲頓也。時嘉靖九年歲在庚寅夏五月十又七日。安素軒石刻

小楷赤壁兩賦

連日毒暑，慵近筆研。今雨稍涼，戲寫此紙。既老眼昏眵，而楮穎適皆不精，殊益醜劣也。嘉靖庚寅六月六日甲子。

前賦余庚寅歲書。抵今甲寅，二十有五年矣，筆滯而弱。今雖稍知用筆，而聰明已不逮，勉强書此，以副芝室之意，不直一笑也。是歲二月十日。

南有堂帖

松壑飛泉圖

余留京師，每憶□松流泉之想，神情渺然。丁亥歸老吳中，與履吉話之，遂爲寫此。屢作屢輟，迄今辛卯，凡五易寒暑始就；五日一水，十日一石，不啻百倍矣。是豈區區能事真不受迫哉？於此可以見履吉之賞音也。四月十日。

故宫書畫集第四十五册

臨東坡洋州園池詩

右東坡洋州園池詩，舊有石刻傳於世矣。余少時喜效諸家法帖，嘗臨此本數過。每恨天資所限，殊不得其肯棨。今日偶過槐雨先生拙政園，道及坡翁寄題與可之作，因出佳紙，遂命余録此。等愧區區筆法未精，是亦捧其心而顰於里也。嘉靖壬辰三月六日。墨蹟

關山積雪圖

古之高人逸士，往往喜弄筆作山水以自娱。然多寫雪景者，蓋欲假此以寄其歲寒明潔延光作「孤高拔俗」之意耳。若王摩詰之雪谿圖，郭忠恕之雪霽江行，延光此句在「閻次平」句後李成之萬山飛雪，李唐之雪山樓閣，閻次平之寒巖積雪，趙承旨延光作「趙松雪」之袁安卧雪，黄大癡之九峯雪霽，王叔明之劍閣圖，皆著名今昔，膾炙人口，余皆幸延光作「幸皆」及見之。每欲效倣，壯陶作「仿效」自歉不能下筆。曩於戊子冬，同履吉寓於楞伽僧舍，值

飛雪延光作「雪飛」幾尺，四顧延光無二字千峯失翠，萬木僵仆，乃與履吉索素縑，乘興濡毫爲圖，延光二句作「履吉出佳紙索圖乘興濡毫」演作關山積雪。一時不能就緒，嗣後攜歸，或作或輟，五易寒暑而成。但用筆拙劣，雖延光無「雖」字不能追踪古人之萬一，然寄情明潔之意，當不自減也。因識歲月以歸之。嘉靖壬辰冬月壯陶作「十月」望日。延光作「嘉靖十一年壬辰冬十月既望」郁氏書畫題跋記卷十　珊瑚網畫録卷十五　壯陶閣書畫録卷十　延光室攝影本關山積雪圖卷

袁安卧雪圖卷

嘉靖辛卯冬月雪後，袁君與之過余停雲館。因憶勝國時趙文敏公爲袁静春作汝南高士圖，遂仿像爲之。明年，從松江朱氏借觀松雪舊圖，筆力簡遠，意匠高雅，真得古人能事；始覺區區塵冗可媿也。而袁君不以爲劣，裝池成軸，攜來相示，遂抄袁公本傳系之。而老目昏眵，書不成字，蓋欲揜其醜，而卒不能揜也。是歲壬辰冬十一月十日。墨緣彙觀録卷三　辛丑銷夏録卷五

花卉册

嘉靖癸巳長夏，避暑洞庭，崦西先生邀余過其山居，揮麈清談，頗爲酣適。覺筆墨之興，勃勃不能自已。崦西出素册，索余拙筆。凡窗間名花異卉，悦目娱心，一一點染。圖成，崦西謬加贊賞。大抵古人寫生，在有意無意之間，故有一種生色。余於此册，不知於古法何如？援筆時，亦覺意趣自來，非效邯鄲故步者耳。故宫週刊第五百十一期　民國廿六年故宫日曆

跋自書宫䖝詩

嘉靖甲午七月廿日，久雨新霽，獨坐爽然，焚香啜茗。適有遠客持示畫卷，迺吾友仇十洲之筆。精巧秀潤，各肖其像。嬌媚娉婷，行者坐者，營者逸者，無不曲盡其妙。宫室雄麗，器用森然，儼如漢苑隋宫，迥有垂裳之遺風。名之曰宫䖝圖。命余題詩，率不成律，追思有舊作十二首，録之，愧不成楷耳。客寶其繪，當不遺余書云。退庵金石

水墨花卉卷

三慎先生以素卷命作戲墨，自顧拙劣，未爲舉筆，幾一年矣。近偶見石田翁所作墨花數種，間以松柏，喜而記憶，遂彷彿圖此。雖不能得石翁之萬一，庶足以塞慎翁之命耳。時嘉靖乙未仲春。

聽颿樓續刻書畫記卷下

倣米氏雲山卷

余於畫，獨喜二米雲山。平生所見，南宫特少，惟敷文之蹟，屢屢見之，大要父子無甚相遠。余所喜者，以能脱略畫家意匠，得天然之趣耳。元章品題諸家，謂皆未離筆墨畦逕。晚乃出新意，寫林巒烟雲霧雨陰晴之變，自謂高出古人。元暉亦云：「漢與六朝作山水者，不復見於世，惟王摩詰古今獨步。既自悟丹青妙處，觀其筆意，但付一笑耳。」且謂：「百世之下，方有公論。」又嘗自言：「遇合作處，渾然天成；藹爲之，不復相似。」其言雖涉誇詡，要亦自有所得也。余暇日漫寫此卷，然人品庸下，行筆拙劣，不能於二公爲役。觀者以畦逕求之，正可發笑耳。乙未冬十一月晦。珊瑚網畫録卷十五

墨蘭卷

丙申之春，陰雨聯緜，賓客斷絶。齋居無事，筆墨在前，隨意寫染，不覺滿卷。區區工拙，爲不暇計較也。三月既望。吉雲居書畫録

小楷金剛經册

友人王中翰，以菩薩相現宰官身，奉佛至謹。晚年搆一精舍，竹牀蒲椅，朝梵暮磬，寂如老禪。每過余齋頭，即索余書金剛般若，余秘殿無「余」字辭以非朝夕能竟。浴佛日，復齋戒跽請至再，即不獲辭。因憶蘇文忠書四十二章經，趙文敏書度人經及諸品秘殿有「蓮」字經；古人寫經，大有功德。遂屏居静室，薰沐楷書，以塞中翰之請，與如來結緣也。丙申秋七月朔。味水軒日記卷五　秘殿珠林卷二

畫竹册

夏日燕坐停雲，適禄之過訪，談及畫竹。因歷數古名流，如與可、東坡、定之輩，指不能盡屈。予倶醉心而未能逮萬一。閒窗無事，每喜摹倣，禄之遂撿案頭素册，命予塗抹。余因想像古人筆意，漫作數種。昔雲林云：「畫竹聊寫胸中逸氣，不必辨其似與非。」余此册，即他人視爲麻與蘆，亦所不較；第不知禄之視爲何如耳。時嘉靖戊戌五月望後二日。故宫博物院本明文徵明畫竹譜

楷書老子傳

嘉靖戊戌六月十有九日，爲北山錬師補書此傳，於是余年六十有九矣。歐陽公嘗言：「夏月據案作書，可以消暑忘勞。」然余揮汗執筆，祇覺煩苦爾；豈公自有所樂也？是日午後，微雨稍涼，但苦窗暗，故首尾濃纖不類，不免書畫作「不覺」觀者之誚云。郁氏書畫題跋記卷十二　珊瑚網書録卷十五　南京市美術展覽書畫册

按：此跋末珊瑚網有「丁酉七月望日，徵明識」款識。先一年跋後一年所作書，無此理。兹據書畫册更正。

雪山圖

余早歲曾見王摩詰雪溪圖，筆法妙絶，未嘗少忘，每形諸夢寐。幾欲模倣，輒以事阻。今日偶有佳紙，漫用其筆法爲之。或作或止，三載始就，并書惠連此篇。雖不能媲美前人，稍有生色處，亦庶幾似人之喜也。時嘉靖十八年，歲在己亥夏五月十日。石渠寶笈卷三十五

行書懷歸詩二十五首

往歲留滯京師，頗懷故鄉風物，故多懷歸之作。今十有四年矣。偶檢故稿，録出自誦，庶幾無負初心也。嘉靖己亥八月既望。墨蹟

小楷趙飛燕外傳

右趙飛燕合德外傳，撰自伶玄，事頗怪異。李龍眠嘗圖其事爲十有□，宫闕參差，情致婉轉，大有西都之風；所謂影外别傳也。仇君實甫見而摹之，精細合矩，不爽毫髮。龍眠復起，亦必心服。余故喜而備書全文，析而各系其圖之後。聊以娱目，非敢云好奇也。覽者毋哂。嘉靖庚子秋九月五日。壯陶閣書畫録卷十　中華書局本仇文合璧趙飛燕外傳

楷書赤壁賦

嘉靖庚子八月既望，與禄之吏部同遊石湖，舟中寫圖。越明年七月，復續舊遊，爲補書賦。舟小摇蕩，且老眼眵昏，殊不成字，良可笑也。聽颿樓書畫記卷二

袁安卧雪圖

趙松雪爲袁通甫珊瑚作「袁道甫」作卧雪圖，江邨此句作「趙松雪爲袁安卧雪圖」老屋疏林，意象蕭然，自謂「頗盡其能事」；而龔子敬題其後，乃以不畫芭蕉爲欠事。余爲袁君與之臨此，遂於牆角著敗蕉，似有生意；又益以崇山峻嶺，蒼松茂林，庶以見孤高拔俗之蕴，故不嫌於贅也。壬辰六月廿日。郁氏書畫題跋記卷十　珊瑚網畫録卷十五　式古堂書畫彙考畫録卷二十八　江邨銷夏録卷三

倣李營丘寒林圖

武原李子成以余有内子之戚，不遠數百里過慰吴門。因談李營丘寒林之妙，遂爲作此。時雖歲暮，而天氣和煦，意興頗佳。篝燈塗抹，不覺滿紙。比成，漏下四十刻矣。時嘉靖壬寅臘月廿又一日。式古堂書畫彙考畫録卷二十七

落花圖詠卷

祿之嘗持家藏石田先生落花圖詠示余，余三復翫味，以爲絶倫。企慕之餘，遂作小圖，并録舊和十詠爲祿之贈。然深愧脚板徒忙，而不能追踪其萬一也。嘉靖癸卯三月既望。

壯陶閣書畫録卷九

蘭竹卷

余最喜畫蘭竹。蘭如子固、松雪、所南，竹如東坡、與可及定之、九思，每見真蹟，輒醉心焉。居嘗弄筆，必爲摹倣。癸卯初夏，坐卧甚適，見几上横卷，紙頗受墨，不覺圖竟。不知於子固、東坡諸名公稍有所似否也？亦以徵余蘭竹之癖如此，觀者勿厭其叢。

長卷墨蹟　明代吴門繪畫

行書詩帖

南岷先生以二册索拙書，病懶相仍，久未能辦。比來稍閒，爲書四體千文。顧有餘楮，復綴舊作數首，聊藉以爲請教之地耳，非敢自衒其陋也。始自六月上旬，再作再輟，歷二十餘日，至今七月九日，始得卒業。昔歐文忠公謂：「夏月據案作書，可以消暑忘勞。」此公自有所樂耳。若區區揮汗執筆，秖覺煩勞，可發一笑也。癸卯七月九日。

平遠山房帖

書赤壁賦

嘉靖癸卯歲秋八月既望，静坐玉磬山房。時日將昃，涼飈拂衣，桐葉飛地，展卷自適，誦長公此賦，不覺有憑虚御風，羽化登仙之興。乃命童子滌硯，檢笥獲扇書之，聊記暮年之筆畫也。

珊瑚網書録卷十五

按：汪珂玉跋云：在烏絲黄宋牋上，休承爲補兩圖。疑跋中「獲扇書之」「扇」爲「紙」之誤書。

楷書前後出師表

嘉靖甲辰春日，偶過元美齋頭，出示唐人墨蹟，精絶可愛，不勝景仰。復以佳紙索前後出師表。余何敢望古人哉？勉爲書此，以魚目混夜光，覺我形穢多矣。海山仙館藏真三刻

小楷西廂記

余曾見内府所藏宋張萱畫唐麗人崔鶯圖像，精神妍媚，臨風欲語，信爲絶筆。後又勝國錢舜舉繪會真圖十二幀，至「草橋驚夢」而止。丰神少遜於萱，而規格過之。今仇生此册全圖，描寫如生。雖未能列張萱，視舜舉乃可雁行，而布墨設色，深得宋人遺意，殆可稱入室矣。九疇翰撰屬余書詞，以附不朽云。嘉靖甲辰七月廿又二日。夢園書畫録卷十

行書春曉曲

嘉靖甲辰冬夜，無事獨坐。童子磨墨滿池，喜效涪翁筆法書舊作一首。昔人有以東坡書易肉者，坡戲之曰：「今日斷屠。」余書不知能易肉否？古緣萃録卷三

江南春卷

倪公江南春，和者頗多，老嬾不能盡録，録石田先生二首，蓋首唱也。併寫倪公原唱於前，而附以拙作，亦驥尾之意云爾。卷首復用倪公墨法爲小圖，又見其不知量也。甲辰十月既望。書畫卷墨蹟　蔬香館法書

小楷前後赤壁賦

東坡先生元豐三年謫黄州，二賦作於五年壬戌，蓋謫黄之第三年。其言曹孟德氣

勢皆已消滅無餘，譏當時用事者。嘗見墨蹟，寄傳欽之者云：「多事畏人，幸無輕出。」蓋有所諱也。然二賦竟傳不泯，而一時用事之人何在？偶與友人陳伯慧語及，爲書一過。其中「與吾子之所共食」，舊多作「適」，余從親筆改定。按左傳：食，消也。坡集中有答人問「食」字之義云：「如食邑之食，猶言享也。」而朱文公又言「史書食邑字，與此不同」，未知孰是？嘉靖乙巳正月二日。前後赤壁賦拓本

後赤壁賦圖卷

徐崦西所藏趙伯駒畫東坡後赤壁長卷，此上方物也。趙松雪書賦于後，精妙絶倫，可稱雙璧。余每過從，輒出賞玩，終夕不忍去手。一旦爲有力者購去，如失良友，思而不見，乃彷彿追摹，終歲克成，并書後賦，聊自解耳，愧不能如萬一也。昔米元章臨前人書，輒曰：「若見真蹟，慚愧煞人。」余於此亦云。嘉靖乙巳秋九月十有二日。石渠寶笈

小楷書蘇長公十八羅漢像讚

余不學佛。第聞有阿羅漢果者，瞿曇氏稱曰世尊，此十八公亦曰尊者，豈續佛慧命於一呼吸頃，將其人耶？子畏素深禪理，復能以翰墨游戲佛事，是真得其三昧者矣。偶閱蘇長公讚語，用録其後，并識數語，以紀歲月云。嘉靖丙午夏日，書于玉蘭堂中。

有正書局本扇面第一册

補石田翁溪山長卷

王君虞卿嘗得沈石田翁藝苑作「石田沈公」畫卷，聯楮十有一幅，長六十尺。意象已具，而點染未就。以徵明嘗從游門下，俾爲足之。自顧拙劣，烏足爲貂尾之續藝苑作「繼」哉？憶自弘治乙酉，謁公雙蛾僧舍，觀公作長江萬里圖，意頗欣藝苑作「歆」會。公笑曰：「此余從來業障，君何用爲之？」蓋不欲其以藝事得名也。然相從之久，未嘗不爲余盡。大意謂：「畫法以意匠經營爲主，然必氣運生動爲妙。意匠易及，而氣運別有三昧，非可言傳。」他日題徵明所作荆關小幅云：「莫把荆關論畫法，文章胸次有江山。」褒許雖過，實藝苑作「寔」寓不滿之意。及是五十年，公歿既久，時人乃稱予善畫，謂庶幾可以繼公；正昔人所謂無佛處稱尊也。此卷意匠之妙，在公可無遺恨。若夫氣運，徵明何有焉。嘉靖丙午四月望。沈石田先生詩文集卷十　藝苑掇英卅四期沈文合作畫卷

按：弘治無乙酉，或爲乙卯之誤，待考。

小楷北山移文

昔人評穉圭此文，造語騷麗，下字新奇。又謂其節奏紆餘，虛字轉摺處特爲奇妙。余直取其命意高雅，得隱居之道耳。嘉靖丁未十月既望。拓本　吴越所見書畫録卷三

小楷桃花源記

唐子西云：「唐人有詩云：山僧不解數甲子，一葉落知天下秋。及觀淵明詩云：雖無紀曆誌，四時自成歲。便覺唐人費力如此。」如桃花源記言「尚不知有漢，無論魏

晉」，可見造語之簡妙。蓋晉人工造語，而淵明其尤也。辛亥正月廿又六日，雨窗漫書。

拓本

行書前後赤壁賦

嘉靖壬子七月三日閒録一過。其中「與吾子之所共食」，舊多作「適」，余從親筆改定。按左傳，食，消也。坡集中有答人問食字之義云：如食邑之食，猶言享也。

夢園書畫録卷十一

行書西苑詩

嘉靖乙酉春，余在翰林。同官陳侍講魯南、馬脩撰仲房、王編脩繩武，偕余爲西苑之游。先是，魯南教内書堂，識守苑官，是日實導余四人行，因得盡歷諸勝。既歸，隨所憶爲詩，得十首。竊念神宫秘府，迥出天上，非人間所得窺視。而吾徒際會清時，列官禁近，遂得以其暇日，遊衍其間，得非幸歟？及今二十餘年，三公俱已物故，而余老退林下，而繩武亦以病歸。追思舊遊，不可復得。諸詩在篋，時時展讀，慌然如在廣寒太液之間也。壬子四月廿八日書。藝苑真賞社本明文徵仲行書西苑詩

按：所見文徵明自書西苑詩後跋語，與此大同小異者頗多，不盡録。

小楷赤壁賦

余嘗見東坡公親書此賦，「洗盞更酌」，「更」字下音「平聲」二字。今讀之者多誤，姑筆於此。嘉靖三十二年，歲在癸丑十二月六日，時天氣盛寒，積雪幾尺，窗下漫書一過。老眼昏矇，無足觀者。拓本

倣倪元鎮山水卷

倪元鎮畫本出荆關。然所作皆咫尺小幅，而思致清遠，無一點塵俗氣。余暇日戲用其墨法，衍爲長卷，所謂學邯鄲而失其故步。癸丑十月十又三日。江邨銷夏録卷二

行書黄州竹樓記

王荆公嘗言「王黄州竹樓記勝歐陽公醉翁亭記」，當時不以爲然。而黄山谷獨是其説，豈亦自有意耶？黄州司理趙君韋南書來，俾余書石，以備郡中故事。惡劄無法，不足溷公之文；或庶幾賤姓名麗以有傳耳。嘉靖甲寅秋八月。拓本

五嶽真形圖

余嘗讀唐詩至王勃「金箱五嶽圖」之句，歎未得其真蹟圖也。忽陳樂源以崑山葉文莊公家藏趙文敏金汁所書過余，覽之驚喜，若親拱璧。即覓高麗牋命周文玉依法製絲，乃對臨之。然老目眵昏，殊愧劣甚。嘉靖戊午二月。拓本

蘭亭脩禊圖卷

余每羨王右軍蘭亭脩禊，極一時之勝，恨不能追復故事，以繼晉賢之後也。往歲有好事者，嘗脩輯舊蹟，屬余爲記。兹復於暇日，彷佛前人所作圖，重録蘭亭記於卷末。蓋老年林下，多所閒適，聊此遣興。其畫意書法，都不暇計工拙也。戊午八月既望，時年八十有九矣。穰梨館雲烟過眼録卷十八　壯陶閣書畫録卷十　壯陶閣帖

關山積雪圖

余嘗觀郭河陽真蹟，峯巒谿壑，蒼潤淋漓，深得唐二李將軍筆法。昔年余在京師，友人持河陽關山積雪卷出示，時觀之令人灑然而醒，燕市風塵，不覺洗盡。距今思之，已隔二十餘年矣。追憶此卷，神情欲飛，輒洗筆摹一過，凡二越寒暑始就。自諒技拙，不敢媲美古人，更不免效顰之意。嗟嗟！僅可得其皮毛，未能得其神骨耳。後日若欲彷彿此圖，則有余之贋本在也。大觀録卷二十　式古堂書畫彙考畫録卷二十八

按：此圖後有吴寬、唐寅兩跋，然文徵明官待詔在京師時，爲嘉靖二年癸未至五年丙戌間。此時吴寬卒已二十年，唐寅則卒在嘉靖癸未，況又二十年之後乎？然圖經吴氏、卞氏等收録，或圖真而跋僞。故録存備考。

蘭亭敍

嘗見趙文敏公所書蘭亭記，不下數十百本，或大或小，雖有不同，而規模位置，未嘗少異；其精妙一至于此。偶閲仇實甫所作蘭亭圖，漫書一過。既脱矩度，遂變顔面，有愧于文敏多矣。　聽颿樓書畫記卷二

行書落花詩

僕往歲見石田翁落花詩，心竊愛慕之，遂爲唱和。然讀啟南原作，殊爲抱愧。今春陰雨連綿，掩關無事，頗念妬花風雨，滴瀝堦除，殊覺困人。適子傳寄紙索書，重録一過，以紀昔懷。書之工拙，非所計也。　壯陶閣書畫録卷九

飛雲石圖

正德初，海虞錢氏齋中獲覩此石，上鏤「飛雲」二字，筆法流動，雖愛之，未知所自。後會石田先生適至，云：「此爲倪元鎮所寶，久在清祕閣中，元鎮遊吴時，猶攜以自隨。後以贈所知，遂爲錢氏所有。」吾鄉毛九疇，博雅好古，乃從錢氏購歸；復索余作圖，以便展對云。珊瑚網畫録卷十五

菊石便面

陸薇軒以所藏石翁葵花扇頭示徵明，使題其上。徵明失之，懊恨不能自已，乃作菊石報之。顧徵明烏足以承翁之乏哉？雖然，優孟之爲孫叔敖，人皆知其非也；而楚王信之，在薇軒亦取其抵掌談語而已。珊瑚網畫録卷二十二　郁氏書畫題跋記卷十一

臨趙千里後赤壁圖并書賦

予友徐默川所藏趙千里後赤壁圖，精妙絶倫，誠希世物也。余每過從，輒出賞玩，竟夕不忍去手。一旦爲有力者購去，余甚惜之。暇日偶得素縑，遂彷彿寫此，并書其賦。昔米南宫云：「若見真蹟，慚惶殺人。」余於此卷亦云。　螢照堂帖

漪蘭竹石圖卷

昔趙子固寫蘭，往往聯紙滿卷，而生意勃然。鄭所南疎花老葉，僅僅數筆，而生意亦足。子固孟字按：原字如此王孫，而鄭公忘國按：原字如此遺老。蓋繁簡不同，各就其所見云耳。余雅愛二公之筆，每適興必師二公。此卷雖意匠子固，而所南本色，亦時時一見，觀者當自知之。　文物出版社本明文徵明漪蘭竹石圖卷

按：黄佐云：「公於書畫未嘗苟且。答人簡札少不當意，必再三易之不厭。」此跋在蘭竹卷後，另紙書，文中「子固」下「孟字」疑當作「舊宋」，「鄭公亡國」而誤「忘國」，意義荒謬。且其中疎花之「花」，觀者之「者」字，亦經塗改。文氏一生謹嚴，此跋疑出僞手。録附於末，以供參考。

文徵明集補輯卷第二十六

書 七首

答陳汝玉書

承專人遠來，賜以手劄，詞旨諄復，存慰戀戀。加以江魚之賜，祗領感塞。所諭水手之事，不肖初意已決，豈得更有改易。彼上官及僚友之意，但知故事如此；而士之取舍，不可不擇。諸公憐其貧困不給，或有所周，其意良厚。而不肖萬一緣此以裕其家，則是以死者爲利；不肖誠無狀，亦何至利先人之死哉？禮：「君子不家於喪。」惡以死者爲利也。萬望以此意達於諸公，曲賜聽納，俾少全鄙志，不至遺先人之羞，以重不孝之罪，不肖拜賜多矣。

不肖只今勉圖先人襄事。承問啟期，擬在臘月十日。凡百亦隨有無，行已粗備，更不煩念及也。所須先人畫像，恐途中有失，從容臨一副本寄上也。哀荒中，占報草草。

百爵齋藏歷代名人法書

與石田先生請行狀填諱

不肖勉强作得先人事狀一通，但不敢略其所嘗知耳，非敢謂詳備也。久欲請教，凶釁多故，因循至今。兹特專人持上，輒敢以填諱假重左右，想不拒也。别有遺事一册，是狀中不能具者，併此呈覽。不肖薄劣失承，匪直文詞蕪拙，而履歷之詳，亦僅得十之一二耳。先人交遊中，久而密者，無如丈丈。今日詳先人之行者，亦無如丈丈。儻所嘗知，而狀未具，或具而不能詳，不惜一一教示。至於詞旨猥謬，論述無次，尤望痛削，不肖行欲走人乞表章於當世名公也。

温同知李恭，湖廣道州人，嘗以穢濫不爲先人所齒，每每恨恚。近者欲以公費數事文致爲先人私，典守者皆不肯承。方督遣次，忽中疾，連呼文公文公，比舁至衙，已死，九月十一日也。永嘉民王□昨以書寄不肖，道此事甚異，且寄詩云：「除暴冥冥事亦奇，民將立廟繼羅池。不須紀德東山石，五邑蒼生口是碑。」此事不肖不敢私志，謹用附上，或可備新聞采録耳。凶衰不能前，伏紙摧塞。百爵齋藏歷代名人法書

與楊儀部論墓文書

先公辠行得蒙執事論次，既潛德昭暴，而百世之下，且將麗以不朽。此豈但不肖區區幸荷，先公有知，亦當憮然於地下矣。比承左訪，尚欲諮其所未足。夫文章不容他人輕議一字，自昔名公皆然。顧不肖方以見允於左右爲深幸，何敢有所贊陳其間哉？以是深思累日，竟不敢有所啟請。昨夕再辱誨函，猶以可否下督。此蓋執事仁慈，欲委曲相就不肖區區之情耳，不揣輒敢冒昧上請。

先公仕宦不甚達，然隨事建明無所避。若博平「處置子粒」及「伐梨」二事，及太僕前後所按官吏，及上言聖政十事，雖皆小小補塞，而其志實有可尚。今執事第云上馬政三策，餘皆略之，豈鄙此數事以爲不足爲歟？然不肖嘗憶上子粒疏時，舉家惶恐，謂禍且不測，而先公行之不疑。太僕之遷，竟坐「伐梨」之事，此辠耳目不可塗者。夫生以此獲禍，而身後又不得暴其事，豈不悲哉。況前後數章，朝廷俱以次施行，於法恐亦得書。

若李同知之事，既已誕異，又傳者之言，非必事實。中間萬一出於好事者之口，不亦失之誣乎？先儒謂：「親有善而不能稱，是忘其親；無善而妄譽，是誣其親。」此不肖所以日夜恐惕，不能自已，而卒犯昔人之義也。伏望執事稍爲斟酌，略檢前後章奏，得賜采入，俾先公不獲申於生者得終以暴於後，而不肖無似不至重負不孝之罪，是亦仁人君子之用心也。

又先公於文章雖間有論撰，然不欲以此自名。不肖以手澤之故，漫爾輯録，非敢以是爲表章也。而執事既以冠諸篇端，又首及不肖之名，豈不肖所以乞銘之本意哉？伏乞俯鑒愚誠，曲垂聽納，得賜留意去取，則愚父子存没，感戴感戴。然非執事特垂貶問，不肖亦不敢輒此搪突，萬萬貸察。即刻酬接弔客，不得蹔去几筵，輒勒手狀，託世年上請。荒塞不能詳謹，伏紙不勝願望。百爵齋藏歷代名人法書

與徐昌國

先公墓銘，蒙楊公執事，不肖兄弟，感刻無已。昨偶薦竿牘，請益數事，荒塞不知所云，遂致搪突尊嚴，見返粗幣，有絶外之意。不肖聞命悚仄，自咎狂率，不能自已。擬欲

匍匐請罪，念方赫怒之初，不敢即前；而弔客紛然，亦不得離次，輒敢求通於吾兄。

不肖所陳先公數事，雖云瑣屑細故，然以一邑宰而論列親王，居牧圉而上言聖政，自不肖視之，亦甚偉矣，豈敢遂置而不書？楊公一代名人，其文一出，人必傳誦。論者以爲楊公不書，必有故也，他時誰復書之？若是，則先人之事，將終無所暴白矣。此不肖所以寧得罪於楊公，而不敢没先人之善也。楊公雖見絶不肖，而不肖安敢以此自絶，以重不孝之罪哉？萬一楊公矜其愚而憫其志，不忘死者一日之雅，以終其賜；則不肖之感，豈有既耶！只今葬期已迫，待此以畢大事；苟不得請，將無以揜諸幽。以不肖無似，宜其獲戾如此；而楊公長者，獨不能爲先人念之乎？伏望吾兄委曲一言，儻楊公意有可回，不肖謹當俯伏門下以請。百爵齋藏歷代名人法書

與永嘉王廷載

昨者扶護東還，既承遠送，又煩二力過嶺，情意勤至，無任感塞。到家，人事紛然，加以哀荒廢置，未遑裁謝。方媿念間，又拜誨函之辱，益深慚悚。及讀青田感懷之作，求文書疏，尤切不忘先人厚情。但王州同者，既已有言，莫若已之。萬一他日果有仆碑

之舉，不但於死者無益，而生者良亦非便。遲遲數年，公論稍定，當有成執事之志者，慎之慎之。不肖幸荷中外之助，勉奉先人襄事，遂以臘月十一日復土。罪逆餘生，苟活未死，無煩垂録。比曾具先公事狀一通，及輯録遺事數則，尋當潔本奉觀也。百爵齋藏歷代名人法書

與皰庵先生

不肖罪逆餘生，苟活未死，幸荷中外之助，勉奉襄殯，遂於殘歲臘月十日粗畢大事。伏蒙不忘鄙賤，特貶誨存，慰諭周至，感塞無已。屬方勤窀穸之役，不得少暇，缺於報謝。妻父吴敍州回，再領誨函，兼拜奠儀之辱。而祭文敍述詳覆，捧讀摧絶。且又波及不肖，謂其「庶幾不辱先人」。不肖何人，輒敢當此？慚悚無地。伏承眷注隆重，遂參鈞軸。不肖雖薄有門墻之舊，而猥賤無階，不敢輒薦竿牘，以通燕賀之私，必蒙長者貸察也。先人埋銘，比緣日薄，不能上請，遂屬楊儀部撰次，已納壙中。惟是墓上之石，必當世名公爲之表章。不肖揆之於義，卜之於心，舍先生無所於託，故敢率易干陳。遂蒙慨允，豈任悲感。兹因王學諭先生來便，謹以事狀附上。儻蒙以先人一日之故，垂念孤

苦，制誥之暇，稍爲論次一二，俾死者得以附麗不朽，而後之子孫得有所考，則豈但不肖孤區區之幸，先人有知，亦當憮然於地下矣。又所具事狀，不肖鄙劣失承，匪直文字蕪劣，而履歷之詳，亦僅十之一二。儻執事先生所嘗知，而狀未具，或已具而未能悉者，不惜特書，以示無窮。奏稿已失去二通，永嘉奏馬役一通，博平奏孳牧馬一通。二事皆未蒙施行，不肖又不能詳其云何，故狀中亦并略之。此存者，皆撿於故紙中。又温州續上四疏，檢奏案是三月十二日簽印，順差巡檢林亶齎進，向後亦皆不見施行，竟不知浮沉如何？今亦録上。别有遺事一册，是狀中不能盡載者，不肖私録以備遺忘。恐中間亦有一二事可備采録，故亦封上，儻無可書，不敢强也。更有榜牒及前後上大臣書，未暇録上，恐煩溷高明耳。不肖孤苦病羸，不當行李，無階躬承顔色，僭走一使致懇。蓋自殘歲抵今，凡四五閲月，此心未嘗少置。屬私門多故，遂爾因循。春來又以老母之命，與家兄析居，既立門户，遂有食指之憂。僮僕單鮮，且須薄植生事，坐是絶無可遣之人。遂敢以尺紙，附承動静，豈所以承辱先生長者之意哉？惟恃汪度有以矜其孤窮，而原之耳。不肖一面已礱一石，舁置墓上，所冀旦晚便爲留意撰次。只俟家事稍有緒，便專一人叩墀下也。比欲薄致粗幣，而教帖辭拒惇懇，敍州又傳致惓惓盛情，遂不敢有所塵瀆。知苛禮虚情，不可以冒干尊嚴也。百爵齋藏歷代名人法書

與陸先生

違遠教誨，輒易歲朔，馳仰風範，系戀實深。伏承移署南宮，不勝喜慰。蓋儀曹所司，古人所重，公老成宿學，剸練通融，豈獨掃門之人所與光榮，實天下斯文之幸也。某多病多故，怠廢舊業，日趨猥鄙，重爲師門之羞。坐是不敢數薦竿牘，以伸起居之敬，罪不可言。即日伏維履茲新涼，文候何如？眷聚如尊嬸以下，想并康慶。二郎計已就傅，進學何如？

少事輒溷長者：尤宗陽嬸氏，少寡守節，有司奉詔以聞，其事適在管下。此間上下，俱已核勘無異。然例須覆實，但其家孤貧特甚，文移一行，不無並緣漁獵之擾。欲望部中免覆，不審事體如何？自公換授以來，鄉人以某有門牆之雅，多以此事求通，皆已謝絶。茲以宗陽有筆研瓜葛，而是家艱苦，亦非他人之類，故敢瀆聞。儻得愽幪，不勝幸甚。未階參侍，伏紙不勝向往。新政清明，君子道長，日竚台陟，别展賀私。不宣。

百爵齋藏歷代名人法書

文徵明集補輯卷第二十七

小簡　二百零五首

致外舅（吳愈）

自王英去後，復兩記承差寄書，計並上徹尊覽。比涉春和，伏惟台履萬福。荆妻思戀之深，每形夢寐，惟長者字愛之情，不殊此也。壁比來所苦多疾，安平之日，曾不能洽月，百事廢置。今秋應試，就體力占之，恐又是虛應故事耳。奈何奈何？此月二十八日寅時，生一男子，子母託芘俱安。雖窮人多累，亦足以慰目前失女之悲；恐長者欲知，輒此附報。舍親柳勉子誠來中州買賣，索書進謁，敢以瀆聞。柳爲上舍子學之兄，相見之次，乞賜青目。餘惟遠道千萬自愛，不備。三月晦日，子壻壁頓首再拜上。

手札墨蹟

自家叔回時，領得承差所寄書，及今又復踰月，更不得起居之詳。即日伏惟履茲新夏，台候萬福爲慰。壁比有小疾，藉遠芘已獲平善。新生子名穀生，已將彌月，頗亦健乳。諸子女亦皆無事。茲因友人府學生王軾乃叔王彦昭貿遷河南，索書晉謁，敢此附承動静。餘俟他便，不一一。四月廿一日，壻壁頓首再拜外舅大參先生丈丈執事。彦昭參承之際，望垂青目。壁再言。　手札墨蹟

華誕稱祝，壁以事稽，不獲厠捧觴之後，殊用缺然。袁宅姻事，如命令來嫗往覘，已得其詳。嫗歸，能自達也。但袁公擬在八月盡起程，事須趲前。所喻行禮一節，豐儉適宜可也。料彼儒素之家，必不苦苦論財也。羅公官帶閒住，代者蜀人王一言。又聞府公有爲民之事，已有見邸報者，想亦非妄。楊子器、林廷棉、楊廷儀、劉武臣俱改侍講學士，併乞知之。七月廿九日，壻壁頓首拜上外舅大人先生侍次。　手札墨蹟　明清藏書家尺牘

向吴定回，曾附復數字，就告考察之信，計徹省覽。續得邸報，見孔昭之名，大是駭異。何其得禍之奇邪？但一報作顧瓚，一報又明開馬湖知府，未可的據。茲因周承德家人歸便，敢輒附聞。改調之信亦到。茲用朱筆旁注，乞詳之。石田近爲府公請入城，當有數日留滯。昨相見，再四託壁致意，併告。四月廿四日，壻壁頓首上外舅大人先生

侍次。手札墨蹟　明尺牘墨華

前者委諭楊桂林處家僮事，隨曾附答數字。比來更不聞問，想其事已解矣。張思南家出殯，壁不能往送，謹附去同錢六十文，乞令吴佐買香紙四盤送去，壁自具一緘，就得遞達爲幸。又聞馬湖公有鼓盆之憂，何其多故如此？未能馳慰，甚懸懸也。沈方伯事，已行巡按御史就彼提問，不復解京，想亦無恙矣。近會其次子，得其詳如此。承累次詢及，敢以奉聞。徐爪涇都憲因湖廣弓箭事，罰米二百石。人還，奉狀，草草。壻文壁頓首再拜外舅大人先生侍次。廿七日。手札墨蹟

自考試後，欲一詣左右。屬巡按公在此，點閘頗嚴，不得輒去。參候之期，想在九月間矣。貞孝公墓碑，昨日陳宗讓自山中送至，謹就封上。宗讓於此頗效勤渠，便中可附少人事酬之。諸不一一。小壻徵明頓首上外舅大人先生侍次。六月七日。手札墨蹟

四舅病苦數年，不意遂爾不起。得報，不勝惋悵。伏惟至情所鍾，必大傷盡，然此自其命數所遭，有非人力所能强者。吾丈高明了達，必能尊生自廣，汲汲寘憂，非高年所宜，恐亦無益也。徵明適小冗，未能走慰，先令兒子詣前申意。出月初間，却得躬造几筵也。吴嗣盛之母已於初六日出殯，徵明向聞尊命，輒爲代送賻銀叁錢，渠家所送孝帛，謹就附上。薛憲副先生，此月初二日下世，併此附聞。不宣，小壻文徵明頓首狀上。

手札墨蹟

歲終，粗畢兒女子姻事，冀得長者辱臨，以增光寵，而詩姪佳期，適爾相值，遂不敢虛屈。顧蒙專人遠來，賜以厚禮，情意稠疊；登領之餘，獨有感荷而已。昨過尹山會葬沈氏，親接繩齋都憲，備道尊意。所附書物，即以遞達，渠自具謝也。孝帛一端，昨付阿宗寄上，計已檢入。吴春回，率此敍復，别當申謝，不備。臘月廿四日，小壻文徵明頓首再拜上覆外舅大人先生尊丈執事。

手札墨蹟　有正書局本明代名賢手札墨寶

比承體中感疾，屬考事忙併，不能奉問。顧辱不忘，特賜存記，愧悚何如？徵明雖已考過，而疎謬淺劣，恐不足以當主司之意，未知取否？極用憂懸。所委作矯亭壽詩，緣是不得佳思，勉强賦此，塞白而已，惶恐惶恐！守谿老先生近蒙朝廷遣行人柯維熊手敕存問，敕語極爲鄭重，中間略見起用之意。徵明見柯公説徽號已定，先王稱興獻帝，太妃稱興國太后。謹此附聞，餘俟再報。小壻徵明頓首再拜外舅大人先生尊丈侍次。

手札墨蹟

見素先生至鎮江不止，已北上矣。

近蒙手書，兼領厚儀，教愛勤至，感刻無量。即承秋來起居安勝爲慰。徵明强顔處此，碌碌如昨，無可爲長者道。承示三小姐秋間北來，此正合徵明之意。昨得彭書，乃知八月已發舟，此時途中水澁，兼恐冰凍，甚是憂念，無可奈何。兹因繩武歸便，適感寒疾，枕上强起具此，不能詳謹，死罪死罪。九月十六日，小壻徵明頓首再拜外舅大人先生侍次。餘空。

嶽雪樓書畫録卷五

九月初八日，寓都下小壻文徵明頓首四拜，奉書外舅大人先生侍次。七月廿五日戴家人回，曾奉一書，度其到在中秋前後，計必徹尊覽矣。傳聞繩武中秋後起身，此時必已在途，此月中可望到也。此間事體，已略具前書。大禮近已議定，稱孝宗爲伯考，一依席、桂、張、方之説，仍詔諭天下，想在十五日頒也。石閣老先生獨具疏極言，聞聖意甚怒；石公待罪數日，尚未得旨。此公決意欲去，想不能留矣。賈鳴和先生陞禮部尚書，兼文淵閣大學士，代毛公。吴白樓以侍郎兼學士，掌詹事府事，專管誥勅。南京吏書楊旦取入代喬公。何孟春改南京工部侍。户部孟春代之。代孟春者工部李瓚。禮部缺侍郎一人，已推李時、温仁和，旨尚未出。湛若水陞南京祭酒。今日大選，吾蘇進士五人，陸冕陞堂俱禮部，史臣兵部，魏應召刑部，晉憲工部。長洲郭尹陞工部主事，代之者饒州程嘉行。徵明比因跌傷右臂，一病三月，欲乘此告歸，又涉嫌不敢上疏，昨已出朝矣。兹因戴六舅歸便，燈下草草具報，不能一一。徵明頓首四拜上。

前日議禮杖死者十六人：翰林王思、王相，給事中裴紹宗、毛玉、張原，户部申良、安璽、楊淮，禮部仵瑜、臧應奎、張澯，兵部余禎、李可登，刑部胡璉、殷承敍，御史胡瓊。

充軍者十一人：翰林豐熙、楊愼、王元正，給事中張翀、劉濟，部屬黄待顯、陶滋、余寬、相世芳，御史余翺，大理寺正毋德純。爲民者四人：給事張漢、張原、安監，御史王時柯。手札墨蹟

致□□（楊循吉）

向拜齋供之辱，知科儀告成；方圖借閲，而盛使云云，又知深意所在，不敢有請矣。小畜集□□檢領，使還，且此奉下缺　湘管齋帖

按：此柬後泐。考楊循吉明禮曹郎楊君自撰生壙碑云：「既畢大事，每歲率持齋誦經一百日不出以報。」又云：「皇上龍飛十五年……恭逢九廟肇興，上誦文一篇。……外華陽求嗣齋儀十卷同進。」與柬中所述相脗，考定爲致楊循吉書。

致安甫（陸伸）

仰間忽捧教翰，備審起居安勝爲慰。張德昭之事，家父昨日偶到察院，會白揮使

者，司寇之子，就繡衣當面直述吴傑之事。白公已首肯，云當與曾守言之，蓋曾昔爲司寇屬官，惟其言是聽，德昭當得其濟矣。又嘗作書與彼處相識，俟臨期更當與萬貳守言之。盍簪留詠因連日小女有病，不曾檢看。然此事只足下一人榦當足矣，區區凡庸，何煩下及？滄洲集寒家已印盡，匠人已去，不能重起被頭，今却以一部及原價納還，徐當更圖也。前日佳作，終是見吝，不肯録示請法，是僕亦不敢有所呈醜矣。朱性甫奉挽尊參政詩一章，漫往，乞放過謝之。心緒紛紛，奉答極不仔細，皇恐皇恐。壁再拜安甫先生執事。商務印書館本明賢遺墨

致石屋（毛錫嘏）

珍饋駢蕃，雅意勤重，祗領之餘，不勝感浣。使還，草草附覆。昨承顧訪，并謝，不悉。徵明頓首石屋先生尊親侍史。清歡閣藏帖

遠歸未能一敍，方切企念；而珍饋鼎來，祗辱之餘，媿感交集。區區病瘍疲曳，尚艱行履，走謁無由。聊此附謝，草草不悉。徵明頓首石屋尊親至契。嚴小舫藏本明賢翰墨

致石壁（毛錫疇）

承佳貺，領次珍感。使還，草草附謝。拙言奉發一笑。 按：爲重午有感七律一首，見補輯卷九徵明頓首詩帖上石壁太學尊叔先生。 致毛石壁帖拓本

珍貺駢蕃，雅意勤重，區區潦倒，誠何以當。拜辱之餘，實深慚悚。徵明頓首奉覆石壁先生尊親侍史。 致毛石壁帖拓本

領餽駢蕃，不勝慚感。老饕無以爲報，獨有心念而已。聞盛園黄薔薇甚異，安得一看耶？使還，草草奉覆，自當面謝。徵明再拜石壁先生執事，廿四日。 致毛石壁帖拓本

榮還未及參展，顧承佳貺，感媿何如？使還，草草奉覆，容面謝不悉。徵明頓首石壁尊叔侍史。 致毛石壁帖拓本

多事久缺參展，顧承不鄙，特賜惠存，拜嘉之餘，不勝慚感。使還，草草奉覆，容面謝不備。徵明頓首上覆石壁尊叔先生侍史。 致毛石壁帖拓本

致石門

久别耿耿，病懶不獲以時奉問，顧承不鄙，數數惠存，感荷感荷。扇頭隨使納上，拙畫頗亦用心，於雅意何如？凡君所須，未嘗不爲君盡；而來書乃有羨於茂甫，何耶？惠糖領次多謝。近詩往發一笑。徵明頓首再拜石門尊兄侍史。十一月十二日。文氏六代手札墨蹟

致懷雪

鱸魚佳楮，雅意珍重，領次多謝。使還，草草奉復。徵明頓首再拜懷雪尊太親家先生。紅豆樹館書畫記

致子畏 六如（唐寅）

石丈書來，欲煩公作送周文襄乃孫詩。且云：「子畏説五言已就，只欲促之耳。」想

非漫言也。壁頓首上子畏先生解元執事。中華書局本明人尺牘墨寶　西泠印社本名賢手翰真蹟

閲畫册二十幀，悉倣唐、宋諸家作也。或秀麗，或蕭疏，各極其致，真畫苑之集大成者。予愛慕之切，不忍釋手。昔米顛袖中有奇石，孰若此中丘壑，令人卧游不盡也。明人尺牘選　明人尺牘四卷

致逵甫（蔡羽）

册葉日夕在心，兩日不知曾爲動手否？千萬留意。徐幼文小畫乞撿還，至懇。廿六日，壁頓首逵甫先生。尺牘墨蹟

子西集一本，在熊先生處，二本在陳希問處，少刻討來奉上。壁奉復逵甫尊兄。尺牘墨蹟

致雁村次明（吴爟）

即刻請入城陪以可一談，便望命駕，無人再速也。壁頓首雁村先生。初三日。

尺牘墨蹟

銅盆承脩整，盛荷。但不知所費幾何？未敢率而奉酬。若足下有去頭，仍望留意發脱。端木孝思字是真者，幸以少價收之。適聞主司公搭廠牌已到，足下知否？草草奉復，不宣。壁頓首次明先生前輩。　我川寓賞編　湖海閣藏帖

致東橋（顧璘）

近日在陳氏，邂逅皂人，具記數字，度已省覽。適聞范都諫早行，燈下書得手卷，附往，草草塞命，殊不得佳也。天台志輒乞一部，郡中新集，不吝并賜一二。十月十七日，徵明頓首東橋先生執事。向許抄惠玉山名勝集，何如？　古緣萃録

致欽佩 南原（王韋）

賤子隨計南京，數辱教益，且有館傳之擾。别後屢欲裁謝，而公私多故，遂因循至今；竟兩辱長者先之，媿悚何可言。伏誦誨帖，諭慰勤至。高才絶學如足下且爾，僕何

有哉？即審侍奉多暇，益進學不倦，爲慰爲慰。賤子憔悴之餘，百事廢置，無可爲故人道者。唐君一出遂潰，爲文士重諱；只今事猶未解，深可悼念也。承須拙作，比恐賈禍，頗自禁省。雖間得一二，多不足觀，已録附宗魯處，緣暑月慵近筆硯，不別具上，相見時取視，一笑。兹因華玉先生歸便，草率具此。未緣參承，臨紙無任惓惓。惟時中自愛。壁頓首再拜欽佩先生契家兄。小書粗帨將意。書牘墨蹟

前承損教，便欲奉答，而碌碌多故，僅支目前；坐是因循逮今，然未嘗敢忘也。即日伏維侍奉萬福爲慰。不肖守制，倏逾小祥，攀慕不逮，孤苦待盡，無可爲故人道者。因小僕未便，率此敍謝。未間，千萬强學自愛。壁頓首謹上欽佩先生尊契。七月晦日。餘空。書牘墨蹟

奉別甚久，不勝翹仰。承榮除南部，雖於雅望未愜，而綵侍之暇，不妨問學，所得不既多乎？日來起居何如？賤子碌碌如舊，無可爲故人道者。兹因錢元益來便，率此附承動静。全肩二枝，非公不足以發其妙，漫往，餘非相面不悉。十月晦日，壁頓首欽佩吏部先生。書牘墨蹟

不意慶門有變，先公丈人奄棄榮養，驚悼無已。到此即擬候拜几筵，緣素服未便，先此附承孝履。蒲履素帕，漫往將敬。輕瀆，惶恐。辱友文壁頓首吏部欽佩先生苫次。

廿四日。書牘墨蹟

今日與次明、寅之、九逵、孔周，同詣尊公先生几筵，少展束芻之敬。先此奉聞。壁頓首考功欽佩先生苫次。書牘墨蹟

病中遣懷二首，録上用見近況。按：七律見卷第十壁頓首上南原先生。承祥禫在近，北行當在何日？無階稱賀，馳情而已。壁。書牘墨蹟

宗主黄公，比歲以見素先生畫見委。畫意欲置小像于丘壑間，且謂「像在柴墟先生處」。向不見付，至無所據依，遂不能執筆。壁受知見素，而宗主又雅在教愛之中，倘更逋緩，恐重負來辱意，罪不可逭矣。欲望吾兄會次，乘間一言。可否仍煩見報，以爲進止。或有所委，只吾兄數字足矣，不必付之有司也。近又委壁校刊春秋詳節，一面在此幹當。比緣地方有事，張倅督兵海上，坐是衍期耳，然亦只在目下完報也。若得併進一言，以解本公之怒，尤出幸外也。壁奉懇。書牘墨蹟

旅館岑寂，殊覺憒憒。稍撿舊業，茫然無緒，更安得揮灑之興也？芋子之貺，極副所需，多謝。牋墨漫往，終宿諾耳。徵明頓首儀部南原先生。書牘墨蹟

十七日，諸友就永寧僧舍餞别石亭，坐無南原不可，輒敢攀屈一敍。向已面告，當不靳也。徵明頓首儀部南原先生。彦明囑筆上覆。書牘墨蹟

仰問忽辱手誨，頗承宦況無聊；不知下視賤子頓挫僇辱，當何如耶？來人立伺報言，區區以事非倉猝可盡，略此附復。南坦書物已領，比得邸報，知渠已榮遷，南還非遠，自得面謝。七月十八日，徵明頓首儀曹先生執事。書牘墨蹟

徵明頓首。自附令壻書後，再不得嗣音。比來懷抱殊惡，兼有兒子婚娶之擾，忙窘相併，百事廢失，況能近筆研乎？坐是久逋尊委，數勤誨言，豈勝感愧。兹承有河南之行，踪跡益遠，如何如何？吾兄高才雅望，宜在表率之地，此行雖曰外補，寔足爲斯文重也。但太夫人高年在堂，獨吾兄一子，不知還能將行否？又令郎及婚，勢須逆婦。多事之餘，不免稍入思慮耳。若區區開歲入試，而二十年故人舉不在目，當又何如爲情耶？衛南歸便，欲附一詩，解裝忙迫不暇，聊奉小畫一軸，系以短篇，亦用展限而已。鄙懷千萬，臨紙莫既，諸惟遠道自愛。徵明頓首再拜提學南原先生尊兄。臘月廿又二日。餘素。明清畫苑尺牘

致石亭（陳沂）

數辱惠教，不及一一奉報，愧愧。昨令郎過此，匆遽特甚，不得少致鄙意，通家之

情，殊缺然也。恭喜致仕得請，無以爲賀，舊藏匏翁大書一卷，輒用馳上，或可供林下清翫。此非尋常幣帛，想不見却也。所委拙畫，稍和得爲幹當，不敢終負雅情。子重行，且此奉覆。徵明頓首再拜石亭太卿先生尊兄。

倦舫法帖

致野亭（錢同愛）

昨來叨厠高燕之末，珍異駢錯，伎樂鏗轟，沾醉而西，按：原字慌疑歸自異境。不意吾孔周亦能辦此。雖然，殊乏故人會合之情，區區雖以爲感，亦以爲愧也。兩日陰雨，桂枝金粟何如？月半左側，更圖一敍也。鄭蒲澗所親將行，專人奉領報緘。直夫處亦望轉致，萬萬。偶得氊帽一事，輒上左右。徵明頓首再拜野亭先生尊親侍史。子朗在坐，囑筆致謝意。八月十日。

三希堂帖

致子重（湯珍）

向煩撰受聘回書，已蒙慨諾。今其人在此坐取，專人奉告，望撥忙幹當。其人姓鄒，姪孫女許聘華氏，壻爲入粟監生；監生之父，王府引禮；女之父亦入粟監生。華爲南齊孝子寶之後，鄒爲道鄉鄒忠公浩之後，二氏亦是世姻。今日若能動手，實出至幸也。晚間稍暇，自得面請。徵明頓首再拜子重尊契。商務印書館本明賢墨蹟

致崦西（徐縉）

奉違三載，常切傾遡。疎嬾不獲以時通問，顧辱不忘，數賜記存。萬壽僧大雲回，承寄俸絹，照數登領。因無便，未及申謝。茲雲領薦北上，率此附承起居。鄙詩二首，按：即戊子除夕七律二首，見補輯卷第八往見近睨，草草不悉。五月六日，徵明頓首詩帖子上少宰相公崦西先生侍史。含暉堂帖

徵明賤誕，重蒙記憶，特貺華篇，重以綺幣；區區淺薄，豈所宜蒙？感藏之餘，輒次來韻，用答雅情，不直一咲也。按：七律一首，見補輯卷第八徵明頓首再拜上少宰相公崦西先生侍史。二月十七日。含暉堂帖

致陽湖（王庭）

昨蒙府公垂顧，命爲介翁壽詩。徵明鄙劣之詞，固不足爲時重輕。老退林下三十餘年，未嘗敢以賤姓名通於卿相之門。今犬馬之齒，踰八望九，去死不遠，豈能强顔冒面，更爲此事？昨承面命，不得控辭；終夕思之，中心耿耿。欲望陽湖轉達此情，必望准免，以全鄙志。倘以搪突爲罪，亦不得辭也。伏紙懇懇。徵明頓首懇告陽湖先生執事。前石川之事，執事所知，此亦可監。三邕翠墨簃題跋　舊學盦筆記

兩足蹣跚，艱於登涉，飲食多妨。對案不敢放筯，何能遠出遊燕？雅意雖勤，獨有企想而已。拙言承寵和，多謝。徵明頓首陽湖先生。敬和堂帖

正月五日訪陽湖少參，酒次誦淵明斜川詩，有「開歲倏五日」之句，次韻奉贈。按：五古一首見補輯卷第一徵明頓首稾上陽湖先生吟几。敬和堂帖

致禄之 西室（王穀祥）

向日辱枉顧，失迓爲歉。病冗之餘，久缺脩敬，罪媿罪媿。山妻於今月望前，忽有不虞之疾。兹賴尊庇，幸有生意，然猶未達彼岸也，憂惶何如？蒙遣女使下問，無任感佩。使旋，先此附復，餘容叩謝不宣。徵明頓首禄之吏部先生執事。清歗閣帖

承珍餉，領次多謝。徵明頓首西室先生。古緣萃録

明日欲往大石，輒敢扳公同行，已托子美具舟，想能達此意也。須五更出城，早往早歸，千萬不外。徵明頓首禄之尊兄。夢園書畫録卷十五

致榮夫 春潛（顧蘭）

上缺一事可以自遣者。眷聚行，草草附此，手卷謹就附納，不宣。新正四日，友生徵明頓首再拜明府榮夫先生尊兄執事。餘素。湘管齋帖

子朗墳事，僕略曾勸之。其家云：「墳後頗有隙地，但前面是明堂，僅僅畝餘，已自

窄隘，豈能割棄？」僕若苦逼成之，恐沈氏葬後，其家或有事故，僕豈不受其怨哉？若地之寬窄，僕亦不能詳知，何可空言懸斷？子朗欲請春齋諸公同到墳所一看，便知可割與否。今其父子並在縣前出官，待其歸來，再與議處。適俊明之言，似譏僕管閒事。林居潦倒，又無勢分，强顔爲人解紛，誠可笑也。悚息悚息。徵明頓首奉覆春潛令君尊兄侍史。五月廿日。天香樓藏帖

昨來逕造，得觀名花，兼擾廚傳。感荷之餘，輒賦小詩奉謝。卒章云云，聊用趁韻耳；非有所嘲也；罪過罪過。按：詩見補輯卷十徵明頓首詩帖上春潛先生吟几。令郎同發一笑。三月廿五日。敬和堂帖

致中甫（華夏）

早來左顧，匆匆不獲款曲，甚媿。承借顔公帖，適歸，僕馬遑遽，不及詳閲，姑隨使馳納。他日入城，更望帶至一觀，千萬千萬。籤題郁氏作「籤頭」亦俟後便，郁氏作「後次」不悉。郁氏作「不盡」徵明頓首中甫尊兄。六硯齋三筆卷三　郁氏書畫題跋記卷一　攝影本

承專人遠來，重以嘉賜，物意兼重，領次無任感荷。使還，且此申復，别容叩謝不

次。徵明頓首奉覆太學中甫先生。適有客在座，不能詳謹，幸恕。望雲樓帖　寶巖集帖

拙文比已稿就，未及修改。偶奪於他事，迤邐至今。再勤使人，益深惶恐。望尊慈更展一限，月半左側課成，送龍泉處轉上，不敢後也。嘉饋珍重，領次多感；但河豚不敢嘗耳。徵明頓首中甫契家。初七日。故宮歷代法書全集

致補庵（華雲）

徵明近苦風濕，臂膝拘攣，極妨動履。痰咳交作，日夕憒憒，百事不舉。衰老氣味，日益日增，如何如何？承專使存慰，重以珍貺，領次慚感。即審比來文候安勝，兄慰遠想。所委諸扁，强勉寫上，拙書醜惡，大非前比，甚愧來辱之意也。使還，奉覆草草。徵明頓首再拜補庵先生執事。十一月廿又二日。明人尺牘

日承光顧，兼以厚儀，感佩不勝。久欲一扣堂下，而竟以冗奪，負歉方切。乃更辱惠新曆烏薪，白粲綠醑，庭實克盈。盛情稠疊，惟增愧悚而已。使旋，草草附謝。不悉。徵明頓首覆補庵先生執事。日本博文堂印本明賢尺牘

致子寅（嚴賓）

雨窗無客，偶作雲山小幅。題句方就，而王履吉、禄之、袁尚之適至，各賦短句於上，所謂不期成而成者也。奉充高齋清翫。近聞新閣虚敞，緣塵冗未能躬詣，徒有馳情而已。承饋栗蹄，多謝。徵明頓首子寅文學尊兄足下。有正書局印本明代名賢手札墨蹟

致古溪

臺入城，曾奉數字，計已入覽。屋事不審竟復何如？區區因朱氏偪仄，十八日承吴汝器乃郎來請，遂遷居其家。通州李指揮特承遠訪，且惠鷄肉魚酒，堅却不得，遂勉强受之。此皆執事餘澤所潤也，感謝感謝。所云卷紙，連日凝沍，只此數字，亦甚費力，豈可別幹也。稍俟稍俟。兹因李揮索書，草草附覆。惠炭已領，併謝。二十日，徵明頓首古溪駕部先生執事。商務印書館本明賢墨蹟

致甘泉（湛若水）

徵明違遠顔色，三十年餘矣。林居末殺，病懶因循，未嘗一薦竿牘，以修起居之敬。顧承不鄙，數數惠存，手札清篇，歲無虚使；區區不□，豈所宜蒙？祇辱之餘，不勝慚感。昨緣劍厓之便，輒陳短句，奉賀遐齡；鄙劣之言，引情而已。乃承光和，珠璣璀璨，照映里門。不揣荒蕪，再疊前韻，用伸謝私。相望萬里，參對無由，伏紙耿耿。鈔本卷十五附次韻答湛甘泉先生詩末

致玉齋

連日病不能出，道復回否？孔周事幸爲留意。江陰朱子儋在昌門官廳，後曾相見不？徵明頓首玉齋先生。尺牘墨蹟

致王中丞（王守）

伏維卧護閩、浙，甫及歲期，風聲所被，遠近肅清。屬兹多事，厭難折衝，良亦勞止。比聞江皋撤驚，幕府燕閒，台候萬福。徵明犬馬之齒八十有四，容髮衰變，日益頹墮，待盡林間，無足道者。明人尺牘選　明賢尺牘四卷

致琴山

昨承枉顧，病中不克禮款，媿歉無似。兹辱專使惠佳茗，得聞起居清勝，殊用爲慰。祗領，媿謝不盡。徵明奉覆琴山先生侍史。商務印書館本明賢墨蹟

昨承令郎見顧，弟老朽在楞伽寺，不獲與歌吹胸中所言之事，期再悉。人還，奉覆。九月望，徵明頓首拜琴山先生至契。明尺牘墨華

致水南（張袞）

徵明頓首學士相公水南先生執事。違遠以來，屢改歲律，緬想風範，如懷古人。弟林居既久，懶慢成習，不得一脩竿牘之敬；顧承不鄙，數賜記存。昨歲襄葬亡妻，特枉慰問，重以厚賻，情意勤至。潦倒末殺，豈所宜蒙？但千里沉浮，迤邐今秋始得領教，坐是不及以時報謝。然中心感藏，何能忘也。伏維執事仁明大雅，宜在具瞻之地。比歲分司南來，已缺輿望，摧挫扼塞，遂爾顛淪，不知持衡之人竟何如也？諒惟高明，以道自勝，不以爲意，特區區者，不能不耿耿耳。邂逅盧承，云執事弭節以來，優遊桑梓，不與時競。晚節高尚，足爲鄉里增重，尤切仰傾。比日冬寒，伏審起居安勝爲慰。徵明逾七望八，衰病日尋，待盡林間，無可爲　下缺　穰梨館雲烟過眼録卷十九

致南岷（王廷）

連日溷擾廚傳，兼領教言，未及候謝。方愧念間，而誨函顧已辱臨。西原疏稿，敬

已登領，拙文旦晚寫呈也。使還，且此奉覆。徵明頓首再拜祖父母大人南岷先生執事。九月五日。謹空後。致南岷書翰册摹本

向辱車馬臨貺，倉卒不能爲禮，顧勞稱謝，寔深慚悚。承惠墓碑，領次多感。小字千文四册漫往，或可副人事之乏耳，容易，容易。徵明頓首上覆郡尊相公南岷先生侍史。廿日。致南岷書翰册摹本

即刻敬叩鈐堦報謁，王貳守先生却至廟中奉候。徵明頓首奉復祖父母大人南岷先生執事。謹空後。致南岷書翰册摹本

西原墓碑有揭下者，幸賜一二紙。區區回書，却煩揮付來使。率易干冒，不勝悚聒。治民徵明頓首上知郡相公南岷先生執事。廿日。謹空後。致南岷書翰册摹本

承惠碑文，通前一十幅，如數領。使還，草草奉覆，容自面謝。東橋既有官守，恐不能來矣。治民徵明謹復知郡相公南岷先生。餘空。致南岷書翰册摹本

惠教詩疏，捧讀之餘，雖未及終篇，已得其雋腴矣。容卒業領教。使還，且此奉復。不悉。郡民徵明頓首復郡尊相公南岷先生執事。謹空後。致南岷書翰册摹本

明早敬詣使舫附行，不敢後也。天全集先上，伯虎集檢出别奉。治民徵明頓首上覆知郡相公父母大人執事。致南岷書翰册摹本

承惠舊唐書，侑以涼席，暑月於老疾尤宜，領次知感。韋集昨已見刻本，頗佳。原本是吳秀夫家借來，徵明當自爲處分也。使還，且此奉覆。徵明頓首再拜上覆郡伯南岷先生執事。餘空。致南岷書翰册摹本

王槐雨子錫龍、孫玉芝欲謁謝左右，而求通於僕，敢以瀆聞，伏乞與進。治民徵明頓首白事郡伯相公南岷先生下執事。致南岷書翰册摹本

兩日腹疾憒憒，慵近筆研，西原集坐逋尊委，日下稍間，即課上也。韋集稠疊領賜，感荷不勝。使還，附謝。草草。郡民徵明頓首上覆郡尊南岷先生下執事。閏五月既望。袁氏書已領。致南岷書翰册摹本

致允文

榮還未及參展，顧承惠問屢屢，且再承佳貺，雅意鄭重。鄙劣潦倒，何克以堪；拜辱之餘，獨有愧悚而已。夏公壽詩，草草應酬，何煩撝謝。沈公八圖，是早年所作，妙甚，不敢容易著語，亦緣近日病冗相併，未暇及此，望展限數日，却得課呈，並後紙同上也。使還，具此奉復。秋暑方熾，萬萬若時珍愛。徵明頓首奉覆允文郡博先生侍史。

七月晦日。珊瑚網書録卷十八

致郡縣長官

伏奉鈞翰，兼拜多儀之辱，感浣不勝。弟凶衰不祥，不敢搪突尊嚴。無階謁謝，謹勒手疏，附中鄙使。所委拙筆，敢不勉竭駑鈍，以副盛意。不宣。治下長洲諸生文徵明頓首再拜祖父母老大人先生下執事。三月五日。謹空後。明清畫苑尺牘

致貫泉

適來謁謝鈐階，值車馬榮出，不獲一望履絇，甚用悵失。示觀松雪書，雖非真蹟，而行筆秀潤，亦當時人所贋，或是俞紫芝之筆也。寡昧無識，漫爾奉覆，惟萬萬照察，不悉。治生文徵明頓首上覆明府相公貫泉先生侍史。式古堂書畫彙考卷二十四

致研莊

徵明舟次貴境，聞尊體違和，即擬候問。適聞南旺開壩，恐旦晚復閉，乘月夜遂行。千里相期，自謂必得參展，事緒差池，乃復如此，會合之難，良可嘆也。所委拙筆，至前途奉寄，不敢終負。因使人還，先此附復。未間，惟加意將攝，不備。侍生文徵明頓首再拜郡伯大人研莊先生執事。二月十八日。　明尺牘墨華

致右卿

昨承致奠先妻，藹然通家之誼，區區潦倒，何克以當？拜辱之餘，獨有感藏而已。今日敬具疏果，請同虎丘一行。燕峯、洛原皆公相知，幸此同集。明發各天一所，後會無期，慎無負此良會也。徵明頓首再拜右卿判郡先生侍史。十一月廿又七日。　有正書局本明代名賢手札墨蹟

致練川

承餉霜螯，雅意勤重，領次珍感。使還，草草奉覆。容自面謝。徵明肅拜練川參府尊親侍史。藝苑掇英第廿四期

致天谿

徵明區區淺薄，數辱記存，惠貺駢蕃，歲無虚使。拜嘉之餘，祇深慚感。即日清和，伏審起居安勝，宦況清吉爲慰。區區今年七十有三，潦倒日益，兼以病冗相併，情悰不佳，百事廢忘。所委天溪圖，坐用逋慢，旦晚稍間，即爲幹當，不敢終負也。使還，且此奉覆。小扇拙筆，就往將意。草草，不悉。徵明頓首再拜。明尺牘墨華

使至，辱書，兼領絺葛之貺，遠意珍重。拜賜之餘，不勝慚感。即審履兹春寒，鈞候萬福爲慰。徵明比來，衰疾日甚，待盡林間，無足道者。使還，草草奉覆。未間，惟若時自愛，不次。徵明頓首奉覆天谿錦衣先生執事。石刻一册，伴空緘。二月廿六日。

致三峯

徵明頓首奉覆藩參相公三峯先生執事。向承顧訪，雅意勤重，繼辱恩教高文，詞旨妙麗，推與過情。狠劣潦倒，豈所宜蒙？誦惟之餘，豈勝慚感。老嬾因循，久缺感謝，顧□不忘，數數記存。使人來，再蒙箋誨，重以多儀，領次益深悚恔。即審履兹炎夏，台候萬福爲慰。徵明老衰頽墮，百事廢置，待盡林間，無可爲高明道者。使還，草草奉覆。所委三峯圖，謹就附上。拙劣蕪謬，不足供千里一笑也。□□參展，臨紙不勝瞻遡，不宣。戊申六月望，徵明頓首再拜。穰梨館過眼續録卷五

致王明府

嘉貺駢蕃，雅意勤重，祇領感怍。使還，草草奉覆，容自面謝。徵明頓首上覆明府王先生執事。百爵齋藏歷代名人法書

致徐梅泉

徵明跧伏田里，與世未殺，於左右未有一日之雅。承不遠千里，專使惠問，寵以長牋，敍致敦款，推與過情。自惟不狀，何以堪此？拜辱之餘，殊深悚愓。伏承保障一方，翼以文治，風流雅尚，有足樂者。即日履兹深寒，起候安勝爲慰。徵明七十老人，待盡林間，百念荒落，乃無一事可以奉答雅情，愧負之至。所須草書，漫作數紙，拙惡陋劣，殊不足以副制府之意也。貺楮珍重，領次多感。瞻對末由，臨書不勝企竢，惟萬萬爲國自愛。徵明頓首再拜奉覆武略梅泉徐君戲下。夢園書畫録卷十五

致胡懋中

徵明頓首奉覆内翰懋中先生至孝苫次。徵明夙欽高誼，未遂瞻承。辱不鄙夷，特枉誨教，幣儀珍重，相與過情。自惟潦倒，豈所宜蒙？祗辱之餘，不勝慚感。委書先公墓文，區區拙書無法，不足傳遠。兼兹病瘍之餘，臂指拘攣，頗妨揮灑。顧遠意鄭重，不

能前却，彊勉登石，筆畫蕪謬，深愧再辱之意也。金翁還，草草奉覆。無階參展，臨紙不勝企竢。徵明頓首再拜。十一月廿又二日。墨蹟

致子永

歲暮冗併，坐逋尊委，重勤使人，不勝惶恐。旦晚稿成，即當呈似。使還，先此奉覆子永内翰先生侍史。徵明頓首再拜。臘月十二日。湘管齋寓賞編卷三

致東浦

華誕稱祝，徵明以事稽，不獲厠捧觴之後，殊用缺然。張宅姻事，如命令來嫗往覘之，已得其詳，嫗婦能自達。但張公擬在八月盡起程，事須趲前。所論行禮一節，豐儉適宜可也。料彼儒家，必不苦苦論財。羅公官帶閒住，代者蜀人王一言。又聞府公有爲民之事，已有見邸報者，想亦非妄。楊子器、林廷棉、楊庭議、劉武臣俱改侍講學士，併乞知之。文徵明頓首拜東浦先生侍史。左玉。倦舫法帖

按：此札與致妻父吴愈一書相同。但札中「張」姓，彼爲「袁」姓，此款「徵明」及「東浦」，彼款「璧」及「外舅」。此札存疑。

致尚之

謝湖（袁袠）

昨顧訪，怠慢，乃勞致謝，媿媿。領得石翁詩草，甚慰鄙念，感何可言！趙書今日陰翳，不能執筆，伺明爽乃可辦耳。人還，草草奉覆。諸遲面謝。徵明肅拜尚之尊親侍史。　松雪齋法書墨刻　寶巖集帖

承欲過臨，當掃齋以伺。若要補寫趙書，須上午爲佳。石田佳畫，拜貺，多感，容面謝。不悉。徵明頓首覆尚之尊兄侍史。　松雪齋法書墨刻

承佳作見教，多謝。老嬾未即成章，容他日奉報。徵明頓首尚之文學侍史。　故宫歷代法書全集

承尊體向安，爲慰。緣區區一向亦在病中，坐失候問，想不怪也。聞兒輩説，吾兄新購松雪桃花賦甚妙，憒憒中欲得一觀，幸封示以開鬱抱，萬萬。徵明再拜尚之文學尊兄。　故宫歷代法書全集

家叔患眼垂一月矣，百藥不效。聞吾兄所製甚良，敢求一匕治之，容自面謝。徵明頓首尚之尊兄侍史。初三日。故宫歷代法書全集

先兄之喪，重辱光送，未能走謝，耿耿。世説定本，領賜尤感。石翁册子，因忙未及有作，日晚稍間，即課呈也。使還，且此奉覆，不具。徵明頓首尚之先生尊親執事。故宫歷代法書全集

惠蟹非時，雅意勤重，珍領之餘，率此附謝。草草，不悉。徵明頓首尚之先生執事。故宫歷代法書全集

南還未及走慰，顧承佳賜，領次慚感。使還，草草奉覆，容自面謝。徵明肅拜尚之先生侍史。九月四日。故宫歷代法書全集

賤誕不敢受賀，顧佳貺珍重，愛不能却，謹已拜賜之辱。使還，奉覆草草。向擾，并謝。不宣。徵明頓首奉覆尚之尊親文學侍史。十一月廿五日。故宫歷代法書全集

榮還渴欲一晤，衰病未能奉候。顧承嘉禮，物意兼重，令人不敢當。拜辱之餘，不勝慚感。使還，草草附覆，容自面謝。不備。徵明頓首奉覆尚之先生尊親侍史。故宫歷代法書全集

承惠事茗墓文，拙文得附麗妙劄，增重多矣，謝謝。新刻二册，漫往請教。草草不

悉。徵明頓首謝湖先生。故宮歷代法書全集

闊別，耿耿。示觀新刻，甚佳； 伺卒業更當請教。使還，且此奉覆。徵明頓首謝湖先生至孝。故宮歷代法書全集

伏承嘉饋，物珍意重，領次慚感。適有客在坐，奉覆草草，容自面謝。徵明頓首謝湖先生尊兄。臘月十八日。故宮歷代法書全集

梓吴按原文如此領次多感。所委南山詩，旦晚具上也。逋慢之罪，别俟面請。徵明奉覆謝湖先生尊親侍史。故宮歷代法書全集

致補之（袁袞）

十七日，敬治卮酒，屈過小樓一敍，亦循洗泥之例耳。坐惟子任、禄之，更不速别客也。千萬賁臨。徵明頓首再拜補之試史親家先生。袁氏册印本

嘉貺珍重，祇領感怍。使還，草草奉覆。日來尊體想漸復，未能走問，輒此附承起居。時下陰寒，更祈加攝。徵明頓首再拜補之儀曹尊親侍史。日本博文堂本明賢尺牘

致與之（袁褒）

鯗魚新茗，領貺珍重。使還，草草附覆，容自面謝。徵明奉覆與之尊契。清歗閣帖

承惠韓集，極副所需，領次感荷，尚圖他報耳。使還，率此奉覆，不次。徵明上覆與之尊親侍史。日本博文堂本明賢尺牘

致繼之

榮行無以將敬，小扇拙作，聊見鄙情；小書粗絹同上，不足爲贐也，惟萬萬笑納。徵明再拜奉繼之奉常尊親侍史。八月十三日。有正書局本明代名賢手札墨蹟

榮行無以將意，小詩拙畫，聊爲行李之贈，不直一咲也。外粗葛一端，拙書四紙，奉充途中人事。別作得小楷一紙，奉供舟中清翫。草草，不悉。徵明頓首再拜繼之親家先生侍史。五月三日。有正書局本明代名賢手札墨蹟

兩日病冗，坐逋尊委，方此愧念；而嘉賜鼎來，領次不勝惶恐。使還，草草奉謝。

不次。徵明頓首奉覆繼之太學尊親侍史。有正書局本明代名賢手札墨蹟

致張蝦

舊得石田畫一幅，頗佳。念非君家高堂不稱，專人報奉。幸一笑留之。徵明頓首張蝦太學尊親侍史。八月十七。中華書局本名人尺牘墨寶

致民望

承惠香几，適副所乏，領次多謝。使還，草草奉覆。扇骨一事頗佳，輒附往，不足爲報也。徵明再拜民望尊親茂才。臨本墨蹟

致繁祉

比承慰弔，未及候謝。再領新茗之貺，益深慚感。使還，草草奉覆。不次。徵明肅

拜繁祉尊親侍史。　敬和堂帖

致懷東（顧存仁）

數拜多儀之辱，情意稠疊，令人不敢當，領次惶悚。所委，因日來忙併逋緩，旦夕稍間，即課上也。使還，且此奉覆，并申謝意。草草不悉。廿六日，眷生文徵明頓首拜懷東給諫親家先生執事。廿六日。　有正書局本明代名賢手札墨蹟

致希古

别來不審行李何日抵家，途中晴明，想跋涉無恙。隨聞夢晉南來，竟同行否？不得回信，甚令人懸念也。區區比日賓客牆進，應答紛然，飲食失調，遂得腹疾。却客兩日，稍稍平妥，然精神猶未復也。若得終場，即是大幸。歸期準在十六日，屈指計之，尚十有一日。空館蕭然，度日如歲，憒憒之情，非相面不能悉也。所煩書慧山詩，曾留意否？家書計已送去。適盛价回便，燈下草草附此。再有家書一緘，到時即煩令阿圓送

家下莫悮。相見不遠，諸不一一。八月五日，壁簡奉希古賢姪先輩。昨日提學出帖子，禁約遺才，不許在京打攪，間知之。令尊先生前不別具字，煩侍間道意。墨緣彙觀卷二

三希堂石渠寶笈法帖

致道復（陳淳）

欣賞集别部雜部計四、五册，煩檢借。陳湖幾時回？病中不承一顧，何耶？壁肅拜道復老弟。故宫歷代法書全集

西齋獨坐，有懷道復茂才，輒寄短句。按：七律，見卷第九簡陳道復五月廿二日，壁肅拜。元人墨迹卷發還，蘇詩裝得併付。商務印書館本明賢墨蹟

致錢叔寶（錢穀）

書曆一册，散曆三册，奉錢叔寶賢契收用。徵明肅拜。紅豆樹館書畫記卷二

致子傳（陸師道）

屢承佳貺，無以爲報，祇辱之餘，獨有感藏而已。南軒、方山二集已檢領，學山附上。不悉。徵明頓首子傳直閣道契。慈東費氏本明代名人尺牘墨蹟

上元佳節，不可虚擲。是日敬潔卮酒，請以未刻過臨一敍，小詩先意，庶幾不爽也。徵明詩帖子上子傳禮部侍史。十三日具。平泉書屋本文

按：七絶二首見補輯卷十四寄陸子傳

瘍勢比日稍損，然未能解脱。夜卧不安，兼苦舊逋迫促，情況殊惡。治内云云，都無頭緒。承記念諄諄，獨有感藏而已。發還蒙韻，董已檢領。不悉。徵明頓首子傳先生至孝。美術生活第三十八期

徵明墨寶

昨得乘間遊衍，亦是浮生半日之樂。明日若晴，更得繼踵勝踐也。所喻云云，即令人往訊可否，就令奉覆，不次。發來鐵網珊瑚二册，史記二册，董已檢領。珊瑚一册就上。徵明頓首記上子傳禮部侍史。三月二日。嚴小舫舊藏明賢翰墨册墨蹟

昨扇因忙中寫誤，不可用。今别買一扇具上，請重書原倡以寄。老衰謬妄，勿以爲

瀆也。徵明奉白子傳先生侍史。上海圖書館藏手札墨蹟

佳篇纍紙，捧讀健羨。自顧老懶，加之拙劣，何能追逐後塵耶？旦晚竚思，或得一二，却當奉答來辱之意。使還，先此附覆，草草不宣。徵明再拜子傳儀曹侍史。三月既望。故宫歷代法書全集

致子朗（朱朗）

不審所患面瘍，早來如何？不能躬詣，專人奉問。徵明拜手子朗賢弟。初三日。日本博文堂本明賢尺牘

今雨無事，請過我了一清債。試録送令郎看。徵明奉白子朗足下。日本博文堂本明賢尺牘

扇骨八把，每把裝面銀三分，共該二錢四分。又空面十個，煩裝骨，該銀四分，共奉銀三錢。煩就與幹當幹當。徵明奉白子朗足下。日本博文堂本明賢尺牘

致孔加（彭年）

奉邀明日陪泰泉學士虎丘一行，千萬不拒。泰泉舟在南洞子門，就可早來訪之。徵明肅拜孔加文學契家。吉雲居書畫録

昨奉候匆卒，不得盡所欲言。别後方切懷仰，而佳篇已至，捧讀感浣。重以臺饋，雅情珍重，所不敢當。使還，附謝。草草，諸遲面悉。徵明頓首孔加文學世契。吉雲居書畫録

區區錫山之行，五日返舍，碌碌不得暇。昨偶至天池，稍稍舒嘯半餉，頗懷左右。適承惠笋魚，領次慰謝。徵明肅拜孔加契友侍史。吉雲居書畫録

徵明與諸友，廿四日會君於魯仲處，薄展賀私，謹此奉告。至期，望屈尊一臨，慎無如向日徐氏之舉，令人敗興也。至懇至懇。徵明肅拜孔加文學。三月廿又三日。吉雲居書畫録

承珍饋，適有客在坐，得以共享盛意。感領之餘，率此敍謝，草草不次。徵明肅拜孔加文學世契。四月六日。吉雲居書畫録

適聞尊體違和，未得奉候，反承珍饋，愧感何如？使還，率爾奉覆。未間，惟加意將節。徵明肅復孔加茂學。四月既望。吉雲居書畫録

請即刻過我一敍，天暑路遥，望就命駕。兒輩旦夕出門，幸勿失此談笑也。徵明奉速孔加茂學。七月望。吉雲居書畫録

祗領珍饋，不勝慚感。子傳病未解，可憂也。區區疲曳，不能往候。足下有暇，試往問之。徵明肅拜孔加文學至契。八月廿六日。吉雲居書畫録

經時不面，耿耿。適得蘇帖，頗奇，請即過我一賞，就享糲飯，幸勿却也。專伺專伺。徵明肅拜孔加文學尊契。十月十日。吉雲居書畫録

明日請過徐氏園亭，同燕峯一敍。昨已面訂，并此奉速。徵明肅拜孔加文學契家。十一日具。吉雲居書畫録

明日請同仲貽太常石湖一行，望凌晨過我登舟，乏人再速也。徵明肅拜孔加文學尊契。十月廿四日。吉雲居書畫録

即日請過小齋茶話，且有小事相煩，幸毋以泥水自阻。立伺立伺。徵明肅拜孔加文學尊契。五月廿三日。吉雲居書畫録

新詩妙麗，足追大曆以前風度。但老驥躑躅，不能步躡後塵，如何如何？十八日性

空有約，當爲造往，亦不可虚其盛情也。專此覆孔加尊兄足下，徵明再拜。湘管齋寓賞編卷三

明日具炙雞絮酒，敬享令先大夫靈筵，先此奉告。徵明奉白孔加賢友大孝。十七日。敬和堂帖

致善卿 西樓（華時禎）

仙棹杭還，甚思一晤，不意就行也。承佳貺，多謝。人還，草草附覆，不悉。徵明上覆善卿賢契。石刻奉覽。澄觀樓法帖 平泉書屋本文徵明墨寶

惠茶適副所乏，領次知感。使還，草草奉覆。石刻一册漫往，不足爲報也。徵明肅拜善卿契家。臘月既望。澄觀樓法帖 平泉書屋本文徵明墨寶

南還未及奉面，顧承佳賜，足感□忘盛情。使還，草草奉覆。昨承鴻山惠問，相見幸道謝。徵明肅拜善卿契家。澄觀樓法帖

承惠新杭，又領手帨之貺，何留意如此？感謝感謝。徵明奉覆善卿賢友契家。七月廿又六日。澄觀樓法帖

上原缺四日間即具上，不更打遲局也。珍惠稠疊，領次慚悚。人還，草草奉覆。徵明頓首西樓尊兄契家。十三日。澄觀樓法帖

今歲欲舉小兒殯，不敢受賀，煖韡步履所須，不得辭也，破例登領。惶恐，感謝。徵明肅拜西樓契家。十一月二日。澄觀樓法帖

致陳茂才

承貺香櫞，抑何多耶？領次珍感。使還，草草上覆。向蒙顧訪，并謝。徵明肅拜陳茂才賢契。中華書局本名人尺牘墨寶

致東洋

入春來俗冗酬酢，日覺煩擾。偶思高齋玉蘭山茶盛開，擬明日奉拜，寄跡數日，聊以清吾耳目耳。先此敢達，諸遲面盡。徵明拜東洋賢契。式古堂書畫彙考書録卷廿七

致少溪

徵明久不聞問，頗切馳系。比歲李子成薄遊吳門，每談高雅，尤用企竦。適承惠教，兼示佳文，詞旨明潤，命意嚴正。捧讀之餘，益深健羡。首夏清和，審聞起候安勝爲慰。徵明今年七十有六，病疾侵尋，日老日憊。區區舊業，日益廢忘，媿於左右多矣。向委手卷，病嬾因循，至今不曾寫得，旦晚稍間，當課上也。使還，且此奉覆。再領佳幣，就此附謝。未間，惟若時自愛。徵明頓首再拜太學少溪尊兄侍史。經訓堂法帖

致董子元（董宜陽）

昨令親家朱象岡來，備知起居。但翰墨中人，乃有役事之擾，豈有司玉石不辨，乃至此乎？愛莫能助，如何如何？新詩數章，俟暇中録過呈覽。辱惠脆餅歙墨，附謝。徵明再拜子元董先生文學。燈後一日。湘管齋寓賞編卷三

致邦憲（朱察卿）

徵明入春來偶感小疾，比雖小差，而氣息惙惙未平，兼人事紛奪，不得稍閒。或時得近筆研，碌碌僅支目前，以是久逋尊委，重塵使人，不勝惶悚。一二日間以慶弔之故，尚欲吴江一行，過此却得幹當。使人暫令還宅，出月月半左側，尋便寄上，不敢久負也。示教高篇累紙，已入作者之域，捧讀健羨。再領佳貺，雅意稠疊，謝謝，無以云喻。不悉。徵明肅拜上覆邦憲文學尊契。二月十又八日。詩帖手札合册墨蹟　天香樓續刻

別後都不得左右去住消息，極用企思。忽承來教，知奉親居吴興，跋涉無恙爲慰。區區比來日益衰疾，屬有弟三子婦之喪，孤兒孤女，無所發付，送死存生，事緒百出，情悰可知。倭寇之擾，延及郡境，四門燒劫，慘不可言。死亡流離，蕭然滿目，有司不知存恤，惟有督併耳。近日士夫亦有他徙者，非獨避寇而已。區區困踣圍城中，憂心惙惙，不病亦病。八十老人，悔不前死，罹此荼苦也。示教諸詩，清新麗則，知流離困頓中，不廢問學。欣羨之餘，輒次子元夜話韻，以答雅意，併似子元，同發一笑。按：七律，見補輯卷第九次董子元夜話徵明頓首詩帖子上邦憲太學契家。會子元，望致意。昨蒙惠書，曾附

答數字，不審曾不徹覽？徵明又拜。七月廿三日。刀藥領貺，多謝。詩帖手札合册墨蹟

天香樓續刻

致幼于

仲予（張獻翼）

珍貺鼎來，雅意勤厚，祇辱之餘，不勝慚感。偶得冰梅丸數粒，輒奉將意，非所以爲報也。一笑，一笑。徵明肅拜幼于茂學尊契。張幼于刻帖拓本　經訓堂法帖

捧覽高篇，雅意勤重，足感眷愛之意。區區潦倒，何克以堪？老病侵尋，百事廢閣，未即攀和。祇辱之餘，獨有感藏而已。使還，奉覆草草。徵明肅拜。張幼于刻帖拓本

見惠犀杯，蓋舊製也。適有遠客在坐，當就試之，共飲盛德也。容面謝，不悉。徵明肅拜。張幼于刻帖拓本

古銅天鹿，適副文房之用，領貺珍感。但數塵雅意，不敢當耳。徵明肅覆。張幼于刻帖拓本

經時不面，耿耿。區區老病頹墮，承記存數數，問饋頻仍，領貺不勝慚感。使還，附謝，草草。徵明拜手。張幼于刻帖拓本

别久耿耿，聞避喧山寺，進學不倦。新春文候安勝爲慰。區區衰病如昨，無足道者。近詩往見鄙況。承佳饋，多謝。徵明詩帖子上幼于湘管作「仲予」文學至契。三月八日。張幼于刻帖拓本　湘管齋帖

今日玉蘭盛開，特請過我。俟課成即移玉，至囑至囑。徵明肅拜仲舉茂才。清歗閣藏帖

致子正

向承惠問，再領佳賜，雅意勤惓，足感不忘老朽也。人還，草草敍謝。承尊恙未痊，惟佳意將節。徵明肅拜子正賢契。八月十三日。故宫歷代法書全集

致文學

經時不面，良用耿耿。新茗佳甚，登領之餘，不勝感荷，又一見不忘老□之意也。使還，草草奉覆，容自致謝。不悉。徵明肅拜文學賢契侍史。三月既望。穰梨館雲烟過

眼録卷十九

致民玄

明日請過寒寓一坐，就享糲飯。若有小雨，當以馬奉迎，幸勿以泥水爲辭也。徵明頓首民玄太學賢契。廿五日。

穰梨館雲烟過眼録卷十九

致啟之

蓮、芡皆佳品，領貺珍感。向委寫除夕詩，因稿簿失去，不及具上。旦晚尋得，即録奉也。使還，且此附覆。徵明肅拜啟之茂學。

故宫歷代法書全集

致心秋

使至得書，兼承雅貺，審冬來文候安勝爲慰。區區潦倒如昨，無可道者。付來佳楮，索拙筆者，一何多耶？草草具上，不足觀也。不悉。徵明肅拜心秋文學契家。計奉還畫册一幅，横卷雜書二幅，大書一幅，大小單條四幅。明清畫苑尺牘

致世村

承示三畫并佳，而雪雁尤妙，仲穆教子圖亦可觀，當以善價購之。昨示馬文璧雲山，價可一兩之上，二兩之間，過此不必收也。草草奉覆，不次。徵明奉覆世村鄉兄。十月晦。日本博文堂本明賢尺牘

致用正

昨來兩遣人奉候，皆不得見。所告荆婦病緣，想悉之矣。儻得乘早涼過我一視，尤出望外也。顒俟顒俟。徵明再拜侍醫用正先生。初五日。淮安周氏本明代名人墨寶

致蝸隱

荆婦服藥後，痛勢頓減六七。雖時時一發，然比前已緩，但胸膈不寬，殊悶悶耳。專人奉告，乞詳證□藥調理。干聒，不罪不罪。作扇就上。徵明頓首再拜蝸隱先生侍史。紅豆樹館書畫記

致存□

荆婦右足外踝忽然作痛，痛不可忍，亦微微紅腫。左足面亦然。專人奉告，乞賜少藥敷治。疊疊打攪，不勝惶恐。徵明再拜存□先生侍史。八月廿二。百爵齋藏歷代名人法書

致石泉

毛中舍來，得手書，且領寫生妙筆，珍感珍感。承欲北來，不知當在何時？此間交遊諸公，望之如渴，千萬早爲命駕也。弟圖歸不遂，今復爲史事黏帶，歸期未卜。行李若來，當能爲北道主也。此有陳石亭侍講者，好事而多情，必能爲君，決不至相負也。毛君還便，草草奉覆，餘面悉。徵明頓首石泉先生足下。　明尺牘墨華

致章簡甫（章文）

屢屢遣人，無處相覓，可恨可恨。所煩研匣，今四年矣。區區八十三歲矣，安能久相待也。前番付銀一錢五分，近又一錢，不審更要幾何？寫來補奉，不負不負。徵明白事章簡甫足下。　敬和堂帖

向期研匣，初三準有，今又過一日矣，不審竟復何如。何家碑上數字，望那忙一完，渠家見有人在此，要載回也。墓表一通，亦要區區寫，不審簡甫有暇刻否？如不暇，却

屬他人也。徵明奉白簡甫足下。　敬和堂帖

致沈文和

有小畫煩君一全，望撥冗見過，千萬千萬。徵明肅拜文和足下。十一月二日。

尊目不能遣悶，反承佳餽，愧感何如。秋林文字，因比來多事，不曾做得。向時石川所作事狀，可煩再抄一紙來。徵明肅拜沈文和賢契。　故宮歷代法書全集

故宮歷代法書全集

致半雲

佳餽珍重，領次多感。使還，草草奉覆，容自面謝。徵明再拜半雲老師法席。　故宮歷代法書全集

區區近苦疥癢，日夕爬搔，眠食都廢，不可奈何。十香膏望惠幾丸，幸勿靳也。小扇拙筆將意，不足爲報也。徵明拜瀆半雲老師法席。　故宮歷代法書全集

病冗相併，久負尊委，數勞惠問，愧愧。旦晚稍間，即課上也。饋筍多謝。徵明奉覆半雲老師。四月十八日。故宮歷代法書全集

致雙梧（玄妙觀道士）

昨來溷煩廚傳，且得縱覽諸勝，亦一快事。暮歸尋繹，次第得鄙言數，録上請教。儻有可觀，當書寄諸房也。按：詩爲閏正月十一日遊玄妙觀七絶七首，見卷第十五徵明頓首詩帖上雙梧先生。魯、諸二君及賢郎不復更具，想同一噴飯也。商務印書館本文衡山自書詩稿

致子美（王曰都）

前吴復去，曾寄一書，想已收得。此月初二日得見吾壻六月廿日所寄家書，知旅次瑣瑣，頗不得僮僕之力，且有意外之累，此亦是命運所際，只得且忍耐。聞有良醫之選，此雖小就，然艱難之際，得了前件亦好。二姐一向在此，昨暫回家一看，不久又來。家事不必掛意。但應求及小郎皆病，小郎似有疳積之症，多得錢應鳴旦晚看視服藥，便中

可作數字謝之。兩兒及仲義皆得入試。仲義因訪案被責，有不善處變之目，然亦不妨其入試也。曰來縣中雖考，不曾得與臺試，故不得入學。八月三日，老舅徵明書奉。

故宮歷代法書全集

比來數收書問，備悉彼中況味。良醫事既不就緒，且耐心守候。此雖小小出處，諒亦有數，不必計也。潘人寄物竟不到，可笑。畫已作得八幅，付補之帶去。補之行，余適有溧陽之行，故不及作書，想已檢收。要扇十柄，該銀一兩二錢，適區區無銀在手，一時不曾辦得，續後并二畫寄來也。今寄張崑崙扇一柄，亦是草草展限耳，別當作一畫奉寄，決不食言。適張道輔見過，說明日便行，草草寄平安信。二姐家書就往。臘月十六日，徵明書奉子美賢倩。

尺牘墨蹟

一向不得書，懸懸然；每從二姐處得京中消息，知在彼平安，且生意略通，甚慰。二姐比來常在家，不勞掛念。惟是小郎多疾，應求頑劣，不免憂勞耳。區區老夫婦藉芘粗適，雖時時小疾，三好兩歉，亦無大害。兩兒應試尚未行，喜得張延僖乃郎亦在應試之列。朋友中，惟金元賓不利，想亦時未至耳。兩月前，慈谿錢序班行，曾託寄一書，并寄黃庭經、拙政園記各一册，想已收得。今再送拙政園兩紙，因吳復陸行，不能帶裝本也。劉時服、陳良器、徐民則相繼物故，可傷。七月十二日，徵明拜手子美賢婿足下。

適有衡人之便，欲搨得墓文三兩通，附寄李公。須今晚明早爲妙，就煩上覆簡甫，勉强作成此事，感德不淺也。懇懇。徵明奉白子美賢婿足下。六月晦日。尺牘墨蹟

今日請過山房，同九逵諸君一敍，想不外也。徵明速子美賢甥。尺牘墨蹟

少頃同竹堂一行。徵明白事子美賢婿。尺牘墨蹟

午間請過小樓，同沈子羽喫飯。來時得就往拉之，甚妙。徵明肅拜子美賢甥。尺牘墨蹟

向晚説脛骨酸痛，是血衰之故，所言甚有理。日來轉劇，不知何以治之？得暇過我一視。或雨濕不能出，且望以藥來。徵明肅白子美賢甥。十月十二日。尺牘墨蹟

午間請過我，同子寅一敍，勿外勿外。徵明奉白子美賢甥。五月朔。尺牘墨蹟

老荆夜來腹稍寬平，請過一視。前藥已服盡，就帶兩貼來。徵明奉白子美賢婿。廿五日。尺牘墨蹟

午間過此，同袁、楊二君一敍。徵明奉白子美賢婿。尺牘墨蹟

病者胸膈已寬，洩瀉亦止，但咳嗽不解，夜來通夕不寧。可來此一視，專伺專伺。徵明奉白子美賢婿。尺牘墨蹟

付彭嘉（文彭、文嘉）

數日前，英山張學諭去便，曾附一書，不審收得否？爾後兩次得寄與三郎信，悉知彼中消息。且場中雖雨，不甚寒，得文字了當，可喜。汝曹但得終場，甚幸。若中否自有定數，不必介意。聞主司留難諸生，亦是好意。想無間可歸，即遲遲不妨也。我患齒疾，近已平復。又苦瘡腫，近亦漸漸向安。汝母舊疾時時發作，比來半眠半坐，亦無大害也。前書所要買書，無閒錢，且不必買罷。適聞石民望明日早行，略寄此信。歸時勿從江行，蓋此時多有風信，千萬勿犯此險也。石亭爲我上覆，因病嬾作書，勿怪勿怪。八月十七日，徵明按：乃是花押付彭、嘉。故宮歷代法書全集

比自得南京寄來一信後，再無一書，家中消息，杳然不知。我在此大小俱各平安，二姐又生得一子。曰都事在此行勘，想亦可成，然亦甚難也。此間各處災異頗多，三邊亦小驚。我歸興頗切，而當道方以格律錮人，謂非七十不得致仕，非病危不得請告。不知陶淵明、錢若水在今日，當得何罪，可發一笑也。所幸立法雖嚴，而守法不固，數日來稍稍有引去者矣。繩武已得旨給假省親，渠說在初六日行，遠亦不出初十內也。兹因

洪户部監兄之便，略此附信，餘待繩武歸再報也。外寄回小録一封，可收看，别一封寄大房二姪，可便送與。淛江者想自有，不寄去也。十一月朔，平安信付彭、嘉。有正書局本沈文墨蹟合璧

付三姐

付去白銀五錢，因兩日有事，不能多也。好葛布一匹，文化可自用。我此間點心有餘，今後不勞費心，千萬千萬。手札墨蹟

無款

憂病中遠近故舊，類不敢通問。靈偃至，辱手教存慰。兼責以無書啟，罪何能辭？悚息悚息。承喻進退之節，誠然君子先事知幾之美，具仰具仰。古之人仕止久速，惟于義而已。毁譽得喪，何所與於我乎？山林養静，執事自得之樂多矣。□病之人，且未敢請問。靈偃告歸，伏枕草草，莫既傾想。白湖時相見，并道意，無次。令郎不及别具，過

庭之次，幸叱名道意。徵明告。八月廿四日。餘素。有正書局本明代名賢手札墨蹟

午前偶與界川行，遂至定慧庵，故失候從老，悵悵。如兄過彼齋頭，道懷，感感。徵明頓首。國學保存會本明賢名翰合册

備得小□，僅寫得一文，窗已昏黑，竟不終楮，可笑。區區大書本拙，而來楮苦薄易湮，益增醜劣，如何如何。日本博文堂本明賢尺牘

承寄惠王約齋書物，謹已登領。比緣失足敗面，不能候見，敢此附謝。徵明頓首奉覆。我川寓賞編

徵明頓首。辱書，承文候安勝爲慰。且領高篇累紙，捧讀之餘，知領郡多暇，江山清遠，文酒讌閒，足以自適。但高才雅望，久滯荒遠，不能不使人耿耿耳。徵明還家，已再易歲朔，閒居頗亦成趣。惟是多病廢學，日益頹惰，有負初心，如何如何？向委拙筆，坐嬾逋慢，稍間即爲幹當，不敢終負也。人還，草草附覆，未間，惟若時保嗇，以迓下缺

尺牘墨蹟

春齋壽詩已成，可付軸來寫。如不用，區區當自寫去。徵明白。尺牘墨蹟

昨期朱氏會葬，甚感雅意。適杜子鐘亦來見招，亦云：「與君有期。」若君未曾治舟，當移作十八日李氏主人，如何？或已備辦，乞見報，却得辭杜意也。徵明頓首。

徵明比來，賤體日漸向安。望日謁祠，略能拜起，皆託尊芘也。承専使惠問，且有新杭之餽，□十老人，未死餘生，又一番嘗新矣。荷荷無以云喻。彼此多故，經時不面，懷極耿耿。安得短棹扁舟，樽酒從容，弄月梁溪之上，笑談數日，以極暮年之懽也。百爵齋藏歷代名人法書

牛脯區區所嗜，但醫家特禁此味。祇辱佳惠，但有感恩而已。人還，附謝。草草。百爵齋藏歷代名人法書

徵明頓首。百爵齋藏歷代名人法書

所委師山圖，前雙江曾爲置素，病冗未能即辦。昨寄吴綾，不可設色，却以前素寫上。不知「師山」命名之意，漫爾塗抹，不審得副來辱之意否？拙詩坐是不敢漫作，便中示知，別當課呈也。不悉。故宫歷代法書全集

文徵明集補輯卷第二十八

傳 二首

王宜人家傳

王宜人翁氏，故武定軍民府同知王公介之妻，今松江府推官鏜之母也。世爲閩之侯官人。祖晏，仕爲廣東按察司副使。父世用，績溪訓導。宜人少聰朗，受學家庭，通經史大義，勤約婉順，鍾愛於父祖。時武定父鑛卒官應天訓導，家無資遺，而武定貧苦績學，按察公父子特賢愛之，遂俾宜人以歸。兩家皆儒宗，婿婦各得所擇。或言王單竭非偶，績溪笑曰：「豈有美如王氏子，而終困窮者乎？」其後武定起高科，歷仕州縣，爲時顯人；而宜人亦儷以有稱，如績溪言。

宜人之初歸也，事其姑胡夫人，孝敬無違。姑亡，事伯姒甘宜人如胡。胡、甘皆譽其賢，爲武定賀。武定自婺源校官歷宰咸寧、江夏，起倅廣州，守全州，咸以宜人行。武定所至，擿括隱伏，抑强振惠，而性頗嚴急。或退自公，猶怒形於色，宜人必婉言諷之。嘗謂曰：「爲人父母，而任情自用，横怒之下，得無有不獲其情者乎？」武定懼然異之，每爲之戒戢。居嘗導誘子女，抱哺具訓，不忘義方。嘗撫孤姪若甥，皆抵成立，雖出武定教詔，而宜人字育之功爲多。至待庶孽，更加矜覆，或陷於縱弛，而宜人不失爲慈也。宜人素性仁隱，不事刻核，不爲物忤。雖童奴下走，未嘗輒肆譴何，有過戒厲而已。然人服其誠悃，循循式訓，門庭蕭寂，不聞譁擾，歲時伏臘，罔有缺佚；賓祭問遺，往往不戒而具。挈長裨短，不使武定知有門内之事。武定仕久益貧，或不堪其憂；宜人曰：「崔母不云：貧乏不能存，此是好消息。吾何恨乎？」其安貧樂義，於武定良有助焉。故其亡也，武定深切悼之，曰：「往吾隨牒四方，汩没官簿，不知有其家。及今藐然瘝孑，靡密錯綜，日以困塞，乃然後知吾妻之賢之不可得也。」嗚呼傷哉！

宜人生子三人：長釜，次錡，次即鏜。庶子一人鈞。女二人。宜人年五十有四，卒於正德辛巳八月廿又一日。明年壬午，武定繼卒，是爲嘉靖改元八月廿又二日也。越十有四年乙未，鏜舉進士，仕爲今官云。

太史氏曰：易稱夫夫婦婦，而家道正，正家而天下定矣。是故先王之治，必本於關雎、麟趾，而葛覃、采蘋，國風所爲詠嘆也。夫以霍子孟忠勤慎飭，勳名塞天，一不制於霍顯，遂以塗敗；而況其下者乎？觀武定公之持廉守貞，所在著聲，有足尚已。然非宜人之安貧樂義，則鮮衣麗食，侈以肆志，不爲所累者寡矣。若其操誠以化家，婉德以成子，而因事諷切，以裨益良人；是其純明懿美，又有出於尋常賢婦人之上者。然則可以無傳乎？因私列之，以示其後人。詩文稿

顧賢婦家傳

顧賢婦劉氏，松江上海人。世衣纓家。父兆元，舉於鄉，爲時名士。娶瞿氏。以正德庚辰正月十有二日生賢婦。娟麗若淑，慧而有儀。能言，即知孝戀。祖汀，倅宜亭，公奇愛之。宜亭卒，婦甫四齡，哀慕不食，喪之若成人。稍長，開解異常，纘紉組繡，不習而能；尤閑於禮度。年十六，歸同邑顧氏，爲邑諸生從德之配。從德家殷盛，雅多弟昆，家衆雜襲。婦在娣姒間，仰承下受，和而有辨。事其舅若姑，尤極恭順。與從德處，賓敬弗違。從德綴學事進取，不遑他務。門内之事，並賢婦

操之。靡密斟度，莫不得宜，而靖慎不擾，一不以溷從德。從德夜讀，則具果餌，供茗飲，以節其勞。或執箴黹，與相參耦以爲常。間訪所接納，或非其人，則從旁竊嘆，示有所警也。見議人短長，則曰：「揜人之失，德之厚也。」從德雅尚博綜，游以詞藝，嗜古圖史及古器物，往往併金懸購。得之，則摩撫諦玩，喜見顔色。婦曰：「君好古人之蹟，亦能師古人行事乎？」從德不覺自失，乃益從事道真，至於寡與慎言，亦自謂於賢婦有得也。惟其警辨不煩，能巽言規誨，往往納之軌道，而能使有所不知如此。性仁隱，尤篤宗親。李氏四姑守節死，遺孤汝孝藐然，賢婦取而育之，字復如子。比長，從德欲子之。婦不可。曰：「果爾，姑不祀矣。」其正而有識又如此。素稟纖弱，不任勞頓。歲庚子六月，舉一子，既娩而病。病且革，知不可起，呼從德與之訣，意極淒惋。從德慰解之，曰：「汝即有不諱，汝子在，吾終不復議他姓已。」婦已瞑，復甦。曰：「君上有父母之養，下有宗祀之託，何得以我故，爲此言以重吾過？」既而決其姑及其父母。雖氣息僅屬，而所言皆依於道，不少潰亂。竟以是歲七月九日卒，年僅二十有一。嗚呼傷哉！先是數月，婦臨鏡，誤觸而墮，鏡壞，自以爲不祥，心悒悒不自得；及是，復夢鏡而絕。嗚呼！豈亦有數耶？

文子曰：余讀列女傳有曰：「惟若賢明，廉正以方，動作有節，言成文章。」又曰：

「惟若仁知，豫識難易，歸義從安，危險必避。」觀顧賢婦之事，其古賢明仁智之流亞耶？女史失職，婦人之行，往往不聞於世。余得其事，因私列之以傳。墨蹟

壽藏銘　一首

太學上舍生陸君思寧壽藏銘

往余隸業學官，會同志之士，脩業結課。陸君子徵年甚少，志甚鋭，爲文麗則，而必傅於理，余奇愛之。同時若周高安振之，錢太常元抑，皆老於場屋，名能知人，咸許其得雋，一時聲名甚籍。其仲氏子潛，藝業宏偉，與相曹耦。媲聲儷跡，蔚然競爽。然子徵試有司，數不利。援例入太學。一時太學知名之士，咸讓能焉。祭酒司業而下，咸許其文必在科第之選。居數年，再試再不利。而子潛乃褎然以春秋魁鄉解，繼魁南省，入翰林，列官禁近，聲名一日動朝野。而子徵骫髒摧抑，侵尋艾衰，其意則既惓矣。乃嘆曰：「吾其可以已乎！」遂棄舉子業，不復以仕進爲意。然雅性喜學，既罷試家居，益務博綜。羣經子史，搜獵靡遺，有所得，輒手自劄記，積二十年，所爲書若干卷，考核辨正，

多所發明。稍出其緒餘，以淑諸子，子本枝遂舉庚子鄉試。君喜，乃益自放以佚，日從親友過從讌遊。佳時勝日，縱浪山水間，雅歌暢飲，怡然自適。及是年七十，築壽藏於某山某原。曰：「吾他日獲舉手足歸全於是，吾無恨矣。」於戲！達哉！

子徵名煥，世爲蘇之長洲人。高祖某，曾祖某。祖某，以仲子貴，贈某官。考諱應賓，號如隱。母胡氏，故山西參議胡公諱琮之女。胡無子，故如隱館於胡，而子徵生於胡。胡公喜其韶秀，又嘗挑試所業，謂必能成吾宅相，字之曰思寧。子徵因以自號，而別字子徵。子徵賦性若淑，少無童習。稍長，從師授經，即能尋繹探竟，質義擄文，卓見端緒。既隸學官，益精進靡懈，手披口吟，未嘗舍所業以遊。淬勵勤苦，期有以自達，而迄不售以老，惜哉！

子徵靖共夷易，不設城府，恬静安舒，不爲饕誠。家事靡密，貨泉流輸，一無所問。家人知其志，亦未嘗關白以事。不纓於情，不累於物，是非曲直，榮辱升沉，不以介意。其弟子潛嘗稱之曰：「吾兄悃愊忠恕，待物以誠，凡世之機變佻巧，忮忍媢嫉，非惟不屑，亦所不能。」蓋實録云。

子徵生成化甲辰二月十有一日，今嘉靖乙卯，年七十有二矣。配張氏，有賢行，別有紀載。子男三人：長即本枝，次培枝，次翹枝，俱太學生。女一人，適工部主事查轡光。孫男幾人，女幾人。銘曰：

新宫潭潭，青松丸丸；既固既完，亦兀以安。誰其作之？陸君孔碩；匪歸則全，亦貞厥德。有奕陸君，績學富文，弗弛維勤，燁其有聞。豈無仕資？弗□攸利，亶厄于時，言肆厥志。志如之何？枕經籍書；探厥奥區，味道之腴。有奕陸君，靖共好嘉，下帷發藻，其書滿家。古亦有言，不試故藝，彼榮其禄，我安吾義。我義斯將，我道斯光，尚千百禩，孰永以臧。詩文稿

合葬銘 二首

袁府君夫婦合葬銘 有敍

嘉靖九年庚寅，袁府君與其配韓孺人相繼卒。明年辛卯十二月十又七日，合葬寶華山先塋。於是其子袞，奉其友王寵所爲狀來乞銘。

按狀：袁氏世吴人。國初有諱政字文理者，從學俞貞木先生，以薦起家，歷湘陰典史，遂安知縣，所至有惠政，事載郡志。其弟端，仕終兵部員外郎，府君其後也。府君

諱鼒，字臣器，別號方齋。曾祖以寧，祖琮。父諱敬，娶俞氏，生慶符教諭鼎，而府君實出於趙。父亡，獨與母弟鼐，奉趙以居。于時年甫弱冠，家既單竭，復遭憫凶，能掇拾化治，以造厥家。又任其智能，排解侵侮，久遂靖敉，而家益昌大。所居闤闠，列肆櫛比，角逐紛鬨惟其常；而府君獨文雅自將，雖在廛井，而不忘佔畢，益懸金購書，以迪諸子。治別第，禮延四方名勝，與相周旋。屋廬靚深，圖史充列，羣從子姓，雅遊麗澤，已皆漸漬有成。袁氏自遂安以後，百餘年無仕者。慶符雖仕，不顯。至是諸子繼起科第，升庠校，彬彬輩出。又皆以文行著聲，閈閎奕燁，視其先不啻過之，實自府君發之也。府君慷慨急義，言論纚纚。好面折人過，不堪其言者或懟之，而府君不恤也。府君卒年六十有三，卒之日爲五月二十有三。

孺人韓氏，故德州同知彥哲之女。母蔣氏。笄而歸於袁，媲德儷義，協於袁宗。府君事母極孝，色養弗違。與弟同居四十年，白首怡愉，無有間隙。雖族屬紛衍，而閨庭雍如，皆孺人之爲也。孺人素羸多疾，會府君病瘍，憂懸加劇，竟前府君卒，實二月十有七日也，年六十有六。

子男二人：長即袞，舉戊子鄉貢，娶盧氏。次褒，吳縣學生，娶陳氏。女四人：適周孝、沈山、范相，其一未行。孫男二人：夢麟、夢鯉。女二人。府君嘗試吏爲崑山醫學訓科，今書府君而不以官，示非其志也。銘曰：

吳西市區肆櫛列，布泉流輸競乾没。有賢一人秀而傑，賈服儒趨謝猥黠。履貞推誠義揭揭，易駔而文懋先烈。諸昆翩聯閈閎燁，在中雍雍睿而哲。孰其儀之婦攸協。胡斯弗延乃駢折，緊車之傾輻斯脱。寶華蒼蒼奠雙穴，偕斯藏兮劍輝匣。蔬香館法帖袁氏册

顧府君夫婦合葬銘 有敍

常熟顧府君之卒也，其配張碩人實已前死，乃戊戌九月廿又六日，合葬虞山寶巖灣之新阡。於是其子庸等奉其從父鄉進士渾所爲狀來乞銘。

顧氏其先汴人，從宋渡江，遂留居吳中，自郡城徙常熟，占數縣治之西，世以高貲長鄉賦。元之俶世，有諱士皋者，生三子，並英毅特達，長雄一時。而少子文忠，尤激卬有爲。已乃悉斂豪習，而從事檢押，選耎自藏，泯無所見。及高皇御極，以法制翦除豪右，一時大家鉅族，死徙殆盡，而顧氏獨無所罹；蓋文忠於此有先見云。文忠生仲俊。仲俊生宣，號永咸，始以文學知名，府君之父也。

府君諱右，字相之。生而若淑，而中以坦夷。不能射時高下，故不知世有駔儈紛競之事。家居事親之外，優遊以怡，雖家人子弟，未嘗督過之。生事靡密，一無所問，既而二親繼亡，薦遭家難，家日益落，而府君任情蕭散，亦未始以窘薄置憂。晚歲，諸子賢而有立，稍復其始。而諸孫彬彬，多以文學起家，咸克振植。府君於是益無所事事，曰：「吾惟拙於生事，故得以自逸如此。」因闢一室，署曰拙逸，自稱拙逸叟，日與賓友燕遊其中。壺觴在前，棋局傍臨，悠然自適，竟以是終其身。碩人張氏，同邑張孟和之女。歸顧，及事其舅姑。姑錢，卧病累年，碩人捧持維至。起居服餌，舉身親之，未嘗自逸以委勞於人。府君昆弟七人，娣姒羣居，諴睦無間。既府君寄心事外，事靡細大，並操自碩人，斟度維宜，罔有譽數。其於府君，不獨助成而已。初，碩人少孤，養於舅父御史唐公尚虞。教育資送，不殊所生，故碩人喪之亦如其所生云。

府君生天順辛巳正月廿又四日，卒嘉靖戊戌六月廿又一日，享年七十有八。碩人生成化丙戌二月四日，卒嘉靖丁酉七月十又一日，享年七十有二。子男三人：長即庸，娶高氏；次廩，娶衛氏；又次康，娶吴氏。女一人，適王慎之。孫男七人：增、培、堦、堅、墨、壆、埰。增早卒，培、堦、堅皆文學弟子員。孫女七人。其四適樊賢、許邦、繆黼、陸尚賢，餘幼。銘曰：

世降俗靡，物競以澆，曾德罔脩，而利斯饕。有逸者翁，抱貞用拙，人誚以顛，我行其怯。其怯惟何？德攸孔仁。卒復用殷，子孫振振。温温碩人，在中匪匱，既勤有家，亦恭而懿。維懿弗愆，協于中閨；雝雝其德，肅肅其儀。有攸維貞，言式于教；有事斯親，孰則匪孝？維孝維恭，維家之始；豈相則庸，實垂之祉。婦垂之祉，夫德用休，媲休儷德，實維好逑。虞山蒼蒼，寶巖其鬱；維千斯年，偕此玄宅。手稿

文徵明集補輯卷第二十九

墓志銘一　十首

明故黄君仲廣墓志銘

出吴閶門，迤月城而南，當商貨孔道，五民薄城而居。列肆櫛比，人習市儈，操奇贏以爲常。黄氏居之，雖事乾没，而務本力業，世稱善富。至仲廣君益植德好修，與其兄仲輝生分而復合，僇力生事，敝而復興。又依於禮義，勗其子以文顯，而黄氏隱然爲士族。晚歲，業不加拓，而家聲藹然，君子蓋不以此而易彼也。

君諱昊，其字仲廣，號蒙谿。曾祖德銘，祖景賢，父廷用。母李氏。君悃愊愿謹，履行純至，兄弟聚處三十年，靡有間隙。親殁，久而能思。又能推誠待物，質而無忤。獨畏惡公府，里有庸調，往往靡財踐更，曰：「吾終不以是喪吾羞惡心也。」故終歲未嘗一至縣庭。尤習儉素，居聲色麗靡中，布衣糲食，泊如也。雅善餘飲，然非讌享不至醉。晚益韜斂，晝遊夜息，寂無所營。正德十三年戊寅二月廿又三日，無疾而卒，年六十又七。娶顧氏。子男四人：紋，縣學生；次繪，次組，次約。女二人，適蔣存智、喻敎。孫男九人，女七人，曾孫男一人。紋等以卒之又明年庚辰正月八日，葬吳縣花園山之新阡。銘曰：

是維黃君之宮。花園嶐嶐，太湖瀜瀜。後千萬年無有窮。西泠印社本墓志墨蹟二種

王隱君墓志

長洲之野，有隱君王處士，諱淶，字浚之，茗醉其別號也。家世耕讀，因其所居，稱荻溪王氏。處士自少軒然出羣，磊落不凡。長益好學，自經傳百氏，務爲遍覽。尤熟於史，凡先代得失興衰，融貫於心。對客談辯，如懸河倒瀉，而無滯也。三吳縉紳，咸與交遊。宅鄰於湖中，畜圖書萬卷，竹爐茶竈，日與白石翁、祝京兆諸名流詠吟其中。人望之，如元龍百尺，可仰而不可即。於出處間，泊如也。性好啜茗，客至，捉麈而談，令人

解頤。或放舟湖上，嘯傲烟波間。時時賦詩繪圖寄興。郡守胡君可泉舉經明行修，處士力辭乃已。晚益韜晦，不入城市，遂隱終身。生天順己卯七月十四日，春秋七十。卒於嘉靖戊子十一月二十八日。娶劉氏。克葬有期，乃婿翁慶良持狀乞余志。余與翁善，弗獲辭焉，書此以著處士隱節，以識余感耳。相城小志

薛文時甫墓志銘

鄞有清修篤學之士，曰薛君文時，與其弟文明，同遊學官。媲聲儷蹟，蔚爲時英，然試有司輒不利。已而文明升太學，旋登仕籍，出通判梧州府，而君則既死久矣。嗚呼！豈不有命邪？初君以所學教授吴門，吾友沈禹文實從之遊，嘗爲余道其爲人之詳。及是葬，以其子晨來謁銘。

薛氏河東望族，晉永嘉之亂，始祖推，自蒲徙江陰。有諱遂者，又自江陰徙澥。遂若干傳曰芳，實始居鄞。其後唐及維，皆以行義著稱，再世旌門。而衡州守朋龜，淮東安撫使居實，相繼登朝，益顯以大。歷元至國朝，宦牒弗翦。高祖裀，舉賢良，仕洪武中爲郡醫學正科。裀生縣學生服穮。服穮生灤州守穰。穰生承事郎魁，君之父也。

君諱淋，文時其字，號曰沃泉。生而樸茂，長益靖真，明慧知學。從經師授易，即能領解。已又學於余太史子華，頗聞性命之旨。涵濡之久，造詣益深，視世俗之學，若所不屑。而窮研之餘，理明詞暢，見諸論著，光潔秀潤，時稱合作。然君不以爲至也，而惟踐履自力。事其父承事公，能順之于道。承事雅多昆弟，而性又彊執，或有紛競，君彌縫調護，久皆誠睦。母董被疾，宛轉牀褥者累年，君問醫請禱，昕夕靡寧。會當赴試𣶏省，亟謝不欲行，有司爲勸駕，且歆以榮願，卒辭不可，曰：「人子以親安爲樂，即忝名第，亦外事耳，終不以此易彼也。」母卒，哀毁蹎蹶，幾於滅性。治喪有禮，終三年不御酒肉，不內處。與弟文明，自相師友，推食共衣，怡愉無間。一妹適李維勤，早寡，無子，君憐恤維至。所居去妹數里，日一往視，更數年不衰，字其孤女如女。至族屬中外，緩急有求，必委曲赴之，曾無系悋。先配任氏，早卒，繼室以周，皆有賢行。閨門雍肅，刑家之道裕如也。始任卒時，君年尚少，即不欲更娶。母以承祀詔之，猶遲遲數年，强而後婚。蓋其守禮執義，於倫誼至篤也。其友蔣九華嘗稱之曰：「文時温沉似叔度，方執似魏桓，孝友似伯淳。」人以爲實録云。

君生弘治己酉十月廿又八日，卒嘉靖庚寅二月廿又二日，享年四十有二。子男四人：長即晨，郡學生，娶孫氏，任出。次旦，娶張氏。次旻，出後弟涵，娶周氏。次易，尚幼。女一人，字郡學生朱應樞，俱周出。孫男一人，選。女二人。卒之年十二月廿又四日，葬清道鄉板橋先塋，任氏祔。銘曰：

維篤。薛維姬姓，望於河東；有來自蒲，爲鄞碩宗。維孝友恭，言協於族，再世旌門，弗蓢攸有克。繄篤斯厚，簪纓繼承，匪榮則夸，德焉繩繩。有卓文時，弗忝維碩，既貞用明，乃家，迺雍以肅。何以克斯？曰忝而孝；孰則匪承，言順于道。其道維何？温恭靖穆，刑厥有于王，施于有政。浮英湛德，游於道真；匪無仕資，不利于賓。有卓文時，厄於時命，弗賓迺孝迺恭，弗隕厥世。豈不爲政？命乃在天。胡畀之德，而閼其年！年則不永，厥志斯墜；板橋之原，鬱兹佳城；我銘攸藏，尚後有徵。

拓本

石沖庵墓志銘

吴俗麗靡，喜任智能，以猥黠牟大利。業稍增羨，輒驕盈自恣。綺繻鼎食，以相取下；而逐末之家爲甚。石翁宗大，自其父以紵縞起家，至翁益裕，而其業亦益振。冠帶衣履，殆徧天下。一時言織文者，必推之。以是布泉流輸，貲緡增殖，幾埒素封；而翁被服食飲，曾不有異。縮斂退託，如不能有爲。視他人役智懷諼，自以爲有得，曳纖策肥以自衒者，誠不及也。而積久考成，彼得意自用者，不數年則已徙業而爲窶人矣；而翁守其業餘五十年，再世不變而加殖。豈其智能出他人之上哉！其所用以集事，良有在此而無用彼爲者。

翁生樸茂，性復愿謹，推誠履順，雖居廛井，而椎頓直致，不類市人。其折閲讎會，咸有定儗，矢不爲貳，而人亦信之弗貳也。千金要約，有不信質劑，而惟信翁之一言者，其履有素也。

翁始喪父，獨與弟居。弟倜儻習事，凡租挈更賦，一切科謫，悉以任之，而翁獨持内政，僇力起家，不一錢自私。晚而析産，各累千金，不刻契傳，共老且死，而終無間言。雅善用財，而施有次第，中外族屬，多倚成焉。

翁早歲未有子，或勸之禱太嶽，翁曰：「是有命也，何禱爲？」已而連得三子，並朗潤雅馴。乃益擇師教之，而勗之成。餼館估畢之需，雖費不惜。而諸子迄用有成，隸庠校，升國學，彬彬輩出。而雅遊附離，皆一時名碩。翁喜謂其子曰：「家本齊民，一旦爲方幅齒遇，正以區區文儒之故耳，若曹可不知所自勵哉？苟無實以承之，而徒藉其光榮以相引重，則亦何有哉！」蓋翁雅行悃愊，而純質自將，故雖未嘗問學，而所踐篤實類如此。嗚呼！若翁者，豈漢世所謂善富者歟？

翁諱瀚，字宗大，號沖庵。世家長洲。高祖以上，譜亡不可考。曾祖顯，祖文銘，父瓊，母□氏。翁生天順二年戊寅十月三日，卒嘉靖十一年壬辰正月十又三日，享年七十有五。配鄒氏，生女二人。側室王氏生子岭，張氏生子岳，侯氏生子巖。岭太學生，娶何氏。岳郡學生，娶吴氏。巖娶陳氏。女適高阜、孫棠者，俱已前卒。孫男一人坊，女三人，俱幼。岭等將以卒之年□月□日，葬吴山紫薇村先塋。先事，奉其友彭年所爲狀來乞銘。銘曰：

吴山巃嵸，紫薇蓁蓁，是維沖庵之宮。既孝既恭，式允以雍，以殷厥宗。以俟後人之逢，尚賁兹封。

西泠印社本墓志墨蹟二種

明故大理寺少卿董公繼室唐夫人墓志銘

故大理寺少卿上海董公之繼室唐夫人，嘉靖癸巳八月十日卒于家，年四十有一。是歲十二月十七日，葬黄龍岡竹岡先墓，合大理公兆，於是距公之葬六年矣。其子宜陽，奉吏科都給事中楊君士宜狀來乞銘。

唐氏其先鳳陽人。國初有諱春者，從高皇起義，累功至□衛百户；又從文皇靖内難，累遷大興衛指揮使，夫人之八世祖也。父麟，襲官大興衛指揮使，累贈昭武將軍，上□軍都尉。母張氏，累封太淑人。

夫人娟好静慧，幼以孝聞。始大理公官京師，喪其先配喬，再娶復卒，乃慎擇所繼，得夫人而宜之。于時大理公方宦達，門户赫奕，而夫人執順履謙，貞而不泰。雖家世武弁，而能儒素自將；媲德儷義，雍然有儀。未幾，從大理公歸，事其姑太夫人，執婦道惟謹。待族屬，處娣姒，尤甚諴睦。大理公與其季同居二十年，莫有間閲，雖公友愛□至，亦夫人有以相之也。大理公性闊達，□□□□□，無所事事，日惟從賓友文酒讌遊，生理靡密一不問。夫人代爲經理，□□程省，斟酌維宜。家食千指，歲時伏臘，咸取給焉。至於商略處分，雖柔嘉自□，而披決明審，往往出人意表，所爲助益大理公者爲多。

大理公之没，夫人投地大慟，死而復甦者再。居無何，值家多故，念□□悲，寢食浸損，日以柴瘠。或令自愛，則嘆曰：「吾未亡人何用生爲？所爲猶强視息者，徒以諸孤未立，吾情事未申耳。」及是病甚，而□子□□甫□，猶手撤環珥，使轉致其婦。曰：「吾庶幾可以見亡者於地下也。」嗚呼傷哉！夫人□子，雖甚憐之，而□□忘教，恒審其好尚，節其游從，務使協于道。而撫庶子如子，視喬夫人之女如女。所遺服用，惟適而均，而又均其訓迪，人不知其異母也。

夫人子二：宜陽，今爲郡學生，娶應天府丞楊公璨之女，士宜女弟也；宜春早卒。庶子宜旭，娶南安知府張公弼之孫女。喬夫人生女三，皆適名族。孫男二人：茂沖、茂亮。大理公諱恬，字世良。家世之詳，具余所爲竹岡阡碑云。銘曰：

婦人六德首順貞，不妬而宜德維恒。維唐桓桓武胄承，有賢者媛獨慧明。赫其高明廷尉平，既衍亦誕綏厥靈。孰其相之婦維經，維穆無兢肅用徵。曰螽之斯胤育烝，亦教有成道彌亨，厥則有助胥用刑。維竹之岡鬱新塋，死偕玄藏叶同生，後千百禩徵余銘。　拓本

明故祁州知州封奉直大夫刑部員外郎張公墓志銘

祁州知州崑山張公致仕家居，凡三十有五年，年八十有四，嘉靖十六年丁酉三月廿又四日以疾終。

先是，公以進士釋褐守祁。甫四載，以母喪去官。既免喪，遂不復仕。時公年艾服，吏部尚書馬端肅公嘉其靜退，奏錫四品章服，階朝列大夫致仕。越二十有八年，子寰升朝，推恩封刑部員外郎，階奉直大夫，章服如故。公始罷官，退居横塘，即故廬爲

圃。鑿方池，構亭其上曰「天方」，自稱天方子。日從親友，文酒燕遊。聞有佳山水，雖遠必至，或浹旬累月忘返。三吴勝迹，登覽殆徧，良辰令日，未始虚擲。壺觴在前，圖史肆列，握槊呼盧，悠然自適。或語及時事，輒起避去，若將浼焉。戊辰、己巳之間，羣倖用事，士夫閒居者，或攀附驟貴。時當路適公同年故人，有意羅致之，且寓書問訊。公亟摇手，謝不與通。蓋其素性閒曠，不樂與時徵逐如此。

其在官，乃能勤慎自將，不少鰥曠。祁故鄙壤，民貧而健訟，俗喜巫禨。公設爲科條，傅以古訓，俾誦以自守。民信而格，訟用衰鮮，不事追呼，而民乂以安。間出省耕，因遂鈎摭民隱，民咸得以自實。卒歲踐更，用爲徵調，斟度下上，式允以均。尤勤於賑恤，明慎周審，不爲虚文。以至弭盜緝奸，摘伏省微，悉中綮節。凡公所爲，未始骫法徇民；亦不肯苛法以爲民病。推誠任真，軌迹夷易，又能飾以儒術。故雖不久，而文治雍然，爲一路之冠。行部使臣列公治狀薦諸朝，會去，不果用；而公亦既倦遊矣。

公諱安甫，字汝勉。其先唐宰相燕公之後。宋南渡，自洛徙吴，世居崑山之蕭墅。元以武冑顯。國朝有諱道昇者，稍徙横塘。道昇生文裕。文裕生贈刑部郎中用禮，始徙今婁上。用禮生四子：積、和、穆、种，而和與穆聯舉進士。和仕終淛江提學副使，穆淛江參政，並有聲跡，爲時名臣。公則積之子也。母金氏，以景泰甲戌十一月七日生公。娶徐氏，先卒，贈宜人。子男一人，即寰，以家學取進士，連守濟寧、濮、開三州，召爲刑部員外郎，方侍養在告。女一人，適臨安府經歷趙禧。孫男四人：恒慕、恒純、恒思，恒學。孫女二人。

公少以舉子知名，始爲鄉校，即爲部使者識拔。比試應天，主試者奇其父，用爲舉首魁；得他卷，偶詞氣相類，遂兩黜之。已而發封得君名，而同黜者爲同邑方岳，亦知名士，乃甚惜之。然次舉，公竟與方同薦。庚戌，試禮部，遂登上第，有司録其文以傳。一時譽聞甚籍，謂且繼踵先烈，而孤立寡援，竟就外補，浮湛常調，迄以不振。嗚呼惜哉！

公爲人不立厓異，不事矜持。與人處，無少長戚疏貴賤，一待以誠，而人信之，亦莫有謾之者。平生操家有制，教子弟以禮，而勗之以學。獨不能治生，入官數年，先世田廬，乃損于舊。委心任運，曾不置懷。顧能舉贏急義，中外族屬，以及鄉黨鄰里，緩急有求，必委曲赴之。其尤可書者，副使公和，參政公穆，死皆無後，爲構特祠，置祀田，俾羣從子孫世享之。蓋張氏文獻，實始于二公，公此舉，非獨繼絶而已。

公生臞瘠纖竦，貌古而神清，被服肅散，舉止疏慢。對客恂恂，不能劇談高論，望若憒眊；而内蘊精明。雖以經術名家，而博綜羣籍，不遺餘力。奇情逸思，發於古文歌詩，精警温腴，足稱合作。所著有天方集二十卷。雅善攝生，而不爲没溺。既病，却藥待盡。及革，手書遺令，呼子孫示之，泊然而逝。嗚呼！斯可爲達也矣。於是寰手具事狀屬予銘。銘曰：

有攸維贏，緊禄之徵；願言則貞，維德之凝。豈有不崇？乃心維烈；彼啜其腴，我行其潔。有賢張公，德懿維沖，既騫有庸，亦飭其躬。秩秩方州，有民有社，弗擾維循，爰德以化。匪無榮圖，我攸有適，舍旃來歸，以宴以息。憲憲名宗，德聲孔耀；孰其承之！乃賢有紹。不紹其禄，紹其忠貞，有賢張公，矢其英英。出正於邦，處敷於族，既忠亦貞，不忝維穀。横塘之墟，鬱兹新阡；生斯藏斯，以永無愆。

吴都文粹續集卷四十四

明故蘇州衛指揮僉事吴君墓志銘

明威將軍蘇州衛指揮僉事吴君諱繼美，字世承，其先楊之泰州人。高伯祖成，事高皇帝從征有功，授燕山衛百户，戰没，子幼，君曾祖全攝其職，再征有功，累陞陝西西安衛指揮使。成子既壯，還其官，仍以布衣帶刀宿衛，改授正千户。從征有功，陞蘇州衛指揮僉事。祖諒，父寬，咸世其官。母太恭人陸氏，以弘治戊申十月十又九日生君。正德己卯，襲父職，爲蘇州衛指揮僉事。屬時寧濠反江西，所在城守，君統兵防遏，營衛校聯，設施維允。賊平解嚴，被檄徼巡境内，捶阬疏捕，盜以敉寧。尋被推擇署掌鎮海衛事，繼領江防。數出兵海道，控弦衝擊，轉戰有功。前後歷官十有五年，年四十有七，嘉靖十三年甲午八月廿又九日卒。越三年戊戌十二月廿又二日庚申，葬吴縣梅灣村福壽山之祖塋。於是其子韜奉其友彭年所爲狀來乞銘。君配恭人沈氏，長子即韜，以指揮僉事掌蘇州衛事。次子韡。女一人。銘曰：

維吴之先，肇祥海陵；烈烈燕山，翊聖以興。孰其嗣之？曰曾王父，載戢用揚，式光厥武。剖符來蘇，勿絶其世，亦振厥聞，有衍弗替。曰祖曰父，奕世繩繩，是生明威，紹德以承。何以承斯？沉鷙而赳，亶義以將，維職之守。彼狂維猘，梟境以逆；厭難折衝，我衝以擊。彼魁見殲，我武斯橐，爰却以前，式昭其略。有淏斯渤，在郡東隅，出入跳梁，實維盜區。彼兇者渠，勁雄莫敵，鋋戈怒投，一夫當百。桓桓明威，效職疏捕，駕言躡虚，爰整其旅。戈船軫軫，有來靡極；彼衆何爲？我奇以克。援矢先登，竟殪其魄，電激飈馳，悉潰以走。海波既平，海塵既清，居人以寧，我武用成。桓桓明威，既秀既令，既武有文，亦飭於政。綜核靡煩，撫綏用協；攝職緒官，有展維烈。桓桓明威，賦才孔碩，乃慎厥身，言周于德。守謙用明，維敏有爲；胡受之良，弗究於施！歲行甲午，八月云晦，哭母未幾，一疾弗起。守官一紀，年未艾服；豈天弗延？維命不淑。嗚呼哀哉！梅灣之墟，山曰福壽；有墓於斯，既堅既厚。維歲著雍，閹茂其直，月窮橘涂，庚申維吉。有歸則藏，維千萬祺；我銘昭之，尚詔厥裔。詩文稿

南溪華君墓志銘

往余友錢太常元抑，爲余言其姻家華君之賢，曰：「文聲樸茂而愿謹，雖未嘗問學，而履貞蹈素，侃侃自將，質直信義人也。」余竊識之。嘉靖癸巳十二月十又七日，華君卒。越歲戊戌十一月廿又一日，葬其鄉之壽椿山。於是其子乞余銘墓，而元抑之子寄文實爲之請，蓋寄文其壻也。

按寄文所爲狀：君姓華氏，諱鍾，其字文聲，號南溪，常之無錫人，南齊孝子寶之裔。國朝洪武中有諱韡者，自邑之堠陽徙今鵝津湖之上，君之高大父也。曾大父興叔，大父宗安，父守誠，母錢氏。

君生磊砢沉毅，童丱如成人。稍長，代父理家，即有端緒。屬時中衰，掇拾完護，務

自振植，任能竭智，而將以儉勤。劭農處業，不失其時，卒用引其世，以大昌於時。

性篤孝，奉父惟謹。父坐訟，將扶病就逮，君堅請代理，竟暴白以歸。及父退老別業，省侍不少間。晚執母喪，老不廢毀。處弟妹，友愛不攜。諸庶孽婚嫁，咸自己出。孤嫠有養，死喪患苦有恤，於倫誼至重也。

平生動履罔愆，居處服用有素。晚業雖裕，而斂約終身。雅能劇飲，嘗大醉爲人疵議，遂自責；終其身，飲不至醉，其自律嚴慎如此。與人處，亦耿挺不阿，不爲翕翕熱。見饕詖諄謾，輒正言折之；或上官有所諮詢問，亦必以正對，未嘗懷諼畏讋，然其中實坦亮不私。故人雖面受詆訶，莫有懟者。

卒年七十有七。配惠氏。子男四人：霽、雷、震、霆。女二人：長適錢儼，次即錢寄文，長洲縣學生。孫男九人：子憲郡學生，子孝、子卿、子器、子舟、子行、子吉、子元、子純。女八人。曾孫男四人，女四人。銘曰：

既勤有家，亦振厥德；維孝弗忘，乃言有克。有言侃侃，繄公則明，弗諼維貞，式昭厥誠。維誠斯明，維義斯制；豈不我仇，言罔或懟。有展文聲，既德用彰，亦言用揚，孰匪其良。嗚呼賢哉！壽椿蒼蒼，松堂鬱鬱；我銘君藏，後有考德。

詩文稿

鄉貢進士楊生府墓志銘

嘉靖戊戌，楊君生府赴試禮部，未至京百里，以疾卒于楊村舟中，是歲正月廿又□日也，嗚呼！君問學德器，宜策名大廷，階膴仕，以膺遐祉。乃既不效，又以盛年客死道路，非君所宜得者，故人尤多惜之。

君諱復春，其字生府，世吴人。高祖華甫，仕國初爲户部主事，以事謫充匠役，因隸藉工部，居金陵。至君之祖傑，始以支庶脱藉，還爲吴人。父昂，以醫鳴。母宋氏。君生沉敏開悟，少則篤學，工爲詩。稍長，從經師受易，鑽研淬礪，窮日夜不休。於書多所博綜，而務得肯綮。爲文先矩矱，而工於命意。尤工程試之作，精約理勝，雖不事奇麗，而發藻融暢，奕奕豔人，遂以是名家。選隸學官，日益精進。御史按試，輒占高等。自弘治甲子至正德己卯，凡五試應天，始得薦送禮部。又五試不中，卒業太學。俄以鄉人構訟，横被口語，事雖暴白，而君鬱鬱不自解。遂得氣疾，載作載劇，竟以不起。嗚呼傷哉！

君疎髯秀目，質榦磊砢，而舉止軒揭，人望而偉之。然君詳雅周慎，而謙畏自將，羣居未嘗以語言先人，人非與劇談，蓋不知其中之所有也。是宜爲人親輔，而人乃有懟之者。平生保身如金玉，非禮之禮，非義之義，不敢纖微有犯；而猥被誣衊。在太學時，尤爲祭酒湛公所知，因引以自近，示以名理之學，且贈之言，俾歸吴與徵明講求其義。徵明薄劣，不足語此，而實喜君受知當世偉人，將必有所遇也。比試銓曹，而君又不時售。及是，竟終於選人。嗚呼！事之不可知如此。君掔掔静退，不能隨物俯仰。與人處，投情推分，不事機械，或爲人所乘。此其所爲得謗者，然卒之弗克讒就。而其死也，人顧悼而惜之；此則人心之公，不可得而終泯也。然則君亦奚憾哉！惟是佳才碩望，不獲一試，而以困頓死。則是其命之所爲，有不可得而知者，嗚呼傷哉！

君凡三娶：元配虞，生子道南，今爲縣學生，娶張氏。繼陸，生斗南，出贅金氏。又繼張，生召南，尚幼。女四人：長適太學生嚴應嘉，餘在室。孫男一人，女二人。君生成化庚子十二月廿又七日，卒年五十有九。是歲七月二日，葬吴縣至德鄉吴家橋祖塋，於是二子以事狀來屬銘。銘曰：

學則充，弗利于庸。維命則窮，而弗失厥躬。既攸有恭，亦静以沖。胡履之豐，而抱困以終？吁嗟乎其逢。

手稿

談惟善甫墓志銘

吾里談氏，世温厚有贏，而力本隱約。諸子亦克自振植，皆以善富稱。不數年，凋落殆盡。而少子世道者，獨守其業不衰。至其子惟善，益用衍拓，及是且百年矣。視其先業，不啻倍之。豈獨其數則然？其所以迓承者有人，而所爲將之有道也。始其家業紵縞，居積廢著，通四方賓賈。惟善周旋其間，樸茂愿謹，若無能爲，而折閲訾省，惟信義自資。誠意所孚，有不言而格者。其業既日加隆，而持之加慎。性本悃愊，晚益縮斂自愛，不侈張以泰。獨喜敬禮賢士，與教督諸子。饍館勞禮，有腆而不衰。以是雖在廛井，而所與通婚姻，接讌遊，皆一時達官偉人。而諸子亦循飭敘進，談氏遂隱然爲里中右族。嗚呼！有足尚已。

惟善諱祥，其字惟善。世吴人。曾大父文華，大父伯盛，父世道，母周氏。惟善生成化庚子二月十有七日，卒嘉靖丁酉七月四日，享年五十有八。娶魯氏。子男三人：賓太學生，娶史氏；宷娶馬氏；察娶吕氏。女二人：長適工部員外郎皇甫汸，次適太學生周普。孫男□人，女□人。

惟善嘗輸粟賑饑，授散銜；又嘗承例授楚王府良醫，皆有官稱，而惟善終身韋布，未嘗一御章服。或以爲矯，則咲曰：「吾豈不爲是榮？顧自有所樂耳。」晚營别業，作小山自怡，因號怡山。甫畢婚嫁，即以家授諸子，日與賓客優遊其間。曰：「吾父僅得下壽，吾今餘五十，知復如何？」未幾，果疾不起。或以爲語讖，而識者顧賞其達云。

先是，惟善買地葬父，穿壙得一石，曰「山陽太守之墓」，術者以爲利，欲遂葬之。惟善不可，曰：「利未可知，而害及朽骨，有所不忍。」竟揜而復之，而改葬其父他所，即今陳灣村世墓也。至是，子賓繼卒，寀等乃奉惟善葬於其次，實卒之後二年己亥正月四日也。先事，奉徐君元禄所爲狀來乞銘。銘曰：

鬱鬱松堂，陳灣之鄉，是維談君之藏。既協用臧，式攸允揚。維孝維良，亦允有光。嗚呼！其永昌。　手稿

文徵明集補輯卷第三十

墓志銘二　九首

西郊處士勞君墓志銘

吴之包山，有詳雅之士曰勞君應祥，重然諾，喜交際。四方賓客至其地，多從之遊。君周旋其間，靖真醖藉，慤而有容，飱館勞徠，豐約無所失，有古豪逸之風。包山在太湖中，與郡邑隔絶，君非有故，不輒至城府，故人鮮知之。而吾友蔡翰林九逵，君之妻之從兄弟也，嘗爲余言君爲人之詳。時君已瞀廢，業且向衰，而驕不少弛。方共憂其潰也，君殊不爲意，益延師會友，以淑其子于學。脩禮文，給供饋，有腆弗儉，家日用落，而其子日以有成。未幾，登庠校，升貢禮部。嘉靖甲午，遂領應天鄉薦，而勞氏隱然爲文獻之族。是又烏得以失業病君？而君不亦卓識士哉！

君諱麟，字應祥，别號西郊。其先徙自杭之武林。高祖日達，曾祖世傑，祖讓，父潛，母徐氏。君生秀朗英發，少喪父，即知悲戀。長益靖恭，慎而罔僭。時南寧守蔡公時中壯未有子，一女慎擇所對，選於夥，得君而館焉。已，遂執公家政。公自温倅遷守南寧，宦轍所至，必以君行。起居服食，出入供頓，悉視成於君，而檢約臺從，節適外内，以完護聲實，亦惟君之恃焉。比公歸老林下，益脩子弟之職。凡所以悦公，而裕公於壽康者，無所不至。公晚有兒息，而幼不更事。喪葬之事，咸自君出，禮文攸易，鄉人稱焉。君雅有至性，身既秦贅，而念母不釋，晚構别第，事之終身。而事其寡姊若兄惟謹，嘗屬百金其兄，兄盡廢之，君曾無所惜。推之里黨疏戚，咸有恩誼，緩急有求，無弗應。少涉獵書記，習歌詩，兼攻醫藥，然皆秘不自見，惟用以飭身。履貞蹈義，有儒生法士所不必能者。晚雖疾廢，而推行不衰。審畫導化，斟度維宜。

歲己丑，余與客訪君山中，君扶掖以出。被服襜整，進止有翼。坐定，以次通姓字，隨事占答，敍致周穎，詞旨清辨，聰明者不逮也。别來每切念之。及其子珊被薦，則爲君喜，謂庶幾有以引其年也。曾無幾時，而君卒矣。嗚呼，惜哉！實嘉靖十四年十一月二日也。享年七十。配即蔡氏，後君一年卒。子男一人，即珊，娶陸氏。女二人，適陸栩、蔡棟。孫男四人：遜學、遜志、遜言、遜能。葬以十八年己亥四月十有二日，墓在張塢之原，蔡氏祔。銘曰：

有奕徵君，亶其清真，不譾維碩，爰德斯仁。孰踐匪仁？孰事匪孝？迺績迺文，迺洽于教。教如之何？維燕以翼，願言則徵，有子維克。子道之行，父志斯成；誰其執之？處晦用明。鬱鬱新阡，于張之塢；有偕則藏，千禩維祜。詩文稿

明故承事郎南京左軍都督府都事周君墓志銘

君諱儒，字繼賢，故太常卿贈禮部右侍郎周公諱詔之孫也。今皇帝入正大統之初，以公舊學近臣，悉召官其諸子。時公長子璐，實已前死，君以嫡長孫蔭爲國子生，卒業成均。既數年，選授南京左軍都督府都事，階承事郎。於時，君諸父若中書舍人璘，鴻臚寺丞瑆，並列官禁近，而仲父琦爲建寧推官。一時衣冠之盛，華耀莫比，吴之人士莫不詠公之賢，謂其德澤深長，所爲貽厥後人者，方永而未已。而君以冢嫡賢明，式克負荷，人尤嘆之。然無幾時，而君遽以疾卒。嗚呼！才美如君，足以有爲，既仕有階，可以自見，而以盛年不禄，有足惜者。豈其門閥大盛，爲造物者所靳耶？抑其命之所遭，有

不可得而强耶？嗚呼惜哉！

君魁碩融朗，少爲禮部公所愛。公官興邸，君以諸孫侍，肄學有程，而簡易特達，慧解而敏於事。間去事廢舉，即能慷慨集事，往來沅湘沔鄂間。射時居積，日以有贏，流輪轉徙，不少自佚，實以代其父以紓禮部公之憂也。禮部公且老，君乃歸吴，買田築室，爲公菟裘之營。斂拓廢置，斟度惟宜。故公雖老失主嚜，而能乃心王室，不以家爲累者，以有君爲之孫也。

君幹理綱維，才任操切，誠有出於庸衆人之上者。及入太學，乃悉謝故智，而從事佔畢。一時交遊，皆逢掖之士，文酒過從，奕然秀雅，故人莫□譽其才，而尤賢其善變也。方其需次京師也，衆方窺其所爲，或竊憂之。及就銓試，乃褎然前列，於是人尤嘆異，謂其中之所存，良有不可得而測識者。於是方冀其有爲也，乃竟不一試以死。嗚呼！豈不誠可惜哉！

君有至性，能孝事一親，推心事禮部公及祖母陳夫人，順而無違。喪之易而能戚。居家嚴辦，而不事委瑣，用能起其家，不潰而益隆，庶其所謂能亢其宗者已。

周氏其先自鄢陵徙蘇，世居郡之吴淞，再徙郡城，占數長洲。國初有諱執中者，以閭右徙實京師，已復還吴，君之高大父也。曾大父景通，仕爲廣東樂會知縣，是生禮部公，娶於鄭，生璐。璐實生君。母趙氏。君生成化丁未五月五日，卒嘉靖戊戌八月二日，享年五十有二。娶黎氏，生子多不育，因育所親子爲子，曰之穎。既而側室生子一人，曰之武。女二人：長字王□，次字魯□。卒之明年己亥閏七月二日，葬長洲縣鄉某原。時之武方幼，之穎實相其成。會中書君予告家居，乃率之來乞銘。銘曰：

既慧而明，亦秀有成；弗詭而貞，而揆厥用恒。翼翼高門，有亢弗隕，孰其尸之？貞德惟敏。有嚴有府，贊畫維經；言秩於斯，匪□孰膺？既仕有階，式貞用肅，胡畀其奉，而說之輻？有嗟周君，其才則有；亦祉之受，而用罔厥究。吁嗟兮又誰咎！詩文稿

南槐慎君墓志銘

吴興潞谿之上，有俶儻奇偉之士，曰慎君元慶。自其少時，便激卬蹈厲，思亢其家。年十八，去渡大江，涉淮及泗，迤邐燕、冀，遵大都而還。所至徵物之貴賤，而射時以徇，江、淮之間稱良賈焉。已而嘆曰：「行賈，丈夫賤行也。吾聞末業貧者之資，吾其力本乎？」乃歸受田，耕於苕霅之間。其地當五湖之表，沃衍饒稼，有山澤之利，絲漆葦蒲，通於四方。君勤力其中，益樹桑檟，劭農振業，菑播以時。時亦賒貸收息，以取羨贏。

居數年，竟以善富稱。

性感概踔絶，不樂委瑣，遇事直前，無所顧藉。苟有所觸，雖貴盛有氣力者，必求下之無所讐。先是，其父經以訐直爲羣不逞所搆，且爲飛語，厚肆誣蠛。上官入其言，掠立窮竟，禍且不測。君恚曰：「父死非罪，吾爲男子而不能暴白，吾亦何用生爲？」即挺身就考，慷慨執辯，憤涕激切，上官爲之動，卒用脱其父，而置羣不逞於理。一時彊執孝義之聲，傳於近遠。遂以豪俊長雄其鄉，而其父亦偉視之。他日出分，其父方儗議有所軒輊，君識其意，即自請其下者，而悉以厚業讓其兄若弟。曰：「彼愞弱，非此不能自振也。」既乃掇拾完護，而將以儉勤，迄用振植，視其前不替而加隆。於是闢門治第，將奉其父以居。甫落，而父卒，即舆歸殯於家。家人難之，君不顧。曰：「治第本以居父，可以既死而倍之耶？禨祥之事，君子所不道，矧不必然也。」其明達如此。

嘉靖戊戌，君有夢徵，謂二子曰：「歲在豕，吾其死乎？」或勸之禳除，君咲曰：「死生命也，鬼神獨先知之？使可徼幸，昔人爲之矣。況吾素鄙其事，今自蹈之，人謂我何？」乃度地於桃灣山，自爲宅兆。既成，曰：「吾即死，無恨矣。」明年己亥，果以疾卒，實二月廿又八日也。距其生成化己亥，享年六十有一。是歲□月□日，葬於所卜之地。

君諱祥，其字元慶。慎氏其先出於韓大夫慎到。宋有名知禮者，隨錢俶歸朝，官鴻臚卿。子從吉，仕天禧中爲光禄卿，世家三衢。其後有諱鏞者，守吴興，遂占籍爲歸安人，君始遷之祖也。曾祖文聰，祖端，父經，母吴氏。君娶於唐，生子二人：節，縣學生；蒙，舉甲午鄉貢。側出子一人，曰益。孫男二人：應求、應兆。孫女三人。節、蒙俱以文學行義，侈聲吴越間，皆君之教之也。

余雅不識君，而與蒙友。及是葬，蒙遂以狀來乞銘。銘曰：

有侃慎君，執德維勁，既頡以頏，亦靖而正。豈不廢著，末業匪資；孰稱善富，地力維宜。有侃慎君，式孝而毅。脱親於危，爰飾以義。其義維何？去利而德；不有世資，乃勤有克。豈無機祥，我庸有道，式言違之，亦正而教。振振諸子，允賢用章，亦允有揚，孰匪其光？桃灣之源，有兆維鬱；尚有顯褒，賁兹玄宅。手稿

張延禧故妻王令人墓志銘

張君延禧，以嘉靖己亥九月乙卯葬其妻王氏令人於吴縣支硎山祖塋。先事乞余爲銘，奉文選員外王君禄之所爲狀以請。王君，令人之諸父，狀得其詳。而余息女歸王氏，視令人爲女公，習聞令人之賢如王君言，不誣也。

始延禧之父指使公主敬，雖世武弁而雅喜文儒。其所交遊與通婚姻，必皆文獻名閥。王氏，唐、宋世儒家。其先自福清來徙，著作郎蘋，爲程門高弟。歷元至國朝，代有聞人。令人之父漢章，業儒，有俊聲，屢舉不第而卒，娶仰氏。故大理丞宗泰之諸孫，濱州同知彦政之女，實生令人。明秀慧解，柔嘉而則。凡諸閫儀女事，皆不習而閑。年十八，而歸于張。發音不瑕，動容成紀，事舅姑敬禮而婉，舅姑特賢愛之。舅亡，長子延德以冢嫡襲世官，屬其仲以家。令人遂以介婦代姑主饋，既不以自嫌，而冢婦亦不以爲僭。服勞茹辛，而以退遜將之。娣姒雍雍，日益諴睦。性既閿敏，遇事輒得肯綮，靡密高下，斟度維宜。延禧喜交遊，而用財或時過節。令人曲爲賁飾，酒食供具，親知問遺，往往先事而集。豐約弗愆，情文維式，不令延禧有失也。事延禧摯而有别。延禧多内寵，待之正而有恩。所生子女，與己之子女哺被維均，而又均其訓迪。至撫兄公之子，與女公之孤女，亦如己之子女。故其子女，視皆猶母焉。族屬女婦，邂逅話言，必勉以賢孝，而導其未至。居常雖内夫家，而不忘致孝父母，不弛愛於諸昆，吉凶緩急，周卹勤至。凡諸妾御，以至僮僕綱紀，程能品授，咸有要束；精粗器使，維其所堪。故其家所出縷結刺繡，皆精巧絶人，而瀞濯饎爨，暑寒曲備。雖事出頤指，而亦未嘗自逸。操家三十年，中外族屬，莫不以爲能。家衆千指，咸得其所願欲；家庭之間，訢訢順敍。故死之日，家人上下，皆行哭失聲。親知近遠，與里鄰過從，亦莫不咨嗟隕涕。嗚呼！可以爲賢矣。

令人生弘治己酉七月廿又九日，卒嘉靖戊戌十月十又九日，享年五十。生子一人建旌，太學生，娶陳氏。女一人，適郡學生王延昭。庶子三人：建旟、建中、建辰。女三人，孫子二人，女一人。

禄之曰：「世之婦女，賢者不必能，能者不必賢。」若令人之事，雖傳記所載，何以加諸？是宜銘。銘曰：

詩詠關雎，維家之始；芣苢薄言，願言弗弛。有賢令人，温恭具儀，式孝有嚴，正罔弗宜。外防中寬，拮据以克；諸御閒閒，有允無忒。饎爨朝夕，燦其纂紉，弗矯以慈，聿言用勤。有賢令人，在饋維碩，叶于夫君，婉德以翼。女史日微，德音孔遐；我銘斯藏，有允弗夸。　手稿

明故南墅王君墓志銘

通州王君世禄，家世武弁，而君獨喜文儒。性敏慧，凡諸藝能，若醫方音樂，與凡諧

戲之事，皆不習而能，又皆妙解絶人。少嘗明經業舉子，奪於事，不果卒業。然而未嘗廢書不讀。尤好觀史及諸名賢歌詩，吟繹永嘆，意奕奕自喜。教其子，必以儒術致身，延師取友，必慎必嚴，而躬自程督之。引翼導化，不以時廢。二子謨、誥，並通經遊校官，繼遊太學，並以文學侈聲場屋。而王氏隱然爲文獻之族。嗚呼賢哉！可謂善變矣。余雅不識君，而余友顧士奇其甥也，嘗爲余道其舅氏之賢，竊識之。及是卒，其子不遠數百里走吳門，乞余銘墓。

按其友胡君介所爲狀：君諱爵，世禄字也。其先青州壽光人。國初有諱顯者，以武功仕通州爲守禦千户，遂家於通，君之高大父也。曾大父鈺，大父綱，父舜臣，皆世其官。君舜臣之仲子也。母宜人馬氏生君，融朗卓犖，雅有智計，能激卬立事。父蚤世，兄寵以世嫡嗣官，家事靡密，悉自君操之。審晝導利，周慎而詳，不令遺憂其兄。兄卒，以翼其子詔，提衡引諭，俾有以振植。而詔尋卒，孤子弱息，又從撫之，教督婚嫁，不殊己生。通俗賤庶孽，分財立業，不得比於嫡子。君於弟貢，獨不肯少異。曰：「均吾父之子也。異何爲哉？」貢無子，久而益貧，使一子後之，爲之植產以養。族有肆暴於君者，後其人貧死，爲之具殮，曰：「吾知仁吾族而已。」其至性仁孝，篤於倫誼如此。然脩正彊執，不肯隨俗推移。窶人遊士，緩急有求，往往委曲赴之。而浮屠、老子、方伎之屬，俗所貴尚，乃絶不與通。至禄命説相，亦謝不見。曰：「吾無求於世，何以問爲？死生禍福，天也，吾俟命於天而已。」晚益閒曠，築别墅城南，自號南墅翁。時時領客燕遊其中，花竹秀野，琴樽行列，起舞歌呼，樂而忘世。及感疾，益屏事不復關聞。疾革，却藥委形，嗒然而化。嗚呼達哉！

君娶孫氏。子男五人：謨娶凌，誥娶顧，俱太學生。諒娶錢，讚娶陳，許出後貢。女一人，適郡學生曹大輿。孫男五人：廷儀、廷翰、廷策、廷賓、廷獻，女三人。君生成化丙申十一月廿又三日，卒嘉靖丁酉十二月廿又六日。又明年己亥十二月九日，葬狼山先塋。君曾入貲爲郎，今不書，著非其志也。銘曰：

繄王之先，武烈維顯；自齊來通，奕世有衍。維南墅君，式藝靡羣，曰奮有揚，易武以文。鋋戈既韜，爰集經史；弗試厥身，庸淑諸子。子道之行，父志斯成；有蜚英英，孰匪其榮？維南墅君，靖言弗失，迺燁其聲，亦周于德。其德維何？曰孝有仁，爰推自親，篤於族婣。壽之覆之，靡讐有疾，厚德以將，弗忮維卹。有展南墅，執德維貞，弗爲勢移，弗利以營。達生委順，維命之正，維天之聽，弗閼有永。狼山之墟，松阡維鬱；我銘君藏，後有考德。

手稿

丘母鍾碩人墓志銘

太學生上杭丘思，聞母喪，自南雍奔歸。道出吴門，衰絰踵余，涕泗以請曰：「思再歲而孤，賴吾母丘碩人以生，褓抱具訓，篤且有儀。凡思所爲克自樹植，以獲廁蹟士林者，皆吾母之教也。比歲以母之命遊學京師，所爲舍朝夕之養，而客遊數千里之外，亦冀有所得，以爲母榮也。而今已矣，尚忍言哉！惟是貞順之德，不可遂泯。得惠一言，以銘諸幽，尚庶幾少逭不孝之罪。」遂屬余以狀而去，去逾年，以書來，曰：「葬有日矣，幸俾之銘。」

按狀：丘、鍾皆上杭巨族。碩人之父鑾，嘗以俊造遊學官，不第，蚤世。母張氏，實教育之。明慧若淑，式於女儀。年十八，歸丘，爲廷基府君之配。敬恭順敍，婦德無愆，稱賢於舅姑。舅亡，府君遂執家政。於時丘方殷盛，食指既庶，而菑播生殖，有司徵發，亦益繁夥。府君出應門户，酬對賓客，日有所不暇。門内之事，並碩人持之。纖悉高下，斟度惟允。府君得釋其内憂，而專意於外，遂以才賢稱於邑中。及府君卒，遺孤藐然，而姑何氏高年在堂。碩人哭死事生，茹苦百罹，而操勤履憂，久以弗佚。越二十有八年，故業弗墜而加隆，其賢且能有足尚者。其教諸孤，慈不失義。既諄諄詔誘，而復躬勤以導之。先是府君壯未有子，碩人爲卜於曾氏，而納爲少房，得一子曰杭一。已而碩人得思，所爲撫育哺被，未嘗不均，而又均其教迪。及壯有室，則請於族之老長，使均析其産。曰：「吾未亡人所爲不即死者，以二孤方幼耳。今既有成，盍亦使之自植門户。豈惟免其間閱，亦庶幾知所以自立事，以不失先業。吾亦可下見亡者於地下也。」嗚呼達哉！

碩人生成化乙未十二月九日，卒嘉靖戊戌六月十日，享年六十有四。子男二人：杭一娶賴氏，思娶温氏。孫男三人：祖堯、祖舜、祖禹。女二人。初，府君葬邑之下徐鄉，至是思將舉祔碩人，而隘不容穿。乃别卜兆於城東之鶴湖，以嘉靖己亥十二月廿一日葬碩人其地。銘曰：

鶴湖溶溶，松丘巃巃，是爲丘碩人之宫。東瞻下徐，有封若堂；既固既深，豈偕則藏。千秋萬禩，鬱焉相望。嗚呼！魂靡不之，合葬非古，昔誰云者，季孫武。　手稿

吴母顧碩人墓志銘

碩人顧氏，世吴人，故處士諱榮之女。母鄧氏，以天順戊寅九月六日生碩人。笄而歸於吴，爲静樂府君諱夔之配，歸二十年而寡，又四十有幾年，年八十乃終，實嘉靖丁酉十二月十又八日也。越明年己亥十月廿又六日，葬洞涇里祖塋，合府君之兆。子男三人：履信、履謙、履素。女二人：適金銘、韓琪。琪魯王府典膳。孫男四人：元惠、元福、元化、元善。女五人。

吴、顧皆郡中名族，而吴尤號儒家，雅敦禮範。碩人歸時，家方殷盛。府君昆弟三人：仲氏弋陽尹龍，方遊學官；季益尚幼，府君以嫡長總家。外給征繇，内供食指，更費無限，碩人每輟環填繼之。媲德儷義，斟度彌縫，不有滲漏。在娣姒間，巽言謙受，務脩誠睦。兄弟同居數十年，迄於生分，不有間鬩。雖府君處之有道，而碩人之賢，不可誣已。府君卒時，諸子方幼，而舅姑並高年在堂。碩人哭死事生，節孝維飭，喪三易而弗違。教諸子女，慈不忘義，導誘有方。而謹其婚嫁，俾皆不失其時。操勤履儉，老而彌篤。故雖寡居無援，而器物不遷，門户加植，諸子侁侁，咸用有成。居常樂施，惠貧急匱，常若不足。中外族屬，多所倚焉。既病，出所自製衾裳，列示諸子子婦，俾以次襚殮，無所有失，其明達又如此。嗚呼！可銘也。銘曰：

有賢碩人，明順而腴，緊顧之淑，來嬪於吴。維吴揭揭，諸庶孽孽，乃言有協，無競維烈。其烈維何？曰孝而貞，爰植弗傾，卒潰于成。孰潰于成？碩人之淑，手据口瘏，有允斯服。八十斯年，考終優游；往從夫君，洞涇之丘。維丘嵾嵾，維松鬱鬱，有偕則藏，以永無泐。手稿

太學孫君墓志銘

丹陽孫君叔夏之卒也，其兄志周言於余曰：「吾弟篤學慕義，常思見先生，而以病不果。今其死矣，得先生一言銘其墓，死者有知，亦足慰之地下也。」始吾子彭館授孫氏，故余得交其羣從兄弟，而獨未識君。比歲吾友湯子重歸自太學，爲余言：「君祥雅儁發，學有端緒，後來之秀也。」故余亦慕見之，而君則既病矣。有傳其述病賦來吴中，其言甚文，而無怛意。揭意甚高，辭旨雋永，不類病者。余讀而嘉之，意其疾且瘳矣。未幾，竟以不起。嗚呼悲夫！

君諱栻，字叔夏，一字志倫。世家丹陽之嚴莊。故南山翁諱統之孫，監察御史諱方之子。兄弟五人，而君次四。始監察公娶于胡，爲故太保忠安公之孫。而君則出於王氏，森秀玉立，慧解而知學。年十四，選爲郡學生，尋入太學，益淬勵不怠。月試必在高等，然試應天，輒斥不利。自辛卯至丁酉，凡三斥，每斥而其學亦益進。其學自經傳之外，百家子史，以若諸名賢文集，下逮裨官小史，莫不貫綜。攄辭發藻，必古人爲師，見諸論撰，多奇麗爾雅。書法秀潤，得晉人筆。既已被病，而纂述臨倣，不以時廢。蓋其才甚高，志甚鋭，而年不少假，迄不見其所至而死，可悲也已。

君性融朗，不爲厓異。其中雖有介辨，而與物無忤。敦行孝弟，在伯仲間仰承下受，莫不順適，而雍睦無間。取友親賢，必先文義。在太學數年，遊道日廣，沖襟粹宇，藹然可挹。蓋莫不以遠大期之，而不圖其止於是也。嗚呼悲夫！

君生正德庚午正月六日，卒嘉靖己亥九月十有九日，年僅三十。配張氏，儀封知縣瑩之女。生子男一人守允，聘白氏。女一人，未字。是歲十二月九日，諸兄葬君泥山先塋之次，謹按其友江陰徐充所爲狀，次而爲銘。銘曰：

嗚呼孫君，其志則崇，而學則充。載緝用隆，亦慎而恭。嗚呼！吾見其進而不止，而莫究厥終。吁嗟乎其窮！ 手稿按：此文原稿係文彭手筆。

東澗包公墓志銘

宣義郎包公既卒之明年，其孤大中，匍匐奔喪，踵門泣曰：「吾父平生艱辛萬狀，力既踣而後起，身屢危而始安。茲者不幸旅歿，將歸葬於吾鄉高錢山之陽。罔極之痛，尚何言？焯發幽潛，非文不可。惟先生眷愛深至，幸賜之銘，以垂不朽。」余辭不暇。閱數歲，而中表薛子大經請曰：「東澗包公，余岳父也。治身行己，大人知之素矣。義不可辭。」乃按尚寶司丞聞子越望狀，謹敍而銘之。

公諱松，字子茂，東澗其別號也。其先大梁人。始祖諱彰，仕宋，適宋高南渡，扈蹕至臨安，歷官朝散大夫。高祖諱莘登，我朝開國首科進士，丞新城，遂家鄞焉。祖諱鎮。父諱瀚，隱居養德，生公甫九歲而卒。母黄氏，孀居苦節，紡績織紝，撫幼恤孤。而公受育於母氏，聽命惟謹。童時，即岐嶷不羣。比長，益聰俊善幹蠱。念母孀苦，友孝愈至，凡所娱心志、悦耳目者無不備致。夜則寧寢而退，未嘗間夕。謂弟幼弱，家事紛劇，獨力處分；而日用百須，不少涉其身。及授之室家，婚嫁二妹，一一竭盡心力，無煩母慮。

拓居室，興魚鹽，闢生産之未殖者。經營飭治，綽有餘能，一時宗姓爲之駭然。且輕財樂施，好賢禮士，四方名公縉紳，咸與遊焉。母素愛鵝，晨昏飼餧；及母卒，鵝遶柩悲鳴，卒死柩下。公益感傷，命瘞之於塚，終身不食鵝，至家人皆化之。其弟白厓子，乃爲作義鵝傳焉。公性急，不能容人；惟於骨肉相關之際，寬厚周至，一無所傷。遇有事，輒爲之謀畫，雖勞勩亦弗介意。處夫婦敬讓不狎，待子息嘻笑不苟，臨僕從媵婢之輩，寬猛適宜，無有不得其歡心。鄉閭宗族之間，發言處事，剛直逕行。治家惟育鞠是慮，勤儉畜聚，貲算日益增。而於親舊貧乏，揮資賑給之，不少靳。至於享祀豐潔，以奉祖先也，隆師厚友，以迪後嗣也，隨所處而皆得焉。故其子之績學於家者，効能於官者，咸循循雅飭，而致用有望。鄉人德之，稱無間言。尤脱略世□，超然物外。嘗自謂曰：「丈夫以六合爲家，區區終守田廬，吾弗爲也。」遂遨遊天下，北走燕都。值大工恩例，輸粟授宣義郎，冠帶華躬，縉紳榮之。

踰年，季子大中謁選銓曹，公念之，不忍獨行，攜以偕往。中途疾作，至都，亟不可爲矣。公不爲意，執大中手而訣曰：「人年五十不稱夭，吾年五十有奇，死亦何憾？昔人欲裹屍馬革，吾雖旅櫬千里，奚足惜哉？第弗及見汝兄弟成立耳。」言訖而卒，時嘉靖戊戌十二月五日也。距生成化辛丑九月十日，享年五十有八。配楊氏。子男三：孟大有，邑庠生，娶張氏，繼丘氏；仲大正，邑庠生，娶張氏。季即大中，都督司篆，娶毛氏。女二：長蘭，適禮部儒士薛大經。次蕙，適廣東布政司照磨張櫺。孫男三：堅、重、量。孫女二：端姬、莊姬。嗚呼東澗，而止於是耶？東澗磊落慷慨，有大志。期盡其才力以上繼先德，下啟後昆，其所自立，亦僅止於是耶？將人之脩短有命？抑造物者之於人，嗇其身而利其後耶？其施未可量也。宜系之銘。銘曰：

猗歟包氏，名望孰隆！誕生東澗，益亢厥宗。言辭剛直，丰儀峻崇。義鵝感化，誰其似公？有苾者子，有茁者孫；濟濟後裔，克昌其門。甬東之洋，芳聲孔彰；我銘茲石，永詔不忘。墨蹟

文徵明集補輯卷第三十一

墓志銘三　八首

樂易先生墓志銘

常之無錫有醇德質行之士，曰秦先生國和。嘗以明經舉於鄉。嘗試禮部，重違其親不欲行。有司勸駕，黽勉就道，遲回依戀，恒悒悒不自得。自是每試皆然。既數試不利，而二親加老，歎曰：「吾所爲去家數千里以圖禄仕者，凡以爲親也。禄不可必得，而吾親日益老，舍朝夕之養，而爲悠悠之圖，此何爲者？」乃不復出，養二親以壽終。親終，有司以爲言，謝曰：「吾向也誠爲親出，親亡矣，尚何爲哉！」遂絶意進取。會有詔選人不願仕者，授以散銜。其子淮適以生員貢禮部，疏於朝，詔授南京都察院都事致仕，於是先生年七十五矣。居四年，年七十有九以卒。

先生諱鎧，字國和，別號樂易。其先維揚人，淮海先生觀之後。覯子湛，倅常州，子孫因占籍於常，既又徙無錫之胡埭，故今爲胡埭人。成化間，修敬先生旭，績學敦行，爲時碩儒，先生之大父也。世父夔，江西右布政使。父永孚，以篤孝被旌。母張氏。

先生生而樸茂開朗，喜問學，少爲修敬先生所愛，遣從名師授經。揚榷探竟，已卓見端緒。既選隸學官，益精進不怠。爲程文明麗典則，時稱合作。然不利於有司，六舉應天始得解，五舉禮部，迄無所成，人咸惜之。先生不爲意，而惟適親之懽爲樂。旌孝公雅性儉樸，仁隱不害，先生和其聲氣，慎其踐履。服食居處，咸視爲則。嚴威儼恪，不形於身，而叱咤之聲，絶於中外，凡以順其志也。其事母夫人尤篤，夫人得末疾，展側須人，先生躬自擁持，抑搔惟適，饋食授衣，燠寒曲備。夫人雖宛轉牀褥，不知爲苦，卒以壽考令終。執親之喪，戚易兼至。推親之所愛，及於族屬，莫不用情。吴氏姊寡居無子，築室舍旁，俾子孫奉之；歲時伏臘，修禮維謹，雖老不廢。尤慎交遊，不肯一接非類。晚益韜斂自愛，端居深檢，常若不及。家庭之間，有所教詔，恒率之以身，往往不言而化。閨門雍睦，中外順敍，子孫相觀，咸興於學。一門累葉，聚屋而居，絃誦之聲相聞。歲賓興，輒有舉於鄉者。又皆詳雅端慎，敬而不遊，鄉人稱家法之良必歸焉。居常喜聚書，手披口吟，不以時廢。爲文喜蘇氏父子，詩效李白，皆得其雋永。慎成而藹出，故所傳甚鮮。至於琴弈繪畫，亦知其概，然特寓意其間，不好也。

先生娶龔氏，繼徐氏。子男四人，淮娶周氏，漳娶吴氏，俱國子生。瀚娶殷氏，縣學生，涵娶莫式，鄉貢進士。孫男十人：采國子生，粱、禾俱鄉貢進士，菜，棨、棐俱縣學生，窠、楠、木、渠俱幼。曾孫男七人：燦、燮、炳、燿、熿、烱、熠。女二人，婿王秉、談悌國子生。孫女十一人，婿茹衍宗、殷邦奇、胡永潤、邵隆澄、高希范、華承業、殷邦達、張怡、朱連、朱應科、陳鳳岐、華鳳梧。曾孫女十四人。先生生成化丙戌六月七日，卒嘉靖甲辰十月二十二日。明年乙巳正月十又一日，葬九龍山祖塋之側。銘曰：

烈烈秦宗，世德允顯，于百斯年，弗替有衍。有賢樂易，植志維仁，迺孝而克，亦藝有文。燦焉粹精，匪文伊道，載言翼之，有允斯蹈。豈不仕顯？違親孔憂，滑甘具新，豈惟禄優？舍旃來歸，爰肅而靖，維孝維恭，施於有政。諸孫侁侁，諸御誾誾，外防中完，蘭茁而振。有攸維誠，亶永厥譽；弗究於時，式昌其世。維世沖沖，維嗣雍雍，優遊怡愉，壽考令終。龍山之原，松楸維鬱；昭銘墓門，過者斯式。祖德録

朱效蓮墓志銘

朱生朗，以嘉靖辛亥冬十二月十七日葬其父效蓮君於吴縣九龍山先塋，詣余再拜請銘。始朗以文藝遊余門，清脩詳雅，余愛之，意其必有所自。既而因朗識君，樸茂愿謹，對客恂恂，無一剩語。余愛之，謂其宜有是子也。已而移居余里中，所居去余不數武而近，往來日稔，循默愿謹，數年猶一日也。無何，君得末疾，疲曳不復出。余每過其家，猶扶杖相迓。間問其所苦，微哂不對。酒至，輒飲不辭。踰年，竟不起。嗚呼！

君諱榮，字彦仁，蘇之長洲人。大父順，父智。家世業賈。君生敏慧，頗習書數。甫冠，代父理家，服賈事維勤。然性坦夷，不習儈語，不事狙詐。家皋橋，闤闠中百貨駢集，列肆櫛比，人情獧黠，率多任智。君獨不然，與人貿易，任真直致，所射往往不當所直。又其父高朗，多所接納，讌飲狼籍，皆取給於君。君亦喜客，多費，故所得輒緣手散盡。業日向衰，家日益落，而君不恤也。及是二子有立，遂棄去，不復事廢舉。優游家處，怡然以樂。及見其子從縉紳遊，諸孫侁侁，從事文業，尋升庠校，喜曰：「吾本齊民，今得齒於方幅，吾願足矣。」余以君晚年佚豫如此，必得考壽，而不意其遽疾而死也！

嗚呼！

君孝性純至，晚雖貧，事其母朱，極滫瀡之奉。母亡時，年已艾衰，猶孺慕不已。平生靖共抑退，未嘗忤人，人亦不相爲忤，故年餘六十，未嘗一至訟庭。以蓮有君子之德，因號效蓮，吾友都太僕玄敬嘗賦效蓮詩贈之。其里人亦稱君爲君子云。

君生成化丙午六月三十日，卒嘉靖辛亥二月初八日，享年六十有六。娶何氏。子男二人：長即朗，娶顧氏。次朝，娶蔣氏。女一人，適錢一選，先卒。孫男二人：希孺，吳縣學士，希亮尚幼。孫女二人。君本吳氏，父贅於朱，朱無子，君因仍其姓。姓氏古人所慎，故余著其所始。銘曰：

孝而純，亦靖而真，賈服而心仁。奕其振振，將利于後人。　拓本

鴻臚序班吳子學墓志銘

我外舅河南布政司右參政吳公有賢孫曰詩，字子學，號思齋。世家蘇之崐山。曾祖諱凱，禮部主客司主事。祖即參政公諱愈。父東陽丞諱東，母姚氏。子學樸茂愿謹，少無子弟之過。稍長，從師受易，習舉子業，與中表王繩武同學。繩武俊朗闊達，而子

學悃愊無華。自以質魯，嘗百倍其功。余往來外氏，實兩賢之，謂皆有成。既而繩武舉進士，入翰林。子學亦選隸學官，數試不利，乃援例入國學。於是遊道日廣，學亦精進，然竟亦無所售。乃從選調入官，授鴻臚寺序班。子學端慎閑禮，嘗恭侍豫、景二王冠禮，及侍講筵，禮文弗斁，進退有儀，再膺寶鈔之賜。三載考最，賜敕命進階登仕佐郎，行將擢用，而子學以母老乞歸矣。時年甫艾服耳。逾年，以疾卒。嗚呼！傷哉！

子學靜重寡默，見客恂恂，無一剩語。少侍參政公，進止詳雅，應對專一。參政公以其嫡長孫，甚憐愛之。及東陽君没，參政日益老，子學承順克家，能脩孝敬，如其父存。參政以高年令終，喪之如父，殮殯如禮，人尤稱之。平生寡與，所雅遊必以其類。無故經時不出户。平生於博弈嬉戲之事，一無所好。服用儉素，居處有常。全於賓祭，必極精腆。親友交際，歲時問遺，乃無所失。蓋其性雖簡質，而禮誼無違如此。

子學生弘治十年丁巳六月廿又二日，卒嘉靖三十三年甲寅九月廿又二日，享年五十有八。娶王氏，黄陂知縣民瞻女。子男一人，純，縣學生，娶沈氏，惠州守廷材女。女三人，太倉州學生王藎臣、國子生顧玄祐、嘉定縣學生丘杭其壻也。純以卒之年十二月十又六日，權厝於邑之興仁里祖塋之次，以某人狀來乞銘。銘曰：

先德丸丸，世澤緜緜；有承翩然，維靜而專，亦敬慎旃。小試遄旋，宜壽而全，胡弗永延？而閲其年！吁嗟乎其賢！

明故中順大夫汀州府知府劉公墓志銘

嘉靖三十三年甲寅十月二十八日，汀州知府致仕劉公以疾卒于長洲里第。公諱炯，字文韜，别號鶴城。其先汴人。宋黄州統領某，扈高宗南渡，公之始祖也。八世祖和甫，仕元平江路榷茶提舉，始居長洲。提舉八傳曰仲輿，皇贈從事郎中書舍人，是爲公高祖。曾祖鏞，號聽烏，有文行，爲時聞人。曾伯祖鉉，禮部侍郎，謚文恭。祖淳，贈承德郎工部都水司主事。父諱杲，通議大夫都察院右副都御史。母淑人張氏，繼母太淑人唐氏。公生成化庚子九月一日。以郡學生，舉癸酉應天鄉試。癸未舉禮部試，廷試賜進士出身，授南京刑部主事，歷員外郎郎中，出守汀州。甲午入覲，還，丁繼母憂。終喪，遂不復出。

公精悍有識，能激卬任事。初官法比，析律詳明，關決敏利，傳爰擿伏，未始骫法，而亦不事深文。時曲阜孟公某，嘉魚李公某，先後爲司寇，皆以才敏任公。公所涖四川、山西二司，事簡不足理；李公特俾攝廣東司。司領畿輔，視他曹爲劇，而公所至職辦，庭無留獄，獄無滯囚。周康僖繼典邦刑，遂簡任本科。削牘條刺，莫不審允。一再考績，皆以最書，進階奉政大夫，尋有臨汀之命。汀在萬山中，與贛比壤。民獷而健訟，贛人吏汀，多並緣爲姦。公至，即皆發擿，不令蠹民。屬時亢旱，禱於羣望，隨禱而雨，雨三日，四境沾足，歲乃大稔，郡人歌焉。上杭、永定民争田，積歲不決，蓋有豪右持之者。公鈎摭探竟，竟平其獄，争是用息。在郡再期，不激以苛，不毁以隨，扶微興壞，多所緒正。民方安其政，而公顧已倦遊矣。閒居二十年，年七十有五乃終。

配安人楊氏，前卒。子男六人：珠、璧、琛、瑄、璪、琅。璧爲伯父某後，舉辛丑進士，官東陽知縣，與璪皆前卒。餘皆文學弟子員。孫男十五人：偲、仕、儉、俱、伊、僎、任、儒、倬、位、儆、伸、伍、代、什。偲、俱、伊、倬，文學弟子員，儉太學生。曾孫男十一人：訥、訒、訓、謨、謙、讓、諷、誠、詔、諫、誦。女一人，適太學生武進惲誥。孫女十一人。曾孫女六人。

公磊砢闊達，不設城府，不立厓異。素性恬漠，晚益閒曠。諸子奉事惟謹。親賓舊故，文酒過從，壺矢縱横，讌飲狼籍，雍容懽洽以爲常。中外孫曾餘四十人，歲時會集，以次上壽，歌呼淋漓，禮文不足而恩愛有餘，意藹如也。劉族蕃衍，待之優厚，緩急有求，必委曲赴之。引翼其子弟，俾皆有立。居鄉和易，不事矜嚴，不脩邊幅。販夫牧豎，或爾汝之，不以爲懟。被服簡率，舉止散漫，驟見之，不知其諸侯大夫也。而砥節履方，乃不肯苟。在官俸入之外，一無所取。故事入覲有贐，亦皆麾去。少侍都憲公宦遊諸藩，多所閲歷，遊道亦廣。刺經績文，咸有家法，而不守章句，能自得師。所作經義，雋麗明發，一洗陳爛，人初未之知。御史莆田黄公按試，得其文，奇之，以示諸生。時徵明在列，讀之驚異，乃從公遊，於是四十年矣。歸老林下，益親而昵。徵明視公十年以長，方共爲暮年之歡，豈意其先我而逝也。嗚呼！傷哉！

先是公常囑余爲傳，未果。至是諸子以狀來速銘，爲次其事而銘之。葬以是歲十二月十又六日，葬在武丘鄉采雲里，楊宜人祔。銘曰：

維劉之先，來自汴都；孰奠于吴？榷茶其初。有賢聽烏，孝思維則，弗替有延，奕其世澤。侃侃中丞，爲時名臣，用不盡才，遺厥後人。展矣邦君，有言不忝，世科斯踐，世德斯纘。藉藉臨汀，悠悠去思，時不可爲，舍旃來歸。緬焉中丞，子服不克，不世其位，世其名德。德如之何？匪榮斯夸，匪禄斯奢，刑厥有家。豈式于家？爰徵厥世；維百斯年，子孫孫子。采雲蒼蒼，松楸鬱鬱；有偕則藏，以永無忒。　詩文稿

華府君墓志銘

府君華氏，諱欽，字敬夫，常之無錫人，裔出南齊孝子寶。家世之詳，具余所作南坡翁墓志。府君，南坡翁之子也。南坡精敏宏達，長於經理，年九十餘，猶自操家，科輸佃作，悉身任之，一不委勞於人。故府君至老，猶供子職，其才能行義，不少外見，而内行甚脩。事南坡翁及母錢碩人，承顔順志，白首服勤，起居省侍，不少違拂。翁没，府君已七十餘，毁頓成疾，孺慕不已。歲時蒸嘗，與諱日脩祀，豆籩潔清，牢醴維飭。旦起，必衣冠謁先祠以爲常。至於家事靡密，貨泉流輸，一無所問。教子若孫，亦惟道以義方，未始督過。嘗曰：「燕翼貽謀之事，前人既已規措。伏臘供具，内人之職。彼皆有緒，吾亦何用多爲？」性本靖謐，不喜矯枉，不事夸誕。對客恂恂，未嘗以語言先人。人侮之，受而不答，視若不慧，而還語諸子，則皁白井井。且戒曰：「慎毋爾也。」推誠任性，不逆詐，不窮人之過。待臧獲下人，往往以恩掩義。或有所盜，知而不言。曰：「彼當自愧悔也。」或負南坡翁金，而紿取券去，曰：「譬遭彊禦，則亦已爾。」其仁隱寛裕多此類。晚得末疾，不良於行，作别墅於湖橋，陂魚養花，樹藝自適，將以佚其老。而豈意其遽疾而死也，嗚呼！府君生成化甲午八月七日，卒嘉靖甲寅正月十又三日，享年八十有一。配吕氏，前卒。子男五人：長夏，國子生，娶錢；韶、勺，娶俱鄒；英娶范；文甫，丙午舉人，娶成。女一人，適錢去僞。孫男五人：紹曾、紹芳、紹先、紹賢、紹齡。孫女十二人。曾孫男一人，積德。葬以卒之明年乙卯正月十日，墓在膠山，吕碩人祔。先事，夏偕諸弟以狀來請銘，狀則文甫所自述也。嗚呼！府君早有所恃，至七十餘而父始棄養，至是則諸子皆已成立。父作子述，府君其真所謂無憂哉！銘曰：

維孝而恭，爰飭厥躬，孰匪其庸？亶静好嘉，刑厥有家，孰匪其華？既恃有承，迺言用亨，吁嗟乎其貞！ 詩文稿

嚴母陸宜人墓志銘

正德□年，彰德守嚴公道卿致仕卒於家。公吴洞庭山人，卒葬山之俞塢。嘉靖甲寅□月□日，繼室陸宜人卒，合葬於公，於是距公之葬，三十幾年矣。諸子以徵明於公有雅故，奉所親中書舍人王君延陵狀來乞銘。

按狀：陸氏，吴江充溪鉅族。世有令德，爲時聞人。父諱舟，娶于吴，爲故封奉議大夫吴公諱□之女，以成化辛丑生宜人。生而朗潤，慧解靈通，纂紉翦製，不習而能。女紅之餘，略涉文史，通女誡諸書。脩正閑體，羣居不遊，静專若淑，在室有聞。始彰德公喪其元配蕢，謀所以繼。而武選郎中吴君汝勵，同朝相知，宜人其甥也，遊揚引重，因獲締好，而宜人來歸。歸時，不及事其舅，而事姑維謹。上衣饋食，將節以時，起居扶掖，服勤靡懈。姑安其孝，以高年令終。相彰德公婉順弗違，和而有别，而能隨事規切，裕之於道，慫恿歸榮，式堅厥志。公砥節履方，居官彊執。筮仕刑曹，當畿甸劇司，出典劇郡，歷吉安、彰德，所至執法，多所緒正。人咸側目，而卒之不掛吏議，不落陷阱，完節保身，考終牖下，謂非中有所助不可也。公歸，卒於家。家事狼戾，諸幼孱弱，外侮遝至。宜人内操訾省，外給門户，掇拾完護，迄以不墜。維植諸子，俾皆有成。四子惟淳、濡出於宜人，而蕢宜人子滂、庶子沖，皆於宜人撫字，保抱鞠育，哺被維均，而又均其訓迪。婚嫁立業，不異而加盈，人不知其異出也。雅性勤物，纂紝鍼黹，恒歲靡間。郡廨尊安，不忘織績。而尤事持儉，食飲隨時，被服無鮮華。兩被命封，無所改飾。而特樂於賑施，恤窮急匱，有求必應。杠梁道路，多所倚成。生無私藏，有積輒散，瀕終啟篋，故衣數襲而已。嗚呼！達哉！女婦所難也。

宜人享年六十有四。子男滂娶姜，淳娶莊，濡娶王，沖娶葉。女適周棐，吴濬。孫男十三人：棨、槃、果、柔、杲、棐、寀、植、棃、棻、樂、臬、彙。果、柔皆縣學生。孫女□人。曾孫男十一人。葬以乙卯十一月某日。銘曰：

有賢宜人陸之碩，于歸于嚴儷維德。侃侃邦君正而直，亹言操切勵精白。誰其翼之俾無忒？婉兹中闈相維克。弗愆弗違承貞則，迺操營營家用植。亦教有成胤維式，尚引厥世永無斁。青松丸丸俞塢鬱，邦君千秋此云域，有偕則藏銘不泐。 詩文稿

故鄉貢進士贈承德郎户部主事石谿張公墓志銘

鄉貢進士眉山張公，正德丙子卒，葬州之某鄉某原。嘉靖甲子，以其子中丞公景賢升朝，推恩贈公承德郎户部主事。及是中丞奉詔撫南畿，乃以事狀屬徵明爲銘。於是距公之葬，四十有二年矣。始公卒時，中丞生甫五齡，昭德發潛，蓋有待也。

按狀：公諱弘用，字體充，世家眉之石谿。曾大父某。大父某，贈承德郎南京户部主事，父諱愈嚴，南康府知府。母黄氏，贈安人。公生穎異，少無童習。性敏慧，書過目成誦。十歲屬文，有雋語。稍長，益事博綜，羣經子史，多所披閲，刺經綴學，卓見端緒。

南康公舉於鄉，卒業太學，尋筮仕教耀州，公皆侍行，獲友四方名士，遊道日廣。摛文發藻，迥出輩流。庚午，歸試於蜀，蜀士無能出其右。督學憲臣手其試卷不釋，遂以冠多士。是歲舉於鄉，隨南康公試禮部。南康第進士，官南都。公亦卒業南雍，益得友天下士。時隨州顏于喬，霍丘田子實，泰和歐陽崇言，皆當時名士，與公爲四友會。一時程文講義，流布近遠，咸以爲奇。間集文史名物爲書，曰考索輯略。其學宏博，不專事舉子，揚搉探究，務爲洽浹，以圖世用。嘗曰：「士讀書以致用，然事須閱歷。今仕者往往重内而輕外，謂州縣勞人，鄙棄不屑。不知外官得以親民，差科獄訟，鈎稽省署，手摩而身率之。既久而習，推之於事，乃有所濟。彼輕外者，皆爲身謀耳。」嗚呼！其志如此，其爲識亦宏遠矣。使見之行事，必有大過人者。乃不得年，僅三十而夭，惜哉！

公孝友天至，居常事南康公惟謹。少失母，事後母黄安人如母。既受室，一錢尺帛，不入私藏。黄安人有子功用，公每撫弄母前。曰：「人言兒無弟，今有弟矣。兒他日去違二親，遊子之懷，將賴此自慰。比弟出，兒亦歸矣。」及功用舉於鄉，而公不及見矣。公女弟適吴嘉祥。嘉祥嘗隨侍南康公學於南都，得疾甚殆，公不遠數百里，延醫療之。及别，洒涕送之，蓋慮其遠道不測也。詎意别不久，而身已先逝矣。嗚呼！傷哉！

初，南康公家食時，爲上官所禮重。州守適有所干，餽金南康，南康辭之。復餽於家，家人謂其愨誠可受，公曰：「父却於前，子受於後，人其謂何？」時公尚在童丱，其見已如此。厥後所立卓爾，殆能充其幼者也。

公生成化丁未十月十有九日，卒正德丙子二月十日。娶李氏，今封太安人。子即景賢，嘉靖戊戌進士，自户部主事累官都察院右僉都御史，文章政業，偉然名臣。女適州學生郭鴻進。公家西蜀，去吴遠，徵明不能詳其人。而狀出苑馬少卿吴嘉祥，即公女弟之夫也，事核可徵，謹次而銘之。銘曰：

匪作於前，孰肇之賢？不有世延，孰昭厥先？展也石谿，邦侯之子；中丞維父，爰德以繼。作焉述之，公其奚憂？不于其生，而後之酬。展也石谿，履貞蹈道；枕經藉書，下帷發藻。雋味道腴，維靖而淵。甫拔賢科，遽閼其年。弗永其年，式延厥世；衍德垂休，駿發厥嗣。侃侃中丞，允維邦楨；子道之行，父志之成。尚有顯褒，光昭令德；于千斯年，以永無斁。　詩文稿

中順大夫嵩峯華公誌略

公諱金，字子宣，號嵩峯，封户部主事三山翁長子。公生樸茂謹愿，姿尤穎異。未

冠，選隸郡庠，往肄業，祖謂曰：「遠行獨處，將無大寂？」公對曰：「對聖賢嘿坐，固不覺。」日益淬礪。正德庚午，以易魁應天。庚辰舉進士，授户部主事，分司通州，嚴整慎密。還理部事，歷員外、郎中，所涖職辦。而醇誠自將，咸以古道目之。陞雲南參議，督造黄册，不以煩民。土官昂繼先桀驁悖謾，爲境内患，擒寘於理。三年，政平訟理，聲績茂著，陞山東按察副使，守天津。天津盜區，又南北孔道，外攘寇，内應客，軌道循法，不能俯仰徇物。或迂議之，再疏親老乞歸，遂得致仕。既歸，益事恬寂。家居二十年，不輕入城府。邑大夫或就見，言不及私，多敬憚之。事親孝愛純至，居喪哀戚，至久不忘。友愛二弟，雍睦無間。篤於族屬，孤嫠貧苦，多所賑恤。陸冢宰，内親也，避勢遠嫌不輒交。比張永嘉當國，援公同升，公正言曰：「公爲相，當以天下爲度，乃私其同年耶？」生平不殖貨財，家居不治垣屋。嘗詔子孫曰：「吾無以遺若曹，然吾立身修正，居官廉潔，使若曹爲清白吏子孫耳。」喜讀書，至老不怠。詩文清麗，有少微堂稿。殁之後，士紳公舉，崇祀鄉賢。生成化己亥十一月初三日，卒嘉靖丙辰十月十六日，年七十八。配孔氏，封安人。葬余山父塋。子二：際良、際豐。華氏傳芳集

文徵明集補輯卷第三十二

墓表　二首

明故梅溪府君張公墓表

故湖廣參議張公既屬疾，顧其子鳴謙曰：「吾張氏世家上海之高昌，而祖梅溪府君以儉勤起家，植義好脩，尤有隱德。凡吾所爲有今日，皆而祖之致之也。自吾入仕，即思表揚先德，而事不副志，以迄於没。爾能無忘吾言，我即死不恨矣。」鳴謙涕泣受命。甫卒哭，即走吴門，述其先人之言，請表墓道。嗚呼傷哉！我國家之制，凡官七品，皆得以其官贈封其親。參議起家進士，餘二十年，列官藩省，階四品，可謂顯矣，而曾不得一命以榮其親，蓋於此有遺恨焉。

於是府君之葬四十有二年矣，始克表於其墓曰：府君諱熙，字民和，别號梅溪。五世祖桂五，生子玉蟾。玉蟾生隱德。隱德生志恒，以督餉道卒。妻康氏，遺腹生述，號娛濟，府君之父也。母陳氏，生府君兄弟四人，府君其季。幼通敏有識，甫冠，以父命出分，即能激卬自立。家故農也，凡菑播穊種，皆能謹之以時。早作夜息，躬僮獲下走之勞，而督率之。或請少逸，則曰：「吾以示勸耳。且吾方食其力，忍厲人自逸邪？」以故僮僕欣欣，樂爲之用，歲入恒兼他人。家用温羨，稍植産自益。屬時不登，民流失業，可以抑價漁取，府君不可。曰：「吾後當□□利，而射時乾没，非所以厚吾子孫也。」乃更倍直償之，而所得並是膏壤。盡力其間，久益衍拓，遂以高資甲其里中，尋被推擇爲賦長。時賦穰無隄，往往破産不足更費。府君斂發以時，輸將有制，不苟不弛，而以儉勤將之。官享其成，民用弗擾，而家得不侵。至於今，稱良賦長焉。素性若淑，弗爲物競。尤篤於倫誼。既門户分裂，不無譏就，而畢□涵納，閒閲以平。嘗爲怨家所構，掎摭轢轢，卒亦不抵於僨。蓋能隱約推移，以損爲益，軌道夷跡，而物莫能乘，殆是以德勝人者。至於絶甘分少，折券棄責，尤爲齊民所懷。年五十有四，以弘治戊申六月十八日卒。配潘氏，同邑潘行素之女，有賢行，後二十七年卒，合葬邑之曹烏涇新塋。子男五人，長即參議公諱萱，舉壬戌進士，歷知□陽、嵊、政和三縣，荼陵、潞二州，超拜湖廣按察司僉事，進今官。次垠，遇例冠帶。又次墀、墱、坊。孫男十三人：鳴謙、鳴岐、鳴豫、鳴殷、鳴周、鳴皋、鳴罔、鳴善、鳴玉、鳴道、鳴盛、鳴治、鳴陽。謙、岐皆舉鄉貢進士，玉郡學生。曾孫男十四人：仕，亦郡學生，次偲、儒、份、俸、化、伋、儲，餘幼。女三人，壻李元、湯汗、姚淮。孫女五人。曾孫女七人。

府君雅嘗問學，有志顯融。屬伯兄登科入仕，遂有政於家。家成，篤意教子，啟迪導誘，慈不忘嚴，參議公卒用顯聞當世，而諸孫彬彬，咸以科第發身。數十年來，張氏隱然稱衣冠之族，蓋庶幾府君之志，而不及見矣。雖然，鄉之人莫不賢其能教也，抑不知於此有隱德焉。府君不自逸以厲人，是其仁也；置産必厚其直，不乘時徼利，是其義也。至於涵垢藏疾，與物無忤，又何其厚也？是宜其子孫之多賢也。而豈獨能教之爲賢哉？用詳列之，俾後之人有考焉。　拓本

吏部郎中西原先生薛君墓碑銘

嘉靖二十年辛丑正月丙申，吏部考功郎中西原先生薛君以疾卒於亳之里第。是歲十月庚午，葬城南一里祖塋之次。其友蘇州知府王廷伐石表其墓，長洲文徵明書其

石曰：

嗚呼！先生天下士也，今而已矣！有如斯人，可復得耶？始弘治、正德間，何大復、李空同文章望天下，摛詞發藻，輘轣漢、晉，一時朝野之士，翕然尚之。先生雖稍後出，而聲華望實，略相曹耦。又皆感槩激卬，有志事功，天下之士，所爲望之，非直文詞而已。其後二公以提學副使先後死。先生仕嘉靖初爲吏部屬，寖顯矣，而剛腸疾惡，與時抵捂，竟爲小人所乘，迄又廢死。是其經世之學，卓越之才，與凡有爲之志，皆不得少見於世，而今已矣！嗚呼，余所爲致慨於此，豈獨爲一時一郡惜之，固爲天下惜之也。

先生諱蕙，字君采，號西原，晚稱大寧居士。其先河南偃師人。國初以赤籍隸武平衛，遂爲亳人。高祖彬，曾祖森，祖琇，世有隱德。父鎰，封吏部主事，母楊氏，封安人。先生舉正德甲戌進士，初授刑部貴州司主事，病免。起告，改福建司，尋改吏部驗封司，進員外郎，再進考功司郎中。卒年五十有三。

先生生而靈異，七歲能屬文。稍長，出語已驚其里中老長。十五補郡學生。試應天，不利；益肆力於學。質義揚搉，雋味道腴，經義之外，尤攻古文詞。亳故偏鄙，學者無所承籍。先生崛起齊民，能自得師，不階梯級，徑造作者之域。今大中丞儀封王公判亳，得其文奇之，曰：「是固何、李之流也。」亟延譽之。提衡引重，俾益有聞。故先生未仕，而其名隱然動京師。及舉進士，雅遊諸公間，益精進不懈。初官法比，文法章程，披抉蘗挫，而先生不忘問學，羣經史籍，讀之幾遍。見諸論譔，精深典則，不爲長語。爲詩温雅麗密，有王、孟之風。樂府歌詞，追躅漢、魏。然先生不以爲能，直欲見之行事。其治獄精審，不爲骩骳，而析律詳明，所當必允。嘗莅本科，凡諸司奏讞，悉從詳定。傳爰論報，既靡罅漏，而又緣飾以文，條列燦然。一時法家，咸推之以爲能。在吏部尤事甄别，公清介潔，銓敍維審。故事：曹務惟長官關決，貳佐漫不得省。屬時曹長皆先生相知事必集議。先生審畫緒正，每公言之。在考功未久，而展采錯事，已卓有端緒。性彊執，遇事直前，無所觀望。武宗南狩，先生抗疏諫止。同時諫者，或標表示直，或解熳恐訣，而先生不訐不隨，直申其志。雖聖怒叵測，而履坦竢命，不爲迴折。今上議追王之禮，廷臣論奏紛然，上意初無固定；而主議之臣，持之甚堅，故諸臣往往得罪去。先生曰：「是不可空言奪也。」乃著爲人後解，大要謂：「大宗不可絶，而義變則適子可以爲後。」又著爲人後辨，謂：「繼統故繼嗣，而繼嗣所以繼統。且禮無生而貴者，雖天子諸侯之子，苟不受於君父，亦不敢自成尊也。」其言出入經傳，援據精核，而詞旨頗激。人爲傍懼，而上不爲甚忤，甫下獄，尋即貫赦。而主議者銜之。會陳洸者，以給事中補外，中道上書議禮，得復召見言事，因附當路，盡擊異議者去之。先生時已被原，無可刺者，遂起顔木之獄，而先生去國矣。先是亳有武臣，誖謾陰賊，爲暴於境内，從横囷奪，漸不可制。顔守亳，盡發其姦私，深探其獄而置之法。至是稱寃，下有司推劾。洸以先生亳人，顔其同年進士，於中疑有奸利。有詔勒停聽理。已而事白，而先生乃無所坐，例得牽復。然先生洊罹跋疐，視畏途如棘，縮歛自愛，不復有當世之志。臺臣論薦，歲無虚刿。四方之士，日徯其用，而先生不可起矣。

先生恬静寡欲，舉天下之物，莫有動其中者。所與遊，非道義不親。紛華聲利之言，一不出口。平生未嘗以私干人，人亦無敢干以私者。晚歲自謂有得於老聃玄默之旨，因注老子以自見。詞約理明，多前人所未發。又喜觀釋氏諸書，謂能一死生，外形骸，將掇其腴，以求會於吾儒性命之理。蓋亦閒居無事，用寄其淵微深寂之趣耳。或以爲有所没溺，而實非也。所居之西，隙地數弓，即所謂西原者，故有水竹之勝；至是益加樹藝，室廬靚深，松竹秀列，陂魚養花，日游衍其中。著書樂道，悠然自適，遂以是終其身。所著有約言、老子集解、五經雜録、大寧齋日録、西原集總若干卷。

先生事親孝，喪之易而能戚，與兄蘭雖異出，而事之極恭。家事巨細，悉主於蘭。同居五十年，友愛無間。先生娶趙氏，無子，蘭寔主其喪云。銘曰：

維薛之先，偃師其奕；别籍于譙，世戴厥德。顯允考功，展世斯宏，載言翼之，展曄英英。孰不有言，我掇其雋；内澡玉融，亦貞其踐。踐德以升，列於周行，爰飭厥躬，弗愆用臧。司刑則明，官人維敍；以比以儞，以莫不舉。顯允考功，直躬弗折；亶摅至誠，罔私以訐。天崇地卑，禮攸有定；匪無經權，我維其正。謇謇揭揭，孰諛以阿？豈天則高，壬人孔多。彼壬則多，我攸有適，向晦而明，迺晏以息。言考以繫，履貞用恒，著書滿家，身否道亨。繫亳之南，有原惟塏，我銘家藏，以俟千載。薛考功集 西原遺集

墓碣銘 一首

古沙朱君墓碣銘

靖江朱氏，世以高貲長雄其鄉，每多義舉。至古沙君本儒，與弟本思，文雅特達，褎然縉紳間，日益有聞。而古沙君嘗代父刑辟，尤以孝烈稱。初，其父軏，爲仇家所誣，捃摭忮害，事且不測。君時爲諸生，度不可解，用計匿其父沔、漢間，身就逮繫。繫十有二年，考掠鉗釱，數阽於死無所恨。已而父歿，而事亦暴白，始釋繫還家，家已隳廢。於是劭農處業，刻意振植，菑播穊種，謹之以時。發軔輸將，規畫維審，掇拾完護，手摩而身

率之。數年之間，聲生勢長，日以有贏。膏腴連延，貨泉流溢，視其先不替而加隆；乃推心施貸。歲壬午，海溢民流；甲寅，兵興俶擾。君皆賑之以粟。凡一再捐廩，所活以千計，費皆不訾。至於中外姻婭，里黨烝庶，恒多賑恤，而尤急於族屬。族有緩急，必爲解紛。平繇均賦，隨事經理。族兄雷臥病金陵，君視療勤渠，起居扶掖，舉身親之。餌藥禱祠，治棺與殮，費皆己出。待二弟尤有恩義，而不忘規誨。嘗曰：「吾少有志於學，遭家不造，遂以失業，拮据庠㾀，僅能起廢肇家。雖復羨贏，直一賈豎耳，視文儒不啻倍蓰。若曹及時進脩，無若迺兄爲也。」仲氏本思，從遊陽明，得知行之旨。講學質義，爲時聞人。季亦績學待用，皆君有以勗之也。君性敏有識，居常品藻人物，料事成敗，皂白井井。尤能激昂任事，邑大夫往往舉以自輔，多所裨益。奸民或以私恨致大夫於理，君挺身赴之，感慨激發，辨詰明審，上下傾信，而事得以直。先後所直不一，或以爲濫；君曰：「吾於此豈有所利耶？特不欲長吾鄉訐黠之風耳。」其長厚知大體如此。

朱之先，本吴之太倉人，元有思齋者，仕爲次山路總管，生荆州守源澤。源澤生名達，仕國朝爲政和主簿，始自太倉徙居靖江，君之高大父也。曾大父昶。大父岩，輸邊例授太倉衛指揮。父即軏，仕爲鴻臚寺序班。母江陰劉氏，封兵部郎中某之女，光禄卿劉公克柔之女弟。君生弘治戊申七月七日，卒嘉靖丙辰六月二十八日，享年六十有九。

配王氏，先卒。子一人正初，國子生，娶劉氏。女五人：長適武進莊文麟，次江陰薛如璧，次泰興何瑚，次何瓊，次張煒。文麟、瑚皆邑學生。正初以卒之年十月五日，葬君邑之官房里新阡。太常卿張公袞志其墓，納諸幽堂。而墓上之石，未有刻辭。於是本思手具事狀，率其子正初，不遠數百里乞言於余。爲次其事而銘之。

君諱習之，本儒其字，別號古沙。嘗被推擇爲醫學訓科，非其志也，故不書，書古沙云。銘曰：

維朱之先，望于婁東；馬馳之遷，自政和公。載言啟之，式衍以奕；展也沙翁，孝思維則。其孝維何？痛父蒙辜，維古有訓，竊負而逋。父辱子死，矧兹繫逮，纍紲鉗鈇，之死靡悔。維天鑒禍，訟弗用終，再造厥家，弗替以隆。俾益官師，畢誠感槩，義斯用明，紛斯用解。豈曰解紛，敦是民德；孰不有懲，我維義克。展也沙翁，靖共自存，少也篤義，老而彌勤。上蒙其成，下飲厥施，達於邇遐，豈則州里？官房之墟，松楸維鬱，有墓于斯，過者必式。生也弗忒，既歿有聞；尚千百禩，視此刻文。

碑　二首

明贈奉政大夫兵部郎中華公碑

贈兵部郎中華公既葬之二十有二年，爲嘉靖己亥四月六日，厥配太宜人趙氏卒。是歲十有二月□日，合葬於公。初，宜人之卒也，其子郎中鑰，將乞言表墓，未果而卒。至是其孫縣學生泮，述父志以請。且曰：「先大父之亡，葬以處士之禮。今再被命，封階五品，法得樹碑，而未有刻詞，惟併有述焉。」

按公華姓，諱基，字允成，别號肯齋，裔出南齊孝子寶，世爲常之無錫人。國初貞固先生諱某，始居邑之鵝津蕩。貞固一再傳思濟，思濟生守方，守方生文熙，公之曾大父也。自貞固以來，世以高貲甲於里中。至文熙益用衍拓，先公後私，率道閭里，尤以善富稱。公少敦悃愊默，木質而理。自以世業充盛，非德無以將之，乃益務施貸，棄責捐逋，以損爲益，家用是日落。曾不自悔，而植德益至。性尤篤孝，母亡，喪之幾於滅性。其後喪父，竟以過毁得偏痿之疾。然歲時蒸嘗，虔潔自力，不以疾怠。待族屬昆弟，正而有禮。仲父文輝，博學有文，所謂會通先生者，公事之尤謹，事必諮焉。性喜文，居常詩禮自飭，或亦遊情篇翰，而必名教爲先。先世貞固有遺懷詩，公句析而爲之箴。又述先德，爲家範以式子孫。建世德堂，而爲之訓。皆身服而示之，不徒空言爲也。故王文肅公嘗稱其「敦行孝弟，克承有家」，人以爲實録云。卒年五十有三，實正德丁丑五月二日也。

配即太宜人，姓趙氏，同邑趙君諱濂之子，閒靖敏達，式於女儀。趙、華既門閥相耦，而婿婦又適媲美，中外稱之，謂爲各得所擇。太宜人歸時，及事其王舅若舅與姑，尊卑順敍，靡有愆佚。會姑卒，太宜人以介婦承事維謹，沐浴含殮，悉躬任之，一不委勞其姒。性嚴果有識，剸裁敏利。潔豆籩，洽昭穆，靡密上下，斟度維宜。尤勤纘紝，自少至老，絲枲不去身。然不屑屑於錢帛，有餘輒推以周人。既嫁，不忘母家。母寡迎養，終喪之如其姑。歲脩墓事，亦如華氏之墓。此於禮雖若未合，而孝誠之所推，有足嘉者。公平生督於教子，不欲有所累，而太宜人能自執家，有以裕之於學，故其子鑰，得以有成。公卒之五年壬午，鑰舉應天鄉試第一，旋以進士升朝，推恩贈公兵部主事，階承德郎，封太宜人爲安人。越七年，加贈公郎中，階奉政大夫，而太安人亦進今封。又七年戊戌，太宜人以壽終，享年七十有七。

子男二人，長即鑰，娶某氏，癸未進士，任兵部主事，歷員外郎、郎中，後太宜人四月卒。次鍵，縣學生，娶某氏。女七人。孫男三人，長即泮，縣學生，娶鄒氏。次榮壽、多壽，皆幼。曾孫男□人，女二人。墓在某山某原。系之詩曰：

煒煒華宗，肇聞自齊；孝思有衍，維百其支。有賢肯齋，德維其繼，弗富而仁，爰周於施。維施之亟，維德之恒，毀家以承，式困而亨。温温宜人，德則儷只，乃孝而恭，亦貞其履。維履之貞，維德之秩，孰刑有家，式是云匹。翼翼禮文，循循德教，有攸則貽，弗隕維紹。振振者子，用于邦國，乃攸有積，荷天之錫。錫之如何？龍章孔昭。緊恩斯隆，維德之褒。有崇寧丘，在錫之麓；石穴礱礱，瘞兹雙玉。德音孔遐，陵谷靡移；後千斯年，視此刻詞。手稿

有明華都事碑

故潮省都事無錫華公以嘉靖癸卯冬十二月丁酉，葬邑之九里涇揚名阡。翰林待詔文徵明刻其墓上之碑曰：

維華氏遠有世敘。自晉孝子寶以來，世居錫之慧山。宋三一府君原泉，自汴來徙

梅里之隆亭。原泉再傳爲處州録判友龍。録判生淮安路屯田打捕提舉琳。提舉生太尉府知印椿。知印一再傳爲耕樂處士景安，則公之高大父也。曾大父荃，大父本盛。父楝，字良用，讀書業進取，跅弛自好，齟齬於時。娶吴，生三子，公其仲也。其諱麟祥，字時禎，號海月居士，晚稱海翁。生而雄俊，少即砥厲知學。讀書綴文，不肯碌碌後人。嘗遊學官，一不合，即棄去，以貲爲郎，然雅非其好也。因篤學不廢，尋又被選爲諸生，援例升貢太學。一再試有司不利，即罷不復舉，以太學生注選，待次於家。子雲，資秀而穎，乃篤意教之。曰：「吾宗世負高貲，然科第不丐，顧吾厄於時，命不獲申，汝庶幾嗣成之。」雲明經綴學，竟起高科，而諸孫羣從，被服儒術，彬彬繼起，遂隱然爲文獻之族。先是，歲癸未，公赴選調，一時當路多公故人，將共援進之。而公偶有所觸，不俟徑歸。曰：「吾髮日種種，吾寧能僕僕久爲人役邪？」及雲領薦，喜曰：「吾志酬矣。」即投牒吏部，自言願得散銜，釋褐不復就調矣。天官卿嘉其志，奏授浙江布政司都事階從仕郎以歸。

公雅負才諝，能激印任事。既不爲時用，用植其家。菑播畜牧，能謹之以時。訾算轉輸，得其肯綮，用能恢衍故業。膏腴連延，布泉流溢，幾埒素封。而公質行寡與，儉約自將，歌鼓聲色，泊無所好。所居有隙地，亭館靚深，華木秀野，間從親賓游衍其中，而所性不存也。至養二親，則極滫瀡之奉。脩祀享賓，必極精腆。亦能推羸急匱，與義周旋。歲饑穀翔，輒傾廩賑貸。人緩急有求，無弗應者。蚤歲出贅張氏，外舅福州守張公遜，特賢愛之，托以肺腑，任之家事。事集而辦，然不一錢自私。授以衍產，亦謝不取。張公死，家日就落，乃極意拯之。扶微興壞，久益不衰，其篤義彊仁如此。爲人豪植長雄，不能隨世俯仰。與人處，任真而有情。治生之餘，喜從事書翰，規模蘇氏，暇輒據案臨倣，自謂有得。或書陶、杜詩，風簷展詠，悠然自適。辛丑冬，雲奉使南都，便道拜公於家。公喜，是日集親賓，置酒高會。于時垂年八十，而視聽不衰，談辯娓娓，拜起周旋，不少厭怠。咸謂公方來未艾也。俄得痰疾，時止時作，至明年七月十日竟卒。距其生天順甲申九月十有六日，享年七十有九。

配張氏，先二十年卒。生子男一人，即雲，嘉靖辛丑進士，娶楊氏。側出子一人露，聘談氏。女五人，一適秦潑，一適吴性，前卒。餘皆未歸而夭。孫男五人，復初，復禮，復誠，俱縣學生。復元、復陽尚幼。孫女四人，長適秦采，次適安如石，次適俞寀，俱國子生。次幼。曾孫男七人，之充、之亮、之奇、之立、之方、之亢、之亶。曾孫女八人。

銘曰：

維華有聞，肇自戴公，食采於華，用殷厥宗。孰濬之源，孝子維碩，有築斯安，爰奠于錫。展矣原泉，自宋大梁，來居隆亭，梅里之陽。傳百斯年，弗替有衍，有攸弗忘，式昭用顯。奕奕海翁，有德有儀，亦仕有階，式遄其歸。豈不有庸？言適其性；弗究於行，施於有政。匪施則□，亦教有成，翼翼子德，允維邦楨。古亦有言，子承父志，子道之行，父斯罔墜。奕奕海翁，啟慶自躬，匪子則貴，維德之充。揚名之墟，有玄者室；我銘其懸，過者斯式。拓本

附待訪文目

衍毁

甫田集三十五卷本卷三十李宗淵先生墓志銘：明年，扁舟過余吴門，示余所著書，頗自悼其齟齬不遇。余爲著衍毁一篇。

贈周子籲提學四川序

朱卧庵藏書畫目：揚舲萬里卷，文太史隸并行書贈周子籲提學四川序。

姚轂庵文集序

味水軒日記卷六：萬曆四十二年甲寅九月二十三日，過徐節之齋頭，出觀文徵仲小楷書姚轂庵文集序。

襲芳别録序

白洛原遺稿卷七襲芳别録序：無錫遇齋鄒翁之喪，一時縉紳先生爲之狀志銘表與諸哀輓詩辭，琳瑯如也。其子僑乃哀爲一帙，曰襲芳别録云。先是静修翁卒，其子拙隱爲襲芳録以傳。于時少宗伯廣寧黄公、太史華亭錢公，實序之。既拙隱翁卒，其子謙齋輩復爲襲芳續録以傳，于時大冢宰文正李公、大宗伯文莊邵公實序之。既謙齋翁卒，其子儀又爲襲芳别録以傳，而太史衡山文公亦既序之矣。曰别者，别其世也。謙齋爲伯，遇齋爲季，本爲一世，似不可更立名義，故仍曰别録云。

賁感集序

唐寅年譜三十歲譜文：徐經字衡父，著有賁感集，其友文徵明爲之序。

駕部集序

列朝詩集李車駕時行：時行字少偕，番禺人。嘉靖辛丑進士，知嘉興縣，晉南京兵部車駕主事，以事罷官。有駕部集，文翰詔爲序。

悟陽子静室記

味水軒日記卷八：唐伯虎悟陽子静室圖，文徵仲作記。

篁洲書屋記

何翰林集卷六題篁洲卷爲崔仲章賦：崔仲章始祖號竹居，仲章因作篁洲書屋，衡山先生爲寫圖，并記其事。

谿石記

珊瑚網畫録卷十七陸包山谿石餘靄圖卷：文徵仲隸書谿石記，爲新安吴氏作。

竹坡記

平生壯觀：文徵明竹坡，上半中楷寫竹坡記。

泰山庵記

康熙本長洲縣志：泰山庵在九都二圖楓橋下塘，宋時建，文徵明記。

桑淵静先生祠記

光緒七年本蘇州府志卷三十八壇廟祠宇：桑淵静先生祠，在常熟阜城門内，祀明處州通判桑瑾，姪柳州通判悦祔。文徵明記。

名宦鄉賢祠記

光緒七年本蘇州府志卷二十六學校：長洲縣學，正德十六年知府郭波建尊經閣。嘉靖十五年知縣賀府重修，增建名宦鄉賢祠，文徵明記。

李侯祠記

光緒本嘉定縣志：李侯祠記，嘉靖二十三年文徵明撰并書。

真武殿記

民國本吴縣志：織染局真武殿記，文徵明撰，楊志尹書篆。嘉靖二十六年丁未四月。石已斷缺不全，砌在北局營盤牆内。

洛原草堂記

天瓶齋書畫跋文待詔洛原草堂圖：文待詔爲白貞夫作洛原草堂圖并爲之記。

石湖草堂記

麓雲樓書畫記：文衡山石湖草堂圖軸，圖上自書長記。

包氏報鵝堂記

書影：鄞江東包氏，望族也。有老母蓄一鵝，躬親餵養。已而母死，鵝遶棺哀鳴，三匝亦死。包氏子顔其堂曰「報鵝」，文徵明太史爲之記。

致仕三疏

弇州山人四部稿卷一百三十一三吴楷法十册第六册：文待詔徵仲小楷，其五致仕三疏。

修竹堂寺疏

竹堂寺志補：萬曆壬申，今陸司空與繩爲曉上人謀修復竹堂寺，而問疏於余，余得學人語數十應之。今又七年矣。而曉公從文司諭休承所見其先待詔徵仲修寺疏墨跡，蓋前正德壬申歲也。中略王世貞跋。

跋晉賢小楷

壯陶閣書畫録卷二十一程嘉燧跋宋拓心太平本黄庭經卷：在京師獲覩吴騫所藏晉賢小楷，册尾有祝、文、陳白陽、王弇州題跋。

跋聖教序

詒晉齋集宋拓聖教未斷本：余得之，以舊得文衡山、唐伯虎二跋附册後。

跋定武蘭亭

玄覽編卷二：定武蘭亭肥本，搨乃白麻紙，良是唐搨無疑。又有松雪題跋及臨本，殆是真蹟。又有文衡山題跋及臨本。

跋定武蘭亭

壯陶閣書畫録卷二十一羅天池跋唐拓古本蘭亭册：往在都門，見定武禊序五字不損本，自龔子敬傳至沈石田、文徵仲、董文敏、陳仲醇等，最後歸高江邨，各有跋語甚詳。

跋定武蘭亭

鮮盧碑帖目録定武蘭亭真本：宋米友仁等六人，元柯九思等四人，明李士鳳、姚廣孝、陳熙、程敏政、文徵明、袁褧等跋。

跋智永千字文

四友齋叢説卷二十七：董中峯家永師千字文，衡山跋尾，以爲觀智永千文凡數本，皆在此本下。

跋唐明皇賜毛應佺知恤詔

石渠寶笈卷三十一唐明皇賜毛應佺知恤詔一卷：有張雨、文徵明二跋。

跋天女散花圖

玄覽編：天女散花圖，本唐西丁氏物，有文徵仲一跋。

題閻次平山水

清河書畫舫：沈氏所藏閻次平山水一卷，後有于立、錢惟善、袁華、釋良琦、文徵明詩跋。

跋李公麟歸去來辭圖

石渠寶笈卷十六宋李公麟畫歸去來辭圖一卷：有沈度、文徵明跋。

跋蘇軾自書古詩

書畫所見録卷三：藏東坡手迹，字大如盌，係書本集内古詩一首，結句乃「眼暗猶能書細字」者。跋尾乃文徵明筆。

跋蘇軾書中山松醪賦

内務部古物陳列所書畫目宋蘇軾中山松醪賦：接紙文徵明識。

跋黄庭堅書筆陣圖説

石渠寶笈卷十二宋黄庭堅書筆陣圖説一卷：拖尾有彭年、吴奕、祝允明、文徵明諸跋。

跋趙伯駒阿房宫圖

寶迂閣書畫録卷三趙伯駒阿房宫圖：另紙文衡山行書跋。

跋米芾臨禊序

墨緣彙觀録卷二法書續録：米芾臨晉王羲之禊序，白楮紙本，項氏收藏，「批」字編號，末角有「沈氏寶玩」朱文印。後紙文衡山、董文敏兩跋。

跋岳飛報李綱書

愛日吟廬書畫續録卷一：宋岳飛報李綱書册有夏之芳跋云：舊有王文成、文待詔二跋。

跋陳居中蕃馬圖

無益有益齋讀畫詩：陳居中蕃馬圖，衡山小楷題識。

跋梵隆游戲應真圖

秘殿珠林宋僧梵隆畫游戲應真圖一卷：拖尾有虞集、鄭元祐、文徵明三跋。

跋錢選水墨折枝花十八種

真蹟日録二集：僧元成近購錢選水墨折枝花十八種，白宋紙畫，草草而成，大饒天趣。每種自題小詩一絶，而不題名。後有文徵仲、王百谷二跋。

跋趙孟頫書絶交書

鈐山堂書畫記：趙孟頫寫絶交書，後有先待詔小楷跋。清河書畫舫：趙榮禄寫絶交書真蹟，後有文徵仲跋尾，妙絶可愛。

跋趙孟頫書秋聲賦

妮古録卷二：趙魏公秋聲賦一卷，後有文太史、顧中丞應祥跋。

跋趙孟頫行書歸去來辭

清河書畫舫：錫山華氏藏松雪翁行書歸去來辭，後有李貞伯、吴原博、文徵仲等五跋。

跋趙孟頫佛母圖

清河書畫舫：趙子昂佛母圖，後有錢舜舉、鄧善之、文徵仲、王元美、汪伯玉五跋。

跋趙孟頫書雪賦

玄覽編：姚元白有子昂雪賦一卷，後有牟巘及文太史跋。

跋趙孟頫臨褱鮓三帖

玄覽編：趙承旨臨右軍褱鮓帖凡三，後有文待詔跋。

跋趙孟頫書孝經

石渠寶笈卷十二元趙孟頫書孝經：有文徵明、董其昌二跋。

跋趙孟頫書金剛經

秘殿珠林卷三元趙孟頫書金剛經一册：末有陸淵、陳繼儒、葉向高、祝允明、文徵明跋。

跋趙孟頫書太上感應篇

秘殿珠林卷十七元趙孟頫書太上感應篇：拖尾文徵明跋一。

跋趙孟頫老子授經圖

秘殿珠林卷十八元趙孟頫老子授經圖一卷：後有祝允明、文徵明兩跋。

跋趙孟頫林山小隱圖

青霞館論畫絶句：趙松雪林山小隱圖，有祝枝山、文衡山、董思翁跋。

跋王蒙湖山勝遊圖

清河書畫舫：王叔明湖山勝遊卷，後有張璧、趙同魯、文徵明等跋。

跋王蒙會阮圖

快雨堂題跋卷七黄鶴山樵會阮圖：卷後有前明文衡山、王禄之等九跋。

跋高彦敬畫

何義門家書：高房山畫一卷，畫是假的，後面周公謹、張仲舉、李長沙、吴匏庵、文衡山諸跋却真。

跋俞和四體千字文

書畫題跋卷二俞紫芝四體千字文：其篆乃鐘鼎文，據文徵仲跋謂是倣趙文敏書。

跋趙孟頫書盤谷歌張雨書得意詩

遊居柿録：君超處看書畫卷，松雪書韓昌黎李愿盤谷歌，張貞居小書得意詩五首。二書合作一卷，乃文待詔家物，後有待詔題跋。

跋張雨自書詩帖

石渠寶笈卷三十一元張雨自書詩帖一卷：拖尾有吴寬、黄雲、文徵明諸跋。

跋趙雍手書長卷

履園叢話：余弱冠時，在吴門見趙仲穆手書長卷，後有文衡山、許初兩題。

跋倪瓚玄文館讀書圖

清河書畫舫卷六：倪瓚玄文館讀書圖，徵仲有題跋。

跋杜言符五賢像

惠山記續編卷二：五賢遺象，丹陽杜言符畫，莆田林俊、長洲文徵明皆有跋。

跋劉珏葑溪草堂十圖

清河書畫舫卷十二：劉僉憲畫本，當以韓氏葑溪草堂十圖爲第一。文徵仲有跋。

跋沈周仿大癡小卷

平生壯觀：沈周仿大癡小卷，衡山、稼軒跋。

跋沈周杏花

草心樓讀畫集沈啟南杏花卷子：文衡山跋其後。

跋沈周仿吴鎮畫册

石渠寶笈卷四十一明沈周倣吴鎮畫一册：後有吴寬、文徵明兩跋。

跋沈周仿吴鎮山水卷

過雲樓書畫記畫四石田翁仿梅道人山水卷：後有文衡山、彦可兩跋。

跋唐寅山莊寒霽圖

石渠寶笈卷六明唐寅山莊寒霽圖卷：後有華夏、盧襄、文徵明、文彭、沈荃諸跋。

跋唐寅摹李伯時西園雅集圖

退庵金石書畫跋唐子畏西園雅集卷：此唐子畏摹李伯時西園雅集圖，後有文衡山跋。

跋王寵書莊子内七篇

石渠寶笈卷三十明王寵書莊子内七篇一卷：後有文徵明、文彭、許初三跋。

跋仇英畫魏國園景

玄覽編：汪子固買魏國家公子所藏仇英圖其府中各園十二片爲一卷，後有文太史跋。

跋周官畫十八羅漢像

味水軒日記卷八：萬曆四十四年丙辰九月五日，步至吴生房，出觀周叔懋名官者十八羅漢像卷，極古雅，有梵隆之風。文衡山、王雅宜跋之。

跋陳魯南褎先世遺像册

孫淵如詩文集題金陵陳氏祖象册後：金陵陳氏以其先世遺象册屬題，凡十四人。中略後附立象及長沙通判陳公墓志及傳，顧璘所著。文待詔徵明跋言「陳魯南褎先世遺象十三人」。今十四人，後即魯南像也。古者聖人絶地通天，知鬼神情狀，設尸而祭之。中略然則子孫之思先代，非象無以交神明。而文氏所云畫象之説不經見，與程氏一毛一髮之論，其違聖經立尸之義也。

苦讀王君傳

松籌堂集一陽王氏寶文齋編序：一陽字仁夫王君，四明豪傑士也。初自其鄉來游于吴下，館包山蔡林屋氏。既而入吴城見文衡山氏。衡山與爲序爲傳贊銘不一。又苦讀先生王君傳贊：乃北之吴城，見衡山而授字家八法，且爲作傳。

一川傳

朱臥庵藏書畫目：文太史一川圖，文太史書傳。

潘敍傳

木瀆小志所記潘敍事蹟，末謂「文徵明傳」。

十足道人傳

光緒本蘇州府志卷一百九藝術：過龍字雲從，隱於醫。與祝允明、文徵明遊，生平不菑不畬，而所需自足，自號十足道人。文徵明有十足道人傳。

楊順甫配吕氏墓志銘

息園存稿長洲楊處士順甫與其配吕孺人墓表：長洲楊處士順甫配吕氏，亦長洲人，居廣埭。嘉靖甲午八月九日卒，年八十有三。合於處士之窆，翰林待詔文氏徵明爲志。

陸銘墓志銘

弇州山人四部稿卷八十三陸叔平先生傳：君之高祖有爲長山丞者，世世受儒。至君父銘，起家遂昌訓導，遷司教樂清，不赴。故文待詔徵仲高其節，爲之志其墓。

華南坡墓志

錢碩人墓志

吕碩人墓志

石渠寶笈卷十五明文徵明真賞齋圖一卷：豐道生真賞齋賦云南坡君遜業以成其義，文待詔誌銘云：「君諱坦，字汝平，松巖子也。年十六，代父理家。母先亡，諸弟孱弱，哺訓底成。凡屋廬田業，器物童奴，惟弟所欲。自取棄餘者。壽九十有四，見五世孫而終。」賦又云錢碩人備德以相其夫，則王特進、吴文端、文衡山之筆可徵。文待詔誌云：「碩人仁明娟好，慧而不煩。值華中衰，汝平方刻意振植，日出應門户。門内之事，咸碩人持之，卒起其家。孝事舅姑尤嚴賓祭，不喜佞佛，而樂恤匱窮，老而勤儉不怠。」賦又云東沙子之先妣吕，亦有衡翁之筆誌矣。待詔誌云：「吕氏出東萊先生之後。碩人淑柔懿恭，中外歸賢焉。」

劉纓墓志銘

吴都文粹續集卷四十一：劉與清先生纓，成化中進士，授湖廣武陵縣知縣。正德中，歷官至大理寺卿遷南京兵部尚書，所在有政績。予告歸里，卒於嘉靖癸未，文待詔爲之墓志銘。

陳以弘墓志銘

堯峯文鈔卷三十六記誌銘石刻事及汪堯峯年譜：文待詔先生爲陳以弘撰誌銘一首。

右僉都御史文森墓志銘

光緒七年本蘇州府志卷五十冢墓：右僉都御史文森墓，在花涇先塋西，從子徵明志。

翰林院編修王銀墓志銘

國子監司業王同祖墓志銘

太學生魏希明墓志銘

永州知府汝泰墓志銘

舉人沈察墓志銘

光緒七年本蘇州府志卷五十冢墓：贈翰林院編修王銀墓在崐山薦嚴寺西，羅漢橋左。子國子監司業同祖祔。並文徵明志。橘泉處士魏璧墓在新陽縣高墟隱圩。孫太學生希明祔。希明，文徵明志。永州知府汝泰墓，在吴縣王江涇親圩。文徵明志。舉人沈察墓，在吴縣陸墓山吕圩。文徵明志。

南安知府汝訥墓志銘

乾隆十二年本吴江縣志卷十墓域，又道光四年本蘇州府志卷五十二冢墓：南安知府汝訥墓，在黎里西胃圩。長洲文徵明志。

按：光緒四年本蘇州府志卷五十冢墓汝訥墓志係吴寬撰。

湯珍墓志銘

光緒七年本蘇州府志卷八十六人物湯珍傳末謂文徵明志。是湯珍墓志爲文徵明所撰。

明都御史盛應期墓志銘

夢園書畫録卷十一文衡山楷書卷：書爲明都御史盛應期墓志銘。款署「同郡文徵明著并書」。

涇南曹君墓志銘

過雲樓書畫記書類四文衡山曹君墓志銘卷：首題涇南曹君墓志銘，結銜署「前翰林院待詔將仕佐郎兼修國史長洲文徵明著」。

太學生沈約卿墓志銘

漢陽推官劉公夫人欽氏墓志銘

過雲樓續書畫記文衡山墨跡册：一爲太學生沈約卿墓志銘凡二葉，每葉十二行。别有與其孤子札一紙，稱賢友，爲先生門下士，字作真書，可謂不苟矣。一爲故漢陽推官劉公夫人欽氏墓志銘，凡二葉有半，每葉十二行。

段子良墓志銘

書法叢刊第二輯明文徵明文稿册：子良諱衡，其字子良，姓段氏。國朝名臣刑部侍郎諱民之曾孫，福建參政諱寔之孫，封承德郎南京户部主事諱瑞之子。承德公娶于王，爲吏部尚書文肅公之女。生二子：長金，字子辛，舉進士，官户按：原脱「部」字主事；次即子良。少穎異知學，與兄同業舉子，而子良氣羸多疾。子辛既入官，君遂棄去。然雅性喜文，雖已罷舉，未嘗廢書不觀。游泳涵濡，浸以充悦。工筆札，能爲五七言近體詩。出其緒餘，寫山水竹石，秀潤有思致。尤喜蓄古今名迹，因取以自資；久而精進，遂用名家。時子辛以仕顯，而子良亦以文雅稱；叔出季處，聲迹媲隆。子辛倦遊歸，比棟而居，有無通假，聯茵接席，出入必俱。文酒勸酬，日以狎妮，人多豔慕之。然皆壯未有子。子辛甫得子而卒。卒未幾，子亦夭亡。子良哭死事生，極竟完護。田宅家衆，咸出料理。而嚴事寡嫂，恭而有制。數年之間，門庭弗墜，中外無間言。及是以子辛嫡長，謀爲立後，謀

按：此文文物出版社所印四頁，未全。曾函請全文未得，録俟後日。

俞濟伯墓志銘

甫田集三十五卷本卷三十俞母文碩人墓志銘：俞氏之先，具余所著俞君墓志銘。

南安知府汝訥墓表

黎里志：南安知府汝訥墓在西胃圩，翰林院掌詹事府詹事吴寬志。配陸宜人、副室張氏合葬。

翰林院待詔文徵明表。

桑母王安人墓表

書法叢刊第二輯明文徵明文稿册：故處州通判瀹齋先生海虞桑公諱□之配王氏，以正德庚辰

卒，葬邑之西山寶巖灣；及是嘉靖戊申，二十有七年矣。其子滋陽知縣介，泣言於余曰：「介少爲吾母所愛，撫教成立，仕且有階，冀得恩封，以爲母榮。而骫髒仕途，不能終待。及是歸守先墓，而吾母墓木已拱。潛德懿行，將遂泯没。得吾子一言表諸墓道，萬一少逭不孝之罪爾。」因以狀授余。狀若曰：吾母王氏，世家邑之褐山里。始祖諱□，仕元爲屯江守禦千户。祖□，父□。吾母生十有九年而歸我先君，時先君雖舉於鄉，而家猶貧約，二親且老，屬時凶荒，無所得食；吾母悉鬻嫁時資裝，以供饎爨。先君試禮部，北遊太學，家居之日無幾；而滫瀡之奉弗廢，有吾母爲之婦也。

按：此文僅印三頁，往求全文不可得。識俟後日。

興福寺碑

民國本吴縣志卷五十九金石考：興福寺碑，文徵明撰并書，嘉靖二十八年，在洞庭東山。興福寺慧雲堂記，行書，文徵明撰，嘉靖二十八年。

按：吴縣志所記兩碑皆二十八年撰并書。興福寺慧雲堂記曾見拓本，興福寺碑未見。

雙義士碑

古今碑帖考：雙義士碑，文徵明撰并書。在紹興。

續輯前言

自一九八七年文徵明集刊行後，海内外文人學士以集外遺作相告者頗多。公私庋藏，亦有入目。因就所得，續輯本書。

文徵明集中附待訪文目：明都御史盛應期墓志銘已見集卷第三十一明故資善大夫都察院右都御史致仕盛公墓志銘。補輯卷三寒林鍾馗圖七古一首，是明初淩雲翰作（見瞿佑歸田詩話）。古人書畫，録他人所作時有之。但編纂者閲讀淺狹，以致誤收，應予删去。（編按：今予保留，以供參閲）

公私庋藏，亦有雜取臨倣或代筆之作；真蹟原墨，有湮没無聞者；考其所書、所題，大率徵明所作。本集所收，亦有録自臨倣代筆者，另附按語，續加考證。

印本所載圖片，皆經縮印，其題識每難辨識，致不能逐録者綦多。即所録亦有揣測推知者，其有未能辨認，以□代之。不無差錯，祈加匡正。至有長卷鉅册，僅見部份；緣慳全面，以俟後來。

以集外詩文先後相告者，爲：蘇州吴雨蒼、無錫市政協顧文璧、香港鄧民亮、臺灣臺中師範學院劉瑩、武漢書法報陳新亞、無錫市博物館陳瑞農、杭州中國美術學院出版社范景中、蘇州方志辦公室張學羣、南京藝術學院林樹中阮榮春周積寅、江陰市教育督導室黄冠球、美國夏威夷大學羅錦堂、上海陳少峯、滁州經濟貿易委員會曹家富、加拿大余紹然諸先生。第三侄邦任續爲搜集資料，皆所銘感。

余年衰足弱，困居斗室。十餘年來人事滄桑，不堪回首！念所得資料，不加匯編，深負諸公雅意，且有散失之虞。因不辭辛瘁，續爲輯此。

二〇〇一年六月三日，無錫周道振識于申江寄寓，時年八十又五。

文徵明集續輯卷上

五古　十一首

次韻王履仁對雪　二首〔正德甲戌〕

夜寒不能寐，悲歌待明發。飛雪灑江城，參差白銀闕。誰吟支鵲觀？坐失蛟龍窟。滅没鷗鷺羣，長空見飄忽。

巖城一尺雪，玉闕森相向。美人適清酣，斜褰紫綃帳。千山失故顔，二月迷春望。玉梅在纖手，引酒自怊悵。　詩册臨本

按：原三首，「二月春尚早」一首見文徵明集卷一二月。

次韻王履仁游玄墓七詩〔正德辛巳〕

舟中望靈巖

靈巖何崔嵬？千仞自天削。浮雲蕩層霄，平湖瀉其脚。日出春波明，芙蓉鏡中落。有如列飛仙，翠幌聯珠絡。又如擁蓬壺，寶樹相參錯。遥看紫鸞翔，忽近蒼虬躍。秀色夫如何？顛倒浮觚爵。往事滅飛烟，長風自回薄。空聞館娃麗，誰見千丈閣？屟廊草萋萋，香徑塵漠漠。我欲弔遺踪，行當踐清約。坐撫千歲松，恐有歸來鶴。

虎山橋

落日看新水，五湖正春融。沉沉虎山橋，下與銀河通。墮影鑒須眉，如行水晶宫。如魚縱絶壑，如鳥解樊籠。白波渺然去，瞥見青巃嵸。溪山相映發，雲霞眩晴紅。坐令西南勝，墮我雙目中。扁舟向何處？萬里無終窮。鷄聲出烟莽，疑有古仙公。相望不可即，長嘯凌天風。

七寶泉

寒泉落天漢，空翠雜雲流。映日明珠彩，英英乳花浮。迎風蹙文縠，觸石鳴蒼球。七寶散天花，香雨空山秋。委流亦冷然，下注百丈湫。懷兹不能去，欲老營菟裘。於焉滌塵煩，宿痼亦已瘳。手破明月團，快寫白玉甌。酒風自何來？白髮晚颼颼。徘徊理孤榜，月出虎山卧。

登玄墓

振策登春山，沿流逐花片。蒼蒼雲木合，仰視天一綫。十年西南夢，始識靈峯面。碧巘被朱華，彤雲藏紺殿。五湖蕩青天，飛鳥鏡中電。遥山吐烟嵐，紫緑千萬變。日落波動摇，令人心目戰。還憐應接疲，豈暇蒐羅遍！偉觀赤城霞，妙溪澄江練。江山故無恙，昔人不相見。人生本寄托，況乃塵服纏。撫景意彌極，懷賢泪如霰。且復醉尊前，松花酒方賤。

竹塢

秋聲落南塢，行行見蒼竿。清陰撩我游，幽興未闌珊。解帶穿緑雲，更洗白玉盤。竟醉挽瓊枝，清風滌人寒。竦根映湖曲，萬玉森琅玕。晴光上衣袂，翠色生眉端。於焉托清嘯，坐欲輕衣冠。終當謝塵鞅，乞此一枝安。

光福寺

行行傍山椒，忽得南朝寺。千螺擁浮屠，一逕穿空翠。悠然白雲縱，宛轉青蓮地。空廊人迹稀，時有松枝墮。寶幡啄饑鳥，壞壁行蝸字。還憐疎竹藂，落日金瑣碎。閒心會空寂，塵世思欲避。所以高世人，往往輕禄位。轉首昔人非，舉目溪山異。衰盛故相尋，歡娱不容意。同是百年期，何須嘆荒棄！

宿僎上人房

暝色起湖心，徘徊日沉島。人散鳥亦歸，山空静逾好。玉梅不藏妍，殘雪夜争縞。荒游已窮日，秉燭何潦倒。更愛水明樓，浮空樹如草。秀色真可飧，何須飽糧稻！怪底神魂

清，雲房枕游腦。乃知從前日，枉作塵中老。江山無吝情，相見苦不早。中國古代書畫圖目二十文徵明行草書自詩卷

缺題 二首〔編年未詳〕

久客急當歸，何待秋風生！黄花有佳色，青山無俗情。是間有真樂，悠悠空令名。履道心神融，馳勞情意鑿。是非兩悠悠，大夢誰易覺！陶翁悟已久，疇從問今昨。中國古代書畫圖目二十明文徵明草書詩扇

七古 八首

爲芝庭葉君賦〔正德丁卯〕

瑶池有草世莫知，守以玄鶴護以龜。君家和氣鍾靈異，忽有兩本生庭墀。雲容霞采紅冉冉，曉風春雨光離離。先生有子如芝秀，瑞應之理或在兹。又是神仙授丹訣，欲令老

壽躋龐眉。吾聞海南有靈鳥，中國聖治方來儀。鳳皇芝草本一理，必爲祥瑞吾何疑。却須凝藉有實德，俾毋此理斯言違。中國古代書畫圖目六明濮桓芝石圖軸

五月十三日放舟石湖期會子重履約履仁爲汎月之游比至而雨作入夜轉盛因留宿楞伽寺縱飲達旦憶往歲亦以此日與三君翫月此地至是兩易歲矣感愴今昔記以長句〔正德丙子〕

五月江南新暑多，故人湖上偏蕭爽。春盡青苔有落花，山深白日無留鞅。百年水石信幽迴，三子神情亦高朗。辛苦初來爲一經，超揺久自離塵想。昨夜月明思見君，曉來自理江頭榜。行逐青山意已傾，遥看白塔心先往。不愁西日困修塗，已覺南湖落纖掌。天工巧與人事會，僮子收帆雨如泱。本期水月溯空明，翻對湖山悵烟莽。長風駕壑捲平地，雨脚垂空幾千丈。諸君相顧各茫然，萬事由來不容彊。且復隨緣覓笑歡，誰令對酒生淒愴？識取江山行樂情，雨聲月色皆堪賞。況是山空夜寂寥，重湖挾樹千巖響。萬壑涼聲破鬱蒸，繞檐風色添悲壯。高談縱飲不復眠，雜以笑呼凌萬象。酒醒萬慮集虚窗，坐久孤燈動寒幌。憶得前年今夕時，金卮寫月蘭橋上。江山人物兩無恙，獨有天

時不如曩。天時悠悠苦無賴，人情冉冉還多態。顧余潦倒老乏程，明年有月知誰在？中國古代書畫圖目十五

題趙令穰春江烟雨圖 圖目作「題夏圭柳溪漁艇圖」〔嘉靖癸巳〕

長風吹波波接天，倚空高柳霏晴烟。江干艤棹者誰子？幽興遠落滄洲前。滄洲春晴蘼蕪緑，白鷗飛去春江曲。碧雲蒼靄見遠山，極浦松林帶茅屋。是誰尺素開瀟湘？王孫大年圖目作「紹熙畫史」筆老蒼。開圖萬里江入坐，林影拂面衣巾圖目作「衣襟」涼。清風圖目作「微風」蕭瑟秋滿堂，慌然坐我烟水鄉。便思把酒臨橫塘，醉聽鼓枻歌滄浪。

右趙大年卷，昔年應試南畿，吏部顧東橋命余鑒定，距今二十餘年矣。復持來索題，漫賦長句以貽之。時嘉靖癸巳仲春。日本東京大學出版會中國繪畫總合圖録　中國古代書畫圖目二

按：圖目無「癸巳」一識，見明文徵明行書題夏圭柳溪漁艇詩扇面。

吴純叔赴官南都

僊郎雍容洵清美，奕奕三吴舊才子。不獨家庭踐世科，亦復胸中富文史。方照青藜讀秘書，忽佐黄堂出司理。青衫瘦馬意蕭然，浮沉江海經幾年。置身蓁棘不可奈，滿眼風波更堪駭。邇來沿牒向南都，且得斂迹辭江湖。銓司分曹匪清要，稍去章程事衡藻。聖世方當拔異才，如君豈合淹常調？秋風南下浮官舸，去去心馳大江左。人情往往計南北，委順知君無不可。建業江山天下奇，高皇昔此開鴻基。穹宫傑構比豐、鎬，列職分司同保釐。百年形勝真雄壯，奕葉名家更清暢。晝省逍遥如列僊，簿書無多清且閒。坐曹讀書百不關，有時騎馬看鍾山。

臺灣故宫博物院吴派畫九十年展

題李成寒林平野

中丞示我寒林圖，素綃漫涣烟模糊。烟中參錯挺修榦，怒虬出海騰珊瑚。根株鉤鎖埋荆枳，詰屈灣碕漱流水。遥青不隔望中山，只尺平臨數千里。溟濛遠勢杳莫攀，野陰慘澹開荒寒。誰云斷裂出煤尾？妙處正在蒼茫間。蒼茫不恨烟痕淺，惜墨緣知貴精雋。平生真賞此絶奇，老眼晴窗再三展。清霜摇落芳歲窮，深谷黯慘來悲風。是誰能事奪化工？妙手傳是營丘公。丹鉛麗藻盡刊落，筆力簡遠超凡庸。同時聲價過北苑，後來賞識推南宫。南宫許可從來慎，獨許光丞在高品。每言舉世識真難，太息欲爲無李論。當時品目已云然，況此閱歷仍千年。中丞何處得此本？秀潤迥出荆、關前。行間題字墨猶濕，識取宸奎祐陵筆。故知藏襲有承傳，曾是宣和殿中物。吾生雅抱元章癖，展轉傍搜已頭白。奇踪自古不多存，何幸餘年睹真蹟。幾度相看欲品題，顧慚蹇劣難爲辭。安得長風杜陵句，千秋與畫争瓌奇。坐來未覺江山重，滅没烟雲氣生動。風吹落日下寒皋，極目秋光三萬頃。書譜第六十九期文徵明書輯　吴派畫九十年展

壽虞山中丞〔嘉靖辛丑〕

中丞虞山先生，今年壽登七十有一。厥倩王明善索詩爲壽，余于先生固有不能已於言者，漫賦長句如此。辛丑九日既望。

虞山盤盤幾千尺，積秀凝寒青突兀。不獨文章草木輝，故應風氣開厖碩。千年穎拔誰

鍾靈？中丞磊落山之英。平生苦節自壁立，歲晚植德還峥嶸。出入三朝凛風裁，臺省風聲播中外。中間跋疐數履危，一節忠貞曾不改。風塵滿目行不前，飄然歸理虞山田。坐蔭虞山木，渴飲虞山泉。讀書朝暮虞山下，先生信是山中僊。只今稀齡甫加一，壽帙從兹開八十。骨瘦稜稜海鶴高，眼明炯炯秋波碧。秋水凝神鶴骨堅，等在前頭是百年。須知造物有消息，稍鐫禄位全其天。虞山青青虞水碧，中有先生讀書宅。已收余澤福斯民，更向此中開壽域。福澤綿綿壽域長，松巖菊逕秋風芳。虞山不老菊松茂，歲歲年年此稱壽。中國古代書畫圖目二

九月廿日重游琅琊山（編年未詳）

得閒不到山中樂，空枉天公與清福。到滁不到琅琊山，歸去何憑作公牘！我於此地雖屢游，絕境十難窮五六。況此間來不久留，能辭更展登臨目？同行喜是舊相從，景色不妨秋自肅。朝晨驅馬望西南，蓊鬱雖無青可掬。由來在意不在景，況我爲山非爲木。供茶隨處識山僧，挈榼先期遣童僕。始尋六一上溪亭，回指琅琊轉山麓。盤游不足更窮源，僻往忻然發幽伏。一帶寒泉漫石流，石多偃蹇泉回洑。攝衣散踏泉上石，足下泠

泠響琴筑。山中至勝尚有此，向來所得惟巖谷。游山無窮如讀書，愈索愈奇何處熟。山靈雖静不厭樂，一百番來未爲瀆。斯言不是好游嬉，人不常閒景難復。當年感慨此題詩，回首狂言猶在腹。醉翁不是舊時亭，帝蹟流爲梵王屋。三四年來更不堪，小亭亦圮居沈陸。惟餘石上文千首，一半崩摩不能讀。不辭詩句繼前題，太息變更何甚速！敢因屢至等閒看，只恐重來更非宿。

黄山書社 琅琊山詩詞選

缺題

連齋先生古明德，履仕蹈道貞而碩。百年家世本儒紳，止庵左轄維名臣。先生明經思繼世，數奇不副登庸志。浮沈常調十年更，潦倒卑習百僚底。幸然出宰有民人，遂從百里敷皇仁。承宣撫字廉且勤，亦復起廢民維新。十年嘉猷滿花縣，用世平生志初展。譽名甫達興先闌，筋力未衰心已倦。紫薇山下春花明，長蘆溝水清而澄。山明水秀足寄情，先生一棹來歸耕。旋栽松竹開池館，剩有林泉事登覽。風月林泉意興高，琴尊詩卷生涯淡。生涯譽聊自適，此句詩稿漏鈔一字留取有餘還造物。雅志不慚先世賢，勛名況有佳兒述。兒今效用父志成，策名天府稱王賓。豈獨風雲承父志，行膺雨露沾天恩。

祇只優遊逾六十，次第遐齡開七秩。朱顏盎洽腴且鮮，鶴骨磥砢清且堅。安知造物不□在，靳其榮顯延其年。若教宦達向來已，未必壽考身名全。我聞五福壽居一，百齡不以三公易。先生老去一日休，父作子述身無憂。身無憂，居有道，一笑千秋不爲老。

雪堂書畫隅録文衡山詩稿册

五律 十三首

寒夜〔正德癸酉，下同〕

更闌喧乍息，漠漠悄寒新。素魄流閒幔，回飈落暗塵。蕭條秋病肺，燈火夜懷人。那得頭都黑？閒愁正繞身。

癸酉詩卷（墨蹟）

懷履仁 二首

風儀瞻落月，文采更翩翩。每見輒自失，相思還悵然！風簷時墮葉，别院雨生烟。安得同樽酒？西遲慰暮年。

我懷黄叔度，玉質自清明。時日不相見，令人鄙吝生。秋□□□□，□雨暗江城。何限難忘意，孤吟屬短檠。　癸酉詩卷

孔周子重留滯横金雨中有懷　二首

横金一百里，迢遞隔胥江。歲暮君行役，相思雨滿窗。寒聲兼落木，愁緒集昏釭。脈脈尋殘夢，幽懷殊未降。

急雨催殘歲，和風入小樓。憶君何處聽，孤棹太湖頭。宿酒三更夢，蘭燈四壁秋。滯留歸未得，高興若爲酬？　癸酉詩卷

憶道復

經□□□□，□□□□龍。燈火勞新夢，書題發舊封。雨聲初破旱，寒信已驚冬。早晚攜琴至，清言慰病慵。　癸酉詩卷

夏日雨後〔嘉靖庚子〕

西日疎桐轉，南風積草香。陡蒸還醞雨，晚霽却生涼。翠浪茶甌暖，玄雲研沼光。隨緣消永夏，不厭静中忙。吳派畫九十年展

湖上〔編年未詳，下同〕

竺澤雨初收，沿洄弄小舟。浦窮天忽展，日出水争流。窈窕穿桃塢，縱横見橘洲。浮來青百疊，彷彿鏡中漚。書法叢刊第三十三期　中國古代書畫圖目九

按圖目九載：己丑草書二首，皆無詩名，第一首「湖光披素練」見平遠山房法帖，題作「湖上」。

始入西山

自虞嬰世網，甘與虎豺羣。當險逢驚獵，將昏喜不雲。入深山有實，眺遠水無紋。剩可

求芻束，翛然幸勿聞。

文徵明詩札手卷（墨蹟）

爲東沙契家作

花榭竹爲垣，幽陰坐處繁。遥疑園上日，不到水邊村。山雨帶雲集，松濤清晝翻。往來三徑里，何地有囂煩！

中國古代書畫圖目十八

次彭孔加秋懷 三首

西風吹落木，衰鬢亦蕭然。吴苧憐霜白，齊紈妒月圓。蓉江濯新錦，苔雨濕遺鈿。粗喜爲農樂，秋分在社前。

青女迎時肅，玄禽逼社歸。碪聲動江郭，邊思徹彤闈。世事憐衰草，流年怨落暉。登樓數征雁，嚦嚦盡南飛。

風雨摧殘暑，寒蟬咽遠林。霜鬢同葉脱，暑病入秋深。志士悲團扇，閨人賦藁碪。時光臨肅殺，吾意亦懷欽。

中國古代書畫圖目二十明文徵明行書雜書十開册

七律　五十一首

司諫毛先生擢拜山東參議敬餞小詩〔弘治癸亥〕

十年禁闥拾遺臣，忽詔參藩鬢未星。總道仲山宜屏翰，終疑汲孺遠朝廷。透蛇公自關時數，晚末吾猶及典刑。落日泰山彌節處，可應回首小滁亭。小滁公後圃亭名　中國古代書畫圖目九

次韻履約江樓春望〔正德甲戌〕

春日江頭思欲迷，離愁江草共萋萋。參差翡翠驚人去，顛倒垂楊拂水齊。城郭雨收花霧暗，樓臺風動翠簾低。一杯未盡東郊興，殘夢分明逐馬蹄。詩册臨本

壽喬白巖 二首（嘉靖癸未）

曾向留臺望羽儀，典銓還見正臺司。衮衣詩在維公重，舄履聲高有帝知。生際五朝全盛日，老當三壽始開時。等閒善頌無能益，竹帛聲光萬古垂。

手甄流品位文昌，獨押千官肅廟堂。自昔山公能啟事，于今宋景有文章。熙明上應臺階重，仁壽身逢景運長。見説甲中重啟衮，春風雙鬢未蒼浪。

中國古代書畫圖目六明汪俊小楷壽白巖喬公六十序卷

嘉靖甲申九月既望與□□陳君坐談竟日適庭中黄華盛開寫此紀興

高人緑水有名園，旋着林堂映蓽門。興寄五湖魚鳥近，秋荒三徑菊松存。委心久已忘形迹，取抱何妨且悟言。塵土不驚幽境寂，十分詩思屬琴尊。

中國美術全集　中國古代書畫圖目十七

守歲〔嘉靖己丑〕

罷酒推枰坐短檠，殘年殘日已無情！窮愁此日除應盡？世事如春積漸生。薄命不嫌生直斗，病身剛喜歲逢庚。白頭尚有明農念，自起占風候五更。

致補齋詩帖（墨蹟）

烹茶圖〔嘉靖丙午〕

嫩湯最愛魚生眼，碧葉還誇綠展旗。穀雨江南佳節近，惠山泉下小舡歸。幽人繞室吟肩立，禪榻吹花玉屑飛。塵客未逢喉正渴，靜看斜日照松扉。

中國繪畫總合圖録　海外藏明清珍品文徵明卷

木涇幽居圖〔嘉靖丁酉〕

子籲起曹別業在木涇之上，雅有林泉之勝，因自號木涇居士。比歲奉使滇南，便道過家，非久還朝，不無淹戀之意。余因爲作此圖，且賦小詩，爲行李之贈。京華塵土中時一展詠，或亦可以寄江湖之懷也。丁酉八月六日。

木涇見説幽居好，喬木蒼蒼玉一灣。雅稱名園依緑水，別開高閣占青山。百年勝概人增重，十里風烟興寄閒。去去僊郎方許國，莫緣魚鳥便思還。中國古代書畫圖目十二

夜涼〔嘉靖庚子，下同〕

急雨初收風滿堂，手拋紈扇撫匡牀。起看夜色星河爛，何處秋聲木葉涼！偪側老懷欣暑退，蕭條病眼厭更長。月斜人定空庭寂，時有流螢度短牆。吴派畫九十年展

立秋再疊前韻

驚心日月去堂堂，又見枯桐下井牀。社後玄禽辭故壘，江南白苧詠新涼。微波激渚芙蓉冷，竦響穿林絡緯長。最是清碪關節候，隨風次第起鄰牆。吴派畫九十年展

七夕

似聞今夕女牛并，設果陳瓜待巧成。老我此生甘抱拙，天孫何事却多情？通宵脈脈星相望，遥漢盈盈月自明。海上仙槎今不至，憑誰西蜀問君平？吴派畫九十年展

寄馬西玄

依依雲樹秣陵秋，頗憶平生馬少游。白下聲華空藉甚，周南山水尚淹留。風塵變幻多新夢，湖海彫零幾舊游？白首離憂何處寫？長洲苑外獨登樓。吴派畫派九十年展

次韻嶮西緑蘿軒即事 二首

名園深寂類山阿，旋起山亭蔭緑蘿。窗倚淵明堪自傲，逕開求仲許相過。落花風外青團扇，修竹林中白苧歌。爲問長安逐飛鞚，清風一榻較誰多？

學士林亭帶曲阿，分明城市隔烟蘿。趣深自得禽魚樂，心遠不聞車馬過。解帶靜看調鶴舞，倚琴聊和濯纓歌。落花滿地濃陰寂，知是曉來風雨多。吴派畫九十年展

次韻張石磐寄示三詩

春歸

官柳陰穠絮不飛，湘簾乍捲燕來歸。園林邃靜花枝瘦，村巷蠶眠柘葉稀。一榻涼風輪靖節，滿窗列岫憶元暉。人生別有千年在，不恨時情與願違。

睡起

年來却事謝車塵，睡起惟應筆研親。簾影悚風蒼竹健，庭陰過雨緑槐新。花開別院空啼鳥，夢破閒窗失故人。七尺瑶琴一樽酒，白頭無負故園春。

夜坐

解脱時情逸思饒，夜聞秋水漏迢迢。壯心寂寞鑪灰冷，塵慮沖融□跋消。蟋蟀階前寒

氣早，芙蓉江上美人遥。白頭無地酬知己，恰有雙魚托暮潮。吴派畫九十年展

曾君曰潛自號蘭亭余爲寫流觴圖既臨禊帖系之復賦此詩發其命名之意 壬寅五月

猗蘭亭子襲清芬，珍重山陰迹未陳。高隱漫傳幽谷操，清真重見永和人。香生環珮光風遠，秀茁庭階玉樹新。何必流觴須上巳？一簾芳意四時春。中國古代書畫圖目二十明文徵明蘭亭修禊圖卷

樓居圖 〔嘉靖癸卯〕

南坦劉先生謝政歸，而欲爲樓居之念，其高尚可知矣。樓雖未成，余賦一詩，并寫其意以先之。它日張之座右，亦樓居之一助也。時嘉靖癸卯秋七月既望。

仙客從來好閣居，窗開八面眼眉舒。上方臺殿隆隆起，下界雲雷隱隱虚。隱几便能窺日本，憑欄真可見扶餘。總然世事多翻覆，中有高人只晏如。藝苑掇英第五十期 湖南美

贈行

使節乘秋已成行，還勞訪别過江城。名山不盡重來興，流水先含送遠情。舊序去聯清禁鷺，新詩如賦上林鶯。别君正是思君地，可月亭前看月生。 中國繪畫總合圖録

按：在文伯仁嘉靖甲辰仲春所作山水卷，另王穀祥、彭年詩。

詠梅花 三首〔嘉靖壬子〕

因見禄之作圖，遂書其後。時壬子冬十一月望。

北風萬木正蒼蒼，獨占新春第一芳。調鼎自期終有實，論花天下更無香。月娥服馭非無素，玉女精神不尚妝。洛岸苦寒相見晚，曉來魂夢到江鄉。

小樹梅花徹夜開，侵晨雪片趁花回。即非雪片催梅發，却是梅花唤雪來。琪樹横枝吹腦子，玉妃乘月上瑶臺。世間除却梅梢雪，便是冰霜也帶埃。

閲盡千葩萬卉春，此花風味獨清真。江邊曉雪愁欲語，馬上夕陽香趁人。慰眼紅苞初報信，回頭青子又生仁。羈游偏覺年華速，徙倚欄干一愴神。河北美術出版社明文徵明自書梅花詩

上巳袁氏園亭小集〔嘉靖乙卯〕

愛此幽栖遠市坊，春來三度到溪堂。已驚垂柳藏啼鳥，又見飛花落舞觴。何氏園亭饒水竹，謝家羣從總才良。白頭自喜山房近，便擬從君作醉鄉。上海人民美術出版社明文徵明墨蹟精選

按：共二首，第一首「野服逍遥少長俱」見文徵明集補輯卷九上巳日袁氏園亭。

徵明常歲人日會於陽湖家今年聞君設客甚盛余以病不與〔嘉靖丁巳，下同〕

人日江梅未着花，空應春不到貧家。有情遇節還挑菜，無酒娱賓旋煮茶。齒豁頭童新況味，藥罏香鼎舊生涯。城南想見王猷宅，竹裏行廚自歲華。中國古代書畫圖目九

穀日

草痕漠漠映簾明，短髮春風細細生。簷溜收聲殘雪盡，窗光落几曉寒輕。非賢寧畏蛇年厄？多難欣占穀日晴。詩思攪人眠不得，山禽屋角有新聲。

中國古代書畫圖目九

幽居〔編年未詳，下同〕

蕭然一室傍丘隅，林木扶疎意有餘。黄鳥啼花春晝寂，緑陰摇月夜窗虚。地偏自愛無留鞅，歲晚還堪讀故書。見説長安有塵土，多應不到子雲居。

北京出版社文徵明詩書真蹟

中國工人出版社文徵明行書習字帖

缺題 二首

丹桂風生别院香，碧桐陰轉夜堂涼。星稀河淡月幾望？露下天高秋未央。晴雨那知明日事，盈虧聊罄百年觴。江湖何處多粱稻？獨倚南樓數雁行。鏡裏流光惜逝波，故人休問鬢如何。聰明較似前時減，感慨應憐去日多。萬里春風新鳳歷，五湖烟水舊漁蓑。柴門寂寞經過斷，自折梅花對酒歌。文徵明詩書真蹟

按：北京出版社文徵明詩書真蹟，乃後人雜臨文徵明七古七律三十三首而成。其中三首，各集未見，因補入。

歲暮齋居

門巷蕭條少過從，燕閒真味泊然空。荒鷄寂晝深庭院，寒雀西風小樹蘩。撫事蹉跎歲云暮，懷人牢落雨其濛。鑪香欲歇茶杯覆，詠得梅花苦不工。世界各博物館珍藏中國書法名蹟集

按：此詩見名蹟集概況附圖十二。

四月八日游天平

覆密羃深小輪斜，巖窮壑絶轉平沙。高田雨足初秧稻，小塢風微正采茶。竹徑重來如

昨日，藤陰深覆是誰家？莫言四月春如掃，猶有山中未落花。

明行書詩四段　　中國古代書畫圖目二明文徵

垂虹橋翫月

垂虹亭下白烟消，銀漢無聲海月高。萬頃雲濤開玉府，滿身風露踏金鰲。春星倒影天浮動，野鶴横空夜寂寥。漏盡人稀殘酒醒，石欄斜倚聽吹簫。

明行書七律詩扇　　中國古代書畫圖目二明文徵

九日山行次韻

山摇古翠落清觴，風散晴烟入莽蒼。潦水收來秋浦浄，暮雲飛盡楚天長。野翁短髮羞吹帽，士女蘭舟競采芳。老來未忘千仞興，振衣聊復上層岡。

書習字帖　　文徵明詩書真蹟　文徵明行

登吴山絶巘曠然有江湖之懷

吴山登登紫翠重，獨立縹緲之高峯。倚嘯仍□兩鸞鳳，當春忽吐千芙蓉。襟期曠古或可托，道路一失誰相容！不向金庭杭葦去，更於何處寄浮蹤？文徵明詩札手卷（上海朵雲軒拍賣公司拍品）

缺題

江南四月氣清和，最愛城西宿雨過。斜日倚樓山擁翠，平湖移棹水增波。青春欲共殘花去，白髮還争落絮多。老大未輸年少樂，詩成自倚洞簫歌。古萃今承虚白齋藏中國書畫選

貞壽堂詩

萱親在魯子居吴，甘旨難承旦晚娱。綵侍尋常形夢寐，人生八十過須臾。霜侵短髮渾

垂白，花映慈顏不改朱。春風一杯遥致祝，肯辭千里涉崎嶇。

寅貞壽堂圖　中國古代書畫圖目二十明唐

清樾吟窩詩

小作雲窩帶壑斜，陰陰山木翠交加。放教黄鳥啼清晝，留取蒼苔護落花。卓筆風前欣有得，撚髭窗下興無涯。清音日暮穿林去，知是孤山處士家。

寅桐山圖卷　中國古代書畫圖目二十明唐

詩壽梅雪張翁八十

布衣韋帶自逍遥，坐閲承平恰五朝。優老適膺明主詔，慶生聊寫太平謡。童顏鶴髮真難老，翠柏蒼松本後凋。此日華堂稱祝處，暗香寒雪見高標。

中國古代書畫圖目二十

贈朱近泉

階下靈泉玉百尋，碧波不動静沉沉。穿雲共説源流遠，濟物還看麗澤深。萬里青天涵太極，一泓秋月洗塵心。就中别有悠然在，行見凌空作溥霖。中國古代書畫圖目一

朱文符菊圃次石田先生韻

幽花一種及時新，始信司花别有神。樊圃正當摇落後，典型如見老成人。西風步障寒金谷，霜月霓裳冷玉真。紅紫依然蜂蝶在，九秋何必減三春。菊圃圖照片

文符送菊二本再疊前韻奉謝

忽見籬花兩種新，居然栗里舊風神。多君珍重黄金贈，老我衰遲白髮人。自信風霜同氣味，不妨盆盎失清真。從今莫作寒英看，便是江南有脚春。菊圃圖照片

次韻答約齋先生

病廢吴門歲月深，漫勞詩帖問雲林。烟霞泉石游岩痼，廊廟江湖范老心。自笑吾玄聊識字，不圖高調有知音。别來頻夢西湖月，想爲梅花費苦吟。詩稿二十四首卷

漢樓

漢江春水緑溶溶，江上高樓倚碧空。窗近不妨涵遠岫，眼明還待送飛鴻。星辰只尺闌干外，風月無邊几席中。一寸丹心誰識得？五雲迢遞日華東。詩稿二十四首卷

送王道思 二首

玉節悠悠引去軿，起從監郡領提刑。嶺南久望隨車雨，海上先占執法星。喜見勝之稱直旨，還憐汲孺遠朝廷！野人戀德難爲别，目送雲旌上短亭。

頻年左宦困卑司，忽擁雙旌向島夷。坐見去珠還合浦，定應賣劍靖潢池。當年瑣闥推遺惠，此日金閶有去思。滿目離情琴七尺，欲臨流水寫新知。詩稿二十四首卷

送鄭文峯出守石阡

黄放由來困白催，使君心計獨恢恢。揚城政事原非拙，劉晏征輸别有才。千里盡沾時雨潤，三年剛賴福星來。一麾却向西夷去，賸有餘恩被草萊。詩稿二十四首卷

按：詩稿僅見局部。

送薛君之任太醫院判

十載和醫侍禁庭，俄承天詔向留京。平生醫國心猶在，此去分司任不輕。千古臺前歌鳳去，一樽軒外聽流鶯。南太醫院有聽鶯軒，周原己所作。片帆南下清風飽，獨有鄉人重别情。中國古代書畫圖目十八

百合

接葉輕籠蜜玉房，空庭偃仰見重匡。風蕤不斷天香遠，露朵雙垂舞袖長。宛轉檀心含淺紫，依稀粉額褪新黄。美人夢斷良宵永，惱亂春雲璧月光。

中國古代書畫圖目二詠雜花詩十二首　書法叢刊第廿七期

梔子

名花六出雪英英，白賁黄中自葆貞。晴日暖風薰暗麝，露蕤烟藹簇寒璚。恍疑身去游天竺，真覺香來自玉京。有待清霜摇落後，枝頭碩果看丹成。

中國古代書畫圖目二詠雜花詩十二首　書法叢刊第廿七期

陳道復西汀圖

愛爾蕭然野鶴儔，此生踪跡寄滄州。烟鷗數點眼前景，雲樹萬重天外秋。有衍刀圭參

籠出，無邊生意杏園浮。從君莫問西汀樂，明月清風照白頭。中國繪畫總合圖録

題畫

高人久矣卧東山，更愛東偏絶壑閒。緩步每尋芳草去，扶藜時共夕陽還。非關獨與塵踪遠，自是留情水石間。回首西山常在望，朝朝爽氣結蒼鬟。中國繪畫總合圖録

五絶　十三首

秋光泉聲圖　戊申七月廿日

積翠千山雨，涼聲一壑秋。北窗殘酒醒，淡月走蒼虬。吳門畫派文徵明畫風　海外藏中國歷代名畫

題吳仲圭竹石〔編年未詳，下同〕

風前思青浪，雨後有餘涼。睠彼君子心，猗猗在沅鄉。

穰梨館雲烟過眼録卷八

題陳道復風雨溪橋圖

春雲方罨沓，風雨更蕭條。不妨泥滑滑，簑笠過溪橋。

中國古代書畫圖目一

按：陳淳畫作於嘉靖辛卯五月十日。

題山市晴巒

近寺參差出，行人取次多。板橋雙路口，此世幾回過？

中國繪畫總合圖録

按：所見瀟湘八景多種，所題詩皆相同。獨此册此詩不同。且書跡頗類文彭筆。待考。

雲泉烟樹圖

一線白雲泉，千村碧烟樹。懊惱沙塵中，自寫江南雨。

中國古代書畫圖目一

積雨連村圖

積雨連村暗，山莊何處歸？秋光堪畫處，蓑笠過橋遲。

海外藏中國歷代名畫

山水竹石

密樹春含雨，重山晚帶烟。幽人有佳句，都在倚欄邊。

中國古代書畫圖目十四

古木幽蘭

古木澹空枝，幽蘭美如玉。何處遞清香，佳人在空谷。

中國古代書畫圖目十一

蘭竹

幽蘭生高原，亭亭秀雙玉。下有碧琅玕，清風伴幽獨。

海外藏中國歷代名畫

枯木疎篁圖

過雨疎篁緑，驚風古木疏。幽人初睡起，秋色滿精廬。

重慶出版社文徵明畫風

枯木竹石

白石埋蒼蘚，喬柯垂古陰。不教霜雪損，自負歲寒心。

〔中國古代書畫圖目十八〕

桐石

白石倚空立，高梧傍砌生。涼陰與孤寂，雅致托雙清。

〔中國繪畫總合圖録〕

菖蒲

短節偏宜水，疎英能破塵。未論明月動，雅致稱幽人。

〔中國繪畫總合圖録〕

七絶　五十七首附録一首

雨晴紀事　庚寅三月八日

入春連月雨霖霪，一日雨晴春亦深。碧澗平添三尺水，緑榆新漲一庭陰。　文徵明畫風雨晴紀事圖　中國古代書畫圖目二十

題畫　八月十三日寫〔嘉靖辛卯〕

古木幽亭秋日清，小橋流水晚山明。詩成自向閒行得，誰解塵緣□逸情？　墨蹟

臨石田金鷄圖　壬寅閏月

争雄不入少年場，走馬長安事亦忘。白首山川清夢穩，任他啼落五更霜。　中國古代書畫

題舊作長林銷夏圖（嘉靖丙午）

丙午冬日，過禹文齋頭，出余舊作，復題一絶。

緑竹蕭蕭千萬竿，高人常自此盤桓。悠然不受紅塵累，相與蒼松共歲寒。

圖目九 虛白齋書畫展覽會 藝苑掇英第三十一期

題畫 二首 丁未

此畫，往歲雨夜戲作，今數年矣。偶于□□處重觀。記以□□丁未七月十一日。

記得當年點筆時，一燈風雨掩松扉。泥深逕滑無行蹟，坐待小童買酒歸。

丁巳七月十又一日重觀，賦此識感，于是余年八十又八矣。

木葉蕭蕭尺紙間，斷烟殘靄故依然。偶然展卷觀題字，回首□墨又十年。

遼寧美術出版社 海外藏明清繪畫珍品 文徵明卷

賦贈與言進士（嘉靖己酉）

憶曾端笏侍明光，儷桂英英照玉堂。此日輪君親領略，滿身金粟露華香。中國美術全集

按：在王穀祥畫桂軸上。王詩末識：「嘉靖己酉秋，穀祥寫意并題，奉贈芝室解元先生，用爲左券云。」

蘭竹梅圖 丁巳元月試筆

曉聞乾鵲報新晴，晴入花間香自生。信筆圖成三益友，靜視草木向喜榮。海外藏明清繪畫珍品 文徵明卷

溪山深秀圖（嘉靖戊午）

石田先生摹黃子久溪山深秀圖，是正德元年春寫于金陵弘濟寺，迨今嘉靖戊午，五十餘年矣！而筆墨畦逕，真趣天然，不下于子久，予每每在念。入春來，久雨積悶，無以遣懷，偶客攜此卷

至玉磬山房見示，視之令人醒然，不忍去手。淹留半載，摹臨一過，聊仿佛萬一，并賦小詩。

石老仙游四十年，斷烟殘墨故依然！疎林淡靄斜陽下，仿佛當時杖履前。〔中國繪畫總合圖録　海外藏明清繪畫珍品文徵明卷〕

九日游琅琊〔編年未詳，下同〕

寒菊經秋處處花，青山仍是有琅琊；登山看菊廉多伴，莫嘆重陽不在家。〔黄山書社琅琊山詩詞選〕

游三十年矣題此識感

回首滁陽三十年，白頭重讀紀游篇。祇應水石都無恙，自顧聰明不及前。

繞廊春潮西澗雨，兩峯斜日醉翁泉。憑君莫問當時客，楚月吴雲共默然。〔琅琊山詩詞選〕

牡丹

粉面蘘蘘百寶欄，東風三月怯花寒。絶憐妃子多酣態，醉倚君王盡日看。

一九九一年西泠藝叢

荷花

菡萏開時日正長，薰風高館晝生涼。嫣然一笑臨池面，仿佛西湖十里香。

西泠藝叢

菊花

籬下黄花冒雨開，況依修竹映蒼苔。一樽相對南山坐，更有幽人送酒來。

西泠藝叢

梅花

不將豔質占花魁，獨把清芬對雪開。深夜月明人静後，一枝疎影拂窗來。西泠藝叢

按：咏花四首，末有「□申十月既望書」。書出臨倣。

題文與可墨竹

東坡題其上云：元祐九年正月十九日，李端叔、王□仁、孫子發同在東坡，觀與可遺墨。

千載高標石室翁，琅玕奕奕灑清風。摩挲玉局行間字，雙璧居然在眼中。詩稿二十四首卷

按：詩末長跋，另録下卷跋文中。

倪雲林鶴林圖 二首

迂叟神游歲月徂，遺踪喜見鶴林圖。墨痕慘澹渾如昨，仙蹟依稀尚可呼。

高人仙逝隔蓬萊，尺紙遺踪見石臺。涼夜參差林影動，月明疑有鶴歸來。中國古代書畫

圖目一元倪瓚鶴林圖

題宋仲温篔簹圖

鳳翔别駕妙鍾、王，更有豪情似鄭莊。老去此心猶耿耿，故將書法寫篔簹。

詩稿二十四首卷

夏太常蒼筠谷圖卷

不見清卿五十年，墨痕狼藉至今傳。江侯堂上開横軸，高節清風尚宛然。

中國繪畫總合圖録

張子政畫

寂寂平皋帶漫陂，沉沉灌莽壓茆茨。烟消日出無人迹，正是溪山過雨時。

詩稿二十四首卷

次韻石田畫扇

畫筆詩篇兩鬬新，胸中丘壑景中人。就中會得無塵意，展扇何妨自染塵。

臺灣藝術圖書公司《吳門畫派》

附沈周原詩

繞路尋詩自意新，涼風吹葉趁閒人。一般來往溪橋步，但涉忙緣便有塵。

題唐子畏班姬團扇圖

落盡閒花日晷遲，薄羅輕汗暑侵肌。眉端心事無人會，獨許青團扇子知。

《吳派畫九十年展》

寫贈荆溪先生

霜後勁節不改色，藤絡槁柯猶有春。雨露不私心自別，空山寂寞歲寒人。藝苑掇英第六十期明文徵明枯木竹石圖

奉贈東皋先生

玉質亭亭古使君，此行真足慰甌民。定將甘雨甦沉困，先有清風滌世塵。藝苑掇英第二十五期明文徵明枯木竹石圖　中國古代書畫圖目十四

蕙蘭爲禄之作

高情藹藹蕙蘭芳，眉宇英英奕葉光。怪得小窗無臭味，與君久處故相忘。中國古代書畫圖目十三

畫扇 爲松崖作

一片青山百疊秋，詩翁高情落扁舟。一蓬暮雨銜烟去，兩岸松風雜水流。海外藏明清繪畫珍品 文徵明卷

倣王叔明筆意并系小詩

緑樹敷陰白晝長，清波蘸影亂山蒼。遥思走馬長安客，輸我溪亭五月涼。海外藏明清繪畫珍品 文徵明卷

聽泉圖

空山日落雨初收，烟樹沉沉水亂流。獨有幽人心不競，坐聽寒玉竟遲留。吴門畫派 文徵明畫風

品茶圖

品茶嗜味陸鴻漸，墨妙筆精王右軍。煮茶寫帖關幽興，白日看雲惟二君。　續書畫題跋記卷二十

雪景

憶得騎驢犯朔風，千山靄靄雪濛濛。不辭凍合溪橋滑，身在瑤林玉樹中。　海外藏明清繪畫珍品 文徵明卷

題畫 十六首

千山圍合路逶迤，百丈飛泉玉雪垂。滿目風烟勞應接，不辭拄杖過橋遲。　中國古代書畫圖目九

古木蕭蕭秋氣清，偶持書卷自閒行。時聽萬壑松聲起，不覺天風滿袖生。　香港大公報（一九九七年八月十一日）

天外羣山碧玉浮，晚涼都上木蘭舟。夫容裊裊西風急，滿目滄江一片秋。　國外拍賣會秋江漁樂圖

峻嶺崇山帶茂林，激湍宛轉斷埃塵。焉知嘯咏臨流者，不是羲之輩行人。　吴派畫九十年展　海外藏明清繪畫珍品文徵明卷

江干草色帶林巒，誰識江深五月寒？最是雨晴山色好，碧雲千疊上欄干。　中國繪畫總合圖録　海外藏明清繪畫珍品文徵明卷

江南春暖樹交青，樹杪芙蓉列翠屏。短策攜琴過橋去，高原别有見山亭。　吴門畫派九十年展　海外藏明清繪畫珍品文徵明卷

溪上清無會兩翁，溪邊流水漱松風。秋來詩思山千疊，忽共斜陽落坐中。　中國繪畫總合圖録

松影摇緑覆平皋，坐弄瑶琴息世囂。最是曲終人境絶，暮雲收盡碧山高。　中國繪畫總合圖録　海外藏明清繪畫珍品文徵明卷

樹影垂垂日有輝，琴心三調有誰知？高山流水依然在，何處人間覓子期。　藝苑掇英第六十五期明文徵明高山流水圖軸

秋到江南楓葉紅，秋山過雨翠有濃。飛飛白鳥自來去，銷盡機心是兩翁。天津人民美術出版社明四家畫集

萬木僵寒望欲迷，沉雲壓屋晚簷低。分明一段山陰勝，不見高人出剡溪。中國古代書畫圖目九

臘月江南木葉殘，一宵深雪變峯巒。山空莫道無光景，萬柏蒼蒼領歲寒。吳派畫九十年展

過雨青山翠欲浮，擁波黃葉水交流。閒移小艇斜陽外，半嶺松風萬壑秋。明四家畫集文徵明畫風

雪壓溪南山畫展作「三」百峯，溪流畫展作「溪痕」照見玉龍蹤。等閒十里溪山勝，畫展作「山陰路」都屬詩翁短策中。畫展作「都落詩人跨蹇中」中國古代書畫圖目十五 一九八七年南京博物館展出

雲色彤時雪正飛，西風驢背欲添衣。不知詩思能欺凍，古木斜岡晚未歸。吳派畫九十年展 海外藏明清繪畫珍品文徵明卷

寒柯圖

九月江南秋漸闌，經霜木葉半彫殘。莫嫌野色淒涼甚，一片高情屬歲寒。中國古代書畫

圖目十一

古藤木石圖

古藤十丈落清影，風急飛泉玉噴人。車馬不驚心似水，始知城市有紅塵。中國繪畫總合圖録 海外藏明清繪畫珍品 文徵明卷

古木竹石

四月江南塵滿城，即看新暑坐來生。最憐竹樹多情思，合作小窗風雨聲。藝苑掇英第三十九期 中國古代書畫圖目十五

樹石圖

東風三月思悠悠，車馬紅塵漫白頭。白日山深人不到，古藤花落水空流。中國古代書畫

畫竹

幽人種竹漫多情，一夕春雷看筍成。別有高情那解識？小窗和雨聽秋聲。

《中國繪畫總合圖録》海外藏明清繪畫珍品文徵明卷　《圖目十五》

畫蕙

幽姿冉冉夏堂涼，蒼珮搖搖翠帶長。不是花多香便減，只緣久處故相忘。

《中國繪畫總合圖録》

墨荷

水上芳菲水底容，自憐多態舞輕風。假令並立張郎面，内史看來恐不同。

《中國繪畫總合

圖録

畫菊

九月西風剪剪新，江南猶是未歸人。清霜滿地重陽近，忍見黄花染暗塵。

圖録 中國繪畫總合

紫薇睡貓圖

花影離離草似氈，閒餐薄荷即醺然。祇應警夜功名在，一任春風白晝眠。

圖録 中國繪畫總合

詞　六首

醉花陰

秀石倚空春照屋，粉露團頳玉。想見可憐人，不到經春，此意還誰屬？　自家不帶看花福，病與愁相續。病起定何時？生怕春歸，零落紅栖緑。

行草書自作詞卷墨蹟

風入松

江南二月晝初長，草緑滄烟光。相攜野寺探春去，殘梅在，過臘猶芳。淑氣已調鶯舌，柳條漸染鵝黃。　暖風初試薄羅裳，春酒鬱金香。清歌宛轉飛觴處，觥籌亂，賓主相忘。乘醉不嫌歸晚，西郊月印林塘。

行草書自作詞卷墨蹟（上海朵雲軒二〇〇〇年春季拍賣）

風入松

秋日見庭中黄葵試花，戲填小詞。偶几間有舊楮，遂圖此書以系之。癸巳八月十日。

秋來炎豔試宫妝，蜜染薄羅裳。翠翹斜映鵝兒淡，比鵝兒却自芬芳。舊恨檀心暈紫，新嬌粉額塗黄。　御袍新剪菊英長，露冷浥天香。晚涼似是無聊賴，低垂首，默默傾陽。剛被西風斂却，含情自倚東牆。〔吴派畫九十年展文徵明秋葵折枝册　書譜第六十九期文徵明專輯〕

風入松　詠金魚

白頭自笑似兒癡，汲井作盆池。臨池盡日看金鯽，悠然逝羣泳羣嬉。朱鬣時翻碧藻，錦鱗或漾清漪。　金梭來往擲如飛，斗水樂恩私。較他玉帶高懸處，恩波浩，滄海無稽。一段江湖真樂，只應我與魚知。〔中國古代書畫圖目十三〕

紅林檎近　題仇實父吹簫圖

明月掛梧桐，良宵清又永。丹桂滿庭芳，秋色盈園壠。正好度曲吹簫，檀板相和相詠。嬌倚箜篌，承寵無限情如湧。　愁聽四壁蛩，好把金樽奉。此景佳辰，處處月華同拱。萬里净雲霞，皎皎清光，莫惜更闌神悚。

中國古代書畫圖目三明仇英吹簫圖

送潞南公祖先生述職詞　有序

伏承郡侯先生，述職戒期，旌軺將發。凡居屬部，靡不瞻依。竊惟郡侯先生，山嶽儲英，甲科茂實，愷悌素收士譽，公忠自結主知。顧此名邦，寔惟重寄；爰資沉厚，坐鎮浮華。遂從簡拔之良，出綰蕃宣之柄。本風氣，安東南民堵；出緒余，肅海島風烟。無襦有袴，方興父老之歌；保障繭絲，總重朝廷之托。正兹黄鉞殲夷之際，適届介圭入覲之期。士流頌德，舉藉甄陶；老穉擁轅，恐失依庇。徵明等雖幸謍丘報周公之政，更祈河内申借寇之私。稍循州郡之勞，行副具瞻之望。

文章愷悌千人傑，滿城人誦君侯節。化理三年偃草風，光昭一片中天月。才與情俱絶，白頭老父還能説。從前非無賢守，得似公明潔。　傜平訟理人神悦，不妨農業。海濱狂竊，竟亦何爲？天教併就明公烈。早辦朝金闕，便有愚民攀去轍。休言道不久歸來，正恐升朝列。

前翰林院待詔將仕佐郎兼修國史長洲文徵明爲德輔盧君書　中國古代書畫圖目二十明文徵明行楷書郡侯詩序

文徵明集續輯卷下

賦一首

花神賦

客有持仇君實父花神圖見示索題，余愛其措思巧妙，用筆精研，不揣陋劣，漫爲賦云：

伊大造之嬗化，毓品彙而敷榮；循令序以遞發，應佳節而挺生。緋紅鮮紫，淡白輕青；殊形並豔，異色齊芬。或富貴而都麗，或雅潔而清馨。或葳蕤而妖冶，或窈窕而輕盈。或欹傲如高士，或嫵媚如佳人。或娟娟如處子，或翩翩如貴嬪。或締孤山之偶，或聯濂水之朋。或充靈均之珮，或佐元亮之樽。或引阮郎之路，或迷漁父之津。或滿河陽之邑，或偏蜀帝之城。或旖旎于沉香亭畔，或綽約於修禊河濱。地稱綉谷，囿號長春，形傳卉譜，名載葩經。莫不迎暉舒笑，沐雨生顰；臨風弄態，照水含情。争妍春曙，競秀秋清。香散明蟾之夕，光浮零露之晨。能使碧山益媚，渌水增明；曲江風暖，上苑霞蒸。游舫過兮遲棹，粧閣望兮停鍼。仕女攀條兮凝睇，騷客搴芳兮賞心。開枝枝兮眩蝶，落片片兮愁鶯。問誰爲之主宰？綴宇宙之大文。非縷金而結綺，異剪綵而雕瓊。諒有神兮司契，實吐茹夫菁英。

猗波神兮若何？容瀟灑兮出塵。鎔芍藥以潤靨，和渥丹兮膏脣。柳垂兮雙黛，漆點兮兩睛。吐辭兮成蕙，吹氣兮疑蘅。璚華兮耀首，瑶草兮披襟。裁芰荷兮爲衣，製芙蓉兮爲裙。集羣芷兮爲蓋，結桂枝兮爲輪。夾玉妹兮扶轂，馭雙鹿兮遐征。儼龜臺之金姥，宛姑射之靈真。挹香風兮馥馥，望仙駕兮轔轔。渺余懷兮摇金，神蕩漾兮靡寧。託青羽兮致訓，幸弗嗔兮垂聽。願參乘兮芳圃，得偏歷兮華林。飲上清之花露兮，長醉卧於花茵。嘉靖甲寅三月望。

羅錦堂仇英花神圖文徵明花神賦（見文雅雙月刊）　仇英花神圖照片

按：承夏威夷大學羅錦堂教授以照片寄示。賦在圖上幅。圖無款印，賦書法亦非文徵明筆，疑是臨本。

序　七首

賁感集序

賁感集者，吾友徐君衡父之所著也。衡父以清明粹美之資，秉祥雅醇質之性，自其少時，已能脱去綺紈之習。服儒信古，雋味道腴，思追躅昔賢，以基世用。而不幸罹王參元之厄，迄以不振。嗚呼！悲夫！柳子厚謂：「參元讀古人書，能文章，善小學，而進不能出羣士之上，以取貴顯者，以其家有積貨。士之好廉名者，皆畏忌而不敢道其善也。」夫參元之事，不過使之不得第而已。而衡父乃坐以事敗，至廢錮終身，鬱抑以死。嗚呼！豈不重可悲哉！

衡父家江陰，世以高貲爲江南鼎甲。膏腴連延，貨泉流溢，而衡父無所顧藉，日惟懸金購書，以資博綜。雅游參會，以事揚確。所與游者，皆一時名碩，追琢淬礪，悠然自怡。所論著，湔濯蔓靡，劖删陳爛，一言一事，必自己出。要其所至，非直獵時名，高出輩流而已；而棄置流落，以盛年殀死，所作隨亦散亡。二子治、洽掇拾殘簡，以成斯集。

所哀録出於蛛絲煤尾之餘，僅僅十一耳，而雅非其至者，然亦足以見其志也。

嗚呼！積貨之嫌，足以厄其名位而已；至於文字之傳，固不得靳也。考之參元，嘗遇火矣，子厚以書賀之，以爲黔其廬，赭其垣，示其無有，而其才能可以顯白而不可污，其實見矣。其後參元卒登元和二年進士，視衡父幸矣。然其文章事行，不少概見，固不若衡父之有傳哉。

衡父名經，嘗舉應天鄉試，卒年三十有五。江陰梧塍徐氏宗譜卷五十七題贈序記

悟陽子詩敍

前秋官郎中吾蘇顧公，以制科入官，官法比二十年，解歸。于時年甫艾服，人咸惜其去，謂其材之用有不盡也。而不知其用於中，以自益利者甚重，而無以外爲也。公家崇明，越在大海中，不與輔邑比。既自解免，乃遂末殺世事，息氣養心，以求充其所適。蓋數年而有得焉。解悟超脱，若游於真静圓融之境，而有蟬蜕污濁之想。於是曰「道固不外是也」，自命爲悟陽子。謂能識其真性，而不有所累也。於戲！公於此其真有所得哉！

夫天下之理一，而用有不同。馳於外者失其中，守夫寂者遺其高，何也？道不可爲限，而心之體，不分歧而貳之，則病矣。廣成子曰：「雲氣不待族而雨，草木不待黄而落，日月之光益以荒矣。」蓋病其學之不專也。而至道之妙，乃在於收視反聽，窈冥昏嘿之間。故曰：「無勞爾形，無摇而精，可以長生。」以秦皇、漢武之爲，疲神極精，而卒之無益於得者，豈其聰明志慮有不及哉？淫之以聲色，蠱之以功利，而所求爲長生焉者，求以充其所願欲而已！嗚呼！其所爲求之之具，正其所深忌而不可犯者，而致力焉，烏在其爲能求道耶？凡今之人，求有以自養，而不能一置其用世之心者皆是也。

公以未衰之年，解脱世事，漠無所經，而斂息之久，遂以有得。始其心，曾不有是圖也。惟其不爲是圖，是以熙恬沖溢，真静圓融，自不容以不至。嗚呼！彼疲神極精，卒莫有得；而得之之者乃在於無所庸心之人。此有以見道不遠夫人，而人之心不可歧而用也。使公敝於一官，而竭其用世之心，不知其所得，視今日何如也。此公所爲自厚其中，而無以外爲也歟？一時知公者，咸爲咏歌其事，而余獨衍其意爲敍。而所謂「悟陽」云者，公自得之，余不能詳也。正德九年歲在甲戌九月既望。　中國古代書畫圖目十五明文徵明唐寅書畫卷

壽石宗大七十敍

長洲石翁宗大，以高貲甲一時，而樸茂若淑，融於家庭，而信於其鄉。其子弟又多修謹業文，爲方輻齒遇。數十年來，剗鎸曼靡，推脱駔儈，日趨於祥雅。石氏之家，隱然重閭閈間，其得譽蓋不專以貨也。今年，翁屆年七十，其子太學生岕率其仲岳季巖詣余，乞言爲翁壽。

余曰：翁之壽，所宜自得，而理有必然者，余言何足爲翁重。顧於翁有雅故，而諸子又辱游好，不可辭，則爲論次其平生，若曰：翁起家勤劇，數致千金，浮湛里巷，而愿謹自持。衣服食飲，隨取而具，而未始窮欲以自侈。出入言動，無適不得，而未嘗肆志以自泰。雖業廢舉，而不肯乾没以盡市利。兄弟同居餘五十年，閨門雍雍，無有間隙；有儒生法士所不必能者。凡此皆翁之所自立，翁之鄉人皆知而誦之者；而不知此寔翁之所爲得壽者也。

夫所貴以爲壽者，豈獨享之云哉，鮮衣麗食，宏室安輿，侍女僕從，各適其欲；而憂患不攖於中，災疹不戕其生；優游耆耇，子孫列前，其所享厚矣。然或無所見於世，而有醜於其中，是謂無享之具。無享之具，而有享之實，謂之幸致。孝友行於家，令聞施於身，而或不免於不足；繅織而衣，耜耒而食，營營卒歲，而後僥倖一歡，是謂無享之實。無享之實，而有享之具，是謂物靳。凡是皆不足以言壽也。

然世之人咸樂得其實，而不問其具。蓋有其具者，不必得其實也。惟君子於此有間焉。君子寧安於此，而不彼之求；何者？不欲以幸而得也。以幸而得，人且惡之，方日覬其敗也。寧有人日覬其敗，而可以言壽哉？吾知其生百歲而百歲憂也。於此有德焉，雖不得於天，而人且日望之，惟恐其不貴富榮樂也。是故其尊榮逸豫，一日而百年也；而況享有其具如翁者哉！翁外有享壽之實，而內有凝壽之具，如此，雖欲無壽，不可得也；而又何假於祝願爲哉！

雖然，箕子陳洪範而壽居五福之一；周公作豳風之詩，備述生作日用之事，而必以介眉壽爲言；在古人有所不廢也。吾於翁顧惟論其德義如此，固以箕子之所謂攸好德者，固祝願之意也。

北京故宫博物院藏明文徵明草書文稿

壽郭母太夫人八十敍

古之仕者，未嘗不欲養其親。而所爲致養，乃有出於林茵軒從之上者。是故板輿迎侍，奉以周旋，可以娱燕閒；而擊牲考鼓，舞觴稱慶，可以介眉壽，此誠有足樂者。而賢母之志，或不在是，君子亦求適其志而已。

前御史晉江郭侯，以直道忤物，出宰蘇之崑山。於是其先府君既已即世，而太夫人垂白在堂。嘉靖己丑，夫人壽八十，□月□日是其始生之辰。侯念夫人高年，不能遠去鄉里，以就禄養。官資貧薄，既無可將；而身系於公，又不得稱慶膝前，悒悒不自足。余以爲是人子之常情，亦恒衆人之事其親耳；而非君子所以悦其親之義也。陶侃官尋陽，以蚶鮓遺母。母却而戒之曰：「爾爲吏，而以官物與人，非惟不能益吾，乃以增吾憂也。」侯之所爲，豈有所以遺憂其母者乎？雋不疑之母，以其子之平反與否，以爲飲食損益。而范孟博亦以李杜齊名，爲母所安。然則侯固有所以悦其心志者矣。蓋侯以仁恕爲心，而刻薄不施；以廉潔自將，而苞苴不行。立朝爲名法從，出牧爲良有司；忠言直節，敷於中外。一時人士，仰其名而飫其德者，莫不以侯之故，而賢愛其母，以爲是故三母之流也。夫三人者之母，賢母也。而其子之事之與其母之所安，果何如耶？使夫人而非賢也，其安與否不可得而知也。夫人而賢也，吾知其所樂而安，有在此而不在彼者。禮曰：「大孝尊親，其次不辱，其下能養。」侯庶幾能尊其親，而不有所辱者乎？區區禄養，又足言哉？

邑中逢掖之士，相率賦詩爲夫人壽。而太學生吴君敬方介余言矢諸首。余昔與侯同朝，雅聞其制行之詳。及是歸老長洲，寔沾河潤之澤，故不辭而爲之敍。草書文稿

鳳峯子詩序

有鳳峯集若干卷，四明郡守華亭沈鳳峯公之所著也。公早負儁才，明經績學，侈聲三吴。既舉進士，爲司寇屬，詳刑析律，深於吏治。及是補郡，輒上課最。踐歷中外，名實并敷。余家吴門，去公不數舍，而聲光奕奕，實所稔聞。

今歲汪君鏜孫自四明來，示余此集，予受而卒業焉。鑄詞命意，莫不合作。而圓融藻麗，綽有唐人之風。信今作者莫有加也。

我國家以明經取士。士之有志飭名者，莫不剌經括帖，剽獵舊聞，求有以合有司之

尺度；而詩非所急也。既仕有官，則米鹽法比，各有攸司，簿領勾稽，每多困塞。自非閒曹散秩，在道山清峻之地，鮮復言詩，而實亦有不暇言者。而近時適道之士，游心高遠，標示玄樸。謂文章小技，足爲道病，絶口不復言詩。高視誕言，持其所謂性命之説，號諸人人。謂：「道有至要，守是足矣；而奚以詩爲？」夫文所以載道，詩固文之精也，皆所以學也。學道者既謂不足爲，而守官者又有所不暇爲，詩之道日以不競，良以是夫！昔周原伯魯不説學，閔子馬曰：「周其亂乎？」又曰：「可以無學，無學不害。不害而不學，則苟而可？於是下陵上替，能無亂乎？」謂無學雖無害於爲政，而政皆苟且，必及於亂如此。

沈公文尚西京，志意勤劇。雖關決緒政，日不暇給；而手披口吟，不以時廢。然則公之所爲，獨詩也哉！於是乎有以知其政矣。

四庫全書明文海卷二百六十

壽浙省都事海月華君序

嘉靖之初，錫山華君時禎，以太學生待次天官，于時天官卿寔知華君，將慰薦之。君偶有所觸，慨然曰：「吾豈以區區榮名，而勞吾之形，以役吾之心哉！」竟不俟調而歸。居數年，其子弟親戚，咸謂君不可但已，而有司復爲之勸駕。君曰：「吾壯時且不欲以形爲役，今則既老矣，又何爲哉！」會有詔：選人不願補官者，授以散銜。君遂援例拜浙省都事階承事郎。

於是悉屏世事，日與故人親戚，文酒讌游，徜徉林麓，以佚其老。既世業優溢，歲復比登，室廬靚深，花竹秀野，而子孫侁侁，咸亢爽有立。心怡氣舒，不自知其歲月之邁，而身之老而耆也。蓋於是年且七十矣，而齒髮壯强，精神視聽不少衰。一時人莫不羨而慕之，以爲得古僊逸人頤神養性之道。天錫純嘏，於是乎有徵矣。而或者以君有剸繁之才，長民之德，既仕有資，而不得一試爲可惜；是蓋不知其所爲獨厚於天者，有非區區利達之足儗也。洪範五福：曰壽、曰富、曰康寧、曰攸好德、曰考終命。其敍必以壽爲首，而爵禄不與。何者？物理之致不能兩極，得於彼必失於此，此消息之理，而勢之所必至。達人大觀，所爲未始置優劣其間，而君子亦每用自恃焉。

昉君之見知於當路也，榮名膴仕，俯首可得，而聲勢下上，不無俯仰之勞。而簿書期會，趨走承順，所耗亦多矣。不知齒髮之强弱，精神視聽之盛衰，於今何如也。君不以所得於外者易其所享，而留有餘之地以還造物；若是，則其所以得於中，以裕其身者，不可涯也。又何必區區爭衡於利達之間，必試其才而後爲至耶！

是歲辛卯秋九月十六日，寔君降誕之辰。君之子雲適領鄉薦，歸自京師，將以是日置酒會客，以爲君壽，而徵詞於余。余昔官京師，知君不受選調，意獨賢之。及是喜其高年康裕，而居閒所得，誠有出於班資利禄之上者，爲序次其所以然，而系之詩曰：

維天旼旼，曰有消息。維人用凝，順言其值。有賢華君，奕奕造士。守貞用恒，式晏以晦。豈無榮途？我形實勞。舍旃來歸，于德之韜。于名斯逃，迺燕以遨，以全其高。其高如何？林麓維秀。子孫其懋，維德斯佑。豈不顯融，事靡有極。月盈斯虧，日中則昃。五福云駢，勿攸有全。與其崇階，孰如永年？七秩優游，保兹令德。匪天則培，乃退而克。有賢華君，守恒用謙。視履之祥，百福維兼。豈福斯兼？德用綏之。天實畀之，誰則違之？翼翼高堂，君維居只。綵衣翩翩，子孫燕喜。高堂翼翼，維君攸居。綵衣翩翩，子孫燕胥。瞻彼慧麓，其崇岌岌。弗隕以傾，高人之植。湯湯五湖，浩浩其淵。高人之貞，亦以永年。

中國古代書畫圖目二明文徵明行書壽華君序

梁伯龍詩序

作詩難，序詩尤難。古人詩多無序，其或有序者，因不知其人，於數百載後，考其遺蹟，蓋欲得其名當時，傳後世者，以想見其人耳。

伯龍今將游帝都，攜此編以文天下士，則天下之士接其人，玩其詞者，人人知有伯龍矣，又何以序爲？雖然，以一書生，南游會稽，探禹穴，歷永嘉括蒼諸名山而還。既又涯荆巫，上九嶷，泛洞庭彭蠡，登黄鶴樓，觀廬山瀑布，尋赤壁周郎遺蹟，篇中歷歷可見。伯龍又云：「余此行非專爲畢吾明經事也，蓋遠追子長芳軌，欲北走燕雲，東游海岱，西歷山陝，覽觀天下之大形勝，與天下豪傑士上下其議論，馳騁其文辭，以一吐胸中奇耳！一第何足爲輕重哉？」是亦足以豪矣！若予衰邁，裹足里門，跬步不出，視伯龍真若霄壤；然是又不可以不序也，遂書以覆伯龍。嘉靖戊午中夏既望。一九九八年蘇州文志梁辰魚鹿城詩稿及其序文

記　四首

重游琅琊山記

成化乙巳，大人官于滁，徵明隨侍累年。弘治戊申始歸。乙酉復至，又居累年。自

念平生于滁，豈有宿分？數年來所謂醉翁亭者，遊歷無虚歲。别來幾何時矣，每有人自滁來，輒問訊諸山無恙否？則未始一日忘也。

辛亥秋，予有事過南京，距滁方百里。念欲一往，而故人適以書招，予于是重游之興，不能自阻。乃九月十有四日至滁，止東門魏氏，故人家也。明日，諸故人來會者數人，相見道舊外，謂山中之行不宜廢，又明日遂往。是日赴約者，李君秉彝、盧君英、于君鏊及主人魏珂，及予五人。

并轡行二里，未至山，觀道旁怪石溪，前人所謂賞奇者，磅礴甚喜。遂登醉翁亭，亭已圮一角，東西壁盡塌，蕭然幾于草墟矣。相顧嘆息而去。至琅琊寺，敗毁更甚。唯山上下宋、元人游歷名記，剥落之餘，尚隱隱數百處。念此亦久遠之物，遂謀遍拓之。至暮歸，期詰朝再至；則宿具楮墨。凌晨，與魏君徒步往，至始早念。按：原句遂手拓三十餘種，多名人字畫，亦多奇秀可喜。且拓且閲。及午，而李、于兩君來，出所攜餅果，相與咀嚼。又拓數十乃歸。再明日而風雨作，連十有二日不止。愧予不能好奇，而歸念又甚急；遍拓之事，遂墮渺茫矣。

予生長江南，于滁雖竊慕樂，而南北絶蹟，非可以徒至。故雖一着脚，猶不爲易能也。而數年之間，乃至屢游不已，去而復來，豈偶然哉！雖不能盡歷而覽之，亦自謂于滁不薄矣。而獨有慨然於此者，徒以琅琊爲淮以南名山，而所謂醉翁亭又古人茂蹟，不應落寞如是。至於一時題識，其修詞名翰，皆極精致，至勒之堅珉，自謂可垂不朽，而後此或有見而賞之者。迨今數百年，曾幾人之一顧哉！幸而有知而好之者，而又多所阻滯。況吾與諸君聚散不常，後是而談笑於斯，所謂可期也。即萬一再至，尚能保其存不存乎？此予不能不爲之重念也。

遂敍一時之事，以歸同游者。若景物勝概，與夫游觀之樂，前人記之累矣；予不能文，亦不暇述也。所發怪石溪，則別有志。　黃山書社琅琊山志　選自古今圖書集成

按：文中「乙酉復至，又居累年」，查乙酉已是嘉靖四年，徵明方出仕居京，安能至滁居累年？乙酉當是己酉之誤。又「辛亥秋」句，辛亥是弘治四年，徵明早已在滁。是年秋，自滁歸里。與文意不合。張靈秋山高士圖有弘治辛酉徵明一跋，中有「不意余有滁州之行」句，辛酉是弘治十四年。「辛亥秋」實是「辛酉秋」之誤。

洛原記

白氏自洛陽徙晉陵，數百年于茲矣，世以宦學相承。至特進康敏公與其子中丞公始大顯於時，而族屬亦益衍大，聚指不下千數。江以南，莫不知有晉陵白氏也。而凡白

氏之族，亦莫不以晉陵爲土著，而吾貞夫顧以洛原自命。其言曰：「洛陽天下之中，其山嵩、少，其川伊、洛，昔人所稱，而吾先世之所從徙也，吾不敢忘焉。」嗚呼！余於是有以知貞夫之爲能得禮樂之本也。禮曰：「樂，樂其所自生，禮不忘其本。」是故太公封於營丘，比及五世，皆反葬於周。夫反葬，不忘本也。止於五世者，親盡也。白氏之生洛，非特五世而已。其山川之秀，土地人物之美，貞夫蓋不能舉也。乃晉陵則所習焉，生息於斯，宦學於斯，親戚墳墓於斯。至於衣服、食飲，語言、習尚，有不類於斯者蓋鮮也。禮之所棄其所習，而從事於不可舉而知之之境，夫豈其情哉？亦求所以行乎禮而已。禮之所寓，志無不達；心誠通焉，其無違願已。吾見山之峙於前者，皆少室、嵩高也；川之匯於左右者，皆伊、洛之流也。窪而渠瀆，隆而丘島，以若草木禽魚，凡吾所得而狎者，無不可以洛名也。雖然，豈必洛哉！人苟有以自立，則一言一事，皆足以名世。而所謂地與物，皆將假吾而重於世也。蘇文忠之居義興也，寔自蜀徙，故今義興有蜀山。夫以義興之山之衆，歷數十百年之久，而蜀山獨傳。然則其所以取重，獨地爲哉？貞夫蓋知所務矣。貞夫名悦，康敏公之孫，中丞公之子，績學厲行，足世其家云。嘉靖八年歲在己丑六月既望。中國古代書畫圖目二十明文徵明洛原草堂圖卷

且適園後記

上海談君元珍，築室龍浦之上，辟隙地爲園。陂魚養花，雜植松竹，因面勢爲亭榭。日與名流勝士，游衍其中，意佚以夷，悠然自適。時君已録於有司，需仕未及，因題其園曰且適，自爲之記。其言若曰：「人莫不有所適也。彼適以人，而吾適以天。天不吾與，而靳我以仕，吾斯自適而安焉。不戚戚以悲，天不終靳，而或達我以位，吾斯自適而俟之。不汲汲以希，天有暌合，時有違從，而吾不廢吾適也。」

韙哉！談君其知道者哉！夫道之所在，天寔爲之。知道之所爲出於天，自不得容心其閒矣。惟無所容心，是以情融意舒，隨在而足，所謂無適而不自得也。昔之人有適於鍛者矣，傲睨物表，舉天下之物，莫能奪其志。有適於酒者矣，幕天席地，舉天下之人，莫能當其意。意之所適，終身不反，可謂得其所適矣。然議者謂是矯物自藏，非皆出於性真也。陶靖節欲仕則仕，不可則委而去之。性不屑貴人，或中路邀之，則就之飲。至於引足受屨，叩門乞食，軌物夷易，曾無吝情，其適，真適也。充是類也，雖聖人所謂可以仕則仕，可以止則止，不大相遠矣。夫其始也，行止去來，與時推移而已，而卒之爲聖賢之歸，道固無乎不在也。談君不以絶物爲高，而以性真自力，其知道哉！其知道哉！嘉靖十九年庚子八月既望。

臺灣故宫博物院藏明文徵明且適園記

谿石記

新安地多山水，爲文公東南闕里。人士奇拔，雖顯晦異趨，莫不敦尚志節，足徵文獻，若允升吴君者，其人也。君性高簡，恬於利欲。當世所尚，不屑經意；獨於泉石之勝，愛而癖之。因自號曰谿石。谿石久客於吴。今年秋，始獲識之，相將契好，既乃俾予一言以爲之記。

予謂古今人心，寖漸殊異。士君子不在其位，則山林而已矣，江湖而已矣。所以漱流枕石，巖栖谷隱，一丘一壑之專，清流急湍之愛，爰是以求全吾志，不辱其身。賤青紫，穢黄白者，抗一世而孤高，謝塵囂於終絶也。君情在谿石，豈亦聞其風而興者與！

君既風度高爽，資復饒裕，内無隱憂，外免羈守，故能葆真含光，尚羊自適。時乎谿，時乎石，物理會心，欣然忘倦，浩歌長嘯，造化與游。此其心，誠不知歲月之易邁，寓留之難窮也！如是，則雖遐觀窮覽，周歷九有，振衣五岳之巔，濯纓溟渤之湍，將亦無難至者！奚但一谿一石而已哉！嘗聞弧矢四方，男子之事，而君恥老牖下，方事遠游，則是也，是焉得無之乎？余亦素好游者，愧未能償之也。第行矣，尚當從君賦之。世界各博物館珍藏中國書法名蹟集文徵明谿石記卷

疏　四首

乞休致疏（嘉靖乙酉）

翰林院待詔臣文徵明謹奏：爲痼疾乞恩休致事。臣原籍直隸蘇州府長洲縣人，由歲貢生嘉靖二年閏四月初六日欽蒙除授前職。至嘉靖三年六月内，因跌傷右臂，不能舉動，當即告蒙在家，服藥調理。將及三月，不得痊可。比恐鰥曠官職，只得扶病隨朝，及今半年有餘，前病愈加，轉成虚瘵。緣臣今年五十六歲，血氣向衰，猝難復舊。展轉沈綿，已成痼疾。竊念臣本一介庸流，荷蒙作養，偶緣論薦，進列清班。甄録之恩，出於常格。匪惟慚感之切，思以圖報於將來；而潦倒之餘，亦欲徼榮於末路。豈其賦命不

辰，每多屯剥，病爲身祟，事與心違。今來行步蹇澀，拜起艱勤，非止不便朝參，實已不能供職。如蒙令敕吏部將臣放歸田里，容令致仕終身，臣無任激切感恩之至。謹具本令義男文富抱賫謹具奏聞。

中國古代書畫圖目十六文徵明文嘉行書雜書册

乞休致三疏（嘉靖丙戌）

翰林院待詔臣文徵明謹奏：爲乞恩休致事。臣原籍直隸蘇州府長洲縣人，由歲貢生嘉靖二年閏四月初六日欽除前職。嘉靖三年六月内因跌傷右臂，延至次年二月内不得痊可，當即具本奏乞致仕，吏部不爲覆奏。彼時誠恐鰥曠官職，只得扶病隨朝。及今一年有餘，前病愈深；加以舊患痰眩等症，不時舉發；兩足麻痹，不能行立；目睛昏眊，視物不明。緣臣今年五十七歲，血氣既衰，不能復舊，轉展沉綿，已成痼疾。切見近年，太僕寺寺丞姚永、太常寺典簿錢貴及近日南京户部郎中邵鏜，俱年未及六十，亦因久病不能供職，俱準回籍致仕。如蒙乞敕吏部照依邵鏜等事例，將臣放歸田里，容令致仕終身，臣不勝激切感恩之至。謹具本令義男文富抱賫謹具奏聞。八月二十日。

翰林院待詔臣文徵明謹奏：爲再乞天恩，懇求休致事。臣比緣患病，不能供職，於本月二十日具本陳乞致仕。尋奉聖旨：「吏部知道。」本部以臣年未及期，不爲覆奏。竊惟七十致仕，乃古今之恒典；而因疾求退，亦臣子不得已之至情。伏念臣本一介凡庸，忝塵侍從，聖恩汪濊，出於尋常。臣雖至愚，亦知循資進取，庶圖報補。惟是痼疾已深，勢難平復，苟復顧藉，必至顛淪。且古人所以七十致仕者，以七十陽道極，耳目不聰明，不可以執事趨走故也。今臣目昏足蹇，趨走不前，雖未及致仕之期，而實有可退之道。竊見近日臣僚有因疾乞歸者，朝廷憐惜其才，不令遽去，往往至於客死道路，深爲可憫。臣若不去，誠恐一旦暴露中野，上負朝廷生物之仁，下失臣子自全之節，實切惶懼。如蒙乞敕吏部查照先今事理，將臣放歸田里，俾得盡其餘年，臣無任激切感恩之至。謹具本令義男文富抱賫謹具奏聞。八月廿六日。

具官文徵明謹奏：爲三乞天恩，懇求休致事。臣近因久病不能供職，於八月二十等日二次具本陳乞致事，未蒙俞允，臣不勝恐懼。竊見吏部近例，内外官員必待七十，方許致仕。蓋緣近年中外多故，恐一時無人任事，或至廢弛職業。又以人才難得，不欲遽棄。實惟朝廷愛惜人才之盛心，亦是當路急切圖治之至計。凡在臣工，靡不自奮。但臣資地冗散，不系緊關有事人員；而性質頑鈍，寔亦不足以供任使。況今疾病摧頽，蓋無可用，徒費廪禄，無益公私。若在考察之時，亦系汰黜之數。卧病以來，日益耗損，氣息僅屬，動履艱難。南望故鄉三千餘里，首丘之念，日夕懸懸。仰惟皇上仁明隱惻，博愛不遺一切，羣生舉蒙覆庇。如臣之愚，所望不過生還，所系實切性命。苟不得請，必至失所，皇上至仁，何忍不聽其去，顧且虛靡廩餼，養此無用之人，而又使之不得其所哉。如蒙乞敕吏部查照先令事理，準令致仕，俾臣生還鄉里，凡臣未死餘年，悉出陛下再生之賜也，臣無任激切感恩之至。爲此再具本令義男文富抱賫謹具奏聞。九月初二日。

中國古代書畫圖目十六文徵明文嘉行書雜書册

跋　十六首

跋李范庵書石湖詩

予評范庵先生行書，爲近時海内第一，此非區區私言也。但公不易爲人書，故知之者少，惟吴中及金陵士人稍稍知重之，然真知其妙者幾人哉？予侍公久，特喜其書，師之二十年。欲彷佛其一筆，不可得也。□□□書石湖詩於沈潤卿所，嘆豔之餘，敬題其後。甲子除日。

書與畫一九八八年第二期　吴派畫九十年展

跋杜東原南村别墅圖

余不及識東原先生，每從横幅短軸，見先生運筆，得元季風氣，深爲醉心。此册圖南村别墅景。先生曾從游九成，而於九成去世後，繪其詩意。用筆布景，無不盡善。披覽是圖，想見九成瀟灑之致。聊識數語於後。時正德丁卯二月既望。中國古代書畫圖目二

跋黄山谷草書劉夢得竹枝九篇

山谷謫黔南，亦有竹枝二篇云：「撑崖拄谷蝮蛇愁，入箐攀天猿掉頭。雁門關外不嫌遠，五十三驛是皇州。」「浮雲一百八盤縈，落日四十九度明。雁門關外莫言遠，四海一家皆弟兄。」又有夢中作云：「一聲鳥啼花片飛，萬里明妃雪打圍。馬上歌兒那解聽？琵琶應道不如歸！」説者謂其命詞措意，不減夢得，而此顧稱之，若不可及者；豈亦其退托之辭也？觀此可以知昔賢不自滿假之意。若其書法之妙，天下自有公論，余

復何言。正德十四年歲在己卯五月既望。

無錫博物館藏墨蹟卷　書法叢刊第五十四期

張東海書送弘宜會試等詩帖

東海先生一代偉人。其文章翰墨，於海内二子起而繼之。不獨能踐世科，紹宦業而已。而文翰之美，亦不失家學。此東海之叔子龍山在諫垣所作，其子鴻臚收拾於斷縑敗楮中，裝池成軸，持以相示。清篇妙翰，夫人皆知重之，況其子孫哉。雖然，非其後人之賢，則蛛絲煤尾之餘，其不置爲篋中故紙者鮮矣！於此又有以知公之有後也。

二〇一一年中國嘉德公司春季拍賣中國古代書畫

跋祝希哲書蘭亭敍

祝希哲書蘭亭敍，不下數本。余所見惟朱性甫孝廉、石民望文學二君所藏爲最佳。今又見此本，全法争坐位帖，而稍參以聖教序。希哲於古帖，靡所不摹，而又縱横如意，真書中之聖也。余見而心賞之，特爲補圖。偶得趙松雪畫卷，精潤可愛，故行筆設色，一一宗之。不免效顰之誚，安能如希哲學書，師心匠意，前無古人也。嘉靖壬辰春二月廿五日。中國古代書畫圖目十五明文徵明祝允明蘭亭敍書畫卷

題陳道復倣米友仁雲山圖卷

道復陳子，昔從余游。博學好古，文字之外，復工丹青，頗得諸家筆意。一日，余示以米南宫山水圖，陳子展玩良久，若有所得。遂拈筆戲效作之，極盡模寫之妙。雖南宫復作，亦不知出他人手矣。戊午春，余甥偶持是圖來乞余跋。余慨遺墨之猶存，悼斯人之不作也。中國繪畫總合圖録

題文與可墨竹（編年未詳，下同）

東坡題其上云：元祐九年正月十九日，李端叔、王□仁、孫子發同在東坡觀與可遺墨。

昔人評與可畫，以蘇題定真贋。此幅殆合璧矣。按史：元祐僅八年，而蘇公此云九年者，是歲四月始改紹聖，此正月十九日書，寔未改元之前也。於是公年五十有九，

與可死十七年矣。公以元祐八年出知定州，明年落兩職知英州，尋貶寧遠軍惠州安置。此或是未離定州時書，然不可考矣。詩稿二十四首卷

按：另題七絶一首，見前卷。

跋任伯温職貢圖卷

昔閻立本嘗作職貢圖，蓋當貞觀之際，諸番向化，立本目睹其盛而筆之者也。再見吴興錢舜舉摹本，與此無異。豈皆本於立本歟？中國繪畫總合圖録

跋陳道復四季花卉卷

道復游余門，遂擅出藍之譽。觀其所作四時雜花，種種皆有生意。所謂略約點染，而意態自足，誠可寶也。中國古代書畫圖目六明陳道復四季花卉卷

梁簡文帝采蓮賦

梁武帝異趣帖，真蹟曾一見之。聞有昭明墨蹟，久欲鈎刻，苦不可得。簡文字甚少，雖淳化閣亦止有一二帖，矧真蹟乎？王太僕藏有是卷，可謂奇緣。較之二王，書品雖遜，而難則過之。老眼頓明，欣賞無似。眼福編二集卷三梁簡文帝采蓮賦真蹟卷

張旭秋深帖

張伯高秋深帖，今草奇逸。詳載寶章待訪録中。真蹟日録卷二

蘇軾中山松醪賦卷

蘇文忠筆力雄健，而多自然之致，故爲宋四家之冠。余學書數十年，偏臨往蹟，少得其概。至髯翁遺翰，則把筆逡巡，殊難彷彿。秋日偶遊華亭，過董庶常家，出此見賞，

誠其生平得意之筆，三復咨嗟，徒切望洋之歎，然終不敢效顰。太史朝夕揣摩，宜其書法有凌雲之氣也。盛京故宮書畫録卷二宋蘇軾中山松醪賦卷

按：此文存疑，録附供參考。

岳飛滿江紅詞及二柬

南渡之初，冠虜交訌，勢岌岌矣！岳公力任中興之圖，内平劇盜，外攘强敵。觀此詞與二柬，其當日忠義奮發，居功度勞之慨，皆可具見。使高宗始終專任之，復神州，報大讐，在旦暮間耳。乃惑於賊檜，甘心事仇，反害忠良，此何心哉？故天下共惡檜之奸，而我獨深恨高宗之昏也。往歲曾見高宗手敕有憤，因與石田同和滿江紅一闋，以忬心曲。今閱此手跡，不禁涕零耳。壯陶閣書畫録卷五宋岳忠武七絶詩軸附

按：石刻在杭州岳王廟廊廡。

趙孟頫高松賦

趙文敏公書法俊逸絶倫，迥異凡品。昔見天冠山墨寶，主人命余補圖，余自愧拙

劣，未敢走筆。然書法之精妙，嘗往來於心，不能忘也。兹於周子書畫舫出文敏書示余，圓勁清和，直踵羲、獻，快臨數次，折服彌深。誠與天冠山一册，並垂不朽矣。眼福編二集卷七元趙文敏公高松賦真蹟卷

趙孟頫雪賦

趙文敏少時學宋高宗書，已有出藍之譽。中年規橅二王，復入其室。此本姿態秀媚，是得力於黄庭、洛神，而自成一家者。蓋公天分過人，而又臨摹不倦，故能字字生動，栩栩欲仙，夫豈凡手所能擬似？眼福編二集卷七元趙文敏公雪賦真蹟册

張雨小書得意詩

貞居書法，先學松雪，後入陶隱居。稍加峻厲，便自名家。遊居柿録

自跋　五十八首

草書詩卷

博士丹巖先生，以素卷命書鄙作。詩既不佳，字復無法，深媿來辱之意。然或庶幾可以因是請教，故亦不得自揜其醜也。戊辰五月。草書戊辰詩卷墨蹟（局部）

小楷花游曲

鐵崖諸公花游倡和，亦石湖一時勝事也。比歲，莫氏修石湖志，目爲穢蹟而棄之，不誠冤哉？余每嘆息其事。因履約讀書湖上，輒追和其詩，并録諸作奉寄。履約風流文采，不減昔人，能與子重、履仁和而傳之，亦足爲湖山增氣也。是歲大明正德九年，歲在甲戌六月廿又五日，上距諸公游湖之歲，百六十有七年矣。中國古代書畫圖目二　中國古代書畫圖目十八

自書七律三首卷

往歲在孔周處書此，乃不知是南洲所求。乙亥九月廿又四日，偶過天王寺覽之，不覺愴然，蓋拒書時三年矣。歲月于邁，聰明日衰，不知向後更能作此否？徵明重題。世界各博物館珍藏中國書法名蹟集明文徵明東林避暑圖卷

按：所書寒食石湖舟中作、上巳日獨行溪上有懷、湯氏園亭對雨小酌三詩，後識云：文壁徵明甫書于錢氏西園之碧筠深處。

石湖花游圖

比歲書花游倡和以寄履約，履約欲余補其圖，偶疾作而不果。兹過余玉磬山房，復申前請，爲寫此以歸之。自甲戌抵今，凡七年矣。日就勤勞，筆意蕪略，聊用遣興，以塞白耳。若以爲不工，則非區區之所計也。正德庚辰九月既望。中國古代書畫圖目二

山下出泉圖

子潤自號育齋，余嘗取蒙易之義，作山下出泉圖。越二十年而失之。子潤請余重爲。余老矣，自念聰明不及於前時；而畫家顧有「筆隨人老」之評。噫！老少妍醜，余蓋不得而知，不審賞鑒者以爲何如也！正德十五年歲在庚辰十月既望，停雲館中書。

中國古代書畫圖目十五

畫松雪詩意

竹林深處小亭開，獨鶴徐行啄紫苔。小扇不搖紗帽側，晚涼青鳥忽飛來。

世稱王摩詰詩中有畫，畫中有詩，松雪翁此詩，真可畫也。夏日齋話，誦而樂之，因衍爲此圖。惜無摩詰思致，有愧於松雪耳。丁亥夏六月既望，停雲館書。

古萃今承虛白齋藏中國書畫選文徵明竹林深處圖

天池詩卷

往歲遊天池賦此詩。今日視之，真穉語耳。九疇有别業在其傍，蓋嘗深領其勝者。漫書似之，不直一笑也。壬辰春仲。

中國古代書畫圖目七文徵明陸治天池詩書畫合裝卷

山水圖卷

此卷，余弘治壬戌歲所畫。畫未完，爲童子竊去，於是三十年餘矣。客有持以相示者，慌然如隔世之事，非獨老眼昏眊，不復能此，而思致荒落，亦不復向時好事矣。昔趙侍御者，於韓公坐上閱人馬圖，謂是其少時所作，失去二十年，未嘗不往來於懷。韓公遂掇以還之，且爲作記。今畫不可見，而韓文遂傳之至今。今此卷既爲好事者所得，余不敢望還；顧安得如韓公者記之，以抒余耿耿之懷也。嘉靖癸巳十月四日。

中國繪畫總合圖録

寫東坡詩意

掃地焚香閉閣眠，簟紋如水帳如烟。客來夢覺知何處？挂起西窗浪接天。

戊子之夏，與禄之燕坐停雲館，誦東坡此詩，因用其意爲圖。未就，而禄之北上。迤邐登頓，而此念不忘。至是乙未，八閱寒暑，始爲設色；於是禄之還吴二年，而余亦既老矣。不知更後八年，復能爲此不？感嘆之餘，輒記歲月。是歲四月一日。印本

倣米雲山圖卷

徵明於畫，獨喜二米。平生所見，南宫特少。惟敷文之蹟，屢屢見之，所謂瀟湘圖、大姚山圖、湖山烟雨、海岳庵、苕谿春曉，皆妙絶可喜。苕谿尤秀潤，舊題爲元暉，而沈石田先生獨以爲南宫之蹟，大要父子無甚相遠。余所喜者，以能脱略畫家意匠，得天然之趣耳。元章品題諸家，謂「皆未離筆墨畦逕」。晚乃出新意，寫林巒間烟雲霧雨陰晴之變，自謂高出古人。元暉亦云：「漢與六朝作山水者，不復見於世，惟王摩詰古今獨

步。舊藏甚多。既自悟丹青妙處，觀其筆意，但付一笑耳。」且謂：「百世之下，方有公論。」又云：「世人知余喜畫，競欲得之。鮮有曉余所以爲畫者。非具頂門上慧眼，不足以識。要不可以古今畫家者流畫求之可也。」當時尤延之謂：「此公無恙時，索者填門，不勝厭苦。往往令門下士代作，親識元暉字於後。」嘗自言：「遇合作處，渾然天成；藨爲之，不復相似。」其言雖涉誇詡，要亦自有所得也。

余暇日漫寫此卷，自癸巳之春抵今乙未冬始成。中間屢作屢輟，曾無數日之功，亦坐得意之時少也。然人品庸下，行墨拙劣，不能於二公爲役。觀者若以畦逕求之，正可發笑耳。是歲十一月晦書。　中國古代書畫圖目二十

按：此文又見補輯卷二十五倣米氏雲山卷，録自珊瑚網，未全。今自原蹟補録全文。

漁夫圖

丙申夏日，余自西山回，風淡波平，蕩舟如屋，不覺興味勃然，戲爲寫途中所見。時四月三日也。　中國繪畫總合圖録　海外藏明清繪畫珍品文徵明卷

畫册 十四幅

丙申五月廿日，與禄之燕坐停雲館中。時夏雨崇朝，坐無雜客，煮茗焚香，清談抵暮。禄之出示素册索畫，余不能辭，漫爲寫此，共得十四幅。此老人寄興一時，工拙非所較也。不知禄之以爲何如？ 中國繪畫總合圖録

楷書赤壁賦扇面

嘉靖丁酉仲夏，避暑於澄觀樓中。連日謝客無事，因録如此。昔歐陽公謂：「夏日據案作書，可以消暑忘勞。」而余揮汗撚毫，祇覺困憊耳。 中國古代書畫圖目二

自書詩卷

宜齋先生以佳卷索書。人事倥偬，久而未報。而先生歸期且迫，張燈寫此，老眼眵

昏，殊愧不工也。嘉靖戊申十月廿又六日。　中國古代書畫圖目十六

楷書六種

右楷書數幅，乃余往歲閒中所書。欲學黄庭經之古，而近於拙；學樂毅論之勁，而近於生，信古人之難摸放也。吾友陸之行裝潢成卷，索余跋語。嗟嗟！穢惡之筆，奚足跋哉，衹以增醜耳。嘉靖庚戌四月。　中國古代書畫圖目二十文徵明行書雜書十開册

按：爲樂志論，對酒、觀書、煮茶、晏起五律四首，憶昔四首次陳魯南侍講韻，五柳先生傳，愛蓮説，次彭孔加秋懷三首。皆小楷書。

萬壑争流圖

比余嘗作千巖競秀圖，頗有思致。徐默川子慎得之，以佳紙求寫萬壑争流爲配。余性雅不喜作配幅，然於默川，不能終却，漫爾塗抹，所謂一解不能如一解也。是歲嘉靖庚戌六月既望。　文物出版社中國博物館叢書南京博物館　文徵明畫風

茶具圖

嘉靖壬子四月既望，過十山先生第。適天氣炎蒸，先生坐余清曠堂，汲山泉，煮新茗，因出宋人茶具圖賞鑒遣暑，且欲勒石以傳諸好事者。余遂援筆爲之雙鈎，亦一時之清興，不覺炎暑頓忘也。中國繪畫總合圖録

行書明妃曲卷

往歲爲子成書前詩，子成裝池成軸，携來相示。顧後有餘楮，復爲寫此，所謂一解不如一解也。壬子四月十有九日。中國古代書畫圖目十七

雜畫册

癸卯秋，越山偕計道蘇門，以舊册俾余實前言，屬以俗冗不果作。嗣後屢經兹地。

余頻以事他出，或值越山促行，册留余舍者且十稔矣。今年夏初，積雨新霽，槐陰盈庭，欣然有適。迺日爲作一方，計是冬越山且復道此，庶不負宿心耳。壬子夏。中國繪畫總合圖録

補畫幽蘭竹石於趙松雪書幽蘭賦卷

風裾月珮紫霞紳，翠質亭亭似玉人。要使春風常在目，自和殘墨與傳神。

嘉靖癸丑春二月，訪元美進士於婁江。出示松雪翁所書幽蘭賦，惜失前圖；强余作此，真似煉石補天，恐不免識者之誚也。并系短句，以識余慚。元趙孟頫行書幽蘭賦明文徵明畫幽蘭竹石卷（墨蹟拍賣會所見）

臨宋徽宗宣和石譜

嘉靖甲寅初夏，偶過師道竹齋，煮新茗，談藝之餘，適友人持徽廟所製石譜，奇怪古雅，種種秀麗，雖鬼工亦不能過。師道喜之不勝，囑余臨之。乃捉筆揮灑，不覺盈卷，遽

爾塞責。後之覽者，毋以邯鄲之步誚之。味水軒日記卷六

按：徵明稱師道每爲子傳、元洲，而跋款文璧徵明，事皆可疑。第李日華所記，證以所見原墨，每多差錯，録入待考。

西苑詩

巽谿劉君，索余書西苑諸詩，適病瘍臂痛，强勉執筆，書至此，倦不能前，巽谿幸有以亮之。丙辰五月廿日。中國古代書畫圖目十五

按：所書南臺、兔園、平臺三首。

行書琵琶記

右樂天作此詞，乃自寓其遷謫無聊之意，未必事實也。後人不知，有嘲之曰：「若見琵琶成大笑，何須涕泣滿青衫。」蓋失其旨矣。丁巳冬日偶書此，漫爲識之，時年八十有八。中國古代書畫圖目十八

落花詩 三首

石田先生賦落花十首，命壁同作。綺情麗句，所謂一唱而三歎者，豈儒生酸語所能繼哉？然雅不可虚辱，輒亦勉賦如左。戊辰六月書一過。吴派畫九十年展沈周畫落花圖文徵明書詩卷

余弘治甲子歲作此詩，及今辛巳，十有八年矣。閒中偶閲舊稿，漫録一過，并圖其意。觀者當謂老翁興致不減昔年矣。墨緣堂藏真卷十明文待詔書小楷落花詩

此詩，余甲子歲作，回首四十八年。人生幾何？破此工夫爲無益之事，良可笑也。盛京故宫書畫録卷六明文待詔書落花詩册

江南春

追和倪先生江南春二篇。篇後題元舉者，蓋王元舉兄弟，克用爲虞勝伯别字也。拓本文唐江南春合册

天池詩

正德己巳，遊天池作此詩。及今嘉靖戊戌，三十年。因得佳紙，重録一過。 嶽雪

樓書畫録卷四明文待詔遊天池詩蹟卷

遊西山詩

右詩，嘉靖癸未年作。去今丁巳，三十有五年矣。回思舊遊，恍如一夢。暇日偶閲故稿，重録一過。是歲九月既望。 中國古代書畫圖目十二明文徵明行書遊西山詩

早朝詩

嘉靖二十九年歲在庚戌六月既望，揮汗漫書舊作。詞既不工，字復拙劣，觀者亦恕其老而不倦耳。 香港鄧民亮供資料

爲顧承之書七言律詩

顧文學承之以此卷索書，病懶因循，久而未復。六月之朔，家居稍暇，爲録舊作數首。昔歐陽公謂：「夏月據案作書，可以消暑忘勞。」區區揮汗運筆，祇覺困頓耳。石渠寶笈卷三十一明文徵明自書七言律詩一卷

石湖詩

嘉靖壬子春月，汎舟石湖。有客持素卷索書，因憶舊遊諸作，聊爾滿卷，其年之先後不計也。石渠寶笈卷五明文徵明自書詩帖一卷

中庭步月詩

十月十三夜，與客小醉。起步中庭，月色如畫。時碧桐蕭疏，流影在地，人境俱寂，

顧視欣然。目僮子烹苦茗啜之。還坐風簷，不覺至丙夜。東坡云：「何夕無月，何處無竹柏影，但無我輩閒適耳。」 墨蹟卷

雜詠卷

久雨新霽，情思爽然，焚香煮茶，亦人間快事也。有粉牋一卷，素潔可愛。援筆漫録雜詠。值麗卿至，即與持去，不足供展閱耳。 石渠寶笈卷十三明文徵明自書雜詠一卷

雜花詩

右雜花詩十二首，皆余舊作，今無復是興也。暇日偶閱舊稿，漫書一過。戊午冬日。 寶迂閣書畫録卷一文徵明書雜花詩卷

孔子世家 在盧鎮畫老子象上幅

嘉靖二十九年歲在庚戌五月既望，四□陸□□攜盧君硯溪畫老聃聖象來視。欣羡之餘，輒須書此。是日風雨涼爽，但未夕先暝，老眼眵昏，不能佳也。拓本

孝經

此卷乃實甫所摹王子正筆也。人物清灑，樹石秀雅，臺榭森嚴。畫中三絶，兼得之矣。國光兄寶而藏之，出而示余者三。予遂心會其意，爲録孝經一過。徒知承命之恭，忘續貂之誚何？吴派畫九十年展仇實父畫文衡山書孝經卷

古詩十九首

嘉靖戊子清和望後，劉甥復孺索余小楷，適有希哲行草古詩在案上，遂録以應。觀

者勿訝其不工也。玉雨堂書畫記卷二文衡山小楷書古詩十九首

文賦

嘉靖甲辰三月，過補庵先生緑筠窩，出楮索書此賦。書三日，未及半而歸。至是再過，爲補書之，已三易寒暑矣。日就昏耄，指弱不工，不足觀也。世界各博物館珍藏中國書法名蹟集文徵明文賦卷

蘭亭敍 二首

往歲爲啟之補是圖，及今已三載矣，而啟之復持來索書何耶？余不能辭，遂援筆書此。非欲争勝九逵，亦各自適其興味耳。湘管齋寓賞編卷三文徵仲蘭亭圖并書敍

暇日，偶與子傳言及古蘭亭，戲爲寫此。雖乏形似，而典則猶存，觀者當求之驪黄牝牡之外也。六藝之一録卷一百六十趙文敏文衡山臨蘭亭合卷

桃花源記

甲辰三月七日，同諸友過東禪，復至南城，桃花甚爛然。歸而想其勝，遂圖桃源洞小景，并録此記，計數日而就。識之，候後日之消長耳。

桃花源記卷墨蹟

千字文

乙未二月廿一日，徵明書于悟言室中。是日乍暄，意思鬱拂。惟據案作書，稍覺清適耳。顧紙筆不佳，不能發興，殊用耿耿。

日本孔固亭真蹟法書刊行會文徵明書千字文

四體千字文

比歲子春以尺素索余書四體千文，余素憚煩於此，而辭之不獲。勉爲書之，凡七年始完。不惟不工，不足供玩，而徒費歲月，良可惜也。

石渠寶笈卷三十一明文徵明四體千文一卷

劉長卿詩

右劉隨州集，余甚喜之，但無清楚者。一日，祝京兆以清楚者示余，几頭偶然有餘紙，遂漫書之，以爲便覽。好古堂家藏書畫記卷上

盤谷序

嘉靖三十二年歲在癸丑十二月六日，時天氣盛寒，積雪幾尺。友人行促燈下漫書一過。老眼昏矇，無足觀者。拓本

金剛般若波羅密經

嘉靖乙卯四月廿二日，余敬掃静室，神明其慮。兹以高麗箋製絲，研將金汁，焚香拜書寶經。若對如來，浹旬而功聿成。然耄衰目眵，而幸點畫不贋，稍愜鄙愿。敬授實

父仇英，肅繪大慈勝境。共成連幅，以紀同時弟子誠意。謹識。式古堂書畫彙考畫之二十七仇實父大慈勝景小掛幅　秘殿珠林卷七明文徵明書金剛經一軸

岳陽樓記

嘉靖丁酉五月十又二日，偶得殘素，戲寫此文。時積雨初霽，天氣斗熱，然蒸濕漸除，窗間弄筆，頗有佳思。寄暢園帖

醉翁亭記

余於梅韻堂展玩右軍黄庭經初刻，見其筋骨肉三者俱備。後人得其一，忘其一，即唐初諸公親覩右軍墨跡，尚不能得，何况今日？至其冰姿玉質，宛如飛天仙人，又如臨波仙子。雖久爲規橅，而杳不能至。近余且屏居梅韻齋中，案頭日置黄庭經一本，展玩逾時，倦則啜茗數杯，否亦握卷引卧，再日頽然。如是者數月，而右軍運筆之法，炙之愈出，味之愈永。幾爲執筆擬之，終日不成一字。近秋初氣爽，偶檢閲歐陽公文集，愛其

婉逸流媚。世傳歐陽公得昌黎遺稿于廢書簏中，讀而心慕之，苦心探賾，至忘寢食；遂以文章名冠天下。予輒有動于中，因倣右軍作小楷數百餘字，聊以寄意，敢云如鳳凰臺之於黄鶴樓也。時嘉靖三十年辛亥七月二十四日，長洲文徵明書於玉磬山房，時年八十有二。　商務印書館本參加倫敦中國藝術國際展覽會出品圖説第三册書畫

按：此幅小楷醉翁亭記，爲民國廿五年（一九三六）參加倫敦中國藝術國際展覽會書畫展品一百七十五件之一，蓋以此爲文氏小楷之代表作。然跋語以己書媲美歐陽修揣摩韓愈文稿而以文章名天下，與文氏謙遜推讓之習性不同；今自跋略備于此，絶無自滿若此者。又此文書體，與他作不同。雖云倣右軍而作，然同日所書前後出師表，其筆法何以與此絶不相同？款末所蓋「文印徵明」白文及「衡山」朱文兩方印，與平日所用皆不同，亦未見他帖有此。故録全文及款識，以供參考。

醉白堂記

嘉靖庚寅二月十日，紹之以烏絲佳紙索小楷。適坡公集在几，爲書此篇，覽者當重其文章之妙，而略其字畫之拙矣。　拓本

赤壁賦 三首

嘉靖十四年乙未二月四日，爲人作書。薄夜，顧研有餘墨，恐明日遂宿，因書此紙，意惟惜墨耳，初不暇計工拙也。湘管齋寓賞編卷三文徵仲行書前後赤壁賦

嘉靖庚子十月廿日，雨霽爽然。因硯有殘瀋，復旋得蘇長公赤壁賦，漫書一過，聊寄意耳。吴越所見書畫録卷三文衡山前後赤壁賦卷

嘉靖戊午冬十一月廿日，夜寒不寐，篝燈漫書。紙墨欠佳，筆尤不精，殊不成字。聊遣一時之興耳，觀者其毋哂焉。墨蹟

僧伽塔詩

予少時頗喜師玉局公作字，比年來忘之久矣。辨之嘗得予山谷體詩帖，因以此紙請配，漫録玉局僧伽塔詩，所謂一解不如一解也。石渠寶笈卷三十一明人墨蹟一卷

西園雅集記

實父臨此圖，工麗奪目，經歲而後成，幾奪龍眠之席。子畏强余書記，是續貂也，慚惶汗下。壯陶閣書畫録卷十

范成大四時田園雜興詩

中丞公與余爲年家，而其孫承之以佳紙索書，因循累年，未有以應。連日小齋無事，閒弄筆墨，輒爲寫此。昔歐陽公謂「夏日據案作書，可以消暑忘勞」，而余衹覺困□耳。呵呵。文徵明書范成大四時田園雜興詩册（文物本）

綠筠窩詩文

綠筠窩卷，華氏已失原本。徵明從其五世孫從龍之請，既爲補圖，復録諸作繼之。

聊用存當時故實耳，書畫皆不足觀也。 寓意録卷四文衡山緑筠窩圖

過庭復語

梓吾理郡以所得尊公訓辭命徵明重書一過，欲置之座右；豈亦無忉不忘受簡之意乎？所恨拙書無法，不足副其意耳。 日本東京堂本故宫歷代法書全集

小簡 六十二首

致南坦（劉麟）

徵明頓首再拜啟上中丞相公南坦先生執事。奉别一年，無任瞻遡，疏懶因循，不得以時奉牀。每從魯南兄處見公往復書疏，獲承起居之詳，雖不得親奉顔色，亦足爲慰也。人至，特枉誨函，且拜佳貺之辱，足仞不忘猥賤；而推與過當，似非本情。區區特用自愧，不以爲感也。惟是我來君去，若巧避然，則彼此同念耳。承聞作鎮馮掖，聲實

并流，方膺簡注，而遽興東山之思，豈欽佩、華玉有以歆動之耶？然遭被不同，人各有志，正不必爾。區區老被一官，值兹多事，戀恩懷禄，未敢言歸。强顔忝竊，無足爲故人道者。扇頭之作，草草寄意，方以粗鄙自懼；過蒙褒謝，愧赧實深。使還，率此附復。未即參對，臨書惘然。惟萬萬珍愛，以需内召。不宣。四月朔，友生徵明頓首再拜。拙詩一紙併上。餘素。

書法叢刊第廿一輯從文徵明的手札談他的書法附圖

致陽湖（王庭）

比緣毒暑不出，缺於奉候，旦夕懸系。承聞尊體日益向安爲慰。蒸蹄肚四事，漫往，通一訊耳。秋暑方熾，萬萬加意將節。徵明頓首奉問陽湖藩伯侍史。七月十七日。

中國書法一九九一年第一期

致石癯 石渠 二首

徵明頓首啟上司諫石癯先生尊親侍史。奉違以來，倏復數月。遞中數數惠教，病懶因循，不獲以時裁報，甚愧來辱之意。即審履上以來，訟息民安，遠近推稱，如出一口，甚以爲慰。示教高篇，清新麗則，不愧作者。又知政事之餘，不廢問學，益用欣羡。徵明潦倒如昨，無可言者。屬有倭寇之擾，今歲比去年爲甚。崑山、嘉定，俱已殘破。比復流劫郡城，諸門燒劫，慘不可言。死亡流離，蕭然滿目。區區困卧圍城中，憂心惙惙，曾無好懷。委作午山圖，馮公兩惠書未嘗及此。顧執事雅意，不可虚辱，强勉塗抹，已付顧思雲轉達，不審竟如何也。兹因思雲來便，輒此附承起居。不宣。眷生徵明頓首再拜。兩承書集之貺，領次多感，七月廿一日。　中國古代書畫圖目十七　書法叢刊第十六輯

徵明頓首啟上大諫石渠先生執事。伏承手誨，兼示教佳篇累紙，清新妙麗，隨事書情，不愧古作。知君簿領倥傯，不忘問學，捧讀健羡。徵明去歲患瘍，浸淫頭面，延及四肢，兩膝拘攣，頗妨行履。今已踰歲，未見解脱。自惟逾八望九之人，衰病侵尋，自應爾耳。兼是地方俶擾，憂心惙惙，殊無好懷。向來文事，一皆廢閣。或時有作，多是强勉酬應，例是掇拾，何嘗自出胸臆賦一詩耶？愧於左右多矣。所須尊公輓章，稍寬一限，當課上也。盛併還任，且此附承起居。佳葛拜貺，多謝。小扇拙筆，侑緘而已。非所以爲報也。未間，惟萬萬爲國自愛，以需内召。不宣。三月廿又六日。徵明頓首再拜。

中國古代書畫圖目十七　書法叢刊第十六輯

致槐雨（王獻臣）四首

腆物寵臨，似有捱外之意。更者，不容控辭，强顔登領，慚悚不勝。至於佳幣鄭重，實不敢當。謹專人返上，幸鑒剛懷，必賜還物□更□故是不以誠心待僕也。切懇切懇。徵明頓首再拜槐雨先生尊丈。

承貺桃實，領次感荷。適裝拙政園記成，輒奉二册。别奉未裝者十本。章生曾令人督促否？聞近日患病不出，奈何！奈何！徵明頓首奉覆槐雨先生執事。

連日毒暑，百事廢置。又兒子感寒疾，憂心惙惙；緣此雖知尊恙，不得以時候問，罪罪。所委拙筆，秋涼必能幹當，不敢負也。水公責戍雲南，知否？六月廿四日，徵明頓首奉覆槐雨殿院先生執事。

比日數晤杜子鍾，道：「公脈氣平寧，可保無恙。」故雖不獲躬承起居，實用喜慰。心未能忘，再此奉候。雨後□□萬萬下攝。徵明頓首奉問槐雨先生侍史。　手柬抄本

按：此四柬是蘇州吴雨蒼先生抄示。云：「見墨蹟時，匆促抄録，有模糊難辨者，或有錯字。」

致斯植（張本）五首

適有一事相告，即請過我，專伺，專伺。徵明肅拜斯植茂才。初六日。文徵明行書手札册（上海朵雲軒二〇〇〇年春季拍賣）

承寄梅花，多謝遠意；尋當賦一詩奉答。先往近作，一笑。徵明頓首斯植文學先輩。正月廿一日。文徵明詩札手卷（上海朵雲軒拍賣公司拍品）

承惠枇杷，多感雅意，祇領之次，草草奉覆，容自面謝不備。徵明肅拜斯植契兄先輩。文徵明詩札手卷（上海朵雲軒拍賣公司拍品）

昨承垂訪，適有他客，不□□奉，愧愧。所要石刻，今以七紙去；他日檢得，更奉。清樾卷久滯，輒賦數語納還，不能副雅意也。近詩三首同上。徵明肅拜斯植先輩侍史。廿一日。文徵明詩札手卷（上海朵雲軒拍賣公司拍品）

始入西山（五律見卷上），登吴山絶巘曠然有江湖之懷（七律見卷上），山中得詩二首，便以奉寄。展覽之間，可以想見别來情事矣。仲春六日，徵明頓首。文徵明詩札手卷（上海朵雲軒拍賣公司拍品）

按：此詩柬無款，當亦是致張斯植者。録附於後，容再考。

致東沙（華夏）

徵明側聞襄奉令祖南坡先生葬事，正擬匍匐奔赴，以厠執紼之後；屬老病畏寒，不能出門，菫令小兒詣拜几筵。紗帛聊引鄙敬而已，不足爲賻也。令尊前不及奉書，乞爲道意。餘惟節哀自慰。友生文徵明肅拜東沙太學尊契侍史。諸令弟不及別具，意不殊此。十一月廿又一日。文徵明詩札手卷（上海朵雲軒拍賣公司拍品）

缺款 二首

徵明蒙恩致仕，南歸有日。忝在愛中，敢丐一詩，以光行李。侍生文徵明頓首拜求。中國古代書畫圖目二明文林等明賢墨妙三十八開册

昨歲遠辱車從賁臨，雅意鄭重，有非筆舌所能言謝者，區區但有感藏而已。別來倏復改朔，企仰惟深；緣山妻卧疾，家事紛紛，不獲以時奉問。顧承不鄙，特枉誨存，重以

新茶之貺，拜辱之餘，益深慚悚。使還，草草奉覆，別容申謝不備。徵明頓首再拜。

文徵明詩札手卷（上海朵雲軒拍賣公司拍品）

致東村

昨來候謁行李，辱款燕勤至，足仞雅愛也。薄幣所以將敬，不蒙照納，豈鄙誠有未至耶？惶悚，惶悚。二扇當寫近作，少頃并行卷呈似。徵明頓首太守東村先生。中國古代書畫圖目十五祝允明等各家書翰

致在山

承聞扶護靈輀，明日行李遂北。一別數千里，會合無期，懷極耿耿。且知不受賻儀，不敢以他物奉溷；粗扇二柄，侑以拙筆，敬致左右，用展別後一面耳，萬萬不拒。餘惟遠道節哀自慰。徵明頓首再拜知郡相公在山尊親家至孝。九月十一日。中國古代書畫圖目一李時勉等行書手札

致雲心

別久不聞動静，良用耿耿。魏天雨歸便，輒附鄙詩，往見近況耳。不悉。友弟徵明頓首詩帖上雲心觀察相公尊兄執事。石刻二紙侑緘。十月十三日。中國古代書畫圖目二祝允明等三家行書合璧

按：前有鷄聲、燈花、煮茶、焚香七律四首。

致道復（陳淳）

茶餅系是佳品，豈可兼得，乞勿貪也。顧八事竟復如何？甚是懸戀，相見上覆。二卷送盧師陳，煩就遣一人遞達；不能，袛送孔周處可也。明日之約，堇候履音，勿更爽也。壁頓首道復老弟。明清篆刻尺牘展覽（上海博物館舉辦）

致子傳　元洲（陸師道）十三首

雨後天氣稍涼，擬明日出弔潘、陳二氏，不審公能同行否？若行，區區黎明舟出閶門，遣人相候也。徵明頓首子傳禮部尊兄侍史。初九日。　文徵明墨蹟精選　東京國立博物館圖版目録中國書蹟篇

太夫人尊體日來想遂平復，徵明嫌於襳襶，不敢躬候，輒此附承起居。幸口授去人，不須回劄也。徵明頓首奉問子傳禮部侍史。七月十三日。　文徵明墨蹟精選

惠教頻仍，不能扳和，徒有感愧而已。奉覆，草草。徵明頓首再拜元洲先生。　文徵明墨蹟精選

恭甫處送茶人，已有書復之，弔儀不必行也。補庵別作進止。徵明奉覆元洲先生執事。　文徵明墨蹟精選

補庵今日過訪，請吾兄即刻降臨，同午飯。明日之約已定，望爲料理。銀一兩，漫往，少當補奉。徵明奉白子傳禮部。廿六日。　文徵明墨蹟精選

明日請過我同張叔少參一敍。坐惟子傳一人，不別速客也。早臨，萬萬。徵明頓

首子傳禮部侍史。初四日。文徵明墨蹟精選

壽圖專人奉上，乞賜檢收。向取去小書，却望還示。草草，不悉。徵明肅拜子傳起部。文徵明墨蹟精選

佳貺頻仍，祇領惶悚。使還，草草附謝。徵明悚恐子傳先生侍史。七日。文徵明墨蹟精選

惠貺蓮房，甚佳，領次感謝。重陽詩抄訖，原册納上。人日鄙詩，已忘之矣。老懶健忘，可笑可笑。金原玉卷謹已檢領，不悉。徵明奉覆子傳禮部侍史。七月十四日。文徵明墨蹟精選

謹涓是月六日，薄具疏果，奉速過我一敍。衰病疲曳，幸恕坐邀之罪。徵明頓首子傳直閣侍史。治具於三房小孫處。文徵明墨蹟精選

聞太安人體中違和，比日想遂康豫矣。專人奉問。時下漸涼，惟加意將節。徵明頓首奉問子傳禮部。八月朔。文徵明墨蹟精選

老荆所患，殊未得損，甚可憂也。承記念惓惓，感謝無量。鱔魚□實，拜貺，惶恐。徵明奉覆子傳禮部尊兄侍史。七月三日。書法一九九三年第四期

示教佳篇，妙麗得體；老衰鈍劣，望而畏之，又何能贊一言哉！顧集已領。使還，

草草奉覆。府公韋集曾送至否？徵明頓首子傳先生執事。（文徵明詩札手卷（上海朵雲軒拍賣公司拍品））

致子朗（朱朗）

請過，相煩一事。若有故，可一字相報，勿久淹童子也。徵明奉白子朗老弟。十八日。（中國古代書畫圖目二明文林等明賢墨妙三十八開册）

致伯起（張鳳翼）

病中數承惠訪，未及候謝。再領佳貺，益深慚悚。使還，草草奉覆。徵明肅拜伯起文學尊契。（北京知識出版社歷代尺牘書法）

致子鍾（杜璠）

荆婦服藥後，熱勢全減。但腹中微覺膨脹，飲食亦不思吃，專此奉告。聞尊體感疾，少頃當詣問。不悉。徵明肅拜子鍾訓科賢契。

書法一九九三年第四期

致詠之

經月不面，耿耿。今日雨涼，過此一談，甚好。許借闞民望處方、太古詩卷，得帶來，尤感。徵明白詠之賢弟。

明清篆刻尺牘展覽（上海博物館舉辦）

致玉池

荆婦咳嗽不止，不敢勞視，更丐妙藥兩劑治之。徵明拜瀆玉池博士。

書法一九九三年第四期

致墨林（項元汴）

昨承惠訪，病中多慢。別後方竊愧念，而誨帖薦臨，糕果加幣，珍異稠疊。祗辱之餘，益深慚感。即審還舍，跋涉無恙，起居□□爲慰。區區衰病如昨，無足道者。委書北山移文并二綾軸，草草具上，拙劣蕪謬，不足以副盛意也。使還，率爾奉覆。徵明肅拜上覆墨林太學茂才。三月廿六日。中國古代書畫圖目十三

致思豫

徵明自聞尊公先生薨背，即擬匍匐走弔。病冗相併，因循到今。日月不居，淹經祥練，區區此心，寔未敢忘。弟恐久益廢缺，特遣小兒嘉敬拜几筵。香絹薄儀，聊引鄙意而已。旦晚稍間，却得躬詣也。未間，惟節哀自慰。侍生文徵明頓首啟思豫先生至孝。十月廿四日。中國古代書畫圖目一明李時勉等行書手札

致陳太學

昨來屢辱惠顧，雅意勤重。匆匆失於報謝，至今愧念。兹承頒示孝帛，知尊公東麓先生靈輀既駕，復土有期。徵明蹇衰不出，無緣追厠執紼之後，聊具粗紗一端，奉致几筵，用引瓣香之敬。鮮瀆，惶恐。未間，惟萬萬節哀自慰。侍生文徵明頓首再拜太學陳先生至孝苫次。九月廿五日。中國古代書畫圖目一明李時勉等行書手札

致體之

珍貺鼎來，雅情勤至。區區淺劣，其何以堪？拜辱之餘，不勝慚感。使還，草草奉覆。諸非面不盡。徵明拜覆體之太學至孝。臘月朔。書法一九九三年第四期

致守質

佳織領貺稠疊，區區潦倒，何克以堪？拜辱之餘，獨有感藏而已。徵明再拜守質鄉兄侍史。六月八日。文徵明詩札手卷（上海朵雲軒拍賣公司拍品）

致振伯

病瘍，不曾出門。不審何日南還？失於奉問；顧承佳貺，領次慚感。使還，草草奉覆，容面謝。徵明肅拜振伯賢親太學。東京博物館圖版目録 書蹟篇

致世程（顧咸寧）四首

細糕牛乳，適副所須，老饕多嗜，數以口腹累人，不勝皇恐。徵明奉覆世程賢親。二月廿二日。文徵明行書手札册墨蹟（上海朵雲軒二〇〇〇年春季拍賣會）

舊病未痊，而疥癢大發；日夕爬搔，眠食都廢。老態侵尋，日復一日，恐無可起之理，如何如何！千文無暇寫得，幸察恕也。惠貺十帖，損費多矣，謝謝，無以云喻。徵明肅復世程賢孫婿茂才。五月十八日。（文徵明行書手札册墨蹟（上海朵雲軒二〇〇〇年春季拍賣會）

珍饋鼎來，雅意稠疊，慚感之餘，敍謝不盡。徵明肅復世程賢孫倩茂才。二月朔。文徵明行書手札册墨蹟（上海朵雲軒二〇〇〇年春季拍賣會）

雪糕牛乳，領貺多謝。一刻有搨下者見惠幾紙，否則已之。徵明奉白世程賢親茂才。十月十一日。文徵明詩札手卷（上海朵雲軒拍賣公司拍品）

致崦西（徐縉）二首

稠疊領賜，無以爲報，盛德至情，獨有感藏而已。人還，附謝，草草。徵明頓首再拜少宰學士崦西先生侍史。臘月廿九日。浙江人民美術出版社文徵明行楷三種

昨溷擾，未及候謝。又拜蘄艾之貺，愛我至矣！區區潦倒，何克以堪。感愧之餘，率此奉覆。徵明頓首上覆崦西老先生侍史。廿日。文徵明行楷三種

致補庵（華雲）

徵明衰病之餘，苦四方求索。老鈍倦懶，應酬維艱，坐是不能出門。久負佳期，重廑使人，不勝慚悚。望後稍間，當即上謁也。再承佳餽，領次感謝。草草，不悉。徵明頓首再拜補庵先生執事。九月五日。文徵明行楷三種

致元朗（何良俊）

語林敍蕪謬拙劣，不成文理，點穢高篇，甚愧來辱之意。重以老鈍，因循久稽令侄，尤深悚怍。令侄還，率此奉覆，兼謝不敏。語林事緒，或有僞誤，望再加檢勘，弗令後悔可也。憶謝晦佐命事，不是桓玄。四畏事，不是楊文公。老耄昏妄，不能審實，幸更詳之。諸非面不悉。徵明頓首再拜元朗先生文侍。四月既望。文徵明行楷三種

致玉田

佳筆珍果，物意兼重，祇領慚感。使還，草草奉覆，别容申謝。不備。徵明頓首上覆玉田先生侍史。七月廿又一日。文徵明行楷三種

致子傳（陸師道）四首

區區自錫山歸，冗冗不曾出門；亦不及遣人相聞。不知尊體欠調，失於候問。顧承珍餉，領次感怍。今日荒壠立望柱，兒輩皆往，獨區區守舍，奉答草草。徵明肅拜上覆子傳禮部尊契。近日廟議汹汹，君意以爲何如？

旬日不面，耿耿。比來毒暑，無處可逃。又苦人事煎迫，真在火坑中也。如何如何！比聞廟議已定，頗知其詳否？大要從江公之言矣。所要夷堅志，隨使附上。區區不曾看完，吾兄過目後，就望發還。示教諸詩，捧讀健羨。徵明頓首子傳禮部侍史。六月廿六日。子朗乃堂六十歲，明日誕辰。

承體中欠調，未能候問。顧蒙惠教，重以嘉魚之饋，感愧何如！示教高文，甚妙。但刻石垂久，不可草草，須更加意。來稿敢就繳上。不宣。徵明頓首子傳禮部侍史。

示教高篇，捧讀健羡。匪直詞旨妙麗，而目想勝風，使人欣豔無已。區區所苦，日來稍損。但胸腹轉盛，不能動履。情悰憒憒，無可遣撥。重承存念，不任感荷。徵明頓首奉覆子傳直閣侍史。三月望前一日。文徵明行楷三種

缺款 四首

石湖卷，承命録拙詩并作小圖，聊清宿逋耳；不足副雅意也。石刻二册就往，請似也。二册謹領，當從容具上，不悉。徵明頓首。

昨得高篇，適服藥倦卧，失於奉報，方愧念間；而諸郎珍函再及。聯珠疊璧，使人驚豔無已。昔人謂：入王氏門，觸目皆琳琅玉樹。徵明於公亦云。欣羡之餘，不能不生忌心也。呵呵！徵明頓首奉覆。

承平日久，兵防不素。一時小警，遂皆束手無措。如何！如何！執事素負戡難之才，必有所以告當道者，區區日有望焉。示教高篇，捧讀健羡。人□，敬此奉覆。餘情，

非面不悉。徵明頓首。

承惠蘇刻，甚佳。雖搨手不工，而典刑具在，領次珍感。賤體無他苦，惟語言澀滯，氣息惙惙。醫者謂須静養，故不敢思索。昨詩，皆漫語耳。過承稱許，愧愧。手卷明日寫上。使還，先此奉覆。徵明再拜。文徵明行楷三種

答喬冢宰（喬宇）

拜違台範，七年於此矣。在京時嘗一薦竿牘，天遠地偏，不知浮沉何如，而徵明尋亦解歸，相去益遠，兼之林居晦迹，掃滅世事，都不復知左右動静，但企仰光彩，時時翹首北斗光中耳。江京兆來，特蒙寵貺長箋，重以儀物，禮意勤劬，敍次周款，徵明自念□劣晚生，初無雅故，徒以語言文字之末，受知長者，潦倒之餘，遂出陶鑄之下。今來棄置末散，百凡頽墮，常恐隨世泯没，重貽門牆之羞，不謂明公猶能紀録如此，感念今昔，不可言喻。即承居閒以來，養恬樂道，百福駢臻，令郎比已成行，且抱孫缺，山顛水涯，不廢游衍，此皆門生故人之所樂聞者，仰羡仰羡。徵明歸吴，五易歲朔矣，家居粗適，惟是衰疾侵尋，舊業都廢，無可道者。缺向委作還山圖，久病廢忘，亦以南北差池，無從遞達，

逋慢至今。今因門人袁永之刑曹還京之便，輒復肅此，託令宛轉寄上，草率荒陋，不足以副來示之意也。中丞家叔已乙酉歲棄世，比且服除，三子雖粗立，而貧無資地，殊可念也。承遠惠書物，足紉不忘平生之情，□□不□，仰承尊重，代爲敍謝。無階參侍，伏紙不勝向往。惟萬萬爲道自愛。

雪堂書畫隅録文衡山文稿册

家書　九首

致兄雙湖（文徵静）

閏四月廿又八日，小弟徵明端肅四拜，書奉長兄大人雙湖先生侍次。自吕城之别，次日遂渡江，追至寶應，不及顧舟；别買小舟而行。以前事緒，想阿弟歸，知之悉矣。自三月初三日離淮，直至四月十九日始得到京。途中辛苦萬狀，説不能盡。閏四月六日蒙恩，叨授翰林待詔。雖是於科第世業絶望，而潦倒之餘，得此亦足自慰。惟是平素淺薄，外有虚名，中無實學，有愧朝廷盛舉耳。兼是官清禄薄，向來所齎不多，買宅買馬，大費經營。欲取家小，自不容易，緣此亦不甚樂也。吾兄此來懷抱何如？糧役諒不至相及。弟一向因循不敢率易致書者，以郭公心事難知耳。當從容求其親識轉達，庶有濟也。兹因蔡九逵歸便，燈下草草附此問訊，餘伺後便。不宣。小弟徵明端肅四拜。

吴白樓相見，每每問及復孺，云：何故不來？須要奏本。若只是本府文書，也無用。

中國古代書畫圖目二明吴寬等吴中名賢詩牘

致妻吴夫人

自廿四日離家，廿七日方到吕城。已前事情，文彭歸，想已知悉。當晚自吕城發身，夜至丹陽。廿八日早行，午後到鎮江，即上官渡船，頃刻到瓜洲，遂買舟搬垻。廿九日午前至揚州，因不開關，待至午後方行，是夜宿灣頭。卅日乘順風遂過高郵，宿張家溝。是夜大風，兩舟震蕩；又怕小人，通夕不能寐。初一日逆風，不能行，泊張家溝竟日。至晚風息，移宿河口。初二日早過界首驛，乘順風渡寶應湖。晚至寶應縣，相見朱拱之，始知顧華玉十九日至寶應，待至廿五日放船至淮安；又待三日，不得我信，廿八日遂自長行。留書朱氏，自言所以不能久待之意；且托朱升之兄弟斡當舟船。當晚，至升之處，爲其父知縣公再四留宿；不住，還宿舟中。是夜雨作。初三日雨益甚，又是逆風，被朱氏又留一日。初四日，朱拱之叔侄具舟送至淮安，托其友馬蕃顧船。初五日方得停當，當晚搬入大船。船比前來船稍寬，可以坐立。明日，遂長行矣。自蘇州至此已八百里，前途尚有二千八百，程期難算，不知何日可到也。途中雖是辛苦，幸得身子康健，飲食順適；又得九逵爲伴，想前途亦無事也。家事、汝身自能料理，不須我計挂。但須省氣省勞，勤勤服藥，將息身子爲上。我既出門，自能隨緣遣撥，不必挂念也。文旺回，略此報知。家中凡百子細謹慎，不待囑也。三月五日，徵明在淮安舟中書，三小姐收看。

藝苑掇英第三十四期家書卷　九札卷之一

付彭嘉（文彭、文嘉）七首

初六日遣文旺歸，曾有書報途中事，想已知其大約矣。自初七日離淮安，晚宿清河縣。初八日乘順風渡淮。午後風逆，僅達桃源。初九日逆風，行至十里忽轉風，直至宿遷。初十日過邳州，不止；夜達□安。是日凡行一百八十里。十一日至吕梁，即日過洪。十二日早至徐州。□從李主事來望，就差人相從。自初七離淮至此，凡六日，行五百六十里，幸皆平安無事。我身子亦好，諸僕亦皆平安。適會九逵鄉人歸便，附此以報。家中凡百謹慎小心，母親處可勤勤看顧。前所囑，可□幹當來，勿誤。三月十二日，「徵明」按：此係花押平安信付彭、嘉，看過送汝母親看。九札卷之二

此月十二日至徐州，遇蔡九逵令親還便，曾有書寄去，在九逵家書内，未知到否？如未到，可煩勞嗚玉問之。自此以前事，想已知悉。十三日，舟人以清明節，不行。十四日早，發徐州，夜至新興閘。十五日行六十里至沛。十六日至南陽閘，邂逅南京□□兩官治閘，不放。坐待兩日。十八日離南陽閘，行數十里，又爲所阻。無奈何，令舟人往濟寧主事處□票，主事餘姚楊□因見我名，特差皂隸均牌來迎，方得移□。無奈水游船多，自十九日至二十日僅過三閘，歷二十里抵新閘而泊。廿一日至石佛閘。廿二日至□□，晚至濟寧。自南陽至此六日，僅行七十餘里。廿四日至柳城。今日尚在此守閘。適見方思道，陛廣僉憲回，解後略聞前途阻塞，非半月不可至臨清。途中久旱荒落，甚可憂畏，奈何奈何！方公□□待，草草作此信。家中凡百小心，汝兄弟讀書向上，無事慎勿出門，切記切記。汝母處可勤勤看□，新婦□須相爲幫輔家事。汝母年向老□有病，須少替力也。此處去南旺無十里，水旱不能□過，如何如何！三月廿五日。柳林閘平安信。「徵明」花押付彭、嘉。讀與汝母知道。九札卷之三　按：末另有四行，模糊難識。

三月廿五日在南旺閘遇方思道僉憲，曾托寄一書，不知幾時到得？我自廿八日離南旺，遇柴德美光禄及松江李逢士，又遇海寧曹憲副、寧波王郎中同行。得其帶挈，連日舟不大阻，四月初三日遂過東昌。初四日，魏家灣邂逅王履約舟，行急不得寄書，曾托致平安，不知幾時到得？初五日到臨清，因舟人納鈔領傳，擔閣兩日。初八日至武城，阻風雨一日。初十日至□家口。十一日過德州。十四日過流河驛。舟中偶被風吹，感小疾，尋已平復。十五日到河西務，蔡九逵上車陸行，我仍舟行。十七日到灣中，因無車，十九日方得入城，就留王繩武處暫住。部中尚未考。廿日投文。廿四日納卷。考期只在閏月初矣。考後，引領文翰回。當道諸公頗有相留之意。但我既領文，若不乞恩就官，勢不得留。待臨期看事勢如何，别作進止。我在繩武處不容另自打火，打攪他甚是不當。且長□□若不回，不免别尋下處。我在此以嫌不敢遍謁當道諸公。蒙見素兩顧，不得已一往報謁。白巖折簡招飯，亦以嫌□托見素辭之。在此衹是人事太多，不能供給，賴得身子平安。家中凡百謹慎。汝兄弟勤學向上，無事少出，照顧母親。我在遠，諸事不能管，汝則可替爲也。文臺可勤謹讀書。二叔三叔處大哥處，匆匆不能作書，先與拜意，稍暇别自致書也。四月廿五日燈下，平安信「徵明」花押付彭、嘉。　九札

卷之四

此月廿四日，崑山奚糧長歸，曾寄一書，未知何日到得？我自十九日入城，寓住王繩武家，雖是安便，然不容我自打火。賓客往來又多。若考後未行，不免移居。繩武將有封王之差，秋間亦要歸也。我在此蒙各部□□□大理諸堂上俱略去勢分，特垂顧訪。且聞喬、何、金三公，一向未嘗望人；顧余何人，蒙此改禮，爲愧爲愧。司寇公推轂之意甚厚，但恐我命薄，又識學鄙淺，人品□下，不足以當耳。出月廷試之後，若領文出，勢不可留，不知諸公何以相處也？我因巡撫公薦，故未免嫌疑，當道諸公處俱不敢答拜。□閣先生似是見怪。顧余一書生，既蒙剡薦，豈可僕僕諸公之門哉！以此出處事尚未可知，我且祇信命耳。我自離家，惟收張□卿寄來一書，□□□□□朱玉峯、陸伯□俱未到。顧華玉升山西廉使，已領□□□□還家。周伯明都憲將送母還鄉，亦在初間行。兹因沈□□之便，先此達一信，餘待後便。我若不留，亦祇在出月月中還家矣。家中凡百小心謹慎。汝兄弟三人可讀書向上，勿落人後。我在遠不能管，謹門户，少出入，緊要緊要。林提學因不曾關領勘合，被參送問，奉旨：「饒了。」尚未

按：末四行字小難識，有「四月廿九日平安信」等字。此是九札卷之五。第六札極模糊，不能辨隻字，缺。

我自二月廿四日離家，途中迤邐五十四日，四月廿日始得至京。閏四月六日蒙恩除授翰林待詔。初七日謝恩。連日投謁當道諸公，勞擾不可言。一向寓住王繩武家，

打攪甚不方便。又被狄□失其一馬，彼此顧馬出入，奈何奈何！十七日，我用銀十二兩買得一馬，又用銀二兩三錢買鞍轡。囊中所齎，約略已盡。今又要典屋。此間屋價甚貴，極小者亦須百兩之數。没奈何只得租賃，每月用銀二兩以下。官卑禄薄，何所從出？今秋要取家小，但恐途中無的當人伴送。雖有王繩武差便，知他明年來否？以此自決不定。家中須一面打點，我若有處，即寄書來搬取也。九逵幸考貢元。十三日引卷子。天下歲貢生□□□一千二百名，云亦榮矣。我在此甚是不樂。家中凡百，汝兄弟可自料理，我不能管也。茲因張□還便，草草報此。九逵還，别有寄也。閏月十八日燈下平安信付彭、嘉二兒看，就讀與汝母親知悉。自離家來，止收得□□□一書，後收朱玉峯一書。伍君求尚未到，不知曾有書托寄來否？昨日謝舍人來説：累次來家討書，不與。我在遠，望家書如金，何汝兄弟豈無情耶？前書所説事情，茲不見幹當來，何耶？　九札卷之七

近日張□去，曾寄一書，不知幾時到得？我自廿二日搬去慶壽寺西廊極北頭圓巨和尚處，不意狄□因失馬跌傷病發，暫令在繩武處將息。廿四日文通又感疾。我日日要早朝，只有承付一人跟馬做飯，辛苦萬狀。人事又多，無可奈何。又以失□爲文選公所怪，頗覺□況不佳。買屋事全無頭緒。欲且從九逵借銀，未知何如。見素先生近因

部中事，拂中官之意，有旨「着回將□來」。此公歸興已勃然矣。京中事體大率不似初政。我官小禄薄，支持不來，恐亦不可久留也。兩日欲作二叔三叔大哥書，因心緒不佳，又應酬詩文無虚日，遂至遲慢，見時千萬爲我委曲□謝，從容後有便，當自寫去也。其餘家中事凡百小心謹慎。母親處可勤勤看顧。閏四月廿五日平安信付彭、嘉二兒。

「徵明」花押　九札卷之八

兩日前，潘和甫説有舍人去便，曾寄一書，不知到否？我在此雖是無政事，但日逐早朝。飲食衣服，甚是不便。目今典得一宅，該銀五十七兩，無從措置，央人在張子贍處那借借了，三五日間便可成交。一面打典文通回來搬取汝母。須趁八月間起身，九月盡乃可到；不然，守凍甚艱難也。我在此思家甚切，一言難盡。汝等可念我，作急令家小上來，不然難過活也。來時，措置得些盤費來方好。蓋此間俸禄，皂隸之類，僅可給日逐使費耳。我前日所要書籍文稿，千萬寄來。兹因周以發家人去便，捉筆寫此。其餘事情，待文通回，再寫來也。六月十九日，父「徵明」花押付彭、嘉。提學陳伯諒，福州人。原在北直隸提學。此人甚忠厚，但要出小題作記，各取所長。惟是氣體頗弱，多病，不甚耐煩。知之。　藝苑掇英第三十四期家書卷　九札卷之九

按：九札卷係香港鄧民亮先生所贈照片，字小難辨，差錯較多。

傳一首

潘半巖小傳

潘半巖者，吴之香山人也。香山去郡城一舍而近，其地介郭巖之間。又其人涉世而不禄仕，有巖壑之資，不事遠引，故自號半巖翁。鄉之人重其德義，不名，咸稱半巖云。

半巖名敍，字崇禮，其先吴興人，宋季來吴，占籍香山。世隱約業農。至其祖澤仁始衍大，爲鄉之望。半巖生九齡，而父孟謙卒。時澤仁已老，諸父若羣從，或老或病，咸不復事事。半巖甫冠，即操家自植。時三從同居，中外食指且百數，屢遭閔凶，家日衰落。遺田僅僅百畝，且蕪穢弗治。半巖稍强理而糞之，菑播以時，劭作弗怠。至於眥省共徬，並有法程。内平租挈，外應輸將，拮据瘁瘏，蚤夜以力，卒用起其家，日以衍拓。未幾，澤仁以高年終，諸伯叔父□若母若諸從兄弟相繼死，凡治十餘喪。殮祱斥土，更費無限，悉半巖任之。而儀文秩秩，弗侈弗悖。凡諸孤嫠，悉爲婚嫁。弟秩無子，爲秦贅一婿，舉其産□己子中分，别爲廬以居之，曰：「此宗法，不可紊也。」半巖吴俗侈居第。富厚之家，榱甍翬翼，園地連延，而於祀事神往往苟簡不及制。半巖度地於所居之東，爲堂三楹，列奠四世神主於中，歲時秩祀，並遵司馬氏、朱氏儀矩。一切淫祀瀆禮，悉屏弗用。僧尼覡媪之屬，皆不得至門。仍以其所爲，勸其鄉人，使厚其親。或捐隙地以惠轉屍。阻其飯僧供佛，俾掇所費以具塋周。鄉人素德之，多有則而化之者。有鬬訟不平，從而求直，得片言，莫不釋然以去。或譽於孝弟，犯義自遂者，反覆譬曉。不聽，則舉刑辟詔之，其懼而從之者蓋亦多矣。

嘗歲大水，盡散其積粟千石以畀其鄉人，曰：「歲稔則以子本償我。」或謂：「民饑穀翔，可以乾没牟利。今盡散之民，民轉徙流離，身不可保，奚子本耶？」半巖曰：「是皆嘗佃吾田者，豐年則食其力，凶而棄之，弗忍也。」時富商巨室，多閉困弗發，雖有司勸分，弗從；而半巖毅然行之。明年大熟，民争先償之，曰：「半巖寔生我，我不敢負也。」

居嘗樂施，緩急有求，無弗應者。其交友有道，弗爲噏噏熱。於文人學士，尤能折節下之。教子弟必勗以道義，而慈愛融浹，閨庭穆然。嘗以吴興之族，遠不可考，而香山支庶日衍，恐久而日益疎絶。乃考其可傳者，自雲卿而下凡□世，葺爲族譜，族之人知所自出，不至如蘇氏所謂相視如塗人也。

半巖娶薛氏，生子鏢、鋹。鋹爲國子生。孫袠、袞、文。半巖今年六十有三，猶强健如少壯云。

文子曰：余雅識半巖，樸茂悃愊，類無能爲者，而其中寔介辨有識。其見諸行事，往往合道。稽之於古，殆所謂孝弟力田者耶！漢制不行，使半巖終老巖壑，惜哉！巴蜀書社文徵明書潘半巖小傳

詹前山小傳

詹前山者，歙人詹顯章子儒也。歙有萬貫山當其所居之前，因顔其堂曰前山，自稱曰前山人，人亦曰前山人。前山之先，有□敬者，仕梁時爲内史，自洛徙歙，因占數爲歙人。至唐，族衍以大。有以行義被旌者，時稱「義門詹氏」。由唐歷宋，代有顯人。其尤彰灼較著者曰文坦，曰武□。數傳曰祉通，闊達有爲，以豪俊長雄其鄉。生子泰寧，前山之父也。前山凝重若淑，少不好弄，不習謾語。稍長，明經事進取，以事中輟，去業廢舉，漫游湖江。歷楚折淮，至吳而次止焉。前山和厚卑抑，巽順恂恂，未始忤物，而中心直諒，不能脂韋狥人。尤不喜容悦之士，見輒引去。事二親孝謹純至，喪之以禮。出則

以畫像自隨，所至張奉思存，過時而哀。推二親之意，以及昆弟族屬，恩義必盡，緩急有所須，必委曲赴之。先是揚人王心齋者，自云得王陽明之傳，講授淮揚之間，聲稱甚藉。前山嘗從之游，雅知性命之理，故所踐履，必依於道。又明慧而敏，居積有方，轉輸以時。雖射時高下，而不肯乾没以競利，如賈人所爲。他賈人竭智侵牟，求盡市利；而前山獨迂緩容裕，以損爲益，多所擔貸。入不繼出，而日以饒羨，他賈人不及也。所至貲省之暇，輒求名人碩士與游。文酒讌談，雍容祥雅，宛猶儒生法士。所得名賢文翰，襲藏維謹；間出示人，品隲吟諷，喜見眉睫。視貨泉流溢，珠璣錯落，邈不爲意。蓋雖徵逐貴賤爲業，而其所樂有在也。

文子曰：昔人□爲治産居積，不責於人，能數致千金者，所謂善治生者，殆猶前山之以損爲益，而得羨贏也。前山能推所有以及人，又能崇塚墓，葺先祠，修譜牒。於凡禮文之事，每深致意焉。太史公曰：禮生於有而廢於無。故君子富，好行其德，豈前山其人歟！

二〇〇一年中國嘉德公司月曆

墓志銘 十四首

徐怡竹墓志銘

長洲徐君成甫以嘉靖二年癸未□月□日卒，其繼室錢寔已前死，至是合葬吴縣梅灣祖塋。其子瀚，奉其所親陳道濟狀來乞銘。

按狀：徐氏世家郡城之東，閲百有餘年，歷凡數世，世以厚德相承，至成甫益冲素好修，雖編列閭井，而樸茂愿謹，不習諼詐，不爲饕詖。往來湖、湘數十年，惟信義自將。交易下上，維慎維明，人往往不待質劑，而惟要君一言以爲的。家故温羡，久更衍拓，然不自侈汰，布衣糲食，日益擘斂；至於推贏急匱，乃無所惜。家居尤事敦睦，仰承下亨，孝慈兼立，中外無間言。錢氏同邑名家，幼閑姆訓，長益静專。既歸，執婦道惟謹，順德無愧，而閫範有稱焉。

君諱經，字成甫，别號怡竹。曾大父文信，大父仲斌，父克讓，母邵氏。生天順戊寅，享年六十有六。錢氏生成化乙未，享年四十有八。葬以嘉靖八年己丑十一月四日。

君娶曹氏，無子，養一子曰乾，娶陸氏。既而錢氏生子曰瀚，娶朱氏，蘇州衛指揮子巖之女。乾子一人曰瑞。瀚子二人，曰行、曰步。女一人，許嫁陳柱，都御史成齋之孫，即道濟之子也。君嘗援例授楚府典膳，雅非其志，故於此不書，書怡竹云。銘曰：

有樸成甫，賦形秩秩；衷言吶吶，惟性之質；明而克，以允無忒。曰有良匹，式貞其履，弗隕厥聲，克儷斯媺。何以儷斯？媲義同芳。生同華屋，死偕其藏。梅灣之墟，松堂鬱鬱，維千萬年，護此雙璧。草書文稿册

丁吉之墓志銘

吾鄉多大賈富人，歲貿京師，即大邸居貨以給公私。其所雅游，多達官貴人，往往能以忠信推結，非獨以貲爲也。

吾所識丁君吉之，魁梧伉健，言論儷儷，其訾省折閱，纖悉具舉，視他賈爲密。間詢其曹耦，皆言吉之「慷慨直致，信義人也」。吉之有子忠，游太學，與余交。余留京師，吉之雅相親重。及歸未幾，則聞君客死矣。既而忠以其喪歸葬吴門，手具事狀謁余銘。

按狀：君諱文祐，字吉之，其先常之江陰人。曾大父□，大父□，父□，母李氏。始

大父自江陰來蘇。贅于温氏，因占藉長洲。生子，遂冒温姓，至吉之始復氏丁云。吉之兄弟三人，吉之最少，然亢爽不羣，視諸兄特雄俊。既喪父，與兄異居，即能激卬自樹。稍壯，挾貲出游，跋涉數千里，曾不以爲勞，卒能以儉勤起其家。家既充羨，益交當世縉紳，相爲引重，聲藉藉起徒旅中。時武宗末年，朝多倖進。或勸君入貲任官；君不可，曰：「吾所謂市隱者，何以官爲！」惟篤意教其子，子忠，以造秀選爲縣學生，升俊太學，顯融有待，而君不及見矣。嗚呼！君事母順謹，能適其意願。尤善事其兄，兄卒，撫兄子如子。敦睦里黨，而急於無告。中外孤嫠，多仰給焉。居京時，嘗買一奴。已而知其兵官弟也，曰：「是良家子，可虜奴奴畜之耶！」即訪其所親資遣之，且爲經營，俾得蔭敍以引其世，其尚義如此。君生成化九年癸巳十月丙戌，嘉靖六年丁亥五月庚子卒，享年五十有五。配周氏。子男一人，即忠，娶□氏。女三人，婿□、□、□，孫男五人：□、□、□、□、□。葬以卒之又明年己丑十月四日，墓在□鄉某原。銘曰：

奕奕丁君，既明既碩；起家則勤，維義之克。其義維何？弗爲利移；弗倖以求，惟德之依。忠信折折，孝友穆穆；協於閨庭，以仁里族。逐逐賈服，其行則士；既植之身，亦詔之子。子道之成，父志攸行；尚有休徵，賁此幽扃。

草書文稿册

朱子儋墓志銘

弘治甲子，余試應天，識江陰朱君子儋。君時盛年雄俊，文采奕奕，方鋭志進取。既試不利，悉市國學書以歸，揚搉探竟，期以自發。自是每試輒會，會輒加異。越數年，其名大譟，然試益不利，乃援例入國學。君通經學古，雅志博綜，雖藉名庠序，而不拘拘進士之業，□□不利，遂屏棄不復事。益懸金購書，下帷發藻，思有□名世。而事不副志，荐遭家難，心悒悒不自得，竟發疾死。嗚呼傷哉！

君諱承爵，字子儋，先世婺源人。宋宣和進士良璧，官鴻臚主簿，扈蹕南渡，因留家晉陵。傳十有四世，再徙江陰之文村，則自君五世祖士銘始。曾祖維吉，通政司知事。祖世昌，贈通政司經歷。父昶，南京前軍都督府都事。母王氏，太保文肅公之女，封孺人。

朱氏自知事府君以來，世以文雅相承，而都事繼起高科，博碩有聞。君内襲累葉文獻，而外引文肅之緒，聰明强解，少即穎脱；旋從名師講授，理融義暢，沛然有得。爲文古雅有氣，詩亦清麗，尤工筆翰，時出緒餘寫花竹禽鳥，亦清潤合作。又精鑒别古器物書畫，所蓄古鼎彝名畫法書，若古墨刻，皆不下乙品。居常坐小齋，左圖右史，鉛槧縱橫，尋核讎校，樂而不厭。於世俗瞢省乾没之事，一不經意。家故高貲，坐是日落不振，曾不少顧惜。晚既與世末殺，則屏處別墅，日從賓客讌游，酒壺列前，棋局傍臨，握槊呼盧，陶然自適。或勸之仕，則笑曰：「君謂一太學生足以榮朱某耶！」蓋君高標脱落，不樂猥瑣。其所與游若唐寅子畏、薛章憲堯卿，皆一時名流。其仕而顯者若陳侍講魯南、王太僕欽佩、顧憲使華玉，亦皆折節與交。君自視若不相下，而豈意其止是耶？其所著有鯉退稿、灼薪劇談、存餘堂詩話，他著述尚多，此亦足以不朽矣。

君生成化庚子二月二日，卒嘉靖丁亥十二月廿日，年四十有八。配夏氏，同邑夏良惠之女，有賢行，先四年卒。子男三人：長伯曾，娶周氏，都御史周公子庚之女；次仲曾，聘湯氏，大理卿湯公新之之女；次叔曾，聘徐氏。女二人，適鄒壬、何應辰。孫女一人。伯曾以卒之又明年己丑十一月□日葬君盤石祖塋，以夏氏祔。先事奉沈君飛卿狀謁余吳門乞銘。銘曰：

燁燁朱宗，維時之特；德懿而文，閈閎奕奕。有賢子儋，既秀既明；督府之子，文肅之甥。內美斯集，重此好修；不試而藝，乃適而游。何以游斯？湛道標華；總總摶摶，其書滿家。嗟嗟子儋！胡奄而速，胡志之高，而命不淑！石磐巖巖，有隆斯阡；我

銘君藏，後無有譽。　草書文稿册

淮海朱先生墓志銘

揚之寶應有奇俊特達之士，曰朱君振之。自其少時，與兄升之，並以幼慧稱。升之弱冠舉進士，揚歷中外，仕終雲南參政。而君骯髒場屋餘三十年，自弘治甲子至嘉靖甲午，凡十有一舉，迄無所成；而君老矣。又數年，年六十有二，卒困頓死。未死，手書一詩寄其友人文徵明，意若有所囑者。君之子曰莊，以治命請余銘墓。嗚呼！余忍不有一言以慰君于地下哉！先是，君兄子曰藩，以進士出宰烏程，君期與偕來，會余吳門。乃不果而以訃聞，嗚呼！尚忍言哉！

按狀：朱氏自琴鶴府君楚琦以儒業起家，至江陵公始益顯。江陵諱訥，字存仁，以高科入仕，連宰三邑，爲時良吏。而君兄弟繼起承之。文聲治蹟，奕奕在人，而朱氏隱然江淮文獻巨族。江陵公娶於范，生君兄弟二人。君諱應辰，振之其字，一字拱之，號淮海生。生有異質，能言即解書數，九齡能屬文。稍長，刺經發藻，卓見端緒。侍江陵公宦游湖南，課讀蕭寺，黽苦勤劇，窮日夜不休。既歸，益肆習弗懈。年十九，以儒士試應天，不中，歸補縣學生。益務精進，質義揚榷，日以有成。御史按試，輒占高等；然舉應天輒詘不售。而君志不可懾，詘益久而業益精，譽聞日益起。已而年日向暮，意亦倦游。以年資貢禮部，仕有階矣，而君不屑也。曰：「吾少之時，有志用世；苟得志，則鵬騫龍舉；不得志，則泥蟠而已。使我以選調入官，望塵雅拜，僕僕奔走，吾不能也。」友人蔣山卿啗之曰：「干霄之木，必中明堂之任；與其枉焉，不若全于山也。盈尺之璧，必中宗廟之器；與其枉焉，不若完于璞也。」時以爲知言云。

君學多所博綜，而歸宿于理。淵源漸漬，不失道真。經義之外，雅好古文，其文必古人爲師。詩尤雋永，有思致。嘗曰：「今之論文者皆曰秦、漢，然左氏不愈于班、馬矣乎？上之六經，左氏又非其儷已。言詩皆曰盛唐，然楚騷、魏、晉，不愈於唐人矣乎？上之三百篇，楚騷、魏、晉又非其儷已。蓋愈古而愈約，愈約而愈難。不反其約，而求爲古，祇見其難耳。」其言如此，蓋卓乎其有所識矣。雖所論著，不必皆然，而其志固有所在也。

君魁梧磊落，音吐洪暢，而慷慨急義。視義所在，千金不惜。婚喪緩急，有求必赴。中外族屬，往往倚成於君。先嘗侍父江行，中流舟覆。君乘罅出舟底，既號呼拯其父母，且嚙指示信曰：「能出吾父母，吾舟中所有，悉若有也。」衆奔救得出。時君方羈貫，其智計出人已如此。及壯，益廓落感慨，殆能充其幼者。既厄於仕，益務樹植。升之方顯融於外，而君雅善其鄉，叔出季處，聲蹟比隆。及升之歸自滇南，而君亦既罷舉家居。江陵公高年在堂，諸子若孫，皆秀穎有文，奉親之餘，更唱迭和，意興融洽，風誼雍然。而君尤喜接納，以父兄之故，所與游皆天下知名之士。間遇知己，發憤畢誠，底裏傾盡。漿酒藿肉，歌呼淋漓，悠然自得，不知視古人何如也。嗚呼！君誠特達有爲之士也，而曾不得一試以死，惜哉！

君凡再娶。始配仲，生子曰夔、曰莊。繼李，生子曰蕙。夔府縣學生，先卒；莊，國子生。君生成化甲辰三月二十六日，卒嘉靖乙巳八月十有七日。是歲十一月二十五日葬後官莊之原。銘曰：

氣則奇，亦文有儀；胡賦之彝？而屯厥施。珮玉長裾，不利于馳，尚奚有於時！吁嗟朱君，其命之爲兮！　寶應歷代縣志類編

明故薛翁墓志銘

吾里薛翁景榮，居常憒憒，若無能爲，而雅善積□，折關眥省，持其所長。自其少

時，便能底厲植業，去游江淮，歷徐沛清濟，徵物之貴賤，而□時以殉，蚤夜作勞，將以廉儉，遂用起其家。家自有範，而翁日以攣斂，布衣褥食，不殊窶人。於是，年已七十，憂畏蓄□□□不能堪，竟以是終其身。嗚呼！若翁者，豈古所謂□□愿謹之士邪？翁生精敏有□□，涉獵經史，頗知大義，稍用檢理其身，居家□謹，而持物以誠，事其親不失孝養，推懇之處，以協於弟昆無有間。閲已，又盡讓其先業於兄，垂槖而出曰：「吾患不能養親耳，不憂不能致其身也。」曾不數年，果用振植，不忝其先而加隆。雅性不喜結納，不肯妄用一錢，而與文人碩士獨能禮下之，故其諸子雖在□井，亦知向方，而諸孫振振，遂有以文學致身者。然則翁豈獨□没□，權區區□利而已哉！余與翁比閭而居，雖不數淑親接，而竊是其爲人。及是翁卒，其家遂以狀來乞銘。按狀，翁諱槐，景榮其字，其先蘇之太倉人，世居州之雙鳳里，至其大父毅和，始遷郡城。父諱蘭，母潘氏。生天順癸未正月廿又五日，卒嘉靖癸巳八月十又七日，享年七十有一。配黄氏，子男三人：長軒，前夭；次輅，娶徐氏；次軾，後翁二年卒，娶張氏。女三人，婿金漁、沈楠、俞士軍。孫男三人：州娶宋氏，文娶周氏，邑娶蔡氏，文今爲吴縣學生。孫女三人，婿胡泰、吴京、曹萃。曾孫女二。葬以卒之後三年丁酉十一月廿又七日，墓在吴山丹霞塢。

銘曰：

服賈維徇，亦允有仁，維孝友則，□□厥□。□殷而儉，以終其身，乃慎乃勤，乃言恂恂。而惟□之親，尚啟其後人。

誥封太宜人薛母顏氏墓志銘

蘇州博物館藏歷代碑志

太醫院使薛君新甫以嘉靖癸卯十月二日葬其母太宜人於長洲縣武丘鄉彩雲里祖塋，泣言於余，曰：「己不幸蚤歲失父，賴吾母太宜人撫教成立，得以世業通籍於朝，揚歷兩京，列官禁近。乃弗克自慎，爲人搆陷，幾蹈不測，重爲太宜人憂。既又失禄，無以給養，鬱鬱數年，而太宜人竟疾不起，嗚呼傷哉！且先大夫客葬京師，己罪廢不得留，及是，又不得合大夫以葬。凡皆不孝，己之罪也，終天之恨！所不忍棄，惟吾子錫之銘詞，尚庶幾少逭萬一耳。」余悲其志，爲敍而銘之。太宜人顏氏，父孟時甫，娶於許，生太宜人。聞靖若淑端，麗而有儀，事孟時甚孝。孟時無子，且賢愛太宜人，不欲令遠去，擇於薛，得大夫公而館□。大夫公諱鎧，號會仁，嘗游學官，尋以名醫徵起，隸太醫院，與太宜人俱留京師。大夫公慷慨訏□，不能俯仰，□時□□抵牾，骯髒終身。太宜人去富厚而即貧薄，操□茹辛，艱苦百罹，曾不幾微見於顏色，相大夫尤順而正。大夫無子少，家益落，太宜人掇拾完護，不及於墜。□世醫家，而太宜人教子必首業儒，謂非此不足稱名醫也。故二子服其訓，而新甫遂以儒醫□家，入侍中禁，自御醫擢南京太醫院判，尋入爲院使，累贈其父爲奉政大夫，而太宜人遂進令封太宜人。本伯顏氏，元之貴族也，入國朝，始析顏爲姓，奕世簪纓不乏。故太宜人閑於禮度，雖依父母以居，而不惑舅姑，寒暑饋問，不以時廢。比歸，修婦道益謹，□□□，供織紝，周旋曲備，性慈不害，待婢僕有恩而勤力自將，毫不忘□。或以爲言，則曰：「公父文伯之母且然，吾何爲不可！」其敏而識職如此。太宜人生景泰乙亥二月廿又四日，卒嘉靖壬寅正月二日，享年八十有八。子男二人：長正，太醫院醫士，娶項氏，繼袁氏；次即新甫，名己，娶朱氏。女二人：長適張鑒，次適太醫院吏目江瑬。孫男五人：鸞，周府良醫；鵬，太醫院醫士；鳳，太醫院御醫；鷗，鴻臚寺通事；鴞，幼。孫女三人：適劉泰、曹應驥、李守倫。曾孫男四人：從仁，從義，從學，從德。曾孫女五人。銘曰：

詩咏關雎，維順有誠，乃儉曰勤，亦有葛覃。維太宜人，靖□□哲，爰孝於家，于歸有協。何以協斯，夫君則貞，豈相斯克，亦教有成。有賢使君，在帝之側，茂恩煌煌，自天有錫。中更怫鬱，弗以義既，樂且有儀，孰匪母貽。九十斯齡，母則壽只，允言考鐘，天則佑只。武丘之鄉，彩雲之里，葬從其先，有允弗圮。薊門蒼蒼，有封若堂，既固既安，大夫之藏。豈不首丘，衣冠在兹，有藏則深，魂無不之。季孫有言，合葬非古，尚安於斯，以永有祜。

奉訓大夫左軍都督府經歷致仕吕君墓志銘

蘇州博物館藏歷代碑志

君姓吕氏，諱言，字伯時，嘉興之秀水人，故萬泉教諭、累贈南京太常寺卿、諱嗣芳之曾孫，文淵閣大學士、贈禮部右侍郎、謚文懿、諱原之孫，通議大夫、南京太常寺卿、諱𢡟之子。正德甲戌，以太學生釋褐，拜太平府通判，丁繼母憂，改應天府通判，以奉訓大夫、左軍都督府經歷致仕，缺五十有二。君名家子，生有令質，修正雅馴，不事表襮，雖奕世鼎貴，而愿謹自將，未嘗席寵恣逸。少受尚書於家庭，已而學易學詩，皆能探竟大義。爲經義縟麗而傅於理，數試有司不利，以父蔭入太學，再試應天又不利，乃罷試就銓。始官太平，專督馬政，其政有孳牧、有備用，其凡轉收轉除、新收正收，其弊甚繁，歲輸京師，更費無缺隄，民困尤甚。君少侍太常，習知其故，故能悉心軌□，扶微興壞，多所緒正。尤盡心民事，凡輸將缺儈積科謫任調，審畫均平，不令偏重，民至今懷之。應天缺會江右飢民流入境，君承檄賑視，受鬻施糜，具有法程，而往來拊循，不憚勞勩，凡活數萬人，死者爲坎瘞之，亦以萬計。先是缺嘉靖初元，詔免江南逋賦，而部使者徵發如故，君執不從，曰：「若是，是格詔也，何以示信？」使者劾君抗違朝廷，雖不罪君，而君意已倦，竟自解去。君所至，未嘗以家自隨，服用纖悉，不取於官，故視官甚輕，義之所在，直前不顧。應天爲京輔官，雖内屬，□固有司，倅貳伏謁參，君例不爲屈，曰：「京輦之下，比肩事主，缺豈敢下同羣吏，以辱朝廷？」諸曹雖不能屈，心寔銜之。其不合而去，蓋亦坐此。嗚呼，君其庶幾以身徇道者耶！進士錢君德洪言，君晚歲潛心性理之學，自謂二十年不知讀書，今始有得，至欲外博洽，謝雕繪，以游於聖賢。嗚呼，其果然耶？憶在弘治間，先君爲南京太僕丞，與太常同官，徵明與君，實同筆研，往來相知，四十年於兹矣。君家學淵源，卓有端緒，賦詩綴文，皆不肯碌碌後人，而不談名理，常言道貴明達，揉缺令滋違其真，其意雅不欲立門户。不謂別去數年，而君乃缺。嗚呼，其果然耶？君娶項氏，兵部尚書襄毅公之孫，江西參政經之女。子男一人科，娶沈氏，今爲秀水縣學生。女一人，適進士沈亜。科以卒之又明年己丑十一月某日，葬君□吳興某山之新阡，先事奉錢君狀來乞銘。銘曰：

烈烈文懿，維時名臣，用不大究，發於嗣人。太常繼升，既□既令，□□□，後先相映。有翼督府，惟仁惟振，維葉蓁蓁，乃宥斯民。民則有懷，身不可屈，舍旃來歸，維道之直。豈天則冥，□□懔抑，胡命不淑，尚復有後。

雪堂書畫隅録 文衡山文稿册

贈翰林院編修王君墓志銘

王君既卒之二十有三年，其子同祖登進士入官翰林，又三年爲嘉靖甲申，朝廷推恩，贈君翰林院編修、文林郎。於是其子言於余曰：「先君卒時，同祖才三歲，無所知識，今墓木已拱，而墓未有刻詞，先君相知，無若公最深者，願賜一言爲銘。」嗚呼！余忍不有言，以慰君於地下哉！君與余同娶於吴，爲河南參政吴公愈之婿，而君館於吴氏。於時吴公方仕中外，諸子皆幼，吴氏之事，悉主於君。吴故殷盛，蓄産連延，食指千數，君外應賓客，内給共偫，靡密斟度，咸得其宜。居吴垂二十年，吴氏田廬日益加拓，而君不私一錢，吴公嘗曰：「吾東西行輒數千里，住輒數年，而不以家爲累者，有王生爲之婿也。」君才諝敏贍，而□□周慎，有足稱者。然君寔不樂此，而雅事文翰，雖酬酢糾紛，不廢佔畢，日坐一室中，左右圖史，鉛槧縱横，意欣欣若有所得。喜爲五七言近體詩，工八分書，出其緒餘，寫山水竹石，亦秀潤有思致。每有所作，必共余評訂，一不足，輒復棄去。少習舉子，奪於事不得卒業，嘗謂余言：「吾世儒家，曾大父以來，世以科第相承，吾父猶不失爲校官，乃今自我而絶，有足恨者。」顧其子方晬曰：「孺子有成，庶酬吾志耳。」嗚呼，其意蓋有待也，而豈意其遽死耶！今同祖卒踐世科，官禁近，庶幾不負君所期，而君不及見矣。君風儀玉立，進止詳雅，望之雖若峻整，而和易可親，然其中實有分辨，義利美惡，毫髮無所失。觀其立志處業，必將有以自見於世，而天不假年，嗚呼，可悲也已！君諱銀，字世寶，别號求可生，世家蘇之崑山。曾祖遜，洪武進士，仕高皇帝爲監察御史；父曰敏，石門縣儒學訓導；母朱氏，金陵人，贈刑部主事某之女，四川參政惟正之弟。君生天順甲申三月十五日，卒弘治己未八月十七日，享年三十有六。配吴氏，封太孺人。子男一人即同祖。女一人，適太學生郭壽福。孫男二人、女三人。弘治丙寅葬邑東城某原，於是十又九年矣，始克爲銘。銘曰：

憲憲王宗，有衍惟硯，賢科奕奕，世官秩秩。展也法孫，乃弗有繩，不繩其禄，而懿斯篤。諝言則多，藝言則華，弗究於施，而肇厥家。有謹其承，其發斯宏，鵠翥鸞停，以翼閈閎。閈閎崇崇，龍章煒煒，嗇名畀年，乃閟而宣，載其榮光，賁兹墓田。墓木則拱，帝命維新，何以昭斯，維千萬春。

雪堂書畫隅録 文衡山文稿册

王母太孺人吴氏墓志銘

太孺人吴氏諱玉如，世爲蘇之崑山人，曾祖公武，贈永德郎、行在刑部主事，父愈，江南布政使司右參政，母安人夏氏，太常卿仲昭女。以成化乙酉十二月十四日生。孺人生十有八年而殯於室，閲十有八年而寡，又二十有九年，年六十有四以終，嘉靖戊子正月十又九日也。始吴公以夏安人無子，而太孺人最長，爲擇婚，對曰：「同邑王君□□而館焉。」王君亡，太孺人才三十有五，日撫三歲孤以泣，不御膏沐，不聽音聲，箱筥衣孺，忍不欲視。中外問遺，燕享祭祀，悉屏不與聞。既數年，其孤同祖有知，出就外傅，始理故篋，出遺書衣物以畀曰：「而謹識之，勿忘而父之遺也。」自是歸女納婦，始與人事。又數年，同祖官於朝，太孺人就養京師，尋被命封，年且六十矣，始與賓祭之事。嗚呼！太孺人夙遭閔凶，幽憂蓼苦，垂三十年，到是顯榮。甫及，而沈疾侵淫，靡有寧歲，曾未逾時，而死遽及之。嗚呼，其命也夫！其命也夫！太孺人稟性□淑，讀書閑禮，事二親，雖甚狎妮，而順謹有儀。二親官游，不恒家居，太孺人實攝家政，豆籩潔修，昭穆順敍，以若弟妹婚嫁，咸致力焉，不以異母有間。其教子女，襁抱具訓，慈嚴酌宜，同祖稍知，即約以禮範，既長就學，躬加難詰，示之法程，比入官，則勉以立身慎行，終其身不令知有家人生事，所以成就之者，纖悉皆備。居常仰承下受，恩義弗愆，銖黍化治，不煩而理，有古訓所稱肅雍和平之化。嗚呼賢哉！太孺人生子二人，男即同祖，辛巳進士，翰林院編修；女嫁太學生郭受福。孫男二人，法、治；女三人。葬以卒之明年十一月某日，合王君東城之兆。先事，同祖具狀乞余銘。余妻吴氏，太孺人女弟也，以常所聞於家人者，考諸狀而合，故不辭而爲銘。王君諱銀，字世寶，家世之詳，具余先所爲銘。銘曰：

有賢孺人，明順而祇，命也弗天，亦慎有儀。其儀維何？靡游靡忒，靡容以飾，乃教而克。式斯程斯，載昭用揚，既教斯成，益克有光。維節之光，維夫君則良，乃偕藏兮，千載永藏。

江母周碩人墓志銘

雪堂書畫隅録 文衡山文稿册

長洲江君孟仁既卒之十有一年，其繼室周碩人卒，合葬邑中彩雲里之原。於是其子晁，奉郡學士陳君國祥所爲狀來乞銘。按狀，江、周皆長洲鉅族。始孟仁喪其元配陳，難其繼也，得碩人而宜之。於時江氏中落，孟仁方務振植，訾省儈積，日閧於外，而門内之事，付之碩人。執饋飪缺，給供具，咸得其宜，而握勞操苦，以夜繼日，卒相孟仁起其家，軼先業而過之。孟仁既老而傳，則助其子晁，俾益宏亢，視孟仁弗替而加隆。又□率其子婦以勤，而示之矩範，俾弗墮棄。未幾孟仁死，婦褚繼亡，遺孤累累，咸碩人撫之，保抱具訓，茹哀以□，迄植諸孫而立之，蓋終其身未嘗一日置家弗理，亦未嘗一日舍麻枲弗治也。或以爲言，則舉魯敬姜告之曰：「彼貴且爾，況我齊民乎？」性仁而厚，平居隨事振恤，不肯苟利損人。年缺七十有八，嘉靖七年庚寅十二月庚申葬缺。碩人父文達，母陸缺一人，即晁，娶褚繼沈。女二人，婿楊瑄、沈鍔。孫男四人，鰲、鮩、鱗、鯇；孫女一人。銘曰：

有賢令人，温恭維則，于歸于江，相攸以克。拮据孔艱，弗怠以閑。缺諸御閒閒。肇厥有家，亦式之子，始勤以終，維德之履。缺有窿幽宫，往從夫君，曰允有終。雪堂書畫隅録 文衡山文稿册

錢清夫墓志銘

上缺母逾禮，哀毁骨立，幾不能生。少習下缺十七字伯兄應夫，已游庠校，乃即棄去，

曰：「顯揚吾親下缺十三字代翁理家，綜核靡密，凡事皆有章程，而尤能下缺十三字成，未幾翁卒，即以父事應夫，而待幼弟尤爲有恩。蓋下缺十字雍肅，内外無有間言。御僮僕以賞罰勵其勤惰，未嘗妄加下缺八字而安之。初歲饑，郡守張公欲令民間出粟賑貸，君即以千斛下缺七字他人所易及者。至於祭祀賓客，尤極豐腆，而將之以誠敬，非獨以下缺五字有過從，必盡歡暢。士大夫至其家者，蓋如歸焉。暇則命棹山水間，傲然有下缺三字外世之意，識者知其志固有在也。

嘉靖庚子秋七月忽遘疾，自知必不復起，屬缺半之日，設榻中堂，沐浴端坐，手書以遺應夫。囑以身後事，凡數百言，擲筆而逝，不及於亂，其亦可謂達於死生之際者矣。實是月十九日也。距其生弘治辛酉，享年僅四十耳。嗚呼悲夫！

君娶鄒氏，有賢行，相與協力成家。雖君之才幹有餘，而内助之功，不可誣也。君生四女而無子，至是遺言曰：「以伯兄之子瑾後我。」瑾，應夫子也。君父諱木，即尚樸翁。祖民膏，曾祖孟昭，高祖友聞，皆以行誼著稱鄉里。母過氏。子即瑾，娶華氏。女四人，皆鄒出，浦連珠、鄒崇恩、蔡于嘉其婿也；其一尚幼。應夫卜以卒之又明年三月七日葬垂慶鄉之原。銘曰：

奕奕王孫，吴越之裔。忠獻三傳，湖頭是繼。國良再徙，馬橋開第。曰清夫君，篤於人倫。友於兄弟，孝於二親。孝友之聞，洽於里鄰。嗚呼清夫，年不滿德。有隆者堂，有玄者宅。我銘其藏，以永無泐。

無錫文博二〇〇二年第四期

明故文林郎崇義縣知縣秦君墓志銘

無錫秦君楚南，以嘉靖乙卯由鴻臚鳴贊擢知南安之崇義縣。明年正月□日以疾卒於官，在官甫三閱月，□□傷哉！君諱□，號見川，楚南其字。裔出宋淮海先生觀。觀子湛，卒常州，子孫留居常之新塘。徙錫之胡埭，再徙邑之鳳光橋，遂占數爲錫人。曾大父封武昌知府修敬先生諱旭，大父江西布政中齋先生諱夔。父諱鋭，浙江布政司都事。母毛氏，故都御史毛公諱珵之女。秦氏自修敬以來，世以文學行義，爲時名儒。君少承家學，刻意振□，思繼志先烈。游邵文莊公門，績學綴文，卓見端緒。選隸學官，益精進弗懈，爲上官賞識。游太學，歷事南銓，受知太宰嚴公，許以有成，然再試再不利，而年及艾衰矣。乃從選調，釋褐爲鴻臚序班，非其志也。然而醇謹周密，克修其職。會東宮出閣，簡莅侍儀。君名家子，夙閑儀度，而將以勤誠，進止詳雅，周旋庭陛間，弗愆弗佚，時稱其能。尋被命督戎器於遼陽，邊徼警棘，人多憚行，君曰「此孰非王事」，毅然請往。問關跋涉，迄竣事而歸。居六年，進鴻臚鳴贊，分司南京。留司事簡，無所猷爲，而隨宜節適，亦克修其職，旋被推擇，遂有崇義之命。

崇義遠在嶺嶠，僻鄙磽陋，民獷而健，不易爲理。而君素負才□，有志事功，展采錯事，吏民瞻矚，方將有爲，而死遂及之，嗚呼！豈不有命哉！君精敏修正，能激印任事，事其父都殘泐七字少違拂。都事闊達宏偉，雅志殘泐九字書眥省，每先志承意，掇拾完護，不令虧缺。都事公倚成殘泐七字君哀毁之餘，極力襄事，斂葬纖悉，更費浩秩，咸自己出泐殘二字遺憂於都事。比都事病，左右扶掖，晝夜靡懈，醫藥禱祠，不遺餘力。喪之易戚兼至，一不委勞諸弟。友愛仲弟東陽丞汶，依戀維篤，白首益親。季弟早亡，收恤其聘婦，全其志節。敬事寡姑，仁恤周審，及其遺息，不令失所。居常嚴於奉先，昭穆順敍，籩豆維適，必誠必敬，克敦追遠之情。修復淮海祠，以無忘本源之誼。閨門雍肅，嚴而弗苛。與人處和而弗狎，規過獎賢，直諒弗阿。然不藏怒宿怨，故人亦不以爲懟。

嗚呼！君以有用之才，而負有爲之志，阨於時命，弗獲少見於事。而孝友洽於家庭，行義達於州里，仁風義烈，聲實並流。孔子曰：「是亦爲政。」由君子觀，固不以此而易彼也。

君生弘治乙卯九月八日，卒年六十有二。配盛氏。子男二人，橋、標，俱縣學生。

橋娶陳。標出後季叔，娶俞。女一人，適縣學生浦大川。孫男二：煜、燧，女一，俱幼。君卒後五月，子橋自崇義歸其喪，以明年丁巳十二月廿又三日葬惠山聽松祖塋。先事具狀速余銘。銘曰：

有賢令君，維時貞碩。奕世名宗，弗翦維克。中齋諸孫，淮海維裔。靖共好嘉，式光厥世。不世其榮，世具忠貞。再命於朝，冗散是更。豈無榮途，厥有時命。迺孝而共，施於有政。孰則匪政，式貞用揚。聲實並流，亦孔有臧。崇義之遷，庶其晚達。一疾不起，吏民忉怛。歸旐翩翩，旅魂悠悠。惠麓之墟，兹維首丘。柏松丸丸，幽堂寂寂。爰奠於兹，有允無斁。

無錫文博二〇〇二年第四期

敕封安人劉嬪楊氏墓志銘

楊氏長洲鉅姓，世□□甲□里中。安人故承事郎諱有浤之女，母呂氏，以成化丙申七月十有四日生安人，□□歸於□，爲故都察院右副都御史劉公諱杲之介婦，今汀州知府烱之□。歸三十有一年，以□君昇朝，受今封。封十有五年，年六十有六，以嘉靖辛丑冬十一月有三日卒。後三十八日，十二月廿又一日乙酉，葬邑之武丘鄉彩雲里。

安人生而若淑，性復敏慧。父□事□□□文，安人得於家庭傳染，幼知誦習，通孝經、小學諸書。至剪製縷結，皆精巧□倫。尤閑於禮度，歸時不及事其姑張淑人，而事後姑唐，執婦道維謹。唐淑人出右列貴家，嚴整難事，獨賢愛安人。安人先意承志，務求適其欲，不令有所不足。汀州雅多弟昆，安人在諸弟□□仰承下□□輸誠篤，閨庭誠睦，莫有間言。御史公仕歸而貧，而汀州方隸學官，家事□密，並安人持之，早作夜息，不厭勤勩，以裕汀州於學。及汀州□俸入有贏，而安人操勤履儉不殊前時。所生六子皆勗以純樸，而身親率之，絲□□□以畢婚嫁。已，又爲治第殖產，俾各有分業，初皆不以溷汀州，亦不令諸子有所營以移其志。故諸子咸得自立，而宦學咸用有成。及是汀州解郡家居，方與安人就養諸子，孫曾怡愉，過從雜遝，滫瀡之奉，燕衎之樂，人皆豔之，謂有享其成，庶幾燕翼之報也。曾幾何時，而安人遽疾不起，嗚呼傷哉！

初，汀州有御史公之喪，念方食貧，無敦葬事。安人曰：「事孰有大於此者？請傾家以給，勿令有遺恨也。」及唐淑人之病而卒也，汀州以歲覲入朝，迎醫請禱，咸自安人，而含斂服喪皆依於禮。蓋於汀州再更三年之喪，咸易而戚。至歲時烝嘗必極精腆，墳墓祭掃不以時廢。雖汀州篤禮如此，而所以翊之者，安人與有力焉。

子男六人，珠娶唐氏，璧娶季氏，琛娶朱氏，琬娶陳氏，璪娶張氏，琅娶葛氏。璪早卒，璧辛□進士，出後兄文範，餘皆文學弟子員。女一人，適太學生惲誥。孫男十三人，偲、仕、儉、僎、億、□、任、儒、倬、位、倣、伸、佳。偲，弟子員。女十人。曾孫男一人，女二人。前葬，汀州自爲狀，率諸子詣余請銘。余息女歸劉，於安人有娣姒之分，知安人賢狀不誣也，爲□其事而銘之。銘曰：

烈烈劉宗，維吴之獻，展也汀州，奕世有衍。孰其相之，安人則賢，□□有則，娟好静專。温温安人，繄楊之淑，承筐來嬪，式貞以穀。以相則克，以教則成，據斯□斯，弗隕有宏。匪宏有家，迺綏之禄，有賜自天，啟封備服。子孫振振，鼎烹有養，胡弗永延，中道而喪。武丘□□，柏松丸丸，有隆新宫，千祀永安。停雲留翰 文徵明之碑刻拓片特展

楊府君墓志銘

府君楊氏諱遵吉，□□祐，世家蘇之崑山。元季俶擾，徙郡城，占數於吴。其先有諱子中者，張氏據吴□□□□勇策名死其事。子宗明，永樂初以閭右徙實京師，留其子桂於吴，生承德公。□□□□達植義，鄉稱長者，府君之父也。以長子貴，封禮部儀制司主事，階承德郎。□□□□二子，嫡長循吉，起家進士，仕禮曹郎，以文學名世，世稱

南峯先生。府君其仲□□□□□性復慧解，少學於張僉憲企翺，學有端緒，病弗克卒業。屬時南峯官中朝□□□□公且老，乃一意幹蠱以事養育。所居闤闠，百貨駢集，列肆櫛比。府君雅有□□□□□勤誠，積貯其間，得奇贏下上之宜，家本高貲，至是益用得拓。間挾貲出遊□□□□□而返曰：「吾終不能去吾親以有圖也。」事承德公孝謹弗違。承德娶於劉，封安人□□□君則出周氏，然府君事劉安人無間於周。故劉安人亦親愛之，不以周間也。府君□□□厚端□，與物無忤□常人不見其疾言厲色。教子孫亦惟示以義方，未始督過，□庭雍睦，□外無間言。晚益靖退不□，惟於古人理言遺事終身誦之，間觀載籍□□輒手録以備遺忘。性不飲而喜飲客，修具腆潔，禮文祥雅，周旋終日，不爲渫瀆□□無廢□□，聲色玩好，一不屑意，被服疏素，出入傔從斂約。自南峯昇朝，門閥日□，未始以自奉，郡筵鄉飲亦辭不赴，摯拏自愛同于骫骳。然能□□赴人，中外族□多所存□，歲饑穀翔則損直以糶，有逋貸死亡者，毁券而□之，示不復責，故□遺□□計。或謂皆□主之餘，法得簿録之，府君一不問，恒存恤其孤。其素性□□□□□有恩□□，故□亦親附之，多所宣力，府君所爲起家有賴焉。

府君蚤歲得奇疾，□□□□□爲不治，府君亦自分必死。既乃有瘳，因自號復生，于時甫四十餘□□□四十年，年七十有八乃終，人以爲積德行義之報云。

府君娶王氏，故工部侍郎□□之□女，先卒，生子采，以國子生銓授江西布政司都事，娶徐氏。側室陳氏，生子□，國子生，娶吴氏。女適陳恩，待次楚府良醫。孫男二人：□，縣學生，娶陳氏；□，娶顧氏。孫女二人。府君生成化丙戌正月十有八日，卒嘉靖癸卯九月十有三日。明年甲辰九月十有八日，葬靈巖鄉王家村之新塋，以王氏祔，於是已前卒。□乃具事狀，與□偕來乞余銘。銘曰：

有顧楊君，明順而□，既勤有家，亦敬弗違。□言靖恭，曰維其性，孝友□□，□□□□。以政則□，以養則克，雍容在中，爰徽厥德。維德之徽，維家之□，恩斯勤斯，□□□□。維古有□，叔出季處，豈不有榮，我篤斯被。有顧楊君，賈服士趨，孰死而生，□□有□。靈巖之鄉，有玄者宅，全歸於斯，以永無斁。停雲留翰　文徵明之碑刻拓片特展

硯銘一首

赤壁硯銘 嘉靖戊子秋七月製

猗歟子瞻！文人咸仰。赤壁之游，其樂可想。絶勝風流，千秋無兩。鏤之于硯，以供清賞。時陳潔几，心胸開朗。

周積寅文徵明赤壁硯（一九九九年揚子晚報）

續輯後記

自一九八七年文徵明集由上海古籍出版社印行以來，頗受海内外學人關注，又陸續搜求得詩文若干，録成一集。但各有關出版機構以此類書籍，銷數有限，無意排印。余不忍其散失湮没，因自籌資金，刊印五百本，分贈各圖書館、博物館與至親好友以及有志於此的學者。

本書經三校，將付印。忽得浙江人民美術出版社出版文徵明行楷三種。其中行書小簡，皆前所未睹（小楷兩種，確非真蹟。醉翁亭記之僞，余早有專文論證，發表于書法叢刊），因再補附於末。（編按：現已併入續輯卷下「小簡」内）

在成書過程中，承甥女榮志敏、甥婿謝惠民及其子謝江鼎力相助；并由謝江在百忙中抽業餘時間以電腦排版，盛意可感，謹此志謝。

二〇〇二年三月　周道振識

文徵明集附録一

序跋題記

文翰林甫田詩敍

王　廷

甫田詩者，衡山先生之所作也。先生爲温州守交木公仲子，勤於績學，雅負不羣之才。以上三句，三十五卷本作「先生少負不羣之才」一句以經濟自任。顧屢試不第，將畢志於隱。迺以朝臣之薦，授翰林待詔，非其好也。三十五卷本作「然非其好也」故身游巖廊，而心存泉石。感時觸物，每有歸與之興。居少日，竟掛冠歸。今徜徉林壑，且二十年。嗚呼！其真脱屣於名利之埸也哉！余讀陶靖節傳，三十五卷本作「讀陶潛傳至歸去來辭」未嘗不灑然欽其爲人，以爲迴絶塵俗，無與爲侶。以今觀於先生，其出處大致，略無少異。而高潔之操，介特之行，夷曠之懷，深遠之識，有不可以古今論者，豈真戀情於一丘一壑間哉？

先生著述甚富。其所吟咏，根極名理，匪止炫華。以上三句三十五卷本無余幸入三十五卷本作「嘗入」先生之室，獲覩此編，持歸讀之，不忍釋手，因録而傳之。詎惟見先生之好古博雅，俾海内人士，誦其詩而想見其人，庶大有裨於名教云爾。以上三句三十五卷本作「亦庶幾少裨于名教云爾」一句嘉靖三十五卷本有「歲」字癸卯十一月既望書。三十五卷本無「書」字 翰林選 三十五卷本

文翰林甫田詩引

江盈科

文太史氏其先自楚徙吴，世有文獻。太史鵲起世宗朝，能詩，與字與畫稱三絶。用召入，待詔金馬門凡三歲，以病請歸，九十齡而終。所爲詩凡若干首，鏤板者再。後四世而有孫孝廉夢珠，以詞翰屈其曹偶，恢張祖烈。不佞承乏茂苑，自況臨邛而長卿夢珠。君取太史詩手校重鋟，謂不佞有志風雅，宜敍。夫余則安能敍？即敍，亦安能重太史！雖然，願效一言，竊附闡幽之誼。夫太史之字與畫，毋論真鼎，即其廝養贋爲者，人争重值購之。海内好事家無太史之字與畫以爲缺典。若夫詩，必深於風雅者知慕太史，而俗流不與焉。太史詩以超曠爲神，妍秀爲澤。高者足敵王、岑，下駟亦不減子瞻、魯直，大較在唐、宋之間。不佞何敢謬爲揚詡，失太史之實。乃余所願執鞭太史，抑有進于詩者。夫少陵、青蓮，一代偉人，其詩直千古無兩；然亦未免依嚴節度、永王璘以自托。終唐之世，號詞宗失身權璫宫倖者，又不知凡幾。太史澹于嗜慾，恬于仕進，即奉召爲博士，

如千仞鳳凰，偶投彌天之網紉，非其好也。宸濠以皇叔稱顯諸侯，天子自爲。四方豪傑赴者，如蟻走羶，而獨不能致太史。太史之行誼，顧不加少陵、青蓮二公一等耶？而世不盡知。昔人謂王休徵以德掩言；若太史者，可謂以字與畫掩其詩，以詩掩其人矣。不佞于郡人謬忝師帥，故因序詩而及太史之爲人，使夫知太史之可傳，以彼不以此。廉頑立懦，庶幾風化一助云。夢珠加額曰：「微令君之言，先子直詩人爾。今而後論先子之世者，不專以詩，而況夫字與畫也。」萬曆甲午仲夏月。翰林選

文翰林甫田詩選跋

文元發

先待詔詩凡三付剛氏矣，顧尚以搜羅未盡，不能無遺珠之歎。蓋當時稿本，皆公手書，故多爲人持去，所存不得什一。後藏和州府君所，迺又逸去大半。今則所録梓者，僅什一中之什一耳。姪龍有志蒐輯，顧方業公車，未暇也。間從人間覓得逸詩若干首，又舊梓未能精繕，因取原三刻并今所得者，送周公瑕氏，俾之訂選，復莊刻焉。公瑕云：「太史詩，即一字一句，皆入風雅，信自一代大家。近有刻昭代詩紀而不入太史詩，亦猶河嶽英靈集之不入李、杜詩，政謂大家全集，非可摘取耳。今世方以不得見太史大全集爲恨，而此僅僅者，迺欲復爲選損邪？」因爲書先公原自題小引于前而歸之曰：「老人耄矣，欲書數語以効述讚，恐不免爲渾沌書眉，不敢也。」刻竣，小子發疏其事由，并述公瑕氏之語於篇末云。萬曆甲午季夏。翰林選

文翰詔集識語

俞憲

予因補庵華丈識衡山文翁，往來交好三十年。每仕路出入，必贈予詩畫，或千里寄遺。及余歸，而翁逝矣。翁擅名藝苑，素稱多能。或曰：「字勝畫，畫勝詩。」或又曰：「人品勝詩、字、畫。」要之，行高于藝，吾吴梁伯鸞之徒，古所謂一節士也。以歲貢行膺薦，除授翰林待詔。不久，乞歸。惟沉冥文墨，游戲山水而已。父嘗爲温州太守，卒于官，能辭千金之賻。自是名益起，而進取之念日以隳。然自庠校至致仕家居，四方之人以藝事請者門如市。竟亦坐勒碑過勤頃刻亡，悲夫！先名壁，字徵明，長洲人。以先世楚産，號衡山。後更名徵明，字徵仲，又自號文仲子。年九十而卒。其詩似晚唐，參以元調，惜散亡無紀。余從昔所贈遺予者，梓存其概，覽者或可因其言而知人也。嘉靖丙寅春。翰詔

續文翰詔集識語

俞憲

文翰詔詩刻成，客有遺余甫田集者，起自弘治庚戌，終于正德甲戌，乃四十年前舊物也。然亦

足以探其志矣。其次序當在懷歸諸詩之前，業已不可更置，故又于集中取其聲之成文者刻如左。嘉靖丙寅秋。續翰詔

文休承手寫甫田集十五卷跋

徐世章

叔弢道兄近得文休承手寫甫田集十五卷，出示屬題。且爲余言：「數年前初見此詩集時，第一册封面有休承孫彦可題字一行云：『詩稿自六卷始，文集不載』等語，是前五卷之散佚已久，傳至彦可曾孫書深，即以卷六爲第一册，全書共十册。惜當時未能購致之。嗣後不知其流落何所。不意近復從羅山陳氏得此書，益覺機緣巧遇，使此昔年欣賞之品，今仍獲歸置齋中，良用忭幸。」余思天壤間事事物物，得失聚散，莫不有數存焉。故物之有主，如應屬於其人所有，終必歸之。叔兄之得此書，已兆於初觀之時，信非偶然。叔兄又言第一册彦可題字之封面，購時已遺落，不知何時爲人掣去。若不於册中補敍彦可之題，殆將無以信今而傳後也。甲申重陽議固居士徐世章題於長春書屋松窗下。鈔本

甫田集四卷本跋

此集是文待詔手書付梓者，流傳極少。辛酉春得於滬上，德鑑記。　按下有「彭城伯子」印　上海圖書館藏四卷本

甫田集三十五卷本跋

余所藏文太史書畫最多，閱此卷中詩而書之紙素者不下數十首。太史與先伯高祖及先曾祖往返無間，故在舍中者爲多爾。集中所未載者，紀一小册，且爲梓也。鎮之書。　上海圖書館藏三十五卷本

文徵明集附録二

傳記誌文

明史·文苑三

文徵明，長洲人，初名壁，以字行，更字徵仲，别號衡山。父林，温州知府。叔父森，右僉都御史。林卒，吏民醵千金爲賻，徵明年十六，悉却之。吏民脩故却金亭以配前守何文淵，而記其事。

徵明幼不慧，稍長，穎異挺發。學文於吴寛，學書於李應禎，學畫於沈周，皆父友也。又與祝允明、唐寅、徐禎卿輩相切劘，名日益著。其爲人和而介。巡撫俞諫欲遺之金，指所衣藍衫謂曰：「敝至此邪？」徵明佯不喻曰：「遭雨敝耳。」諫竟不敢言遺金事。寧王宸濠慕其名，貽書幣聘之，辭病不赴。

正德末，巡撫李充嗣薦之。會徵明亦以歲貢生詣吏部試，奏授翰林院待詔。世宗立，預脩武宗實録，侍經筵，歲時頒賜與諸詞臣齒。而是時專尚科目，徵明意不自得，連歲乞歸。

先是林知温州，識張璁諸生中。璁既得勢，諷徵明附之，辭不就。楊一清召入輔政，徵明見獨後。一清亟謂曰：「子不知乃翁與我友邪？」徵明正色曰：「先君棄不肖三十餘年，苟以一字及者弗敢忘，實不知相公與先君友也。」一清有慚色。尋與璁謀，欲徙徵明官，徵明乞歸益力，乃獲致仕。四方乞詩、文、書、畫者接踵於道。而富貴人不易得片楮，尤不肯與王府及中人。曰：「此法所禁也。」周、徽諸王以寶玩爲贈，不啟封而還之。外國使者道吴門，望里肅拜，以不獲見爲恨。文筆徧天下，門下士贋作者頗多，徵明亦不禁。嘉靖三十八年卒，年九十矣。

長子彭，字壽承，國子博士。次嘉，字休承，和州學正。並能詩、工書、畫、篆刻世其家。彭孫震孟自有傳。

吴中自吴寬、王鏊以文章領袖館閣，一時名士沈周、祝允明輩與並馳騁，文風極盛。徵明及蔡羽、黄省曾、袁袠、皇甫沖兄弟稍後出，而徵明主風雅數十年。與之遊者王寵、陸師道、陳道復、王穀祥、彭年、周天球、錢穀之屬，亦皆以詞翰名於世。王寵字履吉，别號雅宜。少學於蔡羽，居林屋者三年；既而讀書石湖，由諸生貢入國子，僅四十而卒。行楷得晉法，書無所不觀。陸師道字子傳，由進士授工部主事，改禮部。以養母告歸。歸而游徵明門，稱弟子。家居十四年，乃復起，累官尚寶少卿。善詩文，工小楷古篆繪事。人謂：「徵明四絶不減趙孟頫，而師道並傳之。」其風尚亦略相似。平居不妄交游，長吏罕識其面。女字卿子，適趙宧光，夫婦皆有聞於時。陳道復名淳，以字行。祖璚，副都御史。淳受業徵明，以文行著。善書畫，自號白陽山人。王穀祥，字禄之，由進士改庶吉士，歷官吏部員外郎，忤尚書汪鋐，左遷真定通判以歸。與師道俱有清望。彭年字孔加，其人亦長者。周天球字公瑕，錢穀字叔寶。天球以書，穀以畫，皆繼徵明表表吳中者也。（明史卷二百八十七）

先君行略

文嘉

文氏姬姓，裔出西伯。自漢成都守翁始著姓於蜀。後唐莊宗帳前指使輕車都尉諱時者，自成都徙廬陵，傳十一世至宋宣教郎寶，與丞相信國公天祥同所出。寶官衡州教授，子孫因家衡山。元有諱俊卿者，爲鎮遠大將軍湖廣管軍都元帥，佩金虎符，鎮武昌。生六子：長定開，從高皇帝平僞漢，賜名添龍，以功授荆州左護衛千户；次定聰，侍高皇帝爲散騎舍人，贅浙江都指揮蔡本壻。定聰生惠，自杭來蘇，壻於張聲遠氏，遂爲蘇之長洲人。惠生洪，字公大，始以儒學起家，中成化乙酉科舉人，仕爲淶水縣學教諭。洪生林，字宗儒，成化壬辰進士，歷知永嘉、博平二縣事，進南京太僕寺寺丞，仕終温州知府，公之父也。母祁氏，贈安人。繼母吳氏封安人。

公諱壁，字徵明，後以字行，更字徵仲。以世本衡山人，號衡山居士，學者稱爲衡山先生云。少時，外若不慧，然敦確内敏，雖在童穉，人不敢易視。稍長，讀書作文，即見端緒，尤好爲古文詞。時南峯楊公循吉、枝山祝公允明，俱以古文鳴，然年俱長公十餘歲。公與之上下其議論，二公雖性行不同，亦皆折輩行與交，深相契合。或有問先君於祝君者，君曰：「文君乃真秀才也。」公名既起，然不苟爲人述作。或有托其名爲文以售者，楊公輒能辨之。温州於吴文定公寬爲同年進士，時文定居憂於家，温州使公往從之游。文定得公甚喜，因悉以古文法授之，且爲延譽於公卿間。

温州在南太僕寺，少卿李公應禎，博學好古，性剛介難近，少所許可，而獨重公。公亦執弟子禮惟謹。一日，見公書稍涉玉局筆意，即大咤曰：「破却工夫，何用隨人脚踵。」且曰：「吾學書四十年，今始有得，然老無益矣！」因以筆法授公。南濠都公穆，博雅好古；六如唐君寅，天才俊逸。公與二人者，共耽古學，游從甚密，且言於温州，使薦之當路。都竟起家爲己未進士；唐亦中南京戊午解元。時温州在任，還書誡公曰：「子畏之才宜發解，然其人輕浮，恐終無成，吾兒他日遠到，非所及也。」徐迪功禎卿年少時，袖詩謁公；公見徐詩，大喜，遂相與倡和，有太湖新録、落花等詩傳於世。及温州在任有疾，公挾醫而往，至則前三日卒矣。時屬縣賻遺千金，公悉却之，温人搆亭以致美云。

温州既殁，公與游諸君祝、唐、都、徐，皆連起科目，而公數試不利，乃歎曰：「吾豈不能時文哉？得不得固有命耳。然使吾匍匐求合時好，吾不能也。」於是益肆力爲古文詞。時雅宜王君寵，異才也。少公二十四歲。公雅相推重，引與游處，王竟以德學名。公年漸長，名益起，而海内之交多偉人，皆敬畏於公，故天下傾慕之。寧藩遺人以厚禮來聘，公峻却其使。同時吴人頗有往者，公曰：「豈有所爲如是，而能久安藩服者耶？」人殊不以爲然。及寧藩叛逆，人始服公遠識。

巡撫李公充嗣露章薦公，督學欲越次貢之，公曰：「吾平生規守，豈既老而自棄耶？」督學亦不能强，竟以壬午貢上。癸未四月至京師，甫十八日，吏部爲覆前奏，有旨授公翰林院待詔。翰林諸公見諸公推與太甚，或以爲過。及見公，咸共推服。而新都楊公慎、嶺南黄公佐，愛敬尤至。故事，翰林以入之先後爲坐次，公年既長，其中又有爲公後輩者，遂以齒讓公。公竟上坐，衆亦不以爲迕。既而與脩實録成，當遷官。或言宜先謁見當道，公竟不往，官亦不遷，惟賜銀幣而已，公亦無所懟也。先是羅峯張公爲温州所拔士，公亦與交。及張將柄用，遂漸遠之。公於早朝未嘗一日不往，偶跌傷左臂，始注門籍月餘。時議禮不合者，言多訐直；於是上怒，悉杖之於朝，往往有至死者。公幸以病不與，乃歎曰：「吾束髮爲文，期有所樹立，竟不得一第。今亦何能强顏久居此耶？況無所事事，而日食太官，吾心真不安也。」遂謝歸。方上疏時，或言：「公居官已三年，若一考滿，當得恩澤，或可進階。」公笑而不答，竟不考滿而歸，時丙戌冬也。屬河凍舟膠，不可行，乃與泰泉黄公同守凍潞河。有欲疏留公者，公令人謝之曰：「吾已去國，而偶滯於此；若疏入，是我猶有所覬覦矣，何君不知故人如此？」留者遂止。或勸公從陸路遄往歸，公曰：「吾非以斥逐去國，行立均耳，何必窮日之力而後爲快哉！」明春冰解，遂與泰泉方舟而下。

到家，築室於舍東，名玉磬山房。樹兩桐於庭，日徘徊嘯咏其中，人望之若神仙焉。於是四方求請者紛至，公亦隨以應之，未嘗厭倦。惟諸王府以幣交者，絶不與通；及豪貴人所請，多不能副其望。曰：「吾老歸林下，聊自適耳，豈能供人耳目玩哉！」蓋如是者三十餘年，年九十而卒。卒之時，方爲人書志石未竟，乃置筆端坐而逝，翛翛若仙去，殊無所苦也。是歲，爲嘉靖己未二月二十日。公配吴夫人，先公十八年卒，卒之年爲嘉靖壬寅八月二十一日，得年七十有三。

公古貌古心，言若不出口，遇事有不能決者，片言悉中肯綮。尤精於律例及國朝典故，凡時事禮文之有疑者，咸以公一言決之。初歸時，適玉峯朱公希周與公先後歸，又同里閈；時吴中前輩多已雕謝，遂以二公之德望文學並稱者垂三十年。

公讀書甚精博，家藏亦富，惟陰陽、方技等書，一不經覽。温州公善數學，嘗欲授公，公謝不能。乃曰：「汝既不能學，吾死可焚之。」及公奔喪至温，悉取焚去。

少拙於書，遂刻意臨學。始亦規模宋、元之撰，既悟筆意，遂悉棄去，專法晉、唐。其小楷雖自黄庭、樂毅中來，而温純精絶，虞、褚而下弗論也。隸書法鍾繇，獨步一世。性喜畫，然不肯規規摹擬。遇古人妙蹟，惟覽觀其意；而師心自詣，輒神會意解。至窮微造妙處，天真爛熳，不減古人。時石田先生沈公周爲公前輩，雅重公文行，見公所作小幅，亦極加歎賞。詩兼法唐、宋，而以温厚和平爲主。或有以格律氣骨爲論者，公不爲動。爲文醇雅典則，其謹嚴處一字不苟。故一時文章，多以屬公，而獨持文柄者垂六十年。或有得其書畫，不翅拱璧，雖尺牘亦藏弆爲榮。海外若日本諸夷，亦知寶公之跡。然公才名，頗爲書畫所掩。人知其書畫而不知其詩文，知其詩文而不知其經濟之學也。公平生雅慕元趙文敏公，每事多師之。論者以公博學，詩、詞、文章、書、畫，雖與趙同，而出處純正，若或過之。

性鄙塵事，家務悉委之吴夫人；夫人亦能料理，凡兩更三年之喪，及子女婚嫁，築室置産，毫髮不以干公之慮。故公得以專意文學，而遂其高尚之志者，夫人實有以助之也。

公兄雙湖公徵静，性剛難事，公恪守弟道，而以正順承之。雙湖瀕涉危難，公極力周護，得不罹禍，雙湖亦遂友愛，怡怡之情，白首無間。

公平生最嚴於義利之辨，居家三十年，凡撫按諸公餽遺，悉却不受，雖違衆不恤。家無餘貲，而於故人子弟及貧親戚賙之尤厚。與人交坦夷明白，始終不異。人有過，未嘗面加質責，然見之者輒惶愧汗下。絶口不談道學，而謹言潔行，未嘗一置身於有過之地。蓋公人品既高，而識見之定，執守之堅，皆非常人可及。故雖年登九十，名滿天下，而始終操履，未或少渝，豈不爲難哉！公恒言：「人之處世，居官惟有出處進退，居家惟有孝弟忠信。」今詳考公之平生，真不忝於斯言矣。

子男三人，女二人，孫男五人，孫女四人，曾孫男女各四人，玄孫男女各二人。某等以卒之明年庚午十月廿五日，舉公柩權厝于花涇橋之原，卜吉乃葬。夫葬必有銘，凡以狀爲之先。然不有所述，狀亦無所據也。但先君平生懿行甚衆，不能一一載，載其大者，惟先生擇焉。 三十五卷本附録

文先生傳

王世貞

余讀太史公敍致九流，顧獨不及文章家言，詎藝乎哉？誦者少其貶詘節義，然至於傳田叔、司

馬相如，抑何其詳亹厭志也！范曄事爲漢書，稍稍具列，獨行、文苑，稱有尚矣夫！余自燥髮時，則知吾吳中有文先生。今夫文先生者，即無論田畯婦孺裔夷，至文先生嘖嘖不離口，然要間以其翰墨得之。而學士大夫，自詭能知文先生，則謂文先生負大節，篤行君子，其經緯足以自表見，而惜其掩於藝。夫藝誠無所重文先生，然文先生能獨廢藝哉？造物柄者，不以星辰之貴而薄雨露，卒亦不以百穀之用而絶百卉，蓋兼所重也。

文先生者，初名壁，字徵明，尋以字行，更字徵仲。其先，蜀人也。徙廬陵，再徙衡，爲衡人。至元而有俊卿者，以都元帥佩金虎符，鎮武昌。次子定聰，爲散騎舍人。定聰次子惠，爲吳人。惠子洪，爲淶水教諭。教諭子溫州守林，則先生父也。

先生生而外椎，八九歲語猶不甚了了；或疑其不慧，溫州公獨異之曰：「兒幸晚成，無害也。」先生既長，就外塾，穎異挺發，日記數千百言。嘗從溫州公宦於滁，以文贄莊昶郎中，莊公讀而奇之，爲詩以贈。然先生得其緒於門人，往往舍下學而談上達，因絶口不名莊氏學。歸，爲邑諸生，文日益進。

年十六，而溫州公以病報，先生爲廢食，挾醫而馳。至，則殁三日矣。慟哭且絶，久之乃蘇。郡寮合數百金爲溫州公賻，先生固謝不受。曰：「勞苦諸君，孤不欲以生汙逝者。」其郡吏士謂：「溫州公死廉，而先生爲能子。」因脩故却金亭，以配前守何文淵，而記其事。

先生服除，益自奮勵。下帷讀，恒至丙夜不休。於文師故吳少宰寬，於書師故李太僕應禎，於畫師故沈周先生。咸自愧歎，以爲不如也。吴中文士秀異祝允明、唐寅、徐禎卿日來游：允明精八法，寅善丹青，禎卿詩奕奕有建安風。其人咸跅弛自喜，於曹耦無所讓，獨嚴憚先生，不敢以狎進。先生與之異軌而齊尚，日懽然無間也。

俞中丞諫者，先生季父中丞公同年也。念先生貧，而才先生，欲遺之金，謂曰：「若不苦朝夕耶？」先生曰：「朝夕饘粥具也。」俞公故指先生藍衫曰：「敝乃至此乎？」先生佯爲不悟者曰：「雨暫敝吾衣耳。」俞公竟不忍言遺金事。一日，過先生廬，而門渠沮洳。俞公顧曰：「通此渠，若於堪輿言，當第。」先生謝曰：「公幸無念渠。渠通，當損旁民舍。」異日，俞公乃自悔曰：「吾欲通文生渠，柰何先言之？我終不能爲文生德也。」

先生業益精，名日益隆。寧庶人者，浮爲慕先生，貽書及金幣聘焉。使者及門，而先生辭病亟，卧不起。於金幣無所受，亦無所報。人或謂：「王今天下長者，朱邸虚其左而待。若不能效枚叔、長卿曳裾樂耶？」先生笑而不答。無何，寧竟以反敗。

於是尚書李公充嗣撫吴中，薦先生於朝；而先生亦自以諸生久次，當貢。至京，吏部試而賢之，特爲請超授翰林待詔。翰林楊先生慎，黄先生佐，吏部薛君蕙，名能博精，負一世才，以得下上先生爲幸。大司寇林公俊，尤重之，間日輒爲具召先生，曰：「座何可無此君也！」

先生爲待詔可二年，脩國史，侍經筵。歲時上尊饇幣，所以慰賜甚厚。然居恒邑邑不自得，上疏乞歸，寢不報。又一年，當滿考，先生逡巡弗肯往，再上疏乞歸，又不報。亞相張公者，温州公所取士也。用議禮驟貴，諷先生主之。先生辭。而上相楊公以召入，先生見獨後。楊公亟謂曰：「生不知而父之與我友耶？而後見我？」先生毅然曰：「先君子棄不肖三十餘年，而以一字及者，不肖不敢忘也。故不知相公之與先君子友也。」竟立不肯謝。楊公悵然久之，曰：「老誖甚，愧見生，幸寬我。」至是楊公與張公謀，欲遷先生；而先生逾迫欲歸，至三上疏，得致仕。御史鄭洛按：當作鄭洛書請留先生爲翰林重，朝論韙之。

先生歸，杜門不復與世事，以翰墨自娱。諸造請户外屨常滿，然先生所與從請，獨書生、故人子屬、爲姻黨而窘者，雖强之，竟日不倦。其它即郡國守相連車騎，富商賈人珍寶填溢於里門外，不能博先生一赫蹏。而先生所最慎者藩邸，其所絶不肯往還者中貴人，曰：「此國家法也。」前是周王以古鼎古鏡，徽王以金寶瓶他珍貨直數百鎰贄。使者曰：「王無所求於先生，慕先生耳，盍爲一啟封。」先生遜謝曰：「王賜也，啟之而後辭，不恭。」竟弗啟。四夷貢道吴門者，望先生里而拜，以不得見先生爲恨。然諸所欲請於先生，度不可；則爲募書生、故人子、姻黨，重價購之。以故先生書畫遍海内外，往往真不能當贋十二。而環吴之里居者，潤澤於先生之手幾四十年。

先生好爲詩，傅情而發，娟秀妍雅，出入柳柳州、白香山、蘇端明諸公。文取達意，時沿歐陽廬陵。書法無所不規，倣歐陽率更、眉山、豫章、海岳，抵掌睥睨。而小楷尤精絶，在山陰父子間。八分入鍾太傅室，韓、李而下所不論也。丹青游戲得象外理，置之趙吴興、倪元鎮、黄子久坐，不知所左右矣。先生門無雜賓客，故嘗授陳道復書，而陸儀部師道歸自儀部，委質爲弟子。其最善後進者王吏部穀祥、王太學寵、秀才彭年、周天球。而先生之二子彭、嘉，亦名能精其業。時時過從，談摧藝文，品水石，記耆舊故事。焚香燕坐，蕭然若世外。而吳中好事家，日相與戴酒船，候迎先生湖山間，以得一幸爲快。雖孺子亦習知先生名，至市井間强勉爲善者，其曹戲之曰：「汝豈亦文某耶？」

先生事其兄奎恭甚。内行尤淳固，與吳夫人相莊白首也。生平無貳色，足無狹邪履。貧而好施，周人之急甚於己。見以爲峻潔自表，而待人温然，無少長無敢慢。至九十，猶矍矍不衰。海内習文先生名久，幾以爲異代人，而怪其在，謂爲仙且不死。己未，爲嚴御史母書墓志已，擲筆而逝，翛然若蜕者。諸生奔訃，上其事，臺使者祀先生於學宫。

先生詩文集若干卷，有甫田集行於世。丈夫子三人：彭爲國子博士，嘉爲吉水訓導，臺先卒。諸孫曾中多賢者。

王世貞曰：吳中人於詩述徐禎卿，書述祝允明，畫則唐寅伯虎，彼自以專技精詣哉，則皆文先生友也。而皆用前死，故不能當文先生。人不可以無年，信乎！文先生蓋兼之也。先生晚，而吳中人以朱恭靖公希周並稱。夫朱公者，恂恂不見長人也，何以得比聲先生哉？亦可思矣！余嚮者東還時，一再侍文先生，然不能以貌盡先生。而今可十五載，度所取天下士，折衷無如文先生者，迺大悔。與先生之子彭及元發撰次其遺事。弇州山人四部稿卷八十三

將仕佐郎翰林院待詔衡山文公墓志

黄佐

公初諱壁，字徵明。後以字行，更字徵仲。世爲衡山人，故人稱之曰衡山先生。其先自蜀徙廬陵，宋衡州教授寶始家衡山，於文信公天祥爲叔父。兵亂失其譜系。可知者元鎮遠大將軍管軍都元帥俊卿，佩金虎符鎮武昌。長子定開，從高皇帝平僞漢，賜名添龍，終荆州左護衛千户。次子定聰，選充散騎舍人，從其妻父湖廣都指揮蔡本守蘇州。永樂中，復從本徙浙。定聰次子惠，贅于張氏，遂留居蘇州，實公曾祖也。吴有文氏自惠始。惠生洪，淶水縣學教諭，公之祖也。贈南京太僕寺丞，復以次子森貴，加贈南京太僕寺少卿。祖母陳氏，贈安人。繼顧氏吕氏，皆贈恭人。洪生林，公之父也，仕終温州府知府。文章政事，爲世名臣，學者稱交木先生。母祁氏，繼吴氏，贈封俱安人。

公生而少慧，貌古神完，八九歲語言猶不分明，他人或易視之。而其兄奎爽朗俊慧。交木獨器公，曰：「此兒他日必有所成，非迺兄所及也。」隨侍往滁，讀書務稽古人之德，能自得師。交木命往從莊定山昶游，昶與語奇之，贈行有「忘年」「得友」之句。既而見諸人浮談上達，互相標榜，其勢甚熾，遂口不談及。乃受業於吴文定公寬，被選爲郡校弟子員。時作爲詩文，漸臻精工。

性簡静，居常不喜受人之惠。有俞中丞諫者，知其貧，極力欲周旋之。因謁見問，問曰：「聞汝甚貧，何以爲生？」公對曰：「生亦未甚貧。」俞指其襴衫曰：「何得破損至此？」公復對曰：「雨下，惟衣舊衣耳。」蓋不欲受其惠也。俞益敬服。嘗造其廬，見門前河道湮塞，謂曰：「據堪輿家言，此河一通，汝必第矣，吾當爲汝通之。」公懇告曰：「開河必壞民廬舍，孰若不開爲愛。」他日俞悔曰：「此河當通，向不與文生言，則功成久矣。」家中穿井，有二缸相合，聞驩呼以爲財，欲啟之。公亟止之曰：「儻其中有異物，將何以處之耶？」於是家人恐懼，不敢復視，其廉慎類此。

弘治己未，聞交木有疾，挾醫而往，至則殁已三日矣。故事，卒于官者，郡邑咸賻，官尊則益厚。時所賻幾千金，公盡却之。爲書以謝曰：「吾父以廉吏稱，而吾忍汙其死耶？傳不云乎，父死之謂何，又因以爲利！」温人駭異曰：「廉官則吾見之矣，未有爲公子而廉者也。」由是聲稱藉甚，温人爲立却金亭以識之。

公善書畫，初遊郡校時，校官嚴厲，辨色而入，張燈而散，羣居無所事事，諸生或飲噱嘯歌，或投壺博弈。公日惟臨寫千文，以十本爲率，書遂大進。尤工八分，駸駸漢、魏。西涯李文正公東陽以篆自負，及見公隸，曰：「吾之篆，文生之隸，蔑以加矣。」同郡有沈周先生者，博學多才，而善于畫。公慕之，見其所作，往往彷彿得寫意，益以神采，遂出其上。

嘉靖壬午冬，予初授官史館，得公藝文於王司業同祖，因雅知公。居無何，聞巡撫李梧山充嗣以公及故元老劉文肅公忠同薦。公尋以歲貢至，會予寓舍，與之上下議論，古今經籍，無一不知者，且折衷具有卓識。予出白沙墨蹟，即嘆訝久之。因曰：「吾初入學，忽夢一老人告曰：他日出處與陳獻章同。」已而命下，擢公翰林待詔。蓋白沙亦以薦爲檢討，適相類也。

時楊修撰慎、薛吏部蕙皆有文名。楊則自負博洽，菲薄宋賢。薛則顓精内典，泡影經籍。聞予談公學行，皆未以爲然。已而晤公，二公乃大詘服，遂爲莫逆交。時大司寇見素林公俊，愛公尤深。每晤余，必速公共語。三日不相見，輒折簡邀之。一時諸名士覯德相先，户外屨常滿。

供奉二年，輒引疾求去。疏下吏部，寢不行，强起就列。又一年考滿，例磨勘。馬考功理勸詣部，當得恩澤；君不肯往。或勸暫且告病，笑而不答。復上疏乞休，至于再，至于三，語益懇切，吏部始以聞，於是詔從其請。時年纔五十有七，非懸車之期也。鄭御史洛上章請留，不報。士論莫不高之。

會予省親南歸，丙戌孟冬，與公同辭朝，出潞渚，阻凍，同寓灣中。旦夕過從，相與倡和，殊甚驩洽。比凍消，乃聯舟而下。將抵臨清，則有官吏率數人負韊矢跪路左以迎。或詭何之，則曰：「兵備道迎候文公。」比至，則一豸服者詣舟稽首四拜，捧縑緗請染翰，公峻拒之。其人復詣予語及，復稽首四拜，托余轉請，公乃諾焉。其爲人所重類此。

蓋公於書畫雖小事，未嘗苟且。或答人簡札，少不當意，必再三易之不厭。故愈老而愈益精妙，有細入毫髮者。或勸其草次應酬，曰：「吾以此自娱，非爲人也。閒則爲之，忙則已之，孰能强予耶？」有商人以十金求作畫者，公面斥之曰：「僕非畫工，汝勿以此汙我。」其人大慚而去。凡富貴者來求，多靳不與，貧交往往持以獲厚利。片楮隻字，争得以爲寶玩，至有待而舉火者。尤好賙人之急，或有所入，往往緣手散去，有感泣者。

張少傅孚敬始名璁，交木守温州時所取士也，嘗薦諸吴文定公。歲壬午，張在留都部曹遇公，即以大禮爲言，公唯唯而已。既而官京師，方柄用，公遂遠嫌不相往來。楊邃庵一清起用至京師，止都門外，傾朝往見，公獨不往，曰：「尚未面君，吾何見焉。」及會，謂曰：「余，汝父同年相好，何相見之晚也。」公曰：「生非敢後，自先君之没，有一字見及者，未嘗不答。」楊曰：「此則余之罪也。」聞者爲之縮舌。嘗訓諸子曰：「道德性命，宋儒講之詳矣。而孝弟忠信，禮義廉恥，則人之所當行者也，今人孰不知之。一關利害，便不能踐。汝等於日用彝倫，但不安於心者勿爲之，是即孝弟忠信也。便宜於己者勿爲之，是即禮義廉恥也。循是而行，雖不至於聖賢，亦可以寡過矣。」

寧藩宸濠嘗遣使召之，力辭而遯。使者求公弗得，案間書幣封識如故，乃持之而返。世皆稱公見幾。然各王府以幣納交者，公悉却不受。如周府以古鼎古鏡，露封其書；徽府以金寶瓶及銀幣約數百鎰，悉却不受。使者謂：「意本無求，惟少通微誠於賢者爾，盍啟封一觀乎？」公謝曰：「既見書，當有回啟，不若不見之爲愈也。」平生足跡未嘗一涉邪狹之館。嘗謂諸子曰：「交結親王，狎妓飲酒，律有明條，安可犯哉，汝其識之。」致仕後，監司以脩理牌坊爲名，多致厚餽。公並謝却曰：「吾非欲自異也，但以利交，私心自不安爾。」

優游林壑三十餘年。四方文儒道吴者，莫不過從，亦有枉道至者。名士如彭年、陸師道、周天球，文行並有顯聞，皆出其門。藝文布滿海内，家傳人誦。而公㧑謙自牧，未嘗一置身於有過之地。壽届九十，嘉靖己未二月二十日與嚴侍御杰書其母墓誌，執筆而逝，翛然若僊，人皆歎異。先是，予遣人持薄禮豫觴之，抵吴以戊午冬月。公復余書，謂懸弧之辰，尚隔朞月，不知能到與否。且録前數載初度詩，意若有所跂者。至是僊逝，殆類前知云。

夫人崑山吴氏，河南參政愈之女。其母夏氏，出太常卿昶。昶受知成祖，文翰傳家。夫人素守家範，及歸，事公惟謹。家食時，凡朔望行香及居官早朝，必躬自薪爨，不委他人。代公料理家事，婚嫁築室，公皆不與聞，而百務具舉。性雖慈，而教子亦甚嚴厲。手不廢絲枲，而經畫調度，井然有條。燈下必親書一日出入之事，至於没齒。事或差謬，按籍而閲，則日月並存。與公同生於成化庚寅十一月，夫人初一日，而公則初六也。卒於嘉靖壬寅八月二十一日，壽七十有三。

生子男三人：長彭，嘉興府學訓導；次嘉，縣學生；次臺，先卒。女二人，長適王曰都，次適劉鯤。孫男五人：元肇國子生，元發府學生，俱彭出。元輔、元弼府學生，俱臺出。元善，嘉出。女四人：長適袁夢鯉，次適朱循，次適顧咸寧，次適尹象賢。曾孫男四人：應周、應孔、應朱、應辰。女四人。玄孫男一人，禾孫。以庚申十月廿九日權厝於花涇橋之新阡。彭以予與公交厚最久，知公爲詳，惟撰事略來速銘。銘曰：

奕奕衡山，傳秀吴中。展也徵仲，炳靈祝融。遷自廬陵，始揆文教。中奮武衛，復摛光耀。敦詩説禮，涑水承家，施於交木，邦傑國華。交木惟喬，衡山惟梓。節操文章，高朗南紀。其守堅白，其言明清；廓而閎之，苞湘帶荆。意象經營，神氣盈軸；瞻而仰之，朱陵青玉。衡山之道，惟直是行；彼爲眇論，尚口匪誠。衡山之門，惟寔是履，沖泊粹醇，誦義千里。中丞騰薦，元輔齊名；彈冠充賦，委珮揚廷。待詔金門，含毫玉署；疇不少需，鴻漸鳳舉。確乎懷卷，翩然不留。停雲搆館，頫視虎丘。墨妙筆精，四方是寶；賙及困窮，且以娱老。期頤之壽，歸潔其身，志惟帥氣，天不違人。至大而剛，不愧以怍，懿此碩儒，光于信國。泰泉集卷五十四

祭文内翰文

俞允文

邈矣季子，清風肅然。誰其紹之？先生之賢。獨視千古，篤行自專。研綜典籍，含腴以鮮。發爲文章，相如、馬遷。乃與時迕，亦復迍邅。雖以薦聞，非心所便。臨組乍緤，旋憩丘園。隱跡矯時，秉操彌堅。閉心静居，心耽其玄。籀篆邈隸，草藁楷法；至於善畫，隨意所宣。上自王公，下逮窮閻，争識宫牆，肩摩踵駢。往往四裔，碑版摹鐫。於惟先生，立德立言，遐邇景附，猶海納川。登享壽考，九十三按：原文如此年。子孫彬彬，禧祉實緜。資始守終，德茂山淵。今所追悼，位與德愆。邦失休範，士失師傳。胡不慭遺，歸神下泉。某忝姻末，夙奉光顔。心歆目泫，瞻望靈筵。申奠告哀，以展薄虔。尚饗。俞仲蔚先生集卷二十一

祭文待詔先生文

王穉登

嗚呼！神劍在獄，青霓白虹；既出于匣，復化爲龍。明星在漢，玉衡紫極；既殞於地，復化爲石。昔公結髮，流聲藝苑；鳳雛英英，南州冠冕。金馬清風，花落鶯啼；仙人方朔，辭客王維。飛章解組，抗疏爲農；避人鸊鵜，辭弋冥鴻。公之一身，山河靈淑；海胡之肆，懸黎結緑。發爲文章，日星光焰；東南之美，寧獨竹箭？發爲篇什，開元、大曆；咀翠含香，冰霜齒頰。發爲丹青，蓬萊雲氣；千齡並秀，虎頭之技。昌邑懷金，虛槖東還；譬彼楊震，公尚無官。楚國設置，扁舟烟水；譬彼穆生，公非爲醴。既文亦行，迺才而德；天賦不偏，齒角足翼。鏡中鶴髮，燈下蠅頭；四朝耆舊，千古風流。援毫摛藻，挾儔燕樂；紫氣東來，化爲白鶴。長松峩峩，虬枝億歲；風雷忽摧，林谷失翠。厦屋渠渠，廣榭崇廊；棟橈以凶，寒士彷徨。某等蓬藋，生於麻中。夾持以長，實公之功。清酒名香，肅肅堂几，歌聲無懽，士爲知己。嗚呼，霜壑蕭森，風泉哽咽，至人不死，夢爲蝴蝶。金昌集卷四

貞獻先生私謚議

袁尊尼

蓋琬琰詔飾終之稱，克允斯貴；豐桓紀易名之典，具美爲難。若乃位居下士，而羣品篤其宗

依；形容悉肖，寧止畫鯔之足奇。是以朝野嚮慕，無論賢愚；緗素祈求，弗問遐邇。附影借噓者，獲咳唾爲衮褒；鏤金鐫石者，丐手筆爲寶秘。立言則文章之大家；居身則儒宗之名世。公卿虚位，以幼安不出爲嗟；士庶爽行，以彥方或知爲懼。持人倫品藻之衡，握名教敍詮之柄。隱約丘樊之下，而震赫霄壤；優游户庭之間，而奔走華夷。近古以來，鮮儷其盛焉。迨乎耋期倦勤，九十考終，乘化全歸，没齒無憾；然而人抱云亡之戚，衆軫安仰之悲。傷白駒之竟逝，痛黄鳥之莫贖。告第徯追錫之命，奉牢佇有司之祠。苟以爵不應於令甲，秩未協於憲制，絀其尊名之禮，泯其表賢之謚；則輿誦之繫思曷慰？而羣情之缺望何伸？

謹按謚法：清白守節曰貞，聰明叡哲曰獻。惟公志氣清明，神情朗瑩。博覽多識，妙悟旁通。學貫九流，藝窮三絶。自青衿而潔修，迄皓首而純固。求仁斯得，蹈道自信。典刑具於老成，文獻徵於壽耇。臯陶之敍九德，彰厥有常；尼父之稱君子，胡不慥慥。質名範於先正，則陳尚書、王太保之倫；擬聲華於寰區，則韓吏部、趙文敏之匹。逸少、長康，異世而集其能事；君平、靖節，曠代而軼其高軌。可不謂思通之哲乎？可不謂安節之亨乎？垂之列傳，而大雅卓爾；奮乎百世，而清風穆如。致美非誣，節惠斯允，請謚公曰貞獻先生。

袁魯望集卷十一

文徵明集附録三

年表

文徵明年表

文徵明，初名壁，字徵明，後以字行，更字徵仲。以先世爲衡山人，故號衡山。曾祖惠，始居蘇，讀書不仕，教授鄉里。祖洪，易州淶水教諭。父林，成化進士，歷官太僕寺丞、温州知府。母祁守端。兄奎，弟室。

明憲宗成化六年庚寅（一四七〇）一歲　十一月初六日生。世居蘇州府長洲縣（今蘇州市）德慶橋西北曹家巷。

成化七年辛卯（一四七一）二歲

成化八年壬辰（一四七二）三歲　父林舉進士，攜家赴温州永嘉知縣任。母祁氏尋攜徵明兄弟返里。

成化九年癸巳（一四七三）四歲

成化十年甲午（一四七四）五歲

成化十一年乙未（一四七五）六歲

成化十二年丙申（一四七六）七歲　生而外椎，時方能立。五月，母祁氏卒。就撫於里中外祖母家。

成化十三年丁酉（一四七七）八歲　語猶不甚了了。父林獨器之。

成化十四年戊戌（一四七八）九歲

成化十五年己亥（一四七九）十歲　祖父洪卒。

成化十六年庚子（一四八〇）十一歲　始能言語，就外塾。

成化十七年辛丑（一四八一）十二歲

成化十八年壬寅（一四八二）十三歲　父林起復知博平縣，徵明隨侍。

成化十九年癸卯（一四八三）十四歲　隨父在博平。

成化二十年甲辰（一四八四）十五歲　隨父在博平。

成化二十一年乙巳（一四八五）十六歲　父林補南京太僕寺丞，謁告還里，徵明隨侍。與唐寅、都穆訂交，從穆學詩。

成化二十二年丙午（一四八六）十七歲　侍父在南京，從太僕寺少卿吕憙學詩。

成化二十三年丁未（一四八七）十八歲　隨父在滁。

明孝宗弘治元年戊申（一四八八）十九歲　自滁還里，爲邑諸生。歲試因書法不佳，置三等，由是精研書法，刻意臨學。本年前後始從沈周學畫，周極愛重之。與蔡羽、吳爟訂交。

弘治二年己酉（一四八九）二十歲　習程文，間讀左、史、漢書，與祝允明、都穆、唐寅倡爲古文辭。與楊循吉、杭濂交游。

弘治三年庚戌（一四九〇）二十一歲　春，以省父至滁。

弘治四年辛亥（一四九一）二十二歲　從南京太僕寺少卿李應禎學書。秋，返里。

弘治五年壬子（一四九二）二十三歲　父林移病歸。娶昆山吳愈第三女。受學史鑑，從趙寬遊。與朱存理、邢參等交識。

弘治六年癸丑（一四九三）二十四歲　秋至江浦，以父命從莊昶遊。冬，辭歸。

弘治七年甲寅（一四九四）二十五歲　子重金生。

弘治八年乙卯（一四九五）二十六歲　以父命從吳寬遊，受古文法。秋，赴應天鄉試，不售，以次識李瀛、顧璘、陳沂、王韋、許鏜、徐霖等。子重金夭。

弘治九年丙辰（一四九六）二十七歲　里居。與吳綸、吳仕、黄雲等有藝文交往。

弘治十年丁巳（一四九七）二十八歲　里居。交識徐禎卿、錢同愛、沈律、朱凱、張靈等，時稱允明、唐寅、徵明、禎卿爲「吳中四才子」。子彭生。

弘治十一年戊午（一四九八）二十九歲　春，父林赴温州知府任。秋，再試應天不利。返里，整理舊作詩稿，裁録得百篇。交識顧蘭、陸洲等。與王鏊、吴一鵬等倡和。

弘治十二年己未（一四九九）三十歲　六月，父林卒于温州。徵明挾醫省疾，後三日至。郡邑以千金賻，却不受。十二月，葬父于吴縣。唐寅以科場案被累，出獄遠遊，托徵明爲撫其弟。次子嘉生。

弘治十三年庚申（一五〇〇）三十一歲　以繼母吴氏命，與兄析居。文字交往有周廷器、沈雲鴻、王獻臣等。

弘治十四年辛酉（一五〇一）三十二歲　里居，交薛章憲等。九月，嘗赴滁一行。

弘治十五年壬戌（一五〇二）三十三歲　里居。春，與浦應祥、王銓遊洞庭東山。夏，嘗至昆山悼友壻王銀新亡。返家後抱疾，多病中之作。

弘治十六年癸亥（一五〇三）三十四歲　里居。與徐禎卿合刻洞庭倡和諸詩爲太湖新録。蘇人閻起山撰吴郡二科志，有徵明傳。陳淳已從游。有詩送顧潛起告北上。

弘治十七年甲子（一五〇四）三十五歲　三試應天，又失利。文字所見酬交，有陳鑰、彭昉、孫鳳等。三子臺生。

弘治十八年乙丑（一五〇五）三十六歲　里居，嘗舟行至昆山。文字酬交，有陸深、徐縉、朱良肖、鄭太吉等。

明武宗正德元年丙寅（一五〇六）三十七歲　里居。四月，應主修王鏊請，與杜啟、蔡羽等同修姑蘇志成。

正德二年丁卯（一五〇七）三十八歲　兄奎有獄事，百計調護，累月而解。秋，與王庭、伍餘福、袁翼四試應天，仍失解。交儲巏、蔣山卿等。

正德三年戊辰（一五〇八）三十九歲　里居。秋，嘗赴昆山壽岳父吴愈。與王寵訂交。

正德四年己巳（一五〇九）四十歲　里居。四月，王鏊致仕，從之遊。八月，沈周卒，哭以詩，并撰行狀。詩文交酬有孫一元、嚴賓、湯珍、王貞、盧襄、吴祖貽、朱應登、徐元壽等。

正德五年庚午（一五一〇）四十一歲　秋，五試應天，再斥。冬，重葺停雲館，咸賴知友相助。文字交酬，有朱承爵、吴琉、吾翕等。

正德六年辛未（一五一一）四十二歲　改名徵明，字徵仲。里居，僉院俞諫知才而貧，欲有所惠，終却之。文字交酬，有方豪、劉纓等。徐禎卿卒。

正德七年壬申（一五一二）四十三歲　里居。辭寧王朱宸濠厚聘，且賦詩明志。文字交酬有毛珵、王應鵬、周倫、林俊、陳琳等。

正德八年癸酉（一五一三）四十四歲　六試應天不售。順道至滁訪叔父森。冬十二月，嘗過昆山。交遊有鄭鵬，喬宇、李熙、吴敬方、謝雍等。

正德九年甲戌（一五一四）四十五歲　里居。以歷年作詩編爲甫田集四卷。

正德十年乙亥（一五一五）四十六歲　里居。

正德十一年丙子（一五一六）四十七歲　四月，嘗宿太倉陸之箕家。秋，七試應天，失解東歸。

正德十二年丁丑(一五一七)四十八歲　里居。交識始見詩文者,有杜璠、仇英、宗伯昭、楊進卿、陸南、王涣、錢貴等。

正德十三年戊寅(一五一八)四十九歲　里居。交王穀祥。朱朗已從遊。

正德十四年己卯(一五一九)五十歲　八試應天不售。文交有華夏、林達、王同祖、方鵬等。

正德十五年庚辰(一五二〇)五十一歲　里居。交識有鄭洛書、白悦、安國、華雲等。

正德十六年辛巳(一五二一)五十二歲　里居。文字交酬有張辨之、劉穉孫、何孟春、高第等。

明世宗嘉靖元年壬午(一五二二)五十三歲　試應天,又不售。冬,病幾三月。

嘉靖二年癸未(一五二三)五十四歲　工部尚書李充嗣薦於朝。以諸生貢于成均。春,與蔡羽同北上,四月十九日至京,閏四月初六日授翰林院待詔,尋與修武宗實録。赴京途中,與柴奇、朱升之有詩文交往。至京後,翰林楊慎、黄佐、馬汝驥、陳沂與吏部薛蕙等愛敬甚至,尤爲林俊所重。居官未久,即有歸志,賦潦倒詩,顧鼎臣有次韻。唐寅卒。

嘉靖三年甲申(一五二四)五十五歲　在京。六月,喬宇、汪俊、胡侍、陳逅等言張璁議禮之失,忤世宗遭貶逐,徵明皆有詩送行。七月,廷臣以争更定太后尊號興大獄,楊慎等廷杖戍邊,徵明以病不與。

嘉靖四年乙酉(一五二五)五十六歲　在京,與修憲皇帝實録。翰林重科目,意不自得,上疏乞歸,不報。

嘉靖五年丙戌（一五二六）五十七歲　在京滿考當磨勘，不詣部；再疏乞歸休，又不報。交好胡纘宗、王守、袁袠、陸粲、顧夢圭、張西峯等。六月，實録成，賜銀幣。謁當道可遷官，不往。以忤楊一清、張璁，乃三上疏乞歸，得致仕。十月十日出京，以河冰阻留潞河。録懷歸之作三十二首并序與出京詩三十二首合册。祝允明卒。

嘉靖六年丁亥（一五二七）五十八歲　春，冰解，與黄佐聯舟南歸。抵家後築玉磬山房，以翰墨自娱，不與世事。九月，偕子嘉訪友於金陵。十月返里。

嘉靖七年戊子（一五二八）五十九歲　里居，嘗與張大輪遊宜興張公洞。冬，與王寵寓居楞伽寺，作關山積雪圖，五年而成。

嘉靖八年己丑（一五二九）六十歲　里居。周天球來從遊。

嘉靖九年庚寅（一五三〇）六十一歲　里居。秋，遊金陵、昆山、江陰。與俞泰、袁袠、江以達、史濟、薛晨、史立模、許相卿等見有文藝交往。

嘉靖十年辛卯（一五三一）六十二歲　里居。酬交有陸師道、黄省曾、袁袞、袁褒等。

嘉靖十一年壬辰（一五三二）六十三歲　里居。嘗與李元陽登君山。有詩寄楊慎。

嘉靖十二年癸巳（一五三三）六十四歲　里居。新見文字酬交，有華鑰、張銓、董宜陽等。作拙政園書畫册。王寵卒。

嘉靖十三年甲午（一五三四）六十五歲　里居。冬十二月，訪華雲於無錫。

嘉靖十四年乙未（一五三五）六十六歲　里居。

嘉靖十五年丙申（一五三六）六十七歲　里居。書畫自紀年，自本年始。兄奎卒。

嘉靖十六年丁酉（一五三七）六十八歲　里居。正月，所摹集停雲館帖第一卷「晉唐小字」上石。錢穀來從遊。

嘉靖十七年戊戌（一五三八）六十九歲　里居，巡按郭宗皋爲建坊表。三月，停雲館帖卷二「唐摹晉帖」上石。

嘉靖十八年己亥（一五三九）七十歲　里居。文字酬交有涂相、吴世良等。

嘉靖十九年庚子（一五四〇）七十一歲　里居。嚴嵩嘗來訪，不報謁，嗛之。

嘉靖二十年辛丑（一五四一）七十二歲　里居。收居節爲弟子。文字酬交，有王廷、王暐、陳梓吾、毛錫嘏、汝頤、華沂、華世禎等。蔡羽卒。

嘉靖二十一年壬寅（一五四二）七十三歲　里居。九月嘗至昆山。妻吴氏卒。

嘉靖二十二年癸卯（一五四三）七十四歲　里居。陸師道自禮部致仕來師事之。過從尚有王延昭、陸鵠、蔣球玉、趙炘及徐階等。

嘉靖二十三年甲辰（一五四四）七十五歲　里居。王世貞來訪。

嘉靖二十四年乙巳（一五四五）七十六歲　里居。正月，嘗至無錫。文字交往有施漸、孫存、吴承恩等。顧璘卒。

嘉靖二十五年丙午（一五四六）七十七歲　里居。

嘉靖二十六年丁未（一五四七）七十八歲　里居。刻祝允明書，後爲停雲館帖卷十一。

嘉靖二十七年戊申（一五四八）七十九歲　里居。三月，遊宜興善權寺。八月，至昆山。日本貢使嘗贄謁，坐受而却其贄。

嘉靖二十八年己酉（一五四九）八十歲　里居。十一月六日，郡縣守令、學士大夫，咸爲壽，陸粲、何良俊等均有壽敍、壽詩。

嘉靖二十九年庚戌（一五五〇）八十一歲　里居。交張鳳翼等。

嘉靖三十年辛亥（一五五一）八十二歲　里居。與張袞登君山。冬，嘗至無錫，登惠山。停雲館帖卷七「宋名人書」上石。

嘉靖三十一年壬子（一五五二）八十三歲　里居。五月，嘗至無錫。歐陽鳳林、聶豹求翰墨，未應。

嘉靖三十二年癸丑（一五五三）八十四歲　里居。正月，往吴興壽劉麟八十。九月，嘗去華亭。

嘉靖三十三年甲寅（一五五四）八十五歲　里居。二月，嘗至常熟。交酬有王鈇、周思兼、梁辰魚、張意、張情、趙韋南、朱察卿、湛若水等。

嘉靖三十四年乙卯（一五五五）八十六歲　里居。王穉登、張本已遊文門。停雲館帖卷九「元名人書」上石。

嘉靖三十五年丙辰（一五五六）八十七歲　里居。停雲館帖卷十「國朝名人書」上石。

嘉靖三十六年丁巳（一五五七）八十八歲　里居。文交有周復俊、項元汴等。
嘉靖三十七年戊午（一五五八）八十九歲　里居。辭温景葵請作詩壽嚴嵩八十。停雲館帖第六卷「宋名人書」上石。
嘉靖三十八年己未（一五五九）九十歲　舉鄉飲大賓。二月二十日，方爲御史嚴杰母書墓志，執筆而逝。臺使者祀於學宫。私謚貞獻。後以子彭故，贈修職郎南京國子監博士。
嘉靖三十九年庚申（一五六〇）卒後一年　四月，停雲館帖第十二卷上石，刻徵明西苑詩及所臨黄庭經。十月，厝柩于虎丘花涇橋新阡。
嘉靖四十三年甲子（一五六四）卒後五年　葬于花涇新阡。
明神宗萬曆元年癸酉（一五七三）卒後十四年　周天球重修堯峯山景賢祠，以徵明配享。
萬曆十六年戊子（一五八八）卒後二十九年　孫元肇刻文氏家藏集，其中徵明詩四卷。
萬曆二十二年甲午（一五九四）卒後三十五年　曾孫從龍重刻文翰林甫田詩選。
明熹宗天啟六年丙寅（一六二六）卒後六十七年　楊大濚圖徵明像于桃花庵舊址準提庵祀之。
清高宗乾隆十九年甲戌（一七五四）卒後一百九十五年　蘇州建文待詔祠成，沈德潛記。庭中仰止亭刻徵明立像，清高宗題詩。
乾隆四十五年庚子（一七八〇）卒後二百二十一年　校録文氏五家集入四庫全書，其中徵明詩集四卷。

清仁宗嘉慶六年辛酉(一八〇一)卒後二百四十二年　吴縣知縣唐仲冕重修桃花塢唐解元祠,以徵明配祀。

清宣宗道光七年丁亥(一八二七)卒後二百六十八年　顧沅繪吴郡名賢像,刻石蘇州滄浪亭名賢祠,中有徵明像。

清德宗光緒二十年甲午(一八九四)卒後三百三十五年　張履謙得徵明像,勒石蘇州補園拜文揖沈之齋中。

文徵明集附録四

交遊酬贈

贈文二

莊昶

酒杯三十六天峯，爛醉溪雲草閣翁。水木本源江北意，鳶雲飛躍白沙風。衆人耳目寧須别？萬古行藏豈必同？明日老懷何處寫？幾叢寒菊繞籬紅。定山集

按：昶字孔暘，世稱定山先生。江浦人。成化二年進士，官至南京吏部郎中。此詩原共二首。第一首附本集卷七再至定山辱莊先生贈詩次韻奉答後。

贈徵明

沈周

老夫開眼見荆關，意匠經營慘淡間。未用荆關論畫法，先生胸次有江山。味水軒日記

按：周字啟南，號石田，晚更號白石翁。長洲人。工畫，與唐寅、徵明、仇英稱明四大家。

次韻徵明失解兼柬九逵

王鏊

野渡空橫盡日舟，蒹葭生滿白蘋洲。毛嬙自倚能傾國，稊稗寧知貜有秋。學就屠龍誰與試？技同操瑟不相謀。人間得失無窮事，笑折黄花插滿頭。王文恪公集卷六

按：鏊字濟之，號守谿，吴縣人。成化十一年進士及第，官至户部尚書、文淵閣大學士，謚文恪。所次原詩，見本集卷十。徵明另有侍守溪先生西園遊集、聞太原公起用諸詩，鏊均有和作。

鵝峯寓舍酬石翁徵明

薛章憲

詩壇老將兩眉龐，百斛龍文力可扛。始意負荆頗屈藺，終遭斫樹臏收龐。搴旗倉卒猶橫擊，仆鼓逡巡擬竪降。況有偏師最年少，指揮談笑更無雙。鴻泥堂小藁卷五

按：章憲字堯卿，號浮休居士，江陰人。諸生。弘治十四年夏，徵明兄弟嘗邀章憲及李瀛、杭濂、杭洵、朱存理、都穆等燕集，有聯句，見補輯卷十六。

答文徵明秀才

陳源清

每從白馬望吴門，天塹長江隔夢魂。縞帶交情惟汝在，練裙書法好誰論？支硎鶴去雲千片，茂苑花飛水一村。何日黄金祠賈島？玉蘭花下酹清尊。列朝詩集丙集

按：源清字孟揚，閩縣人。舉人，署如皋縣學教諭。

送徵明計偕御試

祝允明

恭人當遠别，思念畏寅送。詎惟離羣悵，吴邦去光重。奇珍不横道，遄爲宗廟用。君其保氣體，訊問慰寤夢。鄙夫誰向扣？日益守空空。時來玩鵷雛，頫仰見翔鳳。怠賦李陵詩，願爲王褒頌。

祝氏集略卷四

按：允明字希哲，號枝山、枝指生，長洲人。弘治五年舉人，官至應天府通判。與唐寅、徵明、徐禎卿齊名，世稱「吴中四才子」。

秋盡思歸致文衡山

蔡羽

作客金門幾歲華？秋深江上轉思家。去鑽甪里青楓石，一吸吴興紫笋茶。傍水看花人在鏡，披雲疾草墨如鴉。碧山與可相邀近，雨後籃輿步步嘉。

盛明百家詩蔡翰目集

按：羽字九逵，號林屋山人，吴縣人。官至南京翰林院孔目。兄事徵明，交處數十年。其林屋集尚有把酒有懷寄文子徵仲、上巳寄文子徵仲等詩。

和文徵明除夜見寄

孫一元

節序驚心每憶家，小窗無奈客愁賒。風前布褐窮難送，夢裏江湖髩未華。香滑春盤堆菜甲，煖分歲酒媚椒花。浮雲西北應還念，坐對寒燈夜畫沙。太白山人漫稿卷六

按：一元字太初，號太白山人。此和徵明正德辛未除夕，詩見本集卷九。徵明又有元日承天寺訪孫山人詩，一元有和作。

贈文徵仲　戊戌

顧璘

志士厲高節，夫君狷者流。舉足唯大道，邪徑焉肯由？田仁甫弱冠，却聘矜清修。元城寡内慾，亦自既壯秋。掩面過行女，閉門拒王侯。天然冰玉操，不與思慮謀。師資快吾黨，少長咸低頭。五車聚腹笥，發詠崇温柔。鮮雲濬華澤，美玉辭雕鎪。待詔入金馬，玩世存薄游。脱冠掛神武，遂返蓴鱸舟。頤神擊磬室，放歌埋劍丘。掉筆弄圖畫，盡掩松雪儔。乃驚鐵石腸，遺韻仍綢繆。伯陽信神物，變化不可求。憑几續集卷一

按：璘字華玉，號東橋，吴縣人，徙居金陵。與陳沂、王韋號「金陵三俊」。弘治九年進士，仕至南京刑部尚書。與徵明交往頗早，相知爲深，正德間寄文徵仲詩即有「湖海傾心二十年」句。是詩爲嘉靖十七年巡撫湖廣時所作。

懷文待制徵仲

陳沂

杳然林壑在人間，爲別多年似絶攀。不獨朋交傷白首，每緣遊興憶青山。門前蠟屐焉能至？溪上蘭舟詎肯還？欲待乘春同訪勝，劍池崖石坐潺湲。　拘虚集

按：沂字宗魯，又字魯南，號石亭、小坡。鄞縣人，居金陵。正德十二年進士，歷官翰林編修、太僕寺卿。徵明官翰林時，與沂論畫，沂遂大進。

壽文衡山

劉麟

人日銜泥獻壽巵，追惟舊學老吾師。際天丘壑聊揮翰，滿目風雲盡入詩。淇奥青青歌竹後，渭川瀰瀰得魚時。仁明見説東朝出，何事商山久茹芝？　劉清惠公集卷二

按：麟字元瑞，號坦上翁，安仁人。弘治九年進士，官至工部尚書。謚清惠。

放歌行别文子

蔣山卿

我昔浮舟適吴越，倚棹閶門長不發。一夕思君不見君，徘徊惟有江心月。我今漫遊下秦淮，逢君亦自吴中來。中丞門下邀相見，豁如披霧青天開。華堂賓客盡豪英，高論能令一座驚。意氣相傾即相許，向人肝膽如平生。此時君將渡江水，我欲留君君復止。揭來遍訪名山遊，相攜共宿城南寺。坐盤白石松風清，行穿曲逕烟蘿紫。翠閣丹崖半空出，寶閣香臺照雲日。絶頂登攀覽八荒，俯眺遥臨趣非一。山川表裏望皇州，雙闕岧嶢瑞氣浮。謬忝羣公召燕會，偏憐學士最風流。已載芳尊遊别苑，更乘明月醉高丘。若看長安萬種花，先過甲第五侯家。紅羅豔舞春風細，翠管繁喧落日斜。落日春風桃李溪，武陵仙客亦相迷。美人一曲嬌如玉，渌酒千鍾醉似泥。醉來揮袖屢低昂，舉座笑我爲顛狂。君不見東山太傅有安石，又不見竹林賢士如嵇康。古人落魄尚如此，世俗白眼空茫茫。吁嗟古人名至今，今人誰識古人心？我今與君俱失意，君誠於我爲知音。君才豈是尋常者，龍鬐鳳鬣真神馬。要駕何慙千里姿，垂頭久伏鹽車下。萬卷便便藏滿腹，盡皆大雅無凡俗。落筆争看飛錦繡，吐辭直見飛珠玉。季子上書不遇秦，貂裘敝却空貧身。豈無公卿借顔色，終是悠悠行路人！我奉君觴君擊鼓，君爲楚歌我楚舞。男兒得志會有時，富貴功名能自取。君不見虞卿躡屩何賤貧，一朝談笑欣逢主。黄金百鎰白璧雙，侯封萬户連珪組。乃知丈夫榮辱傳千秋，眼前碌碌何足數？放歌行，歸去來，莫向長安道上空悲哀。　盛明百家詩蔣南泠集

按：山卿，字子雲，儀真人。正德九年進士，官至廣西參政。

衡山致政南還阻冰潞河之滸漫賦短句奉寄

徐縉

玉署三年遽拂衣，都人争歎此行稀。五湖烟艇情何適？南嶽丹梯願不違。望入雲霄皆動色，到知桑梓更生輝。關河莫怪冰霜阻，要使青春作伴歸。　徐文敏公集卷二

按：縉字子容，號崦西，吴縣人。王鏊壻。弘治十八年進士，選庶吉士，授編修，改吏部，攝銓政。卒謚文敏。

次韻壽衡山太史七十

方鵬

玉堂高拱五雲東，懇乞歸山感聖衷。華國文章鳴盛治，傳家清白衍長風。熙熙壽域元無限，落落孤標自不同。何止士林争獻祝，兒童亦解頌文翁。　矯亭續稿

按：鵬字時舉，號矯亭，昆山人。正德三年進士，官至南京太常卿。

和韻寄文徵仲

顧鼎臣

負耒唯應壠上耕，執經誰使侍承明？野雲丘壑君成癖，秋水蓴鱸我繫情。自許襟期同鄭老，由來善慶數徐卿。即看二子承恩日，紫殿烟花百囀鶯。顧文康公詩集

按：鼎臣字九和，號味齋，昆山人。弘治十八年狀元，官至禮部尚書、文淵閣大學士。謚文康。鼎臣爲徵明妻表兄。是詩蓋和徵明潦倒，詩見補輯卷七。

贈文待詔徵仲

胡纘宗

高逸詩中畫，清新畫裏詩。輞川鼓枻處，芸閣聽鶯時。鳥鼠山人集

按：纘宗，字孝思，一字世甫。泰安人。正德三年進士，官至右副都御史。

送文内翰致仕九首（録四）

馬汝驥

幽人心性本玄微，偶被簪纓入瑣闈。江北不隨丹橘變，天南又伴赤松歸。
洞庭山穴五湖通，吴楚風烟一望中。解佩竟辭銀漢闕，著書長往白雲宫。
輞川摩詰丹青外，珠寺羲之翰墨餘。此日風流知不減，田園歸去賦何如？
憶共西山踏翠微，浩歌天地不知非。儻攜一棹南溟去，便着羊裘上釣磯。西玄集卷十

按：汝驥，字仲房，綏德人。正德十二年進士，官至禮部侍郎。

寄文徵仲兼問訊姜夢賓

楊　慎

翰林供奉白頭時，洗墨歸尋古劍池。近得王家湖水帖，遥傳謝氏敬亭詩。扇頭雲樹揺山翠，障子烟花動海漪。頻過時川草堂否？三游空結夢中期。楊升庵集卷二十六

按：慎字用修，號升庵，新都人。正德六年進士第一，授翰林修撰。姜夢賓，名龍，太倉人，正德間進士。

答文衡山用韻四首（録二）

夏言

春從江上來，夜聽吴洲雨。坐起懷佳人，衡山渺何許？溪堂掩修竹，户外容雙屨。相見竟無言，月圓試新煮。

鴻飛何冥冥？觀者兩皆決。超然離垢氛，萬里直横絶。寄我雲中書，千秋字不滅。歲晚當憶君，更冒山陰雪。　夏桂洲集

按：言字公謹，貴溪人。正德十二年進士。累官少師吏部尚書華蓋殿大學士。後棄市。追謚文愍。

寄文衡山内翰致政歸

柯維騏

海内論交久，清朝偶共逢。談詩山寺月，並馬禁城鐘。林卧余多病，吏情爾亦慵。相望隔秋水，芳訊托芙蓉。　明詩紀事戊籤

按：維騏字奇純，莆田人。嘉靖二年進士，授南京户部主事，未赴歸。

寄衡山文太史徵仲

張含

翰墨聲名宇宙間，行雲龍馬出天閑。官從北闕辭東觀，門對吴江近越山。剡曲雪船乘興去，衡陽霜雁寄書還。藏身丘壑交游絶，緑樹丹霞祇閉關。盛明百家詩張禺山詩

按：含字愈光，永昌人。正德間舉人，楊慎友。

文衡山致仕言歸次韻二首

黄佐

十月軒車出紫宸，三年京洛謝緇塵。北河冰雪偏留客，南國江山久待人。石室有書曾汗簡，扁舟無日不思蓴。此身直在雲蘿外，誰向中原惜鳳麟？

金鑾早上乞休書，疏傅當時恐未如。萬里青冥雙倦翼，百年黄髮幾懸車？閶門日暖繁楊柳，震澤春深足鯉魚。知爾登臨詩不廢，停雲回首渺思予。泰泉集卷十二

按：佐字才伯，號泰泉，香山人。正德十五年進士。官至少詹事，謚文裕。徵明致仕時，佐省親南歸同行，倡酬甚夥。此詩次徵明丙戌十月致仕出京二首，見本集卷十二。泰泉集中，尚有除夜、冰泮志喜、潞河阻凍等

贈徵明詩多首。

送待詔文徵仲先生致仕

陸粲

文星南指斗牛遥，先生拂袖歸江皋。平原蒼茫晨車發，霜天突兀玄雲高。憶昨先生登玉堂，千鈞筆力開混茫。手黐翠虹霓，翰飛赤鳳凰。陰崖絶海垂絢練，文章不獨詞林羨。琴瑟真諧清廟音，珪璋已備明堂薦。却從綸閣夢雲林，山水長懸故國心。燕山東望渺吴越，草堂何處閒風月。茶磨峯前緑樹低，行春橋畔花如雪。杖屨今來續舊遊，顧盼溪山增秀發。先生雅志追古人，有道何嘗羞賤貧。平生氣與秋冥迥，未肯低眉事要津。山巔水際從自得，龍騰鶴起誰能馴？我師太常更清真，一官白首從明禋。錢漕湖先生。諫書三上排紫闥，釣竿歸抱漕湖濱。共爾完名宛雙璧，況也意氣同膠漆。丈夫要自能勇退，人生富貴何終極？我曹胡爲空役役，蟲臂鼠肝争得失。君不見，林屋山人名世才，蔡九逵。幾年爲客鷄鳴臺。消夏灣前畫樓起，木奴千樹烟花紫；主人不來誰對此？君歸儻爲寄雙魚，好共相邀弄雲水。陸子餘集卷八

按：粲字子餘，一字浚明，長洲人。嘉靖五年進士。選入翰林，改工科給事中。劾張璁，謫貴州都匀驛丞。終官永新縣令。與徵明交久。其翰林文先生八十壽序謂徵明「介潔則徐孺子，醇懿則管幼安，真率則陶元亮」，君子以爲知言。

壽衡山先生八十

顧夢圭

香山洛社重耆英，至今勝事傳丹青。仙翁風範表鄉國，南極祥光映德星。翱翔藝苑誰方駕？右軍墨妙王維畫。鳳沼曾裁五色書，鷄林争售千金價。解組歸來菊徑存，清節孤標衆所尊。選勝江湖頻放棹，問奇賓客每攜樽。海鶴精神能久視，信是玉皇香案吏。郭外何須鳩杖扶，燈前猶辨蠅頭字。歲歲梅花薦壽巵，烟霞常護大椿枝。喜看青鳥啣書處，正值黄鍾應律時。　疣贅録卷七

按：夢圭字武祥，號雍里，昆山人。嘉靖二年進士，官至江西右布政使。疣贅録中有贈徵明入京、歸吴諸詩，句如「二疏晚節今仍見，三絶才名老更新」，備見尊崇。

次韻答衡山

吴子孝

積雨新添曉漲深，忘機終日狎沙禽。臨流欲濯纓無垢，繫纜頻移樹有陰。罷釣舟閒横極浦，乞齋僧去下空林。山花盡發山翁笑，山外黄鸝遞好音。　列朝詩集丁集

按：子孝字純叔，長洲人。嘉靖間進士，官至湖廣參政。此詩疑次夏日遊石湖次吴海峯韻二首之二，見補輯

卷八。

春日衡山見過

豐坊

晴窗新浴罷，春色滿樓時。野鳥馳書案，桃蟲啄硯池。虚心涵萬象，静境欲無爲。更喜王維至，酣歌共弈棋。萬卷樓遺集卷五

按：坊字存禮，更字人翁，號南禺外史。鄞縣人。嘉靖二年進士，官至禮部主事。

簡文二丈

王寵

淪落衣冠尚典型，苦心劉向獨傳經。祇今羅網彌天匝，肯道江湖有客星！金石風流傳藻翰，蓬壺雲氣逼丹青。詞林根柢歸能事，人世瞢騰笑獨醒。雅宜集卷六　雅宜山人集正德稿

按：寵字履仁，更字履吉，號雅宜山人。吴縣人。貢士。早卒。工詩文書畫。徵明折輩行與定交。

送文内翰徵仲還山歌

袁袠

朔風吹沙地欲裂，燕京十月多霜雪。郭隗臺前落葉飛，武侯祠下行人別。憶昨徵書下玉京，公車薦士達承明。蒲輪遠致商山皓，束帛能招魯兩生。丈人家住梁鴻里，弱冠爲儒事文史。不獨新詩繼國風，自有芳名動人耳。五侯持書求識面，羣公走幣邀相見。懸黎結緑欵增價，御李争誇承顧盼。讀書萬卷不逢時，獻策金陵悲數奇。石湖未滅東山興，茂苑空吟梁父詞。買臣五十方就辟，白首揚雄猶執戟。校書天禄奉奎章，待詔金門宣制册。秋風一夜思鱸魚，乞歸新捧紫泥書。誰能忍恥事干謁，嬾學相如獻子虚。客星浮沉辭帝座，直道難容文寡和。江驛梅花悵遠離，柴桑松竹宜高卧。憐余薄宦滯京華，北雁南歸每憶家。何日拂衣三島去，時來問字有侯芭。　袁永之集卷五

按：袠字永之，號胥臺，長洲人。嘉靖五年進士，終仕廣西提學僉事。

題文待詔百雅圖歌

羅洪先

文君寫此百雅果何意，把玩令人不忍置。憶君曾作金門游，待直晨趨五鳳樓。爾時銀牀聲半

滑，爾時銅箭聲初歇。驚羣忽逐禁鐘來，弄影遥隨宫霧没。光借祥烏一延佇，勢凌鵷鵲從來去。仙橋有路自飛騰，韶樂無聲亦蹌舉。托身既得所，引類還有時。太液分飲九龍水，上林更宿萬年枝。中郎彈射不敢向，内庖烹割多所遺。時人每取占王氣，競謂禽鳥先得知。只今歸來甘寂寞，獨卧南窗對山郭。窗前古樹大十圍，不見羣鴉見饑雀。吴都文粹續集卷二十五

按：洪先字達夫，吉水人。嘉靖八年進士第一，官至左春坊贊善。

夏夜石湖泛月次衡翁韻

王穀祥

石湖新月淨娟娟，更上袁宏泛渚船。載酒不辭兼卜夜，當歌何必問流年？波涵山影蒼烟外，風遞荷芬白鳥邊。況復追從香社老，披襟緩歌共陶然。虚齋名畫録卷三明文待詔石湖清勝圖書畫合璧卷

按：穀祥字禄之，號西室，長洲人。嘉靖八年進士。官至吏部員外郎。詩疑次徵明是晚過行春橋玩月再賦韻，見本集卷十二。

壽文徵仲待詔一首

黄省曾

藝林早擅文章譽，百日辭官卧一丘。中禁編摩天上載，右丞詞翰世間流。生年七十誇今得，禮樂三千羨獨收。近日繡衣增表建，高陽名里耀邦州。五嶽山人集

按：省曾字勉之，吴縣人。嘉靖十年舉人。

夏日過文太史問疾

皇甫汸

長日困居訪碧山，清風如造竹林間。門前不斷軒車駐，庭下新滋帶草閒。著作久探金匱秘，陸沉曾是玉堂還。從來妙説能除疾，可引枚乘一解顔。皇甫司勳集

按：汸字子循，長洲人。嘉靖八年進士，官至南京稽勳郎中。與兄沖、涍、弟濂稱「吴中四甫」，皆與徵明遊。

過吴門訪文丈

許　穀

吴門風雨獨停舟，重訪仙人洞壑幽。錦字滿牀多逸興，碧梧百尺自清秋。久抛金馬心逾遠，一笑青山意總投。慚愧十年塵土客，又將書劍出皇州。明詩紀事戊籤

按：穀字仲貽，號石城，金陵人。嘉靖十四年會元。終官南京尚寶司卿。

奉壽衡山先生三首 有序（録一）

何良俊

吴郡衡山文先生，純粹沖雅，沉懿淵塞。德全白賁，道契黄中。却千金而不顧，棄名爵其如屣。堅辭玉署，高卧江東。郡富湖山，境饒竹樹。每及春時，風日和暢，招攜名輩，選勝遊遨。遡沂上之高風，追山陰之逸軌。性兼博雅，篤好圖書。閒啟軒窗，拂几席，爇名香，瀹佳茗，取古法書名畫，評校賞愛，終日忘倦。以爲此皆古高人韻士，其精神所寓，使我日得與之接，雖萬鍾千駟，某不與易。遇有妙品，輒厚貲購之。衣食取給而已，不問也。嘉靖己酉歲，先生年登八十，而步履軒舉，視瞻炤灼，神候精爽，如神僊中人。見者以爲雖百歲未艾也。老子曰：夫傷生者，以其生生之厚。蓋有意

以求生，與夫生生之物，皆欲也。豈不以欲寡則神虛，神虛則氣固，氣固則魄彊；由是可以長生，可以盡年。先生清虛恬澹，其取之造化者恒寡，不得於彼而得之於此，則其超躋上壽，豈惟天道，抑人理也。嗟夫！真風告謝，毒濁繁興。積鏹貫盈，尚狼貪而靡息；致位隆極，猶虎視以不休。卒之慾火焚熾，年未底於中壽，而身名俱滅者皆是也。校其所得，與先生孰多？仲冬六日，實惟先生降誕之辰。凡海内薦紳與東南之士，苟遊心藝文之末，無不延首企踵，願爲先生祝者。東海何良俊，夙欽名德，時獲遊從。辱先生不棄，使備廝役之末。迺不揆淺陋，獻詩三章。雖不足爲几筵之光，聊以致景行之私云爾。

至人和天倪，夙寡當世務。蘭蕙表沖襟，瓊瑰徵雅度。粲粲玉堂標，濯濯金莖露。接翼恥鴛雛，共食羞鶢鶋。旋返江東棹，豈爲蓴鱸故？妙想寄林壑，玄思屬毫素。謝彼電露榮，保此金石固。

何翰林集

按：良俊字元朗，華亭人。以歲貢授翰林院孔目。

新秋叩玉磬山房獲觀秘笈書畫

陳淳

秋暑殊未解，言向城北隅。爰登君子堂，如坐冰玉壺。縱觀循吏傳，載展醉仙圖。如恐襛纖譏，此意真成孤。

陳白陽集

按：淳字道復，又字復父，號白陽山人。吴縣人。師事徵明。

冬日齋居奉懷文待詔先生

王穉登

清旭麗高楹，涼飈散疏箔。冰砌青苔萎，霜枝朱果落。餒禽喧場稼，寒鼯竄樊籜。懷人瞻停雲，散帙倚飛閣。太史秉孤操，清蹤照林壑。牛駕欣扳耳，馬署寧淹朔。魚焚桓情怡，柳苑陶衷樂。龍門啟霞軒，燕寢敞風幕。庭梧涼陰茂，瑶磬清音作。疏眉秀紫芝，矑形同白鶴。金石振芳藻，圖縩表高托。嗟余夙欽尚，幸矣厠酧酢。覯止逢秋英，淒其感冬蕚。流光隙駒駛，遐軌風牛邈。羽稀霜空寥，鱗潛冰澤涸。晤言要青陽，松舟慰睽索。

晉陵集

按：穉登字伯穀，江陰人，移居長洲，師事徵明。

與文子敍别

徐禎卿

徐子昌國與雁門文君徵明友善。昌國將去國，再拜而别之。且告曰：於戲！知己道喪久矣！子不我棄，知我者子。我試論之：大雅特介，吾孰與子？議論英發，吾孰與子？詩藻工絶，吾孰與子？書畫精麗，吾孰與子？聞見博浹，吾孰與子？五者皆弗如也。然又少於君九歲，君先吾學十年；乃與君齊榮譽於鄉曲，又先君捷于有司。事故翻覆，豈不大謬也哉。於戲！四序之氣，迭爲成功；一推一還，第有徐疾；於君亦何慮哉。然君居於此，里閈昵近，有晉昌唐君，延陵吴子，彭城錢二，京兆杜三。杯酒唱酬，不異疇昔。而吾煢然無朋，獨往千里，悠悠青山，我懷如何！徐昌穀全集

按：禎卿字昌穀，一字昌國，吴縣人。弘治十八年進士，終官國子監博士。爲「吴中四才子」之一。

贈行序

姚淶

自唐承隋敝，設科第以籠天下士，爵禄予奪，足以低昂其人。於是天下風靡，士無可稱之節者幾八百餘年。然猶幸而有獨行之士時出其間，以抗於世。而天下之人，亦罔不高之。求之唐則元魯山，於宋得孫明復。二子豈有高第顯位爲可誇哉，徒以其矯世不涅之操，好古自信之旨，足以風勵天下，而一時名流，皆樂爲之稱譽焉耳。今之世如二子者，誠難其人。吾於衡山先生，竊以二子比之。而衡山之所造，則又有出于二子之所未純者。先生明經術以爲根本，采詩賦以爲英華，秉道誼以爲壇宇，立風節以爲藩垣。蓋嘗聞之：却吏民之賻，以崇孝也；麾寧藩之聘，以保忠也；絶猗頓之游，以勵廉也；謝金張之饋，以敦介也；不懾於台鼎之議，以遂其剛毅也；不溷於轜褻之招，以植其堅貞也。此數者，足以當君子之論，而先生未始以爲異也。聲震江表，流聞於天子之庭，先生亦烏得而

逃哉。曩者先生之貢于春官也，朝廷録其賢，拔而官之翰苑，儒者共指以爲榮，而先生不色喜。爲官僅三載，年僅五十餘，先生遽以南歸爲念。吾每謬言留之，而先生持益堅，三疏乞歸，竟得請以去。先生其有悟於達人之指耶？嗟夫！先生嘗試於鄉矣，有司以失先生爲恥，而先生之名益高。嘗官於朝矣，銓曹以不能留先生爲恨，而先生之節益重。榮出於科目之外，貴加乎爵禄之上，罻羅之所不能取，縶維之所不能縻，樊籠之所不能收，彈射之所不能驚。翩然高翔，如鳳皇之過疏圃，飲湍瀨，回蒙汜，下視泰山之鴟，啄腐鼠以相嚇者，何不侔之甚也。傳所謂難進而易退，易禄而難畜者，其先生之徒與！自大道既漓，好惡立於一鄉，而不可達于天下之廣；毀譽狥於一時，而不可合於萬世之公。故吾之論先生，直以魯山、明復爲喻。而使世之觀先生者，不當以三吴之士求之也。靜志居詩話

按：淶字維聰，號明山，慈谿人。嘉靖二年狀元，歷官翰林侍讀學士。尤侗明史擬稿文徵明傳謂徵明在翰林爲淶所窘，而所贈序則如是，録供參考。

又與徵仲書

唐寅

寅與文先生徵仲交三十年。其始也，丱而儒衣，先太僕愛寅之俊雅，謂必有成。每每良燕，必呼共之。爾後太僕奄謝，徵仲與寅同在場屋，遭鄉御史之謗，徵仲周旋其間，寅得領解。北至京師，朋友有相忌名盛者，排而陷之，人不敢出一氣指目其非；徵仲笑而斥之。家弟與寅異炊者久矣，寅

視徵仲之自處家也；今爲良兄弟，人不可得而間。寅每以口過忤貴介，每以好飲遭鳩罰，每以聲色花鳥觸罪戾；徵仲遇貴介也，飲酒也，聲色也，花鳥也，泊乎其無心，而有斷在其中，雖萬變于前而有不可動者。昔項橐七歲而爲孔子師，顏路長孔子十歲。寅長徵仲十閱月，願例孔子，以徵仲爲師。非詞伏也，蓋心伏也。詩與畫，寅得與徵仲争衡；至其學行，寅將捧面而走矣。寅師徵仲，惟求一隅共坐，以銷鎔其渣滓之心耳；非矯矯以爲異也。雖然，亦使後生小子，欽仰前輩之規矩丰度，徵仲不可辭也。六如居士全集卷五

按：寅字伯虎，一字子畏，號六如，别號桃花庵主。吴縣人。弘治十一年舉鄉試第一。「吴中四才子」之一。六如居士集中另有與文徵明書、答文徵明書等，均深摯動人。是書袁宏道曾謂：「真心實話，誰謂子畏狂徒者哉。」

文徵明集附録五

評論　詩詞話

（甲）評論

吴自季札、言游而降，代多文士。洪武初，高、楊四雋，領袖藝苑。永、宣間，王、陳諸公，矩矱詞林。至於英、孝之際，徐武功、吴文定、王文恪三公者出，任當鈞冶，主握文柄。天下操觚之士，響風景服，靡然而從之。時則有若李太僕貞伯、沈處士啟南、祝通判希哲、楊儀制君謙、都少卿玄敬、文待詔徵仲、唐解元伯虎、徐博士昌國、蔡孔目九逵，先後繼起，聲景比附，名實彰流，金玉相宣，黼黻並麗。陸師道袁永之文集序

吾吴號爲文獻者，千秋於兹矣。國初高、楊、張、徐，並稱作者。迨文太史與徐迪功相先後，雖聲調殊塗，而氣韻懸合，亦各言其志而已。當時有同聲相和之美，無文人相輕之嫌，則猶存古之道也。

張鳳翼文博士詩集序

衡山之文，法度森嚴，言詞典則，乃近代名作也。觀諸公之以文名家者，其製作非不華美，譬之以文木爲櫝，雕刻精工，施以采翠；非不可愛，然中實無珠。世但喜其櫝耳。何良俊四友齋叢說卷二十三

衡山嘗對余言：「我少年學詩，從陸放翁入門，故格調卑弱，不及諸君皆唐聲也。」此衡山自謙耳。每見先生題詠，妥貼穩順，作詩者孰能及之。四友齋叢說卷二十六

徵明方素爲質，博雅多能。却田叔之千金，擅鄭虔之三絶。藝苑重其珪璋，夷荒比之珠貝。要其所就，可得而擬。大抵徵明詩如老病維摩不能起坐，頗入玄言。又如衣素女子，潔白掩映，情致親人；第亡丈夫氣格。王世貞明詩評

余於國朝前輩名家，亦偶窺一斑，聊附於此，以當鼓腹。吳匏庵如學究出身人，雖復閒雅，不脱酸習。沈啟南如老農老圃，無非實際，但多俚辭。祝希哲如盲賈人張肆，頗有珍玩，位置總雜不堪。蔡九逵如灌莽中薔薇，汀際小鳥，時復娟然，一覽而已。文徵仲如仕女淡粧，維摩坐語；又如小閣疏窗，位置都雅，而眼境易窮。唐伯虎如乞兒唱蓮花落，其少時亦復玉樓金埒。王履吉如鄉少年久游都會，風流詳雅，而不盡脱本來面目；又似揚州大宴，雖鮭珍水陸，而時有宿味。徐昌穀如白雲自流，山泉泠然，殘雪在地，掩映新月；又如飛天僊人，偶游下界，不染塵俗。王世貞藝苑卮言卷五

余嘗謂吳興趙文敏公孟頫，風流才藝，惟吾郡文待詔徵明可以當之；而亦少有差次。其同者詩

文也，書畫也。又皆以薦辟起家。趙詩小壯而俗，文稍雅而弱，其淺同也。文皆暢利而乏深沈，其離古同也。書：小楷，趙不能去俗，文不能去纖，其精絕同也。行押則趙於二王近，而文不能近，少遜也。署書則文復少遜也。八分古隸則文勝，小篆則趙勝，然而篆不勝隸。畫則趙之入唐宋人深，而文少淺，其天趣同也。其鑒賞博考復同也。位在趙至一品，而文僅登一命。壽則文踰九齡，而趙僅垂七袠，異也。若出處大節之異，前輩固已紛紛言之，吾待詔不與同年語也。王世貞弇州山人續集附九書趙松雪集後

吴中往哲，如公之博鑒，雅步藝苑者，宜冠林壑矣。其文恬雅整飭，詩亦從實境中出，特調稍纖弱。王元美謂其如「小閣疏窗，位置都雅，眼界易窮」，似或有之。顧起綸國雅品

文衡老詩，清嫵婉約，弇州、歷下諸公，每以「吴歈」目之。然獨施於登眺讌集，或稍涉輕縟流易耳。余見屠伯起所藏公書文信公事四首，不獨忠憤激烈，耿耿有貫虹偃日之氣；而語格亦多雄渾典碩，舍杜老未易窺者。乃知公養邃蓄深，蓋難爲垂緌也。李日華六硯齋二筆卷一

徵仲父温州守宗儒，有名德；吴原博、李貞伯、沈啟南皆其執友。徵仲授文法於吴，授書法於李，授畫法於沈；而又與祝希哲、唐伯虎、徐昌國切磨爲詩文。其才少遜於諸公，而能兼攝諸公之長。其爲人孝友愷悌，温温恭人。致身清華，未衰引退。當羣公凋謝之後，以清名長德，主吴中風雅之盟者三十餘年。文人之休有譽處壽考令終，未有如徵仲者也！二子曰彭、嘉，皆名士。嘉嘗撰行略曰：「公生平雅慕趙文敏公，每事多師之。」又曰：「公於詩，兼法唐宋，而以温厚和平爲主。或有

以格律氣骨爲論者，公不爲動。」先生詩文書畫，約略似趙文敏，嘉之所擬，庶幾無愧辭。論詩而及於格律氣骨，有微詞焉。厥後吴門之詩，抽黄對白，日趨卑靡，皆名爲「文氏詩」，嘉固已表其微矣。

錢謙益列朝詩集丙集

浩然山人之雄長，時有秀句；而輕飄短味，不得與高、岑、王、儲齒。近世文徵仲輕秀，與相頡頏。而思致密贍，駸駸欲度其前。　王夫之薑齋詩話

先生人品第一，書、畫、詩次之。胥臺袁氏（按：袁袠）十懷詩其一云：「内翰小子師，卓行古人傑。辭金抗幼齡，解組修晚節。丹青紛雲烟，篇翰爛虹蜺。瑚璉世所珍，昭代表三絶。」可謂片言中倫矣。先生嘗語何孔目元朗云：「我少年學詩，從陸放翁入。故格調卑弱，不若諸君皆唐音也。」然則文之佳惡，先生得失自知，豈與左虚子輩妄自夸詡者比哉。今甫田集詩十五卷，集外流傳者尚多。蓋先生作書最勤，兼畫必留題。予嘗見所寫朱竹，即以朱書題詩其上。惜無好事者廣搜爲續集也。曩從父維木公治别業於碧漪坊北，池上一詩云：「楊柳陰陰十畝塘，昔人曾此詠滄浪。春風依舊吹芳杜，陳迹無多半夕陽。積雨經時荒渚斷，跳魚一聚晚風涼。渺然詩思江湖近，便欲相攜上野航。」少時諷誦至今，猶未遺忘，因附録之。視集中所載，尤出塵埃之表。拾遺珠於滄海，天下之寶，當與天下共之矣。　朱彝尊静志居詩話

古之兼工書畫者，摩詰外，而坡仙、米顛及趙吴興、董華亭其尤也。而吴中則莫如待詔文衡山先生。予觀其甫田集，清真古淡，詩品之高，與畫品同。千百年後，挹其清芬，有餘慕焉。　秦祖永七家

印跋蔣仁跋

吴人張鳳翼曰：文太史詩，未必上超開元，佳者亦不失大曆。周亮工印人傳

徵明與沈周均工於書畫，亦均工詩。周詩自抒天趣，如雲容水態，不可限以方圓。徵明詩則雅潤之中，不失法度，與其書畫略同。自謂「少年從陸放翁入」，核其所作，語殆不虛。四庫全書簡明目録甫田集三十五卷附録一卷

衡山詩，弇州輩動以「吴歈」少之。余謂和平藴藉，於風雅爲近，奚必以模宋範唐，自矜優孟衣冠耶？書畫亦精絶過人，爲世寶重。名德大年，林見素、王宗貫於藝事外推之，可稱具眼。陳田明詩紀事丁籤

鍾惺伯云：枝山與衡山、伯虎三公之詩，不患不風趣，而患不大。鍾惺明詩歸

（乙）詩詞話

吴文徵明不食楊梅，士人誚之，自作詩解嘲云：「天生我口慣食肉，清緣却欠楊梅福。」郎瑛七修類稿

余見衡山有飲酒詩一首曰：「晚得酒中趣，三杯時暢然。難忘是花下，何物勝尊前。世事有千變，人生無百年。唯應騎馬客，輸我北窗眠。」余愛其有雅致，絶似白太傅。四友齋叢説卷二十六

蘇郡虎丘劍池，其水不流，終歲不竭。正德辛未，水忽涸。其下嵌若空洞，深邃莫測。好事者執燭而入，見内有疊板如門户。相傳闔閭王所葬處。文衡山詩云：「吴王埋玉幾千年，水落池空得墓磚。地下誰曾求寶劍？眼中吾已見滄田。金凫寂寞隨塵劫，石闕分明有洞天。安得元之論往事，滿山寒日散蒼烟。」越歲，其泉復舊。　周漫士烏衣佳話　俞弁山樵暇語　高士奇天禄識餘

詩人志向，各自不同。如題漁父之作，有美其山水之樂者，有憫其風波之苦者。如陸龜蒙云：「一艇輕樺看晚濤，接䍦抛下漉春醪。相逢便倚蒹葭浦，更唱菱歌擘蟹螯。」鄭谷云：「白頭波上白頭翁，家逐船移浦浦風。一尺鱸魚新釣得，呼兒吹火荻花中。」江陰卞户部華伯云：以上十一句揮麈詩話作「古人不具論近如卞華伯云」「天外閒雲物外情，功名真似一絲輕。浪花深處船如舞，只爲心安不受驚。」祝希哲云：「荻花風緊水生鱗，山色浮空淡抹銀。總道江南好風景，從前都屬打魚人。」是皆羨其樂也。李西涯云：「漁家生事苦難勝，盡日江頭未滿罾。回首不知天已暮，晚風吹浪濕鬅鬙。」唐子畏云：「朱門公子饌鮮鱗，争詫金盤一尺銀。誰信深溪浪花裏，滿身風雨是漁人。」文徵明云：「小舟生長五湖濱，雨笠風簑不去身。三尺銀鯿數斤鯉，長年辛苦只供人。」是皆憐其苦也。屬意雖不同，而寫景詠物，各極其妙。　烏衣佳話　山樵暇語　王兆雲揮麈詩話

謝方石與李西涯齊名，有桃溪淨稿，天下傳之。其詠蛙詩云：「春水鳴蛙處處通，野田邨落路西東。公私不用分區域，堅白誰能辨異同？井底有天從侈大，月中無地着奸雄。莫教强聒終宵在，正爾蘧蘧蝶夢中。」余友文翰林徵明亦賦云：「青燈照壁睡微茫，閣閣羣蛙正繞堂。細雨黄昏貧鼓吹，

誰家青草舊池塘。年來水旱真難卜，我已公私付兩忘。寄謝繁聲休强聒，吴城明日是端陽。」二詩各極其妙，殆不能優劣也。　山樵暇語　揮麈詩話

鄉人陸釴，少孤，事業乾没。喜爲詩，造語鄙俚。每投獻名公鉅卿，一時傳爲笑具。沈石田有「陸翁好吟詩，一字一各各。譬如線穿珠，線斷珠零落。」謂其詩義不相屬也。文徵明亦有「傍人大笑從他笑，詩伯元來是好名」之句。　山樵暇語

在昔延之五君，子美七哀，非托況前哲，即狥感故知。而吾郡文徵仲亦倣，第皆逝者。獻吉、仲默，則稍稍兼存没。祝希哲則以古體懷逝者，以近體懷存者。　王世貞弇州山人四部稿卷之一百六十三祝京兆感知詩墨蹟

中吴文徵仲寄宜興杭道卿詩云：「坐消歲月渾無迹，老惜交遊苦不齊。」唐子畏咏帽有詩云：「堪笑滿中皆白髮，不欺在上有青天。」人多傳誦。及讀李太師懷麓堂稿，上元客罷云：「春回花柳元無迹，老向交遊却有情。」謝人惠東坡巾云：「分明木假山前地，不愧烏紗頂上天。」其氣味每相似。　朱承爵存餘堂詩話

唐子畏傀儡詩：「紙作衣裳線作觔，悲歡離合假成真。分明是個花光鬼，却在人前人弄人。」文衡山子弟詩：「末郎旦女假爲真，便説忠君與孝親。脱却戲衣還本相，裏頭不是外頭人。」二詩亦足以警世。　余永麟北窗瑣語

衡山文先生徵明有病起遣懷二律，蓋不就寧藩之徵而作也。詞婉而峻，足以拒之於千里之外。

詩云：「潦倒儒宫二十年，業緣仍在利名間。敢言冀北無良馬，深媿淮南賦小山。病起秋風吹白髮，雨中黄葉暗松關。不嫌窮巷頻回轍，消受鑪香一味閒。」「經時卧病斷經過，自撥閒愁對酒歌。意外紛紜知命在，古來賢達患名多。千金逸驥空求骨，萬里冥鴻肯受羅。心事悠悠那復識，白頭辛苦服儒科。」後寧藩敗，凡應辟者崎嶇萬狀，公獨晏然，始知公不可及也。顧元慶夷白齋詩話

予遊海上，主朱周望司理家，讀其曾王父邦憲公江南感事詩，其序云：「幕府徵兵，廣西瓦氏者，攜二孫應命有司，以大蛇供軍中。」蓋世廟間征倭時所作也。和之者皆江南鉅公，合百餘頁爲一卷。司理囑予和，予以事頗久，且客病無暇，遂蹉跎去。然讀其原倡詩次首有云：「帳前豎子金刀薄，閫外將軍寶髻斜。田父誅茅因縛犬，乞兒眠草爲尋蛇。」則是以一女二豎應援，而第取犬蛇以作軍儲，亦怪事也。時張伯起、文徵仲父子和詩頗佳，然終以限韻不及原倡。毛奇齡西河文集詩話卷一

甫田集戊午元旦一律：「勞生九十漫隨緣，老病支離幸自全。百歲幾人登耄耋，一身五世見曾玄。祇將去日占來日，誰謂增年是減年。次第梅花春滿目，可容愁到酒樽前。」集中有元旦、除夕等題。衡山大年。幾至百歲。王弇州爲作傳云：「海内習文先生名久，幾以爲異代人；而怪其在，謂爲仙且不死。」情事逼真。東泉詩話

文衡山先生詩，有極似陸放翁者。如煑茶句云：「竹符調水沙泉活，瓦鼎燒松翠鬣香。」吴中諸公，遣力往寶雲取泉，恐其近取他水以詒，乃先以竹作籌子付山僧，候力至，隨水運出以爲質。此未經人道者，衡老拈得，可補茗社故實。大硯齋二筆卷二

文待詔西苑十律頗工，郭江夏所賦亦佼，得陶崇政大内歌，稱三絶。蔣一葵長安客語

元旦拜年，衣冠逐逐，大是可憎，不知起于何時。文衡山先生一絶，真可撫掌也。云：「不求見面惟通謁，名刺朝來滿敝廬。我亦隨人投數紙，世情嫌簡不嫌虚。」陳繼儒陳眉公見聞録

行色：「秋山馬前空復横，馬蹄不作看山行。鍾惺伯云：「不作」二字，已有世事驅人，無可柰何之意。悠然回首何處所，先心已到他州城。譚元春云：「先心」妙，從無人道，寫盡倥偬。燈火匆匆鷄一聲，貴賤富貧俱有程。相看一語出不得，譚云：慘然之極。細雨欲落空江明。」鍾云：寫盡行役之苦。明詩歸

金陵客樓與陳淳夜話：「卷書零亂筆縱横，對坐寒窗夜二更。譚云：寫出夜話，絶無縱酒論文之興。奕世通家叨父執，十年知己愧門生。高樓酒醒燈前雨，孤榻秋深病裡情。最是世心忘不得，滿頭塵土説功名。鍾云：滿頭塵土，落魄可知。落魄至此，猶説功名，動人悽惋。」鍾云：徵君之美，豈羨一第。以衡山高品，猶以未薦賢書，作此苦語；名心之難忘，制科之動人乃爾。明詩歸

有大景，有小景，有大景中小景。「柳葉開時任好風」，「花覆千官淑景移」，及「風正一帆懸」，「青靄入看無」，皆以小景傳大景之神。若「江流天地外，山色有無中」，「江山如有待，花柳更無私」，張皇使大，反令落拓不親。宋人所喜，偏在此而不在彼。近唯文徵仲齋宿諸詩，能解此妙。董齋詩話

「翠峯松徑」在翠峯寺前，宋、元間，夾道皆種松。明文待詔徵明詩有「空翠夾輿松十里」之句。正德十五年爲寺僧所伐，後補種。康熙本具區志卷八古跡

顧封公湘，嘗種荔枝數本，茂盛結實。沈處士周折示閩人，果是。因爲作圖，且賦新荔篇，文徵明輩皆屬和焉。　康熙本常熟縣志卷二十文苑

夏侯橋沈潤卿掘地得宋高宗賜岳侯手敕刻石，文徵明待詔題滿江紅詞云：「拂拭殘碑，敕飛字依稀堪讀。慨當初，倚飛何重，後來何酷？豈是功成身合死，可憐事去言難贖。最無端堪恨又堪悲，風波獄。豈不念，封疆蹙？豈不念，徽、欽辱？念徽、欽既反，此身何屬？千載休談南渡錯，當時是怕中原復。笑區區一檜亦何能，逢其欲！」激昂感激，自具論古隻眼。　徐釚詞苑叢談

待詔嘗有句云：「湖上修眉遠山色，風前薄面小桃花。」亦廣平之賦梅花也。　沈德潛明詩別裁

宋高宗賜岳王手敕「精忠」字，後沈石田、文衡山皆有題詞，感憤淋漓，使思陵抱慚無地。賊檜固不足汙齒也。故云「笑區區一檜亦何能，逢其欲」，此誅心之論，不爲苛刻。後王元美亦和一詞，有「十二金牌丞相詔，『風波』兩字君王獄」句，轉換深刻。又云：「翹首地。青衣辱；迴馬地，朱仙哭。北面生看臣構在，南枝死望中原復。」憤惋沉痛，可謂不留餘地矣。　毛慶臻一亭考古雜記

明陸氏容菽園雜記：「京師元日後，上至朝官，下至庶人，往來交錯道路者連日，謂之拜年。如東西長安街，朝官居住最多。至此者不問識與不識，望門投刺。有不下馬，或不至其門，令人投刺。」據此，拜年始於前明，而此風至今踵行已久。至所云「閉門不納」者，今則無之。然亦不獨京師爲然，凡通都大邑，窮鄉僻壤，無不冠裳角逐，相率爲懽者。偶閱文衡山集中有詩云：「不求見面惟通謁，名刺朝來滿故廬。吾亦隨人投數紙，世情嫌簡不嫌虛。」可發一噱。　葉名澧橋西雜記

虞山吴竹橋禮部蔚光爲乾、嘉間詩人，所著素修堂集，佳篇劇多。嘗讀其紀嘉慶丁巳十二月得文待詔丁巳除夕，落句云：「孫曾次第前稱壽，慚愧承平白髮人。」禮部次韻，有「狀元宰相忠臣子，見此曾孫有幾人」之句。題中謂「待詔以嘉靖三十八年卒，壽九十。丁巳爲嘉靖三十六年，年八十八。言孫曾次第，則是時文肅已頭角嶄然」云云；此不免小誤。按文肅卒崇禎九年丙子，年六十三。其在天啟壬戌舉大魁，時年四十九；是生萬曆二年甲戌，在嘉靖丁巳之後十七年，距待詔之歿已十五年，安得云「是時頭角嶄然」乎？或待詔別有他曾孫，時已能稱賀，則未可知。禮部惜未一稽年齒耳。又「忠臣子」三字，不知何指？若以文肅爲忠臣，似未可加子字。若以忠臣指文肅之父元發，據府志引王志堅稿所撰元發傳：以貢選浦江知縣，辨析疑獄，多異政；遷衛輝同知，乞歸。既卒，私謚端靖。亦不必遽稱忠臣也。葉廷琯鷗陂漁語

岳武穆有滿江紅詞云：「怒髮沖冠，憑欄處瀟瀟雨歇。擡望眼，仰天長嘯，壯懷激烈。三十功名塵與土，八千里路雲和月。莫等閒白了少年頭，空悲切。靖康恥，猶未雪；臣子恨，何時滅？駕長車踏破，賀蘭山缺。壯志飢餐胡虜肉，笑談渴飲匈奴血。待從頭收拾舊山河，朝天闕。」明文徵明和其詞曰：「拂拭殘碑……」（按：見前，僅個別字不同）宋高宗城府甚深；文衡山此詞，可謂能抉其隱。昔漢元帝聞蕭望之自殺，却食涕泣，召石顯等責問。以議不詳，皆免冠謝，良久然後已。嗣望之子八人，三至大官，此方可謂殺望之者石顯等也。武穆死於獄，子棄市，高宗有一言乎？武穆賀和議成表云：「唾手燕雲，終欲復讐而報國；誓心天地，要令稽首以稱藩。」高宗安於恥辱而事仇讐，蓋唯

恐父兄回也。武穆寸寸節節，以此挑之，焉得不銜之次骨？前陳建儲說，高宗聲色俱變，顧高宗之欲甘心於武穆者久矣。秦檜之毒害善良，罪難指數。若此獄者，自當以「逢其欲」爲定論。搏沙拙老

閑處光陰

增訂本後記

文徵明集由上海古籍出版社于一九八七年印行出版以來，頗受海内外學人關注。兩年前，該社決定重新刊印該集，並建議將二〇〇二年由輯校者——我父親周道振先生自費刊印的文徵明集續輯（以下簡稱「續輯」）内容，全部納入新版文徵明集中，使該集内容更豐富、更完整。我們欣然地接受了。

「續輯」是以一九八七年後至二〇〇一年間，輯校者收集到的文徵明詩文分類編録而成。我們原想把它們分别納入「補輯」的相應分類中，後責任編輯馬顥先生建議，爲保存原貌、使讀者了解文徵明集編輯出版的全過程，可將「續輯」直接排在「補輯」（附待訪文目）之後。這樣做法也很好，我們同意。

本次「續輯」還補充了我和馬顥先生新近搜集到的若干文徵明集外詩文，其中包括：七古一首，跋七首，自跋三十五首，小簡一首，墓志銘十首，凡五十四首，分别置於「續輯」各體諸篇之後。

原集前面的文徵明像、繪圖、墨蹟、書影等插頁，限於以往影印技術，比較暗淡模糊。此次新版，該社都會重新製作，將給讀者面目一新的感覺。

三年來，爲再版我父親的「著作」，上海古籍出版社領導予以極大關注和支持。該社副總編奚彤雲女士、責任編輯馬顥先生以及有關先生爲再版唐伯虎全集（已在去年九月出版，改名爲唐寅集）和文徵明集，不僅細緻周到地給予我們幫助和指教，並爲這些集子的校閲、編排、出版辛勤工作。在此我們由衷地向他們表示深切謝忱！

周邦榮　孫令儀

二〇一四年五月於浦東南楊花園

秋笳集	[清]吴兆騫撰　麻守中校點
漁洋精華録集釋	[清]王士禛著　李毓芙、牟通、李茂肅整理
聊齋志異會校會注會評本	[清]蒲松齡著　張友鶴輯校
敬業堂詩集	[清]查慎行著　周劭標點
納蘭詞箋注	[清]納蘭性德著　張草紉箋注
方苞集	[清]方苞著　劉季高校點
樊榭山房集	[清]厲鶚著　[清]董兆熊注　陳九思標校
劉大櫆集	[清]劉大櫆著　吴孟復標點
儒林外史彙校彙評	[清]吴敬梓著　李漢秋輯校
小倉山房詩文集	[清]袁枚著　周本淳標校
忠雅堂集校箋	[清]蔣士銓著　邵海清校　李夢生箋
甌北集	[清]趙翼著　李學穎、曹光甫校點
惜抱軒詩文集	[清]姚鼐著　劉季高標校
兩當軒集	[清]黄景仁著　李國章校點
惲敬集	[清]惲敬著　萬陸、謝珊珊、林振岳標校　林振岳集評
茗柯文編	[清]張惠言著　黄立新校點
瓶水齋詩集	[清]舒位著　曹光甫點校
龔自珍全集	[清]龔自珍著　王佩諍校點
龔自珍詩集編年校注	[清]龔自珍著　劉逸生、周錫䪖校注
水雲樓詩詞箋注	[清]蔣春霖著　劉勇剛箋注
人境廬詩草箋注	[清]黄遵憲著　錢仲聯箋注
嶺雲海日樓詩鈔	[清]丘逢甲著　丘鑄昌標點

湯顯祖戲曲集	[明]湯顯祖著　錢南揚校點
白蘇齋類集	[明]袁宗道著　錢伯城校點
袁宏道集箋校	[明]袁宏道著　錢伯城箋校
珂雪齋集	[明]袁中道著　錢伯城點校
隱秀軒集	[明]鍾惺著　李先耕、崔重慶標校
譚元春集	[明]譚元春著　陳杏珍標校
張岱詩文集(增訂本)	[明]張岱著　夏咸淳輯校
陳子龍詩集	[明]陳子龍著 施蟄存、馬祖熙標校
夏完淳集箋校(修訂本)	[明]夏完淳著　白堅箋校
牧齋初學集	[清]錢謙益著　[清]錢曾箋注 錢仲聯標校
牧齋有學集	[清]錢謙益著　[清]錢曾箋注 錢仲聯標校
牧齋雜著	[清]錢謙益著　[清]錢曾箋注 錢仲聯標校
牧齋初學集詩注彙校	[清]錢謙益著　[清]錢曾箋注 卿朝暉輯校
李玉戲曲集	[清]李玉著 陳古虞、陳多、馬聖貴點校
吴梅村全集	[清]吴偉業著　李學穎集評標校
歸莊集	[清]歸莊著
顧亭林詩集彙注	[清]顧炎武著　王蘧常輯注 吴丕績標校
安雅堂全集	[清]宋琬著　馬祖熙標校
吴嘉紀詩箋校	[清]吴嘉紀著　楊積慶箋校
陳維崧集	[清]陳維崧著　陳振鵬標點 李學穎校補

清真集箋注	[宋]周邦彦著　羅忼烈箋注
石林詞箋注	[宋]葉夢得著　蔣哲倫箋注
樵歌校注	[宋]朱敦儒著　鄧子勉校注
李清照集箋注(修訂本)	[宋]李清照著　徐培均箋注
陳與義集校箋	[宋]陳與義著　白敦仁校箋
蘆川詞箋注	[宋]張元幹著　曹濟平箋注
劍南詩稿校注	[宋]陸游著　錢仲聯校注
放翁詞編年箋注(增訂本)	[宋]陸游著　夏承燾、吴熊和箋注 陶然訂補
范石湖集	[宋]范成大撰　富壽蓀標校
于湖居士文集	[宋]張孝祥著　徐鵬校點
稼軒詞編年箋注(定本)	[宋]辛棄疾撰　鄧廣銘箋注
姜白石詞編年箋校	[宋]姜夔著　夏承燾箋校
後村詞箋注	[宋]劉克莊著　錢仲聯箋注
雁門集	[元]薩都拉著 殷孟倫、朱廣祁校點
揭傒斯全集	[元]揭傒斯著　李夢生標校
高青丘集	[明]高啓著　[清]金檀注 徐澄宇、沈北宗校點
唐寅集	[明]唐寅著　周道振、張月尊輯校
文徵明集(增訂本)	[明]文徵明著　周道振輯校
震川先生集	[明]歸有光著　周本淳校點
海浮山堂詞稿	[明]馮惟敏著 凌景埏、謝伯陽標校
滄溟先生集	[明]李攀龍著　包敬第標校
梁辰魚集	[明]梁辰魚著　吴書蔭编集校點
沈璟集	[明]沈璟著　徐朔方輯校
湯顯祖詩文集	[明]湯顯祖著　徐朔方箋校

樊南文集　[唐]李商隱著　[清]馮浩詳注
錢振倫、錢振常箋注
皮子文藪　[唐]皮日休著　蕭滌非、鄭慶篤整理
鄭谷詩集箋注　[唐]鄭谷著
嚴壽澂、黄明、趙昌平箋注
韋莊集箋注　[五代]韋莊著　聶安福箋注
李璟李煜詞校注　[南唐]李璟、李煜著　詹安泰校注
張先集編年校注　[宋]張先著　吴熊和、沈松勤校注
二晏詞箋注　[宋]晏殊、晏幾道著　張草紉箋注
梅堯臣集編年校注　[宋]梅堯臣著　朱東潤編年校注
歐陽修詩文集校箋　[宋]歐陽修著　洪本健校箋
歐陽修詞校注　[宋]歐陽修著　胡可先、徐邁校注
蘇舜欽集　[宋]蘇舜欽著　沈文倬校點
嘉祐集箋注　[宋]蘇洵著　曾棗莊、金成禮箋注
王荆文公詩箋注　[宋]王安石著　[宋]李壁箋注
高克勤點校
王令集　[宋]王令著　沈文倬校點
蘇軾詩集合注　[宋]蘇軾著　[清]馮應榴注
黄任軻、朱懷春校點
東坡樂府箋　[宋]蘇軾著　[清]朱孝臧編年
龍榆生校箋
欒城集　[宋]蘇轍著　曾棗莊、馬德富校點
山谷詩集注　[宋]黄庭堅著　[宋]任淵、史容、
史季温注　黄寶華點校
山谷詩注續補　[宋]黄庭堅著　陳永正、何澤棠注
山谷詞校注　[宋]黄庭堅著　馬興榮、祝振玉校注
淮海集箋注　[宋]秦觀撰　徐培均箋注
淮海居士長短句箋注　[宋]秦觀著　徐培均箋注

孟浩然詩集箋注(增訂本)	[唐]孟浩然著　佟培基箋注
王右丞集箋注	[唐]王維著　[清]趙殿成箋注
李白集校注	[唐]李白著　瞿蜕園、朱金城校注
高適集校注(修訂本)	[唐]高適著　孫欽善校注
杜詩趙次公先後解輯校	[唐]杜甫著　[宋]趙次公注 林繼中輯校
杜詩鏡銓	[唐]杜甫著　[清]楊倫箋注
錢注杜詩	[唐]杜甫著　[清]錢謙益箋注
岑參集校注	[唐]岑參著　陳鐵民、侯忠義校注
戴叔倫詩集校注	[唐]戴叔倫著　蔣寅校注
韋應物集校注(增訂本)	[唐]韋應物著　陶敏、王友勝校注
權德輿詩文集	[唐]權德輿撰　郭廣偉校點
韓昌黎詩繫年集釋	[唐]韓愈著　錢仲聯集釋
韓昌黎文集校注	[唐]韓愈著　馬其昶校注 馬茂元整理
劉禹錫集箋證	[唐]劉禹錫著　瞿蜕園箋證
白居易集箋校	[唐]白居易著　朱金城箋校
柳宗元詩箋釋	[唐]柳宗元著　王國安箋釋
柳河東集	[唐]柳宗元著　[宋]廖瑩中輯注
元稹集校注	[唐]元稹著　周相録校注
長江集新校	[唐]賈島著　李嘉言新校
三家評注李長吉歌詩	[唐]李賀著　[清]王琦等評注
樊川文集	[唐]杜牧著　陳允吉校點
樊川詩集注	[唐]杜牧著　[清]馮集梧注
温飛卿詩集箋注	[唐]温庭筠著　[清]曾益等箋注
玉谿生詩集箋注	[唐]李商隱著　[清]馮浩箋注 蔣凡校點

《中國古典文學叢書》已出書目

詩經今注	高亨注
楚辭今注	湯炳正、李大明、李誠、熊良智注
司馬相如集校注	[漢]司馬相如著　金國永校注
揚雄集校注	[漢]揚雄著　張震澤校注
張衡詩文集校注	[漢]張衡著　張震澤校注
阮籍集	[魏]阮籍著　李志鈞等校點
陶淵明集校箋(修訂本)	[晉]陶潛著　龔斌校箋
世説新語箋疏(修訂本)	[南朝宋]劉義慶撰　余嘉錫箋疏　周祖謨等整理
世説新語校釋	[南朝宋]劉義慶撰　[南朝梁]劉孝標注　龔斌校釋
鮑參軍集注	[南朝宋]鮑照著　錢仲聯增補集説校
謝宣城集校注	[南朝齊]謝朓著　曹融南校注集説
文心雕龍義證	[南朝梁]劉勰著　詹鍈義證
詩品集注(增訂本)	[梁]鍾嶸著　曹旭集注
文選	[梁]蕭統編　[唐]李善注
玉臺新咏彙校	吴冠文　談蓓芳　章培恒彙校
王梵志詩集校注(增訂本)	[唐]王梵志著　項楚校注
盧照鄰集箋注	[唐]盧照鄰著　祝尚書箋注
駱臨海集箋注	[唐]駱賓王著　[清]陳熙晉箋注
王子安集注	[唐]王勃著　[清]蔣清翊注
陳子昂集(修訂本)	[唐]陳子昂撰　徐鵬校點

文徵明集

增訂本

中

〔明〕文徵明 著
周道振 輯校

上海古籍出版社

文徵明集卷第二十二

題跋二　十七首

跋宋通直郎史守之告身

右通直郎史守之告身一通，宋主管成都玉局史守之所受。守之，郢按當作「鄞」人，越國公浩孫，衞王彌遠之侄，仕不甚顯，人鮮知者。而家傳載其事頗詳，謂其志行不苟，嘗心非其叔父彌遠所爲，著昇聞録以寓規諫。按守之，禮部侍郎彌大之子。彌大仕乾道、淳熙間，亦不以父越公爲是，是宜守之之不得於彌遠也。又謂其避勢遠嫌，退處月湖，與慈湖諸公講肄爲樂。寧宗書「碧沚」字賜之。今吾吴中藏書家所收古書有「舊學史氏」及「碧沚」印者，多其遺書。信清修好學之士也。但謂淳熙十一年以祖蔭補官，避叔父忠獻嫌奉祠，主管玉局。忠獻即彌遠也。按彌遠開禧三年丁卯誅韓有功，始自禮部侍郎、資善堂翊善進同知樞密院事。上去淳熙甲辰，二十有三年，時彌遠仕猶未顯，不應已有避嫌之舉。且告以宣教郎磨勘轉通直郎，宋制三年一磨勘，通直去宣教，才一資耳。告受於嘉定三年，則請祠當在開禧之末，正彌遠用事之始。彌遠嘉定元年自同知樞密進知院事，尋兼參知政事。十月，遂與錢象祖同爲左右丞相。十一月以母喪罷。明年五月，起復爲右丞相，時象祖已先罷，故此告稱左丞相闕，而於右相之上加起復字；蓋至是猶在服中也。守之後以嘉定十七年起倅嘉興，力辭不就，以朝奉大夫致仕。是歲茂陵崩，彌遠矯制立理宗，益擅柄用事。守之固未休致，豈亦有意耶？

守之八世孫大行人立模得此告於族人，裝池成軸，自記顛末，復徵余言。夫守之行誼之高，與夫此告授受所自，諸公論著已詳。獨歲月出處稍異，恐不可傳信，略爲考訂如此。

題吴仲仁春遊詩卷後

右詩一卷，律絶共四十有五篇。辭旨清麗，書法遒美，蓋前元時吴壽民仲仁者，墨蹟無「者」字游吴中與諸文士春游倡和之作。而書筆悉出錢良右翼之。翼之，吴人，號江邨民，雅以書學名家，而詩律尤精，有高行。年六十七，卒於至正七墨蹟作「四」年。此墨蹟有「後」字至元三年書，時已六十餘矣。墨蹟無「矣」字真行間出，姿態横生，不少衰竭。吴人徐宗毓氏藏此，使人持以示余。余惟吴中山水深秀，自昔多文人游寓，于時未被兵，故得從容文酒如此。

壽民墨蹟作「仲仁」吴興人，墨蹟有「其」字出處本末，不少概見。惟趙文敏嘗敍其詩，所謂「南山樵吟」者，稱仲仁不以家事廢學，故其詩清新華婉，有唐人餘風。然其詩竟亦不傳。非此卷之存，固不能識其妙也。墨蹟末款「正德七年壬申閏五月廿又一日文璧謹題」春游詩卷墨蹟

題歐公二小帖後

歐公嘗云：「學書勿浪書。事有可記者，他日便爲故事。」且謂「古之人皆能書，惟其人之賢者傳。使顔公書不佳，見之者必寶也」。公此二帖，僅僅數語，而傳之數百年，不與紙墨俱泯。其見寶於人，固有出於故事之上者邪？三希末識「正德八年癸酉秋九月十又

六日後學衡山文徵明拜手謹題」三希堂石渠寶笈法帖

題李西臺千文

西臺書，世不多見。此卷千文，結體遒媚，行筆醇古，存風骨於肥厚之内。按黄文節公庭堅評西臺書「肥不剩肉，如美女丰肌，而神氣清秀」。又謂「其字中有筆，如禪家句中有律」。今觀此書，信不誣也。惟是題名爲隱語，或以爲疑。然宋、元題識數人，皆極稱賞。而所謂「柱史裔孫」者，固寓李姓其間也。此其事雖不可考，要之爲西臺書無疑。其中「殷」「敬」「匡」「恒」字，皆有闕筆，蓋翼、宣、藝、真四廟諱也。建中真宗時人，故所諱止此。然「玄」「朗」字，真廟以之事神，尤所深禁，而不避者，蓋祥符五年始上聖祖尊號，詔天下不得斥犯二字。而此景德二清河作「三」年書，寔前五大觀作「七」年也。

鄒君光懋世寶此卷，余借留齋中數月，因題而歸之。清河書畫舫卷六　大觀録卷三

題玉枕蘭亭

玉枕蘭亭，相傳褚河南、歐率更縮而入石者。按桑世昌蘭亭考，備著傳刻本末，所疏不下百本。而畢少董所藏至三百本，並不言玉枕，疑是近世所爲。柳文肅云：「賈魏公家數本，如玉枕則是以燈影縮而小之。」豈此刻即始於秋壑邪？又秋壑使其客廖瑩中參校諸本，擇其精者，命婺工王用和刻於悦生堂，經年乃就，特補勇爵酬之，所謂悦生蘭亭也。今世亦罕得其本，余僅一見於沈石田家，精妙不減定武。此玉枕本，有秋壑印及右軍像，而刻搨亦精，豈亦出用和之手邪？余嘗收得一本，與此稍異，蓋又别刻也。

楊文貞云：「玉枕蘭亭有二：一在南京火藥劉家，一在紹興府。」二石今皆不存，不知與此本及余所藏本同異，要皆不易得矣。　寓意有「正德十二年歲在丁丑四月廿又七日時雨新霽几席生涼展閲數四意度閒遠輒題數語若源流之詳更竢博雅君子」　寓意録卷二

跋宋高宗石經殘本

右小字石經殘本百葉，約萬有五千言。前後斷缺，無書人名氏。余考之，蓋宋思陵書也。

按紹興二年，帝宣示御書孝經，繼書易、書、詩、春秋、左傳、論、孟及中庸、大學、樂記、儒行經解總數千萬言，刻石太學，後孝宗建閣奉安，名曰「光堯石經之閣」，即此是也。蓋思陵平時極留意字學，尤喜寫經。嘗曰：「寫字當寫經書，不惟學字，又得經書不忘。」此書楷法端重，結搆渾成，正思陵之筆。但所書惟易、春秋、左傳，又皆不全，視全本百分之一耳。

又按元初楊璉真珈發宋諸陵造塔，取故經石爲塔址，爲路官申屠遠所遏而止。然石經竟亦散落。國朝宣德初，吴文恪公按浙，命有司追訪，所存無幾矣。此本雖殘缺，要不易得；況紙墨佳好，猶是當時搨本，又可多得哉？

唐君伯虎寶藏此帖，余借留齋中累月，因疏其本末，定爲思陵書無疑。正德十二年歲在丁丑夏端陽日跋。

題香山潘氏族譜後

近世氏族不講，譜牒遂廢。非世臣大家，往往不復知所系出。今吴中士夫之家，有譜者無幾。或以世次不遠，遠者又文獻無可徵，遂皆不復著録。嗚呼！文獻無徵，世次不遠，豈非其前人之失乎？及今弗葺，則後之人將益遠而無所傳承。或至宗緒顛錯，少長失次，又誰執其咎耶！

潘氏自宋雲卿下至崇禮，八世矣。崇禮又有子若孫，將十世而不已，其世數不可謂不遠。而所與遊若倪元鎮，若周伯器，近時若吴文定公，若李太僕應禎，若沈石田先生，皆一時名碩。皆有詩文相贈遺，其文獻又不可謂不著也。崇禮譜録聚集，使數百年文獻，灼然可徵，其有功潘氏，不既厚矣乎！所可恨者，元鎮以前非無文獻，雲卿以上非無世次，特以前人失録，無所於考。今之所爲，亦惟使其子孫他日無遺恨云爾。

余雅聞崇禮之賢，而吾友蔡九逵又數爲道之。嘗邂逅一見，悃愊愿謹，古所謂孝友力田之士也。他日，使其子鋹以此譜相示，嘆其用心之勤，貽謀之遠，爲題其後而歸之。

題郭忠恕避暑宫圖

畫家宫室最難爲工。清河作「最爲難工」謂須折算無差，乃爲合作。蓋束於繩矩，筆墨不可以逞。稍涉畦畛，便入庸匠。故自唐以前，不聞名家。至五代衛賢，始以此得名，然而未爲極致。獨郭忠恕以俊偉奇特之氣，輔以博文强學之資，遊大觀有「於」字規矩準繩中而不爲所窘，論者以爲古今絶藝。

此卷水殿圖，千榱萬桷，曲折高下，纖悉不遺，而行筆天放，設色古雅，非忠恕不能也。宣和御府所藏三十四種，有明皇避暑宫圖清河作「避暑宫殿圖」，大觀作「避暑宫殿」四，此豈其一邪？舊傳此爲釣鰲圖。按趙與時賓退録載唐人酒令有釣鰲圖一卷，刻木爲鰲魚，沉水中，釣之以行勸罰。此圖有鰲魚之類浮水面，豈避暑時用以行酒邪？其事不可考，而此圖則避暑宫無疑矣。

忠恕字恕先，洛陽人。通九經，尤精小學。仕漢爲湘陰令從事，謝去。周世祖召爲周易博士，貶乾州司户，秩滿不仕。宋初復召爲國子監主簿，後竟尸解，事具東坡集。而畫譜稱忠恕字國寶，不知何許人，與坡集所記不同。要爲怪誕不經之人，然其畫法之妙則不可掩也。

中書舍人王君子貞出以相示，遂爲記此。大觀無「此」字正德十四年己卯七月既望書。

清河書畫舫卷六　大觀録卷十三

題趙仲光梅花雜詠

趙仲光書，雖不脱文敏家法，而行墨結字，微有不同。王子敬云：「外人那得知？」要之不可臆論也。今世傳文敏及仲穆書不少，而仲光書獨不多見。至其詩，尤不易得。金陵許彦明，藏其咏石渠作「手書」梅花雜咏，多至五十首，可謂富矣。

仲光號西齋，晚居吴中，與崐山顧仲瑛交。仲瑛稱其「風流文雅，有王孫風度，而無紈綺故習」。觀於此詩，有可想者。文敏三子：長亮，次即仲穆，石渠有「名雍」二字仲光其季也。或以爲次子，豈以亮早卒，無所見邪。己卯秋題。石渠末句作「正德己卯秋留宿彦明之惟適軒雨中無聊因盡讀諸詩輒識其後八月初八日也」

石渠寶笈卷三十六

跋唐李懷琳絶交書

右唐胄曹參軍李懷琳所摹絶交書，今監察御史安成張公鰲山所藏。雙鈎廓填，筆墨精絶，無毫髮滲漏，蓋唐摹之妙者。

按海嶽書史及東觀餘論並言懷琳好作僞書，世莫能辨。今法帖中七賢、衛夫人等帖，皆出其手。而唐竇氏述書賦亦云：「爰有懷琳，厥蹟疏壯。假他人之名字，作自己之形狀。」觀此則懷琳在當時已推其摹搨之工矣。

此書相傳臨嵇康本。而此卷後有「右軍」字，不知何也？續法帖雖載此書，亦不言其臨何人。惟張彦遠云「嘗見叔夜自書絶交書」云云，故黄長睿以爲「此書唐世尚存，懷琳見而倣之」，且謂「中有古字，非能自作」。愚按此帖字蹟，多類右軍。在前若劉伶、阮籍，字畫雖佳，然皆疏宕縱逸，非若此帖精神沓拖，行間茂密，卓然名家也。且其文與文選所載，微有不同，尤不可曉。而長睿云：「此書去七賢、衛夫人遠甚。」蓋亦有所疑也。豈右軍嘗書此帖而懷琳摹之邪？抑懷琳好右軍之蹟，倣而爲之邪？正德庚辰十一月晦跋。

跋吴中三大老詩石刻

右宋吴中三大老詩，皆爲樂圃先生作，信安王涣之書以入石者。三老：元絳字厚之，天聖進士，官翰林學士，參知政事，太子少保，致仕，家郡城之帶城橋。程師孟字公闢，景禧進士，官集賢殿修撰，京東安撫使，正議大夫，致仕，後授光禄大夫，家郡城南園之側晝錦坊。盧革字仲辛，原作「盧華字仲華」，殆誤本德清人，慶曆進士乙科，歷官知廣南提點刑獄，光禄卿，致仕，後遷通議大夫，退居吴中。今吾家所居，相傳爲公故址。旁有盧提刑橋尚存。

涣之衢州常山人，王介之子。元豐進士，官吏部侍郎，寶文閣學士，知中山府。其兄漢之嘗爲吴郡，故涣之嘗遊於吴。

樂圃先生朱氏，名長文，字伯原。元祐進士，本州教授，秘書省正字，以疾解任。厚之詩敍稱「同年光禄」者，伯原之父公綽也。樂圃在今雍熙寺之西，已廢爲民居。

吾友朱性甫相傳爲樂圃之後，故此石留其家。性甫没，不知所在。邢君麗文得拓本，裝池成軸。顧其字畫多已刓缺，恐益遠而遂失之，俾余重書一過，併疏其大略如此。

跋宋高宗御製徽宗御集序

右宋高宗御書敍文一首，前有斷大觀作「闕」簡，後稱臣稱名，蓋御製徽宗御集序也。按紹興二十四年九月己巳，宰臣進呈徽宗皇帝御集凡百卷，上自序之，權奉安於天章閣。今序文無歲月，豈即當時所上耶？後有龍舒故吏胡珵跋，亦無歲月，大觀有「可考」二字第云：「書于袁桷清容齋。」蓋元大觀有「袁」字文清公伯長所藏。伯長自跋，亦缺其後。按伯長生咸淳二年，宋亡時才十有四歲。胡跋蓋作於易世之後，故不書年，大觀有「月」字觀其書「龍舒故吏」而不稱臣可見已。

又云「集藏敷文閣」，而史云天章。按杭宋内府寶文等十閣，並貯諸帝御集。而敷文實徽宗集所在，天章則屬真廟。而史云「權奉安」者，豈當時敷文未成邪？然前此侍臣已有帶敷文學士者，而當時秦熺實爲奉安御集禮儀使。鄭重如此，不應閣尚未成：此皆不可曉也。

惟宋多右文之主，自真宗而下，皆有御集，多至數百卷，今皆不傳。而其所以爲世輕重，實不在此。高宗翰墨大觀作「思陵詞翰」尤號名家。此文既典雅，而翰札尤精。然胡、

袁題識，皆微致不滿之意，誠以帝王之學，自有所重也。大觀、玉虹末二句作「豈帝王之學自有所重耶」 大觀録卷三 玉虹樓鑒真帖

題東坡墨蹟

右蘇文忠公與鄉僧治平二大士帖，趙文敏以爲早年真蹟。

按公嘉祐元年舉進士，六年辛丑中舉制科，遂爲鳳翔僉判。越四年治平辛巳，召判登聞鼓院，尋丁憂還蜀。至熙寧二年己酉始還朝，監官誥院。四年辛亥出判杭州。此書八月十六日發，中有「非久請郡」之語，當是熙寧中居京師時作。蓋公治平中雖嘗居京，然乙巳冬還朝。而老泉以明年丙午四月下世，中間即無八月。又其時資淺，不應爲郡，故定爲熙寧時書，於時公年三十有四矣。公書少學徐季海，姿媚可喜。晚歲出入顔平原、李北海，故特健勁渾融，與此如出二人矣。

帖故有二紙，元季爲吴僧聲九臯所藏。九臯嘗住石湖治平寺。以此帖亦有「治平」字，遂留寺中，且刻石以傳，而實非吴中治平也。九臯既没，此帖轉徙他所，而失其一。吾友張秉道，世家石湖之上。謂是山中故實，以厚直購而藏之，畀余疏其大略如此。

内務末識「嘉靖癸巳十一月四日」内務部古物陳列所書畫目録

跋東坡學士院批答

右蘇文忠公學士院批答五道：賜樞密安燾辭免恩命三，賜户部侍郎趙瞻、門下侍郎孫固各一。

按文忠内制集載賜燾不允批答凡十有三。此前二首元祐二年六月作，後二首元年七月作。趙瞻者作於三年三月，孫固作於四月。按固以元祐三年四月壬午守門下侍郎，而燾爲右光禄大夫，依前知樞密院事，瞻爲樞密院直學士，簽書院事。三人同日被命。先是燾以元年閏二月乙卯自同知樞密進知院事，爲言官論列，三月遽罷。至次年六月，竟被初命。此二首，蓋當時之詞也。後人以三人並命，因列於此，而寔非也。後乃同知樞密乞退時所答，當在二首之前。不知何故，反列於後。而其詞，與集微有不同。瞻所賜乃户部侍郎求外補時所答，而集中别有賜瞻辭免答書二首，寔與固同日月。而此首當是未受簽書之前，宜其與固前首日月不同也。最後祈雨道場齋文，亦載内制集中。而其文亦微有不同。「仰惟天命」，集作「天人之師」，當以集本爲是也。按文忠元祐元年十二月入爲中書舍人，尋遷翰林學士知制誥； 至是恰兩年耳。 明年三月，遂出知杭州，於是公年五十有四矣。

此卷舊爲寧波袁尚寶家所藏，余往歲嘗見，乃是册子，不知何人聯屬爲卷，遂至顛錯。因李君仁甫出示，疏其略如此。 若公文章翰墨之妙，固不待區區論述也。

跋江貫道畫卷

右元季諸人題江貫道大觀有「長江圖」三字畫卷。此句江邨作「右宋江貫道長江圖」貫道名參，南宋人，居霅川。江邨此二句作「南渡霅川人」畫師董、巨，此句江邨作「其畫師董源巨然一時稱名家」畫法之妙，余雖不能識，而諸賢題詠，皆清麗可喜。 至於字畫，亦皆精謹不苟，視近時大書狂語，動輒滿卷者有間矣。

詩凡二十有大觀、江邨無「有」字五篇，其尤知名者十有八人。 青丘子爲高啟季迪，長洲人，國初與修元史，官翰林編修，終大觀、江邨作「擢」户部侍郎。 張適字子宜，號甘白生，仕終宣課大使。 王彝字常宗，本蜀人，流寓嘉定，與修元史，不仕而歸。 後與高啟皆死魏觀之禍。 徐賁字幼文，大觀、江邨有「亦蜀人」三字自毘陵徙居吳之齊門，號北郭生，仕終河南大觀、江邨有「左」字布政。周南老字正道，濂溪之後，居長洲，江邨作「吴門」仕元浙省理問。國初召議太常郊祀禮，江邨有「禮成」三字發臨安居住。韓宜可字伯時，越人，仕終江邨作「爲」陝西參政。杜環字叔循，廬陵人，隨父居金陵，仕爲贊禮郎，終晉王府録事。江邨以上二句作「仕爲晉王府録事」有行義，事具宋濂所作小傳。金問字公素，一字公邇，仕宣德中，爲禮部侍郎。錢紳字孟書，仕終鄞縣教諭。陳紹先字宗述，元儒陳叔方之子，仕終王府紀善，年九十餘。張倫字文伯，仕爲太醫院御醫。青城山人爲王璲汝玉，傅大觀作「侍」仁廟，江邨作「永樂中侍仁廟」爲太子贊善，卒贈太子賓客，謚文靖。陳繼字嗣初，大觀、江邨有「仁廟初」三字召爲五經博士，終翰林檢討。倪瓚字元鎮，號雲林子，無錫人。江邨有「有高行」三字陶際字彥衍，雲間人。二句大觀作「陶琛字彥行」，江邨作「陶琛字彥珩」下同字孟符。張肯字繼孟，大觀、江邨作「季孟」號夢庵。南郭岷爲許觀大觀有「字」字瀾伯，與卞、張俱吴人，大觀此句作「俱吴人」，江邨此句無有高行。江邨此句無以上五人皆不仕，而倪尤著。原集漏「著」字。以上二句江邨作「自倪公而下五人皆不仕而有文學之名」

同時别有許觀亦字瀾伯，洪武狀元及第，仕建文時江邨有「爲」字侍中，後守安慶，死江邨有「於」字靖難時。乃安慶大觀、江邨作「池州」人，與此許觀不同，而皆有文學。不知此詩誰作也。大觀録卷十四　江邨銷夏録卷二

題張企齋備遺補贊

自古國家未嘗無骨肉之變，而唐太宗之事，出於不得已，然不免後世之議者，春秋責備之義也。我朝壬午之際，事出非常。視臨湖之變，尤爲有名。而一時死事之臣，獨視王、魏諸人有光焉。則是我國家元氣之正，與夫作養人材之盛，有非前世所能彷彿萬一也。惟是一朝史事廢缺，統紀不傳，寔非細故。文皇晚歲，稍稍悟悔，蓋嘗形諸言矣；而當時無將順之者。遂使一時之事，泯没不傳，則於靖難諸臣，不能無責焉。自睿皇以還，國禁漸弛，乃今遂不復諱。故革除遺事、備遺録次第梓行，而一時死事諸臣，遂傳於世，於是有以見忠義之事不可終泯也。有志之士，讀其事而慨其人，低徊慕仰，往往形諸録贊。豈惟以其人哉？亦思所以補史氏之缺也。觀企齋先生張公所補二十九贊，辭義嚴正，氣概凛然，意將追而及之。於是先生年六十，忠義之氣，老而彌堅，足以知其生平之所養矣。

某末學晚生，知慕前烈，亦嘗竊識一二。而不能有言者，不敢言也。因讀斯贊，輒書于後，以識余愧。

跋金伯祥瞻雲詩卷

右瞻雲軒詩文一卷，元季諸名賢爲金伯祥氏作。伯祥名天瑞，世家長洲之笠澤。富而有文，且篤孝義，所交游皆一時名流，故所得詩文爲多，此其一也。此卷敍一，詩共八首。敍爲陳基作。基字敬初，天台人。至正間留吴，仕張氏爲學士院學士。别號夷羌山人，又號夷白子，有夷白集行世。詩首篇爲楊維楨，所謂鐵崖先生，本會稽人，晚居浙江。泰寧丁卯進士，元爲江浙儒學提舉。國初嘗徵入，不仕歸，卒。次倪瓚，字元鎮，號雲林子，無錫人。不仕，有高行。又次蘇大年，字昌齡，號西澗，維揚人。避兵吴門，張氏用爲參謀，稱爲蘇學士；而寔未嘗仕也。周砥，字履道，號匊溜生。本吴人，寓居無錫，又居宜興，晚居會稽，死於兵。吴毅，富春人。吴復見心之子。父子皆鐵崖門人。李繹，字叔成，錢塘人。與陳義皆嘗仕張氏，不甚顯，故不得其詳。此詩七首，二首爲瑞竹詩，亦爲伯祥作者。按瞻雲詩，當時賦者蓋不止此。此數篇，特以諸公手筆，故其子孫尤加保惜如此。餘存家集，固可考也。

伯祥有弟天佐，仕國朝爲萬安主簿。萬安六傳爲茂仁，名培。賢而有文，所謂保惜此卷者。夫此諸賢，皆以詞翰名家，其手澤傳世，夫人皆知寶之，況其子孫哉？又況賢而有文，能不隕其世如茂仁者哉？

按：本卷各題跋，皆見三十五卷本卷二十二。又前四跋見文待詔題跋卷上，後十三跋見文待詔題跋卷下。

文徵明集卷第二十三

題跋三　七首

題蘇滄浪詩帖

右宋蘇子美古詩一百五十言，留別原叔八丈，蓋王洙原叔也。詩語峻拔，意（珊瑚作「義」）氣悲壯。歐陽公謂其廢放後，時發憤悶於歌詩，殆此（珊瑚作「是」）類也。字畫出入顔魯公、徐季海之間，而端勁沉著，得於顔公爲多。當時評者謂爲「花發上林，月滉淮水」，豈其然乎？

按子美慶曆四年丙戌十一月坐監進奏院會客事除名，徙蘇州。此詩後題乙酉（珊瑚無「乙酉」兩字）清明日，則是被放之三閲月也。時原叔以天章閣侍講、史館檢討，黜知濠州，正坐子美事。故詩云：「遂令老成人，坐是亦見斥。」時子美年三十有八，原叔五十一，故有「老成」及「八丈」之稱。又有「今來濠州涯」及「明日又告行」等語，當是隨原叔至濠，及是乃别耳。其後子美竟以慶曆八年卒于蘇。凡在（珊瑚作「居」）蘇四年，宜其遺蹟流傳吴中爲多。去今數百年，所謂滄浪亭者，雖故址僅存，亦惟荒烟野草而已。至於文章翰墨，不少概見。宣和書譜謂「雖（珊瑚無「雖」字）斷章片簡，人皆（珊瑚作「争」）傳播」，豈在當時已（珊瑚作「亦」）不易得耶？

此詩雖非蘇事，而寔赴蘇時作。少宰徐公子容以爲郡中故實，因重價購得（珊瑚無「得」字）之，俾徵明疏其大略如此。若其志節履行，具正史者，兹不復云。（珊瑚網書録卷三）

附録原稿

舜欽作詩，留别原叔八丈閣下

交道今莫言，難以古義責。錙銖較利害，便有太行隔。余生性闊疏，逢人出胸臆。一旦觸駭機，所向盡戈戟。平生交游面，化爲虎狼額。謗氣懆（珊瑚作「慘」）烈烈，中之若病疫。遂令老成人，坐是亦見斥。既出芸香署，又下金華席。摧辱實難任，官名器（珊瑚作「宦名必」）非惜。罪始職於予，時情未當隙。今來濠川（珊瑚作「州」）涯，日夜自羞惕。高風激頹波，相遇過平昔。白玉露

肺肝，晴雲見顔色。乃知天壤間，自有道義伯。明日又告行，嗟嗟四海窄。慶曆乙酉清明日書。（珊瑚網書録卷三）

題趙松雪書洪範 并圖

右趙文敏公書尚書洪範，（大觀、吴越有「一篇」二字）并畫箕子、文王（清河、吴越作「箕子武王」，大觀作「武王箕子」）授受之意爲圖。畫既古雅，而小楷精絶，殆無遺恨。但無歲月可考。（大觀、吴越有「憶」字）嘗見公所書莊子馬蹄篇，乃初被召爲兵部郎中時書，其筆法（大觀、吴越作「意」）與此正同，疑此亦當時之作。

維公以宋之（大觀、吴越作「亡宋」）公族，仕於維新之朝，議者每以爲恨。然武王伐紂，箕子爲（大觀、吴越有「紂」字）至親，既受其封，而復授之以道，千載之下，不以爲非。然則公獨不得引以自蓋乎？

公素精尚書，嘗爲之集注。今皆不書，而獨書此篇，不可謂無意也。因崦西徐公出示，（大觀、吴越作「崦西徐公舊藏此卷閒以示余」）爲著此語，以備折衷。不知公以爲何如？（清河書畫舫卷十　大觀録卷十六　吴越所見書畫録卷一）

書馬和之畫卷後

右馬和之畫，相傳爲清谿點易圖，蓋寫唐人高駢詩意。按荆州記：「臨淮有清谿山，山東有泉，泉側有道士舍，所謂清谿道士也。」此圖一羽人趺坐榻中，一人褰裳回顧，若有所指陳。二從者却立：一執卷，一捧古鼎。二鶴，一飛一止。初無所謂「洞門碧窗」，「滴露研硃」之狀。疑自寫他事，而後人目爲清谿耳。若其筆法之妙，則非和之不能。

和之，紹興間人。畫師吴道玄，好用製筆。所畫多經書故事。思陵尤愛其畫，每書毛詩，虛其後，令和之爲圖。此或其遺簡，不可知也。

題張即之書進學解

右宋張即之書韓文公進學解。即之字温夫，别號樗寮，參政孝伯之子。仕終太子太傅，文稿作「太中大夫」直秘閣，歷陽縣開國男。其書當時所重。完顔有國時，每重購其蹟。史稱即之「博學有義行」，而袁文清師友淵源録亦言：「即之修潔喜校書，經史皆手定善本。語乾道、淳熙事文稿有「日月」二字先後，不異史官，書蔽其名。」按皇宋書録：「即之，安國之後，甚能傳其家學。」安國名孝祥，仕終顯謨閣學士，所謂于湖先生，孝伯之兄，即之之伯父也。其書師顔魯公，嘗爲高宗所稱。即之稍變而刻急，遂自名家。然安國僅年三十有八；而即之八十餘，咸淳間猶存。故世知有樗寮書，而于湖書鮮稱之者。此書無歲月可考，而老筆健勁，大類安國所書盧坦河南尉碑，豈所謂傳其家學者耶？「周誥商盤」下缺一字，寔徽宗御名。韓文「商」本作「殷」，豈亦以諱避就耶？故浙江參政崐山張公敬之，舊藏此册。公卒，無子，圖書散失。從孫比部員外允清以重直購文稿有「復」字之。允清所謂文稿作「爲」惓惓於此，豈直字畫之妙而已。後之子孫，尚知所寶哉！文稿墨蹟

題希哲手稿

右應天倅祝君希哲手稿一軸。詩、賦、雜文，共六十三首，皆癸卯、甲辰歲作。於時公年甫二十有四。同時有都君玄敬者，與君並以古文名吴中。其年相若，聲名亦略相

下上。而祝君尤古邃奇奥，爲時所重。又後數年，某與唐君伯虎，亦追逐其間。文酒倡酬，不問時日。于時年少氣鋭，倜然皆以古人自期。既久困場屋，而憂患乘之，志皆不遂。惟都君稍起進士，仕爲徒官。君與唐雖舉於鄉，亦皆不第。君後雖仕，亦不甚顯。尋皆相繼下世。余視三君，最爲庸劣，而仕亦最後。嗚呼！三君已矣！其風流文雅，照映東南，至今猶爲人歆羡。余雖老病幸存，而潦倒無聞，不足爲有無也。

此卷雖君少作，而鑄詞發藻，居然玄勝。至於筆翰之妙，亦在晉、宋之間，誠不易得也。嘉靖十五年丙申，上距成化癸卯，五十有四年，而祝君下世亦十有一年矣！是歲三月廿二日某題，時年六十有七。

溪山秋霽圖跋

右溪山秋霽圖，故鄉先生陳汝言所畫。汝言字惟允，號秋水，本臨江人。父天倪先生明善，得吴草廬之傳，流寓吴中。二子汝秩、汝言，並有文學，汝言尤倜儻，知兵。至正末，張士誠既受招安，辟爲太尉參謀，貴寵用事。國初爲濟南幕官，坐事卒。妻金氏，守節教其子，繼以文學名於時。仁廟召爲五經博士，終翰林檢討，所謂嗣初先生也。此畫，惟允未仕時作。一時題識者二十有三人，皆知名之士。今可考見者二十人：

鄭元祐，字明德，遂昌人，寓吳。少脱骱，任左手，號尚左生。元末老儒，嘗仕爲平江路學教諭，終江浙儒學提舉，所著有僑吳集、遂昌雜録。朱德潤，字澤民，宋睢陽五老朱貫之後。博學能文，尤工書。趙文敏公薦入翰林，終浙東儒學提舉，所著有存復齋稿。今尚書玉峯先生五世祖也。倪瓚，字元鎮。元季高士，清真絶俗，所謂雲林先生也。張監，字天民，丹陽人，寓吳中，二子經、緯，皆仕張氏有名。陳植，字叔方，寧極先生子徵之子。性孝，有文，亦能書畫。元季不受徵辟，以隱約終。饒介，字介之，番陽人。號華蓋山樵。自翰林應奉出僉江浙廉訪司事。张氏承制，以爲淮南行省參政。工詩，尤以文學擅名。蔣堂，字子中。泰定鄉試舉人。元季不仕，國初爲嘉定州學教授。周砥，字履道，號匊溜生，吳人。寓居無錫。後與馬孝常避兵宜興，有荆南倡和集。陳秀民，字庶子，號寄亭，又時稱四明山道士。博學善書。仕張氏爲學士院學士。秦約，字文仲。其先淮人，後徙崇明。洪武初應召，試慎獨賦，拜禮部侍郎，改溧陽教諭，所著有海樵集。王蒙，字叔明，號黄鶴山樵，趙文敏外孫。善書畫。洪武中官泰安知州，坐事卒。陸仁，字友仁，崐山人。張憲，字思廉，號玉笥山人，有玉笥集。岳榆，字季堅，宜興人。顧阿瑛，字仲瑛，號玉山樵者，崐山人。有文學，家富好客，時稱豪士。元季，削髮讀佛書，以避張氏，國初徙鳳陽，卒。陳汝秩，字惟寅，即惟允兄。不仕張氏，倪元鎮所謂「外混光塵，中分涇渭」者，蓋獨行之士也。王行，字止仲，博學知兵，洪武中爲郡學訓導。後遊京師，坐藍玉黨卒。先是惟允貴顯時，行爲門下客，惟允卒後，其子繼從行學，故其辭稍倨。惟允壻劉政見之，駡曰：「此吾外父食客，那得稱吾友？」以筆抹之。今抹筆隱然猶存。劉政，字用理，建文己卯解元，方正學門人。嘗草平燕策，病未及上，聞壬午之變，嘔血死。無子，祭酒劉文恭其嗣子也。俞貞木，本名楨，後以字行，别字有立。石澗先生玉吾之子。元季不仕，國初知樂昌都昌知縣。清苦篤學，敦行古道。建文中，坐事卒。袁華字子英，崐山人。能詩，尤長於樂府。洪武中郡學訓導，以子被罪，坐累卒。所著有耕學稿。

此卷世藏陳氏，今歸吾友江西參議王君直夫，蓋陳氏壻也。其畫嘗爲妄人裂其半。直夫以余嘗見元本，俾爲補之，而題其後，并疏諸人事行如此。

跋李龍眠孝經相

右龍眠居士李伯時所畫孝經一十八事，蓋摘其中人相者而圖之。

按畫譜所載御府伯時畫一百有七，中有孝經相，此卷蓋宣和所藏。然無當時印識，而有紹興小璽。豈南渡後，又嘗入秘府耶？伯時喜畫古賢故事，每薄著訓戒，則孝經相當非特一本，此殆别本也。

伯時之畫，論者謂出於顧、陸、張、吴，集衆善以爲己有；能自立意，不蹈習前人，而陰法其要。其成染精緻，俗工或可學；至於率略簡易處，終不及也。此昔人定論，余不容贅言。若其文學人品，在東坡、山谷之間。而博學精識，出劉貢父之上。官京師數年，不一迹權貴之門。佳時勝日，載酒出遊，坐石臨流，翛然終日。山谷謂其「風流文雅，不減古人，而爲畫所掩」，然而卒亦不能掩也。

按：本卷各題跋，皆見三十五卷本卷二十三，及文待詔題跋卷下。

文徵明集卷第二十四

祭文　十一首

祭劉美存文

於戲美存！木之美材，玉之良璞。不繩而治，匪雕而琢。生華貴之門，而不爲驕矜；有高明之姿，而不忘問學。才優剸割，而處家不煩，是晦其能；志在貫總，而舉子得雋，用掩其博。蘭情欵欵，人與其誠；玉色温温，天授之慤。凡君之具，匪貴則壽；人之期君，必大而遠。蓋方享之有餘，不圖甫行而遇蹇。始場屋之屢躓，尚歲年之未晚。豈謂名花之方然，竟不候實而先斂！歲行辛酉，時復大比。命數已極，學力斯至。何一疾之長終，曾旬月之不俟？三旬之壽，不副其德；一第之榮，竟賫其志。嗚呼美存！其何至於此極耶！

孤兒始孩，老親萬里。匪生世之足悲，方身後之無倚。目將不瞑，心實不死。嗚呼美存！其何至於此極耶！

君之尊人，方衍澤西川，宜有令子，而君卒以身死。至君之身，聰明才達，宜承厚蔭，而竟厄於命。是皆造物之所爲，有不可以言語而致詰。既非人力之致，豈亦事變之極也？

嗚呼美存！在庠校爲才諸生，於家庭爲佳子弟。朋友有推分之情，鄉曲有長者之譽。自君之亡，舉城嗟吁，好惡之私，不足深據。耳目之衆，其何可塗？縱所履或愆於小德，終微瑕不掩於良瑜。余數人者，或親或友，或久或近。雖所見有未得，咸昵君而親厚。由兹而觀，固非强勉之所能；推此以往，將舉天下而無疚！

嗚呼美存！所具者德，而所不足者壽。所不榮者身，而所長享者名。吾知有志之士，固不以此而易彼；而吾徒遊好之私，終不能以理而喻情。藐一尊之難屬，惟既往之猶生。

祭徐昌穀文

嗚呼昌穀！濯濯淑靈，英英異姿。伊時之秀，維邦之奇。昔在髫年，穎拔而出。排俗違時，蹈古而癖。著書滿家，金鏗玉温。孰其非之，吾道攸存。今昔異宜，吾斯有螫。

稍抑弗伸，益閎而肆。有英其玉，匪終則藏。旋收甲科，棘寺徊徉。維時孔艱，世路云阻。用失其才，遂爲物忤。太學之遷，寔行其私。人皆君惜，君自謂宜。方適其情，班資奚較？弗誠於時，益泳於道。怡情佚志，讀書詠詩。名斯孔籍，病則弗支。聖明更化，拔幽登俊。弗與維新，君則有命！

嗚呼昌穀！八品之階，三十之壽。胡付之材，而享不有？造物有意，我則知之。殆惜其祉，而昌其辭。瓌章閎議，于今有耀。視彼崇資，孰則多少？

嗚呼昌穀！在昔家食，不妄交游。惟吾二人，心孚分投。出入偕遨，有無通假。期惟暮終，有允弗舍。雲泥異趣，差池歲年。身世乖隔，心則弗遷。疇昔之時，惠言繾綣。謂當南還，展笑非遠。曾未幾時，訃音來馳。丹旐在目，遽哭君幃。嗚呼昌穀！百年悠悠，君歸何遽？豈無他人，孰如君故？

嗚呼昌穀！有官有家，亦既有子。名與世長，庶其不死。

祭黄提學文

吴郡諸生文某、王寵，謹具香帛之儀，緘詞敬祭于尊師提學先生黄公之靈。

嗚呼！士死知己，道義攸關。匪惟斯今，維古則難。故有終日相逐，而不能相諒者；矧復貴賤相懸，曾無一日之雅，而欲投情推分於一言一字之間。嗚呼！此余二人所爲聞公之訃，恨不能從公，而不忘涕淚之潸也。

粤在曩歲，公來督學，振溺起衰，蹈厲揚摧。余二人者，或以頹墮，或在童孱，偎以薄劣，荷公陶甄。與進則隆，教詔無已。蓋將達其致用之材，必欲致之奮庸之地。觀其吹薦之勤，用情之至，使人中心銜感，而直欲爲之死也。顧某等鄙昧弗率，無所用成。方將湔濯自厲，以求無負於知己，無累於高明；豈圖一再見之後，而契闊死生，已邈乎其難憑。嗚呼！升沉榮辱在吾二人者固不可必，而我公不可復生矣！嗚呼悲哉！嗚呼痛哉！

祭土地文

夫居止所在，有神司之。而神之所職，靜惟其宜。自我先君，奠居於此；延及某，叨庇多矣。今者偶葺先廬，稍加充拓。自春徂秋，屢有興作。築斯鑿斯，不無冒犯。迄始而終，罔有災患。凡此平寧，孰非神惠？有德弗報，我則有罪。歲云暮矣，我居告成。

敢修薄薦，用答神靈。

祭陳以可文

嗚呼以可！崢嶸佚蕩之資，慷慨邁往之氣，金貂貴介之習，磊落有爲之志：今皆已矣！不可見矣！嗚呼哀哉！

方其少也，侍親宦遊，翱翔京國。入修子道，出應賓客；文采風流，照映奕奕。起家郎吏，遂用恢宏，高居甲第，揭揭軩軩。妙舞婕娟，綺筵狼藉，張弛逶迤，十年一日。數致千金，緣手散去，曾無吝情，亦弗終敝。比其晚節，悉反少習，從事耕桑，丘園自適。行阡履陌，居然逸民，回視曩昔，如出兩人。

嗚呼以可！不試其才，用之畎畝：射時高下，盡地薄厚，莫不適宜，莫不可守，再起其家，足貽厥後。所以然者，由其具明智之德，是以識四時之運；能與時而消息，故隨行而罔困。殆不忝所謂名卿之子孫，而寔一時之雄俊也。

某不佞，齪齪自全，視君高朗，奚啻天淵。然幸不忘通家之好，又重以文字之契；所謂水火其性，而膠漆其誼也。二十年來，氣浹情怡；有無通假，過失相規。嗚呼以可！今則已矣！孰知我貧？孰相我事？契闊生死，方從此始！嗚呼哀哉！方君病革之時，正我失解之日，君猶慰我，執手太息，蓋能了死生之際，而略無兒女之戚也。曾一語之不酬，乃千載之永隔。嗚呼哀哉！嗚呼痛哉！

鄉里祭沈都憲文

維公純篤之性，清明之質，貞白之操，粹美之德。公材則多，公學無頗；升從俊良，翹然制科。出典方州，入司法比，以莫不優，式隆攸譽。西蜀萬里，忽把一麾，不鄙其民，爰拯其疲。載言翼翼，弗縱弗暴，崇正闢邪，是興文教。一朝難淹，起領藩牧，直道不回，中遭讒逐。明廷更化，雪冤湔疵；輿論弗釋，亟踐台司。維兹貴竹，滇蜀門户，梟獍以逆，有詔往撫。控制有方，綏來有德，厭難折衝，邊用靖謐。東人阻饑，公時在疚；璽書臨門，起公往救。民則有懷，公不少留，位望駸駸，而疾弗瘳。舍旃來臨，保兹素履，清慎之稱，至形天語。優游桑梓，曾無幾時，胡不憖遺？溘焉長辭。

訃徹中朝，天子有恤，龍章煌煌，贔屭翼翼。凡此茂恩，惟德之致；恩則不愆，公不可起。國失貞榦，鄉無老成；顒顒爵望，悠悠典刑。某等忝仕同朝，生復同郡；出有後先，莫不沾潤。感兹殄瘁，能不噓吁？緘詞致奠，言與情具。

祭王于田母文

於惟夫人，明順而祥，緊宗之淑，來嬪于王。雍雍令儀，翼翼匪懈，以承嬙嫜，協于中外。展矣夫子，維時之碩；有相則賢，式是云匹。豈曰能匹，亦教有成：篤生二子，允維邦禎。赫赫中臺，煌煌節使，儷迹媲聲，奕然並起。鸞封鼎養，有來方殷，有積斯受，胡遽沉淪？

子失令母，夫喪厥良；悼德懷慈，以莫不傷。豈家則傷，中外興歎。人爲母悲，母則奚憾？

令名洋洋，命服煌煌，白髮高堂，燁其有光。子孫繩繩，後先輝映，身享其榮，目擊其盛。七十三齡，考終于家；寵榮斯極，壽匪不遐。凡此榮壽，世不並有，於惟夫人，庶其無負。

某等鄉里後進，稔聞母德，矧與令子，忝同朝籍。既兹有情，能不母悲？爰陳一觴，侑此些詞。

鄉里祭劉司寇先生文

惟公世出清江，族大以顯，傳數百年，弗替有衍。爰遷來吴，世德攸隆；山川淑靈，是鍾我公。

高朗特達，少則英異；起家甲科，爲時良吏。連宰二邑，聲光有煒；進陟明廷，遂官六察。八閩五嶺，時維大藩，公兩奉使，敦薄廉貪。糾繩我司，激揚我職，出入中外，以莫不克。考牧之遷，位不滿才，爰從卿少，進列中台。璽書煌煌，天子有命：惟此西川，爾往作鎮。乃靖疆埸，乃清時弊，迺匡迺襄，式用寧敉。文翁之教，乖厓之識，以公方之，過無弗及。於時多事，允籍謀猷；一再往撫，寔寬帝憂。逆竪盜權，讐我善類，抉摘推求，公遂得罪。惟帝仁明，事迄以白，出自徒中，援登台席。甫司廷尉，即佐本兵，周旋臺省，進列孤卿。乃弼邦刑，往司留鑰，公業斯隆，帝眷方渥。胡爾遄歸？言保其終，寄懷泉石，穆然清風。優遊十年，考終故里。帝聞有悼，恤典優異。再錫之祭，營葬自公；龍章奕奕，賁於幽宫。

嗚呼我公！出入三朝，年逾八袠，遭逢治隆，令名無斁。公才既多，公享亦厚：如公始終，世豈多有？惟是鄉無老成，國隕楨幹，忝在鄉人，能不悲嘆！寄跡朝署，望弔無緣，緘辭寄奠，聊寫憂悁。

祭施行人母文

有賢孺人，崇川令族；既賦之明，亦貞而淑。乃擇之配，于歸于施，執孝軌物，式隆婦儀。内嚴嬶嫜，外諴宗戚，俯仰勤誠，以莫弗克。凡起其家，舊德維新，爰相夫子，爲時令人。維膠州君，賢關碩士，起倅一州，式遄歸只。維無内顧，用全令名，允兹完德，寔相有成。豈曰能相，亦教弗弛：愛不掩嚴，是成令子。維大行君，英英儁造，發身制科，列官華要。爰膺天命，使於四方，豈維弗辱，燁然有光。有來貤封，弗遠伊邇。胡弗少延？溘焉長逝。懿德云亡，莫不嗟吁，矧惟令子，痛傷何如。某等忝仕同朝，寔深悲涕。爰奠一觴，通家之誼。

祭王欽佩文 與陳魯南同祭

嗚呼欽佩！君遂止於斯耶？始君家食之時，交遊數人，並以義氣相得，以志業相高，以功名相激昂；蓋不知古人何如也？數年以來，相繼登庸，各以所能自見。而吾二人，升朝最晚。于時君方秉憲外臺，領中州斯文之寄，顧以母老念歸，飄然解任。朝廷惜君之去，稍進卿階，畀領太僕。雖以展君之才，寔以便君之養也。豈其朝命甫下，而太夫人顧已辭堂，惟君顧復情深，毀裂爲甚。某等方爲君憂，而君果以是致疾。自去秋抵今，數月之間，傳聞之言，日甚一日。孱弱之軀，加之至性深切，勢必難任。所冀吉人多福，天必相之；詎意竟此長逝耶！

嗚呼！君起世科，績學中秘，繼遊郎署，出領憲臺。宣力中外，聲望卓然。論者方期君以大用，將策勳一時，垂烈後世；而今遽止於是耶？宏偉之才，精深之學，清真之德，高朗之行，今又何可得耶！

君之先公，辣齋先生，一代偉人，齟齬於時，不究厥用，天下有遺望焉。蓋方有待於君，而君又以盛年碩望，厭棄明時，天意果何所屬耶！母喪在殯，妻亦去室，孤子煢煢，一室懸罄。君蓋有不可死者，而卒死之。嗚呼天乎！何其酷耶！

某等二人，聞訃以來，相向悲慘，不能爲情者數日。客寄於斯，無由撫棺一慟，緘詞往奠，用致區區。嗚呼欽佩！今則已矣！不可見矣！嗚呼悲哉！嗚呼痛哉！

祭徐崦西文

維公詳雅其儀，剛明成性，修正含弘，若淑貞定。既靖有嘉，亦儁而穎。早升俊於甲科，旋淑成於蘭省。策名玉署，允協輿情。侍講金華，式當明聖。進宣忠讜，上洽於淵衷；出佐銓衡，特膺乎簡命。文章政業，維聲實之並流；鳳閣麟臺，亶後先之輝映。既藉藉乎周行，式駸駸乎華近。豈其譽者在前，而忌者已出於後，宦途方達，而此身已落乎陷穽。遂枉特達之才，投諸閒散之境。乃寄蹟於溪山，不失譽於鄉井。時垂顧問，知聖意之惓惓；久鬱才情，矧人心之耿耿。謂直道難容，雖蹔辭乎軒冕；而高才罔棄，終致用乎台鼎。胡二豎之不仁？遂一疾而長瞑！朝野增吁，聖心爲軫。然棄捐淪落，雖有負乎眷勤；而哀榮始終，卒寘膺乎恤贈。兹所謂身死而名存，不幸中之大幸也。

某列官芸署，幸聯鴛鷺之班；息駕鄉閭，叨侍溪山之勝。時接話言，數陪觴詠。顧余潦倒，長公十稔，謂當托好以終身，何圖棄我而先隕。興言及此，氣咽而哽。陳詞薄奠，言有終而意無盡也。嗚呼哀哉！

按：本卷各祭文，皆見三十五卷本卷二十四。

文徵明集卷第二十五

書　四首

上守谿先生書

頃者恭侍燕閒，獲承緒論，領教實深。又承命獻其所爲文。竊念某自齠歲，即有志於是。侍先君宦游四方，既無師承，終鮮麗澤。倀倀數年，靡所成就。年十九還吴，得同志者數人，相與賦詩綴文。于時年盛氣鋭，不自量度，僴然欲追古人及之。未幾，數人者，或死或去，其在者亦或叛盟改習。而某亦以親命選隸學官，於是有文法之拘，日惟章句是循，程式之文是習，而中心竊鄙焉。稍稍以其閒隙，諷讀左氏、史記、兩漢書及古今人文集，若有所得，亦時時竊爲古文詞。一時曹耦莫不非笑之，以爲狂；其不以爲狂者，則以爲矯、爲迂。惟一二知己憐之，謂「以子之才，爲程文無難者，盍精於是？俟他日得雋，爲古文非晚」。某亦不以爲然。蓋程試之文有工拙，而人之性有能有不能。若必求精詣，則魯鈍之資，無復是望。就而觀之，今之得雋者，不皆然也，是殆有命焉。苟爲無命，終身不第，則亦將終身不得爲古文，豈不負哉？用是排羣議，爲之不顧；而志則分矣。緣是彼此皆無所成。而長老先生或見其所作，從而稱之於人以爲能；而不知者以爲真能也，遂相率走求其文，往往至於困塞。某不能逆其意，皆勉副之。所求皆餞送悼挽之屬，其又下則世俗所謂别號，率多强顔不情之語。凡某之所謂文，率是類也。嗚呼！是尚得爲文乎！然既被長者賞識，遂不容以陋劣自晦。檢其中得論議十有四首，敍事十有五首，輒塵尊覽。

昔張籍、皇甫湜雖皆一時豪俊，精於文者，然其所作，視韓愈非其儗也。而韓公得其文以爲奇，從而品目焉。而世徒以其常出於韓之門，以爲是固韓愈氏之徒也，相與躋而列於韓氏。而天下後世，遂不能少其文焉。某於籍、湜，無能比儗，而明公則今之韓子也。儻不以某爲不肖，而與進焉，使他日人稱之曰：「是亦嘗出王氏之門者」，豈不幸哉！

干冒台嚴，不勝悚仄。不宣。

三學上陸冢宰書

比承榮膺簡注，進秉鈞衡。邸報播聞，薄海外内，莫不鼓舞稱忭；況鄉里後生，與有光寵者乎？恭惟明公累朝舊德，盛世珪璋，特達光明，大雅愷悌，出入將相，聲望偉然。天下之人，所爲望霖雨於明公者，非一日矣。今茲端委廟堂，進退百官，以佐天子出令，而運斯世於掌握間，固明公分内事也。某等猥賤晚末，莫展賀私，方與四方人士，詠嗟盛德，以爲天下斯文之慶，豈敢意外干犯，輒有陳請？而事機可乘，勢有不容已者；亦恃雅度汪濊，不深譴責，故卒言之。

竊惟我國家入仕之階，惟有學校一途。而當時法式章程，咸出我太祖高皇帝親定，最爲詳密。而累朝列聖，不無少有更張。誠以聖化優游，泳涵滋久，人材蝟興，其勢有不得不更者，故隨時消息；而行者不以爲敝，論者不以爲非。

蓋自洪武二十五年，重定歲貢額數：郡學歲貢二人，州學再歲三人，縣學歲一人。當時人材尚少，儒學生徒，往往不充。廩增正數，除鄉試中式之外，其餘在學者不過五六年，升貢者不出三十歲。故其人皆精力有餘，入仕可用。而其功名政業，往往參於正奏之列，無少軒輊也。自永樂元年、正統二年、景泰元年三次開科，各處解送舉人不拘額數，遂有頓增至二百名者。一時國學人衆，乃量減貢額。然中間或行或否，皆視解額增損。厥後解額既定，而貢額竟不能復。坐是學校壅滯，遂有垂白不得入仕者。於是胡忠安公在禮部思以通融振塞，建行四十强仕之例，而士子稍復自拔。歷五十餘年，人材又多，學校又大壅滯。太原周公在禮部，乃舉復洪武二十五年之例。然僅僅五年而止。迤邐至於今日，開國百有五十年，承平日久，人材日多，生徒日盛。學校廩增，正額之外，所謂附學者不啻數倍。此皆選自有司，非通經能文者不與。雖有一二倖進，然亦鮮矣。略以吾蘇一郡八州縣言之，大約千有五百人。合三年所貢，不及二十；鄉試所舉，不及三十。以千五百人之衆，歷三年之久，合科貢兩途，而所拔才五十人。夫以往時人材鮮少，隘額舉之而有餘，顧寬其額。祖宗之意，誠不欲以此塞進賢之路也。及今人材衆多，寬額舉之而不足，而又隘焉，幾何而不至於沉滯也？故有食廩三十年不得充貢、增附二十年不得升補者。其人豈皆庸劣駑下，不堪教養者哉？顧使白首青衫，羈窮潦倒，退無營業，進靡階梯，老死牖下，志業兩負，豈不誠可痛念哉！

比聞侍從交章論列，而當道者竟格不行。豈非以不材者或得緣此倖進，而重於變例乎？殊不知此例自是祖宗舊制，而拔十得五，亦古人有所不廢，豈可以一人之故，併餘人而棄之？或謂四十之例若行，則不勝求仕者之多，將遂無所位置，此又何足病哉！今但杜其願就教職之請，限以依親之例，程其入監之期。一時士子幸而解其學校之苦，稍紓目前之急，莫不甘心自引，豈皆以得禄爲榮哉。不然，即有所授，亦不至大妨天下之賢。即如近時上馬、入粟者，皆得比於充貢之例；循資歷歲，亦皆有所畀授。此其人固有能自立者，然而倖進者不爲不少。朝廷所得於彼者幾何？遂使紈袴之子，得以奪賢俊之路，有識者固嘗疾首痛心於此矣！

明公崛起學校，奮身賢科，操古人之心，負天下之望。目歷而知，身更而信，能不有慨於心？今當可爲之時，在得爲之地，能不惜一舉手振袂之勞，則其事無不濟者。若四十之例，事大體重，不敢覬覦；而歲貢二人，則是洪武舊制，又經近歲舉行，伏望留意檢察。或因人建言舉行，或乘大霈條下，使士子得沾涸轍之恩，而仕路無復鮎竿之嘆，則豈特區區鄉里與有榮澤，寔天下斯文之幸也。

昔宋富鄭公當國，而同學友段希元、魏升平猶滯場屋，公不欲私於二人，乃建一舉三十年推恩之例。當時以爲盛事，後世以爲美談。近時胡忠安公四十强仕之舉，太原周公一歲二貢之例，或謂皆有所爲而行。蓋皆不欲私於一人，而必推之天下也。二公一代名臣，世之論者，曾不以此少公，而更以爲美。誠以其能公天下之心而行也。若明公今日之舉，則又以天下之心，行天下之事，初無二公之爲，則其所成所益，又當出於其上，不特二公而止也。

伏惟留意處分，天下幸甚，斯文幸甚。

謝李宫保書

某竊聞薦士之難也，昔人以爲非苟一而已矣！謂知之難，言之難，聽信之難也。故以馮衍、尹緯之材，遭漢世祖、王景略之明，終日左右，而卒莫之省。而趙括何人，得代廉頗；馬謖虚名，能惑諸葛。甚而周仁、許靖之屬，土木之類，皆得尊顯。嗟乎！士誠不易爲薦也。

公卿不薦士久矣，非獨今之時然也！而今之時爲甚。豈今之爲公卿者皆不復有是心哉？勢有所不行也。何也？科舉之法行也。科舉之法行，則凡翹楚特達之士，皆於科舉乎出之。於是乎有以功業策名者，有以文章著見者，有以氣節行能見稱於時者。問之，皆科目之士也。其間亦有不出此者，然而鮮矣。此豈科目之學爲能盡之？世之所尚者在是，上之所用者在是，是以有志事功、有志文章、有志節義行能者，皆俛焉求合有司之尺度，以求自見於世也。夫士之所爲，固無有能外於事功、文章、節義者，而皆今之科目之所收也。然則科目之外，豈復有遺材哉？有之，皆潦倒無成，齷齪自守者，世固無所用之。無所用之，則亦無因知之矣。至於懷珍抱奇，道義自將者，方且韜默遠名，人又烏得而知之哉？彼不知者，不得薦也。不得而知者，不得而薦也。其有可知者，多是立異徼名，工言無實之人，柳子所謂士之賊也。若是，雖謂之無士可也。是無怪乎今之公卿之不薦士也！士誠不易爲薦也，而今之士，又有不必薦者。科舉之法行也，外此而有舉焉，不以爲迂不適時，則以爲愚不知人，而非笑集其身矣。

某家世服儒，薄有蔭祚。少之時，不自量度，亦嘗有志當世，讀書綴文，粗修士業。而受性樸魯，鞭策不前。加之憂患交攻，日以墮廢。自弘治乙卯抵今嘉靖壬午，凡十試有司，每試輒斥。年日以長，氣日益索，因循退托，志念日非。非獨朋友棄置，親戚不顧，雖某亦自疑之。所謂潦倒無成，齷齪自守，駸駸然將日尋矣。明公領鎮三吴，下邑雖在治屬，間歲一臨，實未嘗弭節其地。某在諸生中，蓋嘗一再望見顔色，而猥賤無階，莫得自前。誠使其身有所取材，公固無從見也，況其所能所守，頽敗若此？明公何所據知，遂録其姓名，露章薦之于朝，犯迂不適時，愚不知人之議，不顧非笑，而斷然行之。某誠愚，不知所以受知於公者。以爲誠有材耶？彼科舉之士，非有甚高難能者；業之三十年，曾不得一售以自振發，其效亦可見矣。若夫懷藏道德，抱節守貞，某實非其人；即其人，將自韜約遠引，不令公知矣。或采聽人言，得之游揚，又安知其非立異徼名，工言無實者哉？安知其非趙括、馬謖，非周仁、許靖之儔哉？即萬一有焉，所爲損公不小矣。而公豈亦嘗念之哉？

乃公之意則有在也。龐統有言：「當今雅道陵遲，所冀拔十得五，使有志者自勵耳。」某誠知陋劣，不足辱公；而公豈以區區一人，而懈其厲人輔世之盛心哉！必如郭隗「先從隗始」之言，則某豈不得爲燕國之馬首哉？若是則公之於某也，又何必知之深，見之審，而後爲能用其情哉！然其所以知之見之，實有出於至深極審之上者。誠以明公三朝舊臣，出入中外垂四十年，好賢禮士，聞於天下，一時及門之士多矣。其文學行義，踰於某者亦多矣。豈無工言語，露才諝，以求知於公者？公皆不之顧，而獨有意於某；豈不以求於人者深，則得於己者淺也。

某視一時文學行義之士，誠不敢望其後塵，而獨不欲求知於人。是故雖以公之好賢禮士，作鎮吳門，相望一舍，而私門無某之跡；只尺之書，未嘗一至左右。此非高亢自賢，而有所要也，士之體當然耳。使於此有求焉，是失其所以爲士矣。失其所以爲士，而欲以士薦，雖愚人不爲也；而謂公爲之哉？某之所以受知於公，必有的然當其心者，而語言才謂，不足云也；是故古人之知人也。夫惟以古人之道知人，則亦能以古人之道薦人。用是天子信之，宰相受之，朝奏夕報，而某遂得以白衣被命，列官清禁，周旋多士之中。自顧能薄望卑，不應得此，而舉朝不以爲非，天下咸歆其遇。豈不以公之志行，素孚于人，朝廷中外，舉鑒其誠，謂其所爲，惟以輔世勵人爲心，而非有所私於某也。夫始也，某未嘗有求於公也，而公薦之，又不有私於某。某之所恃者，士之體也；公之所操者，王公大人之職也。士存其體，王公大人守其職，雖古之至理之世，不過如此。而所爲致之，乃在明公一舉措之間；某何幸身自際之。其所爲感公之知，欽公之德，宜何如其深也！

或謂明公此舉，寔用司寇林公之言。果爾，益以見公之德之不可及也。昔張安道與歐陽文忠雅不相能，及薦蘇明允，乃獨屬之歐公，謂非永叔不能薦。歐公不以張公爲嫌，卒薦而官之。當是時，惟知與明允爲地，他皆不暇計也。卒之明允以文章名世，議者謂不負爲歐公門下士，而千載之下，歐陽子獨享知人之明。林公誠知某也，豈不能自薦哉？所以必屬之公者，以歐陽子待公也。某無似，視明允無能爲役，亦圖無負爲公門下士耳。不宣。

與郡守肅齋王公書

夫聲聞過情，君子所恥。有損無益，賢者不爲。今大巡郭公，欲爲某建立坊表。出於常格，區區淺薄，豈所宜蒙？深有不自安者。

自惟潦倒儒生，塵伏里門，又以衰病蹇劣，不能廁跡士大夫之間，故擎擎退縮，非以是爲高也。今以爲賢於他人，郡士夫誰爲不肖？且某在今諸士夫中，名位最微，人品最下，行能才智最爲凡劣。一旦以爲賢，而拔出其上，冒然居之，豈非君子所深恥哉！某雖不敢自托於君子，然亦安肯靦然無恥，甘於小人之歸哉？

嘗閲郡志：宋蔣堂希魯以禮部侍郎致仕居吴，時胡文恭公守郡，以其名德，因即所居表爲難老坊。蔣公愀然不樂曰：「此俚俗歆豔，内不足而假之人以爲誇者，何以至於我也？」胡公即爲撤去。當時以爲美談，迄今傳示方册。某自視於蔣公無能爲役，而明公則今之胡公也。且某素蒙垂愛，其忍以俚俗小人待之哉？某雖非足於内者，然竊欲自附於知分守己之士，以求免於務外爲名之愆。惟是憲府崇嚴，無由控訴。欲望明公轉達此情，得賜寢罷，寔出至幸也。

況今歲歉民窮，賦無從出。一有興作，不無動擾，此亦明公所宜軫念者。且某世居此里，自祖父父叔以來，世叨薄宦。里中父老，每爲贊喜，然於其人，寔未嘗有毫髮蔭庇。萬一舉事，則匠作夫役，勞頓寔多。夫不能覆庇，而反至勞頓，豈當時贊喜之意哉？彼雖自受其役，而區區以一身標表之故，坐視其勞，亦何能安然不爲之意哉。徒費財力，而又使人不安，正所謂無益而有損，竊爲明公不取也。

比者蕭二守顧訪，首及此事，某即欲以此事上瀆明公。彼時猶以爲未必遽爾。乃者反覆思之，恐一旦文移下督，材木既具，營繕既嚴，則勢不可復止。雖欲有言，不可得矣。緣是不得已，輒露血誠，先此懇請。惟明公曲賜處分。儻得幸免，則明公之惠，不淺淺矣。

區區此請，在於必得。若以爲非出至誠，姑爲是退托，以激冒時譽，則重得罪於左右矣，然而不敢避也！病繭不前，無緣躬叩鈴階，謹勒手狀，令兒子俯伏以請。臨紙不勝願望之至！

行狀　二首

沈先生行狀

高祖懋卿。

曾祖良琛。

祖孟淵。

父恒吉，母張氏。

本貫蘇州府長洲縣相城里，沈周年八十有三狀。

先生諱周，字啟南，姓沈氏，别號石田，人稱石田先生。世居長洲之相城里。自孟淵先生以儒碩肇家，生二子：曰貞吉，曰恒吉。才美雅飭，並有聲稱。恒吉號同齋，生三子，先生嫡長也。

生而娟秀玉立，聰朗絶人。少學於陳孟賢先生，孟賢故檢討嗣初先生子也。諸陳皆以文學高自標致，不輕許可人，而先生所作，輒出其上，孟賢遂遜去。年十五，貸其父爲賦長，聽宣南京。時地官侍郎崔公，雅尚文學；先生爲百韻詩上之。崔得詩驚異，疑非己出，面試鳳凰臺歌。先生援筆立就，詞采爛發。崔乃大加激賞，曰：「王子安才也。」即日檄下有司，蠲其役。先生既長，益務學。自羣經而下，若諸史、子、集，若釋老，若稗官小説，莫不貫總淹浹，其所得悉以資於詩。其詩初學唐人，雅意白傅，既而師眉山爲長句，已又爲放翁近律，所擬莫不合作。然其緣情隨物，因物賦形，開闔變化，縱横百出，初不拘拘乎一體之長。稍輟其餘，以遊繪事，亦皆妙詣，追蹤古人。所至賓客牆進，先生對客揮灑不休。所作多自題其上，頃刻數百言，莫不妙麗可誦。下至輿皁賤夫，有求輒應。長縑斷素，流布充斥。内自京師，遠而閩、浙、川、廣，莫不知有沈周先生也。

先是景泰間，郡守汪公滸，欲以賢良舉之，以書敦遣。先生筮易得遯之九五，曰「嘉遯貞吉」，喜曰：「吾其遯哉！」卒辭不應。然一時監司以下，皆接以殊禮，尤爲太保三原王公所知。公按吴，必求與語，語連日夜不休。一日論諫，先生曰：「封章伏諫，非鄙野人所知。然竊聞之：禮，上諷諫而下直諫，豈亦貴沃君心，而忌觸諱耶？」公遽曰：「當今之時，將爲直諫乎？抑亦諷乎？」先生曰：「今主聖臣賢，如明公又遭時倚賴，諷諫直諫，蓋無施不可。」公徐出一章示之曰：「此吾所以事君者，試閲之。」先生讀畢曰：

「指事切而不汎，演言婉而不激，於諷諫直諫，兩得其義矣。」公以爲知言。同時文學之士，爲上官所禮者，往往陳説時弊。先生不然，曰：「彼以南面臨我，我北面事之，安能盡其情哉？君子思不出其位，吾盡吾事而已。」然先生每聞時政得失，輒憂喜形於色。人以是知先生非終於忘世者。

先生去所居里餘爲别業，曰有竹居，耕讀其間。佳時勝日，必具酒肴，合近局，從容談笑。出所蓄古圖書器物，相與撫玩品題以爲樂。晚歲名益盛，客至亦益多，户屨常滿。先生既老，而聰明不衰，酬對終日，不少厭怠。風流文物，照映一時。百年來東南文物之盛，蓋莫有過之者。

先生爲人，修謹謙下，雖内藴精明，而不少外暴。與人處，曾無乖忤，而中實介辨不可犯。然喜獎掖後進，寸才片善，苟有以當其意，必爲延譽於人，不藏也。尤不忍人疾苦，緩急有求，無不應者。里黨戚屬，咸仰成焉。平居事其父同齋，無所不至。同齋高朗喜客，飲酒必醉。先生不能飲，每爲强醉以樂客。同齋没，乃絶。母張夫人年幾百齡，卒時先生八十年矣，猶孺慕不已。弟召病瘵，不内處，先生與俱卧起者歲餘。及卒，撫其孤如子。庶弟豳，穉未練事，爲植産使均於己。一妹早寡，養之終其身。其天性孝友如此。

先生娶於陳，生子雲鴻，文學稱家。嘗爲崐山縣陰陽訓術。側出子復，郡學生。女三：長適崐山縣學生許貞，次適徐褏，又次適太學生吴江史永齡。孫男一人履，女二人。曾孫男一人，女二人。先生所著詩文曰石田稿總若干卷。他雜著曰石田文抄、石田詠史、補忘録、客座新聞、續千金方，總若干卷。正德四年己巳，先生年八十有三，八月二日以疾卒於正寢。於是雲鴻先卒數年矣。復乃相其孫履治喪，以七年壬申十二月廿日葬先生於所居之東某鄉某原。屬將求銘當世有道，以信於後，俾某有述。某辱再世之游，耳受目矚，知先生爲詳，遂不克讓，用論次如右。謹狀。

南京太常寺卿嘉禾吕公行狀

祖考嗣芳，萬泉儒學教諭。累贈通議大夫，南京太常寺卿。妣顧氏，累贈淑人。

考原，翰林院學士，贈禮部侍郎，謚文懿。妣徐氏，封太淑人。

貫浙江嘉興府嘉興縣甲乙鄉吕㦂年六十三狀。

公諱㦂，字秉之，姓吕氏，爲嘉興人。先宋時，有諱玹者，以碩儒顯於時。玹生茂卿，仕元爲提舉。茂卿生仲雄，仲雄生伯誠，俱不仕。伯誠生嗣芳，仕國朝爲萬泉儒學教諭。生二子：長本，景州儒學訓導；次原，翰林院學士，贈禮部侍郎，謚文懿，公之考也。母徐氏，初封宜人，累加太淑人。

公生正統己巳七月辛卯。自小穎異，甫七齡，從文懿授書，未嘗挾册呻吟。文懿篤遣，乃就席按文疾讀，一過目而數百言已成誦矣。比成童，諸書多已淹洽，操筆爲詩文，已多驚語。一時老長先生，咸畏下之。性尤慧解。天順初，京師不雨，彗星犯牽牛。時文懿柄國，頗以爲憂。公侍側言：「歲凶常數，小人之厄也。星變寔聖人復辟，離燭萬方，當無他虞。所憂者，援立之人，失望而怨，或恃恩驕誕，不可不慎也。」及曹賊竊發，文懿方入朝，母顧聞變，泣曰：「兒及禍矣！」公曰：「大人甫出而難作，當猶未至。且賊舉火向内，恃有應也，而不得入，豈朝廷有備乎？頃當撲滅矣。」已而皆然。文懿以母憂卒於家。公年十五，入訃于朝。上悼惜，顧羣臣欲授公中書舍人，格於例不果。已而補國子生，遣還。郡守楊公繼宗爲延師教之。師顧公所學出己上，遂遜去曰：「吾不能爲若師也。」服闋還朝，詔令内閣辦事。明年丁亥，拜中書舍人，時年甫弱冠，鋭志於學，譽聞籍籍起。辛卯，上疏乞應試。言者劾公矯枉沽譽；且命官不應得試。上特許之。是歲，中順天鄉試，録其程文以傳。自壬辰至乙未，凡再試禮部皆不中，遂不復就試。

己亥，中書滿九載，陞禮部主客司員外郎。辛丑，陞本司署郎中。壬寅，真授本司郎中。琉球乞歲一入貢，自言「小國事大國，如子事父，若再歲一朝，則定省間而音問疏矣」。公折之云：「既知父子之禮，何緣屢逆父命？」已而廣東守臣上言：「夷人生事擾民，不宜聽其請。」人乃服公先見。迤西回夷援例奏討廣東海道歸國，朝廷將從之。公執不可曰：「故事如此，不宜妄有改易，以啟他覬。」因檄錦衣衛訪草欲薦之，夷人懼而止；計所省有司經費千萬。丙午，陞南京太僕少卿。戊申，孝宗登極，公上言乞不許州縣改委官吏，及減省拽擠乳牛隻，處置操備馬匹，免徵苜蓿種子四事。癸丑萬壽節，公奉表入賀，上言節財用、激貪殘、教戚里、起宿學、久委任等六事。是歲，改南京通政使司右通政，尋轉左通政。丙辰，陞南京太常寺卿。太常掌祀事，頗多更格，文移檢閱，往往困塞。公集累朝更格故事，爲太常條例，事至按籍行之，故在官無謬誤，而事亦易集。己未，詔求直言，公上疏，言立誠信、習禮樂、查署户、修祭器、尊前王、表英靈、賞年勞、重供薦、備牲牢、免雜役、追逋欠、清廚役凡十有二事，皆本寺弊政，多見施行。先是，禮儀怠廢，春秋丁有事文廟，科道官多不與祭。公移文督之，有「知豺獺之報本，何筌蹄之遽忘」之語。會太廟時享不以新菓，監察御史劾公不敬，公舉高皇敕旨復之，御史乃無言。然自是不悦於當路矣。已而科道交章論列，謂公冒進不止。公上疏言：「臣立朝四十年，出處遷除，自有本末，冒進之言，臣實恥之。」因乞致仕，不允。會太淑人卒，遂乞解官持服。詔工部遣官營葬，命有司諭祭。服闋，再授南京太常寺卿。前後在太常六年，庶事多所緒正。今上登極，再乞致仕。有旨令馳驛回，而公已先還矣。時年五十有九。既歸，日以詩酒自樂，絶口不及時事。逆瑾用事，方督過諸大臣，雖家居不免。公益韜斂憂畏。閲四年爲正德辛未六月三十日戊申，以疾卒於家，年六十三。積階自承事郎七轉至通議大夫。先夫人沈氏，廣州知府琮之女，有賢行。初封孺人，加宜人，累贈淑人。後夫人陸氏，封淑人。子男五人：言，沈出，蔭補國子生；爲、處、交俱側出，學，陸出。婦項、徐、周、毛、陶，皆令族。孫男四人，女六人。

公性資開朗，而風儀醖籍。與人處，悃款有情致。居官甚廉，而不爲矯枉暴白之行。平生未嘗發人陰私，尤不念人過。初，應試被劾，或言同官某所爲。公不以爲然。後同官以剛直得罪中官，幾陷不測，公曲爲庇護。禮部時，有主事者，倚時貴多所陵轢。他同官不能堪，公曰：「勢亦易過，姑俟之。」已而果敗，謫淮安通判。而公適爲太僕，有相臨之分，待之如初。其待僕從，尤有恩義。故事，卿監從臣，得役辦事官，擁輿持刺，往往皆其人。公深以衣冠爲辱，曰：「若曹他日皆當長人，吾不忍若爲此態也。」在待從二十年，未嘗輕役一官，下人過誤，犯輒行遣。雖不爲姑息，而亦未嘗鈎距罪人。若吏牘章程，皆有限列，關決精敏，人亦不能欺也。

公雖生長貴族，而貧終其身，不喜夸侈。生理靡密，一無所問，惟好學不倦，自志學至老，未嘗一日廢書。雖以夏侯氏書應舉，而尤喜毛詩周易，在太僕時，讀易凡三終。諸子若史，若他文集，莫不貫總。而左氏、兩漢書尤精洽。少接諸老先達，諳國朝故事。雅善談論，對客舉一事，必深究顛末。舉止詳雅，奕奕如瞻承，聽者傾注。喜爲詩，日必三數篇，操札輒就，若不經意，而出語渾雄，用事精當，往往追躡古人，一時宗工讓能焉。其文尤嚴整有法，無愧作者，而詩名大噪，遂用掩其所長。然公惟以自樂，未嘗矜人。故人始或忌之，終亦不厭其多能也。

晚歲居休，益事隱約，浮沉里閈，若初未嘗有官者。郡邑燕會，或不時往。鄰里有召輒赴，曰：「彼貧人，不易爲具，不可負也。」其宅心淳厚，往往類此。故死之日，自郡邑大夫而下，至於販夫牧豎，莫不嗟惋相弔，謂「善人亡矣」。嗚呼！此豈有勢與力致之哉？

言以卒之明年某月日葬公縣之長水鄉祖塋之傍。將乞銘於太史，以某通家相知，俾有述焉。比先公官太僕，寔公同寮。某因得給事左右，竊聞餘緒。于今二十年，雖不敢謂爲知公，而行事之詳，耳受目矚，庶幾不失之誣云。

按：本卷各書、行狀，皆見三十五卷本卷二十五。

文徵明集卷第二十六

行狀　四首

明故嘉議大夫都察院右副都御史沈公行狀

曾祖溢。

祖洪。

父傑，封奉直大夫，晉州知州。

母張氏，封宜人。

本貫蘇州府長洲縣尹山鄉，沈林年六十九狀。

公諱林，字材美，世爲蘇之長洲人。自大父而上，並以朴茂修正，爲里善士。至奉直公尤植義明法，稍被推擇，從事郡中，尋自解歸。後以公貴，封奉直大夫晉州知州。母張氏，封宜人。

公生秀朗岐嶷，少即勵志於學，從吴謙先生授易。選補縣學生，益精進不懈，摛經綴文，粹然理勝。戴簡肅公按試邑中，羣諸生而首列之。公時甫弱冠，又起齊民，人無知者。及召見，儀觀修偉，進止詳雅，公益嘆異。是歲成化甲午，遂中應天府鄉試。辛丑登進士，授晉州知州。州在畿輔，民惰而貧，百務怠弛。公至，首爲安集，繁繇横賦，以次罷行。乃教之樹畜，民用充實；而誕章敷化，俾即于理。一州三邑之民，尸而祝之曰：「吾乃今知有父母之愛也。」御史杜忠表其績，誥授奉直大夫，貤封其父母若妻皆如制。弘治己酉陞南京刑部福建司員外郎。辛亥陞本部湖廣司署郎中。癸丑，真授本司郎中。

公宅心仁恕，雖官法比，而審畫詳慎，必求當允，未嘗奇請他比，以傅致人罪。尚書賢愛之，俾詳諸司奏獄。歷數年，所平反甚衆，屢考優最。丙辰，陞四川順慶府知府。順慶去京師萬里，民獷而好訐。尤習佞鬼，覡巫縱誕，莫爲緒正；公首下令禁之。有殺人獄，歷數政不決，公一訊得之。繼發姦民之並緣假托者，悉抵於法。他獄訟皆隨事決遣，雖株連支綴，未嘗數日留也。由是政平訟理，民用孚悦。益紹農振業，謹輸將，時旱潦。民既安戢，歲亦比登，乃篤意教化。視郡學隘陋弗稱，且文廟石列非制，遂徹而新之。建御書樓，增置號舍，製樂器，設樂舞生，規制弘偉，物數咸備。又以餘力，修復南充縣學。於是集諸生教之，躬自程試，俾皆有所向方，士亦翕然奮於學。吴文定公寔記其事。在郡數年，修創公私廨宇，無慮數十。築城隍，治道路，所費無限，而官民不擾，人至今稱之。都御史林元肅、御史曾禄、陳珀，相繼以賢能薦。

弘治乙丑陞雲南右參政。公所分地，適當邊徼。俄聞安南連兵内向，遠近驚擾。鎮巡大臣謀治兵應之。公亟止之曰：「彼無釁，何得内侵？或自有所事不可知。即萬一事出意外，某請自當之。」即馳至境上，果自相讐殺耳。土官鳳英以功授參政散衔，素驕悍，昧事大之禮。時以征緬人調集省下，公先期諭以禮分，俾知朝廷恩威，於是英伏謁如制。他所施設多類此。會按察司缺官，公承委緒理，疏抉推摘，務盡情實，而搜剔蠹弊略盡，囚圄爲空。都御史吴文度，御史陳天祥、周雄，交章論薦，皆不報。正德己巳，陞山西右布政使。

先是，公以入賀萬壽節至京，逆瑾方用事，惡公不爲禮，遣中尉躡尋其過，擵摭無所得；乃以出滇時傳置非宜，文致其罪，遂落籍爲民。庚午更化，再起爲廣西左布政使，凡所以治廣西者，一如雲南。而扶微興壞，政以敷融。會軍興，儈積流輸，不擾而辦。

尚書林廷選，御史舒晟咸露章薦之。壬申，陞都察院右副都御史，奉敕巡撫貴州，兼理軍務。貴與湖、蜀比壤，夷僚雜居，往往梟獍以逆。守臣乘時勦逐，雖屢折北，猶時出抄掠，邊人患苦之。公承制調集湖北、川西數路官兵，身自獎率，期必勘定。先給旗榜，招徠脅從，散其醜類。乃命將官引兵直擣諸巢，疏捕追北，務極勦滅。於是鎮筸、銅仁、烏羅諸賊，以次削平。而天生、厓凾二寨，尤極險阻，藺石控弦，不可嚮邇。公命都指揮司繼先絶其餉道，伺賊困怠，悉衆搏擊，繼以飛鎗火銃，盡扼而殲之。生擒夷酋龍通保等千人，俘獲男女牛羊器械，不可勝計。遂降陳家、孟溪等凡九十七寨，給以閑田牛種，悉復爲編民。事聞，璽書褒美，有「數年之患，一旦掃除，其功尤可嘉念」之語，仍賜白金文綺。時餘寇奔迸四出，或以聽撫爲名，以規免罪責。湖廣守臣信之，作格苗録以傳。公曰：「此逋寇不戢，方爲内患，乃侈張其事耶？」移文守臣，俾爲警備。咸不以爲然。俄復嘯聚爲亂，流刧境上，公復調集民兵勦平之。先是，劇寇廖麻子闚蜀中，公念貴爲蜀垂徼，賊所出入，窮必迸逸。屬方有夷師，乃先期距塞，與蜀犄角，互爲聲援。賊竟不得出蜀，功倚成焉。時諸寇雖平，而土官玩習縱誕，往往賊殺倡亂。宣慰使宋然，桀傲首禍，公奏革其職。仍奏建總府於省城，令貴竹、水東等五長官司，洪遥等十三馬頭，及程番府所屬金筑安撫司，上馬橋長官司，龍里衛所屬大小平伐二長官司並隸焉。置一縣，分治其故地。其四十八枝頭目，青山等寨，龍筑等長官司，畢節等驛，仍隸宣慰使萬鍾。改置諸長官爲流官，悉隸貴、前二衛。諸土舍悉令占數爲編户。又猛朔争奪，長官王通以争地讎殺無辜，公奏調官兵，遣參將洛忠相時勦殺。通懼，乃悔過聽撫。山州土官同知蒙政妄奏：「本州因改設流官，人民竄伏。」事下鎮巡官議處。公奏：「流官之設，民夷帖服。蒙政所爲梗塞，特是盜權市恩，欲肆侵漁耳。不懲無以令諸夷，且動揺衆心，非便。」朝廷竟從公言。自是境内偃帖，莫敢有異志。

癸酉，奉直公卒，公奏乞守制，是歲十二月代還。乙亥張宜人卒，朝廷皆遣官諭祭。丁丑服闋。會山東阻饑，有詔起公於家，俾巡撫其地。先是，公在師勞殫，繼遭家艱，哀毁踰制，遂得末疾，比被召命，至中途加劇，上疏自陳「老疾不堪任使，乞放歸田里，以全晚節。」朝廷惜其去，久乃得請，仍給驛以歸。閲四年辛巳十月四日卒于正寢。距其生景泰癸酉六月二十九日，享年六十有九。某年月日葬吴江縣羅字圩新塋。

公娶計氏。生子男二人：知剛、知柔，俱國子生。女二人，適引禮舍人史相、國子生張秉仁。孫男四人：大謨以公蔭爲國子生，次某、某、某。孫女二人。

公爲人剛正有守，雖不爲高亢，而孑孑自將，不肯媕婀隨俗。初筮仕時，或憐其少未更事，不堪有司，教之隙趨，以獵美官。公笑曰：「欲圖事君，而先欺君可乎？」竟就外補以去。及積忤逆璫，禍出不測，家人恇擾，且懼爲一老人憂，謀入賄解免。寮屬相知者亦勸之。公曰：「死生命也，僥倖苟全，如虧名節何？」堅拒不從。比罷，怡然就道。家居未嘗自悔。所至持廉，不私羨餘，公堂錢悉貯官帑，或用以葺廨舍，供具賓客而已。罷山西時，在官甫月餘，俸入單竭，同官知而賻之，悉謝不受。單車就道，或缺頓舍，蕭然不以介意。性尤簡靖，居常進止有度，端坐終日，未嘗跛倚。與人處，擇言而發，或相對無一語。然情意融暢，不爲崖谷，始見者莫不嚴憚，久皆親戀不捨。平生未嘗干人以私，人亦不敢以私干之。郡邑非公事未嘗輒入。居官平易，不事矯飾以取赫赫聲。既去，民輒懷之。順慶之士，嘗祖公郡學。既而父老以不便瞻謁，請於御史盧公，別建生祠於學之西。至今士夫稱賢守，必曰沈公沈公云。晉州之民，每遇鄉人，必問公起居；或仕宦道出吳門，必求其廬，拜謁而去。

公孝友純至，事二親必求意適。家居雖燕處，未嘗南向。既貴且老，孺戀依依。入蜀時年甫四十，念親老，留妻子侍養。自是終其身，不復以家自隨。及居喪已踰六十，獨處中門之外者七年。哭踊摧毀，遂以沉頓。一弟麓，少則教之問學，既長，勗之以義。同居怡怡，中外無間言。及自蜀歸，麓已生分外處；公亟過之，坐室中，潸然出涕曰：「吾止一弟，忍遂分異邪？」其待族屬，尤有恩義。教諸子必導以善，而身率之。不事言説，不加誚讓，而閨門化之。嗚呼！若公者，豈古所謂醇德質行者乎？

公生平無他嗜好，惟喜讀書，居常手不釋卷。爲文務理勝。間爲小詩，亦清潤有思。所著有學鳴前後稿、滇南紀行録、貴竹行稿、遺懷拙稿、奏議總若干卷藏于家。

公少與先君同學，繼復同朝相好。某以契家子數得接侍，知公爲深。及是二子遂屬某爲狀，謹爲敍次如右，惟立言君子表而著之，他日太史氏或有取焉。

資德大夫正治上卿南京刑部尚書劉公行狀

曾祖迪吉。

祖謙海，累贈資政大夫南京刑部尚書。

考宗政，累贈資政大夫南京刑部尚書。

妣張氏，累贈夫人。

貫江西新淦縣橋埠灘人，直隸蘇州衛籍，居吴縣鳳凰里，劉纓年八十二狀。

公姓劉氏，諱纓，字與清，號鐵柯。其先清江人，裔出宋集賢學士原父。其後有諱持矩者，仕元爲江西行省都事，因徙家新淦之橋埠灘，遂爲新淦人。國朝，江西内附，持矩之子雲芳以尺籍徙隸蘇州衛。雲芳子迪吉。迪吉二子，次曰謙海，讀書有行義，代兄戍吴，遂留居吴中，公之大父也。

父曰宗政，娶張氏，以正統七年壬戌八月五日生公於吴城鳳凰里。磥砢英特，資復潁異。少從鄉先生賀復庵學，先生亟稱之。既而受易於夏璿先生，精研淬礪，不拘拘於師説。而剽刺涉獵，卓見端緒。爲文操札疾書，未嘗致思，視他人追琢衍繹，方事竚儗，而公數百言已就。所作明暢英發。以儒士再試不利，乃入縣學爲弟子員。成化辛卯，中應天鄉試，戊戌中禮部試，廷試賜同進士出身。己亥授湖廣武陵知縣。武陵爲常德輔邑，地大而繁。公少多更涉，習知民隱。至於胥吏乾没，并文粹作「夤」緣請屬之情，咸悉其故。故視事之始，展采錯事，無不當允。縣多隙地，民惰不知溉種；又貧，什器多不備。公處業振贍，務盡民利。由是民知力本，歲亦比登。先是，有長賦者亡粟若干石，郡坐以侵官帑，法死。公執不從，當以亡失。既而獄上，上官閲其牘曰：「此良法家也。」卒從所儗。文粹作「擬」

明年庚子，母張夫人卒，公即日解官持服。服闋，改知山東兖州之滕縣。縣小而僻，素多盗，薦被荒歉，椎埋狼籍，更數政益敝不治。又其俗狼鬬嚚訟。公拘摭精敏，刃迎節解，剖析明暢，而軌道要束，皆中肯綮。一時莫不驚服向化，盗亦衰止。藩臬使者，咸稱其能，尤爲司徒許公進所知。丙午，召入爲河南道監察御史，徼巡東城，兼督視京倉。不事摘抉，而繩軌攸當，宄弊罔匿。

戊申，孝宗皇帝登極，改元弘治。公多所論奏，皆隨事救正，達於大體。是歲奉命按福建。嘗閱沙縣囚有鄧釗者，坐謀殺父繫獄，同時麻冕、張成富皆坐死。公視其所荷校皆新，翻閱牘詞多支贅，且事發無主名，而牘尾云云類隱語。曰：「豈據匿名書成獄耶？」悉索前後訟牒，果得匿名書於吏廨故櫝文粹作「故牘」中。蓋釗父以負貸自刎，其姑之夫陳富利釗産，欲奪之，故爲此陷之。以冕等其所親昵，併及焉。前時有司，實傅致成獄，其後讞者不欲更異，又惡骫法，故首鼠其事。公既閱實，即破械釋之，一時稱爲神明。莆田民有隨母出嫁者，刲股療繼父疾，有司以孝聞。公判曰：「棄本姓而冒他姓，義已不明；虧父體以濟父讐，孝則安在？」衆服其明識。時海外諸番入貢者，多挾贗貨貿市於閩。監泊者利其賄，不禁；或不時得賄，即忿鬬成隙。公謂「此非來遠之道，且傷國體」，即下令絶不許通，至今以爲法。

庚戌還朝，十一月，滿三載，考最，給敕命進階文林郎，推恩贈考宗政文林郎、河南道監察御史，妣張氏孺人。辛亥再奉命按廣東。廣並海，有別渚曰澳，番舶交易之地。地有珠市，世其業者十人。豪民張政者，先竄名番舶，商海外諸國，致番貨直數十萬。

賁結中人監舶者假以公牒，得捕盜海上。憑籍聲勢，張甚。因欲漁奪十人者之業，不得，悉誣十人者爲盜，捕置獄中。七人瘐死，餘三人當論決。公讞得其情，並釋三人，抵政死。指揮倪鳳，亦以捕盜椎剽海上，忮害尤甚。顧鳳陰狡，多養死士自衛，急之恐變，乃以計擒得之，竟致之法。鎮守中官上言各堡俘獲幼男，寄養軍中，宜從宮刑，以給内用，而實無其人。比詔取之，則旋買良人子腐以充數。腐且三百人，而斃者十五。所須尚千人，方買之海南。文粹作「海外」公聞，急渡海抵瓊崖諸屬覈實，馳還，則所司部五百人方艤舟德慶。公亟下守巡官驗，非俘獲，即日散遣。於是其家人感恩，咸謂曰：「劉公寔生汝，汝後文粹作「復」有嗣，宜以劉姓姓之。」

癸丑還朝。十月，再滿考，留掌本道事。時外戚驕蹇，結聯中官用事，縱橫亂政。公率同官上疏極言，言侵中官。中官故激怒上，逮繫詔獄，罪且不測。卒賴上仁明，笞而不問。

公前後兩按大省，劾罷不職官省使郡縣守令而下三十有六人，誅舞文者百三十餘人，平反絞斬罪百二十三人。兩侍經筵。統署十一道印事，皆集辦。丙辰，滿九載，陞太僕寺少卿。時馬政廢弛，圉人多肆侵漁，馬耗不孳。又私相盜鬻，遇褫印，率滌去舊文，更入充數。公立法辨審，弊爲之清。又探稽孳畜利病，得二十事，條列以聞，從之。

己未，考滿，給誥命，進文粹有「階」字中憲大夫。推恩加贈公文粹無「公」字考中憲大夫、太僕寺少卿，妣恭人。庚申，拜都察院右僉都御史，巡撫四川，總督糧儲，兼理松潘軍務，錫璽書以行。蜀去京師萬里，而松潘又在荒外，濱於諸夷，棧道險絕，氐僚出没爲患。撫鎮大臣，多不親履其地，緩急惟事調遣，或控馭失所，往往僨敗。公曰：「吾爲大臣，出鎮萬里，可自逸以委勞於人耶？且吾奉命督理軍務，不歷其地，何以知其要害險塞，以得其事情？」乃乘竹兜，度繩橋，徧行諸寨，廣布耳目，以求其事端。蓋諸邊戍守，城堡俱在夷中。夷人與吾人連結，無事則邀勝取功，事急則買和滅跡。其事在夷者什三，在我者什七。公爲科條禁誡，誕章敷化，事以敉寧。又有所謂賞番者，凡官府行邊，恐夷人出擾，有司先事置綵幣牛酒於路以賄之，謂之買路。公嚴加禁戢，官軍奉約束惟謹。及是文粹作「由是」公行邊，軍夷帖息莫敢動。在蜀甫一年，屬子儆卒，悲傷成疾，上疏乞歸。詔予告暫還，病痊起用，仍給傳以歸。壬戌抵家。越三年乙丑，御史龔元上言：「劉某舊撫四川，老成諳練，協于民夷。年力未衰，不應閒廢。」會四川缺撫臣，吏部即奏起之。有詔仍以僉都御史巡撫四川，兼理如故，再錫璽書以行。會松茂、疊溪、木匠、兒子文粹無「子」字諸番夷嘯集醜類，連兵剽劫，鑿城燒棧，勢甚猖獗。公親駐境上，相機設策，會諸路兵討之，衝擊疏捕，轉戰折北。諸夷懼讋，悉投兵羅拜，願獻甲馬贖罪。列柯、空龍諸寨，爭斬賊首以降。凡降二十餘寨，前後俘斬千餘人。捷聞，降詔奬勵，文粹作「奬諭」賜白金五十兩，文綺二襲。横梁、麻嗒、三哨嘴諸河道逼阽諸夷，每餉運輒爲邀劫。而衛士通番，往往起釁。蒲江關堡久已頹廢，列柯諸番往來結納，肆爲剽掠。一時邊患，往往坐此。公並議復之。仍議各立分司，設官守之。自是訖公去，邊境不擾。

正德丁卯再滿考，進階中議大夫，勳贊治尹。時有詔裁革巡撫大臣凡十有一人，公得旨還朝。尋奉璽文粹作「璽書」巡撫湖廣，兼贊理軍務。先是公在蜀，以夔峽水勢湍急，歲嘗汜溢覆舟；傍有小徑，盜出没其間，商旅不敢行。歲歉，假貸湖、陝，大費轉輸。議自夔抵荆，闢爲大道，公私便利。至是御史王璟以聞。時逆瑾方用事，恨公不先聞，矯詔逮公下詔獄。公上章自理。會廷臣亦交章論救，得釋。仍赴湖廣。荆王奏蘄州守余忠擅用兵仗，刻減禄米，欺侮宗室諸不法，論死。詔公會三法司勘問。公爲奏辯，得末減。戊辰二月，陞南京大理寺卿。六月，召爲兵部文粹有「右」字侍郎。初，崇明盜起，江南諸郡繹騷。時承平文粹有「日」字久，兵衛耗減，殘卒莫能支。所在募民兵應敵，號義勇軍。有司上其數，請如官軍給餉。公不可，曰：「往時王都御史借關隴民兵討洞蠻，從便宜月給米人三斗，後皆籍爲軍，至今遺患於民。國家軍餉，豈宜輕議？」事遂寢。

明年己巳，公年六十有八，上疏乞恩休致。有詔不允。尋給誥命，進階通議大夫。推恩贈公祖考謙海、加贈考宗政皆通議大夫、兵部右侍郎，祖妣某、妣張皆（文粹有「贈」字）淑人。庚午陞南京刑部尚書。有豪（文粹作「豪猾」）非法殺人，欲行贓丐免，費且鉅萬。顧公不可入，因公所知乘間言之。公不可，竟按殺之。公素練於事，尤長於法比，然不爲深文巧詆。遇獄有疑，率下屬吏再三讞，必無生理，然後付法。至於誖謾渫惡，必盡法無貸。故所屬咸執法不敢骫濫，姦宄屏息。

辛未，兩宮慶禮成，覃恩給誥命，進階資政大夫。加贈祖考、考皆資政大夫、刑部尚書，祖妣、妣皆夫人。是歲公年七十，再上疏乞休，不允。越明年癸酉，尚書滿三載，三月赴部考績，有旨令復職。五月，上疏再乞休致，有旨：「卿才識老成，精力尚健，宜照舊辦事，不允所辭。」六月再疏，自陳「老疾乞休，以全晚節」。有旨：「卿敭歷中外，多效賢勞，近疏乞休，已有旨不允，宜照舊用心辦事。」八月，還次揚州，再申前請，因遂歸家待命。有旨：「卿累疏乞休，已有旨勉留，不必再辭。」十月又連上疏，始得請，仍詔月給（文粹作「給月」）俸米，歲給輿皂，以示優寵。越十年壬午，今上入正大統，改元嘉靖，公年八十有一。會兩宮尊號禮成，覃恩進階資德大夫正治上卿，命有司具綵幣羊酒存問。明年癸未，以疾卒。訃聞，命有司致祭，工部營葬事如制。

公爲人亢爽疏雋，明燭事機，而閑文粹作「嫻」於吏政。又精敏强幹，事多迎解。然其中有定識，雖事出匆遽，而銖黍紛齊，較若畫一，彼沉思審處者或不及也。故其翕張變化，人莫能測，而情法不悖。所至威愛並立，而能飾之以文。在蜀大修學校，尤敦行義。飾祠祀唐西川節度使崔光遠、散騎常侍高適、經略使李德裕、宋知益州張詠。修復他名賢祠墓尤多。連按閩廣，皆值鄉試，爲監臨官。精擇典校，尤嚴閑衛，而不爲苛瑣。惟詳於檢閱，不令有遺。在廣嘗親閱落卷，得一士以爲奇，列之首選。榜出，咸謂得人，即文粹無「即」字今翰林侍讀湛若水也。其他推賢舉能，化服道利，無所不用其至。故侍郎海陵儲公瓘稱公：「經世之務，謀國之慮，往往在刑章訟諜外。其爲尹如侯覽，爲御史如唐介。其撫湖蜀，文教如文翁，水利如李冰，鎮静如張詠。」一時以爲實録云。

公長身玉立，鬚眉疏秀，而舉止軒揭，辭吐琅然，見者竦企。晚歲家居，益事燕整。客至未嘗不見，雖盛暑未嘗不冠。吉凶慶弔，未嘗不行。四方書疏，皆手自裁答，不少遺忘。尤篤於舊故，文粹作「故舊」或在患難，必極力文粹作「竭力」拯之，雖犯謗不恤。至人有過，則多面折之，雖貴顯當路無所諱。文粹有「避」字以故人亦文粹無「亦」字有譏之者，然卒不能没其善之衆也。素性儉質，既鼎貴，非祭祀賓客，食不重味。尤寡嗜慾，故晚歲神觀不衰。對客舉舊事，如引繩貫珠，纚纚不能休。年八十餘，篝燈作蠅頭字精楷，不異壯歲。屬纊之前一日，猶對客談洽，無所苦。抵暮與家人燕語如常。明日，覺體中不佳，稍就枕，却藥。夜半起坐，呼水盥靧。及旦，奄然而逝，實三月十有六日也。年八十有二。

公仕中外四十（文粹有「餘」字）年，積階自文林郎九轉至（文粹作「爲」）資德大夫勳正治上卿。配李氏，積封自孺人至夫人。生子男一人，即儆，嘗爲縣學生。文學行誼，人謂稱家，不幸早卒。娶諸氏，亦卒。女三人：長適大理寺丞仰宗泰之孫灝，次適福建僉事杜子開之子恕，又次適都御史王思德之子東。孫男一人遺，以公蔭補國子生。女二人：適張幕、林文甲。曾孫男二人：喬祖、同祖。女一人。葬以卒之明年甲申某月某日，墓在吴縣羊腸嶺之原。

某（文粹作「徵明」）先君温州與公居同里，既仕同朝，相好甚密。某（文粹作「徵明」）以契家子，蚤辱公教愛。及公歸里，遂得以晚進廁跡賓階。竊念先君既没，老成凋謝殆盡，而公巋然獨爲鄉邦之重，每一瞻對，未嘗不興前輩典刑之嘆。嗚呼！而今已矣！有如公者，可復得耶？公之孫遺，將乞銘于當代名筆，且將列之史官，屬爲事狀。某（文粹作「徵明」）自顧蕪劣，安能論次？而耳受目矚，庶幾不誣云爾。謹狀。（吴都文粹續集卷四十一）

明故嘉議大夫都察院右副都御史毛公行狀

曾祖顯卿。

祖以義。

考僎，贈徵仕郎南京工科給事中。

妣何氏，贈孺人。

本貫直隸蘇州府吴縣某里，毛珵年八十二狀。

毛氏姬姓，文王之子封於毛，其後以國爲姓。穆王時有毛班，漢有毛萇、毛義。其後毛珍毛寶顯於魏、晉之間。至趙宋澤民、維瞻，皆仕江南。維瞻守筠，卒葬於蘇。公世家蘇之閶門，譜牒不存，莫知所始。公諱珵，字貞甫，别號礪庵。曾大父顯卿，大父以義，皆不仕。父僎，以公貴，贈徵仕郎、南京工科給事中。妣何氏，贈孺人。初徵仕公贅于俞，生子玉。繼娶孺人，實生公及公弟瓚。

公生岐嶷，不類羣兒。稍長，從學張僉憲企翔，既而卒業於賀恩先生。賀以易學發解南畿，聲稱甚籍。從遊者恒數十人，獨許公善學。尋被選爲縣學生，時未冠也。會御史按試，公獨後出。或誚其遲頓。公曰：「一出不可復入，何可怱遽耶？」於時人已識其謹重。自是屢試輒占前列。成化丁酉，領應天鄉薦。戊戌試禮部，不中，卒業太學，益精進不懈。時舉子學易，多事剽掇，以求合有司，於經義初無發明。公取程、朱氏之言，揚搉探竟，務極其旨趣。有所論著，多前人所未發。同時有陸琪獻之者，亦事研賾。陸以深謐，公以精雋，皆號能明先儒之旨，一時學者咸毁其故習而宗師之。

成化丁未試禮部，遂以易中高等，有司録其義以傳。廷試賜進士出身。弘治庚戌，授南京工科給事中。時孝廟清明，方事開納。言事者曼詞長語，往往不切事情，上益厭，思得中實之言用之。公軌迹夷易，不爲毛舉，有所論奏，皆經國遠圖，及當時機要，故所言多見聽納。

巨璫薄琮，矯誕懷諼，在留司横甚。設穽陷中傷士類，一時臺諫多以罪去。公摭其尤不法數事，露章劾之，竟下獄論死。

尚書秦紘鎮嶺南，與安遠侯柳景交構。中官佑景，逮秦詔獄，事且不測。公抗疏申理，因論景諸不法。有旨：景卒閒住，而秦得致仕。或言紘不當去者，公曰：「事不可激，激或禍出意外。且秦譽聞方隆，他時名位當不止是。」其後秦果復用如公言。

大學士丘濬，博學自信，以天下爲己任，而任偏矯正，能以辯博濟其説，人莫能難。

公上疏極論其偏私。因言：「天下事非紙上陳言可舉，而古今異宜，遠近異勢，亦非一己之見可盡。如濬之才，置之翰林則有餘，不可在論思之地。」言雖不用，時論韙之。又御史有以言事戍荒遠者，母老可念，公言其情，請移近地，以廣聖朝教孝之道。又言「餘官以言謫外，不得同言官牽復，則是臺諫之外，不容有言矣！豈所以廣忠益哉？」上皆嘉納。

都御史劉瑀先守蘇，嘗不禮于公。至是總儲南京，外與公修好，而中常慊公。會公他有論劾，或告劉：科中有言矣。劉怒，上疏自陳，即得旨致仕。而公實未嘗言也。及去，公顧惜之曰：「劉於此無大過，吾可以私害之耶？」其直道秉公多此類。

丙辰，以病予告，家居久之。庚申，起告北上，留爲户科給事中。會北邊有警，餽饟不繼，師徒摧衄，多所亡失。公劾奏諸將校逗留不職。因言：「兵部尚書馬文昇坐視潰敗，無所展畫，不宜在本兵之地。」他所奏儗及檄駁論薦，咸切事機。丁巳，奉璽書清儲嶺南，道拜兵科右給事中，侵侵向用矣。會倪文毅公卒，馬公爲吏部，即擢公山東布政司左參議，自徵仕郎轉六階爲朝列大夫，外示進秩，實疏之也。或謂馬於公有宿憾，而公無幾微見於色詞。觸冒瘴癘，舊疾復作，上疏乞解新任，不允。逾年始赴，時弘治癸亥也。

明年甲子，歲當大比，御史檄公提調試場。公展采錯事，必慎必勤。内之區畫，外之防閑，動合事宜。時王守仁以京朝官主試，與御史不誠，公爲調停其間，迄事無忤，而事亦克濟。是科得人爲盛。

中官出鎮者，怙恩驕恣，多所漁取。而藩府供億，圉奪縱横，最爲民病。公隨事道利，不爲過激，不失骫骳，而惟理之循。民得不敝，而法亦無不舉。待屬官以禮，而教之以正。前是，屬吏事上諂曲，稱謂如卒吏，公痛斥之。非大過未嘗有所譴呵；至治豪猾，懲胥徒，則盡法無所貸。小民疾苦，必曲爲處分，慰諭恂恂，惟恐傷之，民亦愛之如父母云。在藩三年，以疾乞歸，有旨進浙江参政致仕。公年甫艾服，而精力强明，聲望方赫，不應遽遂閒散。或謂當道有不樂公者，因公有請，遂聽其去。而一時士論，莫不惜之。

家居十年，言官數有論薦，皆以疾辭。正德丙子，始起爲南京鴻臚卿。戊寅進太僕卿。南太僕治滁州，前是有司視爲閒局，不復稟畏，事多緩散。公至，極意振率。督問屬，核欺蔽，徵逋負，扶微興壞，所緒正爲多。會逆濠以寧藩叛，首下九江，蹙安慶。南京戒嚴。參贊尚書喬公集羣僚議所以攻守。公言：「南京祖宗基業，國家所恃以爲根本重地。而安慶實南京屏蔽，無安慶即無南京矣。賊起倉卒，以我無備，故直擣九江以窺江左。當出其不意，調集民兵，水陸並進，可以得志。若待其至，則虛實形見，人情恇擾，事不可知也。」喬公亦以爲然，遂以便宜檄公督潁、泗、和陽諸軍，以爲江表聲援。公即日出次泗上。會罪人已得，中外解嚴，而公亦遂還領太僕。尋進公南京都察院右副都御史，督視江防。公以年及七十，上疏辭，不允，改撫治鄖陽。公再理前疏，遂得致仕。時今上新立，中外翕然望治，羣賢彙進。而公以三朝老成，超然遠引，用不盡才，輿情有遺望焉。

公沉敏情悍，料事明審，發言處事，必要其終。自其少時，已無所苟，比老益慎。讀書不事博綜，而貴明理有得，見之於用。文章長於奏議，爾雅明暢，援據精審，不激不隨，而紆徐警發，得告君之體。尺牘善敍事理，有所論辨，棼棼數百言，藻發雋永，能起人意。

居官以愛物自存，尤慎刑獄。在南科時，會諸大臣録囚，有鬻鷄者因索直毆主人女奴死，懸其吭而絶之，若自縊者。主人執之，坐死。公疑邂逅索直，非有深讐，何至殺人？即誤殺之，當遂逸去，又暇從容爲計，又安肯坐待執耶？訊之，乃女奴以他事雉經，惡鬻鷄者責直怒詈，故用抵讕耳。

濟寧王彪者殺人，置尸里中叢顯家，賄其兄叢彰證顯殺之。公閲獄至濟，曰：「以兄證弟，已非人情，矧彰一人，何可獨據？豈彰故有憾於顯耶？」核之果然，罪坐彪死。吴有俞棠者，素陰賊無行，嘗負朱佑金，忿其責償，每思報之。一日，誘至家，醉而殺之。其家疑俞所爲，迹之無所得。他日，長蕩漁人網得一簏，有尸焉，潰腐不可識。其妻識其故衣，乃執俞聞官。反誣其妻嘗有所私，與朱佑之弟奉，嘗有恨於佑者，共殺佑；且誘其幼婢證成其獄。而佑死之夕，奉實行販於外，不知也。公時家居，慮得其事，力言於上官，卒白其冤；而寘俞於理。或議公居閒，非所當與。公曰：「茲事人皆知之，莫能上達。吾知之又能達之，可坐視其冤耶？」蓋公雅性，不能忍人之急，人緩急有求，必爲致力。至於官府冤濫，民間疾苦，與凡是非失得，有涉疑似者，惟無所見，見必昌言之。公既無私諼，而言復明暢，事詳而核，聽者爲之意消。一時監司郡守若邑大夫有事，輒就而問焉。公亦未嘗不爲之盡。

與人交，任真而有情。在僚友中尤能推誠投分，不肯自利以損人。東藩有督饟督芻二役，皆參佐番休任之。督饟歲至京師，事勞而費倍。芻在遼左，費省而逸。歲甲子，公有遼之役，同官方矩以私便請以京饟易之。明年，復以讓同官冒政。於時咸以爲難。厥後逆瑾用事，誅求切促，方、冒咸以虧課追徵，破産不能償。而公初無所與，人以爲公克讓之報。公曰：「是有命也。當是時，吾亦焉能□知其事而爲之就避耶！」

公治家尤號有法，教子孫必以正，而能率之以身。下至僮奴僕從，使御之亦皆有制，其所授任必堪其事，而育之有恩，卒皆得其死力。殖産治第，以若饋遺出内，咸責成其下。晚歲業益充拓，田園邸店，偏於邑中。垣屋崇嚴，花竹秀野，賓客過從，讌飲狼藉。雖極一時之盛，而公無與也。

雅善養生，平生保身如金玉。愛養神明，調護氣息。至於暄寒起卧，飲食藥餌，節適惟時。故晚歲精神完固，年餘八十，鬚髮不變，語言動止，與少壯不殊。咸謂公方來未艾，優遊黄耇，爲當世遺老，詎意一疾遂不起耶？嗚呼惜哉！

公生正統壬申七月十又八日，卒嘉靖癸巳二月十又九日，享年八十有二。配韓氏，封孺人，先卒。妾某氏。子男三人：長錫朋，戊子鄉貢進士，娶文氏，我先叔父僉都御史諱森之女。次錫嘏，娶德慶州判官沈公晜之女。次錫疇，娶刑部尚書吴公洪之女。俱縣學生。女五人：長適都察院右副都御史吴山，即刑部公之子。次適布政司經歷秦鋭，江西布政司使蕃之子。次適鄉貢進士范汝輿，宋文正公宗孫。次適大理寺副王延喆，太傅王文恪公長子。次適蔣廷光，監察御史蔣伯宣子。孫男五人：長體仁，縣學生。次志仁，次利仁，次友仁，次子仁。孫女五人：長適金鼎，次適湯鼎，次適陸延枝，餘幼。曾孫男一人。錫朋等以卒之次年甲午某月日葬郡西花山天池之新阡，韓孺人祔。

某於公爲邑里晚進，辱公忘年下交。提衡引重，雅意勤至，有出於通家姻好之外者。公平生居官行事，雖間得於語言承接之間，而莫知其詳。今因其子錫朋所述者，摭其大校，敍次如右，庶太史氏有所採擇云。

先叔父中憲大夫都察院右僉都御史文公行狀

曾祖定聰。

祖惠。

父洪，淶水教諭，累贈南京太僕寺少卿。

母顧氏，累贈恭人。

本貫蘇州府長洲縣人，文森年六十四狀。

文氏姬姓，裔出西漢成都守翁，始著姓於蜀。後唐莊宗帳前指使輕車都尉諱時者，自成都徙廬陵。傳十一世至宋宣教郎寶，實與丞相天祥同所出。寶官衡州教授，子孫因家衡山。至鎮遠府君俊卿，仕元季爲湖廣管軍都元帥，佩金虎符，鎮武昌。生六子：

長定開，入國朝爲荆州左護衛千户，賜名添龍；次定聰，侍高皇帝爲散騎舍人。後贅爲都指揮蔡本壻，從蔡徙蘇州，遂占籍爲蘇之長洲人。散騎府君次子惠，字孟仁，公之祖考也。考諱洪，字功大，仕爲淶水縣儒學教諭，累贈南京太僕寺少卿。初，少卿公娶陳安人，生先君温州府君諱林。繼娶顧恭人，實始生公。

公諱森，字宗嚴。隨少卿公宦淶水，受易於家庭，即得肯綮。少卿公致仕歸，卒於家。公年甫十八，即能自奮於學，誦讀窮晝夜不休。羣經子史若國語、左氏諸書，讀之殆遍。下筆爲程文，儁發蹈厲，不爲時俗陳爛語，一時曹耦咸退讓。終喪，選爲縣學生。稍試不利，即屏居學宫，益事研究，三年不輒歸。成化丙午，遂中應天鄉試。明年丁未，中禮部試，廷試賜同進士出身。又明年戊申，孝宗皇帝登極，改元弘治，詔諭天下。公奉使歷山東、鳳陽、揚州、廬、淮諸郡，尋以纂修憲宗皇帝實録，奉使採訪浙江，事竣，以病予告還吴。弘治四年辛亥，起告赴部，授河間府滄州慶雲縣知縣。

慶雲地瘠民貧，屬歲大旱，公至，首召父老問民所疾苦；咸曰：「歲旱民窮，而督賦且急，民亡且盡。」公曰：「若歸語而老弱：而來，吾且食爾，無憂賦也。」即閲獄，有以逋賦繫者，立縱遣之。乃上疏乞免田租，户部以撫按無奏，不報。公疏再上，語加切，卒免其半。既而請賑於上官，上官令列户給之，户不過五斗。公曰：「户有大小，概給不均。

給之當以口賦。」或以忤上官怵公，公不顧，按籍占數，計口而發。仍禁所司不得雜糠粃以給。由是民被實惠，而上官亦不以爲迕。會開興濟河，役民甚衆。公曰：「民饑且死，何以出役？」走白於郡，得減役；視他縣獨得不擾。郡又役之治道，公亦白而遣之。境故高，而舊無渠堰，民視雨澤以田，一遇旱，則束手待槁。公教民相地鑿塘，蓄水以備旱，而澇則洩之。每行視野中，屏騎却蓋，親履塍畝。持食一橐，茗一器，或當食不及頓次，便憩樹下。昏旦出入暴風日中，面焦且裂弗爲止。而虔於禱祠，曰：「靡神不索，荒政之一事也。」因立八蜡祠，修復龍王廟，修築社稷縣厲諸壇，而盡毁諸淫祠。俗有所謂打旱魃者，歲旱則聚惡少發新瘞屍墓而鞭之。或執産婦被髪坐而沃之，曰淋旱魃。公諭之曰：「在法，發塚、邪巫皆重辟，若曹奈何蹈之？」因嚴爲禁絶。縣嘗有蝗患，公捕得，輒瘞而藏之。或問故，公曰：「野無青草，異時何以自明？」既而朝廷累遣使行驗，民賴是免賦。而他縣無驗，坐累者比比。雅重學校，稍暇，即請學官與諸生講解，示以法程。里社設學以教鄉民子弟，導以孝友而勸相之。有徐文亮者，數世同居，爲表其宅里。它貞孝有蹟被旌，與可旌而旌未及者，咸勞以金帛，撫其孤嫠。嘗出，聞有夜織者，旦召其夫而勞之。縣民故惰，至是多勸而勤。縣有養濟院而無廬舍，爲構屋四十餘楹，具井釜，給薪爨，哺被以時，不令失所。縣比不登，民流户減，而額養孳生馬如故。公上疏極言不均之弊。下兵部，參會衆議，得通融均給。縣隸滄州，州每役縣民爲斗級、弓手、防夫、它夫、皂之屬，流傭轉輸，曠日煩費，民甚苦之。公曰：「縣雖隸州，然各有分土，州安得擾縣之民？」白於監司，罷之。仍請下傍縣，皆得視慶雲。

癸丑，丁呂恭人憂。丁巳，服除，改山東兗州府鄆城縣。鄆城地大雄繁，民獷健而喜訐。公至，縛奸人數輩，投戍邊徼，一時宿蠹爲清，豪猾斂戢不敢肆。縣有德王府莊田，歲輸子粒至府，府官校每虐苦之。至以鐵絙縶廐下榜笞之，或賣所乘驢馬不足償。公言於監司，請自輸于長史，不可；則爲征取貯於公，俾官校自取。民得無擾。會有詔減明年田租，而王府征輸如故。公亟言於巡撫大臣，得減輸如詔旨。因疏于朝，極言王莊之擾，不報。富民緣邊儲出内爲奸利，公列櫝庭下，令輸者書日月里甲姓名，并所輸自投櫝中，遏富民不得近。又上供歲帛，不問里甲大小及民貧富概徵之，胥徒復漁取其中。公以九則占數而賦其直，俾占帛以輸，所省十五，而輸復有羡。民咸便之。境有西裏河，舊通漕運，歲發浚卒，專官領之。及築黄陵岡上流，因罷專官，而供調如故。公請罷之，所司不可，公曰：「上流既築，則河不必浚。管河官既罷，則卒不必設。」所司不能屈，卒罷之。縣城久圮，而隍堙不能蓄水，公糾工繕濬，二旬而畢。去城一舍，有障水隄，綿亙十餘里，亦久就廢。及是亦修復之。又於隄口聚土，以遏水衝。凡所爲興革利害，無所不盡。而崇獎風化，激昂士類，悉如慶雲。慶雲倚山海而臨漕渠，曠遠無防。而鄆有梁山之險，又當東平、汶上、壽張之衝，皆號多盜。盜白日遮劫不可跡。公所至置民兵什伍，分曹更邏，約遇盜併力掩捕，而高懸賞格以勸勞之。故盜出境内無脱者。嘗被郡檄捕劫盜，公讀檄，默記其失物。他日，獲盜，遽詰之曰：「爾前盜某物安在？」盜駭愕，即吐實，果前劫郡中者。蓋郡與真、保定比壤，盜出没於此，公識其方言耳。有竊人瓢粟，邂逅其妻殺之，求盜不得。或得瓢於張乙土榻中。執張至，不承，曰：「此故乙瓢也。」公召其妻至，雜數瓢令識之。妻遑錯莫能舉，乙遂引伏。鄆有趙小老兒者，嘗邂逅一僧於市，知其盜也，詈而逐之。既而它盜以僧言，誣趙爲橐盜者。公使趙青衣雜羣皂中，問「識盜趙否？」曰：「識之。」曰：「羣皂中亦有類趙者乎？」曰：「無也。」公曰：「果汝妄耳。」因釋趙不問。先是，隸卒攝逮，鄉民畏漁苛，往往逃匿不時得。公受牒，輒判牒尾令自持以往，無不即至。故事：州縣圉夫，率用富人，以便供需。公特簡下户充之。皂則與鄰縣互易如制。一切苞苴，不得踏門。嘗自噉糲食；每歲儉，輒停俸入，家人或不能具饔飧以爲常。在鄆三年，巡撫使者交薦其才可大用。

十四年辛酉，召拜浙江道監察御史。會吏部闕尚書，大臣有夤緣求進者，公疏力論之，因舉宜爲吏部尚書者，疏劉大夏、周經進以召。時營進者甚鋭且有力，或從中醖釀之，謂是專擅選法，非所宜言，遂下詔獄。賴上仁明，特笞而不問。

十五年壬戌，奉命榷木盧溝橋，隨事錯綜，不先爲程期，而實又不失常度。召車徒給以□符，驗數句稽，限不得與門者通，隸卒無所牟大利。富商大賈，往往詭數規免，或挾勢家爲奸利，公驗税如制，一切私書禁弗爲通。尋監光禄寺，尤多緒正。

十六年癸亥奉詔河南清軍伍。既至，命所司各陳利病而興除之。故事，疏捕士伍，視移文概藉株逮，往往民不勝擾。公惟稽赤籍，非缺伍不輒追。有匿丁壯而以缺伍言者，悉捕至抵罪。弊爲之清。

會疾作，上疏乞告。明年甲子，還吴。閲二年丙寅，改元正德，逆瑾擅權，用例致仕。庚午更化，再起爲河南道監察御史，推掌三法司事。尋奉詔照刷在京五府六部各衙門文卷。正德七年辛未考績，給敕命進階文林郎。明年壬申，陞南京太僕寺少卿。

於時民方苦科駒、賣駒、徵銀及追賠、倒死諸弊政。公移文諸屬，條列古今廐牧之法與今之利病所宜興革者，大略言：「今日馬政，除補足種馬之外，上之所須，獨備用一事而已，豈有科、賣、徵、解諸擾民之令哉？奈何有司沿故習而忽今典，憚改革以失事機。援例變賣之文，交屬於途；聽民自便之條，高束於閣。妄傳點視，而使期集之不暇；虚稱拘刷，以示科需之有名。是致一牝常隨兩駒三駒之多，而一駒或養三年四年之久。羣醫牙販，則請賣駒於官，以謀撓法；吏書庫役，則請收銀於官，以遂己私。殊不知官賣之際，多估則買者賠販，而廐牧愈受其殃；少估則賣者虧損，而市井共饗其利。負欠或遭勢豪之手，徵求難免捶楚之刑。甚而官吏私相貿易，而馬於是乎併去矣！此賣駒於官之弊也。官收之時，盤歃法重，有秤頭之積出；錙銖較闕，有火耗之羨餘。券票有紙筆之需，伺候通攙先之賂。甚至上下傳相交代，而利於是乎併失矣！此收銀於官之弊也。況名雖補輳備用，而全科併派之數，實不開除；陽雖變賣不堪，而倒失虧欠之逋，陰加併斂。」凡所言皆切中當時之弊。

在太僕三年，軌道綜核，隨事財正，下享其利，而上蒙其成。乙亥考績赴京，道陞都察院右僉都御史。尋給誥命，進階中憲大夫。贈考爲南京太僕寺少卿，妣顧氏、繼妣呂氏俱恭人。於是公在仕途三十年，年五十有五矣。會有小疾，遂上疏乞休。有旨，俾回籍養病。疏再上，始得致仕，是歲正德十二年丙子也。越六年辛巳，今上踐阼，工部尚書李公某、户部侍郎胡公某、御史沈某先後薦公老成可用，皆不報。又五年爲嘉靖四年乙酉五月某日以疾卒於正寢，實公所建文山忠烈祠之右。

公平生忠義自許，雅慕文山爲人。以先世嘗與通譜，且嘗建節吳門，有功德於民，因言於朝，得列祀典。即所居建祠，俾子斗主之。吳之有文山祠，實自公發之也。而公竟易簣於此，豈偶然哉？

公爲人精悍英發，激印負氣義，而執法弗撓。意見所在，必達其志。初，奉使至鳳陽，邂逅一貴臣，行禮稍不如制，一中官尤誇謾。公執故事不少降，必使引伏乃已。蓋其初筮爲小官，已能抗捍權要如此。及按河南，中官劉瑯，貴横尤甚。懷諼侵官，無所不至。一時藩臬諸臣，脅息順旨，莫敢出氣。公檄有司，謂「事有統攝，法不可奸。苟事涉我，而移文非我出，輒承行，行必劾弗貸」。趨令示劉，劉爲之斂戢。其爲縣時，與上官論事，亦皆直前不顧。或不聽，必疏論之。户部著令下州縣驗田高下，以稽水旱。公謂：「壤有變遷，農力不齊，胡可一概限列？」又欲括縣金錢，以足上供。公亦不可曰：「與其他日發内帑以救饑饉，孰若今日存府庫以備緩急！」皆極疏言之，不以有成命但已。既在言路，益得盡言。然必執大體，不爲抉摘細碎。所言皆明白直致，不爲回曲。其論吏部尚書，尤人所難。然非其人，絶不與交。晚節益堅定，思有所爲。及今上收用老成，又經中外論薦，當路者且次第敍進公，而公不待，死矣！

公問學精詣，而不務博綜。自少與先温州兄弟自相師友。及入仕，即從學李文正公，所得甚深。而賦性高朗，視一時名家，若不足爲。其論著必法左氏，鑄詞命意，精鍊峭拔，不劇致不已。然不苟作，亦不輕以示人，人無知者。晚歲悉棄不復爲，曰：「大丈夫乃復區區佔畢問耶？」其意欲以功業自見。屬正德多故，又不能隨時俯仰，遂以盛年棄官家居，其意蓋有待也。而豈意其遂已邪？

公自少貧苦，然視富貴，漠然無所動於中。既貴，不復殖產，亦不治居第。俸禄所入，皆緣手散去，家之有無一不問。至於子女婚嫁，特成禮而已，不求備也。惟雅好賓客，客至未嘗不置酒。治具草略，亦不求甚設，而情意懽洽，藹然可親。錢寧、廖鵬用事，皆嘗加禮於公，公皆無所受；造謁皆不報。有故人在當路，與公論事，公正折之，又爲書詆訾其過不少諱。其刻廉修正，無所回折如此。晚歲偃蹇不究大用，殆亦以此，而公不悔也。

公娶談氏，累封恭人。生子男一人斗，娶沈氏。女二人：長歸國子生毛錫朋，其一早夭。側出子男二人，科娶張氏，犀聘陳氏。女六人：歸錢班、張哲、周某，哲，國子生；其三未行。孫男三人，女四人。

公少先温州十九年，事温州如父，終身未嘗與亢列。處季弟縣學生彬，備極友愛。撫諸姪禮嚴而情篤，於徵明加親。徵明少則受業於公，賴其有成。及以薦入官，數書示其所志，思一見徵明，不及。及是歸，而公不可作矣。嗚呼痛哉！今將以某年月日葬某原。

惟公抱負閎偉，志烈剛大。屬時多艱，不獲盡展。而所施設，僅僅見於一方百里之間；太僕之任，又在參佐之列。是其所有，曾不少見於用，而盛年奄棄明時，有可惜者。敢列其大校，以備采擇云。謹狀。姪翰林院待詔將仕佐郎徵明狀。

按：本卷各行狀，皆見三十五卷本卷二十六。

文徵明集卷第二十七

傳一　五首

戴先生傳

戴先生者，蘇長洲人也。名冠，字章甫。生而穎異，篤學過人。其學自經、史外，若諸子百家，山經地志，陰陽曆律，與夫稗官小説，莫不貫總。而搜彌剞劂，必求緣起而會之以理。爲文必以古人爲師，汪洋澄湛，奮迅陵轢，而議論高遠，務出人意。詩尤清麗，多寓諷刺。推其餘爲程文，亦奇雋不爲關鍵束縛。一時譽聞籍籍起諸生間。同時諸生多守章句訓詁，所爲經義，類多熟爛骫骳之言。先生既聰明强解，又高朗自喜，下視曹耦，莫有當其意者。以故人多忌而非毁之，然卒亦莫有能過之者。每賓興，人必擬先生首解，先生亦自謂科第可得也，而八試皆絀。弘治四年，始以年資貢禮部。是歲，貢禮部者數百人，羣數百人而試之，其名在第一。入試内廷，復褎然出數百人上。然例止得學官，當道者惜之，勒令卒業太學，以需他用。而先生不能待矣。竟就選，得浙江紹興府儒學訓導。在官以其學教授諸生，諸生多所造就。而先生益以其間隙，肆志於學。學益宏肆，考論著述，不少怠廢。初，先生爲諸生時，紹興有爲御史督學南畿者，以文學自負。先生見其文，有所指摘。或達於御史，銜之，欲論黜先生，不果。及官紹興，御史者罷官家居，邂逅有言，不相下。他日御史死，其家誣執先生，遂罷歸。

先生雅志當世，自其少時，即上書有司，請逐里中淫祠去之。及壯，益究心時事。三原王公以都御史撫巡江南，特賢愛先生。每召見，輒款語移時，聽其論議，未嘗不偉嘆，知先生非經生也。及先生至京，公已爲吏部，見之，驚曰：「爾尚舉子耶？」因問當今切務。先生條上數事，大要以用賢爲國家首務，又勸公「不棄邇言，不恃己見，勿以嘗挫懊奪素志」。其言謇諤，皆有所諷切。在紹興時，浙中海塘爲患。有韓參議者，從先生訪水利得失，先生條刺利害興廢，及今修築事宜，纖悉詳明，而切於用。韓遂取而行之，民至今以爲便。

先生所著有戴子若干卷、隨筆類記若干卷、讀史類聚若干卷、通鑑綱目集覽精約若干卷、經學啟蒙□卷、奇字音釋□卷、禮記辨疑□卷、氣候集解□卷、濯纓文集若干卷、和會稽懷古詩若干卷、補文房圖贊□卷。

先生年七十有一，以正德七年正月二十一日卒。先生兩娶皆夏，子四人：恩、憲、憑、應。憑，縣學生。女三人。孫男女十人。

文子曰：近時以科目取士，凡魁瑋傑特之士，胥此焉出。以余觀於戴先生，一第之資，豈其所不足哉？迄老不售，以一校官困頓死，殆有司之失耶？抑自有命耶？謂科目不足以得士者，固非也；而謂能盡天下之士，誰則信之？

華尚古小傳

華尚古名珵，字汝德，嘗仕有官稱，以其仕不久，又性好古，故遺其官不稱，稱尚古生。尚古生，常之無錫人。出南齊孝子寶之後。世累高貲，不仕。至濟時甫以貲爲郎，後以二子升朝，累贈光禄署丞户部主事。尚古其次子也。少績學，與弟珏俱隸學官爲弟子員。俱刻厲自奮。既而珏舉進士，去爲稽勳郎中，而尚古七試輒斥，循資貢禮部，卒業太學，選授光禄寺太官署署丞。太官掌内庭法膳，共具浩穰，而事關中禁，倉卒皆從中涓取辦。其徒卒饕誕驕揚，往往憑恃爲姦利。稍不厭所欲，輒能中人以法。尚古周慎詳雅，而潔廉自將。又平實沉厚，見者沮喪。訖其去，無有過舉。一時卿僚方重得尚古，而尚古歸矣。其後有司復援恩例起之，卒辭不就。

蓋尚古仕雖晚，而輒知止足，又樂閒曠。既家居，率以良時勝日，領客燕游。南昉錢塘，北盡京口，數百里中名山勝境，靡不踐歷。遐矚高寄，黯然興思，有古逸人之風。家有尚古樓，凡冠履盤盂几榻，悉擬制古人。尤好古法書、名畫、鼎彝之屬，每併金懸購，不厭而益勤。亦能推別真贋美惡，故所畜皆不下乙品。時吴有沈周先生，號能鑒古。尚古時時載小舟，從沈周先生游。互出所藏，相與評隲，或累旬不返。成化、弘治間，東南好古博雅之士，稱沈先生，而尚古其次焉。尚古家居孝友，而接物闓朗，未嘗督過人，而恒負人之懼。古稱長者，尚古有焉。

尚古今年七十有幾，先未有子，以稽勳之子鉦爲子。晚得一子名鑄。

余家吴門，與錫比壤，頗聞諸華之盛。其間履德植義，固多有之，要不如尚古生之篤意古人也。尚古所藏古名人文集，若古人理言遺事、古法帖總數十，費皆數百千不惜。又喜散財利物，而不求知主名。其事皆有足稱者，然固富人有識者所能，可以不書。書其大者以傳。

胡參議傳

參議胡公琮，字文德，蘇之長洲人也，成化初，舉進士，爲江陵知縣。縣隸荆州。荆既重鎮，而江陵輔邑，地大物繁，民慓悍易動，更數政不治。公疏舉博謀，隨事經理，稍用法剪其豪植，不令得肆。遼王以近屬横甚，其下兵校椎埋睘奪，尤多無賴。公一繩以法，無所貸。王不能堪，日夜思構公，時時饋食，襲以金錢，庶幾公一顧，得以劫持。公既端介不可溷，則相戒歛戢，終公去，噤不敢爲暴。湖襄盜發，朝廷籍土兵討之。夷僚詩謾，素無紀律，推刃劫奪，所過讐擾。公大具牛酒，先事飭其渠率，俾爲要束，而身自餉給，皆厭屬逾望，以次受犒去，無有譁者。

居三年，徵入爲監察御史。以事左遷，知黄之麻城，亦湖南劇邑。民習聞公江陵之政，惴恐守法。公顧其民淳質，可以導化，乃不事搏擊，一意拊循。俗佞鬼，鮮知禮義。乃毁淫祠，表章節孝，時時進其父老儒生，問民所惡欲而罷行之。民用悦服，俗以丕厚。

稍遷常德府同知，廉方自持，頗不與羣僚狎比。或言於守曰：「同知故京朝官，豈能爲守下？」守嗛之，公不爲意。俄而守爲上官所持，公審畫導利，卒用計脱守。守嘆曰：「胡同知，仁人也，而文稿作「吾」幾失之。」自是非胡同知莫與計事。大璫自滇還，道出湖湘。所至笞擊官吏，責索賂遺。公故不爲禮，徐召邏卒隨以出，若將檢其槖裝者。璫懼，急引去。他日文稿有「攝守」兩字有詔括金諸郡。檄牒旁午，公持不即下。僚屬相繼進説，恐閣詔得罪。公曰：「常德郡貧，歲且儉，文稿作「饑」矧金非所産，又可賦外有徵乎？即罪，罪主者，不以累諸君也。」已而詔罷不徵。而他郡先有徵發者，聞常德事甚愧。

在常德數年，以母憂去。再起同知處州。處故有礦穴，官守之。民或他處發地得礦，中官即欲奏籍於官。公不可，曰：「愚民偶有所獲，既非故穴，其出不常。萬一籍官，則有常課。一不登，則將取足於民，民且獲重困。我在，豈可使吾民重困乎？」二句文稿作「豈可我在使吾民重困乎」即上疏言：「先王之政，取於民有制，蓋不欲盡民之利也，況與民争利乎？」其言明切懇至，朝廷卒從之。在處期年，屬時缺守，一時善政咸自公出，故民尤深德公，争欲得公爲守，而公倦遊矣。會滿考，赴吏部，遂乞致仕。時王端懿公主銓，彭惠安公爲吏部文稿作「天官」侍郎，素皆知公，皆欲慰薦公，而公去意堅決，遂爲論奏增秩，以朝列大夫山西參議致仕。先是，公在處州，彭惠安以都御史巡視兩浙。處爲屬郡，嘗以邑子爲丞者屬公。公按黜之，惠安不以爲忤，反益賢公。及是去，尤甚惜之。戴縉者，公同年進士，又嘗同爲御史，雅相厚善。其後戴爲權璫引用，攀附驟貴，公遂去之，而戴念之不衰。及公浮湛外僚，數致意，欲援用公，公絶不與通。他日以事至京，戴方爲刑部尚書，顯赫用事，蹟公所寓躬候之，亦避不見。蓋公修正彊執，不欲附離匪人，故仕中外餘二十年，潦倒末殺，僅以一郡倅終老林下。一時論者或有遺望，而公自視，乃無不足。

生平寡與，既歸，益事韜匿。門庭寂然，郡邑大夫，往往不知有公。弘治間，有爲郡守者，雅知延禮郡彦。於是諸郡彦共請公爲會。偶其人被酒誶語，公即起，馳去，恚曰：「吾本不見時人，無事輕出，乃爲鼠輩所侮！」自是掃軌滅跡，雖故人親戚，亦罕親接。年七十九，終於家。

論曰：雋不疑有言：「太剛則折。」而蘇氏非之，以爲此鄙夫患失之言也。夫剛，亦貴有以養之。孔子曰：「棖也慾，焉得剛？」惟無欲，乃能有養耳。以余觀於胡公，歷仕郡縣，靖共正直，必行其志，卒用受知當路。使其時不即引去，必亦馴致大官，可以有爲。而剛方嫉惡，必不能脂韋取容。萬一爲小人所構，將舉其平生而失之；於是乎剛則折矣！夫以蕭太傅、顔平原之賢，又皆爲君上所知，而卒皆不免。議者猶以其老不知去，有以致之。然則胡公豈獨能剛哉？其所以養之者深文稿作「至」矣！

公無子，有贅壻曰陸應賓，生子粲，舉進士，爲給事中，頗能言其事，然而逸亡多矣。

列其大略以傳。文稿墨蹟

企齋先生傳

企齋先生姓張氏，名愷，字元之，常之無錫人也。成化末，舉進士，奉使江、浙、閩、廣，既竣事，援例歸省其父。父亡，解官持服。服闋，還朝，選授兵部職方司主事，分司山海關。關臨絶塞，當遼海之衝。東夷入貢及關隴商販，咸取道關下。夷僚傑驁，往往解嫚弗率。先生與爲要束，禁不得自恣。商人或執僞檄，通文稿作「逋」徼外爲姦利，悉按發之，仍牒所司置籍勾稽，自是無敢闌出入者。而蝦夷亦擾馴，無敢越佚。先是，分司更費，咸榷諸商人，先生謂：「譏而不征，古之訓也。既察非常，又榷其貨，幾於爲暴矣。且仕有常禄，而奉使則有過所，自應取給有司，何以暴爲？」因檄所在量爲供頓，而悉罷諸科擾以爲常。

三年代還，改授刑部陝西司主事。會中官楊鵬有嗛於法吏，摭拾諸曹細故，悉奏逮詔獄。或謂先生坐曹未閲月，事出其前，宜有以自白。先生嘆文稿作「笑」曰：「某誠無罪，顧諸君豈皆其罪耶？射時規免，人謂我何？」竟從坐補外，通判順德府，分領監牧。

先時種額冗濫，蓄息不能以時。而有司視額取贏，大爲民病。先生力言於上官，隨宜更革，務爲節適。而科斂徵發，弗擾而集。上官才之，多屬以庶政。平繇讞獄，以若河防，莫不職辦。

舉最，陞山東東平州知州。州當南北孔道，使車結轍，守長將迎，日有文稿有「所」字不暇。先生曰：「吾爲天子守一州，存亡休戚，萬姓攸賴，可以末節而廢吾職耶？」於是展采錯事，問民所惡欲而罷行之。綜核緒正，惟慎而勤。至於餼館勞徠，悉從簡約。時大璫李興奉詔治水張秋，詔旨嚴切，所至笞辱長吏。吏奔走承迎，賄謝狼藉。先生徒手謁之。人爲傍懼，而先生進止詳雅，占對明暢。興顧瞻咨嗟，以「儒吏」稱之，文稿有「一」字無所忤。素喜問學，能以餘力飾教事。修學宮，端士習，勸相引翼，導以化本。民用綏集，而儒業以興，州以大治。

超拜貴州黎平府知府。黎平古之荒服，雖名列郡，而夷僚雜居。鳥言卉服，侏離獷悍。既不可以訓，而王法亦有所不加，前政往往禽獸畜之。先生嘆曰：「忠信可行於蠻貊，此獨非人乎？」乃拚去牙角，而推誠拊循，民夷文稿有「信向」二字尋皆擾服。屬夷有嚚訟，更數政不平，或稱兵仇殺。先生諭以禍福，開示大義，而以誠導之。兩造悅服，悉投仗解去。郡本五開衞治，後雖置郡，而兵官彊禦，不緝其下。郡民賦役于公，每苦悍卒圍奪。民望見郡城，輒懼而逃，卒得以乘其敝，代之轉輸，悉爲乾没。先生稟承上官，嚴爲申飭，有犯輒械而懲之。舊有撫苗兵官，歲出行部，饕詖狼戾，諸洞僚苦之。先生亦請罷置。由是民夷安集，輸將以時，賦發章程，不戒而孚，而郡以有立。一時撫巡若巡視大臣，交章論薦，而先生方以病乞歸。奏未及上，而病加篤。請於監司，暫歸就醫。時逆瑾盜權，以苛法羅織羣僚，劾先生在告愆期，逮赴京獄，邀賄不得，罷爲編民。瑾誅，起爲山西太原府知府。未至，轉福建鹽運使。抑遏彊禦，務以通商惠民，而持廉守法，不以冗散易節。御史賀泰以「篤實疏通」論薦，而當路嗛之，竟以疾罷歸。歸二十有七年，年八十有六，嘉靖戊戌五月八日以疾卒。子四人：璵，縣學生，早卒；珯，文稿作「瑭」承事郎；珊、理俱縣學生。孫十人。

先生端諒若淑，木質而理。事關義利，介然不可易。守東平時，數以事與上官爭執，反復數四，迄不爲少詘。在黎平亦以不時堂參，爲監司所怒。其官文稿有「簿」字不振，殆亦以此。然先生未嘗立異以徼名，特不肯苟有所狥，且文稿作「耳」逶迤張弛，一惟名義所在。而律身尤嚴。往來仕途，非傳置不乘官舟，不給過所。家居不役輿皂。平生俸請之外，不妄受一錢。歷官二十年，先世田廬無所增益。既謝事家居，非有故不輒至城府。邑大夫若行部使臣，或就問政，讌語終日，不一及其私。植志高朗，不屑鄙事，而强學績文，乃不以時廢。少則貫綜羣籍，髦而彌勤。爲文暢達理勝，尤喜爲詩。生平履歷與所感觸，所見聞，悉於詩發之。有文集若干卷，他論著若貴陽讌談、釣臺遺意、備遺補贊諸書又若干卷。

先生本江陰流璜里人。父禶，贅無錫鄧氏，生先生，遂占數居錫。先生既老，不忘流璜。瀕死，自爲文刻石以表先墓。先生昆弟五人，白首同居，有無通假，死喪患難，惠恤惟勤，於倫誼至篤也。

文某曰：余家吴門，與錫接壤。少則聞有張先生企齋者，宦學有稱。同時若故邵文莊公，今少保大司馬秦公，媲聲儷蹟，實相曹耦。其後二公浸涉華要，功烈宏偉，遂顯名天下。而先生再起再躓，卒老於有司，而世乃無有知之者。然考其平生之文稿作「其」文學行義，固二公者流。使其得志以行其所學，其功烈豈少哉！文稿墨蹟

顧春潛先生傳

顧春潛者，吴郡城臨頓里人也。所居有田數弓，每春時東作，則有事其間，因築室以居。署曰春庵，自稱春庵居士。他日仕歸，邂逅於潛人，問於潛所爲得名。曰：「昔

人謂於此可以潛隱也。」乃忻然笑曰：「吾亦從此逝矣！」遂改稱春潛。春潛名蘭，字榮甫。嘗舉於鄉，再仕爲令長，有官稱矣；而人遺之不以稱，稱春潛云。

春潛秀偉特達，讀書不守章句，而開絶人。少以儁茂選充邑學生。諸邑學生以經義相高，咸衆人視春潛，春潛不恤也。獨與同舍生文徵明友善。徵明雖同爲邑學生，而雅事博綜，不專治經義，喜爲古文辭，習繪事，衆咸非笑之，謂非所宜爲。而春潛不爲異，日相追逐，唱酬爲樂。弘治戊午，舉應天鄉試，去遊太學。太學衣冠文物之會，所與遊皆一時知名士。若錢塘邵鋭，若吴興蔣瑶，若金陵陳沂，同郡若方鵬、方鳳，若尤樾諸人，其尤狎妮者。後諸人皆舉進士，去爲大官。春潛自弘治己未至正德丁丑，凡七上禮部，不中。以太學生釋褐，授山東淄川知縣。淄川鄙小邑，而賦調爲煩。更前政墮弛，豪植縱横，往往席執規免。春潛綜核鉤摭，一視資繇下上，吏不得緣爲奸。至於屠酤摧會，一切科謫，凡以瘠民裕上者，悉蠲放之。拊循道利，民用安集。上官才之，調知江西之樂安。樂安視淄爲劇，俗陋而敝：人死，溺於禨祥，或更數歲不葬；學校生徒，或不冠而婚；女婦夫死，不俟成喪輒嫁。春潛醜其事，悉列上監司，首爲緒正。里胥執役於公，率欺鄉鄙，而侵牟其利，不令受事。春潛測其隱而消息之。崇良抑姦，務爲均適。而展采錯事，不以勢移，不爲利殉，而將以勤誠。逾年而民信以悦，風以丕厚。邑方有賴，而春潛顧已倦遊，竟投劾去。居官尤事持廉，常禄之外，一無所取，亦不以一物遺人。在淄時，屬當歲覲，故事，入覲多行包苴，以要譽當路，春潛徒手不持一錢。父老知其如此，率邑中得數十緡爲贐，春潛爲詩却之。

及是歸，家徒四壁，先所業田，已屬他人。獨小圃僅存，有水竹之勝。故喜樹藝，識物土之宜，花竹果蔬，各適其性。淺深有法，播植以時，而時其灌溉，久皆成林。花時爛然，顧視喜溢，循畦履畮，日數十匝不厭。客至，燒筍爲具，觴詠其間，意欣然樂也。於是二十年餘矣。自非疾病風雨，及有大故，未嘗一日去此；而於世俗酬應，仕路升沉，與凡是非徵逐，一切紛華之事，悉置不問。居常夷易，不爲岸谷，亦不肯脂韋取容。而受性堅決，能激卬任事。既多更練，益用閑習，蓋嘗有志用世也。屬時方重進士，而庸視他途。自顧晚暮，不欲與時流相取下，遂以肆志爲高，以隱約自勝，斯其所謂潛也已。

或謂昔之隱者，必林棲野處，滅迹城市。而春潛既仕有官，且嘗宣力於時，而隨緣里井，未始異於人人，而以爲潛，得微有盭乎？雖然，此其跡也。苟以其跡，則淵明固常爲建始參軍，爲彭澤令矣。而千載之下，不廢爲處士，其志有在也。淵明在晉名元亮，在宋名潛。朱子於綱目書曰「晉處士陶潛」，與其志也。余於春潛亦云。

按：本卷各傳，皆見三十五卷本卷二十七。

文徵明集卷第二十八

傳二　二首

太傅王文恪公傳

公名鏊，字濟之，世稱守谿先生，吴洞庭山人也。其先有百八者，自汴京扈宋南渡，遂居山中。至是族屬衍大，號其地爲王巷。其初未有仕者。正統間有司選生徒隷學官，里中子弟咸走匿，公父朝用獨請入學爲弟子員。後仕爲光化知縣。光化未仕時，公已有名。年十八，隨光化在太學，聲稱益藉。時葉文莊在禮部，召與相見，公體幹纖弱，而内藴精明，舉止静重，文莊大奇之。挑試所學，益以爲非近時經生所能。時王忠肅公翺新逝，文莊以公嫌名相近，戲曰：「失一王某，復一王某，安知非後來忠肅乎？」越日親具儀帛，遣從陳音先生學。時陳官翰林有聲，從遊者衆，獨許公善學。無幾，盡得其肯綮。成化戊子，將歸試應天，文莊欲留卒業，不果，意甚惜之，曰：「科目不足以浼子也。」

既歸，補郡學生，一再試不利，而文名日益起。甲午遂以第一人薦。明年試禮部，復第一。廷試以第一甲第三人及第。時制策以教養爲問，公舉周書無逸、易之「自强不息」以對。大要言：「保治在勤，勤在教養備，教養備而王道成矣。」反覆數千言，皆當時利害，人所難言者。時承平久，朝廷頗怠於政，故公以是爲言。言激而直，當國者惡之，假以冗長不可讀，欲抑置次甲。尹恭簡爲冢宰，不可，曰：「朝廷策士，取其能言。言而抑之，豈臨軒之意乎？」因力争得賜及第，遂入翰林爲編修。時文莊已逝。陳先生者，方爲編修，遂與同列，一時以爲盛事。

九年陞侍講。弘治初，充經筵展書官，尋充講官。每進講，必分天理人欲，君子小人。至治亂用舍之際，必反覆開導，務裨時政。時中官李廣用事，公隱然有所指陳。上退謂左右曰：「若知今日講官之意乎？大抵謂廣也。」方春，上出遊後苑，公講文王盤于遊田，詞嚴意暢，上爲悚聽。自是絶不復出。

修憲廟實録成，進右春坊右諭德，尋進侍講學士，充經筵日講官。武宗出閣，進兼左春坊左諭德，再陞詹事府少詹事兼侍讀學士。弘治甲子，陞吏部左侍郎。初，李廣得幸於上，朝士或附麗取寵。廣敗，贓賄狼藉，大臣多被點污，惟公絶無一蹟。壽寧侯貧賤時，與公有連；比貴，方憑藉用事，勢傾中外。公絶不與通。歲時問遺，亦輒麾去。或者以爲過，公曰：「昔萬循吉攀附昭德，吾竊恥之，乃今自蹈之耶？」蓋公入朝，至是三十年，砥節履方，不少骫骳，一時士論翕然向之。孝考末年，勵精爲治，遂用爲吏部，且有援立之漸。會公以憂去，而仙馭亦遂賓天矣。

武宗登極，復起爲吏部侍郎，修孝廟實録，充副總裁。時上沖年，頗事逸遊。中官馬永成等八人實從中導誘。給事中陶諧、劉菃首上疏論之。已而諸諫官相次論列，中外汹汹，而大臣未有言者。公言於户部尚書韓文：「此國家大事，治亂所關。大臣百寮師率，獨無一言救正乎？」於是六部相率會疏以請。凡會疏必推一人官尊者屬草，時焦芳在吏部，曰：「吾聞大臣格君心之非，不聞議其用人、行政之失。」其意蓋不欲居首也。公以語韓，韓遂奪筆具疏，言「上踐阼之始，不宜狎妮羣小，遊燕無度」。因罪狀八人，請逐去之。疏入，上大怒，召諸大臣至左順門，中官宣旨詰責，因言八人事上久，不忍遽逐之意。時聖怒叵測，衆相視莫敢言。公獨進曰：「今日之舉，正爲八人。八人者，實蠱聖心，不去將亂天下。」韓公亦從而言之。上知衆意不回，將有處分。會内閣大臣欲寘八人于理，八人者，環泣上前，抱足乞命，事遂中變。於是大學士劉健、謝遷相繼去國，而文亦以罪去。八人遂分布要路，瑾居中用事，而天下事權，悉屬之矣。

公時被命與焦芳入閣辦事。初，瑾用事，芳實首附之。劉、謝既去，芳欲得其位，顧公譽望出己上，而一時輿論又皆屬公，遂與芳並命。然公僅以本官兼翰林學士，仍班尚書後。上顧見，問得其故，遂進户部尚書兼文淵閣大學士，國史總裁，同知經筵事。尋加少傅，進兼太子太傅武英殿大學士。時瑾日益驕横，疾視文臣如讐。所尤惡者，大學士謝遷、兵部尚書劉大夏、户部尚書韓文。韓既去，瑾必欲殺之，百方詷伺。既無所得，而意猶恨之。公衆中大言：「韓文清忠粹德，朝野所知。萬一死非其罪，天下後世謂何？」後竟釋不問。雖瑾自畏公議，亦公昌言有以讋之也。劉在廣西，嘗變置土官岑氏，至是致仕家居，自華容逮去，至坐以激變當死。公曰：「所謂激變，激之變叛，或緣是致地方失守也。今地方無虞，岑氏守職如故，何名激變？」劉得減死。先是，有司奉詔舉經明行修之士，及是舉至，適皆餘姚人，事在謝當國時。瑾謂謝私其鄉人，摭以爲罪；亦以公言得釋。郎中張瑋等，咸以微罪荷百斤重校，暴烈日中，瀕死不貸。公亟言於朝，謂：「士可殺不可辱，今既辱之，又殺之，極矣！吾亦何顔復立於此？」遂與大學士李東陽上疏極言，得貸死戍邊。他如免逋戍連坐之法，正廢后吴氏及景皇妃汪氏喪葬之禮，雖與李協議，而公慫恿贊決爲多。時内閣舊臣，惟李一人，又多卧病不出。芳既與瑾合，一意迎附，又陰賊喜中傷善類。惟公時時正言折其姦謀，一時中外咸恃賴之。然用是積忤瑾意。瑾雖無意斥公，而公不可留矣。會所言不合，遂堅疏乞去。疏三上，得請。詔有司給餘禄終身，仍賜璽書馳傳以歸。

歸二年，而瑾敗。時公年齒方壯，海内咸冀公復起，而公優游林泉，方以文學自適，不復有意當世。中外臣僚，數有論薦，亦皆報罷。於是公閒居十有六年，年七十有五矣。嘉靖三年甲申三月十一日，以疾卒于家。訃聞，上爲輟視朝一日，追贈太傅，謚文恪。賻米若干石，布若干匹，詔工部遣官營葬。自始卒至葬，賜諭祭者九。

公歷官自編修十有二遷，至少傅兼太子太傅。階自文林郎至光禄大夫，勳柱國。贈其曾祖伯英、祖惟道、父朝用皆光禄大夫、柱國、太傅、兼太子太傅、户部尚書、武英殿大學士。曾祖妣、祖妣、妣俱一品。夫人吴氏、繼張氏，俱累贈一品夫人。子男四人：延喆，大理寺寺副。延素，南京中軍都督府經歷。延陵，中書舍人。延昭，郡學生。女五人：適吏部侍郎徐縉、貴州都司都事朱希召、宜興縣學生邵鑾、中書舍人靳懋仁、郡學生嚴濡。

公爲人敦悃靖謐，於世寡與，而能以道自勝。初性恇怯，一日讀程子「明理可以治懼」之言，恍然有得曰：「在我者有理，在天者有命，吾何畏乎哉？」自是剛果自信，遇事直前，無少係悋。雖勢利在前，不爲屈折。植志高明，下視流俗，莫有當其意者。與人處，不爲翕翕熱；而默然之間，意已獨至。平生未嘗干人以私，人亦不敢以私意干之。立朝四十年，權門利路，不一錯足。班資下上，未嘗出口。每進官，輒遜避不敢當。晚益韜斂，以踰越爲戒。今上入正大統，首賜璽書，遣行人存問。同時大臣被賜者，遣子弟入謝，即授中書舍人。公不可，曰：「吾在閣日淺，忝竊已多，豈可更此徼冒？」遂自遞中入疏。有旨，特官一子中書舍人，力辭不允。公卒後，乃卒授之。

好學專精，不爲事奪。少工舉子文，既連捷魁選，文名一日傳天下。程文四出，士爭傳録以爲式。公嘆曰：「是足爲吾學耶？」及官翰林，遂肆力羣經，下逮子、史、百家之言，莫不貫總。嘗言：「伏羲畫卦，文王繫辭，周公爻辭，共爲二篇，謂之正經。孔子翼以上下彖傳、繫辭傳、文言傳、説卦傳共爲十篇，謂之十翼。其後商瞿、梁丘賀分上下二翼於各卦之下。鄭康成移文言於乾、坤二卦之後。王弼又移象傳於各卦之後。經此三變，而經與翼辭，非復易之舊矣。詩之小序，序所以作者之義。朱子一切刮去，自諷其詩而爲之説，固爲卓見。但古人作詩，必自有題。借使亡焉，國史取之，亦必著其所自。不然，千古之下，安知其微意所在？毛、鄭泥於小序，宛轉附合，多取言外之意，不爲無失。而朱子不泥序説，獨味詩之本旨，恐亦未爲得也。」又言：「朱子以『鄭聲淫』之一言，遂致疑於鄭、衛，多指爲淫奔之詩。然季子觀周樂，爲之歌衛，曰『美哉淵乎』，歌鄭，曰『美哉，其細已甚』。夫鄭、衛既皆淫詩，何季子皆曰美哉？於鄭雖譏其細，而亦未嘗及其淫也。」又言：「諸經惟禮最爲繁亂。朱子嘗欲以儀禮爲經，以禮記爲傳，經傳相從，庶成全書，然而未暇也。其後吴草廬遂各以其類相附始，以冠義附士冠禮，昏義附士婚禮之類，是矣。然其中不可附者，固無如之何也。朱子晚年著儀禮經傳，始家禮，次鄉，次學，次邦國，次王朝，秩然有序，可舉而行。爲其間雜引大戴禮、春秋内外傳及新敍、孔叢子之流，雜合成之，乃自爲一書，非所以釋經也。至於周禮，雖皆經世大典，而其間亦有可疑者。冢宰掌邦治，正留官其職也；何宫禁婦寺之屬，獸人𩵋人之類皆在？而天府外大小内外史乃屬之春官。司徒掌邦教，而分掌郊里、征斂、財賦、紀綱、管鑰，何以謂之教？職方氏、形方氏，述師之屬，豈得歸之司馬？大小行人之職，豈得歸之春官？又甚若夷隸掌鳥言，貉隸掌獸言，庶氏以嘉草攻毒蠱，硩蔟氏掌覆夭鳥之巢之類，是何瑣屑之甚，亦豈必盡可用耶？」其論春秋王正獲麟，尤極精詳。他書論説尤多。每言「六經淵微，不可妄議。漢儒傳注，雖未盡聖經微旨，而專門名家，各有授受。自宋儒性理之學行，而漢儒之説盡廢。然其中要有不可廢者。」蓋公潛心質義，必深竟顛末，務其要，不肯苟同於俗如此。爲文淵宏博贍，而意必己出。時翰林以文名者，吴文定公寬、李文正公東陽，皆傑然妙一世。公稍後出，而實相曹耦。議者謂公於經術爲深，故粹然一出於正。晚益精詣，鑄詞發藻，必先秦兩漢爲法。在唐亦惟二三名家耳，宋以下若所不屑。其見諸論撰，莫不典則雅馴，麗質兼備。至所得意，不知於古人何如也。

惟公之學，本欲見之行事，屬以記載爲職，周旋於文詞翰墨之間者三十年，未嘗有兵、民、錢、穀之寄。時或因事一見，而其高才卓識，亦自有不可得而掩者。弘治末，火篩寇邊，上備邊八議。正德初，論時政四事，會去國不果上。今上登極，復進講學、親政二篇。其他如國猷，如食貨，如儗皐言，如教太子，皆卓然經世遠圖。惜乎不究厥用。晚雖邂逅一奮，而適丁時艱，正言危行，幾以身殉，蓋方救過之不暇，又奚能有爲哉？及今聖天子圖治方切，求賢如不及，而公則既老而逝矣！嗚呼！豈天不欲斯道之行邪？抑人事之罪耶？方正德之初，故老相繼去國，天下事未有所付。而公又以正去，於己則得矣，其如天下何！故有隱忍以就功名，有君子與之。然自今日觀之，果孰多少哉？嗚呼！人臣之義，要當出於正也。

周康僖公傳

周公名倫，字伯明，蘇之崑山人也。舉進士，知保定之新安。新安鄙小邑，而科謫爲煩，更前政隳弛，胥徒並緣爲姦。公總核鈎校，賦役維均，民視常出，率損十五。又其民素苦馬牧。故事：受牧視地，地有更易，而賦馬不殊。公爲審畫調停，俾彼此相資而兩利之。常牧之外，復有寄牧，歲歉民疏，馬無所付，爲疏於朝，竟已之。在邑數更旱潦，爲修古常平之政，民饑穀翔，則損值分糶；歲登有羸，則平值收糴：自是廩庾常充，而饑歲有所恃矣。邑有長溝，諸堤已壞，爲小民病。賑饑，令民實土受粟，粟多寡視土。賑甫畢，而隄成矣。因行視陂渠，湮廢者浚而通之，乃導民灌溉，教之樹藝。邑故有粟無稻，至是，稻連阡陌。民知稻食，而地無不闢矣。於是興修學舍，集生徒肄業其中，親爲講受。文教聿興，邑以大治。

部使者上其治狀，徵入爲監察御史。時孝皇賓天，内朝日設齋醮，僧徒雜集，上下糾紛。公上言新政之初，不宜崇尚異教；宫掖禁地，不宜異類闌入。又以北虜充斥，邊關多警，奏免各處守臣進香。因條陳備邊六事，大要言：「多事之餘，帑藏空虚，不可不究。邊儲方急，不可不足。居庸、紫荆等關，白羊、潮河諸徼，密邇京邑，不可不爲之備。至於人材用舍，漕運虚實，皆當今所急，不可不謹。」太監李興，提督山陵，言者論其侵刻詩謾，有旨下公勘問。公盡法探竟，得其侵漁債事諸不法，按劾抵罪。時武宗初政，喜公不畏權勢，特賜寶鈔羊酒，以旌其直。尋被旨閲實邊關，聞父病瘍，乃移疾歸省。抵家而父亡，遂解官持服。時逆瑾用事，京朝官在告不得逾年，逾者罷敍。公業已與告，不得言守制，竟坐逾期致仕。

五年瑾誅，再起爲監察御史。會朝廷更化，上新政五事。首言：「大學士謝遷、尚書劉大夏，及一時放廢諸臣，皆國家舊人，去不以罪，所宜録用。南京江防，國家險塞，守非其人，事多廢弛，所宜緒正。南北直隸、山東、河南，荐經盜毁，民庶瘡夷，所宜賑恤。田野荒棄，所宜經理。所在刑獄，贓緡狼藉，所宜程省。江南郡縣賦税，多爲主守乾没，宜令番休督之。」所言皆深切事情，多見施行。

明年出按山西，屬北虜入寇，越十八隘口，徑渡滹沱河。公劾奏：「總兵官都督神周，備禦無素，疏捕不時。都指揮周鳳職卑負重，不堪任事，淺謀寡識，不能有爲，是致狂虜横潰，多所失亡。乞别遣有名重臣，假之事權，庶以備控扼。」時各鎮兵官，多擁兵自保，不相救援；虜至，不能獨禦，故多失事。公言：「宣大、延綏、雁門等處，雖各有分地，而勢實聯絡。今諸兵官各擁重兵，杜門觀望，坐失事機。乞調遣各處遊奇官軍，各駐近邊，互相掎角，庶緩急有賴，不至塗敗。」從之。在山西逾年，扶微興壞，隨事貫理。修復省城南關，築寧武關土堡。疏捕劇賊絨玉等四十九人，而撫散其衆，境用敉寧。興修代州城及各關垜口月城，修擿伏發蔽，不容遺慝。以其地歲有虜患，尤致意邊防。雅重名教，所至興學校，表章先賢，薦揚孝節。凡禮文之事，所得爲者，舉行無遺。嘗行縣至高平，夢兩山對峙，麓有蘽祠。詢之，曰：「帝王廟也。」明按澤州，道謁成湯祠，頹毀荒落，宛然夢中所見。因命有司興修，復其侵地。又於平陽修復堯祠，祠左右祀玉皇、霸王，淫瀆不經，因令撤去，易以舜、禹二祀。留意人才，所薦達若布政使孟鳳、知府劉文莊、通判韓邦奇諸人，後皆有聞於時。是歲，境内黄河清。公因具奏言：「本境水旱頻仍，黎民阻饑。去冬雨雪雖時，未見收獲。寇盜未平，未盡綏輯。北虜雖退，未忘南牧。今兹黄河澄清，乃地道泰寧之象。殆兩宫康寧，中宫和順所致。宫壼崇嚴，臣下莫測，陛下以事驗之。果休徵協應，自宜遣祀。更乞鑒天心眷顧之隆，體地道效靈之實，益加修省，以答神貺。」且言：「春秋不書祥瑞，書有年者，紀異也，不以爲祥也。非不書祥，恐因祥自懈耳。此孔子教萬世之道也。」時武廟在御久，頗怠於政，故因以諷之。

九年還朝，奉旨揀閲京營官兵，摭鈎宿蠹，得其循習之敝，條上八事，皆營伍要務，所宜建止者，詔所兵議行之。武廟久不視朝，事多怠弛。公上言：「今四夷朝貢，歲無虛月，辭謝之日，不得一望清光；侍直官軍與朝參官員，進止參錯，或至搪突失容；品官服色，各有限列，今任意被服，無復等威。乞加約束釐正，以肅朝儀。」又言：「本朝慎重刑獄，每五年則命廷臣審録中外死囚。比緣朝廷多事，海内四方寇攘，久格不行。經逆瑾亂政之後，尤多冤濫。頻歲災沴，或由於此。乞修故事，差官審録，以召和氣。」太監劉允，奉旨齎送供往烏思藏。公言：「番教虛無寂滅，本無俾補。世所爲崇重之者，爲能祛禍作福，有益國家耳。今冬暖河流，天時失候。令番僧在京師者禳之，果能調燮二氣，以正節令乎？四方頽弊，帑藏空虛，能神輸鬼運，以足國乎？虜款不庭，警報日至，能説法呪咀，以靖邊疆乎？且烏思藏去京師數萬里，往復動經數年。行李往來，不無供頓之擾。使臣遠陟，必將假道西夷，一或失調，必啟邊釁，無益國事，有損於民。乞收回成命，以安人心，以靖中國。」疏奏，不省。十一年，陞南京大理寺丞。十六年，召爲大理寺右少卿，進左少卿。嘉靖元年，陞都察院右僉都御史，管理院事。母老，乞致仕，不允，特命馳傳送母還鄉。未行母卒，遂以喪還。四年，服闋，即拜南京都察院右僉都御史，奉敕提督江防，兼理院事。五年，進本院右副都御史，兼職如故。在南京二年，親歷安慶、九江諸處，周視江洋要害，地理嶮塞，及控扼事宜，條列上之。六年，世廟成，奉表入賀。適遇災異，自陳求罷，不允。是歲正月，會同南京吏部考察官僚，再疏求罷，不允。尋陞南京工部右侍郎，召爲兵部左侍郎，協理都察院事。七年進左侍郎，提督武學。是冬，陞南京刑部尚書。八年，召爲刑部尚書。逾月，再改南京。時大學士桂萼以言去國，而所比私人，有旨下獄窮竟。大學士張孚敬請緩其獄，公以法對，頗忤張意。張、桂方得君用事，遂矯制出公云。公析律詳明，練於時政。前後官法比，多所規畫。屢讞大獄，平反爲多。時法久敝滋，吏得舞文爲姦利，公因推明律例，條七事上之，皆誕章石畫，切於事情。詔下法司議行，著爲令。十年，災變，自陳不職，乞罷。再疏皆不允。十一年，年七十，因奏滿陛見，引年辭免，不允。十二年，再疏，於是四疏矣，始得旨致仕。二十一年，年八十卒，是歲七月一日也。訃聞，贈太子少保，謚康僖。再賜祭，命有司營葬如制。

公端靖修謹，不立崖異，而臨事舒緩，出言平實。平生未嘗以色待人，又能與人爲善。人所爲苟當其意，輒爲之傾盡。居官持大體，不事苛刻。然敬慎不苟，有所施置，必當於理。外寬和，而中實介辨。初爲逆瑾所窘，或請賄免，不可。及被復家居，瑾復鈎摭舊事，罰米三百石。貧不知所出，將毁産以給。同年友有爲御史者，榷鹽兩淮，力可以濟。或又勸之，公曰：「事有義命，毁方以求濟，如義何？吾終不以顛頓困乏，喪吾終守也。」其正而有執如此。爲文典雅明潔，必傳於理。詩尤新麗。所著有貞翁淨稿二十卷、奏議二十卷、西臺紀聞二卷、醫略四卷。子三人：鳳鳴，正德九年進士，今爲大理丞。鳳起、鳳來俱國子生。

文子曰：故大司寇莆田林公俊嘗爲某言：「人貴有守，然須悃愊醞藉。求之當時，其周伯明乎？」余識周公於舉子時，今五十年矣。和厚質木，未嘗見其忤物。林公一代偉人，平生刻廉操切，訐直自將，尤慎許可，乃有取於周公，必有所以深當其意者。觀其在逆瑾之時，而不容於瑾；處張、桂之間，而不有所附離。是豈脂韋委瑣，一於和厚者哉？崔元始有言：「貞一之士，不曲道以妮時，不詭行以邀名。」周公其貞一之士哉！

按：本卷各傳，皆見三十五卷本卷二十八。

文徵明集卷第二十九

墓志銘一 九首

沈維時墓志銘

沈君維時，諱雲鴻，其字維時。世家長洲相城里。曾大父孟淵，大父恒吉，父曰石田先生啟南。石田先生既老，四方之人就之者日益衆。先生日從事筆硯，寄笑談，一不問其家。然家用治集，賓客無廢懽，而先生亦怡然自樂，以有君爲之子也。君侍先生，唯諾進止，慤而有容。間從計事，舉細周大，慮遠於始造，以無所苟。而論議品藻，輒中肯綮。其所爲益於先生，豈獨能順適其意而已？而不得終事先生以死，是豈獨君之不幸哉！君病且死，猶强食飲，力起居，以慰其親；而迄於絶，其情有足悲者。嗚呼！

君御物燕整，處族屬能規以正，而不失歡。操家三十年，業日加拓，而人不怨其積。蓋其賑荒赴急，寔一鄉所倚成也。故死之日，親者哭之，疏者惜之，而遠近奔弔，殆千人焉。嗚呼！君已矣！豈獨一人一家之不幸哉！

君醇質醖藉，詞旨雋永，與人款款有情致。性喜劇飲，而不爲亂。中歲益折節事問學。既操其家，去治於別業，砦省鮮暇，曾不離圖史。其學長於考訂，或舉一事，必深竟顛末，斷斷不厭。爲詩工用事，而不苟於命意。特好古遺器物書畫，遇名品，摩拊諦玩，喜見顏色，往往傾橐購之。菑畬所入，足以裕慾，而惟用以資是。縹囊緗帙，爛然充室，而襲藏惟謹。對客手自展列，不欲一示非其人。嘗曰：「米南宫顚作蠹書魚，遊金題玉躞而不爲害。余之癖，殆是類邪！」至尋核歲月，甄品精駁，又歷歷咸有據依。江以南論鑒賞家，蓋莫不推之也。又喜積書，讐勘勤劇。曰：「後人視非貨財，必不易散。萬一能讀，則吾所遺厚矣。」念奕世充盛，而嗣承之艱，因命其居曰保堂。而教其子若弟，懇悃周至，意圖有以振之也。而豈意其不能竢邪？嗚呼悲夫！

君生景泰庚午八月一日，年五十有三，以弘治壬戌八月十七日卒。明年癸亥十一月甲申葬益字鄉新塋。娶徐，無所育。側出子履，聘蔣。女字錢鉅。君長余二十年，而修世講特厚，相知爲深。故其葬也，余不得不銘，而石田先生實又命之。君嘗一試吏爲崑山陰陽訓術，今書維時而不以官，示非其志也。銘曰：

學則奇，孰曰仕之崇卑？匪壽不頎，而志養之違。吁嗟乎維時！

亡友閻起山墓志銘

閻君起山之卒也，爲書屬其友文某爲墓銘。病甚，不能執筆，則口授其父，亦不能詳。他日其父以其意爲書，并書其事行爲狀，屬某曰：「此亡兒之志也。」嗚呼！余忍負吾亡友於地下邪？

余始識君，於尤君宗陽之門，尤君爲言其敏慧勗學。于時年甚少，余猶意其經生也。即而叩之，其言甚高，其志甚鋭，而其爲學已卓乎可畏矣。既而君館授劉氏，所居去余近，率日一至吾廬。至即出所業評訂，或考論古人，或商近事，踰年不厭益勤。比改館去，猶數日或月一見。每見，而其學輒益進，蓋浩乎未見其止也。喜積書，見書必力購求。家惟一僮，日走從友人家借所未讀書，手抄口吟，窮日夜不休。所獲學俸，盡費爲書資。家甚貧，或時不能炊，至質衣以食，而玩其書不忍棄。竟以積勞得羸疾，家用重困。余以其貧且病，數諷止之。雖時頷余言，然終不能改也。君學甚邃，而喜讀左氏、司馬遷、班固書。至於論議之際，雖古人猶有所擇。而牽於場屋不得伸，故其見於論著者甚鮮，其意蓋有待也。而以盛年殀死，惜哉！

君性高朗，與人無所俯仰。見賢者欣慕不怠，而恒庸衆人視人。故知者莫不愛之，而終不能勝夫嫉之者之多也。然其卒也，知與不知，又莫不嗟惜之。豈以其畜而未施，而貧困殀折，非其所宜得邪！嗚呼惜哉！

君惟一弟，先數月死。而父老且病，貧不能自存。妻娠而未育。君蓋不可死者，而卒死之。天邪人邪，何其酷邪？余辱君相知，覩其所遺，不能不戚然，而莫克振之，愧君多矣！又忍不銘君，以慰之地下哉？

閻之先，臨江人。國初以事徙隸蘇州衛，遂爲蘇人。祖宗實，父鉷，娶馬氏，生君於洞庭山中，因名起山，而字秀卿。卒年二十有四，正德丁卯正月乙亥也。閲兩月爲三月辛酉，葬吴縣張古村先塋。銘曰：

不售奚畜？匪年奚穀？嗟誰爲之？命伊酷！

祁府君墓志銘

府君祁氏，長洲人。諱春，字元吉，先夫人母兄也。先君平生特賢愛之，居常非府君莫與計事，蓋與同憂樂，通有無者四十年。府君長數歲，嘗約先君：「我死，子必銘我。」及先君亡，乃以屬某曰：「汝其終而父之志。」他日，治壽藏，則又命曰：「吾老矣！尚庶幾及吾見之。」蓋久而未能，亦恃府君康裕，有可竢也。詎意遂銘其死邪？嗚呼！

先夫人之亡，先君官永嘉。余兄弟才數歲，家既赤貧，又無强近親戚。府君居數里外，率日一至吾家。委衣續食，哺鞠周至，終三年不衰。于時微府君，余兄弟且死。故余視府君猶母也。府君慈戀雖切，而不忘訓飭。自先君之亡，所嚴事者，獨有府君，蓋又有父道焉。而今已矣！嗚呼！尚忍言哉！

余兒時往來母家，及見外大父怡閒翁，高朗喜客，客至，觴詠終日。翁家非充羨，而修供精鑿，往往不命而具，蓋有府君爲之子也。既而翁得末疾，而大母徐亦瞽廢，府君調視加慎。至廁牏之微，皆身親之。而二親並享高壽以卒。翁嘗曰：「吾有孝子，故得不前死。」謂府君也。府君蚤歲嘗從其外舅施宗道官嶺南。既壯，去遊閩、越，涉淮、泗，修貿遷之業。自二親老，遂不復出。晚歲，益事簡密，非弔問不輒出，出必以良日，其行跡可數而待也。性既愿慤，又被服古雅，人莫不望而禮之。雖居廛井，不肯苟有所利，坐是家日益落，然未嘗以貧干人。尤不樂與人競。年垂八十，未嘗一至訟庭。嘗有僕事府君謹，一夕告去，府君即召其嘗所與游者，飲之酒而遣之。去數年，忽有款門投書，稱南嶽某尊師致聲，蓋向所遣僕，去爲道士矣。府君謝不見，有所遺，亦不納。語人曰：「久不相聞，安知其非道士也。萬一事出意外，何以拒之？」其周審慎重如此。府君雖未嘗問學，然於先儒格言，終身誦之。故其所履，有儒生法士所不必能者。嗚呼！老成凋謝，安得復有如斯人者乎？余所爲致慨於是者，豈獨渭陽之思而已邪！

府君卒於正德戊辰五月二日，享年七十有八。明年己巳九月十又三日，葬陳公鄉先塋。配施氏，繼朱氏，又繼羅氏。子男二人：仁娶卞氏，繼朱氏。義娶吴氏。女二人：壻周鏞、王泰。孫男一人山，女二人。銘曰：

守之居居，行之于于；閲歲其逾，乃全之軀。令言弗失，有允斯蹈；迺慎旃斯，孰則匪孝？維孝有則，維孝子之力。既鑿之粒，亦鮮之擊。豈乏鮮與粒？繄貧而克。孰不儒言，亦裒其久。亶祁府君，學則不有。而中靡違，嗚呼噫嘻！昔稱孝廉，爰有力田；世也非古，野有遺賢。嗟斯人兮何愆！

朱性甫先生墓志銘

吾蘇有博雅之士，曰朱性甫存理、朱堯民凱。兩人皆不業仕進，又不隨俗爲廛井小人之事，日惟狹册呻吟以樂。好求昔人理言遺事而識之，對客舉似，如引繩貫珠，纚纚弗能休。素皆高貲，悉費以資其好，不恤也。成化、弘治間，其名奕奕，望於郡城之東。人以其所居相接而業又甚似也，麗稱之曰兩朱先生。正德壬申，堯民死。明年，性甫又死。自兩人死，吴中故實，往往無所於考。而求其遺書，亦無所得。惜哉！初，性甫嘗相約爲傳，不果。及是葬，而其子以狀來速銘。狀固不若余能詳也。

性甫，長洲人，宋樂圃先生之後。曾大父元英，大父明，父灝，母周氏。性甫生穎異，少學於里師，覺其所業非出於古人，遂謝去；從杜瓊先生游。于時東南名士若吴興張淵，若嘉禾周鼎，仕而顯者若徐武功有貞，祝參政灝，劉參政昌，劉僉憲珏，並折節與交，且推之爲後來之秀。既而諸老凋落，吴文定公、石田先生繼起，而性甫復追逐其間。最後則交楊儀制君謙、都主客玄敬。余視性甫，丈人行也。性甫不余少，而以爲友，視諸公爲親。蓋其自少至老，未嘗一日忘學，故亦未嘗一日忘取友以自助也。居常無他過從，惟聞人有奇書，輒從以求，以必得爲志。或手自繕録，動盈筐篋。羣經諸史，下逮稗官小説，山經地志，無所不有，亦無所不窺；而悉資以爲詩。其詩精工雅潔，務出新意，得意處追躅古人。所著野航集，君謙寔敍之。尤精楷法，手録前輩詩文，積百餘家。他所纂集，有經子鉤玄、吴郡獻徵録、名物寓言、鐵網珊瑚、野航漫録、鶴岑隨筆，總數百卷。既老不厭，而精力不加，又坐貧無以自資，而其書旋亦散去。每撫之歎息，其意殊未已也。而豈意其遽死耶？

性甫性閒慢，待人無鈎距。晚歲嗜酒婆娑，益事閒曠。或時乘醉忤人，人亦不以爲異。尤爲郡邑大夫所禮。前守洛陽史公、新會林公先後修郡志，並以性甫從事。歲時鄉飲，必致爲上賓，時人榮焉。

性甫死時，爲正德癸酉七月廿又五日，享年七十。是歲十一月甲子，葬陳公鄉愛字圩先塋。娶監察御史張惟善女，生子四人：男延娶湯氏，建娶尹氏。女適金爟、范汝舟。孫七人：男曾、庚、乾，女適彭暐、王普、張源、倪宥。曾孫女二人。銘曰：

維朱有聞，自樂圃君，德言孔碩，爲時令人。五百斯年，耳孫其秩；有賢一人，性甫維克。其克伊何？維文之揚，維行之祥，德懿其章。有嗟性甫，少也則勤，枕經籍書，窮終其身。抉摘雕鎪，既揚亦摧。豈無利途？弗易其樂。其髮蒼蒼，其視茫茫，歸視其家，其書滿牀。樽酒婆娑，百年維適；彼榮亦祟，孰得孰失？陳公之鄉，有玄者堂；既藏既安，後永有光。

故嚴府君妻祁氏墓志銘

府君卒之三十有七年，厥配碩人卒。且葬，於是其子悦，泣告余曰：「先府君之亡，悦生甫五年，府君懿行無所知。今日益遠，莫可追述。惟是碩人之葬，不可無銘，子其圖之。」嗚呼！碩人，余從母也。先夫人之亡，先君官永嘉，余兄弟穉弱無所歸，依外大母徐以居。而徐老不事事，碩人寔撫鞠之。時碩人新寡，家又赤貧，無所得衣食。檢故篋，得敝衣，浣濯補綴，隨燠寒以給，煦沫備至。故余兄弟雖孤貧，不知有餒寒之苦；蓋於余有母道焉。嗚呼！先夫人之亡，於兹三十年餘矣。歲時升堂，見碩人，猶見先夫人也，矧有恩焉！而今已矣，其何以爲情耶？而於其葬也，忍不有銘以昭之耶？

碩人祁氏，諱守清，余外大父祁公之中女。年若干，歸府君爲再繼室。府君卒時尚少，日撫悦以泣。悦稍長，教以治生，俾從姊子習乾没，而戒飭之甚至。悦或時持錢貨歸，必問其所從得，苟不出其身，則不色喜。蓋未數年，而悦以有成，家日充拓。而碩人目擊其盛，人咸稱之，謂庶幾府君之不亡也。府君諱珵，字廷美，蘇之吴縣人。曾祖仁，祖信，父禎，母鄭氏。府君初娶秦，繼王，生一女，適陳士榮。碩人生子即悦，娶郭氏。女適徐暄。孫男三：庠、序、府。女三。府君之卒爲成化十四年某月某日，年若干。碩人之卒爲正德三年某月某日，年七十有一。葬以九年十一月三日。墓在吴縣至德鄉。銘曰：

有相弗終，而慎節以終，弗失其躬。弗失其躬，爰成其子；家厥用敉，以綏福履，碩人之祉。至德之鄉，有崇者岡。粤四十年，往從夫藏，以永有光。

趙碩人墓志銘

碩人文氏，諱素延，余曾大父存心府君長女，先大父淶水府君女弟，先君温州之姑也。歸趙氏，爲故修職佐郎良玉之配。良玉諱瓊，嘗游學官。後從事鎮江衛，滿考，銓注吏部，垂仕而卒，時弘治四年辛亥也。後二十有二年，碩人年七十有六，乃卒，是爲正德八年癸酉正月二十五日。又明年乙亥正月三日，葬吴縣天平山，從修職君之兆。初修職君學於先大父，故碩人歸焉。歸時，趙氏方盛，羣從兄弟，並聯婚富室。繡縠姝麗，奕奕炫人。而碩人以儒素處其間，不忮不豔，卒用若淑，爲諸姒所親。一姒蚤寡適人，將持其二女去。碩人不可，曰：「此趙氏子，去將何從？」乃身自收養，哺被訓迪，視均己女，二女亦視猶母焉。

碩人讀書知大義，尤歸信佛果。晚歲目失明，日猶默誦内典不輟。俄得異人治之復初，人以爲善徵。然自是日益老，而操事出言無少失。外家女婦，視爲儀矩。歲時吉凶，必迎致之，請所宜行以爲常。先大父初食貧，碩人與同患苦。及是大父昆弟，惟碩人在，時時爲言吾家先貧時事，俾無忘前人。嗚呼！碩人已矣，吾文氏老人，至是且盡。有如碩人，可復得耶？

碩人生子銓、錦，女適烏程訓導吴鳴鳳、吴縣學生周芝孫。孫男女十有二人。銘曰：

嗚呼！天平之山，修職所藏。碩人往偕，後永有光。

故通江縣知縣黄公墓志銘

公諱佑，字時濟，姓黄氏。其先金陵人。世居句容之黄寨。宋建炎南渡，避兵崇明之黄魚垛，遂家焉。有黄八府君者，生五子。其弟四子曰四耆府君，公所自出也。四耆八傳至文虎，有子曰義，洪武初登科，爲平陽尹，高皇召對稱旨，面拜左軍都督府斷事官。俄爲尚書郭桓構陷死。兄仁懲義死非罪，戒後人勿得踐仕籍，故其子公素、孫明善咸績學弗仕。而明善尤博雅知名，事具縣志。

公，明善次子，生七歲始言。及入小學，明慧異常。未幾遂通經，能文辭。他日，以里役給事縣庭，縣官試諸生，公從傍代對。縣官訝其儁捷，詰知爲公。召公挑試所學，立遣爲學官弟子員。其父猶執先訓，不許，强之乃就。成化中，貢入太學，釋褐授四川通江縣知縣。縣小而貧，民復剽悍易動。撫以恩信，道以化本，甫三年，政平訟理，歲亦比登，廪畜羸羡，通民歌焉。俄盗起傍邑，官軍臨勦，頓犒不貲。公念民疲，不忍徵發，毁家以給，民不知擾而盗迄平。既平，築城浚隍，俾有以守。凡所爲利通民者，盡心焉。竟以不能曲事上官，罷歸。既歸，以崇明有海患，留居郡城。家貧，受徒自給。凡二十有六年，年八十有四乃卒，寔正德二年丁卯五月廿又七日也。

公丰神朗潤，辭旨儁發。性長厚，未嘗忤人，而友愛諸弟尤至。或有侵奪，一聽之弗問。勢利之事，平生未嘗經懷。臨終泊然而逝，類有道者。

公娶沈氏，有賢行。子栗，娶龔。女適施豳、郁克彰。孫奭，娶袁。孫女適張璿。

曾孫韶、護、謌。曾孫女適郡學生陳廉、醫士陳約，其一尚幼。自公之喪，子栗隨没，家復多難。越八年正德乙亥，十一月二十日壬寅，始克葬公長洲縣鳳凰墩之原，沈夫人祔。於是公曾孫韶，念公潛德弗傳，乃以其所聞於家人者告余，爲敍而銘之。銘曰：

鳳鄉葱葱，堂封隆隆，是惟通江之宫。既固既完，尚後人之逢。

陳以可墓志銘

以可諱鑰，故都察院左副都御史長洲陳公諱璓之仲子也。公起家進士，官中朝，涉歷臺寺，所交游皆當世偉人。以可以佳子弟周旋其間，珠玉朗潤，進止詳雅，大爲諸公貴人所喜。比長，歸吴中，更激昂任事，啟拓門户，廣事生殖。田園邸店，縱横郡中。尋用推擇，爲陰陽正術。既被官使，益治大第，蓄童奴，建麾策駟，日從賓客少年出入讌遊。漿酒霍肉，歌呼淋漓，意氣奕奕，倜然以貴介自將，下視庸流如無人。人苟拂其意，雖貴富有氣力，必求下之不少讋。然喜接賢士大夫，琴書在前，從容晏語，虚徐謙約，類儒生逸人。俄解官，築室姚城江之上。曰：「此吾先廬所在，吾將老焉。」於是劭農振業，疆理阡陌，陂魚養花，以文酒自適，不復與城市闤闠。晚得末疾，乃稍稍就醫城中。

疾亟，輒舁以往，曰：「吾生於斯，固宜終於斯也。」竟以正德十一年九月癸酉卒於姚城，年五十有三。

以可本吴之洞庭人，國初徙姚城。曾大父某，大父某，並贈通議大夫都察院左副都御史。曾祖妣□、祖妣□並贈淑人。母嚴，封淑人。娶林，生子淳，今爲郡學生。側出子沖。女嫁國子生顧岭。孫男四，女一。

以可性資明豁，不樂委瑣，少嘗學舉子，以不能受程格謝去。賦詩作字，亦有思致，奪於事，弗究所止。獨能審畫世務，有所規創，往往出人意表。蓄播畜牧，必盡地利，而訾算乾没，尤其所長。然能緩急赴人，數致千金，亦緣手散去，翕張揮霍，殆不可以銜橛局束，亦一時之雄俊矣乎？

以可卒之明年，二月辛未，葬吴縣塘灣伏龍山之新阡，其友文某爲銘。銘曰：

氣則昌，志彌彊，既耀而光，弗隕厥良。不規以隨，而奮其馳，卒斂以綏。卷而違，益絅而輝。孰其與之？要厥歸。

明故奉政大夫工部都水司郎中張公墓志銘

正德初元，逆瑾始盜事權，翕張狡獪，思蹂踐士大夫，以恐讋海内。鈎摭細瑣，横肆羅織，都水郎中吾蘇張公，寔首罹其禍。公時領漕河，奏績於朝。俄飛語告變，捕繫詔獄，推考無所得，乃以奉使時乘肩輿非制落職，戍遼陽。庚午更化，悉召還諸流人。公還，以故官待次於家。吏部奏爲浙江參政，不報。久之，再奏爲廣東參議，爲嚴州府知府，皆不報。閲數年丁丑十二月癸卯以疾卒，享年六十有五。

公諱瑋，字嘉玉，别號歷齋。其先真揚人。洪武初，以赤籍徙隸蘇州衛。曾大父聲遠。大父宗德，南京國子監助教。父静源，累贈奉直大夫工部虞衡司員外郎。母陳氏，累封太宜人。公少爲助教公所愛。生四齡，即坐膝上口授經書。甫成童，已貫總羣籍。乃益擇名士與遊。時吴文定在太學，遂從授業焉。歸補郡學生。成化癸卯，舉應天鄉試。丁未舉禮部試，廷試賜同進士出身，循例歸省，丁虞衡公憂。弘治庚戌服闋，授工部營繕司主事，奉使江西，督造寧靖王壙。辛亥，還理部事。癸丑，分司杭州，榷商人竹木。甲寅還部，尋陞虞衡司員外郎。己未，進都水司郎中，領漕河事，分司徐州。庚申，以疾賜告。壬戌還朝，復除都司郎中，領漕河如故。公居官嚴慎，所至率職。杭榷場舊多姦利，往往商旅困弊，而國課或不登。公摘蠹式法，務平其值。課溢有羸，然不以羨奏。蒞徐益樹風聲，釐革繕治，必盡民利，而軌法緒正，不爲勢撓。中貴人道管内輒斂輯，相戒避張郎中。于時張郎中之名，聞江淮間，赫赫若神明然；然卒以此掇禍。尤事持廉，歷官二十年，田廬服用，乃損於舊。晚歲益貧，家徒四壁，晨夕饘爨，或不時舉。既死，室無一錢，郡邑爲賻襚，始克就殮。鄉人士共斂資葬之。嗚呼！若公者，不亦誠廉吏哉！

公事母夫人至孝。方七歲時，母夫人病目，俄失公所在，已而自外持藥物歸，舉家驚異。及貴，自非有故，不輒去母傍。赴戍時，母年八十，念無再見理，日夜悲泣。洎歸，乃康復愈前時。至是與公相繼死，人尤異之。

公纖瘦多疾，居常若不勝衣。當被罪時，貫索闒械，荷百斤重校，日夜暴市中。市人傍睨竊嘆，莫敢近。數日羸竭，氣息僅屬，更兩日且死。幸而不絶，而配所又邊朔寒苦，非人所居。蓋皆置之必死之地，而得不死，人以爲生平苦節之報，庶幾後福未艾，兹惟顯大之基乎？天其意者在此；而同時罪人，並湔濯登用，乃公卒困以死。嗚呼！天邪人邪？果孰任其咎耶？

公先夫人王氏，生子希范，今爲郡學生。後夫人梅氏，生子希宋。孫男一，孝承。女二。葬以卒之明年正月乙酉，墓在吴縣奇禾山，二夫人祔。銘曰：

肅肅張公，抱堅翼德，有卓其履，既允亦式，弗傾惟克，式修之職。淮河湯湯，使車皇皇；再蒞其將，亦孔有揚。揚之維何？譽與謗俱；我修我官，有死弗逾。孰其生之？天皇聖明，日月重華，遘兹休貞。濊恩汪汪，滌瑕濯垢，羣工彙征，以莫不宥。嗟嗟張公，一斥不復，豈天則仇？伊命之酷！命之不仁，有作斯僨，僨于其身，不殞厥問。奇禾之山，公歸有藏，後千萬禩，其永有光。

按：本卷各墓志銘，皆見三十五卷本卷二十九。

文徵明集卷第三十

墓志銘二　七首

李宗淵先生墓志銘

宜興有樸學質行之士曰李宗淵先生，形神木槁，而博洽善文。負其所有，頗孑孑自好，不能降意狥人，人故不之喜。而當世大人，顧多好之，往往折節與交，而君卒亦不爲之下也。君少遊學官有聲，一不合即棄去。北遊京師，徐文靖當國，稍欲牢籠之；不可，拂衣竟歸。家居，授徒給養。學者經其指授，往往去取高科。而君再試再詘，遂屏不事舉業，以古文自見。其後年益高，貧益甚，所知或稍振植之，旋起旋仆，卒困以死。雖其命數所值如此，要其志氣齵齵，有不可以利勢軒輊者。嗚呼！足重哉！

君諱瀛，字宗淵，其先晉陵人。國初有吉甫者，贅宜興於氏，生子文遠，遂家宜興。文遠藝而有文，君之曾大父也。大父某。父某。母邵氏，生君六年而亡。君能追思致孝，又曲意事其後母孫。孫有子四人，獨賢愛君，雖所生不逮也。及諸弟長有室，遂遜所居與之，别營一室奉二親以居。既而弟復有廢業者，復遜而去之。所至雖奥窔陋隘，必事汛潔。圖書行列，花竹秀野。客至，焚香瀹茗，燕笑以怡。勢利紛譁之事，一不入其心。惟喜讀書，揚搉究竟，必求抵止，非若他人涉獵而已。爲文簡嚴不苟，於投贈詩尤工，往往更數歲改竄不已。其敏勵精進，白首不衰也。所交皆天下士，故少司空沈公暉，吴文肅公儼，今少司徒二泉先生邵公寶，吾吴楊儀部君謙，都太僕玄敬，處士沈周先生其尤厚者。

歲乙卯，余試應天，因玄敬識君，一言定交。明年扁舟過余吴門，示余所著書，頗自悼其齟齬不遇，余爲著衍毁一篇。自是歲必一至，或再至，雖相去數百里，未嘗終數月不見也。正德戊寅，從其子采來，留凡數日。燒燈夜話，意思悽然，曰：「吾老，恐不能數至。尚庶幾兒輩無相忘耳。」蓋歸未幾而病，病數月竟死。嗚呼！曏昔之言，豈謂遂成永訣耶？

君生景泰六年乙亥六月四日，卒正德十四年己卯三月十七日，享年六十有五。所著健齋集、似遊録、宜興新志，多未脱稿。娶蕭氏，生子四人：長即采，今爲縣學生。次柔、築、蘖。女適邵椿年。葬以卒之又明年辛巳二月某日，墓在縣南之篠嶺。於是采以治命來乞銘。銘曰：

荆流瀰瀰，國巖嶐嶐，惟秀之鍾，匪伊孰逢？有隱先生，嶔崎歷落，形槁心存，怡怡寥廓。翩其白羽，泳於長波，即之不得，矧彼高羅？崇之孽孽，操之孑孑，弗脂以韋，寧劍之折。篠嶺之陽，有崗蜿蜒，生斯藏斯，是曰歸全。

明故嘉議大夫河南拓本、文粹有「等處承宣」四字布政拓本、文粹有「使」字司右參政吴公墓志銘

公姓吴氏，諱愈，字惟謙，晚號遯翁，世家蘇之崑山。曾大父子才。大父公式，皇贈承德郎刑部主事。父凱字相虞，仕終禮部主客司主事，修正彊執，事母篤孝。年四十，棄官歸養，以高年令終，鄉人私謚貞孝先生。母安人陳氏。公生正統癸亥八月一日，成化戊子以縣學生舉應天鄉試。乙未，舉禮部會試，廷試賜進士出身。戊戌，授南京刑部廣東司主事。己亥，丁母憂。甲辰，復除本司主事，歷員外郎、郎中。弘治庚戌陞四川敍州府知府。癸亥，進河南右參政。明年，甲子，致仕。嘉靖元年壬午以登極恩，進階

嘉議大夫。五年丙戌五月十又九日終于家，年八十有四。

公自少開朗，書過目不忘。嘗詣外舅夏公仲昭，閲壁間文累數百言，閲已，取筆書之，不遺一字。資既穎異，又敏學彊解，不遺餘力。既連舉得雋，益精進不懈。初官法比，即思明法以達于政。每退自公，輒取拓本有「故」字獄詞，翻閲探竟。凡事始章程、傳爰論報，悉究而通之。事至迎解，不煩檢會。所部兼理畿輔，事尤苛劇。公省決敏利，庭無留獄。析律詳明，所當必允。苟得其情，雖貴勢不避。時留守中官，驕不奉法。會有事當按，公持之急，中官使人宣言款公，且懼以禍。公酬對閒整，語直而遜，卒竟其獄，不少軏骫。然不爲深文。内庫遺火，事連中司，坐死者數人。公具獄以比請。尚書言：「情罪既得，奚以比爲？」公曰：「法如是，不可踰也。」尚書執不從。獄上，何文肅公當讞，閲其牘稱善，曰：「此吴郎中筆也。但所坐非正律，宜以比言。」卒改用比律奏之。尚書乃悔不用公言。由是益任公，每公當遷，輒奏留之。凡一再進官，皆不離故署。

會詔大臣舉屬吏，尚書鄭時、侍郎徐懷聯章薦公堪長藩臬，奏上而敍州之命已下。敍去京師萬里，俗獷喜訐，吏多並緣爲姦。公始至，判牘日以百數。吏故矯列數事嘗之，公且判且閲，徐擿所矯數事訊吏，吏即叩頭具伏。公既精敏善發擿，而濟以嚴重，有犯即拓本、文粹作「必」繩以法。吏畏民懷，訟用衰鮮。尤慎刑獄，每行縣録囚，必有平反。慶府盜正晝劫縣，縣誣執二十七人，皆抵死。公審鞫左驗，惟二人真盜，乃悉縱遣二十五人。其後果獲餘盜。貴州都勻用兵，敍當轉餉，而道路險遠。公調遣節適，民不勞而事集，出諸郡上。有詔錫楮繦文幣旌之。所屬長寧、筠珙，夷僚雜居，拓本、文粹有「尤」字剽悍易動。公撫以恩信，示之禮法，久皆懷附。然無故不輕調集。會撫臣移文，發其渠率至省閲習。公執不遣曰：「犬羊之性，未易擾伏。萬一奔迸，不可安輯。」撫臣不以爲然，必欲致之。已而椎剽鹵掠，旋不可制。公手書片楮諭之，即復弭帖。蓋公推誠待物，素爲夷僚信向如此。土官安鼇以馬湖叛，有詔掩捕，而敍寔比壤。藩臬重臣，咸會於敍。公言：「鼇輕剽無遠謀，然器甲精利，兵亦蹻捷，未易攻取，不若重圍困之。彼中無水，不一月，可坐而降也。」議未決，而鼇棄城走，將糾諸夷爲亂。衆相顧不知所爲。公徐曰：「鼇在吾彀中矣。」問故。曰：「彼以郡守，將兵接戰，勝負未可知。既離巢穴，拓本、文粹有「不過」三字一窮虜耳。所轄諸酋長，皆其深讐，彼且無以自容，又何能爲？」因遣人襲而執之，曾不血刃，而元兇授首。及改設流官，其醜類不服，復嘯境上，劫郡印爲亂。衆益恇擾。公親即拓本、文粹作「親叩」其壘，好言諭之曰：「若等情有欲言，言諸朝，當有處分，何以印爲？印出朝廷，失一印，復制一印，於我無損。若持去，特一敗銅耳。吾憐若以無用之物，自陷罪辟。故爲若言，若無以印爲也。」衆即委印解散。自首事至敉寧，公皆在行間，謀畫多自公出。比奏報而賞不及公，衆爲不平。公曰：「敍與虜接，師或不競，敍寔先受禍，此守臣責也。今得無恙幸矣，敢覬賞乎？」在郡九年，劭農振業，興學教民，民靖化洽，歲亦比登。乃平繇更賦，勾考邊儲之侵於民者，得四十餘萬，輸將轉調，亦數十萬。廩庾既充，以時賑發。流庸來歸，户口增羨，郡以大治。在河南兼理屯田，時田多爲藩府乾没及勢家漁取，或假中官芘覆，撟抑詆讕，莫能致詰。公訾省鉤校，多所緒正。在省一年，展采錯事，方將有爲，而臺評出矣。會蜀士有不悦公者，復從中醖釀之，而公亦已倦遊，遂致仕去。

公識慮精審，舉動詳緩。每計事，必要其終。斟度分劑，不少滲漏。一時雖若迂遠，而積久考成，往往有餘。沿牒往來，非公事不輒乘官舫，雖遠不給過所。官中餽遺一不受，亦不以官物遺人。嘗自言：「在官經費，一錢以上皆注籍，令皆可覆。」其所爲必視法所在，故歷官中外，未嘗一掛吏議。其待屬吏特嚴，雖所喜，不少假色詞；所不喜者，亦不輒肆詆挫。不立科條，不收聲譽，而質行履方，往往出名上。故所在政事卓卓，而人鮮復稱之。尤不欲有所附離。初登第，觀政兵部，部僚有與當路交比者，雅喜公，故爲引重，欲援致要地。公謝曰：「某忝列進士，入官自有本末。因緣進取，非所志也。」其人愧謝。後當路敗，所引咸坐廢，拓本、文粹有「黜」字而公無與。時已韙公卓識，其後益厲不變。浮沉常調者垂三十年，晚始邂逅一奮，而竟以讒罷。嗚呼！此足以占公之所立矣。家居尤事檢持，出入起居，咸有常度。接人和而有辨，故雖讌笑融洽，而人莫敢慢易。人有過，不面加誚讓，惟對之不言而已。其待子弟亦然。然人每以是候公，拓本作「候之」顔色所加，甚於質責也。故諸子若孫咸孑孑自將，無少縱弛。閨庭雍睦，呰毁不聞。邑中稱詩禮家，必首及之。雅喜賓客，讌設精鑿，禮文詳雅，周旋樽俎間，終日忘倦。晚歲聰明不衰，音吐洪暢，理言遺事，記憶歷歷。每對客舉似，必深竟顛末。風流雅尚，奕奕照人。蓋以高年令德，爲鄉邑之望者，二十有二年。嗚呼！今則已矣！有如公者，可復得邪？

公娶夏氏，太常卿仲昭女，封安人，有賢行，先公三十年卒。無子。側室姚氏，生子四人：長東，浦江縣丞。次南，國子生，爲仲兄静庵拓本、文粹作「惟明」後。次西，次守中，國子生。東、西皆先卒。夏安人生女三人：長適王銀，以子貴，贈翰林院編修。次陸伸，戊辰進士，死逆瑾時，追贈大理寺評事。次文徵明，翰林院待詔。側室趙氏，生女三人：適陸澯、朱希韓，餘一人尚幼。孫男四人：詩、訪、許、詠。詩國子生，訪縣學生，許夭。拓本、文粹無「許夭」女六拓本、文粹作「五」人。曾孫男二人，女三人。葬以卒之又明年戊子十二月十又七日，拓本、文粹作「十二月甲申」墓在邑東積善鄉興仁里，夏安人祔。銘曰：

顯允吳公，既貞既碩。有言庚庚，亦順其德。侃侃貞孝，爲時令臣，弗大厥施，發于嗣人。憲憲邦刑，翼翼盛業。豈曰世踐，光于有烈。維烈如何？肅肅在公；入守郎曹，出疇民庸。惟此敍服，僚夷易歷；有綏弗諼，式柔永懷。豈民則懷？亦貞厥履，穆穆旼旼，納于仁軌。道隆罔赫，功成不言；天子有詔，往奠中原。有攸王臣，既貞亦蹇；時弗我違，身則既倦。菟裘既營，式遄其歸，公歸維何？鄉人有依。顯允吳公，維民之則。出建邦猷，處範鄉國。國則殄瘁，斯人云亡，後千萬年，以允有光。人亦有言，維德則久；我作銘詞，尚詔厥後。

墓志拓本　吳都文粹續集卷四十四

俞母文碩人墓志銘

碩人文氏，諱玉清。先公温州府君女弟，徵明之姑也。維我先大父少卿府君生子四人，先公最長，次即碩人，皆出先大母陳夫人。碩人甫四齡，而陳夫人卒，鞠於繼母顧夫人。已而顧夫人又卒。於時大父方遊校官，家既赤貧，荐罹多難，幾不能自存。碩人夙遭閔凶，長益更練。既笄，歸俞氏，爲縣學生俞君濟伯之配。俞故吳中名族，業儒而貧。碩人拮据瘁瘏，倍嘗齏苦，而事嫜嫜以禮，相夫子順而有則。俞君既數試不利，家益困，而二親日益老，碩人事之益謹。二親死，俞君方試金陵，家徒四壁，又無强近親戚。碩人盡撤環瑱囊衣，以給殮事，轉襚纖悉，情文畢備，不令俞君少有遺憾。嗚呼！可謂難矣。

碩人少受學家庭，通孝經語孟及小學諸書，皆能成誦。與人言必舉古訓，行必踐之。雖倉卒糾紛，不少淆亂。教子女必以道義，不爲妍媸婉戀之態。雖貧，衣被完潔，器物雖敝不輒棄。與俞君處，白首益恭，或饎爨不繼，亦無愠見之色。先公及仲父中丞相繼起科第，列官中外，家日顯大；碩人未嘗少有所干，以是先公特賢愛之。先公殁，仲父中丞及今季父事之尤謹，歲時來歸，諸女婦若諸子姪，迎侍恐後。吉凶事，必請而後行。晚益慎重，而意獨歡浹。每爲言文氏先貧時事，以示規誨。某歸自京師，拜碩人牀下，碩人撫慰甚至。時中外至親，凋落殆盡，而碩人巋然尚存。庶幾時時見之，猶見吾先公也。詎意哭仲父未幾，又哭吾碩人。嗚呼傷哉！

吾文氏自衡山徙蘇，家世武弁。我先大父諱洪，始以文顯，仕終淶水教諭。以先公及仲父貴，累贈中憲大夫太僕寺少卿。先大母陳，贈安人。繼顧及吕，俱累贈恭人。碩人生正統己巳十月十六日，卒嘉靖戊子十月二日，享年八十。子男三人：長有慶，先卒；次有孚；次有恒。女四人：長適縣學生顧春，早寡，刺目自誓，有司以貞烈奏旌其門。次適沈濂，次吴岡，次賀巽。孫男三人，女三人。有孚以卒之明年十一月□日葬碩人梅灣祖塋，合俞君之兆。俾某爲銘，義不得辭，則敍而銘之。俞氏之先，具余所著俞君墓志，茲不復云。銘曰：

慧而明，亦順而徽。命之奇，艱苦百罹。蹈之弗違，乃全而歸。嗚呼噫嘻！梅灣蒼蒼，有封若堂，是爲俞君之藏。碩人往偕，後永有光。

彭寅甫墓志銘

彭君寅甫，以進士出知湖廣之公安，便道過家，戒其家人曰：「吾方文粹作「行」服官政，義不得顧家，慎無以家累文粹作「溷」我。」遂單車至縣。縣屬荆南，連江帶湖，民貧而俗陋。君披抉道利，悉意拊循，稍以經術緣飾之。誕章敷化，朞年而治成。然軌道自信，不復以文法自拘，一時文法吏咸憎疾之，而君不顧也。會枝江原作「技江」，據文粹改盜發，一夕斬關而入。縣故無兵，倉卒不能拒。盜遂執君，讋之以刃，不屈。披文粹作「搜」其橐，空無一錢，乃舍去，曰：「是廉官也。」然帑藏所有，燒劫略盡矣。事聞，有以上三字，文粹無詔督捕定罪。盜既得，而藏緺無獲，法得不問。而素疾君者，從而媒孽之，坐不戢盜，鐫一官，降文粹作「左除」廣東德慶州判官。

久之，或言其非罪，稍遷知廣之新會。新會即古之岡州，負山阻海，夷僚文粹作「蜑」雜居，谿峒夷僚，文粹作「谿僚峒傜」乘間時時竊發。君至而鄰境已爲賊據。節鎮大臣，方事招徠，而夷性險譎，不可擾馴。稍急則降，已復叛去，勢不可終弭，始議用兵。而賊皆蹻捷，阻險乘高，出没不常。官軍轉戰不前，多所亡失。無已，取平民被誣者，掠立文粹作「訊」成獄，付縣杖文粹有「殺」字之，日以百數。君既不義其所爲，多不時承令。又供需浩穰，不忍剥斂以狥，用是積忤上官，欲求其罪罷之。捃摭無所得，乃以「惰弱不勝任」劾君，而君亦倦遊矣。

既歸，杜門掃軌，不與流俗競相還往。日發其所藏書，披閲涵泳，間爲論著，亦往往賦詩自悼，然皆不以示人。或時引酒酣暢，輒復理詠，意凄然若不能自釋者。久之，竟以疾不起。嗚呼悲哉！

君性質融朗，文粹作「朗融」而氣復邁往。少則勤苦自將，能以志帥氣。既通諸經，又貫綜羣籍，揚搉探竟，文粹作「究」得其雋腴。發爲文章，馳騁文粹作「特」奔放，頃刻數千言；而詞旨精詣，若出硎鍊。激卬蹈厲，以古人自期，下視曹耦，莫有當其意者。然數試不偶，年四十始領鄉薦。繼登上第，於是人始望之，謂庶幾文粹無「幾」有以達其志也。而連宰二邑，皆值俶擾。方以厭文粹作「排」難折衝從事，而剛方直致，與物齟齬，竟連蹇骯髒以死。凡其所負卓越之才，精深之學，與夫名世經遠之圖，曾不得一試，而竟亦文粹作「而世竟」莫有知之者，嗚呼！豈不重可悲哉？彭氏世以高貲甲於里中，君既仕顯，而先世田廬，乃復加損。其貞白之操，有不可誣者。而世之人顧以官簿不達議君。嗚呼！君則何罪哉？

君諱昉，字寅甫。其先清江人。高祖學一，國初以尺籍徙隸蘇州衞，遂居蘇之長洲。曾祖仲英，祖斌，父至朴，母□氏。君生成化庚寅正月□日文粹作「三日」，卒嘉靖七年戊子二月十又三日，享年五十有九。娶胡氏。子男二人：長年，次科。女一人，適國子生劉遺。明年庚寅，葬吴縣隆池山。既而墓爲水所嚙，二十年辛丑某月日改葬某山某原，文粹作「嘉靖癸卯某月某日改葬長洲縣九都某字圩」距君之卒十又三年矣。文粹此句無銘曰：

氣則奇，亦昌于詞，而不利於施。甫引而馳，端厥緌，中蹶以違。吁嗟彭君！其命之罹耶？抑有盭於時耶？吴都文粹續集卷四十三

明故鴻臚寺寺丞致仕錢君墓志銘

嘉靖甲申，錢君元抑以鴻臚丞致仕還長洲。閲六年，庚寅三月四日卒，年五十有九。是歲十二月廿又八日，葬□□□□鄉新阡。嘗自爲志。至是其子寄文、寄道，復請爲銘。嗚呼！余與君生同邑里，少則同遊學官，晚仕同朝，相繼歸老於家。延緣追逐，四十年於此矣。君雅喜交遊，所與皆當世偉人。而相從之久，相知之深，固莫余若也。余不銘君，將屬之誰哉！

君諱貴，字元抑，姓錢氏，吴越武肅王之後。宋有寶文閣學士諱端問者，卒官平江，遂家長洲澧湖之上。君曾祖珖、祖迪、父腴，世有隱德。而腴尤業儒有聞。以君貴，贈文林郎太常寺典簿。母陸氏，贈安人。

君生穎異，數歲，聞父讀史，從傍諦聽，若領解者。問之，即能以意對。父大奇之，授以家學。年十六，選隸學官，始從師習舉子業。不數月，悉通其義。御史按試，輒占高等。弘治戊午，中應天府鄉試。益淬礪精進，期取甲科。既而試禮部，數不中。而其名日益起，從遊者日衆。君質義演推，必盡底裏，又爲游揚引重，使皆有聞。一時學者咸親附之。正德辛巳，以太學生試吏部入格，授太常寺典簿。時方用羽流爲太常卿少，君上言：「秩宗之任，典司禮樂，統和神人。職重位尊，不宜以異端參列其中。」又言：「太監蕭敬，饕陂懷諼，屢遭論劾，不宜在上左右。」又集姦璫王振、曹吉祥、劉瑾事，著三患傳上之。時上新即位，中官有用事之漸，君言隱然有所指陳，人咸韙之。會有事興獻帝園陵，君奉詔副大臣往治禮儀。禮成復命，賜白金五十兩。及追崇議起，君因論籩豆之數，乘間有所論列。或謂非所宜言，君曰：「吾職祠事，既有知，不敢不以聞。禍福非所計也。」在太常三年，執事節適，多所建正。而操廉履慎，莫或過舉。既舉最當遷，而君雅有歸志，遂上疏乞骸骨。朝廷以年未及，不許。疏再上，乃進今官以榮其歸。既歸，即治塚壙於所居之傍，治木待盡。人以君年甫艾服，不應有此，方共訝之。而豈意其遽止於是耶？

君篤於倫誼，事二親孝，喪之戚而有禮。待族屬尤有恩義。家居爲善族會，會必導以義方，申以法守，使咸順於道。或緩急有求，必極力拯之。至於家人生植，則未嘗出口。所居或不蔽風雨，饘爨朝夕，或時不繼，皆泊然不以爲意。賦性敦悃，而有情致。雖中存介辨，而接物圓融，未嘗以詐逆人。人有過，必曲爲覆護，務不令人知。而稱人之善，常若不及。或有推薦，往往不自知其身之窮；而赴人之急，恒自忘其家之匱也。

君學博而識精，辨析亹亹，能起人意。文詞藻麗，所論著爾雅有法。一時文學之士，咸讓能焉。及官中朝，與翰林應元忠、鄒謙之遊。而太常博士馬子□、陳惟濬又聯官相好。諸君皆道學名流，君與朝夕下上其論議，始從事於治心養性，而一切支離文字，悉謝去。老退林下，益集諸生，相與講明其説，倜然自以爲有得。每以「文藝喪志」諷余，而勗余以道。余笑曰：「人有能有不能，各從其志可也。」一時或有異同之論，而余與君實相好無間。嗚呼！言猶在耳，而君不可作矣。尚忍言哉！尚忍言哉！君所著，有易通、乾坤纂遺、讀史例餘、吴越紀餘、檀天解略、騷經標注、有問録、杜律便覽、芹游記、太常都編，總若干卷，藏于家。

娶鄒氏，封孺人。子男二人：寄文、寄道，俱文學弟子員。銘曰：

有卓斯道，匪人弗立，匪文弗宣，緊言而克。矯矯錢君，賦才孔良，神明内腴，式昭用揚。既藝以紛，靡言不析；乃終有融，會言歸極。翼翼秩宗，豈不有試？位卑言高，維時之罪。乃卷而懷，遂厥有初，彼將不足，我恒有餘。何以餘斯？身則有道。弗究厥施，式隆于教。惟教有成，道斯用明，志斯用行，迺困而寧。矯矯錢君，實德則踐，胡身之修，而年弗衍！其所不亡，遺書陸離，孰云匪至？道乃在玆。漕湖之陽，有玄者宅。我銘君藏，後有考德。

杜允勝墓志銘

嘉靖辛卯，杜君允勝以郡學生試應天，病不克試，歸卒於家。家貧不能喪，故人門生相與賻而葬之。陳君道通實經紀其事。以余最故，俾爲之銘。嗚呼允勝！一至于是耶？

允勝貌不甚揚，而風度雅馴。外若憒眊，而精明内藴，皂白井然。微有瞶疾，而四方之事，無不采聽。對客舉似，蟬聯纚屬，無有卦漏，聰明者不逮也。至人有過，亦不爲諱，然亦樂道人善。故人雖或疾之，而終不能勝夫憐之者之多也。余與君比里而居，又志業相契，每有疑義，必從君問難。數日不見，必有異聞。所爲資益余者甚衆。而今已矣！嗚呼！有如君者，可復得耶？

君少羸多疾，故學最晚，而其志最篤。家世以醫顯，君雖習醫，而雅不欲以藝名。遂從經師受易，鑽研淬礪，窮日夜不休。有聲望出己上者，輒從之講習。析理辨疑，斷斷懇至。有得，輒手自箋記，毫劄精謹，朱墨燦然。明經之士，咸讓其能，而君不以自足。王文恪公歸自内閣，遂往遊其門，因得作文之要。益務博綜，羣經子史，靡不講習，下至稗官小説，若唐、宋諸名賢文集，亦皆雋永而啜其腴。聞人有異書，輒走求之，期以必得。得則手自繕寫，祁寒盛暑，不離佔畢。故其學粹而深，爲文光潔而傳於理。非如一時舉子，工爲程試之文而已。自正德丙子至嘉靖戊子，凡五試，試輒斥。然每斥而其學輒益進。至是，極矣！而竟不售以死。嗚呼！豈不有命哉？

君諱璠，字允勝，别號澹巖。先世淞江之青龍鎮人。曾大父宗敏，贅於長洲林子恒氏，故今爲長洲人。大父明善，父恒庵先生祥，仕爲崇明醫學訓科。初，恒庵娶於吴，生二子璧、琮，皆長大美好，而君出於少房。已又喪其所生母顔氏，嫡母憐而鞠之。及是二兄相繼物故，而恒庵夫婦並高年令終，生事死葬，君能致力焉。君兩娶皆劉，生子四人，錞、錸、鏞、鈁。女三人。孫男一人。君卒於是歲九月二十有七日，享年五十。卒之後□月某日，葬魏珠山祖塋之次，以劉氏祔。銘曰：

學則充，亦藝而工。豈不有庸？而卒困以終。吁！其逢。

亡兄雙湖府君墓志銘

府君諱奎，字徵静。後以字行，别字静伯。有田在陽城、沙湖之間，因號雙湖居士。

吾文氏自廬陵徙衡山，再徙蘇，占數長洲。高祖而上，世以武胄相承。至曾大父存心府君諱惠，始業儒，教授里中。先大父諱洪，始登科爲淶水教諭。後以先君升朝，追贈太僕寺丞。繼以叔父中丞貴，加少卿。先君諱林，起進士，仕終温州知府。先夫人祁氏。府君生成化己丑七月廿八日，卒嘉靖丙申五月廿日。是歲閏月十日，葬吴縣梅灣，從先君之兆。配姚氏。子男三人：長伯仁，娶朱氏。次仲義，娶王氏，俱縣學生。又次叔禮，出贅淞江趙氏。女一人，適劉穉孫。孫男四人，女五人。

府君讀書善筆劄，聰明彊解，達於事理。平生氣義自勝，不爲貴勢詘折。雖素所狎媟，一不當其意，輒面加詆訶，至人不能堪不爲止。然不藏怒畜怨，或時忤人，人方以爲懟，而府君則既忘之矣。人知其易直，亦樂親附之，然卒不能勝夫不知者之衆也。居常嚴於事先，旦起，必衣冠謁先祠，非有故及疾病，未嘗一日廢。歲時祭享，必精必慎；遇時物必薦，或未薦，雖倉卒燕會，不輒入口。待里黨姻族有情，緩急有求，必爲盡力，雖宿有嫌釁，悉置不問。

某少則同業，長同遊學官，依戀翕協，白首益親。癸未之歲，隨計北上，府君追送至吕城，執手欷歔，意極慘阻。比歸，相見甚懽。自是數年，無時日不見。疾且革，顧謂某曰：「吾生無善狀。即死，慎無爲銘譽我，取人譏笑，無益也。」其明達如此。雖然，不可以不志也。銘曰：

維伉而直，弗以勢詘，弗仇有疾，而維義之克。豈不有嚴，秩秩先宗，肅言將之，敬德維躬。生無矯情，矢死弗欺，迺坦有夷，迺全而歸。隰隰墓田，于梅之灣，葬從先公，式永以安。

按：本卷墓志銘皆見三十五卷本卷三十。

文徵明集卷第三十一

墓志銘三　五首

王履吉墓志銘

嗚呼悲哉！王君已矣！不可作矣！君文學藝能，卓然名家；而出其緒餘，爲明經試策，宏博奇麗，獨得肯綮。御史按試，輒褒然舉首。一時聲稱甚籍，文粹作「籍甚」隱文粹作「隱然」爲三吳之望。三吳之士知君者，咸以高科屬之，其文粹作「具」真知者，謂能肆情詞藝，非直經生而已，然皆非君之極致也。乃君之志，直欲軼古人而逾之，自非通古今，周一世，不足以充其所受也，是可以一時一郡論哉？君資性穎異，將以勤誠，於書無所不窺，而尤詳於羣經，手寫經書皆一再過。爲文非遷、固不學，詩必盛唐，見諸論撰，咸有法程。余年視君二紀而長。君自丱角，即與余遊，無時日不見。見輒有所著，日異而月不同，蓋浩乎未見其止也。而豈意其文粹無「其」字遽疾而死也。嗚呼，惜哉！

君正德初，與其兄履約並以儁造選隸學官，媲聲儷迹，翹然競爽。既而履約舉應天鄉試，尋舉進士；而君每試輒斥。以年資貢禮部，卒業太學，又試又輒斥。蓋自正德庚午，至嘉靖辛卯，凡八試，試輒斥。而名日益起，從遊者日衆，得其指授，往往去取高科，登顯仕，而君竟不售以文粹作「而」死。嗚呼！豈不有命哉？

君高朗明潔，砥節而履方。一切時世聲利之事，有所不屑。偎文粹作「猥」俗之言，未嘗出口。風儀玉立，舉止軒揭，然其心每抑下，雖聲稱振疊，而醖籍自將。對人未始言學，蓋不欲以所能尚人，故人亦樂親附之。性惡喧囂，不樂居廛井。少學於蔡羽先生，居洞庭三年。既而讀書石湖之上二十年，非歲時省侍，不數數入城。遇佳山水，輒忻然忘去，或時偃息於長林豐草間。含醺賦詩，倚席而歌，邈然有千載之思。迹其所爲，豈碌碌尋常之士哉！是其志之所存，必有出於言語文粹作「語言」文字之上者，曾不得少見於世，而僅僅以文傳。而其所傳，又出於文場困躓之餘，雅非其至者。嗚呼！豈不重可惜哉！

君孝友天至，居常能愉悦其親，而順之於道。與兄履約，少同筆硯，食息起居，未嘗少離。既各授室，而聯裀共食，視室處之時恒倍也。文粹無「也」字君卒時，履約方官京師。及是以都御史出鎮鄖陽，便道過家，以文粹有「某年月日」四字葬君文粹有「於」字某山之原，俾某爲銘。文粹作「俾徵明爲文」

君諱寵，字履仁，後更文粹無「更」字字履吉，别號雅宜山人。父貞，以履約貴，封中憲大夫太常寺少卿。母朱氏，繼母顧氏，贈封皆恭人。君生弘治甲寅十一月八日，卒嘉靖癸巳四月三十日，享年四十。娶徐氏。子男一人，子陽，太學生。娶唐氏，解元伯虎女。以上二句，文粹無孫男一人。銘曰：

維慧而明，亦藝而貞。胡不潰於成，而卒困以衡。吁嗟乎其名！吴都文粹續集卷四十三

東川軍民府通判王君墓志銘

余友王君涣文，通判嘉興府之三年，改涖東川軍民府。東川隸貴文粹作「在蜀」省，在烏撒之西，本烏蠻閟畔部，去京師萬里。夷僚雜居，雖名列郡，特遐方一聚落耳。君起儒紳，跻落文粹作「通侻」夷易，居官不修章程，不能曲事上官。深文苛禮，有所不屑，用是

積忤當路。顧其任未久，又未嘗一挂吏議，乃以逋慢易置之，寔奪之事任，而投之要荒之外也。君嘆曰：「吾誠不佞，未嘗罔天與人。而得是遠徙，豈其命耶？雖然，吾行且暮，孱弱之身，豈復堪此遠役？」遂卧不起，未幾竟以疾卒。嗚呼傷哉！君正德己卯，以尚書領應天鄉薦。試禮部，數不中，卒業太學。嘉靖庚寅，以太學生釋褐，官嘉興，授任督賦。嘗一再攝縣，及轉輸宫文粹作「網」材，皆能其職。卒年五十有三，嘉靖乙未七月廿又五日也。

君諱渙，字渙文，别號墨池子。世爲蘇之長洲人。曾大父存心。大父以仁。父諱銘，母陳氏。君生精悍穎敏，少則勵志經文粹作「彊」學。既選隸學官，益事精進，刺經摧文粹作「推」義，不遺餘力。而博綜羣籍，咸繹而通之。鑄詞發藻，必皆不經人道語。而含咀英華，經史錯出，緯組爛然。人讀之，刻深囏棘，若出硎鍛。而君頃刻數百言，操筆文粹作「觚」立就，曾不經意，而思致不窮。其亦一時之奇雋矣乎！文粹無「乎」字尤工古賦，得漢、魏遺意。詩宗白傅，晚喜陸放翁、范石湖。然皆自出機杼，不拘拘體裁，而奇思奕奕。始在庠序，無所知名，會部使者得其文，奇之，一時隱然喧動吳下。當其時，莫不偉視其人，謂區區制舉，不足取也。而君亦自負所有，不肯碌碌但已。而文粹無「而」字厄於時命，僅得一郡倅。潦倒末殺，文粹作「秩」卒困頓以死。嗚呼！豈造物者有以文粹作「所」

靳耶？抑有司之失耶？

君高朗闊達，而舉止疏慢，不事矜持。出言無所顧藉，遇人無貴賤並狎視之。其卒被中傷，蓋亦以此。然其中實無厓異，推誠投分，簡而有情，内之族屬，外之里黨朋從，莫有間焉。

余友君三十年，知君尤深。及是葬，其子遂以吴縣學生陳君曉所爲狀來乞銘。君娶郁氏，先卒。子男四人，庚、壬、己、戊。女四人，適沈大漠、顧僎、范善徵、羅元素。孫女一人。葬以卒之後二年丁酉十一月廿又一日。墓在武丘鄉，郁氏祔。此句文粹無

銘曰：

維材孔良，德藝其章。既騫用揚，而弗利於行。維坦有夷，弗失其馳，迺蹰厥罹。跋疐而違，而蹎蹶以踦。吁嗟乎！其時兮？其數之奇兮？吴都文粹續集卷四十三

叔妣恭人談氏墓志

恭人談氏，吴人談世英甫之女。母徐氏，以成化己丑十二月十又六日生恭人。十有五年而歸我文氏，爲我仲父都御史府君之配。始恭人父談公爲徐氏贅壻，故恭人少

育於徐。徐翁諱士隆，讀書敦義，與先大父少卿公友善。府君少則儁朗，爲翁所賢愛；而翁又自賢其甥，謂非府君不足配也，遂委禽焉。談、徐皆無子，故府君受恭人於談氏之廟，而賓於其室。談時華盛，而府君方食貧，然介潔高朗，不有其家。恭人事之惟謹，左右進止，惟府君之命。府君夜讀勤苦，必爲修具，或通夕不寐，亦必與俱。府君起家進士，繼宰慶雲，入爲監察御史，出貳太僕，所至以恭人從。恭人靖恭厚默，素無交比。既貴，益慎有度，寮寀女婦，悉謝不通，歲時問遺亦絶。故府君歷仕中外，皆以清白稱。及爲御史，以言事下詔獄，事且不測，人爲傍懼，而恭人無所悔恨。府君嘗自言：「當草疏時，恭人寔秉燭侍，知必掇禍，而不爲沮止。使其時有言，余亦不能不動也。」其明達如此。

尤甘淡寂，雖生富室，而不事泰侈。府君素性高簡，不立資遺，家衆數百指，俸入往往不給。淯粗茹糲，人有所不堪，而恭人安之。子女十有一人，惟長子及毛氏女爲所生，餘皆長於少房；而恭人視之，悉如己子，撫字惟均，又均其訓迪。故諸子女親之，亦不知非所生也。恭人貞定若淑，德充於容。鳲鳩之化，葛覃之風，達於中外，無有間言。以府君升朝，封孺人。及官太僕，遂進今封云。

文氏之先，與宋丞相天祥同出廬陵。其後徙衡山，再徙今長洲。吾五世祖俊卿仕元季爲鎮遠大將軍，湖廣管軍都元帥。高伯祖定開，仕皇朝荆州左護衛千户。高祖定聰，散騎舍人。曾祖惠。祖即少卿公諱洪，仕爲淶水縣儒學教諭，累贈中憲大夫南京太僕寺少卿，寔生我先公温州知府諱林，次即府君諱森，字宗嚴，以都察院右僉都御史守南贛致仕，卒于家，寔嘉靖四年乙酉也。

越十有四年，爲十七年戊戌八月三十日，恭人卒，享年七十。子男三人：長斗，國子生，娶沈氏。次徵賢，娶張氏。又次徵忠，娶陳氏。女八人：長適鄉貢進士毛錫朋。次夭。次適陰陽訓術錢班。次適太學生張哲。次許嫁陸某，未行而某卒，守節在室。次適錢。次適周某。次適顧某。孫男五人，女□人。府君先葬吴縣穹窿山，墓侵於水，於是諸子改葬長洲花園涇先塋之右，距少卿公墓百武而近。以恭人祔。是爲嘉靖十九年庚子十二月三日庚申，某爲書其事以志。昔柳子謂：從人之道，内夫家而外父母家。故於伯祖妣李氏之葬，敍柳氏爲備。余於是亦云。若府君事行，詳於先志者，茲不復書。

明故資善大夫都察院右副（文粹、墨蹟無「副」字）都御史致仕盛公墓志銘

嘉靖十四年乙未九月十又三日，前都察院右都御史長洲（墨蹟作「吴郡」）盛公以疾卒于

家。文粹有「訃聞詔下有司俾營葬事賜諭祭者再」，墨蹟作「訃聞詔有司營葬事賜諭祭者再」公仕弘治、正德間，以剛毅廉循著稱文粹無「稱」字中外。蓋自弱冠筮仕郎曹，即能抗捍原作「悍」，據文粹改權要，得罪貶斥，一再下制獄，皆瀕於死。賴朝廷仁明，得不終棄，再躓再奮，卒至大官。凡所臨涖，輒著茂績，樹風聲，而高風抗節，文粹、墨蹟作「振風紀而軌法緒正」益厲不貶。以故崎嶇展轉，多所抵冒，而豐功盛烈，往往敗於垂成，卒坐廢以死。一時輿論，於公有遺望焉。嗚呼惜哉！

公諱應期，字斯徵，别號值庵，裔出宋文肅公度，由餘杭徙汴，再徙蘇之吴江，今居郡城。歷元至國朝，衣冠不乏。高祖啟東，以儒醫際遇文皇，爲太醫院御醫，寵眷隆極，莫與爲比。二句文粹、墨蹟作「特被寵眷」曾祖佖，不仕。祖昕，父瓘，俱以公貴，贈通議大夫都察院右副都御史。祖妣朱，妣胡，繼妣蘇，俱贈淑人。

公以文粹、墨蹟有「弘治」二字癸丑進士釋褐，拜工部都水司主事，文粹無「工部」二字奉使涖濟寧諸閘。軌事要束，文粹、墨蹟作「節適限列」啟閉有時，公私舟皆以敍進。官舟或挾私貨，輒没入之。道路恐恐，相戒莫敢犯，而中官文粹、墨蹟有「大」字不便之。時大璫李廣等方貴幸用事，相與流議中傷。既不得間，則以阻格薦新爲大不敬，逮公抵罪，鐫兩文粹、墨蹟作「八」階，謫授安寧驛丞。安寧隸雲南，荒遠非人所居。久之稍起爲禄豐知縣。禄豐古之禄俸，烏爂蠻所居，雜以傜僚。文粹、墨蹟無此句慓悍梗化，前政往往寇賊待之。公不鄙其民，誕章敷化，納之仁軌。民用歸集，而盜亦敉寧，風聲所被，洽於鄰壤。尋陞四川順慶府通判，受任督賦。輸將摧會，咸有法程，而鈎稽宿蠹，民莫能謾。所尤患者，文粹、墨蹟無此句民歲轉輸松潘，往往破產不足更費。公審畫文粹作「情」道利，番休而節適之，事集文粹作「節」而民不病。

丁父憂，解官，道陞武昌同知。文粹有「正德己巳」四字服除，改長沙，專理赤文粹作「精」籍，秉公執文粹、墨蹟作「軌」法，不事鈎摭，而弊爲之清。郡中王府官校及衛所餉給，多爲姦吏侵牟，官軍往往坐困，文粹、墨蹟作「官軍坐困」出墨蹟作「或出」怨言，將爲不靖。文粹、墨蹟此句無會公攝郡，即程督吏胥，文粹無「即」字稽其出内，參合分劑，得其利弊所在，遂推行之，上下給足，而郡以無擾。時都御史陳公鎬，布政使□公鉞，亟稱其賢，將慰薦之。文粹、墨蹟四句無俄陞雲南按察司僉事，歷按金滄、洱海諸道，擿伏省微，所部職辨。其屬景東諸郡，皆土官世職，梟獍桀墨蹟無「桀」字驁，王法有所不治。公皆以正臨之，莫不偃帖向化。知府陶某，父子讐殺，文粹作「怨」而姦人實構其間。公與兵備副使馳入其境，此句文粹、墨蹟作「公探得其情」縛姦人寘之法，曉陶以義，俾父子如初。武定知府鳳美文粹、墨蹟作「英」死，其妻攝郡，所爲多不法，而其子朝鳴尤陰狡渫惡，椎剽囷奪，民甚苦之。朝廷下所司究按，咸憚不敢行。公方入賀萬壽，當道議留屬文粹無「屬」字公，公得牒，文粹作「留」疾馳就文粹有「按」字之，出鳳不意，母子震慴，伏謁輸情。公因薄責其黨，窮竟抵罪，悉還所奪於民。時鳳氏方盛，公廉其後必爲患，言於當道，文粹、墨蹟無此句請降鳳秩，設流官制之。奏上，朝廷重於改更，事格不行；鳳後卒叛如公言。時鎮守太監梁裕，驕蹇侈汰，一釀酒靡米八百石，恣情横費，文粹、墨蹟無二句漁取無厭。公隨事裁抑，不令得肆。又請封禁省内諸銀礦。先是，礦有歲課，以上三句文粹、墨蹟作「省内諸銀礦歲有常課」裕擅爲己有，皴文粹、墨蹟作「朘」剥苛急，民不堪命。或緣是賊殺啟釁。故文粹無「故」字公建議禁閉，以絶禍源，寔抑裕而奪之利也。故裕銜之。時御史張公璞，文粹、墨蹟作「張璞」副使晁公必登，文粹、墨蹟作「晁必登」與公協以文粹、墨蹟作「心」制裕，裕因並奏三人，誣以他事，悉逮下制獄。鞫訊慘毒，張竟考死獄中，公益不撓。諸大臣言官交章論救。會乾清宫災，遂得貰赦。

前是原作「事」，據文粹改公已進本司副使，復任未幾，遂陞河南按察使。策惰警頑，風采益振。太監孫清，欲攬事權，擅理民訟，民或乘藉爲姦利。公面數之，正言直氣，無所回婉。孫不能堪，欲遂訐公以事，以公望重而止。此句文粹、墨蹟作「公不爲讋而孫卒亦莫之能爲也」丙子，陞山東右布政使。故事，右轄多循默遠權，具位而已。文粹、墨蹟無此句公展采錯事，無所退文粹作「避」遜。時僚長持重，務存大體，事或濡滯，而公披抉敏利，案無留牘。

所興革緒正，皆利病切急，身名所系，不可已者。故雖嫌於侵權，有所不顧。

戊寅，陞陝西左布政使。時武宗西巡，關中大擾。二句文粹、墨蹟無而文粹、墨蹟作「時」鎮守墨蹟無「鎮守」二字太監廖鑾，陰賊强禦，恃有内援，縱横省中，諸弟姪豪猾，文粹、墨蹟無「豪猾」二字席寵翼奸，贓賄狼藉，動以上供爲言。有司脅息莫敢問。公至，首執其左右尤無良者，用法翦除之。一切横斂，皆格不行，又不隨衆加禮，廖滋不悦，思有以中傷之。先是，有旨督造織罽，其費鉅萬，廖乃文粹作「以」檄公取直。檄文嚴峻，實以嘗公，欲因是激之，用爲公罪。公得檄，即閉户發籍，稽按得所支破文粹作「數」已逾數萬。明日詣廖，廖方盛氣以待。公徐出數示之，因問：「更費如此，計所造有贏，今皆安在？願以上聞。」廖出不意，内愓文粹、墨蹟作「愒」不能對，惶恐跽謝，事遂得已。此句文粹、墨蹟作「乃已」及文粹、墨蹟有「上西巡」三字駕次榆林，士馬滃集，蹂躪文粹、墨蹟作「蹂躝」紛遝，人情洶洶，而公處之裕如，供頓百文粹作「首」需，取具呼吸間。民不加賦，境不知擾，而事罔不集。一時扈從諸璫若諸嬖倖，氣焰薰灼，自鎮巡而下，重足屏氣，莫敢與抗。公先聲所被，既有以讋之；而臨事整暇，足以坐鎮物情。憸人小夫，望而知敬，一切非分之禮，無藝之求，消沮殆盡。終竟彌縫，無少疏脱。同事諸公，莫不降文粹作「佩」嘆以爲難，雖上亦知之。

會文粹、墨蹟作「明年己卯」四川缺巡撫，遂用爲都察院右副都御史，巡撫其地。蜀去朝廷萬里，夷僚雜居，負險易動。公練兵飭甲，隨時疏捕，不少怠縱。六番招討楊文林，數出兵攻圍城邑，虔劉吏民；而流民謝文義亦糾僰夷爲亂：皆以次戡定。捷聞，璽書褒嘉，錫以銀幣。時朝多秕政，權倖縱横，誅求切蹙，而蜀尤甚。公糾檢緒正，首事限列，而繩之以法。法外科斂，文粹、墨蹟作「敷」一切放罷，西南數千里，爲之肅然。

是歲己卯，此句文粹、墨蹟作「庚辰」丁繼母憂。辛巳，服闋。文粹、墨蹟無「服闋」句會今上登極，以疾乞休，不允。尋文粹、墨蹟作「壬午服闋」四字被命起撫江西。適逆濠倡亂之後，瘡痍未復，加以饑虛，所在盜寇充斥。而彭蠡爲吴、楚交會之侵，盜出没其中，阻險剽劫，而漁舟爲之向導。公調遣官軍，圍兵文粹作「軍」捶扼，併籍羣漁爲伍，使互相覺察。盜不自容，一時迸散。時科讁方殷，督餉嚴急，民不堪命。以上三句文粹、墨蹟無公文粹、墨蹟作「於是」平繇省斂，隨緩急徵發，所以上六字文粹、墨蹟無疏免雜調緡錢總數十萬，而請留以濟民者，亦不下數萬。檄省臣分地賑恤，而公二字文粹、墨蹟作「躬」自督率，極意撫循，民用墨蹟無「用」字甦息，而歲亦比登。屬淮甸文粹、墨蹟作「南京諸郡」阻饑，首輸米四十七文粹作「七十四」萬石，銀二十萬兩以濟。而奉詔積穀備荒，亦百餘萬石。有詔嘉奬者再。

尋被璽書陞兵部侍郎，兼都察院右僉都御史，總督兩廣軍務。時嶺南更數政不治，兵疲財匱，號令墮弛，文粹作「地」土酋玩狎，不知禀畏，而夷僚誖謾，時時竊發。公至，陳兵大閲，料簡鈎摭，一時逋蕩以次復伍。乃飭餱積，謹烽燧，繕治干櫓，部署諸將，俾各守要害。紀律嚴明，精采焕發。於是諸夷稍稍知懼，而邊徼有恃矣。歸善劇賊季文粹、墨蹟作「李」文積據桃子園爲亂，公檄守巡發兵捕斬，生擒文積及其黨李萬金文粹作「全」等，斬首一千一百三十級，俘獲男婦四百文粹、墨蹟有「餘」字人。土官劉召誘執兵官，據思恩府以叛。即調遣民兵，分隸將官，授以方略，而躬率守巡諸臣繼之。進攻邕梅諸寨，推文粹作「摧」鋒衝擊，大破羣酋，斬首一千九十七級，俘獲男婦五百餘人。召被創赴文粹作「被鎗」火死，餘黨悉平。田州土官知府岑猛，文粹、墨蹟作「田州土官岑猛」懷諼忮狠，恃文粹、墨蹟有「其」字險遠將爲不靖，畜聚累年。及是，數出兵文粹、墨蹟無「兵」字燒劫州縣。事聞，下公體量。文粹作「經畫」公與巡按御史謝汝儀會三司守臣，文粹、墨蹟作「公會巡按及三司守臣」參審籌畫。咸謂此積歲逋誅，不問益熾，而一方之民，不容不拯。於是上疏具陳方略，大率誅首惡而貸協從，文粹、墨蹟作「脅從」兵部覆議從之。事下而公已得旨改官矣。先是，公稽校尺籍，得總兵、太監二府脱卒甚夥，並文粹、墨蹟作「既」勒歸伍，而深抑其官屬，不令暴横。又檄下兩省及湖廣諸路，凡所調遣，悉自幕府關決。於是二府禁不得肆，大興讒構，欲以罪去公。當道者爲之調停，遂除工部侍郎，提督易州山廠。寔奪之權，而置之閒散之地。文粹作「而置之散地」會言官復有論列，公遂引咎乞歸，得旨致仕，嘉靖四年乙酉也。

丁亥，河決徐、沛，漕渠墨蹟無「渠」字淤塞。役民夫墨蹟無「役民夫」三字濬治，久弗即功。有詔集廷臣議舉可以治水者，僉以公名上。遂錫璽書起公于家，即拜都察院右都御史，提督南、北直隸、山東、河南等處河道。時尚書李承勛、胡世寧墨蹟有「皆」字建議，欲於昭陽湖東，別開漕渠。而少卿黄公文粹、墨蹟無「公」字綰、僉事霍公文粹、墨蹟無「公」字韜各陳便宜，並下公看文粹作「省」詳。公與郎中柯維熊、員外郎王大化、參議劉淑相親往相度。延訪父老，皆以地形平衍，可以就功。二句文粹作「既知利害所在」、墨蹟作「得其利害所在」一句乃上疏言：「黄河之患，古今則然。而中原平衍，無洞庭、彭蠡以爲之匯。故遷徙不常，爲患特甚。而其性避高就下，非多爲之委，以殺其流，未可力勝也。弘治以前，河下潼關，即分三大支。二支俱出汴城之南，文粹作「東」東行由泗經淮，以入於海。二句文粹作「南行由泗經淮入海」一支文粹作「其二支」出汴文粹作「汴城」之北，東行至兗，分文粹、墨蹟作「分二」小支：一出沛之飛雲橋，一出徐之小浮橋，俱入運河，徑下邳州會淮入海。正德以來，汴南二支湮塞，併入汴北一支。於是原作「吴」，據文粹改全河東下，至於徐、沛，俱入運河。自此汴河無患，而徐與豐沛，文粹、墨蹟作「沛」適當其衝。近年河漸北徙，小浮橋亦已湮塞。曹、單、城武諸縣，楊家、梁靖文粹無「靖」字諸口，奔潰四出，徑趨沛縣。漕河横流，出於墨蹟無「於」字昭陽湖之東，泥沙壅遏，勢緩則停，遇坎則滯，致淤運道。爲今之計，大略有四：曰疏上流，曰濬故道，曰築長隄，曰改別地。以上六句，文粹、墨蹟作「今非改鑿新河不可蓋」九字上流不殺，則決口不可塞，長隄不可築，而河防不可成。河防不成，則淤不可濬，而故道不可復。此今之漕河，所以不容不改也。」廷議是之，詔以春和興役。公先命郎中等官分治舊河，使通漕舟。而堅築隄岸，以障黃河之衝。別濬趙皮縣家渡文粹、墨蹟作「趙皮寨孫家渡」諸處，以殺上流之勢。於是簡屬吏之賢文粹、墨蹟有「有才」二字者，以任新河之役。躬履其地，量地授工，分程布役，時其食作，而公其勸懲。聯絡相維，統攝有敘。甫四閱月，而工完十九，旦夕告成。而讒言遽興，有旨罷役，而公去國矣。公上疏自劾，因以疾求退。會有嗛公者，從中醞釀之，遂被旨閑住。以上五句文粹、墨蹟無時諸老大臣爭言其枉，而户部尚書鄒文盛，刑部尚書胡世寧言之尤力。胡言：「改河之議，寔發于臣。自古國家論誤事之罪，必追責首議之人。盛某廉勤果毅，受任數月，既通舊河，復濬黃河上流。功效如此，固當加勞。徒以臣言新河之故，使得罪以去。臣何顔獨居於此？」鄒謂「市虎成於三人，投杼起於屢至。宜念漕河干繫之重，體大臣幹理之難，雖發言盈庭，誰執其咎」云云。以上「胡言」「鄒謂」十九句，文粹、墨蹟無蓋斯役之罷，起於一二同事者文粹、墨蹟「者」作「之人」以細故更相責望，坐失事幾，故當時公論如此。公家居七年，更赦復職，致仕。既而大臣言官，相繼論薦。海内士大夫方冀其復用，而遽疾不起。嗚呼，惜哉！

公爲人修正强執，遇事直前，不爲利害回折。奉公憂國之念，寤寐不忘。體貌嚴重，進止有恒，居家整肅，如臨官府。而文粹、墨蹟有「與」字賓客讌談，雍然有情。待諸弟妹甥姪有恩，族人孤嫠有給，婚喪患難有助，於倫誼甚篤也。生成化甲午八月廿又一日，享年六十有二。娶沈氏，繼顧氏，皆文粹、墨蹟作「俱」贈淑人。子男二人：長之材，郡學生；次之榮，娶俱王氏。此句文粹、墨蹟作「娶王氏繼沈氏」女一人，適前工科給事中陸燦。孫男六人：茂勳，郡學生。茂熙、茂廉、茂壽、茂然俱幼。文粹、墨蹟無「俱幼」二字。後有「孫女一人許適吳治」，墨蹟「適」作「嫁」以卒之某年月日葬某縣某鄉某原。某以上十五字，文粹、墨蹟作「以卒之又明年丁酉十二月十六日葬吳縣橫山感慈塢徵明」廿四字晚辱公遊，知公爲詳。及是葬，二文粹作「公」子以治命屬銘，不可辭。銘曰：

桓桓盛宗，立氏以國，孰其徵之？曰有成伯。有顯者吉，在漢則良；曰苞孝章，奕世其昌。文粹作「揚」別籍於杭，爰有文肅，煒其宗文粹、墨蹟作「家」聲，不忝維穀。有展中丞，德言則繼，于千斯年，有衍弗替。衍之維何？道則有光，行則有方，政業其章。履貞用嚴，侃言維直；歷險以夷，維正而克。我循維良，我武維揚，豈不有庸？讒言孔傷。彼讒則傷，我行維烈，道有險夷，不易其轍。亶其有馳，迺端厥綏，或失之呲，而名匪虧。有展中丞，維吳之淑。豈不云亡，公其莫贖。吳都文粹續集卷四十三　中國古代書畫圖目十三

鄉貢進士贈承德郎尚寶司丞顧君安人梁氏合葬銘 有敘

鄉貢進士顧君之卒也，其子謙亨方官尚寶，請于朝，得贈君承德郎尚寶司司丞。未葬，而其配梁安人繼卒。乃嘉靖辛亥冬十有二月八日，合窆邑之令字圩新阡。於是謙亨奉君從子江西布政使夢圭所爲狀及所自述安人事行，詣予請銘。

按狀：君諱履方，字仲立，别號恒齋，故大學士文康公之子也。母夫人朱氏。君生朗潤若淑，木質而理。少授學家庭，刺經綴文，能自刻勵。于時顧氏文章科第，彬彬輩出。君在羣從中，年最少，循飭愿謹，未嘗以語言先人，而意獨領解，父兄並賢愛之。年十四，選爲縣學生，益精進不懈。及侍文康公居京師，卒業于學士吴公仁甫，益見端緒。尋入國學，受知于故祭酒陸文裕公，月課率在高等。戊子，舉順天鄉試，試禮部不中。及文康居宥密，以嫌故，數試輒斥。人咸惜之，而君不以爲忤。文康薨於位，君扶護南還，不復有仕進意。朱夫人勉使就試，試又輒斥。居二年得疾，遂不起。嗚呼惜哉！

君静重厚默，謙約自將。文康晚益貴盛，門户煇赫，君日益加慎。刺史縣令，咸與分庭抗禮，承事恐後，而君閉拒孑孑，靡所干請。出入閭巷，傔從斂約，被服雅素，人不知其宰相子也。與鄉人處，卑抑誾誾，不少驕揚。或肆侵侮，輒起逸去不與校。文康闊達好施，不立貲遺，禄賜所入，皆緣手盡。而君摯摯寡與，居常不妄用一錢，家得不墜。至恤窮振匱，乃無所惜。孝性純至，事文康公甚謹，而能順之于道。文康疾，兼程馳赴。比至，而疾已彌留。嘗藥視腧，扶掖憂懸，不解衣帶者累月。比卒，哀毁踰節。治喪，戚加于易，人尤稱之。

安人梁氏，故泉州府同知尚素之孫，德安府推官九成之女。文康與九成同學友善，知其有賢女，遂委禽焉。梁、顧皆儒宗鉅姓，壻婦咸得所擇。安人幼慧有識，能決疑審事，鍾愛于父母。繼歸，尤爲文康所賢。文康入朝，屬家于子。時仲立方隷學官，力學事進取，生殖靡密，惟安人是賴。銖黍化治，纖悉具宜。念舅姑在遠，緘遺餽問，月無虚使。既而文康日益老，夫人多疾，乃偕仲立隨侍京邸。潔豆籩，葺衣履，起居惟時，寒暑曲備，文康與夫人安焉。恒舉以勵諸婦若諸孫婦曰：「新婦得如此，可無憾矣。」文康晚生王庶，褓養婚娶，咸于安人視成焉。仲立與歸氏姊及朱氏寡姊同居二十年，安人視如親姊，終始無間言。媲德儷義，宜于夫宗如此，可謂賢也已！

君生弘治丁巳三月廿有四日，卒嘉靖丙午七月廿有九日，享年五十。安人生弘治乙卯四月一日，卒嘉靖庚戌十月廿又二日，年五十有六。安人生子男二人：長即謙亨，尚寶司司丞，娶陸氏，封安人。次謙益，翰林院秀才，前卒，娶周氏，繼查氏。女二人：適王世業、周允懷，俱國子生。側出子男一人，謙福，出後叔元敬。孫男七人：咸和、咸平，縣學生。咸康、咸寧，餘幼。孫女五人。銘曰：

於赫文康，惟時名德；有勳巘巘，式章用奕。貴宗煒煒，世績桓桓；匪藉則華，惟承之艱。有展符丞，純明而懿。豈曰弗潰，寔衍厥世。既孝有文，亦騫用揚，胡稟之碩，而命靡昌？弗昌于朝，爰肅家政，刊落綺紈，式共而靖。孰其儀之？有婦惟協。胡斯弗延？乃騈則折。令圩之墟，石穴惟雙，有偕則藏，以永無疆。

按：本卷各墓志銘，皆見三十五卷本卷三十一。末篇合葬銘見最初刊本，稍後本皆缺。

文徵明集卷第三十二

墓志銘四　四首

翰林蔡先生墓志

嘉靖二十年辛丑正月三日，吴郡蔡先生卒。吾吴文章之盛，自昔爲東南稱首。成化、弘治間，吴文定、王文恪繼起高科，傳掌帝制，遂持海内文柄。同時若楊禮部君謙，都太僕玄敬，祝京兆希哲，仕不大顯，而文章奕奕，顒然在人，要亦不可以一時一郡言也。先生雖稍後出，而所造實深，自視甚高。常所評隲，雖唐、宋名家，猶有所擇。其隱然自負之意，殆不肯碌碌後人。而潦倒場屋，曾不得盱衡抗首，一儕諸公間，而以小官困頓死。嗚呼！豈不有命哉！

先生諱羽，字九逵。其先望於陳留。宋南渡時，秘書郎源，自大梁徙杭，又自杭徙吴，居太湖之包山，先生其十四世孫也。高祖敬。曾祖貞。祖昇，以長子貴，封奉政大夫。父滂，母吴氏。

先生高朗疏俊，聰警絶人。少失父，吴夫人親授之書，輒能領解。年十二，操筆爲文，已有奇氣。稍長，盡發家所藏書，自諸經子史而下，悉讀而通之。然不事記誦，不習訓故，而融液通貫，能自得師。爲文必先秦兩漢爲法，而自信甚篤。發揚蹈厲，意必己出。見諸論著，奥雅宏肆，潤而不浮。詩尤雋永，蚤歲微尚纖縟，既而湔滌曼靡，一歸雅馴。晚更沉著，而時出奇麗，見者謂雖長吉不過。先生乃大悔恨曰：「吾辛苦作詩，求出魏、晉之上，乃今爲李賀耶？吾愧死矣！」其高自標表，不肯屈抑如此。然其所作，凌歷頓迅，誠亦高夐莫及。當其得意時，不知古人何如也。

先生故邃於易，出其緒餘爲程文，以應有司，而辭義藻發，每一篇出，人争傳以爲式。而先生試輒不售，屢挫益鋭，而卒無所成。蓋自弘治壬子至嘉靖辛卯，凡十有四試；閲四十年，而先生則既老矣。歲甲午，以太學生赴選調，天官卿雅知其名，曰：「此吾少日所聞蔡某，今猶滯選調耶？」然限於資地，亦不能有所振拔，特以程試第二人奏授南京翰林院孔目。居三年，致仕歸，卒於家。

袁飛卿墓志銘

飛卿諱翼，其字飛卿，姓氏袁，蘇之吴邑人也。世家郭西金昌里。曾大父某，大父某，俱隱不仕。父某，以族人仕京師爲兵官，因隸京衛爲武學生，不幸早卒。飛卿三歲而孤，育於母王氏。少奇警異常，母授之書，輒能領解。十齡能把筆爲文。稍長，益淬礪精進。尋補郡諸生，益事博綜，奇文秘記，多所探閲。聞有未見書，輒奔走求之，往往併金懸購，以必得爲快。手披口吟，窮日夕不厭。雖隸學官，業進取，而不專事俗學。然出其緒餘爲程文，則湔滌蔓靡，劖删陳爛，典麗明發，燁然秀出。每一篇出，争相傳録，不終日已遍於邑中：其爲人慕尚如此。然試有司，輒不利，自弘治甲子至正德丙子，凡四試，始舉於鄉。是歲以母病逗遛，不及赴省試。自是更七試，或赴或不赴，竟不獲一第，而飛卿老矣。蓋其性跅弛，而意復逋蕩，初未嘗以功名爲意。或勸之，則曰：「吾性不耐事，慵惰成習。今仕途以禮法羈人，視吾狂易，果堪爲世用耶？」

平生名義自信，口未嘗言利。與人處，不爲岸谷，然矯亢任情，不能與物俯仰。一有所觸，輒狂叫奮詈，是是非非，必達其志乃已。晚益骯髒，深藏不出，以樹藝自娱。性喜菊，闢小圃，植菊數百本，手自栽接，不以爲勞。嘗曰：「吾平生萬事皆可遺棄，惟積書種菊，不能忘情。或時饎爨不繼，回視吾所有，輒欣然以樂，不復自知其貧也。昔陶靖節採菊東籬，悠然有會。又其言曰：奇文共欣賞。以淵明之高，塵視一世，而猶復云云者，直欲寄其所志焉耳。余之所癖，殆是類也。」嗚呼！飛卿豈亦一時奇譎之士哉？

飛卿生成化辛丑十一月廿又九日，卒嘉靖辛丑二月廿又一日，享年六十有一。初娶徐氏，無子。繼瞿氏，生子一人麟士。麟士以卒之明年壬寅八月廿又九日葬黄山祖塋之次。前葬，以狀來乞銘。且曰：「我先君每讀公文，輒喜曰：『死而得文君銘，可不死矣。』先君之亡，雖無治命，而其言不能忘也。敢以請。」嗚呼！余之言，果足以永吾飛卿乎哉？雖然，不可辭也。是爲銘。銘曰：

藝則工，亦奮有庸；胡仕之邅？而卒困以窮。有植蓁蓁，緹緗縱縱，歸視其家，樂靡有忡。亶適厥中，而惟志之從。吁嗟飛卿，其永終。

太子少保南京吏部尚書贈太子太保謚文端吴公墓志銘

嘉靖六年丁亥，禮部尚書兼翰林學士長洲吴公自知制誥出領禮部事，尋加太子少保，出爲南京吏部尚書。故事，無有自内制出理部事者。若分司南京，亦必有故而出。公一再徙官，雖以敍遷，實皆左授，蓋當路有嗛公者陰擠之。士論咸爲不平，而公怡然就道，無幾微見於色辭。久之，竟致其事而歸。歸十有四年，年八十三乃卒，二十一年二月一日也。公之歸也，朝廷重其去，特給輿皂，廩以餘禄。及是訃聞，贈太子太保，賜謚文端，遣官治葬事。自始死至葬，諭祭者四，皆異數也。

公舉弘治癸丑進士，改庶吉士。乙卯授翰林編修，預修大明會典。丁父憂。服除，復入翰林爲編修，修通鑑節要兼修玉牒。正德丁卯，陞翰林侍講，兼經筵官。修孝宗實録，充編纂官。實録成，改南京刑部員外郎。先是，逆瑾用事，朝士往往屈節自容，公與同官獨亢禮不爲下。瑾嗛之。會進書延賞，遂矯詔以更練爲名，盡出諸編纂官爲曹郎。公在刑曹逾年，陞南京禮部郎中。瑾誅召還，復入翰林爲侍講，兼經筵如故，尋陞侍講學士。癸酉，出爲南京祭酒。乙亥陞南京太常卿。嘉靖改元拓本作「元年」壬午，召爲禮部右侍郎，進左侍郎。奉詔使安陸，恭題獻皇帝神主，奉迎還京。賜白金文綺，進兼翰林院拓本無「院」字學士，掌詹事府事，知制誥，修武宗實録，充副總裁。實録成，賜白金文綺。陞禮部尚書，兼官如故。是歲，謁告省墓。丙戌，還朝，尋有南京之命，而公自是去國矣。

公生秀穎凝重，少則知學。稍長，還拓本作「選」隸郡學爲諸生。刺經綴文，不專事舉子，而程試之文，藻麗雋拓本作「明」發，擅名一時。既入翰林，益肆力於學，貫綜羣籍，雋味道腴，攄辭發藻，務刊奇譎。見諸論撰，温潤爾雅，足自名家。而醇謹修正，尤以制行著稱。初官法比，或懼不勝任，而公探讞維審，不爲文深，傳爰論報，咸協於令，有老吏所不及者。自是敭歷兩京，荐登華要，展采錯事，所至職辦。而南雍之政，淵靖端方，軌迹夷易，士服其誠。入典邦禮，屬繼統之初，追崇未定，羣僚百執事建議紛紜。公軌道緒正，不爲苟同，擬議之間，多所乖忤。賴上仁明，不以爲罪，而一二秉權之人，則已意忌之矣。得罪去國，殆亦以此。立朝四十年，雖以文字爲職，而國家利害，生民休戚，未嘗不以嬰懷。有所见聞，輒陳諸朝。其言淮、揚亢旱，民流道阻，及漕河通塞之故，審畫有敍，斟度維宜，皆可見之施行。嘗言：「范文正公自其少時，即慨然有志於天下。吾爲鄉人，愧公多矣。」於鄉里先輩，獨喜拓本作「尊」吴文定公，事輒拓本作「必」師之。晚歲家居，修復陸宣公墓，及建三賢祠，以祀范公及胡安定、尹和靖，凡以顯揚先烈，表率後來也。其好古樂善之心，惟日不足，故見諸行事，咸有法程。而世道拓本作「途」榮辱升沉之事，一不拓本有「以」字動心。嘗四典文衡，一領國子，名卿碩輔，多出其門，而靖恭自將，不以爲德。閒朗醖籍，喜慍不形，否臧不出口，故人莫能窺其所藴。然而端居自守之操，仁隱不害之心，所以播諸朝省，被於鄉人者，卒亦莫之能揜也。

公諱一鵬，字南夫，别拓本無「别」字號白樓居士，世爲蘇之長洲人。高祖泰老，曾祖敬，俱不仕。祖琮，以公貴，贈通議大夫，南京太常寺卿。祖妣周氏，贈淑人。父諱行，初封翰林院編修，階文林郎。後累贈太子少保禮部尚書。妣司氏，繼妣趙氏，俱累贈夫人。公凡三娶：元配宣，繼姚，又繼薛。宣、薛皆累贈夫人。子男二人：子忠早卒。子孝，己丑進士，庶吉士，今爲南京吏部主事，以親老，乞恩侍養於家。孫男五人：尚朴、尚儉、尚默、尚遜、尚潔。朴以公蔭爲國子生。女四人，孫女四人。卒之歲十月廿六日，葬吴縣陽山新阡。某鄉里晚學，辱公折節拓本作「行」與遊，知公爲深。於是子孝屬某爲銘。自顧猥劣，不足承命，而誼有不得辭者。銘曰：

維吴奥區，秀穎則鍾，孰其尸之？展也吴公。維公英英，賦才孔碩，靡亟以徐，亦貞而式。維貞弗隨，乃時有困。回翔庶僚，弗隕厥聞。道弗終否，迺窮而亨，迺言有翼，式昭用明。進司帝制，出教於國，以德以文，以莫不克。展也吳公，木質而理；爰德之華，匪言則藝。豈無遠猷，亦憂有思，時弗我庸，舍旃來歸。退斯有榮，維順而正，八十斯齡，爰考終命。有展吳公，令德維恒。少也師古，老而彌貞。人孰不仕？孰完如公？孰不云亡，哀榮始終。煌煌密章，天子有詔。昭銘墓田，尚後有考。墓志拓本

故資善拓本、文粹作「資政」大夫南京刑部尚書顧公墓志銘

嘉靖二十四年乙巳閏正月八日拓本、文粹作「十有八日」辛巳，南京刑部尚書顧公以疾卒於金陵里第。先是，公拓本、文粹有「以」字考績還自京師，道聞長子嶼卒，驚惋得疾。抵家疾甚，久之，竟不起。嗚呼惜哉！

公諱璘，字華玉，別號東橋居士，世爲蘇之吳縣人。國朝洪武中，高祖通，以匠作徵隸工部，因占數爲上元人。曾祖海，不仕。祖誠，以公貴，贈資善拓本、文粹作「政」大夫、南京刑部尚書。考紋，號愚逸，初封承德郎、南京吏部主事，加贈資善拓本、文粹作「政」大夫、南京刑部尚書。祖母陸氏、母楊氏，俱贈夫人。

公以應天府學生領弘治乙卯鄉薦。明年丙辰，舉進士。己未授廣平縣知縣。壬戌

拓本、文粹作「甲子」徵入爲南京吏部驗封司主事，進稽勳郎中。正德己酉正德無己酉，殆是己巳之誤；拓本、文粹作「庚午」陞河南開封府知府。癸酉謫授廣西全州知州。丙子，起知浙江台州府，陞浙江布政使司左參政。嘉靖改元，册立中宫禮成，奉表入賀，道陞山西按察使，以親老辭，不允，尋以病免。戊子拓本、文粹作「庚寅」起爲江西按察使，未行，陞浙江右布政使，轉左布政使。庚寅拓本、文粹作「壬辰」召爲都察院右副都御史，巡撫山西，上疏乞終養，忤旨，落都御史，以布政使致仕。丁酉，再起爲都察院右副都御史，巡撫湖廣，兼贊理軍務。己亥，陞刑部右侍郎，尋改吏部。會顯陵肇工，改工部左侍郎，領山陵事，進工部尚書。事竣還朝，改南京刑部尚書。公於是歷仕三朝，閲五十年，歷十有九任。積階自文林郎歷十有一資，爲資善拓本、文粹作「政」大夫正治上卿。

公融朗闓達，精於吏理，能激昂任事。初蒞廣平，年甫弱冠，或易視之，而公闢決敏利，擿伏若神，拊循道利，靖而不煩，而飾以文學，有古循良之風。

及爲開封，益更練堅決。拓本、文粹有「會」字盜起燕、薊，流劫中原。攻圍城邑，所在繹騷。兵部尚書彭公澤，奉詔疏捕，領兵壓境上，簡公自輔。公亦悉心展錯，練兵飭甲，轉餉傳餐，取具呼噏間；而厭難折衝，謀畫居多。在郡期年，隨事經理，多所緒正，而强執不撓。鎮守中官廖堂，恃逆瑾黨援，囷奪自恣。公摧抑捍蔽，每折其萌芽，不令得肆。

瑾誅，廖罷去，而錢寧用事，羣閹方熾。王宏者尤詩謾慓疾，繼廖出鎮，乘權席寵，氣焰讋人，一時有司或屈節自容。公故不爲禮，有所徵需，一不答；歲時展謁，長揖而已，用是積忤宏。宏方恃寧爲援，矯詔逮赴錦衣獄。獄吏問狀，公據禮執誼，抗言條對，一無所承。寧無已，遣邏卒陰探郡中，無所得，乃文致他比，以竟其獄。獄成，鐫三階，徙全。全即古零陵郡，越在嶺嶠，僻遠荒陋。公不鄙夷其民，而翊以文教，道化更革，誠心拊綏。久之，民用乂安，而士興於學。甫三年，而有台州之命。

台爲東南劇郡，武衞錯居，俗獷而喜訐。胥吏並緣其間，縱横饕詖，更數政不治。公至，爬疏剔抉，求得其敝端與利源所在，次第興除之。故事，武衞諸城，郡爲修築。更費浩穰，率爲主守者乾没。恒歲一築，築輒壞。公鉤考得所侵漁，悉没入爲城費，檄義士經理而程督之。故他城易隳，而台所隸三城特完。郡瀕海，有鹽筴之利。貧民業鹽自食，苦辜原作「辜苦」，據拓本、文粹改榷煩苛，每迂道轉輸，而邏卒乘是爲姦利，至相賊殺不可止。公爲弛禁，俾得負販出郡下，而薄其税入，民用便利，而國課亦登。故時，軍餉不時給運，軍往往稱貸以需，而駔儈得肆侵牟。公支放有期，而勾稽維審，軍皆給足，而姦民無所牟利矣。郡南瀕江，卑下多水患。地有中津橋且壞，公復修之，因築石隄而樓其上，凡數十楹，人初莫喻其旨。已而夏潦，水猝至。居民得依樓以避，所活以千計，乃服公先見云。

既久於台，悉浙中事宜，繼起藩參，拓本作「參藩」遂得舉而行之。雖不及久，而宏規石畫，功緒爲多。及以左轄重臨，益諳練宏達，而意復周審，展采錯事，惟志所爲。而釐革積敝，若賦發科讁，調補吏胥，皆利蠹蟠結，前政所不敢問者，公排根絶蔓，振剔不少縱。而畫一以守，要束章程，咸正而核，吏不得緣以爲姦。事緒雜襲，文牒糾紛，隨事剸裁，司無留政。御史按浙者，往往斂手，無所事事。然積不能平，乘其解任，而躡尋過誤。一時雖横被口語，而素履明潔，堅拓本、文粹作「望」實在人，卒亦不能有所誣拓本、文粹作「汙」蔑也。

起撫湖南，益事振植。湖湘遐曠，提封數千里，撫臣尊重，受計坐理而已。公不躡故迹，軺車省循，徧歷州郡，雖偏疆下鄙，莫不躬拓本、文粹作「臨」蒞。跋涉險阻，蒙犯霜露，不少厭却。故事，撫臣述歷，拓本、文粹作「巡歷所在」必以藩臬守臣自隨，公悉謝遣。軒車簡易，傔徒斂約。供頓次舍，身拓本、文粹作「才」足周用，民按堵不知爲勞。念荆、湖沃衍，而流庸惰弛，地利有所未盡，科輸煩擾，期會促迫，民日益貧，公私交病。故所至劭農振業，平繇復税，而擿伏省微，軌迹夷易，民用安集，而歲亦比登。在鎮逾年，多所建白。首言：「地瘠民貧，兵食不足，而藩府賦禄無限，後繼爲難。」又以「湖湘控扼邊徼，地大事繁，御史按部，歲更一代，勢不得周。欲乞添差御史，分莅湖南北，以廣詢謀。」又言：「外屬臣僚，多有宏才碩望，足充任使者。比歲限以藩府戚屬，不得内徙，此非祖宗舊制。乞越例推選，以收偉拓本、文粹作「滯」才。」所言凡數十事，皆當時利病，深切治理，雖不盡施行，而論者莫不韙其言云。

顯陵之作，役大事繁，經費不貲。公既長於料簡，而程省弗懈，調發有制，視他所營率損費十五，而功實倍。拓本、文粹有「之」字規制宏偉，翬飛赫奕，而民不告病，有司不以爲煩，其經理施置，有足多者。然此特出其緒餘耳，而非公所用以爲才也。

及是雖典邦刑，而留司務簡，亦不足以盡其用。且鄉里所在，父老姻戚，不能無望於公。而公執志堅定，不肯骫骳以徇。苟罹於辜，必以法繩之。豪植强禦，咸不得肆，而怨讟興矣。言者因得假以爲辭，肆言醜詆，而素所忌嫉之人，從而醖釀之。公雖内省不愧，而不勝浸淫之辱，竟鬱鬱以没。嗚呼！公論不明，是非失實，使瓌奇卓越之才，不獲推拓本、文粹無「推」字究於明盛之世，必有執其咎者，君子固有俟於百世之下也！然拓本、文粹有「則」字公亦奚憾哉？公素長者，不虞人詆欺，而直諒自信，不肯脂韋干譽。出入中外，垂五十年，一時新進，多非曹耦。公既前輩自處，論議之間，陵轢奮迅，侃侃自將，每下視諸人，拓本、文粹有「人」字多不能堪，往往傍睨切齒，而公不知也。其得謗受禍，殆亦以此。

平居事親孝，愚逸公病疽，公時已五十餘，與同臥起，吮濯扶掖，舉身親之。肉血淋漓，十指皆潰，曾不肯自佚以委勞於人。初，公以親故，一再解官。其後出入靡恒，而二親之亡，公適皆在告，皆得受終焉，殆有不偶然者。處羣從兄弟，尤極友愛。從弟英玉，繼公起進士，官按察副使，仕歸而貧，而介潔自將。公雅知其志，雖日與親接，而不輒饋遺，然而中心相孚，不殊同胞也。少學於李璞拓本、文粹作「璠」先生。李死，一子不立，妻某拓本、文粹作「妻萬」不免饑寒。公在官，每分餘拓本、文粹作「俸」資給之。既又爲其子植產。旋植旋廢，而其子卒困以死，乃迎某氏拓本、文粹作「乃迎養萬氏」於家，死爲殮葬，而給其孫如子，終其身不衰。友人胡欽死，妻方拓本、文粹有「氏」字食貧養姑，公俾里中上其事，請表於朝。凡旌拓本、文粹作「推」核探究，文牒往來，咸具於公，而一切更費，咸自公出。至於里黨族屬，婚喪緩急，亦多倚成於公，其於倫誼至篤拓本、文粹作「重」也。

爲文不事險刻，而鑄詞發藻，必古人爲師。見諸論著，雄深爾雅，足自名家。詩尤雋永，雖矩矱唐人，而劖芟陳爛，時出奇峭。樂府歌詞，不失漢、魏風格。問學深博，既有資地，而才敏氣充，足以發之。自其少時，已有名世之志，既舉進士，即自免歸，大肆力於學。時陳侍講魯南、王太僕欽佩皆未仕家居，皆名能文，與相麗澤，聲望奕然，時稱

「金陵三俊」。及官南曹，曹事甚簡，益淬厲精進。居六年，而學益有聞。自是出入中外，所雅遊若李崆峒獻吉，若何大復仲默，若朱昇之、徐昌穀，皆海内名流。一時詩名震疊，不啻李、杜復出；而公頡頏其間，不知其孰爲高拓本、文粹有「孰爲」二字下也。然諸公皆仕不顯，拓本作「然諸公仕皆不達」，文粹作「然李杜位皆不達」又皆盛年物故；公仕最久，官亦最顯。所歷若沅、湘，若天台、雁宕，若衡嶽，皆山水勝處，雖簿書鞅掌，而不忘觚翰。所至領客讌遊，感時懷古，臨觀賦詩，風流文雅，照映林壑，委蛇張弛，有古高賢特達之風。及是將解留務，往來吴門，尋鄉里舊遊，期余盡遊諸山，以畢其平生。而事左心違，竟成乖越。嗚呼！而今已矣，尚忍言哉？

公所著書曰國寶新編，曰近言，曰顧氏七記。詩拓本、文粹有「文」字曰浮湘稿，曰山中集，曰息園集，曰憑几集，曰登衡小紀，總若干卷。

其生成化丙申七月二日，享年七十。娶沈氏，封夫人。子男三人：嶼，歲貢生，娶羅氏。峙，娶陳氏。又次峻。拓本、文粹作「峻尚幼」女二人：適俞璉、趙念。孫男八人：履祥蔭爲國子生，次賓祥、元祥、耆祥、應祥、楚祥，餘幼。孫女二人。曾孫男三人。履祥等以卒之明年某月日拓本、文粹作「丙午二月廿七日」葬上元拓本、文粹作「葬公上元縣」彭城山之原。前事奉公門生太常少卿許穀所爲狀來乞銘。銘曰：

於穆孝皇，立國用明，孰言翊之？允維邦禎。烈烈顧公，維時之彥，爰外而中，式駿用踐。起家民牧，弗奪弗違，言飲之德，即去而思。豈德則周，亦堅厥志，志植靡移，乃言有濟。扶微興壞，樹之風聲。載蹶載奮，卒偕以升。維靖而共，乃剛弗折，式遄其歸，峻躋華列。出將使指，入典邦刑，以翼以貞，以莫不經。爰飾用文，富兹述作，迺古有訓，仕優而學。其學如何？亶言華國，敷彰帝猷，詠歌明德。在孝皇日，羣獻英英，發藻攄詞，式章用明。翺翔後先，公實曹耦，德音洋洋，經（拓本、文粹作「維」）學之懋。烈烈顧公，既瓌既奇，學爲文宗，政爲吏師。維學維政，鮮兹兼得；緊名之高，斯毁之積。烈烈顧公，連蹇在是，豈不顯融？迄屯厥施！彭城之原，公兆於斯。尚後有考，視此刻詞。

墓志拓本　吴都文粹續集卷四十五

按：本卷各墓志銘，皆見三十五卷本卷三十二。

文徵明集卷第三十三

墓志銘五　四首

浙江按察司僉事皇甫君墓志銘

僉事皇甫君子安，既解浙臬，還長洲，未及赴調，而母夫人卒。摧毁得疾，甫三月亦卒。嗚呼傷哉！君舉壬辰進士，官禮部，以文學爲當道所知。會東宫肇建，遂用爲春坊司直。論者以爲得人，而餘人意忌，顧已媒孽其間。未幾，補外。自是浮沉外寮者累年，再起再僨，卒骯髒以没。嗚呼！自古文學之士，往往不得志於時。其侈聲擅名，固造物者所忌，然而一時秉銓之人，不得不受其咎也。

君諱涍，字子安，裔出宋戴公，以字爲氏。世望安定。趙宋時，有爲提刑者，扈高宗南渡，居吴城孔聖里，占數爲長洲人。六世祖斌，死張士誠之難。斌一再傳迺，君之曾大父也。大父信，以文學起家，爲太學生，未仕而卒。父諱録，丙辰進士，仕終順慶知府。母夫人黄氏，生君兄弟四人。君其仲也，黄夫人夢人授巨鼎而生。韶秀異常，能言，即解誦書占對，敏給如成人。稍長，績學綴文，遂有名世之志。及選入郡學爲諸生，益事博綜。兄弟自相師友，揚搉探竟，務求抵極，攄詞發藻，迥出輩流。未數年，相繼舉於鄉，而君與二弟，遂收甲科。一時名文學之盛，三吴之士，鮮其儷者。而君不以自異，益思振植，操廉服勤，憪然自守，不與時流徵逐，而人亦莫敢與狎。

初授工部虞衡司主事，尋改禮部精膳司，再改儀制，進員外郎，陞主客司郎中。主客職蕃夷朝貢，凡餼館勞徠與凡貢篚之屬，往來之儀，皆主客領之。故時，曹司怠緩，稽留使人，經歲傳食，供億浩穰。君奏報以時，不踰旬浹，靡密上下，斟度維宜，視曩時損費什伍。朶顔内屬，歲有賞賚，發自内帑，故多穢濫。君以其捍邊有功，非他濫恩比，言於主者，俾精擇以給，被賜者莫不懽感以去。車駕南巡，諸夷留京師者，慮有窺伺，悉屏之徼外，時稱其遠識。

君自虞衡至主客，凡歷四署，所在職辦，而能緣飾以文。在儀制時，建儲九疏，咸君屬草，詞理明辨，有以上當君心，遂爲諸公大臣所簡注。春坊之擢，蓋緣於此。車駕之行，君先已注籍扈從，會改官不果行。駕次承天，按籍推賞，而君不在。有司乘間刻君失事，而實非也。坐是左遷廣平府通判。踰年召爲南京刑部主事，未任，丁父憂。服闋還朝，復補南京刑部主事，進員外郎。尋陞浙江按察司僉事，分蒞浙東。所蒞天台、寧、紹諸郡，民忮而狡，饕詖喜訐，最爲煩劇。君所至懲飭，綜核周審，擿伏若神。而裁決敏利，案無留牘，恤隱崇賢，納之仁軌。甫三月，而宿蠹爲清，管内振肅。以其暇逸，覽觀山川，發爲篇詠，委蛇張弛，文治燦然。譽聞方達，而南遷考覈，惟視一時實履，以爲黜陟。近時乃有既徙官，而徵其舊事者，因得以其私意中傷之，然非顯惡大懟，亦不敢公肆詆毁。君初刑曹未及上，再任亦無幾時，竟以「勝任」推擢；曾未數月，而以「不職」論黜。嗚呼！羣耳目何可塗也。君沉静寡與，自負高峻，人苟不當其意，終日相對，默無一語。居官任事，砥厲操切，不肯脂韋取容。既多忤物，又稍稍與時乖異，故愛之者雖深，而卒不能勝夫疾之者之衆也。

雅性閒靖，慕玄晏先生所爲，自號少玄子，作續高士傳以著志。居常問學之外，他無所事。羣經子史，莫不貫綜，而酷喜左氏。著春秋書法紀原，選唐文粹爲文粹。爲文必古人爲師，自兩漢而下，咸有所擇，見諸論撰，居然合作。詩尤沉蔚偉麗。早歲規倣初唐，旋入魏、晉。晚益玄造，鑄詞命意，直欲窺曹、劉之奥而及之，惜乎未見其止也。

殁後，其兄子俊集所作爲皇甫少玄集云。

君生弘治丁巳六月□日，卒嘉靖丙午三月九日，享年五十。配劉氏，後君一月卒。子男二人：長秦，郡學生，娶王氏。次秬，聘金氏。女三人：長適國子生王大猷，次適太倉州學生陸鳴陽，又次適郡學生吴尚儉。孫女二人。卒之歲十二月十又三日，葬虎丘新阡。於是子俊手具事狀，率其二子詣余乞銘。余何足以銘君哉？辭不獲，爲序次如此。系之銘曰：

嗟皇甫君，維時才彦，天實生之，亦既有衍。爰賓于王，式揚用昭，胡豐其受？而阨其遭。秩秩郎曹，五禮云職，貞德允文，迺言有克。維文之克，維德之載，實德升聞，有簡斯在。青宫蘭省，舍官孰宜，譽者在前，毁者隨之。誰毁誰譽？君則有命。命也自天，弗隕厥聞。嗟皇甫君！靖共維秉，豈無遺榮？令年不永。弗永其世，式宣其言，後有子雲，尚鑒吾玄。

錢孔周墓志銘

吾友錢君孔周，以高明踔絶之才，負凌轢奮迅之氣，感慨激昂，以豪俊自命。雅性闊達，不任檢押。文粹作「制」所與遊皆一時高朗亢爽之士，而唐君伯虎，徐君昌國，其最文粹作「其所」善者。視余拘檢齷齪，若所不屑，而意獨親。時余三人，與君皆在庠序，故會晤文粹無「晤」爲數。時日不見，輒奔走相覓；見輒文酒讌笑，評隲古今，或書所爲文，相討文粹作「訂」質以爲樂。既而唐、徐起高科入仕，尋皆病亡。而湯君子重，王君履約、履吉，雖稍後出，而遊好爲密。蓋原作「善」從文粹改君喜學，而好結納，自少至老，未嘗一日忘學，亦未嘗一日忘取友以自益也。其所友必皆勝己者，苟不當其意，雖貴富有勢力者，恒白眼視之，或取怪怒不恤也。家本温厚，室廬靚深，嘉木秀野，足以遊適。肆陳圖籍，時時文粹作「時時肆陳圖籍」招集奇勝滿座中。文粹無「中」字酒壺列前，棋局傍臨，握槊呼盧，憑陵翔擲，含醺賦詩，負軒而歌，邈然高寄，不知古人何如也。嗚呼！而今已矣！交遊中有如斯人，可復得耶？

性喜畜書，每併金懸購，故所積甚富。諸經子史之外，山經地志，稗官小説，無所不有，而亦無所不窺。尤喜左氏及司馬、班、揚之書，讀之殆遍。遇有所得，隨手劄記，積數巨秩。文粹作「巨積數秩」至所不喜，雖世指以爲切要，而君未始一注目也。爲文奇崛深奧，讀之棘口不能句。然思玄語麗，足自成家。而尺牘之妙，尤其所長，一行數字，矢口信筆，文意燦然，如出硎鍊，他人沉思極意，不能至也。早歲思以功名自奮，稍斂鋒鍔，以就文場矩矱，亦惟涉獵訓故，涵泳道腴而已，於世所謂括帖關鍵，皆不之省。人咸非笑之，而提學莆田陳公獨識之。嘗按試，第君文粹作「居」高等。咸以爲疑，公曰：「吾見其文有古意，知其非經生常士也。」余親聞陳公語，喜公能得君，而又喜君之爲陳公文粹無「陳」字所得也。自陳公去，他主司惟取淺近合格者，而君不復振矣。君自弘治辛酉，至正德丙子，凡六試應天，試輒不售；而年日益老，遂自免歸。嗚呼惜哉！君長身玉立，被服鮮華，而舉止軒揭，人望而異之，謂必有所就，而奇窮骯髒，迄於不偶。嗚呼惜哉！晚歲困於征徭，家日益落。而文粹無「而」字又得末疾，行履疲曳，每負杖而嬉。而高懷雅致，不殊前時，文酒過從，讌談謔浪，委蛇容與，使人意消。嗚呼！君真雄俊不羈之士，文粹有「哉」字而曾不得一試以死，豈不痛哉！

君諱同愛，字孔周，別號野亭。錢氏其先江都人，有諱仲陽者，以醫顯文粹作「名」於宋，事文粹無「事」字見國史。五文粹作「六」世祖益，仕元爲常州府醫學教諭。避亂來吴，遂占數文粹作「占籍」爲長洲人。益生太醫院醫士原善，原善生晉府良醫宗道，宗道生太醫院醫士良玉，良玉生伯寬，伯寬生汝式，自汝式以上，世以醫顯。汝式娶陳氏，文粹作「何氏」生君之兄弟二：文粹作「生君兄弟二人」長同仁，太醫院御醫。次即君，娶張氏。子男二人：鶴徵，太醫院醫士，娶吴氏。竹徵，薊州吏目，出後同仁，娶朱氏，繼湯氏。女二人：適余長子縣學生彭，次適陳遇。側室生子男一人復徵，娶某文粹作「傅」氏。女一人，適劉某。文粹作「劉司衡」孫男三文粹作「五」人，女二人。文粹作「三人」君生成化乙未某月日，文粹作「七月初二日」卒嘉靖己酉某月日，文粹作「六月初九日」享年七十有五。庚戌十二月某文粹作「初二」日葬吴縣寶華山。文粹作「横山」銘曰：

氣則揚，亦藝而章。維命不臧，而志弗昌。卷而藏，而卒困以亡。吁！其傷。吴都文粹續集卷四十五

廣西提學僉事袁君墓志銘

吾友袁君永之，以高明踔越之才，精深宏博之學，而輔以凌轢奮迅之氣。自其少時，已不肯碌碌後人。既起高科，登膴仕，視天下事無不可爲。而砥節履方，不欲附麗匪人。首忤權臣，幾蹈不測，賴天子仁聖，得不擯棄，浮湛中外垂二十年，再起再廢，迄骯髒以死。嗚呼傷哉！其命也夫！

君諱袠，字永之，别號胥臺山人。世吴人。高祖以寧，曾祖琮，祖敬先。考封承德郎刑部主事諱鼒，母安人葛氏。袁氏自高曾而下，世以氣義長雄其鄉，而未有顯者。至

君昆弟數人，藻發競秀，突起閭閻，聲生勢長，隱然爲文獻之族。

君於羣從中最少，而奇穎異常，五齡知書，七歲賦詩有奇語。十五試應天，再試再不利，憤曰：「吾所志何如，顧爲場屋所困耶？」益淬礪精進，刺經質義，務究抵極。嘉靖乙酉，遂以第一人薦，試禮部，亦在高等。一時聲名，傾動京邑。入對大廷，摛衍揚繹，上下數千言，出入經史，詞旨宏達。時權臣方爲學士，得君卷奇之，執欲冠多士。在廷諸公惡其攬權，故抑置二甲第一人。及啟封，見君名，乃悔不用其言。而權臣則喜於得君，他日詣君，敍致本末，自謂君知己，而君不對亦不謝。權臣大懟，銜之，然無以發也。未幾，入内閣用事，而君方爲翰林庶吉士。因上言：「諸庶吉士跅跎靡薄，不宜在禁近。」悉罷爲庶僚。怒猶未已，乃起兵部火災之獄，將甘心焉。時君武選主事，火時君當徼巡，在法爲失警。乃掠立文致，劾君縱火爲姦利，必欲殺之。鍛鍊數月，無所得，編戍湖之衞。會赦免歸。權臣死，稍起爲南京武選主事，歷職方員外郎，晉擢廣西提學僉事，致仕歸，卒，年僅四十有六。

始君自翰林出爲刑部主事，即思明法以達於政。謹推讞審，法比所當必允，爲尚書胡端毅公所知，簡涖本科。本科者，凡諸司獄詞及上請章疏，皆從審畫。君析律詳明，剸裁敏利，而將以勤誠，案無留牘，時稱職辦。有詔以京朝官考各省鄉試，君被命主試河南，校閲精審，去取攸當，時稱得士。尋奉使決獄淮揚。還朝，改司武選。武選有銓選，有勳録，有貼黄及諸委瑣，故號劇司；而貼黄尤多敝事。君督併嚴密，關決問審，吏不得並緣爲姦。展采錯事，方將有爲，會獄事起，而君去國矣。在南部，適當考選軍政，尚書熊公特委重君。君杜請托，察賢否，勵精從事，考核緒正，一於至公。人服其明，莫復異議。廣西在嶺徼之外，夷僚雜處，文教久弛。君不鄙夷其人，教詔諄切，而率之以身，示之矩範，程以科條。取士貴淳雅，而黜浮誕。恒矜其不逮，薄懲而廣録，以誘進百粵之士。士方安其化，而君倦遊矣。

君樂閒曠，謫居吴興，日與高人逸士，探奇選勝，登陟遊衍，悠然自適。及歸，築室横塘之上，據湖山之勝，縱浪其間，有終焉之志。雖蹔起守官，而寤寐林壑，未始少忘。篤志問學，羣經子史，無所不窺。爲文必先秦兩漢爲法，樂府師漢、魏，賦宗屈、賈，古律詩出入唐、宋。見諸論撰，莫不合作。所著文集二十卷，皇明獻實二十卷，吴中先賢傳十卷，世緯及歲時記及周禮直解總若干卷。始君雅志用世，及事與心違，時移身遠，乃肆意於此，以洩其所藴耳。觀世緯所著，皆鑿鑿乎經世之論。其官宗遴傳與夫詎僞諸篇，寔維時敝；惜不得少見於事，而徒托之空言，可慨也已。君闊達高朗，議論英發，能以辨博勝人，人莫能屈。然寔無他腸，志同道合，即傾倒無間。故知君者，莫不賢愛之，而不勝嫉之者之衆也。

君生弘治壬戌十月二十六日，卒嘉靖丁未六月十有三日。配馬氏，封安人。繼文氏。子男一人，尊尼，癸卯貢士。女三人，適生員王子恭、殷邦桂、徐欽。葬以卒之某年某月日。墓在某山。銘曰：

侃侃袁君，維時之碩；履道含弘，抱貞翼德。爰起高科，式揚用聲，載緝用明，奕其邦楨。維邦之楨，弗爲道屈，矧兹匪人，胡彼之恤。豈無榮途？有命在天；寧玉之毁，匪瓦斯全。陷則有穽，守則爲正，孰其生之？天王明聖。侃侃袁君，守身用恒，弗利攸征，身否道亨。亨之如何，有言則立。言立名存，有永無渤。

江西布政使司左參政贈光禄寺卿錢公墓志銘

嗚呼！自倭夷爲三吴患者數年，鹵掠燒劫，多所殺傷，兵不得休息，民不得安居。而常熟濱海帶湖，罹禍尤慘。雲江錢公以江西參政居憂邑中，謂邑宰王公鈇曰：「寇既得志，勢必復來。公有守土之責，而吾父母之邑，墳墓親戚所在，忍坐視耶？」乃日與商略爲備禦計，練兵飭甲，部分調遣。事甫就緒，而寇猝至城下。即與乘城捍禦，悉衆急擊，連弩繼發，寇乃遁去。又明日，寇自上湖北下，直指讓港。公謂王曰：「此可邀而擊也。」部領民兵，抗旌出港，轉戰而前，殺傷相當。俄而賊大衆掩至，公麾下鳥獸散，衆寡不敵，公身被數鎗，猶手刃三賊，遂與王公死焉，寔乙卯五月廿又四日也。事聞，天子震悼，贈公光禄卿，官其子部錦衣百户，遣官諭祭於其家。嗚呼！承平日久，所在備弛。兵興以來，並海州縣，往往閉城自守，或不發一矢。而公非有官守，未始受命征討，徒以桑梓之故，慷慨激發，摧鋒陷陣，竟以身殉，豈不誠義烈也哉！

公諱泮，字鳴教，别號雲江，裔出武肅王鏐。南渡時，徙居常熟之奚浦，再徙緑園。高祖叔平，仕宣德時稽勳主事。曾祖景儀。祖希直。父封刑部郎中諱某，母宜人褚氏。

公生而凝重，少無童習。及長，敏利好學，爲文麗則而理。弱冠選隸學官，里胥以高貲推長鄉賦。或言：「學官造士，例復其身，不在科謫之列。」公曰：「往役，義也。吾何辭？」晝出應繇，暮歸讀書，研經質義，不以事廢。遂舉甲午應天鄉試。乙未舉進士，筮仕閩之侯官，改浙之慈溪。召入爲刑部主事，歷員外郎、郎中。出守順慶，陞陝西按察司副使，進今官。未赴，以憂歸。卒年六十有二。嗚呼傷哉！

公修正踔絶，敏於剸裁。試邑侯官，拊循道利，民安其政，展錯維勤，庶務畢舉。上官材之，奏改慈溪。慈溪浙省劇邑，靡薄易動。公嚴毅自將，而誕章敷化，一如侯官，擿在比部，尤稱職辦。有權貴囑公寘所仇於大辟。公曰：「附勢而殺人，仁者不爲也。」卒讞出之。邊帥執疑似數人以爲虜中姦細，傳致抵死，本兵不爲異。公察其非辜，特爲執奏。同官謂具獄不宜翻異，恐得罪不測。公曰：「知其冤而不爲白，何用法爲？」奏上，數人者皆得不死。公析律詳明，心存仁恕，每多平反如此。

順慶僻遠，郡大而繁，公久更民牧，諳練法情，推其緒餘，以達於庶政，興學養士，專務德化。居若干年，俗以丕厚。顧城圮且廢，念欲修復，而重於動衆。乃號召屬邑饑民，厚值而使之，民既得食，工亦告成。

及持節分陜，益修兵防，飭亭障，謹烽燧，訓農講武，令嚴政肅。虜聞，不敢窺塞，邊庭晏然。會漢中饑，流莩屬路，公即以便宜發廩賑之。巡撫以軍餉非奏不宜妄動。公曰：「陜去京數千里，必待奏發，民死無遺矣。矯詔活民，即得罪不恨。」於是所全活以萬計。他郡饑民，相率盜礦，耀兵嘯聚；撫巡欲發兵勦除，公執不從。曰：「此饑民暫此求活，非有他圖，麥熟則散矣。萬一猖獗，某執其咎。若兵興，則絶其自新之路，或生他變。」撫巡因以屬公。公檄所在官司，開倉賑民，民所至隨地安集，勿追求其過。仍榜示使麥熟歸農，麥熟而不解，即真盜矣。民聞，懽曰：「錢公寘生我民，民何可負公也。」

伏省微，兼以加慎。

咸投刃散去，事亦敉寧。撫巡上其事，遂有江西之命。

嗚呼！公敭歷中外餘二十年，所至効績，往往以身殉道如此。及茲死事，亦其素志敢爲，不欲苟且自恕耳，非直邂逅倖功爲也。嗚呼烈哉！若其家庭孝友之行，端居自守之操，律身以禮，接物以義，高情雅致，不能盡書，書其大節如此。

公生弘治癸丑某月某日。先配徐氏，繼盧氏，贈封皆宜人。子男十二人：長即部，次郡、都、鄉、廓、鄰、祁、抑、郛、却、昂，遺腹一子，未名。女六人，章卿、趙僩、龐夢登、龔文櫝、王繼麟、吴繼常其壻也。孫男十六人，輿、較、輻、輕、輪、軾、軋、軩、軒、輅、軥、輔、輜、轉，餘未名。孫女六人。嘉靖丁巳某月日，葬公邑之姚唐里。部手具事狀乞余爲銘。銘曰：

虞麓巖巖，琴流淵淵，秀穎有鍾，是生才賢。烈烈錢公，履貞蹈義，策名王庭，出宰百里。回翔二邑，侯官、慈溪，以翼以綏，以莫不宜。爰登法比，邦刑是執，不苛以隨，乃正而克。迺言均勞，罔有中外，建節秉麾，寔惟簡在。肅肅西征，翼翼專城，文教攸興，邊庭用寧。烈烈錢公，志貞孔武，飭甲韜兵，孰余敢侮？蠢茲醜虜，犯我鄉邑，窺我城闉，肆其狂逆。我武再揚，抗旌摧鋒，保茲墓城，志翦窮凶。伏鉞于征，討逆用順，衆寡于懸，爰以身殉。海立濤崩，日星晦冥，山川攸攸，適還厥靈。嗚呼烈哉！天王有制，恩沾及泉，賞延于世。有玄者宅，姚塘之阿，忠魂在兹，鬼神護呵。石闕峨峨，松楸鬱鬱。有永貞名，千祀弗没。

按：本卷各墓志銘，皆見三十五卷本卷三十三。

文徵明集卷第三十四

墓表　三首

陝西布政使司左參議盧君墓表

嘉靖十年辛卯閏六月八日，陝西參議盧君卒於家，年五十有一。先是君爲武選郎中，有兵官驕揚喜訐；君以職分臨之，遂爲所誣，逮繫詔獄。有司畏其人，莫敢申理，賴朝廷聖明，卒白而出之。尋有陝藩之命。時君已被疾，抵陝未幾，聞其父御史公之訃，疾遂加劇。至家數日，遂不起。嗚呼傷哉！

君諱襄，字師陳，國初有爲青州府通判者，始徙居吴之横山，遂爲吴人。高祖彦實，曾祖立，祖士誠。父綱，以長子貴，封河南道監察御史。母孺人陳氏，生君兄弟二人。

長雍，仕終四川提學副使，次即君。自幼穎異，讀書不煩督率。稍長，受易於提學君，既而卒業於高安令周君振之，已又爲都御史徐公仲山所知。徐公撫山東，遂攜以往。比歸，又遊王文恪公之門。游道既廣，造詣日深。弘治甲子，以儒士試應天，不利，歸補郡學生。丙子再試，遂中高科，有司録其經義以傳。嘉靖癸未，登進士，初授刑部某司主事，改兵部職方主事。丁亥，陞禮部祠祭員外郎。戊子，再陞兵部職方郎中，尋改武選。

君初官法比，即思以政業自見，克勤其職。暇輒檢閱故牘，求其傳爰論報而習之。故析律詳明，不少骫縱，然亦不事深文。有竊盜四人，法不至死，御史掠立，當以三犯。君閲實，以初犯抵罪。或以成獄爲嫌，君曰：「避嫌而殺人，忍爲之耶？」卒論出之。故雖不久，而所平反爲多。

其在本兵，尤留意戎政。嘗奉使校閲邊關及閲馬近畿，所至訪材官，謹亭徼，展采錯事，尤多緒正。又嘗奉命典試江右，讐閲明審，取舍惟公。凡名流久淹場屋者，悉見識拔，一時稱爲得人。

君立朝未數年，凡閲三部，皆在本科。本科者，凡諸曹章奏，悉從關決。君所在職辨，諸尚書並器重之。然亦操切彊執，不爲時人所喜，其横被口語，亦以是也。

君長身孑立，而矜嚴自持。羣坐中不妄出一語，而其中與奪分劑，未始少失。尤善廉事，有所審畫，必中事機。遇政有缺失，或民間疾苦，必具疏以聞。如言維揚賑饑，西北邊備，及江南農田數事，皆經遠之謀，非徒苟焉圖塞目前而已。

雅性喜學，家居時，每得異書，輒手自繕録，既仕益勤。雖簿領雜襲，而不廢佔畢。爲文敷腴明暢，能達其志。詩尤精詣不苟出，出必求過人。所著有五塢草堂集，所編集有石湖志、石湖文略、盧氏世譜。他所纂葺，多未成書。

君文章政業，皆以古人自期。視一時曹耦，莫有當其意者。使天假之年，稍及下壽，其所見當不止是，顧方精進有爲，而死遽及之，可哀也已！

君家自彦實以來，世業農。至御史公始讀書，教授鄉里。而君兄弟相繼起進士，皆至連率顯官，又皆以文學政事著稱，可謂盛矣。曾未幾時，皆以盛年即世，吾不知造物者果何如也！余交君兄弟僅二十年，見其始出而仕，仕而歸，以及於死。始終盛衰，如電露奄忽，能不有慨於中乎？因表其墓，以著其志，亦用抒余之悲云爾。嗚呼傷哉！

君娶陳氏，封安人。子應坊，娶馬氏。側出子應垓，聘魏氏。女適張師詠。孫男一人邦鉉。葬以卒之後二年癸巳十月廿又六日乙未，墓在西横山之陽。

敕封承德郎工部都水司主事陳君墓表

工部主事陳鎏，以嘉靖乙巳四月十有七日乙酉，葬其考府君於長洲縣鳳凰山之麓。妣莫氏祔。友人文某表其墓曰：

嗚呼！是爲敕封工部主事陳君之墓。君諱冕，字威仲，别號厚齋。陳氏，蘇之吴縣人，家世業農。至直道公永錫，始用文學起家，舉進士，歷仕永樂、正統間，累官福建按察司僉事。清忠勁節，卓然名臣；而陳氏遂爲吴郡衣纓之族。直道公一子寧，仕爲新野王鎮國將軍教授。二子懷、悦。悦官永定知縣，而君則懷之子也。懷娶于鄭，無子。君與兄冠皆出少房張氏。君生三月而張卒，鄭氏實哺鞠之。君稍長，即知慕鄭，事鄭不啻所生，巽言愉色，隨所惡欲，而承意維謹。鄭本賢淑有母道，用是益憐愛君。顧復恩勤，孝慈融浹，人不知非所出也。事兄冠，尤極恭順。冠亦誠篤親昵，事必資君，志意交孚，用能戮力起家。家庭之間，雍睦順敍。同居五十年，莫有間隙。直道公剛方履儉，垂範有素；君服習見聞，能擎擎自愛，不狥俗尚，不比匪人。獨能推羸急匱，雖忤弗悔。尤嚴於賓祭，豆籩潔修，禮文維帙。以家世齊民，顯融光大，昉自直道公，建直道祠，俾子孫世祀之。其事雖出於冠，而發之自君。凡君所爲，往往歸德於冠。冠亡，無子。以嘗撫鎏有恩，使鎏服喪三年，曰：「吾兄宗子，法不可絶。他日有子，當爲立後。今之喪服，亦義起耳。」然君子不以爲過也。

君少業舉子，病蘭中廢。乃篤意教鎏。鎏舉進士，官工部。三年，推恩封君工部都水司主事，階承德郎。封莫氏安人。命甫下，而君以疾卒於家，享年七十有三。元配沈氏，早卒。繼即安人，同邑莫公諱淮之女。生而愿謹，未笄歸君，與君媲德儷義，恭敬弗違，色笑端詳，和而有别。能推君之愛，致孝於鄭姑，原作「韓姑」，殆誤婉容順志，靡有僭佚。喪之過時而哀，遺言懿訓，佩之終身。事其姒，如君之事兄。君所爲協和其家，不問於中外者，安人爲有助也。始君之卒，鎏在京師，家無强近親戚，沐浴含殮，咸自安人。被服衾禂，原作「稠」，殆誤纖悉曲備，不令鎏歸有遺恨也。時年已六十有六，苫寢蔬素，不以老廢，竟用憂傷得疾。越明年，遂卒，寔嘉靖癸卯十一月廿又三日也。距君之卒，爲壬寅九月廿又八日，才十有四月耳。嗚呼傷哉！生子男一人，即鎏。女四人，劉芾、周詩、朱宏、蔣垕壻也。

余與陳氏比里而居，少則遊君伯仲間，闇闇愉愉，友恭篤至。每竊歎以爲忠賢之後，德澤深長如此。雖然，幽贊陰翊，必有所以順之於道者。顔之推有言：「娣姒之比兄弟，則疏薄矣。以疏薄之人，而節量親厚之恩，必不合矣。」言勢之不能以有叶也。則夫安人内行之良，又豈易得哉？故余表君之墓，而輒附著之。

鳳山趙先生墓表

先生趙氏，諱宗魯，字應麟，以字行，别字文亨，鳳山其號也。先世杭之仁和人。宋季，有舉進士爲醴泉令者，元世俶擾，避地盩厔之白陽山，生子士安，因占數爲盩厔人：先生之高大父也。曾大父純，徙居樓觀鎮。大父彬，字大儒，高朗篤義，以陗直好施，長雄其鄉，鄉人有政，咸從取平焉。始自樓觀徙居邑之東門。力本振業，雅喜讀書，教其子策，以儒業起家，由武鄉訓導，仕終王府伴讀，而趙氏遂隱然爲衣冠之族。伴讀娶于某，生子二人，先生其仲也。

生而穎異，少則知學。稍長，習春秋爲舉子業，尋選隸學官爲弟子員，益精進不怠。然試有司輒不利，念春秋旨微，而盩厔偏鄙，無所師承。乃裹糧束書走，由漢之蜀，溯三峽，沿湘江，至麻城而次止焉。時麻城阮公朝東以春秋鳴，先生從之受業，鑽研淬礪，居一年，盡得其旨而歸。歸試有司，又輒不利，而先生病矣。於是盡以其所學授其子忻，曰：「吾厄於時命，不克遂志。成乃父之志，於汝有望焉。」忻甫升庠校，而先生卒。卒十有三年，而忻舉進士，且顯於時，而先生不及見矣。嗚呼傷哉！

先生剛毅有爲，砥節履方，而執志堅定。雖貧，不苟取於人，而與人亦無所苟。處家應物，咸協於道，蓋有用之才也。使占一第，或不第而以貢入官，必有以自見。而不幸無所售，又不得年，以骯髒死。嗚呼！豈不重可惜哉！雖然，先生不獲自試，而其子以高科入仕，試邑於此。財決敏利，擿伏若神，道利拊循，有古循良之風。昔人云：「子道之行，父志之成。」先生庶幾可以無恨矣。

先生生某年某月日，享年若干。卒於嘉靖己丑某月日，以某年月日葬某鄉某原。娶李氏，生子二人：長恪，次即忻，辛丑進士，今爲長洲知縣云。

按：本卷各墓表，皆見三十五卷本卷三十四。

文徵明集卷第三十五

墓碑　一首

明故湖廣右參議致仕進階中順大夫東陽盧君墓碑

公諱煦，字子春，姓盧氏。其先出自齊文公子高，高孫傒食采於盧，因以爲氏。自秦博士敖以來，世居范陽之涿郡。漢北中郎將植，爲時大儒，實生司空毓，毓生侍中班，班生尉衛卿志，志生中書監諶，皆顯名魏、晉之世。至唐，爲宰相者八人，而承慶、懷慎尤有名。他如藏用、照鄰、綸、仝，皆以文學著稱。子孫雖散處四方，皆以范陽爲宗。東陽之有盧氏，則自宋院判公寔始。寔四傳曰員父，徙邑之雅溪，是爲雅溪始遷之祖。雅溪七傳爲宋郡馬公大振，則公九世祖也。高祖康定，以仲子貴，贈都察院右僉都御史。

曾祖宰，祖洙，皆不仕。父諱和，以能醫稱，有所著丹溪纂要行世。以公貴，贈刑部署員外郎主事。母俞氏，贈安人。

公生天順壬午十月二十有八日，以縣學生領成化癸卯鄉薦，凡九試禮部，登正德戊辰進士。越三年辛未，授大名府長垣縣知縣。甲戌，召爲刑部雲南司主事，連丁内外艱。戊寅服除，改授本部四川司主事。辛巳，進河南司署員外郎。嘉靖壬午，超拜四川按察司僉事，奉敕整飭敍、瀘兵備。甲申，陞湖廣布政司右參議，奉敕提督太和山。丁亥致仕，明年戊子，覃恩進中順大夫。越八年丙申正月廿又四日，以疾卒於家，年七十有五。

公生穎異，而悃愊醇謹。學務博綜，然不事勦説，質義揚搉，必求道之所在，以達於用。既仕有官守，遂用推之於民。長垣即仲由所治蒲邑，故有學堂岡，相傳先聖講學之地。故祠敝陋，撤而新之。興學教民，導以化本，而納之仁軌。會盜發鄰壤，流劫境上，攻圍城邑，所在阽危，而垣備不素。公練兵飭甲，乘城固守，矢心厲衆，督率撐距。寇再至，再戰而却之。摧鋒折北，無所失亡。最後大獲輜重，盡散以享士，復斥其羨以代民租。民因不擾，士亦用命，迄用保邑完境。而獲嘉之績，爲一時最。

在刑部尤號明審。前後關決，不下百數，析律詳明，持議平允，傳爰論報，未始骫法。而矜怛仁隱，恒存於中，諳練之稱，達於上下，遂有蜀臬之命。

蜀去朝廷遠，俗獷而健，豪民假貸，例責倍息。而敍、瀘所轄，夷僚雜居，負險易動。公誠心拊循，民用安集，而軌道要束，俾咸協於理。芒部土官兄弟讐殺，官兵不能討，議將撫之。公持不可，謂「事有曲直，而搆難方深，撫處可救目前，而姑息適貽後患。計當發兵助順，而相機進止。一則假夷而近效可收，一則助夷攻夷，而禍本斯拔矣」。時前政墮弛，民兵逋蕩。公料檢鉤摭，悉爲緒正。軍民方恃以集事，而湖南之命下矣。

湖雖專領祠事，而兼撫鄖、襄，事緒棼出。所守鈞陽，適當顯陵孔道，車徒結轍，冠蓋相望，供頓次舍，咸取給於鈞。鈞民疲不堪命，嘗借助於鄖；公爲科謫踐更，使資力相當。民方稱便，而當道不悅公者，顧摭拾以爲公過；然卒亦莫能爲公累也。

公性若淑，而遇事詳緩，不爲激卬暴白之計。然砥節履方，亦不肯靡薄隨人，班資崇庳，任運而已。流賊之擾，公勞績居多，同時有起邑爲廷率者，而公浮沉常調，曾不爲意。其後繼歷南省，聲稱甚籍，一時薦進者雖多，卒無有援之者，而公亦已倦遊，遂自引去。

平生尤事持廉，初以進士督造蜀靖王墳，贐謝千金，悉拒却之。守官所至，俸請之外，毫髮不染。太和之役，原作「後」殆誤尤利源所在，公雖操敕將事，惟受計而已。出納皆省，一屬之中官；雖供頓餐錢，亦歸公帑。有贏以新學宫，治亭徼，或代輸逋租，利濟涉而已，終無所取也。

家居以敦睦爲事。首輯譜牒，置義田，修復先墓，而秩祀惟謹。篤於昆弟，以協於族屬，又推之以達於里黨姻戚，有無通假，患難相恤，或有所侵，悉置弗問，而横逆之來，亦弗之較。晚益廉静，蕭然事外，竟以高年令終。嗚呼！若公者，其古之所謂巨人長者，非歟？

公娶應氏，有賢行，先公三十二年卒，贈安人。子男二人：堯俞，以縣學生升貢太學。堯亮，亦太學生。庶子堯工。女二人，皆適名族。孫男四人：仲文、仲武、仲瑛、仲玘。孫女五人。嘉靖戊戌□月日葬邑之興賢鄉馬鞍山祖塋，以應安人祔。於是堯俞奉翰林編修程文德所爲事狀，請文勒石墓道。辭不獲，則爲論次其大略，系之詩曰：

煒煒盧宗，肇自齊姜，植奮有揚，迺儒用張。軼晉而唐，弗替有衍，既攸有文，亦相丕顯。維千斯年，耳孫其翼，孰其徵之？藩參維克。烈烈藩參，植德維誠，迺言有嘉，亦修用貞。維時多艱，盗賊伊阻；彼披斯猖，公志孔武。有攸維征，弗遑暇食，迺戡迺戢，迺全之邑。豈邑則全，亦撫而教，爰植之仁，庸協于道。烈烈藩參，有德有言，有才弗諼，式於王官。入司邦刑，出奠藩服，澄斯秩斯，以莫不肅。肅之維何？維廉斯貞，維公斯明，乃言用成。孰不有成？當躋而顛；知進而退，公私用全。烈烈藩参，高年維碩，邦國之禎，鄉人之式。豈無公卿？公德則有；我作銘詩，尚徵厥後。

神道碑 一首

明故資善大夫太子少保南京工部尚書山陰何公神道碑

嘉靖十有四年乙未正月廿又八日，南京工部尚書山陰何公致仕卒於家。訃聞，贈太子少保，遣官即其家賜祭，命有司營葬事如制。公諱昭，字廷綸，別號石湖。舉弘治丙辰進士，授南京工部都水司主事。公有智計，能勤敏任事。會壽王分國之蜀，道出南畿，公承檄扈送。行次荆州，當用民舟入峽。有司集舟千數，公料簡處分，損十之七。審畫道利，隨事節適。中官在事者，不令得肆。往復萬里，無少愆佚。繼被檄督造海舟。前政不時給直，事用遖緩；公先事飭申，拓本作「申飭」要以必成，而無所系吝，人歡趨之，功是用集，而人得不困。壬戌，原作「子」，據拓本改丁父憂。乙丑，服闋，赴銓，留爲工部營繕司主事。孝皇賓天，山陵事嚴，公分司通州，當轉甓陵下，陸行迴遠，更費浩穰。公規拓本作「經」畫趨便，輕舟乘漲輸之，損費十五，人尤便利。

正德丁卯，改本部屯田司，歷員外郎、郎中。展采錯事，督率精勤，尤稱職辦。值逆瑾用事，事多猜阻，公守正不阿，爲瑾所惡，拓本作「嗛」摭拾他事下詔獄。久之，無所坐，贖米三百石而釋之。

閱三年庚午，出知永平府。永平在畿内，尤多中貴家。昌黎石瑺被盜，誣執十四人付縣，掠立成獄。公行縣，悉放遣之。鎮守王宏尤誇謾猍驁，公故不爲禮。王、石皆瑾黨與，將乘權陷公，瑾敗乃已。郡豪殺人當死，詒其姪使逸去，而文致其罪。姪無以自明，公探其獄而反之。先是郡苦秋旱，公至，首出繫囚而慮之，析律詳讞，多所平反，一時雨澤沾足。飛蝗蔽天，亦不入境，歲大穰，拓本作「稔」郡以大治。會盜起傍郡，流劫四出，公飭甲練兵，繕治樓櫓，作計城守，而耀兵境上，賊聞引去。時諸郡多殘破，而盧龍獨完。

壬申，丁繼母憂。乙亥服闋，改知永州。永即古之零陵，地控衡、湘，俗獷而健，郴、桂夷僚，時時竊發。會用兵，公在行間，諜知兵官陰與賊通，首發其罪，以折賊謀。乃悉衆陷壂，遂獲戎拓本作「賊」首，而盡釋協從。幕府上功，詔進一階，錫白金加幣。在郡三年，平徭薄賦，務恤民隱；而扶微興壞，一如永平，郡又大治。

庚辰，陞廣西布政使司右參政。逋寇王堂狡獪陰賊，而負險不服，衆莫敢睨，公獨犯衆議征之。兵初不競，人爲公危，而公不爲懾，轉戰而前，竟以得雋。功上，錫金加幣如前。

嘉靖癸未，陞福建右布政使，軌道披決，多所緒正。故事，右轄多循默遠權，無所事事。公摘實輒諮，事必關決，苟不當其意，輒持不署。或以故事言，則曰：「吾食而不事，是尸禄也。」迄不爲止。

乙酉，徵拜都察院右副都御史，奉璽書巡撫保寧拓本作「保定」等處，兼都拓本作「提」督紫荆等關軍務。公益思振職，發姦擿伏，務肅綱紀。有武臣席寵貴横，原作「貴禎」，從拓本改翼姦亡賴，爲軍民患，公首劾罷之。先是境内小警，集達騎徼衛而廩之。及是事平，廩稍如故，亦上疏釐革。所疏地方事宜凡十餘事，悉見施行。風聲四被，所治拓本作「部」肅然。

丁亥，召爲工部左侍郎，有旨建敬一亭，亭成，賜譔翰林院，加賜銀幣。繼被旨督造悼靈后山陵，事竣，賜銀幣如前有加。

明年己丑陞南京刑部尚書，尋改南京工部。留京宫廠拓本作「殿」若諸司廨宇，自洪武來百五十年于兹矣，歲久傾圮，而太廟爲甚。因建議興修，始自太廟，以次及太學，次六部諸司。宏偉壯麗，華焕一新。集材庀功，咸有法式，區畫周審，程省自躬，人不得侵牟解嫚，迄功而民不知擾。

初，太廟成，璽書褒嘉，加賜銀幣。方在簡注，而公倦遊矣。先是公年七十，上疏引年乞休，優詔不允。至是甲午再疏，復不允；疏三上，上察其拓本作「公」誠懇，乃賜允，給驛以歸。

公歷事三朝，閱四十年，歷十有二任。積階自承德郎，歷拓本有「九」字資至資政拓本作「善」大夫正治上卿，年七十有六乃終。嗚呼盛哉！

何氏，宋相執中之後。自曁陽徙山陰。祖宗政，父昶，俱累贈資政拓本作「善」大夫南京工部尚書。祖母王，母沈，繼母董，俱累贈夫人。

公生豐碩朗潤，厚默而愿謹。少不好弄，稍長知學，益務勤誠。修正彊執，處事周審，而退避拓本作「遜」自將，未嘗以語言先人。居官精敏，前後官簿，多在將作營建之地。轉輸共材木輪將，泉貨出内，浩穰無隄。而公嵤省有程，鈎校維審，人不得並緣爲姦。不侍，日以有贏。初任南曹，帑積才數千。去之日，乃有二十萬。尤事持廉，俸入之外，不一毫妄取於人，亦不以與人。然軌迹夷易，不事矯飾，不收譽名，一時雖若遲頓，而積久考成，往往出人之右。

孝性純至，事二親順謹弗違。一再居憂，能崇禮執節，不飲酒食肉，不預人事。初以主事歸省，念父老，乞欲拓本作「欲乞」終養。父怒不許，曰：「吾食息方强，兒乃欲死視我耶？」公不得已，勉出赴官。出未幾，父亡，抱恨終身，毁頓幾拓本有「於」滅性。

居常儉素自將，室無姬侍，服食取適口體而已。凡三娶，元配唐，繼孫，又繼郭。唐、孫俱累贈夫人。男五人：長鎬。次鰲，舉正德丁丑進士，今爲刑部左侍郎。又次銓，華亭縣丞。鱀，國學生。鰵，郡學生。女二人：長適縣學生金愚，次適江都主簿章元綱。孫男十一人：景昂，前軍都督府都事。景明、景星，俱國學生。景員，郡學生。餘幼。孫女若干人。曾孫男七人。公以卒之明年丙申閏十二月十日葬縣之西余山。至是侍郎鰲言於某曰：「先人之葬，十有六年矣。墓木已拱，而墓上之石未有刻詞，願有請焉。」某生晚，不及識公，而侍郎辱與遊好，不可辭。銘曰：

繄何之先，立氏以國，有衍弗遺，膠東維克。孰其引之？宋相則良；山陰之宗，肇自暨陽。顯允尚書，既貞亦穀，入署郎曹，出司民牧。維此盧龍，曰維畿輔，我貞用明，余孰拓本作「孰余」敢侮？零陵之墟，越在荒徼，爰綏弗諼，有允斯蹈。迺言振德，亦懷用柔，以佚以休，以莫不優。五嶺八閩，周遊徵逐，玉節煌煌，奠兹南服。天子有詔，式遄其歸，錦衣繡斧，翼我邦畿。何以翼之？糾擿姦宄，既貞厥度，亦慎其履。熙帝之載，疇若于工，僉曰詔哉，汝其司空。五材是宜，百工惟敍，有庸斯成，登閎惟制。翊翊王臣，亶貞亦蹇，拓本作「謇」匪時弗庸，身則既倦。舍旃來歸，爲時逸民，胡志之得，而命不辰？顯允尚書，維時德懿，人之云亡，邦國殄瘁。天皇震悼，錫命維優，茂恩煌煌，賁此藏丘。西余巃嵸，松堂拓本作「楸」鬱鬱；龍章在兹，過者必式。　神道碑拓本

阡碑　二首

梅里華氏九里涇新阡之碑

華氏自南齊孝子寶居錫之慧山，族屬衍大，散處邑中，無慮百數。宋有原泉處士者，始居梅里之隆亭。原泉四傳爲將仕郎無錫簿□□，將仕生處州録判□□，拓本作「友龍」録判生元屯田打捕提舉□，拓本作「琳」屯田生太尉府知印□，拓本作「椿」知印生開二處士，始不仕。自開二以上十世，并葬隆亭。開二傳平一，再傳康伯，別葬報親院。康伯而下曰荃，曰本盛，凡二世，葬鴨城巢髦墩。二墓去隆亭不一舍而近。今九里涇則坦庵府君良用所葬，始去隆亭而別爲兆域。坦庵子時禎，寔昉爲之。時禎又自穿其傍爲壽藏，所謂九里涇始遷之墓，書梅里，著所自也。

時禎之言曰：「吾家自梅里以降，閱十有四世。仕以政稱，居以義立，風流雅尚，鬱爲名宗。我先君坦庵，承奕世之懿，而拓中亨之基。至於麟小子，祇若前休，弗替有立。他日獲保首領，從先君於是，凡皆前人之遺，我先君之訓也。於此而不有表焉，是忘先君之訓，棄前人之利也。」乃立碑墓上，請余文刻之。昔太公封於營丘，比及五世，皆反葬于周。君子曰樂，樂其所自生，禮不忘其本也。詞曰：

煒煒華宗，肇於戴公，式招始封。厥有孝子，不易其履，伊錫之始。有嶐華坡，在錫之阿，奠焉弗他。隆亭奧區，梅里之墟，列屋渠渠。歌斯哭斯，亦允藏斯，維原泉之遺。有允原泉，寔始東遷，歷世其綿。乃將仕之淑，乃録判之轂，屯田其續。山川有聞，開二維敦，有衍諸孫。秩秩百禩維克，有引其奕。有鄉揚名，九里之涇，鬱兹佳城。孰其藏之？曰良用甫。既封亦樹，是曰始祖。是衍孫曾，繼繼繩繩，百世其承。維生有植，維懸有克，以永無泐。

有明華都事碑拓本

董氏竹岡阡碑

董氏其先汴人，宋南渡徙松江之上海。閱今若干世，世有隱德。至御史介軒父，始用仕顯。既而諸子相繼起科第，列仕中外。文聲政業，蔚爲名宗。御史而上，葬邑之楊涇原。距楊涇之東三里而近，曰竹岡之阡，則御史公之所藏也。

公諱綸，字誠之。天順甲申進士，仕爲南京河南道監察御史，卒葬于是。公六子。其從葬於公者，仲子大理少卿恬、少子西岡處士愉。而第五子將仕郎懷之生壙亦在焉。大理居仲，以次當在右。故其治先配喬宜人之葬也，虛其左以俟伯氏將仕郎恢。及西岡之没，伯氏已別營宅兆。顧左不可虛，乃葬西岡於左，而五將仕則兆於西岡之次。雖於禮有未盡合，而勢不得不爾。古之人有推權以附義者，苟宜於人情，君子不過也。

初，大理之葬御史公也，有夢徵焉。葬未幾，而大理與其弟肇慶守忱、綿州守懌，以次升朝，推恩贈公奉直大夫、刑部員外郎，龍章炳焕於藏丘者再。乃即墓次建二亭，刻制詞其中。益樹松檟，植神道，垣護扃鐍，式嚴以固。從而棲神之室，享祀之堂，守塚之舍，以次告成。而墓之制，至是始備及。又刻大理所被制敕于石。大理之子宜陽之葬其父暨其母唐夫人，支傾補敝，飾故而新，斥土崇封，益事標表。凡制之所宜得者，至是益備而加詳。蓋自正德癸酉，抵今嘉靖癸巳，閲二十有一年。凡一再舉事，乃克就緒。大理恬，肇慶忱，將仕懷，寔昉爲之，而宜陽用終厥志。於是宜陽具事狀詣余請紀其成。

惟周禮：墓大夫，掌凡邦墓之地域，爲之圖，令國民族葬，而掌其禁令，正其位，掌其度數。正位，正其昭穆之位也。度數，以爵爲丘封之度，與其樹數，所謂封高則樹多，封下則樹少，所以别其尊卑也。自周官之法不行，庶事靡薄，而墳墓滋輕。我國家雖有墓制，而無官守，庶民往往踰分于紀。而品官之家，或隳廢不治，樵牧不禁，荆棘不翦，委爲狐兔之區者，皆是也。而董氏父子兄弟，繼繼弗隕，更二十有一年，而繕治不忘，是豈有教令爲之哉？是宜刻石以示其後人。詞曰：

維松奥區，奠吴之東；海邑維雄，三岡其隆。有崇新宫，既嚴既翼，被隰依原，肇此玄宅。其宅維何？董氏之藏，爰立之阡，曰竹之岡。竹岡巖巖，閈閎揭揭，孰其崇之？直指維烈。維董之先，有來自汴，垂三百年，弗替有衍。顯允直指，有德有文，去隱即仕，爲時貞臣。用弗究材，駿發厥嗣，憲憲列卿，秩秩刺史。科甲翩聯，奕世其繼，匪亡則繼，亦美之濟。有展廷尉，式穀用貞，際時休明，以順而升。進弼邦刑，在公維劭；錫之用休，天子有詔。鸞章煜煜，天恩煌煌，巽命維申，賁兹玄堂。玄堂翼翼，豐碑岌岌，贔屭秩秩，維天之錫。錫之隆隆，作之衝衝，迺築迺封，迺崇其墉。其墉既高，亦周有廬，有重其門，式嚴之樞。奚樞之嚴？芻牧是遠，狐兔攸遠，荆棘斯翦。既屏既營，式度用恒。孰其執之？廷尉是經。刺史攸承，將仕用程，歷歲滋更，乃潰于成。匪成之艱，有攸維繼，終厥先猷，厥有孫子。維孫振振，不忘祖考，再葺用揚，於先有耀。相此崇岡，天寔繼之，厥有夢徵，爰奠於兹。黄浦其南，竹岡其東，土膏壤淺，秀允有鍾。鍾之維何？曰忠與孝；我刻銘詞，尚後有考。

碑　二首

太倉州重浚七浦塘碑

吴號澤國，故多水患。太倉在郡東鄙，地瀕大海，乃多高仰之田。非資海潤，莫適溉灌，海日再潮，淀沙易淤。在昔田各成圩，圩必有長，歲率其徒，修築浚治之。隄防垣固，浦港通流，高下之田，咸濟弗病。郟亶氏謂：「廣深其源，非直用以決低田之水，亦使堈阜之地，皆可耕而食也。」州既瀕海，浦港爲多，而七浦塘最鉅。塘在州之東北，横亘五十里。西受陽城諸湖之委，以入於海。海潮去來有時，而湖流不息。駛迅激射，淤沙不能爲患，斯固東人之恒利也。

歲久厄塞，民病不耕。弘治初，都水姚公文灝嘗一浚之，賴以處業。比歲陽城之民，並湖爲斜堰，堰湖水而分之。其西流北折而入於白茅，東流自尤涇南出巴城，迂迴而屬於七浦。其勢漸緩，而其流益微，不能當海潮之衝。日積日淤，至於不通，而高仰之田，獨受其敝。嘉靖丙午，有詔興修三吴水利。于時都御史歐陽公必進、御史王公言，祇詔維謹，謀於副使敖公璠，郡守范公慶，議既克協，乃糾民集財，以是歲十月之隙，蕆事即工。而州同知周某寔董其役。於是躬履其地，分程受事，時其食作，而公其勸懲。民歡趨之，秉鍤操畚，偕手並作。始浚自石橋圩，東行若干里，至於直塘，延袤千八十丈有奇。自直塘東行若干里，至於沙頭，延袤二千四百二十丈。又自直塘東行，歷塗松抵横涇若干里，延袤一千六十有一丈。總爲丈四千五百六十有奇。其深自一丈至八丈，廣自八丈至十丈，極於十有五丈，始殺而漸拓之，以極其勢也。於是輸瀉有委，飛流迅疾，淤沙滌不復留。田之出於磽确而資以灌溉者，頃畝以萬計，而東民有粒食之望矣。是役也，凡用民夫萬八千四百，靡銀爲兩者七千八百二十有三。自經始迄於告成，僅九十有七日。都御史、御史寔肇之，監司、郡守主之，今御史陳公九德終之。至於區畫之周，督率之勤，周君與其僚之在事者，與有勞焉。

昉役之興也，屬歲不登，民饑而虚。議者謂事大而役繁，更費無隄，驅饑虚之民，而責以重大之役，更無隄之費，不病亦瘠矣。曾不知事有緩急，勞逸相倚，不一勞之，逸終無日。兹役雖鉅，實所以逸之也。故曰：「以逸道使民，雖勞不怨。」雖然，不小任怨，則將因循自恕，莫克肇端；而持之不固，行之不力，亦終於無成而已矣，故事尤貴於有終也。穀梁氏有言：「智者廉，勇者行，仁者守。」惟諸公有焉，斯不可以無紀也。系之詩曰：

粵吴奥區，澤維其蔽，迺睠在東，曰堈維阜。堈阜巑巑，海波瀜瀜，孰溉以庸？陽湖維衝。歲攸有窒，磽确以瘠，民乃不粒，爲我心惻。維皇明聖，克念下民；維諸公仁，克艱厥臣。明詔是承，弗遑有斁，周覽川澤，爰通斯塞。川源既通，川流既從，有來弗窮，沃衍以豐。歲豐穰穰，民懽懌懌。豈不我勞？以永有逸。人亦有言，利之弗庸；尚千百祀，毋忘厥功。

重修大雲庵碑

吾蘇故多佛刹，經洪武釐革，文稿作「革」多所廢斥。郡城所存，僅叢林十有七。其餘子院庵堂，無慮千數，悉從歸併。遺基廢址，率侵於民居，或改建官署。有基在而額湮者，有名存而實亡者，亦或鞠爲荆榛瓦礫之墟，併其名與迹而莫知之者。百八十年來，更革靡當，文稿作「常」禁綱云弛，殘寮廢刹，稍稍興復。聚徒焚修，香燈不絕，日引月翼，往往叢林比隆。亦有已興而復廢，因循諉棄，不復再振者，則在嗣承之人何如耳。

大雲庵建自前元某人，寔始開山。考之郡志，庵嘗併于南禪寺。洪武中，寶曇以高僧奉敕住南禪，某蓋其徒也。大雲寔其子院。寶曇示寂，猶藏舍利於此，石塔猶存。豈當時雖屬歸併，而以曇故，不滅其迹，承傳有人，延引不絶，以至於今耶？

庵在長洲縣之南，雖逼縣治，而地特空曠。四無居民，田塍縵衍，野橋流水，林木蔽虧。雖屬城闉，迥若郊墅。庵介其中，水環之如帶。其水東自葑溪，沿流入郭，至此分支而南，轉出庵後。左右紆迴，匯其前爲放生池。池旁廣數畝，洲渚浮泊，望若島嶼。獨木爲梁，以通出入。撤梁則庵在水中，入庵則身游塵外。僧廬靚深，古木森秀，映樹臨流，慌然人區別境。余屢遊其間，至輒忘反。非直境壤幽寂，而僧徒循循，多讀書喜文。所雅遊皆文人碩士，若沈處士石田，若楊禮部君謙、蔡翰林九逵，皆嘗栖息於此。及比歲燬於回禄。住山嵩一峯與其徒鎮松巖戮力起廢，焕然一新，禮部寔記其成。及是再燬，而鎮之徒定昂亦再新之。經始於嘉靖丙午，落成於戊申之夏。棟宇雄麗，像設有嚴，華幡鼓鍾，列置如式。門屏垣墉，悉還舊觀。於是伐石樹碑，請書其事。

余惟象教之行於中國，固以崇嚴爲事。昔之名僧高士，多留意於此。名山勝境，珍樓寶閣，列刹相望，玉函金相，璀璨琳瑯。謂非此不足以極天人之觀，以起人歸依之心，其爲道蓋如此。而今之爲佛學者，高談空寂，務爲虛幻，視塔廟崇嚴之設，凡一切丹青土木之設文稿作「役」皆以爲有爲，而非道之所存，往往棄置，不以屑意。其或作意興修，以基道業，則題疏勸緣，持盂請丐，所成無幾，而半入私橐。此則佛氏之巨蠹，無足言者。惟茲庵起於歸併之餘，其興廢之由，不復可考。然自正德以來，三十二年之間，再燬再新，事功宏偉，經費浩穰，而皆取給衣盂之積，一不假檀越之助。而事無不集，嚴翼有加，豈非嗣承之得人哉？比來茲道寂寥，僧徒盂浪。雖名藍寶刹，號稱叢林，亦多隳廢不葺。荒寮敗堵，榛莽蕭然，燈炧香炷，不絶如綫。視一已廢復植之區何如哉？吾於定昂之徒之舉，重有慨焉。

昂號半雲，靖共有爲，今被推擇爲郡都綱云。

作頌曰：文稿作「迺作頌曰」

有崇大雲，奠此幽墟。孰其啟之？其人寶曇，斷崖其初。巖巖寶曇，衍德以紹，爰寂於此，於先有耀。湜湜清池，翼翼幽居，石塔渠渠，舍利其於。維百斯年，弗替有引，有攸維人，嗣承則允。寶幢帙帙，紺殿巄巄；鬱攸示變，維劫之逢。載焚載葺，亶輪以奐，迺言有作，式還舊觀。華幡珠綱，像設中嚴，諸文稿作「龍」光下賁，人天具瞻。一峯用凝，松雲其繼，匪法則然，亦衷厥義。我作頌言，後人伊徵，弗隕厥世，尚慎其承。文稿墨蹟

按：本卷各墓碑、神道碑、阡碑、碑，皆見三十五卷本卷三十五。

文徵明集補輯卷第一

五古　二十三首

送琴師楊季静遊金陵〔弘治乙丑〕

吾識雅素南游作「守素」翁，嚬笑閒舉止。南游作「悃愊古端士」平生七尺琴，泠然寫流水。簡静詎爾南游作「實不」浮？頗識聲寄指。翁新南游作「能」傳諸妙，南游作「郎」季也心獨契。古調得真傳，餘巧發天思。豈獨藝云精，檢脩仍肖似。維昔名能琴，粤有劉鴻氏。吾蘇有琴名，南游作「劉琴」實自翁父子。寥寥六十年，一派屬君季。口惜知音稀，囊琴走千里。秣陵古名郡，去去尚南游作「當」有遇。鏗然振孤音，一洗筝笛南游作「琶」耳。大觀録卷二十南游圖卷

題古木高士圖寄履約兄弟〔正德乙亥，下同〕

紅塵暗長歧，白日何迅速？誰兹淹短晷？高人在空谷。谷阻碧圖目作「白」雲遲，春深紫苔馥。野蔓垂青蘿，風泉漱寒玉。俯空圖目作「窺」鑑修鱗，消摇睇林圖目作「崇」木。顧瞻起遐思，乍以違炎燠。安得紫璚琴？因之寫幽獨。鈔本卷六　中國古代書畫圖目二十

次韻王敬止秋池晚興

竹色雨餘浄，孤花及秋榮。方池帶高柳，落日寒蜩鳴。臨流忽有會，仰見西山明。逝鳥歛歸翼，白雲生遠情。懷人不可即，樽酒誰共傾？芙蓉被曲渚，欲折已愁生。鈔本卷六

雨出横塘舟中望楞伽山有懷子重履約履仁三君子

兹晨理孤榜，背雨出南郭。掛席横塘西，遥見楞伽塔。懷哉二三子，歲晏寄禪榻。空谷

無俗情，同心自酬答。嗤此城居人，頭顱轉蕭颯。豈不懷清真？無由解塵雜。朅來思所期，去去從一榼。濕雲暗青楓，川原迴迴合。欲往不能從，日暮山千匝。

鈔本卷六

湯餘閒五十〔丁丑，下同〕

人生百年期，五十始强壯。湯君髮抹漆，已復事高尚。嗟余行艾衰，論年本相望。顧君有佳兒，才名出吾上。既此重通家，於君遂非伉。去我僅三年，已是丈人行。清風吹布裘，在野更閒曠。緩步當安車，童顏多春盎。□□□□□，諸子足供養。□□服官政，奚事家庭□？□室詠餘閒，□□陶元亮。手種階前松，行看茯苓上。

詩稿墨蹟

過子重草堂燕坐

高齋有吟聲，深徑無行迹。知君謝逢迎，未厭幽尋客。我時避喧煩，晤對意殊適。小几爇清香，臨窗散書册。嗒然兩相忘，坐久語音寂。閒庭霽景新，落日射高壁。顧瞻兩青桐，涼影忽在席。鳴禽遞幽深，燕室延虛白。靜寄得本懷，延緣不知夕。

鈔本卷七

雨中有懷〔畫集作「雨中偶興」〕〔戊寅〕

微雨如輕塵，霏霏灑芳陌。拂烟始蒼茫，濡草還霖霢。愔愔薄寒侵，稍稍芳潤積。苔痕暈深紫，竹色涵净碧。簷樹曉低迷，江〔圖目作「弱」〕雲晚狼藉。泱溜忽鳴瓦，循除已淪石。似聞簟門前，春水泥一尺。無能辨牛馬，況復通轍迹？春鳥隔雲啼，疏花映簾〔畫集作「苔」〕白。對此空復情，何由致佳客！　鈔本卷七　天津市藝術博物館藏畫集　中國古代書畫圖目十二

春江獨眺圖〔庚辰，下同〕

春融麗白日，晴皋被芳杜。流瀨薄疏松，微波激迴渚。青天出遥岑，分明見眉宇。獨遊欣所遭，何須對塵侶。　鈔本卷八

過履吉草堂

淒淒零雨霽，稍稍隆曦收。端居寡所諧，駕言出行遊。呦呦子雲居，乃在城西陬。誰云寡輪鞅？亦復臨諠湫。惟兹世網疏，遂爾謝鳴騶。雙扉白日闔，時有二屨留。物性各有適，之人寔余逑。入門慰良覯，開軒散煩憂。孤花晚猶燦，木陰還復稠。新篁不知微，風至亦鳴秋。疏桐不蔽遠，仰視青天流。清霜迅冉冉，白雲靄浮浮。感此念遲暮，眷焉篤朋儔。瑶觴實瓊醽，朱豆陳蘭羞。清言送落景，酩酊更勸酬。揮觚弄□翰，臨筵結綢繆。綢繆何所爲，願言企前修。　鈔本卷八

題徐幼文山水卷〔辛巳〕

山江鬱岧嶤，湖水清且深。顧兹山水間，適可諧中心。素波浩無際，灌木敷高陰。俯仰良已嘉，悠然緩重襟。白雲互舒斂，游鱗或浮沉。況此有深契，逍遥弄鳴琴。鳴琴激清風，時復申謳吟。所樂自有在，匪爲輕華簪。　石渠寶笈卷三十三

送胡承之罷官歸咸寧〔嘉靖癸未至丙戌間〕

燕朔秋氣涼，風吹沙日黄。浮雲倏變滅，旅雁西南翔。客行不得淹，引轍遵前岡。依依去皇邑，歷歷返舊疆。白首願有擕，追送不得將。相將亦何爲，永念失珪璋。豈無執手歡？伊人獨剛腸。雅言飾清廟，高論持彝章。矯矯一角麟，翩然孤鳳凰。世事不可期，忽在天一方。上黨古黎城，副車走遑遑。斂板揖上佐，軌事肅官常。英英岩廊姿，侃侃司牧良。時情諱直躬，焉往不得傷？終然困讒構，毁裂謝朝行。古賢卑爲全，玉毁有餘光。丈夫志遠道，傑士貴流芳。苟時獵華軒，電露奚足臧？終南何崔嵬，渭水流湯湯。尚書有先廬，松菊猶未荒。歸耕力有餘，掃軌事緗緗。詩書可遺憂，山水足徜徉。子真矜谷口，豹林鬱蒼蒼。去矣希昔人，千載永相望。 鈔本卷十一

秋夜〔甲午，下同〕

淒（彙稿作「清」）風自何來，飀然在庭樹。肅肅振柔條，霏微散輕霧。薄晚林堂幽，疏燈照寒

雨。展席依前榮，新涼襲衣屨。朝來手輕紈，夕置不知處。七月火始流，秋光遽如許。蟋蟀語莎堦，蠨蛸落蓬户。零葉不戀枝，朝華黯非故。物化與時遷，人生寧獨固？我骨病已枯，憂幽失其素。白髮不待老，頹齡況遲暮。豈無歡樂期？流年不余許。吴越所見書畫録卷四　文徵明彙稿

題巨然治平寺圖卷

此卷舊藏吴治平寺琬師所。余嘗爲師追和先師文定公二詩，未及書而卷已轉屬他人。今從華君從龍借觀，遂書于後。甲午冬。

風蒲鳴獵獵，溪鳥鳴關關。沿流整蘭棹，不覺度千山。行行躡蒼巘，笑傲淩區寰。上挽紫芙蓉，下濯清潺湲。時依萬木末，忽出層雲間。白雲捲以舒，何似壯陶作「如」山僧閒？落日倚山閣，静看浮雲還。

青壁擁蓮宇，白雲護松關。山僧掩關卧，不知身在山。經禪厭枯寂，抱枕夢塵寰。松壯陶作「和」風吹覺來，潤雨送潺湲。鶯啼白日永，依然林壑間。顧余塵中人，欲往不暫閒。偶踏漁舟至，仍隨落日還。平津館鑒藏書畫記　聽颿樓續刻書畫記卷上　壯陶閣書畫記卷二

雙柏圖 嘉靖乙未孟夏月 〔乙未〕

鄧尉有古柏，實爲羣木冠。挺生岩壑間，雨露爲之灌。植從何代人？傳語亦滋謾。歷劫數百載，圓頂已成轍。巍然似四皓，霜雪幾曾算？我來恣遨遊，相識古廟畔。徘徊不能去，歸來寫柔翰。約略記清標，摩挲得其半。尺幅勢有盡，筆意勢忽判。二老聳寒肩，雜沓不容緩。翠蘚摹古文，剥蝕如鼎篆。圖以結社盟，青青無改换。立節貴如此，卓爾昭雲漢。

古緣萃録卷三

雨中與陳叔行話舊 〔己亥〕

雨中行轍稀，門閒迹如掃。開門喜迎君，一笑屣爲倒。眉宇照青春，玄言更幽渺。憶當十載前，見子方少小。及今十載後，聰明富文藻。少年壯且成，顧我寧不老？而翁我故人，平生交有道。别翁感存亡，見子雜欣悼。樽酒故情長，乃覺今雨好。堦蘚翠欲浮，庭花濕還皎。泱溜翻江河，流雲失昏曉。不嫌泥淖深，淹留慰離抱。

詩文稿

題高尚書山邨隱居圖〔壬寅〕

仇仁近名遠，錢唐人，前元老儒也。號山邨居士。高尚書爲作山邨隱居圖，仁近自題其後，頗示不遂隱居之意。然易世之後，此圖遂傳爲故事，則亦何恨哉？自大德初元丁酉抵今嘉靖壬寅，二百四十五年矣。企仰雅懷，因追次其韻。

春山擁春雲，滃然失茅屋。下有幽貞士，冥辛丑作「甘」心謝榮禄。卓哉淵明志，夫豈在叢菊？李愿盤中居，居深繚而複。亦有杜陵翁，長鑱劚黃獨。豈無終南徑，不博王官谷。仇山在何許？邨居迷灌木。乃令千載下，開圖見天目。青山卧有餘，白雲看不足。願言往從之，不疑我何卜。清河書畫舫卷十一　大觀録卷十八　式古堂書畫彙考畫録卷十七　辛丑銷夏録卷四

題子畏巖居高士圖〔丁未〕

子畏曠古風流，超塵墨妙，圖繪傳於人間，真世寶也。適叔貽攜示，因題以歸之。

谿亭面虚曠，乃在山之陽。俯瞰味水作「瞯」玉淙淙，仰視巖蒼蒼。幽人抱奇僻，卜築臨此方。愜味水作「協」我清絶想，謝彼馳驅場。爰有同心人，杖策來浮梁。相尋無俗論，幽事與商量。郁氏書畫題跋記卷十一　珊瑚網畫録卷十六　味水軒日記卷七　式古堂書畫彙考畫録卷二十七

正月五日同楊子任大參飲王陽湖家酒次誦淵明斜川詩有開歲倏五日之句因次韻 陳氏作「正月五日訪陽湖少參酒次誦淵明斜川詩有開歲倏五日之句次韻奉贈」〔癸丑〕

人生各有役，卒歲靡云休。伏波顧飛鳶，悵然思少游。今我不爲懽，歲月其如流。靄靄春空雲，悠悠沙際鷗。物性各有適，吾亦愛東丘。同時陳氏作「遊」既云盡，非此陳氏作「子」誰與儔？樽酒接話言，新詩互賡酬。山林與朝市，陳氏作「省」孰是還孰否？且極樽前樂，毋爲身外憂。俯仰成今昔，一醉復何求？鈔本卷十四　商務印書館本名人書畫第三集　武進陳氏帖拓本

秋林泉石 吴派有「爲原承畫并題」（編年未詳，下同）

長松落高蔭，平皋出石罅。修梁不通塵，幽人寄容暇。散柔摇奇情，倏在疏林下。萬木吴派作「里」疊遥岑，晴湖自天瀉。何處得秋多？凌空有虚榭。珊瑚網畫録卷十五　吴派畫九十年展

爲松崖沈君畫并賦

穹崖削蒼鐵，古松垂碧陰。謖謖萬仞風，落落高人心。未須結茅屋，聊復度鳴琴。天繪閣本馮越然臨文待詔山水卷

題畫

烟斂秋山明，雨歇寒皋静。幽人坐忘言，微風進漁艇。木落川原空，斜陽墮虚影。藝

苑真賞社本詩稿真蹟　壯陶閣書畫録卷十

中翰李君自號葵陽余爲作葵陽草堂圖復系此詩

種花必種葵，葵葉能傾陽。有生勿遺忠，遺忠負綱常。高人辟芳圃，種葵繞茆堂。饑以葵爲羹，醉與葵相忘。種葵今幾時，葵深已成行。杲杲三伏日，燁燁流暉光。所心向朱明，勿待秋風涼。秋風凋百卉，不殺惡草長。草長損我葵，身遠熱中腸。結髮奉明主，耿耿心未降。有如東逝水，百折終不妨。衡杓任流轉，萬曜鬱相望。相望在何許？紫雲天一方。燦燦園中葵，一一雲錦章。願持雲章去，去補舜衣裳。

嶽雪樓書畫録卷四

夢園書畫録卷十

按：此詩見卷第一題陳原會葵南詩卷，字句略不同，重録于此。

文徵明集補輯卷第二

七古一 二十二首附録一首

解嘲詩〔弘治壬戌〕

南風微微朝夜吹，暑雨未到山中時。此時珍果數何物？五月楊梅天下奇。纖牙彷彿嚼冰雪，染指頃刻成胭脂。論名列品俱第一，我不解食猶能知。天生我口慣食肉，清緣却欠楊梅福。冰盤滿浸紫葳蕤，常年只落供吟目。千金難致漠北寒，北人老去空垂涎。渠方念之我棄捐，食性吾自知吾偏。十年枉却蘇州住，坐令同儕笑庸鄙。幾回欲作解嘲詩，曾未沾唇心不死。葉生生長楊梅塢，眼看口啖日千顆。願從君口較如何，補作西崦楊梅歌。〔吴郡二科志〕

馮憲副七十〔正德癸酉，下同〕

惺庵先生古貞臣，平生耿挺標清真。曾□白筆肅三院，出擁旄節清全閩。廿年中外肆歔歷，所至秉職宣皇仁。浮雲漠漠有變幻，長歧往往多驚塵。孤征方出霄漢上，一笑已脱風波身。歸來静對琴川水，浄濯塵纓洗雙耳。晚將白髮領青山，滿掇黄花浮緑□。□收餘蔭托　下缺　詩稿墨蹟

尹曲塘七十

曲塘先生静而貞，平生學道諳時情。曾將所得干世用，時非事左還歸耕。曲塘之□違市城，土膏漫衍江山明。向□志業付兒子，自與水石參新盟。子今效用父志成，道在何必吾身行？還應造物有消息，故將壽考申功名。□今七十古稀及，精神不減身形輕。由來静退自可久，况也强健年之徵。遐年在在應千齡，一笑何論□與卿。　詩稿墨蹟

椿萱圖壽吴楝卿父母

吴家有樹名莊椿，根蟠十畝高千尋。上枝樛屈下偃蹇，百年佳氣敖清天。椿□别有忘憂草，依倚貞根同不老。風霜□□歲年長，雨露滋春顔色好。吴郎顧此自怡愉，手持束素令我圖。圖成向我更加拜，自謂此樂人間無。人誰不願常相保？我乃攖情被君惱。還君此圖君慎旃！樹當萬劫花千年。詩稿墨蹟

題趙大年春江小景〔甲戌〕

江南雨足蒲芽肥，拂烟高柳含晴霏。斜塘水滿落花亂，日煖無人鸂鶒飛。閒窗生意忽在眼，千里風烟入舒卷。要知丘壑本胸中，真覺吴淞落并剪。生綃已暗神自全，筆力迴出崔黄前。行間不用着題字，知是當時趙大年。鈔本卷六

畫松壽張思南〔丁丑，下同〕

思南太守氣壁立，平生自許松千尺。□□輪囷飽雪霜，枝柯耿挺裂金戟。美材本負廟堂具，誰遣垂陰蔽蠻貊？萬里風聲樹德威，三年雨露流皇澤。遺愛空爲遠郡懷，負才剛得傍人惜。故將餘蔭賁桑榆，更有清風灑泉石。請看冰霜晚節堅，一任春花自朱碧。

詩稿墨蹟

題鄒光懋所藏梅花道人大畫

蒼蒼東絹七尺垂，慘淡水墨開淋漓。高堂展軸見突兀，氣骨耿挺含華滋。陰崖迸雪落高澗，蒼幹屈鐵松離奇。松陰十丈墮地走，白日慘慘吹涼颸。雲英叵匝摇青芝，根株鈎鎖珊瑚枝。兩翁何人？乃是列仙之儒，冠服偉麗龐眉鬚。森森毛髮欲生動，倏忽身境坐與江山移。初疑不似畫，熟視驚絶奇，伊誰作者梅沙彌。前元畫法誰最逸？沙彌老筆雲紛披。尋常揮灑具書法，一掃丹粉無妍姿。常時竹石滿天下，一紙兼金不當價。

然多草草存風神，未有此幅爛熳皆天真。鄒君得之自何所？愛好不啻如璆珍。緘題寄我意有在，愧我凡弱欲賦難爲陳。安得思如杜陵筆，千秋與畫争嶙峋。　鈔本卷七

題畫

門前車馬黄塵流，堂上玉樹生高秋。飛泉百丈天漢落，秀嶺萬疊春雲浮。雲閒水遠心境寂，倏忽城市開滄洲。洲前老翁心似水，坐枕寒泉洗雙耳。安得吾身似此翁？白日飛墮香爐峯。　鈔本卷七

除夕感懷

江城日暮生寒烟，空齋雨收更漏傳。更長燭燼夜不眠，推枕起視天茫然。梅花未動雪在屋，春光已到椒盤邊。老人多情戀殘臘，豈識寒暑相推遷。人生百年恒苦慳，一舉已費三十年。青衫塵土手一編，束髮事此今華顛。流光把玩不可回，坐閱逝景如奔川。亦知文字非有益，直是貧賤驅無緣。憶當少小不自貴，往往流輩相争先。古人勳業一

語足，安用突兀聲摩天？故應造物忌多取，老大追悔徒生憐。裹巾結帶曳白襴，不恥白髮追時賢。誰能慷慨事角逐？漫爾抉裂成雕鐫。傷心習業兒童間，兒女慰藉空翩躚。一樽婆娑燈影裏，萬感寂歷鷄聲前。鷄聲蕭蕭日欲出，車馬在門吾有役。

鈔本卷七

題王右軍感懷帖（庚辰，下同）

默庵從京師中得此帖，誠爲奇物，相與歎賞不已，因賦長句記之。正德庚辰九月。

江左風流數王謝，右軍詞翰尤瀟灑。當時已重東山公，況乃遺留百世下？郗家一旦擇壻親，誰知坦腹是佳賓？早年聲譽已傳播，山陰褉帖妙入神。紛紛妙墨遺人世，感懷一帖誰能似？堪歎秦王雅好殷，蕭郎計畫真奇詭。若還見此日生春，何致瞿曇失意人？至今傳誦稱寶晉，未敢輕持混俗塵。一波一拂神情足，後人復起何能續！四十九字如游龍，當時屢入鑒家目。宣和曾收入内府，御筆留題猶可讀。會稽山水日峨峨，尚有蘭亭隱澗阿。籠鵝書扇炙人口，石崇金谷今如何！默庵何緣能得此？纍纍異玩無堪比。悠悠晉室已千秋，所存真蹟今有幾！珍藏什襲君家事，爲有人懷圖璧意。聯翩題句悉瑩然，吾亦從之傳奕世。

拓本王右軍感懷帖

題華從龍所藏寒塘凫雀圖

江南十月草木枯，雪霙千里埋寒蕪。斷沙往往出洲渚，天籟瑟瑟吹黄蘆。淩寒山茶自生色，照人玉樹交珊瑚。風烟慘慘歲欲暮，慌忽饑鳥鳴相呼。枯蘋無芽稻粱絶，乃有盱盱雙溪凫。初疑浦漵生眼底，漸久慄冽侵肌膚。青紅歷亂粉墨渝，熟視乃始知傳摹。是誰精工奪造化？坐令咫尺開江湖。筆端氣韻具生動，意匠慘淡還模糊。等閒二美疇能俱？錢塘王囦絶代無。嗚呼！錢塘王囦絶代無，華君得之不啻璠與璵。緘題寄我豈有意？使我一見生長吁。惠泉山，森櫯株，太湖之岸饒菰蒲。人間真境往往在，問君不愛愛此幻物無乃愚？君不見長安城中車擊轂，六月飛塵漲天黑。此時水心堂中張素壁，宛然坐我瀟湘澤，一笑千金豈論直？ 鈔本卷八

雪谷歌壽陳希恩〔辛巳〕

朔風吹寒戰羣木，凍雨飛英覆茅屋。天荒地老歲亦窮，獨有幽人在空谷。谷静而深窈

而復，中有玉塵三萬斛。别開瑶圃種青芝，坐見藍田産蒼玉。琅玕芝草日繽紛，能令寒谷回陽春。青囊歲活三千人，不獨藏春亦有仁。昔聞子美居同谷，手把長鑱斸黄獨。又聞表聖居王官，辛苦三休良爾難。石家錦帳亦何益？玄都子午常風寒。何如先生雪谷虚而安，白雪壓地春漫漫。春漫漫，雪灝灝，仙侣相期拾瑶草。　鈔本卷八

題梅竹圖次顧東橋韻〔嘉靖壬午，下同〕

江梅點雪春依稀，高標每費詩人詩。淩風却月東閣興，暗香疏影西湖思。風情千古兩奇絶，有倡斯和真塤篪。江南細雨正摇落，何處玉笛吹參差？祇應疏瘦自風骨，桃李依然愧粗俗。最憐竹外一枝斜，絶代佳人倚蒼玉。奈可天寒翠袖單，居然日暮湘江曲。瑶臺月落青鏡空，天遣青鸞伴幽獨。世間鉛黛非儗倫，着影緣香應失真。聯娟玉節霓旌隊，綽約明姿洛浦神。流風迴雪豈有意？縞衣玉立溪之濱。不愁萬里北風冽，粲爾一笑南枝春。春風吹花何草草？夢回已失邯鄲道。書生自抱歲寒心，展卷欲吟愁潦倒。君不見杜陵老眼不識真天人，却怪娥眉春淡掃。又不見廣文先生生平鐵石腸，解向春風抽麗藻。　鈔本卷九

題雲山圖

白雲出没山有無，緑樹黯淡春模糊。山圍樹匝渺何許？不是玄圃其方壺。聞説方壺隔蓬島，畫師能奪天工巧。茆堂彷彿有鷄聲，擬覓仙人拾瑶草。春山沉沉春雨晴，白雲深處聞鷄聲。溪橋隔市人蹟絶，野渡孤舟終日横。舟横水急流花片，却有人家在西崦。是誰妙手奪天工？一段江南落并剪。鈔本卷九

柯使君藻魚圖

古圖蒼蒼僅三尺，塵昏蟲蝕波濤拆。瞥然鱗鬣見遊儵，玉擲銀翻寒藻碧。空遊萬里逝洋洋，濈呴千頭騈戢戢。是誰畫手剪吴淞？坐令窗間開藪澤。莆陽使君天上來，悠然别有江湖適。自言藏此僅百年，中世失之常感慼。豈獨流傳手澤存，淪落重爲文獻惜。未能一笑付亡弓，且喜間行歸舊璧。君誠在志不在物，我亦悠悠等陳迹。直緣春水泳羣魚，呴沫相憐自相得。江湖此樂那得知？請君更問浮梁客。鈔本卷九

呂梁洪〔癸未，下同〕

呂梁懸水三十仞，昔嘗聞之今始信。東來見説黄河高，下流直走彭門峻。蒼山東溜兩崖崩，怒沫灑空千礮震。旋渦激石轉飛輪，暗石崚巇利於刃。飛帆迴舞絶中流，出入濤波鬬巉磷。乘風北溯似淩山，魚貫千尋費牽紖。艱難進寸復退尺，回視順流殊疾迅。篙師有巧不得施，一笑長空脱飛隼。風回石觸苟失所，性命參差才一瞬。傍觀轉眩心爲寒，南去北來方競進。憐余裹足過青年，老大輕身試飛粼。只應奇觀發神情，零落壯懷堪自振。夕陽西下宿彭城，萬里春風吹短鬢。鈔本卷九

題趙伯駒漢高祖入關圖

趙伯駒與弟伯驌字希遠者，宋高宗嘗命二人合畫集賢殿陛稱旨，賞賚特厚。此伯駒畫漢高祖入關圖，縷碧毫丹，歷寒暑而後成，蓋是進呈本也。曾入内府，有紹興等璽可證。觀者非注目決眥，不能盡其妙，真南宋名手。兩泉先生得此，以天珠銀甕視之可耳。嘉靖二年歲在癸未嘉

平月十日。

吴興山水不可作，吴興山水含清輝。峯巒原作「巒」應誤嵌碧水湛緑，玉鏡倒影羣鸞飛。王孫彩筆奪天造，點染萬錦張雲機。平寛殊似右丞古，秀潤頗逼閣令肥。當時貴重不易得，片紙可博千珠璣。于今況是宋人筆，古蹟絶少真藏稀。君從何處得此卷？只尺萬里開烟霏。江神夜闔水精府，山鬼晝掩芙蓉旂。今朝展玩雪正落，忽見旭日光入扉。乃知神妙發光怪，信有神物相憑依。余家昔有高士卷，白璧有價空山巍。可憐一被豪所奪，至今憶此恒如飢。固然清物異尤物，愛而不予寧免非。爲君發此告前轍，切莫容易開屏幃。書畫鑑影卷二

送劉希尹左遷壽州守〔甲申〕

燕山歲晏沙吹石，雪霰横空野雲黑。壽春太守衣裘單，車馬蕭蕭有行色。千里南征心傴仄，太守無慚人自惻。憶昨春風花滿都，聖皇坐建皇之極。白晝胡然鬼魅行？居然大道生荆棘。遂令白黑變讒言，賢愛傾詖否忠直。不知盧杞是姦邪，但道巨公今契稷。城烏方自昧雌雄，塞馬寧須論失得？只應離索從今日，明月清風重吾憶。萬里冥鴻飛

不息，江湖去去無繒弋。　鈔本卷十

次韻答才伯北風篇（丙戌）

羈魂惻惻如羈鴻，逆旅四壁凝塵空。川途倐阻歲欲窮，枯桑萬里鳴天風。于時玄冬陰始極，噫氣乘虛互消息。朔雲布野天欲垂，晝曀騰空日無色。憶昨苦寒冰雪連，濕妨出户寒妨眠。饑禽不度車馬絶，茅棟摧壓寒無烟。兹晨日出喜清廓，不謂終風暮還作。豈吹沙裂石衆竅鳴，點石作「號」捲却茅簷轉蕭索。由來天地藏氣機，玄冥斂雪春當歸。豈知老病驚欲死，心魂已逐沙塵飛。朝來困卧呼不起，擁點石作「短」褐蒙頭憶田里。歸期方念阻淩陰，辛苦窮途復罹此。故應造物相嬉娱，却憐吹萬誰爲罏？亦知消息至理在，安得磊磈胸中無。客來爲説趨朝地，幾度聞鷄冒寒至。瓊珂玉勒争先馳，不見風寒見名利。利名曾不酬囏難，何須大廈安如山？杜陵一室不自保，却願天下皆懽顔。須臾風止客亦去，萬里星河掃氛霧。殘缸明滅照練幃，三匝寒鴉繞庭樹。　鈔本卷十一　點石齋本懷歸出京詩

附黄佐北風篇贈文衡山待詔

輕陰漠漠飛朔鴻，雪崖冰柱連烟空。銀缸入夜照瑶瑟，坐擁青綾聞北風。北風浩浩吹南極，飛蓬滿天堪嘆息。銅龍錯落誤昏曉，朱鳳威垂失顔色。騷騷屑屑斷復連，據梧細聽寒不眠。鯤鵬變化搏碧落，虎兕叫嘯愁蒼烟。有時悠揚入寥廓，妙韻奇音相間作。碧梧翠竹競竽籟，漢女胡姬合絃索。又如鮫室鳴杼機，萬靈洶湧乘潮歸。老蛟怒挾片雲立，海水瀟瀟皆倒飛。吾聞風自土囊起，摇蕩青蘋千萬里。蘭臺詞客謾雌雄，大塊何心乃如此？憶昨與君同燕娱，瓊簾綉幕圍彤爐。坐中酬勸不知暮，門外寒威何處無？出門勢欲捲平地，幽棲咫尺何由至。褰衣似祛寒浪湧，刮面不數錐刀利。歸來大笑行路難，豈知跬步成關山。百年鼎鼎貴行樂，何用跋涉摧心顔。君今未得揚帆去，歸夢飄蕭滿烟霧。浩歌一曲江南春，北風吹落三花樹。　泰泉集卷八

題王孤雲爲朱澤民寫虚亭圖〔丁亥〕

東絹蒼蒼不盈尺，原作「只」蟲蝕塵昏墨痕靡。翼然榱桷湧虚亭，閣道縈紆帶流水。天垂

碧落波萬頃，山掛晴簷渺千里。平生未省識方壺，慌忽蓬萊墮書几。先朝畫史誰最工？東嘉處士孤雲翁。共推纖微奪造化，能謝丹粉超凡庸。平生妙蹟不易致，獨與鎮東原作「征東」殆誤誼相得。當時披贈諒非苟，題字分明墨猶濕。 鈔本卷十二

鶴聽琴圖〔戊子〕

友琴錢君以此卷索詩，未及有作而失之。常欲追爲之圖，因循未果。垂二十年，而友琴復購得之，持來示余。余愧其意，既爲賦詩，復補一圖，以終前諾。嗚呼！友琴今年七十有六，而余亦垂六十矣。顧卷中諸人，俱已物故，而余與君獨存，豈不有數耶？嘉靖戊子十月九日。

斜光離離度梧影，衡宇無塵晝方永。高人拂拭紫瓊琴，轉軫鳴弦意閒整。廉折春温一再行，坐令塵夢瞿然醒。調高不恨知音稀，聲清却入臯禽聽。聳身延頸寂無言，俯首含情若相領。我聞舞樂鳳儀廷，亦聞鼓瑟羣魚泳。物靈德盛信有孚，氣至聲和自相應。豈惟琴鶴故同清，要是聲情兩相稱。一笑人禽付兩忘，主人自寄松間興。 虛齋名畫録卷三

文徵明集補輯卷第三

七古二　三十八首

再和倪元鎮江南春〔嘉靖庚寅〕

徵明往歲同諸公和江南春，咸苦韻險。而石田先生騁奇抉異，凡再四和。其末拓本作「卒」也，韻益窮而思亦益奇。時年已八十餘，而才情不異少時，諸公爲之斂手。以上二句拓本作「而才情不衰一時諸公爲之斂手」今先生下世二十年，而徵明亦既老矣。因永之相示，展誦再三，乃拾其遺餘，亦兩和之。非敢争能於先生，亦聊以致死生存殁之感爾。嘉靖庚寅仲秋文徵明記。

春雷江岸抽瓊筍，春雨霏霏晝珊瑚、辛丑作「晝」簾静。去年雙燕不歸來，寂寞欄干度花影。金錢無聊故懽冷，短綆羸缾泣珊瑚作「汲」深井。佳人何事苦霑巾？陌頭柳色棲芳塵。

朱絃疏，羽觴急，釃酒霑裙絳羅濕。前歡悠悠追莫及，天遠相思暮雲碧。美人傷春情邑邑，手撚花枝傍花立。花飛萬點逐流萍，黄蜂紫燕空營營。珊瑚網畫録卷二十二

碧椀春盤薦春壯陶作「櫻」筍，春晴江岸蘼蕪静。緑油畫舫雜歌聲，楊柳新波亂帆影。江南縠雨收殘冷，手汲新泉試雙井。晚風吹墮白綸巾，醉歸不夢東華塵。榆莢忙，花信急，小雨斑斑燕泥濕。秋鴻社燕不相及，只有春草年年碧。王孫不歸念鄉邑，天涯落日凝情立。浮生去住真蓬萍，百年一噱何多營？壯陶閣書畫録卷十　鈔本卷十二　辛丑銷夏録卷五　虚齋名畫録卷三　蔬香館法書　唐文合璧江南春拓本

題畫　嘉靖辛卯春二月既望畫并題〔辛卯，下同〕

郢中羣山高插天，九峯戟列何森然。寒峯西浥漢江雨，秀色南射金門烟。排蒼矗翠連雲麓，下有長松蔭茅屋。牙籤插架書萬軸，中有幽人美如玉。一番雷雨驚卧龍，主人却去開時雍。十年天上歸不得，碧雲静鎖青芙蓉。芙蓉入夢縈幽抱，幾度開圖被山惱。紅塵轉覺世情非，白首終投碧巖老。歸來林麓故依然，曉猿夜鶴相年年。却愁當宁思

民瘼，未許高人專一壑。書畫卷

暑中有懷玉池新堂清勝賦此奉寄系以小圖聊博一笑耳辛卯閏六月十又一日

城居六月天荒荒，草木焦灼流塵黄。老夫老病困莫當，袒衣散髮投匡牀。西家新堂蔭清樾，湘簾捲風無六月。小山當户滴空翠，密竹圍簷落蒼雪。細簟含風正好眠，主人肩輿還觸熱。憑君莫憚觸熱勞，道上行人方病暍。松泉流水圖軸墨蹟

李郭仙舟圖

洛陽道上車如蟻，朱旆青山照流水。中流並濟者何人？云是林宗與元禮。憶昔炎精垂盡時，枋移宫寺王風夷。綱維積陁不可舉，惟有清議持安危。片言隻語終身目，四海英賢爲奔逐。遂令名義重丘山，刑戮爲榮纓組辱。墊巾處士善人倫，遯言危行能亨屯。解令雅俗不相失，隱不違親貞不激。高標俊望軼人羣，一日聲名動京國。想見衣冠祖

送時，小川草木皆生色。河南太守矜名舉，苟爽何人願爲御！一時登引比龍門，況也同舟與賓主。衆賓顒顒望不及，迥然便有仙凡隔。祇今事往幾經年，使我見畫心茫然。當時豈言侯王貴，一士翻能傾一世。憑將意氣讋羣邪，直以風聲繫人紀。吁嗟李郭今難繼，千載居然見高義。從來國脈以士存，未可區區非黨人。　鈔本卷十二

十月十三夜與客小醉壯陶作「十月十三夜與子朗小酌玉磬山房微醉」**起步中庭月色如晝時**壯陶無「時」字**碧桐蕭疏流影在地人境俱寂顧視欣然**壯陶作「顧視悠然人境俱寂」**因命童子烹**壯陶作「命山童煮」，詩卷作「目僮子烹」**苦茗啜之還坐風簷不覺至丙夜東坡云何夕無月何處**壯陶作「何地」**無竹柏影但無**壯陶作「少」**我輩閒適耳嘉靖**壯陶無此二字，詩卷作「是歲」**壬辰徵明識**〔壬辰〕

明詩卷作「長」河垂空秋耿耿，碧瓦飛霜夜堂冷。幽人無眠月窺户，一笑臨軒酒初醒。庭空無人萬籟沈，惟有碧樹交清影。褰衣徑起踏流水，拄杖犖确驚栖禽。風簷石詩卷作「瓦」鼎燃湘竹，夜久香浮乳花熟。銀杯和月瀉金波，洗我胸中塵百斛。更闌斗壯陶作「月」轉天蒼然，滿庭夜色霏寒烟。蓬萊何處億萬里，紫雲飛墮闌干前。何壯陶作「無」人爲喚

李謫仙，明月萬古人千年。人千年，月猶[壯陶作「如」]昔，賞心且對樽前客。願得長閒似此時，不愁明月無今夕。虛齋名畫録卷八　壯陶閣書畫録卷十　上海墨緣堂本名筆集勝　詩卷墨蹟

題東坡畫竹〔庚子，下同〕

東坡先生喜畫竹石，恒自重不妄與人，故傳世絶少。而此幀尤清雅奇古，無一點塵俗氣，信非東坡不能也。兹過履約練雲别業，攜以相示，敬題數言。第恐佛頭着污，寧不免識者之惜爾。

嘉靖庚子三月二日。

眉山一代稱文雄，落筆往往凌長虹。時將書法作畫法，墨花洒出皆神工。萬竿挺立冪烟雨，新葉翛翛更清絶。儼如端笏立朝端，諸子紛紛莫能折。至今看畫精爽生，恍疑玉局攀雲軿。詩成拜寫發長嘆，西山一帶横空青。穰梨館過眼續録卷一

壽味泉丁君七秩 嘉靖庚子十月既望

味泉老翁慎而貞，平生履法諳時情。曾將所得干世用，時非事左還歸耕。利名一笑付

流水，自與泉石參新盟。泉流涓涓玉一泓，我心於泉同潔清。十年味此如有得，一洗塵慮胸懷澄。向來志業屬賢胤，諸子奕奕孫英英。子孫效用父祖榮，道在何必吾身行。還應造物有消息，故將壽考申功名。只今七十古稀及，精神不減身形輕。由來静退自可久，况也强健年之徵。遐年去去應千齡，坐看羣鳳揚王庭。

吴越所見書畫録卷三

句曲山房圖（辛丑，下同）

歲乙酉，余在京師，克齋先生方官大理，嘗索余畫句曲山房圖。未幾，余歸老吴門，公亦出僉楚臬。及是歇歷中外垂二十年，頃辱惠書，猶以舊逋爲言；知公雖在朝市，而不忘山林也。嘉靖辛丑二月既望。

羣山秣陵來，蒼然見句曲。高人有幽棲，宛在山之麓。山栖窈窕托林泉，主人况是山中仙。靈峯自古積金地，古洞尚有華陽天。華陽先生陶隱居，著書此地遺精廬。白雲千載尚可悦，松風萬壑今何如？松風與白雲，古人聊自適。未須真誥究靈編，賸有高風繼貞白。翠壑蒼藤護衡宇，猶憶當年讀書處。湘笈香棲金篋雲，玉琴潤滴丹泉雨。泉香雲暖花竹幽，高人曾是三年留。採山釣水良不惡，春誦秋弦有餘樂。美材自比千丈松，此豈常常在丘壑？一朝出世際昌辰，萬里清風播寥廓。正資甘雨潤枯槁，未許空山問猿鶴。寄言猿鶴莫猜驚，謝安方起爲蒼生。　圖卷墨蹟

題畫　嘉靖辛丑五月既望書

宸遊初罷驪山宴，追歡復幸昭陽殿。太真睡起思餘酣，汗濕枕痕紅一線。芙蓉肌肉映鮫綃，微朦雙眼生春嬌。蟬鬢斜偏翠雲軟，盈盈雙彈黄金翹。解衣試向華清浴，金盤分水潤香玉。媚態嬌姿何所如？露重海棠新睡足。繡羅巾軟揾凝脂，扶行後擁雙瓊姬。窄窄金蓮露新月，纖纖玉腕垂柔荑。侍兒擁入流蘇帳，秉燭君王笑相傍。相偎相傍惜娉婷，一片春心兩搖蕩。春心一蕩釁遂生，色能傾國國乃傾。錦城小兒肆猖獗，等閒騷動漁陽兵。馬嵬坡前振鼙鼓，玉顔頃刻成塵土。翠華迢遞向西川，遺恨茫茫亘千古。風流畫史非浪傳，展圖一見思當年。從來衽席係興廢，令人三復關雎篇。　吟香仙館明人法帖

寒林鍾馗圖 壬寅除日書於凌柘軒（壬寅）

朔風吹沙目欲迷，官柳揺金梅綻蘂。終南進士崛然起，帶束藍袍韡露趾。手製硬黄書一紙，若曰「上帝錫爾祉」。蝟磔于思含老齒，頫指守門荼與壘，肯放妖狐揺九尾？一聲爆竹人盡靡，明日春光萬餘里。吴越所見書畫録卷四

甲辰臘月同仇實父合手寫寒林鍾馗并題（甲辰）

終南老馗狀酕醄，虎韡烏弁鴨色袍。上除唐家百年害，下受唐史千年褒。猗形獰色使人怕，怕渠爲百鬼中豪。天晴日出不肯出，元夜始出爲遊遨。寓意録卷四

瀟湘八景（丙午，下同）

長空冥冥雨飛急，坐我扁舟浮夢壯陶作「楚」澤。湘水風生萬竅壯陶作「篠」號，昭潭雲起壯陶

作「影」千山黑。旅魂寂寞壯陶作「歷」秋燈明，耳根已熟江湖聲。人生多憂空復情，中宵壯陶作「間」白髮滿頭生。

瀟湘夜雨

長河壯陶作「沙」東來渺何許？鄢郢微茫帶荆楚。數聲柔櫓亂中流，一片雲帆落烟渚。江雲萬里摇心旌，吴檣楚楫俱有程。青山無情白日壯陶作「日欲」没，遠影欲滅空江明。

遠浦歸帆

湘江壯陶作「潭」雨歇湘山明，千山落日開新晴。争持襏襫掛屋角，時聽欸乃烟中壯陶作「水上」聲。烟光日彩交雲壯陶作「空零」亂，晚霞一抹江南岸。網得鱸魚不入城，柳外旗亭酒堪换。

漁邨夕照

纖雲不動金波浮，玉沙萬里開清秋。青山一髮窅壯陶作「杳」無際，天影落鏡星河流。中流無人萬籟寂，夜深往往魚龍出。何人長笛在扁舟？水遠天空露華白。

洞庭秋月

野橋倚壯陶作「接」市官壯陶作「烟」柳疏，旗亭酒香唤客沽。雞飛出林壯陶作「林顛」犬吠栅，舍南舍北相追呼。山人相呼趁朝日，山色滿空晴欲壯陶作「翠」滴。日斜人散市聲稀，長林靄靄墟烟白。

山市晴嵐

日没微風動林影，白雲近遠壯陶作「遠近」漁樵壯陶作「村」徑。疏鐘隱隱出松蘿，知有浮圖隔松壯陶作「烟」嶺。松扉未掩光已夕，解包荷笠歸僧急。野禽飛盡白烟生，千林月出高山

黑。　煙寺晚鐘

荒陂落日壯陶作「水落」，蘭言作「日没」沙渚黄，新霜十里菰蒲蒼。沙平日落雲影薄，雁飛漠漠江茫茫。江寒天遠西風急，沙上霜晴爪痕濕。月明不愁壯陶作「怪」雁奴驚，江湖無處無矰繳。　平沙落雁　蘭言室藏帖

寒雲沍空江欲暮，玉屑飛飛浪花舞。暝色初收漢口帆，寒光已失荆門渡。窮陰際天天爲壯陶作「欲」低，風烟慘淡烏壯陶作「鳥」鳶迷。漁簑衝波豈得已，剛被詩人加品題。　江天暮雪　湘管齋寓賞編卷六　壯陶閣書畫録卷九　文明書局印本瀟湘八景册

題石田天平山圖

碧山崚嶒高幾許？螺鬟入雲翠翹舞。萬壑松風響緑濤，一綫雲泉滴窗雨。雨晴秀色開雲岑，簇黛攢青萬笏林。范公祠前白日没，古木千章生夕陰。　珊瑚網畫録卷十四

題畫 六月七日戲筆〔辛亥，下同〕

霜柯夭矯蒼龍精，霜根蝕雨莓苔青。幽人睡起日亭午，坐看涼影流空庭。心閒無營静於洗，有時清風落書几。試拈禿筆寫雲林，一片秋光生眼底。

珊瑚網畫録卷十五

古木寒鴉

寒原秋高西日蘭言作「日欲」落，欲棲未棲鴉漠漠。枯椏昏烟蘭言作「烟空」脱葉鳴，嚴城月出霜華薄。霜清夜静月蘭言作「月冷樹」離離，正是驚禽欲定時。會有人占丈人屋，微風莫自裊空枝。

好古堂家藏書畫記卷下　蘭言室藏帖

竹林高士圖〔壬子〕

竹林高士圖爲民望先生畫。距今壬子，恰十有一年矣。曩時但無暇吟詠。民望又有北征之行，別余山館，篋中出示，不覺慌然矣。聊題長句，并識數語，民望可作長途清玩耳。

渭川半畝西園竹，遠比猗猗在淇澳。和烟帶雨初移來，一片鳴璫響清玉。出林新長萬琅玕，階前日日報平安。籜龍滿地礙行徑，颼颼風動生清寒。雅性從來無所好，獨愛此君頻索笑。呼童汲水煮新茶，坐對吟詩更奇妙。汝生氣味同吾人，聽音自是吾嘉賓。虛心直節每相許，歲晚爲我添精神。垂垂擬結千年實，鳳鳥飛來還恣食。等閒月下有人過，乞與回仙製長笛。露華如洗翠作叢，鏗金擊石聲摩空。出門如見此君在，猶愧當年衞武公。　西泠印社本竹林高士圖卷

題畫〔甲寅〕

蒼雲覆屋松千尺，晴翠浮空山欲滴。接塢連村野色分，緣溪一徑斜橋出。層巖絶壑窈以深，彷彿城市開山林。即看春嵐結黯靄，亦有古木垂清陰。清陰冪歷困空谷，中有幽人抱幽獨。醉眠豐草看浮雲，坐擁瑶琴撫麋鹿。看雲撫鹿自年年，白首真成陸地仙。門外紅塵三百丈，不到清泉白石邊。　鈔本卷十五

今日歌〔編年未詳，下同〕

今日復今日，今日何其少？今日又不滿，此事何時了？人生百年幾今日，今日不爲真可惜。若言姑待明朝至，明朝又有明朝事。爲君敬誦今日詩，努力請從今日始。珊瑚網書録卷十五

壽吴白樓先生

吴山青青吴水碧，靈光秀□鍾明德。不獨文章珍綺麗，故應風氣開龐□。白樓先生玉堂仙，平生學道追獨先。純明不斲金玉堅，妙質信得□山全。沖襟淡宇淵而静，儒雅風流更輝映。夜堂曾照青藜烟，春□争傳紅葉詠。豈惟文采重當時，紉下缺　詩稿墨蹟

壽人詩

上缺儘有高風被桑梓。□□□才□未極，□地深機自消息。憑將强健博高官，留取有餘還造物。安知天意非回旋，□其榮顯全其天。祇今優遊經幾年，古稀歲及顔蒼然。雙瞳炯炯光射淵，老骨骯髒基頑仙。神仙何必非人間，紫芝叵匝摇瓊筵。堦前玉樹呈琅玕，堂背萱草争春妍。春風□靄槐堂上，紫駝玉鯉瑶觴前。南極□□婺女聯，一時勝事人争傳。人生□事那能足，如公已盡人間福。無窮禄壽下缺　詩稿墨蹟

壽□應爵夫人

九月江南暖尚賒，瑶池阿母燕流霞。□别□長春酒在，人世何□暮景斜。曾將□鳳謫伉儷，旋登仙籙占年華。朱顔緑髮□無恙，翠柏蒼松豈有涯。族出□□誇貴盛，姿儀婉□重柔嘉。賸有懿範垂中閫，□識貞風自□家。蚤恨鸞封應不慕，晚持霜節更無瑕。萱堂燁燁金含萼，蘭砌英英玉茁芽。度索千年桃似斗，羡門萬里棗如瓜。何如手把長

生酒，自舞斑衣薦菊花。詩稿墨蹟

桃花塢

昔人種桃連壁塢，萬樹春風落紅雨。扁舟不見武陵人，紫雲漫説天台女。當時勝事已無傳，風雨漫山生野烟。劉郎不來生雲暮，兔葵燕麥空年年。穰梨館雲烟過眼録卷十七

姑蘇臺

姑蘇臺高時拂雲，苧蘿女子真天人。楚舞吴歌墮山月，寶楣玉棟藏青春。春風離離動禾黍，吴王一去春無主。誰見當時麋鹿遊？秋草年年自風雨。穰梨館雲烟過眼録卷十七

楓橋

金閶西來帶寒渚，策策丹楓墮烟雨。漁火青熒泊棹時，客星寂寞聞鐘處。水明人静江

城孤，依然落月啼雙烏。荒涼古寺烟迷蕪，張繼詩篇今有無？穰梨館雲烟過眼録卷十七

姑蘇寫景山水册

靈巖

靈巖之山青突兀，綺繡荒涼異今昔。採香舊徑生蘼蕪，響屧空廊映斜日。當時此地有樓臺，寶沈香滅空烟埃。只因山下胭脂井，曾照吴王西子來。穰梨館雲烟過眼録卷十七

姑蘇寫景山水册

題朱迪功雪景

宣和待詔朱迪功，一時畫雪推精工。筆蹤遠法王摩詰，更説盤車妙無敵。此圖似寫窮途客，僕馬蕭蕭有羈色。凍雲壓巖巖欲沈，喬林封玉寒森森。山根滅没徑路絶，客子欲行愁雪深。雪深雲寒不可渡，景色蒼茫野陰暮。誰與（式古作「欸」）擁蓋獨臨淵？豈是行吟覓新句？古來繪事不易言，正在位置經營間。朱君此畫妙有骨，一笑千金豈論值。

珊瑚網畫録卷三　式古堂書畫彙考畫録卷十四

題錢玉潭寫洪崖先生像

洪都西山有洪崖居石刻，此吴興錢舜舉臨成一卷，余輒爲語書之。

洪崖先生住西山，移宅深密逃人寰。幅巾烏韡腰角帶，闊袖袍色濃嵐斑。一笻九節相攜慣，矮相家僮蕉扇攀。崎嶇步武轉蹣跚，皁服輕袪行用辦。一僮肩䯊鞭白騾，役使難馭馳坡陀。後鞦側畔蹺足勢，奈爾決驟奔傾何。藍衫隻手操鞭逐，席帽背擎無世俗。一僮扶了一僮催，高束文書赤雙足。一僮緑袂麻作履，臂挑莊叟大匏壺。先生家具即是此，焉用檢校隨身符？豫章穹嶺鑰幽谷，雨卷雲飛霧如沐。神仙狡獪蹤跡奇，寫到吴興錢氏屋。誰傳畫卷秦淮邊，妙意恰得希徵憐，贈以菊徑歸田篇。玉禾自熟犁鋤廢，黄犢烏犍有餘地，却復千年丹發櫃。

珊瑚網畫録卷七

題沈石田石泉交卷

山石簇翠開磷砰，古泉瀆玉飛晶瑩。石行偃蹇泉詰曲，有時激射鏗然鳴。泉鳴谷應巖壑意，枕流漱石幽人情。幽人癖習無所托，掃陰塵俗盟寒清。此身玉瘦秋稜競，中心瑩澈寒波澄。幽人自抱泉石真，佳名勝境終古誰能爭？ 吳越所見書畫録卷三

按：末款「文璧」，早年作也。

題畫

炎夏虛堂晝方永，晴光披簾碧窗靜。老人被酒厭歊煩，一笑蒼崖見清影。慌然坐上開瀟湘，塵氛一變佳涼境。太常能事信有神，百斛清風在毫穎。 壯陶閣書畫録卷十 藝苑真賞社本詩稿真蹟

題畫

楞伽湖上山千疊，山盡湖光濃欲潑。我行正及春夏交，新水浮空雨初歇。眼中帆影貼雙鳧，天外脩眉横一髮。忽逢斷岸帶流水，别有茆屋映林樾。是間勝概我熟遊，曾汎扁舟弄明月。亦曾看雨據僧窗，雲白山青互明滅。有時絶頂弔興亡，千里江山界吴越。吴亡越霸總荒烟，萬頃湖光只渺然。湖光山色才咫尺，展卷舊遊皆歷歷。敢言心巧奪天工，真覺神遊粉墨中。

壯陶閣書畫録卷十　藝苑真賞社本詩稿真蹟

文徵明集補輯卷第四

五言排律　九首

夏日陪蒲澗諸公汎舟登虎丘二十韻〔弘治乙丑〕

三春少暇日，六月賦清遊。出郭已無事，看山自失愁。試歌桃葉渡，還艤木蘭舟。拂曙輕寒散，霏空斷靄浮。緑烟依岸轉，初日映江流。雖屬炎威壯，終然淑景柔。雨收青箬笠，風滿白蘋洲。野色衡臯暮，新涼碧樹秋。短檣迎語燕，疊鼓散輕鷗。竟日沿洄去，還能擇勝留。西來遵曲渚，東眺得層丘。寶地存鍾梵，金精化鐲鏤。寂寥亡玉氣，歎息俯靈湫。往事無人問，巖花空自幽。鄙余慚寡昧，獲此奉賡酬。飛蓋追羣彦，芳樽寫百憂。撫時成感慨，見月更夷猶。勝境行當改，良辰去自遒。歲年空歷歷，雲水更悠悠。

豈不懷孤往？塵纓未易投。　鈔本卷六

虎丘東溪漾舟與履仁同賦〔正德丁丑〕

四月春都盡，東溪得再過。夷猶青雀舫，浩蕩白鷗波。山偃看宜遠，川縈不厭多。水風牽荇帶，雲日翳松蘿。倒影飛朱閣，浮嵐寫翠蛾。疏疏梅子雨，裊裊竹枝歌。弱槳依蘭渚，幽槃得磵阿。澄懷甘寂寞，顧影惜蹉跎。放鶴無支遁，傳觴企永和。依然魚鳥在，塵土欲如何？　鈔本卷七

子重北堂次九逵韻〔辛巳〕

溽暑濃於酒，薰人午正酣。投牀聊解帶，散髮不勝簪。芸散青緗帙，風圍玉麈談。詩囊閒自適，茗椀渴成眈。爽氣疏簾捲，涼颸細葛含。怪來還却扇，雲合雨潭潭。　鈔本卷八

賦得望湖亭〔丁亥〕

湖水望不及，湖亭更翼然。登臨真得要，風月浩無邊。吳越欄干外，乾坤酒盞前。虛明涵萬象，興廢閱千年。南去浮雙島，東來會百川。鐘聲沙際寺，帆影鏡中天。白鳥孤雲遠，青林一髮懸。春波翻落日，暮色起蒼烟。徙倚疑無地，憑凌直欲仙。炯然雙目在，次第見桑田。　吳越所見書畫録卷四

次韻崦西天池之作〔嘉靖乙巳〕

半空飛急雨，絶壁浸清池。林影山浮動，雲光天倒垂。層岡石齒齒，列戟峯差差。樵徑穿松遠，禪栖入竹奇。微風度清梵，落日揜荒祠。俯仰成今古，臨風有所思。　鈔本卷十三

二月十七日袁氏宴集〔丁巳〕

春風吹白髪，𩯭醉故人家。自喜殘痾解，難忘暮景斜。熙微新物色，爛熳好年華。觴政觥籌錯，賓筵笑語譁。怡顔眄庭樹，醒困薦團茶。落日開新霽，餘輝散晚霞。潤滋初茁草，寒勒半開花。高雅朋簪盍，芳韶節敍嘉。晤言□懷抱，酩酊自生涯。笑載籃輿穩，不嫌歸路賒。鈔本卷十五

石湖〔編年未詳，下同〕

千頃東南麗，登臨興渺然。斷烟山外樹，明月鏡中天。故事追文穆，閒情付玉川。鷗亭盟再續，農圃勝常專。自汲波爲酒，行看水變田。憑將華髪在，游賞挾飛仙。〔墨緣彙觀録卷四〕

久不至王氏五月廿三日偶過溪樓輒題二十韻奉贈履約履仁兩學士

西閶佳麗地，南下足卑航。有客逃空谷，幽人識草堂。百罹成阻絶，一笑喜相將。迤邐登芸閣，裴徊拂蘚牆。參差開户牖，顛倒攬衣裳。未掃蘇端迹，重陳孺子牀。纖襟披白苧，幖帙啟青緗。建雪摇春椀，吴歈送緩觴。飲中賒暫樂，藝苑漱餘芳。啼鴂飛華盡，荒鷄寂漏長。流雲時度影，隙景淡垂光。雨洗炎歊浄，風含笑語涼。虚簷徐却扇，文鼎静添香。自眷軒居樂，還遭地主良。相輝聯棣萼，觸目總琳琅。齒敍雖吾老，形骸幸兩忘。鷄壇叨麗澤，蘭室久徊翔。去日悲流逝，先民重弛張。稍遺身外慮，坐失世途忙。有約頻頻到，休教徑路荒。　契蘭堂法帖

參竹齋圖

何事可相參？蕭蕭竹數竿。虚心聊自倚，高節許誰干？有斐得君子，清真托歲寒。端能謝塵俗，常此共平安。静裏酬孤悄，風前覓淡懽。相親恐相失，長日繞欄干。　穰梨

館雲烟過眼録卷十八

七言排律　十八首

送宗伯昭還建平〔正德丁丑〕

伯昭以纂修金陵志留吴，兩閲月而歸，作詩送之。

名家文采玉珊珊，年少時情亦飽諳。論士自應空冀北，著書聊爾滯周南。久從文字知君勝，近獲追隨顧我慚。三月鶯花山郭酒，十年心事雨窗談。雲巖破茗風生壑，寶積迴橈水映嵐。稍習江鄉甘旅食，忽瞻雲樹動歸驂。齋居從此須懸榻，湖海何時重盍簪？記取百花洲上别，緑陰吹絮燕呢喃。鈔本卷七

人日同諸友汎舟登虎丘分韻得人字〔辛巳〕

勝舟碧水玉粼粼，扇景温風散麴塵。近郭烟霞藏寶地，新年游衍得靈辰。依依殘臘梅

枝瘦，靄靄浮陽柳色勻。衰病喜占今日霽，招攜不負故園春。玉盤行菜青絲細，寶勝裁花白髮新。照眼山川共澄澈，會心魚鳥漫相親。祇應爲樂非前度，空復臨文感昔人。逋客無由呼陸羽，社巫猶自賽王珣。浮雲萬變僧常在，白石千年迹已陳。怪是物華偏戀惜，樽前聚散不堪論。　鈔本卷八

送鄭兵侍致仕還莆〔嘉靖甲申至丙戌，下同〕

使君六月出都城，楊柳陰陰雨未晴。無復長條堪繫馬，重憐餘潤濕歸旌。謝安本爲蒼生起，柳下何慚直道行？世事浮雲翻覆易，臣心白日去留輕。我從道路知公論，誰爲朝廷惜老成？總坐剛腸多忤世，還應造物忌完名。一時宦況燕雲薄，千里歸心潞水生。晚歲文章酬雅志，故鄉泉石有初盟。木蘭洲上供秋釣，烏石岡邊課曉耕。獨有懷君情不極，試依南斗望神京。　鈔本卷十

送范廷議知廣州

都門楊柳緑烟輕，在客那堪送客行！萬里遥辭雙鳳闕，一麾今到五羊城。近民自昔維平易，柔遠如君更老成。運甓雅知陶侃志，酌泉聊試隱之清。羅浮雪盡梅花瘦，海國春深茘子生。誰謂江湖多樂事？希文自有廟廊情。

鈔本卷十一

題春塘詠别卷送安慶陸容之還任時容之會其二弟還之比部舉之編修於京邸

翩翩三樹紫蘭芳，奕奕諸王玉樹長。争羡二難聯佩玦，更看五馬覲明光。鶺鴒□□如相逐，鴻雁紛飛漫着行。几席春風華萼麗，門庭樂事瑟琴張。草塘夢覺詩盈卷，清禁朝回笏滿牀。千里去來聽雨約，百年人物聚星堂。儘消旅況添情話，無奈官程攪别腸。坐撫田荆心綣繾，却褰姜被思微茫。花明上苑鶯聲早，月落江東樹色蒼。中外都來稱報地，不須把袂惜參商。

鈔本卷十一

送湯子敍分教安吉

一舉明經三十年，聊隨儒牒向苕川。從來科目收難盡，此去弦歌道有傳。天目山高青掃黛，紫梅溪煖玉生烟。地偏且喜連鄉井，身暇何妨理舊編？春雨漫興胡瑗教，清風不厭廣文氊。白頭同學慚同薦，相送都門倍黯然。鈔本卷十一

送秦起潛元氏尹

十年獻策作王賓，一命東齊墨綬新。鄉里從來推孝友，郎官今幸有民人。未妨僻遠興歸念，見説凋殘待撫循。蒲邑行沾仇覽化，萊蕪何惜范丹貧。封龍山下耕桑業，韓信臺前草樹春。聖代祇今崇牧宰，行看卓茂上楓宸。鈔本卷十一

送吴克正烏程簿

兩世通家四十年，一時羣從總才賢。如君詳雅真無忝，累葉衣冠況有傳。喜話舊遊思百瀆，忽聞新命向苕川。官從簿領雖云枉，境接鄉閭却自便。枳棘終難棲鳳鳥，雲霄端不羡鷹鸇。民貧底用勞多事？令在何須攬化權。應有閒情西塞外，願留遺愛卞山前。白頭旅客難爲别，把手都門意惘然。

鈔本卷十一

吴純叔六十〔甲寅〕

羡君六十鬢猶玄，老我仍叨二紀前。聞道輪君先有得，論交於我久忘年。紫樞黄閣家聲舊，文物科名世業傳。京國才華推博雅，湖湘政業著旬宣。風塵漫漶原無定，山水歸來舊有田。致用共知才未盡，優游自與性相便。石湖花鳥詩篇裏，虎阜烟霞几席邊。圖史自能消日月，風流還足賁林泉。金緋爛熳山中相，杖履逍遥地上仙。階下芝蘭春正茂，雪中松柏晚逾堅。餘生未必閒非福，君子聊因退自全。珍重懸弧春日好，爲歌春

酒薦華筵。 鈔本卷十五

盛西閶太守六十〔丙午〕

□□出守旋歸耕，六袠優游步履輕。早□專城開壽域，聊從散地閱長生。金緋奕奕閒方貴，松柏青青老更榮。東浙掌銓當日愛，西閶山色暮年情。仙姿鶴骨□□□，□竹黄花共葆貞。 詩稿墨蹟

少湖〔丙辰，下同〕

勝概東南説澱湖，少公湖上有行窩。胸涵天漢襟懷遠，興寄禽魚樂事多。極浦春風楊柳渡，遠汀烟雨竹枝歌。微瀾浩蕩摇明月，短棹夷猶擊素波。范蠡扁舟應漫浪，知章一曲定如何？相君方繫蒼生望，未許磯頭理釣簑。 鈔本卷十五

賀張裕齋致仕

山城試政僅年餘，境敉民宴績可書。當路方看騰剡薦，先生俄已賦歸歟。長空倦鳥歸林急，浮世行雲過眼虚。繐帳何曾悲夜鶴？秋風端不負鱸魚。閒情時醉淵明酒，雅誼高懸廣德車。明月滿空山滿目，不知幽興近何如？　鈔本卷十五

送沈禹文出守潯州

十年常調滯參兵，一命遥專百粤城。自古輪忠甘坂道，知君出牧有家聲。君大父中丞公嘗守順慶。近民珍重惟平易，學道雍容況老成。捲雨樓前敷德化，湧金亭下勸春耕。溪山秀麗澄懷地，風土清淳吏隱情。翹首江湖天萬里，崑崙岡上望神京。　鈔本卷十五

壽王陽湖七十 二首（丁巳，下同）

陽湖先生壽屆七袠，徵明同學同志，仕忝同朝。早年托好，白首益親。既製新圖，復贅短什。

廿年拙宦漫沉浮，一笑來歸未白頭。賸有才名重藩臬，更多風節賁林丘。忝余早共虞庠學，垂老仍陪洛社遊。蘭棹陽城湖上月，黄花栗里宅邊秋。柴門竹徑通來往，酒榼詩筒有唱酬。珍重稀齡轉强健，餘生還願結綢繆。

壽齡官爵每差池，消息應開造化機。試問位臨方伯上，何如年及古人稀？持衡三晉開文運，屏藩西江樹德輝。用世共知才未盡，投閒自喜願無違。堂開緑野修鄉社，吟對青山着賜衣。同學故人今幾在？白頭林下幸相依。 鈔本卷十五

送明厓中丞歸蜀

消息驚傳自玉京，春風一棹錦江清。我從道路知公論，誰爲朝廷惜老成！落日長空歸倦鳥，飛花千樹亂啼鶯。雲移玉壘聊支笏，水落瞿塘試濯纓。身退不妨名義重，道存祇

覺去留輕。老人白首難爲别，目送雲帆獨倚城。鈔本卷十五

顧惠巖六十

黑頭早已賦歸田，不受風塵豈待年？稍棄榮名收壽考，旋從平地作神仙。梁溪興味扁舟上，惠麓風烟草閣前。秋月春風深領略，霜松雪柏自貞堅。餘生未必閒非福，君子聊因退自全。闕下舊遊懷省署，浙東遺愛著旬宣。碧山相對圍金帶，白鶴南飛□玳筵。見説霞觴稱祝處，階庭蘭玉正森然。詩稿墨蹟

顧生交乞詩壽一蘭陳公余不識一蘭而識其子曉知公有至行欲列其事爲傳而未暇也聊因顧生之請賦此先之

韋帶逍遥鶴髮垂，遐齡次第到期頤。平生險阻江湖夢，老去優遊里社師。悃愊共推高世行，承傳況有稱家兒。百年樂育遭明盛，萬里來歸重土思。蘭蕙陸離秋水珮，松筠耿挺歲寒枝。春風上日開筵處，賸有梅花照酒卮。詩稿墨蹟

文徵明集補輯卷第五

五律　一百零五首

可竹陳翁今年壽躋六十二月廿二日是其誕辰其倩譚維時請詩爲壽漫賦如此〔正德己巳〕

白頭稱市隱，六十尚康强。養老陳三豆，推尊杖一鄉。竹枝歌衞武，椿樹協蒙莊。誕慶花朝後，春風日正長。

味水軒日記卷六

謝雲莊五十〔癸酉〕

七葉名宗族，五旬賢弟昆。家庭初曳杖，聖主近旌門。出岫雲心懶，交花荆樹□。知非

轉強健，況復好兒孫。詩稿墨蹟

對月懷履仁〔甲戌〕

微風吹白髮，秋色在西堂。月出四簷静，雨餘半夜涼。短莎摇露采，虚牖納松光。故人江郭外，撫景不能忘。鈔本卷六

再雪〔丁丑〕

霏霏經日雪，寒盡暮還稠。看去都迷郭，愁來獨倚樓。玄陰窮月紀，黄竹想宸遊。好在青松樹，蕭然共白頭。鈔本卷七

余將訪武進鄭學諭九逵適有潤州之行子重亦擬至句曲四月按：「四月」應是「二月」之誤**九日二君先行余與履約兄弟餞別於虎丘賦贈二詩期望後會晉陵** 詩卷作「戊寅春九逵將往潤州子重往句曲二月九日余與履約兄弟餞別於虎丘賦贈二詩期望後會晉陵蓋余三人亦將訪鄭蒲澗先生於武進也」〔戊寅，下同〕

雲巖初柳色，晴雪漲寒流。看子鳴吳榜，乘潮向潤州。江山三尺劍，花鳥一春愁。不負登臨眼，平生北固樓。詩卷有「送九逵」

齋祓朝句曲，雲帆別武丘。勝遊探地肺，西去盡吳頭。玉柱還能賦，丹砂莫浪求。歸途春月滿，遲我晉陵州。詩卷有「送子重」 鈔本卷七 惠山茶會圖詩卷

望夜乘月發滸墅舟中與履約兄弟同賦 詩卷作「望日無錫道中乘月夜行與履約履仁同賦」

竹枝風動處，百里暮揚舲。湧月寒潮白，沉山宿靄青。輕帆移斷岸，急槳亂春星。浩蕩

中流興，深慚雙玉瓶。鈔本卷七　惠山茶會圖詩卷

梁溪早發

匆匆夢殘詩卷作「殘夢」斷，已在斗城西。旅泊隨沙雁，兼程逐曉鷄。破烟迎慧麓，和月溯梁溪。野岸花争發，蘭陵去不迷。鈔本卷七　惠山茶會圖詩卷

小寒食蘭陵舟中呈履約詩卷無「呈履約」三字

挂席遊名郡，同舟得李膺。看花過寒食，不飲負蘭陵。雪漲灘都没，天空山自層。高城飛木末，斜日見觚棱。鈔本卷七　惠山茶會圖詩卷

晉陵學廨與鄭師話舊二首詩卷作「武進學廨與蒲澗先生夜話」

蹉跎經歲别，失喜見江城。剪燭知非夢，聯牀稍敍盟。青氈貧博士，白髮老門生。消盡

東堂酒，遲遲月二更。

此夕知何夕？燈明酒在樽。簡書何似面？晤語欲詩卷作「却」銷魂。老負門牆愧，窮憐道義存。追尋文字樂，狼藉舊時痕。鈔本卷七　惠山茶會圖詩卷

遊白司寇園二首 詩卷作「遊白氏園二首」

名園多積水，只尺渺烟波。疊石移蓬島，流杯學永和。縈紆通閣道，高下護雲蘿。花落朱門静，春風有客過。

小山開洞府，列樹壓迴塘。路入花溪誤，門通柳浪長。千年三品石，四海午橋莊。賓客今誰在？啼禽自夕陽。鈔本卷七　惠山茶會圖詩卷

雨宿晉陵城外有懷鄭公 詩卷作「雨宿晉陵郭外有懷鄭公賦寄」

乍見難爲別，扁舟倚醉行。坐來寒送暝，江上雨愆程。弱柳初遮驛，荒烟早閉城。暌疏何限在？去住總關情。鈔本卷七　惠山茶會圖詩卷

還過無錫同諸友遊慧山酌泉試茗 詩卷作「慧山泉試茗」

妙絶龍山水，相傳陸羽開。千年遺智在，百里裹茶來。洗鼎風生鬢，臨闌月墮杯。解維忘未得，汲取小缾回。

鈔本卷七　惠山茶會圖詩卷

十九夜大雨會宿望亭 詩卷作「十九日夜雨會宿望亭」

百里川途瞑，方舟宿望亭。旅魂孤月暗，醉眼一燈青。水檻驚寒入，風蒲雜雨聽。還因飄泊處，樽酒説雲萍。

鈔本卷七　惠山茶會圖詩卷

黄山圖

見説黄山好，靈峯萬疊秋。未尋軒帝跡，夢想謫仙遊。古洞穿雲度，飛泉帶雨流。等閒圖畫裏，只恐未全收。

鈔本卷七

同蔡九逵郭漢才宿滸墅舟中

世事真難料，溪風夜進船。問人還自誤，失路竟難前。滸墅臨關月，陽山隔樹烟。相看有知己，不是對愁眠。　鈔本卷七

寶帶橋

雲開霄漢遠，春入五湖深。天外虹飛綵，波心日瀉金。三江自襟帶，雙島互浮沉。十里吴塘近，歸帆帶暝陰。　鈔本卷七

沈湘葬衣冠詩

體魄兒衣在，題銜刺血書。禮文從義起，膚髮是親餘。鶴表秋風急，狐丘夜月虚。年年寒食節，灑淚有荒墟。　鈔本卷七

徐子容園池十三首〔己卯〕

百年行樂地，基構得聞珊瑚作「文」孫。未覺風流遠，居然謦欬存。寒暉衰草色，春雨舊苔痕。手種雙槐樹，清陰已覆門。思樂堂

近割包山巧，冥搜笠澤奇。晴窗通玉女，小有自仇池。不假湍沙木，聊歌桂樹枝。百年臨眺珊瑚作「行樂」地，春雨起遐思。石假山

高樓凌萬象，正俯曲池端。畫棟浮晴藻，風簾瀉急湍。秋容千丈碧，天影一規寒。落日相涵照，閒憑珊瑚作「依依」十二闌。水檻樓珊瑚作「水鑑樓」

清真子猷室，觸目總琳琅。隱几四簷雨，開樽五月涼。瑣窗晴送影，金粉細吹珊瑚作「吟」香。楚調無人會，嗚簫引鳳凰。風竹軒

春苔封白日，風葉展寒蕉。院靜浮蒼島，窗虛拂翠翹。空山歌齒齒，珊瑚作「隱隱」疏雨聽蕭蕭。尊酒丘亭上，相看獨遠囂。蕉石亭

築臺臨野外，高處見耕耘。春暖一犂雨，秋成萬頃雲。閒能歌歲稔，靜足念農勤。陶令非能稼，相看意自欣。觀耕臺

天台何處是?近不出家庭。春盡花争發,山深洞不扃。晴褰紫絲障,珊瑚作「帳」暖壓錦雲屏。閒吟謫仙句,祇覺思冥冥。

薔薇洞

緑冒小池平,涼雲萬蓋傾。細香浮露氣,疏雨占秋聲。巢葉龜真珊瑚作「宜」戲,淩陰魚自驚。芙蓉濯秋水,欲折已愁生。

荷池

誰穴仇池石?分明片月蒼。虚涵萬象影,常占九秋光。玉女懷寒鏡,蒼龍吐夜芒。金風日夕至,桂子静吹珊瑚作「凝」香。

留月峯

古柏難爲用,蒼龍且屈盤。稍從人束縛,不逐世摧殘。勁節宜藩屏,深盟有歲寒。固應霜雪後,不復羨花欄。

柏屏

斷岸水瀜瀜,珊瑚作「融融」飛橋絶水中。不容方軌度,潛與五湖通。疏雨響瓊珮,微珊瑚作「漱」瀾卧玉虹。使君真長者,小試濟川功。

通泠珊瑚作「通泠」橋

何處碧桃雨?飛花渺去津。山中自流水,物外有長春。路轉疑通棹,清河作「通幽處」,珊瑚作「纔通棹」雲深不見人。清河作「隔世塵」洞天曾不遠,或有避秦民?

清河書畫舫卷十二題「唐子畏仙山樓閣圖」 花源

高士投竿處,臨清珊瑚作「流」有釣磯。寒潮洗塵跡,春雨上苔衣。静與魚相狎,坐看雲不歸。閒遯有佳意,不爲鱖魚肥。

釣磯 鈔本卷八 珊瑚網畫録卷十六

缺題

正德庚辰三月既望，漫書近詩十五首於停雲館（庚辰，下同）

秋林殘暑退，曉枕遠鐘微。空翠生衣桁，溪光動釣磯。山臨新水静，人過野橋稀。童子來松下，緗囊采露歸。

上方臺殿暮，萬壑應□鐘。（彙稿作「疏鐘」）片雨浮雲過，諸峯秋色濃。草衣吹薜荔，石坐剥芙蓉。欲禮寒山問，同流可得逢？

遠公禪誦處，門外路三叉。老健能迎客，閒忙爲鬻茶。楊枝浄瓶鉢，雲氣濕袈裟。佛法吾何隱？秋香一樹花。

人家山色裏，宛轉映迴溪。雨過蘋花外，風來荷葉西。香聞新稻熟，樹壓小冠低。幽鳥知行樂，沙頭自在啼。

谷口亂雲生，秋林雨氣清。深山一夜聽，往事十年情。引滿新豐醉，衝寒小蹇行。如何故園裏，猶恨夢難成？

千林風葉亂，山雨渡溪來。密灑滄江去，輕霑白鳥迴。積陰連澤國，遠夢失陽臺。無那悲秋日，翻思宋玉才。

岸幘蘋風晚，蕭騷吹二毛。野香禾黍遍，秋霽海天高。鳧鷖亂新水，汀花浄敝袍。濁醪差足慰，三斗勝蒲萄。

坐歗對秋水，羣鷗故不飛。雙谿經雨合，孤嶠隔烟微。洞口雲牙長，磯頭石髮稀。桂枝無可贈，山月自清暉。

江門潮欲落，雁去叫寒雲。一鏡當空滿，三秋此夜分。飛星渡河淺，重露滴林聞。却憶吹笙侣，應同鸞鵠羣。

清露桂花濕，天無點綴雲。玉繩初未轉，金顥已平分。杯影蟾蜍缺，秋聲蟋蟀聞。江潮猶應候，有美悵離羣。

悠悠倦遥夜，轉枕未云闌。花落殘缸碧，霜驅一雁寒。壯心隨歲弱，好夢泥愁難。弔月蛩聲逼，飛梧下井闌。

山晴嵐氣薄，秋色雨餘濃。塔影懸虚壁，雲根倒怪松。澗迴泉遞響，苔静鹿留蹤。荷葉凋零盡，寒衣何可縫？

澤國秋砧動，關河客雁過。雨寒燈暈薄，山近樹聲多。耐可鷄鳴舞，其如石爛歌？籓籬一窮鳥，四海奈愁何！

山中無雜事，不卧即閒行。鑿石注老子，提壺召麴生。白雲衣上色，幽鳥夢回聲。尚友陶弘景，聽松同此情。

盥櫛不知晏，山齋午篆微。藥難醫性僻，帶漸減腰圍。細雨松釵落，疏籬豆莢肥。故人足心賞，騎犢到來稀。愛日吟廬書畫録卷一　文徵明彙稿

過王氏草堂履約有詩次韻奉答

草堂西郭外，迂轍訪幽人。密竹四簷雨，孤花六月春。盤飧通市近，尊酒共芳鄰。我欲時分席，憑君莫厭頻。鈔本卷八

題畫〔辛巳〕

虚閣静潭潭，千山紫翠攢。浮嵐晴自滴，灌木夏生寒。風澗摇輕幔，雲屏入倚闌。江南佳絶處，獨許野人看。鈔本卷八

大雲庵〔嘉靖壬午〕

杖屨春風裏，薰罏佛殿陰。烟霏蒼栝暝，天影碧潭深。解脱人間世，蕭閒物外心。參修殊未得，聊此寄幽尋。　鈔本卷九

邳州〔癸未，下同〕

南風吹五兩，忽已下邳城。平野春無際，長淮夜有聲。壯懷輕道路，旅食近清明。莫怪無青眼，垂楊兩岸迎。　鈔本卷九

客況

客行已千里，猶未見花枝。風氣北來勁，春光西去遲。推篷雙鷺起，掛席亂山馳。鄉國關河阻，何曾阻夢思？

落日下高岸，長風溯逆濤。淮山看欲盡，濟水涉□高。濁飲總斥鹵，中原多不毛。欲知行李況，塵土暗青袍。鈔本卷九

王民瞻宰黄陂〔丙戌〕

世業青雲接，天恩墨綬新。平生負忠信，此去有民人。桃李千門静，桑麻百里春。待將循吏政，勒向灄河濱。

棄繻辭紫闕，製錦向黄陂。托好兼親友，從官漫别離。平生澤物志，他日去思碑。雙鳳亭猶在，君行試訪遺。鈔本卷十一

送友人

春盡杏花稀，何蕃且一歸。束書辭帝闕，戲綵近庭幃。短劍雙龍遠，輕帆獨雁飛。緇塵滿歧路，不染白襴衣。鈔本卷十一

潘半巖同蔡齊石過訪小齋出示石田追和倪元鎮詩并補詩意爲圖余既爲配幅亦次其韻如右半巖所居近穹窿山山有法雨泉往嘗與半巖試茶於此故卒章及之〔庚寅〕

柴門黄葉滿，有客過貧家。高雅潘邠老，風流蔡少霞。白髮儀刑在，青山歲月賒。憶同烹法雨，古寺薦新茶。

鈔本卷十二

九龍山居圖〔甲午〕

尤叔野爲文簡公之孫，今其莊適當妙處。著色成圖，不知得其妙否？嘉靖甲午三月廿又二日。

茅堂梁水上，山色正當門。文簡九龍室，賢孫半畝園。竹中隨客賦，樹下戲禽言。喬木轉蒼薈，居然緑樹村。

畫册印本

蘭亭圖 嘉靖乙未三月既望〔乙未〕

曲水蘭亭宴，風光屬暮春。豈惟酬勝賞，聊用樂嘉賓。酒罰杯無算，詩成筆有神。翻憐金谷會，回首蹟俱陳。藤花亭書畫跋卷四

梅花〔庚子〕

素月清溪上，臨風不自勝。影寒垂積雪，枝薄帶春冰。香近行猶遠，人來折未曾。江山正蕭瑟，玉色照松藤。

今日清江路，寒梅第一枝。不愁風嫋嫋，正奈雪垂垂。暖熱惟須酒，平章却要詩。他年千里夢，誰與寄相思？

江南風土暖，九月見梅花。遠客思邊草，孤根暗磧砂。何曾逢寄驛？空自聽吹笳。今日樽前勝，其如秋鬢華！

嶺梅何處早？雪裏看芳菲。北陸寒猶在，南枝春已歸。晚妝初見妬，殘角未成飛。引

我江頭夢，清香憶滿衣。梅卷墨蹟

春湖爲方君賦〔甲辰，下同〕

春湖三萬頃，天鏡浩滄滄。浪激桃花暖，風牽荇帶香。忘機魚鳥近，寄興水雲長。羨子離塵累，新波弄野航。筆嘯軒書畫録

甲辰八月既望延望具舟載余大風、墨蹟有「夜」字泛石湖是夜風平水浄醉飲忘歸意甚樂也

愛此陂千頃，扁舟夜未歸。水兼天一色，秋與月争輝。浦斷青山隱，沙明白鷺飛。坐來風滿鬢，不覺露沾衣。吴越所見書畫録卷三　大風堂書畫録　畫軸墨蹟

乙巳元旦〔乙巳〕

雲沍日熙微，山窗睡起遲。開門驗風色，束帶禮先祠。歲月來無蹟，筋骸老自知。餘寒春尚淺，問訊早梅枝。 鈔本卷十三

送沈萍野致仕〔丁未〕

一官聊適意，兩地佐花封。偶爾懷三徑，飄然謝二松。宦情飛鳥倦，歸興碧山濃。笑殺夜行者，冥冥忘曉鐘。 鈔本卷十三

幼于張君攜樽過訪兼賦高篇次韻奉答〔辛亥，下同〕

勝日來羣彥，虛堂聚德星。載醪慚後進，識字負虛名。不盡鳴琴思，還深秉燭情。新詩美無度，開卷玉英英。

翳翳小山招，悠悠落木喬。生年憐短晷，時序屬分宵。堯典：「宵中星虛。」宵與晝中分，蓋候也。喜劇燈花燦，情淹酒思饒。平生黃叔度，相見意都消。張幼于刻詩帖尺牘

疊前韻酬伯起

老我空求舊，同遊散曉星。獨慚君漸逼，況有季齊名。皎皎白駒思，丁丁伐木情。如開羣玉府，觸目總瑤英。

無能折簡招，聊復賦鶯喬。沾酒賓忘主，燒燈晝達宵。朋簪流水遠，詩思碧山饒。珍重琴樽樂，幽憂次第銷。張幼于刻詩帖尺牘

晴望

以下詩九首，末識「嘉靖乙卯秋七月十日書」〔乙卯，下同〕

濃雲歸遠岫，霽色滿層空。烟抹樓臺碧，霞蒸草樹紅。終南隨鶻没，直北隱鴻蒙。坐久疏簾静，涼生緑樹風。壯陶閣書畫録卷十

閒居即事

地僻塵紛静，重門晝不開。虚庭團竹樹，曲逕换莓苔。階下無人過，窗前有鶴來。自焚香炷坐，吟賞謾徘徊。壯陶閣書畫録卷十

村行書事

結屋臨流水，柴門薜荔牆。四山松葉碧，一徑菜花黄。草軟牛羊卧，炊新麥豆香。鄰翁閒聚處，濁酒話農桑。壯陶閣書畫録卷十

西園池亭

池亭閒坐久，煩鬱頓消除。水氣侵衣薄，山光入座虚。淺沙眠白鷺，細藻躍金魚。最喜無塵雜，吟哦趣有餘。壯陶閣書畫録卷十

過山家

巖壑結芳鄰，衡茆遠俗紛。林深遲見日，石亂自生雲。樹影當窗翳，泉聲入座聞。幽居同木石，鹿豕更成羣。壯陶閣書畫録卷十

竹亭偶成

自笑耽幽僻，能忘對此君？緑雲環冉冉，蒼雪落紛紛。晚節經霜見，秋聲入夜聞。渭川湘水趣，未許俗人分。壯陶閣書畫録卷十

題龍江遇雨

浩浩長江水，滔滔日夜流。雨添千里潤，涼送一天秋。灘響山疑動，沙明岸欲浮。襲人花氣重，點點撲行舟。壯陶閣書畫録卷十

次韻訪道不遇

春林通一徑，野色此中分。鶴蹟松陰見，泉聲竹裏聞。草青經宿雨，山紫帶斜曛。採藥知何處？柴門掩白雲。

壯陶閣書畫録卷十

宿山寺

勝遊心未竟，日暮泊禪房。月轉回廊白，風清法界香。問僧嫌偈短，聽漏厭更長。樹杪天鷄舞，鐘聲起上方。

壯陶閣書畫録卷十

按：以上詩九首清顧文彬以與畫及字爲三絶，然詩未他見，亦未覩墨蹟。諸詩恐非本年作，姑系於此。

次韻王直夫中秋玩月七首

十二夜

桂魄尚未滿，清輝已可人。時雖傳戍鼓，吾自惜良辰。懷古瞻雲遠，憐衰顧影頻。小庭丹桂發，把酒酹花神。

十三夜

懷人不得見，對月獨吟時。秋色增離思，清輝明鬢絲。履憂忘令節，多病失佳期。莫道清光淺，金波瀉玉巵。

十四夜

逡巡幾望月，爛熳九分輝。適意底須滿？賞心殊未違。漸看星慘淡，不覺露霏微。光轉青林暗，流螢忽自飛。

十五夜

經時常卧病，對月漫開筵。起舞乾坤小，悲吟造物憐。感時羞短鬢，顧景惜流年。此時何遣撥？一笑酒如泉。

十六夜

桂偏知望既，光淺覺星多。明月應常在，白頭如老何！盈虚蘇子賦，今古謫仙歌。遣愁須酩酊，尊酒莫蹉跎。

十七夜

天時不常好，天象有虧盈。皎若容光地，依然不夜城。摧頹關物理，變異自人情。翹首天南北，銀河次第傾。

十八夜

老不關時事，聊從造物遊。偶看圓景缺，頓覺此生浮。桂影偏還秀，簫聲遠更幽。誰應

知此興，千載庾公樓。鈔本卷十五

題畫壽張君六十〔丁巳〕

里巷舊稱賢，欣看六十年。優遊太平老，强健地行仙。蹤蹟青山下，光陰杖履前。貞松生澗底，歲晚更蒼然。詩軸墨蹟

清溪春思〔編年未詳，下同〕

卜築清溪上，粼粼玉一灣。開門迎曉日，隔浦見西山。春浪桃花亂，晴沙白鳥閒。思親意無限，遺澤釣遊間。珊瑚網書録卷十五　式古堂書畫彙考書録卷二十四

夜坐

微風吹白髮，秋色在西堂。月出四簷静，雨餘中夜涼。短莎摇露采，虚牖納松光。樽酒

自斟酌，有懷殊未忘。詩卷墨蹟

南樓 吴派作「春盡二首」，此第一首

南樓三月盡，飛絮滿江城。野色烟中斷，斜陽雨外明。繞簷風燕燕，千樹煖鶯鶯。歲有傷春感，兼兹白髮生。書道全集　吴派畫九十年展　疏林淺水卷

雨宿上方

泉石千年秘，松蘿十里陰。過湖疑世隔，聽雨覺山深。雲卧分僧榻，詩卷作「禪榻」玄言證道心。平生慕真境，此夜宿烟林。辛丑銷夏録卷五　平遠山房帖　詩卷墨蹟

贈雲關上人詩

雲關者，華山之靈境也。無住居天池寺。號雲關真僧，實余稱之，乃賦雲關詩贈焉。

三山開石扇，萬古號雲關。峭崿朝昏啟，曚朧日月還。松深空翠撲，澗激寒聲潺。仰止元途静，真僧幸許攀。徑轉林俱寂，石開雲自關。遥知遠水上，未識秀岩間。不雨烟嵐翕，長春花木斑。固應能説法，闔闢俯龍灣。關深真習静，雲擁不離禪。莫辨芙蓉嶂，空疑松柏烟。香牀坐霄漢，雕案繞山川。勿謂師無住，兹遊結勝緣。味水軒日記卷七

題雲林山水

茆亭人稀到，幽襟可盡歡。水流雲外響，猿嘯谷中寒。頑壁奇松古，平坡小徑安。得瞻高士筆，思入白雲端。壬寅銷夏録

題子畏畫

久羡鹿門隱，幽棲語水灣。琴張新竹下，書讀好花間。庭草傍人緑，窗禽伴我閒。山居

無一事，雙户日長關。六如居士外集卷四

題唐子畏小圖

此君真不俗，相見即欣然。高節元深契，清風似有緣。細泉分裊裊，涼雨□娟娟。别有奇情在，詩成刻暝烟。寓意録卷四

按：名「文壁」時作，當爲早年作品。

唐子畏夢蝶圖

物我本相因，花飛蝶自春。百年蕉下鹿，萬事馬頭塵。誰謂身非幻？須知夢是真。憑君翻作畫，君亦畫中人。寓意録卷四

題陸叔平種玉圖

賣藥王方慶，懸性在偓佺。山田芝自種，日暖玉生烟。架上青囊富，門前丹杏妍。黜聰完太朴，懷寶引長年。

石渠寶笈卷六

缺題

睡起執團扇，庭梧有□秋。雨添黄葉樹，風滿白蘋洲。攬鏡悲潘岳，看鳶感少游。著書聊自遣，端不爲窮愁。

扇面墨蹟

泉石小景

寒泉出石罅，觸石鏘然鳴。高士可礪齒，幽人思濯纓。臨磯塵土遠，照影鬚眉清。蕭然泉石畔，自足了平生。

石渠寶笈卷十二

題畫

雲蒸澤未知，隱見獨□姿。□氣冷□變，羣峯幻出奇。澗摇青漸從，烟破白堪移。翁□欣幽賞，了無塵事爲。晉唐宋元明清名畫寶鑑

按：此軸字小難辨。

谿光披素練，野色濺青泉。一雨樹如沐，千林花欲然。小樓白蓮社，新水紫峯烟。行樂須春早，山頭聽杜鵑。學箕室書畫集

按：此詩已見卷第六石湖春游，字句不同，重録。

文徵明集補輯卷第六

七律一　一百零一首附録二首

登小雅堂哭西邨夫子（弘治丙辰）

六十三年蓋代豪，掀髯想見氣横濤。鄉里總識衣冠古，流俗空驚論議高。前輩似公何可少？英雄終老亦云遭。淒涼小雅新堂上，曾把文章勗我曹。（西村集）

賤子今年四月十又三日始舉一兒彌月之期薄有湯餅之設因識二詩邀在席諸君同賦是歲弘治丁巳予年二十有八（丁巳，下同）

三十相將始洗兒，百年迴首即非遲。祖書敢謂今堪托？父道方慚我未知。願魯難憑蘇子論，勝無聊有六硯作「詠」樂天詩。人間切事惟應此，對客那無酒一卮？

春風一笑錦綳兒，共道頭顱較我奇。門户關心能不喜，賢愚有命可容期？百年正賴培來久，萬事誰云六硯作「言」足自兹！五十老親遺世網，從今都是弄孫時。珊瑚網書録卷十五　六硯齋筆記卷三

贈日者徐生

我生辛苦不逢辰，見説丁年積漸亨。力命相將懷禦寇，行藏無主卜君平。尋常樂願空成感，老大邅迍彙稿作「迴」正坐名。勞謝微言知驗否？秋風相送不勝情。珊瑚網書録卷十五　文徵明彙稿

題石田釣月亭圖（戊午）

翼翼虛亭假大觀、寓意作「瞰」碧渠，坐令城市類谿居。高懷不減玄真子，新扁重大觀、寓意作「仍」拈仲晦書。夜静水寒聊復爾，酒醒風起欲何如？江湖滿地堪乘興，安用烟波目釣

徒！　江邨銷夏録卷二　寓意録卷三　大觀録卷二十

風木圖〔庚申〕

肝腸屠裂恨終天，已抱深悲過一年。門户漸乖非復舊，兒身善病只如前。春風手澤庭前樹，夜雨精魂陌上阡。做上清明寒食節，又垂雙淚看新烟。　鮚埼亭詩集

題陸明本贈石田墨梅卷　和石田次張秋江韻〔正德丙寅〕

三度陽回逐路塵，名山名士一般春。百年托足誰非客？四海知音自有人。心意未灰期得氣，見聞如線日添新。尋盟更向西湖去，祇問梅花不問津。　吴越所見書畫録卷四

存菊圖

正德戊辰秋日爲存菊先生賦此，并系以圖（味水、大觀無識。石渠識云「達公先生不忘其先府君菊庵之志因號存菊友生文徵明爲賦此詩并系拙畫」）〔戊辰〕

西風采采弄秋黄，種菊人遥菊未荒。老圃尚餘清節在，殘英常抱故枝香。愁侵九日還逢雨，寒入東籬忽踐霜。珍重孤兒偏護惜，百年手澤自難忘。畫軸墨蹟　味水軒日記卷六　大觀録卷二十　石渠寶笈

偶與寅之坐張氏小齋撫庭中古石奇秀因爲圖之復贊此邀寅之同賦

〔庚午，下同〕

玲瓏蒼璧太湖姿，浪蝕沙礲面面奇。百穴晴窗通玉女，一拳小石夢仇池。乍逢合下南宫拜，欲詠還輸白傅詞。便擬高齋題列岫，閒情未許俗人知。湘管齋寓賞編卷六

按：此詩見卷第九道復西齋古石，字句不同，因重録於此。

三答子重

寂寞停雲晝闔扉，悠悠心迹轉乖違。野情於世終難合，文社非君孰與歸？負郭無田聊食研，長年多病不勝衣。淩風老鶻今垂翅，羞更從人説奮飛！　伏廬書畫録

劉鐵柯七十〔辛未，下同〕

老成共仰三朝舊，壽考仍誇七袠稀。出鎮風聲傳西蜀，留司寵寄重南□。天教强健常膺福，身繫安危□許歸。稱慶不爲時世祝，□□□□□巍巍。　詩稿墨蹟

張雲塘七十　張二守父

左稀云及轉優游，坐享承平到白頭。千里惠民欣有子，百年生世别無憂。複巾藜杖雲塘晚，明月清風桂枝秋。願得從今更强健，南山高祝海添籌。　詩稿墨蹟

再壽雲塘

南望洪都問隱居，雲塘風月近何如？年臨七袠從來少，樂□□□有餘。國□□□優老詔，官箴時載□□□。海山□□無窮意，何必稱觴在里閭？ 詩稿墨蹟

錢孔元五十

五十優游鬢欲絲，故非回首可應知。健强不曳家庭杖，息養還遭衣帛時。卜式輸邊聊示義，董仙留杏未忘醫。不須更重長生祝，白鶴蒼松舊有期。 詩稿墨蹟

祝母七十 子巧模初拜南豐便道還家

鬱葱佳氣靄庭幃，七十慈親自古稀。天上星辰呈瑞久，膝前兒子拜官歸。即看萱草酬春草，須信朝衣勝舞衣。不得升堂隨祝願，臨風爲賦鶴南飛。 詩稿墨蹟

癸酉十二月六日冒雪過崐山舟中賦此贈同行吴敬方〔癸酉〕

河堤衰柳不勝吹，又值東來歲暮時。木落夷亭潮信斷，雪迷真義棹行遲。村墟杳靄天低樹，鳧鴨驚飛草滿陂。三里橋邊孤塔影，相看已是隔年期。味水軒日記卷四

春寒不出賦呈社中諸友 正月十□日〔甲戌，下同〕

開歲沉陰已浹旬，繁寒依舊在青綾。崇朝霧雨還成霰，昨日春雷果見冰。病裏懷人愁閉户，江南佳節近燒燈。關情最是西樓月，只恐梅花夜不勝。鈔本卷六

洞庭施鳴陽折送梅花一枝

隱君來自太湖濱，折得梅花照眼新。正自蕭條傷歲暮，居然冰雪見佳人。半窗初夢羅浮月，百里遥分笠澤春。茆屋東風寒尚在，莫教長笛起東鄰。鈔本卷六

次韻答蔡九逵見寄

百里川原入望迷，去來舟楫苦難齊。别君又見新年月，掃壁空餘舊日題。郭外青烟初着柳，梅邊小雨不成泥。春來逸興何由遣？魂夢依稀笠澤西。鈔本卷六

送履約履仁遊玄墓

鄧尉山前春雪殘，虎山橋下水浮瀾。行來古寺生芳草，落盡梅花悵曉寒。新柳不如衫袖緑，晴泥初試屐痕乾。等閑逸興何由遣？目送扁舟羨二難。

路入銅坑翠擁螺，故人西去興如何？已看積雨浮吴榜，旋理春衫試越羅。深谷尚餘西崦雪，夕陽遥見洞庭波。精藍總是南朝寺，應費青鞋次第過。鈔本卷六

飲王敬止園池

籬落青紅徑路斜，叩門欣得野人家。東來漸覺無車馬，春去依然有物華。坐愛名園依緑水，還憐乳燕蹴飛花。淹留未怪歸來晚，缺月纖纖映白沙。 鈔本卷六

歲暮撤停雲館有作

不堪歲晏撤吾廬，愁對西風瓦礫墟。一笑未能忘故榜，百年無計芘藏書。停雲寂寞良朋阻，寒雀驚飛故幕虛。最是夜深松竹影，依然和月下空除。 鈔本卷六

除夕感懷

衰颯頭顱不自禁，愁中日月苦侵尋。眼看兒女翻多事，虛得聲名已負心。小雨氤氳光景暮，初寒燈火屋廬深。已無才思供春帖，聊對梅花續短吟。 鈔本卷六

乙亥春避喧居觀音庵庵在深巷中頗爲幽僻時積雨連旬閴無遊蹤窗前梨花一株盛開庵僧文庚焚香設茗款接勤至不覺淹留兩月爲賦此詩以紀蹤跡〔乙亥，下同〕

苔徑無塵古寺偏，幽棲賴有已公賢。小窗坐對梨花雨，瓦鼎閒消柏子烟。萬事不如方外樂，多生偏結静中緣。春風莫忘淹留地，緣樹陰陰叫杜鵑。 鈔本卷六

治平曉公房新開竹徑

曉公房舊有美竹，蒙穢久矣。履約、履仁讀書其中，爲之洗薙一新，復開小徑，以寄游息。余與次明載酒過之，爲賦此詩。

驚看竹底徑縈迴，好事知君手自開。最愛夕陽通瑣影，新經秋雨洗塵埃。當年節下題名在，幾度城中載酒來。賴是難容尊貴客，不愁車馬破蒼苔。 鈔本卷六

秋日同次明子重履約履仁縱步城西飲於葛氏墓看月而歸

荒塚秋風白日沉，古松蒼靄月華新。行歌自踏花間影，不飲其如地下人！南望青山消世事，西來流水隔車塵。白頭無那閒緣淺，剛爲清游愧此身。　鈔本卷六

夜讀亡友劉協中詩

不見劉郎二十秋，西昌舊□□□□。眼中堪恨埋瓊樹，天上徒聞有玉樓。顔色依稀勞夢想，孤嫠淪落愧交游。不亡賴有殘編在，細雨篝燈夜自讐。　鈔本卷六

李宗淵再過話舊有感

當時文酒金陵會，秋月春雲幾歲華？已見故人成白首，還教兒子敍通家。蕭條貧業詩添草，寂寞清言燭吐花。把手又成三度别，争教人不念天涯！　鈔本卷六

登吴山絶頂同魯南賦 吴越題作「上方」（丙子，下同）

上方疏雨望中收，絶巘千盤取次圖卷作「次第」遊。吴越作「曲砌斜臺爛熳游」落日平臨飛鳥上，太湖遥帶碧天流。春來芳草埋吴樹，烟際青山見越州。正好淹留却歸去，自緣高處不禁愁。鈔本卷六　吴越所見書畫録卷三　西泠本竹林高士圖卷

四月廿一日雨中過太倉邂逅都玄敬同宿友壻陸安甫家余與玄敬不胥會者十年而安甫之没亦八年矣因賦呈玄敬并贈安甫之子之箕之裘

畫堂更漏坐來深，絳燭熒熒見跋頻。感舊共悲黄壤客，逢君况是白頭人。蒼茫談笑今何夕？中外婣聯總至親。不負西窗聽雨約，短牀重掃十年塵。鈔本卷六

席上贈劉司寇先生

天上歸來萬慮消，尊前雙鬢雪刁騷。文犀雅稱寬圍帶，白鶴閒披舊賜袍。二品官階閒始貴，百年名節晚尤高。典刑自是三朝舊，猶幸風流及我曹。鈔本卷六

黄太倉汝爲北覲會於閶門舟中賦贈二首

三年假守古婁東，述職俄看覲紫宫。龔遂暫辭滄海郡，漢廷應首潁川功。萬方玉帛當元會，千里舟車犯朔風。南國故人今潦倒，江城日暮送飛鴻。

吴門烟冷水流澌，邂逅雙旌入奏時。民力東南真可念，臣心西北已先馳。行隨候雁秋無定，泊近楓橋夜有詩。何限閒愁待明發，短篷燈火寫相知。鈔本卷六

送毛礪庵南京鴻臚

十年高隱卧江城，一命留都位列卿。吾道久從占出處，使君端不負平生。莫言水石違初志，旋喜朝廷用老成。見説分司無復事，瑣闈閒覓舊題名。鈔本卷六

寄金陵許彦明

憔悴東歸意渺漫，還思用晦在長干。風吹白下梅花動，木落淮南雁影寒。新夢遶江書未達，舊遊回首歲空殘。憑虛閣外千峯雪，誰共幽人暮倚闌？鈔本卷六

人日雨中懷城西諸友〔丁丑，下同〕

愔愔坊陌斷車輪，漠漠風窗落暗塵。愁裏更逢人日雨，江南還負菜盤春。柳條暗逐青陽動，花勝争如白髮新。安得一樽酬令節？南湖有待玉生鄰。鈔本卷七

壽姑夫七十

行年七十鬢初斑，强健如公自古難。□□清貧安晚節，不緣辛苦悔儒冠。無營於世間爲貴，有子承家老更歡。榮辱升沉何限在，年來都付醉中看。

詩稿墨蹟

再壽

桃花吹雪照初筵，潦倒儒冠白髮前。父黨至親公獨老，鄉閭長者衆推賢。□家□□安仁宅，累世詩書食研田。造物故存消□理，爲將貧賤博長年。

詩稿墨蹟

沈夢梅六十

行年六十鬢蒼蒼，喜見推尊杖一鄉。德履共知多福祉，壽徵還念老康强。磵邊歲寒梅花瘦，庭下春風玉樹長。聞道懸弧當永夏，海榴紅薦紫霞觴。

詩稿墨蹟

壽吴丈 珊瑚題作「春田白社圖」

悠然白髮對青山，强珊瑚作「輕」健懸車十載前。時會故人修白社，不忘先珊瑚、天繪作「初」業課春田。老成自是三珊瑚、天繪作「先」朝舊，遺愛猶爲萬里珊瑚、天繪作「遠郡」傳。莫怪珊瑚作「爲」，天繪作「謂」有才施不盡，只將閒散博長年。詩稿墨蹟 珊瑚網畫録卷十五 天繪閣畫粹第一集

送杜允勝赴宜興徐氏塾

二月江南鳥亂啼，故人書劍下荆溪。遠遊足爲文章助，他日還看易道西。小雨閒齋春試茗，青烟柏葉夜然藜。斬蛟橋下吾曾到，君去煩爲覓舊題。鈔本卷七

懷鄭蒲澗先生

春風山館夢初長，敬爲南豐一瓣香。醒眼怕看新世事，白頭空戀舊門牆。飛花已是經

年别，對酒何能一日忘？猶有當時陳迹在，緑陰芳草遍横塘。　鈔本卷七

缺題　丁丑三月雨中書

曾誦坡仙有竹篇，此君相對意翛然。聊修故事開三徑，剩有清風繼七賢。白日布陰金瑣瑣，碧雲洗雨玉娟娟。自家食肉原無相，且得胸中著渭川。　味水軒日記卷八

雨中會胡孟高話舊

孟高爲恥庵工部之子，恥庵，先大父同學，又先君同年進士。往歲徵明遊匏翁門，與孟高相識，今廿年矣。

當時文酒會匏庵，獲與高賢講世歡。一笑論心真契合，十年不見各衰殘。試求先友凋零盡，況復多虞會合難。留得向來篇翰在，小窗風雨得重看。

我方憔悴困泥沙，君亦飄零兩鬢華。往事不忘先大父，暮年欣見老通家。一杯共聽窗前雨，四月都無葉底花。無物相娱惟筆研，爲淹行跡到昏鴉。　鈔本卷七

懷石湖

楞伽寺裏落花多，茶磨山邊草漫坡。此地從來供眺望，經時不到定如何？濃陰想合門前樹，新緑應添雨後波。有約扁舟過湖去，扣舷聊和竹枝歌。

鈔本卷七

簡履約

春病淹愁獨卧家，無端清思繞楞伽。紅塵坐失佳山水，白髮空憐好歲華。稺筍吹成茶磨竹，涼風應試藕塘花。寄聲爲報山陰客，十尺新波好汎槎。

鈔本卷七

題畫贈李宗淵

自古義興山水郡，風烟只在洞庭西。雲封翡翠張公洞，月浸玻璃罨畫溪。百里扁舟空約在，幾番圖畫爲君題。芳樽記取燈前話，他日來遊定不迷。

鈔本卷七

題畫寄史知山黄門

高人蹤跡渺難攀，知在清泉白石間。松粉浮香雲細細，花鬚吹玉雨斑斑。曾聞摇佩聯青瑣，誰遣焚魚住碧山？昭代每申求舊典，只愁追詔不容閒。　鈔本卷七

寄王敬止

流塵六月正荒荒，拙政園中日自長。小草閒臨青李帖，孤花静對緑陰堂。遥知積雨池塘滿，誰共清風閣道涼？一事不經心似水，直輸元亮號羲皇。　鈔本卷七

題履約小室

小室都來十尺强，纖塵不度晝偏長。逡巡解帶圍新竹，次第移牀納晚涼。石鼎煮雲堪破睡，楮屏凝雪稱焚香。關門不遣閒人到，時誦離騷一兩章。　鈔本卷七

送張文光出鎮閩南

蒼山碧海控全閩，帝遣嫖姚殿一軍。天下久安宜講武，古來名將類能文。清風裘帶開鈴閣，春雨旌旗洗瘴雲。不用臨轅揮白羽，樽前號令已先聞。　鈔本卷七

壽楊儀部六十

當代揚雄賦最高，青山獨往竟誰招？還聞次第開三壽，坐閱升平已四朝。樽酒漫傳金縷曲，秋風閒譜白雲謡。向來日月知何限？都向先生静裏消。

華陽老却陶弘景，見説年來白髮生。誰遣蹉跎違世用？天留强健待書成。文明正際千年會，制作還收一代名。何必尊前□杖者，久參鄉社作耆英。　鈔本卷七

贈金陵楊進卿 嶽雪作「進卿自金陵來吴顧訪玉蘭堂題贈短句」

蹤跡憐君似雪鴻，南來歲歲逐秋風。無端嶽雪作「寧知」白髮重逢處，又是黄花細雨中。十載聲名慚海内，一時冠蓋夢江東。玉蘭堂上瞻行色，欲咏江雲苦不工。 鈔本卷七 嶽雪樓書畫録卷四

次韻謝郡博雪中二首

寒入長河擁亂澌，光淩松竹轉離奇。僝翻新調歌瓊樹，坐見垂簷卷玉螭。蓋石不愁鹽虎陷，鏤冰寧免夏蟲疑？茗杯書卷高人味，争遣朱門肉食知？

絶塞羈鴻更北飛，梁園歸燕與寒違。坐憐慘淡年光暮，旋喜晶熒草木輝。皓月一痕經宿在，碧山千疊轉頭非。高吟已出陽春上，怪得臨風和者稀。 鈔本卷七

雪後汎舟游石湖

夜聞飛雪曉何濃，想見楞伽矗萬峯。出郭漫浮銀舴艋，過湖來看玉芙蓉。試尋往跡迷沙鳥，不改蒼顔有澗松。日暮雲門何處覓？破烟遥認上方鐘。鈔本卷七

陳原静有馬杜敬心借乘而斃之償以金不受予義其事賦詩贈之

楚楚青驪服皂勤，千金俄委路邊塵。塞翁久置存亡念，季路方求共敝仁。自古通財原有義，于今借馬豈無人？弊幃零落傷心地，緑滿平原草又春。鈔本卷七

送蔡希淵進士赴興化教授〔戊寅，下同〕

使君南下掇朝班，早辦先生苜蓿盤。自古爲貧辭厚禄，于今有味是閒官。風吹桃李春陰合，影落江湖夕照寒。滿目浮雲殊不定，去從何處望長安？鈔本卷七 自書詩册

贈李育賢

因哦詩句憶童時，曾課遺經共講幃。不覺轉頭年少去，每憐同學故人稀。君行有役年年別，我已無成念念非。明到洛陽能記取，試梯高閣看鴻飛。　鈔本卷七

舊歲王敬止移竹數枝種停雲館前經歲遂活雨中相對輒賦二詩寄謝敬止

遠移高竹種前楹，珍重王猷屬我情。時日難忘君子愛，歲寒聊結故人盟。隨根宿土經冬在，出檻新梢帶雨生。有待夜涼殘酒醒，滿窗明月聽秋聲。

手種琅玕十尺强，春來舊節張新篁。瑣窗映日鬢眉緑，翠簟含風笑語涼。坐令塵石渠作「廛」居無六月，醉聞秋雨夢三湘。不須解帶圍新粉，看取南枝過短牆。　石渠寶笈卷三十三，題作「咏竹」　鈔本卷七

支硎山南峯　辛丑作「支硎山」，吳越作「南峯寺」

支硎南下轉層岡，曾是支公古辛丑作「大」道場。故物只應餘水石，後人猶與護松篁。苔侵吳越作「侈」琬琰蒼龍暗，花拂罘罳紺殿香。未得逢僧留片偈，一聲清梵辛丑作「磬」隔雲長。

鈔本卷七　詩册墨蹟　辛丑銷夏録卷五　吳越所見書畫録卷三

文殊寺

遥披烟莽得旃檀，更覓精廬轉翠巒。一塢白雲堪結夏，四山飛雨入憑闌。晚飧清凈松花供，春服廉纖麥秀寒。竹色滿窗留不得，悵然携客下方壇。

鈔本卷七

次韻盧師陳杉瀆新居之作

石湖舊隱隔紛囂，杉瀆新居水竹饒。杜甫堂成還背郭，越來溪近可通橈。屋烏爰止咸

知愛，巢燕頻來不待招。已見主人乘駟馬，底須辛苦更題橋？　鈔本卷七

月夜同錢孔周飲桂花下

桂子團團白露濃，斐然堂下一樽同。行歌招隱懷千里，坐撫秋風思一叢。夜久香迷金粟界，月寒人在玉華宫。明年擬赴甘泉召，應許揚雄賦最工。甘泉宫前有淩波殿以桂爲柱，風吹自香。　鈔本卷七

除夕

世事茫茫未有涯，東風次第到貧家。醉供帖子吟春草，閑卜流年候燭花。海内吹噓名是妄，鏡中勳業鬢生華。一經不負朱翁子，休説□飛暮景斜。　鈔本卷七

新正二日冒雪訪王敬止登夢隱樓留飲竟日〔己卯，下同〕

開門春雪滿街頭，短屐衝寒覓子猷。逸興未闌須見面，高情不淺更登樓。銀盤錯落青絲菜，玉爵淋漓紫綺裘。起舞不知天早暮，醉看瓊闕上簾鈎。　鈔本卷八

四日過閶門陳氏爲道通兄弟留飲賦贈

荷君兄弟重留連，盡出圖書佐酒筵。舊雨何如今雨樂？元方不減季方賢。閒愁無益常關念，近事相看動隔年。最是難忘分手處，西虹橋下古濠邊。　鈔本卷八

錢唐嚴君尹海南之樂會入覲至平石遇盜幾死棄官竟歸因號平石生

誤隨五斗涉重溟，宛轉風波夢亦醒。九死不忘平石險，百里未負越山青。功名已悟行柯蟻，身世初收逐水萍。舊業西湖三畝宅，有人識取少微星。　鈔本卷八

同諸友竹堂看梅有懷宗伯昭賦寄

不知春色在僧家，醉眼欣逢雪後花。曾是蹉跎傷歲暮，未妨疏淡占年華。風前有憶人如玉，溪上無言日自斜。驛使不來情脈脈，月明飛夢遶天涯。　鈔本卷八

題王孟端寄陳孟竹卷

偶閱石田先生故物，不勝流落之感，因次原韻如此。漁子沙，先生所居地名，有竹莊、玉蘭花皆其家所有也。時正德十四年己卯，去先生之卒，十有一年矣。五月望前一日。

落日懷人漁子沙，淒然長笛不勝嗟。風流未泯看遺墨，造化辛丑、寓意作「物」無情感故家。有竹莊中春辛丑、寓意作「時」詠雨，玉蘭花底晝分茶。十年塵迹千年夢，人事推移辛丑、寓意作「遷」豈有涯？　沈石田詩文集卷十事略　辛丑銷夏録卷四　寓意録卷二

附王孟端、沈石田原倡

征衣漠漠帶風沙，蹔得歸來重可嗟。在客每憂難作客，到家誰信却無家。解裝差（郁氏、珊瑚作「羞」）貰鄰翁酒，借榻初分野衲茶。堪笑此身淪落久，夢中猶自謫天涯。孟敷與僕雲内先後（郁氏、珊瑚作「先後雲内」）南歸，相去百里間，不遑一見，乘便寫此竹奉寄；并録初歸詩（郁氏、珊瑚作「初詩」）去，發一笑也。庚辰五月，紱。（郁氏、珊瑚作「庚辰五月四日王紱」）

故園歸計似摶沙，萬事荒荒付一嗟。蟻國不須論幻夢，燕巢今已過鄰家。贈人墨老流離竹，借榻詩存感慨茶。百歲此圖三展轉，後來得失尚無涯。洪武庚辰，王舍人孟端與孟敷陳先生同陟難北歸，間寫此竹及詩以寄。（郁氏、珊瑚以下文字不同）孟敷於余家亦有世好；陶庵世父因轉得之。陶庵化後，又失去。余今復得，恍然如夢。念夫先輩情致翰墨，今不可得；又念得失相尋，而不偶於不相知者，亦不可得。遂和其韻，以識感慨。人知舍人之竹之妙，而不知其孤高之節，與竹可符。聞在京邸，月下有吹簫者甚清徹。明日往訪其人，乃一商也；因寫竹以贈。笑語曰：我爲簫聲而來，以簫材報之。商不解事，乃出二羢段再拜以壽，乞爲配寫。舍人以竹裂之而去。曰：我來豈徼貨哉。於乎！前輩不屑流俗，如此自重。兩竿清風，非但余有故而寶之；世皆可因人而寶矣。弘治甲子中秋日，後學長洲沈周題於平安亭，以甲子距庚辰得一百八年，余亦年七十有八云。（郁氏、珊瑚作「中間曠懷歸況藹然可

見遂和其韻以識感慨弘治甲子距庚辰得一百八年冬至日後學沈周題時年七十又八」　沈石田詩文集　郁氏書畫題跋記卷六

珊瑚網畫録卷十二

留別許彦明二首

常愛金陵古帝州，每懷玄度晉風流。十年蹤跡三回別，一榻風烟兩月留。別院涼聲荷葉雨，疏簾明月桂枝秋。爲題貽穀堂中意，付與他時説舊游。

紅塵來往十年交，三宿高齋不憚勞。脱略時情真長者，延緣世講到兒曹。重聞夜雨驚陳事，相對秋風惜鬢毛。難會不堪容易別，歸心已逐暮江濤。　拓本金陵詩帖

登觀音閣

紺殿彤樓凌紫烟，危欄飛磴俯滄淵。陰崖直下千尋鐵，秋水平吞萬里天。險絶曾將舟楫試，江山今落酒樽前。徘徊不盡登臨興，欲就山僧結勝緣。　拓本金陵詩帖

按：此詩見卷第十一登觀音閣，但後半不同，因補録於此。

擬月泉試題春日田園雜興

平原膏雨潤芳華，村巷飛飛燕子斜。坐惜時光問花柳，相逢鄰里話桑麻。東風魚鳥欣忘我，落日牛羊自到家。車馬不來山徑絶，溪藤引蔓上籬笆。鈔本卷八

鄭啟範乍見即别不能爲情賦贈短句〔庚辰，下同〕

萬里青雲振玉珂，仙郎弱冠起巖阿。古來勳業須年少，今代文章重甲科。落日千山愁望眼，長河六月正風波。相知不在相逢後，怪得臨岐别意多。鈔本卷八

春江

幽人蹤跡渺津涯，占得春江一曲斜。細雨緑波牽荇帶，東風錦浪拂桃花。眼中新潑蒲萄酒，天上常浮貫月槎。雅致不忘青箬笠，閒情常占白鷗沙。鈔本卷八

白貞夫夜話

金陵談笑重留連，再見停雲又隔年。樂事轉移非復舊，野人貧賤只如前。燈花照夢春無賴，樽酒淹情夜不眠。江閣秋風天萬里，試追陳迹已茫然。　鈔本卷八

李宗淵子采自宜興過訪

正兹相憶忽相逢，秉燭虚堂似夢中。勞謝殷勤修世好，分明眉宇見而翁。老人自重存亡感，君子無忘繼述功。酒醒更闌還别去，依然高樹起秋風。　鈔本卷八

訪王秉之不遇爲其子延望留飲

渡水橋邊覓斷蹤，草堂依舊白雲中。偶來何必逢安道？一笑還欣對阿戎。黄菊秋風三徑外，漁舟落日五湖東。追思十八年前事，只有青青鬢不同。

十八年來事渺茫，重將白髮上君堂。不圖回首于今久，已見生兒似我長。坐喜通家情不斷，老嗟浮世會難常。眼中無限瀟湘意，獨採芙蓉下晚塘。鈔本卷八

顧孔昭櫻筍清遊卷

孔昭與諸兄弟奉尊翁遊家園，自爲記，致感嘆之意。

江南櫻筍未蹉跎，爛熳名園載酒過。白髮年光須愛惜，緑陰時節正清和。謝家羣從風流盛，逸少文章感慨多。溪上碧桃花亂落，賦成還倚洞簫歌。鈔本卷八

壽邃庵楊先生二首

柱國相公邃庵先生，先温州壬辰同年進士也。徵明晚賤且遠，不及接侍，顧辱不鄙，時賜眷存，通家之情甚至也。錫山安君索詩壽公，徵明於公固有不能已於言者，輒賦鄙句，用敍區區。

蒼山屹立大江濱，勝概淹留社稷臣。千載高風又丁卯，一時先友紀壬辰。平生磊落淮夷業，晚節優游洛社人。見説白頭强健在，梅花如玉照青春。

三朝供奉侍皇鑾，一日功成即掛冠。獨際明時都將相，中更多事患艱難。關西聲教思楊震，江表風流屬謝安。何用書生强稱祝，龍章高燭斗牛寒。　鈔本卷七

冬日侍柱國太原公東堂燕集奉紀小詩同集者濟陽蔡羽九逵太原王守履約王寵履吉敬邀同賦

白頭蕭散對芳樽，誰郁氏作「謂」識三朝舊相君？趣賣金爲賓客具，有時席許野人分。狄門自昔稱多士，白傅平生最有文。漫説江湖多樂事，還從天際看浮雲。坐列羣賢少長并，何如逸少會蘭亭？一樽談笑兼文字，百代風流尚典型。殘雪吹香郁氏作「映筵」梅粉瘦，春風繞節菜絲青。周公醖藉如醇酎，怪得相看未易醒。　鈔本卷八　郁氏書畫題跋記卷十二

次韻答顧餘三見贈〔辛巳，下同〕

往事春波逝不旋，清風喬木故依然。君能友好追先世，我已衰遲畏少年。花發心情佳

句裏，月明顔色小窗前。木桃不是瓊瑶儗，莫怪遲遲寫報篇。鈔本卷八

吴尚書四燕圖

鹿鳴

花枝覆座酒如油，一日聲名達帝州。空谷豈淹駒皎皎，壯心初聽鹿呦呦。紫雲拂袖天衢近，丹桂吹香月殿秋。正是書生酬志地，清風千里看驊騮。

瓊林

曲江春雨濕堤沙，閬苑香風拂帽斜。法酒淋漓沾曉露，天顔咫尺眩晴霞。共知沂國三場志，肯看長安一日花！幼學平生期不負，姓名今已屬皇家。

慶成

縹緲仙韶下碧空，淋漓玉醴及臣工。宫花覆殿含春雨，華蓋臨軒轉庶風。一代禮文郊社後，百年身世太平中。酡顔潦倒沾恩地，應識熙熙是帝功。

鄉飲

早仕中朝都八座，晚歸邑里位三賓。耆英自昔推鄉社，齒德于今是達尊。近世完名人不易，先王養老政猶存。要知出處遭逢盛，總是乾坤曠蕩恩。鈔本卷八

聞太原公起用

聖恩求舊起巖阿，詔起夔龍集鳳坡。海内斯文真有寄，先朝名德已無多。莫釐歲晚千頭橘，笠澤秋風萬頃波。見説故園多樂事，蒼生其奈謝公何？鈔本卷八

簡王履吉

經時不見若爲情，空憶幽居夏意清。茅棟竹深無暑氣，柴門市遠少人聲。行披秋水臨風讀，手乳春芽汲雨烹。見説邊韶情不淺，紫微花底拂桃笙。鈔本卷八

送王履約卒業南雍（味水、式古、詩稿作「履約將赴南雍賦此奉贈正德十六年辛巳七月朔」）

柳外新涼送（味水、式古、詩稿作「入」）馬蹄，秋風人去（味水、式古、詩稿作「向」）秣陵西。丹陽郭裏看新（味水、式古作「初」）月，白下橋南認舊題。天府江山千古麗，辟雍冠蓋萬方齊。知君得意今遊道，不用臨河嘆解攜。　鈔本卷八　味水軒日記卷七　式古堂書畫彙考畫録卷七　藝苑真賞社印本詩稿真蹟

題何燕泉中丞四使圖

四牡騑騑護赤輪，雙旌肅肅擁春雲。承恩何止三持節？□爵還看累策勳。自古勞賢思靡盬，如公飾吏更能文。平生許國忠良在，肯惜馳驅翼聖君？　鈔本卷八

送陳禮部子引起復北上

星郎西上簉仙班，再振朝珂贊禮官。一代休明新日月，三吳文獻舊衣冠。風雲總羨遭逢盛，湖海終憐會合難。憑仗殷勤疏柳在，秋風猶得到長安。　鈔本卷八

壽鐵柯先生八十

白頭蕭散赤麟袍，曾執邦刑振百寮。出入兩京都八座，間關一節事三朝。江湖憂樂元相係，鄉里儀刑及未凋。八十申公誰謂老？漢廷行見起星軺。

早時經國晚丘園，身見承平六改元。當日位隆名亦遠，于今齒與德俱尊。喜聞更化人求舊，還見優年月告存。珍重慶源方未已，膝前蘭玉幾曾孫。　鈔本卷八

文徵明集補輯卷第七

七律二　七十九首

寄王繩武吉士〔嘉靖壬午，下同〕

年少登科不拜郎，木天清切且徊翔。讐書夜照青藜杖，奏賦晨趨白玉堂。一代儲材周典禮，萬年鳴盛漢文章。老來喜爾遭逢極，地下任咸已不亡。

星躔奎壁五雲賒，吉士文章已作家。樂府漫題温室樹，宫袍新剪上陽花。遭逢自合酬千載，年少真堪讀五車。老我不知東觀遠，因君時復夢金華。

鈔本卷九

橘

后皇嘉樹玉枝枝，照眼金丸更陸離。千里勤王包貢後，一年好景雨霜時。洞庭不減商山樂，楚國猶傳屈子辭。香霧噀人清透甲，風情自有老坡知。　鈔本卷九

柯奇徵大行奉使吴門便道歸省

上公方重九重思，使者南來四牡騑。朝命政須經術重，親庭欣見綵衣歸。錦囊花月江山壯，玉節春風草樹輝。未用臨歧傷靡盬，此行忠孝不相違。　鈔本卷九

林志道移疾還莆

才情落落抗風塵，文采翩翩世禄臣。時世無能容揖客，江湖原自有高人。昂藏誰識嵇中散，瀟灑吾憐賀季真。珍重去留關國體，春江相送欲沾巾。　鈔本卷九

午日同子重子饒彭孔加東禪小集

東城市遠足烟霞，午日來投釋子家。香積漫隨方外供，蜀葵初放佛前花。疏簾梅雨涼侵扇，瓦鼎松風午鬭茶。綵索心情慚老□，强追羣彦閱年華。　鈔本卷九

送錢元抑奉使修復興獻帝園廟事竣還朝

孝宣有詔修園寢，司馬乘軺暫過家。章甫雍容推小相，江山佳麗屬皇華。禮文自重千年統，星漢遥占八月槎。正是書生酬志地，不須辛苦説天涯。　鈔本卷九

述病

孱軀被病本難勝，況復乘虚亹亹增。風入肺經成委頓，寒侵瘧鬼肆憑凌。問醫難定諸家論，禮佛空煩野寺僧。一卧十旬精力盡，等閒贏得骨稜嶒。　鈔本卷九

題伍曞中所藏小畫

片楮藏君僅十年，淡痕殘墨故依然。自憐老病聰明減，不覺淹留歲月遷。文采風流元不淺，溪山交誼久還堅。分明記得相攜處，疏樹斜陽草閣前。　鈔本卷九

次韻九逵宿揚州〔癸未，下同〕

片帆西去逐通津，二月和風散麴塵。吳國山川臨故宮、石渠作「從」楚石渠作「夢」斷，隋堤楊柳入淮春。江湖懼客波濤壯，燈火懷鄉夢故宮、石渠作「寤」寐新。零落吳鈎雙鬢改，相逢羞説壯遊人。　鈔本卷九　故宮歷代法書全集紀行詩卷　石渠隨筆

三月二日維揚道中

風烟渺渺更西來，鄉思悠悠故宮、石渠作「紛紛」不可排。春色三分鄰石渠作「憐」上巳，河流千

里入清淮。朝廷有道慚推轂，老大無成漫計偕。隄柳千絲青不斷，東故宮、石渠作「春」風宛轉破愁懷。　鈔本卷九　故宮歷代法書全集紀行詩卷　石渠隨筆

上巳日飲寶應朱氏日涉園時升之往湖南題贈其弟振之

寶應湖頭倚棹時，高人背郭有茅茨。新開竹樹通幽徑，小護花枝束短籬。長統平生真樂志，謝家兄弟總能詩。寧知行役匆匆地，來對春風把一巵。

日涉園頭柳色鮮，西來剛及暮春天。水邊修禊懷鄉國，霧裏看花非少年。半日草堂飛急雨，一庭寒色鎖蒼烟。却憐不得逢安道，孤負平生剡曲船。　鈔本卷九

楊家溝別朱振之

淮海西來石渠作「東西」百里强，勞君畫舫遠相將。蟬嫣夜語故宮、石渠作「話」頻更燭，惆悵春風各盡觴。楊柳尚憐石渠作「留」青眼在，河流不似別情長。楊家溝畔三分路，魂夢從今不得忘。　鈔本卷九　故宮歷代法書全集紀行詩卷　石渠隨筆

夜泊清江浦

清江閘畔水縱横，回首南來十二程。書寄故鄉何日到？寒兼羈思一時生。月明村店人烟少，風遞嚴城鼓角明。物色攪石渠作「擾」愁詩更苦，怪來春夢不能成。　鈔本卷九　故宫歷代法書全集紀行詩卷　石渠隨筆

是日九逵小舟先至清河次日相會誦舟中見懷之作依韻奉酬

何處萍蹤逐斷根？誰家旅食寄盤飧？偶瞻明月思行李，定泊江鄉隔市諠。覽物誰能無旅況？寄懷君自富詞源。只應不隔通宵夢，兩處風烟共一村。　鈔本卷九

晚泊清河邑里蕭條類經兵燹同九逵登眺嘆息久之

野岸行行日欲晡，麗譙頽落帶荒墟。併無草木疑秋盡，僅有人烟類燹餘。邑小何堪當

孔道，民貧如此尚供輸！北來彫敝誰曾問？採得風謠手自書。鈔本卷九

宿遷

落日烟生古渡頭，春寒猶戀木棉裘。風吹石渠作「鳴」野戍更初動，月映清淮夜自流。總爲旅情銷壯志，忽聞漁唱動故宮、石渠作「重」鄉愁。封題欲寄家人信，何處南帆有便舟？鈔本卷九　故宮歷代法書全集紀行詩卷　石渠隨筆

顧華玉參政期會淮南比至而君已先行奉懷一首

三月鶯啼楊柳灣，維揚春色已闌珊。千金楚客空留諾，百里淮流獨見山。舊雨良期吾自後，清風逸駕許誰攀？相思永夜無能寐，明日原作「月」從故宮改吹簫度野關。鈔本卷九　故宮歷代法書全集紀行詩卷　石渠隨筆

次韻答九逵徐沛道中見贈

興逐青山得得來，行追遺躅弔荒臺。高歌沛上風生鬢，把酒彭門月瀉杯。春色三分寒食過，壯遊千里素懷開。方舟幸自從公邁，不用懷鄉首重回。　鈔本卷九

寺門閘上望南旺湖　故宫、石渠作「南旺湖」

煖蒸芳杜意石渠作「竟」沉酣，漠漠晴洲燕子喃。十日扁舟來故宫、石渠作「行」汶上，一陂新水見江南。春光着柳争摇蕩，晚色浮空正蔚故宫、石渠作「鬱」藍。欲濯素衣塵復起，白頭行役我何堪？　鈔本卷九　故宫歷代法書全集紀行詩卷　石渠隨筆

魚臺道中

渺渺扁舟入濟來，青山一髮是徂徠。于今西狩寧無獲？千載觀魚尚有臺。大野澤枯方

仰雨，終風春盡更飛埃。兩崖柳色深於染，不見疏花一樹開。鈔本卷九

流河驛舟中與蔡師古翫月

野水浮空萬樹烟，西來見月兩回圓。關河回首真無賴，風露沾人更泫然。鄉思三更孤笛裏，壯心千里亂帆前。多情賴有中郎在，共理微言伴不眠。鈔本卷九

送劉克柔之南京鴻臚卿

金陵佳麗古王畿，争羡鴻臚領漢儀。一代禮文關典客，百年豐鎬重留司。天連鍾阜供排闥，江繞秦淮落酒巵。見説仙卿兼吏隱，定撩花鳥入新詩。鈔本卷九

潦倒

潦倒江湖歲月更，晚將白首入承明。五更幾蹙長安馬，百囀初聞上苑鶯。北土豈堪張

翰住，東山常繫謝公情。不須禮樂論興廢，畢竟輸他魯兩生。　穰梨館雲烟過眼録卷十七　點石齋本懷歸出京詩　有正本懷歸詩　懷歸詩墨蹟册

遷居盧師陳次前韻爲賀再疊一首　點石作「遷居承盧師陳見賀再疊一首」

樓居如傳主頻更，樓外青山只自明。未得定巢占語燕，重慚求友賦遷鶯。百年寓内誰非寄，一宿桑間便有情。舊宅吴門別來久，只應春點石作「秋」草共愁生。　穰梨館雲烟過眼録卷十七　點石齋本懷歸出京詩　有正本懷歸詩

中秋夜同元抑諸君小樓玩月　點石作「中秋夜同鄉友小樓玩月」

露華風色繞欄干，共理鄉愁坐夜闌。千里還應點石作「由來」共明月，小兒寧解憶長安？尊前點石作「中」常願金波滿，天上誰憂玉宇寒？爲語諸君須盡醉，不知來歲共誰看！　穰梨館雲烟過眼録卷十七　點石齋本懷歸出京詩　有正本懷歸詩

與王許州直夫話别〔癸未至丙戌，下同〕

門前五馬已騑騑，窗下寒燈得暫依。重惜異鄉良會好，行看同學故人稀。倥偬正坐官程迫，去住剛令宿志違。明日許昌千里道，莫教風露濕征衣。鈔本卷十

送沈少柔 時乞恩葬父

闕下相逢塵滿裾，城南相送雪隨車。天涯無伴難爲别，歲晚思家欲附書。見説壯遊增感慨，獨承恩寵喜何如！五湖東畔君歸路，先有虹光照屋廬。鈔本卷十

鄉思二首 有正、墨蹟作「秋日懷歸二首」

蕭然木葉下庭陰，鄉思秋來墨蹟作「驚秋」不自禁。短髮無多還種種，殘痾不治轉鬖鬖。觸藩自得羝羊困，伏櫪都無老驥心。小雨淒涼重九近，負他黄菊滿頭簪。

年侵病迫久應還，貪戀君恩尚强顔。賸有黄塵隨馬足，未忘青瑣點朝班。申生不去終鉗市，王仲何如只抱關。連日驚魂殊不定，盡隨鄉思繞吴山。穰梨館雲烟過眼録卷十七　點石齋本懷歸出京詩　有正本懷歸詩　懷歸詩墨蹟册

秋夜不寐枕上口占五首

中夜無眠思故鄉，夢成剛在玉蘭堂。深泥不恨無車點石作「行」轍，新水還堪着野航。草色簾櫳春雨足，緑陰門巷午風涼。誰令抛却幽居樂，掉鞅來穿虎豹場。

中夜思歸夢不迷，停雲館在玉蘭西。栖牀殘點石、有正、墨蹟作「錦」薦孤琴在，插架牙籤萬卷齊。客醉每從花底散，詩成自選竹間題。誰令抛却幽齋樂，騎馬來聽午夜點石作「紫陌」鷄。

中夜思歸不得眠，夢成剛在石湖邊。陰陰緑樹山藏寺，曲曲青秧水護田。竹裏行廚菰米飯，烟中吹笛木蘭船。誰令抛却江鄉樂，來着青衫博俸錢。穰梨館雲烟過眼録卷十七　點石齋本懷歸出京詩　有正本懷歸詩　懷歸詩墨蹟册

按：第三首「中夜思歸轉謬悠」與第五首「中夜思歸歸路賒」見卷第十一秋夜不寐枕上口占。

林汝桓左遷徐聞丞

道直由來以去榮，義高真覺此身輕。一封正觸朝廷諱，萬里寧辭嶺海行？散吏從教破崖岸，奇遊自喜冠平生。只應聖德無能忘，遺直軒前望帝京。　鈔本卷十

送于器之廉憲貴州

弱齡相見在滁州，三十年來總白頭。顧此流光隨水逝，與君蹤跡若雲浮。都門舊雨平生話，貴竹明朝萬里舟。忍寫新詩寄新恨，南雲北雁兩悠悠。

幾年浙水著賢名，萬里俄爲貴竹行。不恨直躬招物論，要從荒服樹風聲。王尊坂下驅徒馭，馬援祠前引使旌。最是客中愁送客，秋風兼重病夫情。　鈔本卷十

又題白巖圖

笑拂朝衣歸故鄉，白巖山下有書堂。向來水石初無恙，此日松筠賸有光。聊從釣游尋故蹟，定能登眺發文章。只應走馬長安者，羨殺香山白侍郎。鈔本卷十

按：前一首爲送喬冢宰還太原，故此詩云又題。

送周推官改任重慶

贊政雲間譽滿車，若爲沿牒向三巴？郡人争惜何論枉，吾道無虧豈論按：原字如此遐！自有文章供勝概，定移恩澤到天涯。不堪相見還相別，風急都門落日斜。鈔本卷十

送賈明之都司

平生賈復擅才雄，督漕于今簡帝衷。江上千艘新使節，淮南十乘舊元戎。只將談笑酬

公事，況有文儒飾武功。國計由來先餉給，等閒邊塞又秋風。鈔本卷十

送范德容龍游司訓

義莊曾未乏衣冠，又見君爲博士官。慶曆共知遺範在，龍丘肯厭客氊寒！偃王廟下弦歌化，姑蔑山中苜蓿盤。與子同升不同往，都門相送意漫漫。鈔本卷十

送鄭維東南京户部

南國仙曹重計臣，錦衣歸去秣陵春。三山天外青依舊，駟馬橋頭墨尚新。吏政蕭閒兼仕隱，宦情珍重不違親。只應別後忠懷在，白下城高望紫宸。鈔本卷十

送顧仲光之南京

大江東下石頭城，蹔掇班行向舊京。紅日乍看丹闕遠，春風喜奉板輿行。九章六律聊

公事，二水三山好宦情。獨有旅人鄉舊減，天南愁見去帆輕。鈔本卷十

送汪少宰致仕

弟兄相繼賦歸歟，争羡賢哉二大夫。一代孤忠懸日月，百年幽興落江湖。桑榆爛熳何妨暖，松菊蕭條尚未蕪。遥想思君情未已，白雲深處夢清都。鈔本卷十

送管清之寧夏衛幕

賀蘭西上勢崔嵬，緑水紅蓮幕府開。控扼正當窮絶處，參謀還在老成才。西山致爽堪支笏，朔塞登臨況有臺。無限壯懷行李外，不須惆悵惜離杯。鈔本卷十

送安某南還

補志作「無錫安君桂坡東遊齊魯北覽燕幽出抵居庸而還詩以送之」

人間歧路日紛紛，來往征衫集垢氛。漫仕不歸方愧我，壯遊無欲總輸君。居庸立馬千

峯月，泰嶽憑軒萬壑雲。去住江湖元自樂，肯將蹤跡動皇文。鈔本卷十　錫山補志

送吳御醫陞秩致仕

十年供奉殿東頭，一日思家遽乞休。袖却平生醫國手，去尋江上釣魚舟。賜銜天與青山寵，衣錦身爲白晝遊。珍重君恩忘未得，不妨歸起望京樓。鈔本卷十一

送梁九成推官改除德安

棘道甘棠花正開，又看春到漢東來。從知斷獄須經術，況復傳家有治才。秋水已寬雲夢澤，夕陽還上越王臺。江山偉麗頭如漆，珍重兹遊亦壯哉。鈔本卷十一

姚天章通判改除東昌

佐郡吳興舊有聲，新除又得古聊城。向來白璧原無玷，此去黄金鍊益精。肯薄馬曹看

爽氣，要乘別駕勸春耕。此行端爲賢侯喜，德化從今坐嘯成。鈔本卷十一

送鄒復之考績還邵武

畫軸作「樵川別駕近齋先生奏績南還聊此奉贈并系小詩嘉靖乙酉九月既望」

三年展驥佐樵川，又向彤庭奏績還。竹馬争迎新父母，銀章重領舊谿山。遥知閩郡謳吟處，總在高人畫諾間。執手都門非遠別，會看來此篴鴛班。鈔本卷十一 贈近齋畫軸

吴敬夫改任襄陽

襄陽別駕文章士，感慨曾聞賦五開。君有五開賦。此去辭尊端爲養，君九載當擢，皆以母老乞近，故仍二守。何人當路解憐才？習池試問山公跡，峴首重看叔子來。更有新恩寵行色，金緋爛熳照離杯。鈔本卷十一

鄧御史出按湖南

玉節文旌映渚宫，遠人應識舊乘驄。瀟湘雨澤隨車後，岳麓風烟攬轡中。獻納從來推汲黯，豺狼無地避桓公。遥知棨戟相臨處，先有星光燭漢東。　鈔本卷十一

王繩武編修奉詔歸省

幾年定省曠親幃，天際孤雲日夜飛。遊子自憐心獨苦，君王能使願無違。手中雲錦雙龍誥，膝下春風五色衣。蘭省仙郎年少貴，多應不羨買臣歸。江南回望意漫漫，雨雪看君匹馬寒。老去異鄉親戚好，長途風雪別離難。孤雲飛處心應切，駟馬橋頭墨未乾。我亦倦遊歸不遠，到家先與説平安。　鈔本卷十一

送吴閣學奉詔展墓

相君東下颶蘭舟，展墓儀文次第修。暫掇絲綸辭禁省，別收光寵賁松楸。昭回天漢雲龍誥，爛熳春風晝錦遊。見説紫扉虚席待，未容林壑久淹留。　鈔本卷十一

項秉仁還建陽

建陽出宰僅三年，又向都門奏績還。紫馬再敷新雨露，銅章重領舊谿山。誰云州縣爲身累？自古循良與世關。只恐高才非久外，春風行見簉鵷班。　鈔本卷十一

王應時出守襄陽

十年文雅重雲司，一命襄陽把郡麾。見説江山留勝在，極知平易與民宜。風流此日銅鞮曲，遺愛他年峴首碑。南去懷君情未已，定依北斗望京師。　鈔本卷十一

李子中襄陽推郡

三年政澤滿吳門，又向襄陽佐使君。茂苑甘棠猶未翦，習池風月許平分。弼刑到處能存恕，飾治如公更有文。獨有旅人曾託好，春風回首惜離羣。鈔本卷十一

送張愓庵刑侍考績南還

文信家世重吳門，復始于今見從孫。出入三朝聲望遠，風流累葉典刑存。留都漫領江山勝，奏績新承雨露恩。桑梓依依關仰止，十分鄉思在離樽。鈔本卷十一

送汪汝梁湖廣僉憲

一官分省駕軺輪，猶領臺司着惠文。坐見星辰光使節，去從江漢策奇勳。隨車漫有瀟湘雨，立馬還開岳麓雲。秋水月明寬夢澤，有人南望惜離羣。鈔本卷十一

次韻陸原作「繼」，據點石、有正改子端祠部四首

湖上鷗盟久已寒，年來歸計轉漫漫。忤懷祇覺官無味，作意那知退亦難。病起涼風秋漸索，夢回孤月夜方闌。負他黄菊東籬下，吹盡殘英不得飡。

靈巖草暖翠烟稠，石鼎點石作「井」茶香月瀉甌。野岸踏青雙不借，春山覓句一扶留。蒼苔白石供清夢，緑樹黄鸝破晚愁。回首舊遊忘未得，漫將燕調發吴謳。穰梨館雲烟過眼録卷十七　點石齋本懷歸出京詩　有正本懷歸詩

按：第一、第三兩首見卷第十一次韻陸子端祠部懷歸二首。

送梁九萬卒業南雍

計偕北上覲明光，卒業南雍返建康。昭代尚存周禮樂，奇才終策漢賢良。十年塵土雙蓬鬢，千里風雲一劍囊。奮蹟未須傷晚暮，桂枝原不羨春芳。　鈔本卷十一

陸子端奉使山東

西風吹雨凈塵沙，東去星辰動使槎。六郡江山光玉節，一時咨度屬皇華。壯遊未用傷行役，便道何妨且過家？三載同朝俄别去，争教人不念天涯！　鈔本卷十一

李節夫赴南京刑部

三載方城治有聲，進官還拜小秋卿。喜聞課最承新命，俄復分曹向舊京。留務無多真類隱，親庭不遠好相迎。秣陵自昔多佳麗，吏隱何妨樂事并。　鈔本卷十一

送沙良注曲阜丞

尼山泗水地何靈？君去哦松定有稱。聖澤千年餘禮樂，官箴兩字是廉能。未妨善政咸歸令，自許高才不負丞。盛世求賢應不次，驊騮從此看飛騰。　鈔本卷十一

史邦俊卒業南雍

送君卒業南雍去，短笠秋風建業山。雲路驊騮騰踏始，天涯鴻雁別離難。詩書奕世傳家學，禮樂千年養士關。白首臨歧思有贈，都門柳老不勝攀。鈔本卷十一

送蘇從仁巡按廣東

使君雅志在澄清，繡斧初爲嶺外行。何處豺狼更當道？自家驄馬有先聲。東來雨洗千山瘴，海上霜飛百粤城。想見羅浮山半月，照人冉冉在雙旌。鈔本卷十一

送陳仕

當日遊吴佩陸離，盡言無忌似牢之。偶然相見思前事，頓覺峥嶸異昔時。闕下恩光章服麗，江南歸興片帆馳。遥知到日花連屋，爲賦春風晝錦詩。鈔本卷十一

送曹君東平州判兼寄陸石亭吏目

東平别駕近承恩，去作端寮佐使君。鄆國山川膺半刺，谿堂風月許平分。十年驥足今方展，千里雄飛定有聞。此去慇懃誰畫諾？幕中喜有散參軍。 鈔本卷十一

送華復

千里囊琴謁九重，又看卒業向南雍。名家賸有詩書澤，此去身遊禮樂中。江上青山瞻王氣，月中丹桂近秋風。元方相見如相問，爲説驅馳鬢已翁。 鈔本卷十一

送友人徽州學正 在□外

一官千里向何池，閒散聊歌泮水詩。儘有壯懷淩險阻，會看文化到邊陲。清修肯負平生志？詳雅真堪後學師。最是仙遊多勝概，月明遥想詠歸遲。 鈔本卷十一

送顧百彊南京刑部

聯璧争誇好弟昆，秋曹瀟灑更能文。行將弔古吟朱雀，且喜分司是白雲。海上鵾鵬方振翼，天涯鴻雁惜離羣。更憐定省還家近，爲孝爲忠總屬君。鈔本卷十一

送周子庚中丞出鎮延綏

五原落日照旌旗，幕府雍容出鎮時。早有聲名馳省闥，旋看勳烈到邊陲。袖中慷慨平戎策，馬上悲歌出塞詩。去去不須論内外，君王原自重韓琦。鈔本卷十二

答盧兵部見懷 點石作「答盧兵曹師陳」

早辨烟波作釣徒，層冰忽阻下江艫。不愁眼底成千里，久已胸中置五湖。身愧塞鴻知朔候，心如海鳥只南圖。等閒濡滯無煩誚，自古行藏造物俱。鈔本卷十一 點石齋本懷歸出

京詩

才伯生子湯餅席上賦贈

行路悠悠協夢祥，春風逆旅試蘭湯。即看驥子能千里，不用桑弧示四方。珍重詩書文種在，從前德澤慶源長。羡君歸去仙舟重，新得驪珠是夜光。

不須辛苦念天涯，千里名駒自渥洼。勝日漫開犀菓燕，春風吹點石作「初」長玉蘭芽。啼聲已驗真英物，世講還叨老契家。想見高堂新夢好，定懸弧矢候歸槎。

鈔本卷十一　點石齋本懷歸出京詩

送林石崖大理之南京

陰陰桃李覆門牆，忽拜新恩領法章。行見春風回腐草，定移化雨養甘棠。人於北斗隆瞻仰，我爲南豐設瓣香。不向都門折楊柳，秋來旅雁亦南翔。

鈔本卷十一

任城簡顧英玉〔丁亥〕

不見逋翁十二年，東來期約又茫然。浮生會合良非易，公事覊人殊可憐。望入龜蒙青歷歷，心懸河濟白緜緜。多情只有任城月，千里殷勤送客船。鈔本卷十一

文徵明集補輯卷第八

七律三　八十九首

石湖初泛　虚齋作「京師歸初泛石湖」（嘉靖丁亥，下同）

舟出横塘意虚齋作「思」渺然，本來歸計爲林泉。青山相見無慚色，白社重投有宿緣。三月鶯花歌扇底，五湖烟水酒尊前。吟風弄月閒情在，此是春遊第一篇。吴越所見書畫録卷三　虚齋名畫録卷三　墨蹟精選

再泛　詩卷作「上方寺」

吴宫花落雨絲絲，勝詩卷作「此」日登臨有所思。六月空山無杜宇，五湖新水憶鴟夷。春

深茂苑生芳草，月出橫塘聽竹枝。十日一迴將艇子，白頭剛恨去官遲。虛齋名畫録卷三　詩卷墨蹟　墨蹟精選

履吉將赴南雍過停雲館言別輒此奉贈時丁亥五月十日

鑑影兩幅識在辛卯年作

春來日日雨兼風，雨過春歸緑更濃。白首已無朝市夢，蒼苔時有故人蹤。意中樂事樽前鳥，天際修眉郭外峯。可是別離能作惡，尚堪老眼送飛鴻。虛齋名畫録卷八　書畫鑑影卷二十一

八月十三日承元抑太常君疇水部二先生攜樽過訪分韻賦詩徵明探得秋字

相隨京國笑淹留，相見吴門歎白頭。晚節漫從脩洛社，畏途聊共説并州。歲時奄忽空陳迹，文酒飄零幾舊遊？一曲一杯還卜夜，小樓明月近中秋。先是履吉、子重相期中秋爲石湖

看月之遊，及是子重甚病，而履吉有京口之行，獨坐無聊，悵然成詠。　湘管齋寓賞編卷三

金陵會南坦宿別

使君霅上蹔逃名，我亦吴門返舊耕。有約同探林屋洞，不徒相見秣陵城。樽前衰鬢秋燈影，枕上閒愁夜雨聲。明發又爲千里別，不辭更僕話深更。　鈔本卷十二

懷南原

虚受齋前霧雨收，浄香亭上碧雲稠。青燈昨歲悲生別，白首重來感舊遊。淮水淒涼空見月，秣陵凋敝正逢秋。從教宿草都迷塚，心折難禁老淚流。　鈔本卷十二

顧華玉夜話

秋風相別在長安，白下相逢暮雨寒。燈火笑談疑夢寐，江湖流轉各衰殘。正憐牢落音

書斷，況復差池會合難。滿眼離懷消不得，手開書卷再三看。　鈔本卷十二

瓶梅

詩稿第一首作「客有折梅枝相贈時始萼未花而春意已盎然矣因賦此詩」，第二首作「瓶梅大有生意賦詩催之」（戊子，下同）

一枝芳玉是誰傳？粉萼初含已燦然。不恨折來傷歲暮，重慚老去得春先。香生竹屋茆簷下，夢斷孤村野水邊。午夜雪晴寒不寐，多情明月在窗前。

瓶梅生意浩無涯，破臘何當壯陶作「嘗」便着花。雪後正憐春寂寞，窗間待看月橫斜。誰言勺壯陶作「白」水無根蒂，自信茅簷有歲華。憑仗小詩相問訊，臨風羯鼓不須撾。　吳越所見書畫録卷四　壯陶閣書畫録卷十　藝苑真賞社本詩稿真蹟

偶至東禪見佛前紅梅有作

冰肌玉骨絳羅巾，依舊羅浮月下人。漫向空門留色相，何妨冶態自清真。暖風吹酒融融雪，淺水凝妝淡淡春。怪得濃香薰佛坐，浄名天女是前身。　壯陶閣書畫録卷十　藝苑真

賞社本詩稿真蹟

春遊

江南三月半陰晴，十里東風幾醉醒。桃杏洗粧春樹緑，峯巒收雨暮烟青。畦分菜麥開棋局，天削芙蓉擁畫屏。一歲看花還一度，白頭端不負山靈。鈔本卷十二

寒泉在支硎山之麓晉支道林之遺蹟石上二大字猶存伍疇中自號寒泉蓋取諸此

支硎山下古泉清，裂石穿雲玉一泓。急雨每添新瀑布，紫苔都蝕舊題名。何年高士曾飛錫？此日幽人自濯纓。安得相從修茗事，一天明月萬松聲。鈔本卷十二

爲陳西江畫

望望吴淞江水流，草堂恰在水西頭。青山倒影供攲枕，斜日翻波入釣舟。蒲稗蕭條沙際晚，芙蓉縹緲鏡中秋。幽人浄洗紅塵足，却把閒情付白鷗。支那南畫大成第九卷

按：王穀祥有題，并云「此畫本年作」。後六年甲午小春，又以之題畫扇。

九月多雨追和匏庵先生續潘邠老詩四首 紅豆作「重陽將近風雨兼旬追和先師吴文定公續潘邠老詩四首」

滿城風雨近重陽，暝色寒聲漫繞堂。明日陰晴難自料，一時牢落已先嘗。衰顱偏映烏紗白，病臉何如野菊黄？四美難并何用嘆，但令有蟹薦桑郎。

按：此詩見卷第七，題作「奉次吴匏庵先生續潘邠老詩韻」。句有異同，重録於此。

滿城風雨近重陽，迂珊瑚、彙稿作「車」轍何人顧草堂？此日衣成聊自授，明朝酒熟共誰嘗？秋深澤國尊空紫，霜薄洞庭柑未黄。怪底珊瑚作「底怪」白頭多珊瑚、紅豆作「甘」寂寞，子

雲曾是校書郎。 珊瑚網書録卷十四

滿城風雨近重陽，赢得經時懶下堂。郭外登高空有約，籬邊把菊若爲嘗。水鄉切玉羹菰白，野艇流膏擘蟹黄。自笑索居空健羨，一紅豆、鑑影作「此」時風味屬漁郎。

滿城風雨近重陽，狼藉苔痕欲上堂。空擬萸囊修故事，多應秫酒負新嘗。吹香剛愛江蘋白，栖畝還憐晚稻黄。税足閒彙稿作「閉」門無吏擾，詩成終自紅豆作「日」愧潘郎。 吴越所見書畫録卷四　紅豆樹館書畫記卷二　書畫鑑影卷六　文徵明彙稿卷四

九日雨晴再疊前韻 紅豆有「二首」

滿城風雨近重陽，雨歇呼兒浄掃堂。短髮不羞紗帽側，紅豆作「落」新篘擬對菊花嘗。香生老圃秋容淡，鳥語風簷旭日黄。便倒一樽酬令節，山童會鑑影作「無」唱賀新郎。

滿城風雨近重陽，一日雨晴秋滿堂。通籍曾叨供奉列，賜糕親拜御筵嘗。宫壺瀉露金莖碧，禁署含暉瑣闥黄。此日江湖回白首，龍鍾誰識紫薇郎？ 吴越所見書畫録卷四　紅豆樹館書畫記卷二　書畫鑑影卷六

居竹圖珊瑚作「竹居」

珍重閒情在竹間，幽居深瑣碧琅玕。清風自解驅珊瑚作「絶」塵土，高節還堪託歲寒。門掩夕陽容竟造，詩成春雨倩誰刊？已知胸次清虛甚，莫作尋常肉食看。郁氏書畫題跋記卷十一　珊瑚網畫録卷十五

雪

夜聽淅淅響簷溝，曉看綏綏勢未休。月晃千林寒入畫，風迴萬舞晝迷樓。天工似與梅爭巧，歲事欣占麥有秋。最是晚晴堪肆目，自呼樽酒上簾鈎。

北風吹雪送殘年，紀瑞欣看去臘前。曉影籠沙迷月色，晚霙和雨濕茶烟。溪山凍合空多興，書卷窗明老欠緣。猶記昔時朝馬上，宮袍輕點碧花圓。

快雪才收氣未和，又看簷外舞傞傞。向來有伴如相待，正此書祥不厭多。玉削芙蓉山突兀，珠垂纓珞樹婆娑。不知補得疲民未？對酒聊爲三白歌。吴越所見書畫録卷四　文

除夕二首 吴越、壯陶、詩稿作「戊子除夕」，墨蹟作「丁亥除夕」

堂堂日月去如流，醉引青燈照白頭。未用飛騰傷暮景，儘教長吴越、壯陶、墨蹟、詩稿作「强」健博窮愁。牀頭次第開新曆，夢裏升沉説舊遊。莫笑緑衫今潦倒，殿中曾侍壯陶、墨蹟、平遠、詩稿作「引」翠雲裘。

糕菓紛紛酒薦椒，笑看兒女鬭分曹。燈前春草新裁帖，篋裏宫花舊賜袍。老對親朋殊有意，平遠作「味」病抛簪紱吴越、平遠作「笏」敢言高。功名無分朝無籍，何吴越、墨蹟作「不」用臨風感吴越以下五種作「嘆」二毛。

含暉堂帖　吴越所見書畫録卷三　壯陶閣書畫録卷十　詩卷墨蹟　平遠山房帖　藝苑真賞社本詩稿真蹟

人日〔己丑，下同〕

人日陰風拂帽斜，恍疑春不到貧家。歲修故事聊傳菜，寒勒梅枝未試花。青眼樽前幾

親舊，白頭林下兩年華。就中別有閒緣在，竹榻風爐自煮茶。　壯陶閣書畫録卷十　藝苑真賞社本詩稿真蹟

上巳日袁氏諸昆仲邀遊天池歷一雲天平而歸　平遠作「上巳日游天池諸山」

天池日暖白珊瑚作「雨」烟生，上巳行遊春服成。試共珊瑚、平遠、故宮作「向」水邊修禊事，忽聞花底語流鶯。空山靈跡千年秘，勝友拓本作「日」良辰吳越、拓本作「朋」四美并。一歲一回遊珊瑚作「春」不厭，故園光景有誰争？　珊瑚網書録卷十五　故宮旬刊第廿一期

三月韶華過雨濃，暖蒸花氣日珊瑚作「自」溶溶。穰梨作「融融」菜畦麥隴青黄接，雲岫烟巒紫翠重。一片垂楊春水渡，兩崖啼鳥夕陽松。晚風吹酒籃輿倦，忽聽天平寺裏鐘。　珊瑚網畫録，作「偶與九逵先生談天平龍門之勝爲寫小景并書近詩請教庚寅四月廿又一日」　鈔本卷十二　吳越所見書畫録卷三　穰梨館雲烟過眼録卷十七　平遠山房帖　上巳詩拓本

幻住庵辛夷盛開與諸袁同賞

雲門詰曲斷垣斜，一樹辛夷爛晚霞。紫豔乍驚蓮在木，綵毫真見筆生花。輞川莊上空遺塢，谷口詩成正憶家。白髮傷春擬酬醉，莫教風雨洗鉛華。鈔本卷十二

南樓雨後

徙倚南樓酒半醺，新晴物色七律作「草木」總欣欣。烟中萬瓦初斜日，天末孤飛有斷雲。江燕差池先社至，林花狼藉過春分。一般寂寂啼山七律作「黄」鳥，不及橫塘樹底聞。吴越所見書畫録卷四 七律二首寄補齋

春寒

靜裏圖書老自怡，護風簾幕晝常垂。淹留短褐春無賴，約勒梅花雪後時。涉世久應諳

冷暖，委心曾不恨衰遲。猶餘筆硯閒緣在，時擘吴牋賦小詩。吴越所見書畫録卷四

顧華玉宿余停雲館用韻奉贈

我知容膝易爲安，君似青松耐歲寒。情洽酒杯春爛熳，話深燭跋夜闌殘。衰遲轉覺交游好，閱歷深知道路難。湖海去來殊不定，相思試展畫圖看。鈔本卷十二

次韻答李子中見寄

竹寺分違白髮增，楚山回首碧層層。蹉跎歲月真如水，去住浮生總愧僧。江郭夢回占落月，雨窗相憶剪春燈。却憐老病才情減，手把瑶篇報不能。鈔本卷十二

席上次王敬止韻

高士名園萬竹中，還開别徑着衰翁。倚樓山色當書案，臨水飛花拂釣筒。老去不知官

爵好，相遇惟願歲年豐。秋來白髮多幽事，一縷茶烟颺晚風。 鈔本卷十二

答徐崦西即次來韻

林下勳名有醉鄉，夢中日月去堂堂。百年自謂貧非病，一笑何妨老更狂。積雨柴門車轍斷，秋風庭院藥欄荒。故人天上能相憶，時寄新詩借末光。 含暉堂帖

蠟梅

是誰嚼蠟吐幽芳，磬口檀心燦蜜房。粟玉新裁姑射珮，額黄原出壽陽粧。仙臺瑞露凝金掌，月殿天香染菊裳。雪後一枝開特早，不應姚氏獨稱王。詠花末二句作「不向西湖争品格自將春色占中央」 吴越所見書畫録卷四 詠花詩册

二宜園圖〔庚寅，下同〕

大參正齋先生與其弟國聲友愛甚篤，家有二宜園，頗極游觀之勝。余爲作圖，并繫拙句如右。嘉靖庚寅正月既望，文徵明識。

十畝芳園帶野堂，白頭兄弟喜相將。池塘入夢生春草，風雨淹情接夜牀。并集原鴒如有戀，交花荆樹正吹香。百年樂事真堪羡，爲賦斯干第一章。珊瑚網畫録卷十五　書畫鑑影卷二十一

大火西流涼風時至小齋盆蘭盛開清芬襲人不有雅集莫當勝賞今月四日薄具卮酒奉枉高人輒以小詩將之庶幾一來也

猗蘭初發紫瓊標，社甕新篘碧玉醪。未用援琴歌古調，且須痛飲讀離騷。香浮夜月憐湘畹，珮冷秋風憶漢皋。勝事不常花易萎，可人莫自費呼招。鈔本卷十二

贈湯右卿　縣志作「蘭陵舟中與湯右卿話別右卿大理公嗣也」

邂逅蘭陵話日斜，追思京國困風沙。扁舟又是三年別，尊酒空驚兩鬢華。敢以虛名傾晚輩？曾從諸父議縣志作「説」通家。秋來何事匆匆去，孤負重陽菊有花。　鈔本卷十二　江陰縣志

十六夜同湯子重王履吉石湖汎月　虛齋作「十六夜泛湖」

皎月飛空輾玉輪，平湖如席展湘紋。蒼烟斷靄千山隱，秋水長天一線分。不恨蹉跎逾既望，終嫌點綴有微雲。歌聲忽向中流起，驚散沙邊鷗鷺羣。　鈔本卷十二　壯陶閣書畫録卷十　虛齋名畫録卷三　藝苑真賞社本詩稿真蹟

九日同子重履吉楞伽山登高 虛齋作「九日遊石湖」

風日晶晶麗物華，彊扶衰病虛齋作「漫拖雙屐」上楞伽。百年幾見重陽霽？雙鬢偏憐暮景斜。滿目湖山空茂草，時毁山中諸寺。幾家籬落有黄花。行春橋畔虛齋作「外」人如蟻，誰識風流老孟嘉！ 鈔本卷十二 壯陶閣書畫録卷十 虛齋名畫録卷三 藝苑真賞社本詩稿真蹟

崑山翠微閣

飛樓縹渺翠微中，身在東南第一峯。勝概百年餘水石，闌干千尺俯雲松。詩篇誰寄張承吉？人物空懷陸士龍。欲寫平生登臨興，綵毫先寄紫芙蓉。 鈔本卷十二

江陰道中遇雨野泊有懷湯右卿 畫軸作「庚寅十月之晦江陰道中遇雨野泊有懷」

水囓青楓野岸高，風將暝色起畫軸作「赴」蕭條。孤燈照葉聽寒雨，短棹黏沙待夜潮。客計

匆匆茫自失，覊魂黯黯坐來銷。銀牋淡墨詩成處，咫尺佳人入望遥。鈔本卷十二 畫軸墨蹟

欲登君山雨不克

雲霧蒼茫濕翠鬟，相看只尺負躋攀。浮生應欠看山福，乘興何妨載雨還？見説虚亭浮碧落，幾時把酒歷孱顔？白頭無限滄洲趣，都付冥鴻縹緲間。鈔本卷十二

澄江歸棹喜得順風夜宿望亭

澄江南下擁孤篷，百里才消一席風。坐覺潮生移斷岸，回看天際失飛鴻。疾徐久付行藏外，憂喜猶懸逆順中。斗酒今宵何處醉？一痕新月望亭東。鈔本卷十二

鶴所圖

小開幽室對仙禽，静契蹁躚物外心。興落孤山秋渺渺，夢回赤壁夜沉沉。有時起舞月在席，何處長鳴風滿林。見説周旋無長物，數竿脩竹一牀琴。虚齋名畫録卷三

寄題百花庵（辛卯，下同）

雲門深寂帶溪流，回首塵踪二十秋。舊種長松應結子，新開竹徑更通幽。紀遊詩草埋蒼蘚，出定山僧已白頭。見説當年蓮社在，淵明垂老欲相投。鈔本卷十二

直夫祠部冒雨過顧君既不飲而貧家亦不能爲具清坐竟日題贈如此辛卯五月十又九日

草暗泥深轍迹荒，故人乃肯顧茆堂。貧無供設情還洽，老惜交遊話更長。離思一天雲

黯黯，閒愁百斛雨浪浪。明朝何處瞻行色？一抹青山是建康。

一笑山樓見故知，夢中塵土説京師。憐君官拙淹常調，顧我年侵異舊時。風雨笑談寧有數，江湖離合本無期。爲拈禿筆題雲樹，只尺中含萬里思。墨筆山水印本

秋野

景色蕭條入暝烟，天圍平楚正蒼然。狂搔短髮西風外，閒送孤鴻落照邊。石徑丹楓霜策策，槿籬黄菊雨娟娟。白雲無限清秋意，都在高人杖屨前。鈔本卷十三

寄壽陸儼山

曾逆龍鱗請左銜，旋因蓴菜解朝簪。孔戣豈是真宜去，中散吾知有不堪。閲士已應空冀北，著書聊復滯周南。九峯何處三千丈？見説秋來翠擁嵐。鈔本卷十三

壬辰人日與之北城别業小集是日風雨寂寥梅蕚未破故詩及之〔壬辰，下同〕

淡烟蒼靄晝沉沉，白髮青春好自禁。寂歷梅花猶勒雨，蹉跎人日苦多陰。步來野逕緣溪静，愛此茅堂入竹深。車馬不驚魚鳥狎，居然城市有山林。〔珊瑚綱書録卷十五〕

嘉靖壬辰暮春既望過袁氏别業適芍藥盛放賞玩竟日即席漫賦并系以圖

雅淡風前第一流，巧將濃豔一時收。魚沉雁落初匀黛，雨散雲飛欲墮樓。莫問紅顔争解妒，只教芳草亦含愁。青油百尺須添障，竹葉應爲十日浮。〔唐宋元明清名畫大觀〕

寄楊用修〔癸巳，下同〕

雲繞滇池萬里城，孤臣一謫九年更。衹今天意何嘗定？此日君王本聖明。塞上未須論馬失，周南還見著書成。春風想得聞鵑處，水碧山青無限情。平遠山房帖

同江陰李令君登君山二首

浮遠堂前爛熳遊，使君飛蓋作遨頭。烟消碧落天無際，波湧黄金日正流。禽鳥不知賓客樂，江湖空有廟廊憂。白鷗飛去青山暮，我欲披簑踏釣舟。

雲白江清水映霞，夕陽欄檻見天涯。亂帆西面浮空下，雙〔府志作「蒼」〕島東來抱閣斜。萬頃胸中雲夢澤，一痕掌上海安沙。扁舟便擬尋真去，春淺桃源未有花。常州府志，題作「二島」；江陰縣志，題作「二島」平泉書屋本文徵明墨寶

嘉靖甲午臘月四日訪從龍先生留宿西齋時與從龍别久秉燭話舊不覺漏下四十刻賦此寄情并系小圖如此〔甲午〕

木葉蕭蕭夜有霜，清言款款酒盈觴。碧窗重剪西風燭，白髮還聯舊雨床。秋水不嫌交誼淡，寒更何似故情長！不堪又作明朝别，次第鄰鷄過短牆。　珊瑚網畫録卷十五　式古堂書畫彙考卷廿八

滸溪草堂圖〔乙未〕

沈君天民世家滸墅，今雖城居，而不忘桑梓之舊，因自號滸溪，將求一時名賢，詠歌其事。余既爲作圖，復賦此詩，以爲諸君倡。滸墅一名虎墅。按圖經：秦始皇求吴王寶劍，白虎蹲於丘上，西走二十五里而失，故名虎疁。吴越諱鏐，因改「疁」爲「墅」，又僞「虎」爲「滸」云。嘉靖乙未臘月。

何處閒雲築草堂，虎疁溪上舊吾鄉。百年魚鳥常關念，一曲風烟儗自藏。南望帆檣依

樹轉，西來墟落帶山長。最憐出郭紅塵遠，春水還堪着野航。石渠寶笈卷三十三

送汝養和之鄢陵任〔戊戌，下同〕

十載鹺司飭治聲，新懸墨綬領鄢城。從知家世傳清白，久服官箴更老成。陳寔祠前條化理，召陵原上勸春耕。中州見説今疲甚，定有仁風慰遠氓。黎里志

缺題

小病淹愁百念慵，時時清夢越城東。春風閉户草如積，落日倚樓山滿空。三月光陰條禊後，千村桃李杖藜中。何時去覓王玄度，把卷臨流一笑同。中華書局印本文徵明行書字屏

夢樟圖爲胡東原作〔己亥〕

悲風樟樹帶臨江，慟哭當時事渺茫。寂寂旅魂千里遠，悠悠殘夢百年長。心傷寸草迷

春雨，腸斷羣烏伴曉霜。幾度月明推枕處，不知身世在高堂。　圖卷墨蹟

癸卯十月同履吉文學遊洞庭西山歸而圖之以記興云〔癸卯〕

薄雲籠月夜微茫，十里松蘿一徑長。草澗伏流時送響，野梅藏雪暗吹香。冥烟突兀蒼山色，遠火依稀破壁光。十五年前舊遊路，重來蹤跡已都忘。

萬頃玻璃帶曲隈，眼中圖畫自天開。春風爛熳難忘酒，落日登臨更有臺。百疊蒼螺湖上島，千林香雪崦邊梅。故人何在空流落，縹緲峯頭獨自來。　珊瑚網畫録卷十五　式古堂書畫彙考畫録卷二十八

按：王寵時已卒十年，汪氏畫録所記或有筆誤，識此待考。

蓼川令君改任祁陽賦此奉贈嘉靖甲辰八月朔〔甲辰，下同〕

墨綬重專百里城，人民社稷總關情。向來科目收難盡，此去文章政有成。弔古浯溪磨蘚刻，勸農祁水看春耕。故人白首難爲别，獨倚江樓望遠旌。　穰梨館雲烟過眼録卷十七

嘉靖甲辰冬過摇城訪延望茂才再宿而歸賦此留別

扁舟連夕傍松扉，坐戀高情忘却歸。節後不嫌籬菊瘦，霜餘殊覺蟹螯肥。一時文酒新知在，滿目江湖舊夢非。歲月易消人易老，願言相賞莫相違。　畫軸墨蹟

人日□□孔加子傳見過〔乙巳，下同〕

□氣和風散□□，一樽相屬對靈辰。浮陽已兆初正候，挑菜聊延不速賓。白髮喜占人日霽，梅花未負草堂春。浮生不共流光轉，慚愧年年綵勝新。　鈔本卷十三

正月十三日在梁溪晚雪初晴與華從龍施子羽彭孔加周公瑕水次玩月

空街雪霽悄寒凝，碧落雲收夜氣澄。開歲行歌初見月，滿城簫鼓近燒燈。欲酬勝賞須樽酒，況值良辰對友朋。一笑相將難自別，老年蹤跡苦無憑。　鈔本卷十三

新春湖上

行春橋下木蘭船，不到楞伽又一年。老去登山猶健在，平生行樂有閒緣。千年形勝斜陽外，滿眼江湖白鳥邊。羞向樽前談世事，有人芳草抱饑眠。鈔本卷十三

南坦先生既解司空之務退隱吴興山中晚托養生自寄欲爲樓居而力有所不暇徵明爲寫溪山樓觀圖以贈昔米元章作研山圖自題其上謂每神遊其中先生於此豈亦有意乎相與一笑賦詩系之時先生年七十有二徵明亦七十六矣

仙人漫説好紀事作「愛」樓居，咫尺丹青亦可娱。紀事作「足卷舒」坐守黄庭幽闕迥，讀殘真誥夜窗虚。游心物表紀事作「外」疑無地，寄迹空中樂有餘。一笑闌干不成倚，浮雲奄忽渺紀事作「意」何如。鈔本卷十三　明詩紀事丁籤卷七劉麟

鄒草陵薄游吴門奉贈短句君所居清風廬有名而無其室蔭樹以遊故卒章戲及之

千里西來興渺漫，浮雲野水一儒冠。蕭閒不受風塵累，閱歷應知道路難。歲晚自憐黄菊好，江湖誰念白鷗寒？歸囊獨有詩盈卷，展向清風樹底看。

鈔本卷十三

次韻答李北山見寄〔丙午，下同〕

曾向爲山聞雅誼，及看詩筆過於聞。夢中顔色空梁月，天際相思日暮雲。金馬自憐貧待詔，龍山誰識醉參軍？新篇投贈千金重，欲報瓊瑶愧不文。

鈔本卷十三

送沈禹文奉使還朝

四月吴門春未闌，春風珂珮玉珊珊。未誇晝錦鄉里重，又見星槎使節還。家世百年還

道義，壯懷千里自江山。白頭無限分違意，都在吴越作「存」飛鴻縹緲間。　鈔本卷十三　吴越所見書畫録卷三

嘉靖丙午西閶郡公届壽□□四月十有八日是其始生□辰劉君朝薦索詩爲壽漫賦

融融佳氣正氤氲，百福都來集郡君。天上雙龍新紫誥，眼中羣鳳□青雲。霜凝松節寒逾勁，春滿下缺　詩稿墨蹟

華從龍寄贈箬蘭兼示高篇率爾奉答

别種幽蘭間色新，翠翹婀娜薦文琛。故人勞解青霞珮，老我親調緑綺琴。一笑已應忘臭味，百年還待結同心。相逢相憶如相面，滿目春風玉樹林。　鈔本卷十三

方用矩過訪有詩見投時積雨初霽晴色可愛次韻奉酬

冉冉苔痕被短牆，菲菲草色占庭芳。門前故轍春泥迹，樹杪新晴落日光。玉倚蒹葭吾有愧，坐依蘭蕙兩相忘。夜來溪水添三尺，便擬城南汎野航。鈔本卷十三

萬木堂 建寧楊氏

見説閩南萬木堂，家聲藹藹木蒼蒼。百年雨露滋培力，累世風雲奕葉光。歲晚貞心看節操，春來秀穎露文章。斧斤不入高標在，有待明堂作棟梁。鈔本卷十三

華補庵奉使還朝枉棹吴門訪余言别余與吴中諸友餞於虎丘賦詩解裝

使節乘春將欲行，還勞訪别駐江城。名山不厭重來意，流水先含送遠情。舊署重聯清禁鷺，新詩還賦上林鶯。别君正是懷君地，可月亭前看月生。鈔本卷十三

送袁繩之赴召〔丁未，下同〕

三年贊郡治功成，忽捧徵書入帝京。越上甘棠餘舊蔭，禁中春色聽新鶯。君於臺省真無愧，我忝姻婣與有榮。白首殷勤相送處，願將民隱達皇明。鈔本卷十三

陸在鎔判安州

辛苦窮經將致用，喜分半刺向安州。百年驥足看初展，萬里鵬程屬壯遊。傳世循良知有譜，關情民社得無憂？白頭老友難爲別，目送飛鴻獨倚樓。鈔本卷十三

是歲閏九月再汎

九日重臨更喜晴，湖光山色照人明。良辰剛及三年閏，勝踐還憐四美并。老圃秋容元不淡，移時黄菊尚多情。一年兩度吹紗帽，未必龍山勝越城。是日登越城橋。鈔本卷十三

按：原共二首，第一首已見卷第十二是歲閏九月再汎。

次韻答朱遜泉見寄

舊遊零落古譙東，時復因君夢醉翁。世事久抛殘局外，生涯猶在蠹書中。偶從過雁傳消息，却撫鳴蟲感歲功。聞道近來西澗口，春潮無雨不相通。鈔本卷十三

送吴子後浙江都司斷事

杭城南去只三程，喜爾扶輿奉母行。緑水紅蓮新宦況，紫樞黄閣舊家聲。列銜右省文書静，覽勝西湖樂事并。世講衰翁垂八十，白頭偏重别離情。鈔本卷十三

送華補庵奉使還朝

望望粱溪百里間，星槎西上若爲攀。遥持江漢南來節，歸簉鵷鸞舊日班。贉有别情懸

素月，未容高興戀青山。東南民力于今竭，應有封章徹九關。送君攜手上高丘，落日清樽小逗留。離思滿前官柳渡，壯懷千里木蘭舟。平生書劍風雲會，去住江山爛熳遊。去去王程飛鳥外，可應回首憶長洲？　鈔本卷十三

千巖萬壑圖（戊申，下同）

右圖千巖競秀，萬壑争流，乃余爲子傳而作也。子傳與余相友善，每有所往，必方舟相與，乘間即出此紙，郁氏、珊瑚、式古作「絹」索余圖數筆，興闌則止。如是者凡十有二郁氏等作「三」年，始克底郁氏等作「告」成。昔人云：「十日畫一水，五日畫一石。」豈不信然哉！惜余耄不工，弗能追古人之萬一也。郁氏等無以上六句因柬郁氏等作「系」之以詩。嘉靖戊申秋八月既望，徵明時年七十九。郁氏等作「嘉靖己酉八月徵明」

尺楮郁氏等作「素」俄經十二郁氏等作「驚已數」年，秀巖流壑總郁氏等作「始」依然。羨郁氏等作「感」君意趣猶如昔，顧我聰明不及前。萬曲郁氏等作「壑」潺湲知水競，千層紫郁氏等作「巖青」翠爲山妍。詩中真境何容盡，聊畢當年未了緣。　退庵金石書畫跋　夢園書畫録卷十　郁氏書畫題跋記卷十一　珊瑚網畫録卷十五　式古堂書畫彙考畫録卷二十八

醉翁亭圖

吴近溪以此卷索畫，於是數年，因渠不相迫促，余亦忘之久矣。戊申十一月晦，偶檢篋得之，遂張燈塗抹，不覺滿紙。次日復賦此詩。詩雖草草，而畫頗精密，亦聊逭逋慢之罪耳；不識近溪以爲何如。

愛此清溪無垢氛，幽居近傍碧粼粼。慣親魚鳥渾相識，盡占烟波作主人。天浸月明依檻静，水浮花片繞門春。渺然自得桃源趣，時有漁郎來問津。壬寅銷夏録

夏日遊石湖次吴海峯韻二首 珊瑚作「題石湖圖與陸子静」〔己酉，下同〕

春盡南湖水拍空，扁舟如坐畫圖中。催詩忽送雲頭雨，拂珊瑚作「吹」面時來柳外風。人與青山如珊瑚作「原」有約，興隨流水去無窮。自家不是陶彭澤，珊瑚作「元亮」一笑應慚對遠公。

平生幽興白珊瑚作「碧」雲深，老去閒身縱壑禽。喜共樂天珊瑚作「白公」修洛社，何如逸少在

山陰。夕陽鐘梵烟藏寺，修竹人家水繞林。滿目溪山琴趣在，底須弦上覓知音？ 鈔本卷十三 珊瑚網畫録卷十五

病中答皇甫百泉見贈

老爲時棄卧家山，高誼慚君伯仲間。蔣詡相過無俗侶，淵明虚室有餘閒。臨闌静看花開落，捲幔聊通燕往還。抱病經旬正愁寂，忽承新句爲開顔。 鈔本卷十三

文徵明集補輯卷第九

七律四　一百二十三首

立春〔嘉靖庚戌，下同〕

昨朝送臘雪漫漫，此日逢君一笑歡。芳草遥看如有色，江梅正恐不禁寒。未須綵燕裁金勝，聊復青絲薦玉盤。老去未能忘習氣，十分詩興在毫端。〔天香樓藏帖〕〔百爵齋藏歷代名人法書〕

十三日飲公瑕家見月

新年又見月當空，月色撩人思不窮。南國燒燈佳節近，西窗剪燭故人同。雍容雅興□

樽外，爛熳春情笑語中。爲語諸君須盡醉，白頭吾已是衰翁。天香樓藏帖　百爵齋藏歷代名人法書

上元飲王陽湖宅

離離火樹映風簷，三五良宵月正南。老去不教佳節負，興來還盡故人酣。時新喜擘燈前蟹，故事聊傳席上柑。正是豐年行樂地，未嫌簫鼓雜文談。天香樓藏帖　百爵齋藏歷代名人法書

新年　故宮作「辛亥元旦二首」（辛亥，下同）

曉色熙微到枕前，鷄聲驚我北窗眠。試故宮作「起」吟春草裁新帖，以上三字鈔本缺却對詩稿作「却看」，故宮作「笑索」梅花是故宮作「已」隔年。展曆從頭探故宮作「新看」節敍，占風故宮作「豐」聊復驗農田。老來故宮作「年」生事惟行樂，不在山邊即水邊。以上四句鈔本缺。壯陶閣書畫録　卷十　藝苑真賞社本詩稿真蹟

暖風披草欲生烟，此句鈔本缺春在疏籬曲徑真蹟作「籬門竹徑」邊。久占青山遺世以上六字鈔本缺事，又將華髮受新年。有情花鳥詩篇裏，無限光陰杖屨前。縱有閒愁都遣却，一杯椒葉自陶然。鈔本卷十四 故宫週刊第一百二十一期 詩書真蹟

二日同王直夫飲陸子傳家賦贈聞王直夫家園梅花盛開故卒章及之

喜得春來風日嘉，一樽同醉故人家。等閒會合原無約，漫漶時情豈有涯？追話舊遊增感慨，自惟老景惜年華。何當更作東園會，見説江梅已着花。鈔本卷十四

三日飲毛氏小滁亭 故宫作「新春飲毛氏林亭題贈輔元親契」

江城開歲纔三日，一笑投君漫合併。林館蕭閒知市遠，風光駘蕩漸春生。坐消日月渾無迹，老對親朋自有情。漫故宫作「還」向樽前歌伐木，花時來此聽啼鶯。鈔本卷十四 故宫週刊第一百九十期

承諸君見和新年之作再疊二首

身同疲馬不能前，懶似吴蠶一再眠。春酒杯中消世事，曉鷄聲裏渡流年。未忘垂老歌淇奥，自笑無功佃甫田。最是春風來有準，一痕消息早梅邊。

晏坐閒消柏子烟，閒愁不到酒樽邊。從知修竹能醫俗，誰謂豨苓解引年？瓦礫汰餘宜在後，聰明老去不如前。不才自爲明時棄，太息空懷孟浩然。　鈔本卷十四

送吴泰峯考績赴京

建業春風燕子飛，仙郎整佩上皇畿。彤庭擬奏三年績，驛路先看駟牡騑。賸有江山供逸興，不教塵土上征衣。正當側席求賢日，喜見聲華達紫微。　鈔本卷十四

送朱祁川宰浮梁

銅章墨綬擁朱輪，沿牒浮梁作宰臣。三策已看收甲第，一官今喜有民人。飽山閣上鳴琴思，浮碧亭前化雨春。去去不嫌江漢遠，會看卓茂上楓宸。　鈔本卷十四

水仙

翠衿縞袂玉娉婷，一笑相看老眼明。香瀉金蘭言作「玉」杯朝露重，塵生羅襪晚波輕。漢皋初解盈盈珮，洛浦微通脈脈情。剛恨陳思才力盡，扇集作「減」臨風欲賦不能成。　鈔本卷十四　蘭言室藏帖　詩軸墨蹟　故宮名扇集第一期　故宮週刊第一百九十一期　美周社印本扇面雙絶神品　支那墨蹟大成第十卷

春日同水南登君山

蒼山兀兀水沄沄，回首重遊十二春。白日西飛何自急？大江東去渺無津。閒雲變滅悲浮世，衰鬢相看有故人。黄土一抔勳業盡，英風誰復問春申？　鈔本卷十四

玉蘭花

嘉靖辛亥二月八日，訪補庵郎中。適庭中玉蘭盛開，連日賞玩，感而賦此，并系以圖。

奕葉瓊珊瑚等各種作「靈」葩別種芳，似舒還斂玉房房。仙翹映月瑶臺迥，素腕披湘管作「投」風縞袂長。湘管作「颺」拭面何郎疑傅粉，前身韓壽有餘香。夜深香霧空濛處，彷彿羣姬湘管作「神妃」解佩璫。　鈔本卷十四　珊瑚綱畫録卷十五　湘管齋寓賞編卷六　式古堂書畫彙考卷二十八　石渠寶笈卷三十八　穰梨館雲烟過眼録卷十七　國華書局本古畫大觀　寶繪集　文徵明彙稿

按：鈔本原共二首，第一首已見卷第十二玉蘭花。

送沈文巖赴鄱陽尹

初縈墨綬向鄱城，百里星郎命不輕。喜擢制科收世業，去爲循吏紹家聲。近居自古惟平易，更事如君況老成。江漢去天纔咫尺，佳名非久達瑶京。鈔本卷十四

張石渠給事左遷内黄丞

瑣闥徊翔守朴忠，若爲清世不相容？子文直道曾三黜，斯立高懷且二松。博望岡頭瞻斗極，繁陽城下勸春農。丞哉負我吾無負，一笑何妨躡故蹤。鈔本卷十四

送方夢樵還三衢

三衢千里隔吴州，爲覓衰翁遠見投。適意江山應自壯，苦吟花鳥得無愁。百年道誼知君厚，四海虚名愧我浮。乍見不堪還别去，渚雲江樹兩悠悠。鈔本卷十四

何元朗傲園

不是忘機慕漢陰，芳園聊寄不羈身。短褻日涉陶元亮，布褐躬耕鄭子真。適意乾坤聊肆志，放言貧賤敢驕人？曉來雨過町畦潤，一笑欣然萬物春。鈔本卷十四

冬日訪補庵郎中月夜小集補庵有詩次韻奉答

天空露冷意寥寥，此夕籬根繫小舠。兩地交情秋水淡，百年琴思碧山高。風前樽酒邀明月，霜後疏林見遠皋。一笑相看俱白首，餘生惟有樂陶陶。鈔本卷十四

荆溪道中疊前韻

濤浪翻空晚汎寥，溯風西上一輕舠。雲開陽羡羣山出，水落荆溪斷岸高。斜日鳧鷖遵枉渚，西風木葉下亭皋。老來自得江湖趣，何必朱公更隱陶？鈔本卷十四

送沈儀曹仲文之南京

少年文采玉英英，一命南宫向鎬京。晝省香鑪新宦況，黄堂朱紱舊家聲。倚樓暮詠鍾山雨，騎馬朝聽晉苑鶯。想見讀書兼吏隱，閒曹偏稱沈郎情。鈔本卷十四

月夜同補庵登惠山

惠麓山前夜泊船，與君同上碧雲巔。月臨突兀松間殿，風送潺湲竹外泉。賸有笙歌驚宿鳥，不教鍾梵擾枯禪。未愁此夕山靈笑，只恐明朝已話傳。鈔本卷十四

人日王直夫期東園看梅阻雨不果〔壬子，下同〕

春陰黯黯晝遲遲，只尺名園不可之。老病那堪人日雨，梅花剛負草堂期。道衡牢落空多思，高適龍鍾漫有詩。四美二難從古事，底須惆悵恨芳時？鈔本卷十四

病起

卧病空齋已浹旬，開軒桐葉翠陰陰。柴門久矣迷車轍，空谷欣然有足音。甲煎浮芬消永日，建甌瀹雪洗煩心。日斜睡起無餘事，自擘銀牋續短吟。　鈔本卷十四

承諸友見和再疊前韻二首

横塘西下綵雲樓，千里風烟入卧遊。詞客曾吟梅子雨，野人今駐木蘭舟。春聲柳外調鶯舌，山色雲中見佛頭。樽酒相看聊一笑，十年前事付悠悠。

清波摇真蹟作「邀」月弄嬋娟，人擁笙歌月載船。月與湖山增勝概，人看光景惜流年。白沙斷渚眠鷗外，青靄長雲落雁邊。酒醒不嫌歸棹晚，蘅皋暮色已真蹟作「正」蒼然。　詩書真蹟此首題作「秋江汎月」　鈔本卷十四　詩書真蹟

按：此係疊袁魯仲邀余登列岫樓……及是晚過行春橋玩月再賦兩詩韻，詩見卷第十二。

楊子任邀遊石湖值雨遂飲王氏越溪莊

未將艇子泛南湖，先醉王公舊酒罏。畫戟凝香供晏寢，玉盤修竹出行廚。送青剛喜山排闥，潤物還憐雨似酥。一笑烟波情滿目，臨風有客唱吴歈。

鈔本卷十四

寄顧汝和

仙郎違別動經時，問訊難兄自北歸。仕籍近聞通禁省，宫羅初喜試朝衣。未妨僕直藏金馬，想見揮毫對紫薇。冀北江南勞夢想，月明千里共依依。

鈔本卷十四

寄金元賓

留滯燕南歲月邁，思君不見使人愁。烟霄萬里誰推轂？身世三年獨倚樓。料得風雲心自壯，莫教塵土鬢先秋。上林三月鶯花滿，早晚鳴珂爛熳遊。

鈔本卷十四

遊天池分韻得門字

清池一畝浸雲根，舊説青蓮已不存。曾是金仙飛錫地，何如玉女洗頭盆？動摇碧落涵空影，顛倒青山落酒樽。秘記不傳誰度世？十分清勝屬空門。鈔本卷十四

歸途登天平再用門字韻

華山東下石崙崗，却到天平日已昏。十里崎嶇遵鳥道，萬峯離立擁龍門。蕭條鍾梵投荒寺，感慨勳賢拜古墳。不恨籃輿歸路永，松頭明月照前村。鈔本卷十四

沙頭顧惠卿往歲於余嘗有筆硯之雅去今五十年年七十有四而余亦八十三矣燈前話舊賦贈

夜堂燈火話當時，歲晚天寒酒力微。我老已非前日比，君年亦過古人稀。清樽燕笑風

流在，白首栖遲志願違。百里沙頭共明月，相逢相别思依依。　鈔本卷十四

仇實父玉洞燒丹圖

仇英實甫畫玉洞燒丹圖，精細工雅，深得松年、千里二公神髓，誠當代絶技也。雨窗無聊，據案展閲，不覺情思飛揚，漫賦短句。嘉靖壬子。

下辭紫府出仙都，來問丹成事有無。雲霧衣裳芝作饌，桃花顔色雪爲膚。壺中滿貯長生藥，卷内同看太極圖。寄語羣仙機盡息，何須更問玉蟾蜍？　盛京故宫書畫録

送周木涇憲副赴滇南〔癸丑，下同〕

二十年前六詔行，山川民物久知聞。璽書再領新符節，竹馬争看舊使君。戀闕夜瞻滇海月，行春朝擁點蒼雲。老年怕見親知别，況此尊前萬里分。　鈔本卷十四

陳司馬高吾八十

吾翁老去意逍遥，曾佐兵樞振百僚。浮世幾人登八袠？先生一節重三朝。向緣直道成先退，還爲投閒得後凋。未遂升堂稱祝願，短章聊薦穀神謡。鈔本卷十四

寄孫環山

三載錢唐仰使君，若爲投紱在丘園？古來物議元無定，浮世虚名豈足論！西子湖邊棠未剪，醉翁亭下菊猶存。只應散髪南窗下，不負環山舊酒樽。鈔本卷十四

贈黄少村

廿年相别費相思，忽漫相逢衣錦歸。喜見策名登要近，寧知仕路有危機？憐君慷慨高懷在，顧我摧頹白髪稀。滿目離情題不得，自梯高閣看雲飛。鈔本卷十四

次韻酬張石磐提學見懷

從前志業散浮烟，老去情悰有晏眠。朴學空慚知己報，迂愚不受世人憐。無端春思遊絲亂，不斷閒愁水荇牽。回首春風三十度，吴門桃李自年年。　鈔本卷十四

贈陳世鵬石峯提學子

十載相聞一旦逢，却看眉宇憶先公。門牆我久慚知己，道義君還有父風。手澤慇勤圖史在，交情繾綣酒杯中。白髮不盡通家誼，目斷閩天送斷鴻。　鈔本卷十四

送王元美主事奉使還朝

縹緲晴雲擁使旌，燕山吴水漫遊行。通家珍重寧親樂，旋軫委蛇戀闕情。紫禁仙班聯舊鷺，青春上苑聽新鶯。風雲壯志輸年少，看取驊騮萬里程。　鈔本卷十四

夏日陽湖有詩見懷次韻奉酬

熟梅天氣半晴陰，團扇初驚夏令侵。白苧生風珍簟冷，碧桐摇日晝堂深。老懷怕見談時事，愁病常教負賞心。賴有故人相原作「想」殆誤慰藉，華牋時寄短長吟。鈔本卷十四

送周在山憲副之山東

徊翔州郡歲云窮，旋擁雙旌向兖東。久練民情諳化理，行持使節樹清風。魯郊春雨隨車後，泰岳晴雲攬轡中。白髮野翁雙目在，漫梯高閣送飛鴻。鈔本卷十四

董子元不遠百里送余舟中小酌話别

百程相送不辭賒，更泊扁舟傍磧沙。白首多情淹夜酌，青燈薦喜落寒花。悟言於世原無定，交誼如君豈有涯。正自别離清不寐，西風策策動蒹葭。鈔本卷十四

次韻答朱遂泉見寄

常愛淵明歸去來，葛天不是是無懷。年侵只合隨緣度，心遠何妨與俗偕。浮世聲名真夢幻，古人蹤跡總塵埋。天涯舊友勞相憶，時有飛雲墮小齋。鈔本卷十四

送任蒙泉尹黄巖

虜薄章安未息戈，使君將命此絃歌。祇應忠信能戡定，贖有創殘待撫摩。委羽竚看無吠警，滄溟從此不揚波。驪歌唱徹江亭暮，滿目清山奈别何！鈔本卷十四

后屏草堂爲盧侍郎賦

后屏山色鬱蒼蒼，山下盧鴻舊草堂。彷彿烟霞開畫障，居然草木見文章。端巖萬古儀形在，壁立千尋氣勢張。霖雨漫看雲出岫，祇應丘壑未能忘。鈔本卷十四

贈朱一鶴道士

清溪道士鶴一隻，縞服玄裳迥絶塵。珍重青田雲外侶，翩躚赤壁夢中身。誰知丁令真仙子？我識王喬是羽人。幾度瑶臺明月夜，蕊珠經盡入秋旻。　鈔本卷十四

送許伯雲宰分宜（甲寅，下同）

分宜事簡俗還純，羨子分符作宰臣。百里由來關列宿，一官今去有民人。月明仰嶺千村静，花發鈐岡滿園春。昭代衹今崇牧守，竚看卓茂上楓宸。　鈔本卷十五

望閩爲楊傳作（傳爲龜山裔孫）

南望龜山自八閩，梁溪遇化到今存。淵源一派維吾道，仰止千年有裔孫。夢寐高風恒故國，陰深喬木自清門。白頭最是難忘處，劍浦悠悠月一痕。　鈔本卷十五

寄題泖塔 塔爲僧如海建

當年如海有遺蹤，五級浮圖聳碧空。三泖風烟浮檻外，九峯晴色落窗中。夜深燈影揺春浪，秋静鈴音報晚風。老我白頭登未得，詩成飛夢繞湖東。鈔本卷十五

甲寅二月廿一日宿常熟城外有作常熟故無城城蓋新築因海警也

琴川落日水粼粼，回首重來十二春。山色依稀烏目舊，風烟慘淡白頭新。倚空雉堞森城守，滿地戎衣感戍塵。獨有堰涇堤上柳，依依臨水似迎人。鈔本卷十五

次陳高吾兵侍八十自壽韻四首

三朝碩望似公稀，況復年登大耋期。不事逢迎真有道，還將用舍付無爲。從來五福年爲貴，自謂三休老更宜。晚末無由瞻德範，臨風頻展寄來詩。

先生高卧武陵春，世仰清忠似北辰。出處自關天地運，典刑及見老成人。青山文酒逍遥地，白髮江湖見在身。想見桃花源不遠，扁舟來往不妨頻。

南望衡山是德鄰，武陵深處有長春。聲名四海人瞻斗，靈秀千年嶽降申。空復兒童誦君實，未聞朝省用純仁。老來見説頭都白，一寸丹心只自珍。

時光冉冉驚流矢，世事茫茫鬼脱弧。落日誰知飛鳥倦？晴空遥羡白雲孤。百年軒冕何如壽？一念詩書不負儒。聞道種松還養鶴，見松成茯鶴孚雛。　鈔本卷十五

崑山圖

愛此東婁片玉山，綵毫移入畫圖看。軒開疊浪烟波遠，人卧秋雲草閣寒。曾覓桃花探古洞，却瞻蒼柏憶郎官。何當着我西巖上，落日林亭醉依闌。　疊浪軒、卧雲閣、桃源洞、郎官柏皆崑山勝處，而西巖尤勝。　鈔本卷十四

西井爲杭人賦

家在葛洪丹井西，短垣修竹有茅茨。梧飄玉露秋聲早，月轉銀牀夜色虚。邑里風烟無改觀，神仙踪跡有遺思。千年勝概于今在，領略非君更屬誰？鈔本卷十五

送梁伯龍

美人别我向荆州，千里風烟一葉舟。宋玉悲秋應有賦，仲宣懷土試登樓。等閒花鳥愁吟興，次第江山入壯遊。後夜相思定何處？鄂雲郢樹思悠悠。鈔本卷十五

吴霽寰自吴興來訪兼贈高篇次韻奉酬

非才潦倒負明時，樸學支離忝父師。聲聞過人虚可愧，流光驅我老難辭。秋風病枕依茅棟，夜雨書燈擁繐帷。勞謝秋卿遠相訪，春雲靄靄挹風儀。

珍重高人顧草堂，幽蘭結佩有餘芳。我知家世從來遠，君視前人更有光。籬菊秋清金翦翦，池蓮露冷玉房房。不堪相見還相別，明發雲帆渺一鄉。　鈔本卷十五

蒼野爲王尹賦　其父夢鈇星墮蒼野而生

聞説天星墮地年，天圍平野正蒼然。郎官本自關靈宿，傑士吾知是列仙。一片閒情延晚照，無邊秀色鎖寒烟。春雲秋月都無礙，萬里居然在目前。　鈔本卷十五

鏡湖爲熊知州賦

占得平湖一鏡空，四明狂客豈應同？清風明月開奩處，雲影天光攬照中。静對晴波沙鳥白，亂翻春浪野桃紅。使君方繫蒼生望，未許扁舟作釣翁。　鈔本卷十五

柳亭

見説仙郎湖上亭，依然垂柳傍簷楹。清陰總爲高門舊，翠帶長牽故國情。斜日緣堤堪繫馬，春風把酒亂聞鶯。等閒春夢還千里，剛愛飛花點雪輕。鈔本卷十五

松江方知府詩

仙曹十載著賢聲，剖竹來專海上城。正以循良推卓茂，更緣烽火識真卿。風回腐草生春色，月照鯨波喜宴清。滿耳歌謡鄰郡喜，小詩聊復寫民情。鈔本卷十五

次董子元夜話韻答朱邦憲

漫漶黄塵幽興闌，蹉跎白社舊盟寒。昔人曾賦無家别，客子休嗟行路難。近水芙蓉聊自照，望秋蒲柳已先殘。東來喜得真消息，手把封題再展看。天香樓續刻

寒原晚眺〔乙卯，下同〕

郊外新寒漲野烟，平皋暮色已蒼然。半陂山影留斜日，一壑松風咽細泉。野水浮雲無世事，空村落木有流年。衰蕪斷葦秋無賴，總落幽人杖屨前。

行書詩册墨蹟

解脱

解脱名銜駕澤車，青山白髮興何如？眼看世事如流水，身逐浮雲付太虚。繐帳何曾慚夜鶴，秋風端不負鱸魚。寄言弋者無煩慕，回首冥鴻萬里餘。

行書詩册墨蹟

上巳日袁氏園亭

野服逍遥少長俱，惠風和暢暮春初。雖無絲竹還觴詠，況有谿流可祓除。杜甫作堂聊背郭，鄴侯插架更多書。眼前事事關幽興，莫怪頻來花外車。

行書詩册墨蹟

華亭杜知縣詩

華亭茂宰美如何？杜母仁恩未足多。見説清風能偃草，行看滄海不揚波。三春桃李應培植，百里瘡痍待撫摩。老我喜沾河潤澤，頌言聊采里民歌。鈔本卷十五

北山草堂爲董僉事賦

高木陰森帶華門，草堂長占北山雲。百年人物咸瞻斗，萬里蒼溟已策勳。雖復烟霞成痼疾，未容猿鶴怨移文。鯨波不動烽烟息，多少蒼生仰使君。鈔本卷十五

碧雲爲僧賦

碧雲野外自悠然，老宿山中結浄椽。白日行空聊見性，秋風出岫漫隨緣。三生已悟西來意，一念常存静裏天。欲識道人消受處，蒲團經卷自年年。鈔本卷十五

贈別滁陽盧希商二首

美人鼓篋自江東，意度蕭閒有古風。試接話言知雅志，却看眉宇憶先公。經書道義千年上，樽酒情悰一笑中。坐弄瑶琴歌白雪，一痕西日下梧桐。

憶昔逍遥滁上城，别來六十五年更。懸心山水時來往，問訊交遊半死生。青眼逢君傷往事，白頭自我愧虚名。不堪相見還相别，回首江湖萬里情。鈔本卷十五

次韻送聶雙江尚書致仕

田園在念賦歸歟，王事多艱畏簡書。直以憂時霜鬢改，非關多病故人疏。人於祖道瞻疏傅，誰爲朝廷惜敬輿？滿地江湖垂老别，一天風雨正愁予。

從來仕路有危機，剛羡先生此日歸。總爲高才招物忌，還應直道與時違。祇今誰識尚書履？他日先裁隱士衣。望望雙江今不遠，晨光不用恨熹微。鈔本卷十五

壽石母曹孺人

早時難苦晚優遊，一節清真到白頭。當日柏舟曾誓志，于今芳草足忘憂。三從盛德閨儀在，二□□英□願酬。設帨正當秋八月，好浮金粟薦金甌。詩册墨蹟

中秋與兒輩中庭翫月

晚晴把酒問青天，一笑孫曾滿目前。時序恰當秋色半，人情喜共月光圓。涼聲寂歷梧桐露，香影空濛桂樹烟。夜久詩成還起舞，清樽白髮自年年。鈔本卷十五

十六夜

華堂月上夜何如？已覺清光昨夕殊。豈是人心隨變異，由來天象有盈虛。舉杯未放金杯淺，顧影剛憐白髮疏。風動碧梧涼露落，依然秋色滿庭除。鈔本卷十五

送徐龍灣奉使北還

一笑相看意款然，知君已在識君先。古來有道云傾蓋，我與文人殊有緣。玉節江山行役次，錦囊風月苦吟邊。白頭潦倒難爲别，目送飛鴻遡遠天。鈔本卷十五

次韻答張斯植

病來萬事總圖册作「抛人事久」忘思，老對楸枰尚有機。静晝緑陰鶯獨語，閒庭圖册作「晚涼」芳草燕交飛。時圖册作「物」情舊篋悲團扇，世態浮雲變白衣。一笑虚舟堪引釣，底須江海問漁磯？鈔本卷十五　商務印書館本吴仲圭漁父圖册

再次

微官潦倒漫來歸，敢謂從前獨見機？浮世輕身如鳥過，長空老眼送鴻飛。蹉跎勳業羞

看鏡，荏苒光陰又授衣。堪羨五湖張野老，一竿長占舊漁磯。鈔本卷十五

次韻朱邦憲江南感事二首

黯黯愁雲雜塞氛，時時滄海羽書聞。鯨鯢未築軍中觀，雕鶚空盤戰後雲。天下久安無李牧，邊廷破膽憶希文。會有甘露洗兵馬，西南陰靄正氤氳。

獸突豨奔震邇遐，東來殺氣一何賒！横空鼓角風雲慘，蔽野旌旗霧雨斜。萬里鯨波翻日月，一時平陸起龍蛇。天兵赫怒于今至，定掃妖氛盪海沙。鈔本卷十五

劍石爲徐君作

片石倚空千仞蒼，廉銛巖業古干將。貞姿利用心難轉，介氣衝霄玉有光。迥覺崚崚森秀色，依然齒齒見寒芒。靈根應自昆吾出，夜夜金精燭草堂。流山在西海中，上有昆吾石，鍊鐵作劍，光明照日。鈔本卷十五

病中承陽湖少參攜樽過訪

卧瘍經時苦未平，勞君挈榼款柴荆。醉淹談笑渾忘病，老對親知倍有情。晝短何妨還秉燭，意長不厭數浮觥。山僮宛轉歌金縷，一曲春風四坐聲。鈔本卷十五

德孚弘治間處余西塾自是往來今五十年矣將歸出舊作相示因次韻餞行

五十年來賓主情，忍看執手别柴扃。秋風寂寞陳蕃榻，荒草依然茂叔庭。千里去來頭總白，一樽相對眼猶青。臨行爲寫吴楓冷，何日高蹤再此經？壯陶閣書畫録卷十

至日後大雪盈尺數年來所無子傳冒寒過訪且有所攜眺玩彌日賦贈二詩

夜色穿窗曉爛然，開門深雪滿江天。書雲剛是初陽後，表瑞欣占舊臘前。掃積作山何足倚，閒牀種玉不成田。故人知我情牢落，短笠衝寒送酒錢。

故人踏雪到山家，解帶高堂玩物華。偃蹇青松埋短髮，依稀明月浸寒沙。珠簾捲玉天開畫，石鼎烹瓊晚試茶。莫笑野人貧活計，一痕春色在梅花。

鈔本卷十五

月升衡岳〔丙辰，下同〕

離離衡岳月升時，夜色蒼茫思欲迷。稍覺光騰天柱黑，旋看雲斂祝融低。野猿孤嘯千巖靜，高樹無風萬影齊。天地寂寞烟霧暝，一般清勝若爲題。

鈔本卷十五

蓉湖波静

蓉湖萬頃静潭潭，雨歇風微不起瀾。天影倒垂銀鏡濕，雲容盡斂玉壺寒。青山一髮開秋色，白鳥雙飛點碧湍。滿目勝情誰領略？月明付與野人看。鈔本卷十五

惠麓泉甘

雲腴湛湛雪霏霏，惠麓甘泉天下奇。驛送曾煩匡相置，品嘗惟許漸兒知。雨前佳致分茶處，松下清酣漱齒時。忽聽滄浪烟外曲，月明風細不勝思。鈔本卷十五

次韻答湛甘泉先生

曾從蘭省浥風標，學士摛詞邁楚騷。青瑣尚傳紅藥句，碧山已謝紫宸朝。林泉得意知公健，蒲柳先秋愧我凋。萬里懸情渺無極，桂枝聊賦小山招。鈔本卷十五

丙辰中秋

空庭香靄夜氤氳，玉漏聲沉酒半醺。白髮老人初病間，碧天良月正秋分。驚飛未用憐烏鵲，點綴何妨有斷雲？吹徹玉簫風露冷，樽前丹桂正含芬。

丹桂香生宿雨乾，碧桐露下葛衣單。山童解唱黄金縷，天漢徐升白玉盤。一笑自憐雙鬢短，百年須識四并難。及時光景休教負，來歲陰晴事渺漫。

鈔本卷十五　天香樓帖

十六夜

夜堂歡燕集嘉賓，已覺情悰異昨辰。慘淡清光踰望月，蹉跎白髮過時人。碧雲灑面桐陰冷，金粟浮杯桂子新。物理虧盈無足恨，只愁零露沾衣巾。

鈔本卷十五　天香樓帖

次韻答朱遜泉

老來不夢紫宸朝，興至時揮赤兔豪。白首無成徒耿耿，青山得意且陶陶。平生俯仰慚先哲，末路光陰屬我曹。滁水故人常在望，暮雲千里雁行高。

鈔本卷十五

贈别秦華峯殿撰

秋風珂佩返中朝，還爲衰翁駐節旄。文物由來蘭省重，策名争羡制科高。百年鳴盛須公等，四海虚聲愧我曹。乍見不堪還别去，獨梯高閣看鵬翺。

鈔本卷十五

送郭子静郎中奏捷還朝

天兵南下翦狂倭，百萬鯨鯢盡倒戈。淝水向來真得策，滄溟從此不揚波。即看裴相勳名就，誰識昌黎贊畫多？去去五雲飛捷奏，三軍齊唱凱旋歌。

鈔本卷十五

沈侯禹文擢潯州太守將之任過予言别因具酒爲款時飛霰初集至漏下二鼓則雪深已三尺矣禹文謂今夕之會不可無紀因賦小詩二律聊附於贈人以言之義亦以紀歲月云爾時嘉靖丙辰臘月二十日

江城歲晚雪紛紛，斗酒殷勤試問君。此去平南非舊日，大都百粤總能文。孤雲獨鶴隨人遠，古樹啼猿幾處聞。見説九齡祠廟近，瓣香煩爲薦馨芬。

青年白馬衣輕裘，言奉新恩事遠遊。飛雪正看當户滿，征車還許故人留。春過五嶺梅風入，夜宿潯江瘴霧收。想得到時頻問俗，粤人争羡古諸侯。（贈行書畫卷墨蹟）

題月江藏石田翁秋江晚釣圖卷

月印千江不盡流，江清月白兩悠悠。澄來夜色金精溢，散却寒芒玉氣浮。萬頃不波天在水，一塵無染鏡涵秋。道人悟取原來性，滿目風烟一釣舟。（吳越所見書畫録卷三）

三山草堂爲温守賦〔丁巳，下同〕

三山突兀雲中鎮，天削芙蓉萬仞蒼。靈秀已鍾名世士，風雲常護讀書堂。百年文物烟霞麗，千里聲華草木光。後樂由來賢者事，不妨泉石自徜徉。鈔本卷十五

送周子籲憲長之蜀臬

雲棧縈紆擁使旌，春風重到益州城。古來治蜀惟嚴靖，此去持刑況老成。劍閣聲名雪山重，峨眉詩思錦江清。只應戀闕情難忘，萬里橋西看月生。鈔本卷十五

中丞石山公平夷詩

杖節南來擁萬兵，漫紆籌策剪長鯨。氛消霧歛天回運，日出波平海晏清。邊塞從來稱范老，朝廷今始識真卿。野人善頌何輕重，賸有穹碑勒姓名。鈔本卷十五

春寒

二月江南暖尚遥，沉陰結暝入蕭條。疏籬雪伴如相待，落月梅魂大費招。風約綈袍朝戀戀，塵棲燕幕夜寥寥。老懷索莫惟憑酒，無奈愁多酒易消。鈔本卷十五

思石湖

不到楞伽恰四年，春湖想見水生烟。蘭橋幾度生芳草，柳岸何時艤畫船？落日鐘聲雲外寺，浮空山色雨餘天。題詩忽動登臨興，已在滄洲白鳥邊。鈔本卷十五

次韻答仇謙之

夙昔論交漫築壇，江湖流浪舊盟寒。興懷久竚雲邊信，乍面翻疑夢裏看。林影日斜摇几席，苔痕雨過上闌干。老夫抱病君行役，轉覺人生四事難。鈔本卷十五

送曹編修起告還朝

長河四月水增波，太史還朝整珮珂。山色滿帆隨畫鷁，春風吹袂上鑾坡。侍臣出處關吾道，昭代文章重制科。雲路騫騰方自此，臨岐不用唱驪歌。鈔本卷十五

壽徐少湖 吴越作「永錫難老圖」

大學士存齋先生，九月實維降誕之辰。從子瑚，索詩稱慶。徵明於公，固有不能已於言者。既爲製圖，復贅短什。時嘉靖三十六年丁巳。

經綸黄閣履憂端，五十纔臨鬢已斑。早際風雲裨衮職，久依日月近龍顔。天教昌熾應難老，身繫安危未許閒。白髮野人何所頌，短章聊賦信南山。鈔本卷十五 吴越所見書畫録卷一

范文正手植柏

蒼官培植自名臣，餘蔭青青庇本根。一代高標聲未剪，千年正氣節猶存。貞姿不受風霜蝕，偃蓋常承雨露恩。珍重歲寒遺德遠，講堂南畔翠絪緼。鈔本卷十五

贈張幼于

林林標格桂聯芳，奕奕才情玉有光。老我自應慚叔度，如君端不忝元方。前行事業烟霄迥，新樣文章錦繡張。鄉里後賢真不乏，驊騮千里看騰驤。鈔本卷十五

追和先温州與石田諸公唱和韻〔戊午，下同〕

摩挲殘墨半塵昏，猶記當時侍酒尊。文雅笑談如昨日，城居寂寞似空村。烟消歲月悲陳迹，風泛蓬蒿惜斷根。世事悠悠前輩遠，從誰授簡賦梁園？鈔本卷十五

池判南塘先生以使事過吴惠然見訪且敍乃兄冢宰之舊賦此奉贈

曾挹天卿拜末光，更勞節判賁茅堂。正茲雅誼思玄度，何意通家識季方。奕世衣冠文物舊，片時談笑故情長。不堪相見還相别，池水吴山思渺茫。 鈔本卷十五

壽太宰吴公

昔忝朝行接羽儀，典銓今喜正留司。衮衣詩在宗臣重，舄履聲高聖主知。自昔山公能啟事，于今江湛不營私。郎君持節將還侍，爲賦豳風薦壽巵。 鈔本卷十五

陸象孫嘉興縣博

廿載明經衆所推，横經今去擁皋比。高懷自得閒官味，博識真堪後學師。杏子壇前弦誦曉，芹香亭上詠歸遲。百年世禄欣無墜，况有文章足羽儀。 鈔本卷十五

潘侍御奉使還朝

秋風握節使江東，奏績俄看覲紫宫。行李自囊新草疏，都人應識舊乘驄。三春花鳥詩篇裏，千里江山攬轡中。未忍相逢遽相别，漫梯高閣送飛鴻。鈔本卷十五

楊子任方伯赴閩

中外浮沉歲月更，宣藩今到八閩城。已占吾道方開泰，旋喜朝廷用老成。春雨薇垣新宦況，清風瑣闥舊家聲。老人白首難爲别，獨倚南樓望去旌。鈔本卷十五

余與通州顧厲齋友善嘗聞其兄藴庵之賢戊午春惠然顧訪投贈高篇有御李之譽愧悚之餘次韻奉酬

吴山淮海隔遥天，十載心期兩地懸。顧我豈堪元禮並，喜君不減季方賢。過情正自慚

聲聞，潦倒端宜讓少年。不盡平生傾慕意，春風尊酒漫周旋。 鈔本卷十五

送潘芳渚會試

仙郎得意上鑾坡，紫陌香塵逐玉珂。長樂鐘聲聞已近，上林春色受應多。名家世濟傳經術，昭代斯文重制科。知子不爲温飽計，定宣忠孝沐恩波。 鈔本卷十五

送陸承道赴國學

玉署蘭臺世禄家，素琴孤劍向京華。曾聞老鳳巢阿閣，況此名駒自渥洼。鼓篋去遊天子學，據鞍行看上林花。碧雲北去鵬程遠，萬里天風豈有涯！ 鈔本卷十五

雲山圖 戊午新夏雨窗戲墨并題

一雨垂垂春欲徂，弱雲狼藉草紛敷。池塘江邨作「盆池」水滿魚争躍，竹徑泥深鳥亂呼。暝

色排簷失昏旦，涼聲江邨作「吹」入枕夢江湖。山齋十日經過斷，揭得南宮水墨圖。珊瑚網畫録卷十五　式古堂書畫彙考畫録卷二十八　江邨銷夏録卷三

汪遠峯編修奉使還朝

昭代維藩衍慶長，展親歲舉舊儀章。侍臣槧掇金華直，文采争誇白玉堂。千里江山恢壯志，百篇風月屬歸囊。上林花發流鶯囀，珂珮乘春入帝鄉。　鈔本卷十五

送楊中書赴京　邃庵孫

江南十月類秋清，之子鳴珂入帝京。珍重紫薇新宦況，蟬聯黄閣舊家聲。少年正際風雲會，老我難忘世講情。無限别懷題不盡，遥瞻鵬翼奮雲程。　鈔本卷十五

文徵明集補輯卷第十

七律五　一百十八首附録二首

春日齋居漫興〔編年未詳，下同〕

西齋酒醒圖目作「松窗睡起」篆烟殘，手汲新泉破月團。芳草池塘春入夢，緑陰簾幙晝生寒。由來中散裁書懶，老去淵明束帶難。却笑閒緣除未得，每從人覓異書看。列朝詩集　中國古代書畫圖目一

暮春二首

南風十日捲塵沙，吹落牆根幾樹花。老怯麥秋猶擁褐，病逢穀雨喜分茶。庭陰寂歷梧

桐轉，簾影差池燕子斜。不是地偏車馬寂，扇粹、詩帖作「絶」市喧不到野人家。風雨樓扇粹 詩帖尺牘合册墨蹟

林花落盡意蕭然，舊喜圖書病亦捐。宛轉閒愁古緣作「愁懷」如蔓草，蹉跎春事到啼鵑。縈空淑氣遊絲困，停午清陰碧樹圓。怪底叩門都不應，北窗無事正高真蹟作「堪」眠。古緣萃録卷六 列朝詩集 詩書真蹟

重午有感

昔年重午仕金閨，隨例追趨觀闕西。猶記内廷沾御賜，至今宫扇自天題。拜瞻帝座雙龍近，歸綰靈絲五色齊。此日山林逢令節，不勝吟望白頭低。致毛石壁帖拓本 榮寶齋墨蹟精選

伏日

九衢三伏漲黄塵，病髮蕭蕭罣葛巾。正好關門消永日，可堪曳履見時人。驚風梧葉常

疑雨，窺户薇花不是春。睡起北窗修茗供，月團香細石泉新。列朝詩集

秋日閒居

傍市柴門鎮日開，心閒車馬不驚猜。雨中秋事芙蓉盡，霜後時新橘柚來。張翰未誇菰米飯，陶潛自醉菊花杯。近來較似墨緣作「比」嵇中散，滿架吴越、墨緣作「案」藏吴越、墨緣作「牋」書懶更墨緣作「去」裁。珊瑚網書録卷十五　吴越所見書畫録卷四　墨緣彙觀録卷四

九日 精選作「秋日登吴氏振衣岡還飲東禪寺」

雨晴精選作「餘」秋色滿陂塘，風獵平疇晚精選作「早」稻香。白髮又逢吹帽節，夕陽來上振衣岡。短蒲衰柳俄驚晚，黄菊茱萸總待霜。却精選作「自」笑淵明緣不淺，一年一精選作「三」醉遠公房。登高詩拓本　墨蹟精選

小至夜

愁緒懽悰共燭光，一年冬至又相將。青春有漸□來復，白首無眠夜更長。味澆不妨傾醴酒，灰寒閒自撥爐香。江梅岸柳無消息，起視中庭月照霜。詩帖墨蹟

除夕

狼藉椒盤酒覆杯，坐消香篆撥爐灰。歲同燭跋垂垂盡，春逐雞聲鼎鼎來。四壁殘寒零雨散，一痕芳草早梅開。老來無復窮堪送，潦倒虚文不用裁。春雲堂全集

除夕

酒冷香消夢不成，逼人殊覺歲峥嶸。老如舊曆渾無用，醉戀殘燈亦暫明。雪霰已應隨臘去，梅花寧復與春争？向來筋力虚名盡，白髮無愁也自生。平遠山房帖

按：此詩靜志居詩話、明詩紀事皆以爲許相卿作，實誤。此見文徵明手書所作贈王廷詩帖中。

登樓

半醉高樓徙倚中，葛巾平岸欲凌風。山横天際晴雲碧，錦爛城頭落日紅。千里關河都會壯，萬家烟火歲年豐。望京懷古非吾事，病目猶堪送遠鴻。珊瑚網書録卷十五

雨中偶述

檐前朝雨疏疏落，階下春泥活活生。懶不出門鶯樹合，醉能開閣看雲行。幽深獨有閒諳得，迂僻都緣病養成。報道東風三月盡，一場花事却關情。珊瑚網書録卷十五

静隱

詩卷作「一室」

掃地焚香習燕清，蕭然一室謝將迎。坐移白日窗字軸、詩卷作「花」間影，睡起春禽竹外聲。

心遠不妨人境寂，道深字軸作「道存」，詩卷作「味深」殊覺世緣輕。却憐字軸、詩卷作「憐」不及濂溪子，能任窗前草自生。倦舫法帖　商務印書館印本字軸　詩卷墨蹟

燈花

金莖吐穗粟纍纍，火樹騰輝影陸離。紫暈凝芝故宮作「脂」春見跋，絳痕消蠟夜敲棋。心憎積雨何當霽，事卜明朝喜可知。一笑自開還自落，居然不受曉風吹。平遠山房帖　故宮歷代法書全集

焚香

銀葉熒熒宿火明，碧烟不動水沉清。紙屏竹榻澄懷地，細雨春寒燕寢情。妙境可參先鼻觀，俗緣都盡況心兵。日長自展南華讀，轉覺逍遥道味生。平遠山房帖　故宮歷代法書全集

煎茶

老去盧仝興味長，風簷自試雨前槍。竹符調水沙泉活，瓦鼎然松翠鬣香。黄鳥啼花春酒醒，碧桐揺日午窗涼。左庵作「碧梧揺月半窗涼」五千文字非吾事，聊洗百年湯餅腸。平遠山房帖　左庵一得録

感事

西風肅肅已驚秋，吹送邊聲入暮愁。當日潢池正戲爾，一時滄海遂横流。敢言多壘非吾恥，安用書生預國謀。日落黄塵還滿目，閒掻白髮倚南樓。文氏六代手札墨蹟

月下獨坐有懷伯虎

經月思君會未能，空牀想見擁青綾。若非縱酒應成病，除却梳頭即是僧。友道如斯誰

汝念，才名自古得人憎。夜齋對月無由共，欲賦幽懷思不勝。詩稿墨蹟

病起過子重草堂

日暮思君叩竹關，雙梧蕭索草堂寒。自憐裹足三旬病，忽見飛霜一歲殘。零落未能忘故業，差池轉更惜清歡。相逢莫問春消息，牆角梅花未好看。詩幅墨蹟

寄許黄門

茶磨清風不可攀，高人先我十年閒。懶摇玉佩聯青瑣，故擲銀魚卧碧山。新水旋開田二頃，紫雲深占屋三間。若爲便置蒼生望？見説青青鬢未斑。嘉興府志

謝顧春潛

步屧東來一徑賒，爲看脩竹到君家。最憐人境無車馬，還喜名園有歲華。布袴初聞林

外鳥，米囊猶見雨餘花。高情苦被塵緣惱，不得淹留坐日斜。武進陳氏本帖拓本

半巖

太湖東畔千巖秀，見説于今半屬君。流水不教塵世隔，草堂聊與白雲分。秋風蕙帳親猿鶴，深谷柴門少垢氛。無復徵書催俗駕，山靈不用勒移文。潘氏家譜

按：贈潘敍詩。敍字崇禮，號半巖居士。

南泠先生自儀真放舟訪余吴門留五日而去臨行賦三詩留别謹依韻奉答君時宿疾大發不能出遊頗負遠來初意故因卒章調之

風載征帆客在船，天涯只在郭西偏。銷魂賦就悲江令，陶月情多屬惠連。春雨夢回山靡靡，碧雲心遠旆懸懸。惜君無計留君住，滿目芳華空自憐。

相逢把酒唱玲瓏，秉燭渾疑自夢中。一笑千金懷敝帚，百年孤調托枯桐。江山去住誰非客？齒髮滄浪各已翁。後夜相思定何處？孤雲落日大江東。

雨中畫舫載山行，雨後春波緑繞城。味入江鄉菰菜好，歌翻吴調竹枝清。青松佛刹雲中見，落日荷花鏡裏生。勝概滿前留不得，百年真負遠遊情。書法叢刊

賦得茂苑送東巖公守兗

夾城芳苑帶長洲，已罷當年採獵遊。麥秀漸漸斑雉雊，棠陰冉冉紫苔留。勞農時見雙旌引，問俗還聞五袴謳。桃李種成仍别去，舞雩風日思悠悠。支那墨蹟大成第六卷

寄華西樓

丱角周旋到白顛，一回見面一欣然。祖孫繼好兼三世，道誼相看重百年。歲月吟蹤書卷裏，江湖燕笑酒尊前。喜脩古事煩□□，爲寫新詩續舊篇。澄觀樓法帖

善卿病起過敍賦贈

相逢相别歲更新，白髮依然舊日人。會晤闊疏緣病困，交遊淪落轉情親。共談往事如春夢，幸已投閒謝世塵。老大華前能幾醉？十分無厭酒行頻。

澄觀樓法帖

寄西樓

百尺飛雲畫棟晴，水西樓宇瞰虚明。主人自有元龍氣，坐客那無庾亮情？捲幙秋風歸鳥疾，倚闌斜日亂山横。何時載酒尋君去，聽我橋東拄杖聲。

澄觀樓法帖

聞滄谿新築幽居甚勝奉寄小詩

新築幽居屋數椽，撫移花木沼流泉。淵明雅致辭彭澤，摩詰高情在輞川。三徑遥通脩竹外，兩山青落小窗前。風潭夏木無由賞，聊拂雲箋賦短篇。

大觀録卷二十

元朗自雲間來訪兼載所藏古圖書見示淹留竟日奉贈短句

高天厚地千年句，虹月滄江百里舟。君似南宫抱深癖，我於東野欲低頭。蒼苔白石柴門迥，寂晝清陰别院幽。自笑子雲甘落寞，故人粗糲肯淹留。四友齋叢説卷二十六

贈膠山寺古林上人

坐挹爐薰聽講餘，蕉花方丈竹窗虚。人遊佛地詩成偈，飯熟僧廚笋當蔬。石鉢浄臨補志作「每臨」寒澗洗，山田暖帶濕雲鋤。塵蹤暫假補志作「駐」安禪榻，漫閲琅函泰伯作「玕」貝葉書。錫山景物略　泰伯梅里志　錫山補志

贈相者

漫道吾儂骨相奇，行年六□□□□。試推往事應多驗，若説平□□□□。人謂得名真

不妄，自言閲士了無遺。如君術妙真難得，寫作山齋送別詩。詩稿墨蹟

壽陸養竹

生長承平已八旬，烏紗偏稱白頭新。明廷珍重優年詔，鄉社優遊履福人。老竹養萌行奮角，偃松藏壑自全真。看他曳杖升朝者，何似山巔與水濱？詩稿墨蹟

陳梅南四十

四十平頭陸地仙，故家文采自翩翩。安心不爲浮榮惑，得意方臨强仕年。緑鬢光陰杯酒裏，青山行樂草堂前。欲知世算無窮意，澗底蒼松正鬱然。詩稿墨蹟

梅泉四十

珍重年臨四十强，梅花泉水自相將。心同泉潔流還遠，行比梅清老更□。最喜春酒明

緑鬢，試邀明月□□觴。懸弧恰近中秋節，末一句泐 詩稿墨蹟

楊國賓七十

珍重宗藩肺腑親，逍遥盛世古稀□。金緋爛熳簡天寵，鸞鳳和鳴老國賓。風月錦堂開壽域，桃花玉洞有□□。□□想見稱觴日，綵袖翩翻玉樹新。詩稿墨蹟

壽李怡耕七十

東川高隱髮垂絲，原行旁文作「幽人耕隱洞庭湄」七十優遊只自怡。賸有湖山供杖屨，坐消日月到期頤。扶犁久已安農畝，擊壤今方樂聖時。見説綵衣稱壽處，梅花吹雪映瑶巵。詩稿墨蹟

錢汝礪院使八十

久辭供奉謝朝纓，白髮鄉邦見老成。曾際風雲登侍從，更留强健閲昇平。向來陰德存醫案，老去閒情付□觥。人世百年何足問，壺中原自有長生。　詩稿墨蹟

徐止庵七十

吴門三月正芳菲，白髮春風映綵衣。一行素爲鄉里重，壽齡今及古人稀。不妨蕭散居廛市，自幸承平老布韋。好置一樽酬見在，年年常使願無違。　詩稿墨蹟

壽人母

夫君贊郡著賢聲，令子傳經育俊英。閫範已收當日譽，教成還享暮年榮。北堂爛熳萱枝茂，南極躔聯婺女明。見説稀齡轉强健，春風漫薦紫霞觥。　詩稿墨蹟

朱水竹七十

青山早已賦歸田，白髮欣登七十年。老去菊松看晚節，平生水竹有清緣。優游莫道閒非福，强健能因退自全。聞道稱觴屬初夏，南風遥薦紫霞篇。詩稿墨蹟

壽盛五省五十

風流祥雅更攻醫，奕葉承傳似子稀。落魄宋清真有道，蹉跎伯玉已知非。百年回首剛忝半，五省於身定不違。最是庭前蘭玉秀，末一句泐　詩稿墨蹟

小詩拙畫奉賀景山親家五袠

絶憐公子意蕭閒，年及知非鬢未斑。此日相輝聯棣蕚，平生仰止在高山。翩翩標格風塵表，冉冉光陰杖履間。何事人間偏不老？蒼松磊砢石孱顔。畫軸墨蹟

祝華西樓七十

喜君今及古稀年，我老仍居十載前。白髮交游今有幾？青山行樂且隨緣。好抛世事浮塵外，儘有光陰杖履邊。莫把窮愁消病骨，人生强健即神仙。　澄觀樓法帖

壽人五十

東雅堂前沸管絃，徐卿載降啟華筵。行藏已踐知非境，肉帛還遭養老年。盛德從來惟厚默，遐齡此去似長川。白頭野老欣相祝，爲賦豳風介壽篇。　壯陶閣書畫録卷十　藝苑真賞社本詩稿真蹟

結草庵雨中小集賦呈諸友一首

深樹交交蔭短垣，野橋詰曲帶松關。多情未詠池塘草，半日先酬竹院閒。細雨欲留春

不住，夕陽時見鳥飛還。與君他日粗償志，來覓題名敗壁間。（有正書局本明代名賢手札墨蹟）

草庵紀遊（小志作「贈草庵瑛上人」）

昔人曾此詠滄浪，流水依然帶野堂。不見濯纓歌孺子，空餘幽興屬支郎。性澄一碧秋雲朗，心印千江夜月涼。我欲相尋話空寂，新波堪着野人航。（草庵詩拓本　滄浪小志　滄浪亭新志）

題瑞光寺

名藍開自赤烏年，鐘梵連雲尚宛然。寶刹浮圖經劫在，法堂心印有燈傳。未論四瑞從前境，且結三年物外緣。欲問司徒杲仁事，斷碑零落草芊芊。（蘇州府志）

竹堂寺看梅花之作

探梅山寺日斜時，二月梅花尚滿枝。勒雨故教開獨後，尋春却恨到來遲。香撩短鬢風前韻，水洗微脂雪後肌。悔不淹留到深夜，坐看殘月上疏籬。

惆悵羅浮夢破時，居然消息在南枝。餘寒雪徑春迴淺，薄晚林塘月上遲。翠竹參差明縞袖，冷雲依約護香肌。山公早辦風前醉，不恨歸來倒接籬。珊瑚網書録卷十五

光福寺追次顧在容韻

靈栖金瑣白雲中，太息重來半劫空。天外湖山常映帶，春來花木自青紅。烟霏樓閣詩稿作「凝塔影」朝騰蜃，浪隱鐘魚夜吼風。欲翕輕清題秀句，眼前誰是顧逋翁？事見皇甫湜顧況集敍。吴越所見書畫録卷三　詩稿十四首卷

七寶泉

何處清泠結静縁，幽棲遥在太湖邊。掃苔坐話三生石，破茗親嘗七寶泉。翠竹傳聲雲裊裊，碧天流影玉涓涓。高人去後誰真賞？一漱寒流一慨然。吴越所見書畫録卷三

玄墓山

春風又作「來」未負梅花約，鄧尉山頭冒雨來。不斷風烟隨鳥没，依然圖畫自天開。氣蒸壑谷層層靄，樹擁軒窗面面臺。塵慮都消身欲舉，更從何處覓蓬萊？烟閣雲房紫翠間，白頭重宿舊禪關。窗中坐見千林雨，水上浮來百疊山。勝概何如前度好，老人能得幾時閒？賞心況有尊前客，忍負春風寂寞還。吴越所見書畫録卷三

按：吴越録此詩凡三見，又題作天開圖畫閣及宿碧照軒。

堯峯

臘日暉暉春□動，山行逸興此時須。深秋澗道餘冰雪，且折梅花對酒壺。萬里寒雲凝不散，一行饑雁疾相呼。具區只在諸山外，指點堯峯入畫圖。穰梨館雲烟過眼録卷十七

登胥臺山

胥臺秋詩册作「山」色帶平川，木葉隨流共渺然。巨浸浮空三萬頃，虆祠落日幾千年。風雲猶恨夫差事，烟水難呼范蠡船。莫唱烏棲舊時曲，墮江新月正娟娟。清歗閣藏帖 詩册墨蹟 有正書局本沈文墨蹟合璧

雨中登玄墓

金銀宫闕變林丘，前度遊人已白頭。一笑正如春夢覺，百年堪嘆此生浮。湖山晻靄黐

宜雨，木葉蕭疏不耐秋。不盡重來淹戀意，晚風吹酒更登樓。　清歡閣藏帖　詩册墨蹟　有正書局本沈文墨蹟合璧

宿慶公房　詩册作「宿瑞雲房」，詩畫卷作「雨宿玄墓」

入寺青林已夕詩册作「日已」曛，登樓暮色轉氤氳。燒燈擬聽千山詩册作「峯」雨，袱被來分半榻雲。不厭清齋消世味，還從浴室淨塵氛。十年一夢今誰在？聊與山僧話舊聞。　清歡閣藏帖　詩册墨蹟　有正書局本沈文墨蹟合璧　游玄墓詩畫卷

登玄謨閣　清歡作「登玄墓山閣」，詩畫卷作「雨晴登山閣」

木末層軒倚泬寥，西風白首不勝搔。天垂一鏡蓬壺近，雲擁千峯佛刹高。雨後新波浮碧落，烟中遠渚見黄茅。晚晴長嘯下山去，一徑松風萬壑濤。　珊瑚網書録卷十五　清歡閣藏帖　有正書局本沈文墨蹟合璧　游玄墓詩畫卷

蔡九逵相期同遊以事不果 詩畫卷「遊」下作「及是不果來山中有懷」

鄧尉秋高眼境寬，懷君不得共君看。仙蹤何處空留諾，高閣無言獨倚闌。風雨可堪詩畫卷作「況憐」重九近，賞心無柰四并難。草堂只在包山上，烟水浮空去渺漫。清歗閣藏帖有正書局本沈文墨蹟合璧　游玄墓詩畫卷

天池

繡壁蓮峯芳草春，全吴一望掌中分。千花暖送和香氣，大地晴翻錯錦文。野寺松楸新長緑，荒臺麋鹿昔偕羣。扁舟回首江邨路，翠鎖重巒總暮雲。聽颿樓書畫記卷三

虎丘登閣 山志作「登致爽閣」

老去淵明益羨閒，興來高閣漫躋攀。半檐爽氣尊前雨，百里平林掌上山。天際輕陰寒

未散，日斜飛鳥倦知還。長安塵土三千丈，不到清泉白石間。列朝詩集　虎丘山志

登御書閣

山志作「登虎丘御書閣」

山寺頻來不計時，同君再赴紫芝期。雲霞萬壑迎車馬，花木千章待藻詞。高閣緑蔭炎暑盡，禪關清晝梵音遲。憑虛把酒無辭醉，新月娟娟下劍池。虎阜志　虎丘山志

天平山

雨過天平翠作堆，浄無塵土有蒼苔。雲根離立千峯瘦，松籟崩騰萬壑哀。鳥道逶迤懸木末，龍門險絶自天開。溪山無盡情無厭，吴江作「限」一歲看花一度來。吴越所見書畫録

卷三　詩卷墨蹟　吴江縣博物館藏詩卷

支硎道中

路轉支硎西復西，碧雲千磴石爲梯。羣峯繞出穹窿外，吴江作「後」絶壁回看岝㟧原作「嶤」，從味水改㟧。午焙送香茶荈熟，春風釀冷麥苗齊。怪來應接都無暇，入味水作「觸」眼風烟費吴江作「廢」品題。　吴越所見書畫録卷三　味水軒日記卷八　吴江縣博物館藏詩卷

涵村道中

宛轉横詩帖作「層」岡帶遠岑，梅花粲粲竹深深。人家盡住蒼雲塢，拄杖時穿玉雪林。風壑聲傳千澗雨，曉含暉、詩帖作「晚」山青落半湖陰。剛憐珂里含暉、詩帖作「百里」城闉隔，經含暉、詩帖作「終」歲不聞車馬音。　珊瑚網畫録卷十五　含暉堂帖　詩帖拓本

次韻陳郡推九日陪郡公吴山登高四首

何處登臨汎菊華，越城東畔意偏佳。山摇落日迎飛旆，湖染秋光映舞階。九日樽前聊酩酊，百年身外任安排。就中别有同民樂，憑仗時情莫惱懷。

斜日登登轉石廊，紫萸黄葉正臨香。閒居誰問陶元亮？故事猶傳費長房。脱帽不妨供笑傲，倚樓何必問行藏。吴臺越壘都陳迹，笑對湖山且盡觴。

未誇蘇晉解逃禪，喜有風流繼樂天。皁蓋行春人似蟻，樓船泛月酒如泉。嵐光圍坐千峯雨，暝色浮空萬樹烟。見説百篇乘醉得，使君真是飲中仙。

楞伽湖上翠千盤，寶髻平臨緑玉灣。尋壑不辭穿窈窕，摳衣聊復履孱顔。百年清浄山中債，□事彙稿作「半日」浮生竹院閒。輸我白頭林下客，時時雙足濯潺湲。愛日吟廬書畫

人日石湖小集

人日南湖霽景鮮，東風初汎木蘭船。自憐白髮非前度，聊與青山敍隔年。映日柳條如弄色，浮天野水欲生烟。花前雁後情無限，總落滄州白鳥邊。虛齋名畫録卷三

夏日陪盛中丞遊石湖

平湖六月類清秋，桂楫蘭橈爛熳遊。新水欲浮茶磨嶼，涼風徐度藕花洲。清歌落日淹文鷁，疊鼓中川起白鷗。正是江湖行樂地，希文獨抱廟廊憂。虛齋名畫録卷三

中秋石湖玩月

精選作「中秋與伍君求石湖玩月」

月出横塘水漫流，風生別浦暮移舟。回思弔影長安夜，何似開樽茂苑秋。雲樹微茫青嶂隱，星河顛倒碧空浮。清光萬頃無人占，領取年年照白頭。虛齋名畫録卷三　墨蹟精選

消夏灣

消夏灣前宿雨晴，新波摇采日盈盈。鏡中匹練玻璃浄，天際脩眉翠黛横。避暑誰能脩往事，買舟吾欲老餘生。汀洲日暮涼風起，吹送漁歌四五聲。吴越所見書畫録卷三

南湖

南湖新緑漲平堤，闌壓春雲雨過時。花片浮紅摇暖影，柳絲垂碧蘸晴漪。泥融紫燕營巢急，風動金鱗出穴遲。春色不知行處滿，荻溪警句錦囊詩。吴越所見書畫録卷三

太湖 吴越作「渡太湖」

島嶼縱横一鏡中，溼吴越作「白」銀盤浸真蹟作「種」紫芙蓉。誰能胸貯三萬頃，我欲身游七十峯。天遠洪吴越作「闊雲」濤翻日月，春寒澤國隱魚龍。中流彷彿聞鷄犬，何處堪追范蠡

蹤？珊瑚網書録卷十五　吴越所見書畫録卷三　詩帖拓本　詩書真蹟

九疇分贈瑞香二本春來着花甚盛晚坐有作

紫瓊吹雪一蓑蓑，翠袖含香更鬱葱。旭日玲瓏蒼玉珮，春風爛熳錦薰籠。千重芳恨緣誰結，滿面新妝只自容。落盡晚霞新月上，一庭青靄露華濃。致毛石屋帖拓本

燈下賞玉蘭作

池邊一樹花如玉，爲怯春寒未爛開。更喜翠筠摶秀墅，不妨朱檻護層臺。香魂彷彿隨風度，仙掌參差拂露栽。愛客欲教連夜發，陽和翻籍寶燈催。陳白陽玉蘭扇面墨蹟

賦得七星檜

古檜森然麗七星，栽從天監閱千齡。離離玄武天垂象，落落蒼龍劍委形。斤斧遺來元

氣濕，風霜蝕盡土花青。支離自是長生物，況復空山守百靈。辛丑消夏録卷五

九日登皇山

秋滿皇山菊正開，移壺挈伴踏蒼苔。梁鴻宅裏尋高蹟，泰伯陵間看德碑。我興未隨詩意盡，客懷端爲夕陽催。酡顏得似茱萸好，坐石還須看兩回。泰伯梅里志

題半隱堂

悠然無累或作「繫」太平民，廊廟江湖去付或作「住」身。小築村居還近郭，偶抛塵事不違親。淵明自適躬耕志，郭泰元非避世人。一笑直須隨我分，逃名溺利總非真。泰伯梅里志

題劉宗文晚翠亭

欄檻涵清瞰水濱，四時交翠總芳辰。春光過眼無多日，暮景榮身有幾人？緑竹蒼松同

晚節，落花飛絮各風塵。高情最是庭前樹，應有清風萬古新。璜涇志稿

荆溪道中

扁舟十里下荆溪，落日蒼涼草樹低。絶巘凝暉知積雪，晚風吹水欲流澌。行逢曲渚常疑斷，遥聽荒鷄近却迷。一片沙鷗明似雪，背人飛過野塘西。荆溪外紀

洴練溪莊

陽羨西來溪水長，晴雪縹渺練生光。千年洴澼空陳迹，一笑鳶魚付兩忘。静夜星河涵碧落，有時烟雨聽滄浪。老夫拈出玄暉句，聊爲幽人賦草堂。荆溪外紀

瞻禮舍利

東風一舸上蓮臺，窣堵光明寶藏開。水漾金沙從地湧，山横玉几自天排。浮生擾擾成

虚幻，法性如如無去來。欲究南宗參百丈，遠公何日渡江杯？ 明州阿育王山續志卷十一

題李成寒林圖

李成寒林圖爲藝苑中第一。精微迥絶，似非食烟火人。即郭河陽之巧贍致工，范中立之雄奇灑落，恐未易方駕也。此幅向爲梁溪邵氏所藏，今一旦歸之少傅王公，敬書其上。

千山凋落歲寒時，野徑蕭條暮色悲。行旅却從何處宿？村翁端不負幽期。林間無限烏棲急，澗上還來鹿顧遲。展卷忽驚奇絶處，令人三復一題詩。 西清劄記卷二

李營丘畫

扁舟湖上賦歸與，白草黄花滿故廬。我自青簑稱釣叟，君還滄海作鯤魚。關山夜月殘鼙鼓，江漢春風動羽書。共道盤根須利器，肯令詞賦老相如。 墨蹟

題趙松雪西成歸樂圖

右西成歸樂圖，乃松雪臨閻次平者。細窮毫髮，極其態度。余獲見于石壁書齋，命爲題此，觀者不免續貂之誚也。

西風收秫已空田，攜挈歸來樂有年。長婦跨驢猶抱子，阿婆騎犢不加鞭。遠看村舍廚烟起，近聽楓林社鼓闐。不是赴家心甚切，祇緣殘照迫西川。穰梨館雲烟過眼録卷七

次沈石田春草堂圖詩

千里親居帶亂山，見山珍重似承顔。正臨游子瞻依地，況有高情水石間。重樹不遮心獨往，片雲時與夢俱還。莫言烏鳥無情物，落日投巢意最關。真蹟日録卷二

附：

西郭亂雲千萬山，雙親好住此山顔。有身獨館庭闈外，方寸不迷天地間。春色喚愁人有

感，夕陽刺眼鳥知還。老夫珍重今題讚，更喜高篇與孝關。沈周。阿翁僻愛住青山，水遶雲重阻面顔。有我若違千里外，無思不在數峯間。夢回塵市頻瞻望，心積烟霞默往還。爽氣逼人自朝暮，小窗徙倚底須關？文林奉和。真蹟日録卷二

題石田翁楊花圖卷

點撲紛忙巧占晴，欲垂還起竟飄零。眼前才思漫天雪，身後功名貼水萍。何處池塘風淡淡，一番春事柳青青。江南人遠柔腸損，惟有多情燕繞庭。臨沈周卷墨蹟

題唐子畏桃花庵圖 聽颿作「題唐六如觀雲圖」

物外高人思不羣，悠然懶性謝塵氛。曾參石上三生話，更占山中一榻雲。老去閒情端不愧，静中幽意許平分。年來我亦思怡悦，莫道不堪持贈君。嶽雪樓書畫録卷四　聽颿樓書畫記卷二

唐子畏對竹圖

挺蒼摇翠一叢叢，到處相看作主翁。未愧七賢來座上，定容千畝在胸中。捲簾暮對蕭蕭雨，欹枕秋迎簌簌風。不是王猷偏致意，平生氣味偶相同。好古堂家藏書畫記卷上

缺題

太平生長八經旬，白髮康寧雨露深。章服喜承優老詔，刀圭曾費活人心。向來世德瞻喬木，此日陰功滿杏林。百歲光榮知未已，庭前蘭玉正森森。書法一九七八年第三期

急雨中宵六月涼，朝來新水滴横塘。一番白苧生秋意，無數青山上野航。日暖晴沙鳧鴨亂，風來前浦芰荷香。曾探世事驚塵土，轉覺江湖興味長。珊瑚網書録卷十五

一枕清風卧北窗，高樓六月似秋涼。陶情圖史忘貧病，夾耳笙歌欲老狂。客至僅能脩茗供，心閒聊爾續爐香。淹留不覺斜陽盡，月印花梢上短牆。珊瑚網書録卷十五

小齋如翼兩楹分，矩折分明玉磬陳。蹈海要非平世事，過門誰識有心人？屋頭日出烏

棲曉，檐隙泥香燕壘春。手種雙桐才數尺，濃陰已見緑勻勻。 珊瑚網書録卷十五

一官司理東甌郡，珍重循良世禄臣。自古明經堪折獄，如君愷弟更宜民。右軍祠下方池碧，康樂堂前細草春。見説吾翁有遺愛，到來煩訪故時人。 尺牘墨蹟

幽人卜築治城東，自繞崇岡植萬松。激耳清聲風淅瀝，覆簷涼影月籠鬆。高情自託山中相，故事何煩意外封？會見他時春雨足，森然頭角起蒼龍。 沈石田松谿高逸圖卷墨蹟

足底飛嵐帶遠皋，罡風吹袂覺身高。秋清別島晴分黛，日落空江晚自濤。濟勝豈無今日具，凌虚未負昔人豪。書生幸得從公邁，萬里長雲拂羽毛。 明賢翰墨册

閒探梅花入竹來，庚庚真蹟作「圓圓」屐齒印蒼苔。碧雲蘿徑無塵到，斜日松扉爲我開。題字尚留寒殿角精選作「壁」，繙經還上老僧臺。白頭精選作「老年」行樂何曾減，又是春風第一回。 吴越所見書畫録卷三 榮寶齋墨蹟精選 詩書真蹟

黄葉扶疏秋氣清，白蘋風急苧袍輕。變衰我已安遲暮，濩落誰應識老成？舊業凋零團扇棄，新涼況味短檠明。有懷無署愁無寐，自起登樓看月生。 書軸墨蹟

碧梧脩竹晚亭亭，長夏茆堂暑氣清。虚室捲簾容燕入，小窗欹枕看雲行。千年白苧歌仍在，九轉丹砂藥未成。風定日沉山寂寂，隔林時聽亂蟬聲。 石渠寶笈卷三十八

諸賢共隱竹林清，酒德相高寄此生。座外雲翻千頃翠，杯前風戛萬竿鳴。豪懷最是嵇

中散，白眼何如阮步兵。意氣總來超世表，至今身後有遺名。聽颿樓書畫記卷四　古芬閣書畫記卷一題竹林七賢圖

閒窗淡淡網游塵，短髮蕭蕭罣帽巾。身似維摩常示痼，人言曲逆豈長貧。九霄霽色沖黃鶴，萬里秋風到白蘋。不負庭前雙桂子，捲簾今夜月華新。聽颿樓書畫記卷三

故人高卧越城東，十日暌離一日同。籬落清樽黃菊候，江湖衰鬢白蘋風。殘年木葉隨流水，往事亭皋送斷鴻。不用茱萸重把看，向來零落總成翁。壯陶閣書畫録卷十　藝苑真賞社本詩稿真蹟

繞樓燕雀賀生成，故宅相看自有情。瑞日祥雲新物色，清風喬木舊家聲。依然術業千株杏，莞爾襟懷百囀鶯。見説近來生意足，一庭草色映簾明。壯陶閣書畫録卷十　藝苑真賞社本詩稿真蹟

林下仙姿縞袂輕，水邊高韻玉盈盈。細香撩鬢風無賴，瘦影涵窗月有情。夢斷羅浮春信遠，雪消姑射曉寒清。飄零自避芳菲節，不爲高樓笛裏聲。故宮名扇集第一期　故宮週刊第二百零六期　蘭言室藏帖

虛堂入夜雨淋浪，病眼無眠獨撫牀。寒薄疏簾燈焰短，風迴高樹葉聲長。蹉跎歲事傷粦麥，浩蕩春波憶釣航。憑仗一編消永漏，閒愁脈脈視茫茫。故宮名扇集第一期　故宮週

刊第一百九十六期 支那墨蹟大成第十卷

梅花似雪照人明，邂逅仙郎上玉京。蚤有文章裨政策，肯隨時世就功名？沙晴重躍長安馬，春暖行聞上苑鶯。弱柳青青未堪折，相逢相別若爲情？ 陶風樓藏書畫目

何處疏鐘隔野烟，城闉古木帶修椽。偶然半日逢僧話，聊復三生結浄緣。方外圖書文字業，林間蔬笋野人筵。憑師莫問西來意，解脱塵心即是禪。 筆嘯軒書畫録

青山繚繞碧溪深，老樹谿山作主人。翠壑丹崖勞應接，蒼松白石自比鄰。栖遲栗里陶元亮，瀟灑山陰賀季真。自古會心非在遠，等閒魚鳥便相親。 自怡悦齋書畫録

缺題二首

江湖重理舊朝紳，曾是親庭綵侍人。自古高才須晚達，行看孝子作忠臣。百年文物家聲舊，千里風雲際會新。見説上林鶯囀處，多應不改舊時春。

秋風珂珮入明光，珍重雲司舊省郎。公論已聞騰剡薦，嘉期況復履琴祥。向來志養功名薄，此去輸忠日月長。老我已無千里志，閒梯高閣看鴻翔。 壯陶閣書畫録卷八

題樗仙山城圖贈晉寧貳守王質夫

虞山宛轉帶層城，正抱幽人舊草亭。朵朵芙蓉浮粉堞，團團檜影落疏櫺。百年形勝誇天設，一代文章屬地靈。長日振衣窮眼望，枝頭雲氣接滄溟。　常熟縣志

爲清甫畫丹泉草堂圖并題

聞説仙人葛稚川，丹成仙去已千年。白雲渺渺都無跡，碧竇涓涓尚有泉。秋老山空寒浸月，草香沙暖玉生烟。林堂俯仰成今古，總屬風流顧彦先。　珊瑚網畫録卷十五

爲雪汀羽士寫并題

渺渺瓊波寄一篷，雪泥蹤跡屬飛鴻。高人曾詠蘆花被，仙子常居玉蕊宫。身似雙鳬三島外，夢迷孤鶴大江東。一聲長笛知何處？照徹梅花月滿空。　好古堂家藏書畫記卷下

題畫

戴公筆底有江山，百里風烟只尺間。返照入林烟漠漠，微風拂澗水潺潺。如聞野寺疏鐘發，遥見幽人荷耒還。彷彿臨平溪上路，一筇何日去躋攀。

壯陶閣書畫録卷十　藝苑真賞社本詩稿真蹟

文徵明集補輯卷第十一

五絶　六十三首

題子畏山水（正德丁卯）

散步尋幽境，空山聞瀑聲。不知天地外，猶有此遺民。畫軸

題畫　戊寅三月作于玉蘭堂（戊寅）

春入山禽語，茆亭緑樹齊。幽人拾野興，策杖板橋西。文明書局本名人書畫扇集第十九

題畫〔庚辰〕

至理本無迹，欲從何處求？偶因川上過，惟見水東流。

烟雲寶笈成扇目録

蘭竹〔嘉靖己丑〕

嘉靖己丑春二月廿八日，寫趙子固法。

抱玉下天河，繞叢秋露多。天寒翠袖薄，日暮欲如何？

陶風樓藏書畫目二

題畫〔辛卯〕

秋水浮天碧，疏林落日閒。數聲江上笛，一片雨餘山。

流水有遠意，青山無世塵。須知綸綸者，不是羨魚人。

遥空疊晴嵐，微波激迴渚。扁舟載夕陽，自入疏烟去。

落日下高岑，微風生遠林。攜琴向流水，物外有知音。

石壁依雲動，虚亭傍水開。疏林揺落日，時有野人來。

鈔本卷十二

題畫〔甲午〕

隨意作焦墨，山乾樹亦枯。直須一斛酒，澆過看模糊。

聽飄樓續刻書畫記卷下

蘭竹〔甲辰〕

清真寒谷秀，幽獨野人心。結意青霞珮，傳情緑綺琴。

式古堂書畫彙考畫録卷七　故宫週刊第一百六十二期　民國二十二年本故宫日曆

題畫〔乙卯〕

落葉弄輕橈，長歌自容與。怪底鳥聲繁，藤花掛溪渚。

故宫週刊第四十八期　支那南畫大成

題畫〔戊午〕

密樹含烟暝，遥山過雨青。詩家無限意，都屬水邊亭。聽颿樓續刻書畫記卷下　西泠印社本

金石家書畫集　明清山水名畫選

夜坐〔作年未詳，下同〕

殘月耿猶在，流螢忽自飛。一聲何處鶴？露下欲沾衣。明詩綜

題伯虎梔子花圖

月照溶溶色，風吹淡淡妝。如行天竺國，一月不聞香。六如居士外集卷四

題子畏畫

垂柳高低緑，遥山遠近青。一段江湖趣，都來屬釣舲。

嶽雪樓書畫録卷四

陳道復畫扇

病起春風過，名園有物華。衰容漸蕭索，愁對淚丹花。

故宫週刊第二百八十六期

陳道復萱茂梔香圖

六月炎蒸困，清香自襲人。忘憂偏會意，留伴寂寥身。

藝苑掇英第二十二期　支那南畫大成

雲峯石色 贈擊壤先生

疏樹宿殘雨，斷雲開亂山。幽人住何處？相憶有無間。

珊瑚網畫録卷十五　式古堂書畫彙考畫録卷二十八

高樹棲鴉圖 爲德成孝廉先生畫并詩

君家有高樹，夜夜宿慈烏。烏好人亦好，爲君還作圖。

辛丑銷夏録卷五

雲山

蒼靄夕陽樹，疏明雨後山。白雲遮不盡，猶在有無間。

美術生活第三十七期　國光藝刊第五期

倣趙松雪

緑樹陰虚堂，攤書映夕陽。水流聲不絶，簾捲起滄浪。味水軒日記卷一

仿梅道人

青山懸突兀，碧澗自嶙峋。高情吟不就，攜杖聽泉聲。吴越所見書畫録卷三

仿倪迂

山寒有古意，木落見清真。不見倪迂叟，誰能繼後塵？珊瑚網畫録卷十五

木落洞庭秋，横塘新水緑。扁舟弄晴暉，忽憶人如玉。好古堂家藏書畫記卷下

贈俞寬甫

碧樹足秋雨，懷君不得俱。雨窗想無客，校得幾編書？

〈山樵暇語〉

題畫偶成

雨過山争出，林深鳥亂啼。扶藜度橋去，春在草堂西。

書軸墨蹟

雲山小幅

烟鎖濛濛樹，雲籠淡淡山。元章有墨法，妙處幾人攀？

〈春雨樓書畫目〉

題畫 爲延房作并題

雨浥樹如沐，雲空山欲浮。草分波動處，曲港有歸舟。石渠寶笈卷三十八　虛齋名畫録卷八　虛齋名畫集　湖社月刊第五十八册

題畫

何處領春色，幽人江上亭。倚闌西日下，回首萬山青。夢園書畫録卷十一

山色青於染，茅堂背郭成。陰陰喬木裏，疑有讀書聲。墨蹟

山色□□疊，溪光樹陸離。溪山勞應接，莫怪過橋遲。畫軸墨蹟

山中春雨歇，萬木翠交加。短策過橋去，蒼苔有落花。壯陶閣書畫録卷十　藝苑真賞社本詩稿真蹟

春樹緑高低，晚山青四圍。何人開草閣，坐看釣船歸。石渠寶笈卷四

漠漠疏林灑，涼濺撲面寒。幽人無事坐，終日倚欄桿。畫軸墨蹟

灌木翳深徑，蒼山落日明。相尋知不遠，風送讀書聲。　畫軸墨蹟

木落高原静，秋清石壁寒。飛泉挂畫選作「虹落」天漢，只作玉虹畫選作「泉」看。　味水軒日記卷八　上海人民美術出版社本明代名畫選

步入空林中，踽踽吟正苦。時聞落葉聲，却訝催詩雨。　石渠寶笈卷二十六

羣山積雪滿，徑踏難行迹。試登高閣望，浩渺同一色。　平津館鑒藏書畫記

雨過山突兀，秋清樹陸離。閒情誰領略？溪上有茆茨。　珊瑚網畫録卷十五

雨過重重樹，烟迷寂寂山。扁舟更無事，坐對語闌珊。　石渠寶笈卷三

雨晴山遠近，秋老樹參差。小橋獨眺處，斜陽總是詩。　珊瑚網畫録卷十五

雨餘山斂青，雲斷烟含暝。曠野西清誤作「墅」不逢人，斜陽半溪影。　西清劄記卷三　民國廿六年本故宮日曆

雲開遠島明，木落秋江冷。斜日下漁梁，照見獨行影。　珊瑚網畫録卷十五

雜樹翳深塢，雙溪帶淺沙。暝雲收宿雨，隱隱見人家。　石渠寶笈卷四

畫蘭 至日戲作

至日閒弄筆，爲君寫幽蘭。潛陽知已復，生意滿毫端。 聽颿樓書畫記卷二

畫蘭

細雨沾翠袖，微風過清馥。何處寫瑶琴？幽人在空谷。 石渠寶笈卷二十二

離離水蒼珮（曝畫作「緑」），居然在空谷。雖多荆棘枝，春風自芬馥。 墨緣彙觀卷三 三松堂書畫記 曝畫紀録

蘭竹

缺月摇佩環，微風汎晴馥。何以寄所思？佳人在空谷。 聽颿樓書畫記卷三 扇面墨蹟

修竹有佳色，蕙（畫緣作「幽」）蘭汎遠香。美人隔湘浦，欲贈不能將。 書畫鑑影卷二十一 澹復

〔虛齋畫緣録〕

湘簾捲春雨，深谷遞幽香。明月滿南浦，相思流水長。畫軸墨蹟

畫竹二首

修幹挺寒節，疏陰生嫩涼。谿南一尺雨，髣髴見瀟湘。

日暮黄陵廟，春深片雨晴。怪來青鳳尾，冉冉過牆生。〔珊瑚網畫録卷二十一〕

寫竹樹

古木蒼龍影，修篁碧玉枝。相看兩不厭，同保歲寒姿。〔珊瑚網畫録卷十五〕

日落小窗暝，離離竹樹幽。微風弄蕭瑟，六月已驚秋。〔石渠寶笈卷十二〕

畫竹菊

翠竹風前節，黄花霜下姿。畫家應識得，故寫歲寒期。西清劄記卷一

畫菊

九月霜華重，蕭然見菊枝。淵明高興在，日日繞東籬。伏廬書畫録

清霜殺羣卉，寒菊殿重陽。最稱詩家味，西風弄晚香。畫軸墨蹟

秋霜麗朝陽，羣卉日以萎。云胡老圃中，雜英各呈美？畫軸墨蹟

古石喬柯

古石埋蒼蘚，喬柯舞翠陰。不教霜雪損，自負歲寒心。石渠寶笈卷三十六

古木竹石

古石莓苔蒼，修畫軸作「疏」篁新雨緑。不知歲華遷，空山伴佳畫軸作「枯」木。　虚齋名畫録卷八　畫軸墨蹟

枯栟宿莓苔，修篁弄新雨。空山生意多，春光遽如許。　寶迂閣書畫録卷一

落木風蕭颯，秋清竹鎖烟。涼影忽滿地，斜日到窗前。　域外所藏中國古畫集　支那南畫大成第四卷

六言　七首

題畫〔嘉靖戊戌〕

雨過郊原寂歷，日斜林影交加。可是春光有準，東風已到貧家。　禮髠龕山水畫册

幽居二絶（編年未詳，下同）

試茶初動蟹眼，臨帖更畫烏絲。啜罷冷淘槐葉，漸吟雙調柘枝。

擁褐一瓢濁酒，支頤半卷南華。消受誰堪伴侶？紙窗殘雪梅花。

珊瑚網書録卷十五

題畫

一林殘雪初霽，何處啼烏夜寒。酒闌明月在户，折得梅花自看。

畫册墨蹟

古石稜競玄玉，喬柯偃蹇蒼虬。着个修篁帶雨，分明鐵網琳球。

墨蹟

泉韻似聞琴筑，松聲協奏笙簧。藉草談玄對坐，幽懷與世相忘。

望雲軒畫集

缺題 庚戌臘月廿又七日書（庚戌）

九日高齋風雨，十年衰鬢江湖。問字有人載酒，打門無吏催租。

故宫歷代法書全集

文徵明集補輯卷第十二

七絶一　一百二十九首

題吴大淵壽張西園所索石田畫（弘治乙卯）

行年六十意舒徐，誰識城中有隱徒？珍重東林貴公子，壽筵獨獻釣魚圖。（千墨庵帖）

横斜竹外枝圖爲廷用寫并題（戊午）

淡月黄昏水清淺，古今惟有老逋詩。近來翻得東坡案，爲寫横斜竹外枝。（式古堂書畫彙考畫録卷二十）

弘治甲子之春偕林屋先生及子畏昌穀輩放棹虎丘登千頃雲相集竟日把酒臨風不覺有故人之思遂即景圖此并系短句以記一時之事云爾〔甲子〕

歷歷烟巒列翠屏，陰陰松檜擁空庭。登臨不盡懷人意，把酒憑闌看白雲。　紅豆樹館書畫記

此紙余往歲爲榮夫而作者終日塗抹樂而忘倦比來病後不喜事此間或弄筆亦不能瑣瑣若是今榮夫持以相示不覺有感因賦之如右〔乙丑〕

千山飛瀑帶松聲，記得前年信手成。病懶近來惟打睡，相看無復舊心情。　石渠寶笈卷八

題王澹軒畫〔正德丁卯，下同〕

元季武陵王澹軒先生，繪事宗於黄筌，而得趙承旨指授，故能脱去町畦，洗盡俗塵，無院體氣，誠超凡入聖之手也。余過青霞亭，得覩此圖。神采奪目，迥出望外。漫題，并書數語識之。正德丁卯四月廿日。

江上芙蕖綴似雲，一雙靈鳥醮寒濱。披圖拭目忘憂色，欣仰前賢筆有神。愛日吟廬書畫録卷一

題畫

余爲漱石寫此圖。數日復來，使補一詩。時漱石將北上，舟中讀之，得無尚有天平、靈巖之憶乎？丁卯十一月七日。

雨餘春樹緑陰成，最愛西山向晚明。應有人家在山足，隔溪遥見白烟生。故宫旬刊第廿一期　民國廿六年故宫日曆

題畫正德戊辰七月〔戊辰，下同〕

原樹蕭疏帶夕曛，塵踪渺渺一溪分。幽人早晚看花去，應負山中一段雲。　虛齋名畫録卷六　石渠寶笈卷三十八

按：石渠本無歲月，僅款「文壁」。

垂虹別意詩送戴明甫

久客懷歸辭舊知，扁舟江上欲行時。多情最是垂虹月，千里悠悠照別離。　珊瑚網書録卷十四

桐陰高士圖〔己巳〕

子寅自南都來，持余舊作桐陰高士圖觀之，蓋有年矣。可見歲月易增，筆力易減，較之於今，大

不如前，爲之悵然，因題一過。己巳春。

舊畫重題二十年，碧梧秋色尚依然。而今點染渾忘却，老去聰明不及前。　珊瑚網畫録卷十五

正德庚午春仲坐雨停雲館秉之持佳紙索圖戲爲寫此　珊瑚、式古作「正德庚午春仲坐雨停雲館題畫」〔庚午〕

百疊春雲百疊山，杏花三月雨班班。分明記得横塘路，一葉輕舟載雨還。　味水軒日記卷八　珊瑚網畫録卷十五　式古堂書畫彙考畫録卷二十八

題畫〔辛未〕

六年鄉國養閒身，髮轉青青目轉神。漫説吴中山水好，不應終滯濟時人。　詩稿墨蹟

兩溪草堂圖〔甲戌〕

南坦先生將赴陝西，過吴門言别，爲寫兩溪草堂圖，并賦此致意。正德甲戌三月二十七日。

弁山南下玉浮瀾，蔭白堂前白日閒。此去安西征馬上，可應回首兩溪間？ 稗勺

畫兔〔乙亥，下同〕

罝羅不擾澤原寬，豐草叢篁郁氏作「茸茸」足自跧。只恐山中藏不得，會當郁氏作「須」拔穎利人間。 鈔本卷六 郁氏書畫題跋記卷十一

題畫贈李宗淵

張公洞口山如黛，周處橋邊水似油。剥筍燒茶將艇子，因君憶得舊時遊。 鈔本卷六

題畫贈顧孔昭太守（丙子，下同）

疏松潄玉翠粼粼，坐占山中太古春。世事不供君一笑，底須白眼看他人？　鈔本卷六

題吴嗣業藏石田先生畫

石田先生人品既高，文章敏贍，而學力尤深。出其餘緒，以供游戲，要非一時庸工（味水作「庸生」）俗匠所能及也。先生早師叔明、子久，（味水下作「既而無所不學皆逼真晚歲得高尚書粉本十三段喜其高雅渾融氣運生動得米氏父子之趣間有所作不啻過之若此卷是也是豈可以藝名哉嘉靖乙巳三月十又三日」）繼入董、巨之室，愈造愈深，莫可端倪。此六册爲匏庵先生所作，用筆補景，尤出尋常。匏翁命余補其餘紙，余謝不敏，然不能拂其所請。偶擬唐句四聯，漫爲塗抹。但拙劣之技，何堪依附名筆，徒有志愧。今匏翁下世數載，而石翁亦物故。其姪嗣業攜以相示，不勝人琴之歎。聊賦此詩，并識如此。正德丙子秋八月。

石丈高情點筆間，悠然胸次白雲閒。憑君莫（古緣作「共」）作元暉看，自（古緣作「會」）寫吴門雨

後山。古緣萃録卷三沈石田仿米元暉山水軸

吴門何處墨淋漓？最是西山雨後奇。一段勝情誰會得？千年摩詰畫中詩。

當年吴越作「石田」詩律號精誠，晚歲吴越作「老去」還憐畫掩名。世事悠悠誰識得？吴越作「世論悠悠遺鉢在」白頭慙愧老門生。吴越所見書畫録卷一

高人不見沈休文，漁子沙頭幾夕曛。斷墨殘縑和淚看，碧山千疊鎖愁雲。味水軒日記卷六　聽颿樓續刻書畫記卷下

撥悶〔丁丑，下同〕

東郊南陌走香車，柳色輕撩織翠裾。惟有衡山窮學究，不成一事漫讐書。

朱鉛碧槧自仇身，煦日和風故惱春。新柳拂堤花刺眼，輸他湖上踏青人。

春色三分過一分，書生愁緒亂如雲。一般清晝啼黄鳥，不似楞伽寺裏聞。

春來頻夢水西頭，想見新波碧玉流。浪拂桃花千嶂雨，何時去鼓木蘭舟？鈔本卷七

題雨意

風雨柴門晝不開，樹垂深緑砌封苔。誰知笠屐荒岡上，別有幽人問字來。　鈔本卷七

題汪廷器西遊卷

沙草漫漫萬里秋，曾將書劍客邊州。歸來留得詩篇在，白髮蒙頭説壯遊。
舊遊回首幾經秋？裘劍豪華逐水流。怪是襟懷老猶壯，長竿親見掛胡頭。　鈔本卷七

杏花春雨江南〔戊寅，下同〕

戊寅春多雨，上巳前與客小樓閒坐，漫作此以遣興。

明朝三月又當三，風雨危樓不自堪。〔故宫作「安」〕忽見扁舟生眼底，細傾春酒詠江南。　壯

陶閣書畫録卷十　藝苑真賞社本詩稿真蹟　故宫週刊

今歲菊事頗遲重以積雨遂爾落莫偶過王氏小樓見瓶中一枝因紀短句

新寒十月滿西樓，斷送籬花一雨休。猶有雙英供酒盞，不教全負一年秋。好古堂家藏書畫記卷下

題畫贈別陳衛南

兩度相過總不留，東歸竟上秣陵舟。別離先重明朝憶，竹樹蕭蕭雨滿樓。鈔本卷七

題畫寄王欽佩 時將赴河南

青溪溪上樹離離，憶共臨流看月時。今到洛陽追往事，故人鄉里總成思。鈔本卷七

畫蘭贈周二守 周至自台南，因得華玉消息（己卯，下同）

南望天台憶顧雍，見君如與故人逢。臨風一笑還深契，應是幽蘭臭味同。鈔本卷八

題畫二首

曲水低橋細路分，一重樹色一重雲。老夫稱得籐枝健，又向溪南訪隱君。

雨後郊原物候新，桃花松樹映遊人。東風特地先行路，得得尋詩步步春。烟雲寶笈

題曹雲西山水卷（庚辰，下同）

勝國曹雲西，名知白，東吳人。畫師北苑、巨然，間亦出入郭熙，有早歲中晚稍異之别。若此卷，全法董、巨，而無雜體，清潤之氣，撲人眉睫間，正中年精鋭筆也。一日，偶過少傅公園居，值臘梅盛開，賞玩之餘，出此索跋，爲識數語，而復系以短句。

空林蕭瑟帶江聲，列岫雲歸若有情。無限高深誰似得？雲西江左舊知名。穰梨館過眼續録卷四

題畫

山雲載雨晝冥冥，天外歸舟霧裏行。不恨山家無覓處，水濱茆屋有鷄聲。鈔本卷八

青山千疊水縈紆，灌木陰陰稱隱居。路僻雲深人不到，半簷斜日了殘書。鈔本卷八

緑陰垂幄草敷茵，六月溪流徹底清。眼福作「飛泉玉噴人」靜坐日長看不足，眼福作「只合山中吟咏者」不知城市有紅塵。烟雲寳笈成扇目録　眼福編二集

庚辰夏日過東禪同象圓坐玩門外古杉不覺日暮圖而識之贅以拙句

長日東城車馬稀，雨餘閒院上苔衣。最憐寂寂松杉好，踏盡清陰未肯歸。壯陶閣書畫録卷十　藝苑真賞社本詩稿真蹟

吉祥庵既燬於火而權師化去亦復數年追感昔遊不覺愴失因再疊前韻

當日空門對真賞作「共」燕閒，傷心今送夕陽還。劫餘誰悟邢和璞，老去徒珊瑚、真賞、美周作「空」悲庾子山。郁氏書畫題跋記卷十一　珊瑚網書録卷十五　藝苑真賞集第三期　美周彙刊第一期

題畫正德辛巳三月（辛巳，下同）

宛轉山林石徑斜，屐聲步步有殘花。會琴知覓誰家去？怪道白雲前路遮。烟雲寶笈成扇目録

次韻題水墨杏花二首

玄雪吹香玉一叢，丹鉛何似墨痕工？不妨淺淡春光在，正是曲江烟雨中。

青蘋流水影叢叢，不獨詩工畫亦工。見畫却憐詩在眼，鳳簫聲斷月明中。鈔本卷八

題畫贈人

清風庭院少塵埃，好客還同好雨來。客散雨收涼思在，蕭然秋色滿蒼苔。

鈔本卷八

贈呂科

而祖風流是我師，通家更荷阿翁知。金蘭次第交三世，玉樹相看又一枝。

鈔本卷八

補先師吴文定公詩意爲圖〔嘉靖壬午，下同〕

相君詩筆玉堂清，畫得江山妙有聲。公案一層誰與證？白頭傳法老門生。

鈔本卷九

次韻答林崇質

未識孤山放鶴翁，西湖詩句老稱工。開緘忽得梅花詠，片月分明照屋東。
書來珍重説先翁，誰似當年製錦工？白髮遺黎多在者，至今人祝斗城東。
幾欲裁詩報逸翁，老逢哲匠苦難工。空餘十載神交意，夜夜青山夢浙東。

鈔本卷九

振之偕其姪子价移舟送至淮安舟中爲作小畫（癸未，下同）

照水花枝暖欲然，帶城楊柳緑生烟。故人情厚如春色，一路殷勤送客船。

鈔本卷九

淮安西湖

依依新水漾飛鳧，處處春洲長緑蒲。何必錢塘生遠夢，淮南亦自有西湖。
春水夷猶青雀舫，斜橋宛轉緑楊灣。分明一段江南意，只欠青青四面山。

鈔本卷九

桃源縣

夜泊清淮月映沙，古堤時有野人家。行人説是桃源路，吹盡春風不見花。　鈔本卷九

甲申二月晦日鄭正叔偶訪小齋坐話家中風物寫此寄意

列朝作「燕中題畫」（甲申，下同）

燕山二月已春酣，宫柳霏微（石渠、列朝作「霏烟」）水映藍。屋角疏花紅自好，相看終不是江南。　珊瑚網畫録卷十五　式古堂書畫彙考畫録卷二十八　列朝詩集　石渠寶笈卷三十八

夜坐偶與明方談及歸計賦贈如此

兩年塵土客燕京，夢裏吴山故故青。一夕燈前鄉思發，歸心先到望湖亭。　神州大觀續編第七集

題畫送黃伯鄰參政山西

沙塵黯黯别離難，聊寄閒情水墨間。千里風烟誰領略？使君胸次有江山。

使君分省向河東，千里風烟在眼中。别後知吾相憶處，空江高閣送飛鴻。　鈔本卷十一

題畫　嘉靖四年冬〔乙酉〕

香雲芳樹暖悠悠，之子乘閒坐水頭。兩脚黃塵從此脱，他年無事樂清流。　聽颿樓書畫記卷三

寄如鶴〔丙戌〕

久别耿耿，前承雅意，未有以報，小詩拙畫，聊見鄙情。徵明奉寄如鶴先生，丙戌五月。

不見鶴翁今幾年，如聞仙骨瘦于前。只應陸羽高情在，坐蔭喬林煮石泉。　石渠寶笈卷三十八

虎丘春遊詞〔丁亥，下同〕

吴苑春風處處宜，好山西列更逶迤。韶光九十從頭數，逸態閒情一一奇。

城雪初消柳未齊，過燒燈市向郊西。春來排日登山去，先探梅花到短溪。

西郊春雨夜初晴，無數青山照眼明。試着羅衣寒尚峭，却誇先出向山程。

閶江春水碧迢遥，花下朱門柳下橋。小妓隔花猶宿醉，少年雙掖上蘭橈。

虎丘近接閶閶西，春到遊船日滿溪。依路笙歌成懺悔，一林桃柳當菩提。

靈丘石上思泠然，紺碧樓臺劇目前。香林遍遶生公石，法境長寒陸羽泉。

飛花狼藉照春衣，薄暮風喧燕子肥。踏遍陽春情未已，山窗煮茗坐忘歸。

閶闔春風楊柳柔，萬家絃管水西樓。蘭橈夜逐桃花浪，明月歌殘下武丘。

不盡春山疊翠螺，吴儂好事徧經過。山腰細路蒼烟裏，月滿松關有醉歌。

春山月白夜微茫，踏月登舟任酒狂。聯舫作鄰溪上宿，一川花露夢魂香。

吴越所見書畫録卷三

題畫 丁亥秋七月

仙人原自愛蓬萊，瑶草金芝次第開。欸乃一聲青雀艇，逍遥響屧鳳凰臺。畫軸

丁亥九月九日徵明同子嘉彦明同子穀遊嘉善寺

蕭蕭落木帶江干，蒴蒴幽花過雨斑。豈意旅遊逢九日，共來把酒看三山。列朝詩集

寫畫送友

唱動驪歌客欲行，吴山吴水盡含情。馬頭細雨花争發，看取春風第一程。鈔本卷十二

題畫

青山隱隱水漪漪，萃録作「蒲芽抽水緑針齊」映樹蘭舟晚更移。一縷茶烟銜神州作「驚」宿鷺，無人知是陸天隨。珊瑚網畫録卷十五，題作「倣董北苑山水」　神州國光社本山水花鳥册　故宫日曆　古緣萃録卷三

青山迴水水迴山，灌木陰陰消夏灣。細路穿雲雞犬接，人家都在翠微間。鈔本卷十二

爲洛原畫扇　丁亥十月

子長嘉興寄遨遊，故作吴門十日留。别有文章載歸路，青山千疊在扁舟。石渠寶笈卷四

王槐雨邀汎新舟遂登虎丘紀遊十二絶

西塞山前張志和，扁舟來往占烟波。野人亦是忘機者，君試停橈聽我歌。

宿雨初收杜若洲，新波堪載木蘭舟。不嫌頻涉山塘路，辛苦還家爲虎丘。
虎丘東畔水如油，山影樓臺雜樹流。自弄雙橈穿窈窕，不教疊鼓散輕鷗。
路出桐橋浦浦迷，碧榆翠柳拂烟齊。數聲誰送滄浪曲，十里身穿罨畫溪。
千章古木護高齋，誰見先生點易來？落日松間雙白鶴，矯然飛下讀書臺。
不見生公説法時，空餘臺下白蓮池。蒼苔没盡陽冰筆，猶有人來覓斷碑。
空山過雨玉涓涓，石井亭虚幾百年。不見當時陸鴻漸，裹茶來試第三泉。
曉出看山到落暉，踏歌徐棹酒船歸。憑君莫話京華樂，赢得緇塵染素衣。
京華馬上亂山青，何似扁舟出洞庭？落日烟波天萬里，上方亦有望湖亭。
白蓮浦口緑楊灣，處處停舟忘却還。别有梅花三萬樹，明年去看法華山。
法華山在太湖頭，紫翠千峯浸碧流。好景江南誰占得？天隨翁有木蘭舟。
家居臨頓挹高風，更着扁舟引釣筒。自笑我非皮襲美，也來相伴陸龜蒙。

題舊作小畫〔戊子，下同〕

此畫余二十年前爲吴雁村作，傳而之朱舜城，今歸石庵子矣。間以相示，題此識感。

江山無恙物華新，歲月如流蹟已陳。楮墨誰云難久世？秋風一笑閱三人。　鈔本卷十二

石榴

江南五月緑枝勻，翦翦輕羅蹙絳巾。珍重東君憐寂寞，故將穠豔表餘春。　鈔本卷十二

梅花

淡痕疏瘦月横斜，玉潔珠光圖録作「玉骨冰肌」沁露華。歲晚雪殘春好在，莫教長笛起鄰家。

鈔本卷十二　中國繪畫總合圖録

重題正德戊辰七月所作畫　戊子十月三日

尺楮相看二十年，子今騰達我頹然。白頭點筆閒情在，莫道聰明不及前。　虛齋名畫録卷八

畫兔

雪毿金精自月宫，秋風猶戀菊花叢。莫將三窟輕倫品，曾策勳名翰墨中。

鈔本卷十二

題畫

雜樹緣山小徑斜，山窮遥見野人家。一溪新水浮漁艇，兩岸東風自落花。

鈔本卷十二

題高彦敬寒窗幽逸圖

昔見趙松雪題彦敬畫端云：「如何千載後，猶見米敷文？」其許之可謂至矣。若此四圖，又不僅止此，當與王洽相爲伯仲，故予次篇句中及之。

山寒木落萬林空，擁褐茆簷笑語同。尚有尋幽遠方客，扶藜得得過橋東。

壬寅銷夏録

觀瀑圖 嘉靖己丑六月二十又二日寫於停雲館中（己丑，下同）

小堰迴塘曲曲通，一溪寒瀨漱松風。忙身見畫剛生愧，安得身閒似畫中？ 紅豆樹館書畫記

題張夢晉畫一首

我愛張君性不羈，錦囊風月畫中詩。高齋落日看遺墨，彷彿當年把卷時。
辛苦明經老不成，片縑傳世百金輕。當時亦有高官職，身後何人道姓名？ 鈔本卷十二

題自作小畫（庚寅，下同）

此畫，余丙戌冬守凍潞河有懷故山而作；今庚寅五易歲矣。因貞叔攜示，喜而賦此。

憶得燕京夢故山，夜寒呵凍寫潺湲。而今見畫驚還喜，真在清泉白石間。 鈔本卷十二

題畫贈江于順

三載雲萍去住踪，江城落日漫相逢。援琴試寫平生意，千尺寒泉萬壑松。鈔本卷十二

松風巖壑圖

有客攜以相示，慌然夢境也，因爲書此。嘉靖庚寅五月之朔。

千巖飛瀑灑晴空，日暮松聲萬壑風。曾是夢中經歷處，天台南畔石橋東。畫軸

戲用雲林墨法寫贈子寅以爲何如嘉靖九年十月

不見倪迂二百年，風流文雅至今傳。偶然點筆山窗下，古木蒼烟在眼前。美術生活第三十八期 中國畫家叢書文徵明

黃子久員嶠秋雲圖

思訓原本，雖未之見，而得見子久摹本，未必子久後之也。賞鑒者須珍重之，當倍於他作矣。

李侯點筆元無敵，子久摹神更有華。紅樹白雲千嶂合，山翁已過碧溪涯。 味水軒日記卷一

嘉靖辛卯山中茶事方盛陸子傳過訪遂汲泉煮而品之真一段佳話也

〔辛卯，下同〕

碧山深處絶纖埃，面面軒窗對水開。穀雨乍過茶事好，鼎湯初沸有朋來。 故宮日曆 故宮書畫集第三十七期 支那南畫大成第九卷

題畫奉簡玉池醫博 辛卯閏六月朔

書几薰罏靜養神，林深竹暗不通塵。齋居見説無車馬，時有敲門問藥人。 虛齋名畫録卷

八 虛齋名畫集 藝林月刊第四十三期

癡庵圖

喚作癡翁不是癡，意閒心遠遂忘機。何妨了却公家事，坐看清江白鳥飛。 鈔本卷十二

上缺**起視天漢皎然月色如畫遂同日宣子朗步至行春橋時夜參半萬籟俱寂四山蒼黯林影蔽虧俯視湖波與月色相盪意興渺然比歸漏下四十刻矣**

三更月出不成眠。起視平湖夜渺然。滿眼勝情題不得，月光浮水水浮天。

千林月上白烟消，萬壑雲收更寂寥。長嘯一聲波浪湧，夜深人倚赤欄橋。 鈔本卷十三

十四夜南樓對月

憑誰斫却月中枝？放取清光照酒卮。莫道一分猶未滿，要知月滿有虧時。　鈔本卷十三

十五夜無客獨坐南樓有懷子重履吉及兒輩時皆在試　下泐

金樽在手月□□，扇頁作「當樓」肯負清光照白頭？强半憂愁與風雨，百年能看幾中秋？

扇頁

屋角銀河淡欲斜，故人今夕在天涯。只應不隔關河影，千里悠悠共月華。

露華浮玉桂香濃，銀漢無聲月正中。忽憶故人天萬里，滿身金粟廣寒宮。

羣仙何處躡飛鸞？縹緲紅雲捧玉盤。曾在長安憶兒女，今緣兒輩憶長安。

去歲中秋語笑譁，自憐衰疾鬢根華。少年散去衰翁在，獨倚南樓到月斜。　鈔本卷十三

扇頁

鶺鴒荷花

鶺鴒兩兩自相倚，棲傍芙蕖不畏機。行逐秋風霄漢去，豈應常戀芰荷衣？　鈔本卷十三

過牆蒲萄〔壬辰，下同〕

未論馬乳薦新嘗，最愛龍鬚引蔓長。六月雨收煩暑溽，忽分涼影過南牆。　鈔本卷十三

嘉靖壬辰夏日避暑東禪適紹之過訪輒此奉贈

六月飛泉瀉玉虹，幽石渠、故宮作「仙」人虛閣在山中。四簷秀色千峯雨，一榻松聲萬壑風。

穰梨館雲烟過眼録卷十八　石渠寶笈卷十七松聲一榻圖軸　故宮書畫集第四十一期

題畫

古松流水斷飛塵，坐蔭清流漱石渠作「澈」碧粼。老石渠作「我」愛閒情翻作畫，不知身是畫中人。　神州國光社本山水花鳥册　石渠寶笈卷四明人畫扇册

六月寒泉帶雪飛，千山空翠濕人衣。等閒世事消能盡，怪得詩翁坐不歸。

江雨初晴水漫陂，夕陽緣岸樹離離。白雲半斂千山出，正是幽人得句時。

江南十月頓清秋，最愛空山霧雨收。塵土不飛巖壑静，古藤花落水争流。

春晴楊柳暗迴隄，小閣幽深似瀼西。最是晚涼詩就處，一江新水浴鳧鷖。

犖确高岡細路環，離離樹影夕陽間。分明秋日龍江道，驢背遥看隔岸山。

烟中細路緣蒼壁，日落微波帶遠山。神州作「遠天」老我平生釣遊神州作「行樂」處，楞伽西下石湖邊。　神州國光社本山水花鳥册

林彙稿作「雲」影山光照暮春，飛花點水玉粼粼。焉知觴古緣作「嘯」詠臨流者，不是羲之輩行彙稿作「等輩」人？　古緣萃録卷三　文徵明彙稿

青山列嶂草敷茵，六月奔泉過雨新。坐蔭長松漱流水，豈知人世有紅塵？

過雨青山翠欲浮，擁陂黄葉水交流。歸人小立斜陽外，半嶺松風萬壑秋。
寒鎖千林雪未消，雲封疊嶂玉岧嶤。幽人木末開飛閣，看見行空馬度橋。
絶壑緣山細路斜，欲尋還被白雲遮。只應春色藏難得，坐看流來水上花。
霜餘潦水落荒陂，雨後秋山鎖翠眉。緩轡不嫌溪路繞，一林楓葉正供詩。　鈔本卷十二

杏花

三月曲江微雨乾，東風一日遍長安。團（嶽雪作「圍」）烟簇粉春如海，總待新郎馬上看。　鈔本卷十二　嶽雪樓書畫録卷四題唐解元羣卉圖卷

文徵明集補輯卷第十三

七絶二一一百十二首附録一首

春濟園筍大發欲求兩束輒以小詩先之亦足噴飯也癸巳四月十七日

〔嘉靖癸巳〕

海燕飛飛四月天，名園春筍大如椽。文同老去饞應甚，安得胸中飽渭川？

枯木竹石影本

甲午夏五月既望寫溪亭長夏并題

〔甲午，下同〕

千竿修竹浄娟娟，一沼紅渠嬌可憐。羽扇不摇茶盌歇，晚凉徙倚聽新蟬。

畫軸墨蹟

題畫

連雨沾足，喜而有作，寫寄民望茂才。雨中思茗飲，貧篋苦無佳者。聞高齋頗富，分惠少許如何？陸子傳在坐，説此畫值茶數斤。余謂道德五千言，□博一鵝，此物豈有定價耶？一笑。甲午六月廿九日。

急雨翻江木葉喧，潤枯真足慰農艱。便將艇子南湖去，坐看空濛水上山。畫軸　墨緣堂藏真

嘉靖乙未四月七日從袁邦正齋頭得見石田先生畫册不勝悵惘展閲之餘爲題短句〔乙未，下同〕

不見石翁今幾時？傷心斷楮墨淋漓。分明記得林堂上，落日閒窗自賦詩。寶迂閣書畫録卷一

題畫

尺楮相看二十年，林巒蒼翠故依然。白頭點筆閒情在，莫道聰明不及前。石渠寶笈卷三十八　民國二十六年故宫日曆

按：此與前戊子重題正德戊辰七月所作畫次句及作時皆不同，故重録于此。

題畫

此余四十年前所作。當時與唐子畏言：「作畫須六朝爲師。」然古畫不可見，古法亦不存，漫浪爲之。設色行墨，必以閒淡爲貴。今日視之，直可笑耳。然較之近時濃塗麗抹，差覺有古意，不知賞鑑家以爲如何？嘉靖乙未九月十一日。

墨痕依約淡蒼蒼，斷楮回看四十霜。古意獨存顔色外，只應桃李愧嚴妝。過雲樓書畫記畫類四　壯陶閣書畫録卷十　藝苑真賞社本詩稿真蹟

缺題

故人相見意欣然，貰酒探囊有百錢。既醉何須教且去，北窗正好對牀眠。〔吴越所見書畫録卷三　墨緣堂藏真〕

絶壑鳴琴圖　丁酉夏四月既望寫并系短句〔丁酉，下同〕

雲外高山供道眼，溪頭流水浄塵心。憑將一曲朱弦韻，小答松風太古音。〔石渠寶笈卷八〕

小詩拙畫奉贈補之翰學

三月融融曉雨乾，十分春色在長安。香塵屬路紅雲暖，總待仙郎馬上看。〔三松堂書畫記〕

齋居即事

風攬青桐葉漸平遠作「半」摧，時飄一片點蒼苔。山童不識林亭平遠作「堂」趣，却併松枝盡掃開。平遠山房帖

牆角紫薇花正繁，白頭已解舊郎官。山林相對依然好，何必絲綸閣下看。平遠山房帖

故宫週刊第一百十四期

城居寂寞似山林，樹色禽聲别院深。倦即閉門閒便出，坐人酬酢本無心。

萬事年來盡掃除，無端翰墨尚留餘。欲緣鷗鳥投丹粉，還爲鵝羣寫道書。故宫週刊第一百十四期　書扇墨蹟

題畫〔己亥〕

楞伽山下雨初收，萬緑陰陰水漫流。日暮風生林影亂，飛花吹滿木蘭舟。

天低木落大江空，江山參差雪後峯。小蹇不辭江路永，衝寒來看玉芙蓉。

題畫 庚子春日〔庚子，下同〕

緑陰千頃碧溪前，翠掩晴空散紫烟。自是高人能領略，試烹新茗汲清泉。味水軒日記卷七

題畫 嘉靖庚子仲夏望日寫於玉蘭堂 石渠作「溪亭客話圖」，未識年月

高石渠作「緑」樹陰陰翠蓋長，雨餘新水畫册作「緑」漲迴塘。何人畫册作「緣」得似山中叟，對語谿頭石渠作「亭」五月涼。珊瑚網畫録卷十五 式古堂書畫彙考畫録卷二十八 石渠寶笈卷二十六 故宮週刊第二百八十五期 民國二十三年本故宮日曆 畫册墨蹟

嘉靖庚子七月同補庵郎中游堯峯頗興歸而圖之

蒼松落落帶溪珊瑚作「滄」灣，秋在丹楓夕照間。料得詩人珊瑚作「翁」勞應接，耳中流水眼

中山。 夢園書畫録卷十一　珊瑚網畫録卷十五

爲默川題陸叔平畫 嘉靖庚子秋八月既望

屏間雪鍊空中落，山外閒雲闕處明。時聽朗吟林谷應，篷窗疑有卧幽人。 三松堂書畫記

戲用倪元鎮墨法寫此并題時辛丑秋八月廿又二日〔辛丑，下同〕

荆關妙法久無傳，零落倪迂骨已仙。老我西齋閒點染，疏林淡靄亦蒼然。 圖軸墨蹟

題畫 嘉靖辛丑秋日

碧梧高閣卜閒居，中有幽人好讀書。四海雍熙塵市遠，風聲兩耳頓心虚。 古緣萃録卷三

題畫〔壬寅，下同〕

雨過羣山翠亂流，江潭日暮水如油。憑誰領取江南勝？木末春晴獨倚樓。 三松堂書畫記

題元人畫

滄溪令君出示元人四畫，皆精好可愛。撫玩之餘，各賦一詩其後。壬寅十月二十又一日。

漁梁詰曲帶灣碕，山掩樓臺樹陸離。山寒詩稿作「小蹇」不嫌溪路永，一天斜日正供詩。

石渠寶笈卷四十二　詩稿

按：此從衛九鼎畫上録得，餘三首缺。

癸卯春仲同禄之汎舟出胥口舟中漫作〔癸卯，下同〕

胥臺山麓太湖頭，遠水連天日夜浮。誰在夕陽虚閣上？渺然天際見歸舟。 別下齋書畫録

古木幽居圖

雨中承克承過訪山房，寫此奉贈。癸卯六月二日。

古木陰陰山徑迴，雨深門巷長蒼苔。不嫌寂寞無車馬，時有幽人問字來。 珊瑚網畫録卷十五

湖山新霽圖

居生士貞，以佳紙請余爲横幅小景。適有人以趙魏公水邨圖相示，秀潤可愛。因用其筆意寫

此。連日賓客紛擾，應酬之餘，時作時輟，更旬乃就。老年遲頓，聊用遣興耳。若以爲不工，則非老人之所計也。嘉靖癸卯九月既望。

老人長日不能閒，時寄幽情楮墨間。豈是胸中有邱壑？聊從筆底見江山。石渠寶笈卷六

吴越所見書畫録卷三

米元暉姚山秋霽圖 甲辰夏日（甲辰，下同）

溪柳泯泯藤花作「瞑瞑」帶遥汀，樹色沉沉緑未明。大是城南新雨歇，藤花作「大似江南新雨後」碧山浮動晚烟生。藤花作「碧烟浮動晚山生」 畫軸墨蹟 藤花亭書畫跋卷一，題作「米元暉摹王洽雲山圖」

甲辰七月十日雨窗閒坐遥憶董北苑筆意彷彿寫此

古松謖謖落清陰，風激飛泉玉噴人。車馬不經心似水，那知城市有紅塵？圖軸墨蹟

題畫

霜後平林含古色，雨餘寒味水作「高」，鑑影作「流」澗雜風聲。空山歲晚無車馬，一塢斜陽獨自吟。味水作「曳杖行」，鑑影作「照獨行」　域外所藏中國古畫集　味水軒日記卷二　書畫鑑影卷十四

題畫　甲辰九月

夕陽西下晚山青，秋水微茫帶遠汀。欲識江南奇絶處，杖藜還上倚江亭。　藤花亭書畫跋卷四

古藤十丈落清陰，風激飛泉玉噴人。只合空山吟眺者，不知城市有紅塵。

烟中細路緣蒼壑，樹杪春雲帶玉泉。老我平生釣游處，楞伽西下石湖邊。

茅簷灌莽落清影，僮子相將七尺琴。亭下江山堪自寄，底須城市覓知音？

春山突兀野橋横，萬木蕭蕭雜澗聲。獨蓋只憐泥滑滑，不知身在畫中行。

石壁巉巖味水作「萬仞峯頭」翠掃烟，古籐依約味水作「疏蔓」帶飛泉。置身如味水作「疑」在匡廬

下，一派（味水作「坐對」）銀河落九天。　味水軒日記卷五

鳥絶雲埋萬木空，行行雪（味水作「一」）徑見孤松。未（味水作「休」）誇鄭谷漁蓑好，儘（味水作「自」）有閒情付（鑑影作「在」）短笻。　味水軒日記卷七　書畫鑑影卷十四　古緣萃録卷三

畫蘭寄吴射陽〔乙巳，下同〕

楚江西望碧雲稠，春草多情唤别愁。永夜月明湘佩冷，玉人千里思悠悠。　鈔本卷十三

題牡丹

新煖和香沁□肌，風酣露重不勝垂。玉樓睡起春含笑，何似沉香倚醉時？　鈔本卷十三

白牡丹

粉痕破面澹生光，汗浥羅襦露有香。春滿瑶臺風綽約，玉妃和月舞霓裳。　鈔本卷十三

題瑞香山茶梅花水仙

錦簇薰籠鶴頂丹，羅浮洛浦雪成團。江南十月春牢落，獨許羣芳占歲寒。

鈔本卷十三

題畫贈尹德卿

窮居喜見故人來，寂寞山堂手自開。坐語移時林影亂，雖多車馬不驚猜。

鈔本卷十三

四景畫〔丙午，下同〕

西湖春曉

六橋花柳爛朝霞，歌舞當年駐翠華。别有春光誰識得？泠泉明月浸梅花。

桐江秋霽

桐江遇雨碧瀜瀜，霽色翻波日滿篷。千秋高風忘不得，釣臺常在白雲中。

天台石梁

飛瀑千尋掛碧霄，芙蓉萬疊鎖岧嶤。眼前已落仙人界，何用穿雲渡石橋？

甌江孤嶼

昔年行李滯東甌，曾到江心寺裏遊。孤嶼浮空雙塔迴，風烟都屬謝公樓。　鈔本卷十三

老子煉丹圖

爐内丹砂添鶴算，洞中仙果豔長春。須知物外烟霞好，不是塵寰游戲人。　秘殿珠林卷二十

丙午秋日漫仿倪高士

吮毫染就秋山色，白石溪灣隱小亭。靜對不知斜日落，涼颸颯颯滿空庭。 有正書局本明代名畫集錦册

題畫〔丁未，下同〕

四十年前所作，因□□出示，賦此識感。丁未新正二日。

一紙回看四十年，烟雲滅没故依然。老來精力銷磨盡，何止聰明不及前？ 三松堂書畫記

題畫

吟對蒼山事谷神，坐依清樾洗心神。按重韻似有筆誤只應飛蓋長安者，輸我水邊林下人。

滄江遥帶碧天流，江上平林遠欲浮。百里風烟吟不就，盡隨斜日上扁舟。

古梅吹雪正霏霏，幽鳥相依好羽儀。不羨上林春色好，江南自有歲寒枝。
霜催古木勢蜿蜷，雨洗叢篁緑玉鮮。最是雨晴斜月上，離離疏影小窗前。
喬木經霜葉半殘，雲根蝕翠蘚痕乾。不須更説明堂用，且向空山託歲寒。

鈔本卷十三

幽壑鳴琴 戊申夏四月製 〔戊申〕

萬疊高山供道眼，千尋飛瀑浄塵心。憑將一曲朱弦韻，小答松風太古音。

穰梨館雲烟過眼録卷十七

題仇十洲摹趙千里丹臺春曉圖 己酉清和望前三日 〔己酉，下同〕

春光爛熳競芳菲，滿目湖山翠靄微。共看丹臺凌碧漢，鳳凰翔繞各鳴飛。

壯陶閣書畫記卷十

蹴踘圖

青巾黄袍者，太祖也。對蹴踘者，趙普也。青巾衣紫者，乃太宗也。居太宗之下，乃石守信也。巾垂於前者，党進也。年少衣青者，楚昭輔也。嘉靖己酉七月十日。

聚戲人間混等倫，豈殊凡翼與常鱗。一朝龍鳳飛天去，總是攀龍附鳳人。　吴越所見書畫録卷三

題畫　嘉靖己酉七月畫於停雲館中

松竹人家在崦西，水迴山抱路常迷。幽窗相對談今古，更聽林間雜鳥啼。　聽颿樓書畫記卷二　支那南畫大成第十四卷

己酉七月敷求將試應天賦此奉贈

黄金宫闕鬱嵯峨，秋色盈盈月漾波。吴下高枝元有種，天香莫怪屬君多。珊瑚網書録卷十五

畫古柏修篁〔庚戌，下同〕

雨中禄之携松雪畫蘭竹過訪，即爲作此。徵明時年八十有一。味水作「雨中禄之携松雪畫蘭過訪即與觀此」

纖纖小雨作輕寒，最好疏篁帶雨看。正似美人無俗韻，清風徐灑碧琅玕。珊瑚網畫録卷十五　味水軒日記卷二

古柏圖寫寄伯起茂才

雪厲霜凌歲月更，枝虬蓋偃勢峥嶸。老夫記得杜陵語，未露文章世已驚。古柏圖印本

湖社月刊第八十五册

題畫〔辛亥〕

此畫往歲爲野亭所作，今爲原承所得。持以示余，賦此志感。

展閲斯圖一惘然，轉頭陳迹十經年。欲題新句還生感，愧我聰明不及前。書畫鑑影卷二十一

題畫 嘉靖壬子夏五月〔壬子，下同〕

岑寂虚齋午夢餘，松風謖謖繞幽居。茶烟初透龍團美，趺坐安神意自如。夢園書畫録卷十一

八月上浣偶閲徐幼文長卷喜甚敬題四絶

楊柳陰陰拂岸長，春波剛着野人航。斜陽欲下微風起，畫册作「釣絲牽動微風發」吹送前洲杜若香。　畫册墨蹟

清溪路曲帶長林，茅屋人家紫翠深。覓句攜笻過橋去，青山雨歇度泉聲。

重重緑樹護畫幅作「烟樹鎖」招提，有客來尋路不迷。纔過石畫幅作「近板」橋塵土隔，落花無數鳥空啼。　畫幅實蹟　紅豆樹館書畫記

按：第一首「蒼山曲曲水斜斜」見本集卷第十五。

仇實父潯陽琵琶圖　嘉靖壬子秋八月

一幅面屏秋月圓，荻花楓樹滿江天。江州自是無司馬，多少琵琶上別船。

潯陽城畔聽啼鳥，颯颯江風夜氣多。幽咽泉流絃冷澀，青衫濕處意如何？　大風堂書畫録

題趙子固墨蘭〔癸丑〕

彝齋爲宋王孫，高風雅致，當時推重，比之米南宮；其畫蘭亦一時絶藝云。癸丑臘月。

高風無復趙彝齋，楚畹湘江爛熳開。千古江南芳草怨，王孫一去不歸來。式古堂書畫彙考畫録卷十五　大觀録卷十五　墨緣彙觀録卷三

題唐子畏伏生授經圖　嘉靖甲寅仲春〔甲寅，下同〕

孔壁秦坑已杳然，遺經猶賴口中傳。九齡漫詫存眉壽，無限斯文盡屬天。辛丑銷夏録卷五

題畫　甲寅四月廿日爲公遠文學寫

高樹扶疏弄夕暉，秋光欲上野人衣。尋行覓得空山句，獨繞溪橋看竹歸。畫幅墨蹟　珊瑚網畫録卷十五　式古堂書畫彙考畫録卷二十八

按：珊瑚網此詩題四景中秋景。

畫扇

溪外青山坐巨廬，松嵒竹塢勝仙居。幽人不逐尋春侶，靜倚南窗讀道書。故宫週刊第一百九十九期　故宫名扇集第一期

題畫

空江秋靜水浮瀾，疏樹離離夕照間。上到翠微天漸遠，虛亭還扇面作「遥」貯隔洲山。三松堂書畫記　扇面墨蹟

徐東園

我別東園三十年，紫芝眉宇想依然。鳳凰臺下山如畫，總落幽人杖屨前。

鍾山東下鳳臺前，春滿名園萬樹烟。解却金貂娱水石，始知平地有神仙。　鈔本卷十五

按：兩詩在鈔本中雖被鈎除，然是文氏所作，仍録於此。

爲竹隱畫 嘉靖乙卯二月既望〔乙卯，下同〕

山半崔巍拱絶壁，誰開雙闕峙青雲？世人欲識仙凡路，霞術星衢自此分。　居易録

閒興

老病摧頽志念消，故人勸我莫多勞。催詩逋似催租欠，胥史在門何可逃？　鈔本卷十五

畫蘭石〔丙辰〕

承補庵先生惠蕙花，寫此奉謝。丙辰暮春三月既望。

蕭條深巷謝紛華，珍重高人惠蕙花。碧葉紫英香馥郁，盎然春色浩無涯。　吉雲居書畫續録

墨蘭〔丁巳〕

記得辭家二月時，水邊蘭葉正離離。不知春盡花争發，滿屋清香更屬誰？　退庵金石書畫題跋

戊午四月既望效雲林子〔戊午，下同〕

遥山過雨翠微茫，疏樹離離掛夕陽。飛盡晚霞人寂寂，虚亭無賴領秋光。　郁氏書畫題跋記卷十二　珊瑚網畫録卷十五　味水軒日記卷三

題畫蘭

嘉靖戊午五月四日重題，於是距丁卯，五十二年，徵明年八十有九矣。

片紙流傳五十年，斷痕殘墨故依然。白頭展卷情無限，何止聰明不及前。　無聲詩史

湯聘伊尹

懷仁樂道漫耕莘，一日翻然作帝臣。珍重平生堯舜志，何如堯舜此君民？　鈔本卷十五

武丁聘傅説

作楫爲霖信有才，畫圖求索亦悠哉。君王不是思賢佐，安得賢人入夢來？　鈔本卷十五

文王聘吕望

一笑投竿作帝師，渭濱踪跡亦云奇。當年儻不逢西伯，老死空山未可知。　鈔本卷十五

先主聘孔明

不重須知道不尊，武侯出處故逡巡。却憐玄德知君度，三顧隆中不厭頻。

鈔本卷十五

四時花鳥

槿花山鵲

山鵲飛飛噪晚晴，槿花奕奕照春明。榮華滿目東風急，誰識朝開暮落情？

薔薇小鳥

南風六月暖熙微，過雨薔薇卧晚枝。葉底幽禽鳴不歇，多應嚦嚦怨春遲。

菊花幽禽

九月籬根蓊蓊黄，秋風次第到重陽。小禽亦有幽棲意，不戀寒英戀晚香。

山茶白頭

犀甲層層護鶴頭，歲寒偏惜野芳幽。山翁老去傷遲暮，底事山禽也白頭？　鈔本卷十五

西清小隱〔作年未詳，下同〕

萬頃玻璃古洞庭，一螺縹緲是西清。草堂寂寂烟波外，應有人占處士星。　常州府志

漁父

小舟生長五湖濱，雨笠風簑不去身。三尺銀鯿數斤鯉，長年辛苦只供人。　山樵暇語

寄贈馮雪湖

一代文章重楷模，春風江左屬洪鑪。而今桃李陰如許，更繫閒銜領雪湖。　詩稿墨蹟

至日有感

歲歲高堂拜家慶，丹青今日影空垂。可憐孺子能摸拜，不見阿翁行地時。

詩稿墨蹟

彭尚言還鎮江

金山紫翠壓中泠，我昔曾過愧未登。衛塔米庵今在否？君歸煩與問山僧。

詩稿墨蹟

子弟詩

末郎旦女假爲真，便説忠君與孝親。脱却戲衣還本相，裹頭不是外頭人。

北窗瑣語

題王叔明長林話古圖

草樹離離落照間，清言輸與兩翁閑。就中消受無人會，滿耳清泉夢園作「秋風」滿眼山。

珊瑚網畫録卷十一　郁氏書畫題跋記卷六　式古堂書畫彙考畫録卷廿一　味水軒日記卷二　夢園書畫録卷六

題雲林畫和匏庵韻

楓林日落鳥飛還，天際修眉似遠山。欲覓仙踪何處是？展圖唯有墨斑斑。　虚齋名畫録卷七

附：

聽松庵裏試茶還，第二泉頭更看山。獨有去年詩興在，雲林清閟墨斑斑。成化庚子三月廿六日，吴寬題于京師官舍。

題石田翁安老亭圖

孫翁一室自蕭然，尊酒安眠辦晚年。却有一般娱客處，焚香看畫日隨緣。

六硯齋二筆 卷一

題唐子畏畫

皋橋西畔唐居士，浪跡圖成尺楮間。莫訝晴窗頻展看，分明筆下見荆關。

珊瑚網畫録 卷十六

子畏大椿圖

珍重諸郎次第升，明經端亦勝籯金。傳家信有文章種，况是高門慶澤深。

壯陶閣書畫録 卷十

奉同子畏梨花之作

淡月溶溶見粉痕，一枝深院斷春魂。玉容別有闌干淚，細雨無人夜掩門。 石渠寶笈卷八

張夢晋莊子夢蝶圖

莊生齊物能忘物，舉世蘧蘧大夢間。却笑黄粱待炊者，漫將車馬入槐南。 味水軒日記卷四

按：此詩「間」、「南」失叶，恐有一誤。

爲翊南畫

水亭無帳緑陰多，相見仙人對酒歌。樂事豈容吾更説，君家自有老東坡。 石渠寶笈卷四

病中承天吉過訪聊此記事

抱病經旬不裹頭，故人相顧特淹留。虚齋寂歷無塵迹，共聽疏柯滿院秋。〔吴越所見書畫録卷三〕

八月望日震方北上過余言别賦此奉餞并系小圖

秋風千里試初程，不盡吴門送子情。後夜扁舟江上宿，滿天明月看潮生。〔吴越所見書畫録卷三〕〔金石書畫第十期〕

偶閲壁間舊作小幅爲添遠山并賦絶句

墨痕依約尚鮮新，展卷三年跡已陳。更著遠山非是贅，老夫原是畫蛇人。〔真蹟日録卷三〕

五月十八日在雅歌堂看雨畫此就題

一雨垂垂兩日連，坐令五月意蕭然。置身如在重巖底，耳聽松風眼看泉。石渠寶笈卷三十八

畫葵壽黄汝同

手種黄葵葵滿庭，朱陽奕奕似□□。老來白日心無用，付與諸郎答太平。

六旬强健鬢初華，想得優游壽未涯。□□戎葵三百本，一年一度一開花。詩稿墨蹟

古木高逸圖

春風著柳弄鵝黄，宿雨膏副頁作「郊」原細草香。莫怪幽人坐忘去，遠山偏自稱斜陽。珊瑚網畫録卷十五　上海圖書館藏甫田集四卷本副頁

題畫

山容一望無蒼黛，雲氣絪緼接遠洲。疏樹路深有村落，扁舟對坐獨夷猶。畫幅墨蹟

垂柳陰陰竹萬竿，虚亭五月晝生寒。微風欲動疏簾捲，滿目新波屬倚欄。文明書局本名人書畫扇集第三十七

秋色點霜催木葉，清江紫桃作「流」照影落扶疏。高人自愛扁舟穩，閒弄長竿不釣魚。味水軒日記卷二 紫桃軒又綴 禮白嶽記

按：以上詩大都早年名「壁」時所作。

文徵明集補輯卷第十四

七絶三 一百三十九首

夜坐（作年未詳，下同）

茗杯書卷意蕭然，燈火微明夜不珊瑚作「未」眠。竹樹雨收殘月出，清聲涼影滿窗前。詩

軸墨蹟　味水軒日記卷一　珊瑚網畫録卷十五

夏日

煖風吹夢晝茫然，日影亭亭緑扇面作「碧」樹圓。客有叩門都不應，自支高枕聽新蟬。詩

軸墨蹟　扇面墨蹟

四季詩各一首

散步園林同舉觴，徘徊逸興異尋常。青枝早有新禽語，一任推移日月長。

夏日陰翳宿莽深，納涼散髮坐調琴。火雲可得生甘雨，暑氣潛迴適素心。

秋來桐葉最先凋，轉有琴聲律呂調。聞道高賢持幽操，功成身退得逍遥。

歸氣潛藏歲寂寥，何當萬木盡空條。千鍾聖酒宜陶詠，頓使温和聚一朝。

古寶賢堂帖

冬日過竹堂時梅猶未著花賦此孤興

秋風落日野僧家，旋掃松枝爲煮茶。儘有閒緣消世事，頻來原不爲梅花。

吴越所見書畫録卷三

池上

單鳩喚雨雙鳩晴，池上柳花縱復横。好風忽卷讀書幔，及君到時春水生。明詩綜

焦山

松寥閣外水潺潺，流盡年光是此間。一曲梅花來白鶴，幾時騎上碧雲山？焦山志

横山堂小詠

雨滌山花溼未乾，野雲流影入闌干。泉聲漱醒山人夢，一卷殘書竹裏看。光緒七年烏程縣志

按：横山堂在烏程鎮獅子巷北，王濟宅。

承濟之太史惠佳橘

洞庭已别十年霜，橘帖誰傳一兩行？却眼未盈三百顆，題詩錯認右軍王。

故宫歷代法書全集

夜與德孚坐小樓記此

殘冬相見還相别，鐙火幽幽燦玉缸。正自多情眠不得，忽聽風雨打西窗。

珊瑚網書録卷十五

寄湯子重

初八日東禪小集，終舊約也。口占小詩寄意，庶幾早臨。

年來會合苦差池，小集東林莫漫違。不恨白頭光景促，正緣青眼故人稀。

非關室邇故人遐，剛坐塵氛失歲華。見説城東車馬寂，春光猶在紫薇花。

商務印書館本

自書詩稿

寄陸子傳

上元春色滿貧家，酒有新篘月有華。旦暮高軒須早過，佳人會唱落梅花。

春風拂路起香埃，鐵鎖星橋處處開。有約開樽須卜夜，醉乘殘月看燈回。

平泉書屋本文

徵明墨寶

寄華善卿

了知無喜到貧家，何事寒燈夜夜花？萬一故人明日至，小窗汲井預煎茶。

澄觀樓法帖

西樓六十生子喜而賦之

眉宇依然髮有絲，風流只是少年時。金蘭結好已再世，玉樹相看又一枝。

澄觀樓法帖

十美詩

傾國多因有美姿，扁舟載去亦宜之。戲瓢尚想當時事，深涉何曾讀衛書。　西施

浮生難比草頭塵，常託千金視此身。若使琴心挑得動，不知匪石是何人。　文君

高抱琵琶障冷風，淋漓衫袖溼啼紅。安邊重用和親計，駕馭英雄已不同。　明妃

倚竹眠牀態自嬌，夜深銀燭正高燒。不將春舞歸長袖，宜自輕身好折腰。　飛燕

飛絮無憑只趁風，也知相逐水流東。琉璃瓶薄珊瑚脆，毀不求全妾命同。　緑珠

徙倚閒庭暗淚垂，不須再讀寄來書。已知一代容華盡，地下相逢未是遲。　碧玉

梅花香滿石榴裙，衹用微頻艾納薰。仙館已於塵世隔，此心猶不負黄昏。　梅妃

欲與君王共輦還，馬嵬路狹轉頭難。早知怨自思萌蘖，悔不當初乞賜環。　太真

閨門出入有常經，女子何須獨夜行。待月西廂誰倡始？至今傳説見分明。　鶯鶯

短長闊狹亂堆牀，細染輕搥玉色光。豈是無心戀鍼線，要將姓字託文房。　薛濤

珊瑚網書録卷十五

絶句

一官潦倒喜還鄉，三逕雖蕪菊未荒。種得秫田供釀酒，年年風雨醉重陽。詩軸墨蹟

三月光陰修禊後，千村桃李杖藜中。何時去覓王玄度，把卷臨流一笑中。珊瑚網書録卷十五

傳呼曲巷使君來，樹底柴門懶自開。老病迂疏非傲客，直愁車馬破蒼苔。珊瑚網書録卷十五

分得春芽穀雨前，碧雲開裹帶芳鮮。瓦瓶新汲三泉水，紗帽籠頭手自煎。平遠山房帖　平遠山房帖　故宮週刊第一百十四期　詩軸墨蹟

千山疊翠斜陽外，萬壑争流春雨餘。景色撩人歸未得，高情原不在谿魚。珊瑚網書録卷十五

小病淹愁百念慵，時時清夢越城東。春風閉户草如積，落日倚樓山滿空。珊瑚網書録卷十五

年來觀道漫澄懷，長日焚香閑小齋。春到梧桐今幾許？碧陰如玉印空階。日本印書道

全集

手培蘭蕙兩三栽，日暖風輕列朝作「微」次第開。坐久不知香在室，推窗時有蝶飛來。

平遠山房帖　列朝詩集

爲政心閒物自閒，朝看飛鳥暮飛還。寄書河上神明宰，羨爾城頭姑射山。

聽颿樓書畫記卷三

日照盆池碧藻新，自斟斗水畜金鱗。相看別有江湖樂，不羨高懸玉帶人。

故宮週刊第一百十四期　詩軸墨蹟

流泉争瀉作狂瀾，樹色蒼蒼帶遠山。高閣清幽人共坐，不知日月歲摧殘。

珊瑚網書録卷十五

木多長夏翠交加，野客孤吟坐日斜。縱有殘春供醉眼，碧波深映紫薇花。

珊瑚網書録卷十五

木末高臺倚碧空，野人時此送飛鴻。浮雲斂盡青山出，萬里都來在眼中。

書畫鑑影卷十四　停雲館真蹟

玉泉千尺瀉灣漪，天鏡分明不掩疵。老去常思泉畔坐，莫教塵土上鬢眉。

書法叢刊

秋江雨過水潺潺，疏樹平皋帶遠山。正是幽人詩就處，小舟閒載夕陽還。

珊瑚網書録卷十五

虚齋日午酒初醒，殘墨餘香宿研屏。小様吳牋瑩於雪，自臨南牖搨黄庭。平遠山房帖
落日高松下午陰，静聞飛澗激清音。幽人相對無餘事，啜罷茶甌再鼓琴。珊瑚網畫録卷十五

缺題

鳳臺風露浥清秋，蟾窟天香萬斛浮。最是高枝君折取，笑看得意玉京遊。文明書局本名人書畫扇集第二十四

盧橘

盧橘由來出漢家，誰將名字雜枇杷。風枝露葉金盤果，盡是僧房雪後花。吳越所見書畫録卷三

題倪雲林水竹居圖

不見倪迂二百年，風流文雅至今傳。東城水竹知何處？撫卷令人思壬寅、大風作「意」惘然。

清河書畫舫 式古堂書畫彙考畫録卷二十 大觀録卷十七 壬寅銷夏録 大風堂書畫録

雲林清秘草堂圖

百年清秘草堂空，時見烟雲斷渚中。山雨乍收江月上，依然玉樹濯清風。

墨緣彙觀録卷三

雲林岸南雙樹圖

祇陀村上草蕭蕭，清秘風烟更寂寥。片紙流傳殘墨少，居然梧竹見高標。

寓意録卷二

雲林畫 八月廿五日

靜聽濤聲翠靄陰，松風一曲寄琴心。先生已得琴中趣，何事泠泠弦上音？ 畫幅

題王友石畫竹

薊丘歸後墨君空，遺法還推友石公。一代高人今不見，依然勁節灑清風。 書法叢刊第六輯

題郭翊謝東山小影

文采清真絶代人，一時雅量廟堂欽。不緣黠虜投鞭舉，剛負平生用世心。 域外所藏中國古畫集

劉完庵山水

日落青山百疊秋，雨餘新水玉交浮。江南好景誰收得？有個閒人看水流。 域外所藏中國古畫集 支那南畫大成

題石田杏花鸚鵡

千啁百哳巧音辭，紺翼丹翎好羽衣。爲語隴頭須自惜，文章言語總危機。 珊瑚網畫録卷十四 式古堂書畫彙考畫録卷二十五

題石田木筆雉石

蒼玉高標如突兀，紅蓮小朵亦依稀。雕蟲留得文章在，莫爲無時入舜衣。 壯陶閣書畫録卷十 藝苑真賞社本詩稿真蹟

石田畫

右石田先生仿雲林筆意，偶無題識，漫賦數語。

不見石翁今幾年？斷鉛殘墨故依然。白頭無地酬知己，欲向圖中喚恕先。

堅淨居題跋

奉次石田贈趙文美畫

石翁胸次王摩詰，到處雲山放杖行。白髪門生今老矣，却看遺墨感平生。

沈石田畫軸

墨蹟

題王西園畫

怪石奇華繞故居，老來清僻按疑當作「癖」未全除。谿頭更着三間屋，半爲看山半讀書。

壯陶閣書畫録卷二十　藝苑真賞社本詩稿真蹟

戴静庵筆

長松鬱鬱映雙泉，麋鹿爲羣五福全。塵土不生巖壑静，始知平地有神仙。

支那南畫大成

題周東邨畫

緑樹陰陰水漫流，夕陽西下見高樓。白雲簾外收殘雨，無數青山破曉愁。

藤花亭書畫跋

題唐六如畫紅拂妓二首

把拂臨軒一笑通，宵奔曾不異桑中。却憐擾擾風塵際，能識英姿李衛公。

六如居士春風筆，寫得娥眉妙有神。展卷不禁雙淚落，斷腸原不爲佳人。

六如居士外集

題伯虎美人圖

秋月流水照粉容，尖尖玉手露春葱。穿鍼乞得天孫巧，刺繡須奪造化工。六如居士外集

題唐子畏濯足圖

十年不見唐居士，轉楮驚看畫裏身。回首桃花庵尚在，江湖難覓浪遊身。六如居士外集

按：此詩兩用「身」韻，必有一誤。

唐子畏雙松飛瀑圖 珊瑚乃自題所作畫

玉虹千丈落潺湲，石壁巉巉翠掃烟。珊瑚作「擁翠鬟」料得詩人珊瑚作「兩翁」，石渠作「詩翁」勞應接，耳中流水眼中山。寓意録卷四 珊瑚網畫録卷十五 石渠寶笈卷三十八

題唐子畏關山勒馬圖

積鐵千尋蝕蘚斑，古藤絡樹午陰寒。修梁不是偏難渡，正好留雲駐馬看。

筆嘯軒書畫録

子畏棲碧堂圖

日落雙松碧蔭長，雨餘新緑漲迴塘。空山盡日無車馬，自領溪亭五月涼。

湘管齋寓賞編 卷六

子畏菖蒲壽石圖

靈秀生成體勢奇，菖蒲九節是仙姿。華陽洞口烟霞客，對此清貞介壽期。

虚齋名畫續録 卷二

子畏畫仕女

看花因愛傍花行，花比丰姿更有情。莫使春光容易老，好從花底惜紅英。

畫幅墨蹟

爲雲槎題子畏畫

夕陽野渡緑陰稠，芳草橋邊杜若洲。千朵芙蓉出秋水，靈槎遠共白雲浮。

有正書局本中國名畫第二集

子畏臨流撫琴圖

翠巖喬木晝陰陰，獨坐臨攜緑綺琴。理罷冰弦不成曲，由來山水在知音。

歷朝名畫共賞集　虚齋名畫録卷八

子畏墨鷄

祿之藏子畏此幅已十年矣。暇日於玉蘭堂中焚香鬬茗之餘，復出此見示，因題數語而歸之。

不向朱門汗漫遊，昂然獨立倚高秋。一聲喚起天邊月，便覺清光逼九州。歷朝名畫共賞集

子畏畫册

秋色離離到草堂，早看疎葉點新吴越作「秋」霜。道人自得蕭閒味，睡起攤書映夕陽。吴越所見書畫録卷三，題作「題畫」

夕陽緩轡傍江干，湖水西風颯颯寒。正是詩翁詩就處，一痕山色落吟鞍。唐六如畫册印本

題仇實父碧梧翠竹圖

年來無夢入京華，才盡文通敢漫誇。但得池頭頻賦草，不須筆上更生花。石渠寶笈卷十七　虛齋名畫續録卷二　湖社月刊第五十八册

實父白描仕女

偶隨蜂蝶駐花陰，長日深閨不見春。病酒玉環貪睡去，沉香亭子斷無人。夢園書畫録卷十

仇實父畫

高樹長松嶺翠烟，空巖瀑布落寒泉。道人對語渾忘世，無數青山在眼前。夢園書畫録卷十

水閣臨風得句遲，抽毫點石帶雲移。藤花細落香風起，簾捲山窗讀易書。樓前楊柳翠烟迷，樓外香塵逐馬蹄。風捲歌聲春不散，夕陽還在畫橋西。

畫幅

別下齋書畫録

題仇實父山水卷

離離野樹緑生烟，灼灼丹楓爛欲然。沽酒人歸古渡寂，柳根閒繫夕陽船。潮落潮生春度秋，離離烟樹不知愁。片帆輕似沙頭鷺，飛過滄江第幾洲？

西清劄記卷四

按：原識「嘉靖壬申二月」，後又有都穆一題。考嘉靖無壬申，疑是嘉靖元年「壬午」筆誤。後三年乙酉都穆卒，事實或相符。

題吴章漁洲圖

何處風吹欸乃歌？烟銷日落水增波。江南無限瀟湘意，獨是漁洲占得多。

吉雲居書畫

續録

按：此詩見本集卷十五題畫詩，字意皆不同，重録於此。

陳道復畫菊

歸來松菊未全荒，雪幹霜姿照草堂。種得秫田供釀酒，年年風雨醉重陽。 域外所藏中國古畫集　支那南畫大成

陳道復畫梅

青帝朝來忽露機，暖痕微放雪殘時。冰肌玉骨無雙品，自是江南第一枝。 明書彙石

題錢叔寶畫

緑陰啼鳥水灣灣，隔岸閒雲隔岸山。笑殺一瓢村酒盡，釣絲風裏掉船還。 味水軒日記卷七

過荆溪舟中貽友

清溪汩汩帶遥灘，雨過青山落照間。三里漁梁歸路近，竹西茆屋未曾關。珊瑚網畫録卷十五

爲參孫作

千里相思一旦逢，半生心事此宵同。話深不覺頻移席，露下庭柯月滿空。珊瑚網畫録卷十五

題趙仲穆河梁泣别圖

泣别河梁恨未消，歸心惻惻漢天遥。李陵莫珊瑚作「若」論興亡事，誰識蘇公珊瑚作「卿」是久要？穰梨館雲烟過眼録卷七　珊瑚網畫録卷十五

明皇夜遊圖

隔花雕輦度輕雷，御酒初傳鳳管催。别敕梨園千妓女，月中齊唱紫雲回。　珊瑚網畫録卷十五

昭君圖

琵琶彈淚翠眉顰，白草黄花暗虜塵。幾度穹廬明月夜，夢魂猶憶漢宫春。　珊瑚網畫録卷十五

重題影翠軒圖

墨痕漫涣紙膚殘，竹樹依然翠雨寒。三十年來頭白盡，卷中猶作故人看。　壯陶閣書畫録卷十　藝苑真賞社本詩稿真蹟　故宫週刊第四百四十五期　民國二十四年故宫日曆　商務印書館本參加倫

（敦中國藝術國際展覽會出品圖説）

洛原過訪漫此賦謝

石梁宛轉帶滄灣，灌木陰陰草閣間。且喜故人能徑造，柴門無事不曾關。（石渠寶笈卷四）

爲琴泉先生寫

推琴一笑四山空，雙澗纏林萬壑風。何用冰弦薦新調，宫商遥在水聲中。（穰梨館雲烟過眼録卷十七）

直夫過訪遇雨寫贈

南風其奈軟塵何？好雨還隨好客過。更有幽清淹晚坐，新涼斜日在喬柯。（好古堂續收書畫奇物記）

臘月十日夜月明如畫桐陰滿地戲作

木落霜寒夜氣清，桐陰滿地水縱橫。老人酒醒不能寐，自起開門踏月明。　畫幅墨蹟

紫峯過余論畫戲爲寫此并識短句

吮筆含毫漫寫山，山形矗矗水潺潺。知君自有真丘壑，不在區區水墨間。　虚齋名畫録卷八　有正書局本中國名畫第六集

爲桐山畫并題

疏桐菶菶碧陰涼，遠□渺渺玉瀨長。一曲松風四山響，清秋有客在高岡。　畫幅墨蹟

桃源圖

偶然避世住深山，不道移家遂不還。却怪漁郎太多事，又傳圖畫到人間。 郁氏書畫題跋記卷十二

咸陽烽火已千春，□□人間不是秦。流水桃花應自在，祇今誰復問迷津？ 似昇所收書畫録

倣米青緑雲山小幅

平石渠作「千」村緑樹一谿分，百疊晴巒鎖白雲。貌得江南烟雨意，錯教人唤米敷文。 珊瑚網畫録卷十五 石渠寶笈卷十七

倣李唐滄浪濯足

飛泉百丈晝生寒，古樹蒼苔過雨斑。何似山人多道味？洗心濯足自躋攀。 珊瑚網畫録

卷十五

倣趙文敏滄浪濯足

谿上青松秀色開，谿頭新水緑於苔。偶然濯足臨溪上，矗矗芙蓉倒影來。珊瑚網畫録卷十五

倣松雪青緑小幅

越來谿上雨初收，茶磨山前爛熳遊。斜日正臨芳草渡，飛花故點木蘭舟。珊瑚網畫録卷十五

倣梅道人

曉雨晴來山斂黛，暮潮平處水浮空。一江秋色無人畫，都屬詩人短笛中。味水軒日記卷一

倣倪雲林

潔癖倪迂未可攀，能將水墨繼荆關。疏烟斜日茅亭外，一片江南雨後山。味水軒日記卷六

平生最愛雲林子，能寫江南雨後山。我亦雨中聊點染，隔江山色有無間。珊瑚網畫録卷十五　郁氏書畫題跋記卷十

平生最愛雲林子，慣寫江南雨後山。我亦雨窗閒點染，疏林落日有無間。式古堂書畫彙考畫録卷四

花鳥四幀

蓮房翠禽

錦雲零落楚江空，翡翠翎邊夕照紅。愁絶蘭橈烟水外，秋香吹老一灘風。

杏花黄鸝

習習春風上苑回，一枝先傍曲江開。莫嫌花氣能薰客，自有鶯聲喚醒來。

薔薇麻雀

叢叢花色映霞妝，西域移來種自芳。幽賞不知春已去，尚聞野雀噪斜陽。

茶梅雙禽

絶豔清芬名自奇，相看總是歲寒姿。山禽應惜棲能穩，兩兩飛來借一枝。珊瑚網畫録卷十五

杏花雙鳩圖

別院花飛雨乍晴，暖風吹日困人情。不知春色來多少？試聽雙棲好鳥聲。珊瑚網畫録卷十五

花鳥

滿眼清霜野菊枝，一林斜照棘離離。西風最是郊原急，誰惜山禽好羽儀？

霜枝黃葉亂秋風，獨立幽禽慘淡中。憶得高飛春樹裏，緑衣斜拂杏花紅。〔神州國光社文衡山山水花鳥册〕

秋葵

菊裳荏苒紫羅衷，秋日溶溶小院東。零落萬紅炎景盡，獨垂舞袖向西風。〔珊瑚網畫録卷十五〕

水墨秋葵

炎豔秋來故改妝，薄羅閒淡試鵝黄。傾城别有檀心在，依倚畫軸作「傍」西風送夕陽。〔湘

墨梅

淡痕疏秀月横斜，玉潔珠光沁露華。歲晚雪殘春好在，莫教長笛起鄰家。紅豆樹館書畫記　神州國光社文衡山山水花鳥册

畫梅

雪片經春猶未消，一庭寒玉逗清宵。無端幽夢尋芳信，香豔分披意自嬌。珊瑚網畫録卷十五

梅花水仙

江梅奕奕自吹香，玉質臨風舞袖長。大似孤山貧處士，寒泉配食水仙王。好古堂家藏書

仙姿綽約並含羞，玉骨冰肌本一流。今夜游仙千里夢，知他是洛是羅浮？　壯陶閣帖

畫記卷下

梅竹

雪天花地自迷神，遠看何如近看真？兩袖拂開攀桂手，一枝分與讀書人。　烟雲寶笈成扇

目録　故宫旬刊第一期

畫竹

淡墨淋漓粉節香，清風彷彿見瀟湘。一般紅杏沾恩澤，别有濃陰蓋草堂。　郁氏書畫題

跋記卷九　珊瑚網畫録卷十五　同上卷二十題梅道人竹册

清溪映竹竹連雲，冉冉晴梢醉墨新。却爲歲寒心事苦，煖烟濃淡要横陳。　退庵所藏金石

書畫跋

露梢風葉喜晴春，醉掃吟看卧竹根。欲見此君生意盛，滿川風雨半龍孫。　退庵所藏金石

書畫跋

閒寫庭前玉幾枝，楚雲湘水不勝奇。歲寒勁節誰能識？憑仗清風是故知。　畫卷墨蹟

碧雲蕭颯漏新晴，彷彿湘江一段情。夜靜天風響林杪，滿空飄下鳳鸞聲。　畫卷墨蹟

墨蘭竹　彙稿作「蘭禽」

幽蘭奕奕汎清風，撲雪吹香萬卉空。莫怪山禽依淺草，低飛元自戀芳叢。　吳越所見書畫録卷三　文徵明彙稿　中國畫家叢書文徵明　畫軸墨蹟

蘭竹幽禽圖

渺渺微風約珮環，楚江晴落研屏間。鳥聲一至瑶琴歇，獨對離騷晝掩關。　錢景塘書畫記

畫蘭

葉颺東風翠帶斜，白雲根底茁紅芽。山中誰得稱君子？滿地無名野草花。珊瑚網畫録卷十五

水仙

未論瑶月堪爲佩，若使凌波直欲仙。香夢攪人眠不得，爲君親賦返魂篇。珊瑚網畫録卷十五

墨桂

白頭自笑老仙郎，曾御天風到玉堂。最是月明秋夢冷，滿身金粟露華香。石渠寶笈卷十二

霓裳瑶闕對仙郎，曾御天風到玉堂。酒醒月明清夢曉，滿身金粟露華香。　愛日吟廬書畫續録卷四惲壽平臨文衡山墨桂軸　陶風樓書畫目二

墨菊

淵明老去不憂貧，醉擷金莖滿意春。却畫册作「自」笑微花何幸會，至今珍重爲斯人。　珊瑚網畫録卷十五　畫册墨蹟

三徑離離見墨花，細香團玉見霜華。江南五月炎無奈，別有涼風屬畫家。　珊瑚網畫録卷十五

畫松　畫幅作「仿倪瓚竹石小亭」

虬枝如玉翠蜒蜷，風送濤聲月送畫幅作「鎖」烟。何處見來偏記得，楞伽山足寺門前。　吉雲居書畫録　畫幅墨蹟

古木

白石巖巖封翠苔，喬柯落落委荒萊。旁人莫作支離看，猶是明堂有用才。珊瑚網畫録卷十五

古木支離聳碧烟，雲根蝕蘚翠連錢。莫言不入明堂用，自向空山保歲年。畫册墨蹟

古木竹石

十月江南木葉凋，清風時送畫册作「有」竹蕭蕭。幽人酒醒詩成處，靜看北窗疏影摇。神州國光社本文衡山山水花鳥册　畫册墨蹟

文徵明集補輯卷第十五

七絶四　一百四十九首

題畫〔作年未詳〕

一雨經時勢未休，亂山浮碧水交流。長林日暮飄風發，併作谿亭五月秋。　環香堂帖　有正書局本中國名畫第十七集　上海人民美術出版社本宋元明清畫選

一重山掩（彙稿作「崦」）一重溪，猶有人家住水西。行過小橋回首望，焙茶烟起午鷄啼。　珊瑚網畫録卷十五　文徵明彙稿

一痕蒼島帶修眉，千頃新波弄晚漪。輪却扁舟不歸去，清江落日正供詩。　穰梨館雲烟過眼録卷十七

三月江南欲暮春，緑陰照水玉粼粼。自憐身在奔馳地，空羡茆亭共坐人。　珊瑚網畫録卷

十五春幅

五湖春水緑于苔，湖上千山錦障開。如此湖山好風日，争教張翰不歸來？　石渠寶笈卷十二

丹楓映水似春花，閒弄扁舟蹋淺沙。何處鷄聲茅屋底，隔江依約見仙家。　吴越所見書畫録卷三　畫軸墨蹟

亭下林陰掃不開，庭前山色翠成堆。日長自有讀書趣，何用紛紛車馬來。　珊瑚網畫録卷十五　郁氏書畫題跋記卷十二

倪迂筆法類荆關，點染烟巒杳靄間。我亦年來有迂癖，時時閒寫郭西山。　珊瑚網畫録卷十五

仙源深靚絶囂塵，夾岸桃花萬樹春。遺世近多高士在，不應鷄犬屬秦人。　書畫鑑影卷十四

倚杖高原木葉空，尚餘流水漱松風。白雲不放山都出，妙在風烟不盡中。　畫幅墨蹟

倚空石壁開蒼雪，映水高柯舞翠蛟。記取江南奇絶處，石湖西畔獨平橈。　珊瑚網畫録卷十五

冥濛朔雪暗千峯，滅没寒雲萬徑蹤。輸却詩翁驢背上，微吟圖録作「掉頭」行看玉芙蓉。　有正書局本中國名畫第三十八集　中國繪畫總合圖録

十月西風凋木葉，夕陽初見野人家。江南絶景真難記，山色呈寒水露沙。　石渠寶笈卷十七

千尋石壁帶横岡，岡上深林蔽草堂。有約相尋看秋色，不嫌細路抱岡長。　畫軸墨蹟

君家住近青谿曲，流水陰陰緑樹多。最愛鍾山疏雨過，白雲千疊擁蒼螺。　珊瑚網畫録卷二十

四簷風雨晝昏昏，小紙斜窗破墨痕。翻得杜陵巫峽句：歸雲擁樹失山村。　湘管齋寓賞編卷六

層層濃緑暗千村，雲起遥山翠欲沈。大似楞伽春雨歇，一天斜日半湖陰。　書畫鑑影卷十四

密樹垂青春□重，亂山壓屋晚雲低。沿溪去去人家近，一段幽情屬瀼西。　書畫鑑影卷十四

密樹緣山凍不分，天垂暮色轉氤氲。山童貰酒歸何處？雪壓茅檐有隱君。　珊瑚網畫録卷十五

寒鎖千林雪未消，何人跨蹇過溪橋？莫嫌緩轡詩難就，玉樹瓊枝應接勞。　石渠寶笈續編　故宫週刊第三百零三期

山中習静避紅塵，朝夕唯於木石親。昨日渡頭春忽到，東風緑水又粼粼。　珊瑚網畫録卷

十五

山色參差亂碧蒼，溪流屈曲日湯湯。幽人坐對渾忘世，兩兩談心道味長。　陶風樓藏書畫目二

山雨欲來雲滿屋，溪風未起水生波。村深樵徑歸人急，猶有微陽掛女蘿。　穰梨館雲烟過眼録卷十七

山根緑樹鎖蒼烟，閣外清波更渺然。短策尋詩過橋去，風光都在曲欄前。　神州國光社本山水花鳥册

山根灌木鎖蒼烟，一壑清風百派泉。怪底詩翁不歸去，高情却在野橋邊。　陶風樓藏書畫目二

峻嶺崇山帶茂林，激湍飛灑瀉瑶琴。安知倡詠盤桓者，不是當年飲禊人。　味水軒日記卷七

小樓終日雨潺潺，坐見城西雨裏山。獨放扁舟湖上去，空濛烟嶼有無間。　珊瑚網畫録卷十五

小蹇衝風引步遲，風融觸眼總新詩。千山圍玉天開畫，此意惟應鄭五知。　珊瑚網畫録卷十五

天空木落思悠悠，水静烟明見遠洲。偶向晴窗閒點筆，被人呼作李營丘。　味水軒日記

卷三

天風縹渺約飛泉，千尺晴虹拂紫烟。疑有仙宮琪樹裏，隔溪遥望水晶簾。 味水軒日記卷五

天削芙蓉萬玉攢，十分寒思屬吟鞍。不知擁褐茅簷下，別有幽人冷眼看。 列朝詩集

坐看長松落午陰，靜聞流澗激清音。松風水玉真堪寫，悔不攜將七尺琴。 式古堂書畫彙考畫録卷廿八

城中塵土三千丈，何似仙 故宮作「事野」，彙稿作「似兩」 翁麋鹿蹤？隔浦映 故宮、彙稿作「晚」 山供一笑，離離自映夕陽紅。 故宮、彙稿作「松」 珊瑚網畫録卷十五 故宮週刊第二百三十期文徵明彙稿

城居六月馬蹄忙，日射流塵四散黄。誰似谿山開草閣，四檐風雨一窗涼。 珊瑚網畫録卷十五

斷葦依 愛日作「栖」 塘秋滿川，晚晴倚樹一汀烟。青山最 愛日作「近」 是供詩料，忽共斜陽落釣船。 珊瑚網畫録卷十五 式古堂書畫彙考畫録卷七 愛日吟廬書畫續録卷二

夕陽蒼翠此登臺，臺下春波一鏡開。滿目詩篇勞應接，碧山流影過溪來。 味水軒日記卷四

爲愛江深草閣寒，倚闌終日坐忘還。個中妙境誰應識？閣下溪聲閣外山。 庚子銷夏録

卷三

扁舟自有江湖興，眼底何人得此閒？我亦世間求静者，久攖塵夢負青山。 珊瑚網畫録卷十五

日斜松影千山暝，雨過泉聲萬壑秋。記得文硎東畔路，詩成□□更回頭。 文徵明彙稿

春風三月思悠悠，車馬紅塵漫白頭。白日山深人不到，古藤花落水空流。 神州國光社本文衡山山水花鳥册

春雨陰陰十日餘，苔封曲徑掩精廬。泥深門外無車馬，自向山齋理舊書。 湘管齋寓賞編卷六

春岸離離芳草齊，春雲靄靄碧山低。山人不出春雨足，一日開門花滿谿。 味水軒日記卷一

春烟著柳正垂絲，春水浮空弄晚漪。緩轡不嫌歸路永，隔谿山影正供詩。 破鐵網

春深高樹緑成幃，過雨寒泉帶雪飛。坐久不知山日落，四簷空翠濕人衣。 式古堂書畫彙考畫録卷二十八 上海博物館藏畫 中國畫家叢書文徵明 畫軸印本

春雲半出山突兀，春樹亂摇風雨來。誰識杜陵新句法？浣花溪上草堂開。 石渠寶笈卷三十九 民國三十五年故宫日曆

晶晶日色弄寒雲，消得階除雪幾分。一樹梅花消酒興，詩成偏屬鮑參軍。 味水軒日記

卷四

曉山經雨洗青螺，春水連天漾碧波。此景此時誰會得？扁舟行處賞心多。　珊瑚網畫録卷十五

最愛吴王銷夏灣，輕橈短楫弄潺湲。涼風數點雨餘雨，落日千重山外山。　石渠寶笈卷三十九

水繞山迴石路深，幽懷都付膝前琴。春來多謝垂楊柳，分得谿亭半榻陰。　珊瑚網畫録卷十五

江干草閣帶林巒，誰識江深草閣畫幅作「五月」寒？最是晚晴山有意，畫幅作「色」碧雲千里畫幅作「疊」上闌干。　商務印書館本墨巢秘笈藏影　畫幅

江南五月暑漫漫，誰識江深草閣寒？樹罨重簷垂碧蔭，風摇曲檻起微瀾。　神州國光社本山水花鳥册

江南春暖樹交青，樹杪芙蓉列畫屏。有約相攜過橋去，隔溪别有見山亭。　吴越所見書畫録卷三

汩汩泉聲瀉碧灣，離離樹影夕陽間。十分秋思飛梁外，驢背遥看隔岸山。　書畫鑑影卷十四

清秋攜手夕陽臺，水碧山明錦幛開。欲寫高深無限意，溪邊有客抱琴來。　畫軸　藝苑

掇英

漠漠空江水見沙，寒原日落樹交加。幽人索莫詩難就，停棹閒看繞樹鴉。珊瑚網畫録卷十五

漠漠長雲已滅蹤，隔溪照見玉芙蓉。詩人何必騎驢背？儘有閒情付短筇。庚子銷夏録卷三

漁梁曲曲帶青山，緑樹陰陰草閣寒。坐看清波摇落日，倒飛天影上欄干。畫軸墨蹟

渺渺微風起白蘋，褰篷隔水見嶙峋。誰應深識江湖趣，試問扁舟畫裏人。畫軸墨蹟

湖上新晴宿雨收，平頭艇子貼天游。罍樽酌得三千斛，大醉去題黄鶴樓。穰梨館雲烟過眼録卷十七

滿徑疏柯帶碧烟，半林斜日落晴川。野人無覓秋老處，却在溪橋曲徑邊。陶風樓藏書畫目二

溪上青山翠色開，溪頭新水緑於苔。斜陽坐子窗前易，不覺溪南有客來。穰梨館雲烟過眼録卷十七

潭潭虛閣帶滄聽颿作「瀛」灣，閣下溪聲閣外山。六月城居塵滿腹，何時置我畫圖間？吴越所見書畫録卷三　聽颿樓書畫記卷三

潭潭虛閣帶灣碕，山木蒼蒼結夏幃。最是晚涼詩思就，滿窗晴瀑雨飛飛。珊瑚網畫録卷

十五

瀑流千丈自天垂，風激銀河作雪飛。坐詠諸圖軸作「謫」仙廬阜句，不知空翠濕人衣。　夢園書畫録卷十一　海外藏明清繪畫珍品文徵明卷停琴觀瀑圖軸

瀟灑山陰賀季真，烟波□往一魚綸。明主方下求賢詔，未合江湖滯此人。　畫幅墨蹟

烟雲出没有無間，半在空虚半在山。我亦閒中消歲月，幽林深處聽潺湲。　畫幅墨蹟

燕山朔雪正毿毿，野水冥冥凍欲函。憐取白頭車馬客，坐開圖畫憶江南。　愛日吟廬書畫録卷一

木落山寒沙岸頹，雲明水浄又作「窗明几浄」雁行遲。遥知瘦馬衝風者，又作「邊風在」正是詩人得句時。　畫軸印本　畫軸

林壑春晴淑氣澄，坐深還見碧崚嶒。川原遠近緋桃發，不是天台是武林。　味水軒日記卷六

松陰寂寂清于水，副頁作「清陰寂寂濃于染」草色茸茸輭副頁作「賴」似茵。六月城居如坐甑，水邊輸與納涼人。　珊瑚網畫録卷十五　郁氏書畫題跋記卷十　書畫鑑影卷二十一　上海圖書館藏甫田集四卷本副頁

松蔭溪堂五月寒，南軒半入水中安。有時客至拈棊局，常自臨流理釣竿。　湘管齋寓賞編

卷六

桐花半落東風輭，山雨全收白晝長。寂寂谿亭人不到，鴨頭春漲緑波香。（珊瑚網畫録卷十五）

楊柳陰陰弄晚風，遠山漠漠映遠空。扁舟自得烟波趣，都付悠悠短笛中。（内務部古物陳列所目録）

楞伽山下雨餘天，緑樹沉沉宿野烟。輸與溪翁能領略，自攜艇子看飛泉。（石渠寶笈三編　故宮週刊第五百零四期　民國廿六年故宮日曆）

楓葉蕭蕭溪水流，小橋流水路偏幽。青稜獵獵微風逗，試爲清秋一出遊。（錢鏡塘書畫記）

楓樹蕭然山更清，長灘淺瀨互縱横。兩翁晏坐心無事，静看蘆花隔岸生。（故宮旬刊第四期　烟雲寶笈）

斜橋曲徑帶流水，疏樹平皋蔭濃緑。輸却長吟抱膝人，鎮日臨磯弄寒玉。（珊瑚網畫録卷十五夏幅）

狼籍春風花事休，淒涼啼鴂景深幽。空山雨過人蹤少，寂寂孤村水自流。（珊瑚網畫録卷十五）

獵獵寒汀帶葦蒹，濺濺流水漱清風。一江秋色三千里，都落高人短笛中。（畫軸）

歲久松根平展坐，秋清松葉静垂陰。高人偏是能消受，足下飛泉石上琴。（韞輝齋藏唐宋

以來名畫集　晉唐宋元明清名畫寶鑑　中國歷代名畫大觀

玉漾晴波眼看山，水邊林下意消閒。長安塵土高千丈，不到青泉白石間。　穰梨館雲烟過眼録卷十七

碧樹鳴風澗草香，緑陰滿地話偏長。長安車馬塵吹面，誰識空山五月涼？　石渠寶笈卷十七　玉雨堂書畫記卷二　古緣萃録卷三

疏林漠漠雨初收，野水依依淡欲浮。吹盡晚風霜葉脱，一痕斜日四山秋。　吉雲居書畫録

穹窿突兀翠參天，上有透迤百丈泉。未得赤鬚餐玉法，撫松臨水即神仙。　錢鏡塘書畫記

空江雨急湧潮頭，野岸青楓□水流。芳杜滿汀人寂寂，十分詩意在滄洲。　畫軸墨蹟

空江漠漠楚天長，石壁巖巖萬仞蒼。坐詠秋光不歸去，不知濃翠濕衣裳。　神州國光社印本文衡山山水花鳥册

突兀羣山疊翠屏，臨流草閣瞰虛明。坐來喜有相過客，識取漁梁拄杖聲。　吳越所見書畫録卷三

石梁宛轉帶滄灣，不斷青青十里山。最是詩翁能領略，扁舟閒載夕陽還。　石渠寶笈卷四　箑齋藏箑

短棹夷猶緑玉灣，微風拂拂晚波間。夕陽不隔天涯色，一片湖南樹裏山。　味水軒日記卷二

短策輕鞋名畫作「衫」爛熳遊，暮春時節水西頭。日長深樹青幃合，雨過遙山碧玉流。名畫作「浮」　味水軒日記卷五　有正書局本中國名畫第一集

秋林霜重葉痕斑，白葉蕭蕭二老閒。握手相逢無個事，不因論水更論山。穰梨館雲烟過眼録卷十七

稷稷長松帶野塘，青山疊疊映波光。晚來未得新詩就，閒弄扁舟泛夕陽。畫冊墨蹟

積雨初收消夏灣，緑蘿吹雪覆潺湲。何當湖上垂雙足，俯看清流仰看山？珊瑚網畫録卷十五

疊疊青山失故顏，離離萬木自生寒。江南歲晚饒風色，付與幽人獨倚欄。畫幅墨蹟

睡起西窗竹雨收，醉和殘墨寫滄洲。恍然置我扁舟上，十里青山一片秋。味水軒日記卷五

虛亭寂寂俯迴塘，碧棟浮空上下光。殘酒乍醒疏雨歇，自臨曲檻聽滄浪。西泠印社本百研室珍藏名人畫軸

草堂垂蔭没籬門，賸有重陰隔世人。六月空山車馬斷，不知都市有紅塵。烟雲寶笈

草堂斜覆松陰底，窗外青山雲外水。扁舟何處未歸來？無數沙鷗落前渚。珊瑚網畫録卷十五

草堂無用設籬門，賸有清陰隔世塵。一路溪山歸路永，斜陽照見獨行人。珊瑚網畫録卷

十五

落日蕭蕭照獨行，秋風策策鬢毛輕。寒烟半壁晚山色，木葉滿谿流水聲。　有正書局本中國名畫第十九集　支那南畫大成第九卷　畫册墨蹟

萬樹千花盡放春，遠峯箇箇玉嶙峋。谿南策杖來遊者，不是山陰雪後人。　珊瑚網畫録卷十五　文徵明彙稿

蒼山如髮野烟浮，亂葉翻波樹倒流。暝色一川風雨横，有人高閣望歸舟。　虚齋名畫録卷八

蒼山隱隱樹重重，茆屋秋驚半落楓。願我知音成遠訪，蹇驢不憚路西東。　珊瑚網畫録卷十五

蒼梧離離帶夕曛，石梁宛轉碧溪分。空山鹿蹟通仙境，古洞秋深鎖白雲。　畫幅墨蹟

蒼巖千尺鎖烟霞，鷄犬漁梁隔隱家。何處流來春水遠？自停蘭棹看飛花。　石渠寶笈卷三十九

蒲水浮針緑玉灣，浮花吹盡晚風前。夕陽聯巒湖堤水，正見青青柳外山。　味水軒日記卷一

蘭橈十里下横塘，澹澹風摇鬢影涼。野水秋來寒玉浄，碧山西去暮雲長。　天繪閣本馮超然臨文待詔山水卷

蕭蕭落木四山空，無限秋光夕照中。喚起奚童將緑綺，要臨流水寫松風。

吴越所見書畫録卷四

竹冠屨履葛衣輕，高樹垂蘿碧蔭清。只合山中吟詠者，不知人世有功名。

文徵明彙稿

策杖松行得策程，前峯後嶺暮雲生。吟懷清興斜陽裏，不待推敲詩自成。

烟雲寶笈成扇目録

緑陰覆水野雲平，白鷺磯頭一棹横。酒醒詩成風亦起，空江落日暮潮生。

神州國光社本文衡山山水花鳥册

緑樹敷陰白晝長，濃烟蘸水遠山蒼。只應走馬長安客，輸我溪亭五月涼。

吴越所見書畫録卷一

罨畫溪頭春水深，白雲初歛見遥岑。詩翁解領新晴意，携却瑶琴過緑陰。

玉雨堂書畫記卷二

罷釣歸來不繫船，江邨月落正堪眠。縱然一夜風吹去，只在蘆花淺水邊。

珊瑚網畫録卷二十一　式古堂書畫彙考畫録卷七

西風吹雨弄簷聲，燈火寥寥夢未成。剪取素絹臨瘦影，小窗留得歲寒情。

石渠寶笈卷四十一

西塞山前張志和，扁舟來往逐烟波。江湖滿地原無主，輸與高人獨占多。

聽颿樓書畫記

卷四

行盡崎嶇路萬盤，滿山空翠濕衣寒。松風澗水天然調，抱得琴來不用彈。　吴越所見書畫録卷三

近山千丈抵清漪，遠樹連雲入望迷。有約去登江上閣，風烟都在曲樓西。　列朝詩集

迴合烟蘿千萬山，緑陰茆屋帶滄灣。江山深寂無塵雜，北舍南鄰自往還。　畫軸墨蹟

迴巖古木翠陰陰，徑繞溪柳深復深。把策攜琴空壑去，空山歲晚有知音。　畫軸墨蹟

過雨空林萬壑奔，夕陽野色小橋分。春山何似秋山好，紅葉青山鎖白雲。　列朝詩集

謖謖松風灝碧川，高人踪跡在漁船。一痕斜日青山外，萬頃晴波白鳥前。　珊瑚網畫録卷十五

郭外新寒漲野烟，平皋暮色已蒼然。半陂山影留斜日，一壑松風咽細泉。　畫軸墨蹟

金華曾到想依然，千尺層巒鎖翠烟。斜日滿江疏雨歇，有人停杖看飛泉。　神州國光集

雨晴飛瀑瀉潺湲，拔地蒼松生畫寒。詩思攪人眠不得，起臨虚閣弄漁竿。　珊瑚網畫録卷十五　味水軒日記卷一

雨過松陰寂寂新，晚風披水玉粼粼。長安車馬塵吹面，何似扁舟畫裏人。　畫軸　畫册墨蹟

雨過郊原不起塵，青山隱隱水鱗鱗。應知騎馬長安者，輸我水邊林下人。

味水軒日記卷四

雨過寒原秋寂歷，風來疏樹晚交加。野人詩思勞收拾，流水空山日自斜。

畫幅墨蹟

雨過羣峯萬壑奔，松風漱水玉粼粼。安知嘯詠臨流者，不是山陰禊飲人？

石渠寶笈三編　故宮週刊第三百十一期

雨過穰梨作「歇」溪山意穰梨作「興」渺然，漫攜小艇穰梨作「艇子」看飛泉。置身如在匡廬下，一派銀河落九天。

石渠寶笈卷四　穰梨館雲烟過眼録卷十七

雨過碧山蒼靄亂，汀浮新漲野橋低。山深絶勝幽人去，惟有茅茨在竹西。

石渠寶笈卷三十八

雪裏一樓高百尺，樓中人與雪俱清。默然天地欄干外，人却無言借鶴鳴。

穰梨館雲烟過眼録卷十七

雪壓溪南三百峯，溪流鑑影、圖軸作「痕」照見玉龍蹤。等閒十里溪山圖軸作「山陰」勝，起落高人鑑影作「都落幽人」，圖軸作「都落詩人」跨蹇中。

石渠寶笈卷三十九　書畫鑑影卷二十一　圖軸

雲罨遥空露碧巔，涼聲風激半空泉。憶曾倚醉巴山彙稿作「包山」下，萬木圍檐聽雨眠。

珊瑚網畫録卷十五　文徵明彙稿

雲埋嶺樹雪漫漫，天削芙蓉萬玉寒。小蹇不嫌歸路永，十分詩思屬吟鞍。　畫軸墨蹟

長林結暝晝生寒，坐愛虛亭帶淺灘。吟到夕陽詩未就，碧雲千疊上欄干。　珊瑚網畫録卷十五

長松落落帶滄灣，蔭樹臨流忘却還。最是晚涼詩就處，隔江遥見夕陽山。　石渠寶笈卷八

長夏山林清暑地，高遊直要兩翁偕。緑陰滿地泉聲裏，醒酒題詩有高懷。　穰梨館雲烟過眼録卷十七

陰陰夏木水平溪，黄鳥飛來不住嗁。南畝已耕心緒静，看山斜倚曲闌西。　珊瑚網畫録卷十五

陰陰灌木壓虛檐，六月林亭意爽然。百疊烟霞開絶壑，一窗風雨聽飛泉。　珊瑚網畫録卷十五

隔溪緑樹蔭潺湲，啼鳥春來意思閒。最是高人茅屋底，推窗猶對雨中山。　庚子銷夏記卷三

青山十里帶江汀，楚竹烟中客夢醒。一夜雨聲春滿地，不知芳草爲誰青。　穰梨館雲烟過眼録卷十七

青山列障草敷茵，六月飛泉過雨新。坐蔭濃陰潮流水，不知人世有紅塵。　畫幅墨蹟

青山隱隱遮書屋，緑樹陰陰覆釣船。好似江南春欲暮，嫩寒微雨落花天。　珊瑚網畫録卷

十五

青山疊疊倚晴霞，路轉澗窮有隱家。漁父不知仙迹近，停橈谷口看飛花。　畫幅墨蹟

風激飛藤葉亂流，寒沙渺渺水悠悠。碧烟半嶺斜陽淡，滿目青山一片秋。　珊瑚網畫録卷十五

飛雪蔽空無鳥迹，長林顛壑有人居。浩然天地知誰在，酌酒敵寒對讀書。　烟雲寶笈成扇目録

高林雨過白烟生，風動疏陰漏日明。午困欲眠書在手，紫薇花底拂桃笙。　珊瑚網畫録卷十五

高梧修竹翠交加，坐愛清陰幽興賒。應有美人期欲至，旋呼童子試烹茶。　書畫鑑影卷十四